SUPERBUR
BIBLIOTECA UNIVERSALE RIZZOLI

Robert Ludlum

AQUITANIA

traduzione di LUCIANA BIANCIARDI

Biblioteca Universale Rizzoli

ISBN 88-17-11329-8

Titolo originale dell'opera:
THE AQUITAINE PROGRESSION

prima edizione Superbur: novembre 1987
quinta edizione Superbur: agosto 1993

A Jeffrey Michael Ludlum
Benvenuto, amico mio
Ti auguro ogni felicità

Parte prima

1

Ginevra: città di luce e di riflessi. Di vele bianche che ondeggiano sul lago, fra le sagome degli edifici irregolari e compatti in alto e le loro immagini increspate nell'acqua in basso. Di miriadi di fiori che circondano fontane color acquamarina, formando duetti di colore splendenti. Di ponticelli bizzarri che attraversano laghi minuscoli e trasparenti e conducono a isole altrettanto minuscole, rifugio di amanti, di amici o di negoziatori che non vogliono dare nell'occhio. Riflessi.

Ginevra, il vecchio e il nuovo. Città di mura medievali e pareti di vetro lucente, di cattedrali sacre e istituzioni meno sacre. Di caffè all'aperto e di concerti sulle rive del lago, di moli in miniatura cui attraccano barchette variopinte che conducono i turisti tutt'intorno alle rive del lago, mentre la guida esalta la bellezza (e il valore approssimativo) delle proprietà lungo la riva che sicuramente appartengono ai tempi andati.

Ginevra: città di propositi, dedita alla necessità della dedizione, dove le frivolezze sono tollerate solo se strettamente connesse agli affari. Anche le risate sono misurate, controllate, e con uno sguardo si può trasmettere approvazione per un comportamento prudente o ammonire per quello che pare un eccesso. Il cantone che accoglie il lago è cosciente dell'anima che racchiude, e riesce a far convivere l'industria con la bellezza, un equilibrio non solo accettato, ma anche gelosamente salvaguardato.

Ginevra: città piena anche di sorprese, dove l'ovvio è in conflitto con la rivelazione improvvisa e inaspettata, la violenza della mente colpita da scoppi di fulmini personali.

Subito dopo si sente il tuono, il cielo diventa scuro e comincia a cadere la pioggia: è un diluvio, che sferza le acque colte di sorpresa e per questo irose, deformando il paesaggio e alterando perfino lo spruzzo gigantesco, il simbolo del lago di Ginevra, quel *jet d'eau* simile ad un geyser costruito dall'uomo per meravigliare i propri simili. Quando d'improvviso arrivano le rivelazioni, la fontana gigantesca si smorza, e con lei si smorzano tutte le altre fontane, e senza la luce del sole i fiori appassiscono. Si spengono anche i riflessi brillanti e nella mente scende il gelo.

Ginevra: città dell'incostanza.

Joel Converse, di professione avvocato, uscì dall'Hotel Richemond sul Jardin Brunswick in una mattina piena di sole. Girò a sinistra, socchiudendo gli occhi per difendersi dall'assalto del sole, e si passò la ventiquattrore nella mano destra, conscio del valore dei documenti contenuti in quella cartella, ma con la mente concentrata unicamente sull'uomo che fra poco avrebbe visto a Le Chat Botté, un caffè all'aperto in riva al lago, per una prima colazione a base di caffè e brioche. Veramente, sarebbe stato più giusto dire "ri-visto", pensò Converse, se l'uomo non l'aveva confuso con qualche altro.

A. Preston Halliday rappresentava la parte avversa americana in quei negoziati, che prevedevano la messa a punto degli ultimi dettagli di un accordo svizzero-americano, per il quale erano ambedue a Ginevra. Oramai, rimanevano soltanto le ultime formalità, in quanto si era certi che l'accordo era stato stipulato nel rispetto delle leggi di ambedue i paesi e della Corte Internazionale dell'Aia; ma nonostante questo, il fatto che fosse stato scelto proprio Halliday rimaneva piuttosto strano. Non faceva parte del team di legali americani che gli svizzeri avevano assunto per sorvegliare lo studio legale di Joel; e anche se questo non costituiva un motivo valido per escluderlo, (visto che spesso il punto di vista di una persona estranea poteva essere importante), era certamente molto strano, per non dire di più, che lo avessero nominato portavoce ufficiale. Oltre che strano, era anche imbarazzante.

Per quel che ne sapeva Converse, Halliday godeva la fama di uno che sa il fatto suo e che non si lascia fregare; un po' come certi meccanici che individuano subito il filo staccato e in un momento ti fanno partire il motore. Si ricordava di aver visto negoziati, durati mesi interi e costati centinaia di migliaia di dollari, svaniti improvvisamente nel nulla a causa della sua sola presenza, ma non ricordava altro. Halliday, invece, gli aveva detto che si erano già conosciuti.

«Sono Press Halliday» aveva detto la voce al telefono. «Sostituisco Rosen nell'accordo Comm Tech-Bern.»

«Che cosa è successo?» aveva chiesto Joel mentre, con il rasoio nella mano sinistra, tentava disperatamente di ricollegare quel nome ad un volto. Nel momento in cui Halliday gli aveva risposto, finalmente aveva capito.

«Quel povero diavolo ha avuto un colpo, e i suoi collaboratori hanno chiamato me.» Poi, dopo una pausa, aveva soggiunto: «Deve essere stato abbastanza duro, avvocato».

«Veramente abbiamo litigato solo poche volte. Cristo, mi dispiace davvero, perché Aaron è un tipo in gamba, una persona simpatica. Come sta?»

«Ce la farà. Intanto lo hanno messo a letto con una dieta che comprende tutti i tipi di minestrine possibili e immaginabili. Mi ha detto di dirle che controllerà personalmente i documenti definitivi, e se ci sono parti redatte con l'inchiostro simpatico, se ne accorgerà sicuramente».

«Il che significa che è lei a voler controllare personalmente tutti gli atti, perché né io né Aaron avremmo minimamente pensato all'inchiostro simpatico. Questo è un accordo che si basa su interessi reciproci delle due parti, e se lei avesse studiato il caso lo saprebbe bene.»

«Il ladrocinio di investimenti irrecuperabili» aveva ribattuto prontamente Halliday «combinato con una larga fetta di mercato tecnologico. No, non ci sarà inchiostro simpatico, ma visto che sono nuovo di queste parti, vorrei farle un paio di domande. Perché non viene a colazione con me?»

«Stavo per farmela portare in camera.»

«È una giornata stupenda. Perché non ne approfitta per prendere una boccata d'aria? Io sono al President, quindi propongo di fare metà strada per uno. Conosce Le Chat Botté?»

«Caffè all'americana e brioche. Quai du Mont Blanc.»

«Benissimo. Diciamo tra venti minuti?»

«Diciamo tra mezz'ora. Va bene?»

«Certo». Poi, dopo una pausa, Halliday aveva aggiunto: «Ti rivedo volentieri, Joel».

«Rivedermi?»

«Forse non ti ricordi. È passato tanto tempo, e sono successe tante cose... di sicuro più a te che a me.»

«Non capisco.»

«Be', c'è stato il Vietnam e tu sei stato prigioniero per un bel po'.»

«Non volevo dire questo; dove ci siamo conosciuti? In quale caso?»

«No, non si tratta di casi, né di affari. Eravamo compagni di scuola.»

«Al Duke? È una scuola molto grande e quindi è probabile che...»

«Molto prima; ma forse ti verrà in mente quando ci rivedremo. E se non ti verrà in mente... te lo ricorderò io.»

«Devi essere un tipo cui piacciono gli enigmi... Tra mezz'ora, al Chat Botté.»

Mentre Converse andava verso il Quai du Mont Blanc, il boulevard sul lago pieno di vita e di gente, tentò di ricollegare quel nome ad un periodo, al volto di un vecchio compagno di scuola. Non gli venne in mente nulla, anche se Halliday non era un cognome molto comune, e il diminutivo Press lo era ancora di meno... anzi, a dir la verità era la prima volta che lo sentiva. Se avesse conosciuto un Press Halliday in vita sua, di certo non lo avrebbe dimenticato: eppure quella voce implicava una certa familiarità, se non addirittura amicizia.

Ti rivedo volentieri, Joel. Aveva detto la frase con voce calda, mantenendo lo stesso tono in quell'accenno del tutto gratuito alla prigionia: erano cose, comunque, che si dicevano sempre in tono di comprensione. Converse aveva anche capito il perché di quella frase: coloro che non avevano combattuto pensavano che chiunque fosse rimasto a lungo in un campo di prigionia nordvietnamita avesse riportato gravi danni mentali, per cui i ricordi potevano essere alterati, confusi, o deformati da quell'esperienza. Il che, a dire il vero, era innegabile, ma solo fino ad un certo punto: anzi, la memoria ne usciva potenziata, perché i ricordi erano le cose che un uomo in quelle condizioni cercava di più, spesso senza pietà verso se stesso... volti, occhi, voci, corpi di tutte le misure e forme; si rivedevano scene e episodi passati, cose viste, suoni, immagini, odori... sensazioni che si provano quando qualcuno ci sfiora, desiderio di sfiorare qualcuno... niente del passato era irrilevante ma tutto poteva essere un qualcosa da esplorare, da consumare pian piano nel ricordo. Spesso era addirittura tutto quello che rimaneva a quegli uomini, specialmente di notte; *sempre* di notte quando l'umidità fredda e penetrante irrigidiva il corpo e una paura infinitamente più fredda paralizzava la mente, i ricordi erano tutto. I ricordi servivano a far tacere le urla nella notte, a zittire quei colpi di arma da fuoco che la mattina dopo venivano giustificati, del tutto gratuitamente, come necessarie esecuzioni di coloro che non volevano cooperare o non volevano piegarsi. O di prigioneri ancora più sfortunati, costretti dai loro aguzzini, in cerca di divertimento, a fare giochi troppo osceni per descriverli.

Come gran parte degli uomini che venivano tenuti in isolamento, Converse aveva esaminato e riesaminato tutti i particolari della propria vita, cercando di metterli insieme, di capire, di apprezzare... il quadro che ne veniva fuori. C'erano tante cose che non gli piacevano — e tante che non capiva — ma almeno, aggrappandosi a questi ricordi, riusciva a sopravvivere; all'occorrenza sarebbe anche morto con quelle immagini, perché quella era la pace che doveva raggiungere per se stesso: senza tale pace la paura sarebbe stata insopportabile.

Visto che questi ricordi continuavano notte dopo notte e richiedevano una buona dose di accuratezza, Converse riusciva, a differenza di tanti, a ricostruire interi periodi della sua vita passata. La sua mente funzionava esattamente come un computer, che, fornito degli elementi-base, lavorava per isolare un posto, una persona o un nome.

Il dover ripetere spesso tale esercizio lo aveva ormai reso automatico, e era proprio questo che stupiva Joel: a meno che Halliday si riferisse ad una semplice conoscenza durante l'infanzia, era sicuro di non aver mai conosciuto nessuno che rispondesse a quel nome.

Ti rivedo volentieri, Joel. Quella frase era soltanto uno stratagemma, un trucco da avvocato?

Converse girò l'angolo, e vide la ringhiera di ottone di Le Chat Botté risplendere al sole, quasi come se catturasse la luce per farla poi esplodere in frammenti minuscoli. Il boulevard brulicava di piccole automobili e autobus tirati a lucido, mentre i marciapiedi, anch'essi immacolati, si animavano di passanti che, pur avendo fretta, procedevano con ordine. La mattina era il momento in cui a Ginevra l'energia della gente veniva fuori in maniera più massiccia: anche coloro che leggevano il giornale nei caffè all'aperto lo facevano con estrema precisione, senza accartocciare le pagine o piegarle; veicoli e passanti non erano in guerra: c'erano sguardi, cenni del capo, precedenze e mani che si alzavano a ringraziare, tutto senza caos. Mentre Joel entrava nel caffè, si chiese se non fosse possibile, tra le tante cose, importare a New York le mattine di Ginevra; ma di sicuro, concluse, l'amministrazione avrebbe immediatamente bocciato un progetto del genere, perché i cittadini di New York non sarebbero stati in grado di sopportare un po' di civiltà.

D'un tratto, vide un giornale che si abbassava alla sua sinistra e rivelava un volto che conosceva: era un volto regolare, per certi aspetti simile al suo, dove tutto sembrava proporzionato e al posto giusto: capelli lisci e scuri, ben pettinati, naso dritto e labbra sottili e ben disegnate. Quel volto apparteneva al passato, pensò Joel, ma il nome che gli veniva alla mente non era quello che l'uomo gli aveva detto.

Alzò la testa, e quando i loro sguardi si incontrarono A. Preston Halliday si alzò, rivelando un corpo compatto e muscoloso, anche se forse non eccessivamente alto, in un vestito di taglio e finiture ottime.

«Joel, come stai?» disse una voce familiare, mentre una mano si tendeva verso la sua.

«Salve, Avery» rispose Converse, mentre, con gesto goffo, si passava la ventiquattrore nella mano sinistra per rispondere alla stretta di mano. «Sei Avery, vero? Avery Fowler. Taft, all'inizio degli anni sessanta. Non finisti gli studi, e tutti ci chiedemmo che fine avessi fatto. Ricordo che si parlò tanto di te, anche perché eri il migliore nella squadra di lotta libera.»

«Due volte vincitore del All New England» disse l'avvocato con un sorriso, indicando a Joel la sedia accanto alla sua. «Siediti; immagino che sia una sorpresa per te, ed è proprio per questo che ho voluto parlarti prima della riunione; penso proprio che non avrei fatto una bella figura se tu avessi gridato: "Impostore!" vedendomi entrare, vero?»

«Certo, la sorpresa è stata grande, ma sta' tranquillo, non ho intenzione di gridare.» Converse si sedette, la ventiquattrore sempre ai suoi piedi, e studiò con attenzione il suo avversario. «Che cosa significa il nome Halliday? Perché non mi hai detto nulla al telefono?»

«Oh, via, cosa potevo dirti? Oltretutto, vecchio mio, se ben ricordi, tu mi conoscevi come Tinkerbell Jones, e non ti saresti mai fatto vivo all'appuntamento.»

«Fowler è in galera?»

«Ci sarebbe finito, se non avesse pensato di spararsi un colpo alla tempia» rispose Halliday, senza ironia.

«Sei pieno di sorprese. E tu come sei venuto fuori, per partenogenesi?»

«No, io sono il figlio di quel Fowler.»

Converse rimase senza parole per un attimo. «Forse dovrei chiederti scusa.»

«E perché? Non potevi saperlo. Ecco perché non finii la scuola anche se... maledizione, ci tenevo davvero a vincere anche quell'anno. Sarei stato l'unico nella storia della scuola a vincere il titolo per tre anni di seguito!»

«Mi dispiace. E che cosa successe... naturalmente se non sono informazioni riservate, perché in tal caso non ti chiederei più nulla.»

«Per te non c'è nulla di riservato, avvocato. Ti ricordi quando siamo andati a New Haven a prendere quei porci alla stazione delle corriere?»

«Ci vantavamo di essere studenti di Yale...»

«E siamo andati in bianco...»

«A forza di fare l'occhiolino, mi era venuto il mal di testa.»

«Ragazzi» disse Halliday. «Hanno anche scritto un libro su di noi. Ma siamo davvero così poco virili?»

«Oh, non preoccuparti, prima o poi torneremo di moda. Siamo l'ultimo gruppo di minoranza rimasto, così prima o poi prenderanno in simpatia anche noi... Cosa successe, Avery?»

In quel momento si avvicinò il cameriere, che interruppe il flusso di quei ricordi; entrambi ordinarono caffè all'americana e brioche, le specialità della casa. Il cameriere prese due tovaglioli rossi, li piegò a cono e li mise sul tavolo.

«Cosa successe?» disse Halliday, con voce pacata e in tono quasi retorico, dopo che il cameriere se ne fu andato. «Quello splendido figlio di puttana che era mio padre si intascò quattrocentomila dollari mentre era amministratore della Chase Manhattan e quando lo presero, pensò bene di spararsi un colpo alla tempia. Chi poteva immaginare che un tranquillo amministratore, che faceva il pendolare da Greenwich, nel Connecticut, avesse ben due donne a New York, una nell'Upper East Side e l'altra in Bank Street. Te l'ho detto, era molto bello.»

«E anche sempre indaffarato, immagino. Comunque, ancora non mi hai spiegato il mistero di Halliday.»

«Dopo il suicidio, tutto venne messo a tacere e mia madre tornò dalle sue parti, a San Francisco, con propositi di vendetta. Come sai, noi siamo della California... Ma già, perché dovresti saperlo? Quale migliore vendetta che sposare il mio patrigno, John Halliday, e cancellare completamente tutte le tracce di Fowler?»

«Cancellando addirittura anche il tuo nome di battesimo?»

«No, una volta arrivati a San Francisco, tutti cominciarono a chiamarmi "Press". In California va di moda abbreviare i nomi: Tab, Troy, Crotch... immagino che sia la sindrome di Beverly Hills negli anni cinquanta. A Taft, ero iscritto come "Avery Preston Fowler", e tutti voi mi chiamavate Avery o, ancora peggio, "Ave". Ma quando fui trasferito, non dissi nulla: una volta in Connecticut, seguii il vangelo secondo Holden Caulfield.»

«Finalmente ho capito» disse Converse «ma cosa succede quando incontri uno come me? Sarà capitato, no?»

«Non molto spesso, a dire il vero. Dopotutto, sono passati un bel po' d'anni, e la gente con cui sono cresciuto in California non ha mai avuto problemi ad accettare una cosa del genere: là i ragazzi cambiano nome secondo gli umori e le sbandate delle rispettive madri, e all'Est ci sono stato poco, giusto il tempo di frequentare il quarto e il quinto anno. A Greenwich conoscevo pochissima gente, e ormai non facevo più parte del gruppo di Taft.»

«Ma avevi degli amici. Noi due, ad esempio, eravamo amici.»

«Sì, ma eri uno dei pochi. Parliamoci chiaro: io per voi ero un estraneo, e oltretutto non ero nemmeno tanto bravo a scuola.»

«Eri bravissimo in palestra, però.»

Halliday si mise a ridere. «Non molti lottatori diventano avvocati; credo che ci sia qualcosa di incompatibile. Comunque, per rispondere alla tua domanda, mi è capitato soltanto cinque o sei volte di sentire una voce vagamente familiare che mi diceva: "Ehi, ma tu non sei il Tal-dei-Tali?". Be', quando è capitato, ho detto la verità: "Sì, mia madre si è risposata quando avevo sedici anni".

Intanto erano arrivate le brioche e i caffè, e Joel aveva diviso il suo cornetto in due parti. «E così hai pensato che avrei potuto chiederti chi eri proprio nel bel mezzo della riunione, vero?»

«Sì, una sorta di cortesia professionale. Non volevo che tu perdessi tempo, energie e concentrazione a pensare chi potevo essere mentre magari si trattava qualcosa di estremamente importante per il tuo cliente. Dopotutto, mi ricordo che insieme cercammo di liberarci dalla nostra verginità quella sera a New Haven.»

«Parla per te» disse Joel con un sorriso.

Halliday fece una smorfia. «Fu una cosa disgustosa e lo riconoscemmo entrambi, non ricordi? Fra l'altro, abbiamo giurato di mantenere il segreto, mentre vomitavamo.»

«Volevo solo metterti alla prova, avvocato. Ricordo benissimo. Così, hai lasciato la folla di quelli che si vestono di grigio per metterti camicie arancioni e medaglioni gialli?»

«Già. Berkeley, e poi Stanford.»

«Una buona scuola... Ma come sei arrivato in campo internazionale?»

«Viaggiare mi è sempre piaciuto, e ho pensato che potevo unire l'utile al dilettevole. E tu? Penso che tu abbia viaggiato più di quanto volevi, no?»

«Ero nella sezione legale del corpo diplomatico del Dipartimento di Stato, ma il lavoro mi ha deluso. Così ho cominciato a pensare a qualcos'altro.»

«Dopo tutti quei viaggi che ti avevano fatto fare?»

Converse fissò gli occhi azzurri in quelli di Halliday, ben sapendo che erano freddi come il ghiaccio. Era inevitabile, anche se come sempre era fuori luogo. «Sì, dopo tutti quei viaggi che mi hanno fatto fare: c'erano troppe bugie e nessuno ci diceva niente finché era troppo tardi. Siamo stati manovrati come burattini, e non sarebbe dovuto succedere.»

Halliday si sporse in avanti, i gomiti sul tavolo, le dita intrecciate, lo sguardo fisso in quello di Joel. «Non riuscivo a capire» disse, a voce bassa. «Quando ho letto il tuo nome sui giornali e ti ho visto alla televisione, mi è venuto il disgusto. Non che ti conoscessi poi tanto bene, ma mi piacevi.»

«È stata una reazione naturale, e sono sicuro che anche tu avresti reagito allo stesso modo se fossi stato nei miei panni.»

«No, io credo proprio di no. Ero uno degli animatori del movimento di protesta.»

«Ricordo che bruciasti la cartolina mentre agitavi lo stendardo degli yippie» disse Converse con voce dolce, mentre pian piano il gelo si scioglieva nei suoi occhi. «Io non ebbi il tuo stesso coraggio.»

«Non lo ebbi neanch'io, perché quella che bruciai fu la tessera della biblioteca.»

«Mi deludi.»

«Anch'io pensai di essere deludente. Ma ero una persona in vista.» Halliday si appoggiò allo schienale della sedia e prese la sua tazza. «E tu, come hai fatto, Joel? Non pensavo che fossi il tipo.»

«Infatti non lo ero. Sono stato costretto.»

«Prima hai detto "manovrato come un burattino".»

«Quello è venuto dopo.» Converse prese la tazza e bevve un sorso di caffè, sentendosi a disagio per la piega che aveva preso quella conversazione. Non gli piaceva discutere quello che era successo in quegli anni e troppo spesso gli veniva richiesto: per questo, era finito con il diventare una persona del tutto diversa da quella che era in realtà. «Facevo il secondo anno ad Amherst, e non ero uno dei migliori... anzi, a dire il vero, non valevo un granché come studente; anzi, ero proprio scarso, e non credo che sarei andato molto lontano. Però, avevo imparato a pilotare un aereo fin dall'età di quattordici anni.»

«Non lo sapevo» lo interruppe Halliday.

«Mio padre non era bello, e non aveva amanti, ma era un pilota, che più tardi entrò a far parte dell'organico della Pan Am. In casa nostra, si imparava prima a pilotare l'aereo e poi a guidare l'automobile.»

«Hai fratelli o sorelle?»

«Una sorella più giovane. Lei ha imparato a pilotare l'aereo ancor prima di me, e credo che sia una cosa che non dimenticherò mai.»

«Ah, sì! Ricordo. È stata anche intervistata in televisione.»

«Sì, due volte» disse Joel con un sorriso. «Era dalla tua parte, e non gliene importava un accidente che si sapesse; dalla Casa Bianca partì l'ordine di starle lontano: non fatene una martire, e già che ci siete date un'occhiata alla sua posta.»

«Ecco perché me la ricordo» disse Halliday. «E fu così che la scuola perse uno studente mediocre e la Marina guadagnò un pilota entusiasta.»

«No, non entusiasta, nessuno di noi lo era. Anche perché appena ci scaldavamo un po' di più, si correva il rischio di bruciarsi.»

«Comunque, dovevi odiare la gente come me; esclusa tua sorella, naturalmente.»

«Sì, ho odiato anche lei» disse Converse. «L'ho odiata, disprezzata, ho provato furore e rabbia nei suoi confronti, ma soltanto quando uccidevano qualcuno o quando qualcuno dei miei compagni improvvisamente impazziva. Non vi odiavo per quello che dicevate — tutti noi conosciamo Saigon — ma perché lo dicevate senza provare paura. Eravate al sicuro, e ci facevate sentire degli imbecilli: imbecilli impauriti, che non sapevano neanche più parlare.»

«Sì, ti capisco.»

«Grazie tante.»

«Mi dispiace, non intendevo dire quello che hai capito tu.»

«E che cosa ho capito, avvocato?»

Halliday aggrottò le sopracciglia. «Ti sono sembrato accondiscendente, immagino.»

«E immagini bene» disse Joel.

«Hai ancora rabbia in corpo.»

«Sì, ma non con te: quello che mi da più fastidio è parlare di queste cose, e invece scopro sempre che ritornano a galla.»

«Tutta colpa del Servizio Pubbliche Relazioni del Pentagono; per un certo periodo sei stato l'eroe *bona fide* del telegiornale. Se ricordo bene, sei scappato tre volte; le prime due volte ti hanno riacciuffato, facendoti pagare salato quel che avevi tentato di fare, ma alla terza ci sei riuscito, vero? Centinaia di miglia attraverso la giungla infestata dai nemici prima di raggiungere le nostre postazioni...»

«Erano appena cento miglia, e sono stato molto fortunato. Nei primi due tentativi sono stato responsabile della vita di otto uomini, e non ne vado molto orgoglioso. Possiamo tornare all'affare Comm Tech-Bern?»

«Concedimi ancora qualche minuto» disse Halliday, spingendo da una parte la sua brioche. «Ti prego, non ho nessuna intenzione di rivangare quegli episodi per pura curiosità. Ho qualcosa in mente, sempre che tu mi conceda di avere una mente.»

«Preston Halliday ha una bella mente, e la sa usare. Se i miei colleghi hanno detto il vero, sei una vera e propria volpe. Ma io ho conosciuto un tizio che si chiamava Avery, non Press.»

«Allora diciamo che è Fowler che ti parla, se ti senti più a tuo agio.»

«Cosa vuoi dirmi?»

«Prima di tutto voglio farti un paio di domande; devo essere estremamente preciso, perché anch'io ho una reputazione da difendere. Si dice che tu sia uno dei migliori a livello internazionale, ma tutti coloro con cui ho parlato di te non riescono a capire perché Joel Converse rimane con uno studio legale relativamente piccolo quando potrebbe salire ben più in alto. Oppure camminare per conto suo, con le sue gambe.»

«Per caso mi stai offrendo un lavoro?»

«Non certo io, io non offro lavoro a nessuno. Si tratta di John Halliday, avvocato, San Francisco.»

Converse fissò la metà della brioche che gli stava di fronte e decise di non mangiarla. «Qual era la domanda, avvocato?»

«Perché rimani dove sei?»

«Mi pagano bene, e sono io che comando. E poi, non mi piace correre rischi: c'è una piccola faccenda che riguarda certi alimenti, una faccenda non del tutto spiacevole, ma che pretende attenzione.»

«Ci sono anche dei bambini?»

«No, grazie al cielo.»

«Che cosa successe, quando lasciasti la Marina? Come ti sentivi?» Halliday si era di nuovo sporto in avanti, con il gomito sul tavolo e il mento appoggiato alla mano... uno studente che vuole saperne di più. O qualche altra cosa.

«Chi sono le persone con le quali hai parlato?» chiese Converse.

«Informazione riservata, avvocato, almeno per il momento. Naturalmente, non puoi chiedere di più, no?»

Joel sorrise. «Sì, sei veramente una volpe... Benissimo, il vangelo secondo Converse. Sono uscito da quella tragedia della mia vita con il desiderio di tutto. Provavo collera, questo è certo, ma provavo anche il desiderio di possedere tutto. Lo studente mediocre diventò un allievo modello, e sarei bugiardo se dicessi che non ricevette alcun trattamento preferenziale. Tornai a Amherst e in tre semestri recuperai due anni e mezzo di studi; poi il Duke mi offrì un corso accelerato ed io accettai, dopodiché seguii vari corsi di specializzazione a Georgetown, mentre facevo pratica.»

«Hai fatto pratica a Washington?»

Converse annuì. «Sì.»

«E da chi?»

«Nello studio legale Clifford.»

Halliday si lasciò sfuggire un fischio di ammirazione, appoggiandosi allo schienale della sedia. «È un'esperienza d'oro, il passaporto per il paradiso di Blackstone e per le multinazionali.»

«Te l'ho già detto, ho goduto di un trattamento preferenziale.»

«Fu allora che pensasti al Dipartimento di Stato? Mentre eri a Georgetown? A Washington?»

Di nuovo, Joel annuì, socchiudendo gli occhi mentre un raggio di sole riflesso da qualcosa che passava sul boulevard lo colpì in pieno volto. «Sì» rispose con voce pacata.

«Avresti potuto continuare» disse Halliday.

«Loro mi volevano per ragioni che io ritenevo sbagliate. Quando capirono che quel che avevo in mente era diverso da ciò che loro avevano pensato, non mi permisero nemmeno di fare il giro turistico del Dipartimento di Stato.»

«E lo studio legale Clifford? Dovevi essere prezioso per loro...» Poi, prima che Joel parlasse, l'altro alzò ambedue le mani come per fermarlo. «Lo so, lo so, sempre le ragioni sbagliate.»

«In quel caso, erano i numeri sbagliati» insisté Converse. «C'erano più di quaranta avvocati che aspiravano a quel che aspiravo io e altri duecento circa in lista d'attesa. Probabilmente avrei trascorso dieci anni là dentro prima di trovare il gabinetto e altri dieci a cercare di farmi dare la chiave. No, non era quello che volevo io.»

«E che cosa volevi tu?»

«Più o meno quello che ho ora: te l'ho detto, mi pagano bene, e sono io il capo, almeno per quel che riguarda gli affari internazionali, che è quello che mi interessa.»

«Ma quando hai cominciato a lavorare per loro, non potevi saperlo» obiettò Halliday.

«Be', mi dissero che probabilmente sarebbe stato così. Quando Talbot, Brooks e Simon, "il piccolo studio legale", come lo chiami tu, vennero da me, ci capimmo al volo: dopo quattro o cinque anni di apprendistato, avrei preso il posto di Brooks. Era lui che si occupava di affari internazionali, ed era stufo di aerei e di fusi orari.» Di nuovo Converse fece una pausa. «Evidentemente, il periodo del mio apprendistato è andato bene.»

«Ed evidentemente, fra le altre cose ti sei anche sposato.»

Joel si appoggiò allo schienale della sedia. «È proprio necessario?»

«No, anzi non c'entra proprio nulla, ma mi interessa personalmente.»

«Perché?»

«Diciamo che si tratta di una curiosità naturale» disse Halliday con uno sguardo divertito. «Penso che anche tu ti comporteresti allo stesso modo se fossi in me ed io avessi passato quello che hai passato tu.»

«Vedo la volpe proprio di fronte a me» mormorò Converse.

«Naturalmente non sei obbligato a rispondere, avvocato.»

«Lo so, ma stranamente stavolta non m'importa; anche lei ha avuto la sua parte di noie con la faccenda di "quel-che-devo-aver-passato". Spezzò in due parti il pezzo di brioche che gli era rimasto, ma lo lasciò sul piattino. «Comodità, convenienze e una vaga immagine di stabilità» disse.

«Cioè?»

«Sono parole sue» continuò Joel. «Mi ha detto che l'unico motivo per il quale l'ho sposata era quello di avere un posto dove tornare la sera, dove qualcuno mi preparasse qualcosa da mangiare e mi lavasse la biancheria, e magari mi eliminasse anche tutta la perdita di tempo e di energie che di solito uno impiega per trovare qualcuna con cui andare a letto. Sposandola, avrei acquisito l'immagine giusta... "E Cristo, dovevo recitare la mia parte"... anche queste sono parole sue.»

«È vero?»

«Te l'ho già detto, una volta tornato volevo tutto, e lei faceva parte di quel tutto. Sì, è vero. Cuoca, cameriera, lavandaia, amante, e all'occasione anche un qualcosa di attraente e di accettabile da prendere sottobraccio. Una volta mi ha detto che mi comportavo come il gallo del pollaio.»

«Dalle sue parole, sembra quasi una bambina.»

«Sì, lo era, e lo è ancora.»

«Sbaglio, o vedo una remota possibilità di riconciliazione?»

«Ti sbagli.» Converse scosse la testa, con un mezzo sorriso sulle labbra e appena una traccia di luce divertita negli occhi. «Anche lei è stata manovrata come un burattino, e non sarebbe dovuto accadere. Comunque, la vita che conduco ora mi piace veramente. Ci sono degli uomini che non sono portati per il focolare e le pantofole, anche se ogni tanto lo vorrebbero.»

«Se le pantofole sono calde, non si sta male.»

«Ne sai qualcosa?» chiese Joel, spostando il discorso sulla vita dell'amico.

«Ci sono dentro fino al collo: dentisti e pagelle. Sono sposato, con cinque figli, e sono contento, tanto che non potrei immaginare una vita diversa.»

«Ma viaggi molto, non è vero?»

«Già, e quando torno a casa mi fanno sempre una gran festa.» Halliday si sporse in avanti, come per studiare meglio un testimone. «E così mi sembra di capire che tu non abbia legami, nessuno da cui tornare.»

«Magari Talbot, Brooks e Simon si offenderebbero di fronte ad un'osservazione del genere; ed anche mio padre: da quando è morta la mamma, ceniamo insieme almeno una volta alla settimana, a meno che non sia in viaggio da qualche parte. Sai, ha libero accesso su tutti i voli e viaggia senza spendere una lira.»

«E viaggia molto?»

«Un giorno è a Copenaghen, la settimana dopo a Hong Kong e così via: gli piace muoversi, insomma. Ha sessantotto anni e in vita sua ha fatto parecchie esperienze, di tutti i tipi.»

«Credo proprio che andremmo d'accordo, io e tuo padre.»

Converse si strinse nelle spalle, sorridendo. «Io credo di no. Lui pensa che tutti gli avvocati, me incluso, siano pezze da piedi e si considera l'ultimo dei piloti di una volta, di quelli con la sciarpa bianca al collo.»

«Sì, sono sicuro che andremmo d'accordo... Ma al di fuori di tuo padre e lo studio legale per il quale lavori, non ci sono... chiamiamole così... relazioni stabili nella tua vita?»

«Se intendi dire donne, ce ne sono un paio, e siamo buoni amici, e penso che discorsi del genere dovrebbero interrompersi a questo punto.»

«Te l'ho già detto, ho un buon motivo per fare tutte queste domande» disse Halliday.

«E allora sputa il rospo, avvocato, perché i testimoni li hai già interrogati.»

Halliday annuì. «Va bene, come vuoi. Le persone con le quali ho parlato vogliono sapere se sei libero di viaggiare.»

«In questo caso, la risposta è no. Ho un lavoro e sono responsabile nei confronti dello studio legale che mi ha assunto. Oggi è mercoledì; entro venerdì dovremmo definire l'accordo e dopo un week-end di vacanza devo tornare in ufficio, dove mi aspettano per lunedì.»

«E se trovassimo una soluzione anche per questo?»

«Impossibile.»

«E se ti venisse offerto qualcosa cui ti sarebbe difficile rinunciare?»

«Questo è addirittura ridicolo.»

«Abbi fiducia in me» disse Halliday. «Cinquecentomila dollari se accetti la nostra proposta, un milione di dollari se porti a compimento quello che ti verrà richiesto.»

«Sei pazzo!» Ci fu un altro riflesso che abbagliò Converse, stavolta più a lungo di prima; alzò la mano per ripararsi dalla luce mentre guardava l'uomo che una volta aveva conosciuto come Avery Fowler. «Anche se in questo caso l'etica professionale non c'entra, perché ormai l'accordo è definito e rimangono soltanto le ultime formalità da precisare, il tuo è un atteggiamento sospetto: non mi piace ricevere offerte (e in particolar modo offerte semplicemente folli) da un avvocato che mi ritroverò di fronte domani mattina.»

«Sono due cose distinte, e poi l'hai detto tu stesso: ormai l'accordo è definito, ed avete fatto tutto tu ed Aaron. Da parte mia, conosco perfettamente l'etica professionale, tanto che la mia parcella sarà molto contenuta: gli svizzeri dovranno pagarmi soltanto il tempo che ho materialmente impiegato, perché non c'è stato assolutamente bisogno di intervenire in nulla. Infatti, li ho consigliati di firmare l'accordo così com'è, senza cambiare nemmeno una virgola. Come vedi, è tutto regolare.»

«A me sembra tutto pazzesco, invece» disse Joel. «A parte il fatto che mi sembra impossibile trovare un accordo che possa andar bene per Talbot, Brooks e Simon, ti rendi conto che mi stai offrendo l'equilvante di due anni e mezzo di stipendi semplicemente per dire di sì?»

«E allora di' sì» intervenne Halliday. «Abbiamo bisogno di te.»

«*Abbiamo*? Altra rivelazione! Io credevo che fossero *loro* ad aver bisogno di me, la gente con cui hai parlato. Fuori il rospo, Press.»

A. Preston Halliday fissò Joel negli occhi. «Ci sono dentro anch'io, e per questo posso assicurarti che sta succedendo qualcosa che non dovrebbe succedere: vogliamo che tu intervenga a bloccare certi affari di una certa compagnia. È roba sporca e pericolosa, ma possiamo darti tutti i mezzi che vorrai.»

«Che compagnia?»

«Il nome non ti direbbe niente, perché non figura da nessuna parte. Diciamo che si tratta di un governo in esilio.»

«Cosa?»

«Un gruppo di uomini che la pensano in una certa maniera e che stanno creando dei presupposti che garantiranno loro influenza dove non dovrebbero averla... autorità quando non ce ne sarebbe bisogno.»

«E dove accade tutto questo?»

«In luoghi che questo povero, inetto mondo non si sogna neppure. Loro possono farlo perché nessuno se lo aspetta.»

«Mi sembri molto misterioso.»

«La verità è che ho paura. Li conosco.»

«Ma disponi dei mezzi per combatterli» disse Converse. «Immagino che questo significhi che hanno anche loro dei punti deboli.»

Halliday annuì. «Almeno, noi lo speriamo. Abbiamo qualche traccia, ma ci vorrebbe qualcuno che andasse a fondo, che ricomponesse i pezzi di questo mosaico. Abbiamo ragione di credere che queste persone abbiano infranto la legge, e siano occupati in attività e in transazioni proibite dai rispettivi governi.»

Joel rimase in silenzio per qualche istante, studiando l'uomo che gli stava di fronte. «Governi?» chiese. «Al plurale?»

«Sì.» Halliday abbassò la voce. «Sono di nazionalità diverse.»

«Ma costituiscono una compagnia...» disse Converse, cercando di capirci qualcosa. «Una società?»

«Sì, in un certo senso.»

«Che significa "in un certo senso?"»

«Significa che non è così semplice come sembra.»

«Te lo spiego io» lo interruppe Joel. «Voi avete le tracce, no? E allora, a caccia dei lupi cattivi ci andate voi! Per quel che mi riguarda, il lavoro che faccio mi piace.»

Halliday aspettò qualche istante, poi disse: «Il lavoro che *facevi*...».

Di nuovo ci fu silenzio, mentre i due si studiavano: «Che cosa hai detto?» chiese Converse, gli occhi azzurri ormai della durezza del ghiaccio.

«Lo studio legale per il quale lavori è stato comprensivo e ti ha accordato un periodo di congedo.»

«Figlio di puttana vigliacco! Chi ti ha dato il diritto di andare da...»

«Il generale George Marcus Delavane» lo interruppe Halliday, con voce piatta.

Fu come se all'improvviso dalla luce del sole fosse uscito un lampo e fosse andato a bruciare negli occhi di Joel, trasformando il ghiaccio in fuoco. Poi nella testa gli esplose il tuono.

I piloti erano seduti intorno al tavolo rettangolare nel quadrato degli ufficiali; qualcuno beveva il caffè, altri più semplicemente fissavano il liquido brunastro, senza osar rompere quel silenzio. Sessanta minuti prima, avevano volato su Pak Song, bombardando i battaglioni dei nordvietnamiti che avanzavano e dando così tempo agli ARVN e alle truppe americane di organizzarsi per sostenere l'attacco. Una volta completata la missione erano ritornati alla base... tutti meno uno: avevano perso l'ufficiale comandante. Il tenente colonnello Gordon Ramsey era stato colpito da una bomba che aveva deviato dalla traiettoria ed era andata a finire proprio sulla fusoliera del suo aereo: l'esplosione che ne era seguita aveva dato la morte ad un uomo che viaggiava a seicento miglia orarie nel cielo, una vita umana stroncata in un batter di ciglia. Poi il tempo si era messo al brutto, e per qualche giorno non sarebbe stato possibile uscire in missione: c'era tempo per pensare o forse per angosciarsi.

«Tenente Converse» disse un marinaio entrando nel quadrato.

«Sì?»

«È desiderato negli alloggi del capitano, signore.»

Probabilmente seguono dei corsi speciali dove imparano a parlare forbito, pensò Joel, seguendo il marinaio e rispondendo agli sguardi tristi di quegli uomini intorno al tavolo. Se lo aspettava, ma non gli andava lo stesso: l'idea di una promozione era in quel momento qualcosa di sgradito. Anche perché non gli veniva da un'anzianità superiore di quella dei compagni, ma dal fatto di avere alle spalle un maggior numero di ore-volo degli altri: per questo era stato scelto per comandare lo squadrone.

Mentre saliva sul ponte, vide la sagoma di un immenso elicottero Cobra che avanzava verso la portaerei; ancora qualche minuto e sarebbe stato proprio sopra di loro, dopodiché avrebbe cominciato ad abbassarsi: era evidente che c'erano visite.

«È una perdita terribile, Converse» disse il capitano scuotendo la testa con tristezza. «E devo scrivere una lettera troppo penosa. Dio sa che è sempre difficile, ma stavolta mi sembra ancora più angoscioso del solito.»

«Siamo tutti nelle stesse condizioni, signore.»

«Sì, immagino.» Il capitano scosse ancora la testa. «Sono sicuro che lei sa perché l'ho fatta chiamare.»

«Non esattamente, signore.»

«Ramsey diceva sempre che lei era il migliore, e per questo abbiamo deciso di affidarle il comando di uno degli squadroni più abili presenti nel Mar Cinese del Sud.» In quel momento, il telefono suonò, interrompendo l'ufficiale. «Sì?»

Seguì una scena che Converse non si aspettava certamente; all'inizio il capitano si limitò ad aggrottare la fronte, poi i muscoli del viso si tesero e negli occhi comparve un'espressione di rabbia e di allarme. «Cosa?» esclamò, alzando la voce. «Non ci aveva avvertito nessuno... avete controllato i messaggi radio?» Ci fu un attimo di silenzio, poi il capitano sbatté giù la cornetta e gridò: «Cristo!». Quindi, guardando Converse, aggiunse: «Sembra che avremo il dubbio onore di un'ispezione da parte del Comando di Saigon... un'ispezione, capisce?».

«Con il suo permesso, ritornerei di sotto, signore» disse Joel, salutando.

«No, non ancora, tenente» gli rispose il capitano in tono pacato ma deciso. «Le stavo dando gli ordini, e siccome riguardano le operazioni aeree di questa nave, lei le ascolterà fino in fondo. Almeno, faremo capire a Marcus il Pazzo che sta interferendo con faccende che riguardano soltanto la Marina.»

Nei trenta secondi che seguirono i due furono impegnati con la routine dell'assegnazione di un comando e la spiegazione delle nuove responsabilità. All'improvviso vi fu un rapido bussare alla porta mentre la figura maestosa del generale di Corpo d'Armata George Marcus Delavane entrava nella stanza, dominandola con la sua sola presenza.

«Capitano...» disse, salutandolo per primo nonostante l'inferiorità del grado. La voce, che era forse un po' troppo acuta, sembrava cordiale, ma gli occhi erano irrimediabilmente ostili.

«Generale...» rispose il capitano, salutando insieme a Converse. «Si tratta di un'ispezione a sorpresa del Comando di Saigon?»

«No, si tratta di una chiacchierata tra lei e me... tra il Comando di Saigon e una delle forze minori, che era piuttosto urgente.»

«Capisco» disse il capitano, cercando di rimanere calmo mentre la sua collera era ben visibile. «Comunque, stavo impartendo ordini a quest'uomo, e siccome sono urgenti anche questi, credo...»

«... crede di potersene tranquillamente fregare degli ordini che io *impartisco!» lo interruppe Delavane.*

«Generale, è stata una giornata stressante, oltre che molto triste per noi» disse il capitano. «Proprio un'ora fa abbiamo perso uno dei nostri migliori piloti...»

«Che scappava!» lo interruppe nuovamente Delavane, la mancanza di tatto in quella frase sottolineata dal tono nasale della voce. «Non è forse vero? Non l'hanno colpito sulla coda?»

«No, questo non è vero!» disse Converse, incapace di trattenersi. «Sto per prendere il posto di quell'uomo e non tollero che si dicano menzogne... generale!»

«Chi diavolo è lei?»

«Si calmi, tenente. Può andare.»

«Mi permetto di insistere, capitano; vorrei rimanere e rispondere al Generale!» gridò Joel, rifiutandosi di andarsene.

«Che cosa vorrebbe fare lei, soldatino tirato a lucido?»

«Mi chiamo...»

«Basta! Non mi interessa!» Delavane si rivolse al capitano. «Quel che voglio sapere è perché lei si permette di disobbedire ai miei ordini... gli ordini del Comando di Saigon! Avevo chiesto un attacco per le quindici e lei si è "rispettosamente rifiutato" di obbedire!»

«Il tempo non lo permette e lei dovrebbe saperlo meglio di me!»

«Ho consultato i miei meteorologi, e dicono che è possibilissimo!»

«Ho il sospetto che se chiedesse a quelli del suo servizio meteorologico se è possibile volare durante un monsone, le risponderebbero di sì!»

«L'avverto che questa si chiama insubordinazione!»

«Ed io l'avverto che lei si trova sulla mia nave e che qui comando io.»

«Mi chiami il marconista. Telefoneremo all'Oval Office, se necessario, e allora vedremo chi comanda qui dentro.»

«Sono sicuro che lei vorrà parlare a quattr'occhi... magari con un telefono speciale. La faccio accompagnare.»

«Maledizione! Ci sono quattromila uomini, di cui il venti per cento veterani, che si stanno muovendo nel Settore Cinque! Abbiamo bisogno di un attacco aereo dal mare e dalla terra e lo avremo, dovesse costarle la poltrona nel giro di mezz'ora. E guardi che posso benissimo fare una cosa del genere, capitano!... Siamo qui per vincere, vincere e vincere! Non abbiamo bisogno di figli di papà vestiti di azzurro che vogliono spuntarla a tutti i costi! Forse prima d'ora nessuno glielo aveva mai detto, ma la guerra è un rischio continuo, capitano!»

«Io ci sono stato, generale. E proprio per questo dico che il buon senso può farci risparmiare vite umane, e che risparmiando vite umane si può vincere la prossima battaglia.»

«Io voglio vincere questa *battaglia, con o senza di lei, razza di spaventapasseri vestito di blu!»*

«La prego di moderare il linguaggio, generale.»

«Cosa?» Delavane aveva gli occhi di un animale selvaggio e il volto contratto in una maschera di furore. «Lei si permette di dire una cosa del genere a me? Al Comando di Saigon? Bene, può fare o dire tutto quello che vuole, mio caro spaventapasseri con le mutande di seta, ma l'incursione nella valle del Tho si farà.»

«Il Tho?» interruppe Converse. «Fa parte del tracciato del Pak Song. Lo abbiamo colpito già quattro volte ed io conosco bene il territorio.»

«Lo conosce?» urlò Delavane.

«Sì, ma prendo ordini soltanto dal comandante di questa nave, generale.»

«Lei prende ordini dal Presidente degli Stati Uniti, che è il comandante in capo delle forze armate, mio caro piscialetto, e fra poco quegli ordini li avrà sul tavolo!»

Il volto di Delavane era a pochi centimetri da quello di Converse, e quell'espressione da pazzo furioso mise a dura prova il controllo sui nervi di Joel: l'odio si univa al disgusto, e Converse si sentì dire, senza rendersi conto che era lui a pronunciare quelle parole: «Anch'io la consiglio di badare a come parla, generale».

«Perché piscialetto? Forse lo spaventapasseri in blu ha nascosto microfoni nella stanza?»

«Calma, tenente! Le ho già detto che può andare!»

«Vuole che io moderi le parole, vero, mio bell'aviere con le stellette? No, mio caro, dovrà essere lei a pentirsi per quello che ha detto. Se quella squadriglia non è in aria alle quindici precise, giuro che sbandiererò ai quattro venti che questa bagnarola è piena di cacasotto. Ha capito, spaventapasseri con le mutande di seta, brutto marinaio da strapazzo?»

Era stato ancora una volta Joel a rispondere, e ancora una volta si era stupito delle sue stesse parole: «Non so da dove provenga, signore, ma spero sinceramente che un giorno potremo incontrarci in una occasione diversa. Io penso che lei sia un grandissimo figlio di puttana, signore».

«Insubordinazione! Me la pagherà!»

«Tenente! Le ripeto che può andare!»

«No, comandante, perché lo vuol mandare via proprio ora?» gridò il generale. «Dopotutto, perché non possiamo mandare proprio lui come comandante della squadriglia che effettuerà il raid? Allora, cosa scegliete, bei marinaretti? Vi fate un bel volo, volete il Presidente degli Stati Uniti, o preferite...

Alle quindici e venti esatte la squadriglia comandata da Converse decollò dal ponte. Alle quindici e trentotto, mentre procedevano in mezzo al temporale a bassa quota, vi furono i primi incidenti e i due aerei laterali vennero abbattuti... la morte a seicento miglia orarie. Alle quindici e quarantasei il motore di destra dall'aereo di Joel esplose: volavano bassi, ed erano facile preda della contraerea. Alle quindici, quarantasei minuti e trenta secondi, incapace ormai di dirigere l'apparecchio, Converse si paracadutava in mezzo alle nuvole, sballottato a destra e a sinistra dai venti forti. Mentre precipitava a terra, con l'imbracatura del paracadute che gli mordeva le carni, un'immagine gli roteava vivida davanti agli occhi: il volto da maniaco del generale George Marcus Delavane. Grazie ad un pazzo, stava per cominciare un soggiorno all'inferno, e non sapeva se e quando avrebbe avuto fine. E, come seppe in seguito, le perdite a terra furono ancora più consistenti.

Delavane! Il Macellaio di Danang e Pleiku. Il boia di migliaia di soldati, mandati per suo ordine nella giungla senza preparazione né armi adeguate. Nei campi ogni giorno venivano portati ragazzi feriti e spaventati a morte che tentavano di non scoppiare a piangere; quando poi capivano la verità, piangevano senza ritegno. Le loro storie erano variazioni su uno stesso, disgustoso tema: truppe senza esperienza e senza preparazione venivano quotidianamente mandate allo sbaraglio, nella speranza che il loro numero bastasse a spaventare il nemico che spesso quei ragazzi non riuscivano nemmeno a vedere. E quando invece il numero non era sufficiente, si richiedevano altre forze, e così via, massacro dopo massacro. Per tre anni al quartier generale avevano dato ascolto ad un pazzo. Delavane! Il guerrafondaio di Saigon, il vero esecutore di migliaia di uomini, quando riuscivano a rimanere uomini e non si riducevano ad un ammasso di brandelli sparsi a destra e a sinistra; Delavane! Maniaco, bugiardo, un uomo che applaudiva la morte senza una causa! Un uomo che alla fine si era rivelato troppo letale anche agli occhi degli zeloti del Pentagono... uno zelota che aveva superato tutti gli altri, disgustando persino coloro che la pensavano come lui. Allora, soltanto allora, lo avevano richiamato in patria e sostituito, mandandolo in pensione, da dove, non contento di quello che aveva fatto, continuava a scrivere diatribe acclamate dai fanatici che con esse alimentavano le proprie furie personali.

Uomini del genere non devono più salire al potere, non capite? Era lui il nemico, il NOSTRO nemico! Così aveva detto Converse, urlando in un momento di rabbia, di fronte ad un gruppo di uomini in divisa che si erano guardati l'un l'altro, evitando di guardare lui, evitando di rispondere alle sue domande. Lo avevano ringraziato, dicendogli che la patria doveva molto a lui e ad altri come lui e che, riguardo a quella sua ultima asserzione, doveva cercare di capire che spesso un problema, e la sua risoluzione, hanno diversi aspetti, e che altrettanto spesso avere la responsabilità di un comando è molto diverso da come appare a quelli che non l'hanno. In tutti i casi, il Presidente aveva invitato la nazione a curare le proprie ferite: che bisogno c'era di alimentare fuochi già spenti? E poi la stretta finale, la minaccia.

«Lei stesso ha conosciuto la tremenda responsabilità di comandare su qualcuno, tenente» gli aveva detto un avvocato della Marina dal volto pallido, guardandolo appena, mentre sfogliava le pagine del suo dossier. «Prima di arrivare alla fuga — da solo, e tirandosi fuori da una buca nel terreno piuttosto distante dal campo — lei aveva già tentato altre due volte, e coinvolgendo diciassette uomini. La fortuna ha voluto che lei ce l'abbia fatta, mentre altri otto non hanno avuto la stessa sorte. Sono sicuro che lei, il loro capo, non aveva previsto il rischio di sacrificare il cinquanta per cento dei suoi uomini. Si dice spesso, ma forse ancora molti non l'hanno capito: comandare è una responsabilità schiacciante, tenente.»

Traduzione: *Non cercare di soffiare sul fuoco, soldato. Tu hai salvato la buccia, ma altri otto non ce l'hanno fatta. Ci sono state circostanze sospette, tattiche che miravano a coprire le spalle a qualcuno in particolare, a proteggere uno piuttosto che gli altri? Un uomo che da solo riesce ad eludere la sorveglianza di carcerieri che hanno l'ordine di sparare a vista? Se facessimo appena l'atto di storcere il naso e di far finta di non credere alla storiella, aprendo un'inchiesta, ti porteresti dietro il marchio di traditore per tutta la vita, indipendentemente dal risultato dell'inchiesta stessa. Al tuo posto, soldato. Basterebbe un dubbio, qualche domanda in più, e ti avremmo in pugno. Contentati di aver salvato la buccia, e di averla riportata a casa. E ora, fuori dai piedi.*

In quel momento, Converse era stato quasi sul punto di gettare al vento un'intera esistenza, cosa che non avrebbe mai creduto possibile; l'idea di prendere a pugni quei maledettissimi ipocriti gli era passata per la mente, ma aveva deciso di non farne nulla, guardandoli in faccia uno ad uno: aveva visto i volti di quegli uomini, le medaglie, le decorazioni e le croci di guerra. Allora gli era accaduta una cosa strana: aveva provato disgusto, ripulsa... e compassione. Perché quelli erano uomini impauriti, che avevano dedicato la propria vita alla pratica della guerra del proprio paese... soltanto per essere manovrati come burattini, esattamente come era stato manovrato lui. Se proteggere quel che era giusto proteggere significava difendere le cose peggiori, chi poteva dir loro che avevano torto? Dove erano i santi? O i peccatori? E come potevano esistere santi e peccatori quando tutti erano vittime?

Il disgusto aveva avuto la meglio e il tenente Joel Converse, USNR, non ce l'aveva fatta a salutare per l'ultima volta i suoi superiori. In silenzio, aveva fatto dietro-front, ma senza portamento militare, ed era uscito dalla stanza, con lo stesso atteggiamento di chi ha sputato per terra.

Di nuovo un riflesso che lo abbagliò, un'eco del sole che brillava sul Quai du Mont Blanc: era a Ginevra, non in un campo nordvietnamita ad ascoltare ragazzi che raccontavano le loro storie vomitando, o a San Diego, di fronte agli ufficiali della Marina statunitense: era a Ginevra, e l'uomo seduto davanti a lui sapeva quel che pensava e i sentimenti che provava.

«Perché proprio io?» bisbigliò Joel.

«Perché, per dirla con le loro parole, tu sei anche motivato per una cosa del genere» disse Halliday. «Come vedi, il motivo è semplice: ci hanno raccontato una storia, secondo la quale il comandante della tua nave si era rifiutato di compiere una missione di volo, dicendo che era un vero e proprio suicidio tentare un raid aereo con il tempo avverso. Ma Delavane lo costrinse, minacciando di chiamare la Casa Bianca e far degradare il comandante. Fosti tu a dirigere l'attacco, e da lì cominciò tutta una serie di fatti tristi che sappiamo.»

«Sono vivo» disse Converse in tono piatto. «Mille e duecento ragazzi non videro il sole sorgere il giorno dopo e un migliaio dovettero subire un destino per il quale maledirono il momento in cui non erano morti insieme ai compagni.»

«Ma tu eri presente quando Marcus Delavane il Pazzo minacciò il comandante.»

«Sì» disse Converse, senza lasciar trapelare nulla dalla voce. Poi scosse la tesa in segno di stupore. «Tutto quello che ti ho detto di me... tu lo sapevi già.»

«L'avevo letto da qualche parte» disse Halliday. «Ma io sono come te, non mi fido di quello che è scritto. Per credere ad una cosa, devo sentire una voce, guardare in faccia una persona.»

«Ma io non ti ho risposto.»

«Non era necessario.»

«Invece è necessario che tu mi risponda... e subito. Non sei venuto per il Comm Tech-Bern, vero?»

«No, o perlomeno non solo per questo» disse Halliday. «La verità è che non sono stati gli svizzeri a chiamarmi. Era un bel po' che ti osservavo, aspettando il momento giusto: e quel momento è arrivato, perfettamente naturale, geograficamente logico.»

«Perché? Che vuoi dire?»

«Perché mi stanno alle costole... Rosen ha avuto un colpo, io l'ho saputo, mi sono messo in contatto con Bern e ho offerto la mia collaborazione, vantando i miei meriti.»

«La tua reputazione è ottima.»

«Già, e mi ha aiutato moltissimo. Ma dovevo essere sicuro, e sono andato oltre: ho detto che ci conoscevamo già, che eravamo amici da ragazzi (e Dio sa se questa è una bugia) e che sapevo, nonostante il rispetto che avevo per te, che eri molto astuto, e che sapevi essere molto sottile perfino nelle trattative degli ultimi particolari. Ho detto che io conoscevo i tuoi metodi, e ho chiesto una parcella piuttosto alta.»

«Una combinazione irresistibile per gli svizzeri...» disse Converse.

«Sono felice che anche tu mi approvi.»

«Non ti approvo affatto, invece» intervenne Joel. «Né approvo i tuoi metodi: non mi hai spiegato nulla di quello che hai in mente, salvo dirmi che esiste nel mondo un gruppo di uomini pericolosi, tirando in ballo un nome che sapevi benissimo avrebbe provocato in me certe reazioni. Comincio a pensare che tu sia uno sballato, che si nasconde dietro a quella vecchia etichetta di yippie.»

«Mi oppongo e chiedo la cancellazione dagli atti della parola "sballato"; è un giudizio soggettivo del quale la giuria non deve tenere conto.»

«Comunque, i giurati hanno a disposizione tutti gli elementi, oramai» disse Converse con una calma apparente dalla quale traspariva una certa collera. «Ora tocca a me.»

«Non credere che io sia al sicuro» continuò Halliday nello stesso tono. «Non lo sono affatto, e oltre ad una certa predisposizione alla codardia, tengo molto ad una moglie e a cinque figli che mi aspettano a San Francisco.»

«Insomma, tu sei venuto da me perché io non ho... come le hai definite?... relazioni stabili?»

«Sono venuto da te perché tu sei invisibile, non sei coinvolto e sei il migliore che esista! Io non posso farlo *legalmente* e bisogna farlo legalmente.»

«Perché non parli chiaro?» chiese Converse. «Se continui così, credo proprio che girerò i tacchi e ci rivedremo davanti ad un tavolo.»

«Ho rappresentato Delavane» disse Halliday in fretta. «Dio solo sa che non mi rendevo conto di quel che facevo, e del fatto che nessuno dei colleghi mi approvava, ma pensavo, e lo penso tuttora, che anche le cause e le persone meno popolari e meno simpatiche debbano essere rappresentate e aiutate allo stesso modo.»

«Sono perfettamente d'accordo.»

«Perché non sai di che cosa si tratta. Io l'ho scoperto.»

«Di che cosa si tratta?»

Halliday si sporse in avanti. «I generali» disse, la sua voce quasi un bisbiglio. «Stanno tornando.»

Joel guardò l'amico. «Da dove? Non sapevo che se ne fossero andati.»

«Dal passato» rispose Halliday. «Da un periodo lontano anni ed anni.»

Converse si appoggiò allo schienale della sedia, con aria divertita. «Mio Dio, pensavo che ormai la tua razza fosse estinta. Per caso stai parlando della minaccia del Pentagono, *Press*? Era Press il diminutivo che ti avevano affibbiato secondo la moda di San Francisco, o Haight-Ashbury, o Beverly Hills? Sei rimasto un po' indietro, mi pare: avete già fatto la vostra battaglia al Presidio.»

«Ti prego, non scherzare. Io sono serio.»

«Lo credo bene. Sarà *Sette Giorni di maggio* o *Cinque Giorni di agosto*? Be', siamo in agosto, e penso che sarà *I vecchi cannoni d'agosto*. Suona bene, vero?»

«Finiscila! Non c'è proprio nulla da ridere, e se ci fosse stato, stai tranquillo che lo avrei trovato, e parecchio tempo fa!»

«Suppongo che si tratti di una specie di commento» disse Joel.

«Già, ed io non ho passato quel che hai passato tu. Io ne sono rimasto fuori, non sono stato "manovrato come un burattino", e questo significa che potrei anche permettermi di ridere alle spalle dei vecchi fanatici, perché non mi hanno fatto mai del male personalmente; e questo penso sia l'arma migliore contro gente di quel tipo. Ma non adesso: adesso non c'è nulla da ridere!»

«Scusami» disse Converse in tono serio. «Ma nemmeno nei momenti peggiori ho pensato che avessero ragione coloro che sostenevano che i militari avevano in mano Washington. Non può succedere.»

«Forse sarà meno evidente che in certi altri paesi, questo te lo concedo.»

«Che significa?»

«Sarà indubbiamente molto più evidente in Israele, o a Johannesburg, e in misura minore in Francia e a Bonn, e forse in Gran Bretagna... nessuno di loro prende sul serio pretesti del genere. Ma supponiamo che sia vero: Washington si nasconde dietro il manto costituzionale finché tale manto si logora e cade a pezzi, lasciando intravedere una divisa.»

Joel fissò l'uomo che gli stava di fronte. «Stai dicendo sul serio, vero? Ti considero una persona troppo intelligente per cercare di fregarmi.»

«O di manovrarti come un burattino» aggiunse Halliday. «Certamente non dopo essermi portato dietro per buona parte della vita quell'etichetta che mi avevano appiccicato mentre ti guardavo correre in mutande dall'altra parte del globo. No, non potrei mai fare una cosa del genere.»

«Sì, ti credo... Hai parlato di paesi, nazioni specifiche. Alcune mi sembrano mute, altre invece hanno un passato di sangue e anche di peggio. Tutto questo ha uno scopo?»

«Sì» disse Halliday annuendo con la testa. «Ma questo non cambia nulla, perché il gruppo di persone cui mi riferisco pensa che alla fine sarà la loro stessa causa a unirli tutti quanti insieme. Per andare avanti tutti quanti insieme... con un ritmo che imporranno loro.»

«I generali?»

«Generali, ammiragli, colonnelli e capitani... vecchi soldati che hanno piantato le tende nel territorio giusto. Tanto giusto che per definirlo non credo ci sia altra parola che "Reichstag".»

«Via, Avery!» disse Converse scuotendo la testa. «Un branco di vecchi generali con in testa solo cannoni e baionette...»

«Che reclutano nuovi comandanti, gente giovane e capace, e la indottrinano a modo loro» lo interruppe Halliday.

«... che tossiscono pensando di ruggire.» Joel si fermò. «Ne hai le prove?» chiese, staccando bene le parole.

«Non sufficienti... ma forse... scavando un po' più a fondo... potrebbero diventare prove inconfutabili.»

«Maledizione, vuoi parlar chiaro?»

«Tra le possibili forze reclutate, una ventina di nomi del Dipartimento di Stato e del Pentagono» disse Halliday. «Gente che concede licenze di esportazione e che spende a piene mani perché può permetterselo, ciascuno dei quali, ovviamente, ha una cerchia di amicizie.»

«E di influenza» ammise Converse. «E che cosa c'entrano Londra, Parigi, Bonn, Johannesburg e Tel Aviv?»

«Nomi, ancora nomi.»

«Sicuri?»

«Erano là, nero su bianco, e li ho visti con i miei occhi. È stato un incidente. Quanti di questi abbiano già prestato giuramento, non so; ma il fatto è che sono là, nero su bianco e le stellette che portano sulla divisa sono del numero giusto per soddisfare il modello psicologico.»

«Il Reichstag?»

«Ancora peggio: un Terzo Reich che li comprenda tutti. Hanno solo bisogno di un Hitler.»

«E Delavane che funzione ha?»

«Forse potrebbe essere lui a designare il futuro Führer.»

«Ma è ridicolo. Chi potrebbe prenderli sul serio?»

«Li hanno presi sul serio una volta, potrebbe succedere ancora. E tu hai visto quali sono stati i risultati.»

«Quel che è passato è passato. Ora i tempi sono cambiati. Ma non hai ancora risposto alla mia domanda.»

«Chi potrebbe prenderli sul serio?... La stessa gente che allora pensava che fossero nel giusto, e non credere... sono migliaia. Ma quello che mi stupisce ancor di più è che ci sono una dozzina di persone pronte a finanziare questi pazzi e le loro frustrazioni... che essi vedono come l'esatta valutazione della storia attuale, laddove tutte le altre ideologie si saranno rivelate un fiasco.»

Joel fece per parlare, poi si trattenne, come se qualcosa avesse alterato il corso dei suoi pensieri. «Perché non ti sei rivolto a qualcuno che fosse in grado di fermarlo? Fermare lui e gli altri?»

«Chi?»

«Non dovrei essere io a suggerirtelo: qualcuno del governo, eletto dai cittadini e nominato da una commissione, e circa una decina di dipartimenti. Tanto per cominciare, esiste una cosa chiamata Giustizia.»

«A Washington mi avrebbero riso dietro» disse Halliday. «A parte il fatto che non ho prove (te l'ho già detto, per ora si tratta semplicemente di supposizioni, di nomi) rimane sempre l'etichetta di yippie che mi hanno già appiccicato una volta: basterebbe che tirassero fuori nuovamente tutta la faccenda, e sarebbe più credibile Paperino di me.»

«Ma tu hai lavorato per Delavane.»

«Il che complica ancor di più le cose, almeno dal punto di vista legale: lo sai meglio di me.»

«Già. Il rapporto avvocato-cliente.» Converse annuì. «È come andare in una palude, nella quale si affonda sempre di più: non puoi sostenere un'accusa del genere, a meno che tu non abbia prove precise contro il tuo cliente, prove che dimostrino che Delavane è sul punto di commettere altri reati e che tu, rimanendo in silenzio al tuo posto, lo aiuti a commettere tali reati.»

«Prove che io non ho» lo interruppe Halliday.

«In tal caso, nessuno ti darebbe ascolto» disse Joel. «Specialmente gli avvocati ambiziosi di cui è piena la Corte di Giustizia: non vogliono tagliare i ponti con gente del genere. Come hai detto tu, i Delavane di questo mondo hanno i loro bravi sostenitori.»

«Proprio così» convenne Halliday. «E quando cominciai a fare domande e a chiedere di parlare personalmente con Delavane, si rifiutò di ricevermi, e il giorno dopo mi mandò una lettera di licenziamento, nella quale diceva che se avesse saputo prima chi ero e che cosa avevo fatto non si sarebbe mai rivolto a me. "A fumare spinelli e a bestemmiare in pubblico mentre tanti bravi giovani rispondevano al richiamo della patria."»

Converse si lasciò sfuggire un fischio. «E tu pensi di non essere stato manovrato? Hai lavorato per lui, creandogli strutture che potrà tranquillamente usare per tutti gli intenti e gli scopi che vorrà e se qualcosa comincia a puzzare, tu sei l'ultima persona al mondo che può permettersi di arricciare il naso. Perché Delavane si avvolgerebbe in una bella bandiera americana e ti darebbe dello sballato.»

Halliday annuì. «In quella lettera c'era molto di più: ovviamente Delavane ha potuto danneggiarmi solo dove aveva le mani in pasta, ma è stato brutale con me.»

«Ne sono più che certo.» Converse tirò fuori un pacchetto di sigarette e ne offrì una a Halliday, che rifiutò con un cenno del capo. «In che senso hai lavorato per lui?» chiese.

«Gli ho messo su una società a Palo Alto, specializzata in importazioni ed esportazioni: io gli dicevo quello che era permesso dalla legge, quello che era proibito, le quote, e i sistemi migliori per raggiungere le persone giuste a Washington. Era essenzialmente una faccenda di anticamere, di attese nei corridoi, di speranza che qualcuno ricordasse un nome, e all'inizio pensai che fosse tutto molto patetico.»

«Credevo di aver capito che la società non risultava ufficialmente registrata» disse Joel accendendosi una sigaretta.

«Non è questa la società di cui ti parlavo. Sarebbe una perdita di tempo indagare in tal senso.»

«Ma è proprio in quella società che tu hai avuto le prime intuizioni su quello che sta succedendo, no? Quelle che tu chiami "le tracce"...»

«È stata una cosa fortuita, come ti ripeto, e sono sicuro che non potrà accadere più in seguito. Lì dentro è tutto pulito, come il lavandino in cui ci potresti anche mangiare!»

«Ma è comunque una copertura» insistette Joel. «Deve esserlo, se tutto quello che mi hai detto — o anche parte di ciò che ho sentito da te — è vero.»

« Sì, ma non esiste nulla di documentato. È solo un mezzo per viaggiare, una scusa per Delavane e i suoi uomini per giustificare la propria presenza in mezzo mondo. In realtà, invece di affari di import-export, essi trattano ben altro.»

«Riunioni di generali e di colonnelli?» chiese Converse.

«Noi pensiamo che si tratti di un'opera di proselitismo, condotta con molta prudenza e con altrettanto fervore.»

«Come si chiama la società di Delavane?»

«Palo Alto International.»

D'un tratto Joel spense la sigaretta nel portacenere: «Chi siete *voi*, Avery? Chi è disposto a fornire tutto il denaro necessario, denaro che sicuramente aprirebbe le porte di parecchia gente importante a Washington?».

«Ti interessa la cosa?»

«No, non voglio lavorare per qualcuno che non conosco e non approvo.»

«Approvi almeno i nostri intenti?»

«Se tutto quello che mi hai detto è vero, non vedo perché dovrei disapprovarvi. E tu lo sai benissimo. Ma non hai risposto alla mia domanda.»

«Supponi,» continuò Halliday, senza dare tregua al suo interlocutore, «che io ti dessi una lettera nella quale risulta che la somma di cinquecentomila dollari depositata in un conto segreto presso una banca di Micono è stata fornita da un mio cliente la cui identità e reputazione è al di sopra di ogni sospetto e che tale somma è a tua disposizione. Supponiamo che la lettera dica che la sua...»

«Aspetta un minuto, Press» lo interruppe Converse bruscamente.

«Per l'amor di Dio, non interrompermi!» Negli occhi di Halliday passò un lampo di furore. «Non c'è altro sistema, perlomeno per ora. Ti do la mia parola: una persona che io conosco come un cittadino molto in vista e che insiste nel voler mantenere l'anonimato, mi ha chiesto di indagare se saresti disposto a lavorare per lui in una faccenda molto delicata e che deve rimanere segreta. Io garantisco sia per la persona in questione, sia per il tipo di lavoro che dovrai fare, e giuro che si tratta di una cosa perfettamente legale: anzi, ti assicuro che in caso di un tuo successo, ne trarremo tutti quanti benefici che nemmeno ti immagini. Tu sei al coperto, hai cinquecentomila dollari a disposizione e, cosa che immagino sia importantissima per te, hai la possibilità di fermare un pazzo... un gruppo di pazzi, anzi, che vogliono portare a termine un progetto inimmaginabile. L'ipotesi migliore è quella che grazie a questi signori ci saranno crisi politiche, disordini, e tempi duri per tutti; l'ipotesi peggiore è che questa gente arrivi al punto da cambiare il corso della storia in maniera tale che non ci *sarà* più la storia.»

Converse era seduto rigido sulla sedia e non aveva smesso nemmeno per un attimo di fissare Halliday. «Bel discorsetto. Quanto ti ci è voluto per scriverlo e per impararlo a memoria?»

«No, bastardo, non c'era nessun bisogno di impararlo a memoria, proprio come tu non avevi imparato nulla a memoria dodici anni fa a San Diego. "Uomini del genere non devono più salire al potere; non capite? Era lui il nemico, il NOSTRO nemico"... Furono queste le tue parole, no?»

«Bravo, avvocato, si vede che hai studiato bene la lezione» disse Joel, controllando la propria rabbia. «E perché il tuo cliente insiste nel voler essere anonimo? Perché non usa i suoi bei soldini e si mette in contatto con il direttore della CIA, o del Consiglio Nazionale di Sicurezza, o con la Casa Bianca? Eppure non dovrebbe essergli difficile! Anche al giorno d'oggi, mezzo milione di dollari non sono cioccolatini.»

«Semplicemente perché si tratta di una persona che non vuole essere coinvolta in niente di ufficiale.» Halliday aggrottò la fronte mentre sospirava. «*Lo so* che ti sembrerà pazzesco, ma è così: è un uomo molto in vista, ed io mi sono rivolto a lui proprio perché non vedevo altre vie d'uscita; francamente pensavo anch'io che avrebbe preso il telefono e avrebbe chiamato la Casa Bianca. Invece ha voluto che seguissimo un'altra strada.»

«E ha voluto me?»

«No, non sa nemmeno della tua esistenza. Ma mi ha detto una cosa piuttosto strana: mi ha chiesto di trovare qualcuno che facesse fuori quei bastardi senza dar loro importanza: secondo lui, non meritano la preoccupazione del governo. Anzi, non c'è nemmeno bisogno di avvertire le forze politiche della loro esistenza. All'inizio non capivo, ma poi mi sono reso conto che ridere in faccia ai Delavane di questo mondo era l'unico sistema per ridurli completamente all'impotenza.»

«E per evitare il rischio di creare lo spettro del martirio» convenne Converse. «E perché questo... cittadino molto in vista si preoccupa tanto? Perché è disposto a spendere tanto denaro?»

«Se ti rispondessi, tradirei il segreto.»

«Non ti ho chiesto il nome, ti ho chiesto il motivo.»

«Se ti dicessi il perché, ti direi implicitamente anche l'identità di questa persona» disse Halliday. «Ti do la mia parola che non c'è nulla di sporco.»

«Voglio sapere un'altra cosa» disse Joel, con voce un po' troppo acuta. «Che diavolo hai detto a Talbot e Brooks per convincerli ad accettare?»

«A dire il vero, non li ho convinti, si sono dovuti *rassegnare* alla cosa, e in questo ho avuto un valido aiuto. Conosci il giudice Lucas Anstett?»

«Seconda Corte d'Appello» disse Converse, annuendo. «Avrebbe dovuto essere già alla Corte Suprema da almeno un paio d'anni.»

«Già, dicono tutti di sì. È anche amico del mio cliente e, perlomeno a quel che ne so io, è andato da John Talbot e Nathan Simon (Brooks non c'era, era fuori città) e ha spiegato loro, senza rivelare il nome di chi lo mandava, che era necessario procedere ad un'operazione legale se non si voleva che una faccenda modesta diventasse un problema grande, tanto grande da sfociare in una crisi nazionale. Perciò era necessario che concedessero al socio più giovane un periodo di congedo di un mese, durante il quale egli avrebbe lavorato a questa faccenda in tutta segretezza. Naturalmente, il giudice ha calcato la mano, dicendo che si trattava di cosa di importanza vitale.»

«E naturalmente Talbot e Simon hanno accettato» disse Joel. «Non si può rifiutare nulla ad Anstett: ha una logica stringente, per non parlare del potere della sua corte.»

«Non penso che abbia sfruttato quella leva.»

«Ma esiste, e su questo non ci piove.»

Halliday tirò fuori di tasca una busta bianca. «Ecco qui la lettera, che contiene tutto quello che ti ho appena detto. C'è anche un foglio con le spiegazioni necessarie per accedere a quel conto di Micono: una volta presi gli accordi con le banche — i termini di pagamento oppure il trasferimento del conto dove riterrai necessario — ti verrà fornito il nome di un uomo che vive sull'isola, ed è in pensione. Telefonagli, e mettetevi d'accordo per incontrarvi: lui ti darà tutto quello che possiamo darti. Nomi, probabili collegamenti, attività con le quali questo gruppo di uomini viola la legge dei propri paesi: invio di armi, equipaggiamenti e tecnologie in un paese diverso da quello dove queste merci erano originariamente destinate. Il tuo compito è quello di mettere insieme due o tre casi che siano legati a Delavane — anche indirettamente — e sarà sufficiente. Ci penseremo noi a farli cadere nel ridicolo.»

«Ma che bella faccia tosta!» disse Converse in tono arrabbiato. «Io non ho ancora detto di sì! Non mi va che qualcun altro decida per me, anche se si tratta di Talbot e Simon, o del giudice Anstett, che sembra quasi una personalità sacra, né il tuo mededettissimo cliente! Cosa pensavate di fare? Soppesarmi come se fossi un pezzo di carne, stabilire il prezzo e vendermi senza che io ne sapessi nulla? Ma chi vi credete di essere?»

«Siamo gente molto preoccupata, che crede di aver trovato al momento giusto l'uomo giusto per il lavoro giusto» disse Halliday, lasciando la busta sul tavolo, davanti a Joel. «Solo che ormai non abbiamo più molto tempo: tu hai provato quello che loro vorrebbero farci provare, e sai benissimo che cosa significa.» All'improvviso Halliday si alzò in piedi. «Pensaci. Ne riparleremo. A proposito, gli svizzeri sanno che stamani dovevamo vederci: se qualcuno ti chiede cosa ci siamo detti, rispondi che ci siamo messi d'accordo, e che accetto le disposizioni finali dello stock Classe A, che tornano a nostro favore, anche se voi pensate il contrario. Grazie del caffè. Ci vediamo tra un'ora. Ti ho rivisto volentieri, Joel.»

Halliday si fece strada tra i tavoli e Joel lo vide uscire dalla porta del Chat Botté e tuffarsi nel sole del Quai du Mont Blanc.

Il telefono era all'estremità del tavolo, nella sala delle riunioni: non suonava normalmente, ma produceva un ronzio grave che ben s'intonava alla serietà di quella sala e dei suoi occupanti. L'*arbitre* svizzero, il rappresentante legale del Cantone di Ginevra, sollevò la cornetta: parlò per qualche istante, annuendo e poi rimise a posto il ricevitore, guardandosi intorno: sette degli otto avvocati presenti erano seduti al loro posto e chiacchieravano sottovoce. L'ottavo, Joel Converse, era davanti ad un'enorme finestra e guardava il traffico del Quai Gustave Ador: in basso, il *jet d'eau*, spinto da vento di tramontana, era rivolto verso sinistra. Il cielo cominciava a scurirsi, segno evidente che era in arrivo un temporale d'estate, proveniente dalle Alpi.

«Messieurs» disse l'*arbitre*. Immediatamente vi fu silenzio e tutti, lasciate le conversazioni in sospeso, si volsero verso di lui. «Ho parlato con monsieur Halliday. Dice che è stato trattenuto, ma che possiamo cominciare senza di lui. Il suo socio, monsieur Rogeteau, ha precise istruzioni e inoltre, da quanto ho capito, stamattina ha parlato con monsieur Converse e insieme si sono accordati sugli ultimi dettagli. È vero, monsieur Converse?»

Anche stavolta tutti si voltarono a guardare in una stessa direzione, verso la finestra. Ma non vi fu risposta, e Converse continuò a fissare il lago.

«Monsieur *Converse*?»

«Sì...?» disse Joel voltandosi con le sopracciglia aggrottate e i pensieri mille miglia lontani da Ginevra.

«È vero, monsieur?»

«Vero cosa, prego?»

«Ha parlato con monsieur Halliday stamattina?»

Converse non rispose subito. «Sì» ammise alla fine.

«E allora?»

«... accetta le disposizioni finali dello stock Classe A.»

Gli americani trassero un sospiro di sollievo che tutti notarono, mentre il gruppo di Bern rimase in silenzio, senza far capire cosa pensasse. Joel notò entrambe queste due reazioni, e in altre circostanze avrebbe preso tempo per un riesame di tutta la faccenda. Gli svizzeri avevano accettato troppo precipitosamente: per questo, anche senza quella precisazione di Halliday riguardo al vantaggio che ne avrebbero comunque ricavato, avrebbe preso tempo per studiare meglio l'accordo. Ma ora, in un certo senso, non gli importava più. *Maledizione*!, pensò Converse.

«Benissimo, allora procediamo pure» disse l'*arbitre*, dando un'occhiata all'orologio.

Passò un'ora, poi due, poi ancora tre; le voci si mescolavano in una specie di contrappunto, mentre c'erano fogli che andavano avanti e indietro, punti che venivano chiariti, paragrafi aggiunti. E ancora Halliday non si vedeva. Il cielo di mezzogiorno si fece così buio che fu necessario accendere le luci; tutti parlavano del temporale che si stava avvicinando.

Poi, improvvisamente, si sentirono urla al di là della porta spessa che separava la sala delle riunioni dal corridoio, urla che crebbero in volume finché ognuno di quegli uomini vide dentro di sé immagini di orrore: qualcuno si rifugiò sotto il tavolo, altri si alzarono in piedi e rimasero lì, impietriti dal terrore, mentre alcuni, tra i quali Converse, si precipitarono alla porta. L'*arbitre* l'aprì con tanta veemenza che la porta andò a sbattere contro il muro: quella che si presentò davanti ai loro occhi fu una scena che nessuno dimenticò mai. Joel si lanciò in avanti, aggrappandosi e spingendo indietro quelli che gli erano di fronte.

Arrivato nel corridoio, vide Avery Fowler con la camicia inzuppata di sangue e il petto ridotto ad una massa di buchi sanguinanti; mentre cadeva, Joel vide che sotto la gola c'era ancora sangue e riconobbe quel triste rumore di espulsione del fiato. Troppe volte, durante la prigionia, aveva raccolto gli ultimi respiri di ragazzi che morivano piangendo di rabbia e di paura. E ora si ritrovava a tenere la testa di Avery Fowler in grembo.

«Mio Dio, che è successo?» gridò Converse, prendendo il moribondo tra le braccia.

«Sono... tornati» gli disse il vecchio compagno di scuola tossendo sangue. «L'ascensore. Mi hanno preso in trappola nell'ascensore!... Hanno detto che era per Aquitania! *Aquitania*... non scordarti il nome. Oh, Cristo! Meg... i *ragazzi*!» La testa ebbe un guizzo verso destra, e poi dalla gola piena di sangue venne l'ultimo respiro.

Converse era fuori, sotto la pioggia, con gli abiti inzuppati: guardava il lago, verso il punto che soltanto un'ora prima aveva ospitato quel getto d'acqua che si levava al cielo per dire alla terra che era Ginevra. Ora il lago era infuriato, e al posto delle vele c'era la spuma delle onde prepotenti. I riflessi erano spariti, ma dal nord si sentiva ancora il tuono, che veniva dalle Alpi.

A Joel sembrava che la mente gli si fosse paralizzata.

2

Passò davanti alla réception dell'Hotel Richmond e andò verso le scale, che erano sulla sinistra. Ormai era diventata un'abitudine: la sua suite era al secondo piano, e gli ascensori con le porte in ottone e gli interni in velluto color vinaccia erano sicuramente molto eleganti, ma non certo veloci. E poi, gli piaceva guardare le vetrine che rallegravano le scale, vetrine nelle quali trovavano posto gioielli spudoratamente cari: diamanti scintillanti, rubini splendenti, collier d'oro lavorato. Gli ricordavano che tutto era incredibilmente cambiato, almeno per lui, per una vita che pensava sarebbe finita improvvisamente e in maniera violenta, migliaia di chilometri lontano da casa, in un'infinità di celle infestate dai topi, ogni volta diverse, ma sempre uguali, mentre in lontananza si sentivano spari e grida disperate di ragazzi disperati. Diamanti, rubini e oro lavorato erano i simboli dell'irreale, dell'irraggiungibile, ma erano lì, e lui li guardava, sorridendo... e loro sembravano rispondergli, occhi scintillanti e incredibilmente profondi che lo guardavano, e gli dicevano che erano lì... insieme a lui. Tutto era cambiato.

Ma ora non li vedeva neanche, né quelli guardavano lui: non vedeva nulla, non sentiva nulla e ogni diramazione della mente e del corpo era come paralizzata, e fluttuava nello spazio. Un uomo che aveva conosciuto con un nome ai tempi della scuola era morto fra le sue braccia anni dopo, e con un nome diverso: le parole che gli aveva bisbigliato al momento della morte erano incomprensibili, e lo paralizzavano di paura e di ansia. *Aquitania. Hanno detto che era per Aquitania*... Gli sembrava pazzesco, fuori del mondo. Che significato avevano quelle parole e per quale ragione ci si era ritrovato dentro? Perché ormai c'*era* dentro fino al collo, e quella volta l'essere stato manipolato come un burattino aveva una ragione; e la ragione era un magnete, un uomo che si chiamava George Marcus Delavane, guerrafondaio di Saigon.

«Monsieur!» La voce veniva dal basso e voltandosi Joel vide il direttore dell'albergo che saliva verso di lui. Si chiamava Henri, e si conoscevano da cinque anni. La loro era un'amicizia che andava al di là del rapporto fra un direttore d'albergo e un cliente affezionato: spesso erano stati a Divonne-les-Bains, in Francia, a giocare al Casino.

«Salve, Henri.»

«*Mon Dieu*, sta bene, signor Joel? L'hanno chiamata più volte da New York, dal suo ufficio. L'ho sentito alla radio, e ormai tutta Ginevra sa! *La drogue*! Droga, crimini, pistole... *Omicidio*! Anche da noi, ormai!»

«Hanno detto questo?»

«Hanno detto di aver trovato cocaina addosso ad un *avocat international* conosciutissimo, che è sospettato di essere il tramite di...»

«È una menzogna» lo interruppe Converse.

«Io non lo so, e la radio ha detto così. Hanno fatto anche il suo nome, dicendo che è morto fra le sue braccia... Naturalmente hanno chiarito che lei non c'entra, anche perché era insieme a tutti gli altri. Quando ho sentito il suo nome, mi è quasi venuto un colpo! Ma dove è stato?»

«Alla polizia, dove mi hanno rivolto centinaia di domande alle quali non c'è risposta.» *La risposta c'è, invece, ma io non la conosco, e se la conoscessi non l'andrei certo a spiattellare alle autorità di polizia di Ginevra. Avery Fowler — Preston Halliday — si meritava qualcosa di più. Gli avevano fatto una proposta che lui aveva accettato nella morte.*

«Gesù, ma lei è bagnato fradicio!» disse Henri, con un'espressione preoccupata negli occhi. «È venuto a piedi con questa pioggia? Non c'erano taxi?»

«Non ho guardato: avevo bisogno di camminare.»

«Ma certo, capisco... lo shock. Le farò portare del brandy, una bottiglia di Armagnac. E poi le farò servire la cena in camera. Vado a disdire la prenotazione al Gentilshommes.»

«Grazie. Dammi mezz'ora di tempo e poi chiamami New York. Io sbaglio sempre numero.»

«Signor Joel?»

«Sì?»

«Le serve qualcosa, non vuole dirmi nulla? Io e lei abbiamo vinto e perso troppe battaglie *grand-cru* insieme perché lei debba affrontare qualcosa da solo. Io conosco Ginevra, amico mio.»

Converse guardò quegli occhi scuri e quel volto rigido e segnato di rughe. «Perché dici una cosa del genere?»

«Perché lei ha detto troppo presto che la polizia aveva mentito sul conto di quell'avvocato. Io la conosco bene, e so leggere anche tra le righe.»

Joel chiuse gli occhi, e sentì una fitta acuta proprio in mezzo alla fronte. Sospirò e disse: «Fammi un favore, Henri, e cerca di non trarre conclusioni affrettate. Tra mezz'ora chiamami New York, va bene?».

«*Entendu, monsieur*» disse l'altro. «*Le concierge du Richmond* è sempre al servizio dei clienti, e se i clienti sono speciali, anche il servizio sarà speciale, naturalmente. Sono a sua disposizione, amico mio, qualora avesse bisogno di me.»

«Lo so, e se dovessi scoprire una carta sbagliata, ti avvertirò.»

«Mi avverta in qualunque caso, qualunque carta debba scoprire: il gioco varia a seconda dei giocatori.»

«Cercherò di ricordarmelo. Tra mezz'ora, mi raccomando.»

«*Certainement, monsieur.*»

L'acqua era caldissima e il vapore gli entrò nei polmoni, togliendogli il respiro. Subito dopo aprì l'acqua fredda e si obbligò a rimanere sotto quello spruzzo gelato, finché non sentì che anche la testa rabbrividiva: i due estremi sarebbero serviti a sciogliere quel torpore che si sentiva addosso, a schiarirgli le idee: perché ora doveva pensare, decidere, ascoltare.

Uscì dal bagno e si mise l'accappatoio bianco, infilandosi le pantofole che aveva lasciato accanto al letto. Prese le sigarette e l'accendino e andò in salotto: Henri, premuroso come sempre, aveva mantenuto la promessa e sul tavolo c'era una bottiglia di Armagnac con due bicchieri che servivano da decorazione. Si sedette sul divano dai grandi cuscini morbidi e si versò da bere, accendendosi una sigaretta: all'esterno, la pioggia pesante d'agosto batteva sui vetri, e il rumore era insistente e penetrante. Guardò l'orologio: erano le sei e qualche minuto, il che significava che a New York era mezzogiorno. Si chiese se Henri fosse riuscito a chiamare l'America: l'avvocato che era in Converse voleva sentire che cosa avevano da dirgli da New York, se confermavano o smentivano le rivelazioni di un uomo morto. Ormai erano passati venticinque minuti da quando Herni l'aveva fermato sulle scale; avrebbe aspettato ancora cinque minuti e poi avrebbe chiamato lui stesso il centralino. In quel momento il telefono suonò, con quello squillo vibrante che si sente in tutta Europa e che a Joel dava sui nervi. Rispose dal telefono del salotto, che era vicino al divano, con voce e mani tremanti. «Sì? Pronto?»

«New York in linea, signore» disse il centralinista dell'hotel. «La chiamano dal suo ufficio. Devo cancellare la chiamata prevista per le sei e un quarto?»

«Sì, grazie.»

«Signor Converse?» Quella voce piena e acuta apparteneva alla segretaria di Lawrence Talbot.

«Salve, Jane.»

«Mio Dio, è dalle dieci che tentiamo di metterci in contatto con lei! Sta bene? Abbiamo avuto la notizia intorno alle dieci. È terribile!»

«Sto bene, Jane. Ti ringrazio della premura.»

«Il signor Talbot è fuori di sé. Non riesce ancora a crederci!»

«E infatti non dovete crederci: quello che hanno detto di Halliday è tutta una menzogna. Mi fai parlare con Larry, per favore?»

«Se sapesse che sono qui al telefono a parlare con lei, mi licenzierebbe.»

«No, non credo. Come se la caverebbe, poi, con le lettere da battere a macchina?»

La segretaria non rispose subito, e quando riprese a parlare, la voce era più calma. «Mio Dio, signor Joel, lei è la fine del mondo. Dopo tutto quello che ha passato, trova ancora la forza di scherzare!»

«È la cosa più semplice da fare nel mio caso, Jane. E ora passami Bubba.»

«Oh, davvero lei è la fine del mondo!»

Lawrence Talbot, il socio più anziano della Talbot, Brooks e Simon, era un avvocato molto in gamba e molto competente, ma era arrivato a quella posizione non tanto grazie ai successi in tribunale, ma alla carriera di giocatore di calcio nella squadra di Yale: era stato uno dei pochi studenti americani ammessi in quella squadra prestigiosa. Era anche una persona di grande umanità, e fungeva da coordinatore piuttosto che da trascinatore di uno studio legale molto rinomato, anche se impostato ancora secondo vecchi schemi. Inoltre, era un uomo giusto, e sapeva giudicare rettamente e mantenere la parola data a qualsiasi costo; questa era una delle due ragioni per le quali Joel aveva accettato di lavorare con lui. L'altra ragione era Nathan Simon, un gigante d'uomo e di avvocato. Converse aveva imparato di più da lui che da qualsiasi altro professore o collega e gli era molto affezionato, anche se Simon non era una persona facile da avvicinare: perfino se lo si conosceva bene, davanti a lui si provava sempre un misto di affetto e di soggezione.

Lawrence Talbot prese immediatamente il telefono. «Mio Dio, sono senza parole... Cosa devo dire? Cosa devo fare?»

«Tanto per cominciare, non credere a quelle cazzate che hanno divulgato sul conto di Halliday. Se quell'uomo era implicato nel giro della droga, io sono Raquel Welch.»

«Ma allora non la sai tutta! Hanno ritrattato, dicendo che non c'entrava con la droga. La verità, secondo loro, è che Halliday è rimasto vittima di una rapina, si è ribellato e quei figli di puttana hanno dovuto spararg li; in seguito gli hanno infilato la cocaina sotto la camicia, per far credere alla storiella della droga. Penso che se Jack Halliday fosse stato vivo, avrebbe fatto saltare le linee telefoniche da qui a San Francisco, minacciando di far saltare qualche testa fra le autorità svizzere... Giocava nella squadra di Stanford, in fondo.»

«Sei sempre il solito, Bubba.»

«Non avrei mai immaginato di provare sollievo nel sentire queste parole, giovanotto, ma ora mi posso permettere di fare un bel sospirone.»

«Mica tanto giovanotto... Voglio che tu mi chiarisca una certa cosa.»

«Dimmi.»

«Anstett. Lucas Anstett.»

«Ha chiesto di parlarci, e Nathan ed io lo abbiamo ascoltato; è stato molto convincente, e noi abbiamo capito.»

«Ne sei sicuro?»

«Non nei particolari, questo è ovvio, anche perché non ha voluto dirci tutto. Ma noi siamo convinti che tu sia il migliore fra tutti quelli che offre il mercato, e non abbiamo avuto difficoltà a soddisfare la sua richiesta. T.B.S. hanno il meglio, e quando un giudice come Anstett ce lo conferma, sia pure indirettamente, non possiamo far altro che congratularci con noi stessi, no?»

«Lo fate semplicemente perché pensate ad un trattamento di favore in tribunale?»

«Cristo, no davvero! Ci ha anche avvertito che se accettavamo sarebbe stato ancora più duro con noi in Appello. Sì, è una persona convincente... In sostanza, ci ha fatto capire che avevamo tutto da perdere ad accettare la sua proposta.»

«E voi ci avete creduto?»

«Be', Nathan ha cominciato a dire che i montoni hanno dei segni distintivi che non si possono eliminare se non con gran chiasso e fatica, e che per questo dovevamo andare avanti. Nathan non è sempre chiaro, ma di solito ci azzecca, maledizione.»

«Sì, se hai la pazienza di aspettare tre ore per un colloquio di cinque minuti» disse Converse.

«Quello è un uomo che pensa molto, giovanotto.»

«Mica tanto giovanotto... Tutto è relativo.»

«Ha telefonato tua moglie... anzi, la tua ex-moglie.»

«Davvero?»

«Ha sentito il tuo nome alla televisione e voleva sapere cosa era successo.»

«E che le hai detto?»

«Che stavamo cercando di metterci in contatto con te; d'altronde, che potevamo dirle? Ne sappiamo quanto lei. Ma mi sembrava preoccupata.»

«Chiamala e dille che sto bene, per favore. Hai il numero?»

«Di sicuro ce l'ha Jane.»

«Allora ti lascio.»

«Sì, e ricordati che essere in congedo non significa non essere pagati.»

«Non è necessario, Larry. Mi daranno un sacco di soldi per questa cosa, e puoi anche risparmiare. Tanto, sarò di ritorno tra tre o quattro settimane.»

«Potrei farlo» disse il socio più anziano. «Ma non voglio, per nessuna ragione. Abbiamo il meglio, e intendiamo tenercelo stretto. Avrai i tuoi soldi, Joel.» Talbot rimase in silenzio per un attimo, poi riprese, con voce che tradiva la sua ansia. «Joel, devo chiederti una cosa: quello che è successo stamani ha qualcosa a che vedere con la faccenda di Anstett?»

Converse strinse la cornetta in mano con tanta forza che le dita e il polso gli fecero male. «No, Larry» disse poi. «Non c'entra niente.»

Micono; un'isola delle Cicladi, ancella di Delo, bruciata dal sole e punteggiata di case bianche. Dal tempo della conquista di Federico Barbarossa, è sempre stata preda di vari pirati del mare che salpavano con i meltemi: turchi, russi, ciprioti e infine greci. Per secoli destinata a subire i capricci degli invasori, è stata celebrata e dimenticata alternativamente fino all'arrivo degli yacht più lussuosi e dei piccoli aerei da turismo, simboli di un'età diversa. Oggi, lungo quelle stradine strette che toccano i mulini a vento dipinti di bianco e le chiesette di alabastro, corrono automobili dal muso allungato: Porsche, Maserati e Jaguar. E accanto ai pescatori e ai negozianti laconici e legatissimi alle tradizioni, è sorto un altro tipo di commercio, un altro modo per guadagnarsi da vivere: giovani di tutte le età, che si sentono e vogliono essere liberi, con le camicie aperte sul petto e i pantaloni attillati, hanno trovato altro terreno sul quale giocare. Sono giovani cui la pelle abbronzata dal sole serve solo per mettere in mostra le più impensate combinazioni di oro lavorato. L'antica Micono, un tempo grande porto degli orgogliosi Fenici, è diventata la St. Tropez dell'Egeo.

Converse aveva preso il primo volo della Swissair in partenza da Ginevra per Atene, e da lì, con un piccolo aereo della Olympia, aveva raggiunto l'isola. Nonostante un'ora persa con i vari fusi-orario, erano appena le quattro del pomeriggio quando un taxi, dopo aver attraversato il porto infuocato dal sole e dalla luce accecante, lo scaricò davanti all'edificio, che come tutti gli altri era bianco, dove si trovava la banca. Proprio sulla riva c'erano folle di camicie a fiori e di vestiti a colori vivaci il che, insieme ai motoscafi che andavano avanti e indietro lungo i piccoli moli, faceva presagire che le barche che si vedevano in lontananza — barche da crociera grandi come portaerei — appartenessero a gente molto in vista. Micono era una trappola luccicante per i turisti, che si lasciavano facilmente convincere a spendere un bel po' di soldi in quell'isola bianca: le taverne e i negozi erano pieni dalla mattina alla sera, l'ouzo scorreva a fiumi, e gli abitanti di Grosse Point e Short Hills non mancavano di far man bassa dei berretti da lupo di mare che si vendevano proprio al porto. E quando infine scendeva la notte, e i turisti se ne andavano pronunciando gli ultimi stentati *efharisto* e *paracalò* era il momento di altri tipi di intrattenimenti: dal buio spuntavano fuori fanciulle più o meno giovani e ragazzi senza età dell'Egeo blu. Si sentivano scoppi di risa mentre le dracme passavano di mano in mano, in quantità tali che avrebbero stupito anche coloro che viaggiavano nella suite del ponte superiore in una nave da crociera delle più lussuose. Laddove Ginevra era la proibizione, Micono era la disponibilità; e si trattava di una disponibilità che avrebbe fatto gola anche agli antichi invasori turchi.

Joel non sapeva che orario facessero le banche su un'isoletta dell'Egeo, e per questo aveva telefonato dall'aeroporto, chiedendo di parlare con una persona il cui nome era su quella lettera lasciatagli da Halliday. Kostas Laskaris era stato molto gentile, ma gli aveva fatto subito capire che per entrare in possesso della somma avrebbe dovuto esibire il passaporto, accettare che fosse sottoposto all'esame spettrografico e infine mostrare la lettera con la firma di Halliday, la quale sarebbe stata confrontata elettronicamente con la firma che Halliday aveva depositato in quella banca qualche tempo prima di morire.

«Abbiamo saputo che è stato assassinato a Ginevra. Davvero spiacevole» gli aveva detto Laskaris.

«Dirò a sua moglie e ai suoi cinque figli delle sue toccanti parole di sincero cordoglio.»

Converse pagò il tassista e si avviò sui gradini che portavano all'ingresso della banca; in mano aveva la valigia e la ventiquattrore, e fu veramente grato al polizziotto in uniforme che gli aprì la porta, anche se gli sembrò che avesse una vaga rassomiglianza con il sultano di un harem che aveva visto una volta in fotografia, e che aveva la curiosa abitudine di frustare le donne in cortile quando non riuscivano ad eccitarlo.

Kostas Laskaris non assomigliava al tipo di uomo che Joel aveva immaginato da quella breve e sconcertante conversazione telefonica; era un uomo sulla cinquantina, calvo, con un volto piacevole in cui spiccavano due occhi scuri e cordiali. Parlava bene l'inglese, ma si capiva che lo faceva con un grosso sforzo. Joel ne aveva avuto una cattiva impressione, ma si accorse di essersi sbagliato quando, dopo avergli offerto una sedia, l'uomo prese a parlare:

«Mi scuso con lei per la frase che ho detto poco fa al telefono e che, me ne rendo conto, poteva suonare poco delicata. Abbiamo saputo del signor Halliday, ed è *veramente* una cosa spiacevole: non saprei trovare altra definizione. D'altronde, è molto difficile piangere un uomo che non si è mai conosciuto».

«Anch'io sono stato brusco. Lasciamo perdere.»

«Molto gentile. Purtroppo non posso lasciar perdere le condizioni stabilite dallo stesso signor Halliday e dal suo socio. Vorrei vedere il suo passaporto e la lettera.»

«Chi è?» chiese Joel, prendendo il passaporto e il portafoglio che conteneva la lettera. «Voglio dire, chi è il socio?»

«Lei è avvocato, signore, e sa meglio di me che non posso darle un'informazione del genere finché... non ho avuto il verde. Penso che sarà d'accordo anche lei, no?»

«Sì, certo. Ho provato, niente di più...» Prese il passaporto e la lettera, e li porse al suo interlocutore.

Laskaris prese il telefono e schiacciò un pulsante; parlava in greco, ma Joel capì che stava chiamando qualcuno. Dopo qualche secondo la porta si aprì ed entrò una ragazza abbronzata e coi capelli scuri, che si avvicinò con grazia al tavolo. Poi alzò gli occhi su Joel, che era conscio dello sguardo del direttore pronto a cogliere il minimo segno di interessamento. Sarebbe bastata una parola, un segno, un'occhiata, e subito sarebbero arrivate le presentazioni, con la promessa tacita di un secondo incontro, ben più intimo, nel qual caso la banca avrebbe avuto una cartella contenente informazioni su di lui. Joel rimase sulle sue: non voleva quella cartella. Un uomo non accetta mezzo milione di dollari per dire di sì, e poi va in cerca di distrazioni. Non significava fermezza di propositi, ma qualcosa di molto diverso.

Parlarono di aerei, di dogane e di tutte le seccature che un viaggiatore doveva sopportare per quasi dieci minuti, quando il passaporto gli fu restituito da un giovane Adone atletito, biondo e con il portamento del ballerino. Laskaris aveva pensato a tutto, cercando di accontentare il cliente, qualsiasi cosa avesse potuto desiderare.

Converse lo guardò negli occhi, poi sorrise e ben presto il sorriso si trasformò in una risata; anche Laskaris si mise a ridere e congedò il bel giovanotto. Io dirigo questo settore della banca» disse, mentre la porta si richiudeva. «Ma non decido le procedure per il ritiro delle grosse somme. Dopotutto, mio caro signore, siamo a Micono.»

«Dove il denaro scorre a fiumi» aggiunse Joel. «Su quale dei due avrebbe scommesso?»

«A dire il vero, su nessuno dei due» rispose Laskaris scuotendo la testa. «Pensavo che si sarebbe comportato esattamente come si è comportato. Altrimenti, sarebbe stato un pazzo, e non la ritenevo pazzo: oltre ad essere il direttore, sono anche un buon giudice, e di solito non sbaglio nel decidere che tipo è la persona che mi sta di fronte.»

«Ed è per questo che è stato scelto come intermediario?»

«No, non per questo. Sono amico del socio del signor Halliday che si chiama Beale. Dottor Edward Beale... Come vede, è tutto in ordine.»

«Un medico?» chiese Converse riprendendosi passaporto e lettera. «Si tratta di un medico?»

«No» disse Laskaris. «È uno studioso, un professore di storia in pensione. Insegnava negli Stati Uniti, ma dopo essere andato in pensione si è trasferito prima a Rodi e poi qui. Un uomo affascinante, molto conosciuto. Io mi occupo degli affari finanziari che lo riguardano, nei quali non è molto ferrato» disse il direttore sorridendo e stringendosi nelle spalle.

«Spero davvero che si tratti di una persona con la quale si può parlare» disse Joel. «Perché avremo molto da discutere.»

«Queste sono cose che non mi riguardano. Vogliamo parlare della dislocazione dei fondi, invece? Come e dove vorrebbe che fossero effettuati i pagamenti?»

«Voglio contanti: a Ginevra ho comprato una di quelle cinture porta-denaro a sensori, con batterie garantite per un anno. Se qualcuno tentasse di rapinarmi, scatterebbe l'allarme, una sirena in miniatura che si sente lontano un miglio. Vorrei dollari americani... tranne naturalmente qualche migliaio.»

«Sì, conosco quegli aggeggi, e sono efficaci; però, se mi permette, non servono a nulla se chi le porta addosso è svenuto oppure solo, lontano da tutti gli altri. Forse sarebbe più sicuro servirsi di traveller's cheques.»

«Sì, certamente sarebbe più sicuro, ma può darsi che in certi momenti io non voglia o non possa firmare con il mio nome.»

«Benissimo, allora» disse Laskaris, con la matita e il blocco degli appunti in mano. «A che nome e dove vuole che spediamo il denaro?»

«Sarebbe possibile,» chiese Converse lentamente «non fare nessun nome?»

«Certo. Anzi, a Micono queste sono procedure considerate ormai standard, come a Creta, Rodi, Atene, Istanbul e in gran parte d'Europa. Noi spediamo una breve descrizione accompagnata da un biglietto scritto dal cliente di proprio pugno: magari una frase, un nome inventato, o dei numeri. Una volta mi è capitato un cliente che ha scritto una filastrocca. Poi, alla banca dove si intende riscuotere, la calligrafia del cliente viene messa a confronto elettronicamente con quella del biglietto. Naturalmente, occorre servirsi di una gorssa banca, che abbia le attrezzature necessarie.»

«Certo. Mi dica lei quali sono queste banche.»

«Dove?»

«A Londra, a Parigi, a Bonn... forse anche a Tel Aviv» disse Joel, cercando di ricordare le parole di Halliday.

«A Bonn non è poi così facile: sono inflessibili, e basta un apostrofo sbagliato per chiamare di corsa le autorità del paese... a Tel Aviv è molto semplice: lì il denaro va e viene e fluttua come il Knesset. Per Londra e Parigi non ci sono problemi, visto che sono sanguisughe sempre pronte a succhiare soldi: le faranno pagare tasse, commissioni, tributi e compagnia bella, perché sanno benissimo che nessuno fa mai storie quando si tratta di fondi neri: molto discreti, molto servizievoli e molto ladri.»

«Lei conosce bene le banche d'Europa, eh?»

«Sì, ho una certa esperienza in merito. Vogliamo parlare di cifre, adesso?»

«Voglio centomila dollari in contanti, in biglietti da cinquecento dollari o, se è possibile, in tagli ancora più piccoli. Per la cifra rimanente, la pregherei di dividerla in parti più o meno uguali e di farmi sapere dove posso riscuoterla se ne avessi bisogno.»

«Benissimo, non ci sono difficoltà. Vogliamo scrivere questo famoso biglietto? Cosa sceglie: nomi, numeri o filastrocche?»

«Numeri» disse Converse. «In fondo, sono un avvocato e i nomi e le filastrocche fanno parte di una dimensione alla quale... per il momento, non voglio pensare.»

«Come desidera» disse il greco, prendendo un blocco per appunti. «Eccole il numero di telefono del dottor Beale. Quando avremo finito, potrà telefonargli. Oppure no. Questo non mi riguarda.»

Al telefono, il dottor Edward Beale, abitante di Micono, parlò con voce misurata e lenta e con il tono pensieroso dello studioso. Le sue parole non tradivano né fretta né emozione, ma una sicurezza e una padronanza del momento e della situazione.

«C'è una spiaggia a sette chilometri dal porto: più che altro sono scogli, e di notte non c'è mai nessuno. Prenda la strada lungo la costa che va verso ovest e proceda finché non vede delle boe luminose sull'acqua. Allora si fermi e scenda sulla riva del mare. Non si preoccupi, la raggiungerò io.»

Le nuvole della notte correvano nel cielo, spinte da venti a grandi altitudini e creavano giochi di chiaro-scuro nella spiaggia desolata che era il luogo di ritrovo. Nell'acqua si intravedevano le boe luminose che sparivano e riapparivano nelle onde. Joel oltrepassò gli scogli e arrivò proprio sulla riva dove le onde si frangevano sulla sabbia molle con un tonfo sordo. Si accese una sigaretta, nella speranza che la fiamma annunciasse la sua presenza; cosa che puntualmente avvenne, perché subito dopo sentì una voce che veniva dall'oscurità. Le parole che disse, però, non erano quelle che ci si poteva aspettare da un professore di storia in pensione.

«Fermo dove sei e non ti muovere» disse la voce, con tono calmo ma deciso. «Mettiti la sigaretta in bocca e aspira, poi alza le mani e tienile bene in alto... Bene. Ora fuma; voglio vedere il *fumo.*»

«Cristo, ma io soffoco!» gridò Joel tossendo. Era controvento e la brezza marina gli soffiava il fumo negli occhi. All'improvviso sentì una mano che lo frugava, prima sul petto, poi lungo le gambe. «Cosa sta facendo?» gridò, e la sigaretta inavvertitamente gli cadde dalle labbra.

«Non è armato» disse la voce.

«Certo che no!»

«Io invece sì. Ora può abbassare le mani e girarsi.»

Converse si girò, tossendo e stropicciandosi gli occhi pieni di lacrime. «Figlio di puttana, matto da legare!»

«Davvero un vizio disdicevole, quello di fumare. Se fossi in lei, smetterei subito. A parte il fatto che le fa male alla salute, ha visto con i suoi occhi come può essere anche usato come arma contro una persona.»

Joel spalancò gli occhi e guardò il suo interlocutore: era un uomo anziano, di statura media, magro, con i capelli bianchi e indossava una giacca e un paio di pantaloni di tela. Il volto — o perlomeno quello che si riusciva a vedere nella luce intermittente della luna che di tanto in tanto si nascondeva dietro alle nuvole — era segnato profondamente dalle rughe, e sulle labbra c'era un sorriso incerto. In mano aveva una pistola e la puntava saldamente all'altezza della testa di Converse. «Lei è Beale?» chiese Joel. «Il professor Edward Beale?»

«Sì. È un po' più calmo, adesso?»

«Considerato lo shock provato per la sua calda accoglienza, direi proprio di sì.»

«Bene. Allora posso anche metterla via, ora.» Il professore abbassò la pistola, prese un sacchetto di tela che aveva posato in terra e ce la mise dentro con cura. «Mi spiace, ma dovevo essere sicuro.»

«Di che cosa? Forse temeva che fossi un commando?»

«Halliday è morto. Avrebbero potuto mandare un'altra persona a trattare con un vecchietto di Micono. E se l'avessero fatto, di sicuro questa persona avrebbe avuto una pistola.»

«Perché?»

«Perché questa persona non poteva sapere che io ero un vecchietto debole e solo: per quel che ne sanno loro, *io* potevo essere un commando.»

«E se per ipotesi — per pura ipotesi — io avessi avuto una pistola, cosa avrebbe fatto? Mi avrebbe sparato?»

«Un avvocato stimato e rispettato, che arriva sull'isola per la prima volta, dopo essere passato attraverso i controlli di sicurezza dell'aeroporto di Ginevra? E dove avrebbe potuto procurarsi un'arma? Chi conosceva a Micono?»

«Be', potevo sempre mettermi in contatto con qualcuno» protestò Converse, che però non era convinto di quel che diceva.

«L'ho seguito fin dal momento che è arrivato qui: è andato direttamente alla banca, poi all'Hotel Kouneni, dove, dopo un drink in giardino, si è ritirato in camera sua. All'infuori del tassista, del mio amico Kostas, del portiere e dei camerieri in giardino, lei non ha parlato con nessuno. No, se lei era *veramente* Joel Converse, io potevo stare sicuro.»

«Be', come prodotto di una *turris eburnea*, non c'è male... Direi che assomiglia di più ad uno della mala di Detroit.»

«Ho fatto varie esperienze al di fuori del mondo accademico, come vede. E poi, penso che dobbiamo essere tutti molto prudenti. Con un uomo come George Marcus Delavane è l'unica tattica sicura.»

«Tattica sicura?»

«Sì, l'unico modo sicuro di affrontare le cose, se preferisce questa definizione.» Senza sbottonarsi la giacca, Beale prese una busta dalla tasca interna e la tirò fuori. «Qui ci sono i nomi» disse, porgendola a Joel. «Cinque uomini-chiave nell'operazione di Delavane. Sono i rappresentanti della Francia, della Germania Federale, di Israele, del Sud Africa e dell'Inghilterra. Ne abbiamo identificati quattro; i primi quattro, ma non sappiamo nulla dell'inglese.»

«Come avete avuto questi nomi?»

«Erano su certi appunti del generale Delavane che Halliday trovò quando lavorava per lui.»

«Ah... allora è stato così... Halliday mi aveva accennato a quello che lui definiva "un incidente"... un incidente che non si sarebbe più ripetuto.»

«Non so cosa e quanto le abbia detto Halliday, ma sono certo che si è trattato di un incidente. Una dimenticanza da parte del generale, uno scherzo della memoria che (e questo posso assicurarglielo, perché l'ho sperimentato personalmente) affligge spesso chi non è più tanto giovane. Le cose sono andate così: il generale si era scordato di un appuntamento con Halliday. Quando Preston è arrivato, la segretaria l'ha fatto entrare nell'ufficio di Delavane perché intanto cominciasse a preparare i documenti, visto che il generale sarebbe stato di ritorno nel giro di una mezz'ora. Preston ha visto un dossier sulla scrivania, e ha creduto che fosse quello il materiale sul quale avrebbe dovuto lavorare. Così, senza pensarci, si è seduto ed ha esaminato quella cartella: dopo aver letto quei nomi, ha ricostruito i viaggi in Europa del suo cliente e ha capito tutto... con un brivido nella schiena, immagino. Per chi ha seguito anche soltanto un poco la politica degli ultimi anni, quei nomi sono evocatori di scene orrende.»

«E Delavane sa che Preston ha letto quella roba?»

«Secondo me, non può averne la certezza, perché Halliday copiò il dossier e rimise tutto a posto prima che il generale tornasse; purtroppo quello che è successo a Ginevra sembra dimostrare il contrario.»

«Già, proprio così» disse Joel con voce triste.

«Probabilmente Delavane ha deciso di non correre rischi, visto che c'era un piano ben stabilito. Ormai siamo al conto alla rovescia.»

«Conto alla rovescia...? Per che cosa?»

«Da quello che abbiamo potuto ricostruire — non è molto, lo ammetto — noi crediamo che si tratti di una serie di rivolte e di attentati di massa perpetrati con l'unico scopo di destabilizzare i vari governi.»

«Sono cose molto gravi, queste. In che modo riuscirebbero ad arrivare a tanto?»

«Io posso soltanto fare ipotesi» disse il professore, aggrottando le sopracciglia. «Ma immagino che vogliano far scoppiare atti terroristici, un po' dappertutto, in modo da creare un clima di disagio e di violenza. Naturalmente, i terroristi sarebbero finanziati e appoggiati da Delavane e i suoi. Quando il caos diventerà intollerabile e la gente comincerà ad esserne stufa, loro interverranno con i militari e ristabiliranno l'ordine, naturalmente cominciando con l'imporre la legge marziale.»

«Già... Non è la prima volta che succede» disse Joel. «Finanziano i propri nemici, poi mandano dei provocatori...»

«Con grande disponibilità di mezzi e di denaro.»

«E quando il clima diventa intollerabile,» continuò Converse «intervengono loro e con il polso duro ristabiliscono l'ordine. La gente li ringrazia e li chiama salvatori, e poi si mette ad appplaudire ai carri armati e ai soldati che marciano. Ma come arriveranno a tanto?»

«Questa è la domanda che ci facciamo sempre anche noi. Quali sono gli obiettivi? Dove sono, *chi* sono? Non ne abbiamo idea. Se avessimo anche un semplice sospetto, potremmo cominciare proprio da lì; dal fondo cioè, ma non sappiamo nulla, e non possiamo permetterci il lusso di correre dietro alle ombre. Dobbiamo insistere e cercare di indagare su quello che sappiamo già.»

«Tempo, è tutta una questione di tempo» lo interruppe Joel. «Come fa ad essere così sicuro che siamo già al conto alla rovescia?»

«Abbiamo visto che l'attività si è intensificata un po' dovunque, e in certi casi è diventata frenetica. Spedizioni che dagli Stati Uniti finiscono nei magazzini dei gruppi di terroristi in Inghilterra, Francia, Irlanda e Germania; abbiamo sentito voci di tutto questo a Monaco, in tutto il Mediterraneo e negli stati arabi. Si parla di ultimi preparativi, anche se nessuno sembra sapere esattamente per quale scopo bisogna essere pronti. Gruppi come il Baader-Meinhof, le Brigate Rosse, l'OLP e le legioni rosse di Parigi e Madrid sono tutti impegnati in una corsa, e sanno soltanto che dovrà cominciare tra poco, ignorando dove li porterà.»

«E quando comincierà?»

«Ci sono voci discordanti, ma in linea di massima possiamo dire che sarà in un periodo compreso tra tre e cinque settimane a partire da oggi.»

«Oh, mio Dio!» disse Joel, ricordandosi improvvisamente di una cosa. «Avery... cioè Halliday, mi ha detto un nome prima di morire. Un nome e una frase che gli avevano rivolto i suoi assassini. "Aquitania... Hanno detto che era per Aquitania." Che significa, Beale?»

Il vecchio professore rimase in silenzio per qualche istante, gli occhi vivi nella luce intermittente della luna. Poi si volse verso il mare e prese a fissare l'acqua con sguardo triste. «Sono pazzi» bisbigliò tra sé.

«Non credo di aver capito molto.»

«No, di sicuro no» disse Beale, scusandosi con Joel e girandosi verso di lui. «Stavo pensando che è davvero incredibile.»

«Non la seguo.»

«Aquitania è il nome che Giulio Cesare aveva dato ad una regione della Francia sud-occidentale che nei primi secoli dopo Cristo si diceva si estendesse dall'Atlantico sino al Mediterraneo attraverso i Pirenei e a nord fino alla foce della Loira, a ovest di Parigi...»

«Sì, mi sembra di ricordare» lo interruppe Joel, che era impaziente e non aveva voglia di ascoltare una dissertazione accademica.

«Be', in questo caso lei è da encomiare come studente. Perché molti si ricordano dell'Aquitania soltanto per quel che avvenne più tardi, dall'ottavo secolo in poi, quando Carlomagno la conquistò, fondando il regno di Aquitania e mettendo a capo di esso il figlio Ludovico e i figli di quest'ultimo Pipino I e Pipino II. A dire il vero, sono proprio i tre secoli seguenti ad essere più pertinenti.»

«A che cosa?»

«Alla leggenda di Aquitania, mio caro signor Converse. Come molti altri generali dall'ambizione smisurata, anche Delavane si considera uno studioso di storia... sulla scia di Cesare, Napoleone, Clausewitz... o Patton. A torto o meno, io ero considerato uno studioso di storia, e per me Delavane rimane sempre uno studente, un appassionato di storia, che non dovrebbe prendersi libertà del genere senza avere le prove. Purtroppo, le nostre scuole e il nostro mondo sono pieni di studenti che si comportano come il nostro generale.»

«Perché non prova a spiegarmi tutto dall'inizio?»

«La leggenda dell'Aquitania è stata distorta: la sindrome del che-cosa-sarebbe-successo-se ha preso il sopravvento sui fatti storici fino al punto che semplici illazioni fatte a tavolino sono diventate asserzioni che provano se stesse. Vede, la storia di questa regione della Francia è fatta di conquiste e di disfatte, di annessioni e di divisioni. Per questo, uno studente di storia dotato di fantasia avrebbe potuto affermare che se non ci fossero stati errori e interferenze dovute alla politica, alla fedeltà matrimoniale o alla tattica militare da parte di Carlomagno, dei suoi nipoti Pipino I e Pipino II e più tardi da parte di Luigi VII di Francia e Enrico II d'Inghilterra, i quali sposarono entrambi quel personaggio incredibile che è Eleonora, il regno di Aquitania avrebbe compreso gran parte dell'Europa, se non addirittura tutta quanta.» Beale si interruppe e rimase in silenzio per qualche istante. «Comincia a capire, adesso» chiese poi.

«Sì» disse Joel. «Cristo, comincio proprio a capire.»

«E non è tutto» continuò il professore. «Visto che l'Aquitania era considerata un possedimento inglese, in breve tempo avrebbe inglobato anche tutte le colonie inglesi, incluse quelle famose tredici al di là dell'Atlantico, oggi meglio conosciute con il nome di Stati Uniti d'America... Naturalmente, a parte gli errori, questo non sarebbe potuto succedere, visto che esiste una legge fondamentale che riguarda la civiltà occidentale, e che tale legge diventa operante nella storia dalla deposizione di Romolo Augustolo e dalla caduta dell'Impero Romano. Non si può unire e far convivere con la forza popoli diversi tra di loro culturalmente... perlomeno, non a lungo.»

«Se non sbaglio, qualcuno ci sta provando» disse Converse. «George Marcus Delavane.»

«Sì. Nella sua mente lui ha ricostruito un'Aquitania che non esiste e che non potrebbe esistere in nessun modo. E questo mi sembra terrificante.»

«Perché? Lei ha appena detto che non può accadere.»

«Non poteva accadere in passato, dalla caduta di Roma a oggi. Ma noi stiamo vivendo un periodo di storia molto singolare, molto diverso da tutti quelli che gli storici conoscono: mai il mondo ha avuto armi come quelle che abbiamo oggi insieme ad un clima di ansia e di disagio. Delavane e i suoi uomini lo sanno, e giocheranno proprio su queste armi, su questa ansia. Anzi, stanno *già* giocando.» Il professore indicò la busta che Joel aveva in mano. «Visto che fuma, avrà sicuramente dei fiammiferi. Be', ne accenda uno e dia un'occhiata a quei nomi.»

Converse aprì la busta e prese l'accendino dalla tasca; lo accese e alla luce della fiamma studiò quei nomi. «Mio Dio» disse, aggrottando la fronte. «Si accordano perfettamente con Delavane: è una congrega di guerrafondai, se si tratta degli stessi uomini che conosco io.» Poi, con uno scatto, richiuse l'accendino.

«Sono proprio loro» rispose Beale. «Generale Jacques Louis Bertholdier, parigino, uomo notevole dal punto di vista umano e militare. Ha combattuto nella Resistenza e ebbe il grado di maggiore prima ancora di aver compiuto i vent'anni. Più tardi fece parte dell'*Organisation de l'armée secrète* di Salan e nel '62 fu sospettato di aver partecipato ad un tentativo di assassinio di De Gaulle: si proclamava l'unico in grado di guidare la repubblica. Per poco non ci riuscì: allora come oggi, credeva che i generali algerini fossero la salvezza della Francia ormai indebolita. È sopravvissuto perché è riuscito a diventare una leggenda, e soprattutto perché la sua non è l'unica voce che parla così, specialmente tra i migliori prodotti, quelli più promettenti, che escono da Saint-Cyr. Per dirla in parole povere, *è* un fascista, un fanatico che si nasconde sotto lo schermo di una rispettabilità universalmente riconosciuta.»

«Quello che si chiama Abrahms,» disse Converse «non è l'israeliano che va in giro vestito come un cacciatore di safari? Quello che organizza marce davanti al Knesset e negli stadi e che promette bagni di sangue in Giudea e in Samaria se i figli di Abramo non verranno ascoltati? Si dice che nemmeno gli israeliani riescano a farlo calmare.»

«Anche perché molti hanno paura di farlo: ormai è diventato un simbolo, come il lampo è sinonimo di potenza e di velocità. Chaim Abrahms e i suoi uomini fanno apparire il regime di Begin come un qualcosa di accomodante, che cerca una soluzione pacifica anche a costo di rinunciare ai propri diritti. È un sabre tollerato dagli ebrei d'Europa solo perché è un ottimo militare, che ha dato prova di coraggio e di capacità in due guerre, guadagnandosi anche il rispetto — se non addirittura l'affetto — di ogni ministro della Difesa da Golda Meir in poi. Questo perché tutti i ministri hanno pensato che avrebbero potuto anche aver bisogno di lui.»

«E quest'altro» disse Converse, leggendo il nome alla luce dell'accendino. «Van Headmer. Sud Africa, vero? Il "boia con la divisa" o come lo chiamavano.»

«Jan Van Headmer, l'assassino di Soweto, come lo chiamano i negri. È uno che giustizia "nemici" ad ogni pie' sospinto, con tacita tolleranza del governo. Proviene da una famiglia che risiede in Sud Africa fin dalle guerre dei boeri e non vede che ragione ci sia di portare Pretoria nel ventesimo secolo, al pari di tutte le altre città. Fra parentesi, lui e Abrahms sono molto amici, e spesso Chaim va a Tel Aviv a trovarlo. A vederlo, non lo si direbbe un assassino: è una persona squisita, molto colta, e alle conferenze diplomatiche non manca mai di suscitare simpatia.»

«Poi c'è Leifhelm» disse Converse, leggendo l'ultimo dei nomi non americani. «Un tipo strano, se non sbaglio: soldato eccellente, ma che segue troppi ordini. Di lui, però, non so altro.»

«Sì, è logico» disse Beale, annuendo. «In un certo senso, la sua è la storia più strana di tutte; anzi, la più mostruosa, visto che la verità è stata accuratamente cancellata e nascosta per evitare situazioni imbarazzanti e per poterlo manovrare meglio. Il feldmaresciallo Erich Leifhelm fu il generale più giovane che Adolf Hitler riuscì a creare. Leifhelm capì che la Germania non sarebbe durata a lungo e fece un brusco quanto opportuno voltafaccia: da killer brutale che sosteneva la teoria della superiorità della razza ariana diventò un "pentito" che improvvisamente aveva "visto" gli orrori del nazismo. In questo modo, riuscì a far fessi tutti quanti e a Norimberga mandò gli altri. Durante il periodo della guerra fredda gli alleati se ne servirono, garantendogli in cambio la protezione; così, quando negli anni cinquanta si creò la divisione tedesca delle forze della NATO, lo misero subito su una bella poltrona importante.»

«Mi sembra di ricordare di aver letto qualcosa sui giornali, a proposito di questo nostro amico, qualche anno fa. Non fu lui ad avere un battibecco con Helmut Schmidt?»

«Esattamente» rispose il professore. «Ma naturalmente i giornali non hanno raccontato la verità: hanno scritto soltanto la prima parte della storia. Infatti, si disse che Leifhelm aveva affermato che i tedeschi non potevano continuare a portarsi dietro sensi di colpa. Quel che era passato doveva essere considerato morto, trascorso, e la nazione doveva ancora una volta provare orgoglio; i giornali poi riferirono anche qualche frecciata a danno dei sovietici, ma niente di più.»

«E la seconda parte della storia quale sarebbe?»

«Leifhelm voleva che il Bundestag togliesse quelle restrizioni che riguardavano le forze armate e lottava per il potenziamento dei servizi segreti, stabilito dopo l'Abwehr, che includesse anche sentenze di riabilitazione per i prigionieri politici. Arrivò fino al punto di occuparsi di rivedere testi di storia per le scuole, cancellando paragrafi che gli sembravano disfattisti. "Bisogna ristabilire l'orgoglio di essere tedeschi", era il suo motto e ogni cosa che faceva o diceva era sempre in una luce violentemente anticomunista.»

«Che poi era la politica del Terzo Reich quando Hitler salì al potere.»

«Proprio così. Schmidt capì che se lo avesse lasciato fare avrebbe creato il caos e in quegli anni Bonn non poteva davvero permettersi gli spettri di ricordi penosi; così lo costrinse a mettersi in disparte e dal quel momento Leifhelm non ebbe più voce in capitolo.»

«Ma ora sembra che la voce torni fuori, vero?»

«Sì, anche se non si tratta di una voce ufficiale. Ma il nostro amico è molto ricco, ed ha tanti amici e tanti contatti.»

«Delavane e compagnia bella, suppongo.»

«Già, soprattutto fra di loro.»

Joel riaccese l'accendino e lesse i nomi che erano scritti in basso: si trattava di due colonne di nomi, che a sinistra riportavano l'indicazione *Dipartimento di Stato* e a destra *Pentagono*. In tutto, erano venticinque. «Chi sono gli americani?» chiese Converse, richiudendo l'accendino. «Ho dato un'occhiata ai nomi, ma non mi dicono niente.»

«Veramente dovrebbe conoscerne almeno un paio, ma non ha importanza» disse Beale, senza spiegarsi. «Il punto è che fra questi uomini ci sono i discepoli di George Delavane, che eseguono i suoi ordini. Non sappiamo con esattezza quanti siano, ma siamo certi che tra quei nomi che abbiamo scritto ve ne siano parecchi. Si tratta di uomini che prendono decisioni importanti — o che per converso, non si oppongono a decisioni importanti — senza i quali Delavane e i suoi seguaci non sarebbero capaci di muovere un passo.»

«Cioè?»

«Il gruppo di nomi scritto sulla sinistra appartiene a personaggi-chiave dell'Ufficio di Controllo Rifornimenti e Approvvigionamenti del Dipartimento di Stato: sono gli uomini che decidono cosa si può inviare all'estero e chi deve ricevere armi e apparecchiature sotto la grande copertura dell'"Interesse della Nazione". La colonna di destra contiene i nomi di ufficiali del Pentagono cui basta una parola per avere milioni di milioni da spendere per gli armamenti. Insomma, è tutta gente che prende decisioni importanti; tanto è vero che è capitato che qualche decisione apparisse oscura alle forze militari e diplomatiche e che il personaggio in questione ricevesse un'interpellanza. Per qualcuno si è trattato semplicemente di una cosa amichevole, senza troppo chiasso, per altri invece le cose sono andate un po' più a fondo.»

«Interpellanze? E perché?» chiese Converse.

«Ci sono state voci — in questi casi le voci ci sono sempre — di grossi quantitativi di armi autorizzate illegalmente per l'espatrio. Poi sappiamo di equipaggiamenti militari in soprannumero persi durante un trasferimento da qualche magazzino o qualche deposito segreto. In tempi come questi, dove tutti accusano lo stato di bilanci e di preventivi troppo alti, gli equipaggiamenti militari in soprannumero sarebbero la goccia che farebbe sicuramente traboccare il vaso; per cui i responsabili cercano sempre di mettere tutto a tacere. Se poi capita — caso strano e fortuito — che qualche membro di Aquitania si faccia vivo e si dichiari disposto a comprare tutto quanto, esibendo le carte necessarie e perfettamente in regola... Ecco come avviene che interi magazzini di armi vengano spediti dove non dovrebbero essere spediti.»

«Sta forse alludendo alla Libia?»

«Già, e non solo a quella.»

«Anche Halliday mi aveva detto le stesse cose: infrazioni alle leggi, armi, equipaggiamenti e tecnologie inviate in posti e a persone che non avrebbero il diritto di averle. Quegli uomini non esitano a servirsene creando disagio, terrorismo, ansia...»

«Che giustificherà un intervento militare» lo interruppe Beale. «Ecco l'idea di Delavane. Una escalation del potere militare, i comandanti in capo e i civili impotenti, costretti ad ascoltare e a obbedire.»

«Però lei ha appena detto che qualcuno si è accorto di queste manovre, che vi sono state interpellanze.»

«Alle quali si è risposto con frasi logore come un vecchio cappotto, tra le quali spiccavano le parole "sicurezza nazionale" e "notizie false e tendenziose". Con questo, hanno tenuto a distanza chi voleva fare il curioso.»

«Ma questo è ostruzionismo. Mi sembra facile a questo punto intervenire per farli arrestare.»

«E chi dovrebbe fare una cosa del genere?»

«Dannazione, ma quelle interpellanze esistono!» rispose Converse. «Ci sono licenze di esportazione che non sono legali, materiali che si perdono, armi che non si sa dove vadano a finire.»

«Cosa potrebbero fare pochi coraggiosi che accusassero Delavane e i suoi, se poi non avessero accesso alle informazioni riservate, né tantomeno avessero a disposizione esperti del regolamento delle licenze di esportazione?»

«No, probabilmente non ho capito bene» insisté Joel. «Lei prima ha detto che erano stati militari e ufficiali del corpo diplomatico a sollevare quelle interpellanze, e si tratta di gente che ha accesso alle informazioni riservate e può avere a disposizione tutti gli esperti che vuole!»

«Già... gente che, come per magia, il giorno dopo non ha chiesto più nulla, non ha più voluto sapere nulla: magari qualcuno si è convinto di non avere diritto alla risposta a certe domande; qualche altro invece si sarà ritirato dal gioco per paura di essere coinvolto; altri, più semplicemente, saranno stati minacciati. E poi, ci sono anche quelli che sono convinti che tutto questo sia giusto, e diventano sempre più numerosi ogni giorno che passa.»

«Cristo... è una rete» disse Converse con un filo di voce.

Il professore lo guardò con espressione dura, mentre la luce della luna si rifletteva sul volto di quell'uomo pallido e pieno di rughe. «Sì, Converse, lei ha detto la parola giusta: una rete. È la stessa parola che mi disse un uomo che credeva che io stessi dalla loro parte. "La rete", mi disse, "la rete si occuperà di te." Intendeva dire Delavane e i suoi uomini.»

«Perché pensava che lei stesse dalla loro parte?»

L'anziano professore non rispose subito. Guardò per un attimo l'Egeo lucente, poi si volse di nuovo verso Converse. «Perché lui pensava che fosse logico. Trent'anni fa io ho buttato alle ortiche una divisa, preferendo i pantaloni e la giacca di tweed che, insieme ai capelli perennemente spettinati, sono un po' l'emblema dei professori universitari. Nessuno dei miei colleghi capì il significato di quel gesto, perché ero uno dei personaggi più promettenti in campo militare, una specie di versione americana del nostro Erich Leifhelm: a trentotto anni diventai generale di brigata, e sicuramente sarei finito allo Stato Maggiore. Ma come la caduta di Berlino e il *Götterdämmerung* ebbero un certo effetto su Leifhelm, così l'evacuazione della Corea e lo sventramento di Panmunjon fecero l'effetto opposto su di me. Vidi che dietro a quel che stavamo facendo non c'era più la ragione, solo la futilità. Vidi la morte, Converse, ma non la morte eroica contro l'orda dei barbari, né la morte in un pomeriggio assolato in Spagna, con una folla che grida: "Olè". No: io vidi la morte nella sua bruttezza e nella sua disperazione e capii che non potevo più far parte di quegli uomini che ammannivano tale morte... Se avessi avuto il dono della fede, probabilmente mi sarei fatto prete.»

«E quelli che non capirono il significato del suo gesto,» disse Converse, affascinato da quelle parole che gli ricordavano il *suo* passato, «pensarono che perseguisse qualche altro scopo?»

«Sì, e francamente non c'è da meravigliarsene: avevo avuto un encomio anche da san MacArthur in persona. Mi avevano persino dato un soprannome: la Volpe Rossa dell'Inchon, perché a quei tempi avevo i capelli rossi. Decidevo mosse e contromosse, sempre perfette e fatte prontamente eseguire. Poi un giorno, mentre eravamo a sud di Chunchon, ricevetti l'ordine di conquistare tre rilievi che erano lì vicino, e che però non avrebbero avuto nessuna utilità pratica; io risposi che era una manovra inutile e che non valeva la pena sprecare uomini e forze per una semplice questione di prestigio; chiesi quindi un chiarimento, che sarebbe un modo elegante per dire: "Siete tutti pazzi! Perché dovrei fare una cosa del genere?". Dopo un quarto d'ora arrivò la risposta. "Perché gli ordini sono ordini, generale." Capisce? "Perché gli ordini sono ordini." Nient'altro. Probabilmente si trattava di una vittoria simbolica, che sarebbe andata a favore di qualcuno o che serviva a qualche bellimbusto a Seul. Così, conquistai quelle colline, e persi la vita di trecento uomini... guadagnandomi un'altra Croce di Guerra.»

«Fu allora che rassegnò le dimissioni?»

«No, no... ero troppo confuso, mi sentivo la testa scoppiare. Poi arrivò la fine di tutto, ed io me ne stetti a guardare Panmunjon, e finalmente mi mandarono a casa, pieno di speranze... ma mi negarono la promozione per una ragione semplicissima: non conoscevo le lingue, e non potevano affidarmi incarichi di responsabilità in Europa. Allora andai veramente fuori dai gangheri e mi dimisi.»

Questa volta fu Joel a studiare l'uomo che gli stava di fronte con una lunga occhiata alla luce della luna. «Non avevo mai sentito il suo nome» disse alla fine. «Perché?»

«Be', se è per questo non ha sentito neppure i nomi di quegli uomini in fondo alla lista... "Chi sono gli americani?" mi ha detto. "I nomi non mi dicono nulla." Sono parole sue, Converse.»

«Sì; ma quelli non sono giovani generali decorati al valor militare... eroi della guerra.»

«Invece sì, almeno alcuni» lo interruppe Beale. «E in varie guerre. Uomini che hanno avuto un posto al sole, e che sono stati subito dimenticati. Uomini che hanno rivissuto ogni momento di questa esperienza gloriosa, sempre in rispettoso silenzio.»

«Sembra quasi un'apologia.»

«Lo è! Lei pensa che non nutra nessun sentimento nei confronti di persone come Chaim Abrahms, Bertholdier, Leifhelm? Noi li invochiamo quando abbattiamo le barricate, elogiandoli perché quel che fanno va al di là delle nostre possibilità...»

«Non certo al di là delle sue possibilità... Lei ha fatto quello che hanno fatto loro...»

«È vero, e proprio per questo li *capisco*. Perché, quando ricostruiamo le barricate, ci dimentichiamo di loro; anzi, li costringiamo ad assistere allo spettacolo di borghesi inetti che ingranano malamente le marce della ragione e, attraverso una serie di discorsi oscuri, piazzano gli esplosivi che serviranno ad abbattere nuovamente quelle barricate. E quando ci accorgiamo di averle buttate giù, chiamiamo i nostri comandanti.»

«Gesù, ma lei da che parte sta?»

Beale chiuse gli occhi con un gesto che Joel riconobbe come suo, quando gli tornavano alla mente certi ricordi. «Dalla sua parte, cretino» disse il professore con voce calma. «Perché so cosa sono in grado di fare quegli uomini quando chiediamo loro di agire. Gliel'ho già detto prima: questo è un periodo unico nella nostra storia. Molto meglio borghesi inetti e pieni di paura, che non rinuncerebbero mai a parlare e a cercare, che uno di noi... cioè, di loro... »

Ci fu un colpo di vento e la sabbia fece mulinello intorno alle gambe dei due uomini. «Quell'uomo che le disse che la rete si sarebbe occupata di lei...» chiese Converse. «Perché disse una cosa del genere?»

«Pensava di utilizzarmi nell'organizzazione. Era un ufficiale che avevo conosciuto in Corea, uno spirito molto combattivo. Venne qui a Micono — non ho ancora capito per quale ragione: forse era in vacanza, forse era venuto espressamente a trovare me, chissà... — e ci incontrammo al porto. Io stavo uscendo dal Plati con la barca quando me lo vidi venire incontro, molto eretto e molto militare nel sole accecante del mattino. "Devo parlarle" disse con la stessa insistenza che avevo già sperimentato anni prima. Lo invitai sulla barca e uscimmo dalla baia. Quando fummo a qualche miglio di distanza dal Plati mi parlò del loro caso. Il caso di Delavane.»

«E che successe?»

Il professore attese esattamente due secondi prima di rispondere, poi disse semplicemente: «Lo uccisi. Con il coltello da pesca. Poi buttai il corpo al largo di Stephanos, dove so che ci sono degli squali».

Joel guardò stupito il vecchio professore: la luce iridescente della luna rendeva ancor più macabra quella scena. «Così, a sangue freddo?» chiese, con voce priva di tono.

«È quello che mi hanno insegnato a fare, amico mio. Si ricordi che io ero la Volpe Rossa di Inchon: mai esitare di fronte a qualcosa che può tornare utile, mai astenersi dal guadagnare un punto di vantaggio.»

«E così l'ha ucciso?»

«È stata una decisione necessaria, non qualcosa di avventato. Quell'uomo era venuto con il preciso scopo di reclutarmi, e la mia risposta a quell'offerta la portavo scritta in volto, racchiusa in quel silenzio che era simile ad un insulto. Lui l'aveva visto, ed aveva capito: non poteva lasciarmi vivere dopo avermi detto quel che mi aveva detto. Uno di noi due doveva morire, ed io fui più veloce: tutto qui.»

«Mi sembra un ragionamento che non fa una grinza, ma se permette, un tantino freddo.»

«Lei è avvocato, e certamente sa che cosa significa valutare le varie possibilità: secondo lei, che alternativa potevo avere?»

Joel scosse la testa non tanto per rispondere, quanto in senso di meraviglia. «Come ha conosciuto Halliday?»

«Ci siamo trovati. A dire il vero non ci conosciamo, non abbiamo mai parlato direttamente, ma abbiamo un amico comune.»

«A San Francisco?»

«Diciamo che ci va spesso.»

«Chi è?»

«Questa è una domanda alla quale non voglio rispondere. Mi dispiace.»

«Perché no? Perché tenere il segreto?»

«Perché lui vuole così; e, date le circostanze, credo che sia una richiesta perfettamente logica.»

«Logica? E lei chiama logica una situazione come questa? Halliday va da una persona, a San Francisco, che per caso conosce anche un ex-generale che vive su un'isola della Grecia, a migliaia di chilometri di distanza e che, sempre per caso, ha ricevuto la visita di uno degli uomini di Delavane. Sì, forse si può definire una serie incredibile di coincidenze, ma non certo una storia logica!»

«Se fossi in lei non mi darei tanto da fare per andare più a fondo, ma l'accetterei così com'è.»

«Sta parlando sul serio?»

«Sì, date le circostanze, credo proprio che non andrei a fondo nemmeno io: semplicemente perché sono convinto che non avrei alternative.»

«Io invece l'alternativa la vedo, eccome: posso andarmene di qui con cinquecentomila dollari in tasca, dono di uno straniero che vuole rimanere anonimo e che, se volesse qualcosa da me, dovrebbe prima dirmi chi è.»

«In teoria lei potrebbe anche fare una cosa del genere, ma in pratica io credo che non la farà: l'abbiamo scelta a ragion veduta.»

«Perché avevo un motivo per portare avanti una battaglia del genere? Questo è quel che mi ha detto Halliday.»

«Voglio essere sincero con lei: sì, l'abbiamo scelta proprio per questo.»

«Siete fuori strada, tutti quanti!»

«Una persona è morta, e lei è stato l'ultimo con cui ha parlato.»

Joel sentì un'ondata di rabbia che gli saliva nel petto e rivide gli occhi di quell'uomo morto fra le sue braccia. «Aquitania» disse in un soffio. «*Delavane*... Sì, avete ragione: la scelta è stata accurata. Da dove devo cominciare?»

«Da dove ritiene più opportuno. Lei è avvocato, e tutto deve essere fatto nella legalità.»

«Esattamente. Sono avvocato, non certo un poliziotto, o un investigatore.»

«Nessun poliziotto dei paesi in cui vivono quelle quattro persone potrebbe fare più di quanto può fare lei, anche se fosse disposto a collaborare con noi, cosa della quale francamente dubito. La sola cosa che riuscirebbe a combinare sarebbe quella di mettere sul chi vive gli uomini di Delavane.»

«D'accordo, ci proverò» disse Converse, piegando il foglio con i nomi e mettendoselo in tasca. «Comincerò dall'inizio, e cioè da Parigi. Me la vedrò con questo Bertholdier.»

«Jacques Louis Bertholdier» disse il professore tirando fuori una busta dalla borsa di tela che aveva con sé. «Questa è l'ultimo aiuto che posso fornirle: si tratta di informazioni riguardanti quei quattro uomini, ed è tutto quel che sappiamo di loro: indirizzi, automobili, soci in affari, i caffè e i ristoranti preferiti, le abitudini sessuali che possono costituire eventualmente un tallone d'Achille e via dicendo... tutto quello che sappiamo e che potrà esserle d'aiuto. A noi basta avere una relazione, anche breve, su personaggi che si sono compromessi, che hanno infranto la legge; ci è sufficiente dimostrare che non sono i cittadini onesti e rispettabili che vogliono sembrare. Vogliamo situazioni imbarazzanti, Converse, che portino al ridicolo. Preston Halliday aveva ragione: il ridicolo è il primo passo.»

Joel fece per rispondere, poi tacque di colpo, fissando Beale. «Non le ho detto che Halliday mi ha accennato ad una soluzione del genere.»

«Davvero?» Il professore sbatté le palpebre nella luce tenue; era confuso, e dimostrava chiaramente di essere stato colto di sorpresa. «Ma naturalmente, noi abbiamo discusso...»

«Non vi siete mai conosciuti, non avete mai parlato!» lo interruppe Converse.

«... delle tattiche da impiegare attraverso il nostro amico comune» disse l'anziano professore, che ormai aveva riacquistato il controllo di sé. «Questa faccenda del ridicolizzare i membri di Aquitania è un motivo ricorrente nei nostri discorsi. Naturalmente ne abbiamo parlato.»

«Prima lei è rimasto senza parole.»

«Semplicemente perché mi ha colto di sorpresa con una frase senza senso. Vede, i miei tempi di reazione non sono più quelli di una volta.»

«Mi sembra che però fossero abbastanza buoni su quella barca a Stephanos» intervenne Joel.

«Si trattava di una situazione completamente diversa, Converse: quella volta sapevo che uno di noi non sarebbe più arrivato sulla terraferma. Stasera so che entrambi lasceremo questa spiaggia.»

«D'accordo, sono un po' confuso. Anche lei lo sarebbe, al posto mio.» Converse tirò fuori un pacchetto di sigarette dal taschino della camicia e se ne portò una alle labbra con gesto nervoso, mentre prendeva l'accendino. «Un uomo che conoscevo fin da bambino con un nome, improvvisamente mi compare davanti sotto un altro nome.» Fece scattare l'accendino e si accese la sigaretta, tirando qualche boccata nervosa. «Mi racconta una storia ai limiti della credibilità e io l'ascolto semplicemente perché c'è di mezzo un maniaco che si chiama Delavane, e questo è un nome reale. Mi dice che io posso fare qualcosa per fermarlo... per fermarli tutti quanti, e che avrò una barca di soldi se solo dirò di sì; una barca di soldi offerti da una persona, che va spesso a San Francisco, il quale me li farà consegnare da un ex-generale che vive in un'isola alla moda dell'Egeo. E per questo l'uomo che io conosco con due nomi diversi viene ucciso in pieno giorno, crivellato di colpi in un ascensore e mi muore tra le braccia sussurrando il nome Aquitania. E poi questo altro uomo, questo ex-generale-professore-studioso mi racconta un'altra storiella che finisce con un "reclutatore" di Delavane ucciso con un coltello da pescatore e gettato in pasto ad un gruppo turistico di squali in viaggio verso Stephanos... anche se non so cosa sia.»

«Aghios Stephanos» disse il vecchio professore. «Una bellissima spiaggia, molto più nota di questa.»

«Maledizione, signor Beale, o generale Beale, o professor Beale, sono terribilmente confuso! Troppa roba per digerirla in appena due giorni! Non ho più fiducia in niente e nessuno. Insomma, parliamoci chiaro: mi sento come un pesce fuor d'acqua, sono estremamente perplesso e, come se non bastasse, ho anche una paura tremenda.»

«Non complichi le cose, adesso» disse Beale. «È un consiglio che davo sempre ai miei studenti. Dicevo sempre di non considerare le cose nella loro totalità, ma di seguire ogni singolo filo finché non si combinava con un altro, e poi un altro ancora, fino a che la trama non risultava chiara. Un passo alla volta, Converse.»

«Lei ne sa una più del famoso Mr. Chips. Se fossi stato un suo studente, probabilmente avrei lasciato il corso a metà.»

«Sì, forse non mi sono espresso troppo bene, ma le assicuro che un tempo riuscivo ad essere convincente. Quando si insegna storia, bisogna far comprendere l'importanza di ogni singolo filo che compone la trama: direi che è tremendamente importante.»

«Quando invece si ha a che fare con problemi legali, direi che è essenziale.»

«Allora la pensiamo allo stesso modo: segua ogni filo, uno alla volta. Io non mi intendo di problemi legali, ma non potrebbe affrontare questa faccenda come un avvocato convocato da un cliente che sente calpestati i propri diritti, che si vede ostacolato in quello che è il suo modo di vita e si sente negare il diritto ad un'esistenza tranquilla... insomma un cliente che corre il rischio di essere distrutto da una certa cosa?»

«Non mi sembra il mio caso» rispose Joel. «Il mio cliente è una persona che non vuole parlarmi, non vuole vedermi, non vuole nemmeno dirmi chi è.»

«Non alludevo a *quel* cliente.»

«A chi allora? I soldi sono suoi, no?»

«Quella persona è soltanto un intermediario del suo vero cliente.»

«E chi è?»

«Forse ciò che è rimasto del mondo civile.»

Joel studiò il volto dell'anziano professore nella luce tremula. «Non ha appena detto che bisogna guardare ai singoli fili che compongono una trama? Mi spaventa a morte se parla così.»

Beale sorrise. «Potrei facilmente accusarla di colpa in concreto, ma non lo farò.»

«È un termine antiquato, che nessuno usa più. Se intende dire che sono fuori strada, lo dica pure, ed io lo negherò. È caduto in contraddizione, professore, e non vedo come potrebbe venirne fuori.»

«Santo cielo, chi ha indicato lei come la persona giusta per questo lavoro sapeva il fatto suo. Non vuole nemmeno lasciare ad un vecchio professore la soddisfazione di una frase pomposa e accademica.»

Fu la volta di Converse a sorridere. «Lei mi piace, generale... o professore, se preferisce. Sarei preoccupato se un giorno la vedessi seduta al tavolo di fronte al mio in una riunione.»

«Forse lei mi sopravvaluta» disse Edward Beale, che era ridiventato serio. «È appena all'inizio.»

«Già, ma ora so cosa devo cercare. Un filo alla volta, fino a che si intrecciano e formano la trama. Per prima cosa, indagherò su certe licenze di esportazione, cercando qualcuno che sfugge ai controlli: poi provvederò a trovare il filo che collega tre o quattro nomi che vanno a formare una trama insieme a Delavane a Palo Alto. A quel punto, saremo pronti a distruggerli legalmente: niente martiri, cause nobili o militari crocifissi da traditori. Solo uomini che si professavano patrioti e che bassamente, vilmente, hanno pensato soltanto a riempirsi le tasche per niente patriottiche. Altrimenti, perché l'avrebbero fatto? C'è un'altra ragione, per caso? Ecco il ridicolo, Beale. Perché quella gente non *potrà* rispondere.»

Il vecchio professore scosse la testa, meravigliato. «Il maestro ridiventa improvvisamente allievo» disse, dopo un attimo di esitazione. «Come farà?»

«Come ho fatto fino ad oggi nelle trattative. Solo che stavolta ho intenzione di spingermi un passo più avanti. Di solito, io cerco di immaginare quel che vuole l'uomo che mi sta di fronte e perché lo vuole. Io non devo sapere soltanto quello che la *mia* parte desidera raggiungere, ma anche quello che vuole la parte avversa. A cosa pensa l'uomo che mi sta di fronte? Bene, io devo sforzarmi di pensare come lui, mettermi nei suoi panni, fare in modo che neppure per un secondo egli dimentichi che lo studio, lo osservo, gli leggo dentro. È un atteggiamento che finisce con l'innervosire, proprio come l'abitudine di prendere appunti ogni volta che il tuo avversario parla, sia che dica cose importanti, sia che faccia osservazioni del tutto futili. Questa volta, però, le cose sono diverse, perché non si tratta di parti avverse, ma di soci. Soci di una causa, la *loro* causa. Comincerò con Parigi, poi proseguirò a Bonn, a Tel Aviv e probabilmente a Johannesburg. Questa volta non mi sforzerò soltanto di *pensare* come i miei avversari, *questa volta sarò uno di loro*.»

«Una tattica che implica una grande dose di coraggio. I miei complimenti.»

«Non ho altre possibilità. Fra l'altro, dispongo di una notevole somma di denaro che posso spendere; userò il denaro in maniera efficace, anche se non dovrò dare troppo nell'occhio con grosse somme. In fondo, è un modo di utilizzare i soldi che di sicuro piacerebbe al mio cliente senza nome. Senza nome, senza identità, sempre nell'ombra, ma continuamente presente.» Joel si interruppe, colpito da un pensiero. «Sa una cosa, professor Beale? Ritiro tutto quello che ho detto: non voglio sapere il nome del mio cliente di San Francisco. Ormai me lo sono figurato in un certo modo, e il sapere la sua vera identità incrinerebbe sicuramente l'immagine che mi sono fatta di lui. A proposito, gli dica che ad operazione conclusa gli farò avere una distinta di tutte le spese: se avanzeranno soldi, glieli restituirò attraverso lo stesso canale con il quale li ho avuti. E cioè attraverso il suo amico Laskaris della banca di Micono.»

«Ma lei ha già accettato quel denaro» obbiettò Beale. «Non vedo la ragione di...»

«Volevo solo sapere se questa faccenda era vera. Se il mio uomo era reale. Ora lo so, e so anche a cosa mira. Avrò bisogno di soldi, molti soldi, perché dovrò trasformarmi in qualcosa che non sono affatto, e il denaro in questi casi è l'unico mezzo convincente. No, professore, io non voglio i soldi del suo amico, io voglio Delavane, il guerrafondaio di Saigon. Userò il suo denaro esattamente come sto usando lui in questo momento... per penetrare in quella rete.»

«Se ha intenzione di cominciare da Parigi, forse le interesserà sapere che c'è stato un traffico di armi che pensiamo sospetto: forse ci sbagliamo, ma potrebbe essere una sorta di prova generale, sia pure in piccolo, di quello che vogliono fare in grande.»

«È scritto qui?» chiese Converse, indicando la busta che conteneva i vari dossier.

«No, l'abbiamo saputo soltanto stamani. Immagino che lei non abbia sentito le notizie del telegiornale.»

«Parlo soltanto inglese e anche se mi fosse capitato di sentire un notiziario locale, non avrei capito un accidente. Cos'è successo?»

«L'Irlanda del Nord è in tumulto e ci sono stati scontri e assassinii che non si riscontravano da quindici anni a questa parte. A Belfast, a Ballyclare, a Dromore e nelle Mourne Mountains gruppi di entrambe le fazioni scendono nelle strade e si aggirano nelle campagne, sparando all'impazzata e nel loro furore abbattono qualsiasi cosa si muova. È il caos, e il governo dell'Ulster è in preda al panico: il parlamento non esiste praticamente più, e ognuno cerca una soluzione per conto suo. Purtroppo la soluzione potrebbe essere quella di mandare un quantitativo massiccio di militari e di comandanti.»

«E questo cosa c'entra con Bertholdier?»

«Mi ascolti bene» disse il professore, avvicinandosi a Joel. «Otto giorni fa sono stati spediti da Beloit, nel Wisconsin, trecento casse di bombe a grappolo e duemila cartoni di esplosivi. Dovevano andare a Tel Aviv passando da Montreal, Parigi e Marsiglia. Non è mai arrivato a destinazione, e una traccia isrealiana — che risale al Mossad — ci dice che soltanto alcune carte che accompagnavano il carico di munizioni sono arrivate a Marsiglia. Il carico vero e proprio, dunque, è sparito a Montreal o a Parigi, e noi siamo convinti che sia stato dirottato verso le ali estremiste — verso entrambe, badi bene! — dell'Irlanda del Nord.»

«Perché dice questo?»

«Le prime vittime, circa trecento tra uomini, donne e bambini, sono state colpite da bombe a grappolo. Alcuni sono morti sul colpo, altri sono rimasti feriti. Mi rendo conto che non deve essere piacevole morire in questo modo, ma credo che sia sempre preferibile all'idea di dover vivere con le conseguenze delle ferite: le bombe a grappolo strappano via intere parti del corpo di un uomo. La reazione, naturalmente, è stata abbastanza dura, e dappertutto si respira un clima di isterismo. L'Ulster è nel caos, Converse, e il governo ha le mani legate: e tutto questo nel giro di un giorno, *un giorno soltanto*!»

«Vogliono provare a se stessi che ce la possono fare» disse Joel con voce tranquilla, mentre dentro sentiva agitarglisi l'inferno.

«Precisamente» convenne Beale. «È una prova, un piccolo "campione", chiamiamolo così, del grande terrore che vogliono seminare.»

Converse aggrottò la fronte. «Ma a parte il fatto che Bertholdier vive a Parigi come qualche altro milione di abitanti, cosa lo lega a quel carico e alla sua scomparsa?»

«La Compagnia di Assicurazioni francese che copriva l'aereo e il carico è una compagnia della quale Bertholdier è direttore. Chi potrebbe essere meno sospetto del direttore di una compagnia che dovrà sborsare un sacco di soldi per quella scomparsa? Incidentalmente, la compagnia può aver accesso per legge alle merci che assicura. Hanno dovuto sborsare più di quattro milioni di franchi, una cifra tale da scoraggiare qualsiasi sospetto su di loro e allo stesso tempo troppo modesta per meritarsi l'attenzione di qualche cronista. E intanto loro pensano ad un altro carico, ancora più letale. E sarà morte, mutilazione, caos...»

«Come si chiama la Compagnia di Assicurazioni?»

«Compagnie Solidaire. Credo che si tratti anche di una delle parole d'ordine. Solidaire, e forse Beloit e Belfast.»

«Spero proprio di poter arrivare a dire queste parole d'ordine a Bertholdier in persona. Naturalmente, dovrò scegliere il momento e l'occasione giusta. Domani mattina parto per Atene.»

«Le faccio i miei auguri più sinceri e più pressanti. Sì, pressanti, perché ci rimangono soltanto tre settimane, forse quattro, al massimo cinque. Qualunque cosa abbiano preparato, dovunque abbiano pensato di farla scoppiare, sarà diecimila volte più violenta e più letale di quello che succede nell'Irlanda del Nord. È la realtà, e non è poi così lontana.»

Valerie Charpentier si svegliò improvvisamente e, con il volto rigido e gli occhi spalancati, rimase in ascolto di un rumore qualsiasi che spezzasse il silenzio intorno a lei e lo sciacquìo delle onde che si frangevano più lontano. Si aspettava di sentire la sirena del sistema di allarme che aveva fatto installare ad ogni finestra e ad ogni porta della casa.

Non vi fu nulla di tutto questo, eppure era sicura di aver sentito un rumore, un suono che era riuscito a svegliarla. Tirò le coperte e si alzò dal letto; camminava lentamente, esitante, avvicinandosi a lenti passi alla porta-finestra che si apriva sul balcone, sopra la spiaggia, il molo e l'Oceano Atlantico.

Era *ancora* lì: le luci fioche e tremule erano senza dubbio le stesse, e illuminavano la stessa barca, ancorata nello stesso esatto punto. Si trattava di una corvetta che da due giorni andava avanti e indietro senza avere apparentemente nessuna destinazione tranne quel pezzo di costa del Massachusetts. Il secondo giorno, al tramonto, si era ancorata a circa un quarto di miglio, proprio di fronte alla sua casa: ed ora era di nuovo lì. Dopo tre giorni era tornata.

Tre notti prima aveva chiamato la polizia, che si era rivolta alla guardia costiera di Cape Ann: la spiegazione che ne era venuta fuori non le era sembrata né soddisfacente né razionale. Le avevano detto che la corvetta era del Maryland, e che il proprietario era un ufficiale dell'esercito degli Stati Uniti; avevano aggiunto anche che non avevano registrato movimenti provocatori o sospetti tali da giustificare qualsiasi presa di posizione ufficiale.

«Nessun movimento sospetto o provocatorio, vero?» aveva detto Val in tono duro. «Per voi non c'è niente di provocatorio e niente di sospetto nel fatto che una barca percorra su e giù lo stesso tratto di costa per due giorni e poi venga ad ancorarsi di fronte a casa mia a un tiro di schioppo; e visto che di schioppi ormai non ce ne sono più, potrebbe essere benissimo raggiungibile a nuoto.»

«Il proprietario di una casa in riva al mare può vantare diritti sulle acque soltanto fino alla distanza di sessanta metri, signora» fu la risposta ufficiale. «Non possiamo far nulla.»

La mattina dopo, alle prime luci dell'alba, Valerie si convinse che doveva far qualcosa: aveva scrutato la barca col binocolo e un urlo le era sfuggito dalla gola. Sul ponte, infatti, aveva scorto due uomini, che tenevano i binocoli, molto più potenti del suo, puntati su casa sua, sulla finestra della sua camera da letto. Su di lei.

Una vicina aveva di recente installato un sistema di allarme: anche lei era una donna divorziata, ma aveva un marito che si innervosiva facilmente e tre bambini e per questo sentiva la necessità di quell'allarme. Val aveva fatto due telefonate, parlando con il direttore della Watchguard Security: quello stesso giorno erano venuti ad installarle un sistema di allarme provvisorio, mentre un esperto discuteva con lei del sistema più idoneo da installare definitivamente.

Una sirena... Un suono che non era lacerante, ma ovattato. Era la sirena di una nave lontana nelle acque scure, ed era quello il rumore che l'aveva svegliata. Si sentì sollevata, anche se era confusa e perplessa: se fosse stata gente che voleva farle del male, di sicuro non avrebbe annunciato la propria presenza in quel modo. D'altronde, erano tornati, a poca distanza dalla sua casa, nell'ombra, nell'oscurità; la luna era sotto una fitta coltre di nuvole. Pareva quasi che quegli uomini volessero farle sapere che erano lì e che la stavano guardando. Aspettavano.

Cosa? Cosa le succedeva? La settimana prima improvvisamente il telefono aveva smesso di funzionare, e quando, dalla casa della vicina, aveva chiamato la compagnia dei telefoni, le avevano detto che non c'erano guasti: la linea funzionava.

«Forse funzionerà per lei, ma non certo per me, e la bolletta non la pagate voi.»

Era tornata a casa ed aveva provato, ma il telefono era rimasto muto. Una seconda telefonata, stavolta con tono più irato, aveva dato lo stesso risultato: non c'erano guasti. Due ore più tardi aveva ripreso a funzionare, misteriosamente, e Val aveva attribuito quell'episodio all'inefficienza delle compagnie telefoniche in campagna. Ma ora non sapeva proprio a che cosa attribuire il fatto che una corvetta andasse avanti e indietro davanti a casa sua.

Improvvisamente, alla luce soffusa che veniva dalla barca, vide una figura uscire dalla cabina; per qualche istante rimase nell'ombra, poi ci fu una luce improvvisa: un fiammifero, una sigaretta. Sul ponte c'era un uomo immobile che fumava una sigaretta, guardando la sua casa come per studiarla. Un uomo che aspettava.

Val rabbrividì, mentre prendeva una sedia e la piazzava davanti alla porta-finestra che dava sul balcone; non troppo vicina, a qualche distanza dal vetro. Dal letto prese la coperta leggera e se l'avvolse intorno alle spalle: guardava l'acqua, e la barca e l'uomo. Sapeva che se l'uomo o la barca si fossero avvicinati alla riva avrebbe schiacciato il bottone dell'emergenza che faceva scattare la sirena di allarme sia all'interno che all'esterno della casa: l'avrebbero sentita a miglia di distanza, perché la sirena produceva un suono da spaccare i timpani che avrebbe sicuramente sopraffatto il rumore delle acque. Era una sirena penetrante, spaventosa, paralizzante. Val si chiese se avrebbe schiacciato quel pulsante quella notte... quella mattina.

Non si lasciò prendere dal panico, come le aveva insegnato Joel, anche quando, nelle strade di Manhattan, Val pensava che l'unica soluzione fosse gridare. A volte era accaduto anche a loro: qualche tossicomane o qualche vagabondo li aveva assaliti e Joel era rimasto calmo, una calma di ghiaccio; li aveva fatti accostare ad un muro dando loro un portafoglio da quattro soldi che teneva per casi del genere e che conteneva un paio di biglietti. Sì, Joel sapeva essere di ghiaccio e forse era per questo che nessuno aveva fatto mai loro del male temendo quello sguardo glaciale.

«Avrei dovuto gridare!» gli aveva detto una volta.

«No» aveva risposto lui. «Sarebbe servito soltanto a spaventarli, a creare panico. Ricordati che, in questo caso, quei bastardi diventano veramente pericolosi.»

E quell'uomo sulla barca... era veramente pericoloso? C'erano altri uomini con lui? O forse si trattava semplicemente di gente che aveva da poco comprato la barca e che familiarizzava con i comandi andando su e giù per quel tratto di costa e ancorandosi a poca distanza da casa sua in modo da essere pronti a qualsiasi evenienza. Forse erano curiosi, o forse erano preoccupati di quel che il proprietario avrebbe potuto dir loro. Un ufficiale dell'Esercito non poteva davvero permettersi di reclutare un capitano per una corvetta, e in fondo a poche miglia di distanza c'erano cantieri capaci di fornire assistenza per qualsiasi evenienza.

O forse si trattava di un giovane ufficiale che si faceva le ossa lungo quel tratto di costa che gli era familiare? Naturalmente era possibile, tutto era possibile, e le notti d'estate spesso ci fanno sentire ancora più intensa quella solitudine che lascia spazio a strane immagini.

Spesso, camminando da soli sulla spiaggia, si lavora troppo di fantasia.

Sicuramente Joel avrebbe riso e le avrebbe detto che si trattava soltanto di demoni che nel suo cervello d'artista andavano e venivano alla ricerca di qualche logica. Forse aveva ragione lui. Gli uomini sulla barca probabilmente avevano più paura di lei: in un certo senso, erano dei fuorilegge che avevano trovato un rifugio in acque dove neppure gli abitanti di quel luogo potevano dar loro fastidio, e tutte quelle domande della Guardia Costiera lo provavano. Forse era proprio per quello che erano ritornati in un posto dove, se non proprio i benvenuti, erano perlomeno lasciati in pace. Se Joel fosse stato con lei, sarebbe andato sulla spiaggia e avrebbe invitato quegli uomini a entrare e a bere qualcosa.

Caro Joel, così sciocco e così gelido. A volte mi eri di conforto, quando ti sentivi a tuo agio, ed eri anche divertente, terribilmente divertente, anche quando non eri a tuo agio. In un certo senso mi manchi, caro, ma non abbastanza, grazie.

E allora, perché quella sensazione, quell'istinto, persistevano? Quella barca, là fuori, nell'acqua, era come un magnete che l'attirava a sé, che la portava dove lei sapeva di non voler andare.

Sciocchezze! Demoni in cerca di una logica! Si stava comportando da sciocca... *Sciocco, gelido Joel*... Basta, per l'amor del cielo! Sii *ragionevole*!

Poi sentì di nuovo quel brivido: i marinai che fanno pratica non si mettono ad andare su e giù per la costa di notte.

Quel magnete l'attirò finché sentì le palpebre pesanti e il sonno, sia pur angoscioso, venne.

Quando si svegliò, vide una luce intensa venire dalla portafinestra ed il calore del sole intorno al suo corpo. Guardò verso l'acqua: la barca non c'era più. Per un attimo si domandò se non avesse sognato.

No... l'aveva veramente vista, ne era sicura. Ma ora se n'era andata.

3

Il 747 si staccò dalla pista di decollo dell'aeroporto Helikon di Atene e piegò leggermente a sinistra. In basso, proprio accanto all'enorme campo, c'era la Stazione Aeronautica degli Stati Uniti che, nonostante un trattato preciso, era stata ridotta negli ultimi anni sia in grandezza sia in numero di veicoli presenti. Comunque, si vedevano spesso aerei americani solcare i cieli del Mediterraneo al di sopra dello Ionio e dell'Egeo, grazie ad un governo eternamente preoccupato di altri occhi che spiavano da nord. Converse guardò fuori dal finestrino e riconobbe le sagome familiari dei Phantom F-4T e A-6E disposti su due righe parallele; si trattava di apparecchi già superati dai più moderni F-4G e A-6A, con i quali aveva volato anni prima.

I ricordi gli si affollarono alla mente, mentre guardava tre Phantom che si muovevano: tra poco avrebbero raggiunto l'estremità della pista, e presto un'altra pattuglia sarebbe volata nel cielo. Converse sentiva le dita rigide e sapeva che nella sua mente lui era là, dentro la cabina, con la cloche in mano e tutta l'attenzione ai comandi. Poi provò la sensazione di sempre: sentì la forza della pressurizzazione intorno a lui, sotto di lui, e si sentì parte viva di quella bestia lucente e avida di spazi che lottava per liberarsi e per scivolare in quello che era il suo habitat naturale. *Controllo finale: tutto in ordine. Pronti per il decollo. Allenta la catena alla bestia, lasciala libera. Rullaggio! Più veloce! Ancora più veloce! All'improvviso non si scorge che una massa grigia in basso, e il mare azzurro davanti e il cielo blu in alto. Libero! Lasciatemi libero!*

Si chiese se fosse ancora in grado di pilotare un aereo, se tutte quelle lezioni che aveva ricevuto da bambino e in seguito da uomo erano ancora vive nella memoria. Dopo il periodo trascorso nell'Aeronautica, era tornato spesso, durante gli anni accademici, nel Massachusetts e nel North Carolina, nei piccoli aeroporti e aveva preso un aereo monomotore giusto per godersi qualche minuto di relax e di sollievo dai problemi che lo affliggevano in quello che per lui era il paradiso blu, non era la stessa cosa: non sentiva il gusto della sfida, il piacere di tenere a bada una bestia che voleva liberarsi. Così, aveva smesso, e per tanto tempo. L'aveva promesso: niente aeroporti dove passare il week-end, niente amici che non facevano altro che parlare di aerei e di voli: sua moglie era terrorizzata dalla passione che intuiva in lui e le ore-volo che aveva effettuato — in combattimento e da civile — sembravano troppe.

E lui aveva fatto uno dei pochi gesti di rinuncia del suo matrimonio, promettendole che non avrebbe mai più messo piede in una cabina di pilotaggio. Non gliene era importato, e non aveva sofferto finché il matrimonio era stato felice; poi, una volta capito che le cose tra di loro non andavano, aveva ripreso ad andare in un campo chiamato Teterboro, nel New Jersey, volando tutte le volte che gli si presentava l'occasione, senza badare all'ora o alle condizioni del velivolo. Ma anche allora, anzi, soprattutto allora, non aveva provato il gusto della sfida, non aveva sentito la bestia ruggire sotto si sé: l'unico animale di cui avvertiva la presenza era se stesso.

Intanto l'aeroporto spariva dalla vista, mentre il 747 si stabilizzava e cominciava a salire. Converse si sistemò meglio sulla poltrona e quando il segnale NO SMOKING venne spento, tirò fuori le sigarette dal taschino della giacca. Ne prese una, l'accese e il fumo venne immediatamente disperso dalle prese d'aria sopra la tua testa. Guardò l'orologio e vide che erano le 12,20. Sarebbero arrivati a Orly alle 15,35, ora francese e, considerato il fuso orario, era un volo di circa tre ore. In quelle tre ore avrebbe dovuto imparare a memoria quante più notizie possibili sul generale Jacques Louis Bertholdier che, se Beale e Halliday avevano considerato bene la faccenda, costituiva il ramo francese dell'operazione Aquitania.

All'aeroporto di Atene aveva fatto una cosa che in genere si legge sui romanzi, o viene attribuita alle stelle del cinema o dello spettacolo, e che non aveva mai fatto in vita sua. La paura e la necessità di muoversi con i piedi di piombo, insieme alla grande disponibilità di denaro che si trovava ad avere, gli avevano consigliato di prendere non un solo posto, ma due adiacenti. Il vecchio professor Beale aveva parlato chiaro: se quei dossier fossero caduti in mano ad estranei — anche a persone che non c'entravano per niente con quell'operazione — doveva distruggerli immediatamente: perché erano dossier che riguardavano persone spietate, che con una sola telefonata potevano decretare la morte di centinaia di individui.

Prese la ventiquattrore, e vide che il manico era ancora bagnato di sudore. Quella volta capì il valore di un congegno che aveva sempre visto nei film di spionaggio e nei romanzi d'avventure: se avesse potuto fissare quella valigetta al polso con una catena, si sarebbe sentito piú tranquillo.

> Jacques Louis Bertholdier, cinquantanove anni, figlio unico di Alphonse e Marie-Thérèse Bertholdier, è nato in un ospedale militare a Dakar. Il padre era ufficiale dell'esercito francese, e aveva la fama di uomo autoritario e fanatico della disciplina. Della madre si sa ben poco e forse è significativo il fatto che Bertholdier parli pochissimo di lei, quasi a voler dimenticare la sua presenza. Si è ritirato dalla vita militare quattro anni fa, a cinquantacinque anni, e attualmente ricopre la carica di direttore della Juneau et Cie., una ditta conservatrice che figura nella Bourse des Valeurs.
>
> L'infanzia di Bertholdier è caratterizzata dalla carriera del padre, che rendeva necessari continui spostamenti, lasciando spazio a privilegi e influenze tipiche dei militari di alto rango. Il ragazzo, poi, si dimostrò subito diverso dai propri compagni: si dice che già a cinque anni conoscesse praticamente tutto della vita militare e che a dieci anni fosse in grado di recitare a memoria il manuale del regolamento.
>
> Nel 1938, i Bertholdier si trasferirono a Parigi, dato

che il padre nel frattempo era diventato membro dello Stato Maggiore. Era un periodo di estrema confusione, e la guerra era vicina. Il vecchio Bertholdier fu uno dei pochi militari a rendersi immediatamente conto che la linea Maginot non poteva reggere; lo disse, e non certo in toni cauti, tanto che fu inviato al reparto operativo, dove si trovò a comandare la Quarta Armata, lungo il confine nordorientale.

Ci fu la guerra e Bertholdier rimase ucciso durante la quinta settimana di combattimento: suo figlio aveva sedici anni e studiava a Parigi.

La caduta della Francia nel giugno del 1940 segnò l'inizio della età adulta per il nostro personaggio, il quale combatté con la Resistenza per quattro anni. Aveva cominciato con il grado di corriere, e finì con il comandare il settore Parigi-Calais. Durante quegli anni, si recò spesso in Inghilterra in incognito per coordinare operazioni di sabotaggio e di spionaggio in collaborazione con i Servizi Segreti britannici. Nel febbraio del 1944, De Gaulle gli conferì il grado provvisorio di maggiore: aveva ventiquattro anni.

Qualche giorno prima che gli alleati arrivassero a Parigi, Bertholdier venne gravemente ferito durante una schermaglia in strada tra un gruppo di partigiani e le truppe tedesche che si stavano ritirando. Rimase in ospedale per qualche tempo, e non partecipò ad altre operazioni. Finita la guerra, fu ammesso di diritto alla accademia militare di St. Cyr, un privilegio offerto da De Gualle in persona ad un giovane eroe della Resistenza. A St. Cyr Bertholdier studiò e si diplomò con il grado di capitano. Aveva ventiquattro anni e da quel momento gli furono assegnati incarichi nell'Hamada du Dra, in Marocco, ad Algeri e nelle postazioni di Haiphong, per occuparsi alla fine dei settori alleati di Vienna e Berlino Ovest. (N.B. confrontare questa informazione con le seguenti che riportiamo su Erich Leifhelm. Da notare che fu proprio a Berlino che i due si conobbero e divennero amici, anche se in seguito entrambi hanno negato questa amicizia.)

Lasciando da parte per il momento gli appunti su Erich Leifhelm, Converse si concentrò su quella giovane leggenda rappresentata da Jacques Louis Bertholdier. Sebbene ormai non potesse più considerarsi un soldato, riusciva ad identificarsi con il fenomeno militare descritto in quelle pagine. Pur non essendo stato un eroe nel senso proprio del termine, al suo ritorno aveva avuto l'accoglienza che di solito si riserva agli eroi, e quella era stata una guerra nella quale ben pochi avevano ricevuto l'onore del plauso. E quei pochi appartenevano più che altro alla categoria di coloro che, piuttosto che combattere, avevano avuto esperienze da prigionieri. Nonostante questo, il rumore che si fa intorno ad una persona può essere pericoloso: all'inizio si prova un certo imbarazzo, poi si finisce con l'abituarsi ai privilegi che derivano dal proprio stato e alla fine, quando il rumore si attenua, si corre il rischio di volerlo a tutti i costi: e allora subentra una rabbia sorda nei confronti degli altri.

Naturalmente, tutto questo accadeva se il personaggio in questione era uno che voleva che si parlasse di sé, senza tuttavia aspirare al potere. Ma se invece quell'uomo fosse stato abituato fin da piccolo all'autorità e al potere, ai privilegi e all'influenza che il suo rango comportava? Ad un uomo del genere non si poteva togliere nulla: altrimenti la rabbia si sarebbe trasformata in autentica furia. Eppure Bertholdier aveva abbandonato la vita militare a cinquantacinque anni, un'età giovanile per un personaggio così in vista. No, c'era qualcosa che non andava. Il ritratto di questo Alessandromagno dei nostri tempi aveva qualche lacuna. Almeno per il momento.

Il tempo e le opportunità al momento giusto giocarono una parte importante nella reputazione di Bertholdier, che andava consolidandosi sempre di più. Dopo aver servito nell'Hamada du Dra e nell'Algeria precrisi, venne trasferito nell'Indocina Francese, dove la situazione era precaria per le forze coloniali impegnate in una violenta guerriglia. I successi di Bertholdier erano argomento di discussione a Saigon e a Parigi. Le truppe che comandava riportarono poche vittorie, ma tutte significative; e nonostante non servissero assolutamente a determinare una svolta nella guerra, convinsero i militari fautori della linea dura che le forze asiatiche erano inferiori e avrebbero potuto essere facilmente sconfitte dal coraggio gallico e dalle strategie superiori: l'unica cosa di cui avevano bisogno le truppe francesi erano i materiali che rimanevano inoperosi a Parigi. La resa di Dien Bien Phu fu medicina amara per coloro che sostenevano che i traditori del Quai d'Orsay avevano la responsabilità dell'umiliazione della Francia. Sebbene il colonnello Bertholdier fosse emerso dalla sconfitta come una delle poche figure eroiche, fu abbastanza saggio o forse abbastanza prudente da non unirsi, almeno in apparenza, a quelli che venivano definiti "falchi". Molti dicono che stava aspettando un segnale che non arrivò. Anche stavolta venne trasferito, a Vienna e a Berlino.

Quattro anni dopo, comunque, distrusse tutta l'immagine di sé, che si era costruito così faticosamente; secondo le sue stesse affermazioni, si sentì "insultato e deluso" dagli accordi di De Gaulle con gli algerini che cercavano l'indipendenza. Andò in Nord Africa, sua terra natale, e si unì all'Organisation dell'Armé Secrète di Raoul Salan, che si opponeva con la violenza a quegli accordi, definiti "tradimenti" senza mezzi termini. Durante questo periodo rivoluzionario della sua vita fu implicato in un tentativo di assassinio ai danni del generale De Gaulle. Nel 1962 Salan venne catturato e il movimento di insurrezione fu represso; ma anche questa volta, misteriosamente, Bertholdier uscì incolume da tutta quanta la faccenda. Con una mossa davvero strana e inspiegabile, De Gaulle tirò fuori di prigione Bertholdier e lo volle con sé all'Eliseo: quello che si dissero in quell'occasione rimane un mistero, ma Bertholdier riacquistò la libertà insieme al grado. L'unico commento del generale De Gaulle fu registrato durante una conferenza stampa tenuta il 4 Maggio 1962. Quando qualcuno gli chiese il perché di quella riabilitazione, De Gaulle rispose (traduzione letterale): «Un grande soldato e un autentico patriota può anche avere un momento di confusione e conseguentemente di caduta. Ma bisogna saper dimenticare. Abbiamo parlato, ed entrambi siamo soddisfatti». In seguito, non accennò mai più a quell'episodio.

Poi, per altri sette anni, Bertholdier occupò posti di rilievo, guadagnandosi il grado di generale. Molto spesso fungeva da *chargé d'affaires* nelle maggiori ambasciate durante la partecipazione francese al Comitato Militare della NATO. Spesso veniva anche chiamato al Quai d'Orsay per accompagnare De Gaulle a qualche conferenza internazionale, e altrettanto spesso lo si vedeva nelle foto, a pochi passi dal grande generale. Ma nonostante questo, e piuttosto stranamente, dopo le conferenze e i summit, dove pure la sua presenza aveva dato un apporto notevole, veniva rispedito alla sua postazione mentre i dibattiti interni continuavano e si prendevano decisioni importanti senza che lui intervenisse. Forse era quello il segnale che aveva atteso sette anni prima a Dien Bien Phu? È una domanda cui per adesso non possiamo fornire risposta, ma riteniamo che sia d'importanza vitale.

Dopo le drammatiche dimissioni di De Gaulle, quando nel 1969 fu respinta la sua proposta di riforma costituzionale, la carriera di Bertholdier subì un'eclissi. Fu assegnato a postazioni poco importanti e pian piano venne allontanato da quelli che erano i centri di potere, fino a quando decise di ritirarsi. Da ricerche effettuate sia su conti bancari che presso compagnie aeree risulta che il nostro personaggio ha viaggiato molto in questi ultimi diciotto mesi ed è stato esattamente nelle seguenti città: Londra, 3 volte; New York, 3 volte; San Francisco, 2 volte; Bonn, 3 volte; Johannesburg, 1 volta; Tel Aviv, 1 volta (la stessa in cui si è recato anche a Johannesburg). Appare chiaro che tali viaggi sono compatibili con i punti focali dell'operazione di Delavane.

Converse si massaggiò le palpebre e suonò perché gli portassero qualcosa da bere. Mentre aspettava lo scotch, scorse gli ultimi paragrafi di quel dossier, ripercorrendo le tappe di una vita che ora gli erano familiari. Diverse fazioni conservatrici avevano tentato di usare il nome di Bertholdier e di convincerlo ad uscire dalle battaglie militari per concentrarsi esclusivamente su quelle politiche, ma non era venuto fuori niente. Attualmente, come direttore di una ditta che figurava nella Bourse des Valeurs, Bertholdier era una figura capace di fare presa sulla borghesia e di tenere a bada gli elementi con tendenze sinistroidi con il semplice peso della leggenda che si era creata su di lui.

Viaggia esclusivamente in limousine (leggi: macchina di servizio) e dovunque vada riceve un'accoglienza adeguata. è una Lincoln Continental blu scuro, targata 100-I. I ristoranti che frequenta sono: Taillevent, il Ritz, Julien e Lucas-Certon. A pranzo si reca spesso (tre, quattro volte la settimana) a un club privato che si chiama L'Etalon Blanc: si tratta di un locale estremamente esclusivo che accoglie militari d'alto rango e membri della ricca nobiltà, insieme a leccapiedi di vario genere che, non potendo far parte né di un gruppo né dell'altro, puntano i loro soldi su entrambi, in modo da sentirsi, in una maniera o nell'altra, parte del branco.

A Joel sfuggì un sorriso; chiunque fosse la persona che aveva compilato quel dossier, non mancava di un certo senso dell'umorismo. Tuttavia, sentiva che c'era qualcosa di stonato e la sua mente di legale fu tutta presa a scoprire cos'era. Forse il segnale che non aveva ricevuto a Dien Bien Phu? Che cosa aveva detto De Gaulle al generale ribelle, e che cosa aveva risposto quest'ultimo? Perché lo avevano avvicinato — ma soltanto avvicinato — al potere, senza mai investirlo di responsabilità decisionali? Si trattava di un Alessandromagno adescato, perdonato, elevato e poi lasciato cadere in basso? Di sicuro in quelle pagine c'era di più di quanto fosse scritto, anche se al momento non riusciva a capire cosa.

Alla fine arrivò a leggere quelle che l'autore considerava note marginali, che servivano semplicemente a completare il quadro del personaggio, senza aggiungere particolari rilevanti.

La vita privata di Bertholdier non è pertinente al problema di cui ci occupiamo. È sposato, ma il suo è un matrimonio di convenienza nel senso larochefoucauldiano del termine: socialmente, professionalmente e finanziariamente conveniente per ambo le parti, quasi un accordo d'affari. I due non hanno figli e per quanto la signora Bertholdier appaia spesso a fianco del marito durante occasioni mondane o di rappresentanza, difficilmente li si vede conversare insieme. Nessuno ha mai sentito Bertholdier parlare di sua moglie, così come nessuno lo ha mai sentito dir niente della madre. Forse c'è anche una connessione di tipo psicologico, ma non ne abbiamo le prove, visto anche che Bertholdier viene considerato un donnaiolo che arriva ad avere anche tre amanti per volta, per non parlare di conoscenze occasionali. Tra i vari soprannomi che gli sono stati attribuiti di tanto in tanto, ce n'è uno poco noto: La Grand Machine, e se il lettore avesse bisogno di una spiegazione, lo rimandiamo nei caffè di Montparnasse.

E qui finiva il dossier su Bertholdier: a dire il vero, era una descrizione che faceva sorgere più domande di quelle cui rispondeva. Con pennellate rapide, descriveva i *come* e i *che cosa* senza arrivare a scoprire i *perché.* Ci voleva una mente fertile, anche solo per stabilire le varie probabilità; ma ora aveva qualcosa di concreto su cui lavorare. Guardò l'orologio, e si accorse che era già passata un'ora; gliene rimanevano due, durante le quali avrebbe dovuto rileggere, pensare e cercare di assorbire quanto più possibile. Intanto, aveva già deciso a chi rivolgersi, una volta arrivato a Parigi.

René Mattilon non era soltanto un ottimo avvocato cui si rivolgeva la Talbot, Brooks e Simon quando le serviva un rappresentante nelle corti francesi, ma era anche un caro amico. Sebbene avesse dieci anni più di Joel, la loro amicizia si basava su esperienze comuni, su un senso comune di geografia globale, futilità e perdite. Trent'anni prima Mattilon, allora giovane avvocato non ancora trentenne, era stato inviato in Indocina come legale dal suo governo. Lì aveva assistito a ciò che era inevitabile che assistesse e ancora oggi si chiedeva perché la sua nazione, orgogliosa fino al punto da diventare intrattabile, ci avesse messo così tanto a capire come stavano le cose. Fra l'altro, sapeva essere mordace quando si trattava di descrivere l'intervento americano.

«*Mon Dieu!* E voi credevate di riuscire con le armi dove noi non eravamo riusciti con le armi *e* con il ragionamento? *Déraisonnable!*»

Ormai era diventata un'abitudine: ogni volta che Joel si trovava a Parigi e René a New York, non mancavano mai di incontrarsi per bere qualcosa insieme, se non addirittura per cenare. Fra l'altro, René era molto tollerante nei confronti delle limitazioni linguistiche di Converse, che non riusciva ad imparare le lingue. Anche Val alla fine ci aveva rinunciato, battuta da orecchie sorde e da un cervello che si rifiutava di imparare. Per quattro anni la sua ex-moglie, di padre francese e di madre tedesca, aveva cercato di insegnargli i primi elementi delle lingue straniere per trovarlo alla fine irrimediabilmente senza speranza.

«Come fai a definirti un avvocato internazionale quando non sai nemmeno farti capire oltre Sandy Hook?» gli aveva chiesto.

«Il segreto è assumere interpreti che abbiano fatto pratica nelle banche svizzere e avvertirli che ogni errore farà scattare una percentuale da detrarre dal compenso» aveva risposto. «Non sbagliano una virgola.»

Tutte le volte che soggiornava a Parigi, prendeva una suite all'Hotel George V; Joel aveva sempre pensato che fosse un trucco della Talbot, Brooks e Simon per impressionare i clienti, piuttosto che una voce soddisfacente sulle spese. Invece si sbagliava, come gli disse una volta Nathan Simon.

«Hai a disposizione un bellissimo salotto» gli aveva detto con la sua voce sepolcrale. «Usalo per ricevere i clienti, e evita di portarli fuori a pranzo o, men che mai, a cena. Mangiare a Parigi costa un occhio della testa.»

«E se mi facessero capire che gradiscono pranzare con me?»

«Di' loro che hai già un impegno. Magari fai l'occhiolino e di' che si tratta di una faccenda personale. A Parigi nessuno ha il coraggio di ribattere.»

Quell'hotel era proprio quanto gli serviva in quel momento, rifletté Joel mentre il taxi procedeva a serpentina nel traffico pomeridiano degli Champs-Elysées verso Avenue George V. Se avesse fatto qualche progresso — e *doveva* farlo — con gli uomini di Bertholdier o magari con Bertholdier in persona, l'hotel di lusso si addiceva alla figura di un cliente sconosciuto che aveva mandato il suo avvocato alla ricerca di una persona su basi strettamente confidenziali. Naturalmente non aveva prenotato, ma quello era un contrattempo facilmente attribuibile ad una segretaria distratta che era già stata sostituita.

Il vice-direttore lo accolse con estrema cordialità, sebbene fosse molto sorpreso, e alla fine non mancò di scusarsi. Da New York non era arrivato nessun telex di prenotazione, ma era ovvio che una sistemazione per un cliente affezionato la si trova sempre. E infatti così fu: la solita suite di due stanze al secondo piano e prima che Joel avesse disfatto la valigia un cameriere aveva già provveduto a sostituire la bottiglia di brandy nel mobile bar del salotto con una di whisky della sua marca preferita. Joel aveva quasi dimenticato l'accuratezza che il direttore dell'albergo dedicava a certe note personali sugli ospiti che tornavano periodicamente: secondo piano, il whisky preferito e sicuramente verso sera qualcuno avrebbe provveduto a ricordargli che solitamente chiedeva la sveglia per le sette. Sempre le stesse cose.

Erano quasi le cinque del pomeriggio, e se voleva chiamare Mattilon in ufficio, doveva sbrigarsi. Intanto, se René avesse avuto tempo per bere qualcosa con lui, sarebbe stato un punto di partenza.

Mattilon poteva essere il suo uomo o no: ma l'idea di perdere anche solo un'ora gli dava fastidio. In un ripiano del mobiletto del telefono c'era l'elenco telefonico di Parigi: controllò il numero dell'ufficio e lo compose.

«Santo cielo, Joel!» disse René al telefono. «Ho letto di tutta quella storia che ti è capitata a Ginevra! Era sui giornali del mattino ed ho tentato disperatamente di chiamarti — naturalmente a Le Richemond — ma mi hanno detto che non c'eri più. Stai bene?»

«Sì, grazie. Per quel che riguarda la storia di Halliday, io non c'entro. Ero lì quando è successo, ma nient'altro.»

«Era americano. Lo conoscevi?»

«L'avevo incontrato ad una riunione, una volta. A proposito, tutta quella storia sulla droga è una balla. L'hanno intrappolato, derubato e poi l'hanno ammazzato come un cane, sistemandolo in modo da confondere i referti dell'autopsia e le indagini.»

«E naturalmente un ufficiale di polizia desideroso di salvare l'immagine della propria beneamata città ha tratto conclusioni un po' troppo affrettate. Sì, so come vanno le cose... Ma è orribile lo stesso. Crimini, assassinii, terrorismo; ormai è così dappertutto. Grazie al cielo, qui a Parigi le acque sono un po' più calme.»

«Già, voi non avete bisogno di queste cose per provare emozioni violente: basta salire su un taxi. Anzi, forse è perfino peggio.»

«Come al solito sei *impossibile,* amico mio! Quand'è che ci vediamo?»

Converse esitò un attimo prima di rispondere. «Veramente speravo che tu avessi un po' di tempo stasera, dopo essere uscito dall'ufficio.»

«Mi dai poco tempo per organizzare tutto, *mon ami.* Se tu avessi telefonato prima...»

«Sono arrivato dieci minuti fa.»

«Ma da Ginevra sei partito...»

«Avevo un affare da concludere ad Atene» lo interruppe Joel.

«Eh, già... Di questi tempi dalla Grecia esce un fiume di soldi. Un po' troppo precipitosamente, a mio avviso. Proprio come era una volta qui.»

«Allora, René, ci vediamo? È importante, te lo assicuro.»

Questa volta fu Mattilon ad esitare: aveva colto una nota di impazienza nella voce del vecchio amico. «Ma certo» disse. «Immagino che tu sia al George V, no?»

«Sì.»

«Sarò da te al più presto possibile. Diciamo tra tre quarti d'ora.»

«Grazie. Intanto vedo di recuperare un paio di sedie nella galleria.»

«Benissimo. A tra poco.»

Gli habitués del George V chiamano "galleria" l'immenso salone con gli archi di marmo appena fuori dalle porte di vetro colorato del bar dell'hotel; il nome deriva dal fatto che, in un corridoio sulla sinistra, c'è veramente una galleria d'arte. Ma a parte questo, il nome ben si addice al lusso che domina quel grande salone: i divani e le sedie dai cuscini ricchi e morbidi e i tavolini scuri disposti lungo le pareti di marmo fanno da degna corona ad autentici capolavori: immense tappezzerie provenienti da castelli dimenticati e tele enormi raffiguranti soggetti eroici dipinte da veri artisti, vecchi e nuovi. Sul pavimento, vi sono preziosi tappeti orientali, mentre dai soffitti pendono lampadari che mandano luce tenue attraverso la trama delicata di una filigrana d'oro.

In questo salone, nell'ombra propizia, sotto quadri illuminati da faretti e tappezzerie vecchie di secoli, si svolgono conversazioni pacate tra uomini e donne che maneggiano denaro e potere: spesso si tratta di sondaggi, di domande appena accennate che verranno poi chiarite in altre sale, popolate di presidenti, tesorieri e avvocati pieni di alterigia. Personaggi che muovono il mondo e preparano gli avvenimenti che caratterizzano un'epoca si sentono a proprio agio in quell'atmosfera informale che regna in quel salone dall'aspetto così formale, e riescono meglio in quelli che si definiscono i primi passi esplorativi. Quell'ambiente da cerimonia in fondo non fa che accrescere la sensazione di una miscredenza con un proprio preciso rituale, e forse è proprio per questo che in seguito non è difficile scorgere cenni e parole di diniego. Ma la galleria tiene anche fede ad un'altra delle implicazioni che il suo nome le conferisce: tra gli "arrivati" si dice che se uno vi rimane per un certo periodo di tempo, prima o poi finisce con l'incontrare tutti i propri amici. Per questo, se non si gradisce dare nell'occhio, è meglio andare da un'altra parte.

Intanto, il salone si animava e i camerieri andavano avanti e indietro dal bar fumoso per portare le ordinazioni ai vari tavoli, consapevoli di dove era il vero denaro. Converse riuscì a trovare due sedie ad un'estremità dove la luce, già fioca di per sé, era ancora più debole; guardò l'orologio e fece una certa fatica a vedere l'ora. Erano già passati venti minuti da quella telefonata, venti minuti che erano stati impiegati in una improrogabile doccia che aveva cancellato il sudore e la fatica di un viaggio da un'isola dell'Egeo. Mise sigarette e accendino sul tavolo e ordinò da bere ad un cameriere dall'aria sveglia, senza distogliere gli occhi dall'ingresso che era anch'esso di marmo.

Dodici minuti dopo lo vide entrare, passare dalla luce viva della strada alla semioscurità dell'interno. Si fermò un istante sulla soglia, strizzò gli occhi, poi lo scorse e gli fece un cenno con il capo, dirigendosi verso di lui con un sorriso sincero sul volto. René Mattilon aveva quasi sessantanni, ma il passo e l'aspetto erano quelli di un giovanotto. In lui era presente quell'aura tipica degli avvocati di successo, che dovevano apparire sempre sicuri di sé. Ma quel comportamento non era dovuto semplicemente alla necessità di apparire quel che non era: René era un uomo che sapeva il fatto suo, un attore che si sente perfettamente a proprio agio nel suo ruolo e che sa usare i tratti mascolini del volto e i capelli spruzzati di bianco come un'arma per produrre un determinato effetto. Dietro a quell'apparenza, comunque, c'era molto di più, pensò Joel alzandosi dalla sedia: René era una persona a posto e anche se si trattava di una conclusione disarmante, doveva ammettere che, nonostante i difetti, entrambi erano persone a posto; forse proprio per quella ragione stavano tanto bene insieme.

Si dettero la mano, poi si abbracciarono e René si mise a sedere di fronte all'amico, che intanto aveva già fatto segno ad un cameriere. «Ordina in francese» gli disse Joel. «E poi ti farò portare una bella coppa di gelato e frutta.»

«Quest'uomo parla inglese meglio di me. Campari con ghiaccio, prego.»

«Merci, monsieur» disse il cameriere allontanandosi.

«Grazie per essere venuto» disse Converse. «Davvero.»

«Okay... Ti trovo bene, Joel, anche se un po' stanco. Probabilmente quella faccenda che ti è capitata a Ginevra non è stata piacevole.»

«No davvero. Comunque, te l'ho già detto: io ero lì quando è successo, niente di più.»

«Già. Ma i giornali dicono che ti è morto praticamente tra le braccia.»

«Sì, sono stato il primo a raggiungerlo e a sollevarlo.»

«Deve essere stato terribile.»

«Avevo già visto in faccia la morte, René» disse Joel senza la minima inflessione nella voce.

«Sì, certo. Sicuramente eri più preparato degli altri.»

«Mah... io credo che nessuno sia mai preparato per vedere la morte... Ma non parliamone più. Tu come stai? Come vanno le cose?»

Mattilon scosse la testa e per un attimo su quei lineamenti profondamente segnati dal tempo comparve un'espressione esasperata: «In Francia ormai regna la follia, ma riusciamo a sopravvivere. Da mesi abbiamo più progetti di quanti ne figurino nella biblioteca di un architetto, ma gli ispiratori di quei progetti continuano a punzecchiarsi nei corridori. I tribunali rigurgitano di lavoro e l'attività ferve».

«Sono felice di sentirtelo dire.» Intanto il cameriere era tornato con il Campari; entrambi gli uomini lo ringraziarono con un cenno del capo, e Mattilon guardò fisso Joel. «Davvero, per quanto possa sembrarti strano, sono davvero contento» continuò Converse mentre il cameriere si allontanava. «Perlomeno, hai occasione di sentire molte storie.»

«È per questo che sei a Parigi?» disse René studiandolo da vicino. «Per tutto il casino che è successo a proposito di quelle che noi chiamiamo "rivoluzioni"? Non sono poi così importanti, sai, non ancora così diverse da quelle che abbiamo avuto in passato. *Per ora.* L'industria privata qui in Francia viene finanziata dallo Stato; ma non da gente incompetente, e per questo noi possiamo anche pagare. Era questo quel che ti preoccupava, o meglio, che preoccupava i tuoi clienti?»

Converse bevve un sorso. «No, non sono venuto per questo. C'è qualcos'altro.»

«Sei preoccupato per qualcosa, te lo leggo negli occhi. La tua parlantina non mi incanta; ti conosco troppo bene. Allora, vuoi dirmi che cosa c'è di tanto importante? È questo l'aggettivo che hai usato al telefono, no?»

«Sì, penso di sì, anche se forse ritengo che sia una parola troppo grossa.» Joel finì il drink e prese le sigarette.

«Non direi, almeno a giudicare dai tuoi occhi: sembrano un cielo grigio e pieno di nuvole e non si riesce a scrutarvi dentro.»

«No, ti sbagli; sono stanco, ho viaggiato tutto il giorno non senza intoppi.» Prese l'accendino e lo azionò un paio di volte prima di riuscire a farlo funzionare.

«Stiamo perdendo del tempo in discorsi completamente inutili. Veniamo al sodo.»

Converse si accese la sigaretta, cercando di assumere un tono del tutto casuale. «Conosci un club privato chiamato l'Etelon Blanc?»

«Certo che lo conosco, ma se mi provassi a entrare probabilmente mi sbatterebbero fuori» rispose René sorridendo. «Da militare, ero un tenentino giovane e poco importante e per di più alle dipendenze di un avvocato, inserito nelle nostre forze soltanto per conferire un'apparenza di legalità a quel che facevamo. Ma era soltanto un'apparenza: l'omicidio veniva considerato uno spiacevole incidente e gli stupri erano cose delle quali vantarsi con gli amici. L'Etalon Blanc è il rifugio di *les grands militaires* e di coloro che sono abbastanza ricchi o abbastanza idioti da stare ad ascoltare quelle voci che assomigliano a trombe.»

«Voglio essere presentato ad una persona che ci pranza tre o quattro volte la settimana.»

«Non potresti più semplicemente telefonargli?»

«Questa persona non mi conosce, non sa che io voglio incontrarla. Deve sembrare una cosa totalmente spontanea.»

«Talbot, Brooks e Simon vogliono un incontro spontaneo? Mi sembra strano.»

«Infatti lo è, ma forse siamo di fronte ad una persona con la quale non vorremmo trattare.»

«Ah, ho capito: si tratta di opere missionarie. Chi è la persona?»

«Mi prometti che lo terrai per te? Che non ne farai parola con nessuno?»

«Ti sembro il tipo? Se per caso fosse il nome di qualcuno che risultasse nostro cliente, te lo direi francamente e non potrei garantirti il mio aiuto.»

«Va bene, allora. Si tratta di Jacques Louis Bertholdier.»

Mattilon aggrottò la fronte con aria divertita. «L'imperatore con tutti i vestiti addosso» disse ridendo. «In barba a chi afferma il contrario. Tu miri in alto, amico mio, come dicono a New York. Nessun problema, non è dei nostri.»

«Perché dici così?»

«Quello è uno che si muove solo con santi e con guerrieri: guerrieri che vorrebbero essere santi e santi che vorrebbero essere guerrieri. Noi non abbiamo tempo per certe ipocrisie.»

«Devo concludere che non viene preso sul serio?»

«Oh, no, al contrario. Viene preso *molto* sul serio, almeno da coloro che hanno il tempo e la voglia di spostare montagne che non hanno nulla di concreto. Quell'uomo è una colonna, Joel, piantata nel marmo dell'eroismo, immobile. È il De Gaulle che non abbiamo mai avuto e qualcuno dice che è un vero peccato.»

«E tu cosa dici?»

Mattilon aggrottò la fronte, poi fece spallucce, come tutti i francesi. «Non ne sono sicuro. Dio solo sa se il mio paese aveva bisogno di una forte personalità, e forse Bertholdier avrebbe potuto farsi avanti e condurre la Francia su un sentiero migliore di quello che stiamo percorrendo adesso, ma i tempi non erano maturi: l'Eliseo era diventato una corte imperiale e la gente era stufa di editti reali e sermoni da imperatore. Bene, di quelli ci siamo liberati da tempo ed ora abbiamo gli slogan banali e senza senso del credo dei lavoratori. Forse è veramente un peccato, sebbene immagino che possa farlo anche adesso; era molto giovane quando ha cominciato a scalare l'Olimpo, vero?»

«Ma non ha fatto parte dell'OAS? I ribelli di Salan in Algeria? Sono stati screditati, additati come una vergogna nazionale.»

«Un giudizio che anche gli intellettuali oggi, seppure a malincuore, ammettono che debba essere corretto. Visto come sono andate le cose in Nord Africa e in Medio Oriente, un'Algeria francese sarebbe stata una carta vincente.» Mattilon tacque per un attimo e si portò una mano al mento, mentre di nuovo aggrottava la fronte. «Ma perché la Talbot, Brooks e Simon vuole togliersi di torno Bertholdier? Forse nel profondo delle sue convinzioni sarà anche un monarchico, ma Dio sa se è una persona rispettabile. Sì, è vero, ha un comportamento regale e forse un po' pomposo, ma è un cliente di tutto rispetto.»

«Abbiamo sentito voci sul suo conto» disse Converse in tono indifferente, stringendosi nelle spalle, come per far capire che si trattava di chiacchiere.

«*Mon Dieu,* non si tratterà per caso di chiacchiere sulle sue donne, vero?» disse Mattilon mettendosi a ridere. «Perbacco, quando è che crescerete voi americani?»

«No, non si tratta delle sue donne.»

«E allora?»

«Diciamo che si tratta di qualche suo amico, di qualche sua conoscenza.»

«Spero che tu capisca che c'è una differenza, Joel: un uomo come Bertholdier si sceglie i propri amici, ma non può certo scegliersi le conoscenze. Quando entra in una stanza, tutti vogliono conoscerlo, e molti affermano di essere suoi vecchi amici.»

«È appunto questo che vogliamo sapere: fargli qualche domanda, tirar fuori qualche nome e vedere se si tratta veramente di amici o di conoscenze casuali.»

«*Bien,* ho capito, e posso aiutarti. Tanto per cominciare, domani e dopodomani pranzeremo all'Etalon Blanc: siamo a metà settimana e di sicuro Bertholdier ci andrà uno di questi giorni. Comunque, se non dovessimo aver fortuna, riproveremo una terza volta.»

«Ma prima non hai detto che si tratta di un club privato e che, se tu soltanto provassi ad entrare, ti sbatterebbero fuori?»

«Sì, ma non ci andremo da soli: ci andremo con una persona che sarà felice di venire con noi.»

«Perché?»

«Perché è felice di parlare con me ogni volta che gli si presenta l'occasione. È una vera seccatura, e, per tua sfortuna, parla pochissimo l'inglese: sa solo i numeri e frasi come ''Ingresso'' e ''Uscita'', ''Dodger-Ricevuto'' o ''Ricevuto-Dodger'' ''Pista di rullaggio numero sei'' e ''Pompa numero cinque fuori''.»

«Si tratta di un pilota?»

«Sì, ha volato con i primi Mirages, e piuttosto brillantemente, bisogna ammetterlo; fra parentesi, parlando con lui, riesce difficile scordare tutta la sua carriera di pilota. Vi farò da interprete, cosa che, perlomeno, mi risparmierà la noia di dover condurre la conversazione. Conosci i Mirages?»

«È un jet, e i jet sono tutti uguali» disse Joel. «Tirare e premere. Non credo che ci sia altro.»

«Sì, anche lui ha usato una frase del genere: ''tirare e premere''. Quasi si trattasse di aprire una lattina di Coca.»

«E perché questa persona vuole sempre parlare con te? Immagino che sia un membro del club, vero?»

«Sì, immagini bene. Il mio studio lo rappresenta nella causa che ha intentato contro un costruttore di aerei. Ha perso il piede sinistro in uno di quei vostri atterraggi di fortuna...»

«Non certo miei, ci tengo a precisarlo.»

«Il portello si era bloccato e non ha potuto catapultarsi quando la velocità dell'aereo gli avrebbe permesso di evitare la collisione finale.»

«Tutto perché non ha schiacciato i pulsanti giusti.»

«Lui dice di sì.»

«Senti: ci sono due comandi di emergenza, di cui almeno uno è manuale, e questo vale anche per i vostri aerei.»

«Sì, lo sappiamo. Ma quell'uomo non lo fa per soldi, anche perché ne ha a non finire. Per lui è semplicemente una faccenda di orgoglio professionale, se vogliamo chiamarlo così. Perdere la causa equivarrebbe per lui a mettere in discussione la sua abilità di pilota.»

«Le domande imbarazzanti verranno fuori nel processo, e forse anche in misura maggiore. Immagino che glielo avrete fatto presente.»

«Sì, ne abbiamo parlato. Stiamo appunto convincendolo proprio di questo.»

«E nel frattempo, mettete in conto tutte le consulenze fatte, dato che i soldi non gli mancano...»

«In fondo gli facciamo un favore. Se non ci andassimo con i piedi di piombo, molto probabilmente finirebbe col rivolgersi a qualcun altro con meno scrupoli di noi. Chi altro potrebbe patrocinare un caso del genere? Ormai è tutto del governo, e Dio solo sa se quelli hanno la benché minima intenzione di pagare.»

«Sì, lo credo anch'io. E che cosa hai intenzione di dirgli su di me?»

Mattilon sorrise. «Semplicemente che, visto che sei un ex-pilota e avvocato, potresti darci qualche consiglio utile. Per quel che riguarda la scelta del locale, gli suggerirò l'Etalon Blanc, dicendogli che probabilmente tale scelta finirà per influenzarti benevolmente. Insomma, ti descriverò come un specie di Attila, re degli Unni del cielo. Ti piace?»

«Veramente, non tanto.»

«Pensi di potercela fare ad interpretare il tuo ruolo fino in fondo?» gli chiese René. La domanda era sincera. «Potrebbe essere un modo come un altro per entrare nella cerchia di Bertholdier. Sono molto amici.»

«Stai tranquillo, ce la farò.»

«Il fatto che sia stato prigioniero di guerra renderà tutto molto più semplice: non è facile dire di no ad uno con i tuoi precedenti che esprime il desiderio di conoscere un grande generale.»

«Se fossi in te, non batterei troppo quel tasto» disse Converse.

«E perché no?»

«Perché, scavando, potrebbero venire fuori altre cose, che non voglio che vengano fuori.»

«Ahhhh...» Mattilon aggrottò la fronte, ma stavolta non aveva l'aria divertita, solo sorpresa. «Questo farebbe pensare a qualcosa di più di un semplice incontro che si risolve nel fare qualche domanda e nel buttare là qualche nome per vedere l'effetto che fa.»

«Davvero ho dato questa impressione?» Joel si girò il bicchiere tra le mani, irritato con se stesso, ben sapendo che discutere sarebbe servito soltanto ad evidenziare l'errore in cui era caduto. «Scusa, è stata una reazione istintiva. Tu sai come la penso al riguardo, no?»

«Sì, lo so, e per un attimo l'avevo dimenticato. Sono io che devo chiederti scusa per la mancanza di tatto.»

«A proposito, vorrei anche usare un nome falso. Hai qualcosa in contrario?»

«Sei tu il missionario, non io. Come vorresti chiamarti?» disse René guardando Converse con aria seria.

«Non ha importanza, scegli tu.»

Mattilon socchiuse gli occhi. «Che ne diresti di usare il nome del tuo capo, Simon? Forse a Bertholdier piacerà un nome del genere. *Le duc de Saint-Simon* era il cronista più convinto della monarchia... Henry Simon. Immagino che in America ci siano almeno diecimila avvocati che si chiamano così.»

«Già.»

«Però ancora non mi hai detto tutto, amico mio» disse René con occhi e voce che non tradivano la minima emozione. «Sei sicuro di aver detto tutto quello che volevi dirmi?»

«Sì» rispose Joel, con gli occhi che sembravano un muro bianco e blu. «Prendi ancora qualcosa?»

«No, ti ringrazio. Si è fatto tardi e la mia attuale moglie diventa *malaise* se le si raffredda la cena. Devo dire che è una cuoca eccellente.»

«Sei un uomo fortunato, allora.»

«Sì.» Mattillon terminò il suo drink, posò il bicchiere sul tavolo e parlò in tono del tutto casuale. «Anche Valerie era una cuoca eccellente. Credo che mi sarà difficile dimenticare quella *canard à l'orange* che ci preparò tre o quattro anni fa a New York. Sai nulla di lei?»

«Ci siamo visti recentemente» rispose Converse. «Abbiamo pranzato insieme a Boston, il mese scorso. Per via degli alimenti. A proposito, mi ha detto che comincia a vendere i quadri.»

«Io non ho mai dubitato che sarebbe riuscita a venderli.»

«Lei invece non credeva alle sue capacità.»

«Si sottovalutava... a me Val è sempre piaciuta. Se la vedi, salutamela tanto.»

«Certamente.»

Mattilon si alzò in piedi, e stavolta i suoi occhi tradivano un'emozione ben precisa. «Scusami, ma spesso ho pensato che voi due eravate una... coppia ben assortita, mi sembra che si dica così. Le passioni vanno e vengono, questo lo sai anche tu, ma la suite rimane, se capisci cosa intendo dire.»

«Sì, credo di sì, e ti ringrazio... per questa tua colpa in concreto.»

«*Je ne comprends pas...*»

«Lascia perdere, tra l'altro è un termine antiquato... e non vuol dire nulla. Quando vedrò Val, le farò i tuoi saluti.»

«Grazie. Ti telefonerò domattina.»

L'Etalon Blanc avrebbe potuto rappresentare degnamente l'incubo di un pacifista: pareti rivestite di legno dove spiccavano fotografie e stampe inframezzate da frasi altisonanti incorniciate e piene di fregi e medaglie scintillanti accanto a nastri rossi e dischi d'oro e d'argento appuntati su cuscinetti di velluto nero. Le stampe erano ricordi di carneficine eroiche che risalivano ad un paio di secoli prima, mentre le foto rappresentavano la testimonianza di come anche la guerra si evolve: cavalli, cassoni per immersione e sciabole erano diventati, con il passar del tempo, motocicli, serbatoi, aerei e armi moderne, ma in fondo le scene riprodotte erano sempre le stesse, perché uguale era il tema: uomini vittoriosi ritratti in momenti di gloria, stranamente senza traccia delle sofferenze subite. Quelli erano uomini che non perdevano, e nei loro ricordi non c'era traccia di braccia o gambe staccate dal resto del corpo o di volti sfigurati: quelli erano guerrieri che godevano di privilegi particolari. Mentre studiava quell'arredo marziale, Joel sentì un terrore profondo salirgli in petto: quelli che vedeva non erano uomini normali; erano persone dure e forti e sui loro volti si leggeva la parola "capace". Che cosa gli aveva detto Beale a Micono? Qual era stata la conclusione della Volpe Rossa di Inchon, di un uomo che sapeva quel che diceva?... *So dove possono arrivare quando siamo noi a chiederlo.* E fin dove potevano arrivare quando erano loro a chiederlo a se stessi? Senza gli intoppi e le pratiche burocratiche dovute alla prudenza di autorità civili in difficoltà?

«È arrivato Luboque» disse Mattilon sottovoce avvicinandosi a Converse. «Ho sentito la sua voce nell'ingresso. Ricordati di non esagerare in nessun modo... fra l'altro, tradurrò soltanto quello che riterrò più opportuno, ... ma tieni bene a mente che devi annuire, e con profonda convinzione, quando lo vedi un po' alterato. Ah... quando racconta barzellette, ridi; di solito fanno pena, ma a lui piace che la gente rida.»

«Farò del mio meglio.»

«Ho una sorpresa per te, che ti farà piacere. Ho appena saputo che Bertholdier ha riservato un tavolo per pranzo, sempre lo stesso: tavolo numero undici, vicino alla finestra.»

«E noi dove siamo?» chiese Joel, vedendo un sorrisetto di trionfo apparire sulle labbra dell'amico.

«Noi siamo al tavolo numero dodici.»

«Se mai dovessi avere bisogno di un avvocato, mi rivolgerò al tuo studio legale.»

«Ti avverto che siamo molto cari. Coraggio, vecchio mio, adesso tocca a te, tanto per usare una di quelle frasi tipiche dei vostri film. Coraggio, ricordati che sei Attila: né un corno di più, né uno di meno.»

«Per uno che parla l'inglese così bene come te, usi delle frasi un po' troppo trite.»

«La lingua inglese e le frasi americane hanno molto poco in comune, sia che si tratti di frasi trite o meno.»

«Sei in gamba, questo bisogna riconoscerlo.»

«E credo anche che possa bastare... Ahh, monsieur Luboque, Serge, *non ami*!»

Con la coda dell'occhio, infatti, Mattilon aveva scorto Serge Luboque; quando poi aveva sentito un incedere pesante e irregolare, si era girato. Luboque era un uomo basso e magro, con il fisico giusto per i piloti di una volta. Era anche molto vicino a rappresentare la caricatura di se stesso: baffetti impomatati su un volto minuscolo sul quale era dipinta un'espressione di distacco vagamente ostile diretta sia al mondo intero sia, allo stesso tempo, a nessuno in particolare. Qualsiasi cosa fosse stato in precedenza, Luboque era ora un *poseur* che sapeva soltanto posare. Aveva seppellito nel passato le sue doti e le emozioni ed ora gli rimanevano soltanto i ricordi e la rabbia.

«*Et voici l'expert judiciaire des compagnies aériennes*» disse, gli occhi fissi su Converse e la mano tesa verso di lui.

«Serge è felice di conoscerti e spera che potrai dargli ottimi consigli» spiegò Mattilon.

«Cercherò di fare il possibile» disse Converse. «A proposito, scusami con lui per il fatto di non parlare francese.»

René fece quel che gli era stato richiesto e Luboque si strinse nelle spalle, parlando rapidamente e in maniera assolutamente incomprensibile per Converse, che capì soltanto la parola *anglais* ripetuta parecchie volte.

«Anche lui si scusa per non parlare una parola di inglese» disse Mattilon, aggiungendo subito dopo in tono preoccupato: «e se per caso non dovesse dire la verità, signor Simon, io e lei saremmo con tutta probabilità messi contro questo muro e fucilati sul campo?»

«Non credo» disse Converse, con un sorriso sulle labbra. «Si correrebbe il rischio di rovinare il muro e tutte queste belle stampe: tutti sanno che i francesi, in quanto a mira, non sono poi dei campioni.»

«*Qu'est-ce que vous dites?*»

«*Monsieur Simon tient à vous remercier pour le déjeuner*» disse Mattilon, rivolto al suo cliente. «*Il en est très fier car il estime que l'officer francais est l'un des meilleurs du monde.*»

«Che cosa gli hai detto?»

«Gli ho spiegato che ti sentivi estremamente onorato di essere qui con noi» rispose Mattilon. «Visto anche che ritieni le forze armate francesi, e in particolar modo il corpo degli ufficiali, il migliore del mondo.»

«Io vi ritengo pessimi tiratori e piloti ancora peggiori» disse Joel ridendo e annuendo.

«*Est-il vrai que vous avez participé à nombreuses missions en Asie du Sud?*» chiese Luboque, guardandolo.

«Prego?»

«Vuole la conferma che sei veramente un Attila del cielo, e che hai compiuto innumerevoli peripezie.»

«Abbastanza» rispose Joel.

«*Beaucoup*» disse Mattilon.

Di nuovo Luboque prese a parlare velocemente in francese, mentre cercava di attrarre l'attenzione del cameriere.

«Che succede?»

«Ti sta raccontando dei suoi *exploits*, naturalmente perché tu possa aiutarlo meglio in questo caso.»

«Naturalmente» disse Converse con il sorriso sulle labbra che ormai era diventato una costante del suo atteggiamento. «Pessimi tiratori, pessimi piloti e insopportabili vanitosi.»

«Ah, ma il nostro cibo, le nostre donne, il nostro saper vivere di incomparabile finezza...»

«C'è una parola ben precisa in francese per descrivere tutto questo, una parola che ho imparato dalla mia ex-moglie... ma non mi sembra il caso di usarla adesso.» Ormai Joel aveva come cementato il sorriso sulle labbra.

«Già, quasi quasi avevo dimenticato» disse Mattilon. «Io e Val parlavamo spesso nella *notre belle langue*, cosa che ti mandava in bestia... No, è meglio che tu non la usi, quella parola. Ricordati del perché siamo qui.»

«*Qu'est-ce que vous dites encore? Notre belle langue*» disse Luboque mentre un cameriere si avvicinava al loro tavolo.

«*Notre ami, Monsieur Simon, suit un cours à l'école Berlitz et pourra ainsi s'entretenir directement avec vous.*»

«*Bien!*»

«Cosa?»

«Gli ho detto che ti sei iscritto ad un corso alla Berlitz per imparare il francese, in modo da poter comunicare direttamente con lui. Hai promesso di telefonargli tutte le volte che ti capiterà di venire a Parigi. Fai di sì con la testa, pezzo di cretino.»

Converse fece di sì con la testa.

E così continuarono per un bel po'. Serge Luboque teneva banco in quella specie di sala dei guerrieri mentre bevevano, e Mattilon, traducendo, suggeriva a Joel anche l'espressione giusta del viso da adottare a seconda dei casi.

Alla fine Luboque passò a descrivere l'incidente che gli era costato il piede sinistro e i difetti tecnici dell'aereo per i quali esigeva un risarcimento. Converse finse indignazione e rammarico per quanto era successo, e si offrì di scrivere un rapporto al tribunale, basato sulla sua esperienza di pilota di jet. Mattilon tradusse tutto quanto e Luboque, raggiante, si lasciò sfuggire una sequela di vocali nasali che Joel prese come ringraziamenti.

«Ti sarà debitore per tutta la vita» disse René.

«No di sicuro, almeno se scriverò davvero il rapporto che gli ho promesso» rispose Converse. «Perché secondo me si è chiuso nella cabina di pilotaggio e ha buttato via la chiave.»

«Allora scrivilo» gli rispose Mattilon, sorridendo. «E con questo mi avrai restituito il favore: useremo il tuo rapporto per convincerlo a ritirare la causa. E poi, ti risparmierei la fatica di andare a pranzo con lui quando verrai a Parigi.»

«Ma quando si magnia? Sono a corto di espressioni.»

Si avviarono verso la sala da pranzo, cercando di allineare il passo su quello di Luboque, che procedeva pesantemente sul parquet. Quella ridicola conversazione in cui Mattilon fungeva da filtro continuò mentre il vino cominciava a scorrere. Luboque rimandò indietro una bottiglia, come spesso è vezzo dei francesi, e Joel continuò a sorvegliare la porta di ingresso.

Il momento tanto atteso arrivò e la figura di Bertholdier si stagliò nell'ingresso. Il generale era voltato verso sinistra, mentre un uomo con un soprabito di gabardine beige gli parlava senza nessuna espressione sul volto; poi, ad un cenno di Bertholdier, l'uomo si ritirò lasciandolo da solo ad incedere maestosamente tra i tavoli. Tutti i presenti si girarono, e Bertholdier accolse quell'omaggio silenzioso come un delfino che diventerà presto re accetta le attenzioni dei ministri di un monarca alla fine del suo regno. L'effetto era senza dubbio straordinario, anche perché non c'erano re, né monarchie, né terre da dividere o da conquistare per i cavalieri di Crecy; eppure quell'uomo che non aveva avuto nessun nobile natale era tacitamente riconosciuto — *accidenti*, pensò Joel — come imperatore a pieni diritti.

Jacques Louis Bertholdier era un uomo di media statura, forse un metro e settantacinque, forse un metro e ottanta, ma non di più; ma l'andatura eretta, la larghezza delle spalle e la lunghezza del collo sottile lo facevano apparire più alto e molto più possente. Era nel suo ambiente, per così dire, dove veniva considerato più degli altri e dove tutti erano d'accordo nel ritenerlo superiore.

«Di' qualche frase di reverenza» disse Mattilon, mentre Bertholdier si avviava al tavolo che era accanto al loro. «Guardalo negli occhi e di' una frase qualsiasi di ammirazione. Al resto penso io.»

Converse pronunciò il nome di Bertholdier a bassa voce, ma facendo in modo che il generale lo sentisse, poi si voltò verso Mattilon e gli disse: «Ecco un uomo che ho sempre desiderato conoscere».

Seguì un breve scambio in francese tra René e il suo cliente; Luboque annuì, con l'espressione tipica di un uomo arrogante che è disposto a fare un favore ad un nuovo amico.

Bertholdier raggiunse il suo tavolo, mentre il maître e il capocameriere gli si disponevano accanto. Sembrava tutto un balletto, e avveniva a circa un metro di distanza dal loro tavolo.

«*Mon général*» disse Luboque alzandosi.

«Serge» rispose Bertholdier, venendogli incontro con la mano tesa, come si conviene ad un generale che voglia dimostrarsi ben disposto nei confronti di un inferiore che ha avuto la sfortuna di una mutilazione. «*Comment ça va?*»

«*Bien, Jacques. Et vous?*»

«*Les temps sont bien étranges, mon ami.*»

Si salutarono, e Luboque fece cenno a Joel di venire verso di lui quando ancora stavano parlando. Meccanicamente, Converse si alzò, si mise sull'attenti guardando fisso negli occhi il generale senza mostrare imbarazzo. Aveva avuto ragione... anche se non se lo aspettava. Il fatto che entrambi condividessero il peso di un'esperienza nel sud-est asiatico contava, almeno agli occhi di Jacques Louis Bertholdier. E perché non avrebbe dovuto significare qualcosa? In fondo anche lui aveva i suoi ricordi. Dopo un po' anche Mattilon venne presentato al generale, che lo salutò con un cenno del capo mentre si protendeva a stringere la mano a Joel.

«È un vero piacere, monsieur Simon» disse Bertholdier in un inglese praticamente perfetto, stringendogli la mano come un soldato la stringe ad un altro soldato. Immediatamente anche a Joel fu chiaro lo charme imperiale che emanava da quell'uomo.

«Sicuramente lei l'avrà sentito dire migliaia di volte, signore,» disse Joel mantenendo lo stesso sguardo professionale «ma ci tengo a dirle che questa è un'occasione che non mi sarei mai figurata in vita mia. Se posso esprimermi così, generale, è stato un onore poterle stringere la mano.»

«L'onore è mio» rispose il generale. «Voi gentiluomini dell'aria avete fatto addirittura l'impossibile, ed io ne so qualcosa. Quante missioni! Penso che, tutto sommato, la vita a terra sia stata meno complicata!» disse, ridendo.

"Gentiluomini dell'aria"... quest'uomo non è reale, pensò Converse. Ma il collegamento era chiaro, reale. Lo sentiva, lo *sapeva*. In fondo era semplice: lo stratagemma usato da un avvocato nel tentativo di domare un avversario... in questo caso un nemico. Anzi, il nemico.

«Su questo non sono d'accordo, generale. Anzi, direi che in aria tutto è più limpido. Ma se in Indocina avessimo avuto più gente del suo stampo, non ci sarebbe mai stata una Dien Bien Phu.»

«Una frase che mi riempie di orgoglio, ma temo che non avrebbe superato la prova della realtà.»

«Io invece ne sono sicuro» disse Joel a voce bassa, ma in tono deciso. «Anzi, ne sono convinto.»

Luboque, che Mattilon aveva provveduto ad impegnare in una

conversazione animata, li interruppe. «*Mon général, voulez-vous joindre à nous?*»

«*Pardonnez-moi. Je suis occupé avec mes visiteurs*» rispose Bertholdier rivolgendosi a Converse. «Devo declinare l'invito di René, visto che aspetto gente. Mi hanno detto che lei è avvocato, e si occupa di cause legali che hanno a che fare con faccende aeronautiche, vero?»

«Sì, ci occupiamo di faccende legali che riguardano aerei, navi e cose del genere. Cerchiamo di coprire la gamma che esiste in questo settore, ma io sono un acquisto abbastanza recente. Non che prima non me ne sia occupato, ma è da poco che sono nello studio attuale.»

«Capisco» disse il generale, che ovviamente era un po' perplesso. «È a Parigi per affari?»

Ci siamo, pensò Joel. Ora doveva concentrarsi, non sbagliare la prossima mossa: le parole che avrebbe detto, ma soprattutto gli sguardi che avrebbe rivolto a quell'uomo dovevano dire qualcosa di più del semplice significato delle parole e delle frasi. «No, sono nella sua bella città solo per riposarmi un po'. Sono partito da San Francisco per New York e subito dopo sono arrivato a Parigi. Domani dovrò andare a Bonn, dove mi tratterrò un giorno soltanto, e poi partirò per Tel Aviv.»

«Deve essere faticoso» disse Bertholdier ricambiando quello sguardo dritto negli occhi.

«Sì, ma non è ancora tutto» disse Joel con un mezzo sorriso sulle labbra. «Dopo Tel Aviv, prenderò un volo notturno per Johannesburg.»

«Bonn, Tel Aviv, Johannesburg...» disse il generale a voce bassa. «È un itinerario piuttosto insolito.»

«Noi riteniamo che possa portarci a dei risultati concreti. Almeno, lo speriamo.»

«Noi?»

«Il mio cliente, generale. Il mio nuovo cliente.»

«*Déraisonnable*!» gridò Mattilon, commentando qualcosa che Luboque gli stava dicendo e facendo capire a Joel che non poteva più trattenere il suo amico Serge in conversazione.

Bertholdier continuava a guardare Converse negli occhi. «In quale albergo è approdato, mio giovane amico combattente e pilota?»

«Non poi così giovane, generale.»

«Dove?»

«Al George V. Appartamento 235.»

«È un ottimo albergo.»

«Sì, ma per me si tratta di un'abitudine. Lo studio per cui lavoravo prima mi assegnava sempre lì.»

«Assegnare? Lei parla come di una destinazione militare» disse

Bertholdier, con un mezzo sorriso sulle labbra.

«Che vuol farci? Un banale *lapsus*. Be', però rende l'idea, non le pare?»

«Già... ah, ecco i miei ospiti» disse Bertholdier tendendo la mano a Joel. «È stato un vero piacere, monsieur Simon.»

Si salutarono, stringendosi la mano, e Bertholdier tornò al suo tavolo per accogliere gli amici. Joel ringraziò Luboque per la presentazione e il pilota fece un gesto con entrambi i palmi delle mani rivolti verso l'alto, dando a Converse l'impressione di ricevere un battesimo. Poi, quello strano dialogo a tre riprese, e per Joel fu una grossa fatica mantenere la minima concentrazione.

Aveva fatto un passo avanti: si era fatto notare da Bertholdier e sentiva quegli occhi su di sé anche quando la conversazione ad entrambi i tavoli si animava. Il generale sedeva alla sinistra di Converse, e quando entrambi spostavano anche di poco la testa, i loro occhi si trovavano su una linea diretta. Era già accaduto due volte. La prima volta, Joel sentì quello sguardo magnetico bruciargli negli occhi, proprio come il sole attraverso una lente: aveva spostato appena la testa ed aveva incontrato gli occhi del generale, penetranti, severi, interrogativi. La seconda volta era stato Converse a cercare quel contatto di occhi; Luboque e Mattilon discutevano una certa tattica legale e Joel, proprio come se fosse attratto da un magnete, si era voltato verso sinistra ed aveva fissato Bertholdier, che tranquillamente, con una certa enfasi, discuteva con uno dei suoi ospiti. Improvvisamente, il generale aveva girato la testa nella direzione di Converse, ma questa volta i suoi occhi non erano più interrogativi: vi si poteva leggere soltanto freddezza e senso di gelo. Guardandolo, un po' di quel gelo si era sciolto e sulle labbra era comparso un mezzo sorriso.

Joel era seduto sulla poltrona di cuoio vicino alla finestra nel salotto immerso nella penombra; c'era soltanto una lampada sul tavolo che rischiarava l'ambiente. Joel guardava ora il telefono davanti alla lampada, ora il traffico notturno di Parigi e le luci sul grande boulevard sotto di lui. Ad un tratto prese a concentrarsi solamente sul telefono, proprio come faceva quando aspettava una chiamata da un avversario che sapeva avrebbe capitolato. Era solo questione di tempo.

Stavolta non si aspettava una capitolazione, ma una comunicazione: anzi una connessione, *la* connessione. Non aveva la più pallida idea di che forma avrebbe preso, ma era sicuro che sarebbe arrivata. Doveva arrivare.

Erano quasi le sette e mezzo ed erano trascorse quattro ore dal momento in cui era uscito dall'Etalon Blanc dopo un'ultima stretta di mano scambiata con Jacques Louis Bertholdier. Il generale lo aveva fissato negli occhi, e Converse aveva capito: se non altro, di sicuro avrebbe voluto soddisfare una curiosità.

Joel aveva anche pensato a coprirsi le spalle con gli impiegati del bureau, ammorbidendoli con qualche biglietto da cento franchi ben distribuito. Quella tattica non era strana in un periodo di inquietudine nazionale e finanziaria; anzi, non era mai stata strana anche in periodi più solidi e più tranquilli. Spesso gli uomini d'affari scelgono di chiamarsi con uno pseudonimo, e questo per un gran numero di ragioni, che vanno da trattative che si ritiene sia meglio tener nascoste a relazioni di cui si vuol far perdere le tracce. Nel caso di Converse, poi, l'uso del nome Simon era logico: se lo studio legale Talbot, Brooks and Simon preferiva concludere gli affari firmandoli con il nome di uno dei soci più anziani, che male c'era? Ad ogni buon conto, Joel andò ancora un passo più avanti . Spiegò che, dopo aver telefonato a New York, gli era stato detto che non doveva affatto usare il proprio nome: nessuno sapeva che era a Parigi e il suo studio voleva così. Questo spiegava anche il pasticcio che era successo nella prenotazione, che era comunque nulla. Non voleva che mettessero quella sua permanenza sul conto dello studio: avrebbe pagato in contanti, e visto che era a Parigi, nessuno fece obiezioni. Il contante era ben visto dappertutto, mentre i conti aperti erano una piaga nazionale.

Comunque, non gli importava sapere se avessero creduto o no a questa storiella; era logica, conseguenziale, e le banconote la rendevano ancor più convincente; infatti, la scheda originaria venne strappata e ne venne inserita un'altra, dove il nome di H. Simon prese il posto di J. Converse. L'indirizzo che dette lo prese di sana pianta dalla fantasia e citò un numero civico ed una strada di Chicago nell'Illinois che probabilmente non esistevano. Se avesse telefonato qualcuno e avesse cercato del signor Converse (cosa che era altamente improbabile) l'impiegato avrebbe dovuto rispondere che nell'albergo non era registrato nessun ospite sotto tale nome. Nemmeno René Mattilon era un problema, perché Joel era stato chiaro: visto che non aveva più nulla da fare a Parigi, avrebbe preso un aereo per Londra, dove sarebbe rimasto per alcuni giorni con degli amici, prima di tornarsene a New York. Aveva già provveduto a ringraziare a profusione René, dicendogli che i dubbi su Bertholdier erano completamente infondati: durante quella breve conversazione, aveva avuto l'occasione di nominare tre persone e il generale gli aveva risposto senza tradire la minima emozione, scusandosi per gli scherzi che spesso gli giocava la memoria.

«E in quel momento non mentiva di sicuro» aveva detto Joel.

«E non vedo perché avrebbe dovuto» aveva risposto Mattilon.

"Io sì" aveva pensato Converse. *La ragione si chiama Aquitania.*

Un rumore! un rumore improvviso, come qualcosa di metallico che si apre, poi ancora, e ancora... una serratura che si apriva, una maniglia che veniva girata. Veniva dalla camera da letto, Joel sobbalzò sulla poltrona, ma poi, guardando l'orologio, sospirò di sollievo e si rimise comodo: era l'ora in cui la cameriera veniva a rifare le camere; evidentemente, la tensione di quella chiamata che aspettava da tanto tempo giocava brutti scherzi ai suoi nervi. Si appoggiò allo schienale, continuando a guardare il telefono. Quando avrebbe suonato? E *avrebbe* suonato?

«*Pardon monsieur*» disse una voce femminile accompagnando la richiesta con un leggero bussare alla porta. Joel non vide chi c'era dietro.

«Sì?» Si girò, aspettandosi di vedere la cameriera.

Quel che vide, invece, lo fece sobbalzare: si trattava di Bertholdier, che se ne stava immobile, rigido, con la testa alta e gli occhi pieni di una strana mistura di freddo compiacimento, condiscendenza, e (se Joel non si sbagliava) una punta di paura. Fece qualche passo in avanti e poi rimase immobile; quando parlò la sua voce sembrava ghiaccio.

«Stavo andando a pranzo in un appartamento del quarto piano, monsieur Simon, e per caso mi sono ricordato che anche lei era in quest'albergo. Mi ha detto lei il numero della sua suite, ricorda? Per caso la disturbo?»

«No, naturalmente, generale» disse Converse in piedi.

«Mi aspettava?»

«Non certo in questo modo.»

«Ma mi aspettava?»

Joel non rispose subito. «Sì.»

«Un segnale inviato e ricevuto?»

Di nuovo, Joel esitò a rispondere. «Sì.»

«Le probabilità sono due: o lei è un avvocato astuto che mi ha appositamente provocato, oppure un uomo stranamente ossessionato. Quale delle due, monsieur Simon?»

«Se l'ho provocato a tal punto da farla venire qui, e l'ho fatto in maniera astuta, me ne compiaccio. In quanto ad esserne ossessionato, mi sembra che l'aggettivo implichi una preoccupazione esagerata o ingiustificata. Per quel che mi riguarda, qualunque preoccupazione abbia, so che non è né esagerata né ingiustificata. Niene ossessioni, generale. Mi reputo un avvocato troppo in gamba per questo genere di cose.»

«Un pilota non può mentire a se stesso e se lo fa senza accorgersene, corre il rischio di schiantarsi al suolo.»

«Mi è capitato di schiantarmi al suolo, ma non per un errore del pilota.»

Bertholdier si avvicinò al divano che era contro il muro. «Bonn, Tel Aviv e Johannesburg» disse a bassa voce, mentre si sedeva accavallando le gambe. «Era quello il segnale?»»

«Sì.»

«La mia compagnia ha diversi interessi in quelle zone.»

«Anche il mio cliente» disse Converse.

«E lei che cosa ha, monsieur Simon?»

Joel lo fissò negli occhi: «Un impegno, generale».

Bertholdier rimase in silenzio, immobile, mentre i suoi occhi indagavano. «Non mi offre un brandy?» disse alla fine. «La mia scorta rimarrà nel corridoio, fuori dalla porta.»

4

Converse andò al bar sistemato nel salotto sentendo su di sé lo sguardo del generale e chiedendosi che piega avrebbe preso quella conversazione. Stranamente, era calmo, come gli succedeva spesso davanti ad un tavolo per la firma di un accordo o durante un'inchiesta preliminare, quando era sicuro di sapere cose che i suoi avversari ignoravano... informazioni che erano venute fuori dopo ore ed ore di duro lavoro. Veramente, in quel caso non c'era stato lavoro preliminare, ma i risultati erano gli stessi: sapeva molto su quell'uomo che gli stava di fronte e che era diventato una leggenda. Insomma, si sentiva pronto, e con gli anni aveva imparato a fidarsi di quel che sentiva, visto che anche nel cielo l'istinto non lo aveva mai tradito.

Fra l'altro, dato il suo lavoro, era esperto di norme legali che riguardavano l'import-export: si trattava di un vero e proprio labirinto di nomi, autorizzazioni e leggi, nei quali il principiante si perdeva immediatamente. Avrebbe cominciato col mettere alla prova questo discepolo di George Marcus Delavane, guerrafondaio di Saigon, finché non avesse visto sul volto qualcosa di più di una semplice punta di paura.

I permessi di importazione e di esportazione di carichi stranieri comprendevano una vasta gamma di forme, dalla licenza con carte di imbarco specifiche alla licenza con le limitazioni generiche meno specifiche. Poi c'erano licenze più particolari che riguardavano una grande quantità di prodotti soggetti al controllo del governo. Queste di solito andavano avanti e indietro fra i vari dipartimenti, fra i vari ministeri, finché non si rendeva necessaria una decisione a livello burocratico che spesso era basata su motivi del tutto estranei, quali influenze e pressioni da parte di qualcuno e vari livelli di corruttibilità da parte dei burocrati.

Poi c'era la licenza più specifica e più letale, un documento che troppo spesso veniva concepito nella corruzione e sfociava nel sangue: lo chiamavano la licenza di uso discrezionale, un nome innocuo che conteneva il permesso di spedire la merce contenuta negli arsenali della nazione evitando i controlli di coloro che erano pagati per controllare.

In teoria, questi carichi erano destinati esclusivamente ai governi alleati che dovevano usarli per obiettivi comuni, e questo spiegava la parola "uso" e la parola "discrezionale"; in realtà era una strage resa legittima da una "licenza" che andava aldilà delle intenzioni di tutti. Una volta che il carico partiva, era pratica comune che non arrivasse mai a destinazione: carichi destinati ad Haifa o ad Alessandria cambiavano strada ed arrivavano nel golfo di Sidra e nelle mani di un esaltato in Libia, oppure ad un assassino di nome Carlos che addestrava squadre di killer da Beirut sino al Sahara. C'erano delle compagnie fittizie con ufficiali inesistenti, ma stranamente influenti, che operavano attraverso mediatori oscuri e che in fretta e furia costruivano magazzini in zone poco frequentate degli Stati Uniti e di tutto il mondo. Si trattava di milioni e milioni di dollari, e la morte era solo una conseguenza, poco importante. E poi, c'era sempre una frase pronta per descrivere tutto questo: terrorismo ad alto livello. Era sicuramente il metodo di Aquitania, senza dubbio. Questi i pensieri, o meglio, le direttive secondo le quali intendeva muoversi, che Converse delineò in quei brevi istanti in cui versava da bere per sé e per l'uomo che gli stava di fronte. Era pronto, ora: si girò e si avvicinò al generale.

«Che cosa cerca, monsieur Simon?» chiese Bertholdier, prendendo il bicchiere dalle mani di Converse.

«Informazioni, generale.»

«Su che cosa?»

«Mercati mondiali... mercati in espansione che il mio cliente potrebbe servire.» Joel si sedette sulla poltrona accanto alla finestra.

«In che senso servire?»

«Si tratta di un mediatore.»

«Mediatore di che cosa?»

«Una vasta gamma di prodotti.» Converse si portò il bicchiere alle labbra, bevve e aggiunse: «Penso di avergliene nominate, almeno a grandi linee, quando ci siamo incontrati al ristorante: aerei, veicoli, apparecchiature sottomarine, munizioni, tutta la gamma».

«Ah, sì, è vero. Non avevo capito.»

«Il mio cliente potrebbe avere accesso sia alla produzione sia ai magazzini, e in misura maggiore di ogni altra persona che io conosca.»

«È interessante. Chi è?»

«Non ho il permesso di dirlo.»

«Ma forse lo conosco.»

«Forse sì, ma non nel modo in cui l'ho descritto. Qui in Francia non è molto conosciuto.»

«E lei non vuol dirmi di chi si tratta» disse Bertholdier.

«Sono informazioni riservate.»

«Eppure, come lei stesso ha ammesso, mi ha cercato e mi ha inviato un segnale al quale io ho risposto; e ora mi viene a dire che vuole informazioni su mercati mondiali in espansione per una vasta gamma di prodotti, e questi mercati riguardano Bonn, Tel Aviv e Johannesburg. Però non vuol dirmi il nome del suo cliente che si avvarrà di queste informazioni... Che, sia detto fra parentesi, non sono affatto sicuro che le darò. Be', non è certo un discorso da prendere sul serio.»

«Lei può darmi quelle informazioni, ed è proprio per questo che sono serio. Ma temo che sia arrivato ad una conclusione sbagliata.»

«Io non lo temo affatto. Parlo inglese molto bene ed ho capito perfettamente quel che ha detto: lei è venuto fuori dal nulla, io non so niente del suo passato, tranne che parla in maniera evasiva di questo uomo molto influente e, per ora, innominato...»

«È stato lei, generale, a chiedermi che cosa cercavo» lo interruppe Joel con decisione, senza tuttavia alzare la voce.

«Già, e lei mi ha detto che cercava informazioni.»

«Sì, ma non ho detto che le cercavo da lei.»

«Credo di non aver capito.»

«Date le circostanze, e per le ragioni che lei stesso ha menzionato, non mi avrebbe mai dato un'informazione del genere, di questo sono ben sicuro.»

«E allora qual è lo scopo di questa... chiamiamola così, conversazione indotta? Non mi piace perder tempo.»

«È l'ultima cosa al mondo che farei.»

«Può essere più chiaro?»

«Il mio cliente vuole la sua fiducia ed è quello che voglio anch'io; ma sappiamo benissimo che lei non può darcela finché non sarà giustificato; in pochi giorni, al massimo una settimana, spero di poterle fornire le prove che può fidarsi.»

«Tutto questo andando a Bonn, Tel Aviv... Johannesburg?»

«Sì.»

«E perché?»

«Lo ha detto lei stesso, pochi minuti fa: il segnale.»

Improvvisamente Bertholdier cominciò a comportarsi in maniera strana: si stringeva nelle spalle con fare troppo casuale ed era chiaro che stava tirandosi indietro. «L'ho detto perché la mia compagnia ha investimenti considerevoli in quelle zone. Pensavo che lei avesse una proposta da fare, circa quegli interessi.»

«Infatti ce l'avevo.»

«Le dispiace una volta per tutte essere un po' più chiaro?» disse il generale, cercando di controllare la sua irritazione.

«Lei sa benissimo che non posso» rispose Joel. «Almeno non ancora.»

«E quando?»

«Quando sarà chiaro, chiaro per tutti, che il mio cliente, e per estensione anch'io, abbiamo forti motivi per diventare dei vostri, fra i più convinti.»

«Intende dire far parte della mia compagnia? Della Juneau et Compagnie?»

«Mi scusi, generale, ma penso che non valga nemmeno la pena di risponderle.» Bertholdier guardò il bicchiere di brandy che teneva in mano, poi fissò Converse. «Lei ha detto che è venuto da San Francisco.»

«Sì, ma non abito lì» lo interruppe Joel.

«D'accordo, però veniva da San Francisco. Ed è arrivato a Parigi. Perché si trovava a San Francisco?»

«Potrei risponderle che volevo farle vedere fino a che punto fossi accurato, e fino a che punto fossero accurati coloro che lavorano con me. Abbiamo rintracciato, anzi, *ho* rintracciato alcuni carichi di merci diretti all'estero e che sono stati inviati da compagnie dell'area del nord della California. Si tratta di compagnie inesistenti che dispongono di magazzini volanti, quattro mura messe su in fretta e furia, finché fanno comodo. È tutto confuso, senza capo né coda: ci sono nomi su documenti di persone che non esistono, e i documenti stessi vengono fuori da labirinti burocratici che sono praticamente non rintracciabili: timbri, sigilli, e firme di autorizzazione da parte di chi non ha autorità alcuna. Personale, dirigente e non, al quale viene chiesto di evitare le complicazioni del caso... Ecco che cosa ho trovato a San Francisco: una palude di transazioni complesse e molto dubbie che sicuramente non reggerebbero di fronte ad un esame più approfondito.»

Bertholdier aveva uno sguardo fin troppo rigido, controllato. «Non so niente di tutto questo, naturalmente» disse.

«Naturalmente» disse Converse. «Ma il fatto che il mio cliente sia a conoscenza di queste cose, attraverso me, e il fatto che né io né lui abbiamo il desiderio di richiamare l'attenzione su queste irregolarità le dovrebbe dire qualche cosa.»

«Francamente no.»

«La prego, generale. Uno dei primi principi della libera impresa è di fregare l'avversario, presentarsi, e instaurarsi al posto suo.»

Il generale bevve, con mani ferme; poi posò il bicchiere e parlò. «Perché è venuto da me?»

«Perché lei era in quella palude.»

«*Cosa*?»

«Il suo nome era lì... Nella palude, in profondità, ma c'era.»

Bertholdier si piegò in avanti. «Impossibile, ridicolo!»

«E allora perché sarei qui? Perché *lei* è qui?» Joel mise il bicchiere sul tavolo accanto alla poltrona con il movimento tipico di un uomo che non ha ancora finito di parlare. «Cerchi di capirmi. Certe raccomandazioni sono utilissime, e questo naturalmente dipende dal dipartimento con cui si ha a che fare. Lei non potrebbe assolutamente far nulla all'interno di un dipartimento di sviluppo urbano, ma diventa prezioso quando si ha a che fare con il Pentagono o con il Dipartimento di Stato per gli armamenti.»

«Io non ho mai prestato il mio nome per imbrogli del genere.»

«Sì, ma l'hanno fatto altri. Uomini la cui raccomandazione pesava molto, ma che forse avevano bisogno di un'altra spinta.»

«Cosa intende dire?»

«Sì, una spinta, qualcosa che li convincesse a prendere una decisione in senso positivo... Senza nessun coinvolgimento personale, perlomeno apparente. Quella che si chiama "l'opinione di un esperto", insomma... Ad esempio, fra gli appunti di un uomo importante, si potrebbe leggere la seguente frase: "Noi (il dipartimento, non una singola persona) non ne sappiamo molto, ma se un uomo come il generale Bertholdier si dichiara favorevole, e noi sappiamo che lo è, perché dovremmo metterci a discutere?".»

«*Mai*. Non è possibile.»

«E invece io so che è possibile» disse Converse a bassa voce, sapendo che era venuto il momento di tirar fuori quello che realmente sapeva, in modo da conferire una parvenza di verità alle cose dette finora, che erano frutto della sua fantasia. Così finalmente avrebbe saputo se Beale aveva visto giusto, se questa leggenda della Francia era responsabile dei massacri e del caos nelle città dell'Irlanda del Nord.

«Sì, lei era nella palude, non troppo spesso, ma c'era, ed io l'ho trovata. Proprio come era presente, anche se in maniera diversa, dietro alla storia di un carico che era stato spedito da Beloit nel Winsconsin, ed era diretto a Tel Aviv. Non è mai arrivato, perché in qualche modo è stato dirottato agli estremisti di entrambe le parti a Belfast. Non so dove sia avvenuto il cambiamento di rotta: forse a Montreal, forse a Parigi o forse a Marsiglia. Sicuramente i separatisti a Quebec avrebbero seguito ciecamente i suoi ordini, esattamente come gli uomini di Parigi o di Marsiglia. È un peccato che una compagnia chiamata Solidaire abbia dovuto pagare per quel carico sparito che era stato assicurato. Ah, già, lei è il direttore della compagnia...? E naturalmente il fatto che la società assicuratrice abbia libero accesso alle merci che assicura le capita a puntino, vero...»

Bertholdier era immobile sulla sedia, e i muscoli del volto si muovevano a scatti, mentre gli occhi gelidi fissavano Joel. Riusciva a controllarsi, ma Converse capì lo stesso che tutto quello che aveva detto era vero. «Non posso crederle. È incredibile e terribile allo stesso tempo!»

«Le ripeto, per quale ragione pensa che sia venuto fino qui?»

«A questa domanda può rispondere solo lei, monsieur» disse Bertholdier alzandosi improvvisamente in piedi con il bicchiere in mano. Poi, con una precisione che era tipicamente militare, si piegò in avanti e mise il bicchiere sul tavolino: era un gesto che indicava che quel colloquio era terminato. «Naturalmente sono incorso in un errore sciocco» continuò di nuovo sull'attenti, ma questa volta con un sorrisetto poco convincente sulle labbra. «In fondo sono un soldato, non un uomo d'affari. In vecchiaia, ho voluto dedicarmi ad altre attività, ma l'ho fatto proprio come un soldato che prende un'iniziativa e fa del suo meglio per portarla in fondo. Solo che non c'era, o meglio non *c'è* iniziativa. La prego di scusarmi, ma credo di aver male interpretato il suo segnale.»

«No, generale, lei lo ha interpretato benissimo.»

«Per caso un estraneo mi contraddice (un estraneo che ho tutte le ragioni per credere mal propenso nei miei riguardi), un estraneo che organizza un nostro incontro ingannandomi e fa insinuazioni sul mio onore, sulla mia condotta? Voglio pensare che non sia così.» Mentre Bertholdier si dirigeva verso la porta del corridoio, Joel si alzò dalla poltrona. «Non si dia premura, monsieur, conosco la strada. Lei si è già dato tanto disturbo, anche se non capisco per quale scopo.»

«Sto per partire per Bonn» disse Converse. «Dica ai suoi amici che sto arrivando, dica loro di aspettarmi. E la prego di dire loro anche che non abbiano pregiudizi nei miei confronti. La prego, lo faccia.»

«Queste sue allusioni sono piuttosto seccanti, tenente. È stato veramente tenente? Spero che non abbia ingannato il povero Luboque.»

«Qualsiasi mezzo abbia usato per avere l'onore di stringerle la mano è andato a beneficio di Luboque, perché mi sono offerto di scrivere un parere legale per il suo caso. Anche se sono sicuro che a lui non piacerà, penso che a lui risparmierà fatica e denaro. E per quel che la riguarda, non l'ho ingannata.»

«Dipende dai punti di vista.» Bertholdier si voltò e mise una mano sulla maniglia di ottone.

«Bonn, Germania» insistette Joel.

«Ho capito, ma non ho la più pallida idea di quel che...»

«Leifhelm» disse Converse a bassa voce. «Erich Leifhelm.»

Il generale si voltò lentamente: i suoi occhi erano come fiamme sopite, carboni ardenti, pronti a riprendere fuoco al minimo soffio di vento. «Lo conosco di nome, non di fatto.»

«Gli dica che sto per arrivare.»

«Buona notte, monsieur» disse Bertholdier, aprendo la porta, rosso in viso.

Joel si precipitò in camera, prese la valigia e la mise sullo sgabello. Doveva lasciare immediatamente Parigi, perché entro poche ore, forse entro pochi minuti, Bertholdier avrebbe dato ordine di pedinarlo, e se fosse stato seguito fino all'aeroporto, avrebbero scoperto che non si chiamava Simon. Questo non doveva accadere, almeno per ora.

Gli sembrava tutto molto strano, inquietante. Non aveva mai lasciato un albergo di nascosto, e non era neanche sicuro di sapere come fare; ma sapeva che doveva farlo. Il fatto di aver alterato il proprio nome sulla scheda di registrazione all'albergo era stato normale ed istintivo, perché spesso, nelle trattative legali, i nomi venivano taciuti per ragioni di comodità. Ma questa volta era diverso, non rientrava nella routine normale. A Micono, aveva detto a Beale che doveva diventare una persona diversa da quello che era: cosa facile da dire, ma niente affatto facile da fare.

Quando ebbe preparato la valigia, controllò le batterie nel rasoio elettrico e lo accese distrattamente, portandoselo sul volto mentre si avvicinava al telefono accanto al letto. Mentre faceva il numero lo spense, chiedendosi che cosa avrebbe detto al portiere di notte; per istinto pensò a qualche cosa che avesse a che fare con gli affari e, dopo essersi salutati, i due uomini vennero al sodo.

«Sono in una situazione piuttosto delicata, e dal mio ufficio ho ricevuto l'ordine di partire per Londra appena possibile... Senza far troppa pubblicità alla mia partenza. Per questo, non vorrei farmi vedere nella hall mentre sistemo il conto.»

«La discrezione è la regola della casa e fare le cose in fretta rientra nella nostra politica. Fra dieci minuti sarò da lei con il conto.»

«Ho una valigia con me, e devo portarmela via, per questo avrò bisogno di un taxi, ma non vorrei che mi aspettasse davanti all'albergo.»

«Capisco, monsieur. Il montacarichi fa al caso suo, perché dal suo piano porta direttamente all'uscita di servizio. Il taxi l'aspetterà lì.»

«Ho già disposto tutto!» disse Bertholdier parlando al telefono della limousine, con il vetro di separazione fra sé e l'autista completamente alzato. «Un uomo rimane nella galleria e controlla gli ascensori, mentre un altro ha il compito di sorvegliare le cantine da dove arrivano le merci. Se tenterà di scappare durante la notte è la sola uscita che gli rimanga. Anch'io l'ho usata in diverse occasioni.»

«Ciò che mi dici è molto... molto difficile da accettare.» La voce dall'altro capo del telefono parlava con un accento inglese molto stretto e si sentiva che era di una persona stupita, forse spaventata. «Ne sei *sicuro*? Non c'è un'altra spiegazione, forse?»

«Idiota! Te lo ripeto: sapeva di quel carico di Beloit! Sapeva l'itinerario, e il metodo che dovevamo usare. Anzi, sapeva anche della mia posizione di direttore di Solidaire, e poi ha fatto riferimento diretto al nostro socio di Bonn! Poi a Tel Aviv, Johannesburg! Quale altra spiegazione potrebbe esserci?»

«Forse semplicemente interessi di ditte, che non si possono mai prevedere. Fra multinazionali e investimenti in armamenti, il nostro socio della Germania Occidentale è membro di parecchie associazioni ed istituzioni... e l'itinerario... sono posti dove il denaro scorre a fiumi.»

«Perbacco, di che cosa credi che stia parlando? Ora non posso dirti altro, ma ti ripeto, fiorellino mio, che bisogna essere preparati al peggio!»

Da Londra venne un breve silenzio. «Capisco» disse la voce di un subordinato ridotto al silenzio.

«Lo spero proprio. Mettiti in contatto con New York: si chiama Simon, Henry Simon ed è un avvocato di Chicago. Ho anche l'indirizzo, che mi hanno fornito quelli dell'albergo.» Bertholdier socchiuse gli occhi per leggere meglio alla luce della lampadina fioca dell'auto. Gli ci volle qualche minuto per decifrare il numero e la via scritti su un foglietto da uno dei camerieri, che un uomo mandato dal generale aveva pagato per entrare nell'ufficio e prendere informazioni sulla persona che occupava l'appartamento 235. «Capito tutto?»

«Sì.» La voce tradiva una certa impazienza, come di un inferiore che era irato verso un suo superiore. «È stato saggio comportarsi in questo modo? Magari un amico, oppure un impiegato in cerca del sistema per arrotondare lo stipendio avrebbero potuto dirgli che qualcuno faceva domande su di lui.»

«Davvero, margheritina mia? Un cameriere che controlla l'indirizzo di un cliente per restituirgli qualcosa che ha lasciato in camera?»

Di nuovo vi fu un breve silenzio. «Sì, capisco. Sai, Jacques, noi lavoriamo per una grande causa, che naturalmente riguarda gli *affari*, e questa causa è più importante di tutti noi, così come è stato qualche anno fa. Quando parlo con te, me lo devo continuamente ripetere, perché temo che altrimenti non riuscirei a sopportare i tuoi insulti.»

«E che cosa faresti, *anglais*, se all'improvviso tu non riuscissi più a sopportarmi?»

«Ti taglierei le palle, arroganti come te, in Trafalgar Square, e le ficcherei in bocca a uno dei leoni. Tanto, per quelle, va bene qualsiasi fessura. Ti richiamo fra un'ora.» Ci fu un clic e la comunicazione venne interrotta.

Il generale abbassò la cornetta e sulle sue labbra comparve un sorriso. Aveva scelto il meglio degli uomini, degli esperti in ogni campo; erano la speranza, l'unica speranza in un mondo malato.

Poi all'improvviso il sorriso scomparve insieme al colorito delle guance, mentre l'arroganza si tramutava in paura. Che cosa voleva in realtà questo Henry Simon? Chi era l'uomo sconosciuto che aveva accesso a informazioni strettamente riservate che riguardavano aerei, veicoli, armamenti? Che cosa sapeva, in nome del cielo?

L'ascensore, interamente rivestito di pannelli, scendeva piano; era costruito in modo da poter ospitare bagagli e mobilio e naturalmente la velocità era adeguata a questo servizio. Il portiere di notte era di fronte a Joel ed aveva un volto impassibile; nella mano destra portava una *bourse* di cuoio e un certo numero di bigliettoni che, oltre a coprire il conto, gli avrebbero permesso, visto che era stato tanto cortese, di concedersi qualche follia.

Vi fu un breve suono, poi si fermarono e sulla pulsantiera si accese la scritta *sou-sol*, mentre le porte si aprivano. Nel salone in cui approdarono c'era un esercito di camerieri in giacca bianca, cameriere, facchini e personale di servizio che maneggiavano tavoli, biancheria, bagagli e attrezzi che servivano per le pulizie. Si sentiva un chiacchierio fitto, interrotto ogni tanto da qualche imprecazione o da scoppi di risa che facevano da sfondo a quell'attività febbrile. Alla vista del portiere, molti smisero di parlare e si dettero da fare sorridendo a quell'uomo che con un tratto di penna poteva iscriverli nelle liste dei disoccupati.

«Non occorre che mi accompagni, basta che mi indichi la strada» disse Joel che non voleva attrarre troppo l'attenzione. «Le ho già fatto perdere troppo tempo.»

«*Merci*. Segua quel corridoio e arriverà all'entrata di servizio» rispose il portiere indicandogli un corridoio sulla sinistra. «C'è un poliziotto di guardia, ma è già stato avvertito. Una volta arrivato nel vicolo, volti a destra e continui a camminare, vedrà che troverà il taxi.»

«La ringrazio, anzi è il mio ufficio a ringraziarla per la sua collaborazione. Come le ho detto prima, non c'è niente di segreto o di strano... solo è il buonsenso che ci consiglia di comportarci in maniera prudente.»

Il volto impassibile dell'uomo non mutò, ma negli occhi passò un guizzo di furbizia. «La prego, signore, non deve scusarsi. Non le abbiamo chiesto nessuna spiegazione e, mi permetta, lei non dovrebbe sentirsi in obbligo di darmela. *Au revoir*, monsieur Simon.»

«Sì, certo... » disse Converse cercando di mantenere una certa compostezza nonostante si sentisse uno scolaretto rimproverato per aver parlato a sproposito, per aver dato una risposta quando non c'era stata domanda. «Ci rivedremo la prossima volta che tornerò a Parigi.»

«La aspettiamo, monsieur, *bon soir*.»

Joel si volse e prese a camminare rapidamente, facendosi strada tra quella folla nel salone e scusandosi quando con la valigia urtava qualcuno. Gli avevano appena impartito una lezione, che non avrebbe dovuto aver bisogno di ascoltare. In un'aula di tribunale o in una sala di riunione avrebbe saputo come comportarsi: non spiegare mai ciò che non ti è stato richiesto. Taci. Ma qui non si trattava né di un tribunale né di una sala di riunioni: improvvisamente si rese conto che quella era una fuga ed il pensiero gli dette un brivido di paura, un senso di stranezza. In fondo, "fuga" era una parola che apparteneva al suo vocabolario ed al bagaglio delle sue esperienze. Già tre volte nella sua vita aveva sperimentato la fuga, molti anni fa, in un posto dove dovunque c'era morte. Cercò di scacciare questo pensiero dalla mente e si avviò lungo il corridoio verso la grande porta di metallo che intravedeva in lontananza.

Poi rallentò l'andatura rendendosi conto che c'era qualcosa che non andava. Davanti a lui, vicino al gabbiotto del poliziotto di guardia, c'era un uomo con un soprabito chiaro. Joel lo aveva già visto anche se in quel momento non si ricordava dove; ma quando l'uomo si mosse, un'immagine gli tornò alla mente: un altro uomo si era mosso in quella stessa maniera, camminando indietro per qualche passo prima di rivoltarsi per poi sparire sotto un'arcata. Ora quell'uomo si muoveva nella stessa maniera e andava a mettersi contro il muro, di fronte al banco del poliziotto. Si trattrava dello stesso uomo? Sì! Era lo stesso che aveva accompagnato Bertholdier nella sala da pranzo dell'Etalon Blanc; il soldato che si era congedato da un superiore era di nuovo davanti a lui, stavolta per ordine di quello stesso superiore.

L'uomo lo guardò e Joel vide che lo aveva riconosciuto; si raddrizzò e si voltò portando una mano nella tasca interna del cappotto. Converse era francamente stupito. Stava prendendo una pistola? Con un poliziotto armato a un paio di metri? Sarebe stata follia! Joel si fermò rendendosi conto che l'unica via di scampo era impraticabile: se Bertholdier aveva messo un uomo di guardia nel sottosuolo sicuramente ce ne sarebbero stati altri al primo piano, nei corridoi, nell'atrio: per questo, non gli conveniva tornare nell'ascensore. Non poteva nemmeno mettersi a correre, perché non avrebbe saputo dove andare, né tantomeno dove nascondersi. Così prese a camminare sempre più velocemente verso quell'uomo col soprabito chiaro, mentre nella mente gli frullavano mille idee e la gola era stretta in una morsa d'acciaio.

«Eccoti qua!» gridò, ed ebbe la sensazione di non essere stato lui a parlare. «Il generale mi ha detto che ti avrei trovato!»

L'uomo rimase immobile, preso in contropiede, incapace di dire una parola. «*Le général*?» disse, con la voce che era appena un sussurro. «Lui... dire a te?»

L'uomo evidentemente non parlava bene inglese e questo tornava a tutto vantaggio di Joel. Forse riusciva a capire qualcosa ma non certamente in maniera completa. Se avesse parlato in fretta ed in tono convincente, forse sarebbe riuscito a guadagnare l'uscita. Joel si rivolse alla guardia mentre con la ventiquattrore spingeva l'uomo in avanti. «Mi chiamo Simon. Credo che il portiere le abbia già detto tutto.»

Il nome, quel nome fu sufficiente per la guardia che aveva assistito all'incontro fra i due. Dette un'occhiata alle sue carte, poi disse: «*Oui, monsieur, le concierge*...».

«Coraggio!» disse Converse continuando a spingere l'uomo verso la porta con la ventiquattrore. «Il generale ci aspetta fuori. Andiamo! Sbrigati!»

«*Le général*...?» Istintivamente l'uomo aprì la pesante porta metallica e in meno di cinque secondi i due si ritrovarono nel vicolo, da soli. «*Que se passe-t-il? Où est le général?*... Dove?»

«Qui. Ha detto di aspettare qui. *Tu* lo devi aspettare, capito? Tu devi aspettare qui! *Ici*!»

«*Arretez*!» Ormai l'uomo cominciava a rendersi conto di essere stato giocato; con la mano sinistra, spinse Converse contro il muro, mentre con la destra cercava qualcosa nella tasca interna del cappotto.

«Non farlo!» disse Joel, mollando la ventiquattrore e cercando di proteggersi da eventuali colpi con la valigia, pronto a lanciarsi in avanti. Poi, ad un tratto, si fermò: l'uomo non stava tirando fuori un'arma, ma un oggetto rettangolare in una custodia di cuoio nero, dalla quale spuntava un cilindro lungo e sottile. Un'antenna... una radio!

Converse era confuso, ma sapeva che doveva fare qualcosa... che solo muovendosi si sarebbe salvato: non poteva lasciare che quell'uomo usasse la radio per chiamare i compagni che erano certamente nascosti in tutto l'hotel. Sentì un'ondata di energie fresche salirgli in corpo, e colpì l'uomo al ginocchio con la valigia, mentre con la mano sinistra gli faceva volar via la radio e con la destra lo colpiva sulla spalla. Poi gli passò un braccio intorno al collo e, senza pensarci, lo spinse in avanti, tanto che entrambi finirono contro il muro. Converse gli prese la testa e gliela fece sbattere contro la parete: il sangue gli intrise i capelli e prese a corrergli sul volto. Joel si impedì di pensare; se l'avesse fatto, probabilmente, si sarebbe sentito male. Doveva muoversi, muoversi a tutti i costi.

L'uomo era svenuto, e Converse lo trascinò lontano da quella porta metallica, in modo che fosse ancora più nascosto, nell'ombra. Poi si chinò a raccogliere la radio, ripiegò l'antenna e se la mise in tasca. Si guardò intorno, confuso, spaventato, cercando di capire dov'era e cosa doveva fare. Poi, dopo aver preso la valigia e la ventiquattrore, si precipitò fuori da quel vicolo, ben sapendo che doveva essere sporco di sangue sul viso. Il taxi era già arrivato, e l'autista l'aspettava fumando una sigaretta, ignaro di quella scena di violenza che si era svolta a pochi metri da lui.

«All'aeroporto De Gaulle!» gridò Joel, aprendo la porta e buttando dentro al taxi il bagaglio. «Ho molta fretta!» Si mise a sedere, con la testa appoggiata all'indietro, cercando di respirare quell'aria che tuttavia non gli riempiva i polmoni.

Le luci e le ombre proiettate all'interno del taxi riuscirono a non farlo pensare per un po', mentre il polso tornava normale e il respiro perdeva l'affanno; sentiva che il sudore alle tempie e al collo pian piano si stava asciugando. Si piegò in avanti: voleva una sigaretta, ma aveva paura che, sentendo il sapore del fumo in gola, avrebbe vomitato. Chiuse gli occhi e li serrò così tanto che dopo un po' vide migliaia di pallini bianchi nello schermo scuro della mente. Si sentiva male, e sapeva che non era soltanto la paura; si trattava di qualcos'altro, qualcosa che era paralizzante come la paura. Aveva commesso un atto brutale e violento, cosa che lo riempiva di disgusto e di stupore al tempo stesso. Aveva assalito un uomo, con il preciso scopo di fargli del male, forse di ucciderlo... cosa che poteva benissimo già aver fatto. Anche se c'era una ragione, aveva assalito un uomo e forse lo aveva ucciso. Forse che la presenza di una radio giustificava un cranio fratturato? Forse si era trattato di legittima difesa? Maledizione, lui era un uomo di parole, di logica, non certo di sangue! Non voleva più vedere sangue, ne aveva visto troppo in passato, e gli aveva fatto troppo male.

Quei ricordi appartenevano ad un periodo lontano, un periodo che aveva vissuto tra uomini che avevano dimenticato la civiltà, che erano diventati ciò che non erano... per poter sopravvivere. Converse non voleva tornare indietro. Si era ripromesso di non tornare mai più indietro, in un momento in cui intorno a lui c'era solo violenza, e della peggiore. Ricordava così bene le ultime ore prima della fuga finale... e quell'uomo tranquillo e generoso senza il quale sarebbe morto in una buca profonda sei metri, la cella riservata a coloro che andavano in cerca di guai.

Il Colonnello Sam Abbott, dell'Aviazione Militare Americana, sarebbe sempre stato parte della sua vita, nonostante lo scorrere del tempo. Rischiando la morte e le torture, Sam era uscito dalle baracche in piena notte e gli aveva portato una sbarra di ferro, con la quale Joel aveva scavato nella roccia, fino a fare una serie di scalini appena abbozzati che gli avevano permesso di scappare da quella "buca di punizione". Lui e Abbott erano stati insieme nello stesso campo per ventisette mesi, e insieme avevano cercato di salvare quel po' di logica che ancora rimaneva in quell'inferno. Ma Sam aveva capito il fuoco che bruciava dentro Joel, e lo aveva aiutato. Durante quelle ultime ore prima della fuga, Joel era stato tormentato dal pensiero di quel che sarebbe potuto accadere all'amico.

«Non preoccuparti per me, marinaio. Cerca di tenere alto lo spirito e non dimenticarti di far sparire quella sbarra.»

«Stai attento, Sam.»

«Stati attento tu, piuttosto. Questa è l'ultima possibilità che ancora ti rimane.»

«Lo so.»

Joel si spostò verso il finestrino e abbassò il vetro di qualche centimetro, per avere un po' d'aria. Perbacco, gli mancava Sam Abbott, con quella sua obbiettività e quella sua calma. L'avvocato che c'era in lui gli disse di stare calmo e concentrarsi sulle cose da fare. Doveva procedere con ordine. Pensare! La radio... doveva sbarazzarsi di quella radio, ma non di sicuro all'aeroporto: l'avrebbero trovata facilmente, ed era una traccia. Abbassò ancora il finestrino di qualche centimetro e la buttò fuori dal taxi in corsa, con gli occhi fissi allo specchietto retrovisore. L'autista lo guardò, e vide anche che era sporco di sangue, ma non sembrò preoccuparsene molto. Joel respirò profondamente e tirò su il vetro del finestrino. Pensare. Doveva *pensare*. Bertholdier sapeva che sarebbe andato a Bonn, e quando avesse trovato il suo uomo (che forse era già stato trovato) avrebbe fatto sorvegliare tutti i voli per la capitale tedesca.

Doveva prendere un biglietto per una località dalla quale poi fosse possibile raggiungere Bonn via Colonia. Sentì un soffio di aria fresca sul volto e finalmente pensò che avrebbe potuto prendere il fazzoletto e ripulirsi dal sangue che gli scorreva sulla guancia destra e sul mento.

«Scandinavian Air Lines» disse all'autista, alzando la voce. «SAS... *Comprends*?»

«Certamente, signore» disse l'uomo in un buon inglese. Portava un berrettino piuttosto strano. «Va a Stoccolma, a Oslo o a Copenaghen? Sono cancelli diversi.»

«Io... ancora non ho deciso.»

«Abbiamo tempo, signore. Almeno un quarto d'ora.»

La voce dell'uomo che parlava al telefono da Londra era gelida, e le parole nascondevano un rimprovero molto impersonale. «Non c'è nessun avvocato di nome Simon a Chicago, e di sicuro non all'indirizzo che mi hai dato. Semplicemente perché non esiste. Hai qualche altra proposta da avanzare, o vogliamo considerare anche questa come una delle tue solite fantasie paranoiche, *mon général*?»

«Sei un imbecille, *anglais*, e il tuo cervello funziona come quello di un coniglio terrorizzato. Ti ho già detto che cosa mi ha rivelato quell'uomo!»

«Un uomo che non esiste...»

«Già, un uomo che non esiste e che però ha mandato all'ospedale uno dei miei ragazzi! Frattura del cranio, notevole perdita di sangue e commozione cerebrale. Forse non ce la farà a sopravvivere, ma anche se la spuntasse, sarà condannato a vivere tutto il resto della vita come un vaso di gerani. E ora tu vieni a parlarmi di fantasie, fiorellino. Quell'uomo è reale.»

«Stai parlando sul serio?»

«Chiama l'ospedale se non mi credi. L'Hôpital Saint-Jérôme. Fattelo dire dai medici.»

«Va bene, va bene, ora calmati. Dobbiamo pensare a qualcosa.»

«Sono perfettamente calmo» disse Bertholdier, alzandosi dalla scrivania e andando verso la finestra con il telefono in mano. Il lungo cordone dell'apparecchio sembrava un grosso serpente sul pavimento. Guardò fuori, e vide che cominciava a piovere e le luci della strada si rifrangevano in mille colori sul vetro bagnato. «È in viaggio verso Bonn» continuò il generale. «Me lo ha detto chiaramente. Bonn è la sua prossima meta.»

«Allora possiamo intercettarlo. Chiama Bonn, chiama Colonia, dai a tutti una descrizione precisa del nostro uomo. Quanti voli potranno mai esserci da Parigi per Bonn? E dovrebbe essere facile rintracciare un americano che viaggia da solo. Possiamo prenderlo all'aeroporto.»

Bertholdier sospirò, e quando riprese a parlare la sua voce era un miscuglio di scoraggiamento e di disgusto per il suo interlocutore.

«Non ho mai detto che voglio prenderlo: non servirebbe a niente, anzi probabilmente ci taglierebbe fuori completamente. Io voglio che quell'uomo venga costantemente seguito, pedinato: voglio sapere dove va, con chi si mette in contatto, chi incontra; sono queste le cose che voglio, che *debbo* sapere.»

«Hai detto che ha fatto un riferimento diretto ad uno dei nostri soci, con il quale voleva mettersi in contatto.»

«Non *nostri*-soci. I *suoi* soci.»

«Te lo ripeto ancora una volta» insistette la voce da Londra. «Chiama Colonia, chiama Bonn. Dammi retta, Jacques, lo possiamo rintracciare e, una volta rintracciato, possiamo farlo pedinare.»

«Sì, sì, farò proprio così, ma non sarà tanto facile. Tre ore fa la pensavo anch'io così, ma ora mi sono reso conto di quanto sia abile. Un uomo che è capace di sorprendere uno dei miei ragazzi e sbattergli la testa contro un muro con un colpo così forte da fratturargli il cranio deve essere per forza un animale, o un maniaco o un fanatico che non si ferma davanti a niente. Secondo me, è proprio un fanatico. Ha detto che era legato ad una causa... ed è vero, gliel'ho letto negli occhi. Ce la metterà tutta, quindi. E del resto, ci ha già fatto vedere di che cosa è capace.»

«Hai detto *tre* ore?»

«Sì.»

«Allora forse è già a Bonn.»

«Lo so.»

«Hai chiamato il nostro socio?»

«Sì, ma non era in casa, e la cameriera ha detto che non sapeva dove potessi rintracciarlo.»

«Forse domani mattima possiamo parlargli.»

«Senza dubbio... *Attendez*! C'era un'altra persona al club oggi. Era insieme a Luboque e a questo Simon, che poi non si chiama Simon. È stato sicuramente lui a presentargli Luboque! Ciao, *anglais*. Ti farò sapere qualcosa.»

René Mattilon aprì gli occhi; sul soffitto la striscia di luce sembrava quasi tremare e una miriade di puntini luminosi deformavano le sagome. Poi sentì la pioggia che batteva sul soffitto e capì che era il vetro della finestra che, bagnato, proiettava quella strana striscia che distorceva le immagini familiari. Ne concluse che forse era stata la pioggia a svegliarlo; insieme al peso della mano di sua moglie che si era posata fra le sue gambe. Si stirò, e lui le sorrise, cercando la forza — e la voglia — di arrivare fino a lei. Quella donna aveva riempito un vuoto che lui riteneva incolmabile dopo la morte della sua prima moglie. Per questo le era particolarmente grato, e in quel momento, insieme alla gratitudine, sentì anche l'eccitazione che cominciava a prenderlo. Erano due emozioni che potevano stare benissimo insieme, pensò René scostando le coperte e ammirando la curva dei seni evidenziata dalla camicia da notte di pizzo traforato; la luce fioca e il battere della pioggia sui vetri aumentavano la carica di sensualità che provava in quel momento. Si avvicinò alla moglie.

Improvvisamente ci fu un altro suono oltre a quello della pioggia e nonostante fosse mezzo addormentato lo sentì; si volse e capì che era stato quel rumore a svegliarlo poco prima. Un rumore che aveva interrotto il ritmo martellante della pioggia: si trattava del campanello.

Mattilon si alzò dal letto cercando di non fare rumore, si mise la vestaglia e le pantofole e uscì di camera, chiudendo la porta dietro di sé e cercando a tastoni l'interruttore della luce in salotto. Dette un'occhiata al bell'orologio che stava sulla mensola del caminetto e vide che erano le due e mezzo. Chi era a quell'ora? Si strinse la cintura della vestaglia e andò alla porta.

«Chi è?»

«Sûreté, monsieur. Ispettore Prudhomme. Il suo numero di matricola è zero-cinque-due-zero.» L'uomo parlava con un accento della Guascogna, e non era di sicuro nativo di Parigi. Nell'ambiente, si diceva spesso che i guasconi sono ottimi poliziotti. «Aspetto qui fuori mentre lei chiede conferma alla stazione della Sûreté. Il numero da chiamare è...»

«No, non importa» disse Mattilon, aprendo la porta. Sapeva che quell'uomo diceva la verità non solo perché aveva recitato il numero di matricola senza la minima esitazione, ma anche perché chiunque avesse suonato a quell'ora doveva per forza sapere che era avvocato, e quelli della Sûreté ci andavano con i piedi di piombo per quel che riguardava la legge.

Erano in due, con gli impermeabili bagnati di pioggia e i cappelli ormai zuppi: uno era più basso e visibilmente più anziano dell'altro; entrambi avevano le tessere di identificazione bene in vista. René fece un gesto per dire di lasciar perdere e li invitò ad entrare, dicendo: «Non mi sembra l'ora delle visite, signori. Di sicuro avete qualcosa di urgente da dirmi».

«Molto urgente, monsieur» disse l'uomo più anziano, entrando per primo; era quello che gli aveva parlato attraverso la porta, dicendo di chiamarsi Prudhomme, ed era evidentemente di grado superiore all'altro. «Naturalmente le chiediamo scusa per averla svegliata a quest'ora.» Entrambi si tolsero il cappello.

«Sì, va bene. Volete darmi i cappotti?»

«No, non è necessario, monsieur. Se vorrà collaborare, ce la caveremo in pochi minuti.»

«Sarò ben felice di poter collaborare con la Sûreté, visto anche che siamo in piena notte. Ditemi che cosa desiderate.»

«Si tratta di una semplice questione di identificazione. Sappiamo che Serge Antoine Luboque è suo cliente. È vero?»

«Mio Dio, per caso è successo qualcosa a Serge? Ci siamo visti proprio oggi!»

«Si tranquillizzi, il signor Luboque gode ottima salute. Siamo stati da lui, prima di venire qui. A proposito, è proprio il vostro incontro di oggi, cioè di *ieri*, che interessa alla Sûreté.»

«In che senso?»

«Al vostro tavolo c'era un terzo uomo, un avvocato, che è stato presentato a Luboque con il nome di Henry Simon. Un avvocato americano.»

«Che è anche pilota» disse Mattilon con espressione preoccupata. «Ed ha una certa esperienza in cause che riguardano materiale aeronautico. Spero che ve lo abbia spiegato: Luboque ha una causa in corso e voleva parlare con un esperto. Naturalmente, è tutto quello che posso dirvi.»

«Ma non è quel che interessa alla Sûreté.»

«E allora, di che cosa si tratta?»

«Non c'è nessun avvocato che risponde al nome di Henry Simon a Chicago, nell'Illinois, Stati Uniti d'America.»

«Stento a crederlo.»

«Il nome è falso, o perlomeno non è il suo. L'indirizzo che ha dato all'hotel, poi, non esiste.»

«L'indirizzo che ha *dato* all'hotel?» chiese René, sorpreso. Converse non doveva dare nessun indirizzo al George V: lo conoscevano troppo bene, come conoscevano bene lo studio legale Talbot, Brooks e Simon.

«Già, l'ha scritto personalmente il nostro uomo» aggiunse l'uomo più giovane con voce ferma.

«E la direzione dell'hotel ha confermato?»

«Sì» disse Prudhomme. «Il portiere di notte è stato felice di collaborare e ci ha detto di aver scortato personalmente monsieur Simon al montacarichi che lo ha portato nelle cantine.»

«Nelle cantine?»

«Monsieur Simon ha espresso il desiderio di lasciare l'hotel senza essere visto. Ha anche pagato il conto in camera.»

«Un attimo solo» disse Mattilon, perplesso, mentre dentro di sé sentiva qualcosa che protestava contro quelle che riteneva menzogne. Si volse e prese a camminare intorno ad una poltrona; poi si fermò e si appoggiò alla spalliera della poltrona. «Che cosa volete *precisamente* da me?»

«Vogliamo che ci aiuti» rispose Prudhomme. «Pensiamo che lei sappia chi è quell'uomo, visto che lo ha presentato a monsieur Luboque.»

«Sì, ho solo presentato ad un mio cliente un esperto che poteva chiarirgli alcune questioni legali; lui ha accettato l'incarico, con la clausola di rimanere in incognito. Non è un pratica insolita, specialmente se si ha a che fare con persone esuberanti come monsieur Luboque. Lei ci ha già parlato, quindi non ritengo necessario entrare in particolari.»

«No, lo credo anch'io» disse l'ispettore lasciandosi sfuggire un sorriso. «Ho capito che pensa che tutto il personale di stato sia d'accordo con Mosca. Ci ha fatto entrare nel suo studio, ed eravamo circondati da mastini che, è il caso di aggiungere, ci guardavano con occhi famelici.»

«E allora, comprenderà perché il mio collega americano abbia preferito rimanere in incognito. Io lo conosco bene, e le posso assicurare che è una persona a posto.»

«Chi è? E dove possiamo trovarlo?»

«Perché volete trovarlo?»

«Vorremmo fargli alcune domande sull'incidente avvenuto all'hotel.»

«Mi dispiace, ma se Luboque è mio cliente, lo è anche Simon, per estensione.»

«Date le circostanze, non la ritengo una spiegazione accettabile, monsieur.»

«Mi dispiace, ma temo che dovrà accontentarsi, almeno per un paio d'ore; domani mattina cercherò di mettermi in contatto con lui a in America e sono sicuro che sarà lui stesso a mettersi in contatto con voi.»

«Noi siamo sicuri del contrario.»

«Perché?»

Prudhomme guardò il compagno, che era sull'attenti, e si strinse nelle spalle. «Potrebbe aver ucciso un uomo» disse, senza tradire nessuna emozione.

Mattilon lo guardò stupito. «Lui... cosa?»

«È stato intenzionale, monsieur. Gli ha sbattuto la testa contro il muro, e quell'uomo è all'ospedale con varie fratture al cranio e prognosi riservata. A mezzanotte, le sue condizioni non erano affatto buone, e le possibilità che potesse sopravvivere erano inferiori al cinquanta per cento. Forse è già morto ora, e uno dei medici che lo curano dice che tutto sommato è meglio così.»

«No... no! Si sbaglia! Vi sbagliate tutti!» René stringeva la spalliera della poltrona. «Si tratta di un terribile errore!»

«No, non c'è nessun errore. L'abbiamo identificato... cioè monsieur Simon è stato identificato come l'ultima persona vista in compagnia di quell'uomo. Sembra che lo abbia costretto a seguirlo nel vicolo e dopo pochi minuti quell'uomo è stato trovato sanguinante, con il cranio fratturato, in condizioni gravi.»

«È impossibile! Lei non lo conosce! Quello che ha detto è impossibile, semplicemente perché *non può* farlo.»

«Lei vuol dire che si tratta di una persona fisicamente incapace di ferirne un'altra?»

«No» disse Mattilon scuotendo la testa. Poi, improvvisamente, si fermò. «*Sì*» continuò con aria pensosa annuendo con il capo. «Non *fisicamente* incapace. Quell'uomo è *psichicamente* incapace di fare del male a qualcuno, e per questo non può aver fatto quello che dite.»

«Per caso soffre di una malattia mentale?»

«Mio Dio, no! È uno degli uomini più lucidi che abbia mai conosciuto. Ma ha trascorso un lungo periodo di tempo sotto stress fisico e mentale: ha dovuto subire atroci sofferenze, sia fisiche sia mentali, che gli hanno lasciato ricordi indelebili. Come molti altri uomini che hanno sofferto, anche il mio collega americano non può sopportare un confronto fisico con un'altra persona. Per lui, sarebbe troppo ripugnante. Capisce? Non potrebbe mai far del male a qualcuno, perché ne è stato fatto troppo a lui.»

«Lei vuol dire che quell'uomo è incapace di difendersi? Che girerebbe la testa dall'altra parte se vedesse qualcuno far del male a sua moglie, ai suoi figli?»

«No, questo no, ma mi sembra che le cose nel suo caso siano andate diversamente. Lei mi ha descritto un'aggressione intesa a fare del male, e mi sembra che sia molto diverso. E se fosse avvenuto in altre circostanze, se ad esempio fosse stato minacciato o attaccato e avesse dovuto difendersi, sicuramente non sarebbe scappato come un assassino. È un avvocato troppo in gamba.» Mattilon fece una pausa. «Si è trattato proprio di questo, vero? L'uomo che è stato ferito è un pregiudicato? È...»

«Un autista» lo interruppe Prudhomme. «Un uomo disarmato che aspettava un cliente.»

«Nelle cantine?»

«Sembra che sia un'abitudine piuttosto frequente. Queste ditte sono molto discrete; pensi che hanno mandato un altro autista in sostituzione del primo senza neanche chiedere cosa fosse successo: il cliente deve essere all'oscuro di questi problemi.»

«È un servizio molto esclusivo, vedo. E che cosa è successo?»

«Secondo un testimone, un poliziotto che lavora all'hotel da diciotto anni, Simon si è avvicinato parlando ad alta voce ed ha costretto l'uomo a seguirlo fuori, nel vicolo. Parlava inglese e il poliziotto pensa che fosse arrabbiato, anche se non è sicuro, perché non conosce la lingua.»

«Si sbaglia! Doveva trattarsi di qualcun altro.»

«No! Simon ha detto il suo nome, si è fatto riconoscere perché il portiere aveva già avvertito il poliziotto. Gli abbiamo dato la descrizione di Simon, e ha detto di riconoscerlo.»

«Ma *perché*? Non c'è ragione!»

«Anche noi vorremmo saperlo, monsieur.»

René scosse la testa, sorpreso, meravigliato. Gli sembrava che niente avesse più senso; un uomo può farsi registrare in albergo con qualunque nome, ma rimangono sempre le carte di credito, le telefonate, i conti. In quel caso, un nome falso serve a poco. Specialmente in un albergo dove uno è conosciuto, dove il proprio studio è conosciuto; evidentemente, se fosse stata la polizia ad interrogare gli impiegati, questi non avrebbero potuto tacere la vera identità del loro cliente. «Mi dispiace ripetermi, ispettore. Ma è sicuro di aver controllato bene all'hotel?»

«Non l'ho fatto personalmente, monsieur» rispose Prudhomme guardando il compagno. «Io stavo interrogando i testimoni.»

«Sono stato io ad interrogare il portiere» disse l'uomo più giovane e più alto, che parlava come un robot. «Naturalmente, l'hotel spera che si faccia meno pubblicità possibile su questo caso, ma la direzione è stata comprensiva. Il portiere di notte è stato appena assunto, e tendeva a minimizzare l'incidente, ma mi ha fatto vedere la scheda di registrazione.»

«Capisco.» E capiva davvero, almeno per quel che riguardava l'identità di Joel. Centinaia di ospiti in un grande hotel, e un portiere a disagio che cercava di proteggere l'immagine dei suoi nuovi datori di lavoro. L'avevano presa per buona, e ci sarebbe stata una smentita da parte di altre persone quella stessa mattina. Ma era l'unica cosa che René capiva in tutta quella faccenda. Aveva bisogno di tempo per pensare, per cercare di capire. «Lei mi dirà che sono curioso» disse, cercando accuratamente le parole. «Se si è trattata di un'aggressione, forse con conseguenze letali, ma sempre un'aggressione, perché non hanno chiamato semplicemente la polizia? Perché proprio la Sûreté?»

«Anch'io ho chiesto subito la stessa cosa, monsieur» disse Prudhomme. «E mi hanno detto che era perché l'incidente riguardava uno straniero, e uno straniero ricco. Di questi tempi, non si sa mai dove possano portare cose del genere. Tutto sommato, noi abbiamo la possibilità di arrivare più avanti di un semplice *arrondissement* di polizia.»

«Capisco.»

«Davvero?» chiese l'uomo della Sûreté. «Posso ricordarle che, come avvocato, lei ha obblighi precisi nei riguardi della legge? Le abbiamo dato le nostre credenziali, e io le ho consigliato di telefonare alla stazione della Sûreté per verificare. Ora la prego di rispondere: chi è Henry Simon?»

«Io ho anche altri obblighi, ispettore: ho dato la mia parola ad un cliente che è anche un vecchio amico...»

«E lei considera queste cose superiori al rispetto della legge?»

«Sì, perché so che vi sbagliate.»

«E allora, che paura ha? Se ci sbagliamo, sarà questo misterioso signor Simon a dircelo. Ma se per caso non ci sbagliamo, dobbiamo fermare un uomo malato che ha bisogno di aiuto. Dobbiamo fermarlo prima che faccia del male ad altre persone. Io non sono uno psichiatra, ma lei mi ha descritto un uomo angosciato e tormentato... Un uomo che ha sofferto.»

Mattilon era a disagio: il ragionamento di quell'uomo non faceva una grinza, anche se c'era qualcosa che non avrebbe saputo definire. Si trattava di Joel? Era qualcosa che aveva intravisto negli occhi di un vecchio amico, oppure quel *lapsus menti*? René guardò ancora l'orologio e gli venne in mente che a New York dovevano essere le otto e quarantadue.

«Ispettore, le chiedo di aspettare qui mentre vado nel mio studio a fare una telefonata di carattere privato. Il mio telefono, sia detto tra parentesi, non è collegato a quello che vede lì sul tavolo.»

«Non era necessario che lo dicesse, monsieur.»

«Allora chiedo scusa.»

Mattilon si diresse verso la porta dall'altra parte della stanza, l'aprì ed entrò nello studio. Andò alla scrivania, si sedette e tirò fuori una rubrica telefonica con la copertina di cuoio rosso. Andò alla T, e scorse tutti i nomi, fino a raggiungere *Talbot, Lawrence*. Aveva il numero sia dell'ufficio sia di casa, visto che i tribunali a Parigi operavano quando in America dovevano ancora alzarsi dal letto. Se non avesse trovato Talbot, avrebbe provato con Nathan Simon, e poi ancora con Brooks. Ma non fu necessario, perché Lawrence Talbot in persona rispose al telefono.

«Maledizione, come stai, René? Sei a New York?»

«No, sono a Parigi.»

«Sembra proprio che tu sia dietro l'angolo.»

«Già è vero, è una cosa che mi sorprende sempre.»

«Se non mi sbaglio, da voi è notte.»

«Sì, Larry. Ma c'è un problema, ed è per questo che ti telefono.»

«Un problema? Non sapevo che ci fossero affari in corso a Parigi. Di che si tratta?»

«Si tratta delle opere missionarie.»

«Di che cosa?»

«Di Bertholdier. E dei suoi amici.»

«Chi?»

«Jacques Louis Bertholdier.»

«Chi è? Ho già sentito quel nome, ma non riesco a collegarlo con la persona.»

«Non riesci... a ricollegarlo con la persona?»

«Mi dispiace.»

«Sono stato con Joel, e ho fatto in modo che si incontrassero.»

«Joel? Come sta? È a Parigi ora?»

«Non lo sapevi?»

«L'ultima volta che gli ho parlato è stato due giorni fa, a Ginevra, dopo quella faccenda di Halliday. Mi ha detto che stava bene, ma ho capito che non era vero.»

«Un attimo, Larry, fammi capire. Stai dicendomi che Joel non è a Parigi per conto dello studio?»

Lawrence Talbot esitò prima di rispondere. «No» disse poi a voce bassa. «Lui ti ha detto il contrario?»

«Forse sono stato io ad immaginarlo.»

Di nuovo Talbot esitò prima di parlare. «No, forse non hai immaginato. Ti prego, di' a Joel di chiamarmi.»

«Questo è un altro problema, Larry. Non so dove sia. Mi ha detto che avrebbe preso l'aereo delle cinque per Londra, ma non è vero. Ha lasciato il George V a notte fonda, e in modo molto strano.»

«Cioè?»

«Ha dato un nome falso alla direzione dell'albergo, un nome che, tra parentesi, gli ho suggerito io, visto che non voleva usare il suo. Se ne è andato passando dall'uscita di servizio. È tutto molto strano.»

«Già, molto strano.»

«E ancora non hai sentito la cosa più strana di tutte. Dicono che abbia assalito un uomo e che forse l'ha ucciso.»

«Gesù!»

«Anch'io non ci credo, naturalmente» disse in fretta Mattilon. «Non avrebbe mai fatto una cosa del genere. Non poteva farla...»

«Spero proprio di no.»

«Non penserai che...»

«Non so cosa pensare, francamente» lo interruppe Talbot. «Quando abbiamo parlato, gli ho chiesto se c'era una connessione tra la morte di Hallilday e quel che stava facendo. Mi ha risposto di no, ma mi è sembrato lontano, distante. Aveva una voce vuota.»

«Cosa sta facendo... cosa sta facendo?»

«Non lo so. Non sono nemmeno sicuro di riuscire a scoprirlo, ma farò del mio meglio. Te lo dico francamente, sono preoccupato. Gli è successo qualcosa. Aveva una voce che sembrava il rimbombo in una stanza vuota, Mi capisci?»

«Sì» disse Mattilon. «Ti capisco l'ho sentito, l'ho visto. Ed anch'io sono preoccupato.»

«Trovalo, René. Fa' qualcosa. Se vuoi, chiamami, e sarò immediatamente da te. C'è qualcosa che non va.»

«Farò il possibile.»

Mattilon uscì dallo studio e si piazzò di fronte ai due uomini. «Si chiama Converse, Joel Converse» cominciò.

«Si chiama Converse, Joel Converse» disse l'uomo più giovane e più alto della Sûreté, parlando da un telefono a gettone sul boulevard Raspail, mentre la pioggia batteva sul vetro della cabina. «Lavora in uno studio legale di New York, conosciuto con il nome di Talbot, Brooks e Simon. È sulla Quinta Strada. Il nome falso, Simon, era solo un espediente, e non c'entra niente con lo studio.»

«Non capisco.»

«Qualunque cosa in cui questo Converse sia implicato, non ha niente a che vedere con il suo studio. Mattilon ha telefonato ad uno dei soci a New York, che glielo hanno detto chiaramente: entrambi sono rimasti molto sorpresi, stupiti, e sono anche molto preoccupati, tanto che hanno chiesto a Mattilon di essere sempre tenuti al corrente. Se dovessimo trovare questo Converse, Mattilon insiste per essere chiamato immediatamente come suo avvocato. Forse ci nasconde qualcosa, ma la sua sorpresa è stata genuina: ormai sono esperto di queste cose e posso assicurarle che quell'uomo non fingeva.»

«Be', in qualcosa fingeva; intanto il nome Simon è stato usato perché io non conoscessi la vera identità di Converse, e Mattilon lo sa benissimo; c'era anche lui ieri.»

«In questo caso, direi che è stato manovrato da qualcuno, generale, perché non ha menzionato il suo nome.»

«Sì, per ora non lo ha fatto, ma potrebbe farlo in seguito. Io non voglio essere coinvolto in alcun modo.»

«Naturalmente» convenne l'uomo della Sûreté.

«Come si chiama il suo superiore? Quello cui hanno assegnato il caso?»

«Prudhomme; Ispettore di primo grado Prudhomme.»

«È sincero con lei e si lascia andare in confidenze?»

«Sì; mi considera una specie di ex soldato robot con uno spiccato senso dell'istinto, ma parla spesso con me.»

«Lo tenga d'occhio e se dovesse decidere di tornare a trovare Mattilon, me lo faccia sapere immediatamene. A Parigi ci sono moltissimi avvocati e uno in meno non farebbe differenza. L'importante è che il mio nome non venga fuori.»

«Prudhomme tornerebbe da Mattilon soltanto se Converse venisse scoperto da qualche parte. Ma se questo accadesse, lo saprei prima di lui.»

«Forse avrebbe un'altra ragione per tornare da Mattilon, colonnello. Una ragione che potrebbe portare un uomo testardo a riprendere in mano un caso e a vederne i progressi e i passi indietro... nonostante gli sia stato ordinato il contrario.»

«Ordinato il contrario?»

«Sì, darò istruzioni in tal senso. Ormai questo Converse è roba nostra. Volevamo un nome e ora ce l'abbiamo: sappiamo già dove è diretto, e lo troveremo.»

«Non capisco, generale.»

«Ho avuto notizie dall'ospedale: sembra che il nostro autista stia migliorando.»

«Benone.»

«Vorrei poterlo dire anch'io, perché il sacrificio anche di un solo soldato è una cosa abominevole agli occhi del suo comandante; ma ci sono strategie più ampie, strategie che bisogna sempre tenere presenti, che bisogna servire con tutto se stessi. È d'accordo?»

«Certamente.»

«Il nostro autista non si rimetterà. Pensi alla nostra causa.»

«Se quell'uomo muore, tutti vorranno trovare Converse. In quel caso, Prudhomme vorrà riesaminare il caso, e sicuramente andrà da Mattilon.»

«Le ho già detto che farò in modo che gli venga ordinato il contrario. Ma lei lo tenga d'occhio.»

«Sì, signore.»

«E ora, ho bisogno di lei, colonnello, ho bisogno di quelle sue doti che sviluppò durante il servizio con la Legione prima che la riportassimo a un tipo di vita più civile.»

«Lei lo sa, generale, io le devo molto. Mi dica che cosa devo fare.»

«Sarebbe capace di entrare all'ospedale di Saint Jérôme senza dare nell'occhio?»

«Naturalmente: ci sono cinque uscite di sicurezza, che danno su tutti i lati dell'edificio e si dà il caso che stanotte piova e non ci sia un'anima viva in giro. Anche i poliziotti stanno al calduccio. Sarà un gioco da ragazzi.»

«Sì, un gioco da ragazzi, ma un lavoro da uomini. Un lavoro che deve essere fatto.»

«Non mi permetterei mai di discutere un ordine.»

«Diciamo che in seguito ad una convulsione, il nostro povero autista è soffocato.»

«Sissignore. Un lenzuolo sulla bocca e sul naso. Pressione graduale senza lasciare segni, proprio come un trauma spontaneo... Mi sento in dovere di ripeterle, però, generale, che in quel caso dovremmo setacciare tutta Parigi per una gigantesca caccia all'uomo. Tutti penseranno che sia stato un americano ricco e strambo.»

«No, niente di tutto questo. Almeno per ora. Se dovrà essere, sarà più tardi ed in quel caso, troveranno un cadavere... Coraggio mio giovane amico. L'autista, colonnello; pensi alla nostra causa.»

«Lo consideri già morto» disse l'uomo della cabina telefonica riappendendo il ricevitore.

5

Erich Leifhelm... nato il 15 marzo del 1912 a Monaco, figlio del dottor Heinrich Leifhelm e di Marta Stoessel, la sua amante. Nonostante le stimmate dell'illegittimità gli precludessero un'infanzia normale nella borghesia medio-alta e molto convenzionale della Germania di quel tempo, fu l'unico fattore importante che determinò la sua ascesa nel movimento nazionalsocialista. Alla nascita, non poté prendere il nome di Leifhelm, e fino al 1931 ebbe il cognome della madre.

Joel era seduto ad un tavolo del caffè all'aperto dell'aeroporto di Copenaghen e cercava disperatamente di concentrarsi. Era già la seconda volta che leggeva quelle parole, e non riusciva a capire quel che c'era scritto: gli sembravano soltanto segni scuri che formavano catene di parole vagamente familiari che descrivevano una figura sepolta nella sua mente. Non riusciva a concentrarsi su quell'uomo, c'erano troppe interferenze, reali c immaginarie. Nemmeno sull'aereo era riuscito a leggere quel rapporto, in quanto, nella speranza di confondersi fra la folla, aveva optato per la classe economica. E quanto a confondersi aveva avuto ragione: i sedili erano talmente stretti e talmente fitti che bisognava rimanere praticamente immobili. In quelle condizioni era impossibile leggere il rapporto, perché mancava lo spazio necessario; a parte questo, aveva paura di tirar fuori quelle pagine dalla ventiquattrore, perché sarebbero state sotto gli occhi di tutti.

Heinrich Leifhelm fece trasferire l'amante ed il figlio

nella città di Heigstatd, a circa settantacinque chilometri da Monaco e li andava a trovare di tanto in tanto fornendo loro i mezzi per vivere abbastanza bene. Evidentemente, il medico era combattuto fra il desiderio di mantenere la propria rispettabilità come medico socialmente molto ben inserito a Monaco, e il piacere che gli procurava stare assieme all'amante ed al figlio. Secondo alcuni amici di Erich Stoessel Leifhelm, quei primi anni di vita ebbero un profondo effetto su di lui. Era ancora troppo giovane per capire gli effetti della prima guerra mondiale, ma si accorse che il padre dava loro sempre denaro in conseguenza delle tasse sempre più pesanti imposte dal regime di guerra. Fra l'altro, il fatto che il padre venisse a trovarlo di nascosto, non faceva altro che acuire in lui la sensazione di essere stato derubato dei privilegi accordati invece ai suoi due fratellastri ed alla sorellastra, che per lui erano estranei che non avrebbe mai incontrato e nella cui casa non sarebbe mai potuto entrare. Sentiva che, a causa della mancanza di qualche documento ipocrita e di una benedizione ancora più ipocrita impartita in chiesa, gli era stato negato ciò che era suo di diritto; questo instillò in lui un acuto senso di risentimento, di competitività e di rabbia profondamente radicata contro le convenzioni sociali. Per sua stessa ammissione, uno dei primi desideri coscienti che ebbe, fu quello di diventare ricco e potente e poter in tal modo troncare quella serie di situazioni che avevano tentato di ridurlo ad una nullità. A diciassette anni, Stoessel Leifhelm era pieno di rabbia.

Converse interruppe per un attimo la lettura, rendendosi conto di una donna che lo guardava nel caffè semideserto; era seduta da sola ad un tavolo, ed aveva gli occhi fissi su di lui. Quando Converse la guardò a sua volta, lei distolse gli occhi e si sporse dalla ringhiera che circondava il ristorante guardando la folla del terminal, come se aspettasse qualcuno. Joel cercò di analizzare quello sguardo: l'aveva riconosciuto? Lo conosceva? Conosceva il suo volto? O era uno sguardo compiaciuto? Forse si trattava di una prostituta in cerca di clienti, che aveva scorto un uomo solo, probabilmente lontano da casa? Intanto, la donna si era nuovamente voltata verso di lui e si era accorta che la guardava ancora. Poi improvvisamente, con due movimenti precisi, guardò l'orologio aggiustandosi il cappello a grandi falde e aprì la borsetta. Tirò fuori un biglietto da una corona, lo mise sul tavolo, si alzò e uscì dal caffè. Una volta uscita prese a camminare più velocemente verso il deposito dei bagagli; Converse la guardò alla luce implacabile del neon che illuminava il terminal; poi scosse la testa irritato con se stesso per quelle paure. Aveva in mano la ventiquattrore e una cartella di cuoio, e forse la donna aveva pensato che si trattasse di qualche funzionario dell'aeroporto. Chi era il cliente allora? Vedeva troppe ombre, pensò, mentre con lo sguardo seguiva quella figura graziosa che arrivava nel salone; troppe ombre che non nascondevano nulla. Sull'aereo, ad esempio, c'era un uomo seduto davanti a lui; si era alzato due volte per andare alla toilette, ed in entrambi i casi lo aveva guardato a lungo, come se volesse studiarlo: quegli sguardi erano stati sufficienti a spaventarlo. Forse l'avevano visto all'aeroporto De Gaulle? Quell'uomo era al servizio di Jacques Bertholdier... Visto che c'era stata una aggressione in un vicolo ed un uomo era...*Non pensarci*! Mentre comandava a se stesso di scacciare quel pensiero dalla mente, si era tolto una macchiolina di sangue dalla camicia.

«Uno yankee si riconosce sempre! Non ci si sbaglia mai!»

L'uomo lo aveva salutato a Copenaghen, mentre entrambi aspettavano il bagaglio. «Be', a dir la verità, una volta mi è sfuggito: un gran figlio di puttana su un aereo per Ginevra. E pensi che era proprio seduto vicino a me. Un bel pesce con giacca cravatta e panciotto, ecco cos'era! Con l'hostess ha parlato in inglese, così ho pensato che fosse uno di quei signorotti cubani che vivono in Florida. Lei mi capisce vero?»

Un emissario che si fingeva commesso viaggiatore, un diplomatico. *Ginevra. Tutto era cominciato a Ginevra.*

Troppe ombre: in realtà non c'era nulla da temere. La donna era uscita e Joel fece uno sforzo per tornare a concentrarsi su quel rapporto su Erich Leifhelm. Ma improvvisamente, colse un movimento con la coda dell'occhio e guardò di nuovo la donna: un uomo era uscito dal nulla, le era andato vicino e l'aveva presa per un braccio: poi si erano scambiati qualche parola, separandosi quasi subito e comportandosi come se non si fossero mai conosciuti: l'uomo era andato verso il terminal, mentre la donna era scomparsa. Forse l'uomo aveva guardato nella sua direzione? Converse lo osservò: lo aveva guardato? Impossibile a dirsi, perché guardava tutto e tutti. Poi, con lo sguardo di uno che ha trovato quel che cerca, l'uomo si avvicinò al banco di una delle compagnie aeree: la Japan Airlines, e prese a parlare con l'impiegato.

Non c'era niente da temere: un viaggiatore aveva chiesto informazioni, e le interferenze che lui vedeva erano tutte nella sua mente. Tuttavia, il suo cervello abituato alle cause legali lo stuzzicava: le interferenze erano reali, sia che fossero basate sulla realtà, sia che non lo fossero. *Oh Cristo*! Basta! Concentrati!

All'età di diciassette anni Erich Stoessel Leifhelm aveva ormai completato gli studi sia nel campo atletico, dov'era conosciuto soprattutto per spirito agonistico. Era un periodo di caos finanziario che coinvolgeva tutto il mondo, e la crisi americana del ventinove aveva contribuito ad aggravare la crisi già disperata della repubblica di Weimar; così, solo gli studenti di famiglie più abbienti avevano la possibilità di accedere all'università. Con un'improvvisa decisione che più tardi lui stesso accreditò ad un momento di rabbia giovanile, Stoessel Leifhelm andò a Monaco dal padre per chiedergli soldi. Quello che scoprì durante quel viaggio fu una sorpresa che seppe trasformare in una splendida opportunità, capitata al momento giusto. L'esistenza del medico, fino a quel momento pacifica e abitudinaria, era stata sconvolta: umiliato e angosciato da un matrimonio fallito, aveva preso a bere sempre di più fino a che il vizio lo aveva reso responsabile di un errore fatale nella sua professione. Per questo, era stato radiato dall'albo dei medici (una decisione presa dal comitato, composto in gran parte di ebrei), accusato di incompetenza e bandito dall'ospedale Karlstor.

Ormai, non praticava quasi più, e la moglie lo aveva buttato fuori di casa, forse aizzata dal padre, anche lui medico e membro della commissione amministratrice dell'ospedale. Quando Stoessel Leifhelm rintracciò il padre, lo trovò in un sordido appartamento nel quartiere più povero della città, che si guadagnava da vivere scrivendo ricette ai drogati e procurando aborti. In quella che apparentemente fu (almeno secondo certi amici che i Leifhelm avevano a quel tempo) un esplodere di emozioni troppo a lungo contenute, Leifhelm senior abbracciò il figlio illegittimo e gli raccontò la storia della sua vita tormentata con una moglie tiranna e una torma di parenti che lo detestavano. Era la sindrome classica dell'uomo ambizioso con poche doti e tanti mezzi. Comunque, il medico disse al figlio che mai, per un solo istante, aveva smesso di pensare all'amante e a quel ragazzo. E durante quella confessione che si protrasse a lungo e che senza dubbio fu dovuta e accompagnata da abbondanti libagioni, il padre rivelò al figlio una cosa che non aveva mai saputo: la moglie del padre era ebrea. Questo gli bastava. Da quel momento il ragazzo divenne il padre di quell'uomo in rovina.

Ci fu un annuncio in danese e Joel guardò l'orologio. Fu ripetuto, stavolta in tedesco, e Converse ascoltò attentamente; per lui era difficile capire, ma sentì tre parole che conosceva: Amburgo-Colonia-Bonn. Era la prima chiamata per l'ultimo volo della notte diretto alla capitale della Germania Occidentale via Amburgo. Sarebbe partito in meno di due ore, e quella fermata ad Amburgo era stata studiata appositamente per gli uomini d'affari che volevano essere al lavoro di buon mattino. Converse aveva già sbrigato le formalità doganali, e nel farlo si era ripromesso di liberarsi di quella vecchia valigia per sostituirla con una borsa da portarsi dietro. Non che avesse molta esperienza in questioni del genere, ma il buon senso gli diceva che non era prudente aspettare il proprio bagaglio all'aperto, dove tutti potevano vederlo, significa perdere del tempo prezioso ad esporsi ad occhi indiscreti. Mise il dossier su Erich Leifhelm nella ventiquattrore, la chiuse e spostò il disco metallico della combinazione. Poi si alzò dal tavolo, uscì dal caffè e andò verso i cancelli della Lufthansa.

Sentì il sudore che gli imperlava la fronte e il cuore che accelerava i battiti come il tamburo quando si raggiunge il climax di una sinfonia. L'uomo seduto accanto a lui non era una faccia nuova, anche se non avrebbe saputo dire in che periodo della propria vita l'aveva conosciuto. Quel volto segnato dal tempo, quelle rughe che attraversavano la carnagione abbronzata, gli occhi grigi e intensi sottolineati dalle sopracciglia folte e selvagge e i capelli castani macchiati di bianco... Lo conosceva, ma non gli veniva in mente nessun nome, nessuna traccia che lo portasse ad identificarlo.

Joel aspettava che l'altro desse segno di riconoscerlo, ma visto che questo non succedeva, si ritrovò involontariamente a guardarlo con la coda dell'occhio. L'altro sembrava non accorgersene, tutto preso da un fascicolo di pagine dattiloscritte, un po' più grande del formato che si usa solitamente per le cause legali. Forse, pensò Converse, l'uomo non ci vedeva bene e portava lenti a contatto. C'era qualche altra cosa? Forse un particolare che gli sfuggiva? Forse aveva già visto quell'uomo a Parigi... proprio come era sicuro di aver visto un altro uomo con un soprabito chiaro nelle cantine di un albergo? Forse anche l'uomo che gli sedeva accanto era all'Etalon Blanc? O forse lo aveva scorto in un angolo di quella sala di ex-guerrieri? O forse era al tavolo di Bertholdier e gli dava le spalle, appositamente, per non farsi riconoscere da questo americano che ora doveva seguire? Lo stava seguendo davvero? si domandò Converse stringendo la ventiquattrore. Poi voltò appena la testa e prese a studiare il compagno di viaggio.

Ad un tratto l'uomo girò la testa e lo guardò; nei suoi occhi non c'era né curiosità né traccia di irritazione.

«Scusi» disse Converse a disagio.

«Ma no, va tutto bene... E perché non dovrebbe andar tutto bene?» fu la strana risposta, in un americano dal tipico accento del Texas. Poi l'uomo tornò al suo dattiloscritto.

«Ci conosciamo?» chiese Joel incapace di trattenere quella domanda.

L'uomo lo guardò ancora. «Credo proprio di no» disse in tono asciutto, tornando al suo rapporto o qualunque altra cosa fosse.

Converse guardò fuori dal finestrino e fissò il cielo nero, rischiarato di tanto in tanto da una luce rossa che si rifrangeva sul metallo dell'ala dell'aereo. Inconsciamente, si mise a pensare ai gradi di inclinazione che doveva avere l'aereo in quel momento, ma il suo cervello di pilota si rifiutava di funzionare. Era sicuro di conoscere quell'uomo e la frase strana che gli aveva rivolto serviva soltanto a dargli ancora più fastidio. Per caso si trattava di un segnale o di un avvertimento? Proprio come le sue parole a Jacques Louis Bertholdier erano state un segnale, un avvertimento ad una persona con la quale voleva mettersi in contatto.

La voce della hostess interruppe i suoi pensieri: «Herr Dowling, è davvero un piacere averla con noi a bordo».

«Grazie cara» disse l'uomo con un sorriso gentile. «Se poi mi trovi un bourbon con ghiaccio potrò dire la stessa cosa di te, bambola.»

«Certamente. Sono sicura che ormai lei è stanco di sentirselo dire, ma il suo show televisivo è enormemente popolare qui in Germania.»

«Grazie ancora, bambola, ma non è il *mio* show; ci sono anche tanti altri fratellini e sorelline che recitano con me.»

Un attore. Un maledettissimo attore! pensò Joel. Non c'era niente da temere. Semplicemente intrusioni, stavolta soltanto immaginarie.

«Lei è troppo modesto, Herr Dowling; gli altri sono tutti uguali, tutti perc cotte con la stessa faccia e le stesse espressioni. Lei invece è così carino, così virile, così comunicativo...»

«Comunicativo? Voglio dirti una cosa, allora: la settimana scorsa a Colonia ho visto un episodio della mia serie e non ho capito una parola di quel che dicevo.»

L'hostess si mise a ridere. «Bourbon con ghiaccio, vero signore?»

«Azzeccato, bambola.»

Mentre la ragazza si allontanava, Converse continuava a fissare l'attore. Poi disse: «Mi dispiace. Immagino che avrei dovuto riconoscerla».

Dowling si volse verso di lui e lo sguardo andò dal volto di Joel alla ventiquattrore. Poi gli rivolse un sorriso divertito. «Probabilmente la metterei in imbarazzo se le chiedessi dove mi ha visto. Lei non mi sembra un fanatico del *Santa-Fé*.»

«*Santa-Fé*...? Ah, già, il titolo dello show.» Ecco dove l'ho visto, rifletté Converse. Uno di quei polpettoni televisivi che per numero di episodi e grande popolarità finivano col far comparire la foto degli attori su *Time* e *Newsweek*. Ecco dove l'aveva visto.

«Naturalmente» continuò l'attore «lei segue i riti tribali e le vicissitudini drammatiche della reale famiglia Ratchet, proprietaria delle terre a nord di Santa-Fé e dei Cimaya Flats che hanno rubato agli indiani ormai impoveriti.»

«Chi? Che cosa?»

Il volto abbronzato di Dowling si aprì in un sorriso. «Soltanto Pa' Ratchet, l'amico degli indiani, sa quest'ultima cosa, nonostante sia biasimato dai suoi fratelli pellerossa. Vede, quei buoni a nulla dei figli di Pa' hanno saputo che c'era scisto bituminoso sotto i Cimayas e non sono andati troppo per il sottile. Fra parentesi, penso che lei abbia colto le associazioni verbali contenute nel nome Ratchet; ce n'è da scegliere: lo si può avvicinare a "rats" che in inglese significa topi, o, se esaminiamo la pronuncia, lo si può avvicinare a "wretched", che significa rovinati, o si può prendere il nome come un sostantivo, nel qual caso significa ingranaggio... Qualcosa che si avvita semplicemente premendo.»

C'era qualcosa di diverso in quell'attore, pensò Joel meravigliato. Forse erano le parole? No, forse era la voce. Quelle inflessioni tipiche del West erano scomparse. «Proprio non so di che cosa parla.»

«Ah, ma certo, per la barba di Giacobbe» disse Dowling ridendo. «Il caro vecchio accento del nostro grande West!» Poi, con voce normale, riprese a parlare. «Lei sta parlando con un insegnante di inglese e di arte drammatica rinnegato, che una decina d'anni fa ha detto basta al vecchio sogno della casa dove trascorrere la propria vecchiaia e ha aperto le porte a un sogno nuovo. Questo lo ha portato a lavori non proprio dignitosi, ma d'altronde si è fatto anche un sacco di risate e lo spirito di Tespi si muove in maniera misteriosa. Un mio vecchio studente che ha intrapreso una di quelle professioni che non ho mai capito e che di solito vanno sotto il nome di "coordinatore alla produzione" mi ha sorpreso fra una massa di comparse e si è sentito molto imbarazzato. Nonostante questo, ha dato il mio nome a vari produttori perché mi usassero come comparsa. E così ho cominciato, e dopo un paio d'anni è arrivato *Santa-Fé*. È stato allora che mi hanno cambiato il nome rispettabile e decente di Calvin in Caleb. "Si addice meglio al personaggio" hanno detto un paio di signorini con la cintura di Gucci che non si erano mai avvicinati ad un cavallo più di quanto un cane si avvicini ad una chiesa... Non le sembra pazzesco?»

«Sì» disse Converse, mentre l'hostess tornava verso di loro.

«Comunque sia,» aggiunse Dowling sottovoce «questo vecchio

buon cowboy non fa del male a nessuno. Se la gente vuole Pa' Ratchet, noi glielo diamo.»

«Il suo bourbon, signore» disse la ragazza porgendogli il bicchiere.

«Bambola, sei un tesoro! Ma lo sai che sei più carina di tutte le ragazze che recitano con me?»

«Lei è troppo buono, signore!»

«Vorrei un whisky, per favore» disse Joel.

«Bravo, ragazzo mio» disse Dowling, sorridendogli mentre la ragazza si allontanava. «E ora che sa tutti i miei peccati, potrei sapere che lavoro fa?»

«Sono avvocato.»

«Bene, almeno avrà qualcosa di decente da leggere, perché questa sceneggiatura ha ben poco di decente.»

Sebbene la maggioranza dei cittadini di Monaco lo considerasse un insieme di delinquenti e di assassini, il partito nazionalsocialista dei lavoratori tedeschi, che aveva appunto il suo quartier generale a Monaco, si faceva sentire in tutta la Germania. Il movimento, che aveva carattere radical-populista, faceva presa soprattutto per il messaggio infiammato contro "coloro" che erano non-tedeschi e, perciò, inaccettabili. Attribuiva i mali di una nazione ad una vasta gamma di colpevoli che andavano dai bolscevichi agli ingrati banchieri ebrei, dagli sfruttatori stranieri che avevano violentato la terra tedesca a tutte le cose che non erano "ariane"; soprattutto gli ebrei e le ricchezze che avevano accumulato rubando. Monaco, che era una città cosmopolita, e la sua comunità ebraica, ridevano di queste teorie, considerate assurdità, ma il resto della Germania ascoltava, perché finalmente si trattava di ciò che aveva sempre voluto udire. E anche Erich Stoessel Leifhelm ascoltava, perché aveva capito che si trattava del suo passaporto per l'opportunità più importante di tutta la sua vita. In capo ad un paio di mesi, il ragazzo costrinse suo padre a rimettersi in forma. Più tardi, ebbe a descrivere quei momenti con una discreta dose di umorismo crudele: nonostante le obiezioni del medico dissoluto e ormai diventato isterico, il ragazzo gli proibì ogni forma di alcolici e di fumo, e non lo perse mai d'occhio. Gli fece seguire un regime a base di esercizi fisici e dieta rigorosa: con lo zelo tipico di un allenatore sportivo, lo costringeva a marce forzate in campagna che terminavano con scalate sui ripidi sentieri delle montagne bavaresi; tutto questo continuando a gridargli di muoversi, di riposarsi soltanto quando lui glielo avrebbe concesso, di bere un sorso d'acqua solo con il suo permesso.

Comunque, ebbe successo, e dopo un po' vide che gli abiti gli pendevano addosso come se fossero stati acquistati per un uomo molto più grasso. A quel punto, si imponeva un nuovo guardaroba, ma vestirsi bene a Monaco di quei tempi costava cifre proibitive; d'altronde Stoessel Leifhelm aveva per il padre progetti di grandezza, che non gli venivano dalla devozione filiale, ma da un desiderio completamente diverso. Doveva trovare del denaro, il che significava che doveva rubarlo. Chiese a suo padre ogni più piccolo particolare sulla dislocazione dell'appartamento che era stato costretto ad abbandonare, e seppe tutto quel che gli premeva sapere; una notte, alle tre, entrò in quella casa e rubò tutti gli oggetti di valore: argenteria, cristalleria, quadri, gioielli e l'intero contenuto di una cassaforte. Vendere ad un ricettatore che non facesse domande non era poi difficile nella Monaco del 1930, e quanto tutto fu finito padre e figlio si trovarono in tasca una somma che si aggirava sugli ottomila dollari americani, il che era virtualmente una fortuna per quei tempi.

La loro battaglia continuava: i vestiti furono ordinati in Maximilianstrasse, le scarpe acquistate in Odeonsplatz, e ci fu anche un ultimo tocco di carattere cosmetico: i capelli del vecchio dottor Leifhelm vennero sistemati e colorati di una tinta bionda che era allo stesso tempo nordica e molto virile; la barba venne eliminata mentre furono mantenuti un paio di baffetti ben curati. Ormai, la trasformazione era completa: mancava soltanto una presentazione ufficiale.

Ogni sera, durante quelle lunghe settimane di riabilitazione, Stoessel Leifhelm aveva letto al padre libri ed opuscoli che trovava ai quartieri generali del partito nazionalsocialista, dove roba del genere da leggere non mancava davvero. Erano pamphlet pieni di grandi parole, pagine che descrivevano teorie biologiche tendenti a dimostrare la superiorità genetica della razza ariana e, conseguentemente, il declino razziale dovuto alla mescolanza delle varie razze, infarcite naturalmente di generosi estratti dai *Mein Kampf* di Hitler. Il ragazzo leggeva senza tregua, finché il padre fu in grado di comprendere e di recitare quasi a memoria gli oltraggi più salienti del credo nazionalsocialista. Per tutto il tempo, quel ragazzo di diciassette anni continuava a dire al padre che seguire il programma del partito era l'unico modo per riavere tutto quello che gli era stato rubato e per vendicare quegli anni di umiliazione e di ridicolo. Il partito nazista sarebbe stato il vendicatore, il restauratore della Germania umiliata dal resto del mondo. Si trattava del nuovo Ordine, della patria, che aspettava soltanto uomini di valore.

Finalmente arrivò il giorno giusto, e Stoessel Leifhelm seppe che sarebbero arrivati a Monaco due ufficiali di alto rango. Si trattava di Joseph Goebbels e Rudolf Hess, due personaggi che sarebbero ben presto diventati famosi. Il figlio accompagnò il padre al quartier generale del partito, dove quel *doktor* indubbiamente ariano, ricco, ben vestito e sicuro di sé chiese un colloquio con i due capi nazisti per una faccenda urgente e strettamente confidenziale. Il colloquio venne concesso e, come riportano gli archivi del partito, il dottor Leifhelm disse queste parole:

«Signori, io sono un medico con ottime credenziali: ero primario chirurgo all'ospedale di Karlstor e per anni sono stato uno dei medici più famosi di Monaco. Ma questo appartiene al passato, perché sono stato distrutto da ebrei che mi hanno rubato tutto. Ora sono tornato, sto bene, e sono al vostro servizio».

L'aereo cominciò a discendere sull'aeroporto di Amburgo, e Joel sentendo la decelerazione, mise il segno alla pagina del dossier su Leifhelm cui era arrivato e lo rimise nella valigetta. Accanto a lui, l'attore Caleb Dowling si stirò e mise la sceneggiatura del film dentro una cartella.

«Questo film è insulso» disse «ma ancora più insulso è il fatto che mi danno un sacco di soldi per esserne il protagonista.»

«Girate domani?»

«Oggi» lo corresse Dowling, guardando l'orologio. «Giriamo molto presto, e devo essere sul posto alle cinque e mezzo: si tratta della scena di un'alba sul Reno, o qualcosa di simile. Almeno, se la trasformassero in un documentario sui mezzi di comunicazione, saremmo tutti più contenti. A pensarci bene, non è una cattiva idea.»

«Ma lei è partito da Copenaghen...»

«Già.»

«Non che abbia dormito molto...»

«No.»

«Oh!»

L'attore fissò Joel, mentre le rughe agli angoli degli occhi si facevano sempre più profonde con il sorriso che gli illuminava il volto. «Mia moglie è a Copenaghen e io mi ero preso due giorni di vacanza; d'altronde, questo era l'ultimo aereo che avrei potuto prendere.»

«Ah! Lei è sposato?» Converse si pentì subito di aver detto quella frase; anche se non si rendeva ben conto del perché, gli sembrava sciocca e priva di significato.

«Da ventisei anni, giovanotto. Altrimenti, come potrei aver seguito quel sogno nuovo? Mia moglie è un'organizzatrice, una segretaria e una compagna perfetta; quando insegnavo, lei era nelle grazie del rettore e fungeva da factotum.»

«Avete bambini?»

«Nella vita non si può avere tutto. No, niente figli.»

«E perché se ne sta tutta sola a Copenaghen? Perché non la raggiunge?»

Il sorriso sparì da quel volto abbronzato, e con il sorriso sparirono anche le rughe, che però sembravano ancora più evidenti sul volto disteso. «Già...una domanda ovvia, vero? E lei, che è avvocato, ha capito subito, eh?»

«Naturalmente, non sono affari miei. Mi scusi.»

«No, non si preoccupi. Di solito non parlo volentieri di queste cose, ma i compagni di viaggio sono le persone ideali con cui parlare dei propri problemi: è gente che probabilmente non rivedrai mai più, è così viene più facile sfogarsi.» Tentò di sorridere ma non ci riuscì. «Da ragazza, mia moglie si chiamava Oppenfeld: è ebrea. La sua è una storia simile a milioni di altre, ma per lei... be', è la sua storia e le sembra unica. Fu deportata insieme alla sua famiglia ad Auschwitz e venne separata dalla madre, dal padre e dai tre fratelli. Lei era lì quando li portarono via, e gridava, impotente; gridava perché non capiva. Ma fu fortunata; la misero in una baracca insieme ad altre ragazze che avevano il compito di cucire le divise. Aveva soltanto quattordici anni e sarebbe rimasta in quel posto finché non avesse avuto i requisiti per svolgere un altro tipo di lavoro. Un paio di giorni dopo sentì delle voci e cominciò ad avere sospetti sulla sorte dei parenti. Allora, pazza di disperazione, cominciò ad aggirarsi per il campo cercando i suoi cari e capitò in quella zona che i tedeschi chiamavano *Abfall*, cioè rifiuti, dove accumulavano i corpi dei disgraziati reduci dalla camera a gas. Lì vide i corpi dei genitori e dei tre fratelli, e la vista e l'odore che emanavano quei corpi erano talmente rivoltanti che il loro ricordo si è mantenuto per sempre vivo. No, mia moglie non rimetterebbe piede in Germania per nessuna cosa al mondo, né io le chiederei di fare una cosa del genere.»

Non c'era nulla da temere, solo molte cose delle quali stupirsi... è un'altra Croce di Ferro per gli Erich Leifhelm del passato, una decorazione con valore retroattivo.

«Cristo, mi dispiace» mormorò Converse. «Io non volevo assolutamente...»

«No, lei non voleva. Sono stato io a tirare fuori questa storia. Vede, mia moglie sa che tutto questo non ha senso.»

«Non ha senso? Forse lei non si rende conto dell'inferno che mi ha appena descritto e che una ragazza di quattordici anni ha dovuto vivere.»

«Me ne rendo conto perfettamente, ma mi lasci finire. A sedici anni, insieme con altre cinque ragazze, venne caricata su un camion per essere portata ad una nuova destinazione, dove avrebbe svolto un certo tipo di lavoro molto diverso da quello che aveva fatto fino ad allora... lei mi capisce. Le ragazze si misero d'accordo, e riuscirono a far fuori il caporale della Wehrmacht che le scortava. Sequestrarono sia il fucile sia il camion e riuscirono a fuggire.» Dowling tacque, fissando Joel.

Converse gli restituì lo sguardo, anche se non aveva capito cosa significasse; nonostante, questo, era commosso da quel che aveva appena sentito. «È una storia meravigliosa» disse a voce bassa. «Davvero.»

L'attore continuò. «Per due anni trovarono rifugio presso una lunga serie di famiglie tedesche, che sapevano benissimo a cosa andavano incontro. I tedeschi organizzarono una vera e propria caccia ai danni di quelle sei ragazze, temendo più che altro quello che avrebbero potuto dire. Nonostante questo, vi furono famiglie tedesche che le aiutarono a passare in Francia, dove le cose erano molto più semplici. Insomma, mia moglie deve ai movimenti clandestini *tedeschi* il fatto di essere ancora viva.» Dowling tacque per un istante, poi aggiunse. «Pa' Ratchet avrebbe detto "Mi segui, ragazzo mio?"»

«Dovrei dire che è ovvio.»

«In lei c'è dolore e odio e Dio sa se non la capisco. Ma penso che dovrebbe provare anche una certa gratitudine. Quelle persone le hanno dato da mangiare e da vestirsi, e molti sono stati torturati per questo, qualcuno addirittura è stato fucilato. Io non lo direi davanti a mia moglie per tutto l'oro del mondo, ma penso che ci dovrebbe essere anche un senso di gratitudine, che magari servirebbe anche a vedere altre cose sotto una prospettiva diversa.» E così dicendo, l'attore si allacciò la cintura di sicurezza.

Joel chiuse la ventiquattrore, incerto se rispondere. La madre di Valerie aveva fatto parte dei movimenti clandestini tedeschi, e la sua ex-moglie spesso si divertiva a raccontargli aneddoti su un ufficiale dei servizi segreti francesi piuttosto riservato e rigido costretto a lavorare con una ragazza tedesca molto disinvolta e testarda, un membro dell'*Untergrund*: quanto più quei due litigavano o prendevano posizioni campanilistiche, tanto più si piacevano. Naturalmente, l'ufficiale francese era il futuro padre di Val, e lei ne andava orgogliosa, anche se in un certo senso era ancora più orgogliosa della madre. In quella donna c'erano dolore e odio, ma accompagnati da una ragione inequivocabile. Proprio come il dolore e la rabbia di Joel Converse avevano avuto una ragione inequivocabile.

«L'ho già detto prima, e lo ripeto adesso» cominciò Joel, che non era affatto sicuro di dover dire quelle parole. «Non sono affari miei; però, se fossi in lei, non direi mai una cosa simile.»

«Per caso è un azzeccagarbugli che parla al vecchio Pa'?» chiese Dowling con la voce e il tono che usava nei suoi telefilm, mentre il sorriso si faceva improvvisamente falso e gli occhi parevano lontani. «Alla fine, mi vedrò presentare il conto?»

«Mi scusi, ha ragione. Le prometto che non la disturberò più.» Converse si sistemò la cintura di sicurezza.

«No, sono io che devo chiederle scusa. In fondo, la storia l'ho tirata fuori io. La prego, continui.»

«Va bene. Volevo soltanto dirle che prima viene l'orrore, poi l'odio. In linguaggio giuridico si chiama *prima facie*, cioè le cose ovvie. l'apparenza... il reale, se preferisce. Senza l'orrore non ci sarebbe ragione di provare gratitudine ed è proprio per questo che la gratitudine diventa qualcosa di doloroso: perché non sarebbe stata necessaria.»

Di nuovo l'attore studiò il volto di Joel, esattamente come aveva fatto la prima volta. «Sa che lei è un figlio di buonadonna che sa essere dannatamente convincente?»

«È la mia professione... In realtà, so cosa vuol dire perché anch'io ho provato le stesse cose... voglio dire, conosco persone che le hanno provate, che hanno passato esperienze simili a quelle di sua moglie. Per questo le dico che si comincia col provare orrore.»

Dowling fissava il soffitto e quando parlò fu come se le sue parole rimanessero sospese nell'aria. «Se decidiamo di andare al cinema, devo prima informarmi bene sul tipo di film in programma; se guardiamo la televisione insieme, devo prima vedere che tipo di trasmissione è prevista...a volte basta niente, una notizia del telegiornale... di matti in giro ce ne sono tanti... e subito mi preoccupo, pensando alle reazioni che potrebbe avere. Non sopporta la vista di una svastica, non può sentire una persona che urla in tedesco o vedere soldati che marciano con il passo dell'oca. Comincia a correre, ad agitarsi e a tremare... e se cerco di trattenerla pensa che sia uno di loro e si mette ad urlare. Dopo tutti questi anni...mio Dio!»

«Ha provato a consigliarle un aiuto da parte di un professionista esperto... non certo un avvocato, per carità... ma del tipo di medico di cui mi sembra che abbia bisogno?»

«Be', ma in fondo si riprende in fretta e riacquista immediatamente il controllo di sé» disse Dowling in tono di difesa, usando il tono e le parole del professore che c'era in lui. «E poi, qualche anno fa non avevamo i soldi per un trattamento medico del genere» aggiunse con aria triste e con la sua vera voce.

«E adesso? Non mi sembra che abbiate problemi di tipo economico, no?»

L'attore guardò la valigetta nera ai suoi piedi. «Se ci fossimo sposati prima... forse. Ma il nostro è stato un matrimonio tra quarantenni, due vecchietti che cercavano disperatamente qualcosa. Ora è troppo tardi.»

«Mi dispiace.»

«Non avrei mai dovuto fare questo maledettissimo film. Mai.»

«Per quale ragione ha accettato, allora?»

«È stata lei ad insistere. Per dimostrare a tutti quanti che io ero capace di interpretare qualcosa di più di un vecchio texano bavoso protagonista di polpettoni messi su alla bell'e meglio. Io le ho anche detto che non m'importava... Ho fatto la guerra, ed ero in Marina; quindi mi è capitato di vedere cose non troppo pulite nel Pacifico del Sud, ma erano sciocchezze in confronto a quel che ha dovuto subire lei; la classica goccia nel mare. Dio! Si immagina quel che ha dovuto passare?»

«Sì.»

L'attore sollevò lo sguardo che fino a quel momento aveva tenuto fisso sulla valigetta e guardò Converse con un mezzo sorriso disegnato sulle labbra. «Davvero, fratellino? Non credevo che tu fossi stato catturato in Corea...»

«Non sono stato in Corea.»

«E allora non puoi certo immaginare niente di simile» disse l'attore, passando spontaneamente al "tu". «Durante la seconda guerra mondiale sia tu che io ce la siamo cavata a buon mercato: tu eri troppo giovane ed io sono stato fortunato.»

«Be', ma c'è stato...» Converse si interruppe, ritenendo che fosse inutile. Ormai gli era successo altre volte, tanto che non si dava neppure più la pena di pensarci su: il Vietnam era uscito dai discorsi e dai pensieri della gente. Sapeva benissimo che se ne avesse parlato, avrebbe costretto Dowling a scusarsi, ma a che cosa sarebbe servito? Non certo alla signora Dowling, nata Oppenfeld. «Hanno acceso la scritta NO SMOKING» disse Joel. «Saremo ad Amburgo tra qualche minuto.»

«In questi due ultimi mesi ho preso questo aereo almeno sei volte,» disse Caleb Dowling, «e ti assicuro che Amburgo e il suo aeroporto sono due prostitute: la dogana praticamente non esiste, almeno a quest'ora. Chiudono un occhio... anzi tutti e due, e in dieci minuti te la cavi. Ma dopo c'è da aspettare un sacco di tempo. Un paio di volte ho dovuto aspettare anche un'ora prima che arrivasse la coincidenza per Bonn. A proposito, beviamo qualcosa insieme?» chiese l'attore. Poi, riprendendo il dialetto e il gergo del texano, aggiunse. «Rimanga tra noi due, ma quei ragazzi ce la mettono tutta per far contento il vecchio Pa' Ratchet. C'è sempre qualcuno che avverte un paio di ragazzi, e quelli si consumano il didietro per cercare di arrivare in tempo e avere l'onore di scortare il vecchio Pa' a bagnarsi il becco.»

«Be'...» Joel si sentiva lusingato. Non solo quell'uomo gli era simpatico, ma l'idea di essere l'ospite gradito di una celebrità lo allettava. E in quei giorni non aveva avuto molte proposte allettanti.

«Ti avverto, però,» aggiunse la celebrità «che anche a quest'ora c'è sempre qualcuno a caccia di autografi e solitamente il personale dell'aeroporto avverte qualche fotografo in cerca del pane quotidiano. Ma di solito me ne libero in fretta.»

Dentro di sé, Converse gli fu grato per quella precisazione. «Devo fare un paio di telefonate» disse, cercando di dare un'intonazione casuale alla voce, e passando anche lui al "tu". «Ma se finisco in tempo, ti prometto di bagnarmi il becco insieme a te.»

«Telefonate? A quest'ora?»

«Sì; devo telefonare in America. E a Chicago è un'ora normalissima.»

«Be', puoi telefonare dalla saletta che tengono a disposizione per me. Di solito, è sempre ben fornita di telefoni e beveraggi.»

«Forse ti sembrerò matto» disse Joel, scegliendo accuratamente le parole. «Ma penso che andrò a telefonare da una cabina pubblica. Sai, ho bisogno di silenzio e di concentrazione, perché devo spiegare dei particolari piuttosto complicati.»

«Niente e nessuno mi sembrano matti, ragazzo mio. Non dimenticare che io lavoro a Hollywood.» Poi d'improvviso tutta quella allegria sparì. «In America...» disse, e di nuovo le sue parole sembravano come sospese nell'aria, mentre gli occhi si perdevano nel vuoto. «Ricordi quando è successo quel pasticcio a Skokie, nell'Illinois? Ci hanno fatto un film alla televisione... Io ero nello studio con un copione da studiare quando sentii un urlo e il rumore di una porta spalancata. Corsi subito fuori e vidi mia moglie che correva verso la spiaggia. Be', dovetti letteralmente trascinarla fuori dall'acqua di peso. Una donna di sessantasette anni che improvvisamente era tornata bambina e vedeva le file dei prigionieri nel campo, con gli occhi vuoti e lontani... che vedeva la madre e il padre, e i tre fratellini. Se ci rifletti, capisci perché questa gente dice sempre "Mai più". Non può più accadere una cosa del genere. Be', ho dovuto vendere quella casa, perché non sopportavo l'idea di lasciarla lì da sola.»

«E ora, non è sola?»

«No» disse Dowling, mentre il sorriso gli tornava sulle labbra. «E questo è un grande sollievo. Dopo quella sera abbiamo affrontato insieme il problema e abbiamo deciso che non doveva rimanere mai più da sola. Una sorella, ecco che cosa le ci voleva; e ne abbiamo trovata una. Una donna piena di spirito e di energie, che sa più aneddoti di qualsiasi altro e più malignità di una portinaia su quella gabbia di matti che è Hollywood. È una donna energica, una che ha bazzicato negli studios per più di quarant'anni.»

«Un'attrice?»

«Non è molto conosciuta, perché ha sempre fatto la comparsa; ma è una splendida compagnia per mia moglie.»

«Ne sono felice» disse Joel mentre l'aereo toccava terra e cominciava a frenare. Quand'ebbe perso velocità, cominciò a piegare verso sinistra.

Dowling si rivolse a Converse. «Se finisci in tempo con le telefonate, chiedi del salotto riservato ai VIP. Di' che sei amico mio.»

«Ci proverò.»

«Se non dovessimo vederci,» disse l'attore, riprendendo l'accento texano, «ci ritroveremo sull'altro uccello d'acciaio. Ci facciamo quest'altro viaggetto in compagnia, amico. Mi piace l'idea di averti accanto su questa pista per il bestiame, e mi piace come vai sparato su quel cavallo.»

«Sparato? Su una pista per il bestiame?»

«E che ne so io? Io odio i cavalli.»

Quando l'aereo si fermò e il portellone venne aperto, i passeggeri si affrettarono verso l'uscita. Si sentivano mormorii eccitati e un parlottare fitto dovuto alla notizia che fra di loro c'era anche il grande Caleb Dowling. L'attore, poi, non deludeva davvero le aspettative e incedeva maestoso dispensando benedizioni alla Pa' Ratchet infarcite di sorrisi cordiali, strizzate d'occhio vigorose e risate contagiose, il tutto innaffiato da un'aria di umiltà dell'uomo che è in sintonia con il suo personaggio "che-si-è-fatto-da-solo". Joel lo guardò e sentì un moto di compassione per quell'uomo, quell'attore così strano, che aveva saputo rischiare e che divideva un inferno con la donna amata.

Mai più. Non può più accadere una cosa del genere. Erano soltanto parole.

Converse fissò la ventiquattrore che teneva con entrambe le mani: dentro quella valigetta c'era un'altra storia, una storia simile ad una bomba a orologeria pronta ad esplodere.

Sono tornato, sto bene, sono al vostro servizio. Anche quelle erano parole che appartenevano ad un'altra epoca, ma rimanevano piene di minaccia per il presente, perché erano parte della storia del ritorno silenzioso di un uomo. Un raggio della ruota di Aquitania.

Il primo gruppo di passeggeri incuriositi si precipitò verso l'uscita, cercando di intravedere il divo della televisione, mentre Joel si confondeva in un altro gruppo di gente meno curiosa e meno frettolosa. Avrebbe cercato di passare attraverso la dogana senza dare troppo nell'occhio; poi, avrebbe cercato un angolo immerso nell'oscurità e lì avrebbe atteso la chiamata per il volo Colonia-Bonn.

Goebbels e Hess accettarono con entusiasmo la proposta di Heinrich Leifhelm. Si può facilmente immaginare quanto piacesse all'esperto della propaganda l'immagine di questo medico biondo ed ariano con "credenziali impeccabili", immagine che poteva essere usata per confermare le teorie genetiche razziste e l'implicita condanna della razza ebrea che risultava inferiore e innegabilmente vittima dell'avarizia; sì, per Goebbels, Leifhelm era letteralmente una manna mandata dal cielo. Per quel che riguardava Rudolf Hess, poi, *Herr Doktor* costituiva la soluzione di un problema spinoso: visto che gli Junkers e le classi più agiate erano restie ad accettare le attenzioni che il gerarca riservava ai ragazzini, quel medico aristocratico e soprattutto ariano avrebbe forse vinto le loro resistenze per quel che riguardava il campo delicato delle amicizie particolari.

Vi fu una fortunata combinazione di fattori che rese le cose molto più semplici di quanto il giovane Stoessel Leifhelm avesse pensato: era il momento giusto, l'occasione giusta e l'uomo giusto: Adolf Hitler era appena tornato da Berlino e il *Doktor* venne invitato a cena con il Führer, insieme al figlio, che aveva la fama di essere un giovane ben educato e di nobili sentimenti. Hitler ebbe l'occasione di sentire una storia che aveva sempre desiderato sentire e da quel giorno Heinrich Leifhelm divenne il medico personale di Hitler, mantenendo tale carica fino alla sua morte, nel 1934.

Da quel giorno, il figlio ebbe tutto quel che voleva: nel giugno del 1931 vi fu una cerimonia nei quartieri generali del partito nazionalsocialista durante la quale il matrimonio di Heinrich Leifhelm con un'ebrea fu invalidato, dato che c'era stato un "occultamento di sangue ebreo" da parte di una "famiglia ebrea opportunista" e i diritti ereditari dei figli nati da quella "unione insidiosa" furono dichiarati nulli. Ci fu un matrimonio civile tra Leifhelm e Marta Stoessel e da quel momento, l'erede, l'unico che potesse fregiarsi del nome di Leifhelm, fu un ragazzo di diciotto anni che si chiamava Erich.

Monaco, con la sua comunità ebraica continuava a ridere, ma non proprio di cuore, di fronte a quell'annuncio assurdo che i nazisti avevano fatto pubblicare sui giornali. Consideravano tutta quella faccenda una cosa senza senso: il nome di Leifhelm era ormai screditato, e non c'era traccia di un'eventuale eredità paterna; oltettutto non era legale. Quello che ancora si rifiutavano di ammettere era che le leggi cambiavano insieme ad un paese che stava mutando volto. In due anni la legge che sarebbe sopravvissuta sarebbe stata una sola: la determinazione dei nazisti.

Erich Leifhelm era arrivato e la sua ascesa nel partito fu estremamente veloce: a diciotto anni fu eletto Jung Führer del movimento giovanile e la sua foto, dove si metteva in evidenza la corporatura forte ed atletica, invitava dai cartelloni pubblicitari tutti i ragazzi del nuovo Ordine ad impegnarsi nella crociata nazionale. Fu anche mandato all'Università di Monaco, dove, in tre anni, completò gli studi, meritandosi naturalmente il massimo dei voti. Intanto, Adolf Hitler era salito al potere e controllava il Reichstag, governando praticamente da dittatore. Il Reich del millennio era iniziato e Erich Leifhelm fu mandato al Centro Addestramento Ufficiali e Magdeburgo.

Nel 1935, un anno dopo la morte del padre, Erich Leifhelm, che era diventato uno dei favoriti nella cerchia degli intimi di Hitler, fu elevato al grado di *Oberstleutnant* nel Comando Uno a Berlino, agli ordini di Rundstedt. Fu uno dei protagonisti dell'espansione militare della Germania, e quando la guerra fu ormai vicina, entrò in quella che possiamo definire la terza fase di un'esistenza complicata, la fase che lo portò ai centri del potere nazista e che gli permise di rendersi autonomo nei confronti di quel potere del quale egli stesso costituiva una parte molto influente. Per questo, si veda la parte finale di questo rapporto, che costituisce un preludio alla quarta fase, che sappiamo essere la fanatica adesione alle teorie di George Marcus Delavane.

Ma prima di lasciare il nostro Erich Leifhelm di Eichstätt, Monaco e Magdeburgo, dobbiamo registrare due episodi significativi per comprendere fino in fondo la personalità psicopatica del nostro giovane amico. Abbiamo già detto della rapina avvenuta in Luisenstrasse e dei proventi che da essa derivarono; Leifhelm non ha mai negato questo fatto, anzi ne ha sempre parlato con una punta di orgoglio e con note umoristiche, descrivendo a tinte fosche la prima moglie del padre e i genitori di lei, definiti "assillanti". Quello di cui Erich non parla, e nessuno dei suoi amici menziona mai, è un famoso rapporto fatto alla polizia di Monaco che, per quanto se ne sa, venne distrutto nell'agosto del 1934, una data che corrisponde alla morte di Hindenburg e all'ascesa di Hitler al potere assoluto attraverso la sua nomina sia a presidente sia a cancelliere di Germania, con il titolo di Führer.

Di quel rapporto non rimangono tracce, ma due anziani impiegati del reparto di polizia ricordano benissimo il fatto. Entrambi sono ormai in pensione, avendo superato la settantina; non si vedono da anni e sono stati interrogati separatamente.

Da questi due solerti impiegati abbiamo saputo che quella notte in Luisenstrasse non ci fu soltanto una rapina, ma che venne commesso un reato ben più grave, del quale non si fece menzione soltanto dietro insistenza della famiglia. La figlia quindicenne di Leifhelm fu violentata e picchiata selvaggiamente, tanto che i medici dell'ospedale di Karlstor, dove venne ricoverata subito dopo il fatto, le dettero ben poche probabilità di ripresa. Fortunatamente la ragazza sopravvisse, ma portò dentro di sé i segni di quel che era successo quella notte per tutto il resto della vita, peraltro non troppo lunga. L'uomo che aveva commesso il fatto doveva per forza conoscere bene la casa, perché sapeva che c'era una scala sul retro che portava alla camera della ragazza, lontana da quelle del resto della famiglia, che davano sulla facciata della casa. Erich Leifhelm aveva voluto sapere tutto di quella casa dal padre, e sapeva benissimo quale importanza rivestisse in quella famiglia la moralità e il rispetto delle *convenzioni*, specialmente per quel che riguardava le donne. Per questo, aveva voluto insultarla nel modo più degradante e abbietto, ben sapendo che sarebbero stati loro stessi ad insistere con la polizia per non rendere pubblico il fatto.

Il secondo episodio avvenne nel gennaio-febbraio 1939. Purtroppo non conosciamo con esattezza i particolari, visto che dai rapporti ufficiali non risulta niente e che pochi sono i sopravvissuti che possono dire di aver conosciuto bene quella famiglia. Sembra chiaro comunque che la moglie di Leifhelm abbia tentato per diversi anni, e sempre senza successo, di lasciare la Germania insieme con i figli e con i genitori. Il partito si difendeva dicendo che l'anziano medico aveva fatto pratica e studiato nelle università tedesche, e che alla Germania doveva prestare la sua opera; e poi, c'era sempre la questione di un matrimonio ormai annullato fra il defunto dottor Leifhelm e uno dei membri della famiglia dell'anziano medico, e rimanevano ancora aperte alcune questioni riguardanti l'eredità e la legittimità dei figli. Queste erano cose che pesavano molto sul rilascio di un visto, perché riguardavano da vicino degli ufficiali della Wehrmacht.

Erich Leifhelm aveva proprio pensato a tutto. L'ex-moglie di suo padre era in pratica prigioniera, non poteva muoversi liberamente ed aveva la casa sorvegliata giorno e notte. Tutte le volte che provavano a chiedere un visto per l'espatrio, Erich ordinava che fossero tenuti sotto "sorveglianza politica", con la scusa che avrebbero anche potuto scappare. Quest'ultima informazione ci è stata fornita dal direttore di una banca in pensione che ci ha rivelato di aver ricevuto ordini precisi dal Finanzministerium di Berlino che esigeva fossero immediatamente comunicati tutti i prelievi di una certa importanza fatti da Frau Leifhelm e/o da qualsiasi membro della sua famiglia.

Nel gennaio-febbraio 1936 Frau Leifhelm, suo padre e i suoi figli scomparvero. Non sappiamo con esattezza la data, né le modalità con cui vennero trasferiti in campo di concentramento.

Comunque l'esame dei documenti conservati nel tribunale di Monaco, che vennero confiscati dagli alleati il giorno 23 aprile 1945, ci dà un quadro abbastanza chiaro di quel che successe. Nel tentativo di rendere legale il furto con il quale si era impossessato di tutti i beni della famiglia della moglie di suo padre, Erich Leifhelm, a quel tempo Oberstleutnant, aveva denunciato tutti i torti subiti dal padre per mano di una famiglia che cospirava alle sue spalle e che per di più era fuggita dal Reich sotto pesanti accuse. Naturalmente, tutto quello di cui venivano accusati era pura fantasia: si andava dalla sottrazione di inesistenti conti bancari all'assassinio di pazienti ammalati, cosa che avrebbe dovuto dimostrare l'imperizia del medico. Erano anche allegati una copia dell'atto di divorzio e una copia delle ultime volontà e del testamento del defunto Leifhelm. Risultava dunque che c'era un solo matrimonio, un solo figlio legittimo cui dovevano andare tutte le sostanze del padre: l'Oberstleutnant Erich Stoessel Leifhelm.

Dai sopravvissuti al campo di concentramento, sappiamo che Frau Leifhelm, il padre e i tre figli morirono a Dachau, a quindici chilometri da Monaco.

Ogni traccia di sangue ebreo nelle vene dei Leifhelm se ne era andata; rimaneva soltanto un Leifhelm ariano che avrebbe ereditato tutte le proprietà che sicuramente sarebbero state confiscate alla famiglia della prima moglie di suo padre. Prima di compiere trent'anni, questo ragazzo ostinato e sicuro aveva tolto ogni ombra sulla sua condotta e vendicato i torti che (e di questo era sicuro) avevano fino a quel momento intralciato le doti naturali e i diritti legittimi di una razza superiore. Ormai l'assassino era maturato.

«Deve essere interessante quel rapporto» disse Caleb Dowling con una smorfia, dandogli un colpetto con il gomito. «Hai lasciato la sigaretta nel portacenere, e ormai da un bel pezzo è andata in fumo. Ho tentato di chiudere il portacenere, e hai alzato una mano come se fossi un delinquente pronto a derubarti.»

«Scusa. È che... è una cosa complicata. Perbacco, non mi permetterei mai e poi mai di trattare una celebrità da delinquente.» Converse rise, perché sapeva che l'altro si aspettava che ridesse.

«Benissimo, fratellino. Ed ora preparati ad un'altra notizia sconcertante: celebrità o meno, hanno già acceso la scritta "vietato fumare" da un paio di minuti e tu sei ancora lì con la cicca in mano. È spenta, è vero, ma nonostante questo, ci stiamo attirando addosso gli sguardi di un paio di nazisti travestiti da steward e da hostess.»

«Nazisti...?» disse Joel involontariamente mentre schiacciava la sigaretta nel portacenere; non si era assolutamente accorto di averla tirata fuori dal pacchetto.

«Un modo di dire, e neanche troppo simpatico» disse l'attore. «Ma se non ti sbrighi, arriveremo a Colonia prima che tu abbia messo via tutta quella roba. Non senti che il pilota si sta preparando all'atterraggio?»

«No» disse Joel senza pensarci. «Sta semplicemente sorvolando la zona in attesa di ricevere istruzioni dalla torre di controllo. È la procedura... e significa che abbiamo ancora tre minuti di tempo prima dell'atterraggio.»

«Sembra che tu sappia il fatto tuo in queste cose.»

«Già...» disse Converse rimettendo il dossier su Leifhelm nella ventiquattrore. «Una volta ero pilota.»

«Scherzi o dici sul serio? Un *vero* pilota?»

«Be', tanto per cominciare mi pagavano per far volare un uccellone d'acciaio.»

«Ma eri con una compagnia aerea? Una compagnia *vera*?»

«Una compagnia più grande di quella con la quale voliamo.»

«Porca miseria, sono quasi emozionato. Davvero non lo avrei mai pensato. Mi sembra che gli avvocati e i piloti d'aereo siano due mestieri incompatibili.»

«È stato tanto tempo fa.» Joel chiuse la ventiquattrore e fece scattare le serrature.

L'aereo toccò terra in modo così delicato e inavvertibile che dal fondo si levò un tentativo di applauso. Mentre si slacciava la cintura di sicurezza, Dowling disse: «Anche io ho ricevuto qualche applauso, dopo una lezione particolarmente riuscita e interessante».

«Immagino che adesso ne riceverai di ben più calorosi.»

«Già, e per molto meno. A proposito, avvocato, in quale albergo alloggi?»

Joel fu colto di sorpresa. «A dire il vero, non lo so» disse, e ancora una volta fu costretto a cercare le parole più adatte. «Ho deciso all'ultimo minuto che sarei partito.»

«Forse hai bisogno del consiglio di un amico. Bonn è una città piena di vita e piena di gente. Faremo così: io sono al Königshof e credo di avere una certa influenza sul direttore; vedrai che sarà felice di trovarti una sistemazione.»

«Grazie, ma non credo che sarà necessario.» Converse rifletté: l'ultima cosa che desiderava era proprio attirare l'attenzione di qualcuno che poteva essere nella folla che circondava il grande attore. «Il mio studio ha avvertito del mio arrivo, e di sicuro manderanno qualcuno a prendermi. Anzi, ho detto che sarò tra gli ultimi a scendere dall'aereo, in modo che questa persona non perda troppo tempo a cercarmi tra la folla.»

«Be', se hai un po' di tempo e vuoi farti quattro risate alle spalle di qualche attore o altra merce del genere, chiamami al mio albergo, lasciando un recapito.»

«Ti chiamerò di sicuro. Mi piace andare a cavallo sparato.»

«Magari su una pista per il bestiame, vero fratellino?»

Joel attese finché gli ultimi passeggeri non furono sfollati fra le due ali delle hostess che ammiccavano sorridenti; qualcuno sbadigliava, altri avevano il loro daffare nel barcamenarsi con una serie di borse, borsette e macchine fotografiche. Quando gli ultimi passeggeri si diressero finalmente verso il portello dell'aereo, Converse si alzò, stringendo il manico della ventiquattrore. Instintivamente, senza che vi fosse una ragione particolare, guardò alla sua destra, nella parte posteriore dell'aereo.

Quello che vide — e quello che si accorse che lo guardava — gli fece gelare il sangue nelle vene e si sentì il cuore che gli scoppiava in petto. Nell'ultima fila di poltrone c'era una donna: il volto pallido parzialmente coperto dal cappello a grandi falde e quegli occhi spaventati e stupiti che subito evitarono il suo sguardo gli ricordarono un'altra immagine che gli era rimasta viva nella memoria: era la donna che aveva già visto al caffè dell'aeroporto Kastrup di Copenaghen! L'ultima volta che l'aveva vista, aveva notato che stava *uscendo* dal deposito bagagli, e che da lì raggiungeva l'uscita dell'aeroporto. Un uomo l'aveva fermata e gli aveva detto qualcosa: ora Joel sapeva che avevano parlato sicuramente di lui.

Probabilmente era tornata indietro, ed era salita a bordo all'ultimo momento, confondendosi con la folla. Lo sentiva, lo *sapeva*: lo aveva seguito dalla Danimarca!

6

Converse si affrettò ad uscire dall'aereo lungo il tunnel rivestito di moquette. Il tunnel di collegamento era lungo una ventina di metri, dopodiché si accedeva all'area di attesa, delimitata da una serie di corde che la racchiudevano e piena di sedie di plastica. Non c'era nessuno in quel momento e le scritte in tedesco, francese e inglese indicavano ai passeggeri la direzione da prendere per raggiungere i vari terminali e il deposito dei bagagli. Ma Joel non aveva tempo per ritirare la valigia: doveva correre, uscire da quell'aeroporto al più presto possibile, e senza essere visto. Rifletté, e capì che ormai era successo l'inevitabile: era *già* stato visto, e il solo pensiero di qualcuno che lo spiava gli diede una fitta allo stomaco. Ormai sapevano — chiunque fossero coloro che non volevano perderlo di vista — che era sul volo da Amburgo e nel momento stesso in cui sarebbe entrato nel terminal lo avrebbero scovato, e non c'era nulla da fare. Forse lo avevano avvistato già a Copenaghen, e la donna che lo aveva seguito sull'aereo aveva il compito di sorvegliarlo e di assicurarsi che salisse veramente sul volo per Bonn.

Ma *come*? Come avevano fatto?

Non c'era tempo per pensare a queste cose, ora. Ci avrebbe pensato dopo... sempre se ci fosse stato un dopo. Passò nella cabina dei metal-detector e poggiò la ventiquattrore sul nastro che l'avrebbe portata al controllo dei raggi X. Doveva continuare ad andare avanti, e ormai si trovava ad un trentina di metri soltanto dal terminal. Cosa doveva fare, cosa avrebbe fatto?

NUR FÜR HIER BESCHÄFTIGTE
Männer

Joel si fermò davanti alla porta sulla quale c'era quella scritta che sicuramente serviva a vietare qualcosa. Era sicuro di aver già letto quelle parole da qualche parte. Ma dove? In quale occasione... Zurigo! Una volta a Zurigo, mentre era in un grande magazzino, aveva avuto un disturbo di stomaco e si era rivolto ad un impiegato molto gentile e molto comprensivo che lo aveva accompagnato alle toilette riservate al personale. Joel aveva vissuto uno di quei momenti nei quali una persona sente gratitudine e sollievo al tempo stesso, e stranamente la sua attenzione si era fermata sulla scritta della porta della toilette. *Nur für hier Beschäftigte. Männer*.

Non gli serviva altro. Spinse la porta ed entrò, con la speranza di poter almeno raccogliere le idee. C'era un uomo con una tuta verde all'estremità di una fila di lavandini: si pettinava, guardandosi un brufolo sul viso nello specchio. Converse si avvicinò ad un orinatoio con l'aria di un dirigente di una linea aerea. Doveva fingere abbastanza bene, perché l'uomo con la tuta bisbigliò qualche parola di saluto e uscì. Quando la porta si richiuse, Converse si trovò solo.

Joel studiò quel posto e si accorse di sentire delle voci... fuori, all'esterno, oltre... le finestre. Infatti nella parete di fondo, a circa tre quarti dell'altezza totale c'erano tre finestre di vetro lattato, con gli infissi anch'essi bianchi che si confondevano in quell'ambiente dove il bianco dominava. Joel non capiva: in un'epoca di panico, soprattutto negli aeroporti, di importazione clandestina di armi e stupefacenti, una finestra che dava sull'esterno in un locale cui si accedeva senza prima essere passati per la dogana non aveva senso. Poi capì: quella era la sua via di salvezza! Si trattava del settore arrivi nazionali, e non c'erano dogane! Per questo avevano costruito tranquillamente quelle finestre che davano sull'esterno. Tutti i passeggeri dovevano passare attraverso il metal-detector e per di più, se qualche poliziotto avesse voluto arrestare un viaggiatore che si era servito dei voli nazionali, poteva semplicemente andare al cancello specifico.

Ma ormai sapeva che non lo aspettava nessuno. Era stato l'ultimo, o meglio il penultimo, ad uscire dall'aereo e quando era arrivato al cancello lo aveva trovato deserto: sicuramente avrebbe notato una o più persone sedute sulle sedie o dietro al banco. Da questo capì che le persone che lo sorvegliavano, chiunque fossero, non volevano essere scoperte: lo aspettavano nel terminal, nascosti da qualche parte. Per quel che lo riguardava, potevano aspettarlo a lungo.

Si avvicinò all'ultima finestra sulla destra e poggiò a terra la ventiquattrore. La finestra si trovava a pochi centrimetri sopra la sua testa, e Joel spinse la maniglia, aprendola quel poco che gli sarebbe servito ad infilare le dita all'esterno: grazie al cielo, non c'erano sbarre né grate di protezione, e una volta aperta interamente, quella finestra poteva essere una comoda via di accesso all'esterno.

Sentì un rumore alle sue spalle, colpi rapidi di metallo contro il legno: si voltò di scatto mentre la porta si apriva per lasciare entrare un uomo piuttosto anziano con la divisa di inserviente, che portava uno spazzolone e un secchio. Muovendosi con gesti lenti ma decisi, l'uomo tirò fuori dalla tasca un orologio, lo guardò e disse qualcosa in tedesco a Joel, il quale capì che gli stava dicendo che doveva chiudere e che sicuramente si aspettava una risposta. Doveva pensare, in fretta, non poteva uscire da quel posto, che era l'unica via che l'avrebbe portato all'esterno senza pericolo. Non aveva tempo di cercare un'altra soluzione, studiare il modo di uscire da quell'aeroporto senza mettere in guardia gli uomini che lo cercavano: era assurdo pensare di mettersi a girare in lungo e in largo in un aeroporto chiuso per il resto della notte: avrebbe attirato soltanto l'attenzione di qualche poliziotto, cosa che assolutamente non poteva permettersi di fare.

Abbassò lo sguardo sul secchio, e all'improvviso seppe quel che doveva fare, anche se ancora non gli era chiaro *come* avrebbe potuto farlo. Fece una smorfia di dolore, cominciò a gemere e si portò le mani al petto, cadendo in ginocchio. Poi si lasciò andare sul pavimento, il volto una maschera di sofferenza.

«*Doctor, doctor... doctor!*» gridò più volte.

Il vecchio lasciò andare il secchio e lo spazzolone, mentre si avvicinava pronunciando frasi di cui Joel capiva soltanto il terrore e gli accenti gutturali. Si rotolò a terra verso destra, contro il muro, ansimando e fissando il tedesco con occhi sbarrati.

«*Doctor...!*» bisbigliò.

Tremando, l'uomo arretrò verso la porta; poi si voltò, l'aprì e corse fuori, chiamando aiuto con voce soffocata.

Aveva soltanto pochi secondi! Il cancello si trovava ad una sessantina di metri e l'entrata del terminal era ancora più vicina. Joel si alzò in fretta, capovolse il secchio di metallo, lo avvicinò alla finestra e vi salì sopra. Con le mani spinse il vetro che si aprì appena di una decina di centimetri. Joel provò a spingere di nuovo con tutta la forza che aveva e che la posizione precaria gli permetteva, ma la finestra non si mosse più di un millimetro; con il fiato corto, la esaminò temendo di vedere quello che in realtà vide: c'erano due sbarrette di acciaio che impedivano l'apertura completa della finestra. Forse l'aeroporto di Colonia-Bonn non aveva controlli e misure di sicurezza sofisticati, ma sapeva usare piccoli trucchi per la propria salvaguardia. Da dietro la porta sentì delle urla confuse, segno che il vecchio aveva finalmente ricevuto aiuti: con il sudore che gli scendeva lungo il volto, Converse prese la ventiquattrore e agì con velocità e precisione. Era l'istinto che lo guidava e che gli diceva di prendere la valigietta e con quella di rompere il vetro. Si fermò un attimo a guardare la strada che si stendeva al di sotto e vide che non c'era nessuno in giro. Gettò dapprima la ventiquattrore e poi si tirò su, spazzando via con un ginocchio i frammenti di vetro e di infissi che erano rimasti sul davanzale della finestra. Poi incassò la testa nelle spalle e spinse fino a passare con tutto il corpo. Quando toccò terra, sentì le grida che venivano dall'interno della toilette: crescevano di volume, ed erano un misto di stupore e di rabbia. Si mise a correre.

Qualche minuto più tardi, dietro ad una curva, vide l'ingresso del terminal inondato di luce e la fila dei taxi che aspettavano i passeggeri del volo 817 da Amburgo e che in quel momento ritiravano i bagagli prima di infilarsi in un taxi che li avrebbe portati, dietro un compenso esorbitante, a Bonn o a Colonia. C'erano due strade che portavano rispettivamente all'ingresso e all'uscita del terminal ed erano entrambe punteggiate dai passaggi pedonali; poco più avanti, c'era un enorme parcheggio ancora aperto. Converse scavalcò il guard-rail e attraversò un prato fino a raggiungere la prima di quelle due strade, sottraendosi ad un fascio di luce che lo stava illuminando. Doveva prendere un taxi, un taxi con un autista che parlasse inglese; non poteva rimanere in piedi... molti anni fa lo avevano catturato proprio perché era a piedi. Su un sentiero della jungla, dove, se solo fosse stato capace di raggiungere una jeep... anche una jeep nemica... avrebbe potuto... *Basta!* Qui non siamo in Vietnam, siamo in un dannatissimo aeroporto con un milione di tonnellate di cemento tra fiori, erba e asfalto! Continuò a camminare nell'ombra, finché non ebbe compiuto un semicerchio. Uno-otto-zero. Ad un tratto si trovò nell'ombra, mentre l'ultimo dei taxi era proprio davanti a lui. Si avvicinò e chiese:

«Parla inglese?».

«*English? Nein*.»

Anche il secondo autista non parlava una parola di inglese, ma con il terzo ebbe più fortuna. «Come dite voi americani, soltanto un imbecille qui guida un taxi senza parlare inglese. Giusto?»

«Giusto» disse Joel aprendo la portiera.

«*Nein!* Non si può!»

«Non si può fare che cosa?»

«Non si può entrare nel taxi.»

«E perché no?»

«C'è una fila, che va rispettata.»

Converse tirò fuori una mazzetta di marchi e la sventolò sotto il naso dell'autista. «Sono un uomo generoso, capito?»

«Già, un uomo che si sente male ed ha bisogno di qualcuno che lo aiuti. Entri, *mein Herr*.»

«L'autista si allontanò dalla fila e prese ad andare verso la strada che portava all'uscita. «Bonn o Colonia?» gli chiese.

«Bonn» rispose Converse «ma possiamo andarci più tardi. Intanto mi porti in quell'altra strada e si fermi proprio di fronte al parcheggio.»

«*Was*...?»

«L'altra *strada*. Voglio sorvegliare l'entrata. Penso che ci sia qualcuno che conosco sull'aereo che è appena arrivato da Amburgo.»

«Sono già usciti in molti. Soltanto quelli con il bagaglio...»

«Lei è ancora lì dentro» insisté Joel. «La prego, faccia come le dico».

«Lei?... *Ach, ein Fräulein. Ist jaIhr Geld, mein Herr.*»

L'autista cambiò direzione e si portò davanti al parcheggio, fermandosi nell'ombra accanto alla cabina del guardiano; il terminal era sulla sinistra, a non più di trenta metri. Converse osservò i passeggeri stanchi, carichi di valigie, borse per le mazze da golf, macchine fotografiche, che cominciavano ad uscire dal terminal; la maggior parte si avvicinava ai taxi, e solo pochi venivano verso il parcheggio.

Passarono dodici minuti e non c'era traccia di quella ragazza di Copenaghen. Naturalmente non aveva bagaglio, per cui quel ritardo era volontario oppure obbediva a determinate istruzioni. Intanto, l'autista aveva deciso di non occuparsi della faccenda, aveva spento le luci e, con la testa piegata, sembrava che stesse dormendo. Silenzio... Ormai i passeggeri si erano dispersi ed erano rimasti soltanto alcuni giovanotti, senza dubbio studenti, di cui due con un paio di jeans tutti sfilacciati, che bevevano birra e ridevano contando i soldi rimasti. Un uomo, che all'apparenza sembrava in viaggio per affari, lottava con un'enorme valigia e una altrettanto enorme scatola incartata con una carta a fiorellini, mentre due persone anziane discutevano fra di loro, accompagnando le parole con uno scuotere di teste grigie. Ce n'erano altri cinque, uomini e donne, che aspettavano sul marciapiede; probabilmente qualcuno era stato avvertito di venirli a prendere. Ma dove...

Improvvisamente la vide, ma stavolta non era sola. C'erano due uomini accanto a lei ed un terzo li seguiva; tutti e quattro camminavano lentamente, con aria casuale; presero verso sinistra aumentando impercettibilmente l'andatura finché i tre uomini si posero di fronte alla donna, come a proteggerla, mentre si guardavano intorno parlandole di tanto in tanto. Ad un tratto la conversazione si fece più animata, pur rimanendo controllata, come se alla rabbia si unisse la confusione, ma tutte queste emozioni fossero tenute sempre sotto controllo. L'uomo che era a destra si avvicinò all'angolo dell'edificio e sparì nell'ombra; tirò fuori un oggetto dalla tasca interna, ed immediatamente Joel seppe che cosa era, perché l'uomo si portò l'oggetto alle labbra. Era una radio, e stava parlando con qualcuno che era dentro o intorno all'aeroporto.

Erano passati appena pochi secondi, quando la luce di due fari illuminò il retro del taxi e Converse dovette abbassarsi sul sedile. Una limousine rosso scuro si era avvicinata al gabbiotto del custode del parcheggio e l'autista gli tendeva un biglietto; il custode prese il denaro e fece per dare il resto, ma la macchina scattò in avanti con un balzo lasciandolo a bocca aperta. Girò intorno al taxi dov'era Joel e si portò all'ingresso del terminal. Joel pensò che era tutto troppo preciso per essere semplicemente una coincidenza e si chinò in avanti per parlare all'autista.

«Le ho detto che ero un uomo generoso» disse, sorpreso da quelle parole che gli venivano spontaneamente alle labbra. «Ma sarò *molto* generoso se farà come le dico.»

«Sono un uomo onesto» rispose il tedesco con una punta di incertezza nella voce mentre guardava Joel nello specchietto retrovisore.

«Anch'io» disse Converse. «Ma sono anche onestamente curioso, e non credo che ci sia nulla di male. Vede quella macchina rosso scuro, quella che si è fermata all'angolo?»

«*Ja.*»

«Pensa di riuscire a seguirla senza farsi scoprire? Dobbiamo starle dietro, senza perderla mai di vista. Pensa di potercela fare?»

«Non mi sembra una richiesta ragionevole, ma prima di tutto voglio sapere quanto generoso può essere il mio *amerikaner*.»

«Duecento marchi, più la corsa.»

«Lei è un uomo veramente generoso, ed io sono un ottimo autista.»

Ben presto Joel si accorse che quell'uomo aveva detto il vero: prese una scorciatoia, girò a sinistra in una strada parallela e sorpassò l'ingresso del terminal.

«Che sta facendo?» chiese Joel confuso. «Io volevo che lei seguisse...»

«Voglio soltanto uscire» lo interruppe l'autista guardando il terminal mentre procedeva a velocità moderata. «Vedrà, presto ci sorpasseranno. Io sono soltanto un insignificante taxi sulla Landstrasse».

Converse si piegò di nuovo in modo da non farsi vedere. «Sì, credo anch'io che sia meglio» disse.

«Si fidi, sono un ottimo autista, *mein Herr*.» L'autista gettò un'occhiata nello specchietto, e poi si concentrò sulla strada. Cominciò pian piano ad accelerare, in maniera impercettibile, ma costante. Poi si spostò a destra, sorpassò una Mercedes e rimase in corsia di sorpasso per superare anche una Volskwagen; alla fine tornò nella corsia di marcia normale.

«Spero vivamente che sappia quel che sta facendo» borbottò Joel. Non ci fu bisogno di risposta. Una macchina rosso scuro li sorpassò. «Poco più avanti la strada si biforca,» disse l'autista «da una parte si va a Colonia, dall'altra a Bonn. All'inizio lei mi ha detto che voleva andare a Bonn, ma che cosa faccio se la sua amica va verso Colonia?»

«La segua.»

La limousine prese la strada per Bonn e Converse si accese una sigaretta, concentrandosi sul pensiero che ormai era stato scoperto, il che significava che avevano visto il suo nome sulla lista dei passeggeri. Avrebbe preferito rimanere anonimo, ma non era una questione molto importante, soprattutto dopo che si era già messo in contatto con Bertholdier. In quella situazione c'era anche un lato positivo, costituito dal fatto che aveva imparato una cosa, anzi, diverse cose. Gli uomini che lo seguivano e che ora lo avevano perso non erano autorità di polizia, non erano in contatto con i servizi di sicurezza né tedeschi né francesci, né facevano parte dell'Interpol. Infatti, se fossero state persone del genere, lo avrebbero aspettato al cancello o lo avrebbero catturato sull'aereo. Questo era un dato reale che gli suggeriva un'altra riflessione: Joel Converse non era ricercato per una aggressione o (Dio non lo voglia) per un omicidio avvenuto a Parigi, e di conseguenza tutto questo portava a un'altra riflessione. Quell'episodio di sangue e di violenza in quel vicolo di Parigi era stato messo a tacere. Jacques Louis Bertholdier non poteva permettersi il rischio di far emergere il proprio nome in merito a qualcosa successa a un ricco ospite dell'albergo che aveva fatto pesanti insinuazioni sul conto del generale. E questo, anche se uno dei suoi uomini era stato gravemente ferito. L'operazione Aquitania doveva rimanere segreta ad ogni costo.

C'era anche una quarta possibilità, di sapore così realistico da sembrare quasi vera. Gli uomini di quella limousine rosso scuro che lo aspettavano nel terminal facevano parte di Aquitania, erano gli scagnozzi di Erich Leifhelm, il ramo di Aquitania della Germania dell'ovest. Durante la notte, Bertholdier aveva saputo la vera identità di Henry Simon (probabilmente dalla direzione del George V) e si era messo in contatto con Leifhelm. I due avevano controllato i nomi di tutti i passeggeri diretti a Bonn e non vi avevano trovato un americano di nome Converse; naturalmente avevano controllato anche tutti gli altri voli e lo avevano trovato sulla lista dei passeggeri diretti a Copenaghen. A quel punto, si erano messi in allarme: perché Copenaghen? Aveva detto che andava a Bonn. Perché questa strana persona che possedeva informazioni eccezionali era andato a Copenaghen? Chi erano i suoi contatti, con chi si sarebbe incontrato? Dobbiamo trovarli, dobbiamo trovarli tutti quanti! Era partita un'altra telefonata, con una descrizione precisa, e una donna lo aveva seguito al caffè dell'aeroporto Kastrup. Joel si sentiva un po' come la protagonista di *Attraverso la specchio*.

Era andato in Danimarca per una ragione ben precisa, e ora scopriva che questa sua tattica gli aveva portato un altro vantaggio; sì, era vero, lo avevano trovato, ma si erano scoperti troppo e avevano fatto capire che avevano paura. Quel quartetto che lo aspettava fuori dal terminal, lo stesso fatto di usare una radio per parlare con un uomo in macchina a poche centinaia di metri, una limousine che sfrecciava nella notte; erano tutti segni di ansia. Il nemico si stava scoprendo e l'avvocato che era in Converse era soddisfatto. In quel momento, in particolare, il nemico si trovava a quattrocento metri da lui, diretto a Bonn, e non sapeva di avere alle spalle un taxi guidato da un autista in gamba che sapeva muoversi nel traffico senza perderli di vista.

Joel spense la sigaretta mentre l'autista rallentava per far passare un camion; poco più avanti, su una curva, vide la limousine rosso scuro. Quell'autista era davvero in gamba, sapeva muoversi bene ed aveva capito al volo la situazione: chiunque ci fosse in quella limousine era certamente un uomo importante, ed anche duecento marchi non valevano niente contro l'odio di un uomo importante.

Probabilità... tutto era probabilità. Converse aveva basato le sue tattiche legali sul calcolo delle probabilità, e si trattava di un procedimento più semplice di quanto la maggior parte della gente pensasse; cioè, era semplice capire il procedimento, ma il lavoro che ne seguiva non era mai semplice, perché richiedeva la capacità di concentrarsi sia sul particolare sia sull'insieme dei particolari stessi che dovevano essere combinati in mille modi diversi. Questo principio del che-cosa-succederebbe-se, estremamente stressante, era la pietra miliare di tutto il pensiero giuridico; era anche una trappola, rifletté Joel, mentre ripensava a quel che era successo molti anni fa, sorridendo fra sé con un sorriso amaro. Durante un litigio, Val gli aveva detto che se avesse impiegato un millesimo del tempo che passava ad esaminare "le sue maledettissime probabilità" per pensare a loro due, avrebbe "probabilmente" concluso che le "probabilità" del loro continuare a stare insieme erano "molto probabilmente nulle".

Valerie Charpentier Converse era una donna che sapeva dire cose che arrivavano prima all'osso e poi alla pelle, e non mancava di un certo senso dell'umorismo, anche se questo significava perdere la freschezza di un'osservazione: insomma, era una donna divertente e quella notte entrambi erano scoppiati a ridere perché lei era uscita dalla stanza di corsa, per paura di non riuscire a sopportare la sua tristezza che aveva cercato di esprimere con quelle parole.

Man mano che proseguivano verso la città, il paesaggio mutava: ora non c'era quasi più campagna, ma enormi palazzi che a Converse ricordavano lo stile vittoriano; facciate riccamente decorate, cornicioni in rilievo lungo le finestre che si aprivano su balconi con le ringhiere in ferro battuto. Tutte forme geometriche estremamente precise e monotone. Poi fu la volta di un quartiere residenziale, che nelle sue attrattive era perfettamente simile a quelli che si trovano alle periferie di tutte le grosse città americane: Scarsdale, Chevy Chase, Grosse Pointe o Evanston. Il centro di Bonn, invece, era un insieme di vecchie stradine strette e ancora illuminate a gas e viali modernissimi, piazze dove il fascino antico faceva da padrone a edifici pieni di vetrine scintillanti di boutique e negozi. Dal punto di vista architettonico, era un miscuglio ben strano: un'atmosfera da Vecchia Europa accanto a strutture ultramoderne, ma senza che vi si avvertisse il *senso* di una città, senza che vi fosse quella carica elettrica o quell'aria di grandezza che si prova altrove. Era una grande città, che cresceva sempre di più e di cui nessuno aveva ancora capito le tendenze. La città natale di Beethoven e la porta d'accesso alla valle del Reno era davvero la città più strana per fare da capitale ad uno degli stati più grandi d'Europa: non era nient'altro che la sede di un Bundestag severo e di una serie di primi ministri estremamente astuti che dovevano fare i conti con l'orsetto Misha al di là del confine.

«*Mein Herr*!» disse l'autista. «Prendono la strada che va verso Bad Godesberg, *das Diplomantenviertel*».

«E cioè?»

«Ambasciate. E hanno anche i *Polizeistreifen!* La scorta. Forse ci hanno... come si dice... *visti?*»

«Scoperti» gli suggerì Joel. «Ma non importa. Continui a fare esattamente quel che sta facendo. Lei è veramente in gamba. Se deve fermarsi, si fermi; se deve parcheggiare, parcheggi. Ma poi continui a seguirli. A questo punto si è guadagnato altri cento marchi oltre i duecento che le avevo promesso. Ma continui a seguirli: voglio vedere dove si fermano.»

Sei minuti dopo ebbe la risposta, e rimase sbalordito: qualunque cosa si aspettasse, qualunque sorpresa fosse ormai preparato a ricevere, quelle parole furono per lui qualcosa al di fuori della normale immaginazione.

«Si sono fermati all'ambasciata americana, *mein Herr.*»

Joel fece uno sforzo per concentrarsi su quel che doveva fare. «Mi porti all'Hotel Königshof» disse, ricordando quel nome e non sapendo cos'altro dire.

«Sì, credo che Herr Dowling abbia lasciato un appunto nel caso lei si fosse presentato» disse il portiere, cercando qualcosa sotto il banco.

«Davvero?» Converse era stupito: aveva fatto il nome dell'attore nella speranza di ricevere un trattamento preferenziale, ma non si aspettava certo che Dowling si fosse ricordato della promessa.

«Ecco qua.» Il portiere tirò fuori due foglietti. «Lei è John Converse, americano, avvocato.»

«Quasi giusto. Sì, penso di essere io.»

«Herr Dowling ha pensato che forse avrebbe potuto avere qualche problema nel trovare un albergo a Bonn, e ha lasciato detto di offrirle tutto l'aiuto che ci fosse stato possibile, nel caso si fosse presentato qui stasera. Sono a sua disposizione, Herr Converse. Herr Dowling è una persona molto famosa.»

«E merita di esserlo» disse Joel.

«Ah... vedo qui che ha lasciato un biglietto per lei.»

Il portiere prese una busta chiusa da una casella alle sue spalle e la porse a Joel, che l'aprì immediatamente.

> Salve, fratellino.
>
> Se domani troverò ancora questa busta intatta, me la terrò come tuo ricordo.
>
> Scusa se mi sono permesso, ma mi sembravi tale e quale a certi miei colleghi meno fortunati di me che dicono no quando avrebbero tanta voglia di dire di sì. Di solito lo fanno per orgoglio, perché pensano di accettare l'elemosina, oppure perché hanno paura di incontrare qualcuno che non vorrebbero incontrare e che di sicuro gravita nei luoghi dove vado io. A occhio e croce, direi che tu appartieni alla seconda categoria: c'è qualcuno a Bonn che non desideri incontrare, e che non devi incontrare: ti ho fatto riservare una stanza a nome mio (se credi, puoi sostituirlo con il tuo) ma non fare storie per quello che riguarda il conto. In fondo, ti devo l'onorario per un consulto, e io pago sempre i debiti. Almeno negli ultimi quattro anni che mi rimangono.
>
> Detto tra noi, come attore fai schifo: sono le pause che ti fregano, perché non sono minimamente convincenti.
>
> Pa' Ratchet

Joel rimise il biglietto nella busta, resistendo alla tentazione di chiamare subito al telefono Dowling: quell'uomo avrebbe avuto soltanto un paio d'ore per farsi una dormita, e i ringraziamenti potevano attendere fino all'indomani mattina. O sera.

«Il signor Dowling ha pensato veramente a tutto» disse al portiere. «Ed ha avuto ragione. Se i miei clienti avessero saputo che ero a Bonn con un giorno di anticipo, non avrei avuto l'occasione di godermi la vostra bella città.»

«Non dubiti, rispetterò questo suo desiderio di *privacy*. Immagino che il suo bagaglio sia fuori, nel taxi, no?»

«No, ed è proprio per questo che sono arrivato così tardi. Me lo hanno caricato sull'aereo sbagliato per Amburgo, e temo che non arrivi prima di domani. Almeno, così mi hanno detto all'aeroporto.»

«*Ach*, è un inconveniente piuttosto seccante, ma non è la prima volta, purtroppo, che succede. Vuole che le faccia procurare qualcosa?»

«La ringrazio» rispose Joel, prendendo la ventiquattore. «Fortunatamente, mi porto sempre dietro il necessario in questa valigetta... Ah, be', sì, una cosa mi servirebbe. Qualcosa da bere.»

«Naturalmente, signore.»

Joel si mise a sedere sul letto, con il dossier accanto a lui e il bicchiere in mano: aveva bisogno di qualche minuto di relax prima di tuffarsi di nuovo nel mondo del feldmaresciallo Erich Leifhelm. Con la cooperazione del centralinista, era riuscito a telefonare alla Lufthansa e a spiegare che non aveva potuto ritirare il bagaglio; un impiegato della linea aerea gli assicurò che glielo avrebbe tenuto da parte fino all'indomani. Non si profuse in spiegazioni, ma disse soltanto che dopo due giorni e due notti di viaggio non se l'era sentita di aspettare ancora solo per ritirare la valigia. L'impiegato poteva pensare quel che voleva, non gli importava: in quel momento aveva altre cose per la mente.

L'ambasciata americana! Quello che gli suonava più strano di tutto erano le parole di Beale e la verità che ora vedeva dietro di esse: *... alla base di tutto ci sono coloro che lo fanno perché ne sono convinti, e che cercano di convincere anche gli altri, e sono sempre più numerosi... Siamo al conto alla rovescia... ci rimangono tre settimane, forse cinque... È la realtà, e non tarderà certo a venire fuori*. Joel non era preparato per quella realtà: *poteva* capire Delavane e Bertholdier, poteva accettare Leifhelm, ma la notizia che lo scioccava in maniera paralizzante era quella che a capo della rete di Delavane c'era l'ambasciata americana. Fino a dove era arrivata Aquitania? Quanto erano potenti i suoi seguaci, e fin dove si spingeva la sua influenza? E quello che era successo a lui poco prima era la risposta terrificante a entrambe le domande? Ma a tutto questo poteva pensare l'indomani. Ora doveva prepararsi a sapere tutto sul conto dell'uomo che era venuto a trovare a Bonn. Mentre prendeva il dossier, ripensò per un attimo alla paura che aveva visto negli occhi di Avery Fowler o Preston Halliday. Da quanto tempo sapeva? E fino a che punto?

> È inutile qui ripercorrere le tappe della carriera militare di Erich Leifhelm nei primi anni della guerra: basterà dire che la sua reputazione crebbe enormemente e che fu uno dei pochi ufficiali superiori ad emergere an-

che agli occhi dei grandi generali seguaci della vecchia politica, i quali non solo lo accettarono, ma cominciarono a richiederlo sempre di più. Uomini come Rundstet e von Falkenhausen, Rommel e von Teeskw erano i primi ad insistere con Berlino perché mandassero appunto Leifhelm per qualche missione importante. Senza dubbio questo era dovuto alla sua abilità di stratega e al coraggio che aveva sempre dimostrato in ogni occasione, ma sotto sotto c'era anche qualcos'altro. Infatti si trattava di generali provenienti da ambienti aristocratici, che avevano in odio i Nazionalsocialisti, considerati fuorilegge, esibizionisti e molto approssimativi in quello che facevano.

Non è difficile immaginare il giovane Leifhelm seduto fra loro e intento a illustrare i suoi meriti come uomo e come militare: in fondo si trattava del figlio del defunto dottor Heinrich Leifhelm, primario chirurgo di Monaco, che gli aveva lasciato varie proprietà e una solida situazione economica. D'altronde, non c'è bisogno di grande fantasia per immaginare ciò che Leifhelm arrivò a fare pur di conquistare le simpatie di quel gruppo di generali; abbiamo qui un'intervista con il generale Rolf Winter, Standortkommandant del Wehrbereichskommando nel settore della Saar, di cui riportiamo un estratto.

Una sera eravamo seduti a tavola dopo cena, e bevevamo il caffè, immersi in una conversazione desolante. Ormai sapevamo che la guerra era persa e che gli ordini di quei pazzi a Berlino (che noi avevamo giurato di non rispettare per nulla al mondo) avrebbero causato soltanto morte, sia tra le truppe sia fra i civili. Era pazzia, il suicidio del nostro paese. Questo giovane Leifhelm, però, continuava a ripetere frasi come «Forse quei pazzi mi ascolteranno. Pensano che sia uno di loro, lo hanno sempre pensato, fin dai primi giorni a Monaco». E noi ci chiedevamo se davvero questo giovane avesse potuto portare un briciolo di luce in tutta quella pazzia: era un ottimo ufficiale, molto stimato, e in più, come non mancava di ricordarci, era anche figlio di un medico molto conosciuto. Dopotutto i giovani in quel periodo erano attratti soprattutto dai canti di Siegheil, *dalle folle che trasudavano fanatismo, dagli stendardi, dai tamburi e dalle marce notturne rischiarate da diecimila torce, tutte cose estremamente drammatiche e di spirito vagamente wagneriano. Ma questo Leifhelm sembrava diverso: sembrava non appartenere a quella schiera di delinquenti. Ovviamente sentiva molto il patriottismo, come tutti noi del resto, ma senza atteggiamenti da teppista... Così decidemmo di affidare proprio a lui una serie di dispacci da far arrivare a Berlino, dispacci che, se fossero caduti in mani sbagliate, avrebbero significato un plotone di esecuzione per tutti noi. Ci hanno detto che ab-*

biamo rischiato grosso, ma non potevamo affidare comunicazioni di tale importanza a gente che viveva quotidianamente nel terrore di essere scoperta e messa a morte: Leifhelm dette prova di tutto il suo sangue freddo e della sua lealtà. Infatti, da uno dei suoi collaboratori (e non da lui, badate bene, che pure avrebbe avuto tutti i motivi per vantarsene) venimmo a sapere che proprio in quell'occasione un colonnello delle SS lo fermò e gli chiese di mostrargli il contenuto della cartella che portava con sé; Leifhelm si rifiutò e quando l'altro lo minacciò di arresto, non poté far altro che ucciderlo per non tradirci: avevamo capito che era uno di noi. Aveva corso un rischio terribile, e si salvò soltanto grazie ad un bombardamento notturno.

È chiaro lo scopo di Leifhelm ed è altrettanto chiaro che quei documenti non arrivarono mai a destinazione, né tantomeno attirarono l'attenzione di un colonnello delle SS che per tale motivo fu assassinato in strada durante un bombardamento aereo. Secondo quel che afferma Winter, infatti, quella cartella conteneva documenti esplosivi, che sicuramente sarebbero rimasti impressi nella mente di chi avrebbe dovuto riceverli: invece, nessuno ricorda niente a tale proposito. Ancora una volta, Leifhelm aveva colto al volo l'occasione giusta: la guerra era ormai persa e i nazisti sarebbero diventati agli occhi di tutti i boia del ventesimo secolo. Naturalmente, gli unici a salvarsi sarebbero stati i membri di quel gruppo elitario di generali: ancora una volta Erich fece piazza pulita del suo passato e si unì ai "Prussiani". E fu così bravo in questa operazione, che si diceva fosse stato accusato di essere uno degli organizzatori dell'assassinio di Adolf Hitler; in seguito venne chiamato a far parte del comitato di resa di Dönitz.

Durante gli anni della guerra fredda, il Comando Centrale degli Alleati gli chiese di entrare a far parte del Bundesgrenzschutz insieme ad altri ufficiali della Wehrmacht. Fu così che diventò un consulente militare, che poteva andare dappertutto e che aveva accesso ai documenti più riservati. Ormai era un assassino fattosi adulto, e la storia, con le benedizioni del Cremlino, avrebbe fatto il resto.

Nel maggio del '49 fu creata la Repubblica Federale, e nel settembre ebbe ufficialmente termine il periodo dell'occupazione alleata. Mentre la guerra fredda procedeva e la Germania Occidentale si avviava verso la ripresa, le forze della NATO chiesero materiale e personale a quelli che erano stati i nemici. Quelle nuove divisioni tedesche vennero formate sotto il comando dell'ex feldmaresciallo Erich Leifhelm.

Nessuno ha mai indagato a fondo sulla decisione della corte di Monaco: non c'erano molti uomini come Leifhelm e oltretuttto era anche richiesto dalle forze che avevano vinto la guerra. Durante la ricostruzione postbellica, quando si assisté a decisioni e risoluzioni legali estremamente tortuose e labirintiche, gli vennero riconosciute tutte le proprietà di cui si era impossessato in precedenza, fra le quali alcuni tra i piú ricchi possedimenti di Monaco. E così finisce anche la terza fase della storia di Erich Leifhelm. La quarta fase, che è quella che ci interessa, è anche quella sulla quale sappiamo di meno. La cosa della quale siamo assolutamente certi è che è stato il primo in assoluto ad aderire all'operazione diretta dal generale Delavane.

Qualcuno bussò alla porta, e Joel si buttò giù dal letto, mentre il dossier su Leifhelm cadeva a terra. Era impaurito e confuso, e guardò l'orologio: erano quasi le quattro. Chi poteva volerlo a quell'ora? Lo avevano già trovato? Oh, Cristo, il *dossier!* La *ventiquattrore!*

«Joe...? *Joe*, sei sveglio?» la voce era bassa e forte al tempo stesso... la voce di un attore che parla piano e che deve farsi sentire dal pubblico. «Sono io, Cal Dowling».

Converse corse alla porta e l'aprì, con il fiato mozzo. Si trovò di fronte Dowling, completamente vestito, che gli faceva segno di non parlare e guardava su e giù il corridoio. Quando si fu accertato che non c'era nessuno, entrò in camera, spinse Joel dentro e si chiuse la porta alle spalle.

«Scusami, Cal» disse Converse. «Dormivo, e quando hai bussato mi sono preso uno spavento.»

«E tu dormi sempre completamente vestito e con la luce accesa?» gli chiese l'attore con voce tranquilla. «Abbassa la voce. Ho controllato tutto il corridoio, ma non si può mai essere sicuri.»

«Sicuri di cosa?»

«È una delle prime cose che ho imparato a Kwajalein nel '44: un poliziotto non significa sempre guai. Spesso è la prova che è stato più in gamba di te.»

«Ti avrei chiamato, per ringraziarti...»

«Chiudi il becco e piantala, fratellino» lo interruppe Dowling, con un'espressione seria sul volto. «Devo spiegarti parecchie cose, ed ho soltanto due minuti esatti. Giù abbasso c'è una limousine che mi aspetta per portarmi sul set, a circa un'ora di macchina da qui. Non sono uscito dalla camera prima perché temevo che ci fosse qualcuno nel corridoio, e non volevo telefonarti perché un centralino si può controllare… chiedilo a chi vuoi a Cuckooburg. Del portiere non mi preoccupo, anche perché di solito non gli piace tutta la folla che mi segue negli spostamenti.» L'attore mandò un sospiro. «Quando sono finalmente approdato in camera mia, volevo soltanto sdraiarmi e dormire; invece ho avuto visite. Ero nella hall, e dentro di me pregavo perché non ti vedesse… se naturalmente fossi venuto qui.»

«Visite?»

«Gente dell'ambasciata. Ambasciata americana. Senti una cosa, Joe.»

«Joel» lo interruppe Converse. «Non credo che abbia molta importanza, comunque.»

«Scusa, ma dall'orecchio sinistro non ci sento molto bene; comunque non ha davvero la minima importanza. Quell'uomo mi ha fatto un sacco di domande su di te, un fuoco di fila che è durato venticinque minuti; mi ha detto che ci aveva visti insieme sull'aereo. Ora voglio sapere una cosa da te: sei a posto, oppure il mio istinto mi ha tradito, per la prima volta in vita mia?»

Joel lo fissò negli occhi. «No, il tuo istinto non ti ha tradito» disse in tono neutro. «Quell'uomo ti ha detto che sono nei guai con la giustizia?»

«Non esattamente. Anzi, a pensarci bene, non è che abbia parlato molto di questo: ha detto semplicemente che voleva parlarti, che voleva sapere per quale motivo eri venuto a Bonn, e dove eri.»

«Però sapevano che ero sull'aereo.»

«Sì, sapevano anche che eri partito da Parigi.»

«Quindi *sapevano* che ero sull'aeroplano.»

«È quello che ti sto dicendo… quello che mi ha detto il mio visitatore.»

«E allora perché non sono venuti ad aspettarmi all'aeroporto per chiederlo a me direttamente?»

Dowling aggrottò la fronte, e gli occhi gli divennero ancor più piccoli nel volto abbronzato dal sole. «Già, perché non te l'hanno chiesto direttamente» chiese, più a se stesso che a Joel.

«Te lo ha detto?»

«No, ma il discorso di Parigi è venuto fuori solo quando stava per andarsene.»

«Che vuoi dire?»

«Era come se quell'uomo pensasse che io gli nascondevo qualcosa (come infatti gli nascondevo) ma non ne fosse sicuro. Faccio l'attore, quindi sono abbastanza bravo a nascondere il mio vero io, Joe… Joel.»

«Hai corso un bel rischio» disse Joel, ricordandosi improvvisamente che parlava con una persona abituata a correre rischi.

«No, non preoccuparti. Prima di parlare, ho chiesto se c'erano accuse sul tuo conto, e mi ha risposto che non avevi pendenze.»

«Comunque, si trattava sempre...»

«E poi, non mi piaceva: era uno di quegli ufficiali con la puzza sotto il naso, che continuava a ripetere le cose e quando non veniva a capo di niente diceva "Lo sappiamo che a Parigi ha preso un aereo", come se fosse una sfida. Be', gli ho detto che *io* non lo sapevo.»

«Mi rendo conto che non c'è molto tempo, ma cos'altro ti ha chiesto?»

«Te l'ho detto, voleva sapere di che cosa avevamo parlato. Gli ho detto che non avevo un registratore nel cervello, ma che si trattava più che altro di cose senza importanza, quelle cose che la gente dice ad un occasionale compagno di viaggio: dello show, degli affari, e via dicendo. Ma lui non si accontentava, e continuava ad insistere, cosa che mi ha fatto uscire dai gangheri.»

«E allora?»

«Gli ho detto che avevamo parlato di qualcosa di estremamente personale, ma che non erano affari suoi. Allora ha cominciato ad agitarsi, cosa che mi ha fatto montare su tutte le furie: ci siamo scambiati qualche complimento e un paio di osservazioni sulle proprie madri, ma le sue non erano un granché perché era troppo teso. Poi per la decima volta mi ha chiesto se mi avevi detto qualcosa di Bonn, se sapevo a quale aereo saresti andato, ed io, per la decima volta, gli ho detto la verità... almeno, quella che tu mi hai fatto credere fosse la verità: che eri avvocato, che eri a Bonn per affari e che non sapevo dove avresti alloggiato. È la verità, perché non lo sapevo veramente.»

«Benissimo.»

«Benissimo cosa? L'istinto ti serve per la prima reazione, avvocato, ma in seguito una persona deve usare il cervello. Un uomo importante, che ti sventola sotto il naso un ID di un'ambasciata, che piomba in camera tua nel bel mezzo della notte comportandosi da padrone può essere qualcosa di estremamente seccante, ma è sempre un membro del Dipartimento di Stato, e per questo voglio sapere che cosa sta succedendo.»

Joel si voltò ed andò verso il fondo del letto, guardando il dossier di Leifhelm sul pavimento. Poi si girò e parlò scandendo bene le parole, e avvertendo una grande stanchezza nella sua stessa voce. «Si tratta di un qualcosa nel quale non vorrei coinvolgerti per tutto l'oro del mondo. Ma fidati, fratellino: il tuo istinto non ti ha tradito.»

«Voglio essere onesto fino in fondo con te» disse l'attore, con un'espressione quasi divertita negli occhi. «Ho detto a quel bastardo che se avessi ricordato qualche altro particolare, avrei telefonato a Walter Vattelapesca... io lo chiamavo Walt, e glielo avrei detto.»

«Non capisco.»

«Walt è l'ambasciatore a Bonn. Con tutti i casini che hanno da risolvere qui, ti immagini quello yo-yo di diplomatico che viene a cena con me, un comunissimo attore della televisione? Be', quando ho tirato fuori l'idea di telefonare all'ambasciatore, il nostro ufficialetto tirato tutto a lucido se l'è fatta sotto; non se l'aspettava di certo. Mi ha anche detto (tre volte, se ricordo bene) che non dovevo per nessun motivo seccare l'ambasciatore con domande su questo problema: ha cominciato a dire che non era importante, che il suo capo aveva ben altro per la testa, e che in effetti, ora che ci pensava, non ne era nemmeno al corrente. E ora apri bene le orecchie, signor avvocato. Quell'uomo mi ha detto che eri un "problema" del Dipartimento di Stato, un panno sporco da lavare in casa come se un attore con il cervello di gallina non riuscisse a capire il patriottismo burocratico. Penso che sia stato allora che gli ho urlato in faccia: "Balle!".»

«Grazie» disse Converse, non sapendo cos'altro dire, ma perfettamente cosciente di dove voleva arrivare.

«E anche in quel caso penso che il mio istinto non mi abbia tradito.» Dowling guardò l'orologio, poi fissò lo sguardo su Converse con gli occhi che sembravano leggergli dentro. «Sono stato un marine, ma non sono uno di quelli che sventolano la bandiera ad ogni piè sospinto. Però, quella bandiera mi piace, e non vivrei sotto nessun'altra.»

«Neppure io.»

«Allora chiariamo subito un punto: tu lavori per quella bandiera?»

«Sì, nell'unico modo in cui potrei, ed è tutto quello che posso dirti per ora.»

«Stai indagando su qualcosa qui a Bonn? Ed è per questo che non volevi farti vedere da me. Per questo mi sei stato lontano ad Amburgo... ed hai messo su quella sceneggiata per uscire dall'aereo?»

«Sì.»

«E quel figlio di puttana non voleva che chiamassi l'ambasciatore.»

«No, non voleva, e non vuole, perché non può permetterselo. Ed io ti prego di non farlo.»

«Allora tu sei... Oh, Cristo! Sei uno di quegli agenti in incognito dei quali si legge nei libri di spionaggio? Sono incappato in uno di quei personaggi che non si possono far vedere quando arrivano in un aeroporto?»

«Be', non è proprio così romanzesco, e sto indagando su certe presunte irregolarità. Ti prego di accettare questa versione, che è l'unica vera; ti ringrazio per tutto quello che fai per me, e ti assicuro che è la prima volta che mi trovo coinvolto in una cosa come questa.»

«Certo che ne hai di sangue freddo, fratellino mio.» Dowling si girò e si avviò verso la porta, poi d'improvviso si volse e guardò Converse. «Forse sono pazzo» disse. «Alla mia età mi sarebbe anche permesso. Ma c'è qualcosa in te che mi ha colpito, fratellino: una parte di te è lontana, una parte sempre presente a se stessa. L'ho visto subito quando ti ho parlato di mia moglie. A proposito, sei sposato?»

«Lo ero.»

«E chi non lo è? Ah... scusa... hai detto che *sei stato* sposato. Mi dispiace.»

«A me non dispiace affatto, e nemmeno a lei.»

«E a chi dispiace? Scusa ancora. Il mio istinto non mi ha tradito: sei a posto.» Dowling mise la mano sulla maniglia.

«Cal?»

«Sì?»

«Devo saperlo, perché per me è terribilmente importante. Chi era quell'uomo dell'ambasciata? Deve pur essersi qualificato.»

«Sì» disse l'attore. «Quando ho aperto la porta mi ha sventolato il suo ID sotto il naso, ma purtroppo non avevo gli occhiali. Però, quando stava per andarsene, gli ho fatto capire che volevo sapere chi era.»

«E chi era?»

«Ha detto che si chiamava Fowler, Avery Fowler.»

7

«Aspetta!»

«Cosa?»

«Che cosa hai detto?» Converse sentì che la testa gli girava quando udì quel nome. Dovette ancorarsi, afferrando un oggetto solido (in quel caso la testiera del letto) per non cadere.

«Che ti succede Joe? Che hai?»

«Quel nome! Per caso si tratta di uno scherzo, uno scherzo di pessimo gusto, un gioco crudele? Ti hanno *ordinato* di andare su quell'aereo, vero? Dovevo incontrarti, vero? Anche tu fai parte del gioco, signor Attore? E sei anche bravo!»

«O sei ubriaco, oppure stai veramente male. Di che cosa stai parlando?»

«La stanza, il biglietto... tutto! E poi quel nome! Tutto calcolato, vero?»

«Ormai è quasi giorno, giovanotto, e se questa stanza non ti piace, puoi andartene dove vuoi, per quel che mi riguarda.»

«Dove voglio?...» Joel tentò di sfuggire ai quei fasci di luce abbaglianti del Quai du Mont Blanc e di eliminare quel groppo alla gola. «No... Sono stato *io* a venire qui...» disse con voce rauca. «E tu non potevi saperlo. E poi, a Copenaghen, sull'aereo, ho preso l'ultimo biglietto della prima classe, e il posto accanto a me era già stato prenotato: un posto vicino al corridoio.»

«Già, io prenoto sempre un posto vicino al corridoio.»

«Oh, Gesù!»

«Sì, non c'è dubbio, stai proprio delirando.» Dowling dette un'occhiata al bicchiere vuoto che era sul comodino e guardò la bottiglia di whisky fornita da un portiere solerte. «Quanto ne hai in corpo?»

Converse scosse la testa. «No, non sono ubriaco. Mi dispiace. Cristo, mi dispiace veramente! Tu non c'entri. Ti stanno soltanto usando, ti usano per trovare me! Tu mi hai salvato la... il lavoro... ed io me la prendo con te. Perdonami.»

«Già, ma non mi sembri un tizio che si preoccupa del lavoro» disse l'attore aggrottando la fronte più di preoccupazione che di rabbia.

«No, non si tratta di un lavoro inteso come impiego, si tratta di... arrivare ad una conclusione.» In silenzio Joel trasse un lungo respiro per cercare di controllarsi, rimandando il momento in cui avrebbe dovuto fronteggiare le tremende implicazioni che si celavano dietro ciò che aveva appena sentito. *Avery Fowler*! «Voglio portare fino in fondo, e con successo, quello che sto facendo. Voglio vincere» aggiunse, cercando di coprire quella falla che Dowling aveva già notato. «Tutti gli avvocati vogliono vincere, non è vero?»

«Ma certo.»

«Mi dispiace, Cal.»

«Non pensarci più» disse l'attore con voce neutra, ma con lo sguardo preoccupato. «Tra la gente che frequento io, perdere le staffe è cosa normalissima... con la differenza che loro non lo riconoscono.»

«No, ho reagito male, ecco tutto. Ma ti ho detto che per me si tratta di una cosa nuova; non che sia nuovo avere a che fare con la legge. Solo che... è la prima volta che faccio qualcosa direttamente. Non so se mi spiego.»

«Non lo so neanch'io.»

«Ti prego di credermi.»

«Va bene, se è quello che desideri.» Di nuovo Dowling guardò l'orologio. «Devo andare, ma c'è qualche cos'altro che potrebbe esserti utile per salvare...» l'attore fece una pausa significativa «... il lavoro.»

«E cioè?» chiese Converse, che cercava disperatamente di dominarsi.

«Quando questo Fowler se ne è andato, ho riflettuto su due aspetti del problema. Il primo era che ero stato duro e maleducato con una persona che stava semplicemente facendo il suo lavoro, e l'altro era un pensiero di natura prettamente egoistica. Non avevo certo fornito aiuto a quella persona, e questo poteva ritorcersi contro di me. Naturalmente, se tu non ti fossi fatto vivo, mi sarei ripreso il biglietto e non ci avrei pensato più. Ma se invece tu fossi venuto, e con un cappello nero in testa, sarei stato nel bel mezzo di un vespaio.»

«E questa avrebbe dovuto essere la tua prima preoccupazione» disse Joel.

«Forse sì, non lo so. In ogni modo, gli ho detto che nel corso della nostra conversazione, ti avevo invitato a bere qualcosa, a venire sul set, se ti andava. Mi è sembrato piuttosto perplesso quando ho detto questo, come se non mi capisse. Gli ho chiesto se avrei dovuto richiamarlo all'ambasciata se ti avessi rivisto. Mi ha detto di no. Mi ha detto di non farlo per nessuna ragione.»

«*Cosa?*»

«Sì, mi ha fatto capire che una mia telefonata in quel senso sarebbe servita soltanto ad agitare le acque. Mi ha detto che avrebbe richiamato lui, verso mezzogiorno.»

«Ma tu devi girare!»

«Qui ne è successa una bella, ma lasciamo perdere. Abbiamo telefoni mobili, perché la produzione insiste su questi aggeggi; è una nuova moda, che si chiama controllo del budget. Quindi possiamo ricevere telefonate.»

«Non ti seguo più.»

«Bene, allora ti spiego: quando quel tizio mi chiama, io chiamo te. Ma devo dirgli che ti ho visto.»

Sorpreso, Converse guardò quell'uomo ormai anziano che sapeva correre rischi. «No, non ti seguo proprio.»

«Tu invece sei chiaro come un libro aperto, proprio come quel tipo. Lui vuole parlare con te, ma vuole parlarti da solo, lontano da quelle persone che anche tu non vuoi vedere. Vedi, quando era sulla porta e mi ha detto quelle ultime frasi, era tormentato da un pensiero: capivo che stava interpretando un ruolo che non era il suo, proprio come te sull'aereo, ma non ne ero sicuro. Quando però, uscendo, ha cambiato completamente faccia (cosa che non si deve fare mai, nemmeno in caso di attacco violento e improvviso di diarrea) ho capito... Che cosa gli dico, Joe?»

«Chiedigli il numero di telefono.»

«Benone. Ora fatti una bella dormita. Hai la faccia di una soubrette di quart'ordine alla quale hanno appena comunicato che deve interpretare Medea.»

«Ci proverò.»

Dowling gli porse un foglietto. «Ecco qui» disse avvicinandoglisi. «Poco fa non ero sicuro che te l'avrei dato, ma ora voglio che tu ce l'abbia. È il numero del telefono mobile dove puoi raggiungermi.

Chiamami, dopo che avrai parlato con questo Fowler. Non credo che riuscirò a stare molto calmo, finché non avrò tue notizie.»

«Ti dò la mia parola... Cal, che cosa volevi dire quando hai detto "Qui ne è successa una bella" e non sei andato più avanti?»

L'attore girò la testa fino ad un'angolazione precisa, come se davanti a lui ci fosse stato un pubblico e avesse dovuto farsi vedere da tutti i lati della platea. "Quel figlio di puttana mi ha chiesto che mestiere facevo"... Come dicono al club del polo, "Ciao, baby!"»

Converse si mise a sedere sul letto; sentiva la testa pulsargli e i muscoli tesi. Avery Fowler! Avery Preston Fowler *Halliday*! *Press* Fowler... *Press Halliday*! Quei nomi gli rimbombavano nel cervello, penetrandogli nelle tempie e rimbalzandogli contro le pareti della mente, e ne sentiva le eco dappertutto. Non riusciva neanche a controllarsi, e cominciò a dondolare avanti e indietro, sorreggendosi sulle braccia per non cadere, mentre sentiva dentro di sé un ritmo, che accompagnava il nome — anzi, i nomi dell'uomo che era morto a Ginevra tra le sue braccia. Un uomo che aveva conosciuto da ragazzo e che da adulto lo aveva spinto nel mondo di George Marcus Delavane e in una malattia epidemica chiamata Aquitania.

Questo Fowler vuole parlare con te, ma vuole parlarti da solo, lontano da quelle persone che anche tu non vuoi incontrare... Il giudizio di uno che sapeva correre rischi.

Converse smise di andare avanti e indietro e guardò il dossier di Leifhelm sul pavimento. Aveva pensato al peggio perché non aveva capito, ma c'era un'alternativa, una possibilità remota: forse, date le circostanze, era anche una probabilità. Vedeva i contorni di quella struttura geometrica; non riusciva ancora a tracciarli, ma sapeva che erano là. Il nome Avery Fowler non significava niente per nessuno tranne che per lui... Almeno non a Bonn, non per quello che riguardava un omicidio a Ginevra. Forse aveva ragione Dowling; Joel gli aveva chiesto di farsi dare il numero di telefono, ma senza convinzione. Forse perché l'immagine di quella limousine rosso scuro che entrava nel cancello dell'ambasciata americana non lo abbandonava un minuto: *quella* era la connessione che gli aveva impedito di ragionare quando aveva udito il nome di Avery Fowler. L'uomo che usava quel nome era dell'ambasciata, e un settore dell'ambasciata stava dalla parte di Aquitania. Aveva registrato quell'impostore come un qualcuno che faceva parte della trappola. Era tutto logico, era semplicemente aritmetico... ma non era geometria. Si poteva sempre supporre che ci fosse un'intersezione nella linea che veniva da un altro piano e che quindi rendeva nulla quella progressione aritmetica; se c'era, sicuramente aveva assunto la forma di una spiegazione che non poteva intuire finché non gli fosse stata chiarita.

Pian piano si stava riprendendo, stava ritrovando l'equilibrio. Come aveva già fatto tante volte nei tribunali e nelle sale di riunione, cominciò per gradi ad accettare un aspetto totalmente imprevisto sapendo che non poteva farci niente finché non succedeva qualcosa, qualcosa sulla quale non poteva avere nessun controllo. La parte più difficile di tutto il processo era costringersi a fare le cose giuste, finché *succedeva*... qualunque cosa fosse. Far congetture era inutile: tutte le probabilità erano al di fuori della sua comprensione.

Prese il dossier di Leifhelm.

Gli anni di Erich Leifhelm con il Bundesgrenzschutz furono anni unici, sui quali è bene soffermarsi brevemente. Dopo una guerra, una forza di polizia nazionale di un paese occupato è necessaria agli occupanti per varie ragioni, che vanno da un semplice problema linguistico alla necessità di penetrare a fondo negli usi e nelle tradizioni locali. È necessario che ci sia un collegamento tra le truppe degli occupanti e il paese conquistato, in modo da mantenere un certo ordine. C'è anche un'altra ragione, che raramente viene analizzata anche nei testi di storia, ma che è ugualmente importante; a volte negli eserciti sconfitti ci sono elementi di rilievo, che, se lasciati inutilizzati, possono ingigantirsi nell'umiliazione della sconfitta, con il risultato di dar luogo a quelle piccole ostilità che sono controproducenti in un clima politico teso alla stabilizzazione e che possono addirittura sfociare in rivolte interne, il che significa violenza e spargimento di sangue a spese dei vincitori e di un ipotetico nuovo governo che si sta formando. In altre parole, il Comando Alleato si rese conto di avere tra le mani un militare brillante e molto conosciuto che non avrebbe resistito di fronte all'ipotesi di mettersi a riposo o di essere assegnato a servizi di poca importanza. Il Bundesgrenzschutz era ed è una forza paramilitare, una polizia federale che controlla i confini, ed era il posto più logico cui assegnare un uomo come Erich Leifhelm. Gli Alleati pensarono che fosse meglio *utilizzare* coloro che erano stati leader piuttosto che *venirne utilizzati*: e come succede sempre, tra questi leader c'erano coloro che avrebbero guidato il gruppo, e fra questi Erich Leifhelm.

All'inizio, fu nominato consulente militare durante la smobilitazione della Germania, e pian piano divenne l'intermediario tra la Grenzschutz e le forze di occupazione alleate. Si preoccupava soprattutto di quelli che erano considerati punti cruciali, e cioè Vienna e Berlino ed era costantemente in contatto con i Comandi dei settori americani, inglesi e francesi. Subito rese chiari a tutti i suoi sentimenti anti-sovietici, che vennero debitamente notati dagli ufficiali più anziani, i quali lo presero sotto la propria protezione e, come era successo con i Prussiani, pian piano cominciarono a considerarlo uno di loro.

Fu proprio a Berlino che Leifhelm venne in contatto con il generale Jacques Louis Bertholdier. Ne seguì una salda amicizia, che però non era di pubblico dominio perché da sempre c'erano state schermaglie e ostilità tra i militari tedeschi e quelli francesi. Abbiamo rintracciato soltanto tre ex-ufficiali del comando di Bertholdier che ricordano o vogliono ricordare i due uomini a cena insieme in ristoranti e caffè fuori mano, immersi in una conversazione fitta e visibilmente contenti di stare in compagnia l'uno dell'altro. Tuttavia, quando Leifhelm veniva chiamato ai quartieri generali francesi a Berlino, le formalità venivano rispettate in pieno, e mai i due si chiamavano per nome, ma sempre per il grado e gli appellativi del caso. Anche recentemente, come già si è detto, entrambi hanno negato di conoscersi, nonostante abbiano ammesso di essersi visti in qualche occasione.

Come si è già detto, all'inizio il rendere pubblica la propria amicizia significava dare un calcio a tutti i vecchi pregiudizi che regnano sovrani tra i militari, mentre la ragione di questo negare l'amicizia in tempi recenti è ben più profonda: infatti, entrambi sono punte di diamante nell'organizzazione di Delavane e non a caso i loro nomi figurano nella lista dei collaboratori più stretti. Sono uomini influenti, che fanno parte di multinazionali che trattano prodotti e tecnologie di una vasta gamma di articoli, dalla costruzione di dighe ai problemi connessi con il nucleare; naturalmente, in Europa e in Africa queste multinazionali hanno sussidiarie che possono facilmente spedire armamenti. Come si vedrà in seguito, si può supporre che Leifhelm e Bertholdier comunichino attraverso una donna che vive a Bonn e si chiama Ilse Fishbein. Veramente Fishbein è il nome da sposata, un matrimonio abbastanza strano, in quanto Yakov Fishbein, sopravvissuto ai campi di concentramento, è emigrato in Israele. Frau Fishbein, nata nel 1942, è la figlia illegittima più giovane di Herman Göring.

Converse posò il dossier e prese un bloc-notes vicino al telefono sul comodino. Poi tirò fuori dal taschino la Cartier d'oro che Val gli aveva regalato molti anni prima e scrisse il nome di Ilse Fishbein; poi rimase a guardare quel nome e la penna. Il fatto che fosse d'oro, e di una marca così prestigiosa, gli ricordava giorni migliori... no, non migliori, ma almeno più completi. Dietro la sua insistenza, Valerie aveva lasciato il lavoro fisso all'agenzia e aveva deciso di diventare una semplice collaboratrice. L'ultimo giorno di lavoro all'ufficio, era andata fino da Cartier e aveva speso una discreta parte dell'ultimo stipendio per comprargli quella penna. Quando lui le aveva chiesto che cosa avesse fatto di tanto importante (a parte quella ascesa velocissima nell'olimpo di Talbot, Brooks e Simon) per meritarsi un regalo così opulento e così poco pratico, Valerie gli aveva risposto: «Mi hai costretto a fare ciò che avrei dovuto fare da molto tempo. D'altronde, se facendo la collaboratrice non dovessi guadagnare abbastanza, posso sempre rubartela e andare ad impegnarla... Ma che dico, probabilmente domani l'avrai già persa».

Il lavoro di collaboratrice le aveva reso bene, e lui non aveva perso la penna.

Il nome di Ilse Fishbein gli suggerì una serie di riflessioni; gli sarebbe piaciuto fare qualche domanda a quella donna, ma era fuori discussione. Qualunque cosa Erich Leifhelm sapesse, gli era stata comunicata da Bertholdier attraverso Frau Fishbein. Probabilmente tale comunicazione comprendeva una descrizione dettagliata della sua persona e un chiaro avvertimento; quell'americano era pericoloso. Ilse Fishbein, una simpatizzante di Aquitania, poteva indubbiamente portarlo ad altri nomi in Germania che facevano parte della rete di Delavane, ma lo avrebbe anche portato alla sua... qualunque cosa intendessero fargli, e ancora non era pronto. Comunque, si trattava sempre di un nome, di un'informazione, di un fatto che nessuno sapeva che possedesse, e l'esperienza gli aveva insegnato che tali dettagli sono da tener presenti, perché possono risultare un punto a vantaggio se usati al momento giusto. Era avvocato, e sapeva muoversi nel labirinto della legge avversa e in quella parte fra le due che era considerata terra di nessuno. Sapeva anche che a volte la pazienza veniva premiata e ricompensata in modo insperato.

Nonostante questo, la tentazione era grande: il sangue del sangue di Herman Göring coinvolto con la resurrezione dei generali. In *Germania*! Ilse Fishbein poteva essere un mezzo per aprire un fiume di ricordi spiacevoli. Era un'arma a doppio taglio, e presto sarebbe venuto il momento di usarla.

Per diciassette anni Leifhelm lavorò con le divisioni della NATO della Germania Occidentale, dopodiché fu trasferito ai quartieri generali SHAPE, vicino a Bruxelles, come portavoce militare degli interessi di Bonn.

Anche questa volta, il nostro Erich assunse atteggiamenti estremamente anti-sovietici, spesso in contrasto con la politica diplomatica del suo governo, che voleva una coesistenza pacifica con il Cremlino, e durante gli ultimi mesi passati allo SHAPE venne apprezzato maggiormente dalle fazioni anglo-americane dell'estrema destra piuttosto che dal comando politico di Bonn. Quando il cancelliere della Repubblica Federale si rese conto che la politica estera americana degli anni ottanta non apparteneva più ai politici, ma a ideologi bellicosi, rimandò a casa Leifhelm e gli cercò un posto dove potesse venir tranquillamente neutralizzato.

Ma Leifhelm non era uno sciocco, non lo era mai stato e non lo fu neanche in quell'occasione. Quindi capì subito che questo suo trasferimento era un implicito riconoscimento della sua abilità come militare e come politico. Dappertutto, la gente guardava al passato, rimpiangeva uomini che avevano parlato chiaro, con franchezza, senza offuscare né nascondere i problemi che le nazioni e il mondo dovevano affrontare, specialmente per quel che concerneva il mondo occidentale.

Così, cominciò a parlare. All'inizio si limitò a brevi discorsi tra gruppi di veterani e organizzazioni militari dove il suo passato di guerra e di glorie belliche gli garantiva una platea folta e ben disposta. Poi, incitato dall'entusiasmo che dovunque suscitava, Leifhelm si rivolse ad altre platee, con discorsi sempre più provocatori ed infiammati.

Fra quelle platee, ci fu qualcuno che andò su tutte le furie: il cancelliere venne a sapere che Leifhelm aveva attaccato il Bundestag inventandosi un seguito che non aveva, ma infiammando cuori che non dovevano essere infiammati. I punti focali del discorso di Leifhelm erano sempre gli stessi: un esercito più potente e più fornito di quello che la NATO permetteva; un servizio segreto comandato e diretto dalla Abwehr, che aveva dimostrato straordinarie capacità; una revisione generale dei testi di storia, purgati di quelle parti che venivano considerate ingiuriose e disfattiste; campi di internamento per i prigionieri politici e per i sovversivi che si celavano dietro l'etichetta di "liberi pensatori". Era tutto lì, nero su bianco.

Il cancelliere ne aveva abbastanza. Fece chiamare Leifhelm nel suo ufficio e chiese le immediate dimissioni alla presenza di tre testimoni. Oltre a questo, ordinò a Leifhelm di non occuparsi più di politica, di non tenere più discorsi in pubblico, di non prestare il suo nome in nessuna causa di carattere politico. In una parola, doveva ritirarsi dalla vita pubblica. Abbiamo intervistato uno di quei testimoni, il cui nome non è importante, e ci ha detto quanto segue:

> Il cancelliere era furioso e disse a Leifhelm: «Herr General, lei ha due scelte, e, se mi perdona il termine, una risoluzione finale. La prima scelta è fare come le dico; in caso contrario, sarò costretto a toglierle il grado che ha, insieme alla pensione e a tutto quel che possiede, inclusa una proprietà a Monaco che, se esaminata da una corte non corrotta, le verrebbe immediatamente tolta. Questa è la sua seconda scelta». Il feldmaresciallo era pallido come un lenzuolo. Fece appello a quelli che lui definiva "i suoi diritti" e fu a quel punto che il cancelliere gli gridò: «I suoi diritti sono in realtà tutti torti!». Allora Leifhelm chiese che cosa significasse la risoluzione finale; per quanto pazzesco possa sembrare, vi giuro che il cancelliere aprì un cassetto della scrivania, ne trasse una pistola e la puntò contro Leifhelm. «La risoluzione finale è la pallottola che le sparerà in mezzo agli occhi» disse. «Lei non ci riporterà, lo ripeto, non ci *riporterà* indietro.»
>
> Per un momento pensai che il vecchio militare avrebbe offerto il petto alla pistola, ma non lo fece. Rimase immobile, e nei suoi occhi c'era soltanto odio, che il cancelliere ricambiava con incredibile freddezza. Poi Leifhelm fece una cosa stupida: alzò il braccio destro, non rivolto al cancelliere, ma da un'altra parte, e gridò: «Heil Hitler». Poi fece dietrofront e uscì dalla stanza. Rimanemmo tutti in silenzio per qualche istante, finché il cancelliere disse: «Avrei dovuto ucciderlo, avrei dovuto ucciderlo. Me ne pentirò. Tutti quanti ce ne pentiremo».

Cinque giorni dopo questo episodio, Jacques Louis Bertholdier fece il primo dei viaggi a Bonn prima di ritirarsi a vita privata. In quell'occasione si fermò all'hotel Schlosspark e, visto che la direzione dell'hotel tiene i conti di tutti i clienti per un periodo di tre anni, siamo riusciti a rintracciare anche il conto del generale. Vi figurano numerose chiamate a ditte che hanno rapporti di lavoro con la Juneau e Cie (troppo numerose per essere esaminate una per una) e un numero di telefono ripetuto varie volte, che non sembra aver nulla a che fare con Bertholdier e la sua compagnia. Si tratta del numero di

Ilse Fishbein. Abbiamo controllato la scheda telefonica di Erich Leifhelm in quel periodo e abbiamo scoperto che anch'egli fece numerose telefonate a Ilse Fishbein, lo stesso numero di telefonate fatte da Bertholdier. Da ulteriori indagini, è emerso che Frau Fishbein e Leifhelm si conoscevano da vari anni. Facile trarre conclusioni: la donna è l'intermediario tra le reti di Delavane a Parigi e a Bonn.

Converse si accese una sigaretta. La tentazione era grande, perché Ilse Fishbein poteva essere la scorciatoia; la figlia di Herman Göring poteva rivelargli moltissime cose: innanzitutto poteva confermargli di essere l'intermediaria tra Leifhelm e Bertholdier, e in questo caso avrebbe dovuto sapere molte cose, perché i due vecchi generali dovevano trasmettersi informazioni proprio attraverso lei. Sarebbero sicuramente venuti fuori nomi di compagnie, di sussidiarie e di ditte che facevano capo a Delavane a Palo Alto, nomi su cui poteva legalmente indagare, e scoprire le illegalità che certamente vi erano. Se solo ci fosse stato un modo per parlare con quella donna senza scoprirsi... un intermediario. In passato aveva usato molte volte intermediari, e sapeva che importanza avessero. Di solito, era abbastanza semplice: si metteva in contatto con una terza persona che avrebbe parlato con un avversario al corrente di informazioni che potevano rivelarsi preziose per lui, e che forse avrebbero potuto salvare i suoi interessi; se poi il gioco valeva la candela, solitamente si trovava una soluzione equa per entrambi. La moralità di tale comportamento era dubbia, ma, contrariamente a quello che si pensava, la moralità degli affari aveva tre dimensioni, se non addirittura quattro. Non che il fine giustifichi i mezzi, ma certi mezzi, giustificabili, che potevano portare ad una conclusione giusta e necessaria, non andavano ignorati.

E smantellare Aquitania era una conclusione fin troppo giusta e fin troppo necessaria. Il vecchio Beale aveva avuto ragione quella notte sulla spiaggia illuminata dalla luna di Micono: lui non lavorava per uno sconosciuto di San Francisco, ma per una gran parte del cosiddetto mondo civile. Dovevano fermare Aquitania, distruggerla.

Un intermediario? Era un'altra domanda che rimandava al mattino dopo. Riprese il dossier, mentre sentiva le palpebre farglisi pesanti.

Leifhelm ha pochi amici, forse perché si rende conto di essere sorvegliato. È consulente di molte ditte, le quali hanno candidamente affermato di pagarlo soltanto per poter usare il suo nome...

La testa gli cadde in avanti. Si riprese, spalancò gli occhi e scorse quelle ultime pagine, cercando di capirne il senso; sentiva che non era più capace di concentrarsi. Il dossier parlava di alcuni ristoranti che a lui non dicevano niente; di un matrimonio durante la guerra che si era concluso con la sparizione della moglie di Leifhelm nel novembre del '43 durante un bombardamento di Berlino. Continuava dicendo che non c'erano state altre mogli e che la sua vita privata era estremamente privata, se non addirittura di carattere austero. Uniche eccezioni, erano le cene che di tanto in tanto organizzava, con ospiti sempre diversi, ma i nomi non dicevano niente a Joel. Poi c'era l'indirizzo, una villa vicino a Bad Godesberg... Improvvisamente, Converse si irrigidì, notando qualcosa di significativo.

> La casa si trova in campagna, sul fiume Reno, lontana da negozi e servizi. Il parco è recintato, e sorvegliato da cani che abbaiano a tutti i veicoli che si avvicinano tranne che alla limousine rosso scura di Leifhelm.

Una limousine rosso scuro! Leifhelm era stato all'aeroporto! Era stato lui ad entrare all'ambasciata! Come poteva essere, *come*?

Era troppo per lui, e in quel momento non riusciva a capirlo. Sentiva una nebbia nel cervello che tra poco si sarebbe rifiutato di funzionare. Il dossier cadde a terra e Joel chiuse gli occhi e dormì.

Cadeva a testa all'ingiù in un buco sottoterra, circondato da rocce scure, verso l'oscurità infinita. Quelle pareti di roccia urlavano freneticamente, lacerandogli i timpani mentre cadeva, straziato da figure mostruose con becchi appuntiti e artigli ricurvi che gli laceravano le carni. Quel clamore frenetico era insopportabile. Dove era andato il silenzio? Stava cadendo nel nulla, nell'oscuro nulla?

Aprì gli occhi e si scoprì fradicio di sudore, con il fiato corto. Il telefono sul comodino squillava, con quel suono maledettamente stridente. Cercò di riaversi, di cancellare dalla mente il sonno e la paura; sollevò il ricevitore, guardando l'orologio; era mezzogiorno e un quarto, e il sole brillava fuori dalla finestra. Era addirittura accecante.

«Sì? Pronto...?»

«Joe? *Joel*?»

«Sì.»

«Sono Cal Dowling. Il nostro amico ha chiamato.»

«Cosa? Chi?»

«Fowler, Avery Fowler.»

«Oh, Gesù!» Stava tornando, stava tornando *tutto*. Era seduto ad un tavolo dello Chat Botté sul Quai du Mont Blanc, accecato dal sole che si rifletteva sul metallo delle auto che passavano sul boulevard. No... non era a Ginevra, era in una stanza d'albergo a Bonn, e soltanto qualche ora prima quel nome gli aveva scatenato una serie di ricordi. «Sì» disse con voce soffocata. «Ti ha dato il numero di telefono?»

«Ha detto che non c'è tempo per giocare a nascondino, e che fra l'altro non ha telefono. Ha detto che ti aspettava alla parete orientale dell'Alter Zoll. Ha detto di far presto. Non preoccuparti, ti troverà lui.»

«No! Assolutamente no!» gridò Converse. «Non dopo quello che è successo a Parigi! Non dopo quello che è successo all'aeroporto! Non sono un imbecille!»

«E infatti lui non ti considera un imbecille» rispose l'attore. «Mi ha detto di dirti una cosa che ti avrebbe sicuramente convinto.»

«Che cosa?»

«Spero di aver capito bene; non è una cosa tanto bella da dire, a pensarci bene... Ha detto che un giudice di nome Anstett è stato ucciso ieri notte a New York. Pensa che ti stiano facendo terra bruciata intorno.»

8

L'Alter Zoll, rasa al suolo tre secoli fa, era l'antica torre della fortezza meridionale di Bonn sul Reno; oggi è un edificio adibito a dogana su un prato verde punteggiato di cannoni, relitti di un potere consumatosi nelle eterne dispute tra imperatori e re, vescovi e principi. Un muro che procedeva a serpentina, quasi un mosaico di pietra rossa e grigia, costeggiava il fiume solcato da varie imbarcazioni che sembravano quasi carezzare entrambe le rive in quel placido navigare avanti e indietro delle diverse pattuglie: il paesaggio era ben diverso dal lago di Ginevra, e ancora più diverso del lago di Como, con quelle acque invitanti e così insidiose. Nonostante questo, in lontananza c'era una vista che tutto il mondo invidiava alla città: il Siebengebirge, le sette montagne del Westerwald, che si stagliavano stupende contro l'orizzonte.

Joel si era appoggiato contro un muretto, e cercava di godersi quella vista, nella speranza di riuscire a calmarsi. Ma era tutto inutile: quelle bellezze gli erano come indifferenti, e non riuscivano a distrarlo dai suoi pensieri; d'altronde, nessun'altra cosa avrebbe potuto togliergli quel chiodo fisso in testa... Lucas Anstett, Seconda Corte d'Appello, giudice straordinario e intermediario tra Joel Converse, il suo studio legale e uno sconosciuto a San Francisco; l'unica persona, all'infuori di quello sconosciuto e un professore in pensione che viveva sull'isola di Micono, che fosse al corrente di quel che faceva e del perché lo faceva. Come poteva essere avvenuto che nello spazio di diciotto ore, o ancora meno, quell'uomo era stato *trovato*? Trovato e ucciso?

«Converse?»

Joel girò appena la testa, il corpo rigido e teso. Ad una cinquantina di metri da lui, all'estremità di un sentiero di ghiaia, c'era un uomo biondo, sulla trentina; aveva un volto da ragazzo, una di quelle facce che invecchiano molto lentamente, che rimangono giovani anche in età avanzata. Era più basso di Joel, anche se non di molto; doveva essere sul metro e settantacinque, e indossava pantaloni chiari e una giacca di canapa, con la camicia bianca aperta sul collo.

«Chi sei?» chiese Converse con voce roca.

L'uomo gli fece cenno di seguirlo con il capo, mentre una coppia passava sul sentiero. Converse gli si avvicinò e si ritrovò accanto alla ruota di ferro di un enorme cannone di bronzo.

«Allora, chi sei?» ripeté Joel.

«Mia sorella si chiama Meagen» disse il giovanotto biondo. «E, tanto per non sbagliarsi, tocca a lei ora dirmi chi è.»

«Come diavolo...?» Converse si interruppe, mentre gli tornavano alla mente tre parole, parole sussurrate da un uomo che gli era morto tra le braccia a Ginevra. *Oh, Cristo, Meg, i ragazzi*... «"Meg, i ragazzi"» disse ad alta voce. «Fowler chiamava sua moglie con il diminutivo di Meg.»

«Già... il diminutivo di Meagen, la moglie di Halliday, che lei conosceva come Fowler.»

«E così tu saresti il cognato di Avery.»

«Il cognato di Press» lo corresse l'altro, tendendogli la mano. «Connal Fitzpatrick» aggiunse poi.

«Allora siamo dalla stessa parte.»

«Me lo auguro.»

«Ho un sacco di cose da chiederti, Connal.»

«Anch'io devo farle tante domande, Converse.»

«Comunque, direi di cominciare su un piano di amicizia» disse Joel, notando che Fitzpatrick continuava a dargli del lei e a trattarlo con notevole freddezza.

Connal distolse lo sguardo e arrossì, visibilmente a disagio. «Scusa» disse. «Il mio spirito di fratello — da entrambe le parti — si ribella a tutto questo... E poi, non ho avuto la possibilità di dormire neppure per un paio d'ore. Figurati, che ho ancora l'orologio con l'ora di San Diego.»

«San Diego? Non abiti a San Francisco?»

«Sono nella Marina. Faccio l'avvocato, e sono di stanza a San Diego.»

«Ehilà» disse Converse, sottolineando quell'espressione con un fischio tra i denti. «Il mondo è piccolo...!»

«So tutto sulla geografia» disse Fitzpatrick. «Ed anche tu, tenente. Come credi che Press abbia ottenuto quelle informazioni? Non ero a San Diego in quel periodo, ma avevo degli amici.»

«Allora niente di sacro.»

«Ti sbagli: è tutto sacrosanto. Per avere quella roba ho dovuto aggrapparmi a parecchie corde. È stato circa cinque mesi fa, quando Press è venuto da me e mi ha proposto... be', chiamiamolo un contratto.»

«Penso che tu debba spiegarti meglio.»

L'ufficiale di Marina si appoggiò al cannone. «Press Halliday non era soltanto mio cognato, ma molto di più: era il mio migliore amico, più caro di un fratello.»

«Davvero? Anche in mezzo a tutti i militari?» chiese Joel, a metà tra lo scherzo e il desiderio di avere un'informazione che gli sarebbe potuta servire.

Fitzpatrick sorrise, un po' imbarazzato. «Anche questo faceva parte della nostra amicizia, perché Press si schierò dalla mia parte quando decisi di entrare nella Marina. Anche tra i militari c'è bisogno di avvocati, ma questo all'università preferiscono tacerlo; forse non lo considerano un posto di prestigio. Be', a me la Marina mi piaceva: mi piaceva la vita militare e gli stimoli, chiamiamoli così, che poteva dare.»

«E chi potrebbe darti torto?»

«Tutti mi dettero torto. Nelle nostre famiglie i pirati, quelli che dopo il terremoto tornano a razziare le vittime, erano sempre stati avvocati. I due vecchi conoscevano Press ed io sapevo che cosa pensavano: ecco qua un bravo ragazzo, un vero americano amante della sua patria; l'altro è un buon cattolico e se questi ragazzi riescono ad entrare in società con un ebreo, un negro (magari sbiancato da qualche matrimonio misto) e forse anche un omosessuale che non dia troppo scandalo, è fatta: tutto il mercato legale di San Francisco finisce nelle loro mani.»

«Si erano scordati dei cinesi e degli italiani.»

«In alcuni club, i soci tengono le cravatte della scuola nel cassetto, per paura di macchiarle. Se si vuole concludere un certo affare, si usa la scorciatoia più comoda, e buonanotte al secchio.»

«E a te tutte queste scorciatoie non piacevano, vero avvocato?»

«Già. E non piacevano neppure a Press, tanto che prese la via della pratica internazionale. Il vecchio Jack Halliday diventò paonazzo di rabbia quando Press si mise in caccia dei clienti stranieri e ancor di più quando si mise insieme a quelle vecchie volpi che in America volevano operare con l'estero. Ma il vecchio Jack non poteva lamentarsi, perché quel suo figliastro non faceva altro che aggiungere gloria alle glorie di famiglia.»

«E tu invece optasti allegramente per la divisa» disse Converse guardando gli occhi di Fitzpatrick, colpito dal candore che vi leggeva.

«Optai *di nuovo* per la divisa, e lo feci con grande gioia... e con la benedizione, legale e non, di Press.»

«Gli eri molto amico, vero?»

Connal ritirò la mano da sopra il cannone. «Gli volevo bene, Converse, proprio come voglio bene a mia sorella. Ecco la ragione per la quale sono qui: il contratto.»

«Tra parentesi,» disse Joel con voce gentile «come puoi essere sicuro che io sia chi dico di essere? Chiunque avrebbe potuto sapere che tua sorella si chiama Meagen.»

«Tu l'hai saputo dai documenti.»

«Appunto; quindi non mi pare una prova granché valida.»

«A parte durante la cerimonia del matrimonio, Press non ha mai chiamato sua moglie con il nome Meagen; per lui era sempre Meg. Se tu non me l'avessi detto, te l'avrei chiesto, e avrei visto se mentivi o no. Sono molto abile nei corpo a corpo.»

«Ti credo. E a proposito di quel contratto tra te e Press... di che si tratta?»

«Camminiamo» disse Fitzpatrick; poi, mentre seguivano il muro che costeggiava il fiume, con la vista delle sette montagne della Westerwald, Connal prese a parlare. «Press venne da me e mi disse che era dentro fino al collo in una cosa abbastanza complicata, e non voleva assolutamente mollare. Mi disse che era incappato in un gruppo di persone molto famose — o che erano state famose un tempo — che si erano riunite in un'organizzazione che avrebbe potuto danneggiare, e in maniera seria, molti paesi. Lui voleva fermarli, ma per fare questo doveva andare al di là dei soliti sistemi legali, anche se alla fine sarebbe ricorso alla legge per neutralizzarli.

«Io gli feci le solite domande che si fanno in questi casi: gli chiesi se era coinvolto, se anche lui era colpevole, o c'entrava in qualunque modo, e Press mi disse di no, ma aggiunse che non sapeva se la sua vita era in pericolo. Naturalmente, gli dissi che era pazzo: avrebbe dovuto dire quel che sapeva alle autorità e lasciare che provvedessero.»

«Già... esattamente quel che gli dissi io» lo interruppe Converse. Fitzpatrick si fermò e guardò Joel: «Mi disse che era una cosa molto complessa».

«E aveva ragione.»

«Trovo difficile credere una cosa del genere.»

«Tuo cognato è morto. Puoi crederci.»

«Questa non è una risposta!»

«E tu non mi hai fatto una domanda» disse Converse. «Camminiamo. Che cosa dicevi del contratto?»

L'ufficiale di Marina era rimasto sorpreso, ma nonostante questo riprese a spiegare. «È molto semplice» continuò. «Mi disse che mi avrebbe comunicato via via le città dove sarebbe andato per incontrarsi con qualcuno che aveva a che fare con quello che lui chiamava "il pensiero più spinoso della sua vita". E mi disse anche che mi avrebbe detto una cosa che sarebbe stata utile se... se... maledizione, *se*!»

«Se cosa?»

Fitzpatrick si fermò, e parlò con voce dura. «Se gli fosse successo qualcosa!»

Converse lasciò che l'emozione di quel momento svanisse da sola. «Così ti disse che sarebbe venuto a Ginevra per incontrare me, l'uomo che aveva conosciuto con il nome di Avery Fowler una ventina d'anni fa.»

«Sì. Mi disse tutto prima che io gli consegnassi il dossier segreto che ti riguardava. Disse che era il momento giusto, e le circostanze erano quelle giuste. A proposito, pensava che tu fossi il migliore.» Connal si permise una pausa corredata da un sorrisetto un po' timido. «In gamba quasi quanto lui.»

«Si sbagliava» disse Joel, ricambiando il sorrisetto. «Sto ancora pensando a quell'accordo, e alla frase che mi disse in un caffè di Ginevra su certi presunti vantaggi che in realtà la mia parte non avrebbe avuto.»

«Cosa?»

«Niente. Ma dimmi di Lucas Anstett. Com'è stato?»

«Si tratta di due cose distinte, secondo me. Press mi disse che avevano fatto opera di convinzione presso il giudice perché ti spingesse ad accettare...»

«*Avevano*? Chi?»

«Non lo so. Non me l'ha mai detto.»

«Maledizione! Scusa, continua pure.»

«E che Anstett aveva parlato con i tuoi capi, i quali avevano detto okay, a condizione naturalmente che anche tu fossi stato d'accordo. E questa è la prima cosa. La seconda riguarda una mia personale idea fissa: adoro ascoltare il notiziario radio e, come molti altri della mia razza, solitamente mi sintonizzo sull'AFR.»

«Prego?»

«*Armed Forces Radio*, l'emittente dell'esercito, che trasmette il notiziario ogni ora. Ti sembrerà strano, ma si tratta di un notiziario molto aggiornato e molto preciso, che dà il fumo a tutte le altre emittenti locali. Quando vado da qualche parte, mi porto sempre dietro un transistor a onde corte.»

«Sì, una volta anch'io avevo la stessa abitudine» disse Converse. «Ascoltavo i programmi della BBC, più che altro perché non parlo una parola di francese... o di qualsiasi altra lingua.»

«Già, anche la BBC dà ottimi programmi, ma spesso non si riceve bene. Be', comunque sia, stamani ho sentito il notiziario dell'AFR e hanno detto di Anstett.»

«E cioè?»

«Non hanno dato molti particolari: verso le due del mattino, ora di New York, qualcuno è entrato nel suo appartamento a Central Park South. Ci sono segni di lotta, e il giudice è stato colpito proprio in testa.»

«Tutto qui?»

«Hanno detto anche che la governante ha negato che manchi qualcosa tra gli oggetti di casa. Così hanno escluso l'ipotesi di omicidio per rapina. Non hanno detto altro.»

«*Gesù*! Bene, telefonerò a Lawrence Talbot, e forse sapremo qualcosa di più. Sicuro che non abbiano detto altro?»

«C'è stata la solita commemorazione: due parole per onorare la memoria di un grande giurista. Comunque, il fatto importante, secondo me, è che non hanno portato via nulla.»

«Sì, ho capito» lo interruppe Joel. «Parlerò con Talbot.» Ripresero a camminare verso sud, sempre lungo il muro. «Ieri sera,» continuò Converse «perché hai detto a Dowling che eri dell'ambasciata? Non era logico: se tu avessi veramente fatto parte dell'ambasciata avresti potuto fermarmi all'aeroporto.»

«Infatti, ho vagato per l'aeroporto per ben sette ore, cercando di sapere su quale volo ti trovavi.»

«Sapevi che ero diretto a Bonn?»

«Sì, me lo aveva detto Beale.»

«*Beale*?» chiese Joel, stupefatto. «Micono?»

«Fu Press a darmi il nome e il numero di telefono di quell'uomo precisando che sarei dovuto ricorrere a lui solo se fosse successo il peggio.» Fitzpatrick tacque per un istante. «E credo che il peggio sia successo.»

«Che cosa ti ha detto Beale?»

«Che, per quel che ne sapeva lui, saresti andato prima a Parigi e poi a Bonn.»

«E poi?»

«Nient'altro. Ha detto che accettava le mie credenziali, come le ha chiamate lui, perché sapevo il suo nome e il numero di telefono, cose che soltanto Press avrebbe potuto dirmi. Ma qualsiasi altra domanda avrebbe avuto risposta soltanto da te, se naturalmente tu avessi ritenuto opportuno rispondere. Non era molto loquace, né troppo ben disposto nei miei confronti.»

«Non aveva altra scelta.»

«Tuttavia, mi ha detto che, se non fossi riuscito a rintracciarti, avrei fatto meglio a raggiungerlo a Micono piuttosto che andare in giro a spiattellare ai quattro venti quel che sapevo... "in nome di tutto quello in cui Halliday credeva". Ha detto così. Ti avrei dato ancora due giorni per arrivare a Bonn, se naturalmetne fossi riuscito a resistere.»

«E poi cosa avresti fatto? Saresti andato a Micono?»

«Non sono sicuro. Forse avrei telefonato di nuovo a Beale, e questa volta avrei preteso qualcosa in più.»

«E se lui si fosse rifiutato? O non avesse potuto fornirti altri elementi per convincerti?»

«Allora sarei andato di corsa a Washington a parlare con la persona che i miei superiori mi avrebbero suggerito. Se anche per un momento avete pensato che io possa lasciar passare questa cosa come acqua fresca, vi sbagliate, tu e Beale.»

«Ma se tu gli avessi detto questo, sicuramente Beale ti avrebbe detto qualcosa di convincente, e saresti andato a Micono.» Converse tirò fuori le sigarette e ne offrì una a Fitzpatrick, che scosse la testa. «Anche Avery non fumava» disse Joel senza motivo mentre si accendeva la sigaretta. «Scusa... volevo dire Press.» Poi tirò una boccata.

«Va bene lo stesso; in fondo quel nome è stato l'unico mezzo per convincerti ad incontrarti con me.»

«A proposito, torniamo un attimo indietro, perché mi sembra che ci sia qualcosa che non quadra nella tua deposizione, avvocato. Chiariamo ogni punto, perché è bene non fare errori.»

«Non so di cosa parli, ma ti ascolto.»

«Hai detto che mi avresti dato ancora due giorni di tempo per arrivare a Bonn, vero?»

«Sì, sempre che avessi potuto trovare una sistemazione, farmi otto ore di sonno e resistere.»

«E come facevi a sapere che non ero *più* arrivato?»

Fitzpatrick fissò Joel. «Sono avvocato della Marina da otto anni, ho fatto il difensore e il giudice, e non sempre nella Corte Marziale. Mi hanno fatto viaggiare molto e spesso, e in tutti i paesi con i quali Washington ha accordi di qualsiasi tipo.»

«D'accordo, ma io non sono in Marina.»

«Sì, ma ci sei stato e d'altronde non avevo intenzione di servirmene se non fosse stato necessario; non è stato necessario, in effetti, e per questo sono andato a Düsseldorf, ho mostrato documenti e le referenze della Marina all'*Inspecktor* delle immigrazioni chiedendo la sua collaborazione. Ci sono sette aeroporti internazionali nella Germania Federale, ma ci sono voluti appena cinque minuti per scoprire, attraverso il calcolatore, se eri stato in uno di questi durante gli ultimi *tre* giorni che erano quelli che interessavano a me.»

«Ma poi sei dovuto arrivare all'aeroporto di Colonia-Bonn.»

«Ci ho messo quaranta minuti e, appena arrivato, ho telefonato: non c'era stato nessun passeggero di nome Converse, e a meno che tu non avessi attraversato la frontiera in incognito — cosa che penso non saresti stato in grado di fare — prima o poi dovevi per forza arrivare.»

«Sei tenace.»

«Ti ho già spiegato il perché.»

«E per quale ragione hai imbastito quella commedia con Dowling?»

«Alla Lufthansa mi hanno detto che figuravi tra i passeggeri provenienti da Amburgo, il che è stato per me un sollievo indicibile. Sono rimasto accanto al bureau in caso ci fosse un ritardo o qualcosa del genere, quando mi si sono avvicinati tre tizi dell'ambasciata che mi hanno sventolato sotto il naso gli ID, mentre il loro capo mi parlava in un tedesco stentato.»

«Perché, tu sai riconoscere anche una persona che parla male il tedesco?»

«Per tua informazione, io parlo perfettamente il tedesco, il francese, l'italiano e lo spagnolo, visto che ho a che fare con gente di diversa nazionalità.»

«Okay, fin qui sei andato benone.»

«Immagino che sia per questo che a trentaquattro anni mi ritrovo comandante in seconda. Te l'ho già detto, mi fanno viaggiare molto.»

«Benone anche in questo. E come mai quei tizi dell'ambasciata erano venuti proprio da te?»

«Avevano sentito che chiedevo di te all'impiegato e volevano la conferma che eri sul volo otto-diciassette. L'impiegato mi ha lanciato un'occhiata ed io ho scosso appena la testa. Un uomo intelligente, che ha continuato la conversazione senza un minimo cambiamento di tono. Gli avevo dato qualche soldo, ma non era quello che lo faceva essere così ben disposto nei miei riguardi: la vera ragione è che questa gente non ama in maniera particolare gli americani e i loro ufficiali.»

«Sì, ed anche ieri sera qualcuno mi ha detto la stessa cosa. È stato Dowling. A proposito, come è venuto fuori?»

«È stato più tardi. Quando l'aereo è arrivato io ero al deposito bagagli, mentre quelli dell'ambasciata erano vicini ai cancelli. Abbiamo aspettato tutti quanti finché sul nastro che trasportava i bagagli c'era soltanto una valigia: ero sicuro che fosse la tua, ma tu non ti sei fatto vedere. Alla fine è arrivata una donna, e i tre dell'ambasciata sono andati da lei, parlando concitatamente. Ho sentito più volte il tuo nome, ma non sono stato ad ascoltare oltre, perché avevo già deciso di tornare da quell'impiegato.»

«Per sapere se veramente ero salito su quell'aereo...» disse Converse.

«Già» convenne Fitzpatrick. «Come ti ho già detto era un uomo intelligente e mi ha fatto sentire come uno che cerca di corrompere un giurato. Gli ho dato ancora soldi e mi ha detto che questo Caleb Dowling — che sicuramente conoscevo — si era fermato da lui prima di uscire...»

«E gli aveva lasciato un messaggio» disse Joel con voce monotona, interrompendolo.

«Come fai a saperlo?»

«Perché ha fatto la stessa cosa all'albergo.»

«Ecco, proprio all'albergo: Dowling gli aveva detto di aver incontrato un avvocato americano di nome Converse che aveva viaggiato con lui da Copenaghen; temeva che questo suo nuovo amico non avesse prenotato da nessuna parte a Bonn e per questo, se per caso avesse chiesto a lui dove era possibile trovare un albergo, l'impiegato avrebbe dovuto mandarlo al Königshof.»

«Così hai tirato le somme e hai deciso di farti passare per uno dell'ambasciata che aveva perso le mie tracce» disse Converse sorridendo. «E questo per mettere alla prova Dowling. Chi di noi non ha approfittato di un testimone della controparte?»

«Esattamente: gli ho fatto vedere la tessera di riconoscimento della Marina e gli ho detto che ero un attaché. A dire il vero, non è stato molto cordiale.»

«Né tu sei stato convincente, almeno secondo i canoni della recitazione. E nemmeno io: ti sembrerà strano, ma è stato proprio per questo che ci ha messi in comunicazione l'uno con l'altro.» Joel si fermò, spense la sigaretta contro il muro e la gettò lontano. «Benone, comandante, lei ha passato l'ispezione ed eseguito gli ordini. E ora che si fa? Tu parli un sacco di lingue e conosci le persone giuste. Mi saresti di grande aiuto.»

L'ufficiale di Marina rimase immobile; guardava fisso Joel, con gli occhi pieni del riverbero del sole. Li socchiuse anche, per un attimo, ma senza smettere di concentrarsi su quello che doveva dire. «Farò il possibile» cominciò, parlando lentamente, «finché tutto questo avrà un senso: ma noi due dobbiamo intenderci bene, Converse.

Ti do due giorni, e non intendo concedere proroghe, sempre che decida di imbarcarmi con te in questa avventura.»

«Chi ha stabilito i termini?»

«Io. Li ho stabiliti e li confermo.»

«No, non va.»

«Chi l'ha detto?»

«L'ho detto io, e lo confermo.» Converse riprese a camminare lungo il muro.

«Ora sei a Bonn» disse Fitzpatrick raggiungendolo, senza che nella sua voce vi fosse traccia di supplica né di impazienza. Sapeva controllarsi perfettamente. «Sei stato a Parigi e poi sei venuto a *Bonn*, il che significa che sei a conoscenza di nomi oppure di prove, magari soltanto di indizi. Voglio sapere tutto.»

«Avresti potuto far di meglio, comandante.»

«Ho fatto una promessa.»

«A chi?»

«A mia sorella! Pensi che lei non ne sappia niente? Press era ossessionato da questa cosa! Per un anno ha continuato a svegliarsi di notte e a vagare insonne per tutta la casa, parlando fra di sé, ma senza mai dirle niente. Lei non ha potuto far nulla per oltrepassare quel muro che li divideva. Naturalmente questo non significa niente, per te che non li hai conosciuti. Ma quei due erano una coppia molto ben affiatata; so che non è di moda oggigiorno continuare a volersi bene con una banda di figli, e non veder l'ora di essere insieme quando si è lontani, ma loro due erano così.»

«Sei sposato?» chiese Converse continuando a camminare.

«No» rispose Connal, sorpreso da questa domanda. «Ma mi piacerebbe. Forse. Te l'ho detto, viaggio molto.»

«Anche Press... Cioè Avery.»

«Che cosa vuoi dire, avvocato?»

«Abbi rispetto per quel che faceva: lui sapeva bene quali erano i pericoli ed aveva anche capito che cosa poteva perdere: la vita.»

«Ecco perché ti chiedo fatti precisi! Ieri hanno rimandato in patria la salma e domani ci saranno i funerali; io sono qui perché ho fatto una promessa a Meagen. Quando tornerò, tornerò con tutte le informazioni che mi servono per mandare a monte questa maledettissima operazione.»

«No! Riuscirai soltanto a mandarla ancora più a fondo di quanto non sia adesso.»

«Questo lo dici tu!»

«Devi accontentarti.»

«Per niente al mondo!»

«Va bene, allora. Torna a casa, e racconta a tutti di un omicidio a

Ginevra: ti diranno che si è trattato di rapina; parla di un omicidio avvenuto a New York e ti diranno che è qualcosa di diverso da quello che è stato realmente. Se nominerai un uomo che vive a Micono... credimi, quello scomparirà. Dove vivi, comandante? Per caso sei rimasto ai tempi dei capelloni pieni di vino e di erba, i fratelli di sangue di un certo Press Halliday che dimostrava davanti al Presidio dando alle fiamme la cartolina di chiamata alle armi?»

«Balle, tutte balle!»

«È sul tuo dossier, comandante. E poi, come giudice militare, quanti ufficiali hai perseguito?»

«Cosa?»

«E come avvocato, quanti casi hai perso?»

«Ho vinto e ho perso, ma francamente le vittorie superano le sconfitte.»

«*Francamente*? *Superano*?... Eppure sai meglio di me che esistono persone in grado di prendere quindici numeri, inserire quelle che chiamano variabili, e fare in modo che le statistiche dicano quello che loro vogliono.»

«Che cosa c'entra tutto questo? Che cosa ha a che fare con l'assassinio di Press?»

«Oh, rimarresti sorpreso, comandante Fitzpatrick, se ti dicessi che sotto quel tuo ottone lucente potrebbe nascondersi un infiltrato, un agente provocatore dietro una divisa che non dovrebbe indossare.»

«Che diavolo stai dicendo?... No, non voglio saperlo. Non devo ascoltarti, mentre tu devi ascoltare me: ti rimangono soltanto due giorni Converse. Vuoi che mi imbarchi o no?»

Joel si fermò e studiò quel volto giovane ed intenso che gli era accanto... Giovane ma non troppo, perché intorno agli occhi che mandavano lampi di furore si vedevano già le rughe. «Non siamo nemmeno nella stessa flotta» disse Converse con aria stanca. «Il vecchio Beale aveva ragione: devo essere io a decidere, e non voglio dirti nulla. Non ti voglio a bordo, marinaio, perché sei una testa calda e mi hai stufato.»

«Benone, *stop*! Questa era buona! Benissimo, Cal, quasi quasi mi commuovevo anch'io!» Il regista, Roger Blynn, controllò la cartella che una ragazza gli aveva portato e dette istruzioni agli operatori prima di dirigersi verso il tavolo della produzione.

Caleb Dowling rimase seduto su un sasso che si trovava su una collina proprio sopra il Reno; carezzò sulla testa una capra maleodorante, che gli aveva appena sporcato uno stivale. «Darei un anno di vita per prenderti a calci in culo e farti cacare sangue, gioiellino mio» disse con voce tranquilla «ma ciò non si addice alla mia immagine, come direbbero quei signorini laggiù in fondo.»

Poi si alzò e si stirò, conscio degli sguardi degli spettatori puntati su di lui; erano venuti in molti a veder girare, ed erano tutti dietro a una transenna, come visitatori di uno zoo. Tra poco sarebbe andato verso di loro con passo elastico e avrebbe rimosso la transenna entrando proprio in mezzo a quella folla. Non si stancava mai di scene del genere, forse perché erano arrivate tardi nella sua vita ed erano il simbolo di ciò che ora lui e sua moglie potevano permettersi. Di tanto in tanto, c'era qualche sorpresa piacevole; magari qualche suo ex studente che lo avvicinava con prudenza, chiedendosi se la cordialità dimostrata in un'aula scolastica era sopravvissuta alle onde fatali del divismo. Cal era fisionomista, e ricordava facilmente anche i nomi; così, quando se ne presentava l'occasione, affrontava il suo ex studente e invariabilmente gli chiedeva se aveva fatto il compito assegnato il giorno prima. Oppure gli si avvicinava e, in tono pedante, chiedeva: «Delle fonti che Shakespeare utilizzò per le sue storie, quali ebbero maggiore influsso sul linguaggio: Daniel, Holinshed oppure Froissart?» E se gli rispondevano che era proprio stato Froissart, si dava un gran colpo sulla coscia e urlava qualcosa come: «Maledizione, ragazzo, l'hai messo alla briglia quel puledro selvaggio!». Al che seguivano delle gran risate, mescolate ai ricordi ed alle allegre bevute.

Tutto sommato, era una bella vita; se solo un po' di quella luce viva e calda avesse raggiunto i recessi bui della mente di sua moglie... Magari, se questo fosse avvenuto, lei sarebbe stata lì, accanto a lui, e avrebbe chiacchierato con quella gente al di là della transenna: quasi tutte donne e quasi tutte della sua età. Con voce allegra, avrebbe detto loro che Caleb Dowling era un marito del tutto simile agli altri, che lasciava sempre i calzini negli angoli più disparati e che, se entrava in cucina, commetteva dei veri e propri disastri. Alla gente piaceva stare a sentire storie come questa, anche se non credevano ad una parola. Ma non c'era luce in quei recessi bui, e la sua Frieda era rimasta a Copenaghen, a passeggiare lungo le spiagge dell'isola Sjaelland, a prendere il tè ai giardini botanici e ad aspettare una telefonata del marito che le diceva di avere qualche giorno a disposizione per venir via dall'odiata Germania. Dowling guardò la troupe sempre efficiente ed entusiasta, e gli spettatori curiosi: di tanto in tanto la conversazione tra i due gruppi veniva interrotta da uno scoppio di risa, che non mancavano di un certo rispetto. Quella non era gente che odiava.

«Cal?» La voce era quella di Blynn, il regista, che gli veniva incontro. «C'è una persona che ti cerca.»

«Spero bene che ce ne sia più di una, Roger. Altrimenti coloro che si dichiarano nostri datori di lavoro mi pagano per nulla.»

«Questa persona non è venuta per gli autografi e sciocchezze del genere.» Il sorriso gli scomparve dalle labbra, mentre si avvicinava all'attore. «Per caso sei nei guai, Cal?»

«Sempre, ma non credevo che si vedesse così tanto.»

«Sto parlando seriamente. L'uomo che ti cerca è uno della polizia... La polizia di Bonn. Dice che deve parlarti, e che è urgente.»

«Di che cosa si tratta?» Dowling sentì una fitta di paura chiudergli lo stomaco: era la paura con la quale doveva vivere.

«Non me l'ha voluto dire. Ha detto che si trattava di una cosa urgente e che doveva parlarti da solo.»

«*Oh, Cristo*!» disse l'attore a mezza voce. «Freddie!... Dov'è?»

«Nel tuo camper.»

«Nel mio...?»

«Calmati» disse Blynn. «È insieme a Moose Rosenberg, lo stuntman. Se dovesse toccare uno spillo, ci penserebbe lui.»

«Grazie, Roger.»

«Credo che abbia detto che vuole vederti da solo proprio per questo!»

Ma Dowling già non lo ascoltava più e aveva preso a correre verso il camper che gli serviva per le brevi soste. Mentre correva pregava, anche se non sapeva bene chi, ed era pronto al peggio.

Per fortuna non era niente, solo un'altra complicazione di quello che era ormai diventato un enigma. Non si trattava di Frieda Dowling, ma di Joel Converse, un avvocato americano. Appena arrivò, lo stuntman li lasciò soli. L'uomo era in abiti civili, parlava bene l'inglese e ostentava maniere vagamente ufficiali ma molto cortesi.

«Mi dispiace averla spaventata, Herr Dowling» disse, dopo che l'attore gli ebbe chiesto, con voce tremula, se era successo qualcosa a sua moglie. «Non sappiamo nulla di Frau Dowling. Per caso sta poco bene?»

«Ultimamente è stata male, ed ora è a Copenaghen.»

«Capisco. Lei si reca spesso a Copenaghen?»

«Tutte le volte che posso.»

«E sua moglie non la raggiunge mai a Bonn?»

«Da ragazza si chiamava Oppenfeld, e l'ultima volta che è stata in Germania l'avete trattata come se non avesse fatto parte del genere umano. Diciamo che i suoi ricordi della Germania sono ancora vivi, ma in senso negativo; quella gente che ne è uscita, ha tenuto da parte un bel po' di rabbia acre.»

«Sì» disse l'ufficiale di polizia, ricambiando lo sguardo di Caleb. «Ce lo porteremo dietro ancora per molte generazioni.»

«Lo spero» disse l'attore.

«Io non ero nato, Herr Dowling. Comunque, volevo dire che sono felice che sua moglie sia sopravvissuta.»

Dowling non capì il perché, ma abbassò la voce, che risultò appena udibile. «Sono state delle famiglie tedesche ad aiutarla.»

«Mi fa piacere» disse l'altro in tono calmo. «Comunque, io sono venuto per avere informazioni su un uomo che ha viaggiato con lei da Copenaghen ad Amburgo e poi da Amburgo a Bonn. Si chiama Joel Converse ed è un avvocato americano.»

«Cosa vuole sapere? A proposito, mi vuole mostrare il tesserino di riconoscimento?»

«Certo.» Si frugò in tasca e tirò fuori il documento, tendendolo all'attore che stavolta si era messo gli occhiali. «È tutto in ordine, come vede» aggiunse poi.

«Che significa *Sonder Dezernat*?» chiese Dowling strizzando gli occhi per leggere meglio.

«Significa Sezione Speciale. Facciamo parte della Bundespolizei, la polizia federale, e ci occupiamo di faccende che il nostro governo ritiene più delicate delle cose di ordinaria amministrazione.»

«Tutto questo non significa niente, e lei lo sa benissimo» disse l'attore. «Nei film si sentono spesso frasi come queste, ma si vedono sempre anche le facce degli attori: non per essere scortesi, ma lei non è Helmut Dantine o Martin Kosleck e io non sono Elisa Landi. Quindi si spieghi meglio.»

«Benissimo, le spiego subito: Interpol. Un uomo è morto in un ospedale a Parigi in seguito a ferite inflittegli da un americano di nome Joel Converse. All'inizio sembrava che potesse guarire in fretta, ma questa mattina l'hanno trovato morto: naturalmente la responsabilità di questa morte ricade su Herr Converse, che sappiamo essere qui a Bonn; ci siamo informati presso la compagnia aerea, e una hostess ci ha detto che lei ha viaggiato in compagnia di Converse per più di tre ore e mezzo. Ora noi vogliamo sapere da lei dove si trova e sono convinto che farà di tutto per aiutarci.»

Dowling si tolse gli occhiali, abbassò la testa e inghiottì. «E lei pensa che io lo sappia?»

«Veramente non ne abbiamo la più pallida idea, ma rimane il fatto che vi siete parlati; ed io spero che lei sia a conoscenza delle pene previste per i testimoni reticenti, visto che qui si tratta di omicidio bello e buono.»

L'attore giocherellò un poco con gli occhiali; era combattuto su che cosa dovesse fare ed istintivamente andò verso il divano che si trovava contro la parete e guardò fisso l'ufficiale di polizia. «Perché non riesco a fidarmi di lei?» chiese.

«Perché continua a pensare a sua moglie e a non fidarsi di tutti i tedeschi» rispose l'altro. «Io sono un uomo di legge e di *pace*, Herr Dowling, e l'ordine lo considero un qualcosa che gli uomini decidono da soli. I rapporti che abbiamo ricevuto dicono chiaramente che questo Converse potrebbe essere uno squilibrato.»

«Francamente, non mi è sembrato. Anzi, penso che sia una persona in gamba, e mi ha detto molte cose sensate.»

«Cose che lei voleva stare ad ascoltare?»

«Be', non tutte.»

«Ma una buona percentuale, quasi tutte.»

«Che cosa vuole dire?»

«Un pazzo sa essere convincente; sa recitare bene, e sa valutare tutto quello che può tornare a suo favore. È l'essenza della pazzia, della psicosi, delle sue convinzioni.»

Dowling lasciò cadere gli occhiali sul divano, tirò un gran sospiro e sentì di nuovo una fitta allo stomaco. «Un pazzo?» disse senza convinzione. «Non ci credo.»

«E allora mi dia la possibilità di dimostrare il contrario. Lei sa dov'è, vero?»

L'attore scrutò l'ufficiale di polizia. «Mi dia un indirizzo o un numero telefonico dove possa raggiungerlo. Probabilmente si metterà in contatto con me.»

«Chi è il responsabile?» L'uomo con la vestaglia di seta rossa sedeva dietro la scrivania, avvolto nella semioscurità, mentre una lampada di ottone proiettava un cerchio di luce proprio davanti a lui. La luce era poca, ma sufficiente a rivelare i contorni di un'enorme carta geografica appesa alla parete, alle spalle dell'uomo. Era una carta geografica strana, che riproduceva soltanto frammenti del globo: i contorni delle singole nazioni erano chiari, ma avevano strane ombreggiature, colori innaturali, come se qualcuno avesse tentato di mettere insieme varie aree geografiche e di creare un unico continente. Erano rappresentate alcune parti dell'Africa, quasi tutto il Mediterraneo e l'intera Europa; anche il Canada e gli Stati Uniti d'America facevano parte di questa strana entità, mentre l'Oceano Atlantico era ridotto ad una striscia in azzurro pallido.

L'uomo guardava dritto davanti a sé; il volto, pieno di rughe e dalla mascella squadrata, sembrava fatto di cartapecora, su cui si stagliavano il naso aquilino e le labbra sottili. Aveva capelli brizzolati tagliati cortissimi, che ben si addicevano ad un uomo dal busto poderoso. Parlò, e la sua voce era piuttosto alta ed emanava un senso di autorità; era facile immaginare quella voce che aumentava di volume fino ad assomigliare al miagolio di un gatto sulla riva di un lago gelato. In quel momento, però, quella voce era l'essenza della necessità di agire tempestivamente. «Chi è il responsabile?» ripeté. «Sei ancora in linea, Londra?»

«Sì» rispose l'interlocutore dalla Gran Bretagna. «Sì, certo. Stavo solo cercando di pensare.»

«Capisco, ma bisogna prendere una decisione. Probabilmente divideremo la responsabilità, ma dobbiamo prima renderci conto di come sono andate le cose.» L'uomo tacque per un istante e quando riprese a parlare la sua voce assunse un'intensità tale da renderla completamente diversa dal tono usato in precedenza: questa volta il gatto strillava sul lago gelato. «Come mai è stata coinvolta l'Interpol?»

Dall'altro capo del telefono l'uomo sobbalzò sulla sedia e rispose in fretta, le frasi pronunciate una di seguito all'altra, le parole che si accavallavano l'una sull'altra. «L'uomo di Bertholdier è stato trovato morto questa mattina alle quattro, ora di Parigi. Sembra che a quell'ora dovesse essere medicato. L'infermiera ha chiamato la Sûreté...»

«La Sûreté?» gridò l'uomo che era seduto con le spalle a quella strana carta geografica. «Perché la Sûreté? Perché non Bertholdier? Era un suo uomo, non uno della Sûreté!»

«È stato qui l'errore» disse l'inglese. «Nessuno sapeva che la direzione dell'ospedale aveva ricevuto precise istruzioni in merito... Pare da un ispettore chiamato Prudhomme, che stanotte è stato svegliato ed informato di tutto.»

«Ed è stato lui a chiamare l'Interpol?»

«Sì, ma ormai era troppo tardi per intercettare Converse alla dogana tedesca.»

«Cosa della quale dobbiamo essere profondamente felici» disse l'uomo abbassando la voce.

«In altre circostanze, naturalmente, l'ospedale avrebbe atteso fino ad un'ora decente e poi avrebbe informato Bertholdier; in fondo, come hai detto, si trattava di un suo uomo, non di un membro della famiglia. Probabilmente avremmo avvertito anche la polizia dell'Arrondissement e infine la Sûreté. Ma in quel caso avremmo avuto tempo di arrangiare le cose in modo da impedire l'intervento dell'Interpol. Possiamo ancora fermarli, ma ci vorrà qualche giorno: bisognerà provvedere ai soliti trasferimenti, alle solite prove nuove di zecca, alle rettifiche sul dossier; abbiamo bisogno di tempo.»

«E allora cominciamo con non perderlo inutilmente.»

«Tutta colpa di quelle dannatissime istruzioni lasciate alla direzione dell'ospedale.»

«Che nessuno di voi ha avuto abbastanza cervello per andare a controllare» disse l'uomo che era seduto con le spalle alla strana carta geografica. «Questo Prudhomme probabilmente si è insospettito: troppa gente ricca, troppe influenze, circostanze troppo bizzarre. Probabilmente ha subornato qualcosa.»

«Possiamo fare in modo che non si occupi più di questo caso, ma ci vorranno un paio di giorni» disse l'inglese. «Converse è a Bonn, e questo è un dato di fatto. Stiamo chiudendo il cerchio intorno a lui.»

«Insieme all'Interpol e alla polizia tedesca, magari. E non c'è bisogno che ti spieghi i risvolti tragici che potrebbe avere una operazione del genere.»

«Sì, ma noi abbiamo un certo controllo sull'ambasciata americana, e si dà il caso che il nostro fuggiasco sia americano.»

«Il nostro fuggiasco è al corrente di informazioni esplosive!» insistette l'uomo seduto al tavolo mentre stringeva il pugno proprio al centro del cerchio di luce. «Fino a che punto sappia e chi lo abbia messo al corrente sono le cose che *non* sappiamo e che *dobbiamo* sapere.»

«Da New York non è trapelato nulla? Il giudice non ha detto nulla?»

«Soltanto ciò che Bertholdier sospettava e che io sapevo per certo nel momento stesso in cui ho saputo il nome di quell'uomo; dopo quarant'anni Anstett era tornato, ed era di nuovo sulle mie tracce, desideroso della mia testa. Un uomo duro e tenace, ma soltanto un intermediario: mi odiava quanto io odiavo lui, e fino in fondo ha fatto da scudo a coloro che gli stanno dietro. Be', ora non c'è più e con lui se n'è andato il suo santo diritto. Ma il fatto è che Converse non rappresenta ciò che finge di essere. Per questo dobbiamo trovarlo!»

«Come ho già detto, gli stiamo chiudendo il cerchio intorno. Noi abbiamo più mezzi e più informatori dell'Interpol. Cerchiamo un americano a Bonn che non parla il tedesco e che deve nascondersi: lo troveremo, e gli faremo dire chi sono i mandanti. Dopo di che, naturalmente, faremo in modo che non racconti a nessuno la sua avventura.»

«No, invece!» Il gatto strillava ancora dalle rive di quel lago ghiacciato. «Dobbiamo assecondarlo, giocare al suo stesso gioco! Dobbiamo dargli il benvenuto ed accoglierlo fra le nostre braccia. A Parigi ha parlato di Bonn, di Tel Aviv, di Johannesburg; per questo lo accontenteremo. Portatelo a Leifhelm... Anzi no, fate in modo che Leifhelm vada da lui e avvertite Abrahms in Israele, Van Headmer in Africa ed anche Bertholdier a Parigi: fateli venire tutti quanti. Tanto, a questo punto sa già chi sono. Ha chiesto di parlare con noi, di entrare a far parte della nostra organizzazione: benissimo, staremo ad ascoltare le sue bugie, che ci sveleranno molto di più di tutte le verità.»

«Confesso che non capisco.»

«Converse è un punto fermo in tutta questa storia, ma soltanto un *punto*. Il suo compito è quello di esplorare, di saggiare il terreno e cercare di capire la mole delle forze che gli stanno di fronte; se fosse qualcosaltro, si sarebbe rivolto alle autorità legittime e con metodi legittimi. Non avrebbe avuto bisogno di usare un nome falso e divulgare false informazioni... o di scappare da una persona che lui pensa gli stia dando la caccia. È solo un soldato in possesso di determinati documenti che non sa dove è diretto. Bene, noi dobbiamo attirare questo soldato in una trappola, e nascondere le nostre vere forze. Sì, dobbiamo riceverlo e ascoltarlo.»

«Secondo me è estremamente pericoloso. Io sono dell'idea che quell'uomo *deve* per forza sapere chi lo ha ingaggiato per questo tipo di lavoro; quindi è al corrente di nomi, di fondi. Noi dobbiamo soltanto farlo parlare, magari ricorrendo a qualche siringa, e avremo quei nomi.»

«Ma probabilmente il nostro soldatino non sa niente di niente» spiegò pazientemente l'uomo. «I soldati non hanno il privilegio di conoscere le decisioni dei loro comandanti, anche perché se sapessero sempre tutta la verità, prima o poi si ribellerebbero e tornerebbero tutti quanti a casa. No, noi dobbiamo raccogliere tutte le informazioni disponibili su questo Converse, tutto quello che è stato scritto su di lui in qualsiasi parte del mondo. Per le sei del pomeriggio voglio tutto il materiale: c'è qualcosa che ancora noi non sappiamo.»

«Sappiamo che è un uomo pieno di risorse e di mezzi» disse l'inglese. «Da quello che abbiamo potuto sapere da Parigi, emerge che è un avvocato piuttosto famoso. Se arrivasse a intravedere la nostra presenza dietro a questa faccenda e riuscisse a sfuggirci, per noi sarebbe la catastrofe, perché avrebbe visto in faccia i nostri uomini, avrebbe parlato con loro.»

«E allora non perdetelo di vista. Domani vi darò altre istruzioni.»

«Eh?»

«Quelle informazioni che dobbiamo raccogliere un po' dappertutto. Quando un uomo fa quel che Converse sta facendo, sicuramente dietro di lui c'è qualcuno che ha studiato attentamente la situazione, che è andato a fondo, e che gli trasmette la profondità e l'intensità di quel che deve fare: noi dobbiamo trovare chi sta alle spalle di questo nostro soldato, chi tira le fila. E non sono quelli che noi pensiamo. Ci risentiamo domani.»

George Marcus Delavane rimise il telefono a posto e lentamente si girò sulla sedia con movimenti goffi. Fissò la strana carta geografica, mentre le prime luci dell'alba riempivano il cielo di oriente e mandavano bagliori rossastri attraverso le finestre. Poi, con grande sforzo, aggrappandosi ai braccioli della poltrona d'acciaio, si girò di nuovo, fissando il cerchio di luce sul tavolo. Si portò le mani alla vita, e tremando, cominicò a sbottonare la giacca di velluto bordeaux, costringendosi a guardare in basso, ordinando a se stesso di fissare ancora una volta quella terribile realtà. Con lo sguardo, andò oltre quella striscia di cuoio larga dieci centimetri che lo legava alla sedia e ordinò ai suoi occhi di guardare, di accettare, sia pur con disgusto, quel che gli avevano fatto.

Non c'era niente da vedere se non il sedile vuoto e il legno lucidato del pavimento. Quelle gambe lunghe e possenti che avevano portato il corpo muscoloso nelle battaglie tra la neve ed il fango, nelle parate trionfanti alla luce del sole, nelle occasioni dove era prevalso l'onore e in quelle tristi dove la sconfitta lo aveva toccato, quelle gambe gli erano state rubate. I medici gli avevano detto che erano strumenti di morte e che pian piano lo avrebbero ucciso. Strinse forte i pugni e li appoggiò con forza sul tavolo, mentre dalla gola gli veniva un grido silenzioso.

9

«Maledizione, Converse, chi pensi di essere?» gridò Connal Fitzpatrick con voce bassa e furibonda mentre raggiungeva Joel che camminava all'ombra degli alberi sotto l'Alter Zoll.

«Qualcuno che ha conosciuto Avery Fowler da ragazzo e che ha visto un uomo di nome Press Halliday morire duecento anni dopo a Ginevra» rispose Converse affrettando il passo e dirigendosi verso il piazzale dove erano parcheggiati alcuni taxi.

«Non dire stronzate! Io conoscevo Press molto meglio di te, e da molto più tempo. Ma lo vuoi capire che era sposato con mia sorella? Eravamo amici da quindici anni!»

«Sembri un bambino che vuole essere sempre il primo della classe. Vai al diavolo.»

Fitzpatrick corse avanti e si fermò di fronte a Joel sbarrandogli il passo. «È vero! Ti prego, io posso esserti di aiuto, *voglio* esserti di aiuto! Parlo bene il tedesco ed ho le conoscenze giuste, cose che tu non hai.»

«Già... Ma hai anche una tua idea su un certo termine da rispettare, idea che io non condivido affatto. Levati dai piedi, marinaio.»

«Ti prego» disse l'ufficiale di Marina con voce supplichevole. «Non sono ancora arrivato dove volevo arrivare. Non escludermi proprio ora.»

«Cosa vuoi dire?»

Fitzpatrick spostò il peso del corpo sull'altra gamba: «Tu hai ostentato una sicurezza che eri ben lungi dal provare, vero?».

«Non se avessi saputo le circostanze.»

«A volte è un sistema per scoprirle.»

«Non per quel che mi riguarda.»

«Allora il mio errore è stato quello di non conoscerti; le circostanze andavano oltre. Con qualcun altro avrebbe potuto funzionare.»

«Ora stai parlando di tattiche da seguire, ma poco fa hai detto "due giorni".»

«Sì, è vero» convenne Connal, con un cenno del capo. «E solo perché volevo i fatti, volevo i nomi di quelli che dovranno pagare! Sono matto, Converse, matto da legare, ma non voglio che questa cosa vada per le lunghe e poi alla fine muoia nel nulla. La gente dimentica in fretta se non si fa qualcosa per tener vivo l'interesse, e tu lo sai meglio di me. Hai mai provato a riaprire un caso già archiviato? Be', io l'ho fatto parecchie volte con la corte marziale, quando pensavo che ci fossero elementi nuovi tali da consentire una nuova versione dei fatti. E ho imparato una cosa: al sistema cose del genere non vanno giù! E lo sai perché?»

«Sì» disse Joel. «Semplicemente perché ci sono troppi casi in discussione, troppi soldi in ballo quando si tratta di un processo; non conviene rinunciare al denaro e alla gloria solo per andare a rispolverare cose che nessuno ormai ricordi più.»

«*Tombola*, avvocato. Ma Press si merita qualcosa di più di tutto questo, ed anche Meagen.»

«Sì, Press si merita di più... tutti e due si meritano di più. Ma c'è una complicazione che Press Halliday aveva capito meglio di noi due. Per dirla semplicemente — anche se in modo crudele — la sua vita non era poi così importante in confronto a quello cui dava la caccia.»

«Non c'è dubbio; in quanto a crudeltà, questa osservazione batte tutte le altre» disse l'ufficiale.

«Ma è la verità» aggiunse Converse. «Credimi, tuo cognato ti avrebbe spaccato la testa se ti avesse sorpreso ad occuparti di questa faccenda e, cosa ancora peggiore, a cercare di dettar legge. Dietrofront, comandante. Torna a casa e vai al funerale di Press.»

«No. Voglio imbarcarmi con te in questa storia. In quanto al termine, non ne parliamo più.»

«Una scelta veramente saggia.»

«Sei tu a dettar legge, ora» disse Fitzpatrick ormai rassegnato, scuotendo la testa. «Farò quello che mi dirai.»

«Perché?» disse Joel con gli occhi fissi in quelli dell'ufficiale.

Connal rispose in tutta sincerità, senza esitazioni: «Perché Press aveva fiducia in te, e diceva che tu eri il migliore».

«Dietro di lui, naturalmente» aggiunse Converse, permettendosi una pausa in quell'atmosfera così tesa, e corredandola con un mezzo sorriso. «Va bene, ti credo, ma ci sono regole precise nel gioco. Se le accetti, bene; altrimenti, come dici tu, puoi scordarti di salire a bordo di questa barca.»

«Ti ascolto, e prometto di soffrire in silenzio.»

«Bene» disse Joel. «Infatti ci sarà da soffrire. Tanto per cominciare, ho deciso di rivelarti soltanto ciò che penso tu debba sapere in una determinata occasione, che valuterò di volta in volta. Qualunque cosa ricostruirai, sarà interamente basata su elementi che avrai trovato: in questo modo saremo svincolati l'uno dall'altro, e per nessuna ragione potrai attingere ai documenti che abbiamo in possesso.»

«Mi sembrano condizioni abbastanza dure.»

«Sono come devono essere. Ogni tanto ti fornirò un nome, quando ti potrà servire per aprire una porta, ma sarà sempre un nome di seconda mano, se non addirittura di terza. Mi sembri una persona in gamba, per cui ti consiglio di cercarti le tue fonti non identificabili, in modo da proteggerti.»

«L'ho già fatto in molti lidi.»

«Davvero? Allora sei bravo a fare la commedia!»

«Cosa?»

«Non importa, anche perché credo che tu mi abbia già risposto. Immagino che tu non abbia navigato in quei lidi con la divisa bianca da comandante in seconda.»

«No di certo!»

«E invece stavolta dovrai proprio farlo.»

«Sì, ma devo pur sapere *qualcosa*.»

«Va bene: ti spiegherò il problema a grandi linee, tenendomi sul piano astratto. Via via che faremo progressi — *se* faremo progressi — ne saprai sempre di più. Ma se pensi di aver capito tutto, allora devi dirmelo, perché è essenziale che tu non ti muova seguendo criteri completamente sbagliati. Non possiamo permetterci un rischio del genere.»

«Non *possiamo?* Chi sono gli altri?»

«Ti giuro che vorrei saperlo anch'io.»

«Confortante, davvero confortante.»

«Sì, ma d'altra parte non posso raccontarti balle.»

«E allora perché non mi dici tutto?» chiese Fitzpatrick.

«Perché Meagen Halliday ha perso il marito, ed io non voglio che perda anche il fratello.»

«Va bene; questo è giusto.»

«A proposito, quanto tempo ti hanno dato? Sei ancora in servizio effettivo, no?»

«Mi hanno dato un mese, ma posso star via quanto voglio. Cristo, ho questa sorella soltanto, che ora si ritrova improvvisamente sola con cinque figli. Praticamente sono io a decidere la durata del congedo, perché nessuno avrà mai niente da obbiettare.»

«Comunque, noi ci atterremo al termine di trenta giorni, comandante. Fra l'altro, è più di quanto ci abbiano concesso.»

«Comincia a raccontare tutto, Converse.»

«Camminiamo» disse Joel, cambiando direzione e andando verso l'Alter Zoll.

"Il problema a grandi linee," come lo aveva definito Converse, era che un gruppo di individui che la pensavano allo stesso modo e che appartenevano a nazioni diverse si era messo assieme e usava la propria influenza per aggirare leggi ben precise e per riuscire a spedire armamenti e tecnologie a governi e organizzazioni di ribelli.

«Per quale scopo?» chiese Fitzpatrick.

«Potrei dirti che si tratta di profitti, ma sono sicuro che non ci crederesti.»

«Certo, non può essere l'unico motivo» disse Connal con aria pensosa. «La gente influente — e immagino che qui "influenti" sia in relazione con le leggi esistenti — opera sempre singolarmente o al massimo in piccoli gurppi, ma sempre all'interno del proprio paese. Naturalmente *se* i soldi sono la ragione primaria di tutta questa cosa. Non c'è bisogno di uscire dai confini, perché si tratta di un mercato di gente che vende: andare all'estero significherebbe sicuramente far scendere i profitti.»

«Tombola, avvocato.»

«E allora?» Fitzpatrick guardò Joel mentre passavano accanto ad una nicchia dove era stato sistemato un cannone.

«Destabilizzazione» disse Converse. «Destabilizzazione di massa. Una serie di episodi in certe zone-chiave che dimostrino l'incapacità di un governo democratico a far fronte alla violenza.»

«Mi rendo conto che mi sto ripetendo, ma devo chiedertelo ugualmente: per quale motivo?»

«Sei molto in gamba» disse Joel. «Per questo, farò in modo che sia tu a trovare da solo la risposta: cosa succede quando una struttura politica viene minata dai disordini, quando è chiaro che non può più funzionare, quando perde il controllo della situazione?»

I due uomini si fermarono vicino al cannone, e Fitzpatrick fissò quella bocca scura e terrificante. «Quel governo viene ristrutturato, o addirittura sostituito da un'altra forma di comando» disse, voltandosi a guardare Joel.

«Tombola ancora una volta» disse Converse a voce bassa. «Ecco le grandi linee del problema.»

«Non ha senso.» Fitzpatrick aggrottò la fronte, un po' per la luce, un po' per il pensiero che gli si dibatteva dentro. «Vediamo di ricapitolare. Posso?»

«Puoi.»

«La definizione "gente influente" implica che queste persone sono persone che occupano posti di rilievo, che non hanno problemi di tipo economico. Credo di capire che non si tratta di semplici malviventi, perché abbiamo già detto che non è il desiderio di denaro a spingerli a commettere cose del genere; quindi immagino che siano cittadini rispettabili, gente conosciuta e stimata. Per caso c'è un'altra definizione che mi sfugge?»

«Se c'è, sfugge anche a me.»

«E allora perché queste persone vogliono destabilizzare una formazione di governo che garantisce loro influenza e rispettabilità? Non ha senso.»

«Mai sentita la frase "tutto è relativo"?»

«Fino alla noia. E allora?»

«Allora usa il cervello.»

«E come?»

«Pensa a cosa significa l'influenza.» Joel tirò fuori il pacchetto di sigarette, se ne portò una alle labbra e l'accese, mentre Fitzpatrick fissava le sette montagne della Westerwald in lontananza.

«Vogliono *qualcosa di più*» disse Fitzpatrick rivolgendosi a Converse.

«Vogliono tutto» disse Joel. «E l'unico modo per ottenerlo è dimostrare che le loro soluzioni sono le uniche, che tutte le altre si sono rivelate inefficaci di fronte all'esplosione di caos e di disordine verificatesi un po' dappertutto.»

Mentre assorbiva quelle parole, Connal aveva un'espressione fissa, immobile sul volto. «Maria Vergine...» cominciò, con voce di sussurro che era però simile ad un grido. «Un plebiscito internazionale... la volontà del popolo... per lo stato sovrano. Fascismo. Un fascismo multinazionale.»

«Sono stufo di dire sempre "tombola", per cui dirò che l'hai azzeccata ancora una volta, avvocato. L'hai detto meglio di tutti quanti noi.»

«Noi? Già, adesso ci sono in mezzo anch'io, ma nessuno di noi due sa chi sono gli altri!» aggiunse Fitzpatrick con un tono tra lo stupito e l'irato.

«Devi accontentarti. Anch'io mi sono rassegnato.»

«E perché?»

«Avery Fowler? Ti ricordi di lui?»

«Oh, Gesù!»

«E un uomo anziano che vive sull'isola di Micono. È tutto quello che abbiamo per adesso, ma quello che ci hanno detto quei due è tutto vero. È reale. L'ho visto con i miei occhi, e questo mi basta. A Ginevra Avery mi disse che c'era pochissimo tempo, e Beale fu ancora più preciso: disse che eravamo nella fase del conto alla rovescia. Qualunque cosa debba accadere accadrà prima della fine del tuo congedo... Due settimane e quattro giorni, secondo le ultime informazioni. Ecco cosa volevo dire prima.»

«Oh, mio Dio» bisbigliò Fitzpatrick. «Che altro puoi dirmi... che altro vuoi dirmi?»

«Molto poco.»

«L'ambasciata» lo interruppe Connal. «Anche se sono passati ormai un paio d'anni, io ho lavorato all'ambasciata, con l'attaché militare. Non ho bisogno di presentazioni. Lì troveremo l'aiuto che ci serve.»

«O forse una pallottola in fronte.»

«Cosa?»

«Già... l'ambasciata è terreno minato. Quei tre uomini che hai visto all'aeroporto, quelli dell'ambasciata...»

«Cosa c'è che non va in loro?»

«Stanno dall'altra parte.»

«Non ti credo!»

«Perché pensi che fossero all'aeroporto?»

«Per parlare con te, vederti. Ci potrebbero essere una decina di ragioni. Che tu lo sappia o no, sei un avvocato di grido sulla scena internazionale. Nulla di strano che qualcuno dell'ambasciata volesse parlare con te.»

«Ho già sentito queste parole.»

«Che vuoi dire?»

«Se volevano parlare con me, perché non sono venuti ad aspettarmi al cancello?»

«Forse perché pensavano che tu saresti andato al terminal come qualsiasi altra persona.»

«E invece, quando non mi hanno visto, — l'hai detto tu stesso — hanno cominciato ad innervosirsi, a mostrare segni di inquietudine.»

«Sì, questo è vero.»

«Ragione di più per venire al cancello.»

Fitzpatrick aggrottò la fronte. «Mi sembrano sempre tutte congetture piuttosto...»

«La donna. Ti ricordi quella donna?»

«Certo.»

«Ha cominciato a seguirmi a Copenaghen, e non mi ha più mollato. E poi, non è finita: una volta usciti, tutti e quattro sono saliti sull'auto di una persona che noi sappiamo — lo sappiamo per certo

— appartiene all'organizzazione che ti ho appena descritto. Bene, si sono diretti all'ambasciata: li ho visti con i miei occhi e te lo giuro.»

Connal fissò Joel, accettando quelle parole. «Oh, mio Dio» disse. «Okay, escludiamo l'ambasciata. E se ci rivolgessimo allo SHAPE di Bruxelles? C'è una sezione dei servizi segreti della Marina, e una volta ci ho anche lavorato.»

«No, non ancora. Forse mai.»

«Pensavo che tu volessi usare la mia divisa e le mie conoscenze.»

«Forse. Comunque, è bello sapere che ci sono.»

«Allora che cosa vuoi che faccia? Io devo fare qualcosa.»

«Parli davvero bene il tedesco?»

«*Hochdeutsch, Schwäbisch, Bayerisch,* più vari dialetti. Te l'ho detto: parlo perfettamente cinque lingue...»

«Sì, l'hai dimostrato in maniera chiara» lo interruppe Converse. «Qui a Bonn c'è una donna di nome Fishbein, e questo è il primo nome che hai a tua disposizione. Questa donna è coinvolta nell'operazione, ed anche se non lo sappiamo esattamente, sospettiamo che sia un'intermediaria, una che raccoglie e dirama informazioni. Voglio che tu vada da lei, le parli, e faccia amicizia. Penseremo anche a qualche scusa che sia convincente: è una donna sui quarant'anni, la figlia minore di Hermann Göring. Ha sposato un sopravvissuto all'olocausto per ovvie ragioni, che da tempo non vive più con lei. Per caso hai qualche idea?»

«Certo» disse Fitzpatrick senza esitare. «Eredità. Ogni anno abbiamo un paio di migliaia di testamenti che i defunti hanno lasciato in mano ai militari. Si tratta di pazzi che lasciano tutto quello che hanno ai fratelli nell'ideale: la vera razza ariana e compagnia bella. Di solito noi li trasmettiamo alle corti civili, che non sanno cosa farne e che finiscono con l'indugiare per anni e anni e alla fine trasferirli nelle casse del ministero del tesoro.»

«Non stai prendendomi in giro, vero?»

«*Eins, zwei, drei.* Dammi retta, quella è gente che ci crede.»

«Puoi usare una scusa del genere in questo caso?»

«Che ne dici di un'eredità di un milione da parte di un piccolo industriale della birra del Midwest?»

«Va benone» disse Joel. «Ed ora siamo sulla stessa barca.»

Converse non fece il nome di Aquitania, né di George Marcus Delavane, Jacques Louis Bertholdier o Erich Leifhelm, né rivelò quella ventina di nomi di personale del Pentagono e del Dipartimento di Stato. Non descrisse l'organizzazione come appariva dai dossier, né come gliela aveva prospettata Edward Beale a Micono. Quello che

Connal Fitzpatrick seppe da lui furono soltanto informazioni molto generiche e vaghe, e questo per una ragione molto meno nobile di quella che aveva accennato: se l'ufficiale di Marina fosse stato catturato ed interrogato, e se fossero ricorsi ai sistemi più brutali, avrebbe avuto ben poco da rivelare.

«Non che tu mi abbia detto molto» disse Fitzpatrick.

«Ne sai abbastanza per beccarti una pallottola in mezzo agli occhi, e questa non è una frase che figura nel mio vocabolario.»

«Neppure nel mio.»

«E allora, considerami un amico» disse Converse, mentre i due entravano nel cancello dell'Alter Zoll.

«D'altra parte» continuò il cognato di Halliday «tu hai certamente visto e vissuto esperienze ben più importanti e traumatizzanti delle mie. Ho letto di te sui dossier che sono nell'archivio dei servizi segreti — e bada bene, sono più d'uno — e ho trovato le conferme nei dossier sugli altri prigionieri. Tu eri diverso. Secondo coloro che hanno vissuto con te in quei campi, tu eri riuscito a mantenere il senso dell'amicizia fra di loro... Finché ti misero in isolamento.»

«Ti sbagli, marinaio. Avevo una paura matta e avrei fatto di tutto per salvarmi la pelle.»

«Non è vero; quei dossier dicono...»

«Non mi interessa, comandante» disse Joel mentre passavano attraverso il cancello. «Piuttosto, ho un problema che forse tu puoi aiutarmi a risolvere.»

«Di che cosa si tratta?»

«Ho dato la mia parola a Dowling che lo avrei chiamato sulla linea mobile, ma non ho la più pallida idea di come si faccia.»

«C'è una cabina laggiù» disse Connal indicando una specie di pallone di plastica attaccato ad un pilone di cemento. «Hai il numero?»

«Sì, ce l'ho da qualche parte» rispose Converse frugandosi nelle varie tasche. «Eccolo qua» disse separando un foglietto di carta dai promemoria delle carte di credito.»

«*Vermittlung, bitte.*» Sembrava davvero tedesco, mentre parlava in tono secco nel telefono. «*Sieben, drei, vier, zwei, zwei. Bitte, Fräulein.*»

Poi inserì una serie di monetine e si rivolse a Joel. «Ecco qui. Sta suonando.»

«Rimani al telefono. Chiedi di lui... dì che sei il suo avvocato, quello dell'hotel.»

«*Guten Tag, Fräulein. Ist Herr...* Oh, no, parlo inglese. Anche lei? No, non chiamo dalla California, ma si tratta di una cosa urgente... Dowling, vorrei parlare con...»

«*Caleb*» gli suggerì Joel.

«Caleb Dowling.» Connal coprì il ricevitore con la mano. «Che razza di nome è?»

«Qualcosa che ha a che fare con le scarpe di Gucci, credo.»

«Cosa?... *Ja*... Sì, grazie.» Fitzpatrick porse il ricevitore a Joel. «Lo stanno chiamando.»

«*Joe*?»

«Sì, Cal, sono io. Ti avevo detto che ti avrei richiamato dopo aver parlato con Fowler. È tutto a posto.»

«No, caro signor avvocato, proprio per niente» disse l'attore in tono tranquillo. «Tu ed io dobbiamo fare una bella chiacchierata, e alla presenza di un bestione che si chiama Rosenberg.»

«Non capisco.»

«A Parigi è morto un uomo. Questo lo capisci meglio?»

«Oh, Dio.» Converse sentì che il sangue improvvisamente scendeva ai piedi e provò una sensazione di vuoto alla gola. Per un attimo temette di star male. «Sono venuti da te?» sussurrò.

«Sì. È venuto un tizio della polizia tedesca circa un'ora fa, e stavolta mi sono messo gli occhiali per leggere bene il nome sul tesserino.»

«Non so cosa dirti» balbettò Joel.

«Hai fatto veramente quello che dicono?»

«Penso... penso di sì.» Converse fissava il telefono e vedeva il volto arrossato dell'uomo sul viale. Si sentiva pulsare le dita.

«*Pensi*? È una cosa di cui si deve essere per forza sicuri...»

«E allora sì... la risposta è sì. L'ho fatto.»

«E c'era una ragione?»

«Penso di sì.»

«Allora voglio saperla, ma non ora. Ti dirò io dove potremo vederci.»

«No!» gridò Joel, che si sentiva confuso, ma non abbastanza per rifiutare quell'offerta. «Non posso coinvolgere anche te. Non posso coinvolgerti!»

«Quel tizio che è venuto a trovarmi mi ha dato un indirizzo e un numero di telefono dove dovrei chiamarlo se per caso tu ti mettessi in contatto con me. Mi ha parlato di pene previste per i testimoni reticenti, per coloro che aiutano un ricercato.»

«Sì, e ti ha detto la verità! Per l'amor del cielo, Cal, digli tutto! Tutta la verità! Digli che mi hai riservato una stanza al tuo albergo perché pensavi che non avessi prenotato. Digli che abbiamo passato un paio d'ore di viaggio in compagnia, niente di più; e che la camera l'hai fatta registrare a nome tuo perché non volevi che pagassi il conto. Non nascondergli nulla! Nemmeno questa telefonata!»

«E come gli spiego il fatto che prima non ho voluto dirgli nulla?»

«Non importa, l'importante è che tu gli dica la verità: inventa una scusa, digli che sei rimasto in imbarazzo di fronte al caso di un compatriota che si trova nei guai all'estero. Volevi un po' di tempo per pensare, per riflettere. Poi ti ho telefonato, e ti sei convinto a ragionare e ad agire come un bravo cittadino. Digli che mi hai detto di che cosa mi accusavano, e che io non ho negato le mie responsabilità. Devi dirgli tutta la verità, Cal.»

«La verità? Anche quell'incontro con Fowler?»

«Se viene fuori, raccontagli anche di quello, ma non è necessario. Fowler è un nome falso e non c'entra con Parigi, ti dò la mia parola d'onore. Potrebbe essere una complicazione, e non è un elemento rilevante.»

«Devo dirgli che ora ti trovi all'Alter Zoll?»

«Sì, digli che sono stato io a dirtelo, spiegandoti da dove ti chiamavo.»

«Ma in questo modo non potrai tornare al Konigshof.»

«Non importa» disse Joel. Parlava in fretta, e voleva terminare quella conversazione per poi essere libero di pensare. «Ho ancora la valigia all'aeroporto, e non ci sarei tornato comunque.»

«Ma avevi anche una ventiquattrore.»

«Non preoccuparti, a quella ho già pensato.»

L'attore rimase in silenzio per qualche istante, poi riprese a parlare lentamente: «Così tu mi consigli di dire tutta la verità alla polizia».

«Già, ma senza fornire particolari in più, che magari potrebbero complicare la faccenda, pur essendo del tutto estranei. Sì, questo è il mio consiglio, Cal. Ed è anche l'unico modo per rimanere puliti; e tu *sei* pulito.»

«Sembra davvero un consiglio d'amico, Joe... Joel; e ti assicuro che vorrei seguirlo, ma non posso.»

«Cosa? *Perché?*»

«Perché i ladri e gli assassini non danno consigli del genere. In tutte le sceneggiature che ho letto, almeno, non l'ho mai trovato.»

«Sciocchezze! Per l'amor di Dio, fa' come ti dico!»

«Mi dispiace, fratellino, ma non sei poi tanto in gamba quando si tratta di parti drammatiche. E ora ascoltami bene, perché sarai *tu* a fare come dico io. Vicino all'università c'è un edificio di pietra... un bel posto, tra parentesi, restaurato da poco... circondato da giardini stupendi, del tipo che non si vedono proprio tutti i giorni: si trovano sul lato meridionale, e ci sono molte panchine lungo il vialetto che attraversa tutto il parco. È davvero un bel posto, soprattutto in una sera d'estate: un po' fuori mano e quasi sempre deserto. Ti aspetto lì alle dieci.»

«Cal, non voglio coinvolgerti in tutta questa faccenda!»

«Sono già coinvolto. Sono un testimone reticente che ha aiutato un ricercato.» Dowling tacque per qualche istante. «Voglio che tu conosca una persona» disse.

«No.»

Si sentì un click e la linea venne interrotta.

10

Converse riappese la cornetta e si appoggiò alle pareti di plastica della cupola che conteneva il telefono, cercando di chiarirsi le idee: aveva ucciso un uomo, non in guerra, non nel furore della sopravvivenza nella giungla del Sudest asiatico, ma in un vicolo di Parigi, dove aveva dovuto prendere una decisione immediata basandosi soltanto sulle probabilità: forse aveva agito bene, o forse aveva agito male: ma ormai era fatta, non si poteva più tornare indietro. La polizia tedesca lo ricercava, il che significava che era intervenuta l'Interpol sulla base di un'informazione trasmessa chi sa come da Jacques Louis Bertholdier, che intanto rimaneva fuori dalla mischia, lontano da quella caccia all'uomo. Joel ricordò le parole che aveva detto pochi minuti prima: se la vita di Press Halliday non era poi così importante in confronto a quello che lo stesso Halliday perseguiva, tanto meno era importante la vita di uno scagnozzo che lavorava per Bertholdier, discepolo di Delavane e capo della branca di Aquitania in Francia. Non aveva scelta, pensò Converse: doveva andare avanti, doveva rimanere libero a tutti i costi.

«Che ti succede?» chiese Fitzpatrick, accorrendogli incontro premuroso. «Sembra che ti abbiano bastonato.»

«In effetti, mi hanno proprio bastonato» disse Converse.

«È successo qualcosa a Dowling? È nei guai?»

«Per ora no, ma fra poco lo sarà di sicuro» esplose Joel. «Perché è un imbecille che pensa che la vita sia uno di quei suoi maledettissimi film!»

«Non pensavi questo di lui poco fa!»

«Già, non mi sembrava, ma stavolta ho cambiato idea.» Converse uscì dalla cupola e guardò l'amico, cercando disperatamente di concentrarsi sui problemi contingenti. «Forse te lo dirò e forse no» disse, cercando con gli occhi un taxi libero. «Coraggio, sfruttiamo la tua conoscenza delle lingue. Dobbiamo andare in un albergo: lo voglio di lusso, ma che non dia troppo nell'occhio, e soprattutto che non sia uno di quei posti dove vanno i turisti che non parlano una parola di tedesco. A quest'ora avranno sparso la notizia che il sottoscritto si troverebbe in imbarazzante disagio linguistico appena fuori dai cinque quartieri di New York: voglio un hotel di lusso che però non abbia interesse ad accogliere turisti. Hai capito cosa intendo?»

Fitzpatrick annuì. «Esclusivo, ricercato, frequentato soprattutto da una clientela di uomini d'affari, questi tutti tedeschi. In ogni grande città c'è un albergo del genere, e solitamente la colazione in questi posti costa un mese del mio stipendio.»

«Perfetto. Denaro non ci manca; basterà che vada a prenderlo.»

«Non finisci mai di stupirmi» disse Connal. «Davvero.»

«Allora, pensi di potercela fare? Mi porterai in un hotel come ti ho appena descritto?»

«Posso spiegare il nostro problema ad un tassista, che sicuramente saprà indirizzarci bene: Bonn è una piccola città rispetto a New York, Londra o Parigi... Ecco, c'è un taxi libero.» I due si avvicinarono al marciapiede, dove un taxi stava scaricando quattro passeggeri che si barcamenavano tra macchine fotografiche e enormi borse di Louis Vuitton.

«Cosa gli dirai?» chiese Converse mentre con un cenno del capo salutava le due coppie che erano nel bel mezzo di una discussione: donne contro uomini, Nikon contro Vuitton.

«Una bella miscela di tutte le cose che abbiamo detto finora» rispose Fitzpatrick. «Gli dirò che vogliamo un hotel di lusso tranquillo, fuori dal *Ausländerlärm*»

«Cosa significa?»

«Lo strepitio dei turisti.. e forse anche qualcosa di peggio. Aggiungerò che dobbiamo incontrare personaggi piuttosto importanti nel campo degli affari — diciamo dei banchieri — e vogliamo un posto dove poter parlare a nostro agio. Vedrai, ci porterà nel posto giusto.»

«Ma ci vedrà senza bagaglio» obbiettò Joel.

«Non preoccuparti: prima di vedere il bagaglio, vedrà i soldi che terrò in mano» disse l'ufficiale di Marina, tenendo aperta la porta per Joel.

Il Comandante in seconda Connal Fitzpatrick, della Marina degli Stati Uniti, membro effettivo del tribunale militare, fece grande impressione su Joel Converse, noto avvocato internazionale, fino al punto di farlo sentire un imbecille. Senza fatica, infatti, lo aveva portato in un appartamento con due camere da letto in un albergo sulle rive del Reno che si chiamava Das Rektorat. Era uno di quegli edifici di tipo pre-bellico in cui gli ospiti sembravano conoscersi l'un l'altro. Il personale di servizio non guardava mai in faccia il cliente, come a confermare la propria sudditanza... o il fatto che non avrebbero mai saputo dire se Herr Vattelapesca era stato lì quel giorno, nel caso qualcuno glielo avesse chiesto.

Fitzpatrick aveva cominciato la commedia appena salito sul taxi: si era appoggiato allo schienale del sedile e aveva preso a parlare con l'autista in tono veloce e tranquillo. Piano piano a Joel sembrò che il tono della conversazione si facesse sempre più confidenziale, mentre si avvicinavano al cuore della città. Poi improvvisamente presero un'altra direzione, passarono la ferrovia che taglia in due la città e presero una strada che costeggiava il fiume, dirigendosi verso nord. Joel avrebbe avuto voglia di chiedere cosa stava succedendo, ma Connal lo prevenne con un gesto che gli intimava di starsene zitto.

Quando si fermarono di fronte all'albergo, dopo aver percorso un vialetto interminabile in mezzo ad un giardino che sembrava addirittura scolpito, Fitzpatrick scese.

«Rimani qui» disse a Joel. «Vedo se hanno qualcosa di libero. Mi raccomando, non dire una parola.»

Dodici minuti dopo, tornò, camminando con passo rigido; Joel notò che dai suoi occhi sprizzava energia e soddisfazione. «Coraggio, presidente, andiamo su.» Poi pagò il tassista, aggiungendo una mancia e di nuovo tenne la porta per far passare Converse... ma stavolta con un briciolo di deferenza in più, pensò Joel.

L'atrio del Das Rektorat era indubbiamente tedesco, con qualche tocco delicatamente vittoriano: legno scuro e pesante, poltrone rigide di cuoio con decorazioni di ottone che formavano archi sulle porte o che facevano da cornice a specchi giganteschi e ricche mantovane sopra finestre a balconcino, anche se a dir la verità non ce ne sarebbe stato bisogno. La prima impressione era quella di un albergo delle terme dell'inizio del secolo, dove la solennità era appena illeggiadrita dall'ottone lucidato e dagli specchi sparsi ovunque. Era una strana mescolanza di vecchio e di antico, e vi si respirava aria di soldi.

Fitzpatrick condusse Converse ad un ascensore che si trovava ad un'estremità di un corridoio interamente ricoperto di velluti. Non c'erano fattorini, né qualcuno che si occupasse dell'ascensore, che era molto piccolo e con le pareti di vetro marmorizzato. Mentre salivano i due piani, le pareti tremavano.

«Spero che ti vada bene» disse Connal. «Ho già controllato tutto. È per questo che ci ho messo così tanto.»

«Eccoci nel diciannovesimo secolo» disse Joel. «Mi auguro che ci sia un telefono e che le comunicazioni non siano affidate ai corrieri a cavallo.»

«Tutte le comodità moderne, naturalmente. Ho controllato di persona». In quel momento la porta dell'ascensore si aprì. «Da questa parte» disse Fitzpatrick, indicando verso destra. «La nostra suite è in fondo al corridoio.»

«Suite?»

«Hai detto che il denaro non ci mancava.»

C'erano due camere da letto che davano in un salottino arredato con estremo gusto. C'era una porta di vetro che dava su un balcone sovrastante il fiume. Le camere erano piene di sole e d'aria, mentre alle pareti le decorazioni erano uno strano miscuglio: una riproduzione di un quadro impressionista raffigurante fiori accanto a stampe di cavalli campioni provenienti dagli allevamenti di quella zona.

«Benone, Superman» disse Converse, guardando fuori sul balcone e poi verso Connal, che se ne stava in mezzo al salottino, con le chiavi ancora in mano. «Come hai fatto?»

«Non è stato difficile» rispose l'ufficiale di Marina con un sorriso sulle labbra. «Davvero rimarresti sorpreso se tu vedessi quali poteri hanno un paio di documenti militari su queste persone. La gente un po' più anziana rizza la testa e si mette a fiutare intorno come cani che sentono avvicinarsi il padrone con la cena. E in questo posto, non c'è molta gente sotto i sessant'anni.»

«Non capisco, a meno che tu non stia arruolandoci nella polizia tedesca.»

«E allora senti questa: ho detto che sono il tuo assistente, inviato dalla Marina Militare Americana per fare da scorta ad un finanziere americano molto importante che deve incontrarsi qui a Bonn con il collega tedesco. Naturalmente, il mio finanziere è un po' eccentrico, e ama viaggiare in incognito. Ecco perché ho fatto registrare tutto a mio nome.»

«E perché non abbiamo prenotato prima di partire?»

«Ho detto al direttore che avevamo *già* prenotato, ma che quell'hotel non ti andava bene, perché c'erano troppe persone che avrebbero potuto riconoscerti. Gli ho anche fatto capire che i suoi connazionali, le persone importanti con le quali devi parlare, gradiranno ogni tipo di attenzione che l'hotel vorrà riservare all'illustre ospite, e lui ha detto che aveva capito fin troppo bene.»

«E come abbiamo saputo dell'esistenza di questo posto?» chiese Joel, che non riusciva a scrollarsi di dosso tutti i sospetti.

«Semplice. Ricordavo questo nome per averlo sentito alla Conferenza economica internazionale di Düsseldorf l'anno scorso.»

«Ci sei stato davvero?»

«Non so nemmeno se c'è stata una Conferenza economica internazionale», disse Fitzpatrick, dirigendosi verso la porta di sinistra. «Prendo questa camera qui, va bene? È la più piccola, come è giusto che sia, visto che sono il tuo assistente; il che, Dio solo sa se è vero.»

«Aspetta un momento» lo interruppe Converse, facendo un passo avanti. «Che cosa gli hai raccontato a proposito dei bagagli? Il tuo amico non si è insospettito a vedere due personaggi così importanti senza nemmeno la valigia?»

«Niente affatto» disse Connal, girandosi verso l'amico. «Il nostro bagaglio si trova ancora in quel famoso hotel nel quale ti sei rifiutato di rimanere. Ma solo io sono autorizzato ad andare a prenderlo.»

«E perché?»

Fitzpatrick si portò l'indice alle labbra. «È che tu, in tutte le cose, ami la segretezza. Ricorda, sei un personaggio eccentrico.»

«E il direttore le ha bevute tutte?»

«Mi chiama *Kommandant*.»

«Allora sei proprio un contaballe, marinaio.»

«Mi permetto di farle notare, signore, che nella terra di *Erin go bragh* le balle si chiamano arte della conversazione. E sebbene lei manchi di molte altre qualità, Press diceva che lei era estremamente abile in tale arte durante le trattative.» Improvvisamente Connal si fece serio. «Lo diceva veramente, avvocato, e stavolta non racconto balle.»

Mentre Fitzpatrick si avviava verso la camera da letto, Joel sentì una sensazione di *deja vu*, senza però riuscire ad identificarla. C'era qualcosa in Connal che lo toccava profondamente, ed era quel suo coraggio che gli veniva dall'inesperienza, quella mancanza di paura nelle piccole cose, che in seguito la prudenza insegna a considerare con attenzione, perché sono proprio le piccole cose a portarci spesso alle più grandi. Sfidava con coraggio le acque tempestose perché non era mai stato sul punto di annegare.

Improvvisamente Converse capì: quel che vedeva in Connal Fitzpatrick altri non era che se stesso... prima che succedessero certe cose. Prima che capisse il significato vero dalla paura, la paura cruda. E, infine, della solitudine.

Decisero che Connal sarebbe tornato all'aeroporto, non tanto per i bagagli di Joel, quanto per i suoi, che erano rimasti in una cassetta del deposito bagagli. Poi sarebbe andato nel centro di Bonn, avrebbe acquistato una valigia, mezza dozzina di camicie, della biancheria, dei calzini e qualche capo di vestiario della taglia di Joel: ad essere precisi, tre paia di pantaloni, una o due giacche ed un impermeabile. Insieme decisero di acquistare vestiti sportivi, in quanto un eccentrico finanziere poteva anche permettersi di vestire come un giovanotto; inoltre, l'abbigliamento sportivo è uguale in tutto il mondo e nessuno avrebbe fatto caso al fatto che non erano originali americani. Poi, avrebbe fatto un'ultima fermata prima di tornare al Das Rektorat, alle cassette di sicurezza della stazione ferroviaria dove Converse aveva lasciato la ventiquattrore. Una volta ripresa la valigetta e salito sul taxi, non doveva fare assolutamente fermate, ma tornare direttamente all'albergo.

«Voglio chiederti una cosa» disse Fitzpatrick prima di uscire. «Quando eravamo all'Alter Zoll mi hai detto che "loro" sapevano che avresti avuto problemi linguistici appena fuori dai cinque quartieri di New York: immagino che ti riferissi al fatto di non parlare tedesco.»

«Esattamente. Né qualsiasi altra lingua, tranne l'inglese. Ho provato, ma non ci sono mai riuscito. Figurati che mia moglie parlava perfettamente francese e tedesco, ma anche lei aveva perso le speranze di insegnarmi una lingua straniera. Credo di non avere orecchio.»

«Sì, ma chi sono "loro"» chiese Connal che aveva ascoltato appena quella spiegazione di Joel. «Quelli dell'ambasciata?»

Joel esitò. «Qualcosa di più , temo» disse scegliendo con cura le parole. «Saprai anche questo, ma non ora, non ancora. Più tardi.»

«Perché più tardi? Perché non ora?»

«Perché non ti porterebbe alcun vantaggio, e potrebbe sollevare interrogativi che non vorresti fossero sollevati sotto — diciamo così — circostanze avverse.»

«Ellittico, non c'è che dire.»

«Sì, certo.»

«Davvero? È tutto quello che sai dirmi?»

«No, c'è ancora un'altra cosa: voglio la mia ventiquattrore.»

Fitzpatrick gli aveva assicurato che il centralino del Das Rektorat era in grado di ricevere telefonate in cinque o sei lingue, fra le quali l'arabo e l'inglese, e che non ci sarebbero stati problemi per chiamare Lawrence Talbot a New York.

«Cristo, dove sei, Joel?» gridò Talbot al telefono.

«Ad Amsterdam» rispose Converse, che non voleva dire Bonn e che aveva avuto l'accortezza di fare la chiamata posto-a-posto.

«Voglio sapere che cosa è successo al giudice Anstett, Larry. Sai dirmi qualcosa?»

«Sono io che voglio sapere che cosa è successo a te! Ieri sera mi ha telefonato René...»

«Mattilon?»

«Gli hai detto che saresti andato a Londra.»

«Invece ho cambiato idea.»

«Che cosa diavolo è successo? C'era la polizia in casa sua, e non ha avuto scelta: ha dovuto dirgli dove eri.» Talbot tacque improvvisamente, poi riprese a parlare con voce più calma, che suonava falsa. «Stai bene, Joel? C'è qualcosa che devi dirmi, qualcosa che non ti va?»

«Qualcosa che non mi va?»

«Ascoltami, Joel. Tutti quanti sappiamo quello che hai passato, ti ammiriamo e ti rispettiamo. Sei l'elemento più esperto che abbiamo in campo internazionale...»

«Sono l'unico che avete» lo interruppe Converse, cercando di pensare e di prendere tempo insieme alle informazioni che gli interessavano. «Che cosa ha detto René? Perché ti ha chiamato?»

«Mi sembri proprio il Joel dei vecchi tempi.»

«*Sono* il Joel dei vecchi tempi, Larry. Perché René ti ha telefonato? Perché c'era la polizia in casa sua?» Joel sentiva che stava entrando in un'altra sfera e doveva accettare quel passaggio, quella realtà: dopo sarebbero venute le menzogne, l'artificio e l'inganno, perché il tempo e la libertà dei movimenti erano essenziali: doveva rimanere libero, perché aveva tante cose da fare in tanto poco tempo. «Quando la polizia, che fra parentesi era la Sûreté, se n'è andata, mi ha richiamato per dirmi tutto. Da quel che ho capito, sembra che l'autista di una limousine sia stato assalito fuori dall'entrata di servizio del George V...»

«L'autista di una limousine?» lo interruppe Converse, senza volerlo. «Hanno detto che era uno chauffeur?»

«Sì, uno di quei servizi esclusivi ed estremamente costosi che portano in giro la gente in posti strani ad ore ancora più strane. Sono molto discreti. Sembra che questo tizio sia stato pestato di santa ragione e dicono che sia stato tu a fare il lavoro. A dire il vero, nessuno sa il perché, ma il fatto è che ti hanno identificato e che quell'uomo ha poche probabilità di sopravvivere.»

«Larry, tutto questo è ridicolo!» urlò Joel, in tono di protesta e di rabbia finta. «Sì, è vero, io ero da quelle parti, ma non ho nulla a che vedere con questa storia; ho visto due che stavano litigando e, dato che non riuscivo a farli smettere, ho pensato bene di tagliare la corda; ma prima di salire sul taxi ho detto al portiere di chiamare aiuto e l'ultima cosa che ricordo di aver visto è appunto quell'uomo che correva verso il vicolo fischiando a più non posso.»

«Allora non c'entri per niente» disse Talbot con il tono dell'avvocato che scopre un elemento a suo favore.

«No di certo! Perché dovrei essere coinvolto?»

«Veramente non l'avevamo capito neanche noi, perché non ha assolutamente senso.»

«Certo che non ha senso; se sarà necessario, telefonerò a René oppure ritornerò addirittura a Parigi.»

«Sì, penso che sia la cosa migliore» convenne Talbot. «Ma devo dirti che forse anch'io ho contribuito ad aggravare la situazione.»

«Tu? E come?»

«Ho detto a Mattilon che forse eri... Be', non eri in te. Quando eri a Ginevra e mi hai telefonato, ti ho sentito molto strano. Molto, molto strano.»

«Buon Dio, e come avrei dovuto essere? Se un uomo con il quale devi concludere un affare ti morisse tra le braccia con una decina di pallottole in corpo, come ti sentiresti tu?»

«Sì, capisco» disse l'avvocato a New York. «Ma anche René mi ha detto di aver visto qualcosa in te che gli sembrava strana.»

«Oh, andiamo, vogliamo finirla con questa storia?» Converse cercava di concentrarsi sulle parole che avrebbe detto: doveva essere credibile, ed anche quel tono leggermente più calmo faceva parte di una tattica ben precisa per far credere che stesse dicendo la verità. «Mi sono incontrato con René dopo aver viaggiato avanti e indietro per gli aeroporti per circa quattordici ore. Cristo, ero esausto!»

«Joel?» cominciò Talbot, che evidentemente aveva ancora qualcosa da chiedere. «Perché hai detto a René che eri a Parigi per conto dello studio?»

Converse tacque per un istante, non perché gli mancasse la risposta, ma perché voleva creare un certo effetto. Era già pronto a quella domanda. «Una bugia innocente, Larry, che non avrebbe fatto del male a nessuno. Avevo bisogno di una informazione, e mi è sembrato il modo migliore per ottenerla.»

«Un'informazione su Bertholdier? È lui il generale, non è vero?»

«Si è rivelata la persona sbagliata, e René lo sa, perché glielo ho detto io.» Joel abbassò il tono di voce. «E poi, sarebbe sembrato strano se avessi detto che ero a Parigi per conto di qualcun altro, non è vero? E non penso che avrebbe giovato al buon nome dello studio. Proprio tu mi hai detto una volta che le voci di corridoio possono essere molto pericolose.»

«Sì, è vero. Hai fatto la cosa giusta... Dannazione, Joel, perché sei uscito da quell'albergo in modo così strano? Dalle cantine, mi hanno detto...»

Era venuto il momento di dire una piccola innocente bugia in tono estremamente convinto; quella piccola bugia ne avrebbe evitata un'altra ben peggiore. Connal Fitzpatrick sarebbe stato nel suo elemento, rifletté Converse. Lui non aveva paura delle piccole cose, perché non sapeva che esistevano tracce che potevano portarti in una gabbia infestata dai topi lungo il fiume Mekong.

«Bubba, amico mio e unico mio sostegno» disse Joel in tono da uomo superiore. «Io ti debbo molte cose, è vero, ma non arriverò mai a raccontarti i fatti intimi della mia vita privata.»

«I fatti della tua vita cosa?»

«Mi sto avvicinando alla mezza età — meglio, non ne sono lontano — senza obblighi matrimoniali né di reciproca fedeltà. E non li voglio.»

«Non dirmi che stavi sfuggendo da una signora troppo invadente...»

«Già, da una signora, non certo da un signore.»

«Dio mio! Io nella mezza età ci sono da così tanto tempo che non avrei mai pensato ad una cosa del genere. Scusami, giovanotto.»

«Giovane, ma non troppo, Larry.»

«Allora abbiamo preso un bel granchio tutti quanti. Forse è meglio che tu chiami René e chiarisca con lui anche questa cosa. Non ti so dire quanto sia sollevato.»

«Però mi saprai sicuramente dire di Anstett. È per lui che ti ho chiamato.»

«Sì certo.» Talbot abbassò la voce. «Una cosa terribile, una vera e propria tragedia. Cosa ne dicono i giornali laggiù?»

Converse fu colto di sorpresa, perché francamente non aveva pensato ad una risposta plausibile. «Molto poco, a dire il vero» rispose, cercando di ricordare quello che gli aveva detto Fitzpatrick. «Soltanto che è stato ucciso e che sembra non sia stato rubato niente.»

«Esatto. Naturalmente, la prima cosa che Nathan ed io abbiamo pensato era quest'affarc in cui sei coinvolto, ma sembra che sia fuori discussione. Si tratta di una vendetta della mafia, pura e semplice. Sai quanto fosse duro Anstett con quella gente. Li metteva dentro con la stessa facilità con cui chiamava "traditori della professione" gli avvocati che li difendevano.»

«La mafia ha già rivendicato l'assassinio?»

«Ancora no, ma è una faccenda di ore, e questa è una primizia che viene direttamente dal vecchio O'Neil, del commissariato. Sanno già chi è: si tratta di un killer che lavora per la famiglia Delvecchio e il mese scorso Anstett ha messo dentro il figlio maggiore di Delvecchio: gli hanno dato dodici anni, e senza appello; la Corte Suprema non potrà far niente.»

«Sanno chi è stato?»

«Sì, si tratta soltanto di prenderlo.»

«Come fanno ad essere così sicuri» chiese Joel, confuso.

«Sempre la solita storia» disse Talbot. «Un informatore che aveva bisogno di un favore; e visto che si è svolto tutto così rapidamente e senza rumore, immagino che la perizia balistica ci darà la prova.»

«Rapidamente? Senza rumore?»

«L'informatore ha avvertito la polizia stamane; hanno mandato una pattuglia speciale, che è la sola al corrente dell'identità di quell'uomo. Credono che abbia ancora l'arma del delitto, e oramai dovrebbe essere questione di minuti; abita a Syosset.»

C'era qualcosa che non andava, pensò Joel. Lo sentiva, anche se non avrebbe saputo dire dove stava l'incongruenza. Poi all'improvviso capì: «Larry, se tutto è stato tenuto nascosto, tu come fai a saperlo?».

«Temevo che me l'avresti chiesto» disse Talbot, chiaramente a disagio di fronte a quella domanda. «Te lo dirò, visto che probabilmente domani sarà su tutti i giornali. O'Neil mi ha messo tra gli indiziati.»

«E perché?

«Tranne ovviamente l'uomo che lo ha ucciso, io sono stato l'ultima persona a vederlo.»

«Tu?»

«Sì. Dopo la seconda telefonata di René ho deciso di telefonare al giudice, naturalmente dopo essermi consultato con Nathan. Quando alla fine sono riuscito a parlargli, gli ho detto che avevo bisogno di vederlo. Non era molto felice di quella richiesta, ma io non mi sono smosso dai miei propositi; gli ho spiegato che ero preoccupato per te, che secondo me ti eri cacciato in un pasticcio molto grosso e che dovevamo fare qualcosa. Sono andato a casa sua a Central Park South e abbiamo parlato. Gli ho detto quel che era successo e quanto temessi per te, lasciandogli capire che lo ritenevo responsabile. Non mi ha detto molto, ma ho intuito che anche lui aveva paura. Mi ha detto che mi avrebbe richiamato l'indomani. Così me ne sono andato, e, secondo il coroner, Anstett è morto tre ore dopo.»

Joel aveva il respiro affannato, e sentiva la testa che gli si spaccava in due; era concentrato al massimo. «Chiariscimi una cosa, Larry: sei andato da Anstett dopo la telefonata di René... la seconda telefonata. Cioè *dopo* che René aveva detto alla Sûreté chi ero.»

«Esatto.»

«E quanto ci hai messo?»

«Quanto ci ho messo a fare cosa?»

«Prima di andare da Anstett. Dopo che avevi parlato con Mattilon.»

«Dunque, fammi pensare. Naturalmente volevo prima consultarmi con Nathan, ma sfortunatamente era fuori a cena, e così ho dovuto aspettare. Fra parentesi, voleva venire anche lui...»

«Quanto ci hai messo, Larry?»

«Un'ora e mezzo, due ore al massimo.»

Due ore più tre ore uguale cinque ore. Il tempo più che sufficiente per ingaggiare dei killer-paravento. Converse non sapeva come avevano fatto, sapeva soltanto che lo avevano fatto. Quello che era successo a Parigi aveva messo in allarme Lawrence Talbot che era andato in un appartamento a Central Park South dove qualcuno, da qualche parte, aveva riconosciuto un nome e un uomo e il ruolo che aveva avuto contro Aquitania. Se non fosse stato altrimenti, Lawrence Talbot, e non Lucas Anstett, sarebbe stata la vittima. Tutto il resto era fumo dietro il quale i discepoli di George Marcus Delavane tiravano le fila di tutte quelle marionette.

«... tutti i tribunali gli devono molto, l'America intera gli deve molto.» Talbot parlava, ma Converse non lo ascoltava più.

«Devo andare, Larry» disse, riappendendo la cornetta.

Quell'omicidio era una cosa oscena. Oltretutto, era stato commesso con una rapidità, una precisione e una perfezione tali che Converse non aveva mai visto in vita sua. Per questo, aveva paura.

Joseph (Joey the Nice) Albanese stava percorrendo a bordo della sua Pontiac il viale che porta a Syosset, a Long Island, e si sporse per salutare con un cenno della mano una coppia nel giardino di fronte a lui: il marito regolava la siepe, mentre la moglie lo assisteva, dando consigli e suggerimenti. Si fermarono un attimo anche loro, gli sorrisero e risposero al saluto. Tutto molto simpatico, gentile: era simpatico ai vicini, penso Joey; lo consideravano una persona molto gentile, che faceva fare il bagno in piscina ai bambini, offriva beveraggi di lusso ai genitori che di tanto in tanto andavano a trovarlo e preparava bistecche grosse come case quando invitava i vicini ad una grigliata in giardino. Questo succedeva abbastanza spesso, e con vicini sempre diversi, in modo che tutti avessero la possibilità di partecipare e nessuno si sentisse offeso.

Sì, era proprio una persona a posto, pensò Joey con un sorriso sulle labbra. Era sempre gentile, non alzava mai la voce ed era sempre pronto a dare una mano, un sorriso o una spalla su cui piangere a chiunque gliel'avesse chiesta, anche se in realtà dentro ribolliva di rabbia e di furore. Ecco qual era la verità, maledizione, pensò Joey. Porco... vaffanculo... quantunque si sentisse spesso nervoso o angosciato, non lo dava mai a vedere! Lo chiamavano Joey the Nice, e a ragione: a volte arrivava a pensare di essere quasi una specie di santo — che Gesù Cristo lo perdoni per aver avuto pensieri del genere. Quando aveva salutato quei vicini, si era imposto di essere gentile: in realtà avrebbe voluto spaccare il parabrezza con un pugno e sgozzarli con un pezzo di vetro appuntito.

Ma la colpa non era loro, era di quello che era successo quella notte! Una notte pazza, un colpo pazzo, tutto era *pazzo!* * E quel *cumpa'* * venuto dalla West Coast, quello che chiamavano Maggiore, era il più

* In italiano nel testo.

svitato di tutti! E oltre che svitato doveva anche essere un sadico per aver massacrato di botte quel vecchio, urlandogli e chiedendogli sempre le stesse cose. *Tutti pazzi!* *

Lui era lì che giocava a carte nel Bronx, e un minuto dopo il telefono si mette a suonare. Corri a Manhattan, e vedi di muovere le chiappe! Ci serve un uomo con due palle grosse così, e *subito!* * Lui naturalmente ci va e cosa trova? Quel rompicazzo del giudice, quello che aveva messo dentro il figlio di Delvecchio! Che pazzia! Di sicuro sarebbero risaliti a Delvecchio. Lui conosceva bene quella *afflizione* * dei poliziotti e dei tribunali, ed era fortunato ad avere una casa di appuntamenti a Palermo... naturalmente se fosse riuscito ad arrivare fino a Palermo.

E poi forse — ma non ne era sicuro — c'erano segni di stanchezza nell'organizzazione, pensò Joey. Delvecchio senior perdeva potere e influenza di giorno in giorno; forse era stato proprio per questo, forse era un modo di metterlo alla prova. E forse anche l'episodio della notte precedente era stato una prova per Joel: forse lo reputavano troppo gentile, troppo *soave* * per fare la festa a quel giudice che aveva dato tanto filo da torcere a tutti quanti. Se era così, aveva superato la prova, e brillantemente. Nossignore, Joey era buono e caro, ma con la pistola non scherzava: era il suo lavoro, la sua professione. Il Signore Gesù era l'unico a poter decidere chi doveva vivere e chi invece doveva morire, e comunicava le sue decisioni attraverso comuni mortali che poi dicevano a Joey quale sarebbe stata la prossima vittima. Non c'erano dilemmi morali per Joey the Nice. Naturalmente era importante, anzi necessario, che tali ordini venissero da un uomo di tutto rispetto.

E quella sera era stato così: l'ordine era venuto da un uomo di grande rispetto. Anche se Joey non lo conosceva di persona, aveva sempre sentito parlare del potentissimo *padrone* * che viveva a Washington D.C.: era un nome che andava soltanto sussurrato, che non si poteva dire ad alta voce.

Joey rallentò per svoltare nel vialetto che portava a casa sua. Angie, sua moglie, di sicuro sarebbe stata arrabbiatissima con lui, e gli avrebbe fatto una scenata semplicemente perché quella notte non era tornato a casa. Ancora una seccatura da aggiungere a tutta quella pazzia. Che cosa poteva dirle? Scusa, sai, Angie, ma ero impegnato a riempire di piombo un tizio che ce l'aveva con gli italiani; e così, vedi, cara, sono dovuto rimanere a Jersey a casa di un tizio a giocare a carte, perché vedi, questo tizio è, guardacaso, il capo della polizia, e giurerà su tutte le varie Bibbie che io sono rimasto tutta la notte a casa sua.

* In italiano nel testo.

Ma naturalmente non poteva dire così a sua moglie: era una legge che si era imposto fin dal primo giorno. Mai portarsi il lavoro a casa, per quanto nervoso o agitato potesse essere; eh, sì, se tutti i mariti di Syosset avessero fatto come lui, si sarebbe vissuti molto meglio in quel quartiere.

Merda! * Uno di quei maledettissimi mocciosi aveva lasciato la bicicletta proprio davanti al garage, e avrebbe dovuto scendere di macchina anche con il cancello ad apertura automatica. Doveva uscire! Merda! Un'altra seccatura. Non poteva nemmeno parcheggiare davanti alla villetta dei Miller, perché c'era un rottame di macchina proprio davanti, e non era la Buick dei Miller. Merda e ancora merda!

Joey portò la Pontiac a metà del viale e scese. Raggiunse la bicicletta e vide che il suo fottutissimo padroncino non si era nemmeno curato di appoggiarla sul cavalletto: Joey odiava piegarsi, con tutti i disturbi che aveva allo stomaco.

«*Joseph Albanese!*»

Joey the Nice fece un balzo e si accucciò, cercando di prendere la pistola sotto la giacca. Quello era il tono di voce che usavano soltanto certi figli di puttana, e significava una cosa sola! Prese la 38 e si lanciò al riparo dell'auto.

I colpi di pistola si sentirono in tutto il vicinato. Gli uccelli fuggirono dagli alberi e si sentirono urla in quel pomeriggio assolato. Joseph Albanese rimase immobile, sdraiato sul cofano della Pontiac, mentre rivoletti di sangue cominciavano a colare sul metallo cromato. Joey era stato catturato durante uno scontro a fuoco, e in mano aveva ancora l'arma che aveva usato così bene la sera prima. La perizia balistica avrebbe fatto il resto: ora l'assassino di Lucas Anstett era morto. Il giudice era stato vittima di un'aggressione da parte di una banda di mafiosi e questo era un episodio che non aveva nulla a che vedere con quello che succedeva a dodicimila chilometri di distanza a Bonn, in Germania.

Converse era sul balcone e guardava il fiume maestoso oltre la foresta che si stendeva sulle rive. Con le mani stringeva la ringhiera del balcone, pensando che erano già le sette e che il sole stava morendo oltre le montagne ad occidente e mandava bagliori rossastri che creavano zone d'ombra sulla terra... ombre danzanti che navigavano sull'acqua in lontananza. Era un quadro dai colori magici, rinfrescato da una brezza molto piacevole, ma niente riusciva a calmare quel pulsare che si sentiva in petto. Dov'era Fitzpatrick? *Dov'era la venti-*

* In italiano nel testo.

quattrore? I dossiers? Cercava di smettere di pensare, di smettere di immaginare il peggio, le possibilità più terrificanti...

Poi sentì un rumore che non gli veniva più dal petto, ma dall'esterno, dalla stanza. Si girò proprio mentre la porta si apriva e vide Connal Fitzpatrick che entrava, togliendo la chiave dalla serratura. Si fece da parte per far entrare un portiere in uniforme con due valigie; disse all'uomo di lasciarle pure sul pavimento, e lo salutò con una mancia. Quando se ne fu andato, Connal guardò Joel. Ma non aveva la ventiquattrore.

«Dov'è?» chiese Joel, che aveva troppa paura anche di muoversi, di respirare.

«Non l'ho ritirata.»

«E perché?» gridò Joel, facendo un passo avanti.

«Non sono sicuro... forse è solo immaginazione. Non so.»

«Di cosa stai parlando?»

«Ieri sono rimasto all'aeroporto per ben sette ore, e non ho fatto altro che andare di bureau in bureau a chiedere di te» disse Connal a bassa voce. «Quando stasera sono tornato al bureau della Lufthansa ho visto che c'era sempre lo stesso impiegato e l'ho salutato: ha fatto finta di non riconoscermi, e mi è parso strano. Non riuscivo a capire, ma quando sono tornato con la valigia l'ho tenuto d'occhio: appena sono passato davanti al banco, ha fissato qualcuno tra la folla del terminal. Purtroppo, c'era tanta gente, tanta confusione, e non posso essere sicuro.»

«Pensi che qualcuno ti abbia visto? Ti abbia *seguito?*»

«Te l'ho detto, non lo so. Anche quando ero in centro a fare spese, mi è sembrato che qualcuno mi seguisse, e così tra un negozio e l'altro mi guardavo alle spalle, per vedere se c'era veramente qualcuno. Mi è sembrato di vedere la stessa faccia per due o tre volte, ma non potrei giurarci: anche lì c'era troppa gente. Ma per quel che riguarda l'impiegato dalla Lufthansa, sono sicuro: quell'uomo aveva un atteggiamento sospetto.»

«E quando eri nel taxi? Ti sei...»

«Certo. Mi sono guardato alle spalle, anche durante il percorso. C'erano delle macchine che ci seguivano, e quando ho detto all'autista di rallentare, ci hanno superati.»

«Hai visto dove andavano dopo avervi superati?»

«E per quale motivo?»

«Lo so io il motivo» disse Joel, ricordando un autista in gamba che aveva seguito una limousine rosso scuro.

«Io sapevo soltanto che quella ventiquattrore ti premeva molto; non so cosa ci sia dentro, ma ho immaginato che non ti sarebbe piaciuto che fosse finita in mano a qualche estraneo.»

«Tombola, avvocato.»

Bussarono alla porta, e anche se i colpi non erano forti, a loro sembrarono colpi di cannone. Rimasero immobili, fissando la porta.

«Chiedi chi è» disse Converse in un soffio.

«*Wer ist da, bitte?*» disse Fitzpatrick in modo da farsi sentire al di là della porta. Ci fu una risposta breve in tedesco e Connal respirò di sollievo. «Non è nulla: un biglietto da parte del direttore. Probabilmente vorrà affittarci il salone delle conferenze.

L'ufficiale di Marina andò verso la porta e l'aprì.

Non si trattava del direttore, né di un fattorino con un biglietto, ma di un uomo di mezza età, magro, con un vestito scuro che gli stava di fronte sull'attenti. Guardò prima Fitzpatrick, poi Converse.

«La prego vivamente di scusarmi, comandante» disse in tono cerimonioso, entrando nella stanza e porgendo la mano a Joel. «Herr Converse, mi permetta di presentarmi. Mi chiamo Leifhelm, Erich Leifhelm.»

11

Joel afferrò la mano che gli veniva tesa, troppo stupito per fare o dire qualsiasi altra cosa. «Feldmaresciallo...?» disse, pentendosene subito dopo. Avrebbe dovuto avere la presenza di spirito di chiamarlo almeno "generale". Mentre lo fissava, ripensava a quelle pagine del dossier che lo riguardavano: i capelli lisci, ancora biondi, gli occhi di un azzurro glaciale, la carnagione rosea che sembrava quasi di cera, come se qualcuno avesse voluto conservarla per i posteri.

«Un vecchio titolo che, grazie al cielo, non ho avuto a lungo. Comunque, mi sento adulato: qualcuno si interessa così tanto a me da fare ricerche sul mio passato.»

«Non creda che sia un interesse così tanto profondo.»

«Direi abbastanza profondo.» Leifhelm si rivolse a Fitzpatrick. «Mi scuso per quel piccolo espediente di poco fa, comandante. Ma credo che tutto sommato sia stato meglio così.»

Fitzpatrick si strinse nelle spalle, senza riuscire a nascondere il suo stupore. «A quanto vedo, voi due vi conoscete.»

«Sappiamo molto l'uno dell'altro» precisò il tedesco. «Converse è venuto a Bonn per parlare con me, ma immagino che glielo abbia detto.»

«No, non gliel'ho detto» disse Joel.

Leifhelm si voltò e studiò lo sguardo di Converse. «Capisco. Allora forse è meglio parlare a quattr'occhi.»

«Penso di sì.» Joel si rivolse a Fitzpatrick. «Comandante, l'ho trattenuta anche troppo. Perché intanto non si avvia al ristorante? La raggiungo tra un minuto.»

«Come desidera, signore» disse Connal, recitando la parte dell'ufficiale inferiore. Salutò con un cenno del capo e uscì chiudendo la porta dietro di sé.

«Una bella stanza» disse Leifhelm guardandosi intorno. «Ha anche una bella vista.»

«Come ha fatto a trovarmi?» chiese Converse.

«Lui» disse l'ex-feldmaresciallo guardando Joel. «*Ein Offizier*, secondo il portiere. Chi è?»

«Come?» ripeté Converse.

«Ieri era all'aeroporto e non ha fatto altro che chiedere di lei. Molti l'hanno visto, e l'hanno anche riconosciuto. Era chiaro che si trattava di un amico.»

«E sapevate anche che aveva lasciato i bagagli all'aeroporto e che sarebbe tornato a prenderli?»

«No, francamente questo non lo sapevamo. Ma pensavamo che sarebbe venuto a ritirare la sua valigia, perché eravamo sicuri che lei non si sarebbe fatto vivo. Ora risponda alla mia domanda: chi è?»

Joel capì che doveva rispondere con una certa arroganza, esattamente come aveva fatto con Bertholdier a Parigi. Era la sola regola che funzionasse con uomini del genere: se uno voleva essere accettato, doveva mostrare di avere qualcosa della loro personalità, qualcosa in cui potessero riconoscersi. «Non è importante, e non sa niente. È un avvocato della Marina che ha lavorato per diversi anni qui a Bonn, dove è ritornato per affari personali, o almeno credo: mi sembra che mi abbia parlato di una ragazza che forse potrebbe anche sposare. L'ho incontrato la settimana scorsa, e gli ho detto che sarei partito domani o al massimo dopodomani. Così, ha insistito per venirmi a trovare. Credo che sia deluso dalla vita civile. Naturalmente — date le circostanze — mi sono servito di lui. Come lei, del resto.»

«Naturalmente.» Leifhelm sorrise, un sorriso da persona pulita. «E non gli ha comunicato l'ora dell'arrivo?»

«Quello che è successo a Parigi lo sconsigliava, non le sembra?»

«Ah, già... Parigi. Parleremo anche di questo.»

«Ho parlato con un amico che ha conoscenze nella Sûreté. Quell'uomo è morto.»

«Succede a tanti.»

«Hanno detto che era un autista, uno chauffeur. Non è vero.»

«Forse avrebbe preferito che avessimo detto che si trattava di un fido scagnozzo del generale Jacques Louis Bertholdier?»

«No di certo. Hanno detto anche che sono stato io ad ucciderlo.»

«È vero, anche se noi sappiamo che si è trattato di uno spiacevale incidente, e che forse quell'uomo ha avuto la sua parte di colpa.»

«Sono ricercato dall'Interpol.»

«Anche noi abbiamo amici, sa? Che possono cambiare le carte in tavola. Lei non ha niente da temere, almeno finché *noi* non avremo niente da temere.» Leifhelm tacque per un istante, guardandosi intorno. «Posso sedermi?»

«Prego: Vuole qualcosa da bere?»

«Bevo soltanto vino molto leggero, e molto di rado. A meno che non sia lei a voler qualcosa di forte da bere...credo che non sia necessario.»

«Allora va bene così» disse Converse mentre l'altro si sedeva sulla sedia vicino al balcone. Joel si sarebbe seduto soltanto quando avrebbe pensato che era il momento adatto, non prima.

«È stato davvero abile a sfuggirci all'aeroporto» continuò il feldmaresciallo più giovane che Hitler avesse avuto.

«Mi seguivate da Copenaghen?»

«Lei è una persona molto attenta e molto osservatrice. Comunque, avrà capito che nessuno intendeva farle del male.»

«Non ho capito un accidente. Ma non mi piaceva come si stavano mettendo le cose. Non sapevo che effetto avrebbe avuto Parigi sul mio arrivo qui a Bonn, che cosa significava per voi.»

«Cosa significava per noi Parigi?» chiese Leifhelm in tono retorico. «Parigi significava che un uomo, un avvocato che usava un nome falso, aveva fatto sapere di essere al corrente di notizie esplosive, e lo aveva fatto sapere ad uno statista molto noto e molto brillante. Questo avvocato, che diceva di chiamarsi Simon, aveva detto di essere diretto a Bonn, da me. Sul suo cammino ha incontrato un uomo — che di sicuro l'ha provocato, questo bisogna ammetterlo — e l'ha ucciso: questo ci dice che non va troppo per il sottile e che è molto in gamba. Però non sappiamo altro, invece vorremmo sapere dove va, chi incontra, e via dicendo. Nei nostri panni, lei che avrebbe fatto?»

Era venuto il momento di sedersi. «Avrei fatto la stessa cosa, ma molto meglio.»

«Sì, forse se avessimo saputo che lei era un tipo così in gamba, avremmo potuto agire in modo meno ovvio. Tra parentesi, cosa è successo veramente a Parigi? Quell'uomo l'ha davvero provocata?»

«Ha cercato di impedirmi di scappare.»

«Non è quello che gli avevamo ordinato di fare.»

«Evidentemente deve aver capito male. Se vuole, posso mostrarle i segni della lotta con quel tizio. Di solito non ho l'abitudine di difendermi menando le mani, e di sicuro non avevo la minima intenzione di ucciderlo. Anzi, fino a poco fa non sapevo nemmeno di essere arrivato a tanto: si è trattato di legittima difesa, comunque.»

«Certo. E poi, chi vorrebbe complicazioni del genere?»

«Esattamente» convenne Converse in tono brusco. «Ciò non esclude che, quando sarò riuscito a trovare un alibi e ad escludere la presenza del generale Bertholdier in tutta questa storia, andrò a Parigi e racconterò alla polizia come sono andate le cose.»

«Come dice il proverbio, è più facile da dirsi che non da farsi. Vi hanno visti insieme all'Etalon Blanc e di sicuro qualcuno avrà riconosciuto il generale quando è venuto da lei in albergo: è un personaggio troppo conosciuto. No, penso che sia più saggio da parte sua lasciare a noi questa faccenda. Ne abbiamo i mezzi, e lei lo sa benissimo.»

Joel guardò il tedesco, e nei suoi occhi c'era una muta domanda. «Ammetto che, facendo le cose a modo mio, ci possano essere dei rischi. A me i rischi non piacciono, e nemmeno al mio cliente. D'altronde, non posso muovermi se sono braccato dalla polizia.»

«Faremo in modo da mettere le cose a tacere. Naturalmente, lei dovrà rimanere fuori dalla circolazione per un paio di giorni, ma poi sarà libero. Il suo nome scomparirà dalla lista dell'Interpol e nessuno la disturberà più.»

«Sì, ma io voglio garanzie, assicurazioni precise.»

«La mia parola non le basta? E poi, le assicuro che noi abbiamo cose più grosse delle sue da perdere in questa storia.»

Converse cercò di controllare un moto di stupore che gli era venuto spontaneo: Leifhelm si era scoperto, gli aveva detto molto, che se ne rendesse conto o meno. Aveva ammesso di far parte di un'organizzazione segreta che per nulla al mondo avrebbe potuto uscire allo scoperto: era la prima prova concreta che Joel avesse sentito. Ma era venuta troppo facilmente: forse Aquitania era semplicemente un gruppo di vecchietti pieni di paure?

«Questo glielo concedo» disse Converse, accavallando le gambe. «Bene, generale, lei mi ha trovato prima che fossi io a trovarla, ma io non ho libertà di movimenti. Dove andremo?»

«Esattamente dove lei ha detto di voler andare, Converse. A Parigi, lei ha parlato di Bonn, Tel Aviv, Johannesburg: sapeva da chi andare a Parigi, e lo sapeva anche a Bonn. È stato onesto a farci pensare che ne sapesse di più su questa faccenda.»

«Ci sono voluti mesi di ricerche...ordinate dal mio cliente, naturalmente.»

«Ma chi è lei? da dove viene?»

Joel sentì una fitta di dolore acuto nel petto, una fitta che aveva sentito tante altre volte: era la risposta del suo corpo al pericolo e alla vera paura. «Io sono qualsiasi cosa la gente pensi che io sia, generale Leifhelm. E sono sicuro che ha capito.»

«Certo che ho capito» disse il tedesco, fissandolo. «Uno che va con il vento, ma con il potere segreto di portarti dove vuoi.»

«Forse è un tantino pesante, ma credo che sia la verità. Per quel che riguarda la seconda domanda, e cioè da dove vengo, immagino che ormai sappia già la risposta.»

Cinque ore. Il tempo sufficiente per far recitare le marionette. Un omicidio a New York: bisognava andare avanti.

«Sappiamo soltanto qualche particolare, Converse. E anche se sapessimo tutto, come potremmo essere sicuri che sia la verità? Magari lei potrebbe essere una persona diversa da quel che crede la gente.»

«E lei, generale?»

«*Ausqezeichnet!*» disse Leifhelm, dandosi una pacca sul ginocchio e scoppiando a ridere: era una risata genuina, e anche il volto di cera s'era aperto all'allegria. «Lei è davvero l'avvocato del diavolo, *Mein Herr*. Lei risponde ad una domanda velenosa — come dicono in Inghilterra — con un'altra domanda che è una risposta e un'accusa allo stesso tempo.»

«Date le circostanze, è soltanto la verità. Niente di più.»

«Ed è anche modesto. Molto bravo, molto in gamba. Su di lei si può fare affidamento.»

Joel distese le gambe, poi di nuovo le accavallò con un movimento che denunciava impazienza. «Non mi piacciono i complimenti, generale; non mi fido... date le circostanze. Poco fa diceva che mi avrebbe portato dove volevo andare, a Bonn, a Tel Aviv e a Johannesburg. Che cosa significa questo?»

«Significa che vogliamo esaudire il suo desiderio» disse Leifhelm allargando le braccia. «Invece di farle fare viaggi noiosi e stancanti, abbiamo pensato di convocare i nostri rappresentanti di Tel Aviv e di Johannesburg e, naturalmente, di far venire Bertholdier da Parigi. Per parlarle, Converse.»

Avevano fatto una cosa che nessuno si sarebbe mai aspettata, il che significava che avevano paura; anzi, che erano terrorizzati. Joel si sentiva il cuore battere furiosamente e provava un dolore acuto proprio in mezzo al petto, ma sapeva che doveva controllarsi e parlare con voce normale. «Apprezzo la sua gentilezza, ma francamente non credo che il mio cliente sia ancora pronto ad un *summit*. Prima di considerare la cosa nella sua interezza, voleva esaminare le singole parti. Sono i raggi che fanno salda la ruota, mio caro generale. Il mio compito, infatti, era quello di accertarmi di quanto fossero, o sembrassero, forti.»

«Ah già, il suo cliente. Chi è?»

«Sono sicuro che il generale Bertholdier le ha già detto che non posso rivelare quel nome.»

«Lei era a San Francisco, in California...»

«Certo, dove ho compiuto gran parte del lavoro di ricerca» lo interruppe Joel. «Ma non è il luogo dove abita il mio cliente, anche se devo ammettere che c'è una persona a San Francisco — anzi, a Palo Alto, per essere precisi — che mi piacerebbe diventasse mio cliente.»

«Certo, certo, capisco.» Leifhelm congiunse i polpastrelli delle dita e disse: «Quindi lei rifiuta la proposta che le ho fatto?».

Mille volte Converse aveva avuto a che fare con domande di questo genere quando, nelle discussioni legali, gli avvocati cercavano un punto di partenza per la trattazione degli affari. Entrambe le parti volevano la stessa cosa, ma non volevano la responsabilità di una decisione né essere costretti a fare richieste alla parte avversa.

«Be', immagino che ormai abbiate già organizzato tutto» cominciò Joel. «Quindi, se mi garantite che potrò parlare a quattr'occhi con ciascuno degli intervenuti, per me può andare bene.» Converse si permise un sorrisetto tirato, come aveva già fatto le altre migliaia di volte. «Naturalmente, nell'interesse del mio cliente.»

«Naturalmente» disse il tedesco. «Allora a domani, alle quattro. Manderò qualcuno a prenderla; le assicuro che apprezzerà la mia tavola.»

«Tavola?»

«Naturalmente sarà mio ospite a cena. Dopo, potremo parlare tranquillamente.» Leifhelm si alzò. «Non potevo permetterle di venire a Bonn e ripartirsene senza aver provato l'emozione di una delle mie cene. Se dovesse avere dei problemi, la invito a provvedere a qualsiasi misura di sicurezza riterrà necessaria: si porti dietro un plotone di guardie del corpo, se crede; ma le assicuro che non corre nessun pericolo. *Mein Haus ist dein Haus*.»

«Non parlo tedesco.»

«Veramente si tratta di un vecchio detto spagnolo: *Mi casa, su casa*, la mia casa è la sua. Farò in modo che trascorra una bella serata completamente a suo agio.»

«Lo spero anch'io» disse Joel alzandosi. «Ma non penso di portarmi dietro nessun plotone, sarebbe controproducente. Naturalmente, chiamerò il mio cliente, lo informerò di tutto e fisserò con lui un'ora in cui dovrò telefonargli, dopo la nostra cena. Immagino che sarà molto ansioso di ricevere questa mia seconda telefonata.»

«Lo credo anch'io.» Leifhelm e Converse si avviarono alla porta e il generale gli tese ancora una volta la mano. «A domani, allora. Le raccomando di essere molto prudente, almeno per qualche giorno.»

«Non dubiti.»

Le marionette a New York. Quell'omicidio che ancora doveva essere esaminato... Il primo di due ostacoli, due fitte di dolore tremendo nel petto.

«A proposito» disse Joel lasciando la mano del Feldmaresciallo.

«Stamane, al notiziario della BBC, ho sentito una cosa che mi ha colpito, tanto che ho telefonato ad un amico. Un uomo, un giudice, è stato assassinato a New York; dicono che si tratti di vendetta da parte della mafia. Lei ne sa niente?»

«*Io*?» chiese Leifhelm aggrottando le sopracciglia bionde, spruzzate di bianco, e dischiudendo leggermente le labbra. «So che a New York ogni giorno ci sono dozzine di omicidi, e immagino che i giudici non ne siano esclusi. Perché dovrei essere a conoscenza di una cosa del genere?»

«Era solo una domanda. Grazie per la risposta.»

«Ma... ma lei... deve avere...»

«Sì generale?»

«Perché le interessa questo giudice? Perché pensava che lo conoscessi?»

Converse sorrise, ma senza traccia di allegria. «Probabilmente non le dirà nulla, ma quell'uomo era un nostro comune avversario... Anzi nemico.»

«Nostro? Mi spieghi meglio!»

«Come ha detto lei — e anch'io — io sono ciò che voglio che la gente pensi che sia. Quest'uomo sapeva la verità: ho avuto un periodo di congedo dal mio studio per lavorare per conto di un cliente su basi confidenziali. Quel giudice aveva tentato di fermarmi, di farmi revocare il congedo.»

«E ha spiegato le *ragioni* di questo comportamento?»

«No, ha parlato soltanto vagamente di minacce, di corruzione e illegalità. Non poteva spingersi oltre, perché faceva parte di un tribunale e la sua condotta sarebbe stata sospetta. Il mio cliente non ne sa niente ed è rimasto irato e confuso, ma ho cercato di calmarlo. Si tratta di un vicolo cieco, e meno si scava meglio è per tutti.» Joel aprì la porta per far passare Leifhelm. «A domani...» Tacque per un istante, odiando quell'uomo di fronte a lui; ma nei suoi occhi affiorò soltanto il rispetto. «Feldmaresciallo» aggiunse.

«*Gute Nacht*» disse Erich Leifhelm, salutandolo con un cenno della testa come si usava tra i militari.

Converse persuase il centralinista a mandare qualcuno alla ricerca del comandante Fitzpatrick. Il designato non ebbe un compito facile, perché il comandante non era né in sala da pranzo né al bar, ma nella Spanische Terrasse insieme ad alcuni amici a godersi lo spettacolo del Reno al tramonto.

«Quali amici?» chiese Joel al telefono.

«Una coppia che ho conosciuto poco fa. Lui è un tipo simpatico, un dirigente sulla settantina.»

«E lei?» chiese Converse che, da buon avvocato, aveva recepito una nota stonata.

«Lei... Ha trenta, forse quarant'anni di meno» rispose Connal senza pensarci.

«Subito sul ponte, marinaio.»

Fitzpatrick si sporse in avanti sul divano e appoggiò i gomiti alle ginocchia; era preoccupato e allo stesso tempo stupito mentre guardava Joel che fumava una sigaretta davanti alle porte spalancate del balcone. «Riassumiamo» disse in tono guardingo. «Tu vuoi che io impedisca a qualcuno di accedere al tuo dossier di servizio, vero?»

«Non proprio a tutto il dossier, soltanto ad una certa parte.»

«Chi diavolo pensi che sia?»

«L'hai già fatto una volta per Avery... Per *Press*. Quindi puoi farlo ancora. *Devi*!»

«È tutta un'altra faccenda. Press mi ha chiesto di leggergli quel dossier, non di nasconderlo.»

«È la stessa cosa, invece: significa che hai libero accesso a quella roba.»

«Già, ma allora ero sul posto, non certo a dodicimila chilometri di distanza! Non posso tagliare una parte di quel dossier da qui! Cerca di essere ragionevole.»

«Qualcuno deve farlo! Si tratta di una piccola parte, la parte finale, l'interrogatorio.»

«Un interrogatorio» disse Connal alzandosi in piedi. «In un dossier di servizio? Intendi dire il rapporto operativo? Perché quello...»

«No, no» lo interruppe Converse scuotendo la testa. «L'interrogatorio finale, quello che mi hanno fatto quando sono venuto via dalla Marina. Press Halliday ne era al corrente, perché me lo ha citato.»

«Aspetta un minuto!» disse Fitzpatrick mettendo avanti le mani. «Per caso ti riferisci al rapporto della commissione di congedo?»

«Sì, proprio quello.»

«Be', allora puoi dormire tra due guanciali. Non è nel tuo dossier di servizio.»

«Ma Halliday ne era al corrente! Te l'ho detto, ha citato testualmente le parole che dissi in quell'occasione.» Joel si diresse al tavolo e spense la sigaretta nel portacenere. «Se non figura nel dossier di servizio, dove lo ha trovato? Anzi, dove l'hai trovato *tu*?»

«È una cosa diversa» disse Connal, che evidentemente ricordava tutti i particolari mentre ne parlava. «Tu sei stato prigioniero di guerra e molti di quei rapporti delle commissioni di congedo sono stati classificati come top-secret. Anche dopo così tanto tempo è sempre roba che scotta e non credo che a nessuno piacerebbe che fossero resi pubblici... Non solo per il bene dell'Esercito, ma per la tranquillità di tutti.»

«Ma tu li hai trovati! Press era a conoscenza di ogni parola!»

«Sì, li ho trovati» ammise l'ufficiale di Marina senza traccia di entusiasmo. «Sono riuscito a procurarmene una copia, e se si venisse a sapere, probabilmente mi degraderebbero a marinaio di terza classe. Press mi giurò che gli servivano, ed io gli credetti: mi disse che non poteva permettersi di fare errori.»

«E come hai fatto a venirne in possesso? Hai detto che a quel tempo non eri neppure a San Diego.»

«È semplice: ho chiamato gli archivi usando il mio codice segreto e mi sono fatto fare una fotocopia; ho detto che si trattava di una emergenza Quattro Zero e che mi prendevo tutte le responsabilità del caso. La mattina dopo, quando è arrivata l'autorizzazione da firmare, l'ho sepolta sotto una montagna di altre carte che ho portato per la firma dall'ufficiale comandante.»

«Ma come sapevi dell'esistenza di questo rapporto?»

«Ho visto la bandierina sul tuo dossier di servizio.»

«La bandierina?»

«Sì, proprio: si tratta di un'etichetta blu che viene applicata sul dossier e che serve ad indicare che esiste altro materiale top-secret. L'ho detto a Press e mi ha risposto che voleva tutto il materiale esistente su di te.»

«Ma allora chiunque può procurarsi informazioni del genere.»

«No, non chiunque. Innanzitutto deve essere un ufficiale con un codice segreto, e non ce sono molti; e poi, ci sono le famose quarantotto ore in cui il materiale viene esaminato da un esperto; si tratta di una misura precauzionale che riguarda soprattutto informazioni sulle armi e sulle nuove tecnologie che potrebbero ancora essere considerate materiale segreto.»

«*Quarantotto*...?» Converse inghiottì mentre cercava di contare le ore che erano trascorse da Parigi, cioè dal primo momento in cui era venuto fuori il suo nome. «C'è ancora tempo!» disse con voce tesa. «C'è ancora tempo, se riesci a farlo! E se ci riesci, ti dirò tutto quello che so, perché lo meriti. Nessuno lo merita più di te.»

«Fuori il rospo.»

Joel si voltò, scuotendo la testa con espressione amara. «È buffo. Ho detto la stessa cosa ad Avery. Gli ho detto "Fuori il rospo, Avery"... Già, hai ragione, si chiamava Press.» Converse guardò Fitzpatrick, guardò quell'avvocato militare che aveva il privilegio di poter accedere ad informazioni segrete snocciolando un numero. «Ascoltami, e cerca di seguirmi. Qualche minuto fa è successa una cosa che non avrei mai pensato potesse succedere... tuo cognato è stato ucciso proprio per impedire che una cosa del genere accadesse. Domani alle quattro andrò da un gruppo di uomini che si sono messi d'accordo per fomentare un'ondata di violenza che stordirà il mondo intero, rovesciando i governi e permettendo a questi pazzi di inserirsi al loro posto. Allora governeranno a modo loro, creeranno leggi che vanno bene soltanto a loro. Una sola Corte Suprema, composta interamente da fanatici che hanno convinzioni del tutto particolari su che e che cosa ha valore e chi e cosa invece non ne ha; e questi ultimi saranno spediti all'inferno, senza appello... Domani li vedrò in faccia! Gli parlerò, sentirò quello che hanno da dirmi! È vero, sono una volpe inesperta che tenta per la prima volta l'ingresso nel pollaio... che in questo caso è un nido di avvoltoi, di quelli che ti volano intorno e al momento buono si abbassano e ti dilaniano le carni. Ma ho un punto a mio vantaggio: sono un buon avvocato, e sono sicuro che riuscirò ad intuire determinate cose senza che loro si rendano conto che le ho intuite. Magari un paio di cosette che mi permetteranno di perseguirli legalmente e di smembrarli. Prima ti ho detto che non accettavo il tuo termine. Be', non lo accetto neppure ora, ma non mi sembra più così fuori discussione. Certamente non si tratterà di due giorni, ma forse non arriveremo a dieci. Vedi, pensavo di dover andare a Tel Aviv e poi a Johannesburg. Per prenderli uno alla volta, e terrorizzarli. Ora invece non ho più bisogno di una cosa del genere! È tutto risolto: ora sono loro a venire da me, perché sono loro ad avere paura! Non sanno più cosa pensare, il che significa che sono preda del panico.» Converse tacque per qualche istante, mentre sulla fronte gli si formavano gocce di sudore. Poi aggiunse: «Non ho bisogno di dire proprio a te che cosa può riuscire a fare un buon avvocato con un testimone avverso che ha paura: tu sai bene le informazioni che può ricavarne».

«Istanza accolta, avvocato» disse Fitzpatrick in tono di ammirazione e reverenza. «Mi hai convinto. Ma ora voglio sapere perché può esserti utile una mia intercessione. Quale vantaggio ti può portare?»

«Voglio che quella gente pensi che io sia uno di loro! Posso tranquillamente convivere con tutto quel materiale che hanno messo insieme su di me... non che ne vada orgoglioso, perché anch'io, come tutti, ho dovuto scendere a compromessi — ma posso conviverci. Non posso però convivere con quello che hanno scritto nel rapporto della commissione di congedo! Non capisci? È proprio quello che Avery — cioè Press — aveva capito! E ora lo capisco anch'io. Venticinque anni fa eravamo buoni amici e Press contava sul fatto che, nonostante avessimo avuto entrambi esperienze drammatiche, io non fossi cambiato molto, almeno nelle cose più importanti. Quando raggiungiamo l'età per votare, siamo tutti bravi e buoni. Dopo si cambia: quando si arriva a dover accettare o meno lo spessore del portafoglio, il prezzo che si deve pagare per sostenere le proprie convinzioni, per assecondare le proprie tendenze, per difendere un successo acquisito o per spiegare agli altri i motivi di un fallimento. Quel rapporto conferma che Halliday credeva in una cosa ben precisa, per la quale voleva vedermi, parlare con me ed eventualmente far sì che passassi dalla sua parte. Solo che purtroppo lui ci ha rimesso la pelle; ed io non potevo dire semplicemente "No, grazie non ci sto" dopo averlo visto morire tra le mie braccia.»

Connal Fitzpatrick uscì in silenzio sul balcone, afferrò la ringhiera e si accorse che Converse lo fissava. Portò in avanti entrambe le mani e sollevò il polsino sinistro della camicia. «A San Diego sono le dodici e venticinque, e nessuno all'ufficio legale va a pranzo prima dell'una. Il Coronado fa pochi affari prima di quell'ora.»

«Davvero puoi farlo?»

«Posso provarci» disse l'ufficiale di Marina, rientrando nel salottino. «No, maledizione, se hai fatto bene i conti con il tempo, posso fare ben di più: posso dare un ordine. Ho un grado che mi permette di fare certe cose.»

I primi cinque minuti furono cinque minuti di angoscia per Joel. C'era qualche complicazione per avere le linee internazionali, ma Fitzpatrick, che parlava almeno quattro lingue, usò il tono di uno che non può assolutamente perdere tempo in faccende di poca importanza, e Joel sentì la parola *dringend* ripetuta più volte.

«Mi dia il tenente David Remington, della divisione legale SAND PAC. Parla il comandante Fitzpatrick. Soldato, è un'emergenza. Se le linee sono occupate, le liberi immediatamente.» Connal coprì il ricevitore con la mano e si volse verso Converse. «Se apri la mia valigia, dovresti trovare una bottiglia di bourbon.»

«Apro subito la sua valigia, comandante.»

«*Remington*?... Salve David, sono Connal... Sì, grazie, lo dirò a Meagen... No, non sono a San Francisco, non mi chiamare. Ma c'è una ragione per la quale ti ho chiamato, una cosa che mi è rimasta sospesa. Tanto per cominciare si tratta di un'emergenza Quattro Zero. Quando tornerò ti firmerò il permesso, ma nel frattempo te la dovrai cavare da solo. Hai preso carta e matita?... C'è un rapporto della commissione di congedo che figura sotto il nome di Joel Converse, tenente, una striscia e mezzo, Aeronautica, pilota di carriera, di servizio in Vietnam. Si è congedato negli anni sessanta...» Fitzpatrick guardò Converse, che aveva alzato la mano destra e tre dita della mano sinistra. «Millenovecentosessantotto, per la precisione...» Joel fece un passo in avanti: aveva ancora la mano destra alzata, e un dito della sinistra. «...Giugno del sessantotto» aggiunse Connal, annuendo. «Si è congedato nella nostra vecchia cara San Diego. Hai scritto? Bene, rileggi.»

Mentre ascoltava, annuiva di tanto in tanto. «C O N V E R S E, benissimo. ...Giugno del sessantotto, Aeronautica, pilota, Vietnam, prigioniero di guerra, congedo a San Diego; benissimo. Ora ti spiego cosa voglio, David. Il rapporto di questo Converse è top-secret: no, niente armi o tecnologie... è solo l'interrogatorio della commissione, l'interrogatorio finale. Ascoltami bene, David. Ho il sospetto che ti venga richiesto, naturalmente da parte di una persona con il codice segreto e tutte le altre carte in regola. *Non* devi trasmettere quel rapporto, per nessuna ragione: è top-secret per tutti e nessuno ne può visionare il contenuto senza un mio ordine specifico. E se per caso una richiesta del genere fosse già partita, il rapporto dovrebbe ancora trovarsi nello spazio di quelle famose quarantotto ore: in quel caso, *fallo sparire*. Hai capito?»

Fitzpatrick rimase in ascolto, ma stavolta, invece di annuire, scosse la testa. «No, ho detto *per nessuna ragione*. Nemmeno se il Segretario di Stato, quello della Difesa e quello della Marina ti firmassero una richiesta specifica su carta intestata della Casa Bianca. Se qualcuno ti fa domande, digli che l'ordine è partito da me, in qualità di Capo del Dipartimento Legale di SAND PAC. Ci deve essere un articolo del regolamento che prescrive che il CDP possa insabbiare documenti o informazioni che ritiene pericolosi ai fini della sicurezza del Dipartimento stesso eccetera eccetera. Ora non ricordo con precisione i termini di tempo, mi sembra settantadue ore, o cinque giorni o qualcosa del genere. Trova quell'articolo, perché forse ne avrai bisogno.»

Connal rimase in ascolto, e all'improvviso aggrottò la fronte, cercando Joel con gli occhi. «Dove puoi trovarmi...?» disse, in tono perplesso. Poi le rughe sul volto gli si appianarono. «Sì, non preoccuparti di quel che ti ho detto prima, e chiama pure Meagen a San Francisco. Se non sono da lei e dai ragazzi, saprà di sicuro dove rintracciarmi... Grazie ancora, David. Lustra il ponte, allora, e fallo bene, mi raccomando. Grazie... lo dirò a Meagen.» Fitzpatrick riattaccò e tirò un sospiro di sollievo. «Ecco fatto» disse, passandosi una mano tra i capelli castani. «Telefonerò a Meagen, le darò questo numero e le dirò di raccontare a chiunque mi cerchi che sono andato sulle colline di Sonoma... Press aveva una casa in campagna.»

«Sì, dalle questo numero di telefono» disse Joel. «Ma non dirle altro.»

«Non preoccuparti, penso che abbia altro per la testa.» L'ufficiale di Marina guardò Converse, aggrottando la fronte. «Se hai fatto bene i conti con il tempo, dovremmo farcela.»

«Non preoccuparti, i conti li so fare. Spero che anche il tenente

Remington li sappia fare. Farà quanto gli hai ordinato, vero? Non si lascerà mica scavalcare?»

«Gli ho dato un ordine con tutti i crismi dell'ufficialità» rispose a Converse. «E David non è un tipo che si fa scavalcare. La ragione per cui ho scelto proprio lui e non uno degli altri quattro che ci sono al Dipartimento, è che lui ha la fama di essere un perfezionista. Stai tranquillo, troverà quell'articolo nel regolamento e lo sventolerà sotto il naso di chiunque tenti di controbattere l'ordine, per quante stellette possa portare. Sì, Remington mi piace, è un collaboratore prezioso e al momento giusto sa anche fare la voce grossa.»

«Tutti noi abbiamo collaboratori del genere, gente che sa obbedire ai superiori ed imporsi quando è il momento.»

«David ha occhio per individuare la cosa giusta.» Fitzpatrick si alzò, e rimase in piedi quasi sull'attenti. «Pensavo che avessi già versato quel bourbon, *tenente...*»

«Signorsì, signor comandante» rispose Joel avvicinandosi alla valigia di Fitzpatrick.

«E se ricordo bene, dopo aver versato da bere, dovevi raccontarmi una storia che mi interessa moltissimo.»

«Affermativo, signore!» disse Converse sollevando la valigia e appoggiandola su uno sgabello. «E se posso permettermi, signore» continuò Joel «potremmo anche ordinare la cena in camera. Sono sicuro che il signor comandante ha bisogno di nutrirsi dopo una dura giornata passata al timone.»

«Buona idea, tenente. Telefono subito all'*Empfang*.»

«Prima di chiamare il tuo allibratore, posso suggerirti di telefonare a tua sorella?»

«Oh Cristo, me ne stavo dimenticando!»

Chaim Abrahms camminava per le strade buie di Tel Aviv, la figura alta e possente avvolta nella solita sahariana, i pantaloni cachi con gli stivali, e un berretto che gli copriva la testa quasi pelata. Il berretto era l'unica eccezione nell'abbigliamento, dovuto alla missione notturna; di solito gli piaceva che la gente lo riconoscesse e accettava l'adulazione con un'umiltà i cui gesti aveva studiato davanti allo specchio. Durante il giorno, andava sempre in giro senza niente in testa, e stava ben eretto, acconsentendo di tanto in tanto all'omaggio della folla con un cenno del capo, con gli occhi che scrutavano i suoi seguaci.

«Per prima cosa, sono ebreo!» era la frase con cui veniva salutato a Tel Aviv o a Gerusalemme, in certi quartieri di Parigi e in gran parte dei quartieri di New York.

La frase l'aveva coniata lui stesso, quando, molti anni prima, aveva militato tra i terroristi dell'Irgun ed era stato condannato *in absentia* dagli inglesi per un massacro in un villaggio palestinese; avevano anche messo i corpi degli arabi in piazza per *Nakama*! In quell'occasione, Abrahms aveva sollevato un grido destinato a scuotere il mondo intero: «Per prima cosa sono ebreo, figlio di Abramo! Tutto il resto è secondario, e scorreranno fiumi di sangue se ai figli di Abramo verranno negati i propri diritti!»

Nel 1948 gli inglesi, per non farne un martire, gli avevano commutato la pena e gli avevano dato un grande *moshav*. Ma un pezzo di terra non poteva certo fermare un sabre militante. Tre guerre erano servite soltanto a fargli dimenticare quel poco che sapeva di agricoltura e avevano acuito la ferocia e l'abilità di quell'uomo straordinario per tutto quello che riguardava il combattimento. Era un'abilità acquisita e sviluppata nei primi anni, quando ancora era a capo di un esercito frammentario e sempre in fuga, un esercito che doveva ricorrere a tattiche che prevedevano armi come la sorpresa, lo shock, l'attacco improvviso e la fuga immediata, per il quale rimanere senza uomini e senza mezzi era all'ordine del giorno, ma che non avrebbe accettato l'ipotesi di una sconfitta. Poi si era ritrovato ad applicare quelle stesse tattiche e quella stessa filosofia di vita a quelle macchine da guerra costantemente in espansione che poi divennero L'Esercito, la Marina e l'Aeronautica di uno stato potente che si chiamava Israele. Per Chaim Abrahms c'era Marte nel paradiso e, profeti a parte, il dio della guerra era la sua forza, la sua ragion d'essere. Da Ramat Aviv a Har Hazeytim, da Rehovot al Masada del Negev, il grido era sempre *Nakama*! Combattiamo i nemici dei figli di Abramo!

Se solo i polacchi, i cecoslovacchi, gli ungheresi e i rumeni, così come i tedeschi che trattavano tutti dall'alto in basso e i russi che erano veramente impossibili, non fossero immigrati a decine di migliaia nella sua terra... Le complicazioni erano sorte proprio allora: fazione contro fazione, cultura contro cultura, ciascun gruppo che voleva a tutti i costi provare che era *più ebreo* degli altri. Tutte sciocchezze! Erano là perché erano stati costretti; avevano ceduto ai nemici di Abramo, e avevano permesso — sì, *permesso* — lo sterminio di milioni di fratelli, invece di ribellarsi come un sol uomo e uccidere chi voleva uccidere loro. Benissimo, ora avevano scoperto dove li avevano portati i loro modi *civili*, dove erano arrivati a forza di riflettere e stravolgere gli scritti talmudici. Per questo venivano in Terrasanta... la *loro* terrasanta, a sentire quegli ipocriti. No, non era la terra di quella gente: loro non c'erano quando avevano dovuto costruirla fra i sassi e il deserto usando la forza delle braccia e qualche strumento primitivo... gli strumenti di cui parla la Bibbia. Loro non c'erano quando gli odiati arabi e gli odiosi inglesi avevano assaggiato per la prima volta il furore dell'ebreo tribale. Loro erano nelle capitali europee, nelle banche e nei salotti, tutti intenti a far soldi e a bere brandy nei bicchierini di cristallo. No, quei fratelli erano venuti solo perché erano stati costretti a rifugiarsi nella terra del sabre.

E quando erano arrivati, avevano portato con sé denaro, eleganza, un linguaggio nuovo, idee che ingeneravano soltanto confusione, potenza e la colpa del mondo, ma il sabre aveva insegnato loro a combattere. E sempre il sabre avrebbe portato Israele nell'orbita di una nuova potente alleanza.

Abrahms raggiunse l'incrocio tra le vie Ibn Gabirol e Arlosoroff; dai lampioni veniva un alone di luce debole, opaca. Meglio così: nessuno doveva vederlo. Avrebbe raggiunto un altro isolato, un indirizzo sulla via Jabotinsky, dove c'era un condominio di recente costruzione; lì un uomo, che passava per un burocrate poco importante, aveva affittato un appartamento senza pretese. Pochi sapevano che quest'uomo, uno specialista nel campo della telematica, era una pedina importante del Mossad, i servizi segreti di Israele, che molti consideravano i migliori del mondo. Anche lui era un sabre, uno di loro.

Abrahms disse a bassa voce il proprio nome al citofono che si trovava sopra le cassette della posta nell'ingresso principale. Sentì lo scatto della serratura che si apriva ed entrò. Poi prese a salire le tre rampe di scale che lo avrebbero portato all'appartamento.

«Un po' di vino, Chaim?»

«Whisky» fu la risposta brusca.

«Sempre la stessa domanda e sempre la stessa risposta» disse lo specialista. «Io ti chiedo "Un po' di vino, Chaim?" e tu mi rispondi con una sola parola: "Whisky". Sono convinto che berresti whisky anche al Seder, se tu potessi.»

«È vero, lo faccio spesso.» Abrahms sedette sulla poltrona di cuoio logora, guardandosi intorno in quella stanza semplice e tutta in disordine, con libri sparsi un po' dovunque; come sempre si chiese come faceva un uomo così potente a vivere in mezzo a quel disordine. Si diceva che l'ufficiale del Mossad non gradiva la compagnia, che sicuramente poteva essere attratta da un appartamento più grande e più bello. «Dai brontolii e dai colpi di tosse al telefono, ho capito che hai ciò che cerco.»

«Sì, ce l'ho» disse lo specialista, offrendo al suo ospite un bicchiere di ottimo whisky. «Ce l'ho, ma non penso che ti piacerà.»

«Perché no?» chiese Abrahms bevendo e guardando l'amico al di sopra degli occhiali.

«Prima di tutto perché è un qualche cosa che ingenera confusione e che quindi deve essere trattato con delicatezza. Tu non sei certo un uomo delicato, Chaim Abrahms, se mi perdoni l'indelicatezza. Mi dici che questo Converse è un nemico, un possibile infiltrato, ma io ti dico che non ho trovato niente che possa confermarlo. Prima di tutto un estraneo deve avere un motivo profondo e personale per entrare in faccende del genere, comportandosi come lui si comporta: ci deve essere qualcosa di grave, di profondo che lo spinge a colpire l'immagine di una causa che odia. Bene, io ho trovato un motivo e un nemico per il quale quest'uomo deve nutrire un odio profondo, ma non è compatibile con quello che pensi tu. Tra parentesi si tratta di un'informazione estremamente affidabile: viene dal Quang Dinh...»

«Che diavolo è?» chiese il generale.

«Un ramo specializzato dei servizi segreti nordvietnamiti, che ora si chiamano semplicemente vietnamiti.»

«Avete fonti anche lì?»

«Sì, le coltiviamo da anni... Niente di molto importante, ma sempre degli occhi e delle orecchie che captano qualcosa: ci sono delle cose che dobbiamo sapere, armi che dobbiamo capire, perché potrebbero venire rivolte verso di noi.»

«E questo Converse era nel Vietnam del nord?»

«Sì, è stato prigioniero di guerra per diversi anni, ed esiste anche un dossier completo su di lui. All'inizio, pensarono di usarlo per la propaganda alla televisione ed alla radio; volevano che implorasse il suo governo inumano a ritirarsi ed a cessare i bombardamenti... Tutte quelle assurdità. Parlava bene, si presentava bene ed era il vero tipico americano. Lo dipinsero come un assassino dei cieli, che a malapena i soldati traboccanti umanità erano riusciti a salvare dalla folla inferocita; poi lo fecero vedere mentre mangiava e quando faceva ginnastica. Insomma, lo stavano programmando per un giro di vite improvviso e violento: pensavano che fosse un giovanotto debole ed abituato alla vita comoda, che si sarebbe piegato facilmente ai loro voleri in cambio di un trattamento di favore... dopo aver trascorso un periodo di crudeli privazioni. Scoprirono invece che era molto diverso: dietro quell'apparenza di debolezza c'era un uomo fatto d'acciaio, e la cosa più strana era che con il passare del tempo quest'acciaio diventava sempre più duro, fino a che si resero conto di aver creato — dissero testualmente "creato" — una furia scatenata.»

«"Furia scatenata?" Hanno detto proprio così?»

«No, loro lo chiamavano un maledettissimo cercarogne, il che, considerato il pulpito da cui veniva la predica, non è senza ironia. Ma il punto è che si resero conto di averlo creato loro stessi: più inumano era il trattamento, più Converse reagiva, più si induriva.»

«Non mi sembra per niente strano» disse Abrahms in tono secco. «Era pieno di rabbia, in fondo. Molesta il serpente e guardalo mentre colpisce.»

«Ti assicuro, Chaim, non è la risposta normale di un individuo sottoposto ad un trattamento del genere: di solito si diventa pazzi e si colpisce alla cieca e ci si rinchiude in se stessi fino alla catatonia, oppure si scoppia a piangere, pronti a compromettere tutto e tutti per la più piccola gentilezza; ma a lui non successe niente di questo. Anzi, puntò tutto su una serie di reazioni calcolate e molto intelligenti che traevano la loro origine da risorse interiori. Fu a capo di due tentativi di fuga, il primo durato tre giorni ed il secondo cinque, ma in entrambe le occasioni furono ricatturati. Visto che lui era il capo, lo rinchiusero in una gabbia nel fiume Mekong, ma riuscì a trovare il modo di ammazzare i topi afferrandoli da sotto la superficie dell'acqua, come fanno gli squali. Allora lo misero in isolamento, il che significa in una buca scavata nel terreno profonda quattro metri e coperta da filo spinato; fu proprio da quel buco, durante un violento temporale notturno, che riuscì ad uscire dalla sua prigione piegando verso l'esterno il filo spinato. Si diresse verso sud attraversando la giungla e i fiumi per più di centocinquanta chilometri, fino a raggiungere le postazioni americane. Non fu certo impresa da poco. Avevano creato un uomo il cui unico pensiero era la sopravvivenza, e che finalmente aveva vinto una guerra tutta sua.»

«Ma perché, più semplicemente, non lo uccisero?»

«Me lo sono chiesto anch'io» disse lo specialista «e proprio per questo ho telefonato al mio uomo di Hanoi, quello che ci ha fornito le altre informazioni. Mi ha detto una cosa molto strana, molto profonda in un certo senso. Lui naturalmente non era presente, ma pensa che si sia trattato di rispetto, di puro e semplice rispetto.»

«Rispetto nei confronti di un cercarogne?»

«La prigionia in guerra fa dei brutti scherzi, Chaim, alle vittime e agli aguzzini. Devi tener presente che in un gioco perfido ci sono molti fattori: aggressività, resistenza, coraggio, paura e non ultima la curiosità, specialmente quando chi gioca questo gioco crudele proviene da culture così diverse come sono quella orientale e quella occidentale. Spesso si crea un legame abnorme, forse dovuto in parte anche alla stanchezza di tutto quel gioco assurdo. Non che questo escluda l'animosità tra le due parti, ovviamente, ma pian piano nei "giocatori" si insinua il sospetto che qualcun altro li abbia messi in quella posizione, che qualcun altro tragga profitto dalla loro fatica, dalla sofferenza. È stato anche dimostrato da ricerche psicanalitiche che il primo ad accorgersi di questa specie di fratellanza non è, come si potrebbe supporre, la vittima, ma l'aguzzino, proprio perché la prima ha in mente soltanto la libertà e la sopravvivenza, mentre il secondo comincia a chiedersi se veramente ha il diritto di dominare sulla vita e sulle condizioni di altri uomini; si comincia a chiedere come starebbe e cosa farebbe se fosse nei panni di quello all'interno della gabbia. Tutto questo fa parte di quella che gli psichiatri chiamano sindrome di Stoccolma.»

«Che cosa stai cercando di dirmi, perdio? Sembri uno di quei pancioni al Knesset! Un po' di questo, un po' di quello e il tutto condito da un sacco di vento!»

«L'ho detto e lo ripeto, Chaim, non sei una persona delicata. Stavo semplicemente cercando di spiegarti che mentre Converse coltivava dentro di sé l'odio e le ossessioni, i suoi aguzzini cominciavano a stancarsi del gioco e, come suggerisce la nostra fonte di Hanoi, continuavano a salvargli la vita per un senso di rispetto. Naturalmente, finché il tentativo di fuga riuscì.»

Lo specialista tacque, come se avesse terminato quel che aveva da dire, mentre Abrahms era rimasto a bocca aperta per lo stupore. «E allora?» disse il sabre.

«È tutto qui: ti ho dato la spiegazione di un motivo e di un nemico, che però sono lo stesso *tuo* motivo e lo stesso *tuo* nemico, anche se tu ci sei arrivato da altre strade. Noi sappiamo che tu vuoi spezzare sul nascere i moti rivoluzionari, interrompere la serie di ribellioni che vengono dal Terzo Mondo, specialmente quelle islamiche, perché sai che sono fomentate dai marxisti — leggi sovietici — e che per questo sono una minaccia diretta a Israele. In un modo o nell'altro, è stato proprio il pensiero della minaccia globale che vi ha fatto ritrovare tutti quanti, e a mio giudizio questo è un bene: c'è un momento storico ben previsto per il complesso milito-industriale, e questo momento è venuto: occorre controllare i governi del mondo libero perché quel mondo è in realtà sepolto dai nemici.»

Chaim Abrahms dovette fare uno sforzo per non mettersi ad urlare: «*E allora?*».

«Ma non capisci? Questo Converse è uno di voi. Tutta la sua vita, quello che dice e che fa lo dimostrano: ha un motivo ben preciso e un nemico, che ha potuto sperimentare in circostanze estreme. È un avvocato molto famoso e molto stimato che guadagna un sacco di soldi lavorando per uno studio di gente affermata e conservatrice, e i suoi clienti appartengono a società tra le piú ricche del mondo. Tutto quello che ha fatto e tutto quello in cui crede non possono trarre che benefici dai vostri tentativi, da quello che avete intenzione di fare. Ciò che vi ha confuso sono stati i metodi poco ortodossi che usa, e l'unica spiegazione che posso fornirvi è che forse, nel ramo specializzato in cui lavora, tali metodi non sono considerati affatto poco ortodossi. Gli affari possono andare a monte anche soltanto a causa di semplici voci, e nascondere le cose o farle apparire diverse da quello che sono in realtà è la prassi normale. Comunque, Converse non vuole distruggervi, vuole unirsi a voi.»

Il sabre appoggiò il bicchiere sul pavimento e si alzò con fatica. Poi, con il mento incassato nel petto e le mani dietro la schiena, prese ad andare su e giù per la stanza in silenzio. Ad un certo punto si fermò e guardò lo specialista.

«Supponi per un attimo» disse «che l'onnipotente Mossad abbia fatto un errore, che esista qualcosa di cui non siete al corrente.»

«Non può essere.»

«Supponi!»

«Alla luce delle informazioni che abbiamo raccolto, non posso nemmeno considerarla una possibilità. Ma perché dici questo?»

«Perché qui la cosa puzza, ed io ho buon naso, ecco perché!»

L'uomo del Mossad continuava a fissare Abrahms, come se volesse studiargli il volto e fosse concentrato su un pensiero completamente opposto. «Di possibilità ne esiste soltanto un'altra, Chaim. Se questo Converse non è la persona che ti ho descritto, cosa che contrasta con tutti i dati che abbiamo raccolto, allora è sicuramente un agente del suo governo.»

«Proprio questa era la puzza che sentivo» disse il sabre in un soffio.

Stavolta fu lo specialista a rimanere senza parole. «Rispetto il tuo naso, amico mio. Non approvo sempre quello che fai, ma ho piena fiducia nel tuo olfatto. Che ne pensano gli altri?»

«Loro pensano semplicemente che stia mentendo, che stia coprendo altre persone che forse non conosce neppure, che sia uno mandato in ricognizione...un "soldato", come lo ha definito il nostro amico di Palo Alto.»

L'ufficiale del Mossad continuava a fissare il sabre, ma senza più vederlo: vedeva soltante trame astratte e contorte, ipotesi che pochi avrebbero potuto comprendere: gli venivano da una vita intera passata ad analizzare elementi evidenti e altri meno evidenti, nemici, oppositori razziali, a parare colpi menati all'impazzata nell'oscurità totale. «È possibile» bisbigliò, come rispondendo ad una domanda che solo lui aveva sentito. «Quasi inconcepibile, ma possibile.»

«Cosa vuoi dire? Che è possibile che ci sia Washington dietro Converse?»

«Sì.»

«E perché?»

«È un'alternativa sulla quale non giurerei, ma è l'unica che abbia una remota possibilità di essere: detto semplicemente, quell'uomo sa troppe cose.»

«E allora?»

«Allora sospetto la presenza non di Washington, ma del governo americano in generale, magari di qualche dipartimento in cui si trova una sezione che ha un ufficio nel quale c'è qualcuno che ha sentito delle voci di cui non è affatto sicuro. Per questo, hanno pensato che se esisteva una tale organizzazione, bisognava combatterla dall'interno; hanno scelto un uomo che avesse un passato giusto, i giusti ricordi, la giusta professione e l'hanno mandato allo sbaraglio; potrebbe anche credere a quello che dice.»

Il sabre era conquistato da quei ragionamenti, ma mostrava anche una chiara impazienza. «Troppo complicato per me» disse sinceramente.

«Bene, tanto per cominciare, provate a fare a modo mio: accettatelo tra di voi, perché potrebbe essere anche pulito. Costringetelo a darvi *qualcosa* di concreto: se si rifiuta, è perché onestamente non può farlo.»

«E allora?»

«Se non può farlo, allora voi sapreste di aver avuto ragione: in quel caso dovrete distanziarlo il più possibile da quelli che l'hanno ingaggiato, farne un lebbroso, un uomo ricercato per crimini talmente gravi e talmente assurdi che ormai non ci si chiede nemmeno se sia un pazzo o no.»

«Perché non ucciderlo?»

«Certo, ma non prima di averlo dichiarato pazzo e lebbroso, in modo che a nessuno venga l'idea di sollevare questioni. Fra l'altro, vi farà guadagnare il tempo di cui avete bisogno. Quand'è la fase finale di Aquitania? Tra un mese, vero?»

«Sì, l'inizio è fissato tra un mese.»

Lo specialista si alzò in piedi e rimase a guardare il sabre con aria pensosa. «Ripeto: dovete per prima cosa accettarlo, vedere se quello che ho detto prima è vero. Ma se sentite ancora puzza, se capite che esiste la più remota possibilità che, volente o nolente, cosciente di quel che fa o ignaro di tutto, quell'uomo è un provocatore mandato da Washington, allora mettete insieme le prove contro di lui e lasciatelo in pasto ai lupi. Dovete creare un lebbroso proprio come i nordvietnamiti crearono una furia scatenata. Poi uccidetelo, in fretta, prima che qualcun altro lo raggiunga.»

«Parla il sabre del Mossad?»

«Con il cuore in mano.»

Il giovane capitano dell'Esercito e il borghese, che era leggermente più anziano, uscirono da due porte di vetro adiacenti del Pentagono e si scambiarono un'occhiata senza salutarsi. Poi, ognuno per conto proprio, andarono verso una serie di scalini e si diressero a sinistra, verso il parcheggio; l'ufficiale era a circa dieci metri di distanza dal borghese, che lo seguiva. Una volta raggiunta l'enorme distesa di asfalto che costituiva il parcheggio, ciascuno si diresse verso la propria auto. Se per caso qualcuno li avesse ripresi con una macchina nascosta in quegli ultimi cinquanta secondi, ne avrebbe tratto la conclusione che quei due non si conoscevano.

La Buick coupé verde girò a destra, dirigendosi verso l'apertura sotterranea del parcheggio dell'Hotel. Percorse interamente la rampa e, una volta arrivata in fondo, la persona che guidava mostrò la chiave della camera al guardiano, che alzò la sbarra e gli fece cenno di proseguire. C'era un posto libero nella terza fila delle automobili ferme, e la Buick ci si infilò. Quando si fu sistemato, il capitano dell'Esercito uscì.

Passò nel cancelletto girevole e si diresse verso gli ascensori che raggiungevano anche il sottosuolo proprio per far salire i clienti provenienti dal parcheggio. Mentre si avvicinava, vide che era in arrivo il secondo ascensore, che si aprì rivelando due coppie che evidentemente avevano sbagliato piano: infatti, ridendo, premettero il tasto del piano terra, mentre l'ufficiale premeva quello del quattordicesimo piano. Esattamente un minuto dopo era nel corridoio, e si dirigeva verso le scale: doveva raggiungere l'undicesimo piano.

La Toyota blu percorse la rampa, e la persona che guidava mostrò all'impiegato la chiave della camera; poi, trovato un posto vuoto, vi sistemò la macchina.

Ne scese il borghese, che guardò l'orologio e, soddisfatto, si diresse verso gli ascensori. Il secondo si aprì, ed era vuoto, tanto che il borghese fu tentato di premere direttamente il bottone dell'undicesimo piano: era stanco, e il pensiero di un'ulteriore passeggiata su due rampe di scale non lo attirava. Comunque, pensò che durante la salita avrebbe anche potuto incontrare della gente e per questo, stando alle regole, schiacciò il tasto del nono piano.

Arrivato davanti ad una porta, il borghese bussò una sola volta, attese i colpi di risposta, poi bussò ancora due volte. Dopo qualche secondo, il capitano dell'Esercito gli aprì; accanto a lui c'era un terzo uomo in divisa, un tenente della Marina, come dicevano i gradi che portava sulle spalle: era accanto ad un tavolo su cui era poggiato il telefono.

«Bene, è arrivato in tempo» disse l'ufficiale dell'Esercito. «C'era un traffico tremendo. Dovremmo ricevere la chiamata tra pochi minuti.»

Il borghese entrò, salutando il terzo uomo con un cenno del capo. Poi disse: «Che cosa avete trovato su Fitzpatrick?».

«Abbiamo scoperto che si trova dove non dovrebbe essere» rispose il tenente.

«E potete farlo tornare indietro?»

«Ci sto provando, ma francamente non so da dove cominciare. Mi sento come un nano che deve arrivare in cima ad una pertica troppo alta.»

«E come credi che ci sentiamo noi?»

«Chi pensava che Halliday fosse in contatto con lui?» disse l'ufficiale di Marina, in tono deluso e irritato. «Noi credevamo che se avesse voluto mettere in mezzo anche suo cognato, lo avrebbe fatto prima. Come pensavamo che, insieme al resto, gli avrebbe detto di noi.»

«Penso di poter rispondere ad entrambe queste questioni» disse il capitano dell'Esercito. «Io credo che stesse tentando di proteggersi da una eventuale reazione del Pentagono. Se ci fosse successo qualcosa, suo cognato ne sarebbe rimasto al di fuori, perfettamente immune.»

«Ed io credo di poter chiarire un'altra cosa» disse il borghese «Halliday si era rivolto a Fitzpatrick perché, in ultima analisi non si fidava di noi. E purtroppo quel che è accaduto a Ginevra dimostra che aveva ragione.»

«E come?» chiese il capitano, che stava sulle difensive, senza però assumere toni o atteggiamneti di scusa. «Come avremmo potuto impedirlo?»

«No, non potevamo impedirlo in nessun modo» convenne il borghese. «Ma non potevamo far niente nemmeno *dopo* tutto quello che era successo. Questo era quanto stabiliva il nostro accordo, e non potevamo far nulla per andare avanti, per cambiare le cose. Semplicemente perché non potevamo permettercelo.»

In quel momento, suonò il telefono. Fu il tenente a sollevare il ricevitore e a rimanere in ascolto. «È Micono» disse poi agli altri.

Parte seconda

12

Connal Fitzpatrick era seduto di fronte a Joel nel salottino, e beveva un ennesimo caffè. Avevano finito di cenare, e con la cena era finita anche quella storia, insieme a tutte le domande che erano venute fuori e alle quali Converse aveva risposto esaurientemente perché aveva dato la sua parola: ora c'era bisogno di un alleato che sapesse tutto.

«Bene: tranne qualche nome e il contenuto di un paio di dossier, non so molto di più di quanto sapessi prima» disse Connal. «Ma credo che capirò molte cose in più quando vedrò i nomi di quelle persone che lavorano al Pentagono. Mi hai detto che non sai chi li abbia forniti, vero?»

«No; proprio come Topsy, me li sono ritrovati in mano. Beale ha detto che alcuni possono anche essere puri e semplici errori, ma che altri non lo sono di sicuro; il mio compito è quello di collegarli in qualche modo a Delavane.»

«Sì, ma qualcuno deve pur averli forniti, e ci devono essere ragioni precise per le quali hanno fatto certi nomi e taciuti certi altri.»

«Beale li ha definiti "gente con poteri decisionali" nelle sezioni "approvvigionamenti militari".»

«Allora *devo* sapere quei nomi, perché di sicuro si tratta di gente con la quale ho lavorato.»

«Tu?»

«Sì. Non molto spesso, ma abbastanza da conoscere nomi e personaggi.»

«Perché proprio tu?»

«Più che altro perché traducevo gli atti legali quando c'era di mezzo la tecnologia della Marina. Penso di averti detto che parlo...»

«Sì, me l'hai detto» lo interruppe Joel.

«Maledizione!» gridò Fitzpatrick all'improvviso, appallottolando il tovagliolo in una mano.

«Che ti succede?»

«Press *sapeva* che avevo a che fare con quei comitati, con quelli che si occupano di tecnologie e di armamenti! Mi ricordo che una volta me lo chiese anche: chi erano quelli con i quali mi incontravo, se era gente che mi andava a genio... se mi fidavo. Gesù! Perché non me lo ha detto? Di tutte le persone che conosceva, io era quella più adatta! Ci sono dentro fino al collo, e inoltre ero il suo amico più caro.»

«Proprio per questo non ha voluto tirarti in ballo» disse Converse.

«*Bastardo* stupido!» Connal alzò gli occhi al cielo. «Spero che tu l'abbia sentito, Press; se tu me l'avessi detto, a quest'ora probabilmente saresti sulla spiaggia a vedere il trionfo del Connal Due nella Regata della Baia.»

«Da come lo dici, sembra che tu creda veramente che Press ti possa sentire.»

Fitzpatrick fissò Joel attraverso il tavolo. «Sì, è vero, ci credo. Perché io credo, avvocato. Conosco tutti i motivi per i quali non dovrei credere — Press mi faceva sempre una testa così con tali argomentazioni, ai bei tempi — ma io credo. Una volta gli risposi con una citazione da uno dei suoi antenati protestanti.»

«E cioè?» chiese Joel, con un sorriso gentile.

«"C'è più fede nel dubbio onesto di quanta ne possano avere tutti gli arcangeli nella mente di Dio".»

«Bella. Non l'avevo mai sentita prima.»

«Ma forse sono stato io a fare qualche trasformazione.... Joel, io devo sapere quei nomi!»

«D'accordo, ma sono nella ventiquattrore, ed io non posso certo uscire e andare a recuperarla!»

«Allora tocca a me» disse l'ufficiale di Marina. «Pensi che Leifhelm abbia detto la verità? Pensi che possano veramente fermare l'Interpol?»

«Sono combattuto tra due pensieri, tra due speranze opposte: da una parte, mi auguro che ci riesca, in modo da godere di una certa libertà e tranquillità. Ma dall'altra parte, sarebbe una cosa che mi farebbe veramente paura.»

«Già, non posso darti torto» convenne Connal, alzandosi. «Chiamo il portiere e faccio venire un taxi. Dammi la chiave della cassetta di sicurezza.»

Converse si frugò in tasca e tirò fuori una minuscola chiave con un numero stampato sopra. «Leifhelm ti ha visto, e potrebbe anche farti seguire. In fondo, l'ha già fatto una volta.»

«Sarò prudente. Se vedo lo stesso paio di fari per due volte di seguito, cambio strada e mi faccio portare ad una *Bierkeller*. Ne conosco un paio niente male.»

Joel guardò l'orologio. «Sono le dieci meno venti. Pensi di poter fare un salto all'università come prima cosa?»

«Dowling?»

«Ha detto che voleva farmi conoscere una persona. Bene, va' da lui, e digli che è tutto a posto; digli solo che non deve preoccuparsi, nient'altro. Questo glielo devo.»

«Supponi che voglia fermarmi?»

«Allora tira fuori il tesserino e digli che è un caso di emergenza, una faccenda top-secret, o qualsiasi altra puttanata il tuo cervello fertile riesca a inventare.»

«Sbaglio, o percepisco una punta di invidia legale?»

«No, dico soltanto le cose come stanno. So da dove vieni, perché ci sono stato anch'io.»

Fitzpatrick prese a camminare lentamente lungo il sentiero sulla facciata meridionale dell'enorme palazzo che accoglieva l'università, e che un tempo era stato residenza dei potenti vescovi di Colonia. La luce implacabile della luna faceva brillare le innumerevoli vetrate delle finestre della Cattedrale che davano una dimensione di luce alle pareti di pietra di quella possente struttura. Oltre il sentiero i giardini di Augusto avevano un'eleganza strana: le aiuole fiorite e come immerse in un sonno tranquillo erano ancora più belle in quella luce intensa. Connal rimase così colpito da quel paesaggio notturno da dimenticarsi quasi il motivo per il quale era venuto.

Ma tutto gli tornò in mente in maniera chiara quando vide una figura snella su una panchina. L'uomo aveva le gambe incrociate all'altezza delle caviglie, e in testa portava un cappello floscio, che non riusciva però a nascondere la capigliatura bionda che si intravedeva sulle tempie e sulla nuca. Così questo Dowling sarebbe un attore, pensò Fitzpatrick, divertito dall'idea che Caleb Dowling aveva finto di essere colpito dal fatto che ci fosse qualcuno che non lo riconosceva immediatamente. D'altra parte, anche Converse non aveva ricollegato immediatamente quel volto al suo ruolo; evidentemente erano le eccezioni alla massa di teledipendenti. Un professore che aveva realizzato un sogno di gioventù, un uomo che sapeva correre i rischi, almeno secondo Joel, che aveva vinto la sua battaglia anche quando tutti lo davano per sconfitto, era un pensiero che in un certo modo gli riscaldava il cuore: l'unica nota stonata era la moglie, che Caleb amava profondamente, e che conduceva una vita ossessionata da vecchi fantasmi. E poi, un marine che aveva combattuto nell'inferno di Kwajalein era sempre degno di rispetto.

Fitzpatrick si diresse verso la panchina e si sedette ad un paio di metri da Dowling. L'attore lo guardò, volse la testa e tornò a guardarlo una seconda volta, facendo schioccare le dita.

«Lei?»

«Le chiedo scusa per ieri sera» disse Connal. «Immagino di non essere stato molto convincente.»

«Le è mancato il finale, giovanotto. Dove diavolo è Converse?»

«Mi dispiace: non può venire, ma non si preoccupi. La situazione è sotto controllo.»

«Sotto controllo *di chi*?» chiese l'attore con una punta di irritazione. «Io avevo chiesto a Joel di venire personalmente, non di mandarmi una delle Giovani Marmotte.»

«La prego di badare a come parla: sono un comandante della Marina Militare Americana, oltre che capo del dipartimento legale in una delle maggiori basi navali. Converse ha accettato un incarico che contempla una certa dose di rischio personale per lui e che per noi è assolutamente top-secret. Lei deve farsi da parte, signor Dowling. Noi apprezziamo — e parlo anche a nome di Converse — il suo interessamento e la sua generosità, ma è venuto il momento che lei si faccia da parte. Per il suo stesso bene, fra l'altro.»

«E allora cosa c'entra l'Interpol? Dicono che abbia ucciso un uomo.»

«Che tentava di uccidere lui» aggiunse Fitzpatrick, senza lasciarlo continuare, con la tattica di un avvocato che interroga un testimone della parte avversa. «Stia tranquillo, sistemeremo la cosa internamente.»

«Lei è molto in gamba, comandante» disse Dowling, tirandosi su sulla panchina. «Direi che è molto più in gamba di quanto apparisse ieri sera...anzi, stamattina.»

«Ero molto agitato. Lo avevo perso e dovevo ritrovarlo a tutti i costi, per via di certe informazioni importantissime.»

L'attore accavallò le gambe all'altezza delle ginocchia e appoggiò un braccio sullo schienale della panchina. «Insomma, questa cosa nella quale siete coinvolti Converse e lei è una di quelle cose segrete?»

«Sì, è top-secret.»

«E visto che siete avvocati, si tratta di qualcosa di irregolare che in qualche modo interessa i militari, giusto?»

«Sì, più o meno è così. Ma temo di non poter assolutamente entrare nei particolari. Converse mi ha detto che lei voleva che conoscesse una persona.»

«Sì. Mi dispiace di aver detto cose spiacevoli sul suo conto, che sono pronto a ritrattare: in fondo, lui faceva il suo mestiere, e non poteva sapere chi ero. È un tipo in gamba, molto duro ma onesto.»

«Spero che lei comprenderà che, dato le circostanze, Converse non può assolutamente accontentarla.»

«Certo» disse Dowling in tono tranquillo, togliendo il braccio dallo schienale della panchina.

Connal si rese immediatamente conto di essere in pericolo. Vide qualcosa che si muoveva dietro di lui e si girò, guardandosi alle spalle. Vide la figura di un uomo che usciva da un portone immerso nell'oscurità e si dirigeva verso di lui, attraversando il prato. Un braccio appoggiato allo schienale, improvvisamente tolto: erano segnali! È lui; venite!

«Che diavolo ha fatto?» chiese l'ufficiale di Marina in tono duro.

«Dovevo pur ridurvi alla ragione, voi due» rispose Dowling. «Se ancora posso fidarmi dell'istinto, credo di aver fatto la cosa giusta. E se per caso il mio istinto mi avesse tradito, penso di aver fatto ugualmente la cosa giusta.»

«Cosa?»

L'uomo che attraversava il prato entrò in uno spicchio di luce lunare e Connal vide che era un uomo pesante e vestito di scuro; aveva l'aria di uno che si occupa di affari, con il volto raggrinzito dall'età e dalla gravità del momento: la sua rabbia era più che evidente.

Mentre si alzava dalla panchina, Dowling disse: «Comandante, posso presentarle l'onorevole Walter Peregrine, ambasciatore degli Stati Uniti nella Repubblica Federale di Germania?».

Il tenente David Remington si pulì gli occhiali con un fazzolettino al silicone, che buttò nel cestino della carta straccia. Poi si alzò dalla scrivania, si rimise gli occhiali e andò allo specchio dietro la porta per darsi una controllata: si pettinò, sistemò il nodo della cravatta e guardò con rassegnazione le pieghe dei pantaloni. Tutto sommato, dato che erano le diciassette e trenta e che dalle otto non faceva altro che dannarsi l'anima a quel tavolo da lavoro (compresa anche quell'emergenza Quattro Zero di Fitzpatrick), poteva anche considerarsi presentabile. Comunque, l'ammiraglio Hickman non era certo uno che si metteva a fare il pignolo sull'abbigliamento, soprattutto per quel che riguardava gli addetti ai servizi sedentari. Sapeva fin troppo bene che se avesse cavillato su argomenti come le scarpe lucide e la macchiolina sulla cravatta, molti dei suoi ufficiali avrebbero preso la porta per non tornare mai più: c'erano centinaia di posti nelle ditte private per gente come quella. Ma David Remington non avrebbe lasciato la Marina per niente al mondo. Qual era quell'altro lavoro dove uno si poteva permettere di viaggiare per il mondo, sistemare moglie e figli in una bella casa, permettersi i medici e i dentisti migliori, e tutto senza spendere un soldo e senza preoccuparsi dei concorrenti, della carriera e delle inevitabili beghe che sorgono nella vita da civili? Suo padre era avvocato come lui, e aveva lavorato per una grossa compagnia di assicurazioni a Hartford, nel Connecticut: a quarantatré anni aveva scoperto di avere l'ulcera, a quarantotto il primo esaurimento nervoso, a cinquantuno il primo attacco e a cinquantasei l'attacco fatale alle coronarie. Tutti dicevano che era così terribile nel suo lavoro che avrebbe anche potuto candidarsi per la presidenza. Ma forse erano semplicemente le solite cose che si dicevano quando un uomo moriva perché sfinito dal lavoro... il che accade troppo spesso.

Ma per quanto riguardava David Remington, non c'erano problemi del genere. Lui aveva intenzione di guadagnarsi la reputazione di un avvocato molto in gamba, rimanere trent'anni nell'Esercito e congedarsi a cinquantacinque anni con una bella pensione. Poi, a cinquantasei, sarebbe stato pronto per iniziare l'attività di consulente legale militare, ricavandone un bel po' di soldi. All'età in cui suo padre era morto, lui avrebbe iniziato una vita tranquilla e serena da tutti i punti di vista, anche quello economico. Bastava farsi la fama di uno che conosceva il diritto navale e le leggi marittime meglio di chiunque altro. Se durante questo periodo gli fosse capitato di pestare calli illustri, tanto meglio: non gli importava un accidente di essere un uomo benvoluto. Lui pensava solo ad aver sempre ragione. Per questo, non faceva mai nulla senza prima esserne arcisicuro: uomini del genere erano preziosi consulenti nelle pratiche civili, e solitamente venivano pagati a peso d'oro.

Remington si chiese cosa potesse volere da lui l'ammiraglio Hickman, specialmente ad un'ora in cui tutti tornavano a casa. Forse era per un caso che doveva essere discusso alla corte marziale: un ufficiale di colore, un graduato di Annapolis, era stato scoperto mentre vendeva cocaina su un cacciatorpediniere ancorato nelle Filippine. Remington aveva preparato il caso per il giudice avvocato, che francamente tentava in tutti i modi di lasciar correre: non si trattava di un grande quantitativo di droga, e probabilmente c'erano centinaia di ufficiali che ne vendevano molta di più, e probabilmente erano anche bianchi. Questo non aveva la minima importanza, aveva insistito Remington. Se c'erano altri colpevoli, ancora non erano stati catturati; e se c'erano prove, non erano ancora state trovate. La legge non badava al colore della pelle.

Avrebbe detto la stessa cosa a Hickman. Il "perfezionista", come Remington sapeva che lo chiamavano dietro le spalle, non si sarebbe mosso da quella convinzione. Proprio perché a cinquantasei anni — l'età nella quale suo padre era stata ucciso dal lavoro — lui si sarebbe goduto i privilegi di un club esclusivo senza pagare l'iscrizione. Il tenente Remington aprì la porta, uscì nel corridoio grigio e si diresse verso l'ascensore che lo avrebbe portato all'ufficio dell'uomo più potente nella base navale di San Diego.

«Si sieda, Remington» disse l'ammiraglio Brian Hickman, stringendogli la mano e indicandogli una sedia davanti al tavolo. «Non so come sia andata a lei, ma per me si è trattato di una di quelle giornate che, quando avevo la sua età, chiamavo "giornate dello sculo". A volte vorrei che il Congresso non stanziasse una cifra così alta per noi. Tutti chiedono sempre soldi, quasi ne avessero bisogno per correre a Tijuana e comprarsi tutta l'erba possibile. Si dimenticano che prima di cominciare a chiedere fondi, dobbiamo per forza esibire qualche piano.»

«Signorsì, capisco quel che vuol dire» disse Remington, sedendosi con il dovuto rispetto. Quel riferimento alla droga confermava i suoi sospetti: l'ammiraglio stava per lanciarsi in uno dei soliti discorsi a base di chi-è-che-oggigiorno-non-lo-fa, terminando con un «perché dovremmo sollevare un vespaio di natura razzista per un qualcosa che è successo nelle Filippine?» Benone, lui era pronto: la legge — la legge della Marina — non badava al colore della pelle.

«Credo di essermi meritato qualcosa da bere, tenente» disse Hickman, dirigendosi verso un mobile bar situato contro il muro. «Gradisce qualcosa?»

«Signornò, grazie.»

«Ehi, Remington, guardi che io l'apprezzo per aver acconsentito a questo... incontro, chiamiamolo così, anche oltre l'orario normale di lavoro, ma non voglio che lei si metta sull'attenti e continui a dire: "signorsì, signornò" come una recluta. Mi sento in imbarazzo a bere da solo, e in fondo ciò che devo dirle non è poi così importante. Devo farle un paio di domande, tutto qui.»

«Come una recluta...? Gradirei un bicchiere di vino bianco, se c'è.»

«C'è sempre» disse l'ammiraglio rassegnato. «Di solito è per quello che sono sull'orlo del divorzio.»

«Ne sono felice. Io invece sono alla terza moglie... e Dio solo sa che sarebbe stato infinitamente meglio se mi fossi fermato alla prima.»

Quando i drinks furono pronti, ed entrambi si furono rimessi a sedere, Hickman prese a parlare da dietro la scrivania, con la cravatta allentata e il tono di voce casuale. Ma quello che disse non era casuale.

«Chi diavolo è Joel Converse?» chiese l'ammiraglio.

«Prego?»

L'ammiraglio trasse un sospiro, segno evidente che stava per ripetere la domanda. «Alle dodici e ventun minuti esatti, lei ha messo un veto CDL che escludeva qualsiasi possibilità di accedere ad un dossier su un certo tenente Joel Converse, che sembra sia stato pilota in Vietnam.»

«Sì, certo, signore» disse Remington.

«E alle quindici e due minuti» continuò Hickman, guardando un blocco di appunti sulla scrivania «ho ricevuto un telex dal Quinto Distretto Navale che richiedeva quel dossier immediatamente. Alla base della loro richiesta c'erano — come ci sono sempre — ragioni "di sicurezza nazionale"». L'ammiraglio tacque per qualche istante e bevve un sorso dal bicchiere che aveva in mano; sembrava che non avesse fretta, ma che fosse stanco. «Per questo ho chiesto al mio assistente di farla chiamare: volevo sapere perché.»

«Ma io ho già risposto al suo assistente, signore» lo interruppe Remington. «L'ho fatto dietro precise istruzioni del capo del dipartimento legale di SAND PAC, e gli ho anche citato un articolo del regolamento secondo il quale il CDL di una base navale può impedire a chiunque l'accesso a quelle documentazioni se teme che possano in qualche modo danneggiare le indagini. Fra l'altro, si tratta di una pratica adottata anche per le leggi civili, signore. L'FBI difficilmente comunica un'informazione alla polizia locale se teme che possa in qualche modo inquinare l'inchiesta.»

«Dunque il nostro Capo del Dipartimento Legale, il comandante in seconda Fitzpatrick, sta conducendo un'indagine su un ufficiale che è andato in congedo diciotto anni fa?»

«Non so, signore» disse Remington, con espressione neutra. «So soltanto che questi erano i suoi ordini, che rimangono effettivi per settantadue ore; dopodiché lei può firmare l'ordine di rilascio. Naturalmente, il Presidente può avere accesso a quel dossier in qualunque momento.»

«Pensavo che fossero quarantotto ore» disse Hickman.

«Signornò. Le quarantatotto ore sono il tempo accordato quando la richiesta parte da altre persone... tranne naturalmente dal Presidente. Si chiama "vet delay". I servizi segreti della marina devono prima fare controlli incrociati con la CIA, la NSA e il G-due per essere sicuri che il dossier non contiene materiale che sia ancora soggetto al top-secret. Ma questo non ha niente a che vedere con la richiesta del CDL.»

«Lei conosce bene la legge, vero?»

«Sì, certo, come credo qualsiasi avvocato della Marina, signore.»

«Capisco.» L'ammiraglio si appoggiò allo schienale della poltrona e mise i piedi su un angolo della scrivania. «Il comandante Fitzpatrick non è alla base, vero? In congedo provvisorio, vero?»

«Signorsì. Si trova a San Francisco con la sorella e i nipoti. La sorella è rimasta vedova; il marito è stato ucciso durante una rapina a Ginevra e i funerali sono domani, se ben ricordo.»

«Sì, ho letto... Gran brutto affare... Ma lei sa dove rintracciarlo, vero?»

«Mi ha dato un numero di telefono. Vuole che lo chiami? Forse dovremmo informarlo della richiesta del Quinto Distretto?»

«No, no» disse Hickman, scuotendo la testa. «Non in un momento come questo. Vuol dire che avranno pazienza almeno fino a domani pomeriggio. Suppongo che anche loro conoscano il regolamento, e se davvero si tratta di una cosa così importante e così urgente, sanno dove è il Pentagono... e dalle ultime notizie provenienti da Arlington sembra che sappiano anche l'indirizzo della Casa Bianca.» L'ammiraglio tacque un istante, aggrottò le sopracciglia e guardò fisso il tenente. «Supponga per un attimo di non sapere dove raggiungere Fitzpatrick.»

«Ma lo so, signore.»

«Va bene, va bene, supponga di non saperlo. E supponga che le arrivi una richiesta urgente — non proprio il Presidente, ma qualcuno abbastanza importante — lei *potrebbe* dare l'ordine di accesso a quel dossier, non è vero?»

«Teoricamente, come diretto subordinato, potrei. Ma dovrei prendermi la responsabilità legale del caso.»

«E cioè?»

«Cioè dovrei attestare che la richiesta era talmente urgente ed essenziale da poter tranquillamente scavalcare l'ordine del Capo del Dipartimento Legale, che gli garantiva settantadue ore di tempo per poter muoversi liberamente. Il mio capo è stato adamantino, signore: francamente, a meno che non intervenga il Presidente in persona, sono legato all'ordine del CDL.»

«Moralmente, direi» convenne Hickman.

«La moralità non c'entra, signore. È una posizione legale, e molto chiara. Devo fare quella telefonata, ammiraglio?»

«No, al diavolo.» Hickman tolse i piedi dalla scrivania. «Era curiosità pura e semplice e lei mi ha convinto. Fitz non le avrebbe mai dato un ordine del genere senza una precisa ragione. Il Quinto D può ben aspettare tre giorni, a meno che non voglia fare una telefonata a Washington.»

«Posso chiederle chi le ha fatto una richiesta del genere, signore?»

L'ammiraglio guardò Remington come se volesse scrutargli dentro. «Glielo dirò tra tre giorni; come vede, la segretezza è da entrambe le parti. Lo saprà comunque allo scadere del tempo fissato, perché in assenza di Fitz sarà lei a controfirmare la richiesta.» Hickman vuotò il bicchiere e il tenente capì che il colloquio era terminato.

Remington si alzò e appoggiò il bicchiere ancora pieno a metà sul mobiletto del bar; poi, sempre sull'attenti, disse: «C'è altro, signore?».

«No, non c'è altro» disse l'ammiraglio guardando l'oceano fuori dalla finestra.

Il tenente lo salutò con gesti rigidi e precisi, mentre l'ammiraglio si portò una mano alla fronte; poi fece dietro front e si diresse verso la porta.

«Remington?»

«Signorsì?» rispose il tenente, voltandosi.

«Chi diavolo è questo Converse?»

«Non lo so, signore, ma il comandante Fitzpatrick mi ha detto che si trattava di un'emergenza Quattro Zero.»

«Gesù...»

Hickman prese il telefono e schiacciò una serie di pulsanti sulla console; qualche minuto dopo parlava con un ufficiale del suo stesso grado al Quinto Distretto Navale.

«Temo che dovrai aspettare tre giorni, Scanlon.»

«Perché?» chiese l'ammiraglio che si chiamava Scanlon.

«Non sono riuscito a far annullare quel veto. Se vuoi adottare un'altra tattica, e passare dalla strada di D.C., sono dalla tua parte. Farò di tutto per darti una mano.»

«Te l'ho già detto, Brian, "loro" non vogliono passare attraverso Washington. Ormai lo sappiamo, vero? D.C. lascia tracce visibili, e "loro" non le vogliono.»

«Ma perché vi interessa così tanto quel rapporto? Chi è questo Converse?»

«Se potessi, te lo direi. A dir la verità, non l'ho ben chiaro neanche io, e quel poco che so è roba segretissima.»

«E allora dovete per forza passare attraverso Washington. Io non posso in nessun modo scavalcare un ordine del Capo del Dipartimento Legale che fra l'altro non è nemmeno qui a San Diego.»

«Come? Allora, non gli hai parlato...»

«Ho parlato con il suo diretto subordinato, un tenente che si chiama Remington, che prende ordini direttamente da lui. Credimi, quell'uomo non sta cercando scuse: gli ho chiesto varie cose, e tutte le volte si è trincerato dietro un muro di regolamenti e di leggi. Figurati che qui da noi lo chiamano "il perfezionista".»

«E ti ha spiegato perché Fitzpatrick ha dato quell'ordine?»

«Ha detto che non ne aveva la più pallida idea. Ma perché non lo chiami personalmente? Probabilmente è ancora in ufficio e forse puoi ancora...»

«Non avrai mica fatto il mio nome, vero?»

«Certo che no, visto che mi avevi chiesto espressamente di non farlo, ma fra tre giorni lo saprà, perché sarà lui a firmare l'ordine di rilascio e ovviamente vorrà sapere la provenienza della richiesta.»

Hickman fece una pausa, poi improvvisamente esplose. «Che significa tutto questo, ammiraglio? Improvvisamente un pilota che si è congedato diciotto anni fa diventa un uomo che tutti vogliono, che tutti ricercano. Il Quinto D mi manda un telex, e poi arrivi tu con una telefonata personale, mi parli dei vecchi tempi ad Annapolis, ma dici che non mi puoi spiegare nulla. Poi scopro che il CDL, senza che ne sapessi nulla, ha dato ordine di non lasciare che nessuno si avvicini a quel dossier su Converse, e lo ha addirittura etichettato come un'emergenza Quattro Zero! Ora, io capisco che possa avere problemi personali e che almeno fino a domani non posso assolutamente disturbarlo; e capisco anche che tu abbia le tue ragioni per non rivelare nulla di un'operazione segreta, ma qualcuno deve pur dirmi qualcosa di questo maledettissimo affare!»

Dall'altro capo del filo ci fu silenzio: si sentiva soltanto un respiro tremulo.

«Scanlon?»

«Che cosa hai detto?» disse la voce dell'ammiraglio che si trovava a più di cinquemila chilometri di distanza.

«Dicevo che tanto, dovrò pur sapere...»

«No, prima. Come è stata classificata quella richiesta?»

«Emergenza Quattro Zero!»

Si sentì soltanto un click, e la linea venne interrotta: l'Ammiraglio Scanlon aveva riappeso.

Walter Peregrine, ambasciatore degli Stati Uniti nella Repubblica Federale di Germania, era di fronte a Fitzpatrick e gli stava rivolgendo una domanda precisa. «Il suo nome, prego, comandante!»

«Fowler, signore» rispose l'avvocato della Marina, guardando Dowling con un certo risentimento. «Comandante in seconda Avery Fowler, Marina degli Stati Uniti d'America.» Di nuovo dette un'occhiata all'attore, che lo fissava al chiarore della luna.

«Credo di capire che ci siano certe questioni intorno alla sua identità» disse Peregrine, guardando Dowling con aria ostile. «Mi fa vedere il suo tesserino?»

«Non ce l'ho, signore. Sono in missione, una cosa molto delicata.» Fitzpatrick parlava con voce sicura, stando sull'attenti e con lo sguardo fisso su quell'uomo.

«Le ho detto che voglio il tesserino! *E subito*!»

«Il nome che le ho appena dato è l'unico che sono autorizzato a rivelare a chiunque sia estraneo all'operazione.»

«Chi le ha dato ordini del genere?»

«I miei superiori, signore.»

«Quindi Fowler non è il suo vero nome!»

«La prego, signor ambasciatore: mi chiamo Fowler, sono comandante in seconda e presto servizio nella Marina Militare Americana.»

«Chi diavolo pensa di essere? Pensa di giocare alla guerra, di essere oltre le linee nemiche? "Nome, grado e numero di matricola... è quanto sono obbligato a dire secondo la convenzione di Ginevra"!»

«È quanto i miei superiori mi permettono di rivelare, signore.»

«Questo lo scopriremo presto, comandante... se davvero è comandante come dice di essere. E sapremo anche la verità sul conto di questo Converse, che sembra un bel bugiardo... Prima l'anima di tutta l'operazione, poi all'improvviso un estraneo.»

«Cerchi di capire, signor ambasciatore. Si tratta di una missione segreta, che non riguarda il corpo diplomatico e che assolutamente non toccherà lei come rappresentante del nostro governo. Ma è una missione segreta. Naturalmente, informerò i miei superiori di questo nostro colloquio, e credo che ben presto riceverà una telefonata. Ora, se i signori vogliono scusarmi, io ho molto da fare.»

«Temo che i suoi affari dovranno aspettare, comandante... o chiunque sia, ma se lei è veramente chi dice di essere, non ha nulla da temere: non sono uno sciocco, e non ho avvertito nessuno all'ambasciata, anche perché il signor Dowling mi aveva pregato di non farlo per nessuna ragione. Vuol dire che io e lei ci chiuderemo in una stanza con un telefono sterile e lei farà una telefonata a Washington. Non ho scelto di fare questo lavoro, con una perdita secca di un quarto di milione di dollari all'anno per poi ritrovarmi di fronte ad un tabaccaio che conduce missioni segrete senza che io ne sappia niente. Se voglio controllare la merce, so ordinare un controllo senza altri consigli da parte di estranei!»

«Mi rendo conto del suo stato d'animo, signore, ma temo di non poter soddisfare la sua richiesta.»

«Ed io invece temo che dovrà farlo!»

«Mi dispiace, non posso.»

«Faccia come le suggerisce, comandante» si intromise Dowling. «Non ha detto nulla a nessuno, questo posso assicurarglielo, e non dirà niente. Converse ha bisogno di protezione: è un ricercato in un paese straniero, del quale fra l'altro non conosce la lingua. Accetti l'offerta dell'ambasciatore Peregrine. Manterrà la parola data.»

«Senza offesa per nessuno, signori, ma sono costretto a rifiutarmi.» Connal si voltò e prese a camminare per il sentiero che conduceva all'uscita del parco.

«Maggiore!» urlò l'ambasciatore in tono furioso. «Lo fermi! Fermi quell'uomo!»

Fitzpatrick guardò dietro di sé e, per ragioni che non riuscì a spiegare nemmeno a se stesso, vide qualcosa che non si sarebbe mai aspettato di vedere ma che nell'istante stesso in cui si voltò seppe che avrebbe dovuto aspettarsi. Dalle ombre lontane dell'edificio immenso e maestoso vide un uomo che si lanciava verso di loro; si trattava ovviamente di un aiuto militare... un membro del *personale dell'ambasciata*! Connal si irrigidì e ripensò alle parole di Joel. *Quegli uomini che hai visto all'aeroporto, quelli dell'ambasciata... stanno dall'altra parte.*

In qualunque altra circostanza, Fitzpatrick sarebbe rimasto dov'era, e avrebbe affrontato con coraggio la situazione; in fondo non aveva fatto nulla di male, non aveva infranto leggi né regolamenti, e nessuno poteva obbligarlo a discutere di cose personali dove non ci fossero reati precisi. Ma quella volta si rese conto che tutto questo non valeva, che le leggi create dai generali di George Marcus Delavane potevano effettivamente *costringerlo* a fare qualunque cosa. Allora si girò e si mise a correre all'impazzata.

Sentì dei colpi di arma da fuoco, che quasi lo assordarono. Si buttò a terra e rotolò nell'ombra mentre udiva la voce di un uomo che urlava nella notte calma, in quel parco dove i fiori si erano addormentati.

«Maledettissimo figlio di puttana! Che cosa vuoi fare?»

Ci furono altre urla, altri insulti, e poi il rumore di due uomini che lottavano riempì il silenzio di quel giardino dell'ateneo.

«Non si uccide un uomo così! E poi, *bastardo*, poteva anche esserci altra gente! Chiudi il becco, signor ambasciatore!»

Connal raggiunse il sentiero che attraversava il parco e pian piano scostò le foglie di un cespuglio: alla luce della luna, vide Caleb Dowling, l'attore che era stato marine a Kwajalcin, sul corpo del maggiore, che era uscito dall'ombra. Aveva un piede sul collo di quell'uomo, e con una mano gli aveva fermato il braccio proteso a raccogliere la pistola che era caduta.

«Sei davvero un bel figlio di troia, maggiore; e mi viene il sospetto che tu non sia affatto un maggiore.»

Fitzpatrick si mise prima in ginocchio, poi si alzò in piedi e, tenendosi basso, al di sotto dei cespugli, corse nell'oscurità verso l'uscita di quel parco.

13

«Non avevo scelta!» disse Connal. Aveva buttato la ventiquattrore sul divano e si era seduto su una sedia, con il volto tra le mani, ancora tremante di paura.

«Calmati, cerca di rilassarti.» Converse andò al tavolino contro il muro dove era stato poggiato un vassoio d'argento con una bottiglia di whisky, due bicchieri e un po' di ghiaccio. Evidentemente, Joel aveva imparato quelle poche parole di tedesco che gli avevano consentito di chiamare un cameriere e farsi portare da bere. «Mi pare che tu abbia bisogno di bere qualcosa» disse a Connal versandogli un bourbon.

«Ne ho davvero bisogno! Nessuno mi aveva mai sparato addosso prima. A te è già successo, invece, vero? Cristo, si prova davvero quello che provo io in questo momento?»

«Sì, si prova la sensazione di non credere a quello che ci sta capitando, di vivere in un sogno: esplosioni irreali, frastornanti, che non hanno nulla a che vedere con la tua persona, finché... finché non ti rendi conto che sono per te, che sono reali. E allora ti senti male: non c'è la musica in crescendo, non ci sono gli ottoni che eseguono melodie cupe... solo vomito.» Converse gli porse da bere.

«Ti dimentichi di una cosa» disse Connal guardando Joel e prendendo il bicchiere.

«No, non dimentico nulla. Ma pensiamo a quello che è successo stasera: se hai capito bene quel che diceva Dowling, non credo che l'ambasciatore avrà voglia di raccontare la sua storia all'ambasciata...»

«Ora ricordo» lo interruppe Fitzpatrick, bevendo il bourbon e guardando fisso Joel. «Era in uno di quei maledetti rapporti. Durante il tuo secondo tentativo di fuga, un tuo compagno rimase ucciso. Era il tramonto, e il rapporto dice che tu avesti una crisi nervosa e per qualche tempo perdesti il controllo delle tue azioni. Secondo il tizio che lo ha redatto — un sergente, credo — durante quei momenti di pazzia, inseguisti, il nordvietnamita per tutta la giungla lì intorno, e quando lo trovasti lo uccidesti con il suo stesso coltello, sottraendogli poi il fucile, con il quale uccidesti altri tre Viet.»

Joel si sedette di fronte all'ufficiale di Marina e parlò con voce tranquilla, anche se nei suoi occhi c'era furore. «Odio le menzogne, o perlomeno le cose raccontate male» disse. «Perché sono il simbolo, l'essenza di tutte quelle cose che detesto... Ora ti racconto io come sono andate le cose, avvocato. C'era un ragazzo con me, un ragazzo di diciannove anni, che all'improvviso ha sentito la necessità di vuotare l'intestino. Non potevamo allontanarci molto l'uno dall'altro, ma questo ragazzo ha avuto la delicatezza di andare dietro un cespuglio, qualche metro più lontano, con in mano un paio di foglie perché non avevamo la carta igienica profumata. Un maniaco — perché qui non posso usare il termine "soldato" — aspettava proprio un'occasione del genere, e gli ha sparato in faccia. Quando mi sono avvicinato, appena in tempo per prendere metà di quel volto tra le mani, ho sentito una risata oscena di un uomo osceno che era per me la personificazione di tutto quello che trovavo orripilante ... sia nordvietnamita sia americano.. Se proprio vuoi sapere la verità, quel che feci, lo feci contro tutti, perché tutti eravamo colpevoli, tutti, me incluso, eravamo diventati bestie. Quei tre uomini, i nemici, i robot rivestiti di un'uniforme, probabilmente avevano moglie e figli da qualche parte, e non sapevano che io ero sulle loro tracce. Che ne avrebbe pensato Johnny Ringo, o John Wayne?»

Connal rimase in silenzio, mentre si avvicinava al tavolino per versarsi un whisky; bevve, e poi parlò: «Poco fa hai detto che sapevi da dove venivo perché c'eri stato. Be', io non sono stato dove sei stato tu, ma comincio a capire da dove vieni. Tu odi Aquitania per tutto quello che rappresenta, vero? E in particolar modo odi coloro che sono a capo di Aquitania».

Converse si girò. «Con tutta l'anima» disse. «Ecco perché devi dirmi quel che è successo poco fa.»

«Te l'ho detto, non avevo scelta. Tu mi avevi detto che gli uomini dell'ambasciata stavano dalla parte di Delavane, e non potevo permettermi il lusso di correre un rischio così grosso.»

«Lo so; ora siamo entrambi fuggiaschi inseguiti dalla nostra stessa gente e protetti da coloro che vogliamo incastrare. Per questo dobbiamo pensare, comandante.»

Il telefono squillò due volte e Fitzpatrick fece un salto sulla sedia. Joel lo guardò, e il suo sguardo ebbe il potere di calmarlo. «Scusa» disse Connal. «Sono ancora sottosopra. Non preoccuparti, ora va meglio.» Andò al telefono e sollevò il ricevitore. «*Ja?*» Ascoltò per qualche secondo, poi coprì il ricevitore con una mano e guardò Converse «Un'intercontinentale. Meagen.»

«Il che significa Remington» disse Joel, che improvvisamente sentiva la gola secca e il polso accelerato.

«Meagen? Sì, sono io. Cosa c'è?» Fitzpatrick fissava un punto davanti a sé mentre ascoltava, e muoveva i muscoli della mascella, concentrandosi. «Oh, *Cristo*! No, no, va tutto bene! Davvero, non c'è da preoccuparsi. Hai il numero?» Connal guardò sul tavolino, e vide che c'era un blocco per appunti ma mancava una matita. Allora guardò Joel, che si era già alzato e aveva preso una penna sul tavolo. Fitzpatrick la prese e scrisse una serie di numeri, mentre Converse se ne stava in disparte, conscio del fatto che riusciva appena a respirare e che le nocche intorno al bicchiere che stringeva in mano gli si erano fatte bianche. «Grazie, Meagen. Mi rendo conto che sto per chiederti una cosa che ti farà perdere un sacco di tempo, e che in questi momenti hai certo altro da pensare... ma la prossima volta che mi chiami, chiamami posto-a-posto... Certo, Meg, ti do la mia parola. Ciao.» Connal riappese e rimase per un attimo con la mano sul ricevitore.

«Ha telefonato Remington, vero?»

«Sì.»

«Che cosa è successo?»

«Qualcuno ha chiesto di vedere il tuo dossier» disse Fitzpatrick, rivolto a Converse. «Ma Remington non glielo ha permesso.»

«Chi è stato?»

«Non lo so, ma voglio telefonare a David. Meagen non capisce nulla di queste cose, e non ti conosce, per cui mi ha riferito il messaggio tale e quale: "Qualcuno ha cercato di vedere il dossier, ma non c'è riuscito".»

«Almeno siamo a cavallo.»

«Lo pensavo anch'io, ma ora credo di no.»

«Vuoi spiegarti, maledizione?»

«C'è un limite di tempo oltre il quale l'ordine non vale più. Si tratta di un giorno o due...»

«Cioè quarantotto ore» interruppe Joel.

«Sì. Vedi, io non pensavo che sarebbe successa una cosa del genere, ma ora capisco che chiunque abbia chiesto quel dossier non è certo l'ultimo arrivato. Magari proprio quando tu stai per venir via da quella specie di riunione, i tuoi nuovi soci potrebbero avere quel materiale tra le mani... Converse, l'uomo che odia Delavane. Che sia diventato l'uomo che caccia Delavane?»

«Telefona a Remington.» Joel andò verso la porta-finestra che dava sul balcone, l'aprì e uscì fuori. La luce della luna era soffocata da banchi di nubi leggere, e verso est si vedevano lampi di caldo che a Joel ricordavano il fuoco di artiglieria che, con i suoi compagni di fuga, aveva visto in lontananza e che significava per loro la salvezza. Dall'interno della suite gli giungeva la voce di Fitzpatrick che chiedeva la linea internazionale. Joel si frugò in tasca alla ricerca delle sigarette e se ne accese una; improvvisamente, forse perché nel movimento aveva illuminato proprio in quella direzione, guardò verso destra: ad una decina di metri di distanza vide un uomo su un altro balcone che lo fissava e che, dopo avergli fatto un cenno di saluto con il capo, si ritirò. Forse si trattava di un altro ospite dell'albergo che come lui aveva sentito il bisogno di una boccata d'aria? O forse era un uomo di Aquitania? Converse sentì Fitzpatrick che parlava e rientrò nel salottino.

Connal era seduto al tavolo; teneva il telefono con la sinistra, e con la destra scriveva qualcosa sul blocco per appunti. D'un tratto si fermò e disse: «Aspetta un momento. Se ho ben capito, Hickman ti ha chiesto di vedere il dossier ma non ha voluto specificare chi e perché voleva quella cartella?... Ho capito. Benone, David, ti ringrazio. Vai fuori stasera?... Bene, allora se avrò bisogno di te ti troverò a questo numero... Sì, sì, lo so, è tutta colpa di questi maledetti telefoni di Sonoma. Basta un acquazzone e sei fortunato se riesci a telefonare. Sì, certo... molto disturbata. Grazie ancora, David... Ciao.» Fitzpatrick riappese e guardò Converse con aria strana, come se si sentisse colpevole. Invece di parlare, scuoteva la testa sospirando.

«Che c'è? Che succede?»

«Dobbiamo puntare tutto su quell'incontro di domani. O sarebbe meglio dire di stasera?»

«Eh, già, è mezzanotte passata. Perché?»

«Perché tra ventiquattro ore esatte quel dossier sarà nelle mani del Quinto Distretto Navale... è Norfolk, e sono gente molto potente. Tra ventiquattro ore sapranno tutto quello che tu non vorresti sapessero. Il tempo limite è di settantadue ore.»

«Fatti concedere una proroga!»

Connal si alzò in piedi, e nei suoi occhi c'era solo disperazione. «E su che base?»

«Sicurezza nazionale, che altro?»

«Sì, ma dovrei dare un mucchio di spiegazioni.»

«No, se sappiamo agire con calma e destrezza. Si può sempre avere una proroga per una serie di emergenze: di' che hai bisogno di un altro po' di tempo per preparare il caso; che un testimone non può essere ancora ascoltato, perché è malato, o perché gli hanno sparato alle gambe; oppure metti davanti i soliti motivi personali... insomma, perbacco, tua sorella è rimasta improvvisamente e tragicamente vedova, con cinque figli! Puoi ben avere il diritto di rivedere una faccenda che non hai avuto modo di valutare a fondo, no?»

«No, Joel. Se lo facessi, tutti capirebbero che sei collegato in un certo modo alla morte di Press e buonanotte al secchio. È stato assassinato, se non ricordi più.»

«Non credo» disse Converse con voce ferma. «Anzi, sono convinto del contrario: se tu chiederai una proroga, allontanerai da me i sospetti per la sua morte.»

«Cosa stai dicendo? Che ragionamenti sono questi?»

«Ci ho pensato, ho cercato di mettermi nei panni di Avery: lui sapeva di essere sorvegliato, sapeva che probabilmente il suo telefono era sotto controllo. Mi disse che la geografia, l'accordo Comm-Tech Bern, la colazione, Ginevra stessa, tutto insomma, doveva essere perfettamente logico. E alla fine di quella colazione mi disse che, se io acconsentivo, ci saremmo rivisti.»

«E allora?»

«Lui sapeva che ci avrebbero visti insieme... era inevitabile, e proprio per questo mi avrebbe suggerito le cose da dire se qualcuno mi avesse chiesto di lui e di quell'incontro. Insomma, voleva darmi la spinta che mi serviva per arrivare fino a quegli uomini cui noi adesso diamo la caccia.»

«Ma che diavolo stai dicendo?»

«Avery doveva fornirmi l'etichetta necessaria per entrare in quel gruppo. Naturalmente, questo è un segreto che si è portato nella tomba, ma io sono convinto che volesse farmi passare per uno di loro: questo spiegava il perché di quella sua decisione di voler entrare nell'accordo Comm-Tech Bern, spiegava il nostro incontro: lui era venuto a Ginevra, per minacciarmi, per cercare di fermarmi!»

«Aspetta un momento» disse Connal scuotendo la testa. «Press non sapeva se avresti accettato e soprattutto non sapeva come avresti voluto agire.»

«C'era solo una direzione nella quale agire, e Press lo sapeva bene. E sapeva anche che, se avessi saputo tutti i particolari, sarei anch'io arrivato alla stessa conclusione. L'unico modo di fermare Aquitania e i suoi generali era quello di infiltrarsi. Perché pensi che avessero stanziato quel denaro? Io non ne ho certo bisogno e Avery sapeva che non sarebbe riuscito a comprarli con i soldi. Ma sapeva altrettanto bene che mi sarebbe servito per infiltrarmi, per poter parlare, per cominciare a raccogliere prove... Richiama Remington e digli che vuoi una proroga.»

«Non si tratta più di Remington, ma del comandante del SAND PAC, un ammiraglio che si chiama Hickman. David ha detto che di sicuro mi sarebbe arrivata una sua telefonata entro domani. Dovrò provvedere anche a questo, e richiamare Meagen. Hickman era molto agitato, e voleva sapere chi eri tu e perché tutto questo interesse per la tua persona.»

«Lo conosci bene?»

«Abbastanza. Abbiamo lavorato insieme a New London e a Galveston. È stato lui a volermi come CDL a San Diego.»

Converse studiò il volto di Fitzpatrick; poi, senza dire una parola, uscì sul balcone. Connal non lo fermò, perché capì che si trattava di un momento importante: aveva visto troppi avvocati, ormai, incluso se stesso, agire in quel modo, quando avevano bisogno di chiarire o di definire un'idea prima di tutto a se stessi. A volte, era un'idea che poteva rovesciare un caso. Joel si girò lentamente, mentre l'ombra di una remota possibilità si faceva strada nella sua mente.

«Fallo» disse poi. «Fai quello che io penso che tuo cognato avrebbe fatto. Porta a termine quello che avrebbe potuto dire ma che non ha mai avuto la possibilità di dire. Immaginiamo che io e lui abbiamo avuto la possibilità di rivederci dopo la firma del contratto: tu devi darmi la spinta che lui mi avrebbe dato in quell'occasione.»

«Come diresti tu, spiegati meglio, avvocato.»

«Parla con Hickman, e dipingigli un quadro simile a quello che avrebbe potuto dipingere A. Preston Halliday. Digli che quel dossier deve rimanere segreto perché sospetti che io abbia a che fare con l'assassinio di tuo cognato. Digli che prima di andare a Ginevra Halliday era venuto da te (il che è sacrosanta verità) e ti aveva detto che avrebbe fatto di tutto per combinare un incontro con me: sospettava che fossi coinvolto in una vicenda di licenze di esportazioni illegali, e che era convinto che fungessi da paravento legale per conto di qualcuno che aveva in mente una grossa posta. Digli che aveva intenzione di parlarmi e di mettermi di fronte a quel che sospettava avessi fatto. In fondo, Preston Halliday era noto per queste crociate.»

«Non certo negli ultimi dieci o dodici anni» lo corresse Fitzpatrick. «Si era integrato nel sistema ed aveva un sacro rispetto per il dollaro.»

«Non importa, è la fama che uno si è fatto che conta. Lui lo sapeva, ed era uno dei motivi per i quali è venuto da me. Digli che pensi che mi abbia affrontato e che, visto che c'era di mezzo un giro d'affari di milioni, pensi anche che io l'abbia fatto fuori, creandomi poi un'alibi assistendolo in punto di morte. In fondo anch'io ho una reputazione da salvare, e tutti sanno che sono estremamente preciso e metodico.»

Connal abbassò la testa e si passò una mano tra i capelli, poi si avvicinò al tavolinetto; guardò una delle stampe che raffiguravano cavalli e si volse nuovamente verso Joel. «Sai quello che mi chiedi?»

«Sì: una spinta per catapultarmi nel bel mezzo di quel Gengis Khan. Ma devi prima parlare con Hickman. Digli che si tratta di un caso che ti riguarda personalmente, un caso che ti *tocca* personalmente (il che è nuovamente la sacrosanta verità) e che può tranquillamente spiegare la situazione a chiunque gli chieda di vedere quel dossier. Si tratta di una faccenda che esula dall'ambiente militare, per cui consegnerai tutto il materiale alle autorità civili.»

«Ho capito» disse Fitzpatrick. «Si tratta della pura e semplice verità, o perlomeno di quella che io ritenevo fosse la verità quando sono arrivato qui. Solo che ho rivoltato la frittata: invece di essere l'uomo che volevo mi aiutasse, adesso tu saresti l'uomo che voglio inchiodare.»

«Perfetto, avvocato. In quel caso, mi faranno una grande festa a casa di Leifhelm.»

«Allora devo concludere che ti sfugge un aspetto di questa storia.»

«E cioè?»

«Tu mi chiedi di fare una cosa che automaticamente ti renderà sospetto di omicidio premeditato. Non posso certo dire una cosa, fare un'accusa ben precisa, e poi ritirarla qualche ora dopo dicendo "Scusate tanto, ho preso un granchio".»

«Lo so. E ti chiedo ugualmente di andare avanti.»

George Marcus Delavane girò il busto sulla sedia che si trovava al tavolo davanti a quella strana carta geografica sulla parete. Tuttavia non era un movimento controllato, ma qualcosa che, al contrario, dimostrava che quell'uomo stava per perdere le staffe. Delavane non amava particolarmente la gente che gli metteva i bastoni tra le ruote e in quel momento un ammiraglio del Quinto Distretto Navale gli spiegava che c'erano delle difficoltà.

«Il dossier è top-secret, emergenza Quattro Zero» disse Scanlon. «Si potrebbe anche aggirare l'ostacolo, ma significherebbe passar attraverso il Pentagono, con tutto quello che ne segue: due ufficiali anziani, un ufficiale dei servizi segreti della Marina, una firma di convalida della NSA. E tutto, naturalmente, figurerebbe sulla domanda, nero su bianco, compreso il tipo di emergenza e il settore richiedente. Ora, generale, possiamo farlo, ma corriamo il rischio.»

«So benissimo quale rischio corriamo» lo interruppe Delavane. «Le firme sono un rischio, le identità sono un rischio. Ma perché il Quattro Zero? Chi l'ha messo e perché?»

«Il Capo del Dipartimento Legale di SAND PAC. Ho controllato: è un comandante in seconda, si chiama Fitzpatrick e nel suo passato non c'è nulla che possa illuminarci sul perché di tale decisione.»

«Te lo dico io il perché» disse il guerrafondaio di Saigon. «Protegge qualcuno, e so anche chi: Converse.»

«E perché il Capo del Dipartimento Legale dovrebbe coprire un civile, date anche le circostanze? Non c'è rapporto tra le due cose. E poi, perché un'emergenza Quattro Zero? Sarebbe servita soltanto ad attirare l'attenzione, come infatti è successo.»

«Già, ma serviva anche a chiudere ermeticamente quella cartella.» Delavane tacque per un istante, poi continuò senza dare tempo all'altro di intervenire. «Questo Fitzpatrick...» disse. «Avete controllato sulla lista?»

«Non è uno di noi.»

«L'abbiamo mai preso in considerazione? È stato contattato?»

«Non ho avuto tempo di controllare.» Ci fu un ronzio, un telefono che chiamava su un'altra linea. Delavane sentì che Scanlon schiacciava un pulsante e parlava con voce chiara e con tono ufficiale. «Sì?» Seguì qualche istante di silenzio, poi l'ammiraglio si rimise in contatto con Palo Alto. «È Hickman che richiama.»

«Forse si tratta di qualcosa che ci riguarda. Richiamami.»

«Hickman non ci avrebbe certo fatto tutti questi favori se avesse saputo chi siamo in realtà» disse Scanlon. «Fra un paio di settimane, dovrà sparire. Se spettasse a me decidere, lo farei fucilare.»

«Richiamami» disse George Marcus Delavane, guardando la carta geografica della nuova Aquitania sulla parete.

Chaim Abrahms era seduto al tavolo di cucina della villetta di pietra a Tzahal, un sobborgo di Tel Aviv in cui vivevano militari in pensione e gente con abbastanza soldi e prestigio da poterselo permettere. Le finestre erano aperte e dal giardino veniva una brezza che, almeno in parte, riusciva a scacciare l'afa di quella notte d'estate. In altre due stanze aveva fatto installare l'aria condizionata, e in tutto il resto della casa c'erano almeno ventilatori, ma Chaim amava la cucina. Ai vecchi tempi, lui e i suoi uomini avevano fatto piani e progetti proprio in cucina e al Negev spesso gli armamenti venivano stanziati proprio mentre lì vicino bolliva un pentolone con un pollo. La cucina era l'anima della casa, che dava calore e sostegno al corpo, così come forniva sollievo alle fatiche della mente... almeno quando le donne avevano finito di fare le faccende e la smettevano di seccare ogni minuto per cose insignificanti. Sua moglie era di sopra che dormiva, e questo gli stava bene. Tanto, ormai aveva poco da dirle, così come lei aveva poco da dire al marito, anche perché non poteva più aiutarlo. Se avesse voluto, poi, lui non glielo avrebbe permesso. Avevano perso un figlio in Libano, *suo* figlio a sentir lei, un professore, uno studioso senza nessuna vocazione alla guerra e alle armi. Lei sosteneva che c'erano troppe madri che avevano perso troppi figli per causa di pochi vecchi che li avevano riempiti del loro odio e avevano usato la Bibbia per giustificare la morte, che aveva invece come scopo soltanto la conquista di un territorio. La morte! gridava sua moglie. La morte prima ancora di spiegare le cose, di dire le proprie ragioni! Ma anche lei aveva dimenticato quei giorni passati; troppi avevano dimenticato, e troppo in fretta. Chaims Abrahms invece non dimenticava, non avrebbe mai potuto dimenticare.

E in quella faccenda sentiva puzza di bruciato: questo avvocato, questo Converse, tutti quei discorsi! Era tutto troppo ben congegnato, e aveva la logicità di una mente fredda e analitica, non il calore di uno che crede. Lo specialista del Mossad era in gamba, ma anche lui poteva sbagliarsi. Lui cercava un motivo, come se fosse possibile sezionare il cervello umano e dire che è stata la tale azione a causare la tale reazione, quel torto a suscitare quel proposito di vendetta. Troppo ben congegnato! Uno che crede veramente è pieno del fuoco delle sue convinzioni, che sono i suoi veri motivi, e non ha bisogno di manipolazioni.

Chaim sapeva di essere un uomo semplice, uno che non si perdeva in complicazioni, ma non era uno stupido. Né gli sfuggivano le sottigliezze; e l'abilità dimostrata in battaglia ne era una prova. Solo che andava dritto al suo scopo, perché considerava soltanto una perdita di tempo far finta di essere in gamba e di aver congegnato tutto in precedenza. Aveva vissuto secondo tale principio per tutti quegli anni, e non aveva mai incontrato uno che credesse veramente in quel che faceva e che si permettesse di buttar via del tempo prezioso.

Ora, questo Converse sapeva qualcosa di loro, ne sapeva abbastanza da poter raggiungere Bertholdier a Parigi; non solo, ma aveva fatto i nomi di Leifhelm a Bonn e aveva menzionato Tel Aviv e Johannesburg. Quali ulteriori prove doveva esibire? *Perché* avrebbe dovuto esibirle, visto che aveva il dono della fede? Perché non si presentava da loro senza perdere altro tempo? ... No, questo avvocato, questo Converse era una persona diversa da quella che voleva far credere. Lo specialista del Mossad diceva che quell'uomo voleva semplicemente entrare a far parte dell'organizzazione, ma si sbagliava: non c'era il calore di un credente, solo logica, abilità, discorsi.

E poi, anche lo specialista aveva detto di credere all'olfatto di Chaim; e quei due avevano combattuto fianco a fianco, e spesso contro gli europei e la loro connivenza... quegli immigrati che citavano il Vecchio Testamento come se lo avessero scritto loro e tacciavano i veri abitanti di Israele di pagliacci o di ruffiani ignoranti. Ma lo specialista del Mossad rispettava il fratello sabre, e il rispetto gli si leggeva negli occhi. Nessuno poteva burlarsi dell'istinto di Chaim Abrahms, figlio di Abramo, arcangelo delle tenebre per i nemici dei figli di Abramo. Grazie al cielo sua moglie dormiva.

Perché era l'ora di chiamare Palo Alto.

«Mio generale, amico mio.»

«*Shalom*, Chaim» disse il guerrafondaio di Saigon. «Sei già in viaggio per Bonn?»

«Parto domattina... anzi, partiamo in due, perché Van Headmer è già in viaggio: arriva al Ben Gurion alle otto e mezzo, e insieme prendiamo il volo delle dieci per Francoforte, dove ci aspetta il pilota di Leifhelm con il Cessna.»

«Benone. Così potrebbe parlare.»

«Dobbiamo parlare *noi due*, invece» disse l'israeliano. «Cosa altro hai saputo di questo Converse?»

«È sempre più un enigma, Chaim.»

«Io credo che ci sia qualcosa sotto.»

«Anch'io, ma forse non pensiamo alla stessa cosa. Lo sai cosa pensavo, no? Credevo che fosse una pedina, un "soldato" mandato in avanscoperta da altri, nomi ben più illustri del suo, tra i quali, credo, anche quello di Lucas Anstett. Una pedina che doveva indagare su certe voci, certi sospetti. Non escluderei che esistano altre pedine, magari meno importanti, che naturalmente dobbiamo scoprire e neutralizzare.»

«Vieni al dunque, Marcus» disse Abrahms con una punta di impazienza. Chiamava sempre Delavane con il secondo nome di battesimo, perché lo considerava un nome ebreo, nonostante il padre di Delavane glielo avesse imposto in onore dell'Imperatore Romano Marco Aurelio, il filosofo della moderazione.

«Oggi sono successe tre cose» continuò l'ex-generale di Palo Alto. «Una di queste mi ha mandato su tutte le furie, perché non riuscivo a capirla e perché implicava una penetrazione più profonda di quella che ritenevo possibile in un settore che ritenevo impenetrabile.»

«E cioè?» lo interruppe Abrahms.

«Il dossier su Converse è stato catalogato tra i top-secret.»

«Sì!» urlò Abrahms, e nella sua voce c'era il tono del trionfo.

«Cosa?»

«Continua, Marcus! Te lo dirò quando avrai finito. Quale è stata la seconda calamità?»

«Non si è trattato di una calamità, Chaim, ma di una spiegazione non richiesta e offerta spontaneamente. Leifhelm mi ha telefonato per dirmi che è stato Converse stesso a tirar fuori l'argomento della morte di Anstett, dicendo testualmetne che il giudice era un suo nemico.»

«Istruito alla perfezione» disse Abrahms con voce tuonante che riecheggiò nella cucina. «E la terza cosa, mio generale.»

«La terza cosa è la più incredibile e allo stesso tempo quella che ci illumina più di tutto su questa faccenda... Chaim, per favore, non urlare al telefono. Non sei in uno stadio davanti ad una folla, né devi provocare il Knesset.»

«Mi sento in battaglia, Marcus. In prima linea! Continua, amico mio!»

«L'uomo che ha messo il veto sul dossier di Converse è un ufficiale di Marina, cognato di Preston Halliday.»

«*Ginevra! Ma certo!!!*»

«Finiscila!»

«Scusami, amico mio. Ma tutto torna a puntino!»

«Qualunque cosa tu abbia in mente» disse Delavane «non collima con ciò che ha detto questo ufficiale: perché crede che sia stato proprio Converse ad architettare la morte di suo cognato!»

«Certo! *È perfetto*!»

«*Vuoi abbassare la voce, una volta per tutte?*»

«Ti chiedo nuovamente scusa, e dal profondo del cuore, mio generale. Ha detto soltanto questo?»

«No, ha parlato con il comandante della sua base a San Diego e gli ha raccontato che Halliday, prima di partire per Ginevra, era andato da lui e gli aveva detto che si occupava del caso di una persona sospettata di esportazioni illegali verso destinazioni altrettanto illegali: insomma, un avvocato che copriva spedizioni clandestine di armamenti. Gli aveva detto della sua intenzione di parlare con quest'uomo, questo Converse, e di minacciarlo di rivelare tutto alle autorità. Tu che ne pensi?»

«Una trappola!»

«Ma da quale parte, sabre? Il volume della tua voce non mi convince.»

«Invece devi essere convinto. Ho ragione io! Questo Converse è lo scorpione del deserto.»

«Che vuoi dire?»

«Ma non capisci? Anche il Mossad sembra aver capito.»

«Il Mossad?»

«Sì. Ho parlato con il nostro specialista e lui ammette che ci sia la possibilità che ciò che io sento per istinto sia vero. Eppure, anche loro hanno ricevuto informazioni secondo le quali questo Converse sarebbe soltanto un avvocato che vuole entrare a far parte della nostra organizzazione, un simpatizzante genuino! Ma quando gli ho detto che io sentivo puzzo di bruciato, ha ammesso che può esserci un'altra spiegazione dei fatti, sia pure molto improbabile: Converse potrebbe essere programmato o no, ma c'è la possibilità che sia un agente del suo governo!»

«Un provocaore?»

«Chi lo sa, Marcus... Ma tutto torna a puntino: il suo dossier con l'interrogatorio della commissione di congedo è top-secret, e già questo fatto da solo ci dice qualcosa. Poi parla della morte di un nemico — un *nostro* nemico, non certo *suo* — e dice che invece era un suo avversario... tutto così semplice, le frasi giuste al posto giusto. Come se non bastasse, qualcuno insinua che questo Converse potrebbe essere l'assassino di Ginevra... cosa che in questo caso torna a suo completo vantaggio: ci troviamo di fronte ad una mente analitica, che guarda il gioco sulla scacchiera e che oppone un re ad ogni mossa di una pedina.»

«Però potrebbe anche essere...»

«Niente affatto!» urlò Abrahms.

«Perché, Chaim? Perché?»

«Non c'è calore, non c'è fuoco che anima quell'uomo! Uno che crede non si comporta così! Noi non ci comportiamo così: magari saremo anche meno in gamba, ma abbiamo una fede incrollabile.»

George Marcus Delavane tacque per qualche istante, e l'israeliano pensò che fosse meglio non interrompere quel silenzio: aspettò finché fu Delavane a riprendere a parlare: «Vai alla riunione, generale. Ascoltalo, e cercate di essere gentili, tutti quanti. Assecondatelo. Però fate in modo che non possa uscire da quella casa fino a nuovo ordine. È probabile che non esca mai più».

«*Shalom*, amico mio.»

«*Shalom*, Chaim.»

14

Valerie si avvicinò alla porta-finestra del suo studio, identica a quella del balcone al piano di sopra, e guardò le acque calme e tranquille di Cape Ann inondate dalla luce del sole. Pensò per un attimo a quella barca che qualche giorno prima si era ancorata proprio di fronte a casa sua e che le aveva fatto tanta paura: non era più tornata, e qualunque cosa fosse stata, ora apparteneva al passato, e aveva lasciato dietro di sé soltanto domande. Se chiudeva gli occhi, rivedeva la sagoma di quell'uomo che era uscito dalla cabina, la punta incandescente della sigaretta. Cosa faceva, cosa pensava? Poi ricordò di aver visto due uomini che la mattina dopo guardavano verso casa con due binocoli ben più potenti del suo. Si trattava di gente che aveva appena comprato la barca e che voleva provarla in un posto sicuro? Oppure erano persone ormai esperte che si godevano il silenzio delle acque in piena notte? Sempre domande, e sempre senza risposta.

Qualunque cosa fosse stata, ora apparteneva al passato: un piccolo interludio seccante che aveva rievocato immagini scure... demoni in cerca di logica, come avrebbe detto Joel.

Scosse la testa con i capelli lunghi e scuri e tornò al cavalletto per dare le ultime pennellate di terra bruciata dentro le dune di sabbia ricoperte d'erba. Fece un passo indietro ed esaminò il quadro, giurando a se stessa per la quinta volta che ormai era finito. Si trattava di un altro paesaggio marino, che Val non si stancava mai di dipingere: per fortuna aveva cominciato a vendere piuttosto bene. Naturalmente c'erano sempre i soliti, (e in questo caso si trattava di pittori dell'asse Boston-Boothbay) che dicevano che ormai aveva bloccato il mercato, ma erano soltanto balle inventate dagli invidiosi: aveva alzato un po' i prezzi, questo era vero, ma in fondo la critica ne parlava bene, ed aveva già fatto due mostre alle Copley Galleries. E poi, guadagnava troppo poco per potersi permettere quel posto dove viveva, e questo l'avrebbe obbligata ad accettare almeno in parte l'assegno mensile di Joel.

Certo che non era da tutti avere una casa con uno studio di sei metri per nove, le pareti di vetro e un tetto che era praticamente un cielo aperto. Anche se, bisognava ammetterlo, il resto di quella casa sul confine nord di Cape Ann era più stravagante che realmente funzionale. Lo stile di base era il solito: una gran confusione di legno bianco e volute decorative, un balcone al secondo piano con una ringhiera tutta istoriata e enormi finestre a balconcino che erano molto belle da vedersi e molto comode per guardar fuori, ma che non erano in grado di opporre resistenza al vento dell'oceano quando, d'inverno, soffiava forte. Avevano provato con ogni genere di persiane e di tapparelle, ma nessuna aveva funzionato, come se la natura avesse voluto far pagare caro il privilegio di ammirarla.

Nonostante i difetti, era la casa dei sogni di Valerie, quella che aveva giurato a se stessa che un giorno si sarebbe comperata. Valerie era uscita dalla École des Beaux Arts di Parigi pronta ad andare all'assalto di New York, passando attraverso Woodstock e il Greenwich Village, ma ben presto si era resa conto che la realtà era ben diversa. Per fortuna, la sua famiglia non aveva mai avuto problemi per mantenerla, nonostante i tre anni al college e i due trascorsi a Parigi. Suo padre era un pittore dilettante, forse abbastanza bravo, ma sempre troppo entusiasta del suo lavoro, che si portava dietro il rimpianto di non aver lasciato gli studi di architettura per dedicarsi completamente alla pittura. Per questo, incoraggiava la figlia in ogni senso, rivivendo in lei le passioni e la scalata al successo. E sua madre — forse un po' pazza, ma sempre premurosa, sempre pronta ad appoggiarla in tutto — fotografava tutti i quadri di Val e mandava le foto a sua sorella e ai cugini che venivano in Germania, inventando bugie grosse come case e parlando di musei, gallerie e commissioni.

«La *Berlinerin* matta» diceva suo padre con l'accento francese. «Avresti dovuto vederla durante la guerra. Ci faceva morire di paura, tutti quanti! Ci aspettavamo sempre che tornasse al nostro quartier generale rimorchiandosi dietro al guinzaglio un Goebbels ubriaco o un Göring drogato, chiedendoci se volevamo che chiedesse ad Hitler di darle il mondo!»

Suo padre aveva fatto da intermediario tra gli Alleati e i partigiani tedeschi: era un vero e proprio tiranno, nato e vissuto a Parigi, e parlava bene il tedesco: per questo venne assegnato alla cellula del Charlottenburg, dove doveva dirigere le attività di tutti i partigiani di Berlino. Diceva spesso che il compito più gravoso era quello di tenere a bada la Fräulein che lavorava con lui: in confronto, i nazisti erano una cosa da ragazzi. Nonostante questo, due mesi dopo l'armistizio, quei due si sposarono a Berlino, ma le famiglie non si parlarono per tutta la durata della cerimonia. «Abbiamo avuto il privilegio di ben due orchestre al matrimonio» diceva sempre sua madre. «Una suonava la vera *Schnitzel* viennese, l'altra una salsa alla panna con spezzatino di camoscio.»

Nessuno disse mai se quei contrasti familiari ebbero un seguito o no; fatto sta che il parigino e la berlinese si trasferirono a St. Louis, nel Missouri, Stati Uniti d'America, dove la berlinese aveva qualche lontano parente.

Poi, la realtà aveva preso il sopravvento su quello che Val aveva vissuto come un sogno. Nove anni prima suo padre l'aveva raggiunta a Parigi e, piangendo di rabbia e di paura, le aveva detto la terribile verità: la sua amata berlinese un po' pazza era malata da anni: si trattava di cancro, e stava morendo. Disperato, aveva venduto quel che aveva e speso fino all'ultimo soldo per cercare di salvarla dalla morte: c'erano ipoteche dappertutto, anche sulla casa di Bellafontaine. Aveva provato ogni rimedio, anche cliniche specializzate in Messico, ma tutto si era rivelato inutile. Ora gli rimanevano soltanto le lacrime, che comunque non erano certo per tutto quello che aveva speso. A Val non rimase altro che chiedere a quel suo padre disperato perché non glielo avesse detto prima.

«Era la *nostra* battaglia, *ma chérie*. Dai giorni di Berlino, abbiamo sempre combattuto insieme le nostre battaglie. Anche ora combattiamo, come se fossimo una sola persona.»

La madre era morta esattamente dopo sei giorni, e sei mesi più tardi il padre si era acceso una Gauloise sul portico di casa e si era addormentato, senza più risvegliarsi. Valerie non riuscì neppure a piangere: era uno shock per lei, ma non una tragedia. Dovunque fosse, era stato lui a decidere di andarci.

E così Valerie Charpentier si era dovuta cercare un lavoro, qualcosa che le consentisse di mantenersi. Ci provò, e la sua sorpresa fu enorme quando si rese conto che non solo era facilissimo, ma che il tipo di lavoro che le offrivano non aveva assolutamente niente a che vedere con la cartella di disegni che aveva presentato. La seconda agenzia di collocamento cui si rivolse sembrò più interessata al fatto che parlasse correttamente francese e tedesco: era il periodo degli inglobamenti, delle alleanze multinazionali che consentivano alle stesse entità di fare soldi a palate su entrambe le rive dell'Atlantico. Così, Valerie Charpentier, pittrice, era diventata il jolly di una grossa compagnia, qualcuno che doveva essere sempre reperibile nel caso ci fosse stato bisogno di una persona che sapesse disegnare e parlare tedesco e francese. Val odiava quel lavoro, ma capiva che era l'unico modo per andare avanti, finché non avesse raggiunto il successo.

Poi, nella sua vita entrò un uomo che le fece scordare tutto e tutti: un uomo in gamba, un uomo con il quale era piacevole vivere, capace a volte di dare anche quel pizzico di emozione che è necessaria nella vita. Anche lui aveva dei problemi, problemi enormi, ma non ne parlava mai, non ne *voleva* parlare, e questo avrebbe dovuto dirle tante cose. Joel, il suo Joel, che sapeva essere pieno di premure e di effusioni e poi un attimo dopo si chiudeva in se stesso, ma sempre con quello scudo, quell'apparenza di umorismo che faceva ridere e pensare. I primi tempi erano andati d'accordo; entrambi erano ambiziosi, anche se per ragioni diverse: Val per l'indipendenza che sarebbe seguita al successo, Joel per quegli anni che nessuno gli avrebbe mai restituito. Per un po', seppero consolarsi a vicenda, facendo da cuscinetto paracolpi quando l'altro trovava ostacoli o delusioni sulla sua strada. Poi, tutto andò a catafascio, per ragioni che solo Val capiva: Joel era affascinato dal suo successo, dalla sua volontà ed escludeva qualsiasi altra cosa, lei compresa. Non alzava mai la voce, era gentile e non chiedeva nulla, ma il tono della sua voce era gelido e le richieste implicite. Val seppe che tutto cominciava ad andare a rotoli una sera d'inverno. Era novembre, un venerdì di novembre, e la sua ditta le aveva telefonato chiedendole di andare a Berlino Ovest per sistemare una faccenda alla Telefunken. Stava appunto facendo le valigie quando Joel era tornato a casa, e le aveva chiesto cosa fosse tutta quella agitazione. Quando Val ebbe spiegato che doveva partire, lui se ne era uscito con quella frase: «No, non puoi partire. Domani sera siamo a cena da Brooks, e ci saranno anche Talbot e Simon. Sono sicuro che si parlerà del mio futuro, di quello che posso fare in campo internazionale. Non puoi mancare».

Val lo aveva guardato, aveva visto quella disperazione negli occhi di suo marito e non era partita per la Germania. Quello era stato l'inizio, e da quel momento in poi la situazione era precipitata. Lasciò anche l'agenzia, sperando che il maggior numero di ore e di giorni dedicati alla famiglia avrebbe potuto salvare la situazione: non fu così. Anzi, Joel si arrabbiava con lei quando si accorgeva di qualche sacrificio o di qualche rinuncia, e i momenti nei quali si rinchiudeva in se stesso si moltiplicarono, tanto che Val cominciò a preoccuparsi. Qualcosa lo stava trascinando in un abisso, e anche se Joel se ne rendeva conto e non voleva cadere sempre più in basso, non riusciva ad essere altri che se stesso. Era sull'orlo del collasso, e lei non poteva far nulla per aiutarlo.

Se almeno ci fosse stata un'altra donna, avrebbe potuto combattere, reclamare i propri diritti, competere; ma non c'era nessun altro tra di loro, solo quelle forze che trascinavano Joel. Alla fine si rese conto che non avrebbe mai potuto spezzare quella corazza, perché Joel non aveva lasciato spazio per nessun altro. Era stato allora che gli aveva urlato: «Sei finito, distrutto dentro!». Lui si era limitato a dire che era vero, con voce calma e gentile, e il giorno dopo se ne era andato.

Gli aveva chiesto quattro anni, il tempo che le aveva rubato. E ora quei quattro anni, stavano per finire, pensò Val, pulendo i pennelli e la tavolozza, ed erano stati anni in cui Joel si era dimostrato sempre generoso. Il termine scadeva a gennaio e l'ultimo assegno sarebbe come al solito arrivato entro metà mese. Cinque settimane prima, mentre pranzavano insieme a Boston, Joel si era offerto di continuare a corrisponderle i pagamenti, dicendo che ormai per lui era diventata un'abitudine, e che oltrettutto guadagnava, tra stipendio e premi di rendimento, ben più di quanto riuscisse a spendere. Il denaro non era un problema per lui, e il corrispondere un assegno mensile alla moglie contribuiva a dargli un certo tono e ad evitare relazioni troppo pericolose. Val aveva rifiutato l'offerta, ricordandosi delle parole di suo padre, o forse di sua madre, e dicendo che le cose si erano messe molto meglio di quanto sembrasse a prima vista. Joel aveva risposto con un sorriso triste e le aveva detto: «Se per caso non dovesse essere così, fammelo sapere».

Maledizione a lui!

Povero, triste Joel. Un uomo preso nel vortice dei suoi conflitti interiori. E Val si era spinta fino al limite: andare oltre significava negare la propria identità. Non doveva farlo, e non lo aveva fatto.

Posò i pennelli e si diresse verso la porta-finestra che dava sulle dune e sull'oceano. Joel era in Europa, da qualche parte oltre quello stesso oceano. Valerie si chiese se avesse pensato a che giorno era: era l'anniversario del loro matrimonio.

Per riassumere, possiamo dire che Chaim Abrahms si è formato negli anni dello stress e del caos della lotta per la sopravvivenza quotidiana: erano gli anni delle violente schermaglie che parevano senza fine, in cui bisognava cercare di prevenire le mosse del nemico e sparare per primi: un nemico pronto a distruggere non solo i sabre e le loro case, ma anche le giuste aspirazioni degli ebrei del deserto che volevano una terra dove vivere, dove pregare, dove governare. Non è difficile dunque comprendere da dove venga Abrahms e perché sia l'uomo che è, ma è difficile e terribile pensare a dove sta andando. È un fanatico, senza alcun senso dell'equilibrio o del compromesso, specie se sono in ballo altre persone che la pensano come lui: vede il nemico in chiunque gli sembri diverso da lui, da loro. La violenza, la forza armata, sono per lui al di sopra di tutte le trattative e anche coloro che in Israele vorrebbero arrivare ad un compromesso basato su un territorio con confini netti e sicuri sono tacciati di traditori. Abrahms è un imperialista, che crede in un'Israele in espansione come la forza che governerà tutto il Medioriente. Ci sembra significativo concludere questo rapporto con un commento che Abrahms fece dopo che il Primo Ministro ebbe così definito l'invasione del Libano: «Noi non vogliamo nemmeno un metro quadrato di Libano». Il commento di Abrahms dinanzi ad una folla plaudente fu questo:

«Certamente! Noi non vogliamo un metro quadrato di Libano! Noi lo vogliamo tutto! E poi prenderemo Gaza, il Golan e la Riva Occidentale! E poi ancora la Giordania, la Siria e l'Iraq! Ne abbiamo i mezzi, e soprattutto abbiamo la determinazione per farlo! Noi siamo i figli di Abramo!».

Abrahms è la punta di diamante di Delavane nell'inquieto Medioriente.

Era quasi mezzogiorno, e il sole batteva implacabile sul balcone. Il cameriere aveva già portato via il vassoio della colazione, e sul tavolo c'era soltanto un bricco d'argento. Fitzpatrick e Converse erano rimasti a leggere fino alle sei e mezzo, quando avevano preso il primo caffè. Converse posò il dossier che aveva in mano e cercò le sigarette sul tavolo. *Non è difficile comprendere da dove venga Abrahms e perché sia l'uomo che è... ma è difficile e terribile pensare a dove sta andando.* Joel guardò Connal Fitzpatrick, che era seduto sul divano e leggeva una ad una le pagine di quei dossier appoggiandole sul tavolinetto e prendendo appunti. I dossier di Bertholdier e di Leifhelm erano stati accuratamente disposti in due pile distinte alla sua sinistra. Quell'ufficiale di Marina gli aveva detto praticamente la stessa cosa, pensò Converse accendendosi la sigaretta. *Comincio a capire da dove viene* ... La domanda che ne seguiva era semplice, specie per una mente legale come la sua: Dove stava andando? Avrebbe dato chissà cosa per saperlo. Era un gladiatore in un'arena che doveva affrontare un combattimento con un nemico più forte, meglio equipaggiato e più abile? O erano i demoni del passato che lo spingevano al sacrificio di se stesso, trascinandolo nella sabbia calda dell'arena dove le belve affamate e piene di furore erano pronte a farlo a pezzi? Tante domande, tante probabilità fra le quali non era più capace di muoversi. Sapeva soltanto che tornare indietro era ora impossibile.

Fitzpatrick alzò gli occhi dalla pagina che stava leggendo. «Che c'è?» disse, rendendosi conto che Converse lo stava guardando. «Sei preoccupato per l'ammiraglio?»

«Chi?»

«Hickman, a San Diego.»

«Sì, anche. Sei sicuro di aver ottenuto quella proroga?»

«Non posso darti la sicurezza matematica, ma Hickman ha detto che mi avrebbe richiamato se fosse successo qualcosa di nuovo. Per questo sono sicuro che non farà niente prima di consultarsi con me; e se mi chiama, Meagen sa dove trovarmi. Se sarà necessario sono disposto anche a chiedere un incontro con quelli del Quinto Distretto, magari lasciando trapelare che sospetto anche di loro per quel che è successo a Ginevra. Ecco, allora il cerchio sarebbe veramente completo e avremmo raggiunto una situazione di stallo: quel tuo dossier verrebbe mostrato soltanto dopo un'analisi approfondita dei motivi di richiesta, delle circostanze inerenti eccetera. Ironia e stallo.»

«No, se quell'Hickman è uno di loro, non ci sarà stallo. Troverà il sistema di aggirare l'ostacolo.»

«Se Hickman fosse stato uno di loro, non avrebbe detto a Remington di telefonarmi. Non avrebbe detto nulla: avrebbe semplicemente aspettato ventiquattro ore e poi l'avrebbe rilasciato. Dammi retta, io lo conosco bene, e ho capito che era furioso. Hickman è un tipo al quale piace stare con i suoi ragazzi e lavorare in pace, senza pressioni, soprattutto da parte di quelli della Marina. Siamo a cavallo, e finché il cavallo resiste, resiste anche quell'etichetta blu sul tuo dossier. Te l'ho detto: Hickman è furioso con Norfolk, non con me. Pensa che non gli hanno nemmeno detto il motivo... Lui l'ha chiesto, ma loro non gliel'hanno voluto dire.»

Converse annuì con un gesto del capo. «Sì, forse hai ragione» disse. «Forse sono io che esagero, che vedo il nemico ovunque. Ma ho appena finito di leggere il dossier su Abrahms: quel maniaco potrebbe far saltare tutto il Medioriente se volesse, e trascinarci tutti quanti all'inferno... Che ne pensi di Leifhelm e Bertholdier?»

«Secondo questi dati, sono tutto quello che mi hai detto, e forse anche qualcosa di più. Sono più di un gruppo di ex-generali con un sacco di soldi a disposizione: sono i simboli rinvigoriti, estremamente più potenti di quelli che molta gente pensa siano estremi giustificati. Questo, stando a quanto dicono questi dossier. Ma il punto è un altro: da dove vengono i dossier stessi?»

«Te l'ho già detto, mi sembra.»

«Già... mi hai detto di averli ricevuti da Beale, e che Press continuava a dire "noi"... "coloro cui *noi* diamo la caccia", "gli strumenti che *possiamo* fornirle", "i legami che *noi* supponiamo esistano"... eccetera.»

«Sì, ti ho spiegato anche questo» insistette Joel. «Press si riferiva a quella famosa persona che vive a San Francisco e che ha messo a disposizione i cinquecentomila dollari e lo ha incaricato di trovare prove contro questi fanatici, prove che li facciano apparire semplici profittatori, gente che bada soltanto a fare soldi. Questo avrebbe gettato nel ridicolo i nostri generali, che si proclamano patrioti fino all'eccesso. È tutto logico, avvocato, anche l'uso della parola "noi".»

«Tu ritieni logica la storia dell'uomo di New York e di Press?»

«Certo.»

«E secondo te Press e il suo amico avrebbero preso il telefono e avrebbero ingaggiato una persona per fare tutte queste ricerche?» Fitzpatrick indicò i dossier alla sua sinistra.

«Perché no? In fondo, viviamo nell'era dei computer e nessuno oggi vive in un'isola deserta o in qualche caverna ancora inesplorata.»

«Queste non sono ricerche fatte con un computer» disse Connal. «Questi sono dossier dettagliati, approfonditi e molto precisi che tengono conto anche di certe sfumature politiche e di svariate particolarità che riguardano ciascun personaggio in esame.»

«Parli come un libro stampato, avvocato. In effetti è così. Ma un uomo che si permette di spedire mezzo milione di dollari in una banca a Micono può anche permettersi personale altamente specializzato, non trovi?»

«Già, ma *questi* non si mettono insieme con i soldi, o almeno non soltanto con quelli.»

«Che vuoi dire?»

«Riesaminiamo un attimo tutta la questione» disse l'avvocato della Marina alzandosi in piedi e prendendo la pagina del dossier che stava leggendo prima di interrompersi. «Non voglio tirar fuori di nuovo la faccenda dei miei rapporti e dell'amicizia con Press, perché a dire il vero mi fa male pensarci proprio in questo momento.» Fitzpatrick si fermò, perché nello sguardo di Converse aveva colto il rifiuto per i sentimentalismi. «Non fraintendermi» continuò. «Non alludevo alla sua morte, né al funerale. E un'altra cosa: non riconosco più il Press Halliday che conoscevo. Perché non ci ha detto la verità, né a me, né a te.»

«Allora tu sei a conoscenza di qualcosa che io non so» disse Converse con voce tranquilla.

«Io so che non esiste una persona a San Francisco che risponda all'immagine del tuo uomo. Ci ho vissuto da sempre, ci ho studiato, a Berkeley e poi a Stanford, proprio come Press. Conoscevo tutte le persone che conosceva lui, in particolar modo quelle più ricche e più stravaganti. Noi due ci dicevamo tutto: io vivevo praticamente in un'altra galassia, e Press si divertiva a sconcertarmi con racconti di ogni tipo.»

«Fa acqua da tutte le parti, avvocato. Sono certo che Press si tenesse per sé certe conoscenze.»

«Non di quel tipo» disse Connal. «Non sarebbe stato da lui. Perlomeno, non per me.»

«Be'... io...»

«Fammi finire» lo interruppe Fitzpatrick. «Io non li avevo mai visti prima, ma li ho trovati perfettamente identici a migliaia e migliaia di altri dossier in preparazione.»

Joel si alzò in piedi. «Spiegati meglio, comandante.»

«Ecco, bravo, hai detto la cosa giusta.»

«Ho detto *cosa*?»

«Questi dossier sono i prodotti rielaborati e riadattati di valutazioni dei servizi segreti che utilizzano ingenti quantitativi di informazioni militari. Ogni corpo, ogni sezione ha dato il suo contributo — dai dati strettamente biografici alle indagini più specifiche, fino alla valutazione dello psichiatra — e un team di specialisti ha poi provveduto a metterli insieme. Capisci? Li hanno ripescati dagli archivi del governo ed hanno cercato di aggiungre conclusioni in modo che sembrassero opera di estranei. Ma sono sicuro che queste informazioni appartenevano a qualche dossier con su scritto Riservato, Top-Secret, Eyes Only, e via dicendo.»

Converse si sporse in avanti. «Questo è un tuo giudizio, e basato su una conoscenza relativamente ristretta delle procedure. Per conto mio, si tratta di dossier molto precisi e dettagliati messi insieme da una di quelle società specializzate nel settore, che si fanno anche pagare un sacco di soldi.»

«Che riesce a rintracciare precisi incidenti militari avvenuti in tempo di guerra? Che cita bombardamenti, specificando reggimenti, battaglioni e strategie impiegate? Che documenta con *interviste* i conflitti interni tra ufficiali nemici e specifica le ragioni tattiche per le quali il personale militare veniva trasferito in ruoli civili dopo la cessazione delle ostilità? Nessuna società potrebbe avere accesso ad informazioni del genere.»

«Potrebbero aver fatto ricerche» disse Joel, che improvvisamente non riusciva più a convincere neppure se stesso.

«No, assolutamente, soprattutto per quel che riguarda *questi* nomi» lo interruppe Connal sventolandogli sotto il naso il foglio con i nomi dattiloscritti, indicando con il pollice le due colonne di "personale del Pentagono e del Dipartimento di Stato con poteri decisionali". «Forse su cinque o sei... su tre per ogni colonna, al massimo... ma non sugli altri nomi: si tratta di persone che stanno al di sopra di quelli con cui tratto io, persone che fanno il loro lavoro sotto una varietà di titoli tali da non poter mai essere rintracciati... o raggirati, ricattati, minacciati. Quando mi hai detto che eri in possesso di una lista di nomi, ho pensato che li avrei conosciuti tutti, o almeno una buona parte. Invece no. Io conosco tutti i capi di dipartimento, gente che ha ambizioni di andare avanti e che ovviamente deve obbedire a questi nomi, che Press non può essersi procurato da solo o con l'aiuto di qualcuno che stava all'esterno: semplicemente perché non avrebbe saputo dove cercare, così come non l'avrei saputo io.»

Converse si alzò. «Sei sicuro di quello che dici?»

«Certo. Sono sicuro che qualcuno — forse più di una persona — che ha libero accesso a tutti gli archivi ha fornito quei nomi così come ha fornito il materiale per quei dossier.»

«Lo ripeto: ti rendi conto di quel che dici?»

Connal annuì. «Non è facile per me affermare una cosa del genere» cominciò, con aria triste. «Press ci ha mentito: ha mentito a te dicendoti una cosa non vera, e ha mentito a me non dicendomi tutta la verità: sì, sei legato ad un filo, e l'altro capo è a Washington. Ed io non dovevo sapere nulla.»

«Il burattino è al suo posto...» disse Joel sottovoce, mentre andava verso la porta del balcone.

«Cosa?» chiese Fitzpatrick.

«Nulla, solo una frase che ho in testa da quando è morto Anstett.» Converse si girò. «Ma se questo filo esiste realmente, perché me lo hanno tenuto nascosto? Perché *Avery* me lo ha tenuto nascosto? Per quale motivo?»

Fitzpatrick rimase immobile, e il suo volto era privo di espressione. «Non penso di doverti rispondere. Ti sei già risposto da solo, ieri pomeriggio quando mi hai detto "Ti darò un nome di tanto in tanto, che potrà servirti per aprire una porta... ma nient'altro". Non giochiamo a nascondino, avvocato. Ho capito benissimo cosa volevi dire: "Se questo soldatino dovesse inciampare in qualche guaio, e magari dovesse trovarsi in compagnia delle persone sbagliate, non potrebbe rivelare quello che non sa".»

Joel accettò quel rimprovero non soltanto perché era pienamente giustificato, ma anche perché gli chiariva una realtà che a Micono non aveva compreso in pieno. Beale gli aveva detto che a Washington c'erano militari che per una ragione o l'altra non avevano proseguito certe loro inchieste. Forse quegli uomini erano rimasti in silenzio soltanto apparentemente, ma fra di loro avevano continuato a chiacchierare di quella cosa, di quelle inchieste, finché una voce di San Francisco — un uomo che sapeva chi contattare grazie ad un cognato a San Diego — si era unita alla loro e aveva deciso di tentare qualcosa. Però, c'era bisogno di un uomo che si infiltrasse, un uomo che doveva avere odio e risentimento personali sui quali fare leva; un uomo da mandare nel labirinto.

Quella era una cosa estremamente grave, ma Joel non riusciva a non essere d'accordo con quel modo di procedere. Non riusciva neppure a biasimare quella gente per aver taciuto la verità sulla morte di Halliday, proprio perché se avessero fatto del chiasso intorno a quel cadavere avrebbero reso inutile il suo sacrificio. Se ne erano stati zitti, sapendo che la loro marionetta aveva i mezzi per destreggiarsi in quel labirinto di illegalità e per fare il lavoro che loro non potevano fare. Joel capiva e giustificava tutto, tranne una cosa: la mancanza di qualsiasi forma di protezione per quello che lo riguardava. Aveva accettato le condizioni di Avery Fowler-Press Halliday, e con esse aveva anche accettato di giocare quel gioco da solo, senza che nessuno gli coprisse le spalle: ma ora le cose cambiavano, e se lo consideravano una marionetta, lui voleva che il burattinaio sapesse che lui ne era al corrente. E poi, voleva anche il nome di qualcuno da chiamare a Bonn in caso di bisogno. Visto che il gioco era in una dimensione che non si era nemmeno aspettato, le vecchie regole non andavano più bene.

Tra quattro ore avrebbe varcato i cancelli della villa di Leifhelm: voleva che fuori da quella villa ci fosse qualcuno, un uomo che Fitzpatrick potesse far intervenire se a mezzanotte non avesse visto Joel uscire da quei cancelli. Ancora i vecchi demoni, e più vivi che mai, pensò Joel. Ma non riusciva neppure a pensare di fare marcia indietro: ormai era troppo vicino a mettere le mani sul guerrafondaio di Saigon, sull'uomo che aveva marchiato di angoscia gran parte della sua vita in un modo che nessuno aveva mai capito... no, non proprio nessuno. Una persona aveva capito e gli aveva anche detto di non poterlo aiutare: e poi, non sarebbe stato giusto chiedere proprio a lei una cosa del genere.

«Allora, cosa hai deciso?» disse Connal.

«Deciso?» chiese Joel, sobbalzando a quella domanda.

«Non devi andare stasera. Devi ritirarti! Se la veda l'FBI con la CIA. Anzi, mi stupisce che non abbiano pensato da soli ad intraprendere una strada del genere.»

Converse fece per dire qualcosa, poi ci rinunciò. Doveva chiarire quella faccenda, prima a se stesso e poi a Fitzpatrick. Aveva visto la paura negli occhi di Avery Fowler — cioè, Preston Halliday — e aveva anche sentito il grido nella sua voce. La sua strategia consisteva proprio in quelle bugie, ma lo sguardo e la voce che Joel aveva udito erano veri.

«Non hai pensato, mio caro comandante, che forse non potevano prendere quella strada che a te sembra tanto semplice? E che forse non parliamo di due persone che — come hai detto tu prima — possono tranquillamente sollevare un ricevitore e mettere in moto le cose? O che, se tentassero una cosa del genere, probabilmente si ritroverebbero un rimprovero ufficiale e forse anche una pallottola alla base del cranio? E non penso che abbiano paura per se stessi, così come penso che abbiano scelto l'uomo giusto per il lavoro giusto al momento giusto. Credimi, devono essere arrivati alla conclusione che non potevano assolutamente operare dall'interno proprio perché non sapevano di chi fidarsi.»

«Cristo, bisogna ammettere che sei un bel figlio di puttana, con il sangue freddo come un ghiaccio.»

«Hai detto giusto, comandante: ghiaccio. Perché abbiamo a che fare con il frutto di una fantasia da paranoia che si chiama Aquitania e che è controllata da uomini di provata fede, coraggiosi fino al fanatismo, intelligenti e pieni di risorse che, se riusciranno in quel che stanno preparando, appariranno come le voci della forza e della ragione in un mondo impazzito. Avranno il controllo del mondo, il nostro mondo, perché tutte le altre soluzioni possibili sembreranno inefficaci di fronte alla loro promessa di *stabilità*: stabilità, avvocato, contrapposta al caos. Che cosa sceglieresti se tu fossi un impiegato di banca con moglie e figli, e se tu temessi per la tua vita, se tu avessi paura di tornare a casa e trovare tua moglie e i tuoi figli violentati e strangolati, e tutte le tue cose rubate, stracciate, ridotte in brandelli? Dammi retta, anche tu applaudiresti ai carri armati davanti al cancello di casa.»

«Credo proprio di sì» disse l'avvocato della Marina con voce talmente bassa da perdersi in quella stanza inondata di sole.

«Credimi, marinaio. Loro hanno fatto bene i conti, e su scala internazionale. E ormai mancano pochi giorni, forse qualche settimana. Ma noi non sappiamo cosa sarà, né dove succederà. Se soltanto avessi una traccia...» Converse si voltò e andò verso la porta di camera sua.

«Dove vai?» chiese Connal.

«Prendo il numero di telefono di Beale a Micono. Dovrebbe essere nella ventiquattrore. È il mio solo contatto e voglio parlare con lui: voglio che sappia che il burattino ha idee in testa, e tutte sue.»

Tre minuti dopo, Converse era al telefono, mentre il centralinista cercava una linea internazionale libera. Fitzpatrick era seduto sul divano, con il dossier di Chaim Abrahms sulle ginocchia e gli occhi fissi su Converse.

«Ce l'hai fatta?» chiese l'avvocato della Marina.

«Sì. Sta suonando.» Ci fu il segnale di libero... quattro, cinque, sei volte. Alla settima qualcuno, su quell'isola dell'Egeo, sollevò il ricevitore.

«*Herete*?»

«Vorrei parlare con il professor Beale, prego. Edward Beale.»

«*Tee tha thelete*?»

«Beale. Il padrone di casa. Me lo chiami.» Joel si rivolse a Fitzpatrick. «Per caso parli anche greco?»

«No, ma ho pensato più volte di mettermi a studiarlo.»

«Bravo.» Converse si concentrò su quella voce, che continuava a parlare greco, frasi brevi e veloci, ma incomprensibili. «Grazie. Arrivederci.» Joel abbassò varie volte la barretta del telefono, sperando che il centralinista greco, che per sua fortuna parlava inglese, fosse ancora in linea. «Centralinista? Parlo con il centralinista ad Atene?... Perfetto! Vorrei un altro numero di Micono... Sì, è sempre lo stesso numero di Bonn.» Converse prese le istruzioni che Press Halliday gli aveva dato a Ginevra. «È il numero della banca di Rodi. Gliel'ho detto...»

Qualche minuto dopo, Joel parlava con Kostas Laskaris.

«*Herete?*»

«Signor Laskaris, qui parla Joel Converse. Si ricorda di me?»

«Certamente... Mi dica...» A Joel parve distante, strano, forse guardingo, o forse semplicemente stupìto.

«Ho provato a chiamare Beale al numero che lei mi ha dato, ma mi ha risposto un tizio che non parla una parola di inglese. Mi sa dire dove posso trovare il mio amico?»

Si sentì un respiro pesante all'altro capo del filo. «Mi ero immaginato chissà cosa» disse Laskaris con voce tranquilla. «L'uomo con il quale ha parlato è un ufficiale di polizia, signor Converse. Sono stato io a chiamarlo, visto che uno studioso come il professor Beale poteva avere oggetti preziosi in casa.»

«Ma *perché*? Cosa sta cercando di dirmi?»

«Poco dopo l'alba il professore ha preso la barca ed è uscito in mare con un altro uomo. Parecchi pescatori li hanno visti. Due ore fa hanno ritrovato la barca, che si era andata a sfasciare contro gli scogli di Stephanos. Ma a bordo non c'era nessuno.»

Lo uccisi. Con il coltello da pesca. Poi buttai il corpo al largo di Stephanos, dove so che c'è un branco di squali.

Joel riappese. Halliday, Anstett, Beale: erano tutti morti, e lui non aveva più contatti. Era un burattino manovrato da un filo, ma non sapeva chi c'era all'altro capo: erano tutte ombre.

15

Erich Leifhelm impallidì, socchiudendo gli occhi e le labbra. Poi sentì il sangue salirgli alla testa mentre si sporgeva in avanti sulla scrivania e urlava nel telefono: «Che nome hai detto, Londra?».

«Ammiraglio Hickman. È il ...»

«No» lo interruppe. «Quell'altro nome! L'ufficiale che ha messo il top-secret sul dossier!»

«Fitzpatrick, un nome irlandese: è l'ufficiale comandante della sezione legale nella base navale di San Diego.»

«Un certo comandante in seconda Fitzpatrick?»

«Sì, ma come fai a saperlo?»

«*Unqlaublich! Diese Stümper!*»

«*Warum?*» chiese l'inglese. «In che senso?»

«Forse a San Diego sarà anche quello che dice di essere, ma il fatto è che non si trova a San Diego in questo momento: perché so che è qui a Bonn!»

«Sei impazzito? No, naturalmente no. Ne sei certo?»

«È insieme a Converse, e io gli ho parlato. Figurati che sono ambedue registrati sotto il nome di Fitzpatrick al Das Rektorat! È stato proprio tramite lui che sono riuscito a scovare Converse.»

«E non ha cercato di dare un nome falso?»

«Al contrario, lo sbandierava ai quattro venti, servendosene per ottenere un servizio migliore!»

«Indicibilmente di cattivo gusto» disse Londra, meravigliata. «O forse si tratta di un'ostentazione di sicurezza» aggiunse poi, cambiando tono. «Un segnale? Vuol farci capire che è intoccabile?»

«*Unsinn!* No, non può essere.»

«E perché no?»

«Ha parlato con Peregrine, l'ambasciatore, che voleva portarlo con sé all'ambasciata. Ma ci sono state complicazioni ed è riuscito a scappare.»

«Si è lasciato giocare come un novellino, a quanto sembra.»

«No, non si è trattato di questo: c'era una terza persona di mezzo, uno *Schauspieler*... un attore. Ma Peregrine non vuole discutere l'incidente: non vuole parlarne.»

«Il che significa che nessuno può stuzzicare questo ufficiale di Marina che viene dalla California» concluse Londra. «E mi sembra che ci sia un'ottima ragione.»

«E cioè?»

«È il cognato di Preston Halliday.»

«Ginevra! *Mein Gott*, sono sulle nostre tracce!»

«Sì, qualcuno è arrivato fino a noi, ma non si tratta di una persona in possesso di molte informazioni. In questo sono d'accordo con Palo Alto, che a sua volta è d'accordo con lo specialista del Mossad... e con Abrahms.»

«L'ebreo? Cosa dice il nostro ebreo?»

«Dice che questo Converse è un agente di Washington che tenta di infiltrarsi.»

«E allora, che cosa aspettiamo?»

«Non deve uscire da casa tua. Questi sono gli ordini. Presto ci faremo vivi.»

Stupito, il Sottosegretario di Stato Brewster Tolland riappese il ricevitore, si appoggiò allo schienale della poltrona e poi, con uno scatto improvviso, si piegò in avanti, e schiacciò un pulsante sulla consolle.

«Chesapeake» disse la voce femminile. «Il suo codice prego.»

«Sei, zero, zero, zero» disse Tolland. «Vorrei parlare con le Operazioni Consolari, Stazione Otto.»

«La Stazione Otto è sotto...»

«Plantageneta» la interruppe il Sottosegretario.

«Bene signore, gliela passo subito.»

«Cosa c'è sei, zero, zero, zero?»

«Taglia corto, Harry, sono io, Brew: che cosa succede a Bonn di cui non siamo al corrente?»

«Niente, per quanto in alto posso arrivare io.»

«E quanto in alto puoi arrivare?»

«Davvero, vi teniamo al corrente di tutto quello che succede. Proprio ieri abbiamo avuto un FRG, e se ci fosse stato qualcosa di riservato, me ne ricorderei.»

«Sì, forse te ne ricorderesti, ma se si è trattato di qualcosa di riservato non potresti certo venire a dirlo a me.»

«D'accordo, ma potrei sempre dirti che c'è una faccenda della quale tu non devi essere al corrente. Ma che ti succede?»

«Ho appena parlato con un ambasciatore su tutte le furie che potrebbe anche chiamare un vecchio amico al Sedici zero zero.»

«Peregrine? C'è qualcosa che non va?»

«Sì, e se non siete voi, allora si tratta dell'ambasciata... la sua ambasciata, che è collegata in qualche modo con il Dipartimento della Marina.»

«La Marina? È assurdo... Assurdo! Per caso Bonn è un porto?»

«Veramente, io credevo di sì.»

«Andiamo, non ho mai sentito dire che la *Bismarck* o la *Graf Spee* si trovassero in navigazione sul Reno. No, Brew, non abbiamo niente di simile, né vorremmo averlo. Per caso sai qualche nome?»

«Sì» rispose Tolland guardando un appunto scribacchiato in fretta. «Un avvocato di nome Joel Converse. Chi è, Harry?»

«Per l'amor di Dio, non l'ho mai sentito nominare prima d'ora. E poi, cosa c'entra con la Marina?»

«È insieme ad un altro che dice di essere il capo del dipartimento legale di una base navale con il grado di Comandante in seconda.»

«*Dice* di essere?»

«Be', prima aveva lavorato come attaché militare all'ambasciata.»

«Non tutti i matti sono in manicomio...»

«Non c'è niente da ridere, Harry. Peregrine non è uno sciocco. Forse un po' vanitoso, questo sì, ma è in gamba, lo sappiamo bene tutti quanti; e lui dice che forse quella gente esiste davvero e forse sa anche qualcosa di cui lui non è a conoscenza.»

«E su cosa basa questa sua convinzione?»

«Per prima cosa, sul giudizio di una persona che ha conosciuto questo Converse...»

«Chi?» lo interruppe Harry della Stazione Otto.

«Non me l'ha detto, ma mi ha spiegato che è una persòna alla quale crede, di cui si fida. Questo signor Senzanome dice che Converse è un uomo malato, con disturbi nervosi; insomma, non è un cappello nero.»

«Un cosa?»

«Peregrine ha usato questa espressione; ovviamente, significa uno che ha tutte le rotelle al posto giusto.»

«E che altro ti ha detto?»

«Che tra i suoi uomini c'è qualcuno che si comporta in maniera strana. Ha detto che ne parlerà con il Segretario del Sedici zero zero se non gli darò risposte soddisfacenti. E le risposte le vuole in fretta.»

«Farò il possibile» disse Harry. «Forse si tratta di qualcosa di Langley o di Arlington... quei bastardi! Farò fare dei controlli; e in un'ora l'ABA ci dirà chi è Converse... se naturalmente è qualcuno. Se poi dovessero essere più d'uno, cercheremo di scovarli.»

«Richiamami. Non abbiamo molto tempo, e non voglio che la Casa Bianca si immischi nella faccenda facendo la voce grossa.»

«Questo mai» disse il direttore delle Operazioni Consolari, il ramo del Dipartimento di Stato che si occupa di attività clandestine all'estero.

«Ora me lo spieghi!» gridò l'ammiraglio Hickman, che era in piedi accanto alla finestra, rivolgendosi a David Remington che stava rigido sull'attenti, pallidissimo in volto. «E mi spieghi come è stato possibile, usando meno dettagli che può, per favore!»

«Non riesco ancora a credere alle mie orecchie, signore. Gli ho parlato ieri a mezzogiorno, e anche l'altro ieri. Ed era a Sonoma!»

«Già... E se la linea era disturbata, la colpa era della pioggia, che disturbava la comunicazione, vero?»

«Mi ha detto così, signore.»

«È arrivato a Düsseldorf due giorni fa! Ed ora è a Bonn, in Germania, insieme ad un uomo che mi ha giurato di essere implicato nella morte di suo cognato. Lo stesso uomo che sta cercando di proteggere dichiarando top-secret il suo dossier. *Converse!*»

«Non so cosa dire, signore.»

«Bene, ma il Dipartimento di Stato ha già preso le decisioni e avrà al più presto quel materiale riservato, o come diavolo lo chiamate nel vostro maledettissimo legalese.»

«Top-secret, signore. Significa che...»

«Non mi interessa, tenente» disse Hickman tornando alla scrivania e aggiungendo in un soffio: «Ha idea di quanto voialtri bastardi mi siete costati per due semplici divorzi?»

«Non capisco, signore.»

«Non importa. Voglio che quell'etichetta sparisca da quel dossier. E pensare che sono stato io a voler Fitz con me. L'ho fatto promuovere, e ora quel figlio di puttana si mette a raccontarmi bugie. Non solo, ma me le racconta a quindicimila chilometri di distanza, dicendomi che è in un posto diverso da quello dove dovrebbe essere. E senza autorizzazione! Lui lo sapeva che ci voleva il mio permesso per allontanarsi così tanto... Ci sono obiezioni, tenente? Magari qualcosa che possa ridursi ad un paio di frasi e che non richieda come minimo altri tre avvocati per l'interpretazione?»

Il tenente Remington, uno degli avvocati migliori della Marina degli Stati Uniti, sapeva quando era il caso di fare marcia indietro. L'etica legale era stata violata, e a quel punto rimaneva una sola cosa da fare: macchine indietro a tutta forza, se ancora si diceva così. «Farò del mio meglio per accelerare le procedure, ammiraglio; in mancanza del mio capo, sono io a comandare e, visto come stanno le cose, darò ordini immediati per cancellare l'ordine precedente. Legalmente ciò è possibile, dato che...»

«È tutto, tenente» disse l'ammiraglio tagliando corto e sedendosi alla scrivania.

«Bene, signore.»

«No, non è tutto!» continuò Hickman, sporgendosi in avanti. «Quali sono le modalità per il rilascio di quel dossier, e soprattutto, quali sono i tempi?»

«Se ci si mette in mezzo il Dipartimento di Stato, dovrebbe essere questione di ore, signore. Per mezzogiorno, quindi, o poco dopo. Manderemo un taxi riservato a coloro che hanno richiesto il dossier. *Soltanto a loro*, visto che SAND PAC non lo ha richiesto...»

«Allora lo richieda, tenente, e me lo porti appena arriva... Dimenticavo... lei naturalmente non lascerà la base finché non avrò quel dossier in mano.»

«Affermativo, signore.»

La limousine rosso scuro percorreva il vialetto a serpentina che si trovava all'interno della proprietà di Leifhelm. Il sole ormai rosso filtrava dai rami degli alberi che costeggiavano il vialetto e riempivano il parco. Avrebbe potuto essere una passeggiata tranquilla e rilassante se non fosse stato per un'immagine che la rendeva grottesca: insieme all'automobile, in perfetto silenzio, correvano anche una mezza dozzina di doberman giganteschi. C'era qualcosa di irreale in quel correre furiosamente e senza rumore: Converse vedeva quegli occhi neri che ogni tanto apparivano nel riquadro del finestrino, le mascelle spalancate e i denti stretti, e dentro di sé sapeva che se fosse uscito da quella macchina prima che i cani avessero ricevuto un certo comando, lo avrebbero fatto a pezzi.

La limousine intanto percorreva l'ultimo tratto di strada, un viale circolare che portava ad una scalinata di marmo scuro all'estremità della quale c'era la porta d'ingresso, sormontata da un arco ornato di bassorilievi: sicuramente si trattava di un'accurata opera di saccheggio ai danni di qualche antica cattedrale. Sul primo gradino c'era un uomo con il fischietto in bocca. Senza che l'orecchio umano percepisse nulla, l'uomo fischiò nel fischietto d'argento e i cani si diressero verso di lui con le mascelle spalancate e la lingua fuori.

«Aspetti un attimo, signore» disse lo chauffeur mentre scendeva e si avvicinava allo sportello di Joel. «Ecco, ora può uscire. Si allontani di due passi, signore. Soltanto due passi.» Lo chauffeur aveva in mano un oggetto strano, simile ad un asciugacapelli.

«Che cos'è» chiese Converse.

«Una misura di sicurezza. Per lei, signore. Perché i cani sono addestrati a fiutare la presenza di armi e metallo pesante.»

Joel rimase immobile mentre l'uomo gli passava lo strumento sul corpo. Fece un esame minuzioso, comprendente anche i vestiti, le scarpe, l'interno delle cosce e il retro della cintura. «Ma pensavate veramente che fossi così sciocco da venire qui armato?»

«Io non pensavo nulla, signore. Io faccio quello che mi dicono di fare.»

«Molto originale, come frase» mormorò Converse mentre guardava l'uomo sul primo gradino, che aveva riportato il fischietto alla bocca. All'improvviso, i doberman si slanciarono verso di lui e Joel, colto dal panico, si aggrappò allo chauffeur e lo spinse in avanti. Con sua grande sorpresa, l'uomo non fece resistenza, e sul volto gli comparve un sogghigno; intanto i cani avevano effettuato una brusca svolta a destra e si erano diretti verso il viale.

«Non c'è bisogno di scusarsi, *mein Herr*» disse lo chauffeur. «Succede spesso.»

«Non volevo scusarmi» disse Converse con tono neutro, lasciandolo andare. «Volevo soltanto romperti l'osso del collo.» Intanto il tedesco si era allontanato, mentre Joel rimaneva immobile, colpito da quelle parole che aveva appena pronunciato: erano diciotto anni che non pensava e non diceva una cosa del genere.

«Da questa parte, signore» disse l'uomo sui gradini, con un accento strano, ma dimostrando una buona padronanza dell'inglese.

All'interno, il grande atrio era pieno di stendardi medievali che pendevano da una balconata; dall'atrio si passava in un salone immenso, decorato anch'esso da emblemi e stemmi medievali; c'erano poltrone e divani di cuoio, lampade con paralumi di seta e servizi d'argento un po' dappertutto su tavolini tirati a lucido. Alle pareti, c'erano trofei di animali catturati: gatti selvatici, elefanti e cinghiali che sembravano guardare l'ospite con aria di sfida. Insomma, era la tana di un feldmaresciallo.

Comunque, non fu soltanto l'arredamento a colpire Converse, quanto i quattro uomini che lo guardavano.

Joel conosceva già Bertholdier e Leifhelm, che erano seduti l'uno accanto all'altro, sulla destra. Per questo, fissava i due seduti sulla sinistra: l'uomo di media statura, robusto, con una corona di capelli cortissimi intorno ad una testa pelata, con la sahariana e gli stivali sotto i pantaloni color kaki non poteva essere che Chaim Abrahms: quel volto che emanava rabbia e quegli occhi ormai ridotti ad una fessura erano il volto e gli occhi di un vendicatore. L'uomo alto con i lineamenti aquilini e i capelli grigi era invece il generale Jan Van Headmer, il Boia di Soweto. Joel aveva dato una scorsa al suo dossier, che per fortuna era il più breve, e ricordava le note finali, quelle che riassumevamo i particolari più importanti.

> In breve, Van Headmer può essere definito il classico aristocratico di Cape Town, un africano che non ha mai veramente accettato gli inglesi, per non parlare degli indigeni negri. Le sue convinzioni sono cementate in una realtà che per lui è incrollabile e inattaccabile. I suoi antenati avevano creato e plasmato un paese a prezzo di fatiche, di rinunce e di innumerevoli perdite umane, uomini morti brutalmente per mano degli indigeni. Per questo, Van Headmer pensa e si comporta ancora come si potevano comportare i suoi nonni e i suoi bisnonni. Per questo, non accetterà mai quelle che lui considera invasioni pericolose da parte dei bantù, i membri di una tribù ormai perfettamente occidentalizzata, proprio perché non li considera esseri umani civili, ma primitivi, barbari. Quando ordina esecuzioni di massa, o promette periodi di austerità, pensa di avere a che fare con subumani e fu per questo che durante la seconda guerra mon-

diale venne imprigionato con il ministro Verwoerd e il razzista Vorster. Aderì senza riserve al concetto nazista di superiorità delle razze e l'amicizia con Chaim Abrahms è stato il solo elemento distintivo fra lui e i nazisti, senza creargli mai alcun problema. In fondo, i sabre avevano creato la Palestina e questo era un tratto parallelo alla storia del suo paese. Fra parentesi, Van Headmer è uno degli uomini più affascinanti che si possano incontrare: molto colto, raffinato, ossequioso e sempre disposto ad ascoltare il suo interlocutore. Questo in apparenza: nella realtà, è un assassino spietato e insensibile e costituisce una delle figure di punta degli uomini di Delavane in Sud Africa.

«*Mein Haus ist dein Haus*» disse Leifhelm, andando verso Joel con la mano tesa.

Converse si fermò dov'era e strinse quella mano. «Strana, però, l'accoglienza che ho trovato là fuori, visto che il mio ospite aveva sentimenti così dolci e gentili» disse Joel, lasciando la mano di Leifhelm e rivolgendosi a Bertholdier. «Felice di rivederla, generale. Mi scuso con lei per l'incidente dell'altra sera a Parigi. Non che voglia minimizzare un fatto che coinvolge la vita di un uomo, ma non penso che anche lui avesse molto rispetto per la *mia* vita in quel momento.»

Quella sicurezza e quel tono impertinente fecero l'effetto che Joel si aspettava. Bertholdier lo guardò, e per un attimo rimase senza parole: e anche gli altri tre, Converse lo sapeva, erano rimasti senza parole, colpiti da quelle frasi e quel comportamento audace.

«A dire il vero, monsieur» disse il francese, senza che nessuno glielo avesse chiesto, «quell'uomo aveva trasgredito i miei ordini, come lei ben sa.»

«Davvero? A me hanno detto che aveva frainteso gli ordini...»

«Il che è la stessa cosa!» La voce acuta e con un accento pesante veniva da dietro.

Joel si voltò. «Ne è sicuro?» chiese, con freddezza.

«Quando si è in missione» disse Chaim Abrahms «fraintendere un ordine significa fare un errore, e gli errori si pagano con la vita. Quell'uomo ha pagato con la propria vita.»

«Posso presentarle il generale Abrahms?» si intromise Leifhelm, prendendo Converse per il gomito e portandolo di fronte all'israeliano.

«Generale Abrahms. è un vero piacere» disse Joel con convincente serietà, mentre si davano la mano. «Come tutti gli altri, io l'ammiro moltissimo, anche se penso che a volte la sua retorica sia un tantino esagerata.»

L'israeliano si fece rosso in viso mentre nella stanza si sentivano risatine soffocate. Subito Van Headmer si fece avanti e Converse fissò quel volto che emanava forza, le sopracciglia sollevate, i muscoli tesi.

«Lei sta parlando con uno dei miei più cari amici» disse; il rimprovero era più che chiaro. «Ed io stesso non avrei saputo dirlo meglio. Piacere di conoscerla, giovanotto.» Così dicendo, gli offrì la mano, che Converse strinse in mezzo ad un coro di risate sommesse.

«Sono stato insultato!» gridò Abrahms, con le sopracciglia alzate e la testa che andava da una parte all'altra in segno di una disperazione che fingeva soltanto. «Sono stato insultato da gente bravissima a parole ma che a fatti non vale una cicca. In tutta franchezza, mio caro Converse, le dirò che questi uomini sono d'accordo con lei semplicemente perché nessuno di loro è stato con una donna in quest'ultimo quarto di secolo. Forse loro le giureranno il contrario — magari troveranno anche altra gente disposta a giurare il contrario — ma deve credermi: pagano le prostitute solo per giocarci a carte o farsi raccontare le novelle prima di dormire!» Le risate si fecero sempre più forti e l'israeliano, che aveva preso gusto a quella specie di farsa, continuò sullo stesso tono, avvicinandosi a Joel e facendo finta di avere qualcosa di estremamente segreto da rivelargli. «Io invece le prostitute le pago il doppio, perché voglio che mi dicano la verità sul conto di questi chiacchieroni, e magari voglio che me la dicano proprio mente le *zompo!* E queste signorine mi hanno raccontato che i bei tomi che ora lei vede di fronte a sé cedono le armi alle nove di sera, chiedendo un bicchiere di latte caldo, e con l'*Ovolmatina!*»

«Mio caro sabre» disse Leifhelm tra le risa «il guaio è che tu leggi troppo assiduamente quei pessimi romanzi.»

«Vede cosa volevo dire, Converse?» chiese Abrahms, allargando le braccia. «Ha sentito? "troppo assiduamente". Ora sa perché i tedeschi hanno perso la guerra. Perché parlavano sempre e con toni drammatici di *Blitzkrieg* e di *Angriffe*, ma in realtà pensavano — *assiduamente* — a quel che avrebbero fatto dopo!»

«Avrebbero dovuto prenderti in considerazione, Chaim» disse Bertholdier, che si stava divertendo come un matto. «Se ti avessero cambiato il nome e avessero dichiarato che Rommel e Von Runstedt erano ebrei, forse avrebbero vinto su entrambi i fronti.»

«L'Alto Comando avrebbe potuto fare di peggio, questo è vero» convenne l'israeliano.

«Mi chiedo comunque» continuò Bertholdier «se ti saresti fermato lì. Hitler era un oratore fuori del comune, proprio come te. Forse avresti potuto dichiarare che anche lui era ebreo e così ti saresti ritrovato in men che non si dica alla Cancelleria...»

«Oh, ho le prove *certe* che Hitler era ebreo; ma il guaio è che veniva da una famiglia pessima. Sì, anche noi abbiamo le nostre pecore nere, che sono sparse in tutta l'Europa.»

Le risate si fecero ancora più forti, ma dopo un po' morirono e Joel colse al volo l'occasione che gli si presentava per dire qualcosa. «A volte mi rendo conto di parlare troppo, generale» disse. «Dovrei imparare a starmene zitto, ma tant'è... Mi creda, non intendevo offenderla. Ammiro molto la sua posizione e la sua politica.»

«Benissimo. Perché è proprio di questo che parleremo» disse Erich Leifhelm ottenendo subito l'attenzione di tutti quanti. «Le posizioni, la politica, ma soprattutto la filosofia di ciascuno di noi. Cercheremo di rimanere sul generale, anche se sarà impossibile non fare qualche appunto più specifico: perché quello che conta è il concetto, l'idea. Venga, Converse, si metta a sedere. Cominciamo la nostra chiacchierata, che mi auguro sia la prima di molte altre.»

L'ammiraglio Hickman appoggiò il dossier sul tavolo e guardò con sguardo vuoto la finestra al di là dei piedi appoggiati alla scrivania, fissando l'oceano sotto un cielo grigio. Poi incrociò le braccia, abbassò la testa e aggrottò la fronte. Era meravigliato, proprio come era rimasto meravigliato la prima volta che aveva letto quel dossier: ora era convinto più che mai che Remington fosse giunto alle conclusioni sbagliate. E questo era logico, visto che Remington era troppo giovane per avere un'idea seppur vaga di quello che era successo: nessuno che non fosse stato in quell'inferno poteva capire. Non aveva senso dichiarare top-secret un dossier che riguardava affermazioni fatte diciotto anni prima dopo un'esperienza del genere: era come riesumare il cadavere di un uomo morto di consunzione. No, doveva esserci qualcos'altro.

Hickman guardò l'orologio, tolse i piedi dalla scrivania e prese il telefono. A Norfolk erano le quindici e dieci.

«Salve Brian» disse l'ammiraglio Scanlon del Quinto Distretto Navale. «Volevo dirti che ho apprezzato l'intervento di SAND PAC in questa faccenda.»

«L'intervento di SAND PAC?» chiese Hickman che non credeva alle sue orecchie: dunque, non si faceva menzione dell'intervento del Dipartimento di Stato.

«Va bene, grazie per il *tuo* intervento. Ti sono debitore, Hicky.»

«Ecco, allora comincia a non chiamarmi più con quel diminutivo.»

«Ehi, che ti succede? Non ricordi più i bei tempi, quando si giocava ad hockey? Arrivavi su volando sul ghiaccio e tutte le reclute cominciavano a gridare: "Forza, Hicky! Viva Hicky!"»

«Posso togliere le dita dalle orecchie, ora?»

«Be', stavo solo cercando di ringraziarti, vecchio mio.»

«Va bene, anche se ancora non ho capito perché dovresti ringraziarmi. Hai letto quel dossier?»

«Certo.»

«E che ci hai trovato?»

«Be'...» disse Scanlon a disagio. «Il fatto è che l'ho letto molto in fretta. Ho avuto una giornata tremenda, e non ho potuto dedicargli molto tempo. Anzi, fammi un favore: dimmi tu cosa c'è scritto di tanto importante, così risparmiamo tempo.»

«Io? Ma io non ci ho trovato assolutamente niente! Noi classifichiamo materiale come quello con l'etichetta top-secret semplicemente perché dalla Casa Bianca è venuto l'ordine di mettere un sigillo su quello che poteva essere interpretato come critica al Vietnam; in fondo, ne avevamo le tasche piene anche noi, no? Ma ti giuro che in quel dossier non c'è assolutamente nulla di esplosivo o che possa essere argomento di una nota in un manuale di storia nei prossimi cento anni.»

«Be'...» disse Scanlon, buttandola là con tono casuale. «Mi hanno detto che questo Converse si è lasciato sfuggire qualche parola di troppo nei confronti del Comando di Saigon, no?»

«Su Marcus il Matto? Cristo, ma allora io ho detto ben di peggio durante la conferenza Force-Tonchino e il *mio* capo di stato maggiore è stato ben più duro. In fondo abbiamo mandato al macello dei ragazzi che fino a quel momento erano stati a cuocersi al sole su una spiaggia bevendo coca-cola e mangiando hamburger... No, non posso credere ad una cosa del genere, anche se tu e il mio zero legale battete su questo tasto. Marcus il Matto è ormai un relitto umano, di cui nessuno si occupa più.»

«Il tuo cosa?»

«Il mio zero legale, cioè il capo del dipartimento legale. Si chiama Remington, ma di lui ti ho già parlato.»

«Ah, già... il perfezionista.»

«Anche lui ha rivangato quella storia di Saigon. "Ecco" ha detto. "Questa è la ragione del top-secret: Delavane". Ma lui è troppo giovane, e non può ricordarsi che in quel periodo Delavane era il bersaglio di tutte le polemiche dei gruppi anti-interventisti. In fondo, chi gli ha messo il soprannome che si porta ancora addosso? No, no, non si tratta di Delavane, ci deve essere qualcos'altro. Forse qualcosa che riguarda le fughe di Converse, forse una cosa che riguarda l'*ultima* fuga e che potrebbe dar fastidio al MIA.»

«Be'...» ripeté l'ammiraglio per la terza volta, forse un po' meno a disagio. «Forse c'è veramente qualcos'altro, ma di sicuro non ci riguarda: senti, con te voglio essere onesto. Non volevo dirti nulla, perché non mi andava che tu sapessi che ti abbiamo causato tutti questi problemi per nulla, ma mi è giunta voce che l'intera faccenda è un enorme granchio.»

«Davvero?» chiese Hickman, che improvvisamente si era messo ad ascoltare con attenzione. «E come può essere?»

«Si tratta della persona sbagliata. Sembra che un JG molto innamorato del proprio lavoro stesse preparando una relazione proprio su quel periodo. Forse è stato lui ha scoprire l'etichetta blu e a trarne le conclusioni sbagliate.»

«Davvero?» chiese l'ammiraglio di SAND PAC, cercando di controllare la propria meraviglia.

«Almeno, questa è la voce che circola qui: qualunque cosa il tuo Capo del Dipartimento Legale abbia in mente, non ha nulla a che fare con noi.»

Hickman non credeva alle proprie orecchie. Ora capiva perché Scanlon non avesse fatto menzione degli sforzi del Dipartimento di Stato: non ne sapeva nulla! Così cercava di mettere quanta più strada possibile tra sé e quell'etichetta di Converse, affermando cose non vere semplicemente perché nessuno gli aveva detto la verità. Il Dipartimento di Stato lavorava molto probabilmente in assoluta segretezza — forse attraverso le Operazioni Consolari — e Scanlon non aveva ragione di pensare che il vecchio Hicky fosse al corrente di quel che accadeva a Bonn o degli spostamenti di Connal Fitzpatrick. O di un uomo che si chiamava Preston Halliday che era stato assassinato a Ginevra. Cosa succedeva? Non voleva saperlo da Scanlon. Non gli importava.

«Va bene, non importa. Tanto, il Capo del Dipartimento sarà qui al massimo tra tre o quattro giorni e saprò da lui quel che mi interessa.»

«Qualunque cosa sia, vi rimandiamo la palla. Abbiamo sbagliato uomo, ecco tutto.»

«La verità è che voi vi perdete in un bicchier d'acqua.»

«Già, e non possiamo biasimarvi per questo, Hichy.»

Hickman riappese il ricevitore e riprese la solita posizione di quando meditava: piedi sulla scrivania e sguardo perduto sull'oceano che vedeva dalla finestra. In quel momento, il sole cercava di uscire dalle nuvole, ma senza troppo successo.

Scanlon non gli era mai piaciuto, per tante ragioni, alcune delle quali erano troppo meschine per essere prese in considerazione. Ma al di là di queste, c'era una ragione importante per la quale Scanlon non figurava tra i suoi amici: Hickman sapeva che era bugiardo. Quello che non aveva ancora capito fino a quel momento era che Scanlon era un bugiardo stupido.

Il tenente David Remington era lusingato da quella telefonata: il famoso generale lo aveva invitato a pranzo; non solo, ma si era pure scusato per quell'invito fatto all'ultimo momento, e lo aveva pregato di dirgli se aveva già altri impegni. Gli aveva anche spiegato che si trattava di un invito fatto a titolo personale, e che come tale non aveva nulla a che vedere con la Marina: il fatto era che il generale, pur risiedendo a La Jolla, si trovava a San Diego per qualche giorno e aveva bisogno del consiglio di un legale. Visto che gli avevano detto che il migliore era proprio lui, avrebbe accettato di pranzare insieme?

Naturalmente Remington aveva subito messo in chiaro che qualsiasi consiglio avesse potuto dare, sarebbe stato un parere *amicus-amico*, che escludeva qualsiasi forma di retribuzione, che fra l'altro sarebbe anche stata una violazione dello Statuto...

«Posso offrirle il pranzo, tenente, o dobbiamo fare a metà?» gli aveva chiesto il generale con quella che a David era sembrata una punta di impazienza.

Il ristorante scelto si trovava sulle colline di La Jolla: era un ristorante in campagna, quasi sempre deserto e frequentato da gente della zona o di San Diego o dell'University City che magari, per motivi diversi, non voleva farsi vedere in compagnia in luoghi molto frequentati. A dire il vero, Remington c'era rimasto male: avrebbe preferito entrare trionfalmente al Coronado in compagnia del generale, piuttosto che farsi quindici chilometri di strada di montagna per finire in un posto fuori mano dove non lo avrebbe visto nessuno. Ma il suo ospite era stato irremovibile: voleva pranzare in quel ristorante. David aveva cercato informazioni su quel generale, e aveva scoperto che non solo era prossimo ad una promozione, ma che lo si considerava un candidato potenziale per lo Stato Maggiore. Per questo Remington era così orgoglioso di essere stato scelto che sarebbe andato all'appuntamento anche se si fosse trattato di arrampicarsi sugli specchi unti.

Il che, pensò, non era poi tanto lontano dalla realtà: c'erano curve e controcurve, e la strada era molto stretta. Comunque, un consiglio personale era pur sempre un parere professionale e, visto che lui stesso lo aveva pregato di non parlare di parcelle e di onorari, era sempre un debito, che un giorno doveva essere ripagato.

Un Membro dello Stato Maggiore era in debito di un favore con lui... Remington non ce l'aveva fatta a tenersi la notizia per sé: con la scusa di chiedere indicazioni per raggiungere il ristorante, l'aveva accennato ad un collega — quello che gli aveva affibbiato il soprannome di "perfezionista" — dicendogli anche che probabilmente avrebbe fatto tardi in ufficio.

Oh, mio Dio! E quello cos'era? Oh, mio Dio!

Proprio sul gomito del tornante c'era un enorme camion, lungo forse una decina di metri, che sembrava impazzito: sbandava a destra e a sinistra sulla stradina stretta, prendendo sempre più velocità: un bestione sfuggito al controllo del guidatore, che spazzava via, stritolava e squarciava tutto quel che gli si parava davanti.

Remington si buttò sulla destra nel tentativo di evitare l'impatto, ma la sua auto incontrò la debole resistenza di qualche albero giovane e un paio di cespugli ormai quasi sfioriti: poi, c'era un burrone, un abisso pieno di fiori. E i fiori furono l'ultima immagine che vide mentre l'auto precipitava sempre più in basso.

Lontano, su un'altra collina, un uomo si inginocchiò a terra e guardò con il binocolo nella direzione in cui l'auto era precipitata: ci fu un'esplosione, che confermava l'avvenuta esecuzione. Sul suo volto non c'era né gioia, né dolore, solo accettazione di una realtà. La missione era stata portata a termine: dopotutto, si trattava di una vera e propria guerra.

E il tenente David Remington, che conduceva una vita ordinata e metodica, che sapeva esattamente dove e come voleva arrivare, che sapeva di non dover cedere a quelle forze che avevano ucciso suo padre in nome del lavoro, era stato condannato a morte da una forza della quale ignorava l'esistenza. Un'impresa chiamata Aquitania. Aveva visto troppo: aveva visto il nome di Delavane.

Loro credono che si tratti della giusta evoluzione della nostra storia, visto che le altre ideologie sono fallite... Quelle parole che aveva sentito da Preston Halliday a Ginevra continuavano a ronzargli nel cervello, mentre Joel ascoltava le quattro voci di Aquitania. La cosa più spaventosa di tutte era che quegli uomini credevano senza riserve a quel che dicevano, moralmente e intellettualmente, convinti della veridicità di certe osservazioni che risalivano a decenni prima, persuasivi quando si trattava di spiegare errori del passato che avevano portato ad orribili sofferenze e a perdite di vite umane che potevano essere risparmiate.

Il loro obiettivo, la ragione per la quale erano insieme — mentre prima alcuni di loro erano nemici — era il desiderio di riportare l'ordine in un mondo sconvolto dal caos, di lasciare che gli stati industrializzati fiorissero per il bene di tutti, di estendere i benefici del commercio multinazionale anche al Terzo Mondo, in modo da assicurarsi poi la sua collaborazione. Soltanto così, soltanto dandosi da fare tutti insieme si poteva fermare il comunismo: fermarlo e piegarlo fino a farlo morire, schiacciato dalla superiorità delle armi e delle risorse finanziarie.

Ma per far questo occorreva prima valutare bene le priorità, coordinare le decisioni industriali per sfruttare al massimo la forza degli stati liberi. Le finanze del governo, le multinazionali, le gigantesche conglomerazioni avrebbero dovuto rispondere ad una serie di comitati legati l'uno all'altro, accettare di essere da loro diretti e amministrati, sempre nel rispetto delle decisioni dei propri governi e nella libertà di tenersi informati delle mosse dei concorrenti. Ma chi poteva formare questi comitati? Chi avrebbe fatto da portavoce per le nazioni libere? Chi avrebbe deciso le politiche da seguire?

Lungo tutto l'arco della storia, soltanto una classe di persone era rimasta fedele e pronta all'evenienza, e aveva saputo dimostrare di possedere risorse inaspettate proprio nei periodi di crisi... anche nella sconfitta. E la ragione di questo eccezionale tributo pagato in guerra, ma anche, sia pur in maniera minore, in pace, era chiaro ed evidente; perché quelli erano uomini che non pensavano a sé, ma erano dediti completamente agli altri, appartenevano ad una classe che si era formata con l'unico ideale di servire, senza aspettarsi riconoscimenti se non in casi del tutto eccezionali. Per loro, la ricchezza non aveva senso, perché c'era quacuno che provvedeva alle loro necessità e che, di fronte a meriti fuori del comune, sapeva anche gratificarli.

Nel nuovo ordine questa classe di persone non sarebbe stata soggetta alla corruzione. Nella realtà attuale, invece, si cercava in ogni modo di evitare tale piaga: la sola presenza di ricchezze o privilegi ottenuti in maniera non legale bastava per essere deferiti alla corte marziale. Insomma, non si trattava soltanto di una classe incorruttibile anche ad alti livelli, ma dell'ultima salvezza, dell'estrema spiaggia cui l'umanità poteva approdare.

Erano i militari, i militari di tutto il mondo, anche quelli che un tempo erano stati nemici fra loro. Perché soltanto i militari, comprendevano in pieno i risultati catastrofici del mostrarsi deboli.

Ad essere sinceri, ciò avrebbe potuto costare qualche piccolo sacrificio: ad esempio, forse si sarebbe dovuto rinunciare a qualche piccola libertà di decisione da parte dei governi, ma erano sciocchezze di fronte al problema della sopravvivenza. Chi avrebbe fatto caso a delle sciocchezze?

Nessuno dei quattro portavoce di Aquitania aveva alzato la voce: erano i profeti della ragione, ciascuno con la propria storia, la propria identità... alleati e nemici insieme in un mondo che era impazzito.

Converse rispose affermativamente a tutto quello che gli venne detto — e questo non era davvero difficile — e fece qualche domanda, perlopiù su questioni astratte e filosofiche, come tutti si aspettavano che facesse. Anche il buffone di corte, Chaim Abrahms, si fece serio, e con serietà rispose alle domande di Converse.

Ad un certo punto Abrahms disse: «Lei pensa che noi ebrei siamo i soli nella Diaspora? Si sbaglia. Tutta la razza umana è dispersa e come i montoni, lotta furiosamente e rimane con le corna impigliate, senza sapere dove andare. Alcuni rabbi dicono che noi ebrei non vedremo la salvezza fino all'età messianica, il momento della redenzione divina, quando un Dio ci apparirà e ci indicherà la strada verso la Terra Promessa. Ma questo Dio non arriva mai, e noi siamo stanchi di aspettarlo. Per questo abbiamo creato Israele. Ha capito la lezione? Noi — noi che siamo qui — siamo l'intervento divino sulla terra. Ed io... sì, anch'io, che pure ho ambizione — darei in silenzio la mia vita per il successo di questa impresa».

Jacques Louis Bertholdier: «In fondo, l'ha detto anche Voltaire nel suo *Discours sur l'homme*, affermando che l'uomo raggiungeva l'apice della libertà soltanto quando riusciva a comprendere i parametri del suo comportamento. Saremo noi a stabilire tali parametri. Non le sembra logico?».

Erich Leifhelm: «Forse Goethe fu ancora più chiaro e più incisivo quando affermò che la politica serviva soltanto ad annebbiare la mente e a placare la paura della gente che non si rendeva conto di quel che accadeva intorno a sé. Nel suo ultimo *Aus meinem Leben* afferma chiaramente che le classi governanti devono essere educate soprattutto alla disciplina. E chi meglio dei militari?».

Jan Van Headmer: «La mia patria, Converse, è l'esempio vivente di quanto affermiamo. Noi abbiamo creato una nazione vasta e produttiva, cercando di domare l'elemento bestiale che era in quegli uomini intorno a noi. Ora l'elemento bestiale è tornato a galla e la mia nazione è in subbuglio».

E così via per qualche ora. Tranquille dissertazioni, senza che mai trapelasse l'emozione o la passione. Per due volte invitarono Joel a rivelare il nome del suo cliente, e per due volte Joel rispose di no, appellandosi alla sua posizione legale, senza tuttavia negare che tale posizione avrebbe potuto cambiare nello spazio di qualche giorno, o forse ancora meno.

«Io devo offrire qualcosa di concreto al mio cliente: una strategia che gli garantisca un coinvolgimento, un impegno, se preferite.»

«Non mi pare necessario, a questo punto» disse Bertholdier. «Ognuno di noi le ha spiegato le proprie ragioni, e può benissimo ricavarne la strategia che vogliamo seguire.»

«D'accordo, ma mi sembra ancora troppo poco. Non voglio sapere il "perché" ma il "come".»

«Cioè dei piani precisi» disse Abrahms. «Su quali basi?»

«Sulla base che voi potreste esigere dal mio cliente una somma che sorpassa ogni vostra immaginazione.»

«Badi che questa è un'affermazione pericolosa» disse Van Headmer.

«Il mio cliente ha risorse inimmaginabili» rispose Converse.

«Molto bene» disse Leifhelm, guardando uno ad uno tutti gli altri prima di continuare. Joel capì che cercava prima il permesso degli altri e che gli altri glielo avrebbero accordato. «Che ne direbbe della compromissione di membri molto potenti dei governi in questione?»

«Ricatto?» chiese Joel. «Estorsione? No, non credo potrebbe funzionare: troppi controlli, troppi bilanci da esaminare. E poi? Si minaccia un uomo, la minaccia viene scoperta e quell'uomo viene escluso dal giro: e allora cominciano i riti delle purificazioni, delle purghe, e dove una volta c'era una certa debolezza, subito si instaura forza e decisione.»

«Questa è una interpretazione del tutto particolare, e molto ristretta» disse Bertholdier.

«Che non tiene in considerazione l'elemento tempo» gridò Abrahms in tono di sfida, alzando la voce per la prima volta durante quei colloqui. «*Accumulo di elementi*, Converse! E poi, *rapida accelerazione* dei tempi?»

Joel si rese conto che i tre uomini lo fissavano, e che nei loro occhi c'era un invito alla prudenza. Abrahms si strinse nelle spalle. «Era soltanto per chiarire un punto...»

«Sì, e mi sembra chiarito» disse Converse in tono piatto.

«Fra l'altro, non sono nemmeno sicuro che possa funzionare» aggiunse l'israeliano, rendendosi conto dell'imprudenza e dell'errore che aveva fatto.

«Be', io sono sicuro di una cosa, invece: che è l'ora di mettersi a tavola» disse Leifhelm, togliendo la mano dal bracciolo della poltrona. «Mi sono vantato della mia tavola con il nostro ospite... e devo ammettere che sono un po' preoccupato. Spero che il cuoco abbia tenuto fede alla sua fama.» Come in risposta ad un segnale preciso — il che era la verità, e Joel lo sapeva — il cameriere inglese apparve ad un'estremità della stanza. «Allora sono chiaroveggente!» disse Leifhelm alzandosi. «Venite, amici miei. Stasera abbiamo sella di agnello *au citron*, un piatto creato per la gioia degli dei, che l'inguaribile ladro che regna nella mia cucina ha rubato per voi.»

Effettivamente si trattava di una cena stupenda, e ciascun piatto era il risultato di uno sforzo per riuscire a dare il meglio nel sapore e nella presentazione. Converse non era una buona forchetta; il cibo lo interessava poco, ma si era fatto una bella cultura in materia mangiando spesso nei ristoranti più raffinati: quindi sapeva dire immediatamente se un piatto era veramente perfetto. E nella tavola di Leifhelm non c'era nulla che fosse secondo alla perfezione, compreso lo stesso tavolo, di pesante mogano, che poggiava su due tripodi possenti ingentiliti da una serie di intarsi e in sintonia con il parquet dalla trama singolare. Le pareti tappezzate di velluto rosso erano punteggiate di quadri ad olio riproducenti scene di caccia e i candelabri sul tavolo erano bassi, in modo che ciascuno dei commensali potesse vedere bene in faccia gli altri: quella, pensò Joel, era un'abitudine che molta gente a New York, Londra e Ginevra avrebbe dovuto adottare.

Si parlò del più e del meno, e furono discorsi lontani da quegli argomenti seri di poco prima, come se concordemente gli uomini avessero scelto di dedicare un po' di spazio ad altre cose, in modo da riposarsi la mente. In particolare era Van Headmer a parlare in continuazione. Raccontava di un safari al quale aveva portato anche Chaim Abrahms, e lo faceva con grazia e con modi affascinanti. (Sì, pensò Joel, il dossier aveva indovinato appieno la personalità di quell'uomo: sapeva veramente essere affascinante.)

«Ma vi rendete conto, amici miei? Sono stato io a comprare a questo povero ebreo la sua prima sahariana, senza sapere che sarebbe diventata un po' il suo simbolo? Sapete perché porta sempre sahariane? Perché assorbono il sudore e si lavano facilmente, magari nel rum. Ma questa è un'altra giacca, vero?»

«Varechina, varechina, glielo dico sempre a mia moglie!» rispose il sabre con un ghigno. «Toglie il puzzo dei mercanti di schiavi senzadio!»

«A proposito di schiavi, ora ne racconto una carina» disse l'africano, disponendosi a raccontare dopo aver bevuto un bicchiere di vino, che veniva cambiato ogni volta a seconda delle pietanze.

La storia del primo ed unico safari di Chaim Abrahms era pieno di spunti comici. L'israeliano aveva dato la caccia ad un leone per diverse ore, assistito da una guida bantu che Chaim aveva insultato per tutta la durata del safari, senza rendersi conto che quel ragazzo parlava inglese meglio di lui. Aveva voluto controllare e tarare personalmente i fucili prima della caccia, ma tutte le volte che aveva sparato, aveva mancato l'animale: il grande tiratore, il famoso generale dalla vista d'aquila non era stato capace di abbattere una montagna di carne a cento metri di distanza. Alla fine della giornata, Abrahms, esprimendosi più che altro a gesti, aveva convinto il bantu a non rivelare agli altri quanto era successo; così entrambi erano tornati al campo, mentre Chaim bestemmiava contro i leoni che ormai non si facevano più vedere e contro la stupidità delle guide nere. Il bantu si diresse subito verso la tenda di Van Headmer e gli disse, in perfetto inglese: «Tutto sommato, mi era più simpatico il leone di quell'ebreo, signore; così gli ho starato il mirino. Ma lui ha fatto di peggio: tra le altre cose, mi ha anche offerto di farmi da padrino per il bar-mitzvach».

I commensali scoppiarono in una serie di risate fragorose, tra le quali spiccava quella di Abrahms stesso. Era chiaro che aveva già sentito quella storiella sul suo conto in precedenza e che si compiaceva dell'attenzione che gli veniva dedicata. Joel pensò che soltanto le persone sicure di sé e più salde psicologicamente riuscivano a ridere di se stesse. Quell'uomo era una roccia nel firmamento delle sue convinzioni, ma sapeva tollerare una risata alle sue spalle. E anche questo era spaventoso.

In quel momento entrò il cameriere inglese, che si avvicnò a Leifhelm e gli sussurrò qualcosa all'orecchio.

«Vogliate scusarmi» disse il tedesco alzandosi. «Un intermediario di Monaco con una notizia dal Riad, che lui dice esplosiva. Magari si tratta di uno sceicco che va al gabinetto e quell'imbecille dice di sentire tuoni ad est!»

La conversazione continuò in toni brillanti e i tre di Aquitania si comportavano esattamente come tre vecchi amici di lavoro che fanno del loro meglio per far sentire a proprio agio anche l'estraneo capitato per caso tra loro. Anche questo era spaventoso. Dove erano finiti i fanatici che volevano distruggere governi, assumere il controllo di intere società e costringere la classe politica ad adattarsi alla realtà di uno stato militare? Questi erano uomini di cultura, che parlavano di Voltaire e di Goethe, che avevano compassione per il dolore, la sofferenza e le inutili perdite di vite umane. Erano uomini non privi di senso dell'umorismo che sapevano ridere di se stessi mentre con tutta tranquillità affermavano di essere disposti a sacrificare la propria vita per rendere migliore un mondo sconvolto dalla pazzia. Ma Joel aveva intuito la vera natura di quegli uomini: erano assassini che si nascondevano dietro ad un mantello da politici. Che cosa aveva detto Leifhelm, citando Goethe? «La politica serve soltanto ad annebbiare la mente e a placare la paura di coloro che non si rendono conto di ciò che accade intorno a loro.»

Spaventoso.

Intanto Leifhelm era tornato, seguito dal cameriere inglese che portava due bottiglie di vino, già aperte. Se quella telefonata gli aveva recato cattive notizie, non lo dava certo a vedere: aveva lo stesso spirito di prima, con il sorriso stampato sulle labbra per il piacere che il cibo gli procurava. «E ora, amici miei, l'agnello *au citron*... medaglioni di ambrosia e, esagerazioni a parte, un piatto veramente eccellente. Ma non è tutto: in onore del nostro ospite abbiamo anche una sorpresa. Il mio fedele e astuto compagno inglese è capitato a Siegburg l'altro giorno e ha scoperto diverse bottiglie di Beerenauslese del '71. Quale nettare potrebbe essere più prezioso?»

Gli uomini di Aquitania si guardarono l'un l'altro, poi Bertholdier disse: «Sì, Erich, abbastanza buono: una delle varietà tedesche migliori».

«Il Riesling Klausberg dell'82 a Johannesburg promette di essere uno dei migliori in assoluto» disse Van Headmer.

«Dubito che possa reggere il confronto con il Richon-le-Zion Carmel» disse l'israeliano.

«Siete impossibili, tutti quanti!»

Entrò il cuoco con il cappellone spingendo un carrello in argento; poi scoperchiò il vassoio che conteneva la sella di agnello e, sotto sguardi compiaciuti prese a servire. Intanto il cameriere aveva portato i contorni e versava il vino.

Erich Leifhelm alzò il bicchiere, mentre la luce delle candele si rifletteva sui cristalli e sui segnaposto incorniciati d'argento e fece il suo brindisi: «Al nostro ospite e al suo cliente senza nome, con la speranza che presto entrambi siano dei nostri».

Converse annuì con un cenno del capo e bevve.

Poi riappoggiò il bicchiere e improvvisamente si rese conto che i quattro di Aquitania lo fissavano; nessuno, tranne lui, aveva assaggiato il vino.

Leifhelm parlò ancora; ma stavolta la sua voce era fredda, nasale, la voce di un uomo che cerca di controllare il suo furore: «Il generale Delavane era il nemico, il *nostro* nemico! Uomini del genere non devono più salire al potere, non capite? Sono state queste le sue parole, vero, Converse?»

«Cosa?» Joel sentì la sua voce, ma non era sicuro che fosse proprio sua. Improvvisamente la luce delle candele si dilatò e sentì il fuoco negli occhi, mentre il bruciore in gola diventava intollerabile. Si afferrò il collo con una mano, cercando di alzarsi e mandando la sedia a cadere all'indietro. Il rumore fu come una serie di eco. Cadeva, e un dolore intollerabile gli saliva allo stomaco. Si afferrò il ventre, cercando di schiacciare quel dolore. Poi sentì il freddo di una superficie dura e si rese conto di essere caduto sul pavimento: in qualche modo sapeva che si stava dolorosamente rannicchiando in se stesso mentre gli altri lo tenevano sotto il tiro di armi potenti.

«La pistola. State indietro. Tenetelo.» Anche quella voce non era altro che una serie di eco, anche se erano parole pronunciate con un accento inglese molto secco. «Ora. *Fuoco!*»

16

Il telefono suonò, svegliando Connal Fitzpatrick da un sonno profondo. Si era addormentato sul divano, con il dossier su Van Headmer in mano ed entrambi i piedi ben piantati in terra. Cercò di orientarsi, scuotendo la testa e sbattendo le palpebre: dov'era? Che ore erano? Il telefono suonò una seconda volta, con un suono prolungato, penetrante. Si alzò dal divano, respirando disordinatamente e rendendosi conto in maniera vaga che il suo sonno era troppo profondo per cercare di svegliarsi perfettamente in pochi secondi. Da quando era partito dalla California, aveva dormito molto poco, e in maniera irregolare, fino al punto che corpo e mente si erano rifiutati di funzionare ancora. Afferrò il ricevitore e stava quasi per lasciarlo cadere, perché per un attimo aveva perso l'equilibrio.

«Sì... pronto!»

«Vorrei parlare con il comandante Fitzpatrick» disse una voce maschile con accento inglese.

«Sono io.»

«Parla Philip Dunstone, comandante. Chiamo per conto del signor Converse. Mi ha detto di comunicarle che la sua riunione sta andando a gonfie vele, molto meglio di quanto pensasse.»

«Chi è lei?»

«Dunstone, maggiore Philip Dunstone. Assistente del generale Berkeley-Greene.»

«Berkeley-Greene?»

«Sì, comandante. Il signor Converse mi ha anche detto di comunicarle che, insieme agli altri, ha deciso di accettare l'ospitalità del generale Leifhelm per questa notte. Si metterà in contatto con lei domani mattina.»

«Mi faccia parlare con Converse. *Subito*.»

«Temo proprio che non sia possibile. Sono andati tutti in motoscafo lungo il fiume. Tra parentesi, è gente che ama la segretezza, non trova? Non mi hanno mai fatto partecipare nemmeno ad una delle loro riunioni.»

«Questa non la bevo, maggiore.»

«La prego, comandante, stavo semplicemente riferendo un messaggio. Ah... già... il signor Converse mi ha detto che, nel caso avessi trovato resistenza da parte sua, avrei dovuto dirle di ringraziare l'ammiraglio e di salutarlo da parte sua, se avesse telefonato.»

Fitzpatrick fissò la parete di fronte a sé. Converse non avrebbe fatto riferimento alla faccenda di Hickman a meno che non avesse voluto dirgli qualcosa: quella era una frase che non aveva senso per nessuno tranne che per loro due. Quindi *era* tutto a posto. E poi, pensò Connal con un pizzico di risentimento, potevano anche esserci altre ragioni per le quali Converse non voleva venire personalmente al telefono: tra queste poteva anche essere la sfiducia nel suo "assistente" e la paura che potesse dire qualcosa di troppo in un telefono che era sicuramente controllato.

«Va bene, maggiore... Dunstone, vero?»

«Sì, Philip Dunstone. Assistente del generale Berkeley-Greene.»

«Per favore, riferisca al signor Converse che aspetto sue notizie per le otto.»

«Non è un po' presto? Sono quasi le due e qui la colazione comincia ad essere servita alle nove e mezzo.»

«Va bene, allora facciamo alle nove» disse Fitzpatrick in tono deciso.

«Glielo dirò io stesso, comandante. Ah, un'ultima cosa. Il signor Converse le chiede di scusarlo per aver mancato all'appuntamento di mezzanotte, ma le fa sapere che ha dovuto combattere ai ferri corti.»

Certo, pensò Connal. Ora pensava che era tutto a posto. Quella era l'espressione che Joel avrebbe veramente usato. «Grazie, maggiore. Credo di doverle delle scuse per il tono di poco fa; ma dormivo, e mi succede sempre così quando cerco di svegliarmi all'improvviso e in poco tempo.»

«Lei è fortunato, perché almeno ora può tornarsene a dormire tra due guanciali. Mentre io devo star qui di guardia. La prossima volta faremo cambio, d'accordo?»

«D'accordo, ma solo se si mangia bene.»

«Questo no. Cibo da checche, a dir la verità. Buonanotte, comandante.»

«Buonanotte, maggiore.»

Sollevato, Fitzpatrick riappese e per un attimo fu tentato di riprendere la lettura dei dossier ma non ne fece nulla: si sentiva vuoto, le gambe vuote, il petto e la testa vuoti. Aveva bisogno di dormire un bel po'.

Prese i dossier e li portò in camera di Converse; li mise nella ventiquattrore e la chiuse con la combinazione. Poi la portò nel salotto, controllò la porta, spense le luci e si diresse in camera sua. Buttò la ventiquattrore sul letto, si tolse le scarpe e i pantaloni e cadde sui cuscini, buttandosi addosso il copriletto. Il buio che venne da quel momento in poi era liberatorio.

«Non era affatto necessario» disse Erich Leifhelm all'inglese, mentre questi riappendeva il ricevitore. «Definire la mia cena "cibo da checche" è veramente troppo.»

«Ma è il modo in cui l'avrebbe definita lui» disse l'uomo che aveva detto di chiamarsi Philip Dunstone. «E ora andiamo dal nostro malatino.»

I due uscirono dalla biblioteca e si diressero verso una camera da letto dove erano i tre uomini di Aquitania insieme ad un quarto che, a giudicare dalla borsa nera e dalla siringa, era sicuramente un medico.

Sul letto c'era Joel Converse, con gli occhi spalancati che si erano fatti di vetro e la saliva che gli colava dalla bocca; muoveva la testa avanti e indietro, emettendo suoni incomprensibili.

Il dottore li guardò e disse. «No, non può dirci altro, perché non sa altro. Con le droghe non si mente: io credo che sia veramente un cieco mandato da Washington, ma che non sappia chi sono i mandanti. Anzi, addirittura non sapeva nemmeno che esistessero finché questo ufficiale di Marina gli ha aperto gli occhi. Gli unici contatti erano Anstett e Beale.»

«Che sono entrambi morti» interruppe Van Headmer. «La notizia di Anstett è ormai pubblica, e per Beale posso garantire io. Il nostro uomo a Santorini è andato a Micono e ci ha confermato l'esecuzione. Non ha lasciato tracce: a quest'ora è di nuovo ai piedi delle sue scogliere a vendere collanine e whisky di pessima qualità.»

«Preparatelo per la sua odissea» disse Chaim Abrahms, guardando Converse. «Come già ha detto il nostro specialista del Mossad, adesso la cosa più importante consiste nel mettere quanta più distanza possibile tra questo americano e quelli che l'hanno mandato.»

Fitzpatrick si stirò mentre la luce viva del mattino penetrava attraverso le finestre nell'oscurità di quella stanza, obbligandolo ad aprire gli occhi. Sentì sulla spalla il dolore causato da uno spigolo della ventiquattrore che aveva dormito con lui, mentre il resto di quel corpo finalmente ristorato dal sonno era ancora avvolto nel copriletto. Lo tirò via con un calcio e fece qualche respiro profondo. Poi si portò il braccio sinistro al di sopra della testa, torse il polso e guardò l'ora: erano le nove e venti, e aveva dormito sette ore e mezzo, sebbene quel sonno ininterrotto gli fosse sembrato molto più lungo. Saltò giù dal letto e fece qualche passo: aveva riacquistato l'equilibrio, e la mente era riposata. Guardò nuovamente l'orologio, ricordandosi che un maggiore di nome Dunstone gli aveva detto che la colazione veniva servita dalle nove e mezzo in poi; questo significava che se la riunione al completo si era trasferita su un motoscafo alle due di notte, Converse non gli avrebbe telefonato prima delle dieci.

Decise di andare in bagno; se si fosse sbagliato circa le intenzioni di Joel, c'era sempre un telefono vicino al bagno: voleva essere se stesso nel pieno delle forze, e per questo doveva farsi la barba e una bella doccia, prima bollente e poi gelata.

Diciotto minuti dopo rientrava in camera con un asciugamano legato intorno ai fianchi e la pelle che pulsava sotto lo stimolo degli spruzzi d'acqua. Andò verso lo sgabello su cui aveva appoggiato la valigia, ne trasse la radio e decise, lasciando perdere per una volta tanto il notiziario delle Forze Armate, di ascoltare quel che rimaneva del notizario locale: le solite minaccie di sciopero nel sud, accuse e controaccuse nei confronti del Bundestag... niente di veramente importante. Prese dei vestiti puliti: pantaloni leggeri, una camicia oxford e la solita giacca di canapa. Si vestì e raggiunse il telefono in salotto: voleva una colazione leggera e litri di caffè.

All'improvviso si fermò: c'era qualcosa che non andava. Ma cos'era? I cuscini del divano erano ancora in disordine, sul tavolino c'era ancora un mezzo bicchiere di whisky, e accanto al telefono qualche matita e un blocco per appunti. La porta-finestra che dava sul balcone era chiusa, le tende tirate e il secchiello del ghiaccio era ancora al centro del vassoio d'argento sul tavolino. Tutto era come l'aveva lasciato la sera prima, e tuttavia sentiva che c'era qualcosa di diverso... La porta! La porta della camera di Converse era chiusa. L'aveva chiusa lui? No, no di certo!

Camminando in fretta, la raggiunse e l'aprì, studiando la stanza e rendendosi conto del fatto che tratteneva il fiato. Era immacolata: pulita e lucida come se nessuno ci avesse mai messo piede. La valigia e le poche cose che Converse aveva lasciato sul comò non c'erano più. Connal andò all'armadio e l'aprì: era vuoto. Andò nel bagno, e vide che era stato ripulito: c'erano saponette nuove, bicchieri puliti. Uscì, camminando come in un sogno: non c'era traccia dell'uomo che aveva abitato quella stanza fino a qualche ora prima.

Corse in salotto e sollevò il ricevitore del telefono. Qualche secondo dopo il direttore in persona, quello con cui Connal aveva parlato il giorno prima, rispose. «Sì... davvero eccentrico quel suo amico, comandante. È venuto stanotte, alle tre e mezzo, ha pagato il conto e se ne è andato.»

«È venuto qui?»

«Sì.»

«Lei l'ha visto con i suoi occhi?»

«No, non personalmente; io entro in servizio alle otto. Ma ha parlato con il portiere di notte e ha regolato il conto. Dopo è salito a prendere la sua roba.»

«E il portiere di notte come ha fatto a sapere che si trattava proprio di lui, se non l'aveva mai visto?»

«La prego, comandante... il signore che è venuto si è presentato come il suo amico. Fra l'altro aveva anche la chiave di camera, che ha lasciato al bureau.»

Fitzpatrick tacque per un istante, confuso e stupito, poi riprese a parlare con voce dura. «Avete fatto pulire la stanza! Anche questo è successo alle tre e mezzo di stanotte?»

«No, *Mein Herr*, alle sette del mattino. Le cameriere l'hanno rifatta per prima.»

«E hanno lasciato il salotto così com'era?»

«Certo, perché pensavano che forse lei avrebbe potuto svegliarsi per il rumore. Le dirò la verità, comandante: la suite deve essere pronta nel primo pomeriggio, perché aspettiamo nuovi arrivi. Così le ragazze hanno pensato intanto di avvantaggiarsi. Credo di capire, comunque, che il rumore non l'ha svegliata.»

«Nuovi arrivi nel primo pomeriggio? Ma io sono ancora qui!»

«Certo, comandante, e rimanga pure fino a mezzogiorno. Vede, il suo amico ha pagato il conto, e pensavamo che anche lei sarebbe partito in mattinata. Così, abbiamo accettato una prenotazione.»

«Suppongo che non abbiate altre stanze libere.»

«Temo proprio di no.»

Connal sbatté il ricevitore. *La prego, comandante*... Le stesse parole che gli aveva detto qualcun altro alle due del mattino.. C'erano tre elenchi telefonici su un tavolinetto: prese quello di Bonn e cercò un numero.

«*Guten Morgen. Hier bei General Leifhelm.*»

«*Herrn Major Dunstone, bitte.*»

«*Wer*?»

«Dunstone» disse. Poi continuò, sempre in tedesco. «Si tratta di un ospite della casa. Philip Dunstone. È l'assistente del generale Berkeley-Greene. Sono inglesi.»

«Inglesi? Non ci sono inglesi qui, signore. Non c'è nessuno... cioè, non ci sono ospiti.»

«Ma ieri sera c'erano! Ho parlato personalmente con il maggiore Dunstone.»

«Il generale ha cenato con qualche amico, ma non c'era nessun inglese, signore.»

«Senta, io voglio parlare con una persona di nome Converse.»

«Oh, sì, il signor Sûreté. *Lui* c'era.»

«C'era?»

«Sì, ma immagino che sia andato via.»

«Dov'è Leifhelm?» gridò Connal.

Ci fu un attimo di silenzio prima che il tedesco rispondesse con tono gelido. «Chi devo dire che cerca il *generale* Leifhelm?»

«Fitzpatrick. Comandante Fitzpatrick.»

«Credo che sia in sala da pranzo. Se vuole attendere...» La linea venne interrotta e quel silenzio che ne seguì era snervante.

Alla fine ci fu un click e la voce di Leifhelm tuonò nel telefono. «Buongiorno, comandante. Oggi Bonn ci regala una giornata davvero splendida, non trova? Le Sette Montagne sono nitide e chiare come in una cartolina. Immagino che anche lei si sia goduto lo spettacolo...»

«Dov'è Converse?» lo interruppe Fitzpatrick.
«Pensavo che fosse al Das Rektorat.»
«Io invece pensavo che fosse a casa sua.»
«No, assolutamente no. Non gli ho affatto offerto ospitalità per la notte, né lui me l'ha chiesta. È uscito di qui un po' tardi, questo è vero, ma è uscito. L'ho fatto accompagnare in macchina.»
«A me hanno detto un'altra cosa! Un certo maggiore Dunstone mi ha telefonato verso le due...»
«Sì, più o meno Converse se n'è andato a quell'ora... Chi ha detto che le ha telefonato?»
«Dunstone. Un certo maggiore Philip Dunstone. Un inglese. Ha detto di essere l'assistente del generale Berkeley-Greene.»
«Non conosco nessun maggiore Dunstone; qui non c'è nessuna persona che risponda a tale nome. E poi, credo di conoscere tutti gli alti ufficiali dell'esercito britannico e non ho mai sentito parlare del generale Berkeley-Greene.»
«Basta, Leifhelm!»
«Prego...???»
«Io ho parlato con questo Dunstone! Lui... mi ha detto le cose giuste. Ha detto che Converse si sarebbe fermato da lei... con gli altri.»
«Penso che avrebbe dovuto chiedere di parlare personalmente con Converse, perché ieri sera a casa mia non c'era nessun maggiore Dunstone e nessun generale Berkeley-Greene. Sa cosa potrebbe fare? Potrebbe controllare all'ambasciata britannica: forse loro sanno se esiste veramente una persona che risponde a tale nome. Ma forse ha capito male: forse quei due dovevano incontrarsi più tardi.»
«Non mi ha fatto parlare con lui, dicendo che non poteva passarmelo perché in quel momento si trovava, con il resto del gruppo, su un motoscafo.» Fitzpatrick aveva il fiato corto.
«Questa è bella! Sì, ho un piccolo motoscafo che tengo a disposizione degli ospiti, ma ormai tutti sanno che io non nutro particolare amore per l'acqua.» Il generale tacque per un istante, poi aggiunse con una risata. «Il grande feldmaresciallo soffre di mal di mare anche in moscone.»
«Lei mente!»
«La prego di usare un altro tono, comandante. Non mento affatto: ho affrontato senza tremare il fronte russo, ma se penso al Mar Nero le ginocchia mi si piegano da sole. Le assicuro che, se avessimo deciso di invadere l'Inghilterra, io avrei attraversato la Manica in aereo.» Evidentemente Leifhelm si stava prendendo gioco di lui, divertendosi un mondo.
«Lei sa esattamente quel che voglio dire!» gridò ancora Connal. «Mi hanno detto che Converse ha pagato il conto alle tre e mezzo stamattina! Ma io so che non è uscito da casa sua!»

«Ed io so che è inutile continuare a parlare con lei. Forse adesso è un tantino nervoso, per cui la consiglio di richiamarmi quando si sentirà meglio. Si ricordi che ho molti amici nella Staatpolizei.» Ci fu di nuovo un click e la linea si interruppe.

Mentre Fitzpatrick riappendeva il ricevitore, fu colpito da un altro pensiero. Pieno di paura, andò in camera cercando con gli occhi la ventiquattrore. La vide: era sotto il cuscino. Oh, ma lui aveva un sonno così duro! La tirò fuori e la esaminò, lasciandosi sfuggire un sospiro di sollievo: era proprio lei, e la combinazione era ancora intatta. La sollevò, la scosse e dal peso e dal rumore capì che dentro c'era ancora tutto quanto ci aveva lasciato Joel: anche questa era una prova che Converse non era venuto in camera quella notte: era sicuro che non avrebbe mai lasciato la ventiquattrore con quei documenti.

Connal la riportò in salotto e cercò di fare il punto della situazione. Decise di scrivere le cose che via via gli venivano in mente e di metterle in ordine progressivo. A: Sicuramente il dossier su Converse era stato consegnato a qualcuno e sicuramente Joel era in mano di Leifhelm e del suo contingente che era venuto appositamente da Parigi, Tel Aviv e Johannesburg. B: Non l'avrebbero ucciso finché non fossero stati sicuri di aver saputo tutto quello di cui Converse era a conoscenza, e che probabilmente era molto meno di quanto si aspettassero; per questo, però, ci sarebbero voluti alcuni giorni. C: Secondo il dossier, la casa di Leifhelm era più simile ad una fortezza che ad una casa vera e propria, per cui le probabilità di fare un'incursione da solo per liberare Converse erano nulle. D: Fitzpatrick sapeva di non poter rivolgersi all'ambasciata americana. Tanto per cominciare, Walter Peregrine l'avrebbe fatto arrestare, e magari qualche poliziotto troppo zelante avrebbe potuto ficcargli una pallottola fra gli occhi. In fondo, uno ci aveva già provato. E: non poteva correre il rischio di chiedere aiuto a Hickman, il che in altre circostanze sarebbe stata la cosa più logica da fare. Non che sospettasse una connessione qualunque con Aquitania: anzi, Hickman era un ufficiale senza peli sulla lingua, e più volte aveva aspramente criticato la politica e la mentalità del Pentagono. Ma se il dossier su Converse era stato reso pubblico (con o senza il suo consenso) di sicuro Hickman non avrebbe avuto scelta: avrebbe dovuto chiedere, anzi ordinare, a Fitzpatrick di tornare in patria e aprire un'inchiesta su di lui. Quindi, anche il minimo contatto telefonico avrebbe portato come conseguenza la cancellazione del congedo straordinario: ma se lui non si fosse fatto vivo, nessuno avrebbe potuto impartirgli un ordine.

Connal si sedette sul divano, con la ventiquattrore ai piedi e prese una matita. Scrisse tre parole sul blocco per appunti accanto al telefono: *Telefonare a Meagen*. Avrebbe detto a sua sorella di dire a tutti quelli che lo avrebbero cercato che era partito per destinazione ignota senza dare altre spiegazioni subito dopo il funerale di Press. In fondo, era logico, perché aveva detto all'ammiraglio che avrebbe rivelato quel che sapeva "alle autorità" che indagavano sulla morte di Preston Halliday.

F: C'era sempre la possibilità di andare alla polizia di Bonn e raccontare la verità: aveva tutti i motivi di credere che un cittadino americano era trattenuto contro la propria volontà nella villa del generale Erich Leifhelm. Ma questo, naturalmente, avrebbe sollevato altre questioni: perché il comandante non si rivolgeva direttamente all'ambasciata americana? Il generale Leifhelm era una figura di rilievo a Bonn e qualsiasi accusa contro di lui doveva avere un supporto diplomatico. Ancora una volta l'ambasciata. No, non si poteva fare. E poi, Leifhelm aveva detto di avere amici nella Staatpolizei, il che significava che probabilmente conosceva uomini importanti della polizia di Bonn. Al minimo allarme, avrebbe potuto far trasportare Converse da un'altra parte. Oppure ucciderlo. G: ... no, era pazzesco, pensò Fitzpatrick, mentre gli veniva in mente una delle tante scappatoie legali, che pian piano prendeva forma e consistenza. *Uno scambio*. Succedeva spesso nelle inchieste, sia civili sia militari. *Rinunciamo a questo se voi accettate quest'altro. Ci terremo fuori da questa zona se voi rinuncerete a quest'altra*. Era una pratica largamente usata. Uno scambio. Era possibile? Era un'ipotesi da prendersi in considerazione? Era pazzesco, un'azione da disperati, ma bisognava tentare di tutto, visto che le speranze erano minime. E, visto che un'azione di forza era impensabile, si poteva ricorrere ad uno scambio? Leifhelm per Converse. Un generale per un tenente.

Connal non stette ad analizzare i pro e i contro; doveva agire d'istinto, perché ormai non gli rimaneva nient'altro. Si alzò dal divano, andò al tavolino dove c'era il telefono e prese l'elenco che aveva lasciato sul pavimento. Era pazzesco, ma cercava di non pensarci. Trovò il nome che cercava. *Fishbein, Ilse*. La figlia illegittima di Herman Göring.

Fissarono un incontro: un tavolo in disparte al caffè Hansa-Keller in Kaiserplatz, riservato a nome di Parnell. Fitzpatrick aveva avuto la presenza di spirito di mettere in valigia anche un abito borghese classico: ora poteva veramente recitare la parte di Mr. Parnell, un avvocato americano che parlava bene il tedesco e che per tale ragione era stato mandato dal suo studio di Milwaukee, nel Wisconsin, a prendere contatti con Ilse Fishbein a Bonn, nella Germania Occidentale. Aveva anche avuto la presenza di spirito di riservare una stanza singola allo Schlosspark sul Venusbergweg e di mettere al sicuro la ventiquattrore di Converse; era sempre una traccia, nel caso che tutto il resto fosse finito nel nulla. Ed era una traccia che Joel avrebbe sicuramente trovato... naturalmente se era ancora vivo e in grado di cercare una traccia.

Connal arrivò con dieci minuti d'anticipo, non solo per assicurarsi un tavolo, ma per familiarizzare con l'ambiente e prepararsi a quel che doveva dire. Lo aveva già fatto altre volte: entrava nell'aula di un tribunale prima che cominciasse il processo, provava le sedie, l'altezza dei tavoli, l'ampiezza dell'angolo di visuale che si godeva dal banco degli avvocati. Erano cose che lo avevano sempre aiutato.

Quando Ilse Fishbein arrivò e chiese di lui al maître, Connal seppe immediatamente che era lei: alta e pesante, non obesa ma ben in carne, conscia della matura sensualità che emanava, ma abbastanza intelligente da non metterla in mostra. Indossava un abito estivo grigio, un tailleur che metteva in risalto il seno generoso e il corsetto bianco che spuntava. Anche il volto era pieno, senza tuttavia essere morbido: gli zigomi alti le conferivano un'aria sicura. Aveva i capelli neri, con qualche striatura di grigio, che le scendevano fin sopra le spalle. Il capocameriere l'accompagnò al tavolo mentre Fitzpatrick si alzava.

«*Guten Tag, Frau Fishbein*» disse, tendendole la mano. «*Bitte, setzen Sie sich.*»

«Non occorre che parli tedesco, Herr Parnell» disse la donna, stringendogli la mano e sedendosi sulla sedia che il capocameriere le aveva offerta. «Mi guadagno da vivere come traduttrice.»

«Parleremo la lingua che preferisce, allora» disse Connal.

«Date le circostanze, penso proprio che sia meglio parlare inglese, e a voce bassa. Al telefono lei mi ha parlato di una faccenda che non esiterei a definire incredibile.»

«Si tratta semplicemente di un'eredità, signora Fishbein» rispose Fitzpatrick, con espressione sincera e occhi saldi. «Quando avremo sistemato alcuni dettagli tecnici, che mi auguro di sistemare al più presto, lei entrerà in possesso di una notevole somma di denaro.»

«Da un americano che nemmeno conosco?»

«Ma che... conosceva suo padre.»

«Al contrario di me» disse Ilse Fishbein in fretta, gettando un'occhiata ai tavoli adiacenti. «Chi è quest'uomo?»

«Un membro dello staff di suo padre durante la guerra» rispose Connal, abbassando ancor di più la voce. «Con l'aiuto di suo padre — credo abbia alluso a certe amicizie in Olanda — riuscì a scappare dalla Germania prima del processo di Norimberga, e con un sacco di soldi. Andò a Londra, e di lì in America, dove, con il capitale che aveva a disposizione, iniziò un'attività nel Midwest che ebbe enorme successo. È morto recentemente, lasciando istruzioni al mio studio legale per le disposizioni testamentarie.»

«Ma perché proprio io?»

«Un debito. Senza l'aiuto di suo padre il mio cliente sarebbe probabilmente rimasto a marcire in una galera, invece di venire in America a far soldi. Aveva raccontato a tutti di essere olandese, sfuggito alla guerra dopo che questa gli aveva distrutto tutto quanto gli rimaneva. Insomma, voleva rifarsi una vita in America, e immagino che ci sia riuscito, perché tra le sue proprietà figurano anche una industria di carni in scatola e diverse tenute di valore inestimabile. Naturalmente, tutto questo verrà venduto. La sua eredità dovrebbe aggirarsi su due milioni di dollari americani circa. Vuole un aperitivo, signora Fishbein?»

All'inizio la donna rimase senza parole: aveva occhi e bocca spalancati, lo sguardo fisso. «Sì, credo di averne bisogno, Herr Parnell» disse poi, quando ebbe ritrovata la voce. «Un whisky doppio, se non le dispiace.»

Fitzpatrick chiamò il cameriere, ordinò da bere e cercò più volte di iniziare una conversazione su argomenti futili, commentando la mitezza del clima, le splendide giornate e chiedendo a Mrs. Fishbein cosa c'era di bello da vedere a Bonn. Ma era tutto inutile. Ilse Fishbein era praticamente in uno stato di coma: gli aveva afferrato il polso, e lo stringeva con dita forti e nervose, mentre le labbra socchiuse e gli occhi fissi le conferivano un'espressione non del tutto intelligente. Il cameriere nel frattempo aveva portato da bere, e se n'era andato, ma Ilse Fishbein non mollava la presa; anzi, bevve in maniera goffa, sollevando il bicchiere con la mano sinistra.

«Quali sono i dettagli tecnici da sistemare? Mi chieda tutto quello che vuol sapere, *tutto*, ha capito? Ah... a proposito: ha già un posto dove stare? C'è sempre tanta gente a Bonn, che forse...»

«Lei è molto gentile, ma ho già provveduto. Come potrà facilmente capire, si tratta di una faccenda estremamente delicata per il mio studio legale; non è certo un lavoro semplice, che ci siamo accollati volentieri; francamente, se il nostro cliente non avesse posto determinate condizioni per le quali il testamento vero e proprio era subordinato all'esecuzione di questa... chiamiamola così, missione, noi avremmo potuto...»

«Le questioni... Quali sono le questioni, i dettagli da sistemare?»

Fitzpatrick tacque per qualche istante, interpretando alla perfezione la parte dell'avvocato che fa il punto della situazione e chiarisce le idee prima a se stesso. «Tutta la faccenda sarà trattata su basi confidenziali, e la corte opererà *in camera*...»

«In camera? Che significa?»

«Insomma, in privato. Per il bene di tutti, ed anche per via delle tasse che non verrebbero pagate in caso di confisca. Come lei capirà, la corte potrebbe anche riaprire tutta la questione.»

«Sì... ho capito. Ma in sostanza, cosa devo fare?»

«È molto semplice. Ho già preparato i documenti che lei dovrà semplicemente firmare: non si preoccupi, garantisco io per la sua identità. Sono documenti che affermano che lei è veramente figlia di... suo padre. Poi c'è una breve deposizione, che dovrebbe essere avallata da un ex-ufficiale dell'esercito tedesco, magari un nome piuttosto noto, che i manuali di storia riconoscano come uno stretto collaboratore di suo padre. Naturalmente, sarebbe meglio che si trattasse di una persona conosciuta anche nell'entourage militare americano, nel caso che il giudice decida di chiamare il Pentagono e di chiedere informazioni.»

«Conosco l'uomo giusto!» bisbigliò Ilse Fishbein. «Un feldmaresciallo, un generale molto brillante!»

«Chi è?» chiese Fitzpatrick. Poi, stringendosi nelle spalle, fece capire che il nome era irrilevante. «Non importa. Mi dica soltanto perché ritiene che sia l'uomo giusto.»

«Perché si tratta di una persona di grande rispetto, anche se non tutti concordano con la sua linea di condotta. Era uno dei *grossmächtigen* fra i giovani comandanti, e mio padre in persona lo decorò per meriti militari!»

«Ma è un nome conosciuto anche in America?»

«*Mein Gott*! Dopo la guerra ha lavorato con gli alleati a Berlino e a Vienna.»

«Davvero?»

«E al quartier generale SHAPE di Bruxelles!»

Sì, pensò Connal, stiamo proprio parlando della stessa persona. «Bene» disse Fitzpatrick con tono casuale ma sempre molto serio. «Non importa che mi dica il nome. Tanto, è probabile che non lo conosca. Mi dica soltanto una cosa: può raggiungerlo entro un periodo di tempo ragionevole?»

«Entro un paio di minuti! Vive a Bonn.»

«Splendido. Così domani, a mezzogiorno, posso anche tornarmene a Milwaukee.»

«Allora possiamo andare a casa sua e dettare tutto quanto alla sua segretaria.»

«No, mi dispiace, ma questo non posso proprio farlo. Vede la deposizione deve essere controfirmata da un notaio. Da quanto ho potuto sentire, anche voi avete le stesse regole qui in Germania... Anzi, forse siete stati proprio a voi ad inventarle. Lo Schlosspark dispone di un notaio e di un servizio di dattilografe. Possiamo vederci stasera... o domani mattina, come preferisce. Naturalmente, manderò un taxi per il suo amico: non voglio che questa faccenda debba costargli nemmeno un pfenning. Tutte le spese, si intende, sono a carico del mio studio legale.»

Ilse Fishbein si fece sfuggire una risatina... forse un po' isterica. «Lei non conosce il mio amico, *Mein Herr*.»

«No, ma sono sicuro che ci metteremo d'accordo. Vogliamo pranzare, ora?»

«Devo prima andare alla toilette» disse la donna, con gli occhi ancora perduti nel vuoto. Si alzò, e Connal si alzò con lei; fu allora che la sentì mormorare: «*Mein Gott! Zwei Millionen Dollar!*».

«Non vuol neanche sapere come ti chiami!» gridò Ilse Fishbein nel telefono. «Viene da un posto che si chiama Milwaukee, nel Wisconsin, e mi offre due *milioni di dollari americani!*»

«Non ti ha chiesto chi ero?»

«Ha detto che non ha importanza, perché tanto, anche se gli avessi detto il nome, probabilmente non gli avrebbe suggerito nulla. Ma ti rendi conto? Si è anche offerto di mandare un taxi a prenderti! Ha detto che tutte le spese sarebbero state a carico suo!»

«Be', effettivamente Göring era molto generoso negli ultimi tempi» disse Leifhelm con aria pensierosa. «Naturalmente era quasi sempre drogato, e coloro che gli fornivano la droga venivano ricompensati con inestimabili tesori d'arte. La persona che gli rifilò quelle supposte letali vive ancora in Lussemburgo, circondato da tesori tali da parere un imperatore romano.»

«Allora, vedi che è vero! Göring faceva veramente cose del genere!»

«Già, senza rendersene conto!» disse il generale che sembrava piuttosto riluttante ad ammetterlo. «Ma la faccenda non mi sembra del tutto chiara. Quest'uomo ti ha mostrato un documento, una prova di quanto diceva?»

«Naturalmente!» mentì la Fishbein, presa dal panico, mentre tentava di ricordare parole che aveva sentito. «Mi ha fatto vedere una massa di documenti e una... *deposizione* da portare in tribunale, ma su basi confidenziali! In privato! Vedi, si tratta di una faccenda di tasse, che si potrebbero evitare nel caso che la proprietà risultasse confiscata...»

«Sì, questo lo so anch'io, Ilse» disse Leifhelm con tono stanco. «La costituzione non esiste più quando si tratta dei cosiddetti criminali di guerra e di fondi portati all'estero. Così questi ipocriti rinnegano le loro leggi ipocrite nel momento stesso in cui potrebbero tirargli fuori un bel po' di quattrini.»

«Tu sei una persona in gamba, generale, ed io sono sempre stata leale. Non ti ho mai rifiutato nessun favore, né professionale, né di altra natura. *Ti prego*. Due milioni di dollari americani! Non ci vorranno più di dieci minuti, un quarto d'ora al massimo!»

«Sì, tu ti sei comportata sempre come una brava nipotina, Ilse, questo non posso negarlo. D'altronde, è impossibile che qualcuno sappia che sei lei legata a me anche per altre faccende... Va bene, a stasera. Alle nove mi aspettano allo Steigenberger per cena. Sarò allo Schlosspark per le otto e un quarto circa. Magari mi farai un regalo con quei fondi... chiamiamoli così, mal concepiti.»

«Ti aspetto nell'atrio.»

«Verrò con il mio autista.»

«*Ach*, portati dietro venti uomini.»

«Anche venticinque, perché mi sembra il caso di esagerare stasera» disse Leifhelm.

Fitzpatrick era seduto su una sedia nella piccola sala da conferenze al secondo piano dell'hotel ed esaminava la pistola tenendo in grembo il manuale di istruzioni; cercò di ricordarsi le cose che gli aveva detto il venditore e di leggere in fretta quanto era scritto nelle istruzioni: per l'uso che doveva farne, ne sapeva fin troppo. Oltretutto, era abbastanza simile alla Colt 45 che la Marina dava in dotazione, e se differiva per qualche dettaglio tecnico, a lui non importava: era una Heckler & Koch PGS automatica, lunga una ventina di centimetri, con un calibro di nove millimetri e un caricatore a nove colpi. Le istruzioni parlavano di "arma da poligono" e "percussore ruotante" ma Connal lasciò perdere, e cercò di esercitarsi a togliere la sicura e a rimetterla al suo posto. Aveva imparato a caricare l'arma, a mirare e a sparare: era più di quanto gli servisse, e si augurava di non dover mai mettere in atto l'ultima parte di quel che aveva imparato.

Dette un'occhiata all'orologio e vide che erano quasi le otto. Si ficcò la pistola dentro la cintura, raccolse il libretto di istruzioni che era caduto a terra e si guardò intorno, studiando la disposizione degli oggetti e calcolando lentamente gli spostamenti che avrebbe dovuto fare. Come si aspettava, Ilse Fishbein gli aveva detto che Leifhelm non sarebbe venuto solo, ma con un accompagnatore, che in questo caso era definito "autista", e che Connal sapeva avere ben altre funzioni: doveva assolutamente neutralizzarlo.

La stanza che aveva affittato, a nome di una compagnia che naturalmente non esisteva, era una delle venti stanze che l'hotel metteva a disposizione per riunioni di affari: non era grande, ma era strutturata in modo da poter essere sfruttata al meglio. Al centro c'era un tavolo rettangolare, con tre sedie per lato e due alle estremità dove c'era anche un telefono. Lungo le pareti, poi, c'erano altre sedie a disposizione degli eventuali stenografi e degli osservatori. E fin qui, era tutto normale. Ma proprio nel centro della parete di sinisra c'era una porta che dava su una stanzetta da usarsi in caso di conversazioni estremamente riservate: all'interno di tale stanzetta c'era un secondo telefono. Quando si staccava la cornetta, automaticamente si accendeva una luce sul telefono della stanza principale: a Bonn la riservatezza aveva certi limiti oltre i quali era impossibile andare. La porta che dava sul corridoio si apriva su un minuscolo ingresso, in modo che chi stava all'esterno non potesse vedere dentro.

Connal piegò il manualetto di istruzioni della Heckler & Koch, se lo mise in tasca e si diresse verso il tavolo per controllare che tutto fosse in ordine. Poco prima era andato in una cartoleria ed aveva acquistato il necessario. Ad un'estremità del tavolo, vicino al telefono (che era disposto perpendicolarmente al bordo, con i pulsanti bene in vista) c'erano alcune cartelle e una ventiquattrore di similpelle, che da lontano poteva anche passare per cuoio. Poi, un po' dappertutto, c'erano carte, matite e fogli protocollo: insomma, il classico disordine che ci si aspetta in un ufficio di un avvocato, che magari ha buttato giù qualche appunto prima del colloquio con il suo cliente.

Fitzpatrick andò verso la poltrona, la spostò in avanti e ritornò alla porta della stanzetta. Aveva acceso le due luci accanto al divano e spenta invece quella vicino al telefono. Con la porta della stanzetta aperta, sbirciando attraverso la fessura verticale tra i due cardini, riusciva a controllare l'ingresso: doveva aspettare che entrassero tre persone. Poi poteva uscire.

Sentì bussare alla porta, colpi rapidi e impazienti di un'ereditiera incapace di controllarsi: aveva detto alla Fishbein dove si trovava la sua stanza, ma senza dargli un nome o un numero. Andò nella stanzetta, sollevò il ricevitore del telefono e lo appoggiò sul tavolo: poi tornò dietro la porta, immerso nell'ombra, spiando attraverso la fessura. Prese la pistola, la piazzò dinanzi a sé e disse, in tono amichevole e abbastanza forte da farsi sentire fuori: «*Bitte, kommen Sie herein! Die Türe ist offen. Ich telefoniere gerade*!».

Sentì la porta che si apriva e vide la figura di Ilse Fishbein che entrava sicura, fissando il tavolo. Subito dopo entrò Erich Leifhelm che si guardò intorno e subito si voltò, facendo un cenno con il capo a qualcuno che era ancora fuori; un uomo con la divisa da autista entrò nella stanza, tenendo una mano infilata dentro la giacca. Allora Connal sentì l'ultimo rumore che doveva sentire: avevano chiuso la porta.

Uscì, con la pistola puntata contro l'autista.

«*Tu!*» gridò in tedesco. «Togli quella mano dalla giacca! *Piano!*» La donna soffocò un grido, poi aprì la bocca, pronta ad urlare nuovamente. Fitzpatrick la prevenne: «Zitta! Come sicuramente il tuo amico sa, non ho nulla da perdere. Posso uccidervi tutti e tre e varcare la frontiera in un'ora, lasciando alla polizia l'arduo compito di ritrovare un certo Mr. Parnell che non esiste».

L'autista tolse la mano di tasca, con le dita e i muscoli del volto completamente rigidi. Leifhelm, pieno di rabbia e di ira, fissava la pistola di Connal, rosso in volto. «Come osa?»

«Oso, feldmaresciallo» disse Fitzpatrick. «Proprio come lei quarant'anni fa osò violentare una bambina per poi ucciderla insieme con la sua famiglia in un campo di concentramento. Oso, e oserò ancora di più: se fossi in lei, me ne starei calmo e fermo.» Poi, rivolto alla donna, disse: «*Tu*. Dentro quella borsa ci sono otto pezzi di corda. Comincia con l'autista, e legagli mani e piedi come ti dirò io. Coraggio! *Muoviti*!».

Quattro minuti dopo i due erano legati mani e piedi, e Connal aveva in mano la pistola di quell'uomo che si faceva passare per autista. Controllò di persona il lavoro fatto: erano nodi concepiti in modo da stringersi sempre di più al minimo movimento. Quindi disse alla donna di sedersi sulla terza sedia e legò anche lei.

Poi si alzò; prese l'automatica e si avvicinò a Leifhelm che era seduto accanto al telefono. «Ora faremo una telefonata» gli disse, puntandogli l'arma alla tempia. «Non appena avrò spento questa luce rossa.» Andò nella stanzetta, riappese il ricevitore e tornò, sedendosi accanto a Leifhelm ed estraendo dalla valigetta un pezzo di carta sul quale era scritto il numero di telefono della villa del generale sul Reno, vicino a Bad Godesberg.

«Cosa pensa di fare?» chiese Leifhelm.

«Uno scambio» rispose Fitzpatrick, con l'arma puntata sulla tempia del generale. «Lei per Converse.»

«*Mein Gott*!» bisbigliò Ilse Fishbein mentre lo chauffeur tentava inutilmente di liberarsi dalle corde che gli mordevano le carni.

«Crede davvero che i miei uomini le obbediranno?»

«Certamente, altrimenti non la rivedranno vivo. Non dubiti, generale, so quel che faccio. La pistola è provvista di silenziatore, per cui posso accendere la radio, uccidervi tutti e tre ed essere fuori dalla Germania prima che possano ritrovarvi. Ho prenotato questa stanza fino a domani mattina e ho dato istruzioni perché nessuno ci disturbi.» Connal si passò la pistola nella mano sinistra, prese il ricevitore e formò il numero scritto sul pezzo di carta.

«*Guten Tag. Hier bei General Leifhelm.*»

«Mi passi qualcuno che comanda» disse l'avvocato della Marina in perfetto tedesco. «Ho una pistola puntata contro la tempia del generale Leifhelm e lo ucciderò se non farete come vi dico.»

Si sentì un certo trambusto, e qualcuno mise la mano sul ricevitore. Dopo qualche secondo, Connal udì una voce già nota, che parlava deliberatamente in inglese.

«Chi sei e cosa vuoi?»

«Chi si risente...!!! Sbaglio, o parlo con il maggiore Philip Dunstone... ti chiamavi così ieri sera, vero? Dov'è andato quel tono gentile e scherzoso?»

«Non fare niente di avventato, comandante, o te ne pentirai.»

«E tu non fare niente di idiota, o Leifhelm se ne pentirà sul serio... e per sempre. Vi do un'ora per condurre Converse all'aeroporto, all'ufficio della Lufthansa. Ho già prenotato un posto sul volo delle dieci per Washington-via Francoforte. Io telefonerò e chiederò di parlare con lui personalmente, dopodiché, da un altro telefono, vi richiamerò, comunicandovi dove potete ritrovare il vostro capo. Un'ora, maggiore!» Fitzpatrick mise il ricevitore accanto alla bocca di Leifhelm e gli appoggiò la canna della pistola alla tempia.

«Fate come dice» disse il generale, balbettando.

I minuti si consumavano lentamente: passò un quarto d'ora, poi mezz'ora. Infine Leifhelm ruppe quel silenzio esasperante. «Così alla fine avete trovato lei» disse, indicando con un cenno della testa la Fishbein, che tremava e piangeva in silenzio.

«Già... e abbiamo saputo anche cosa successe quarant'anni fa a Monaco, e un sacco di altre belle cosette. E fra un po' queste cosette le sapranno tutti quanti, perché gente come voi insozza il nome e l'onestà di tutti i militari del mondo ed è giusto che venga pubblicamente umiliata. Per cui, se fossi in lei, non mi preoccuperei troppo per la mia vita: se quella specie di cameriere inglese fa quello che gli ho detto di fare, lei non corre alcun pericolo.»

Si sentì un rumore nel corridoio e Connal prese la pistola, puntandola alla tempia di Leifhelm.

«*Was ist?*» disse il tedesco, stringendosi nelle spalle.

«*Keine Bewegung*!»

Dal corridoio dell'hotel veniva un coro di voci maschili stonate: una riunione terminata molto probabilmente più a causa di eccessive libagioni che per esaurimento degli argomenti dell'ordine del giorno. Il ritornello, poi, finì miseramente in mezzo ad un coro di risate rauche. Fitzpatrick si rilassò, abbassando la pistola: nessuno sapeva il numero di quella stanza, né il nome di chi l'aveva affittata.

«Lei dice che uomini come me insozzano l'onore della nostra professione» disse Leifhelm. «Ha mai pensato, comandante, che noi saremmo in grado di elevare tale professione a grandezza e nobiltà in un mondo che ha terribilmente bisogno di noi?»

«Bisogno di voi?» chiese Connal. «Noi abbiamo bisogno del mondo, come prima cosa, e non del *vostro* mondo. Ci avete già provato una volta, e vi è andata male. O forse il generale ha già dimenticato?»

«Allora si trattava di una sola nazione, guidata da un pazzo che voleva dare la sua impronta a tutto il mondo. Ora invece il discorso è diverso: si tratta di molte nazioni insieme, con professionisti dediti al dovere e che combattono per il bene di tutti.»

«E la definizione di chi è? Sua, per caso? Mi fa semplicemente ridere, generale. Quasi quasi mi viene voglia di mettere in dubbio quelle sue tendenze benevole.»

«Indiscrezioni di un ragazzo privato di un nome legittimo e dei legittimi privilegi, e che non dovrebbero essere usate come arma contro quel ragazzo stesso a distanza di mezzo secolo.»

«Un ragazzo *privato del proprio nome* o *depravato di nome e di fatto*? Mi pare di aver capito che non ha esitato a rifarsi del tempo perduto. I suoi rimedi non mi piacciono.»

«Perché non sa vedere lontano.»

«No, o almeno non riesco a vedere dove vedete voi, e di questo ringrazio Gesù, Giuseppe e Maria.» Le voci in corridoio si erano fatte più deboli, poi improvvisamente crebbero di volume, ancora più sgraziate e discordi. «Ecco, sente? Forse si tratta di un gruppo di ragazzi di Dachau che si fanno una birra in allegria.»

Leifhelm si strinse nelle spalle.

Improvvisamente la porta si spalancò, ed entrarono tre uomini con la pistola; ci furono diversi colpi, tutti sparati con il silenziatore, e ci fu un turbine di mani che andavano avanti e indietro, di schegge che volavano nell'aria, mentre il tavolo sembrava rosicchiato da qualche strano animale che tirava via pezzi di legno facendoli volare in aria. Fitzpatrick sentì varie fitte di dolore al braccio, mentre la pistola gli cadeva di mano; guardò in basso, e vide la manica destra zuppa di sangue. Era sotto shock, ma riuscì ugualmente a guardarsi intorno: Ilse Fishbein era morta, la testa crivellata di colpi di pistola, mentre l'autista aveva un ghigno osceno sul volto. La porta era chiusa, come se nulla fosse accaduto.

«Stüpper» disse Leifhelm mentre uno degli uomini lo slegava. «Ieri l'ho definita così, e non sapevo di essere pienamente nel giusto. Pensava che i miei uomini non riuscissero a risalire ad una camera d'albergo da una telefonata? Era tutto troppo simmetrico: noi abbiamo in pugno Converse e improvvisamente quella sgualdrina eredita una barca di soldi... dollari *americani*. Sì, una cosa del genere è possibile, ed è già successo parecchie volte: di idioti rimpinzati di salsicce ce ne sono tanti, e spesso fanno cose del genere, senza rendersi conto del male che producono. Ma stavolta era tutto troppo perfetto, troppo... dilettantesco, se mi consente.»

«Lei è un maledettissimo figlio di puttana.» Connal chiuse gli occhi, tentando di far uscire il dolore dalla mente. Non riusciva a muovere le dita.

«Ehi, ehi, comandante» disse il generale, alzandosi. «Sbaglio, o sento la spavalderia che viene dalla paura? Forse pensa che la ucciderò?»

«Già. Tanto, a cosa potrei servirvi?»

«Si sbaglia. Considerata la natura del suo congedo straordinario, lei potrà darci un aiuto prezioso. Un'altra pedina per distruggere questo disegno malefico. Felice di averla tra i miei ospiti, comandante, anche se le annuncio che non sarà precisamente in Germania. Si prepari ad un bel viaggetto.»

17

Converse aprì lentamente gli occhi, avvertendo un peso opprimente sulle palpebre, e nausea nella gola chiusa... oscurità, ombre dappertutto... un dolore terribile sul fianco... anzi, sul braccio... carne straziata, infiammata, dolente. Cercò di raggiungere il punto che gli faceva male, di toccarlo, ma dovette ritrarsi con un urlo soffocato di dolore. Da qualche parte, sopra di lui, c'era una macchia di luce che emergeva dall'oscurità, che gli veniva incontro penetrando le tenebre. Lentamente mise a fuoco qualche oggetto vicino: il bordo metallico della branda sulla quale era disteso, due sedie di mogano l'una di fronte all'altra vicino ad un tavolino, una porta lontana... una porta chiusa. Poi ancora una porta, aperta, un lavandino bianco con due rubinetti in uno sgabuzzino ancora più lontano. La luce? Si muoveva ancora, ballava, fluttuava. Dov'era?

Poi scoprì di cosa si trattava: in alto, da entrambi i lati della porta chiusa, c'erano due finestre rettangolari con le tendine, che si muovevano con la brezza. Quelle finestre erano aperte, ma stranamente non vedeva il vuoto: era come se ci fosse qualcosa. Joel alzò la testa, si appoggiò ad un braccio e strizzò gli occhi, cercando di capire: erano verghe metalliche che andavano da un'estremità all'altra della finestra. Sbarre. Si trovava in una cella.

Ricadde disteso sulla branda, e provò a deglutire per scacciare la sensazione di bruciore in gola; poi cominciò a muovere le braccia, cercando di attutire il dolore della... ferita? Sì, una ferita, una ferita da arma da fuoco! Improvvisamente ricordò una cena tramutatasi in una battaglia isterica. Aveva visto lampi di luce accompagnati da fitte tremende che gli laceravano il corpo, e voci stridule che lo bombardavano, mentre un'eco nelle orecchie gli risuonava incessante, accompagnandolo nei tentativi di liberarsi da quell'ossessione. C'erano stati momenti di calma relativa, e ricordava una voce fra la nebbia della sua mente: Converse chiuse gli occhi, stringendo le palpebre con quanta forza aveva in corpo mentre improvvisamente, e con dolore, si rendeva conto che quella voce era la *sua*: lo avevano drogato, e di sicuro aveva svelato quel che sapeva.

Non era la prima volta che subiva una sorte del genere: nei campi nordvietnamiti era già stato drogato, e ogni volta aveva provato la sensazione di essere stato offeso, umiliato. Gli avevano messo a nudo la mente, obbligando la sua voce a pronunciare frasi oltraggiose che deridevano e calpestavano le ultime vestigia di quella che era stata la sua volontà.

Di nuovo sentiva quel buco vuoto nello stomaco, un vuoto che arrivava in profondità e che produceva soltanto debolezza: aveva fame. Spesso i prodotti chimici usati per la droga causavano vomito, mostrando la protesta dello stomaco e il suo rifiuto a quelle sostanze innaturali. Era strano, rifletté Joel aprendo un occhio e guardando la luce che andava e veniva, ma quei ricordi di momenti lontani gli evocavano gli stessi istinti di sopravvivenza che lo avevano già aiutato... molti anni prima. Non doveva assolutamente sprecare energie, ma conservare tutta la forza di cui disponeva. Doveva cercare di recuperare fisicamente: altrimenti, non ci sarebbe stato che l'oltraggio e la violenza, e né il suo corpo né la sua mente potevano farci nulla.

Sentì un rumore, poi un altro, poi un altro ancora: una barra di metallo che scivolava indietro, una serratura che si apriva, segno che quella porta lontana stava per spalancarsi. Fu così, e un fascio di luce invase la cella. Converse si fece schermo con una mano, sbirciando tra le dita: vide la figura di un uomo che aveva in mano qualcosa di piatto. La figura entrò, e Joel, strizzando le palpebre, si rese conto che era lo chauffeur che lo aveva frugato elettronicamente all'ingresso della villa di Leifhelm.

L'autista andò fino al tavolo e posò l'oggetto piatto: era un vassoio, coperto da un tovagliolo. Fu allora che Joel si accorse della porta lasciata aperta; fuori, in un atteggiamento di altezzoso disprezzo, c'era il gruppo dei doberman, con gli occhi neri lucenti puntati verso la porta, le labbra curve sui denti perennemente in mostra dietro un ringhiare minaccioso.

«*Guten Morgen, mein Herr*» disse l'autista di Leifhelm, passando subito all'inglese. «Un'altra splendida giornata sul Reno settentrionale, non trova?»

«Sì, là fuori c'è molto sole, se è questo che intendi» rispose Joel, che si faceva schermo al sole con una mano. «Immagino che dovrei ringraziare i santi del Paradiso se mi è ancora concesso di ammirarlo dopo quanto è successo ieri sera.»

«Ieri sera?» L'uomo tacque per un istante, poi aggiunse: «È stato due sere fa, *Amerikaner*. È nostro ospite da trentatré ore.»

«Trentatré?» Converse balzò a sedere sulla branda, appoggiando le gambe a terra. Immediatamente provò una sensazione di vertigine... aveva sprecato troppe forze. *Oh, Cristo! Non sprecare energie. Ritorneranno. Quei bastardi!* «Bastardi» disse, urlandolo quasi ma senza vera emozione. Poi per la prima volta si rese conto di essere senza camicia e notò la fasciatura al braccio sinistro, tra il gomito e la spalla. Era stato ferito da un'arma da fuoco. «Qualcuno ha avuto la sfortuna di mancarmi alla testa vero?»

«Mi hanno detto che si è ferito da solo, tentando di uccidere il generale Leifhelm.»

«Tentando di uccidere il generale? Con una pistola che non avevo? Una pistola che proprio tu ti sei assicurato che non avessi?»

«Forse lei è stato molto abile nel nasconderla, ed io non mi sono accorto di niente.»

«E ora che cosa mi aspetta?»

«Niente. Ora si mangia. Abbiamo ricvuto istruzioni precise dal medico. Si comincia con un po' di *Hafergrütze*. Come lo chiamate voi? Ah, sì... porridge.»

«Farinata calda o cereali» disse Joel. «Con latte scremato o in polvere. Poi uova alla coque e pillole. E se riesco a mandarlo giù, un po' di carne tritata. E se ancora non vomito qualche cucchiaiata di purea, di patate o di rape. Naturalmente, dipende da quello che è disponibile.»

«Come fa a saperlo?» chiese l'uomo sinceramente stupito.

«È la dieta-base» rispose Converse in tono estremamente cinico. «Varia da territorio a territorio, a seconda di quello che c'è in dispensa. Mi hanno già servito pranzetti del genere in precedenza... Significa che volete rimettermi al torchio.»

Il tedesco si strinse nelle spalle. «Io faccio quel che mi viene ordinato di fare. Mi hanno detto di portarle da mangiare... ed eccomi qua. Venga, l'aiuto.»

Joel alzò gli occhi mentre l'autista si avvicinava alla branda. «In altre circostanze ti avrei sputato in quella faccia da coglione. Ma so benissimo che se lo facessi ora, non avrei la minima, dico la *minima* possibilità di cavarmela. Avanti, aiutami, ma stai attento al braccio.»

«Lei è un personaggio molto singolare, *Mein Herr*.»

«Al contrario di tutti quanti voi, che siete cittadini esemplari, di quelli che prendono il primo treno per Larchmont in modo da poter mandare giù una decina di Martini prima di andare alle riunioni del PTA.»

«*Was ist*? Non ho mai sentito parlare di riunioni del genere.»

«Le tengono segrete, perché non vogliono che tu ne sia al corrente. Se fossi in te, taglierei la corda prima che mi facessero presidente.»

«*Mich? Präsident*?»

«Coraggio, aiutami a sedermi, da bravo ragazzo ariano.»

«Per caso sta cercando di essere divertente?»

«Niente affatto» disse Converse sedendosi sulla sedia di legno. «È un'abitudine terribile, che sto cercando di perdere.» Guardò l'uomo che lo fissava a bocca aperta. «Tento, ma finora non ci sono riuscito» disse in tono estremamente serio.

Trascorsero tre giorni, durante i quali le uniche visite che ricevette furono quelle dell'autista, accompagnato come sempre dal gruppo di doberman, scuro e scoraggiante, sempre pronti all'attacco. Gli avevano restituito la valigia, dopo naturalmente aver tolto le forbici e il *necessaire* per unghie da viaggio. Dentro alla valigia c'era ancora il rasoio elettrico, intatto, che costituiva per lui quasi un messaggio: non c'erano più tracce della sua presenza a Bonn. Converse pensava a Connal Fitzpatrick chiedendosi se fosse ancora vivo: c'era comunque un'incongruenza che, come tale, era la base di una speranza. Non aveva ancora sentito nessuna allusione alla ventiquattrore, né avevo avuto la prova che l'avessero trovata. I generali di Aquitania erano uomini estremamente vanitosi e se avessero avuto tale materiale in loro possesso, sicuramente glielo avrebbero fatto capire.

Le conversazioni con lo chauffeur erano sempre le stesse: Converse faceva domande su domande, e l'uomo gli rispondeva sempre con le stesse cortesissime insulsaggini:

«Quanto durerà questa storia? Quand'è che vedrò qualche faccia diversa dalla tua?».

«Non c'è nessuno qui, tranne il personale di servizio. Il generale Leifhelm è in viaggio... nell'Essen, o almeno credo. Ma ha lasciato gli ordini: dobbiamo portarle da mangiare e badare che si rimetta al più presto.»

Niente da fare. Non c'era modo di saperne di più.

Comunque, il cibo non era certo del tipo che normalmente si somministra ai prigionieri: vitello e agnello arrosto, cotolette, pollo e pesce fresco; il tutto accompagnato da verdure che sicuramente provenivano da qualche orto lì vicino. E, da bere, del vino che Joel fu piuttosto restio ad assaggiare: ma quando lo ebbe fatto, dovette riconoscere, anche se non era un intenditore, che si trattava di vino di prima qualità.

Il secondo giorno, tanto per distrarsi, aveva cominciato a fare un po' di ginnastica, proprio come aveva fatto molti anni prima. Il terzo giorno, dopo qualche minuto di corsa sul posto, si accorse di sudare, un sudore che gli arrivò gradito, confermandogli la sensazione di stare bene, di aver ormai smaltito la droga che gli avevano ficcato in corpo. Certo, c'era ancora la ferita al braccio, ma stranamente non era nulla di grave, e ci pensava sempre di meno.

Il quarto giorno cominciò a pensare che le domande e le lunghe riflessioni non bastavano. Il fatto di essere prigioniero e di non sapere il perché lo costringevano a prendere in considerazione la eventualità più pratica e più necessaria che gli si prospettava in quel momento: la fuga. Doveva tentare, anche se le possibilità di successo erano minime. Qualunque fossero i piani che Delavane e i suoi discepoli avevano per lui, di sicuro volevano mandare a spasso un uomo senza droga nel sangue; e anche se avessero voluto ucciderlo, era evidente che intendevano far ritrovare un corpo senza tracce di droga. Altrimenti, lo avrebbero ucciso subito, facendo in modo che non si potesse in nessun modo risalire agli assassini. Molti anni prima aveva provato la fuga. Ce l'avrebbe fatta ancora una volta?

Non era in una cella su un fiume infestato dai topi, con le mitragliatrici che sparavano in lontananza, ma ora scappare era ancora più importante di diciotto anni prima. E l'ironia del destino aveva voluto che diciotto anni prima Joel Converse desiderasse di fuggire per raccontare al mondo di un pazzo che mandava ragazzini a morire, o, ancor peggio, a combattere per rimanere marionette senza vita e senza volontà per tutta la vita; marionette che spesso avevano lasciato una gamba o un braccio in qualche palude di quell'inferno. Ebbene, come diciotto anni prima, anche ora era importante che Joel riuscisse a scappare, per raccontare al mondo che quello stesso pazzo stava architettando un altro inferno.

Doveva farcela. Doveva dire al mondo quel che sapeva.

Converse era in piedi sulla sedia di legno; aveva tirato indietro la tendina e guardava fuori dalla finestra. La casa, o la capanna, o la prigione, o qualunque altra cosa fosse, in cui si trovava sembrava esser stata calata dall'alto in una radura in mezzo al bosco: dovunque guardasse, infatti, vedeva un muro compatto di alberi e cespugli, solcato da un sentiero che andava verso destra. La radura era piuttosto piccola: calcolò che vi fossero ancora cinque o sei metri di spazio libero davanti alla casa e immaginò che fosse così tutt'intorno. Infatti, anche dall'altra finestra la vista era più o meno simile; solo che non c'era il sentiero, ma una macchia brunastra di erba quasi secca. Quelle due finestre erano il suo contatto con l'esterno: per il resto, i muri non presentavano aperture, eccezion fatta per una presa d'aria sul soffitto del bagno.

Lo chauffeur, i cani e i pasti caldi erano la prova che doveva essere ancora all'interno della proprietà di Leifhelm; per il resto tutto quello che sapeva era che si trovava vicino al fiume, e questo gli dava una sensazione di speranza, quasi di gioia, che aveva radici lontane nella sua memoria. Molti anni prima le acque di un fiume gli erano state amiche, guida, conforto in quel lungo viaggio attraverso l'inferno. Era stato proprio un affluente del Huong Khe a sud di Duc Tho che lo aveva condotto di notte sotto i ponti, nascondendolo agli sguardi delle vedette e degli accampamenti di ben tre battaglioni. Le acque del Reno sarebbero state la sua via di salvezza, proprio come lo erano state quelle del Huong Khe molti anni prima.

Sentì rumore di terra pestata e vide subito i doberman che correvano proprio sotto di lui, andandosi a raggruppare davanti alla porta, ringhiando e guaendo minacciosi. L'autista stava per arrivare con il vassoio di una colazione che nessun prigioniero in regime di isolamento si sarebbe mai aspettato. Joel scese dalla sedia, la rimise accanto al tavolo e si sedette sulla branda: con un calcio si liberò delle scarpe e si mise disteso, con le gambe allungate sulla coperta tutta spiegazzata.

Sentì il rumore del chiavistello, poi vide che la maniglia girava; come sempre, l'autista spingeva la porta con la mano destra, mentre con la sinistra reggeva il vassoio; quella mattina, però, stringeva proprio nella mano destra qualcosa di simile ad un grosso rotolo, che però Joel, accecato dalla luce, non riuscì a vedere. L'uomo entrò e, con gesti ancor più goffi del solito, mise il vassoio sul tavolo.

«Ho una bella sorpresa per lei, *mein Herr*. Ieri sera ho parlato per telefono con il generale Leifhelm, che mi ha chiesto sue notizie: gli ho detto che si stava rimettendo in maniera splendida e che io stesso avevo provveduto a rinnovarle la fasciatura alla ferita causata dal quel deplorevole incidente. Il generale si è ricordato di non averle offerto niente da leggere e mi ha pregato di andare a Bonn e procurarle tre copie dell'*International Herald Tribune*: di oggi, di ieri e dell'altro ieri.» E così dicendo, mise il rotolo dei giornali accanto al vassoio sul tavolo.

Ma Joel fissava un'altra cosa: guardava il collo di quell'uomo e il taschino dell'uniforme, da dove sporgeva una sottile catena d'argento avvolta appunto intorno al collo e alla cui estremità era fissato un fischietto tubolare, anch'esso d'argento, chiaramente visibile anche all'interno del taschino stesso. Converse fissò allora la porta e vide i cani seduti sulle zampe posteriori: ringhiavano e perdevano abbondante saliva, ma erano immobili. Converse ricordò il suo arrivo alla villa di Leifhelm e lo strano inglese che impartiva ordini ai cani con il fischietto.

«Di' a Leifhelm che lo ringrazio per i giornali, ma che gli sarei infinitamente più grato se mi permettesse di uscire di qui.»

«Già, magari con in tasca un biglietto aereo per la Costa Azzurra, vero?»

«Per l'amor di Dio, voglio soltanto sgranchirmi un po' le gambe! Ma che ti prende? Forse hai paura di non riuscire a tenere a bada un uomo disarmato e convalescente, con l'aiuto di una squadra di mastini addestrati?... Ma che dico, probabilmente hai troppa paura.» Joel tacque per un istante, poi continuò, imitando l'accento del tedesco: «Io fare zolo qvello che mi fiene ovdinato di fare».

Il sorriso che sembrava stampato sulle labbra del tedesco svanì come per incanto. «L'altra sera mi ha detto che non aveva voglia di scusarsi, ma di rompermi l'osso del collo. Io ho capito che scherzava. Chiaro? Uno scherzo, e così divertente che ci rido sopra.»

«Eh, via» disse Converse, cambiando tono mentre si sedeva sulla branda. «Sei dieci volte più forte di me, e probabilmente hai anche dieci anni di meno. È vero, mi sono sentito umiliato e ho avuto una reazione stupida, ma se pensi che abbia intenzione di metterti le mani addosso, ti sbagli. Scusa: tu sei sempre stato gentile, ed io mi sono comportato da stupido, e per la seconda volta.»

«*Ja*, si è comportato da stupido» disse il tedesco senza traccia di rancore nella voce. «Ma in fondo ha ragione. Io faccio quello che mi viene detto di fare. E perché dovrei agire diversamente? È un privilegio prendere ordini dal generale Leifhelm, che è stato così buono con me.»

«Sei con lui da molto tempo?»

«Da Bruxelles. Ero sergente della polizia di frontiera. Lui seppe del mio caso e si interessò a me, facendomi trasferire alla guarnigione del Brabante e prendendomi come autista personale.»

«Il tuo caso? Di cosa si trattava? In fondo, sono avvocato anch'io.»

«Ero accusato di aver strangolato un uomo. Con le mani.»

«È vero?»

«*Ja*. L'ho fatto perché quel bastardo stava per infilarmi un coltello nella pancia... e anche più in basso. Diceva che avevo approfittato di sua figlia. Ma io non ho approfittato di nessuno, anche perché non era assolutamente necessario: quella ragazza era una puttana... e lo si vedeva dai vestiti, dal modo in cui camminava... *es ist klar*! E suo padre era un bastardo!»

Joel guardò l'uomo, e vide la cattiveria nei suoi occhi. «Sì, capisco perfettamente la simpatia che il generale Leifhelm ha per te» disse.

«Ora sa perché faccio quello che mi viene detto di fare.»

«Certo.»

«Comunque, il generale ritelefonerà presto. Gli chiederò se è possibile di fare questa passeggiata. Naturalmente, lei si rende conto che basterebbe una sola mia parola e i doberman la farebbero a pezzi.»

«Sì, sono davvero delle care bestioline» disse Converse guardando i cani accucciati fuori.

A mezzogiorno arrivò la telefonata, e con essa il permesso di uscire dalla cella: fu fissato per il dopopranzo, quando l'autista veniva a riprendere il vassoio. Quando venne il momento, dopo il predicozzo e gli avvertimenti di prammatica, Joel si avventurò fuori, mentre i cani gli si facevano intorno, con le narici dilatate, i denti che luccicavano, le lingue rosso-bluastre che veloci leccavano i baffi, come a pregustare la preda. Converse si guardò intorno e per la prima volta si rese conto che la casa era fatta di pietra solida. Il gruppetto, a dire il vero più unico che raro, si diresse verso il sentiero, e mano a mano che proseguivano Joel si sentiva sempre più sicuro di sé, visto che i cani erano stati più volte ammoniti dal tedesco che li aveva invitati a stare calmi. Correvano e giocavano tra di loro, senza tuttavia perdere d'occhio né il padrone né il prigioniero affidatogli. Converse prese a camminare più veloce.

«A casa faccio sempre un po' di jogging» mentì.

«*Was ist*? "Jogging"?»

«Corsa. Fa bene alla circolazione.»

«Bravo. Però ora cerchi di non correre, perché altrimenti i cani le impediranno davvero la circolazione, e in tutti i sensi.»

«Be', in fondo è vero: i medici consigliano sempre di essere molto prudenti in queste cose» disse Joel, rallentando il passo ma non la velocità con la quale si guardava intorno. Purtroppo il sole era a picco, e non gli diceva granché sui punti cardinali.

Il sentiero si spingeva nel bosco in mezzo ad una serie di altri piccoli viottoli che si intersecavano l'un l'altro. Ai lati, c'erano cespugli fitti e spesso i rami più bassi degli alberi facevano una specie di tettoia sulla testa di chi passava; di tanto in tanto, il sentiero si apriva su radure fitte di erba che forse conducevano ad altri viottoli. Arrivarono ad una biforcazione, e Joel vide che lo stradello di destra si tuffava nel verde della vegetazione, facendo una curva piuttosto brusca. I cani vi si diressero automaticamente, ma l'autista li fermò con un comando dato, ovviamente, in tedesco: allora i cani si fermarono quasi di colpo, tornarono al bivio e presero verso sinistra. Camminarono ancora un po' in salita, e Joel vide che gli alberi erano ora più bassi, come più bassa era la vegetazione. Vento, pensò, il vento di valle, che viene da un avvallamento, da una striscia di terra; il tipo di vento che ogni buon pilota sa di dover evitare. Un fiume.

Era là, alla sua sinistra, e perciò si stavano dirigendo verso est. Il Reno era sotto di lui, forse ad un miglio di distanza dalla linea inferiore degli alberi più alti. Aveva visto abbastanza, e per questo cominciò ad ansimare. Era felice, ed avrebbe potuto continuare per miglia e miglia: era di nuovo sulle rive dell'Huong Khe, quella striscia di acqua sporca che lo avrebbe portato lontano della cella lungo il Mekong e dalle droghe. Lo aveva già fatto una volta, ed era pronto a rifarlo di nuovo!

«Okay, feldmaresciallo» disse all'autista di Leifhelm, guardando il fischietto che spuntava dal taschino. «Non sono poi così in forma come pensavo. Comunque, qui siamo in montagna! Non avete prati o pascoli dove fare tranquille passeggiate?»

«Io faccio quel che mi viene detto di fare, *mein Herr*» rispose l'uomo con un ghigno. «I prati sono vicini alla *casa*. E mi hanno detto di portarla qui.»

«E qui io ti dico grazie... Se però vuoi anche la mia benedizione paterna, riportami nella mia radura.»

«Non capisco.»

«Sono sfinito... e poi non ho ancora finito di leggere i giornali. A parte gli scherzi, devo ringraziarti davvero: mi ha fatto bene prendere un po' d'aria.»

«*Sehr Gut*. Lei è una persona simpatica.»

«Ancora non sai fino a che punto, mio caro e buon ragazzo ariano.»

«*Ach*, e anche divertente. *Die Juden sind in Israel, nein?* Meglio che in Germania.»

«Nate Simon ti apprezzerebbe, e forse si occuperebbe del tuo caso; se ne occuperebbe tanto da fare un vespaio che nemmeno ti immagini. O forse no. Forse ti difenderebbe nel migliore dei modi.»

Converse era in piedi sulla sedia di legno sulla sinistra. Doveva soltanto aspettare di vedere i cani. Dopodiché sapeva di avere ancora trenta secondi circa. In bagno, aveva già aperto i rubinetti e la porta, e gli rimaneva tempo sufficiente per attraversare la stanza di corsa, tirare lo sciacquone e tornare alla sedia. Solo che stavolta non ci si sarebbe messo in piedi, ma l'avrebbe tenuta saldamente in pugno, pronto a sfasciarla in testa all'uomo che sarebbe arrivato. Fra un'ora sarebbe già stato buio: l'oscurità e le acque di un fiume gli erano già state amiche, e dovevano per forza essergli amiche anche in quell'occasione. Dovevano!

Prima sentì il rumore... zampe che calpestavano il terreno, bocche che ansimavano... poi vide una serie di mantelli neri e luccicanti che correvano verso la porta della sua prigione. Joel corse in bagno, concentrandosi sul momento in cui avrebbe sentito scattare la serratura. Quando quel momento venne, tirò lo sciacquone, chiuse la porta del bagno e corse alla sedia, sollevandola con ambedue le braccia e badando a mantenersi in posizione stabile con il corpo. La porta si aprì di qualche centimetro — ormai era una questione di pochi secondi — e dopo un istante l'autista la spinse all'indietro.

«*Herr Converse? Wo sind...? Ach, die Toilette.*»

L'uomo entrò, portando il vassoio e Joel lo colpì con la sedia con tutta la forza che aveva: l'autista si piegò all'indietro, mentre il vassoio con i piatti cadevano a terra. Sembrava soltanto meravigliato, nient'altro. Converse chiuse la porta con un calcio e lo colpì ripetutamente con il vassoio, finché l'uomo svenne, il volto devastato dal sangue e dalla saliva.

Intanto, i cani si erano lanciati contro la porta chiusa e abbaiavano come impazziti, grattando contro il legno.

Joel afferrò la catena d'argento, la sfilò dal collo del suo guardiano e tirò fuori il fischietto. C'erano quattro fori, e Joel si rese conto che ciascuno corrispondeva ad un ordine preciso. Prese l'altra sedia, che era ancora intatta, la mise sotto la finestra di destra e ci salì sopra. Poi tappò con un dito il primo foro e soffiò; non ne uscì nessun suono, ma ebbe ugualmente un suo effetto.

I doberman sembravano impazziti! Cominciarono ad assaltare la porta, buttandocisi contro come se volessero suicidarsi. Joel tappò il secondo foro e fischiò un'altra volta.

I cani sembravano un po' confusi, ma obbedirono e cominciarono a girarsi intorno, ringhiando, mordendosi e abbaiando, senza però perdere d'occhio la porta. Provò il terzo foro, soffiando in quel fischietto con tutta la forza che gli era rimasta.

Improvvisamente i doberman si fermarono, con le orecchie (che erano già state accorciate) dritte, in attesa di un altro segnale che sapevano sarebbe arrivato tra non molto. Joel soffiò ancora, di nuovo con tutte le forze che gli erano rimaste: era il segnale che evidentemente i cani aspettavano, perché all'improvviso si diressero tutti quanti verso destra, e sparirono, probabilmente diretti in un posto che conoscevano bene.

Converse saltò giù dalla sedia e frugò nelle tasche dell'autista, prendendogli il portafoglio e tutti i soldi, insieme all'orologio e... alla pistola. Per un istante Joel guardò quell'arma, odiando i ricordi che essa gli suscitava. Poi se la ficcò dentro la cintura e andò alla porta.

Una volta uscito, richiuse la porta e rimise il chiavistello. Poi cominciò a correre lungo il sentiero, cercando di calcolare la distanza che lo separava dal bivio, il cui braccio destro era *verboten* e il sinistro portava su una collina dalla quale si vedeva il fiume Reno. In realtà non erano che un paio di centinaia di metri, ma le curve e la fitta vegetazione lo facevano sembrare più lontano. Se ricordava bene, e se il suo istinto di pilota che si trova senza strumenti e che deve contare soltanto sulla propria abilità, non lo tradiva, venti, trenta metri prima della biforcazione c'era uno spiazzo erboso.

Eccolo! E laggiù, in fondo, c'era anche la biforcazione. Joel prese a correre più in fretta.

Voci! Voci irate, che si rimandavano domande l'una l'altra? Sì... e non erano lontane. Si buttò fra i cespugli alla sua destra, infilandosi tra i rovi che pungevano e sbirciando attraverso la vegetazione. Vide due uomini che parlavano in modo concitato, come se rimproverassero qualcuno, ma non certo uno di loro.

«*Was haben die Hunde?*»

«*Die sollten bei Heinrich sein!*»

Joel non aveva idea di cosa dicessero quegli uomini, ma sepeva che stavano andando verso quella che era stata la sua prigione; e sapeva anche che sarebbero ben presto passati a metodi più spicci; in quel caso, avrebbero attivato ogni sorta di allarme di cui sicuramente la fortezza di Leifhelm disponeva. Gli rimanevano soltanto pochi minuti, nei quali avrebbe dovuto coprire una distanza notevole. Con grande prudenza, uscì dal suo nascondiglio e vide che i due uomini erano ormai lontani, oltre la curva. Si alzò e ricominciò a correre.

Le tre guardie all'immenso cancello di ferro che costituiva l'ingresso alla villa di Leifhelm erano meravigliate. I cani giocherellavano sul prato, e sembravano confusi.

«Perché stanno lì?» chiese uno.

«C'è qualcosa che non va!» rispose un secondo.

«Heinrich li ha lasciati andare, ma perché?» disse il terzo.

«Qui nessuno ci avverte mai di niente» borbottò la prima guardia, stringendosi nelle spalle. «Vuol dire che, se non sentiamo nulla nei prossimi cinque minuti, telefoniamo.»

«No, c'è qualcosa che non va!» gridò la seconda guardia. «Io telefono subito!»

La prima guardia entrò nel gabbiotto e sollevò la cornetta.

Converse correva sulla collina, con il fiato corto, le labbra secche e il cuore che sembrava scoppiargli in petto. Eccolo là! Il fiume! Co-

minciò a correre più forte, mentre il vento lo pungeva in volto; provava una sensazione di vertigine, come se un vino gli avesse dato alla testa: era tornato indietro di diciotto anni! Correva in un'altra giungla, e questa volta era solo, solo con quel senso di umiliazione e di mortificazione che lo spingevano ad andare avanti, a superare tutti gli ostacoli per poter in qualche modo vendicarsi di coloro che lo avevano spogliato nudo, lo avevano violentato e — *maledizione*! — lo avevano reso simile ad un animale. Un essere umano normale, un uomo tutto sommato piacevole era stato trasformato in un essere metà uomo e metà belva, condannato a vivere con dentro un odio che nessun altro avrebbe potuto sopportare. Ma si sarebbe vendicato, questo era certo, contro tutti, tutti i suoi nemici, tutti quelli che si comportavano come animali!

Raggiunse il fondo di quel pendio e vide davanti a sé un muro di alberi e di sottobosco; ma sapeva che sarebbe bastato tener d'occhio i raggi del sole, e fare in modo di trovarseli sempre sulla sinistra: così, andando verso nord, avrebbe alla fine raggiunto il fiume.

Sentì cinque colpi di pistola in lontananza e si voltò: era facile immaginare il bersaglio da colpire: la serratura di una porta in una costruzione isolata in mezzo alla foresta. Una volta aperta quella porta, gli rimanevano soltanto pochi minuti prima che gli uomini di Leifhelm attivassero tutti gli allarmi.

All'improvviso sentì altri due rumori, molto diversi tra loro: il primo era una serie di fischi di una sirena in lontananza, il secondo era l'abbaiare furioso dei cani. Ecco, avevano dato l'allarme e di sicuro stavano facendo annusare ai doberman un suo indumento o il lenzuolo sul quale aveva dormito: i cani l'avrebbero inseguito, e sarebbero stati paghi soltanto quando avessero sentito il sapore del suo sangue e della sua carne in bocca.

Converse si infilò in quel muro di vegetazione e prese ad andare avanti il più velocemente possibile; doveva strisciare, saltare, evitare ogni tipo di ostacolo, con le braccia in avanti e le mani che furiosamente cercavano di aprirsi un varco. Il volto e il corpo sanguinavano ormai abbondantemente a causa dei rami e dei cespugli spinosi e le gambe gli si impigliavano continuamente nel sottobosco e nelle radici scoperte; inciampò innumerevoli volte, e ad ogni caduta seguiva un istante di silenzio, nel quale sentiva l'abbaiare dei cani sempre più furioso, sempre più vicino. Ormai dovevano essere entrati anche loro nel bosco, perché si sentivano dappertutto gli echi di quell'abbaiare furioso, intramezzato da ululati di rabbia quando qualcuno rimaneva impigliato nella vegetazione e non riusciva a liberarsi per correre dietro alla preda.

L'acqua! Ora vedeva l'acqua fra gli alberi. Il sudore gli colava sul viso e sul collo, bruciandogli gli occhi e le ferite. Anche le mani gli sanguinavano ormai abbondantemente.

Mise il piede in una buca che non aveva visto e cadde, mentre la caviglia gli si torceva, mandandogli fitte di dolore.

Si rialzò, liberò il piede e riprese a correre, stavolta zoppicando. I cani guadagnavano terreno, e l'abbaiare furioso si faceva sempre più vicino, sempre più nitido: ormai erano sulle sue tracce, e l'odore del suo sudore li rendeva ancora più frenetici, nella consapevolezza che la preda era vicina.

La riva! Era cosparsa di fango e di erba, tutti rifiuti naturali che sarebbero scomparsi con una corrente appena un po' più forte. Joel afferrò il calcio della pistola: non aveva la minima intenzione di estrarla, ma voleva soltanto tenerla ferma mentre, zoppicando malamente, cercava il punto migliore per scendere in acqua.

Senza il minimo preavviso una sagoma nera venne fuori dall'ombra e il corpo possente di un cane si slanciò verso di lui in un balzo gigantesco. Il muso mostruoso di quell'animale era stravolto dalla furia: gli occhi fiammeggiavano e la bocca era spalancata a mostrare una sequenza terrificante di denti che scintillavano nell'ombra. Converse si buttò a terra mentre il doberman gli si lanciava contro: lo sentì sfiorargli la spalla destra, strappargli un pezzo di camicia e finire nel fango poco lontano da lui. Quella sconfitta momentanea era più di quanto l'animale potesse sopportare: furioso, cieco di rabbia, si rialzò e fece per balzare al ventre di Joel.

Converse aveva impugnato la pistola: sparò, colpendolo alla testa, mentre sangue e brandelli di mantello di cane riempivano l'oscurità. Con la bocca già spalancata per mordere cadde a terra per non muoversi più.

Intanto, il resto del gruppo stava arrivando con un crescendo di urla e ululati. Joel si buttò in acqua e prese a nuotare più velocemente che poté verso l'altra riva; la pistola gli dava fastidio, ma sapeva di non poterla abbandonare.

Diciotto anni prima — diciotto secoli prima — avrebbe dato un occhio della testa per un'arma, che poteva essere la discriminante tra la vita e la morte, e per cinque giorni aveva dovuto fare senza. Ma il quinto giorno, finalmente l'aveva trovata, sulle rive dell'Huong Khe. Aveva nuotato sott'acqua per sfuggire ad una squadra di pattuglia e dieci minuti dopo aveva scorto un soldato piuttosto lontano dal resto della squadra; forse un uomo che l'ira faceva camminare più velocemente degli altri, o forse semplicemente un soldato stanco di quella guerra e che voleva essere soltanto se stesso per qualche minuto. Comunque, non faceva differenza: Converse lo aveva ucciso colpendolo alla testa con un sasso e aveva preso la pistola. Una pistola che aveva usato solo due volte, entrambe per salvarsi la vita, prima di raggiungere le linee americane a sud di Phu Loc.

Mentre nuotava, lottando contro le correnti del Reno, Joel improvvisamente ricordò che quello era proprio il quinto giorno di prigionia nel campo di Leifhelm... sicuramente molto diverso da una cella nella giungla ma pur sempre un campo di prigionia. E ci era riuscito! Il quinto giorno era riuscito a procurarsi un'arma! C'erano precise corrispondenze, elementi dai quali trarre presagi: Joel non ci credeva, ma per il momento si ritrovò ad accettare quella che poteva essere una possibilità.

Ormai era immerso nell'oscurità del fiume e le montagne intorno nascondevano il sole; così, sicuro di non farsi vedere, volle voltarsi indietro: sulla riva vide i cani che si aggiravano confusi intorno al corpo di quello che era stato il loro capo; qualcuno gli si avvicinava anche, annusandolo e orinando: stavano spartendosi il territorio e le supremazie. Improvvisamente potenti fari illuminarono il fiume, e Joel dovette spostarsi: ma era sopravvissuto ai fari sul Mekong e non li temeva: aveva già vissuto la stessa situazione diciotto anni prima e sapeva di poter dire che ormai ce l'aveva fatta.

Si lasciò portare dalla corrente, cercando altre luci, luci che gli avrebbero dato un rifugio e un telefono. Doveva agire in fretta, e non sarebbe stato facile, ma sapeva di poterlo fare. Tuttavia l'avvocato che c'era in lui gli diceva che un uomo ferito, con gli abiti inzuppati d'acqua, e che non parlava tedesco era un bersaglio troppo facile per gli uomini di Delavane: lo avrebbero trovato in men che non si dica. Così, doveva trovare il sistema per aggirare l'ostacolo. Doveva raggiungere un telefono e fare una chiamata in America. Poteva farcela, ce l'avrebbe fatta! Ormai l'Huong Khe cominciava a svanire. Al suo posto, ora, c'era il Reno, la sua via di salvezza.

Nuotava con tutto il fiato che si ritrovava in corpo, tenendo la pistola ben stretta in pugno quando vide le luci di un paese in lontananza.

18

Valerie aggrottò la fronte mentre ascoltava quelle parole al telefono del suo studio: il filo del telefono stesso era completamente teso, perché Val in quel momento era accanto al cavalletto e posava un pennello sulla scanalatura. Gli occhi fissavano le dune fuori dalla finestra, ma la mente era assorta, attenta a capire il significato di quanto cercavano di dirle. «Larry, mi vuoi spiegare cosa c'è?» lo interruppe, incapace di rimanere ancora in silenzio. «Joel non è solo un semplice impiegato o il ragazzo di studio, è tuo amico! Sembra quasi che tu stia mettendo su un caso contro di lui per poi portarlo in tribunale.

Quale è quel termine che usate sempre?... Ah, sì "circonstanziato": era qui, era là; qualcuno ha detto questo, qualcun altro ha detto quest'altro.»

«Sto cercando di *capire*, Val» protestò Talbot, che chiamava dal suo ufficio di New York. «Ed anche tu dovresti cercare di capire. Ci sono delle cose che non ti posso spiegare perché mi sono impegnato a mantenere segrete determinate questioni. Ed ora sono qui a discuterne con te proprio perché sono amico di Joel.»

«Va bene, allora ricominciamo da capo» disse Valerie. «Che cosa stavi cercando abilmente di scoprire da me?»

«Be', innanzitutto io penso che non siano affari miei, e non te l'avrei chiesto se non fossi stato costretto da...»

«Va bene, va bene» disse Val. «Di che cosa si tratta?»

«Be', io so che tu e Joel avevate dei problemi» continuò il socio anziano della Talbot, Brooks e Simon, come se si riferisse ad un litigio tra bambini in cortile. «Ma so anche che ci sono problemi e problemi.»

«Larry» lo interruppe di nuovo Valerie. «I problemi c'erano, e seri. Siamo arrivati al divorzio, come ben sai.»

«E fra questi problemi c'era anche il maltrattamento e le percosse fisiche?» chiese Talbot a voce bassa, odiando quelle parole.

Valerie era stupefatta: quella era una domanda che non si sarebbe mai aspettata. «Cosa?»

«Sai benissimo di cosa parlo. Per caso ti ha picchiata, magari in un'accesso d'ira? Ti ha inflitto maltrattamenti fisici?»

«Guarda che non sei in tribunale. Comunque la risposta è no, assolutamente no. Forse sarebbe stato meglio... almeno la rabbia è un sentimento.»

«Come?»

«Niente» disse Valerie, riprendendosi dallo stupore per quella domanda. «Non so quali siano i motivi che ti hanno spinto a fare una domanda del genere, ma posso dirti che Joel aveva armi ben più subdole per colpirmi moralmente, tra le quali, mio caro Larry, il suo attaccamento alla Talbot, Brooks e Simon.»

«Me ne rendo perfettamente conto, cara, e mi dispiace: sono le accuse che sento ogni volta che tratto una causa di divorzio, e non saprei cosa fare per rimediare alla situazione... almeno nell'epoca in cui viviamo. Ma ora intendevo qualcosa di diverso: parlo di quei momenti in cui Joel non è se stesso... sappiamo tutti e due che esistono, no»

«E tu conosci un essere umano che ne sia immune?» chiese l'ex-signora Converse. «Tutto sommato, non viviamo nel migliore dei mondi possibili, no?»

«No davvero. Ma Joel ha vissuto a lungo in un mondo molto peggiore di quello che tu ed io possiamo perfino immaginare, e non penso ne sia venuto fuori riportando soltanto qualche ferita sulla pelle.»

Valerie tacque per un istante, colpita dalla crudezza di quelle parole; ma poi capì che era la preoccupazione a farlo parlare così. «Sei molto dolce, Larry, ma credo che tu abbia ragione, anzi ne sono sicura. Però penso che a questo punto tu debba dirmi qualcosa di più di quello che mi hai detto. Il termine "maltrattamenti fisici" è quello che voi avvocati chiamate un caso risolutore, anche se in questo caso a me sembra un tantino deviante. Coraggio, Larry, dimmi tutto. Joel non è più mio marito, ma non ci siamo lasciati perché correva dietro alle ragazzine o perché mi rompeva i piatti in testa. Ho voluto concludere la mia vita matrimoniale con lui, ma questo non significa che non lo rispetti. Lui ha i suoi problemi ed io ho i miei, e mi pare di capire che in questo momento i suoi sono ben più gravi dei miei. Cosa è successo?»

Talbot rimase in silenzio per qualche minuto, poi parlò in fretta, come se quelle parole gli uscissero di bocca da sole, mentre lui stava a sentirle, inorridito dal loro significato. «Dicono che a Parigi abbia assalito ed ucciso un uomo senza la minima provocazione.»

«*No,* è impossibile. Non l'ha fatto, non *può* averlo fatto!»

«Sì, anche lui mi ha detto la stessa cosa, ma mi ha mentito. Mi ha giurato di essere ad Amsterdam, e che sarebbe andato immediatamente a Parigi a chiarire le cose; invece era in Germania, e ci è rimasto. È ricercato dalla polizia tedesca e dall'Interpol. Qualcuno gli ha anche detto di cercare aiuto all'ambasciata americana ma lui si è rifiutato ed è scomparso.»

«Oh, mio Dio, vi sbagliate, tutti quanti!» esplose Valerie. «Non lo conoscete! Se veramente ha ucciso un uomo, lo ha fatto perché è stato assalito ed ha capito di non avere altra scelta!»

«C'era un testimone imparziale, che non conosceva né l'aggressore né la vittima.»

«E allora non è imparziale, solo un grosso bugiardo, dammi retta! Ho vissuto con Joel per quattro anni e, salvo brevi periodi, abbiamo sempre abitato a New York. L'ho visto di fronte ad ubriachi, drogati, rifiuti di umanità; ho assistito ad episodi di aggressione da parte di punks che avrebbe benissimo potuto stendere con un pugno, e forse sarebbe stato meglio così: non ha mai fatto nemmeno un passo verso di loro, si è sempre limitato ad alzare le mani e andare via. A volte è capitato che qualche idiota gli abbia rivolto epiteti irripetibili: lui è rimasto lì, ad incenerirli con un'occhiata, un'occhiata terribile che ti faceva gelare il sangue. Ma non è mai andato oltre.»

«Val, io vorrei crederti, vorrei credere che si è trattato di legittima difesa, ma il fatto è che Joel è scappato, scomparso. L'ambasciata americana potrebbe coprirgli le spalle, dargli aiuto e protezione, ma lui non vuole aiuto.»

«Allora è evidente che ha paura. Sì, è successo altre volte, ma solitamente dura poco. Gli succede di notte, e allora si sveglia e chiude gli occhi così forte che il volto gli diventa una maschera di rughe. Però non dura molto, e Joel ha sempre detto che era normale e che non c'era da preoccuparsi. Lui stesso diceva di non preoccuparsene: voleva che tutto quanto gli era successo facesse parte del passato, che nessuno doveva far tornare a galla.»

«Quando invece sarebbe stato meglio farlo tornare a galla» disse Talbot in un soffio.

Valerie rispose con lo stesso tono di voce. «*Touché*, Larry. E non credere che non ci abbia pensato in questi ultimi due anni. Comunque, qualsiasi cosa sia successo, Joel si comporta così solo perché ha paura... senza contare che è possibile che sia stato colpito, o che... mio Dio...!»

«Abbiamo controllato tutti gli ospedali, tutti i medici» la interruppe Talbot.

«Va bene, ma ci deve essere una spiegazione! Quello che dicono che ha fatto non è da lui, e tu lo sai benissimo.»

«Esatto, Valerie. Non è da lui, non è dall'uomo che conosco.»

L'ex-signora Converse si irrigidì: «Tanto per usare una delle espressioni favorite di Joel: "spiegati meglio!"».

«Sì, forse hai ragione» disse, più a se stesso che alla sua interlocutrice. «Forse tu potrai spiegare tante altre cose a noi.»

«Raccontami di quest'uomo che è morto a Parigi.»

«Non c'è molto da dire. Sembra che fosse un autista, uno di quelli impiegati in una ditta che offriva limousine a clienti facoltosi. Secondo il testimone, un poliziotto di guardia nelle cantine dell'hotel, Joel gli si è avvicinato, gli ha gridato qualcosa e lo ha spinto fuori. Poi l'uomo ha sentito dei tafferugli, e pochi minuti dopo ha trovato l'autista in un vicolo: era gravemente ferito.»

«Ma è ridicolo! E Joel cosa ha detto?»

«Lui dice di essere semplicemente uscito dalla porta, di aver visto due uomini che litigavano e di essersi allontanato in taxi, non senza prima aver avvertito il portiere di quanto succedeva.»

«Sì, sono sicura che le cose sono andate proprio così» disse Val con fermezza.

«Ma il portiere del George V afferma il contrario. E la polizia dice che i capelli trovati nella doccia della camera di Joel e quelli trovati addosso al morto sono gli stessi.»

«È incredibile, davvero!»

«Ammettiamo pure che ci sia stata provocazione» continuò Talbot parlando in fretta. «Ancora non ci spiega quanto è successo in seguito. Ma prima di continuare, voglio farti una domanda. Immagino che capirai le ragioni che...»

«Non capisco un bel nulla! Cos'è questa storia?»

«Durante i periodi di depressione, per caso a Joel capitava di lavorare con la fantasia? Per caso, indulgeva in quello che gli psichiatri chiamano sdoppiamento della personalità?»

«Vuoi sapere se Joel credeva di essere un'altra persona?»

«Esattamente.»

«No, assolutamente no.»

«Oh!»

«*Oh?* Che significa "oh"? Coraggio, Larry.»

«Visto che parliamo di cose che sembrano incredibili, ti consiglio di sederti, Val e di tenerti forte. Secondo quelle persone che non vogliono che io parli di questa cosa (e ti do la mia parola d'onore che è la pura verità) Joel è andato in Germania ed ha dichiarato di essere un agente in incognito che lavorava per l'ambasciata a Bonn!»

«Ma forse è la verità! In fondo, gli avete concesso un congedo, no?»

«Sì, ma per occuparsi di tutt'altra cosa. Il fatto è che l'ambasciata di Bonn non sta conducendo nessuna indagine, in incognito o meno. Mi hanno telefonato personalmente persone che sono al Dipartimento di Stato.»

«Oh, mio Dio...» Valerie rimase in silenzio per qualche istante, ma poi, prima che l'altro avesse potuto spiccicare parola, disse: «*Ginevra*. Quel pasticcio di Ginevra».

«Se c'è un legame — e sia io che Nathan ci abbiamo pensato — è così remoto che non riusciamo a trovarlo.»

«Sì, sono sicura che è cominciato tutto con Ginevra.»

«Sempre ammettendo che tuo marito sia in sé.»

«Non è mio marito, ed *è* in sé!»

«Quelle ferite, Val. L'hai ammesso anche tu, no?»

«No, ma non come pensi tu. Non può aver ucciso e poi essere scappato! Non è Joel! non è mio marito... il mio ex-marito!»

«La mente è uno strumento delicato e molto complesso; i traumi del passato possono riemergere...»

«Piantala, Larry» gridò Valerie. «Vallo a dire in tribunale, ma non a me!»

«Ora sei tu agitata e non...»

«Sì, certo, sono "agitata", come dici tu e mi sembra di averne tutte le ragioni. Perché corri dietro a delle definizioni che non si addicono assolutamente a Joel. Sono definizioni che fanno comodo a quelle persone che hanno chiesto di mantenere il segreto.»

«Quelle sono persone alle quali non si può non credere, persone che hanno accesso a informazioni riservate. Oltretutto, non avevano la più pallida idea di chi fosse Joel Converse finché l'American Bar Association non ha dato il numero di telefono e l'indirizzo della Talbot, Brooks e Simon.»

«E tu credi a questa gente? Dopo tutto quello che hanno detto e scritto su Washington tu ancora credi a loro? Quante volte Joel è tornato da Washington e mi ha detto la stessa cosa? "Larry dice che mentono. Non sanno cosa fare, e mentono."»

«Valerie» disse l'avvocato con voce piena di affettuosa severità. «Qui non si tratta di giochi politici, e dopo tutti questi anni passati nei tribunali credo di saper distinguere una persona che recita una parte da una che è *veramente* irata... irata e spaventata, direi. L'uomo che mi ha telefonato era un Sottosegretario di Stato, Brewster Tolland... e bada che ho ritelefonato per averne la conferma: quell'uomo non recitava, era stupito, furioso e, direi, molto preoccupato.»

«E che cosa ti ha detto?»

«La verità, naturalmente. Non solo perché la verità è sempre la cosa giusta, ma anche perché non è mentendo che si aiuta un uomo nelle condizioni di Joel: se sta male, ha bisogno di aiuto, non certo di complicità.»

«E tu sei in contatto con Washington praticamente ogni settimana.»

«Anche più volte alla settimana, per questo; naturalmente si trattava di una semplice considerazione.»

«Mi dispiace, Larry, ma è ingiusto.»

«Forse, ma estremamente realistico. Insomma, io credo veramente che gli sia successo qualcosa, perché non lo riconosco.»

«Aspetta un momento» gridò Valerie, colpita improvvisamente da un'osservazione più che ovvia. «Forse *non è* Joel!»

«No, è lui.»

«E perché? Solo perché della gente di Washington che tra l'altro non conosci dice di sì?»

«No, Val» rispose l'avvocato. «Perché prima che mi chiamassero da Washington ho parlato con René.»

«*Mattilon?*»

«A Parigi, Joel ha chiesto aiuto a René. Anche a lui ha mentito, come ha mentito a me. Ma c'è dell'altro... e Mattilon concorda con me. È qualcosa che gli ha visto negli occhi, che ha sentito nella voce: qualcosa che non andava, una sorta di disperazione, quasi tangibile. Joel ha cercato di nasconderlo ad entrambi, ma non ci è riuscito. Quando gli ho parlato l'ultima volta, ha riappeso prima che finissi, lasciandomi con una frase a metà, e la sua voce era simile a quella di uno zombi.»

Valerie fissava i riflessi del sole sulle acque di Cape Ann. «Anche René ha detto le stesse cose?» chiese, la voce ridotta ad un soffio.

«Ci siamo detti le stesse cose che ho appena comunicato a te.»

«Larry, ho paura.»

Chaim Abrahms entrò nella stanza con passo pesante: «Allora ce l'ha fatta!» gridò. «Il Mossad aveva ragione, è una furia scatenata.»

Erich Leifhelm, l'altra persona presente in quello studio dalle pareti ricoperte di libri, batté la mano fragile su una cartella rossa. «Uomini di guardia, allarmi, *cani!* Come avrà fatto?»

«Ripeto: una furia scatenata, così l'ha definito il nostro specialista. Più lo tieni chiuso in gabbia, più cattivo diventa. È cominciato tutto tanto tempo fa. Così il nostro *provocateur* ha dato inizio alla sua odissea molto prima di quanto ci aspettassimo. Ti sei già messo in contatto con gli altri?»

«Ho chiamato Londra» disse Leifhelm sospirando. «Lui penserà ad avvertire Parigi, e Bertholdier manderà le unità di Marsiglia verso Bruxelles e verso Bonn. Non possiamo permetterci di sprecare nemmeno un'ora.»

«Naturalmente lo state cercando.»

«*Naturlich!* Ogni centimetro di costa, su entrambe le rive, per parecchie miglia, ogni sentiero, ogni stradello che dal fiume porta in città.»

«Ricordatevi che è molto abile.»

«E dove potrebbe nascondersi, sabre? Se si rivolge alla sua ambasciata, è un uomo morto. Se va alla polizia, lo caricano su un furgone blindato e ce lo riportano indietro. No, credimi, non ha scampo.»

«Sì, queste parole le ho già sentite quando ha lasciato Parigi e quando è venuto a Bonn. Ma tutte e due le volte, ho l'impressione che abbiate fatto errori di calcolo, che ci costano tempo prezioso. Ti confesso che sono molto più preoccupato adesso di quanto lo sia mai stato in tre guerre e in una vita di guerriglie.»

«Sii ragionevole, Chaim, e soprattutto cerca di star calmo. Quell'uomo non ha vestiti, tranne quelli con i quali si è tuffato nel Reno; non ha documenti, né passaporto, né denaro. Inoltre, non parla tedesco...»

«Denaro ne ha, eccome!» gridò Abrahms, ricordando all'improvviso. «Sotto l'effetto della droga, ha parlato di un'ingente somma di denaro che gli era stata promessa a Ginevra e in seguito consegnata a Micono.»

«E dov'è questo denaro?» chiese Leifhelm. «Te lo dico io: nelle mie tasche e si tratta di quasi settantamila dollari americani. Ma

Converse non ha un marco in tasca, né orologi, né gioielli. Un uomo con i vestiti fradici e maceri e senza documenti, senza denaro, un uomo che non parla il tedesco e che per di più racconta una storia estremamente confusa di una prigione all'interno del parco di *der General* Leifhelm: sicuramente finirà in galera sotto l'accusa di vagabondaggio o sospetta confusione mentale. Nel qual caso, lo sapremo immediatamente; e ricordati, mio caro sabre, che alle dieci di domani mattina non farà nessuna differenza. Questo è stato il tuo contributo, l'ingenuità del Mossad. Semplicemente, avevamo i mezzi per far sì che questo passasse... come si dice nel Vecchio Testamento.»

Abrahms era in piedi davanti all'enorme scrivania, con le mani sui fianchi. «Così sono stati l'ebreo e il nazista a scatenare tutta quanta la faccenda.. Ironico, vero *feldmaresciallo*?»

«Non tanto quanto pensi tu, *Jude*. L'impurità, come la bellezza, sta negli occhi di chi guarda ed ha paura. Tu non sei mio nemico, non lo sei mai stato. Se ai vecchi tempi ce ne fossero stati di più con il tuo coraggio e la tua fede, non avremmo perso la guerra.»

«Lo so» disse il sabre. «Io vi osservavo quando raggiungeste la Manica. La guerra l'avete persa proprio allora. Avete peccato di debolezza.»

«Non *noi*! Sono stati quei *Debutanten* a Berlino! Avevano paura.»

«Bene, allora cerca di ricordarti la lezione quando instaureremo un *vero* nuovo regime: non possiamo permetterci di dar prova di debolezza.»

«Tu mi provochi, Chaim.»

«È proprio quello che voglio.»

L'autista si toccò le bende sul volto, i bernoccoli intorno agli occhi e le labbra dolenti. Era in camera sua, e il medico gli aveva acceso la televisione... probabilmente per fargli un dispetto, visto che ci vedeva appena.

Era stato sfortunato: il prigioniero era fuggito nonostante l'assidua sorveglianza e i cani, che tutti ritenevano un'arma infallibile. Gli altri uomini di guardia gli avevano detto che l'americano gli aveva preso il fischietto e lo aveva usato per allontanare i cani: un'altra umiliazione da aggiungere alle ferite morali e materiali che gli avevano inflitto.

Per questo se ne era stato zitto. Nessun altro, infatti, aveva pensato a controllare che non gli mancasse niente: ma lui, appena riavutosi, si era frugato in tasca, accorgendosi della sparizione del portafoglio, del denaro e dell'orologio svizzero, che, tra parentesi, gli era costato un sacco di soldi. Ma non aveva detto nulla a nessuno. Già era abbastanza nei guai, e se avesse fatto tali ammissioni, probabilmente lo avrebbero immediatamente licenziato, o forse lo avrebbero fatto fuori definitivamente.

Joel nuotò verso riva, tuffandosi sott'acqua ogni volta che il faro gli si avvicinava. Era a bordo di un grosso motoscafo, e dal rumore del motore e dalle evoluzioni che si permetteva, Joel capì che si trattava di un'imbarcazione molto potente e al tempo stesso molto maneggevole: procedeva lungo la riva, pronta ad inoltrarsi al centro del fiume non appena avesso visto qualcosa.

Converse sentì fango sotto i piedi e continuò ad avanzare verso quello che sembrava il punto più buio della riva, un po' nuotando, un po' camminando sul fondo scivoloso; aveva ancora la pistola saldamente infilata nella cintura e quando vide il motoscafo che si avvicinava, frugando dappertutto, si riempì i polmoni d'aria e si calò sott'acqua, con il viso rivolto verso l'alto e gli occhi aperti: vedeva soltanto acqua sporca e fangosa, e gli sembrò che quel fascio di luce rimanesse sopra la sua testa per un'eternità; si spostò un po' verso sinistra, e finalmente la luce scomparve. Allora tornò in superficie, con i polmoni che stavano per scoppiargli, ma si rese immediatamente conto che non avrebbe potuto prendere le boccate d'aria che voleva: dovette fare tutto in silenzio, perché proprio sopra di lui, ad un paio di metri di distanza, vide la parte posteriore del motoscafo, che, con i motori al minimo, sembrava oziare proprio in quel tratto di costa. A bordo, un uomo fissava l'acqua con un binocolo.

Converse rimase stupito, perché sapeva benissimo che era troppo buio per vedere qualcosa anche con l'aiuto di un binocolo. Poi improvvisamente ricordò un particolare, e capì anche perché quel binocolo era così grande: si trattava di uno strumento a raggi infrarossi, che aveva già visto nel Sudest asiatico; una volta qualcuno gli aveva detto che spesso quel binocolo era la differenza tra l'avvistamento e distruzione del nemico e l'avvistamento e distruzione *da parte* del nemico. Con il binocolo a raggi infrarossi era possibile scorgere un obiettivo anche nell'oscurità più totale.

Il motoscafo si mosse, ma molto lentamente. Ancora una volta Joel non capiva cosa stesse succedendo: perché si concentravano proprio su quel tratto di costa? C'erano anche altre imbarcazioni, che perlustravano il fiume, ma si muovevano avanti e indietro: perché quel motoscafo rimaneva praticamente fermo in quel tratto del fiume? Forse lo avevano avvistato con il binocolo a raggi infrarossi? Se davvero lo avevano visto, si comportavano in modo molto strano: i nordvietnamiti, al confronto, erano molto più veloci... più aggressivi e più efficienti.

In silenzio, Converse si tuffò sott'acqua e nuotò sotto il motoscafo; quando riemerse, capì il perché di quelle strane manovre della pattuglia di Leifhelm. Davanti a lui c'erano le luci che aveva notato anche poco prima, quando ancora il motoscafo e il faro non avevano monopolizzato la sua attenzione. Aveva creduto che si trattasse delle luci di un paese, senza riflettere che quello era un mondo molto diverso. Infatti si trattava di un gruppo di quattro o cinque case intorno ad un molo. Forse erano le seconde case di gente che poteva permettersi il lusso di una vacanza in riva al Reno.

Se c'erano case, doveva per forza esserci anche una strada che portava a Bonn o in qualche altra città vicina. Gli uomini di Leifhelm continuavano a setacciare il fiume, ma in silenzio, e con i fari rivolti verso il basso, in modo da non allarmare gli abitanti del luogo o mettere sul chi vive un uomo che forse aveva già raggiunto la terraferma e si dirigeva verso la strada o le strade. In quel caso, sarebbe bastata una comunicazione via radio alle auto che sicuramente percorrevano la strada avanti e indietro, e la trappola sarebbe scattata: insomma, era ancora una volta l'Huong Khe, anche se in questo caso i suoi inseguitori disponevano di mezzi molto più sofisticati ma non per questo meno letali. Come diciotto anni prima bisognava aspettare nel buio e nel silenzio, aspettare che fossero gli altri a fare la prima mossa.

Infatti, si mossero, e prima di quanto Joel si aspettasse. Il motoscafo si avvicinò al molo, frenò e un uomo saltò sulla terraferma con una cima, legandola ad un pilastro. Immediatamente scesero anche altri tre uomini, dei quali due si diressero verso la casa più vicina, mentre il terzo andò verso destra: era chiaro che i due avrebbero controllato le case, mentre il terzo si sarebbe messo di guardia alla strada che scendeva giù dalla collina.

Converse sentì le gambe e le braccia che gli si facevano di pietra, incudini che non riusciva più a controllare né a muovere, ma sentì anche che non aveva altra scelta: il faro continuava a frugare l'oscurità, e una testa che affiorava al momento sbagliato significava la morte. *Huong Khe. In acqua, tra le canne. Puoi farcela. Non morire!* Sapeva che avrebbe dovuto aspettare al massimo una mezz'ora, ma gli sembravano ore, giorni, sospeso in una gabbia su un fiume. Braccia e gambe gli rimandavano fitte penose: dappertutto crampi, che cercava di disperdere immagazzinando quanta più aria potesse e lasciandosi andare in posizione fetale, con i pollici che massaggiavano incessantemente i muscoli che gli parevano annodati. Per ben due volte si ritrovò a bere dell'acqua melmosa e tossì in una sensazione di vertigine; in quei momenti, pensava a quanto sarebbe stato bello lasciarsi andare per sempre. *Huong Khe. Non farlo! Non morire!*

Finalmentre intravide gli uomini che tornavano. Uno, due..

tre...? Corsero al molo, verso l'uomo che teneva la corda del motoscafo. *No!* Era stato l'uomo con la corda a correre avanti: gli occhi cominciavano a giocargli brutti tiri! Ecco, l'uomo era con gli altri, e chiedeva qualcosa. Ora ritornava al pilastro e scioglieva la cima che teneva ancorato il motoscafo: salivano tutti e tre a bordo, mentre un altro uomo scendeva sulla riva, un uomo che avrebbe dovuto rimanere di vedetta tra il fiume e la strada. *Huong Khe. Un soldato isolato, lontano dalla sua squadra.*

Il motoscafo si allontanò dal molo, seppellendo Joel sotto la sua scia e prese a navigare verso ovest, in direzione dèlla casa di Leifhelm, frugando con il faro tra la fitta vegetazione. Converse teneva il viso rivolto verso l'alto, in modo da poter immagazzinare quanta più aria possibile mentre procedeva lentamente — molto lentamente — nel fango. Si trascinò tra i rami e l'erba della riva finché non sentì terra asciutta sotto i piedi. *Huong Khe.* Si ricoprì di erba, cercando di non lasciare spazi vuoti, coprendosi anche il volto. Sarebbe rimasto sdraiato finché avesse sentito il sangue fluirgli dolorosamente nelle membra, finché i muscoli del collo non avessero perso quella tensione che ora avvertiva (il collo, il collo era la prima spia, il primo avvertimento) e poi avrebbe pensato anche all'uomo sulla collina.

Chiuse gli occhi e sonnecchiò fino a che un'onda lo risvegliò. Si tolse l'erba e i rami dal volto e guardò l'orologio che aveva preso allo chauffeur: aveva dormito per un'oretta e, anche se era sempre stato sul chi vive, attento al minimo rumore, si era riposato. Mosse dapprima il collo, poi le braccia e le gambe: gli facevano ancora male, ma era sopportabile e poteva affrontare l'uomo sulla collina. Cercò di fare il punto della situazione; aveva paura, ma la rabbia che sentiva dentro era ancora più forte, e *doveva* tenere sotto controllo la paura. L'aveva fatto prima, e doveva riuscire a farlo anche adesso. Doveva concentrarsi sull'obiettivo da raggiungere: un rifugio, un posto dove poter pensare in tutta tranquillità e fare la telefonata più importante di tutta la sua vita: doveva telefonare a New York, a Nate Simon e Larry Talbot, altrimenti sarebbe stato un uomo morto, proprio come probabilmente Connal Fitzpatrick era morto. *Gesù*... Che gli avevano fatto? Un uomo che aveva ancora il candore di cercare una vendetta umana era stato catturato dalla rete perversa di Aquitania! Era davvero un mondo ingiusto... Ma ora non doveva pensare a queste cose, doveva concentrarsi su quell'uomo sulla collina.

Prese a strisciare lungo il bosco che fiancheggiava la strada, poco più che uno stradello non asfaltato, che andava verso la collina. Ogni volta che pestava un ramo o faceva cadere un sasso, si fermava immediatamente, aspettando il momento buono per ricominciare. Continuava a ripetersi che aveva il vantaggio di agire di sorpresa, e questo serviva a calmare la paura dell'oscurità e della lotta che avrebbe dovuto sostenere con un altro essere umano. Come diciotto anni prima nell'Huong Khe, quell'uomo che stava sopra di lui aveva le cose che gli servivano e non poteva evitare di prendergliele con la forza: quindi, la cosa più saggia da fare era svuotare la mente da ogni pensiero, da ogni sensazione e passare all'azione. Piuttosto, doveva concentrarsi, e fare tutto nel migliore dei modi: non poteva permettersi il lusso di un'esitazione, né il rumore di un colpo di pistola.

Stranamente, lo vide alla luce dell'unico lampione che era sulla strada: era appoggiato ad un albero e guardava in basso. Joel continuò a strisciare verso di lui, ma così lentamente che ormai lo spazio tra le mani e le gambe era diventato di pochi centimetri: il non fare il minimo rumore era essenziale. Si avvicinò all'uomo descrivendo un arco sopra di lui, proprio come una pantera che punta la preda: era di nuovo il predatore di diciotto anni prima, la belva che pensa soltanto a salvarsi la vita.

Ormai era a meno di due metri dall'uomo, e ne sentiva il respiro tranquillo. Ci fu un rumore secco dietro di lui. Un ramo! L'uomo si voltò, gli occhi vivi nella luce del lampione. Converse balzò in avanti e lo colpì alla testa e poi alla gola con il calcio della pistola. L'uomo cadde all'indietro, sorpreso, ma non ancora privo di sensi e fece per gridare: Joel gli saltò al collo e quasi lo soffocò prima di colpirlo con la pistola alla fronte. Poi vide il sangue, e la pelle che veniva via.

Silenzio. Tutto era immobile. Un altro soldato isolato dalla sua pattuglia aggredito dal nemico. Come diciotto anni prima, Converse fece un muro mentale contro ogni tipo di sentimento: era necessario, e doveva andare oltre.

Spogliò quell'uomo, e per fortuna vide che aveva la sua stessa taglia. Anche Leifhelm, come tutti i militari di un certo rango ma di statura fisica non elevata, si circondava di uomini alti, un po' per proteggersi, un po' per affermare la propria superiorità anche nei confronti di gente meglio dotata fisicamente.

C'era anche un'altra pistola; Joel, dopo varie manovre, riuscì a staccarla e la gettò nel bosco insieme all'altra. Poi, esaminando il portafoglio, ebbe una piacevole sorpresa: c'era una discreta somma di denaro e un passaporto piuttosto malridotto, ma ancora valido. Era pieno di timbri, segno che si trattava di una persona fidata che aveva viaggiato molto per conto di Aquitania, probabilmente all'oscuro di tutto quel che stavano architettando alle sue spalle, ma sempre pronto ad eseguire gli ordini, qualunque essi fossero. Purtroppo, le scarpe erano troppo strette, e Joel dovette cercare di asciugare alla meglio le sue; i calzini asciutti, comunque, assorbirono subito tutta l'umidità che era rimasta dentro. Poi coprì l'uomo con rami ed erba e si avviò lungo la strada che risaliva la collina.

Una volta arrivato, lasciò passare cinque macchine, che gli sembrarono quelle di gente agli ordini di Leifhelm. Quando vide in lontananza una volkswagen giallo canarino, si mise in mezzo alla strada e fece cenno all'autista di fermarsi.

La macchina si fermò proprio di fronte a lui: c'era una ragazza bionda accanto al guidatore, che avrà avuto sì e no vent'anni, mentre sul sedile posteriore c'era un altro ragazzo, anche lui biondo, che aveva tutta l'aria di essere il fratello della ragazza.

«*Was ist los, Opa?*» chiese il guidatore.

«Purtroppo non parlo tedesco. Per caso, uno di voi sa un po' d'inglese?»

«Io» disse il ragazzo che era seduto dietro, con voce malferma. «Io lo parlo meglio di loro due messi assieme! Loro vogliono solo andare a casa a fare l'amore. Ehi! È vero che parlo bene inglese?»

«Certo, benissimo. Senti, fammi un favore. Spiega a questi due che ho appena litigato con mia moglie ad una festa... sì, in quel cottage lassù... e vorrei tornare a Bonn. Naturalmente, pagando il disturbo.»

«*Ein Streit mit sein Frau! Er will nach Bonn. Es wird uns bezahlen.*»

«*Warum nicht? Sie hat mich heute sowieso schon zu viel gekostet*» disse il ragazzo che guidava.

«*Nicht fuer was du kriegst, du Drecksack!*» disse la ragazza ridendo.

«Entri pure, *mein Herr,* le facciamo da autisti. Preghi soltanto che il nostro nocchiero ci veda ancora abbastanza da stare in strada, *ja*? Qual è il suo hotel?»

«Be', ecco... veramente preferirei non tornarci. Sono furioso e vorrei dare una lezione a mia moglie, magari stando via fino a domattina. Pensate di potermi trovare una stanza? Naturalmente, saprò ricompensarvi. Il fatto è che credo di aver bevuto un po' troppo anch'io.»

«*Ein betrunkener Tourist! Er will ein Hotel. Fahren wir ihn ins Rosencafè?*»

«*Dort sind mehr Nutten als der alte knacker schafft.*»

«Le faremo da guida, *Amerikaner*» disse il ragazzo seduto accanto a Joel. «Siamo studenti universitari, e sarà un vero piacere per noi trovarle un posto dove dormire, e magari non da solo! Così, la lezione sarà ancora più dura. Fra l'altro, nel posto dove andremo c'è anche un caffè, e chissà che non le venga voglia di offrirci una birra, o magari anche due o tre, *ja*?»

«Tutto quello che volete. Ah... devo fare anche una telefonata, in America. Affari, sapete... C'è anche un telefono, vero?»

«Sì, certo, e a Bonn quasi tutti parlano inglese. Ma se dovessimo imbatterci in una centralinista restia alle lingue, ci penserò io stesso. Allora diciamo... sei birre!»

«Anche dodici.»

«*Da wird es im Pissoir eine Überschwemmung geben!*»

Sapeva il valore del marco tedesco, e una volta raggiunto il caffè pieno di fumo, e frequentato più che altro da studenti universitari, contò il denaro che era riuscito a racimolare tra quei due uomini che aveva assalito. Si trattava di quasi cinquecento dollari, di cui trecento appartenevano all'uomo sulla collina. Il portiere gli spiegò, in un inglese piuttosto contorto, che sì, era possibile fare una telefonata in America, ma che ci sarebbe voluto un po' di tempo. Joel lasciò l'equivalente di cinquanta dollari ai suoi buoni samaritani, si scusò e si ritirò in camera sua. Un'ora dopo arrivò la chiamata.

«Larry?»

«Joel?»

«Grazie al cielo ti trovo!» disse Converse, sentendosi sollevato. «Non immagini quanto abbia pregato di trovarti in città. Telefonare da Bonn è un'impresa!»

«Sì, sono qua» disse Talbot con voce calma. «Ma tu dove sei, Joel?» aggiunse in un soffio.

«In una topaia, a Bonn. Ma il nome non l'ho visto.»

«Sei in un albergo a Bonn, ma non ne sai il nome?»

«Non importa, Larry. Chiama anche Simon: vi voglio entrambi al telefono. Ma fai in fretta.»

«Nathan è in tribunale. Dovrebbe essere di ritorno per le quattro... le quattro americane, naturalmente. Cioè tra un'ora.»

«Maledizione!»

«Calmati Joel. Non agitarti.»

«Non *agitarti*? Per Dio, sono rimasto segregato in una cella con le sbarre alle finestre, inseguito da una muta di doberman affamati e da una squadra di uomini armati fino ai denti; sono rimasto un'ora immerso in un fiume con il rischio di affogare, sono uscito e ho dovuto... ho dovuto...»

«Cosa hai dovuto fare, Joel?» chiese Talbot, con una sorta di passività nella voce. «Che cosa hai dovuto fare?»

«Maledizione, Larry, forse ho ucciso un uomo!»

«Hai dovuto uccidere un uomo? Perché pensi di aver dovuto fare una cosa del genere?»

«Mi cercava! Mi davano la caccia, capisci? Dappertutto: nel bosco, nel fiume... e lui era un soldato isolato, lontano dalla sua squadra. *Uomini dappertutto*! Dovevo farlo, dovevo scappare! E tu mi dici di non agitarmi!»

«Calma, Joel, controllati... Sei già scappato una volta vero? Molto tempo fa...»

«Che c'entra questo?» lo interruppe Converse.

«E hai dovuto uccidere, vero? E il ricordo di quel che hai fatto è indelebile...»

«Larry, smettila di dire puttanate, per favore. Adesso apri bene le orecchie e scrivi tutto quanto ti dico: nomi, situazioni... tutto.»

«Aspetta, chiamo Janet. Lei stenografa molto...»

«No, soltanto tu, nessun altro! In fondo, poi, non è così complicato, e puoi farcela benissimo da solo. Sei pronto?»

«Certo.»

Joel si sedette sul letto e respirò profondamente. «Il modo migliore di definire tutta quanta questa sporchissima faccenda è dire semplicemente che sono tornati.»

«Chi?»

«I generali, i feldmarescialli, gli ammiragli, i colonnelli alleati e nemici, ufficiali di alto rango. Si sono messi insieme per cambiare le cose, cambiare i governi delle nazioni, le leggi e i rapporti internazionali: vogliono basare tutto su precise priorità e decisioni militari. È pazzesco, lo so, ma hanno i mezzi per farlo. Tutti quanti saremo costretti a dar corpo a queste loro fantasie perché prenderanno il potere, credendosi personaggi al di fuori di ogni egoismo e da tutte le convenienze, come del resto si sono sempre creduti.»

«Chi sono, Joel?»

«Ecco, bravo, scrivi: l'organizzazione si chiama Aquitania, ed è basata sulla teoria storica secondo la quale quella regione della Francia conosciuta con il nome di Aquitania avrebbe potuto diventare l'Europa intera e per estensione (visto che siamo una colonia) anche tutto il continente nord-americano.»

«Teoria di chi?»

«Non ha importanza, è una teoria. L'organizzazione è stata concepita e diretta dal generale George Delavane, conosciuto in Vietnam con il soprannome di Marcus il Pazzo, ed io ho visto con i miei occhi una piccola parte delle atrocità che quel figlio di puttana sta architettando. Ha riunito un bel po' di militari, tutti alti ufficiali, che si danno da fare per reclutare altri fanatici, altra gente che come loro crede di poter salvare il mondo. Da un anno a questa parte, hanno finanziato i movimenti terroristici che si stanno organizzando un po' dappertutto, mandando armi e incoraggiando la destabilizzazione generale, con l'unico scopo di creare caos in modo da potersi fare avanti per ristabilire l'ordine... Cinque giorni fa ho incontrato gli uomini-chiave di Delavane della Francia, della Germania, di Israele e del Sud Africa... e, forse, anche dell'Inghilterra.»

«Hai *incontrato*? Per caso ti hanno invitato ad una riunione?»

«Pensavano che fossi uno di loro, che credessi in quel che sostenevano. Vedi, Larry, non si rendevano conto di quanto li odiassi, perché non erano stati dove ero stato io, non avevano visto quel che avevo visto io... molti anni fa, come dici tu.»

«Quando sei dovuto scappare» aggiunse Talbot con il tono di chi capisce una situazione. «Quando hai dovuto uccidere... e sono cose che non si dimenticano. Deve essere stato un inferno.»

«Sì, è vero. Maledizione, era proprio un inferno. Scusa, mi sono lasciato andare. Ma torniamo al presente. Sono stanco... ed ho ancora tanta paura.»

«Rilassati, Joel.»

«Certo. Dov'ero rimasto?» Converse si passò una mano sugli occhi. «Oh, sì, ora ricordo. Hanno ottenuto chi sa come di vedere il mio dossier e le dichiarazioni degli ex-prigionieri di guerra, tra le quali c'era anche la mia: così hanno scoperto chi sono e come la penso. In quel dossier c'era, nero su bianco, tutto l'odio che provo per loro e per quelli che la pensano come loro; c'era l'odio che avevo provato per Delavane e per quello che aveva fatto. Poi mi hanno drogato, hanno saputo quel che volevano sapere e mi hanno rinchiuso in una maledettissima cella in mezzo ad un bosco, sulle rive del Reno. Sotto l'effetto della siringa, ho detto tutto quello che...»

«Siringa?» chiese Talbot che evidentemente non aveva mai sentito parlare di cose del genere.

«Amytol, Penthotal e scopolamina. Non è la prima volta che me lo fanno, Larry.»

«Davvero? E dove ti è capitato?»

«Nei campi in Vietnam, ma non ha importanza.»

«Invece sì.»

«Invece *no*. Il fatto è che ora hanno scoperto quello che so e questo significa che accelereranno i tempi.»

«I tempi?»

«Sì, siamo arrivati al conto alla rovescia. Due settimane, o forse tre, al massimo quattro! Nessuno sa come e dove accadrà, né quali sono gli obiettivi, ma ci saranno disordini, violenza e terrorismo un po' dappertutto, e loro avranno la scusa per uscire allo scoperto e prendere le redini di tutta la faccenda. "Accumulo", "rapida accelerazione", sono i termini che uno di loro ha usato! Proprio in questo momento, nell'Irlanda del Nord, dove il caos regna sovrano, stanno arrivando intere divisioni. Ci sono riusciti, Larry! E si trattava della prova generale. Aspetta, ti detto i nomi.» E così dicendo, Converse glieli elencò uno ad uno, sorpreso e allo stesso tempo irritato dalla totale mancanza di reazione da parte di Talbot. «Hai scritto?»

«Sì.»

«Ecco, allora adesso hai in mano i nomi e i fatti che ho potuto constatare di persona. Purtroppo, c'è molto di piú... gente del Dipartimento di Stato e del Pentagono, ma la lista completa è rimasta nella mia ventiquattrore che mi hanno rubato, o che, come spero, qualcuno ha provveduto a mettere al sicuro.»

«Va bene. Ora posso parlare?» disse l'avvocato di New York con una strana voce piatta. «Prima di tutto: dove sei? Guarda sul telefono, o su un portacenere... o sul tavolo: ci sarà pure un foglio di carta da lettere con l'intestazione e il nome dell'hotel, no?»

«No, semplicemente perché il tavolo non c'è e i portaceneri sono di vetro... Aspetta un momento, poco fa al bar ho preso le sigarette e mi hanno dato una scatola di fiammiferi.» Converse si frugò in tasca e trovò i fiammiferi. «Ecco qua. "Riesendrinks."»

«Guarda cosa c'è scritto sotto. Non che conosca bene il tedesco, ma ho l'impressione che la parola che hai letto voglia dire "long drinks" o qualcosa del genere.»

«Davvero? Allora deve essere questo. "Rosencafè".»

«Uhm, sì, credo che ci siamo. Ti spiace ripetere, per favore?»

Converse glielo dettò lettera per lettera, mentre sentiva che c'era qualcosa che non andava. «Hai scritto?» chiese. «E questo è il numero di telefono» disse Joel dettandogli le cifre che leggeva sull'apparecchio.

«Perfetto» disse Talbot. «Ora, prima che tu riattacchi — e credo che tu abbia bisogno di farti al più presto una bella dormita — vorrei farti un paio di domande.»

«Lo spero bene!»

«L'ultima volta che ci siamo sentiti, mi hai raccontato la storia di un'aggressione in un vicolo a Parigi, spiegandomi che eri ad Amsterdam, che non c'entravi assolutamente e che saresti andato al più presto da René per chiarire la situazione. Perché non l'hai fatto, Joel?»

«Per l'amor di Dio, Larry, ho appena finito di spiegarti quanto mi è successo. Avevo bisogno di ogni istante, di ogni minuto per cercare di mettere questa gente con le spalle al muro. Non potevo certo permettermi di buttare via il tempo!»

«Quell'uomo è morto. Tu hai qualcosa a che vedere con la sua fine?»

«Cristo, ma certo, te l'ho già detto, ho dovuto ucciderlo! Tentava di fermarmi, come tutti gli altri. Mi avevano visto a Copenaghen e da quel momento in poi non hanno fatto altro che starmi alle costole. Anche qui a Bonn erano all'aeroporto, pronti ad accogliermi. Era tutta una trappola!»

«Voleva impedirti di raggiungere queste persone, questi generali, feldmarescialli e compagnia bella?»

«Sì.»

«Ma se non sbaglio mi hai detto che sono stati proprio loro ad invitarti ad una riunione.»

«Ascoltami bene. Domani mattina ti farò un rapporto scritto su tutto quello che mi è successo» disse Converse che cominciava a sentire che la tensione e la stanchezza accumulata gli davano un mal di testa e un senso di spossatezza terribili. «Però ti avverto che molto probabilmente dovrai venire di persona a prendere questo rapporto... insieme al sottoscritto. Ma la cosa più importante è che finalmente siamo in contatto. Tu hai scritto i nomi, hai scritto tutto quel che ti ho detto e sai dove sono. Parla con Nathan, pensa a quanto ti ho detto e insieme cerchiamo di capire cosa conviene fare. Certo, abbiamo delle conoscenze a Washington, ma bisogna essere prudenti: non sappiamo fino a che punto poterci fidare. Ma c'è dell'altro, una cosa che non ti ho ancora detto: gran parte del materiale che ho — anzi, che *avevo* — viene da Washington. Così si potrebbe anche supporre che siano stati loro a tirarmi in ballo, e che ora se ne stiano tranquilli a guardarmi mentre faccio quel che loro non possono fare.»

«E lo fai da solo» disse Talbot. «Senza l'aiuto di Washington. Senza il loro aiuto.»

«Esatto. Non possono scoprirsi, ma se ne devono stare buoni finché io non incappo in qualcosa di concreto. Parlane con Nathan, e se poi avete delle domande da fare, chiamatemi. Ora ho proprio bisogno di dormire un paio d'ore.»

«Se non ti dispiace, avrei un'ultima domanda. Sai che l'Interpol ha spiccato mandato di cattura nei tuoi riguardi?»

«Sì.»

«E sai che sei ricercato anche dall'ambasciata americana?»

«So anche questo.»

«Mi hanno informato che qualcuno ti ha invitato a presentarti all'ambasciata.»

«*Ti* hanno informato?»

«Perché non ti sei presentato, Joel?»

«Gesù, semplicemente perché non potevo! E pensi che, in caso contrario, non ne sarei stato piú che felice? Il fatto è che l'ambasciata pullula di uomini di Delavane! Be', forse "pullulare" non è l'espressione adatta, ma ce ne sono almeno tre, e li ho visti con i miei occhi.»

«Mi è stato detto che l'ambasciatore Peregrine in persona ti ha offerto protezione, cercando di aiutarti in tutti i modi. Non era abbastanza?»

«Ti è stato detto... La risposta è no! Peregrine non ha idea delle serpi che si cova dentro l'ambasciata. O forse lo sa benissimo. Ho visto con i miei occhi l'auto di Leifhelm entrare nel cortile della *nostra* ambasciata, senza che nemmeno l'uomo di guardia gli chiedesse il lasciapassare. E alle *tre* del mattino. Segno che lo conoscono bene, no? Leifhelm è un nazista, Larry, lo è sempre stato. E allora, Peregrine cos'è?»

«Via, Joel, stai malignando su un uomo che non lo merita. Walter Peregrine è stato uno degli eroi di Bastogne, e il suo comando durante la battaglia è diventato addirittura leggendario. Ed era un ufficiale delle riserve, cioè non faceva parte dell'esercito regolare. Dubito che possa fare tanta amicizia con i nazisti.»

«Il suo comando? Un altro comandante, allora... Be', forse conosce benissimo quelle serpi che si alleva in seno all'ambasciata.»

«No, ora stai esagerando. Fra l'altro, dopo la guerra, Peregrine ha rilasciato interviste in cui apertamente criticava il Pentagono, definendolo una congrega di megalomani che pensavano soltanto alle proprie ambizioni, e a spese dei contribuenti. No, Joel, sono convinto che tu stia esagerando. Dammi retta, telefonagli, parla con lui.»

«Sto esagerando, eh?» disse Converse in un soffio, mentre quella strana sensazione di disagio che aveva provato anche poco prima lo riassaliva. «Aspetta un momento! Sei tu quello che ha esagerato. "Mi hanno informato", "mi è stato detto"... Con quale oracolo hai parlato? Chi somministra queste gocce di saggezza sul mio conto? Su quali basi e da dove?»

«Va bene, Joel, va bene. Ora calmati. Sì, ho parlato con certe persone... persone che vogliono aiutarti. Un omicidio a Parigi, ed ora mi dici che ce n'è un altro a Bonn. Poi mi parli di uomini di guardia, di pattuglie, di siringhe, di corse nei boschi e lungo i fiumi. Non capisci, figliolo? Nessuno ti biasima, né si sogna di considerarti colpevole. Ti è successo qualcosa, si è *spezzato* qualcosa, e tu rivivi tutto quanto daccapo.»

«Mio Dio!» lo interruppe Converse, stupito. «Tu non credi ad una parola di quanto ti ho detto!»

«Ma tu ci credi, e questo è quel che conta. Be', anch'io non ho fatto soltanto passeggiate in Nord Africa o in Italia, ma non è nulla al confronto di quel che hai vissuto tu. È chiaro che adesso nutri un odio profondo verso la guerra e tutto quel che riguarda le attività militari: è umano, dopo le esperienze che hai fatto e tutto quello che hai dovuto passare.»

«Larry, tutto quanto ti ho detto è *vero*.»

«Benissimo. Allora mettiti in contatto con Peregrine, vai all'ambasciata e ripeti tutto quanto a loro. Ti ascolteranno, stanne certo. Peregrine ti ascolterà.»

«Ma allora sei più scemo di quanto pensassi!» sbottò Joel. «Te l'ho appena detto, *non posso*! Perché non arriverei da Peregrine! Mi farebbero fuori prima!»

«Ho parlato anche con tua moglie... cioè, con la tua ex-moglie. Mi ha detto che ti prendono spesso queste crisi, soprattutto di notte.»

«Hai parlato con Val? L'hai immischiata in questa faccenda? Cristo, ma sei veramente diventato matto? Non sai che *loro* mettono a tacere, e per sempre, tutto quanto potrebbe accusarli? Eppure ne hai avuto la prova, avvocato,e proprio sotto il naso! *Lucas Anstett*! Stai lontano da lei! Non la immischiare in questa faccenda! Stalle lontano, o altrimenti...»

«Che volevi dire, figliolo?» disse Talbot con voce tranquilla. «Che altrimenti ucciderai anche me?»

«Oh, Gesù»

«Fa' come ti dico, Joel. Telefona a Peregrine. Vedrai che le cose si aggiusteranno da sole.»

Improvvisamente Converse sentì un rumore strano nel telefono, un rumore che aveva sentito centinaia di altre volte: era un ronzio basso, che non aveva significato per una persona al di fuori dalle abitudini e dalla topografia dell'ufficio di Talbot. Ma Joel sapeva di cosa si trattava: era il campanello che avvertiva la segretaria di andare nel suo ufficio a prendere una lettera già firmata, oppure un rapporto ultimato o un nastro registrato da battere a macchina. E ora sapeva che Larry Talbot aveva chiamato la segretaria per consegnarle l'indirizzo di un hotel di terza categoria a Bonn.

«Benissimo, Larry» disse, fingendo una stanchezza non troppo lontana dalla realtà. «Sono stanchissimo. Fammi riposare un po', poi forse andrò all'ambasciata e parlerò con Peregrine. Mi sembra tutto così confuso.»

«Bravo. È la strada giusta, credimi. Va bene così.»

«Ciao, Larry.»

«Ciao. Ci vediamo tra un paio di giorni.»

Converse riappese la cornetta e si guardò intorno in quella stanza fiocamente illuminata.

Cosa cercava?

Era venuto in quel posto senza bagagli, senza niente tranne quanto aveva indosso... e che aveva rubato. E doveva andarsene alla svelta.

Doveva correre. Fra qualche minuto sarebbero arrivati quelli dell'ambasciata, e forse qualcuno aveva già pronta la pallottola destinata alla sua testa.

Che diavolo gli stava succedendo? La verità era una storia fantastica imbottita di bugie, e le bugie stesse erano l'unico modo per sopravvivere. *Pazzia!*

19

Corse verso le scale, evitando l'ascensore e prese a scendere i gradini due o tre alla volta, sbirciando ad ogni pianettorolo e raggiungendo finalmente l'atrio. Aprì la porta e subito rallentò il passo, in modo da non attirare l'attenzione su di sé. Non c'era nessun motivo di preoccuparsi: c'era soltanto qualche nottambulo in cerca di compagnia e un paio di ubriachi che andavano avanti e indietro fra l'atrio e il bar. Oh, Cristo! Sentiva la mente che gli scoppiava: poteva anche continuare a camminare per tutta la notte, nascondendosi nei vicoli, ma un uomo che non parla il tedesco e che si aggira solitario in una stradina alla periferia di Bonn durante la notte è un bersaglio troppo semplice sia per la polizia locale che per gli inseguitori di Leifhelm. Doveva nascondersi da qualche parte. Dove nessuno potesse trovarlo.

Il bar! I suoi samaritani! Si tirò su il colletto della giacca di pelle e si abbassò i calzoni di qualche centimetro, in modo che non si vedesse che erano troppo corti; poi si avvicinò alla porta del bar, fingendo di essere malfermo sulle gambe. Subito fu investito da folate di fumo (non tutto di tabacco, però) e cercò di vedere qualcosa in mezzo a quella cortina di nebbia e di luci psichedeliche che facevano da degno sfondo al rumore infernale che si sentiva, un misto di risate, di voci rauche e di *disco-music* che veniva fuori dagli altoparlanti. I suoi buoni samaritani se ne erano andati: cercava la ragazza coi capelli biondi, l'elemento più visibile del gruppo, ma si accorse che non c'era; il loro tavolo era ora occupato da altre quattro persone... no, non erano quattro persone diverse, si trattava di tre ragazzi che si erano uniti allo studente che parlava inglese. Anche gli altri sembravano studenti, e Joel si avvicinò al loro tavolo, tirandosi ditro una sedia vuota che aveva trovato poco lontano. Poi si sedette e sorrise allo studente biondo.

«Non ero sicuro di aver lasciato abbastanza denaro per quelle dodici birre che vi avevo promesso» disse, in tono allegro.

«*Ach*! Stavamo proprio parlando di lei, *Herr Amerikaner*... Questi sono miei amici: come me, tutti studenti terribili!» Il ragazzo fece le presentazioni, ma Joel, in mezzo al fumo e alla musica, non capì i nomi. Tutti quanti sembravano contenti di accogliere fra di loro quell'americano.

«Gli altri due tuoi amici sono andati via?»

«Gliel'ho già detto» gridò il ragazzo biondo in mezzo al baccano. «Loro volevano andare a casa a fare l'amore. I nostri genitori sono andati a Bayreuth per il festival musicale, e loro hanno deciso di suonare la propria musica sul letto di lei. E io devo tornare a casa tardi!»

«Un bell'arrangiamento, non c'è che dire» disse Converse, cercando di pensare al modo migliore di introdurre un argomento che doveva essere per forza introdotto, e in fretta. Aveva pochissimo tempo.

«Ottima battuta, signore!» disse il ragazzo con i capelli scuri che sedeva alla sua destra. «Hans, però, non l'ha capita, visto che parla soltanto l'inglese di sopravvivenza. Io sono stato nel Massachusetts, per due anni, con una borsa di studio. "Arrangiamento" è un termine musicale, e da qui nasce la battuta! Davvero carina, signore!»

«Sì, cerco di tenermi in esercizio» disse Joel guardando lo studente. «Davvero parli bene l'inglese?» chiese, in tutta sincerità.

«Sì, e molto bene. Fra l'altro, mi serve per mantenermi agli studi. Questi miei amici sono tutti bravi ragazzi, ma sono ricchi, e vengono qui per divertirsi. Quand'ero ragazzo, abitavo qui vicino. In fondo, cosa c'è di male? Quando stanno qui, sono lontani da altri pericoli peggiori, si divertono e riescono a spendere un bel po' di soldi che i loro genitori si affannano a guadagnare.»

«A differenza dei tuoi amici, non mi pare che tu abbia bevuto» disse Joel, in tono più di domanda che di affermazione.

Il ragazzo sorrise, mentre annuiva con la testa. «Sì, stasera sono sobrio, perché domani mi aspetta un esame difficile, per cui devo mantenere la mente sgombra. Gli esami estivi, poi, sono i peggiori, perché i professori non vedono l'ora di andarsene al mare.»

«Avrei parlato con *lui*» disse Joel indicando lo studente biondo, che in quel momento gesticolava e discuteva con voce stridula rivolto agli altri due. «Ma mi rendo conto che non avrebbe avuto senso.»

«In che *senso*, se mi perdona la ridondanza della frase?»

«"Ridondanza"? Che cosa studi?»

«Legge, signore.»

«Ah... legge...»

«Qualcosa non va?»

«No, no, va tutto benissimo. Senti, non ho molto tempo e mi serve il tuo aiuto. Devo andarmene di qui, trovare un altro posto... almeno fino a domattina. Ti assicuro che non ho fatto nulla di male, nulla di illegale anche se forse il modo in cui sono vestito potrebbe far pensare il contrario. Si tratta di una faccenda strettamente personale. Te la senti di aiutarmi?»

Il ragazzo esitò, come se rispondere gli costasse fatica; ma alla fine, piegandosi in avanti per farsi sentire, disse: «Visto che è stato proprio lei a tirare in ballo l'argomento, spero comprenderà che non è affatto consigliabile che uno studente di legge aiuti un uomo in circostanze non del tutto chiare».

«Proprio per questo, ho tirato in ballo l'argomento» disse Converse in fretta, parlandogli all'orecchio. «Sono avvocato, e anche se questi vestiti suggeriscono diversamente, sono anche un avvocato molto conosciuto e molto stimato. Purtroppo sono incappato nel cliente sbagliato e non posso aspettare in questo posto fino a domani mattina.»

Il giovanotto, che lo aveva ascoltato attentamente, annuì. «Allora questo non è un posto che lei frequenta abitualmente?»

«Veramente, di solito evito come la peste luoghi come questo ; ma stavolta ho pensato che confondermi tra la folla sarebbe stata una buona idea.»

«Di posti come questo ce ne sono pochi a Bonn.»

«E meno male!» Guardandosi intorno, Converse ebbe un'altra idea. «È estate!» disse ad alta voce, in modo da farsi sentire in quel baccano. «Non ci sono ostelli della gioventù qui intorno?»

«Quelli vicini a Bonn e a Colonia sono ormai pieni, più che altro di americani e di olandesi. Forse verso nord, verso Hannover potrebbe trovare qualcosa. Comunque, penso che ci sia un'altra soluzione.»

«E cioè?»

«È estate: ci sono camere a pensione solitamente occupate da studenti che sono già libere. Ad esempio, dove abito io ci sono due camere vuote al terzo piano.»

«Pensavo che tu abitassi da queste parti con i tuoi genitori.»

«Sì, infatti, abitavo qui, ma molti anni fa. Ora i miei genitori sono in pensione e vivono con mia sorella a Mannheim.»

«Te lo ripeto, ho molta fretta. Possiamo andare? Naturalmente, saprò ricompensarti, e se vuoi domattina potrò darti una bella sommetta.»

«Mi sembrava di aver capito che domattina voleva prendere il primo aereo.»

«Già, ma prima devo fare due commissioni. Anzi, tu potresti venire con me, e farmi da guida.»

I due si scusarono con gli altri e si allontanarono, ben sapendo che non avrebbero rimpianto molto la loro presenza. Lo studente si avviò verso l'ingresso dell'hotel, ma Joel lo prese per un braccio, indicandogli la porta che dava sulla strada.

«Non prende i bagagli?» gli gridò tra il rumore e le luci psichedeliche.

«Vorrà dire che domattina mi presterai un rasoio» disse Joel, spingendo il ragazzo tra la folla verso la porta. Su una sedia di un tavolo lì vicino c'era un berretto floscio di panno. Joel lo prese e lo tenne davanti al volto mentre uscivano in strada. Quando furono fuori, Joel chiese al ragazzo: «Da che parte andiamo?».

«Di qua» disse il ragazzo indicando la direzione della porta dell'hotel.

«Molto bene» disse Joel, che nel frattempo si era calcato il berretto sugli occhi.

Poi, all'improvviso, si fermarono: o meglio, Joel si fermò, prendendo lo studente per il braccio e sospingendolo ancora una volta all'interno dell'edificio. Aveva visto una berlina nera che si era fermata proprio di fronte all'hotel: ne erano scesi due uomini, che si erano precipitati verso l'ingresso. Joel chinò appena la testa, mentre il ragazzo lo guardava stupito: li aveva riconosciuti entrambi come i due americani che otto giorni prima lo avevano aspettato all'aeroporto di Colonia-Bonn, sperando di prenderlo in trappola, proprio come in quel momento speravano di mettergli finalmente le mani addosso. Intanto, l'automobile si era spostata, e aspettava poco lontano, nel buio: un carro funebre che aspettava il suo cliente.

«*Was ist los*?» chiese il ragazzo tedesco, senza nascondere la sua paura.

«Niente, niente». Converse gli diede una pacca amichevole sulle spalle. «Ecco una cosa da imparare subito, avvocato: prima di accettare un cliente che ti promette onorari da favola, controlla sempre molto bene, e sii estremamente cauto.»

«*Ja*» disse il ragazzo, cercando, senza successo, di sorridere, con gli occhi fissi su quell'auto.

Poi la superarono, e Joel vide con la coda dell'occhio che l'autista si era tranquillamente acceso una sigaretta. Joel si tirò il berretto ancor di più sugli occhi, guardando dalla parte opposta a quella in cui si trovava il suo concittadino.

La verità era fantasia costellata di bugie... La sopravvivenza consisteva nel correre, nel fuggire e nel nascondersi. Pazzia!

La mattina dopo, quando si svegliò, Joel si trovò a dover fare i conti con mille pensieri, che gli si agitavano nella mente e non gli lasciavano tregua. Lo studente, che si chiamava Johann, lo aveva portato dalla sua padrona di casa, che era rimasta deliziata da quel signore americano che le aveva offerto cento marchi per una camera; subito si era data da fare, e gli aveva fornito bende, cerotti, e disinfettante per rinnovare la fasciatura alla spalla. Converse aveva dormito profondamente, svegliandosi però varie volte quando le sue paure avevano preso forma di incubi. Poi, alle sette, aveva deciso di alzarsi.

Innanzitutto, doveva trovare il modo per riscuotere il denaro, che gli era necessario ora più che mai. Era un grosso rischio, ma non poteva farne a meno. Laskaris, un uomo di mondo anche se un tantino complicato nel modo di ragionare, gli aveva fatto inoltrare centomila dollari in varie banche a Parigi, a Londra, a Bonn e a New York, che avrebbe potuto riscuotere senza firmare nulla: gli sarebbe bastato scrivere determinati numeri. Naturalmente, non era la prima volta che il direttore della banca di Micono si trovava di fronte a quella procedura insolita; infatti gli aveva consigliato di non tentare neppure di mandare a memoria una serie complicata e nemmeno tanto logica di numeri. Avrebbe pensato lui a mandare un plico contenente quelle "formule" alle sedi dell'American Express delle quattro città prescelte, con l'ordine di trattenere il plico stesso per un periodo di tre mesi e di consegnarlo su richiesta a... *a chi Mr. Converse? Deve essere un nome che per lei significa qualcosa, ma che per un estraneo non costituisce alcun indizio. Il nome che sceglierà sarà il suo codice, e non ci sarà bisogno di altri elementi di identificazione... proprio come nelle casse automatiche che distribuiscono contante quando le banche sono chiuse... Sì, diciamo che Charpentier potrebbe fare al caso nostro, J. Charpentier.*

Joel pensò che forse, sotto l'effetto della droga, aveva rivelato quell'espediente. O forse no; in quel momento, il suo cervello aveva priorità diverse, e l'esperienza nei campi di prigionia gli aveva insegnato che la droga non riesce a scavare a fondo nella mente: per ben due volte, Joel era rimasto stupito del fatto di non aver rivelato le strategie impiegate per la fuga. Comunque, il giovane tedesco, Johann, gli avrebbe fatto da intermediario. Il rischio esisteva, era reale, e poteva soltanto renderlo minore, ma non certo evitarlo. Se avessero catturato quel ragazzo, sarebbe stato un peso troppo grosso sulla coscienza... Ma pensarci non serviva a nulla, se non a peggiorare le cose.

«Adesso tu entri e chiedi se ci sono messaggi per J. Charpentier» disse Joel allo studente; entrambi erano seduti in un taxi fermo davanti alla sede dell'American Express. «Se ti rispondono di sì, di' queste esatte parole: "Deve essere un cablogramma da Micono"» aggiunse, ricordandosi le istruzioni precise di Laskaris.

«È proprio necessario?» chiese Johann, aggrottando la fronte.

«Sì. Non ti daranno un bel nulla, se non dirai che aspetti un cablogramma da Micono. È una questione di identificazione, capisci? Perché non dovrai firmare nulla.»

«Mi sembra tutto molto strano.»

«Se vuoi diventare avvocato, comincia ad abituarti a queste stranezze; non c'è niente di illegale, è semplicemente un modo per proteggere la *privacy* tua e del tuo cliente.»

«Credo proprio di avere un bel po' di cose da imparare.»

«Ti assicuro che non c'è assolutamente niente di male in quel che fai» continuò Joel fissandolo negli occhi. «Anzi, si tratta di un qualcosa di molto nobile, senza contare il fatto che ti farà guadagnare un bel po' di quattrini.»

«*Sehr gut*» disse il ragazzo.

Converse aspettò nel taxi, scrutando la strada e soffermandosi ad esaminare tutte le persone che camminavano troppo lentamente, o si fermavano con l'automobile nelle vicinanze o che, anche soltanto per un istante, guardavano la porta d'ingresso della sede dell'American Express. Quell'attesa era angosciosa, anche perché sapeva di aver coinvolto in una situazione altamente rischiosa una persona che non c'entrava assolutamente, e che era poco più di un ragazzo. Poi pensò ad Avery Fowler-Halliday e a Connal Fitzpatrick, due uomini che avevano perso la loro battaglia e si rese conto che quel ragazzo aveva molte più probabilità di sopravvivenza.

Intanto, i minuti passavano, mentre Converse sentiva il sudore scendergli sulla fronte e sul collo. Il tempo era come sospeso in quel grande mare che era la sua paura. Finalmente vide il ragazzo uscire; sembrava la personificazione dell'innocenza mentre, strizzando gli occhi per il troppo sole, si infilava nel taxi.

«Che ti hanno detto?» chiese Joel, cercando di non sembrare troppo agitato, mentre continuava a fissare la strada e i passanti.

«Mi hanno chiesto soltanto se lo aspettavo da molto tempo. Io ho risposto che mi aspettavo fosse un cablogramma da Micono. Non sapevo cosa dire.»

«Sei stato stupendo.» Joel aprì la busta e trovò un foglio con una lunga serie di numeri, circa una ventina. Ricordava esattamente le istruzioni di Laskaris: *Prenda solo i terzi numeri di ogni terzina, cominciando dal terzo e fermandosi al terz'ultimo. Deve pensare in termini di tre. È molto semplice, come sono sempre molto semplici queste cose, e in ogni caso nessuno potrà firmare al posto suo. Perciò si tratta unicamente di una precauzione.*

«Va tutto bene?» chiese Johann.

«Abbiamo fatto un bel passo avanti, caro il mio futuro avvocato, e tu sei sempre più vicino al traguardo... e ai soldi.»

«Sono anche sempre più vicino all'esame.»

«A che ora che l'hai?»

«Alle tre e trenta.»

«Porta bene. Voglio dire, c'è due volte il numero tre.»

«Prego?»

«Niente, niente. Ora pensiamo a cercare un telefono. Ancora una cosa da fare, e poi stasera potrai offrire ai tuoi amici una cena pantagruelica.»

Il taxi aspettava all'angolo, mentre Converse e il giovane tedesco erano di fronte alla cabina telefonica. Il ragazzo aveva in mano un foglietto su cui era scritto il numero della banca, ma non sembrava molto convinto di quel che faceva; erano cose troppo strane per lui, e non aveva voglia di andare avanti.

«Ma se devi soltanto dire la verità!» insistette Joel. «*Solamente* la pura verità: hai incontrato un avvocato americano che non parlava tedesco e che ti ha pregato di fare una telefonata al posto suo. Questo avvocato vorrebbe ritirare il denaro di un conto cieco e vorrebbe sapere a chi deve rivolgersi. Tutto qui. Nessuno ti chiederà il tuo nome, o il mio, anche perché non avrebbe nessuna importanza.»

«E poi, quando avrò fatto la telefonata, cosa mi chiederà di fare, *Mein Herr*? *Nein*, non voglio continuare. Perché non telefona lei, e dice...»

«Ma ti ho già detto che non posso permettermi di fare errori, o di capire male una parola. Non è poi così difficile! Quando avrai fatto la telefonata, mi aspetterai davanti alla banca e quando ne uscirò, ti darò duemila marchi. Dopo questo, per quel che mi riguarda, noi due non ci siamo mai visti.»

«Lei promette troppo per una cosa troppo semplice. Ho paura.»

«Sì, ho paura anch'io, e molta più di te» disse Converse in tono calmo ma che metteva i brividi addosso. «Ti prego. Ho bisogno del tuo aiuto.»

Proprio come la notte prima nel caffè pieno di luci e di rumori, il giovane tedesco guardò Joel, come per cercare di cogliere un qualcosa di cui non era affatto sicuro. Alla fine, annuì, sia pure senza entusiasmo. «*Sehr gut*» disse, entrando nella cabina con le monetine in mano.

Converse rimase a guardare il ragazzo che telefonava alla banca e che dovette spiegare la situazione a due o tre persone diverse prima di raggiungere la persona giusta. Quel dialogo gli sembrò interminabile, forse anche perché ne sentiva una sola parte e per di più in tedesco: ma era troppo lungo e troppo complicato per una semplice informazione. Ad un certo punto, mentre scriveva sul pezzo di carta che conteneva il numero di telefono della banca, Johann sembrò essere sul punto di obiettare qualcosa e Joel dovette trattenersi per non entrare in quella cabina ed interrompere la telefonata. Poi, il ragazzo uscì, con un'espressione confusa e irritata sul volto.

«Che è successo? Qualche problema?»

«Sì, il problema consiste nell'ora e nelle regole della banca.»

«E cioè?»

«Mi hanno spiegato che questi sono servizi che vengono espletati soltanto dopo mezzogiorno. Ho tentato di fargli capire che per quell'ora il mio avvocato americano avrebbe dovuto essere all'aeroporto, ma Herr Direktor ha detto che le regole sono regole.» Johann consegnò a Joel il pezzo di carta che aveva in mano. «Deve rivolgersi ad un certo signor Lachmann, secondo piano.»

«Bene, vuol dire che prenderò un volo pomeridiano.» Joel guardò l'orologio che era appartenuto ad un autista: erano le dieci e trentacinque, il che significava che avrebbe dovuto far passare ancora un'ora e mezza.

«Francamente, speravo di poter andare in biblioteca a mezzogiorno.»

«Puoi sempre farcela» disse Converse. «Ci fermiamo, prendiamo una busta e tu ci scrivi nome e indirizzo. Poi provvederò io a mandarti il denaro.»

Johann fissava il marciapiede, e la sua esitazione era fin troppo ovvia. «Pensavo che forse... L'esame non è poi tanto difficile. In fondo, è una delle materie in cui riesco meglio...»

«Ma certo» convenne Joel. «D'altronde, non vedo perché dovresti fidarti di me ad occhi chiusi.»

«No, non ha capito. Io credo veramente che lei abbia tutte le intenzioni di spedirmi quel denaro. Il fatto è che non sono sicuro di voler ricevere una busta da lei.»

Converse sorrise, perché aveva capito. «Impronte digitali, vero?» chiese, in tono gentile. «Potrebbero essere una prova contro di te, vero?»

«Anche questa è una delle materie nelle quali vado più forte.»

«Benissimo, allora sei condannato a stare con me un altro paio d'ore. Be'... visto che mi rimangono ancora circa settecento marchi, perché non andiamo in un negozio a comprare una giacca ed un paio di pantaloni?»

«Ottima idea. E se posso permettermi il suggerimento, io farei una follia, e ci aggiungerei anche una camicia e una cravatta. Visto che ha intenzione di regalarmi duemila marchi, non credo che le parrà una spesa troppo grossa da sostenere.»

«"Controllare sempre l'aspetto del proprio cliente." Bene, avvocato, credo proprio che farai strada.»

Il rituale da seguire alla Sparkasse di Bonn era un vero e proprio esercizio di efficienza, anche se tutto aveva uno strano sapore di goffaggine. Joel fu fatto entrare nell'ufficio di Herr Lachmann, al secondo piano, senza che nessuno gli stringesse la mano né gli rivolgesse la parola.

«Origine del conto, prego?» chiese il funzionario, che era piuttosto robusto e parlava in tono brusco.

«Banca di Rodi, filiale di Micono. Il nome del "mandante"... credo che si dica così, è Laskaris. Purtroppo non ricordo il nome di battesimo.»

«Non era necessario neppure il cognome» disse il tedesco, con aria infastidita: sembrava quasi offeso da tutta quella scena.

«Mi scusi; volevo soltanto esserle d'aiuto. Come certo le avranno già detto, ho una fretta terribile. Vede, devo prendere l'aereo.»

«Ci sono precise regole da rispettare, signore.»

«Certamente.»

Il direttore gli porse un foglio di carta. «Deve scrivere la sua firma numerica per cinque volte, una sotto all'altra, mentre le leggo il regolamento della Sparkasse Bank di Bonn, concepito nel rispetto delle leggi della Repubblica Federale Tedesca. Dopodiché dovrà firmare sempre con la firma numerica, un affidavit nel quale dichiarerà di essere a conoscenza e di accettare le limitazioni.»

«Limitazioni? Mi sembrava di aver capito che dovevo accettare leggi e regolamenti interni...»

«È la stessa cosa.»

Converse si frugò nella tasca della giacca sportiva appena comprata e tirò fuori il cablogramma; aveva già sottolineato i numeri giusti, e cominciò a scriverli.

«"Io sottoscritto, con firma numerica, rintracciabile dalla fonte del conto"» cominciò Lachmann, recitando con voce stanca quello che era scritto su un foglio, «"dichiaro sotto la mia responsabilità che i fondi che riceverò dalla Sparkasse di Bonn, provenienti da un conto cieco, sono già stati assoggettati alle ritenute e alle tassazioni di legge. Dichiaro altresì che nulla verrà fatto per evitare le sopracitate ritenute e tassazioni; che tali fondi non verranno impiegati per effettuare pagamenti illegali a individui, compagnie o società che traffichino illegalmente, né per finanziare..."»

«Va bene, va bene» disse Joel. «So già tutto. Mi dia il modulo per firmare.»

«..."attività che contrastino con le leggi della Repubblica Federale Tedesca o quelle della nazione nella quale il sottoscritto è residente e cittadino effettivo."»

«E se una persona ha la doppia cittadinanza, cosa succede?» disse Joel, cominciando a copiare l'ultima serie di numeri. «Conosco uno studente di legge che si divertirebbe a stracciarlo in mille pezzetti, quel suo affidavit...»

«Ci sarebbero altre dichiarazioni da leggere, ma se lei vuole firmare...»

«Sì, so benissimo che ci sarebbe dell'altro, ma voglio firmare.» Joel restituì al direttore il foglio in cui aveva firmato con i numeri. «Ecco qua. Ora voglio il denaro. Centomila dollari americani, meno naturalmente la commissione che si tiene la banca. Diciamo che ne voglio due terzi in dollari americani e il resto in marchi tedeschi, ma non voglio biglietti di grosso taglio: massimo qualche biglietto da seicento marchi e cinquecento dollari.»

«Si dovrà portare dietro un bel po' di carta, signore.»

«Non importa. Quello che mi preme è fare in fretta.»

«Si tratta dell'intero ammontare dell'importo? Naturalmente, lo saprei ugualmente, dopo che le apparecchiature avranno verificato la sua firma.»

«Sì, si tratta dell'intero importo.»

«Be', ci vorranno un paio d'ore.»

«*Cosa?*»

«Abbiamo regolamenti molto precisi a questo proposito» disse il direttore stringendosi nelle spalle.

«D'accordo, ma io non posso aspettare!»

«Ed io cosa posso farci?»

«Cosa può farci? Diciamo che ci sono mille dollari americani per lei.»

«Bene, allora ci vorrà un'oretta.»

«*Cinquemila* dollari.»

«Cinque minuti, amico mio.»

Converse uscì dall'ascensore; la cintura porta-denaro che la banca gli aveva gentilmente offerto gli dava fastidio e lo graffiava sul torace. Era molto meno comoda di quella che aveva comperato a Ginevra, rifletté Joel mentre ripensava a Lachmann, che si era intascato la bella sommetta di dodicimila marchi. Comunque, i "cinque" minuti si erano trasformati in tre quarti d'ora, pensò Joel guardando l'orologio appeso alla parete: aveva dovuto sorbirsi tutte le dichiarazioni da sottoscrivere e aspettare che le apparecchiature elettroniche verificassero la sua calligrafia; sembrava proprio che in Germania le banche volessero andare sul sicuro, almeno per quel che riguardava le questioni più complesse. I regolamenti, poi, venivano seguiti fino ai limiti dell'illegalità, in quanto tutti si trinceravano dietro il fatto di eseguire ordini precisi che escludevano ogni responsabilità da parte del ricevente.

Converse raggiunse le porte di bronzo della banca e vide Johann seduto su una panchina di marmo: non era a disagio come si sarebbe aspettato Joel, anche se si vedeva chiaramente che non era abituato a tali posti e a tali attese. Faceva finta di leggere un dépliant informativo su certi servizi che la Sparkasse era lieta di offrire ai suoi clienti, ma in realtà si guardava intorno, concentrandosi sulle persone che andavano avanti e indietro nel caos di una banca a mezzogiorno. Quando Johann finalmente lo scorse, Converse gli fece cenno con la testa e il ragazzo raggiunse l'uscita.

Subito si resero conto che era successo qualcosa: c'era gente che correva, dirigendosi in qualche posto alla loro destra; era tutto un incrociarsi di domande e di risposte alle quali si mescolavano la rabbia e la frustrazione di chi non si rendeva conto di quanto accadeva.

«Che succede?» chiese Converse.

«Non lo so» rispose Johann, che intanto lo aveva raggiunto. «Ma di sicuro si tratta di qualcosa di brutto: corrono tutti verso l'edicola. Forse qualche edizione straordinaria.»

«Andiamo anche noi» disse Converse prendendolo per il braccio e spingendolo avanti.

«*Attentat! Mord! Amerikanische Botschafter ermordet*!»

Gli strilloni si davano da fare, distribuendo giornali ai passanti senza curarsi minimamente di dar loro il resto: nell'aria c'era quella sensazione di panico crescente che sempre accompagna situazioni che fanno presagire l'annuncio di grandi tragedie. Intanto, i passanti sfogliavano i giornali, cercando tra le righe e i titoli la notizia sensazionale.

«*Mein Gott!*» gridò Johann, dando un'occhiata al giornale di un signore che gli si era fermato accanto. «Hanno assassinato l'ambasciatore americano!»

«*Cristo*! Presto, comprane una copia!» Converse lanciò una manciata di monetine in direzione dell'uomo che stava all'interno del chiosco mentre Johann prendeva al volo una copia del giornale con le sensazionali rivelazioni. «Andiamocene di qui, ora!» gridò Joel rivolto al suo giovane amico e prendendolo per un braccio.

Ma Johann non si mosse di un passo. Rimase immobile tra la folla che urlava, fissando il giornale ad occhi spalancati. Le labbra gli tremavano, e Converse dovette farsi largo a gomitate tra due persone che gli stavano davanti per raggiungerlo. Ormai c'era una sorta di frenesia, e tutti volevano una copia di quel giornale: nell'aria si sentivano imprecazioni e urla di coloro che erano ancora arretrati.

«*Lei*!» Johann gridò solo quella parola, poi tacque sentendo improvvisamente una paura che gli paralizzava la gola.

Joel gli strappò il giornale di mano e vide che nel bel mezzo della prima pagina c'erano due fotografie. Quella sulla sinistra era del defunto Walter Peregrine, ambasciatore degli Stati Uniti d'America nella Repubblica Federale Tedesca. L'altra, quella sulla destra, era di un americano, un *rechtsanwalt*... una delle poche parole di tedesco che Converse sapeva: *rechtsanwalt* significa avvocato e quella era la sua fotografia.

20

«No!» gridò Joel afferrando il giornale con la mano sinistra, mentre con la destra tratteneva il ragazzo. «Qualunque cosa ci sia scritta, si tratta di una menzogna! Io sono fuori da tutta questa faccenda! Ma non capisci cosa tentano di fare? Vieni, vieni con me!»

«*Nein*!» gridò il ragazzo guardandosi intorno e rendendosi conto che quell'urlo si era perso nel frastuono generale.

«Invece verrai!» Converse si ficcò il giornale in tasca e con il braccio destro afferrò il ragazzo per il collo, trascinandolo da parte. «Puoi pensare quello che vuoi, ma prima devi venire con me! Mi devi leggere quel maledettissimo articolo!»

«*Da ist er! Der Attentater*!» urlò Johann, afferrando un passante per i pantaloni; l'uomo bestemmiò e lo allontanò con forza.

Joel lo afferrò con la sinistra e prese a parlargli all'orecchio, con parole che stupirono sia il ragazzo sia se stesso. «Benissimo, visto che vuoi la guerra, ti darò la guerra! Ho una pistola in tasca e bada che sono intenzionato ad usarla. Già due uomini sono stati uccisi... anzi... e perché tu dovresti essere un'eccezione? Forse perché sei ancora un ragazzo? Attento, potresti fare una brutta fine. E se ci pensi bene, per chi stiamo morendo?»

Converse lo spingeva avanti e indietro, cercando di portarlo lontano da quella folla. Quando furono un po' più lontani, lo lasciò andare, continuando però a trattenerlo saldamente per un braccio. Cercava un posto isolato, tranquillo dove poter parlare... dove Johann avrebbe potuto parlare, dopo aver tradotto le menzogne degli uomini di Aquitania. Per poco, il giornale non gli cadde; lo riprese, e si rese conto che non poteva continuare a camminare spingendo un ragazzo dall'aria spaventata: attirava l'attenzione, e in quel momento era l'ultima cosa che voleva. Oh, Cristo! La fotografia... il suo volto! Chiunque avrebbe potuto riconoscerlo.

Poco più avanti, sulla destra, c'era un panificio, o un caffè, o forse una pasticceria che serviva anche ai tavoli; vide che per l'appunto c'erano dei posti liberi in fondo al marciapiede, dove erano stati disposti i tavoli protetti dagli ombrelloni. Veramente avrebbe preferito un vicolo deserto, magari dove non passassero macchine, ma non poteva continuare a camminare trascinandosi dietro un ragazzo recalcitrante.

«Laggiù! Quel tavolo in fondo. Tu siediti con la faccia verso la strada, ma ricordati: non stavo scherzando sul conto della pistola che ho in tasca: al primo movimento sospetto, posso sempre tirarla fuori.»

«La prego, mi lasci andare. Mi ha già fatto abbastanza male! I miei amici mi hanno visto con lei ieri sera, e la padrona di casa le ha anche affittato una camera! La polizia vorrà interrogarmi!»

«Cammina, forza!» disse Converse spingendolo verso il tavolo, che rimaneva un po' arretrato rispetto agli altri. Si sedettero: il ragazzo non tremava più, ma lanciava occhiate infuocate intorno a sé. «Non pensare nemmeno ad una cosa del genere» lo ammonì Joel. «E quando viene il cameriere, parla in inglese. Solo in inglese, hai capito?»

«Non ci sono camerieri. È un self-service.»

«Benone, allora vuol dire che non mangeremo... o forse mangeremo tra un po'. Ti debbo del denaro ed io pago sempre i miei debiti.»

...Io pago sempre i debiti. Almeno negli ultimi quattro anni che mi rimangono. Le parole di un messaggio lasciato da un uomo che sapeva correre i propri rischi. Un attore di nome Caleb Dowling.

«Non voglio i suoi soldi» disse Johann, con voce impastata di paura.

«Non li vuoi perché pensi che sia denaro sporco, e possa farti accusare di complicità, vero?»

«Lei è l'avvocato, io sono un semplice studente.»

«Allora chiariamo almeno questo: non è denaro sporco, semplicemente perché io non ho fatto quello di cui mi accusano, e non esiste il complice di un uomo che è innocente.»

«Lo ripeto, l'avvocato è lei.»

Converse prese il giornale di tasca, e lo mise davanti al ragazzo; poi tirò fuori il portafoglio, dove aveva messo diecimila marchi tedeschi per le spese immediate; ne contò settemila e li porse a Johann. «Prendili e mettili via prima che te li faccia mangiare.»

«Non voglio il suo denaro!»

«Prendilo, e di' pure che te l'ho dato io. Vedrai, nessuno potrà sequestrartelo.»

«Che vuol dire?»

«Semplicemente la verità, avvocato. Un giorno capirai che la verità è sempre il miglior scudo, la protezione più sicura. E ora, leggimi quel che dice quel maledetto giornale.»

«"L'ambasciatore è stato ucciso la scorsa notte"» cominciò lo studente, fermandosi per mettere i soldi in tasca, con gesti incerti e piuttosto goffi. «"...Gli esperti saranno in grado di stabilire l'ora della morte dopo l'esame del cadavere"» continuò, traducendo a singhiozzo per cercare i termini più appropriati in inglese. «"...La ferita che ha causato la morte sembra essere stata... *Schädel*... una ferita al cranio... e il corpo è rimasto immerso nell'acqua per molte ore, finché stamani è stato ritrovato in Plittersdorf... Fonti non ufficiali riferiscono che il *chargé d'affaires* militare ha affermato che l'ultima persona a vederlo vivo è stato un americano di nome Joel Converse. Quando è venuto fuori il nome di Converse, si sono avute telefonate..."»

Il ragazzo scosse la testa con disappunto. «Come si dice in inglese?»

«Non saprei» disse Joel con voce piatta. Il tono di quell'affermazione era duro. «Come si dice cosa?»

«"Telefonate... frenetiche tra la polizia svizzera francese e della Repubblica Federale, tutte coordinate dall'International Criminal Police, meglio conosciuta come Interpol, e finalmente tutti i pezzi di questo... *Ratsel*... mosaico... sono andati a posto".... cioè, il quadro della situazione è stato finalmente chiarito. "Joel Converse, che l'ambasciatore non conosceva, era oggetto di una...*Suche*... ricerca dell'Interpol, come responsabile di due assassinii a Ginevra e a Parigi e di altri crimini non ancora resi noti."» Johann guardò Converse con la gola chiusa dalla paura.

«Continua» gli ordinò Joel. «Non sai come tutto questo sia altamente illuminante per me. *Continua*!»

«"Secondo i collaboratori dell'ambasciatore, Converse, che aveva detto di essere entrato in possesso di informazioni scottanti, (puntualmente rivelatesi false) che potevano ledere gli interessi americani, aveva insistito per incontrarsi con Peregrine all'entrata del ponte Adenauer, fra le diciannove e le venti di ieri sera. Il *chargé d'affaires* che accompagnava l'ambasciatore ha confermato che i due uomini si sono incontrati alle diciannove e cinquantuno e si sono incamminati verso il ponte sul passaggio pedonale. Quella è stata l'ultima volta in cui ha visto Peregrine vivo."» Johann inghiottì, mentre le mani gli tremavano visibilmente. Poi sospirò varie volte e continuò, scorrendo con gli occhi quelle righe, mentre sulla fronte gli apparivano gocce di sudore. «"Nel riquadro in basso, riportiamo altri... *eingehendere*... particolari così come sono stati riferiti da fonti ufficiali, ma l'Interpol ha descritto Joel Converse come un uomo in apparenza normale che nella realtà è un... *wandernde*..."» Il ragazzo abbassò ulteriormente la voce. «"... una specie di bomba ambulante con diversi disturbi nervosi. Alcuni esperti americani di atteggiamenti comportamentali lo hanno giudicato uno psicopatico in seguito a quasi quattro anni di prigionia durante il conflitto vietnamita..."»

Johann leggeva con voce esitante, spaventato dal suono di quelle parole e di quelle frasi terribili che avevano il supporto e l'avallo di "fonti" cui il Dipartimento si era rivolto e "autorità", che però non erano nominate. In definitiva, ne usciva il ritratto di un uomo con profondi disturbi nervosi che si era ritrovato a vivere nel passato in seguito ad un avvenimento violento che lo aveva lasciato intatto nell'aspetto e nella capacità di ragionamento, ma completamente incapace di controllarsi moralmente e fisicamente. Per di più, il mandato di cattura dell'Interpol veniva descritto con termini non troppo chiari, e si intuiva una losca faccenda di caccia all'uomo, che durava già da diversi giorni se non addiritura da settimane.

«"...È stato accertato che l'uomo ha tendenze omicide"» continuò lo studente, che ormai era in preda al panico, mentre l'articolo citava un'altra fonte "autorevole". «"...In lui è presente un odio patologico per gli alti ufficiali militari, specialmente coloro che si sono guadagnati fama e popolarità... L'ambasciatore Peregrine era comandante di un battaglione durante la campagna di Bastogne nella Seconda Guerra Mondiale, guerra nella quale trovarono la morte migliaia di americani... Gli esperti di Washington hanno ipotizzato che l'uomo, che molti anni fa, dopo diversi tentativi, riuscì ad evadere da un campo di prigionia del Nord Vietnam, e ad attraversare un centinaio di miglia di *Dschungel*... giungla infestata dai nemici, stia rivivendo quella terribile esperienza... Secondo gli psichiatri militari, per Converse la sopravvivenza è strettamente legata all'omicidio di ufficiali superiori, che davano ordini durante i combattimenti o perfino di civili che, nella sua immaginazione, hanno avuto una parte di responsabilità per le sofferenze che lui e molti altri hanno dovuto subire. Esteriormente, è un uomo perfettamente normale... è ricercato a Washington, Londra, Bruxelles e qui a Bonn... Si presume che sia in contatto con diversi elementi criminali, in grado di falsificare passaporti, e che, per la qualifica di avvocato internazionale..."»

Era una trappola perfetta: le menzogne su cui si basava quel suo ritratto erano frammiste a delle verità, mezze verità, distorsioni della realtà e invenzioni complete. Avevano considerato anche il fattore tempo: il *chargé d'affaires* dell'ambasciata aveva detto inequivocabilmente di aver visto Joel al ponte Adenauer alle diciannove e cinquantuno, cioè venticinque minuti dopo la sua fuga dalla prigione di Leifhelm e meno di dieci minuti dopo quel tuffo nel fiume Reno. Avevano pensato a tutto, anche al calcolo di minuti che potevano essere essenziali. Il fatto che fosse stato visto alle diciannove e cinquantuno negava ogni credibilità alla storia della cattura e dell'evasione dalla prigione di Leifhelm.

L'incidente di Ginevra, poi, era citato come una possibile spiegazione di quel famoso "avvenimento violento" che, secondo quella massa di bugiardi, lo aveva riportato indietro nel tempo, suscitando gli istinti più violenti. «"...Si è saputo che l'avvocato ucciso a Ginevra era stato un leader del movimento di protesta americano degli anni sessanta..."» La velata conclusione era che Converse aveva pagato i killer per ucciderlo; anche la morte di un uomo, a Parigi, assumeva una dimensione diversa, molto più importante; una dimensione che, abbastanza stranamente, trovava la sua base nella realtà. Inizialmente, la vera identità della vittima era stata taciuta, nella speranza di aiutare quella caccia all'uomo, visto che la Sûreté, durante un'intervista con un avvocato francese che conosceva Converse da molti anni, aveva dato adito a precisi sospetti. L'avvocato aveva rivelato che il collega americano era "molto confuso", "scioccato", e "avrebbe avuto bisogno di cure mediche specifiche..." La vittima di quell'attentato di Parigi era, naturalmente, un colonnello dell'esercito francese, passato successivamente ad espletare il servizio di aiuto a diversi generali.

Infine, per convincere definitivamente coloro che avessero avuto ancora il minimo dubbio, si citavano interi estratti delle cose che aveva detto quando si era dimesso dalla Marina. Tali informazioni, si diceva, erano state rilasciate dal Dipartimento della Marina degli Stati Uniti, Quinto Distretto, insieme con la raccomandazione da parte del Distretto stesso di accettare l'aiuto di uno psichiatra; raccomandazione che Converse aveva debitamente rifiutato, insultando il gruppo di ufficiali che volevano soltanto aiutarlo e pronunciando ogni sorta di minacce violente contro alti ufficiali che, come pilota di carriera, non avrebbe neanche dovuto conoscere.

Era un ritratto perfetto, dipinto dagli artisti di Aquitania. Johann finì l'articolo e lo fissò con occhi spaventati. «Non dice altro... signore.»

«Meno male!» disse Joel. «Ci credi?»

«Sono troppo spaventato per pensare.»

«Finalmente ecco un'affermazione onesta: l'unico pensiero in questo momento riguarda la paura che io possa ucciderti, e per questo non riesci a pensare. Hai paura che, mal interpretando un'occhiata o una parola, io possa premere quel grilletto.»

«La prego, signore, io non so nulla di queste cose!»

«Neanch'io ne sapevo nulla.»

«Mi lasci andare.»

«Johann... ho messo le mani sul tavolo, dal primo momento in cui ci siamo seduti.»

«Cosa?» Il ragazzo sbatté le palpebre e guardò le mani di Converse, proprio di fronte a sé. «Allora non ha la pistola?»

«Certo, la pistola ce l'ho. L'ho tolta ad un uomo che l'avrebbe usata contro di me.» Joel mise una mano in tasca, mentre Johann si irrigidiva. «Sigarette» disse Converse tirando fuori il pacchetto con i fiammiferi. «Un vizio deplorevole. Ti consiglio di non cominciare.»

«Un vizio piuttosto costoso.»

«Già, fra l'altro, ha anche quel difetto lì.» Joel si accese la sigaretta, continuando a fissare lo studente. «Ieri sera abbiamo parlato del più e del meno. Tranne qualche minuto fa, quando ho corso il rischio di essere linciato dalla folla, ti sono mai sembrato simile a quell'uomo descritto nell'articolo?»

«Io non sono avvocato, né tantomeno medico.»

«Due punti a favore dell'opposizione. L'accusa di non essere a posto con la testa è mia. Comunque, l'articolo dice anche che esteriormente sono una persona perfettamente normale.»

«Sì, una persona che ha sofferto molto.»

«Centinaia e centinaia di anni fa, e non più di migliaia di altri, soprattutto non più dei cinquantottomila che non sono più tornati. E non penso che un pazzo sarebbe capace di fare un'osservazione del genere in circostanze come questa, non trovi?»

«Non so di che cosa stia parlando.»

«Sto cercando di dirti che tutto quel che hai letto su di me è l'esempio classico di un uomo condannato da un tipo di giornalismo dei più deteriori. Verità mescolate a mezze verità, a distorsioni, fonti autorevoli e giudizi imparziali citati per avallare le menzogne che dovrebbero condannarmi. Nel mondo civile non esiste tribunale che ammetterebbe una circostanza del genere o permetterebbe al giudice di ascoltarla.»

«Però, ci sono dei morti» disse Johann con un filo di voce. «L'ambasciatore è stato assassinato.»

«Sì, ma non da me: ieri sera io non ero al ponte Adenauer. Fra l'altro, non so nemmeno dove sia.»

«E dov'era?»

«In un posto dove nessuno mi ha visto, se è questo che intendi dire. E quelli che sanno che non potevo essere sul quel ponte ieri sera sono le ultime persone al mondo che lo ammetterebbero.»

«Ma ci devono essere delle prove.» Il ragazzo indicò la sigaretta che Converse teneva in mano. «Forse una cicca di sigaretta?»

«Già... O magari impronte, brandelli di vestiti... Tutte cose che non possono essere imputati ad un'ora precisa.»

«Eppure sono sicuro che c'è un sistema» lo corresse Johann. «Ormai la tecnologia nel campo delle... *Forschung*... investigazioni è molto avanzata.»

«Stammi ad ascoltare bene: non sono un penalista, ma ho capito di che cosa parli. In teoria, esistono apparecchiature così sofisticate in grado di esaminare un'orma delle mia scarpa e la scarpa stessa e dire dove mi trovavo ieri sera tra le diciannove e le venti.»

«*Ja*!»

«Invece, no, perché prima che la mia scarpa potesse raggiungere il laboratorio, io sarei un uomo morto.»

«Perché?»

«Non posso dirtelo, Dio sa se vorrei, ma non posso.»

«Mi ripeto, lo so, ma devo chiederle ancora una volta il perché.» Negli occhi del ragazzo, pieni di paura, apparve una punta di delusione e Joel capì che anche l'ultima speranza di essere creduto era svanita, dopo quel rifiuto.

«Ti ho detto che non posso, che non voglio. Qualche minuto fa mi hai detto che ti avevo fatto già abbastanza del male, e forse avevi ragione. Ma non andrò oltre. Perché se lo facessi, ti metterei nelle condizioni ottimali per essere assassinato. E questo è tutto quello che posso dirti, Johann.»

«Capisco.»

«No, non capisci, e non so cosa darei per convincerti che ho bisogno di raggiungere al più presto delle persone che possono fare veramente qualcosa. Queste persone non sono a Bonn, ma io credo di poterle raggiungere se riesco ad andar via di qui.»

«C'è altro? Vuole che faccia qualcos'altro?» disse il ragazzo irrigidendosi e cominciando a tremare.

«No, non voglio che tu faccia nulla, anzi, sto proprio chiedendoti di *non* fare niente... Almeno per un po'. Niente. Dammi la possibilità di andar via di qui e mettermi in contatto con queste persone, che possono aiutarmi... che possono aiutarci tutti quanti.»

«Tutti quanti?»

«Sì, ed è tutto quel che posso dirti.»

«E per caso queste persone non fanno parte della sua ambasciata, *amerikaner*?»

Converse guardò Johann negli occhi, cercando di tenerli fissi su di lui. «L'ambasciatore Walter Peregrine è stato ucciso da uno o più uomini dell'ambasciata. Quegli stessi uomini che sono venuti ieri sera all'hotel per uccidermi.»

Johann respirò profondamente guardando il tavolo con occhi vuoti. «Quando eravamo all'edicola, mi ha minacciato, dicendomi che già erano morti tre uomini, tre uomini innocenti.»

«Mi dispiace, ma ero disperato.»

«No, non è quello. Si tratta di ciò che ha detto dopo: mi ha chiesto perché proprio io dovevo costituire l'eccezione; forse perché ero troppo giovane? Non c'era ragione, ha detto proprio così, e poi ha gridato delle parole strane... me le ricordo perfettamente... ha detto: "E se ci pensi bene, per chi stiamo morendo?". Penso che fosse ben più di una semplice domanda.»

«Sì, l'ho detto, ma non voglio spiegarti cosa significa, avvocato. Né ti posso dire che cosa devi fare. Posso soltanto ricordarti ciò che dico sempre ai miei clienti, da anni ormai: quando dovete prendere una decisione su un problema che ha dei pro e dei contro, ascoltate bene tutte le argomentazioni, e poi seguite l'istinto: è sempre quello giusto.» Converse tacque per un istante, tirando indietro la sedia. «Adesso io mi alzerò e andrò via di qui. Se ti metterai a gridare, comincerò a correre e mi nasconderò in qualche posto sicuro; poi farò quel che potrò fare. Se invece tu te ne starai tranquillo, io avrò la possibilità di contattare le persone giuste, e questo secondo me è la cosa migliore, per tutti noi... ad esempio, potresti andare in biblioteca, uscirne tra un'ora, comprare un giornale e andare alla polizia. Fallo pure, se senti di doverlo fare. Naturalmente, questa è soltanto la mia opinione, e non so quale sia la tua. Arrivederci, Johann.»

Joel si alzò dal tavolo portando immediatamente le mani al volto, come se volesse massaggiarsi le sopracciglia. Poi si avviò verso il marciapiede, girò a destra e si diresse verso un incrocio. Non osava neppure respirare e anche se i polmoni sembravano scoppiargli in petto, non voleva fare il minimo rumore, in modo da poter sentire immediatamente se quel ragazzo tedesco avesse dato l'allarme. Sentiva il polso battere sempre più forte e aveva le orecchie così tese che pensò che la minima dissonanza le avrebbe fatte scoppiare.

Non ci furono urla di un ragazzo spaventato che dava l'allarme, ma soltanto i rumori e le solite conversazioni di una strada affollata che facevano da contrappunto ai clacson delle automobili. Prese a camminare più veloce, immettendosi nel flusso di pedoni che attraversavano la piazza... più veloce, *ancora più veloce*... Facendosi largo tra i pedoni che non vedevano alcun bisogno di andare così in fretta. Attraversò la piazza e rallentò... Un uomo che camminava troppo in fretta poteva attrarre l'attenzione. Tuttavia l'impulso di mettersi a correre era fortissimo, via via che si allontanava da quella pasticceria; non aveva sentito grida di allarme ma qualcosa gli diceva di mettersi a correre e di andare a rifugiarsi in qualche vicolo solitario.

Niente. Niente che venisse a turbare i soliti rumori di una piazza affollata; tuttavia *c'era* qualcosa di diverso, ma che non aveva nulla a che fare con una voce che urlava impaurita. La gente sembrava più calma, e le conversazioni si risolvevano in semplici scrollate di spalle e gesti ampi delle braccia, come ad indicare l'incapacità di comprendere qualcosa di troppo misterioso. Dappertutto si sentiva la parola *Amerikaner* e il panico generale creato da quegli strilloni che urlavano notizie di assassinio si era ormai sopito: in fondo, era stato un americano ad uccidere un altro americano. Non era un assassino tedesco, o un comunista, o un terrorista che aveva eluso le misure di sicurezza della Repubblica Federale. La vita poteva andare avanti tranquillamente: la Germania non si era resa colpevole della morte di nessuno, e i cittadini di Bonn potevano tirare un sospiro di sollievo.

Converse girò l'angolo di un edificio di mattoni e guardò i tavoli della pasticceria che aveva lasciato. Johann era ancora lì, con la testa tra le mani, che leggeva il giornale; all'improvviso si alzò, e andò dentro il locale: *forse c'era un telefono? Andava a chiamare qualcuno?*

Quanto devo aspettare? pensò Converse pronto a scappar via, mentre l'istinto gli diceva di rimanere. Alla fine Johann spuntò di nuovo all'aperto, portando un vassoio su cui era posata una tazza di caffè e qualche pasta. Si sedette, e meticolosamente liberò il vassoio dei piatti e riprese a leggere il giornale. Poi alzò lo sguardo, senza guardare niente di particolare, come se avesse saputo che occhi invisibili lo guardavano; fu in quel momento che annuì con la testa.

Un'altra persona che sapeva correre i rischi, pensò Joel, mentre si guardava intorno, studiando i rumori e gli edifici della strada dove era entrato. Gli rimanevano poche ore, e doveva impiegarle bene: doveva decidere il da farsi.

Valerie corse al telefono, pensando che, se fosse stato un giornalista, avrebbe detto ancora la stessa cosa, che ormai aveva già ripetuto cinque volte: *non credo una parola di tutta questa storia e non ho nient'altro da dire*! E se fosse stato un altro interlocutore da Washington — dall'FBI o dalla CIA o dalla VA o da qualsiasi combinazione dell'alfabeto — si sarebbe messa ad urlare! L'avevano interrogata per tre ore quella mattina, finché non li aveva letteralmente buttati fuori di casa: perché quelli erano uomini che raccontavano menzogne e volevano che lei li aiutasse a farle credere agli altri. Sarebbe stato molto più semplice in verità staccare il telefono, ma Valerie sapeva di non poterlo fare: aveva chiamato Lawrence Talbot a New York già due volte, lasciando detto di richiamarla appena possibile. Le sembrava di vivere in un incubo. *Pazzia*, come diceva sempre Joel con voce così intensa da far pensare ad un ruggito di protesta.

«Pronto?»

«Valley? Sono Roger.»

«Papà!» Soltanto una persona la chiamava con quel tono, e quella persona era il suo ex-suocero. Il fatto che non fosse più sposata non aveva cambiato l'affetto che c'era tra di loro; Val adorava l'anziano pilota e sapeva di essere ricambiata. «Dove sei? Ginny ti ha cercato molte volte, ed è preoccupata. Ti sei anche dimenticato di inserire la segreteria telefonica.»

«Non l'ho dimenticato, Valley; il fatto è che c'erano troppe persone da richiamare. Sono appena tornato da Hong Kong e quando sono sceso dall'aereo mi sono corsi incontro una sessantina di giornalisti, facendomi un sacco di foto e accecandomi con quei maledetti flash, tanto che non ci vedrò per una settimana.»

«Sì, ho saputo che c'è stato un impiegato zelante che ha rivelato a tutti l'aereo sul quale viaggiavi. Chiunque sia, penso che sia diventato un bel po' più ricco in queste ultime ore. Ma dove sei?»

«Sono ancora all'aeroporto... Nell'ufficio del direttore. Sono stati gentili a tirarmi fuori da quella massa di scatenati... Valley, ho letto i giornali. Mi hanno portato l'ultima edizione. Che diavolo sta succedendo?»

«Non lo so, papà, ma so che è una bugia.»

«Quel ragazzo è la persona più sana di mente che abbia mai conosciuto! Stanno distorcendo la verità, rendendo... sinistre, direi, le cose che ha fatto. Mio figlio è troppo leale per essere pazzo!»

«Non è pazzo, Roger; sono sicura che lo hanno preso, e lo tengono sotto torchio.»

«Ma per che cosa?»

«Non lo so. Ma penso che Larry Talbot lo sappia, o almeno che sappia qualcosa più di noi.»

«Che cosa ti ha detto?»

«Ci sentiremo più tardi.»

«Ma perché?»

«Non ne sono sicura... Qualcosa che sento, che intuisco.»

«Tutto questo non ha senso, Valley.»

«Mi dispiace.»

«Che ha detto Ginny? Naturalmente ora la richiamo.»

«Parlava con una sorta di isterismo.»

«Be', questo è normale...»

«No, no, non hai capito. Il fatto è che si sente responsabile, pensa che quella gente stia dando addosso a suo fratello per quello che ha fatto *lei* durante gli anni sessanta. Ho cercato di spiegarle che erano tutte sciocchezze, ma temo di aver soltanto peggiorato le cose. Con estrema calma e compostezza, mi ha chiesto se credevo a quel che dicevano di Joel. Naturalmente le ho detto che non ci credevo affatto.»

«La vecchia paranoia... Tre figli, un marito ragioniere, e non le è ancora passata. Quella ragazza non riuscirò mai a capirla. Un ottimo pilota, comunque. Ha cominciato prima di Joel, ed aveva due anni di meno. Sì, devo proprio richiamarla adesso.»

«Forse non riuscirai a telefonarle.»

«Perché?»

«Ha detto che si sarebbe fatta cambiare il numero di telefono e penso che anche tu dovresti fare la stessa cosa. Lo farò anch'io, non appena Larry mi avrà telefonato.»

«Valley...» Roger Converse si fermò. «Non farlo.»

«Perché no? Non ti rendi conto di che inferno sto vivendo?»

«Senti, Valley: tu sai che non ti ho mai chiesto cosa è successo tra te e Joel, ma quando sono in città di solito vado a cena una volta alla settimana con quel piscialetto di avvocato. Lui pensa che sia un dovere filiale, ma sta' tranquilla che il giorno in cui non me la sentirò più, lo manderò al diavolo. Per ora, mi diverto con lui, lo trovo una compagnia gradevole.»

«Lo so, Roger. Che cosa stai cercando di dirmi?»

«Loro dicono che è scomparso. Che nessuno riesce più a trovarlo.»

«E allora?»

«Magari potrebbe telefonarti. Chi altro potrebbe chiamare se non te?»

Valerie chiuse gli occhi, accecata dalla luce forte del pomeriggio. «*È* una convizione che ti viene da quel che vi dite durante le cene settimanali?»

«Diciamo che *non* si tratta di intuizione; io ho intuizione soltanto quando sono a bordo del mio aereo... Sì, credo di sì. Non l'ha mai detto esplicitamente, ma era nell'aria.»

«Sei impossibile, papà.»

«Un pilota sbaglia, proprio come tutti gli altri esseri umani... Ci sono momenti durante i quali non puoi permettertelo... Non cambiare il numero, Valley.»

«Va bene.»

«E io che farò?»

«Il marito di Ginny ha avuto una buona idea. Dice a tutti di rivolgersi al loro avvocato. Forse anche tu potresti fare la stessa cosa. Hai già un avvocato?»

«Certo» disse Roger Converse. «Ne ho addirittura tre: Talbot, Brooks e Simon. Nate è il migliore, se vuoi proprio sapere la verità. Sapevi che all'età di sessantasette anni quel figlio di puttana vuol prendere il brevetto di pilota?»

«Papà! Sei all'aeroporto?»

«Certo, te l'ho detto. All'aeroporto Kennedy.»

«Non andare a casa. Prendi il primo aereo per Boston. Usa un nome falso. Richiamami, e fammi sapere con quale volo arrivi. Vengo a prenderti.»

«Perché?»

«Fai come ti dico, Roger. Ti prego.»

«Ma perché?»

«Voglio che tu rimanga qui, perché io parto.»

21

Converse uscì dal negozio di abbigliamento della caotica Bornheimer Strasse e studiò la sua immagine allo specchio, non come un cliente che bada soprattutto all'eleganza e agli accostamenti più azzeccati, ma come un semplice passante che controlla il proprio aspetto nella vetrina di un negozio. Poteva considerarsi soddisfatto, perché niente del suo abbigliamento era tale da richiamare l'attenzione dei passanti. La foto che era apparsa sul giornale si riferiva all'anno prima, quando Reuters lo aveva contattato insieme ad altri giovani avvocati emergenti. Era l'unica foto che gli avevano fatto da quindici anni a quella parte, ed era un ritratto a mezzo busto dove figurava in abiti tipici da avvocato: vestito scuro, camicia bianca e cravatta a strisce. Quella era l'immagine apparsa al pubblico, che ovviamente non poteva cambiare: quindi era lui a dover cambiare.

Fra l'altro, non poteva continuare ad indossare gli stessi abiti con i quali era andato in banca. Forse Lachmann, preso dalla paura, aveva avvertito la polizia; ma se anche non l'avesse fatto, gli sarebbe rimasto nella mente un uomo vestito di scuro, con la camicia bianca e la cravatta a strisce. Joel pensò che inconsciamente o meno, si era andato a cercare una patina di rispettabilità. Forse tutti coloro che fuggivano per salvarsi la vita si comportavano nello stesso modo, proprio perché si sentivano derubati di quella dignità che è la condizione essenziale per vivere sereni. Comunque, vestito in quel modo era facilmente identificabile come l'uomo della foto nel giornale.

A dire il vero, nell'acquistare il nuovo e limitato guardaroba, si era ispirato ad un suo ex-professore di storia, che vestiva sempre con giacche di tweed con i rinforzi di camoscio ai gomiti, pantaloni di flanella (pesante o leggera a seconda delle stagioni), eternamente grigi e camicia button-down tipo oxford. In testa, portava sempre un cappello di stoffa con la tesa rivolta verso il basso. Per questo, dovunque andasse, sia a Boston, sia nella Quinta Avenue a New York sia al Rodeo Drive di Beverly Hills (dove Joel era sicuro che il professore non sarebbe mai andato) la gente lo riconosceva senza esitazioni come un professore del New England.

Converse aveva cercato di assomigliare il più possibile a quel suo modello, eccezion fatta per gli occhiali, che avrebbe dovuto sostituire con una montatura e due pezzi di vetro. Sapeva che a Bonn c'era un grande magazzino simile ai *five-and-dime* americani, e sapeva che là avrebbe trovato quel che cercava.

Era come se il problema di trovare quegli occhiali fosse essenziale per lui, e ad un tratto capì anche perché: la sua mente si concentrava su ciò che poteva *effettivamente* fare, su quegli aspetti della realtà che poteva veramente cambiare, come cercare di mutare aspetto. Ciò gli serviva a procrastinare tutto il resto, a rimandare un problema del quale non vedeva la soluzione.

Si guardò ancora una volta nella vetrina, soddisfatto di quell'aspetto. Gli occhiali avevano una grossa montatura di plastica che imitava la tartaruga e gli davano veramente l'aria di un vecchio professore. Ora non era più l'uomo ritratto in quella foto e, cosa ancora più importante, il dover scegliere, acquistare e indossare degli abiti era servito a cancellare almeno per un po' dalla mente le altre preoccupazioni. Ora finalmente poteva sedersi, pensare e cercare soluzioni. Fra l'altro, aveva anche bisogno di bere qualcosa.

Il caffè era piuttosto affollato, e i vetri colorati dipingevano il chiarore estivo con sfumature di verde e di rosso che penetravano il fumo. Il maître lo guidò ad un tavolo accanto ad un divanetto di cuoio nero, assicurandogli che tutto quello che doveva fare era chiedere un menù in inglese; ogni piatto, poi, era contrassegnato con un numero, cosa che rendeva estremamente semplice l'ordinazione. Doveva soltanto tener presente che *whisky*, a Bonn, era esclusivamente *scotch*. Joel colse la palla al balzo e ne ordinò uno doppio, prendendo poi il blocco per appunti e la penna che aveva acquistato poco prima nello stesso negozio dove aveva trovato gli occhiali. Quando arrivò lo scotch, cominciò a scrivere:

Connal Fitzpatrick?
Ventiquattore?
93.000 dollari
Escludere l'ambasciata
Escludere Larry Talbot & C.
Escludere Beale
Escludere Anstett
Escludere l'uomo di San Francisco
Gli uomini di Washington. Chi sono?
Caleb Dowling? No.
Hickman, Marina, San Diego? Forse.
... Mattilon

René! Perché non aveva pensato prima a René? Capiva anche perché, coprendosi con l'anonimato, Mattilon aveva parlato in quel modo di lui ai giornalisti. Cercava soltanto di proteggerlo e, non vedendo altre vie d'uscita, aveva pensato alla soluzione della seminfermità di mente. Joel tracciò un cerchio intorno al nome di René e lo contrassegnò con il numero 1. Più tardi avrebbe cercato un centro telefonico e, assistito da un paio di signorine, avrebbe chiamato René a Parigi. Bevve due sorsi di whisky, rilassandosi mentre il calore dell'alcol gli penetrava nelle ossa e tornò alla lista, cominciando dall'inizio.

Connal?... Presumere che fosse morto era inevitabile, ma Joel non ne aveva le prove; e se era vivo, probabilmente lo tenevano prigioniero per estorcergli quante più informazioni fosse possibile: Fitzpatrick, che era capo del dipartimento legale delle base navale più grossa e più potente, e che aveva alle spalle tutta una serie di incontri con la Sezione Controllo Armamenti del Dipartimento di Stato e del Pentagono, poteva essere un elemento prezioso per gli uomini di Aquitania. Tuttavia, richiamare l'attenzione su di lui equivaleva senza alcun dubbio a decretarne la condanna a morte, se naturalmente era ancora vivo. L'unica maniera per salvarlo era trovarlo, ma non con ricerche ufficiali: bisognava farlo segretamente.

Tutto ad un tratto, Joel vide la figura di un uomo con la divisa dell'Esercito degli Stati Uniti d'America che parlava con due civili al bar. Non conosceva quell'uomo, ma la divisa che indossava gli ricordò il *chargé d'affaires* dell'ambasciata, un uomo straordinario, capace di vedere una persona incontrarsi con un'altra nei pressi di un ponte, quando questa persona non sapeva nemmeno dell'incontro e non avrebbe mai saputo rintracciare quel ponte in una città sconosciuta. Un altro che raccontava bugie per conto di Aquitania. Forse però poteva far qualcosa per Fitzpatrick, per riuscire a sapere dove lo tenevano nascosto. Converse tracciò una linea sulla parte destra del foglio, collegando il nome di Fitzpatrick a quello dell'ammiraglio Hickman a San Diego. Prima di assegnare un numero a quei due nomi, però, doveva considerare molte altre cose.

Ventiquattrore? Era convinto che gli uomini di Aquitania non l'avessero trovata. Quella non era gente da tacere i propri successi, men che mai ad un prigioniero che aveva osato sfidarli. No, se l'avessero trovata glielo avrebbero fatto capire, se non altro per dimostrargli che era stato completamente battuto. Era convinto che Connal l'avesse nascosta. Forse all'interno del Das Rektorat? Valeva la pena di tentare. Joel fece un cerchio intorno alla prola *ventiquattrore* e la contrassegnò con il numero 2.

«*Speisekarte, mein Herr*?» disse un cameriere prima che Converse si fosse reso conto della sua presenza.

«In inglese, se è possibile.»

«Certo, signore.» Il cameriere aprì una serie di menù a ventaglio, proprio come se si fosse trattato di immense carte da gioco, ne scelse uno e glielo porse. «La *Spezialität* di oggi è la *Wienerschnitzel*... si dice lo stesso anche in inglese.»

«Benone. Allora mi porti quella. Non ho più bisogno del menù.»

«*Danke*». L'uomo si dileguò prima che Joel avesse avuto il tempo di ordinare un secondo drink. Meglio così, pensò tra sé.

93.000 dollari. Non c'era altro da aggiungere. Ne sentiva il peso e il fastidio anche a causa di quella cintura intorno alla vita. Aveva il denaro, e l'avrebbe usato.

Escludere l'ambasciata... Escludere Larry Talbot & C.... Escludere Beale... Escludere Anstett... Escludere l'uomo di San Francisco.

Per tutta la durata del pranzo, aveva pensato a quella lista, esaminandone ogni aspetto, chiedendosi come fosse potuto accadere tutto quello che aveva vissuto e che avrebbe dovuto affrontare. Aveva studiato ogni passo, ogni mossa, memorizzando fatti e dossier, procedendo sempre con la massima cautela: ma quelli che Preston Halliday gli aveva prospettato come semplici fatti si erano trasformati in enormi complicazioni.

Il tuo compito è quello di mettere insieme due o tre casi che siano legati a Delavane — anche indirettamente —... ci basta

Alla luce delle rivelazioni avute a Micono, a Parigi, a Copenaghen e a Bonn, la semplicità di quella frase era quantomeno criminale. Halliday sarebbe rimasto senza parola se avesse scoperto la profondità e la vastità dell'influenza delle legioni di Delavane, se avesse visto fino a che punto si erano infiltrati tra gli alti livelli militari, la polizia di tutto il mondo, l'Interpol e, ovviamente, tra coloro che controllavano quel flusso di notizie provenienti dalle cosiddette "fonti autorevoli" dei governi occidentali.

Converse interruppe improvvisamente quella catena di pensieri colmi d'ira e si accorse che considerava Halliday come un uomo cui di notte sembra di vedere due occhi che lo fissano nell'oscurità della giungla. Nulla di più sbagliato. Halliday era perfettamente a conoscenza di tutto il materiale che Beale gli aveva consegnato su un'isoletta dell'Egeo, sapeva dei legami tra Parigi, Bonn, Tel Aviv e Johannesburg, sapeva dell'esistenza di collaboratori di Aquitania tra il personale del Dipartimento di Stato e del Pentagono... Sapeva tutto! Era stato lui ad organizzare tutta la faccenda con degli sconosciuti di Washington! Halliday gli aveva mentito a Ginevra. Un suo vecchio compagno di scuola, che, con il nome di Avery Fowler aveva conosciuto molti anni prima, ammirandolo per le doti eccellenti di sportivo, era il manipolatore di tutta la sua vicenda, quello che aveva tirato le fila di tutto e che, con il nome di A. Preston Halliday, gli aveva mentito.

Dove erano quegli sconosciuti di Washington che avevano l'audacia di mettere a disposizione una somma di mezzo milione di dollari per un gioco estremamente pericoloso e che erano troppo spaventati per uscire all'aperto? Che genere di persone erano? Dopo l'uccisione della loro avanguardia e l'accusa di psicopatico che pesava sul capo di colui che avevano eletto come marionetta da manovrare al momento opportuno, quanto avrebbero aspettato ancora? *Che cosa* erano?

Quelle erano domande sconcertanti che Converse scelse deliberatamente di mettere da parte: lo avrebbero portato soltanto all'odio, che sempre acceca la ragione. Lui invece aveva bisogno di conservare intatta quella ragione, quella forza che gli veniva dalla consapevolezza.

Era venuto il momento di andare a cercare un centro telefonico e chiamare Mattilon a Parigi. René gli avrebbe creduto, e lo avrebbe aiutato: era impensabile che un vecchio amico si comportasse in maniera diversa.

L'uomo in abiti borghesi si avvicinò alla finestra, conscio del fatto che gli altri si aspettavano da lui un discorso che ponesse le basi di un miracolo... non una soluzione, ma un miracolo vero e proprio, e di questo ne era certo. Peter Stone era un relitto umano, un uomo da buttar via che aveva sperimentato di tutto, e negli ultimi anni era arrivato allo sfascio. L'alcol aveva preso il posto del vero coraggio, facendone una specie di sub-umano; una parte di sé riusciva ancora ad essere orgogliosa dei traguardi raggiunti nel passato, mentre un'altra parte provava nausea di fronte alla consapevolezza di vite e di strategie buttate al vento.. la moralità era sempre più simile ad una carta straccia nel cestino della non-coscienza collettiva.

Nonostante tutto, era stato uno dei migliori... e non lo avrebbe mai dimenticato. Quando si era reso conto che era tutto finito, si era anche accorto che si stava suicidando, con dosi di bourbon e di commiserazione che avrebbero ucciso un elefante. Per questo, aveva deciso di farla finita, non senza prima guadagnarsi l'inimicizia dei suoi ex-superiori della CIA; non aveva parlato di loro pubblicamente, ma in privato aveva detto ad ognuno chi e che cosa era, e non si trattava di cose gentili. Per fortuna, una volta tornato sobrio, aveva scoperto che i suoi ex-superiori avevano altri nemici a Washington: nemici che non avevano niente a che fare con la politica estera e gli intrighi militari, ma cittadini fedeli alla repubblica che volevano sapere quel che succedeva e che Langley non rendeva noto. Così, era riuscito a sopravvivere, e sopravviveva tuttora. E in quella stanza d'albergo ripensava a tutte queste cose, mentre gli altri due uomini che erano con lui pensavano che si stesse concentrando su quella questione così importante e delicata.

Questione che non aveva vie d'uscita. Era tutto finito, il caso archiviato. E quei due che erano con lui erano troppo giovani... oh, Dio *troppo* giovani per capire. Sicuramente avrebbero detto di non poter accettare una realtà così terribile. Si ricordava ancora, sia pur molto vagamente, del periodo nel quale anche lui sarebbe rimasto sconcertato da una rivelazione come quella che stava per fare ai due che gli sedevano di fronte: era un periodo della sua vita lontano ben quaranta anni; adesso ne aveva sessanta, ed aveva visto troppi casi del genere per poter ancora permettersi le lacrime. Non che non provasse più tristezza e rammarico; solo che il tempo e la grande quantità di casi analoghi avevano finito per renderlo più duro e più obiettivo allo stesso tempo: la cosa essenziale era esaminare i fatti con la maggior lucidità possibile.

Stone si voltò e prese a parlare con voce tranquilla e autoritaria. «Non possiamo fare nulla.» Il capitano dell'Esercito e il tenente della Marina erano visibilmente agitati. Peter Stone continuò: «Ho ventitré anni di esperienza alle spalle, di cui dieci ad Angleton, e vi posso assicurare che non possiamo fare nulla. Dobbiamo lasciarlo al suo destino, senza intervenire».

«E questo perché non possiamo permettercelo?» chiese l'ufficiale di Marina con una punta di sarcasmo. «Almeno, mi sembra che lei disse così quando apprendemmo della tragica fine di Halliday a Ginevra. Non possiamo *permettercelo!*»

«Esatto. Ci hanno letteralmente sopraffatto.»

«Qui c'è di mezzo un uomo» insisté il tenente. «Che noi abbiamo mandato allo sbaraglio...»

«E che loro hanno pescato» interruppe il borghese con voce tranquilla e occhi nei quali si leggeva tutta la consapevolezza. «Ormai è un uomo morto. Dovremo cominciare a cercare da un'altra parte.»

«Perché?» chiese il capitano dell'Esercito. «Perché dice che ormai è un uomo morto?»

«Perché loro sono troppo potenti. Se non l'hanno già rinchiuso da qualche parte, di sicuro sanno dov'è: lo uccideranno, mostrando ad una platea plaudente il corpo crivellato di colpi di un assassino pazzo. E tutti tireranno un sospiro di sollievo. Ecco la scena cui dobbiamo prepararci.»

«Questa è l'analisi di un omicidio dipinto con le tinte più fredde che abbia mai visto! *Omicidio*, ho detto, e la vittima è innocente!»

«Mi ascolti bene, tenente» disse Stone, allontanandosi dalla finestra. «Lei mi ha chiesto di aiutarla... o meglio, mi ha convinto ad aiutarla, perché voleva qualcuno che avesse esperienza in questo campo. Ebbene, l'esperienza mi dice che è il momento di rassegnarsi: abbiamo perso, il che non significa che siamo finiti, ma che dobbiamo ricominciare da capo la battaglia.»

«Forse...» cominciò il capitano in tono cauto «forse potremmo andare alla CIA, raccontare a loro tutto quello che sappiamo — che *crediamo* di sapere — e tutto quel che abbiamo fatto. Forse in questo modo riusciremo a salvare Converse.»

«Mi dispiace» lo contraddisse l'ex-agente della CIA. «Loro vogliono la testa di Converse, e l'avranno. Non solleverebbero tutto questo vespaio se non l'avessero già condannato a morte. Forse il nostro amico ha scoperto qualcosa, o forse loro hanno scoperto qualcosa su di lui. Sì, deve essere stato così.»

«In che mondo vive lei?» chiese l'ufficiale di Marina in tono tranquillo, scuotendo la testa.

«Ci ho vissuto, ma ora non ci vivo più, e lei lo sa bene, perché è venuto da me proprio per questo. Perché io ho fatto ciò che voi — lei e chiunque altro condivida il suo operato — state facendo in questo momento. Io ho soffiato in un fischietto... con due mesi di bourbon nelle vene e dieci anni di nausea nella testa. Lei dice che potremmo rivolgerci alla CIA? Bene, faccia pure, ma non conti su di me. Fra l'altro, a Langley nessuno mi toccherebbe, nemmeno con un dito.»

«Non possiamo rivolgerci al G-Due o ai servizi segreti della Marina» disse l'ufficiale dell'Esercito. «Ne abbiamo già discusso, e sappiamo che vi sono parecchi uomini di Delavane, che ci farebbero fuori immediatamente.»

«Lei ha capito perfettamente, capitano. E mi permetto di aggiungere che "farci fuori" in questo caso sarebbe un'espressione metaforica.»

«Sì, lo so» continuò il tenente, rivolto a Stone. «Il rapporto ufficiale alla base di San Diego parla della morte di Remington come di un incidente automobilistico nei pressi di La Jolla. Remington era il vice di Fitzpatrick, l'ultima persona con la quale ha parlato. Prima di lasciare la base, ha avvertito un collega che sarebbe andato a pranzo in un ristorante in collina. E non ci è mai arrivato... Io non credo che sia stato un incidente.»

«Nemmeno io» convenne l'uomo in abiti borghesi. «Ma questo è un elemento che ci indica un'altra possibile direzione da prendere.»

«E cioè?» chiese il capitano dell'Esercito.»

«Fitzpatrick. SAND PAC sarà in grado di rintracciarlo, no?»

«È in congedo temporaneo» rispose l'ufficiale di Marina. «Credo che gli rimangano ancora una ventina di giorni, e durante i congedi non si richiede di essere in contatto con la base.»

«Nonostante questo, hanno già tentato di rintracciarlo, senza successo ovviamente.»

«Non capisco» obbiettò il capitano.

«Rintracceremo Fitzpatrick» disse Stone. «Attraverso San Diego, non attraverso Washington. Troveremo una scusa per farlo rintracciare: che so io... un'emergenza EYES ONLY, una questione interna alla base stessa... qualcosa del genere.»

«Odio ripetermi» disse il capitano «ma non capisco proprio. Da dove possiamo cominciare? E con chi?»

«Con uno dei suoi, capitani. Uno che è diventato un personaggio importante: il *chargé d'affaires* alla Mahlemer House.»

«Il... *chi*?»

«L'ambasciata americana a Bonn. È uno di loro, e ci ha mentito proprio quando sarebbe stato capitale dire la verità» affermò Stone. «Si chiama Washburn. Maggiore Norman Anthony Washburn Quarto.»

Il centro telefonico era situato nell'atrio di un edificio interamente occupato da uffici; era una stanza quadrata, con cinque serie di cabine incassate lungo tre pareti. Al centro, c'era un banco dove quattro impiegate dirigevano il traffico telefonico: era ovvio che quelle ragazze parlavano almeno l'inglese, perché si trattava di un centro da dove si potevano effettuare chiamate internazionali, e la presenza di elenchi telefonici delle maggiori città del mondo lo confermava. Sparsi un po' dappertutto c'erano piccoli blocchi per appunti cui era legata una catenella con una penna a sfera. Joel conosceva già la prassi da usare: bastava consegnare ad una delle signorine il numero che si voleva chiamare, specificare le modalità di pagamento e accomodarsi nella cabina assegnata. Per fortuna, non c'era quasi nessuno, e cinque o sei cabine erano vuote.

Joel trovò il numero di René sull'elenco di Parigi, lo scrisse, lo portò ad una delle signorine e disse che avrebbe pagato in contanti. Lo assegnarono alla cabina sette e Joel vi entrò subito, con il cappello calcato sulla fronte. Qualunque luogo chiuso, anche una toilette o una cabina telefonica era sempre preferibile allo stare all'aperto, dove occhi indiscreti potevano scorgerlo. Sentì il battito del polso che gli si accelerava e che sembrava addirittura scoppiargli nel momento in cui il telefono prese e squillare.»

«*Saint Pierre, Nelli, et Mattilon*» disse una voce femminile da Parigi.»

«Mattilon, prego... *s'il vous plaît*»

«*Votre*...?» la ragazza si interruppe, riconoscendo la pronuncia di un americano che cerca di parlare francese. «Chi devo dire che lo desidera?»

«Un suo amico di New York. Mi conosce. Sono un cliente.»

Infatti, René capì subito di chi si trattava, perché dopo diversi click, sentì la sua voce che diceva: «Joel?... Non ci credo!».

«E fai bene» disse Converse. «Non è vero nulla... non è vero quel che dicono di Ginevra e di Bonn, né è vero quello che hai detto tu. Non ho nulla a che vedere con gli omicidi dei quali mi accusano, e quello di Parigi è stato un incidente: sono convinto che se non lo avessi fermato, quell'uomo avrebbe tirato fuori la pistola e mi avrebbe sparato.»

«E allora perché non sei rimasto dov'eri, amico mio?»

«Perché c'era qualcuno che voleva impedirmi di andare avanti, e io *dovevo* andare avanti. Fammi parlare... Al George V tu mi facesti delle domande precise alle quali risposi evasivamente, e credo che tu abbia capito che c'era qualcosa che non andava. Però sei stato leale nei miei confronti, ed hai lasciato correre. E non devi pentirti di questo, ti do la mia parola... la mia parola di persona sana di mente. Quella sera Bertholdier è venuto in camera mia, abbiamo parlato per un po' e mi sono accorto che era in preda al panico. Sei giorni fa l'ho rivisto, qui a Bonn, ma in tutt'altra veste e in tutt'altre circostanze... solo che stavolta era diverso, perché qualcuno gli aveva ordinato di andare a quella specie di incontro con me e altri due uomini molto potenti, due generali e un ex-feldmaresciallo. È una congiura. René, una congiura internazionale e sono decisi ad andare fino in fondo: è una cosa segreta, e si stanno muovendo con la massima celerità, reclutando personale militare in tutta Europa, nel Mediterraneo, in Canada e negli Stati Uniti. Purtroppo non abbiamo i mezzi per stabilire chi sta dalla loro parte e chi invece è contro di loro... e fare errori sarebbe, a questo punto, imperdonabile. Quella gente ha a disposizione denaro, magazzini, armamenti, ed è pronta a spedire tutta questa merce ai propri uomini quando verrà il momento.»

«Il momento?» lo interruppe Mattilon. «Quale momento?»

«Ascoltami bene e lasciami finire» insistette Joel, parlando in fretta. «Stanno rifornendo di armi e di esplosivi ogni genere di terroristi, di provos, di pazzi.. e tutto questo con il solo scopo di arrivare alla destabilizzazione attraverso la violenza. Quella sarà la scusa per inserirsi con la forza ai posti di comando. In questo momento stanno facendo scoppiare l'Irlanda del Nord.»

«Nell'Ulster?» lo interruppe nuovamente il francese. «Vuoi dire che il macello che sta succedendo...»

«È il *loro* macello, René, è la prova generale! Li hanno riforniti di armi provenienti dagli Stati Uniti... solo per provare a se stessi che erano in grado di fare una cosa del genere! Ma si tratta soltanto di una prova, una specie di esercizio in previsione dell'esame finale: e ormai a quel terribile esame manca molto poco, qualche giorno, forse un paio di settimane. René, io devo mettermi in contatto con le persone giuste a New York, ma naturalmente non posso farlo se mi uccideranno!» Converse si fermò un attimo per riprendere fiato, senza però dare a Mattilon il tempo di parlare. «Questo è il ritratto degli uomini ai quali cercavo di dare la caccia... *legalmente*, cercando informazioni su qualcosa di illegale che potrebbero aver fatto e portandoli davanti ad un tribunale prima che potessero muoversi. Ma poi ho scoperto che sono presenti anche lì, che ero arrivato troppo tardi.»

«Perché proprio tu?»

«È cominciato tutto a Ginevra, con Halliday, l'uomo che hanno assassinato; lo hanno fatto fuori loro, ma per fortuna soltanto dopo che mi aveva chiesto di lavorare per lui. Quando mi chiedesti cos'era successo esattamente a Ginevra, ti mentii, ma ora ti sto dicendo la verità. Adesso devi scegliere: puoi aiutarmi o mandarmi al diavolo. Ti prego di aiutarmi, non per me — io non conto niente — ma per quello che io voglio difendere; credimi, io ho parlato con quella gente, ho sentito quella logica precisa e persuasiva, e so che, se qualcuno non li fermerà, trasformeranno l'Europa in un continente fascista, creando una federazione militare capeggiata dal mio paese. Perché tutto è cominciato a San Francisco, con un uomo che si chiama Delavane.»

«Saigon? Marcus, il Pazzo di Saigon?»

«Proprio lui, vivo e vegeto a Palo Alto: è lui che dirige tutte le operazioni, e i suoi compagni ne sono attratti come mosche al miele.»

«Joel... io... tu... ti senti bene?»

«Ascoltami bene, René. Ho qui davanti a me un orologio a cronometro, preso ad uno degli uomini che stanno dalla parte di Delavane, un pazzo che però con me è stato gentile. Ti do trenta secondi per pensare a quanto ti ho detto, dopodiché riappenderò. Adesso ne mancano ventinove.»

Quando Mattilon parlò, ne erano passati appena dieci. «Un pazzo non riesce a spiegare situazioni come questa con la tua lucidità. Va bene, forse sono pazzo anch'io, ma quello che mi hai detto... Dio sa se i tempi sono maturi... Siamo circondati dalla follia!»

«Devo tornare negli Stati Uniti, *vivo*. Lì conosco parecchia gente. Se riesco a mettermi in contatto con loro e mostrarmi per quel che sono, sono sicuro che mi ascolteranno. Mi puoi aiutare in questo?»

«Sì: ho qualche amico al Quay d'Orsay. Potrei rivolgermi a loro.»

«No» obiettò Converse. «Sanno che siamo amici, e una parola sbagliata alla persona sbagliata firmerebbe la tua condanna a morte definitiva. E, cosa ancora peggiore — scusami ma è così — li metteresti sul chi vive, cosa che non possiamo permetterci.»

«Molto bene, allora» disse Mattilon. «Ad Amsterdam conosco una persona — non chiedermi come e perché l'abbia conosciuta — che può aiutarti. Immagino che non avrai passaporto.»

«Sì, ma non è mio. È un passaporto tedesco, rubato ad un uomo che voleva piantarmi una pallottola in fronte.»

«Allora sono sicuro che non è in una posizione tale da lamentarsi con le autorità.»

«No, credo proprio di no.»

«Sei veramente tornato ai brutti, vecchi tempi, vero?»

«Non ne parliamo neanche, va bene?»

«*Bien*. Sei proprio tu. Tieniti quel passaporto; potrà esserti utile.»

«Amsterdam. Come faccio ad arrivarci?»

«Sei a Bonn adesso?»

«Sì.»

«Da Bonn parte un treno per Emmerich, sul confine olandese. Una volta arrivato ad Emmerich, prendi un mezzo pubblico... un tram, un autobus, quello che trovi. I controlli sono praticamente nulli, soprattutto se scegli un'ora di punta, l'ora dei pendolari che fanno avanti e indietro. Quando passi alla dogana, fa vedere il passaporto, rimettilo in tasca alla svelta, e, se ci riesci, copri la fotografia con la mano. Si tratta di un passaporto tedesco, e non dovresti avere noie.»

«E se invece avessi noie?»

«In quel caso non potrei piú aiutarti. Voglio essere onesto con te: in quel caso sarei costretto ad andare al Quai d'Orsay»

«Benone. Una volta dall'altra parte, cosa devo fare?»

«Arrivato ad Arnhem, prendi il treno per Amsterdam.»

«E poi?»

«Cerca quell'uomo. Ecco, dovrei avere il suo nome in qualche cassetto. Hai l'occorrente per scrivere?»

«Sì» disse Converse prendendo la penna e il blocco per appunti che erano su una mensola sotto il telefono.

«Ecco qui: Thorbecke., Cort Thorbecke. Abita in un condominio all'incrocio di Utrechstraat con Kerkstraat. Il numero di telefono è 020 41130. Digli che sei membro della famiglia di Tatiana. Hai capito bene? *Tatiana*.»

«René...» disse Joel scrivendo. «Non avrei mai immaginato che tu fossi in contatto con gente del genere. Come ci sei arrivato?»

«Te l'ho già detto, non chiedermi niente; ti dirò soltanto l'essenziale, nel caso che Thorbecke ti faccia delle domande per controllare la tua provenienza. Tatiana è un nome russo, e apparteneva alla figlia dello zar, che si presume sia stata giustiziata a Ekaterinburg nel 1918. Dico "si presume" perché molti credono che, con la sorella Anastasia, sia riuscita a fuggire con una governante e gran parte dei gioielli di famiglia. La governante era molto affezionata a Tatiana e, una volta libera, consegnò tutti i gioielli a lei, senza lasciare nulla alla sorella. Si dice che Tatiana sia vissuta in incognito (e qualcuno sostiene che è ancora viva) in condizioni di estrema ricchezza.»

«È tutto quel che devo sapere?» chiese Converse.

«No, questa è solo la storia del nome. Oggi Tatiana è il simbolo della fiducia concessa soltanto a pochissime persone, persone che a loro volta godono della fiducia di uomini molti potenti e molto sospettosi, uomini che non possono permettersi di fare il minimo errore.»

«Mio Dio, e di chi si tratta?»

«Di commissari sovietici molto potenti che hanno un debole per le banche occidentali e che fanno uscire il denaro da Mosca per investirlo in varie parti del mondo. Ora capisci perché il cerchio è così ristretto? Pochi sono i chiamati e pochissimi gli eletti. Thorbecke è uno di questi, e si occupa di passaporti. Gli telefonerò oggi stesso, e lo avvertirò; ricordati, non devi dargli nessun nome, solo Tatiana. Lui ti procurerà un KLM per Washington. Naturalmente avrai bisogno di soldi, e dovremo pensare anche al modo di...»

«No, di soldi ne ho abbastanza» lo interruppe Converse. «Ho bisogno soltanto di un passaporto e di un biglietto per l'aeroporto Dulles.»

«Vai ad Amsterdam, e Thorbecke ti aiuterà.»

«Grazie, René. Sapevo di poter contare su un vecchio amico. Per me significa la vita.»

«Be', aspetta a ringraziare: a Washington non ci sei ancora arrivato. A proposito, una volta in America, telefonami, a qualsiasi ora.»

«Certamente. Ancora grazie.»

Joel riappese, mise il biglietto in cui si era scritto il nome di quell'uomo e la penna in tasca e uscì dalla cabina. Chiese l'importo della telefonata ad una signorina e mentre aspettava si ricordò improvvisamente della lista che aveva compilato, e dell'oggetto che aveva contrassegnato con il numero 2: la ventiquattrore con i dossier e i nomi della gente di Delavane al Pentagono e al Dipartimento di Stato. Das Rektorat. Forse Connal, prevedendo una mossa da parte di Leifhelm, l'aveva nascosta da qualche parte? Forse qualche impiegato del Rektorat l'aveva trovata?

«C'è un albergo qui a Bonn che si chiama Das Rektorat?» chiese alla signorina che gli porgeva il conto. «Si tratta di un hotel situato in campagna, anche se non saprei dire esattamente dove. Bene, vorrei telefonare a questo hotel e parlare con il direttore che, mi hanno detto, parla inglese.»

«Certo, signore. Il Das Rektorat offre un'ospitalità squisita, e per questo è quasi sempre al completo. Comunque possiamo tentare.»

«No, non voglio prenotare una camera. Il fatto è che la scorsa settimana un mio amico ha soggiornato al Das Rektorat e pensa di aver lasciato una cosa molto importante in camera. Per questo, visto che venivo a Bonn, mi ha chiesto di fare una telefonata all'hotel per sapere se per caso l'avevano trovata. Se io le cerco il numero, mi può fare il favore di chiamare l'albergo e farsi passare il direttore? Mi dispiace, ma non parlo una parola di tedesco, e molto probabilmente riuscirei a parlare con il cuoco o il facchino.»

«Certo, signore» rispose la ragazza, con un sorriso gentile sulle labbra. «Non si preoccupi per il numero, lo cerco io. Torni alla cabina sette e aspetti finché il telefono suona. Pagherà entrambe le telefonate quando avrà finito.»

All'interno della cabina, Joel si accese una sigaretta, pensando a quel che avrebbe detto. Il telefono suonò quasi subito.

«Il *Vorsteher*... il direttore del Das Rektorat è in linea, signore» disse la signorina. «E parla inglese.»

«Grazie.» La centralinista gli passò la comunicazione. «Pronto?»

«Pronto... In cosa posso esserle utile?»

«Sono un amico americano del Comandante Connal Fitzpatrick, capo del Dipartimento Legale della Base Navale di San Diego, California. Il comandante ha soggiornato presso di voi la settimana scorsa.»

«Certamente. Anzi, siamo stati spiacenti di non averlo avuto tra i nostri ospiti per un periodo più lungo, ma la sua suite era già stata riservata.»

«Ah... e quindi se n'è andato all'improvviso.»

«Non direi proprio all'improvviso. La mattina gli avevo spiegato la situazione, e mi era sembrato che avesse capito. Fra l'altro, io stesso gli ho chiamato un taxi.»

«Era solo quando è uscito dall'albergo?»

«Certo.»

«Ah, bene. Se potesse dirmi in quale altro hotel era diretto, mi farebbe una grande cortesia; così potremo controllare anche lì.»

«Controllare?»

«Il comandante teme di aver perduto una delle sue valigie, una ventiquattrore con chiusura a doppia combinazione. Non che ci sia nulla di valore ma il comandante ci terrebbe a riavere la valigia. Credo che si tratti di un regalo della moglie. Per caso, l'avete trovata voi?»

«No, signore.»

«Ne è sicuro? Perché il comandante aveva la deplorevole abitudine di nascondere la sua roba dappertutto. Avete guardato sotto il letto?»

«Controlliamo sempre accuratamente proprio per evitare incidenti del genere.»

«Forse ha ricevuto una visita, e c'è stato uno scambio di valigie.»

Converse si rendeva conto che quella sua insistenza poteva suonare strana, ma non vedeva la ragione di comportarsi in altro modo.

«No, il comandante non ha ricevuto nessuna visita.» Poi, il direttore si interruppe. «Aspetti un attimo, ora ricordo.»

«Sì?»

«La valigetta che cerca... per caso è una ventiquattrore del tipo per portare documenti?»

«Sì!»

«Allora il comandante l'ha portata con sé. Sono sicuro di avergliela vista in mano quando è uscito di qui.»

«Oh...» Joel cercava di pensare alle parole più giuste da dire. «Non ha lasciato detto dove andava?»

«Mi dispiace, signore. Non ha detto nulla.»

«Ma qualcuno deve pur avergli riservato una camera da qualche parte. A Bonn è piuttosto difficile trovare da dormire!»

«La prego di credermi, signore. A dire il vero, io ho tentato di offrire il mio aiuto al comandante, ma mi sono sentito declinare l'offerta, e anche in toni piuttosto bruschi, devo dire.»

«Di questo mi dispiace.» Joel era arrabbiato con se stesso per aver perso il controllo. «Si trattava di una ventiquattrore contenente documenti importanti. Davvero lei non ha idea di dove possa essere andato?»

«Certo, signore; mi sono permesso di chiederlo e il comandante ha risposto che sarebbe andato alla *Banhof*, alla stazione e che, se qualcuno avesse chiesto di lui, avrei dovuto dire che era andato a dormire in una cassetta di sicurezza... e anche questa frase mi è stata rivolta in maniera non proprio cortese.»

La stazione ferroviaria? La cassetta di sicurezza! Era un messaggio! Fitzpatrick gli aveva lasciato una traccia per arrivare fino alla ventiquattrore! Senza perdere altro tempo, Converse riappese e andò al banco per pagare. Avrebbe voluto lasciare una mancia alla signorina, ma sapeva che sarebbe servito soltanto ad attirare l'attenzione su di sé, così si limitò a ringraziarla. «Lei è stata veramente gentile, ed io avrei bisogno di un ultimo favore.»

«Mi dica.»

«Dov'è la stazione ferroviaria?»

«È molto semplice: uscito di qui, giri a sinistra. Attraversi quattro incroci, andando sempre dritto, poi giri di nuovo a sinistra e prosegua. Se la troverà davanti, anche se non è certo un orgoglio per una città come Bonn.»

«Lei è stata davvero molto gentile.»

Joel uscì in strada, e dovette ripetersi continuamente di stare calmo, di controllarsi, di non mettersi a correre. Tutto ormai dipendeva dal saper mantenere il controllo: doveva apparire naturale, in modo che a nessuno venisse in mente di guardarlo bene. Mattilon gli aveva detto di raggiungere Amsterdam in treno, e Fitzpatrick gli aveva fatto capire di aver lasciato la valigetta in una cassetta di sicurezza alla stazione... Una cassetta di sicurezza! Era un'altra coincidenza, che faceva pensare ad una soluzione felice! Quasi quasi, cominciava a credere in queste cose.

Entrò in stazione attraverso le grandi porte che erano spalancate e si diresse verso destra, verso la fila di cassette di sicurezza, quelle stesse cassette in cui proprio lui aveva lasciato la stessa ventiquattrore prima di recarsi all'appuntamento con "Avery Fowler". Controllò per prima cosa la cassetta che aveva usato, e vi trovò dentro una chiave. Allora prese ad esaminare le altre: non sapeva cosa cercare, ma sapeva che Connal, in qualche modo, doveva aver lasciato un'indicazione. Eccola! Due file piú in alto, sulla sinistra! Le iniziali erano molto piccole, ma chiare, ed erano state tracciate con mano sicura, graffiando il metallo con uno strumento appuntito: C.F., Connal Fitzpatrick!

Quel diavolo di marinaio era riuscito a mettere la valigetta in un posto dove solo loro due potevano rintracciarla. Improvvisamente Converse sentì un'ondata di nausea: come aveva fatto? Come ci era riuscito? Guardò la folla che gli stava intorno e vide che l'orologio della stazione segnava le quattordici e trenta. Tra un'ora e mezza avrebbero chiuso anche gli uffici, e quella folla sarebbe diventata massiccia, quasi impenetrabile. Mattilon gli aveva detto di raggiungere Emmerich durante l'ora di punta, quando i pendolari se ne tornano a casa. Calcolò che gli ci sarebbero volute circa due ore per arrivare ad Emmerich, naturalmente *se* il treno c'era veramente: gli restava meno di mezz'ora per aprire quella cassetta.

L'ufficio informazioni era in fondo alla stazione, che a dire il vero somigliava più all'antro di una sibilla. Converse vi si diresse, pensando alle parole giuste per farsi dare la chiave; il sentire il peso della cintura portadenaro gli dette una sensazione di sicurezza e di speranza allo stesso tempo.

«Molte grazie» disse all'impiegato, calcandosi il cappello ancor più sulla fronte. Gli aveva indicato il collega che parlava un po' d'inglese: era un uomo di mezza età, con la faccia rinsecchita e un'espressione irritata sul volto. «È molto semplice: ho perso la chiave di quella cassetta di sicurezza e devo assolutamente prendere il primo treno per Emmerich. A proposito, a che ora parte?»

«*Ach*, sempre stessa storia, *ja*» rispose l'impiegato, consultando l'orario. «Sempre guai in estate. Chi perde kvesto, chi perde kvello, e tutti fogliono aiuto, e subito! Il treno per Emmerich è già partito, fentisette minuti fa. Essere altro treno tra ticiannove minuti, ja, e poi niente per un'ora.»

«Grazie. Allora devo prendere quello. Bene, cosa può fare per aprire questa cassetta?» Joel prese un biglietto da cento marchi e lo posò sul bordo del banco, tenendolo per un'estremità: «Posso stringerle la mano?».

«Ma certo!» disse l'impiegato, guardandosi rapidamente a destra e a sinistra, e afferrando la mano di Converse, insieme al denaro. Poi prese il telefono, formò un numero e disse: *Schnell! Wir müssen ein Schliessfach öffnen. Standort zehn Auskunft!*». Poi riattaccò e fissò Joel con un sorriso scolpito su quelle labbra rigide. «Ho chiamato l'impiegato addetto, e sarà qui a momenti. Siamo felici di poterle essere utili. Foi americani afete il dono di essere persone intelligenti e prefidenti.»

Finalmente arrivò l'impiegato, che indossava la divisa delle ferrovie ed aveva una durezza negli occhi tale da far dubitare dell'autorità che aveva. «*Was ist*»

L'impiegato gli spiegò tutta la faccenda in tedesco, poi guardò nuovamente Converse. «Parla un po' d'inglese: non molto, ma sarà sufficiente.»

«Zi zono regole prezise», disse. «Fenga, mi faccia federe.»

«Buon compleanno» disse Joel all'impiegato del servizio informazioni.

«Ma non è il mio compleanno!»

«E come lo sa?» chiese Converse con un sorriso, prendendo l'uomo grasso per un braccio.

«Zi zono prozedure prezise» continuava a dire l'uomo, mentre apriva la cassetta di Joel con il passe-partout. «Dovrà fenire in ufficio a firmare.»

Eccola là! Finalmente rientrava in possesso della ventiquattore, che ritrovava intatta! Si frugò in tasca e tirò fuori un biglietto. «Ho fretta, molta fretta» disse, mettendogli in mano un primo biglietto da cento marchi e poi, non senza esitazione, prendendone un altro. «Il mio treno parte tra pochi minuti.» Gli strinse la mano, passandogli entrambe le banconote e gli disse, con voce franca e allegra: «Non può dire che si è trattato di un errore?».

«È proprio stato *ein* errore!» disse l'uomo con entusiasmo. «E poi... il zignore ha fretta, *ja*?»

«Grazie. Lei è una brava persona. Buon compleanno.»

«Cosa?»

«Lo so, lo so, non si preoccupi. Grazie ancora.»

Joel si guardò intorno rapidamente, accertandosi che nessuno badasse a lui; poi si sedette su una panca appoggiata al muro, piuttosto in disparte, e aprì la valigetta: c'era tutto. Ma non poteva certo tenerla. Si guardò ancora intorno, alla ricerca di una cartoleria, una libreria, o qualcosa del genere. La vide, e pensò che forse avrebbe trovato una busta. Chiuse la ventiquattore e si alzò, sperando con tutto il cuore di trovare qualcuno che parlasse inglese.

«Quasi tutti parlano inglese» gli spiegò una donna dalle forme giunoniche che stava dietro al banco. «Praticamente è indispensabile, specie durante i mesi estivi. Che cosa le occorreva?»

«Devo spedire una busta di documenti negli Stati Uniti» rispose Converse, mostrando in una mano una grossa busta e un rotolo di nastro adesivo e nell'altra la ventiquattrore. «Ma il mio treno parte tra pochi minuti e non ho tempo per andare all'ufficio postale.»

«Non importa, all'interno della stazione ci sono varie buche per le lettere.»

«Sì, ma mi servono i francobolli. E non so quanto ci vorrà» disse Joel in tono disperato.

«Metta tutto nella busta, la chiuda e me la dia: gliela peso e le dico che affrancatura occorre. Ho anche i francobolli in negozio, ma l'avverto che costano un po' di più che all'ufficio postale.»

«Non importa. Vorrei spedirla per via aerea, e, nel dubbio, ci metta tranquillamente qualche francobollo in più.» Cinque minuti dopo, Converse porgeva la busta chiusa alla donna. Aveva scritto qualche parola di accompagnamento sulla copertina del primo dossier e sulla busta aveva chiaramente indicato l'indirizzo del destinatario. La donna glielo restituì con i francobolli e Converse pagò leccando freneticamente i francobolli e chiedendole: «Per caso, saprebbe dirmi dove posso prendere un biglietto per Emmerich... o Arnhem, forse».

«La città si chiama Emmerich in tedesco e Arnhem in olandese. Il biglietto lo trova in uno di quei baracchini giù in fondo, signore.»

«Forse non farò in tempo. Si possono fare i biglietti in treno?»

«Sì; magari prenderà una piccola multa, ma di sicuro non la butteranno giù dal treno.»

«Ecco fatto.» Aveva finito. «Dov'è la buca per le lettere più vicina?»

«All'altra estremità della *Banhof*.»

Joel guardò di nuovo l'orologio, sentendo il cuore accelerare i battiti mentre correva all'interno della stazione. Immediatamente si rese conto che in quel modo avrebbe attratto l'attenzione dei passanti, e cercò di controllarsi, guardandosi intorno nel timore che qualcuno lo avesse seguito. Gli rimanevano meno di otto minuti per impostare quella busta, prendere il biglietto e trovare il treno giusto. Al limite, poteva anche saltare la seconda operazione, anche se sapeva benissimo che fare il biglietto sul treno significava mettersi a parlare con il controllore, e forse trovare qualcuno che gli facesse da interprete: l'eventualità di dare troppo nell'occhio e le sue possibili conseguenze erano semplicemente terrificanti.

Mentre febbrilmente cercava quella buca delle lettere, continuava a ripetersi le parole che aveva scritto sulla copertina del primo dossier: *Non far sapere* — ripeto non far sapere — *a nessuno che sei in possesso di questa busta. Se fra cinque giorni non avrai avuto mie notizie, mandala a Nathan S. Ti chiamerò appena possibile. Il tuo obbediente ex-marito. Baci. J.* Guardò poi l'indirizzo che aveva scritto sulla busta, chiedendosi, con una fitta di dolore cupo e sordo, come aveva potuto fare una cosa del genere proprio a lei.

Ms. Valerie Charpentier
R.F.D. 16
Dunes Ridge
Cape Ann, Massachusets
U.S.A.

Tre minuti dopo rintracciò la buca delle lettere, e vi depositò quella busta preziosa, aprendo e chiudendo varie volte la fessura per assicurarsi che fosse caduta giù. Poi cercò il baracchino dove vendevano i biglietti, ma le scritte in tedesco e la fila di persone che facevano la coda praticamente dappertutto lo confusero e lo scoraggiarono. Si sentì disperato, al pensiero che non poteva correre il rischio di chiedere spiegazioni a qualche passante, nel timore che questi potesse vederlo bene in viso e riconoscerlo.

Ad un tratto vide che all'estremità opposta della stazione due coppie di persone avevano abbandonato la fila per prendere i biglietti... quattro persone che all'improvviso avevano cambiato idea. C'era solo un'altra persona e Converse si precipitò da quella parte, cercando ancora una volta di mantenere il controllo di sé e muovendosi senza dare troppo nell'occhio.

«Emmerich» disse all'impiegato, quando la persona che gli era davanti fu servita. «Olanda» aggiunse poi staccando bene le sillabe.

L'impiegato si girò e guardò l'orologio alle sue spalle. Poi gli disse qualcosa in tedesco, con parole gutturali pronunciate in tutta fretta. «*Verstehen?*» chiese poi.

«*Nein*... Ecco qua!» Converse mise tre biglietti da cento marchi davanti all'uomo, scuotendo la testa e stringendosi nelle spalle.

«La prego, mi dia un biglietto! sì, la prego, mi rimangono solo pochi minuti.»

L'uomo prese due banconote, respinse la terza e gli diede il resto, spingendo vari bottoni finché un biglietto uscì da una fessura: lo prese e lo porse a Joel. «*Danke. Zwei Minuten!*»

»Il binario. Da qualche binario parte? Mi capisce? Da dove?»

«*Wo*?»

«Sì, sì, ha capito bene. Da dove?»

«*Acht.*»

«Cosa?» Converse alzò le mani, muovendo le dita per far capire all'uomo di usarle per indicare un numero.

L'impiegato capì e alzò le dita. «*Acht*» ripeté poi, indicando verso sinistra.

«Otto! Grazie.» Converse prese a camminare il più velocemente possibile senza tuttavia mettersi a correre. Vide il binario otto, e vide anche che il controllore stava annunciando qualcosa mentre guardava l'orologio.

Nella fretta, si scontrò con una donna che portava pacchi e pacchettini, che atterrarono prima sulla sua spalla sinistra e poi andarono a sparpagliarsi in bell'ordine sul marciapiede. Joel mormorò qualche parola di scusa mentre la donna gli urlava ogni genere di epiteto, che naturalmente non faceva altro che attirare l'attenzione dei passanti su di sé. Si fermò a raccogliere un pacchetto o due, mentre la donna continuava ad urlare in crescendo.

«Vaffanculo!» mormorò, lasciando andare i pacchi e correndo verso il binario, che ormai il controllore stava per chiudere; quando lo vide, aspettò ancora un attimo, e lo fece passare.

Converse salì, si sedette e cercò di riprendere fiato, con il cappello ancora calcato sulla fronte. La ferita alla spalla gli faceva male, e pensò che si fosse riaperta nella collisione con quella donna. Si mise una mano sotto la giacca, toccando il calcio della pistola che aveva preso all'uomo di Leifhelm e sentì che non c'era sangue.

Chiuse gli occhi, preso dal sollievo e non si accorse dell'uomo che lo fissava dall'altra parte del corridoio.

A Parigi, la segretaria parlava al telefono a voce bassissima, tenendo una mano sul microfono. Parlava un francese corretto, anche se non con il tono e la pronuncia aristocratica.

«È tutto» disse con voce tranquilla. «Capito?»

«Sì» disse l'uomo all'altro capo. «È straordinario.»

«Proprio per questo sono qui.»

«Certo. E anche tu sei straordinaria.»

«Certo. Quali sono le istruzioni.»

«Temo che siano le più serie e gravi che esistano.»

«Lo immaginavo. Non avete scelta.»

«Perché, tu sì?»

«Va bene, consideralo un lavoro già fatto. Ci vediamo da Taillevent. Alle otto?»

«Mettiti il Galanos nero. Mi piace tanto.»

«Il mandrillo ha intenzioni serie, stasera.»

«Come sempre, mia cara. Alle otto.»

La segretaria riappese, si alzò e con le mani si stirò il vestito. Aprì un cassetto, ne trasse una borsetta e se la mise a tracolla. Poi bussò alla porta del principale.

«Sì» chiese Mattilon dall'interno.

«Sono Suzanne, monsieur.»

«Entra, entra» disse René appoggiandosi allo schienale della sua poltrona. «L'ultima lettera che ti ho dato da battere era praticamente indecifrabile, vero?»

«Niente affatto signore. È solo che io... be', è piuttosto imbarazzante doverglielo dire.»

«Che cosa? E poi, data la mia età, probabilmente correrei a casa a raccontarlo a mia moglie, e ci faremmo quattro risate insieme.»

«Oh, monsieur...»

«No, Suzanne, a parte gli scherzi... sei qui da... quanto? Una settima, dieci giorni? E a me sembra che tu ci sia da mesi. Sei una segretaria eccellente, che sa mettere in ordine le pratiche con precisione e logicità.»

«La sua segretaria è una mia carissima amica, signore. Non potevo darle anche questo dispiacere.»

«Bene. Ti ringrazio, nella speranza che il buon Dio le tenga una mano sulla testa e l'aiuti a venir fuori da questo pasticcio. I giovani di oggi vanno troppo veloci con le macchine, e non si rendono conto del pericolo che corrono. Scusa, Suzanne, che cosa volevi?»

«Non ho ancora pranzato, signore, e mi stavo appunto chiedendo se per caso...»

«Mio Dio, e chi ci pensava più! Queste sono le conseguenze dell'aver per soci due che prendono sul serio il mese di agosto e se ne vanno in vacanza! Ti prego, Suzanne, vai pure a pranzare, e fai con comodo! E poi, portami il conto. Ti rimborserò, e credo che sia il minimo che posso fare.»

«No, per carità, non potrei accettare. Ma la ringrazio lo stesso per essere così gentile.»

«Non hai capito: la mia non era un'offerta, ma un ordine. Fatti un pranzo principesco, con vino a fiumi, e per una volta tanto, mandiamo al diavolo i clienti dei miei due cari soci vacanzieri. Adesso vai, non perdere altro tempo.»

«Grazie, monsieur.» Suzanne andò alla porta, l'aprì e si fermò. Si girò e vide che Mattilon era tutto preso dalle carte che aveva in mano e che stava leggendo. Richiuse la porta senza fare il minimo rumore, frugò nella borsetta e ne trasse un'enorme pistola cui era stato applicato il silenziatore, che assomigliava ad un grosso cilindro. Poi prese a camminare, avvicinandosi alla scrivania.

Mattilon alzò lo sguardo, notando quella ragazza che veniva verso di lui. «*Che cosa?*»

Suzanne sparò quattro volte in rapida successione. René Mattilon fece un balzo sulla sedia, la testa crivellata di colpi dall'occhio destro alla parte sinistra della fronte. Il sangue gli colava sul viso e sulla camicia bianca.

22

«Dove diavolo sei stato?» gridò Valerie al telefono. «È da stamani che ti cerco!»

«Quando ho saputo la notizia,» disse Lawrence Talbot «mi sono sentito in dovere di prendere il primo aereo per Washington.»

«Non crederai a quel che dice quella gente, vero?»

«Sì, ci credo e anzi mi sento responsabile. Mi sento come se io stesso avessi premuto il grilletto, ed in un certo senso è successo proprio questo.»

«Maledizione, Larry, spiegati meglio.»

«Joel mi ha telefonato da un albergo di Bonn, del quale però non mi ha saputo dire il nome. Non era a posto con la testa. Val. Diceva una cosa con calma, poi si metteva ad urlare, poi ridiventava calmo; alla fine lui stesso ha ammesso che era molto confuso e molto spaventato. Farneticava, dicendo di essere stato catturato, rinchiuso in una prigione in un bosco e di esserne fuggito nascondendosi nel fiume, eludendo la sorveglianza degli uomini di guardia e uccidendo un uomo che ha definito "soldato". Continuava a dire che doveva andarsene da quel posto, che lo stavano cercando dappertutto, nel bosco e lungo il fiume... Gli è successo qualcosa, ed è tornato a quei giorni terribili trascorsi come prigioniero di guerra. Tutto quel che dice e che descrive è la stessa variazione di quelle esperienze... dolore, stress, la tensione nervosa di dover correre per salvarsi la vita, correre nella giungla e lungo i fiumi. È malato, mia cara, e stamani ne ho avuto la prova.»

Valerie si sentì una sensazione di vuoto alla gola, che subito si estese anche al petto. Ormai, non provava neppure più a formulare pensieri; ormai riusciva a reagire soltanto alle parole. «Perché dici che ti senti responsabile, come se fossi stato tu a premere quel grilletto?»

«Perché sono stato io a dirgli di rivolgersi a Peregrine, che lo avrebbe aiutato, che non era l'uomo che Joel pensava che fosse.»

«"Pensava che fosse"? Perché, che cosa ha detto?»

«Più che altro cose senza senso. Farneticava sul conto di certi generali e feldmarescialli e di una oscura teoria storica secondo la quale tutti i comandanti degli eserciti impegnati nelle guerre più disparate si sarebbero uniti per prendere possesso dei vari governi. No, non parlava in maniera lucida. Ce l'ha messa tutta per convincermi del contrario, ma quando gli facevo una domanda o tentavo di farmi chiarire una questione, si infuriava e mi diceva che non aveva importanza, o che non lo stavo ascoltando, o che ero troppo scemo per capire; alla fine però, ha detto che era molto stanco e molto confuso, e che aveva bisogno di farsi una bella dormita. Allora gli ho consigliato di andare da Peregrine; ma lui ha detto che non si fidava, perché aveva visto la macchina di un ex-generale tedesco entrare all'ambasciata americana; forse non lo sai, ma Peregrine è stato un ufficiale estremamente brillante durante la Seconda Guerra Mondiale. Ho cercato di spiegargli con tutta la pazienza e la calma che avevo che Peregrine non era uno di "loro", che non amava in modo particolare il mondo e l'ambiente militari... Ovviamente, non ci sono riuscito, perché Joel si è messo in contatto con l'ambasciatore e l'ha ucciso. La mia colpa è stata quella di non aver capito fino in fondo quanto grave fosse il disturbo mentale di Joel.»

«Larry» cominciò Val lentamente, con voce debole. «Quello che dici mi suona falso. Non che non ti creda... una volta Joel mi ha detto che eri l'uomo più onesto di questa terra, fino al punto da essere spesso imbarazzante... ma c'è qualcosa che non va. Il Converse che conosco e con il quale ho convissuto per quattro anni non è il tipo da distorcere i fatti per farli aderire ad un concetto nel quale crede. Anche quando si arrabbiava, non arrivava mai a tanto. Mi ricordo di avergli detto una volta che sarebbe stato un pessimo pittore, proprio perché non avrebbe mai adattato una forma ad un concetto. Non è da lui, capisci? E Joel mi spiegava anche il perché: a cinquecento miglia all'ora di velocità, diceva, se non hai gli strumenti perfettamente a posto, può capitarti di confondere un'ombra con la portaerei.»

«Vuoi dirmi che non mente?»

«Sì, forse sì, ma non certo su cose importanti. Non ne sarebbe capace, capisci?»

«Va bene, ma dobbiamo pensare che adesso si è ammalato, e piuttosto gravemente. Ha ammesso di aver ucciso quell'uomo a Parigi.»

Valerie dovette soffocare un grido: «No!».

«Sì, invece, anche se mi spiace dovertelo dire. Lo ha ucciso, proprio come ha ucciso Walter Peregrine.»

«Per una certa teoria storica neanche troppo chiara? No, Larry, non ci credo!»

«Due psichiatri del Dipartimento di Stato me l'hanno anche spiegato scientificamente, ma con termini che temo di non saper ripetere. "Regressione latente progressiva", o qualcosa del genere.»

«Balle!»

«Però, quando mi dicesti che tutto era cominciato con Ginevra, avevi ragione.»

«Sì? E in che senso?»

«È cominciato tutto di lì, e a Washington sono tutti concordi. Non so se hai già letto i giornali...»

«Ho letto il *Globe*, l'unico che mi consegnano a domicilio; per il resto, non mi sono mossa di qui.»

«L'avvocato ucciso a Ginevra era il figlio... anzi il figliastro di Jack Halliday. Sembra che sia stato uno dei leader del movimento di protesta degli anni sessanta, ed era l'avversario di Joel in quelle trattative. Si è saputo che i due si erano dati appuntamento per fare colazione insieme prima della riunione; gli inquirenti pensano che Halliday l'abbia provocato, e non certo leggermente, perché è uno fin troppo noto per essere spietato.»

«E perché avrebbe fatto una cosa del genere?» chiese Val, mettendosi improvvisamente sul chi vive.

«Per distrarlo, farlo arrabbiare e far sì che pensasse ad altro. In fondo, si trattava di un affare di milioni, e l'avvocato che ne fosse uscito vittorioso si sarebbe assicurato fama e clienti in quantità. Fra l'altro, ho anche la prova che Hallilday c'è riuscito in pieno.»

«Quale prova?»

«A dire il vero sono ben due prove. La prima è una questione di carattere tecnico, che non sto a spiegarti: sappi soltanto che la parte avversa a Joel ha proposto un certo sistema di votazione che le avrebbe garantito maggior credito all'interno della società stessa, e Joel ha accettato, cosa che non penso avrebbe fatto in circostanze normali.»

«In circostanze normali? E l'altra prova?»

«Si tratta dell'atteggiamento di Joel alla riunione. Secondo i rapporti ufficiali della polizia, che ha interrogato tutti coloro che erano presenti nalla sala quella mattina, Joel non era se stesso, era distratto, addirittura agitato secondo alcuni. Più di una persona presente ha fatto notare che se ne stava per conto suo, senza parlare, fissando fuori dalla finstra come se si aspettasse qualcosa. Non era affatto concentrato sulla faccenda che doveva seguire, tanto che più di una volta hanno dovuto ripetergli le domande, senza essere sicuri che avesse capito tutto. Aveva la mente altrove, rivolta verso qualcosa che pian piano lo stava consumando.»

«Larry!» gridò Valerie. «Cosa stai dicendo? Stai forse insinuando che è stato Joel ad ucciderlo?»

«Non possiamo escluderlo a priori» disse Talbot con voce triste. «Sia psicologicamente, sia alla luce di quello che hanno visto coloro che hanno assistito alla morte di Halliday nel corridoio di quella sala.»

«Quello che hanno visto?» sussurrò Valerie. «Il giornale dice che quell'uomo è morto tra le braccia di Joel.»

«Temo che sia vero solo in parte, cara. Ho letto i rapporti ufficiali e, secondo la segretaria e altri due avvocati, c'è stato uno scambio di battute piuttosto violento tra i due. Nessuno ha sentito cosa si sono detti, ma tutti quanti sono concordi nel dire che era qualcosa di violento e minaccioso, perché Halliday ha preso Joel per il colletto della giacca, come ad accusarlo. Interrogato dalla polizia ginevrina, Joel ha affermato che erano frasi senza senso di un uomo che si accorgeva di morire. La polizia ha aggiunto che non si è trattato di un testimone ben disposto e gentile.»

«Mio Dio, ma era sotto shock! Tu sai che cosa ha provato in quel momento... la vista di un uomo che gli moriva tra le braccia deve essere stata traumatica per lui!»

«Sì, è vero, Valerie, ma è anche vero che dobbiamo prendere in considerazione tutti gli elementi che abbiamo in mano... soprattutto, il suo atteggiamento.»

«E cosa pensano che abbia fatto? Come pensano che sia arrivato a tanto? Forse sospettano che sia uscito in strada, abbia trovato l'uomo che faceva al caso suo e l'abbia ingaggiato come killer? Via, Larry, mi sembra addirittura ridicolo.»

«Ci sono più punti interrogativi che certezze, questo è sicuro, ma quel che è accaduto — quello che noi sappiamo che è accaduto — non lo definirei ridicolo. Anzi, direi che è profondamente tragico.»

«Va bene, va bene» disse Valerie in fretta. «Ma perché avrebbe dovuto fare una cosa del genere? Perché voleva Halliday morto? *Perché?*»

«Pensavo che fosse ovvio. Pensa a quanto deve aver disprezzato un tipo come Halliday, uno che se ne stava al calduccio nelle sue pantofole imbottite e si divertiva a mettere in ridicolo gente che aveva passato quel che anche Joel aveva passato, chiamandoli buffoni, assassini, leccapiedi... sacrifici non certo necessari. Insieme ai "comandanti", anche tutti gli Halliday di questo mondo sono per lui il simbolo di ciò che si deve detestare. Da una parte, un gruppo di persone che ordina a migliaia di uomini di combattere, di essere menomati, uccisi, catturati... torturati, e dall'altra parte il secondo gruppo, che nel frattempo li ha riempiti di ridicolo. Qualunque cosa abbia detto Halliday durante quella colazione a Ginevra deve essere stata come una frustata per Joel.»

«E tu pensi che sia stato per questo? Che questo spiega il perché Joel avrebbe voluto la morte di quell'uomo?» disse Valerie, con parole che le riecheggiavano in gola.

«Vendetta latente: è la diagnosi comune, e tutti gli specialisti sono d'accordo.»

«E io non sono d'accordo. Perché non è vero, non può essere vero.»

«Sono tutti stimati professori, Val, con anni di esperienza alle spalle. Hanno analizzato tutto il materiale, tutti i rapporti disponibili su Joel, e hanno tratto le loro conclusioni: schizofrenia patologica, causata da trauma psicologico.»

«Termini che fanno impressione, non c'è che dire. Però, dovrebbero ricamarseli in oro sui berretti da baseball, accanto alla figura di Snoopy, perché quello che è il loro posto.»

«Non penso che tu sia nella posizione più giusta per...»

«Sono nella posizione giustissima» lo interruppe la ex-signora Converse. «Ma nessuno si è dato la pena di sentire il mio parere, o quello del padre di Joel, o di sua sorella... che per l'appunto è stata nel movimento di protesta, fra quelle "teste calde" di cui discutete tanto. No, Halliday non può aver provocato Joel fino a quel punto, perché non esiste cosa al mondo che riuscirebbe a fargli fare ciò di cui lo accusate... né a colazione, né a pranzo, né a cena.»

«Non puoi fare simili affermazioni, cara, perché non sai.»

«So invece, Larry. Perché so che Joel pensava che gli Halliday di questo mondo fossero nel giusto. Non che sempre ammirasse il modo in cui procedevano per raggiungere gli scopi, ma pensava che avessero ragione!»

«Non ci credo. Non dopo tutto quello che ha passato.»

«Allora esamina un'altra fonte... come le chiamate voi. Esamina quei famosi rapporti dai quali i gran sacerdoti delle scienze comportamentali hanno tratto così brillanti deduzioni. Quando Joel tornò, lo accolsero con una cerimonia alla Travis Air Force Base in California, dove praticamente gli dettero tutto, tranne le chiavi di casa di tutte le stelle del cinema di Los Angeles. Ti ricordi?»

«Ricordo che ci fu una cerimonia in onore di un uomo che era riuscito a scappare da un campo di prigionia nordvietnamita. C'era anche il Segretario di Stato, se ricordo bene.»

«Ricordi benissimo, Larry. E poi? A quali altre cerimonie ha partecipato Joel?»

«Non capisco dove vuoi arrivare.»

«Esamina i rapporti, allora. A nessuna. Perché non voleva. E quanti inviti aveva ricevuto, da città, paesi, villaggi, compagnie e organizzazioni varie, pressate da Washington? Cento, cinquecento, cinquemila? Forse di più, Larry. E sai a quante volle partecipare? Dimmi, Larry, lo sai? Non te l'hanno detto i tuoi alti sacerdoti?»

«No, questo non figurava nei rapporti.»

«Certamente, perché avrebbe intaccato un ritratto troppo ben pensato. La risposta è *a nessuna*, Larry. Joel non voleva, perché pensava che un giorno di quella guerra equivalesse ad un giorno all'inferno. Per questo, si rifiutò di prestare il proprio nome ad una causa nella quale non credeva.»

«Cosa stai cercando di dirmi?» chiese Talbot in tono secco.

«Che c'è qualcosa che puzza, Larry. E puzza così tanto che quasi non riesco a respirare, ma il marcio non è in Joel. È in voi.»

«No, non devi dire questo di me. Io voglio soltanto aiutarlo, e pensavo che tu l'avessi capito.»

«Sì, certo, capisco. Non è colpa tua. Ciao, Larry.»

«Ti richiamo appena so qualcosa di nuovo.»

«Benone. Ciao.» Valerie riattaccò e guardò l'orologio. Era l'ora di andare a prendere Roger Converse all'aeroporto Logan di Boston.

«*Köln in zehn Minuten*!» annunciò l'altoparlante.

Converse era seduto accanto al finestrino, con la faccia incollata al vetro, e guardava le città e i paesi che passavano sotto i suoi occhi: Bornheim, Wesel, Brühl. Il treno era pieno per tre quarti, il che significava che ogni sedile doppio aveva almeno un occupante. Veramente, appena salito si era seduto nel posto accanto a una signora tutta vestita alla moda e che probabilmente era una pendolare. Poi la signora aveva scorto un'amica, qualche posto più avanti, e aveva detto qualcosa a Joel che, irritato per il fatto di non capire e non sapere cosa rispondere e ancora più irritato perché quella sciocca stava attirando l'attenzione degli altri passeggeri, fece spallucce e scosse la testa. La signora sospirò, con una certa impazienza, si alzò e, piena di rabbia nei suoi confronti, andò a raggiungere l'amica.

Andandosene, aveva dimenticato sul sedile il giornale, dal quale faceva mostra di sé la foto di Joel, pubblicata in prima pagina. Converse la fissava, indeciso sul da farsi, ma poi, ad un tratto, cambiò posto, prese il giornale e lo spiegò in modo che la foto non fosse visibile. Si guardò intorno, tenendo una mano sul viso e cercando di sembrare una persona assorta nei propri pensieri, che volge lo sguardo intorno a sé ma che in realtà non vede nulla. Purtroppo aveva scorto un altro paio di occhi che lo fissavano, mentre il resto del corpo cui erano inseriti, era impegnato in una conversazione con una vecchietta seduta accanto. L'uomo si era voltato verso di lui, e Converse aveva esitato un attimo a guardarlo prima di tornare con il volto al finestrino: lo conosceva, gli aveva parlato, ma non riusciva a ricordarsi dove né quando. Quel pensiero era spaventoso e lo confondeva. *Dove* era stato? *Quando* era accaduto? Quell'uomo lo conosceva, sapeva come si chiamava.

Comunque, anche se lo aveva riconosciuto, per ora non si era mosso, continuando a chiacchierare con la donna. Joel tentò di concentrarsi non solo sul volto, ma anche sul resto del corpo, pensando che forse in quel modo sarebbe stato tutto più semplice: era un uomo massiccio, non molto alto ma piuttosto robusto, e con una pancia notevole. Sembrava molto allegro e molto gioviale in superficie, ma Joel sentiva che in realtà era molto più meschino di quanto volesse far apparire. Aveva già provato una sensazione del genere? Dove? Ormai erano trascorsi già dieci minuti da quel primo incrociarsi di sguardi, e nonostante avesse analizzato tutti gli eventi che la sua memoria ricordava, non riusciva a capire chi fosse quell'uomo. Aveva paura, e pensava al modo per uscire da quell'incubo.

«*Wir kommen in zwei Minuten in Köln an. Bitte achten Sie auj Ihr Gepäck!*»

Molti passeggeri si alzarono, aggiustandosi giacca e cravatta e si apprestarono ad allineare i bagagli. Quando il treno cominciò a rallentare, Converse si mise con la fronte contro il vetro freddo del finestrino, lasciandosi andare e sperando che, rinfrescandosi, la mente gli avrebbe suggerito qualcosa di più.

Passò qualche minuto, mentre Joel era come sospeso a mezz'aria; intanto, c'era gente che scendeva e gente che saliva, e molti avevano una ventiquattrore simile alla sua, che aveva dovuto abbandonare in un bidone dei rifiuti a Bonn. Avrebbe voluto tenerla, ma non poteva, anche se si trattava di un regalo di Valerie, come la penna d'oro; su entrambi i regali erano incise le sue iniziali, suggello di giorni migliori... no, non migliori, si disse, semplicemente diversi. Niente era migliore o peggiore, perché niente si poteva sopportare ad un confronto quando c'era di mezzo un impegno, un compito del genere da portare avanti. C'erano cose che potevano andare bene insieme, e cose che invece non resistevano. Loro due non avevano resistito.

E allora perché, si chiese, mentre il treno era fermo a Colonia, aveva mandato proprio a Val il contenuto di quella ventiquattrore? Perché aveva seguito, come al solito, la via più logica. Val sapeva cosa avrebbe dovuto fare, a differenza degli altri. Di Talbot, Brooks e Simon non poteva più fidarsi. Anche sua sorella, Virginia, era fuori discussione. Suo padre? Il ragazzo volante che pensava alla responsabilità come a un qualcosa che ti faceva alzare dalla poltrona e andare a controllare che il caffè non bollisse? No, non poteva contare su di lui: amava il vecchio Roger, forse più di quanto il padre amasse lui, ma era la persona sbagliata, semplicemente perché non aveva i piedi in terra, non sapeva cosa fosse una relazione umana, anche se diceva di amare la moglie al di sopra di ogni cosa. I medici avevano detto che era morta per occlusione alle coronarie, ma Joel sapeva che sua madre era morta perché non si sentiva amata. Roger non c'era, era via da diverse settimane. Così gli rimaneva soltanto Valerie... che una volta era stata sua.

«*Entschuldigen Sie. Ist dieser Platz frei?*» disse un uomo più o meno della sua stessa età, che aveva in mano una ventiquattrore.

Joel fece di sì con la testa, intuendo che l'uomo gli chiedeva se il posto accanto al suo era libero.

«*Danke*» disse allora l'uomo, poggiando la ventiquattrore ai suoi piedi. Poi tirò fuori il giornale che teneva ripiegato sotto il braccio e lo aprì. Converse si irrigidì, vedendo la foto che lo ritraeva in atteggiamento e espressione seria. Si girò verso il finestrino, calcandosi ancor di più la tesa del cappello sugli occhi, con la speranza di poter passare per un viaggiatore che, esausto, si concede un paio di minuti di sonno. Qualche momento dopo, quando il treno si era già mosso, capì che era riuscito a dare proprio questa impressione.

«*Werrückt, nicht wahr?*» disse l'uomo con la ventiquattrore leggendo il giornale.

Joel si stiracchiò e spalancò gli occhi al di sotto della tesa del cappello. «Uhm?»

«*Schade*» disse l'uomo, alzando la mano in gesto di scusa.

Converse si appoggiò nuovamente al finestrino, e la freschezza del vetro gli parve un'ancora di salvezza; chiuse gli occhi, e l'oscurità fu una presenza benevola, come mai aveva provato in vita sua... No, non era vero. Nei campi, c'erano stati momenti nei quali non si era sentito sicuro di poter reggere ancora per molto quell'atteggiamento di forza e di rivolta, quando tutto dentro di lui era disposto a capitolare pur di avere una parola gentile, un sorriso che finalmente significasse qualcosa. Allora, nell'oscurità, aveva pianto, con le lacrime che gli avevano bagnato il volto. E una volta finito di piangere, la rabbia e la forza gli erano tornate, come se le lacrime gli avessero lavato tutti i dubbi e le paure. Dopo quelle notti di pianto, si sentiva ancora una volta se stesso, pieno di rabbia.

«*Wir kommen in fünf Minuten in Düsseldorf an!*»

Joel sussultò, sentendo il collo rigido e la testa fredda. Doveva aver sonnecchiato per un bel po', almeno a giudicare dalla rigidità delle spalle. L'uomo accanto a lui stava leggendo qualcosa e prendeva appunti scrivendo su un foglio appoggiato alla valigetta che teneva sulle ginocchia. Il giornale era tra lui e Converse, ed era messo in modo che la fotografia risultava l'unica cosa visibile. L'uomo aprì la ventiquattrore, mise dentro il materiale che aveva finito di esaminare e la richiuse. Poi si volse verso Converse:

«*Der Zug ist pünklich*» disse annuendo.

Per tutta risposta, anche Joel si limitò ad annuire, rendendosi improvvisamente conto che anche l'altro passeggero, quello che prima lo aveva guardato con tanta intensità, si era alzato insieme alla donna anziana, alla quale stava stringendo la mano mentre le diceva qualcosa. Però non guardava la donna, ma aveva gli occhi fissi su Joel, che si rimise con la testa contro il finestrino, il cappello calato sugli occhi e l'aria di una persona esausta. Chi era quell'uomo? Se lo conosceva, perché se ne rimaneva tranquillo al suo posto? Come poteva, date le circostanze, dargli un'occhiata di tanto in tanto e poi tornare a chiacchierare tranquillamente con la vecchietta? Avrebbe dovuto, come minimo, dare segni di paura, di allarme, mostrare che lo aveva riconosciuto.

Il treno cominciò a rallentare, e Joel avvertì il rumore del freno; ben presto sarebbero arrivati a Düsseldorf e Converse si chiese se il tedesco che gli stava accanto sarebbe sceso. Aveva chiuso la ventiquattrore, a dire il vero, ma non si era ancora alzato; anzi, aveva ripreso il giornale, per fortuna mettendosi a leggere un articolo.

Il treno si fermò, e ne scesero alcuni passeggeri, mentre ne salivano altri... quasi tutte signore con borse della spesa e buste con l'emblema di qualche boutique o qualche casa di alta moda. Il treno per Emmerich era un "treno per pendo-milionari", secondo la definizione che Val aveva affibbiato ai treni pomeridiani che da New York raggiungono Westchester e il Connecticut. Joel vide che l'uomo aveva seguito la vecchietta fino alla coda dei viaggiatori in attesa di scendere e che, dopo averle stretto vigorosamente la mano, veniva verso di lui. Converse girò il volto verso il finestrino, con la testa china, e chiuse gli occhi.

«*Bitte, können wir die Plätze tauschen? Dieser Herr ist ein Bekannter. Ich sitze in der nächsten Reihe.*»

«*Sicher, aber er schläft ja doch nur.*»

«*Ich wecke ihn*» disse l'uomo, alzandosi con un sorriso sulle labbra. Poi i due si scambiarono di posto e l'uomo si sedette accanto a Joel.

Converse fece finta di stirarsi, soffocando uno sbadiglio con la mano sinistra, mentre con la destra raggiungeva il calcio della pistola che aveva preso all'uomo di Leifhelm. Se fosse stato necessario, l'avrebbe usata per spaventare l'uomo che conosceva ma del quale non ricordava il nome. Quando il treno partì e il clamore si fece più forte, Joel sentì che era il momento giusto: si girò verso quell'uomo, rivolgendogli uno sguardo del tutto privo di espressione.

«Ci avrei giurato che era proprio lei» disse l'uomo, ovviamente americano, con un sorriso sulle labbra che non era affatto convincente.

Converse aveva visto giusto: c'era un qualcosa di meschino in quell'uomo grasso, e Joel lo sentì nella voce, come l'aveva sentito già in precedenza, anche se non ricordava bene. «Ne è proprio sicuro?» chiese.

«Certo che ne sono sicuro. Ma lei no, vero?»

«Francamente, no.»

«Allora le dirò una cosa che le servirà per ricordarsi meglio. Uno yankee si riconosce sempre! In tanti anni che giro il mondo per vendere la mia linea di imitazioni, quasi originali, mi sono sbagliato solo un paio di volte.»

«Copenaghen» disse Converse, ricordando con un senso di nausea l'attesa dei bagagli all'aeroporto. «E una volta si è sbagliato proprio a Roma, prendendo un italiano per uno di quei pesci che si trovano in Florida.»

«Splendido! Ha visto che si ricorda? Quel porco bastardo mi prese in castagna, e lo scambiai per uno di quei maiali con un sacco di grana, che magari spacciano la roba, ha capito no? Lo sa anche lei che tipi sono, e come si sono accaparrati il mercato dalle Keys in su, no...? Come ha detto che si chiama?»

«Rogers» rispose Joel, che fino a quel momento aveva pensato al padre. «Lei parla tedesco molto bene» aggiunse, con il tono di una affermazione.

«Cazzo, e altrimenti come farei? La Germania occidentale è uno dei nostri mercati più vasti, e poi mio padre era un crucco, e non ha mai imparato l'inglese.»

«Che cosa vende?»

«Le migliori imitazioni della Settima Avenue, ma non mi fraintenda, non sono uno degli ebrei. Ha presente un Balenciaga? Bene, lei cambia un paio di bottoni, qualche piega e magari aggiunge un nastro che nell'originale non esiste. Poi prende i campioni e li manda in lavorazione in qualche fabbrica del Bronx o del Jersey o a Miami o in Pennsylvania, dove ci attaccano su un'etichetta che dice "Valenciana". In questo modo, le vendiamo ad un terzo del prezzo dell'originale, e tutti quanti sono contenti... tranne i produttori degli originali. Ma tanto, non possono farci nulla, perché più o meno noi agiamo nella legalità.»

«Su questo non ci giurerei.»

«Be'... perlomeno dovrebbero spendere un bel po' di soldi in tribunale prima di provare che facciamo qualcosa di *illegale*.»

«Sì, purtroppo questo è vero.»

«Ehi, ma non deve fare quella faccia! In fondo noi facciamo felici migliaia di casalinghe che non possono permettersi tutte quelle puttanate francesi. E io mi faccio un culo così dalla mattina alla sera! Ha visto quella befana che era con me poco fa? Quella è la proprietaria di una mezza dozzina di negozi a Colonia e a Düsseldorf, e ora punta anche a Bonn. Ed io me la devo spupazzare a destra e a sinistra...»

Intanto le città e i paesi passavano: Leverkusen... Lagenfeld... Hilden, e la voce del rappresentante continuava, raccontando un aneddoto dopo l'altro, tutti uguali, tutti noiosi, con la stessa voce gracchiante e con gli stessi commenti.

«*Wir kommen in fünf Minuten in Essen an*.»

Accadde ad Essen.

La gente cominciò ad agitarsi, ma non all'improvviso: fu come un'onda che acquista forza e vigore prima di infrangersi su una costa ricca di rocce. I passeggeri presero a parlare eccitati, voltandosi l'uno verso l'altro e chinandosi per sentire meglio la voce dei cronisti che veniva da qualche transistor acceso. Alcuni si tenevano la radio accostata all'orecchio, altri la sollevavano in aria dopo aver messo al massimo il volume su richiesta degli altri passeggeri. Più gente accorreva, più frastuono si sentiva, anche perché le voci dovevano riuscire a coprire il rumore di tutte quelle radio accese. Una ragazzina esile e molto giovane, che indossava la divisa di una scuola privata, venne a sedersi proprio di fronte a Joel e al rappresentante: aveva una borsa di tela, del tipo che si portano al mare, nella mano sinistra e un transistor nella destra. Subito, diversi passeggeri le si affollarono intorno, chiedendole di alzare il volume della radio.

«Che succede?» chiese Converse al suo compagno di viaggio.

«Aspetti un attimo» rispose quello, sporgendosi in avanti per sentire meglio. Si era quasi alzato dal proprio posto. «Non sento niente.»

Immediatamente il frastuono, perlomeno intorno alla ragazza, si calmò e Converse, dopo una serie di distrubi dovuti alla cattiva ricezione, sentì distintamente due voci, oltre a quella del giornalista che conduceva il notiziario: gli sembrò che fosse un'intervista a qualcuno che non era nello studio. Parlavano anche in inglese, ma purtroppo capire era piuttosto difficile, perché la voce dell'interprete, che si affannava a tradurre in tedesco, si sovrapponeva alle voci.

«È stata aperta... *wurde veranlasst*... un'inchiesta... *Eine vollständiges Verhör*... che coinvolge tutte le forze di sicurezza... *sie erfordert alle Sicherheitskräfte*...»

Converse prese l'uomo per un braccio: «Mi dica... che è successo?» chiese in fretta.

«Quello svitato ha colpito ancora!... Aspetti, c'è dell'altro. Mi faccia sentire.» Ci furono ancora disturbi alla linea, poi si sentì la voce del giornalista. Joel provò un senso di terrore che gli si diffondeva in tutto il corpo, mentre ascoltava senza capire quella sequela di frasi che la radio vomitava, e che si succedevano a ritmo sempre più incalzante. Finalmente il giornalista tacque, e i passeggeri presero a discutere fra loro, a voce sempre più alta. Il rappresentante, invece, si sistemò meglio sul sedile, ansando forte non tanto per le notizie allarmanti che aveva appena appreso, quanto per l'essere stato così a lungo in una posizione tanto scomoda.

«Mi vuol dire che sta succedendo?» chiese Converse, cercando di controllare l'ansia che sentiva dentro di sé.

«Ma certo» disse l'uomo, tirando fuori di tasca un fazzoletto e asciugandosi la fronte.. «Questo nostro benedettissimo mondo è pieno di matti da legare... Non so se anche lei è d'accordo, ma al giorno d'oggi non si sa chi può essere la persona che ci sta accanto e alla quale rivolgiamo la parola! Se fosse per me, affogherei come gatti tutti i bambini nati con gli occhi storti e quelli che non riescono ad attaccarsi alle tette della madre. Ne ho piene le scatole di tipi strambi...»

«Molto interessante... ma cosa è successo?»

«Ah, sì...» Il rappresentante si rimise il fazzoletto in tasca, allentò la cintura e si sbottonò il bottone dei pantaloni. «Quel militare, quello che comanda il quartier generale di Bruxelles...»

«Il comandante supremo della NATO» suggerì Joel che sudava freddo.

«Eh, sì, proprio lui. Gli hanno sparato, beccandolo alla testa mentre usciva da un ristorante nella zona vecchia della città. Fra parentesi, era anche in abiti borghesi.»

«Quando è successo?»

«Un paio d'ore fa.»

«Chi pensano che sia stato?»

«Lo stesso verme che ha fatto fuori l'ambasciatore a Bonn. Quello svitato!»

«E come lo sanno?»

«Lo hanno identificato dalla pistola.»

«Da che cosa?»

«Dalla pistola. È stato proprio per questo che non lo hanno fatto sapere pubblicamente subito dopo l'attentato: prima volevano confrontare le impronte digitali con quelle che hanno a Washington: sono le sue, e la perizia balistica ci dirà anche se è la stessa arma usata per uccidere quel... vattelapesca come si chiama.»

«Peregrine» disse Converse, rendendosi conto che ancora non aveva finito di aver paura: probabilmente, il peggio doveva ancora arrivare. «E come hanno fatto a prendere la pistola?»

«Quel militare non era solo; con lui c'era un uomo di scorta, che ha sparato e pensa di averlo colpito al braccio sinistro: infatti, lo svitato ha lasciato cadere la pistola prima di fuggire. Hanno avvertito tutti gli ospedali, gli ambulatori, le infermerie. Inoltre controllano i confini, e ogni americano maschio deve prima scoprirsi il braccio sinistro. Chiunque viene trovato con una ferita, verrà trasferito immediatamente alla sezione di polizia più vicina.»

«Sono molto accurati e molto tempestivi» disse Joel, non sapendo cos'altro dire, mentre la ferita gli provocava fitte lancinanti di dolore.

«Se fossi in lui, mi rassegnerei» continuò il rappresentante, con gli occhi spalancati e scuotendo la testa, con un gesto di rispettosa compassione. «Ce li avrà al culo dal Mare del Nord al Mediterraneo. Hanno ricevuto segnalazioni che lo hanno visto ad Anversa, a Rotterdam e poi ancora da Düsseldorf. Ci vogliono appena tre quarti d'ora per andare da Düsseldorf a Bruxelles... Io ho un amico a Monaco che due volte alla settimana va a pranzo a Venezia. Ormai, il mondo è diventato piccolo, e con un salto si va dappertutto. Solo che a volte ce lo dimentichiamo. Non so se mi capisce...»

«Sì, certo. Voli brevi... Cos'altro ha detto il notiziario?»

«Che sospettano si sia diretto a Parigi o a Londra, o forse a Mosca... potrebbe essere un russo. Controllano anche tutti gli aeroporti privati, nel caso abbia qualche amico disposto ad aiutarlo. Amico... qualche altro svitato come lui. Lo hanno paragonato a quel Carlos, quello che chiamano "lo sciacallo", si figuri un po'. Dicono che se va a Parigi e lo incontra, potrebbe nascere anche un'amicizia tra i due, magari con altri morti. Perché anche questo Converse usa sempre una tecnica ben precisa: una pallottola alla testa. Un bel boy scout, eh?»

Joel si irrigidì, avvertendo la tensione in tutto il corpo, ormai distrutto dalla fatica e dallo stress, e un dolore acuto proprio al centro del torace. Era la prima volta che sentiva il suo nome sulle labbra di un estraneo che lo identificava come l'assassino psicopatico ricercato da varie polizie che controllavano i confini... perfino gli aeroporti privati. Una vera e propria rete, con maglie che si stringevano sempre di più. I generali di Aquitania avevano pensato a tutto, anche alle impronte digitali e alla ferita al braccio. Ma come osavano stabilire orari così precisi? Come facevano a sapere che non si trovava, ad esempio, in un'ambasciata a chiedere asilo politico, nella speranza di riuscire a trovare qualcosa per difendersi da quelle accuse? Come avevano potuto correre un rischio così grande?

Poi all'improvviso capì, e l'emozione fu così forte che dovette conficcarsi le unghie nella carne per controllare il panico che sentiva: quella telefonata a Mattilon! Probabilmente René aveva il telefono sotto controllo, forse dall'Interpol o dalla Sûreté, e gli informatori di Aquitania non avevano perso tempo a spargere la notizia! Oh, Cristo! Nessuno dei due aveva pensato ad un'eventualità in fondo così semplice! Ora loro sapevano dove stava andando, ed era in trappola! Come aveva già detto quel rappresentante, "il mondo è piccolo al giorno d'oggi", al punto che ci si può permettere di andare a pranzo a Venezia ed essere di ritorno a Monaco per un appuntamento alle tre e mezzo. Così, un assassino poteva far fuori la sua vittima a Bruxelles ed essere sul treno per Düsseldorf tre quarti d'ora dopo. Le distanze si misuravano ormai in mezz'ore, e in "un paio d'ore" si poteva andare da Bruxelles in molte altre città. Forse i suoi inseguitori erano già sul treno. Comunque, non potevano sapere *quale* treno avrebbe preso, e per questo di sicuro lo aspettavano ad Emmerich. Doveva pensare, doveva *far qualcosa*.

«Mi scusi» disse, alzandosi. «Devo andare alla toilette.»

«Lei è fortunato.» Il rappresentante spostò una gamba, tirando su il bordo dei pantaloni mentre faceva passare Joel. «Io non riesco nemmeno ad entrarci in quegli sgabuzzini. Per questo, prima di salire su un treno, mi alleggerisco sempre.»

Joel raggiunse il corridoio e si fermò improvvisamente: aveva lasciato il giornale sul sedile, e la sua foto era in una delle prime pagine. Sarebbe bastato aprirlo, sfogliarlo, e di sicuro l'uomo obeso l'avrebbe riconosciuto: inghiottì diverse volte, incerto sul da farsi; poi decise di continuare, di non fare nessun movimento, neppure minimo, che potesse attrarre l'attenzione. Non voleva andare alla toilette, ma al passaggio fra le due carrozze, che doveva esaminare. Diverse persone erano già passate, e avevano tutta l'aria di cercare qualcuno; per questo, avrebbe fatto finta di constatare che la toilette era occupata e avrebbe proseguito.

Rimase qualche istante nel corridoio, studiando la porta: si trattava del classico tipo di porta dei treni tedeschi, di quelle definite "a scuderia", dove bisognava aprire prima la parte superiore e poi quella inferiore. Aveva visto, e gli bastava.

Tornò a sedersi, e con suo gran sollievo vide che il rappresentante dormiva a bocca aperta, russando in maniera piuttosto rumorosa. Converse lo scavalcò, attento a non svegliarlo, e si calò al proprio posto. Il giornale non era stato toccato, e questo era un altro sollievo.

Proprio davanti a sé, sulla destra, vide una specie di cassetta contenente vari foglietti con l 'indicazione delle stazioni e degli orari di arrivo di quel treno. Erano piuttosto gualciti e sciupati, ma nessuno sembrava servirsene, visto che si trattava nella stragrande maggioranza di gente che conosceva la regione. Joel si alzò e ne prese uno, scusandosi con vari cenni della testa diretti alla ragazzina che era davanti a lui e che soffocò una risatina.

Oberhausen... Dinslaken... Voerde... Wesel... Emmerich.

Wesel. L'ultima fermata prima di Emmerich. Non sapeva quanti chilometri ci fossero tra le due città, ma d'altronde non aveva scelta. Doveva scendere e Wesel, e naturalmente non insieme ad altri passeggeri. Doveva scomparire a Wesel.

Sentì che il treno rallentava impercettibilmente, e il suo istinto di pilota gli disse che quelli erano i minuti che precedevano la frenata vera e propria. Si alzò di nuovo, e, scavalcando il rappresentante, raggiunse il corridoio: proprio all'ultimo momento l'uomo si mosse, e sbuffando cambiò posizione. Joel si calò il cappello sugli occhi e si guardò intorno, come se non fosse ben sicuro circa la direzione da prendere: nessuno gli prestava attenzione.

Prese a camminare lungo il corridoio con passi lenti e stanchi, proprio come un viaggiatore in cerca di un po' di sollievo. Arrivò davanti alla porta della toilette e per la terza volta provò una sensazione genuina di sollievo: sulla maniglia era comparsa la scritta *Besetzt*. Intanto, quella prima manovra sarebbe sembrata credibile: effettivamente, la toilette era occupata. Aprì la porta del corridoio di comunicazione tra le due carrozze e si trovò di fronte l'altra porta, che conduceva alla carozza seguente: l'aprì, ma invece di proseguire, fece un passo soltanto, si chinò e tornò sui suoi passi, stando accucciato e nascondendosi nell'ombra. Una volta tornato nel corridoio, si alzò e sbirciò attraverso la porta a vetri: davanti a sé aveva la carrozza dov'era anche il rappresentante, mentre con un semplice movimento della testa poteva tener d'occhio anche la carrozza che seguiva. Rimase in attesa, scrutando i volti delle persone, aspettandosi da un momento all'altro un giornale che si abbassava o una conversazione che veniva interrotta per poter meglio sorvegliare un posto vuoto e un uomo che era sparito.

Invece non successe nulla. Ormai anche la notizia di un assassinio a Bruxelles non rimbalzava più di bocca in bocca, proprio come era successo a Bonn, quando nelle strade si era sparsa la voce che un ambasciatore era stato assassinato. Naturalmente la gente ne parlava ancora, scuotendo la testa e considerando le varie implicazioni e le eventuali possibilità, ma ormai i toni erano di gran lunga più sommessi: il primo momento di emozione era svanito, e in fondo, a chi importava una cosa del genere? Si trattava di un americano che aveva fatto fuori due americani, il che significava una cosa sola: la sparatoria dell'OK Corral assumeva tutt'altra luce, perché finalmente i coloni si rivelavano per quello che erano e cioè per una razza tarata e violenta.

«*Wir kommen in...*» Joel sentì lo stridio dei freni sotto di lui, che coprirono in parte la voce dell'altoparlante. Ormai è solo questione di attimi, però Converse, girandosi e fissando la porta d'uscita. Quando il treno avesse rallentato a sufficienza e si fossero già formate da entrambe le parti le file per scendere, avrebbe agito.

«*Wir kommen in drei Minuten in Wesel an!*»

Diversi passeggeri in entrambe le carrozze si alzarono, preparando i bagagli e si avviarono nel corridoio. Lo stridio dei freni divenne sempre più forte. *Ora*.

Joel aprì la parte superiore della porta e il soffio di vento che lo investì per poco non riuscì ad assordarlo del tutto. Afferrò la maniglia della parte inferiore della porta, pronto a saltare non appena il treno avesse rallentato. Ormai era questione di secondi: i freni gemevano e il sole disegnava l'ombra del treno in corsa sul terreno circostante. Poi ci furono quelle parole che gelarono Joel, parole che interruppero il ritmo di quei rumori che ascoltava con tanta attenzione.

«Complimenti, Herr Converse, stava quasi per farcela! Ma cosa vuol farci? C'è chi vince e c'è chi perde. Lei, ad esempio, ha *perso*.»

Joel si girò e riconobbe nell'uomo che gli parlava il passeggero molto gentile e molto ben disposto alla conversazione che era salito a Düsseldorf e che era rimasto accanto a lui finché il rappresentante obeso non gli aveva chiesto di cambiare posto. Nella mano sinistra stringeva una pistola, che aveva puntato in basso, e nella destra aveva la ventiquattrore, simbolo di una rispettabilità che gli faceva da copertura perfetta.

«Voialtri non finirete mai di stupirmi» disse Converse.

«Meno male. A Düsseldorf mi sono dovuto fare quasi tutto il treno. *Ach*, tre carrozze, e di corsa, come un matto... Ma certo di matti lei se ne intende più di me, vero amico?»

«E ora cosa ha intenzione di fare? Premere il grilletto e liberare il mondo da un pazzo criminale?»

«Assolutamente no: troppo semplicistico, caro il mio pilota.»

«Pilota...»

«I nomi non vogliono dire niente; ma io sono un colonnello della Luftwaffe della Germania Occidentale. Lo sa che i piloti non uccidono mai con i piedi posati a terra. Per loro, si tratta di una azione infamante.»

«Confortante.»

«Già... e forse anche un po' esagerato, perché alla prima mossa sbagliata sono disposto a rinunciare a tutto l'onore della categoria e a piazzarle una pallottola in corpo. In fondo, diventerei un eroe della patria, padre di tutti noi, che ha individuato, intrappolato e ucciso un pazzo assassino prima che questi uccidesse lui.»

«"Patria, padre di tutti noi"? La chiamate ancora così?»

«*Natürlich*. Come tutti noi, del resto. È dal padre che deriva la forza; la madre è soltanto il veicolo attraverso il quale si effettua la riproduzione.»

«Si immagina come sarebbero contenti di averla ad una lezione di biologia di Vassar?»

«Devo considerarlo un motto di spirito?»

«No, semplicemente qualcosa di sconcertante, anche se poi non ha molta importanza.» Impercettibilmente, Joel si era messo contro la paratia mentre la sua mente e la sua attenzione erano tese a preparare l'azione. Non aveva scelta: se non fosse morto subito, l'avrebbero fatto crepare dopo un paio d'ore. «Immagino che avrà anche deciso dove portarmi» chiese, portando avanti il braccio sinistro.

«Ma certo, pilota. Scenderemo a Wesel, e andremo in una bella cabina telefonica, naturalmente in compagnia della mia pistola, che rimarrà puntata al suo petto. Dopo qualche minuto arriverà una macchina, e la porteremo...»

Converse diede una gran botta alla paratia con il braccio destro, tenendo sempre bene in vista il sinistro. L'uomo si voltò a guardare la porta della carrozza che li precedeva. *Ora*!

Joel balzò in avanti e afferrò la pistola con entrambe le mani mentre colpiva con tutta la forza che aveva i testicoli di quell'uomo con il ginocchio destro. Quando il tedesco fece per cadere, lo afferrò per i capelli e gli sbatté la testa contro un gancio della porta opposta.

Poi, improvvisamente tutto fu finito e il tedesco rimase immobile, con gli occhi che sembravano di vetro. Un altro soldato era morto, ma stavolta si trattava di un soldato di Aquitania, e non di un semplice arruolato di qualche governo.

Una donna grassa, che aveva assistito a quella scena dal finestrino, si mise ad urlare, con voce e gesti isterici.

«*Wesel*...!»

Il treno aveva rallentato e già altri volti apparivano al finestrino, volti di gente concitata che non lasciava passare quelli che avrebbero voluto aprire la porta.

Converse si avvicinò all'uscita e aprí la porta, mandandola a sbattere contro la paratia dietro di sé: vide i gradini, e vide asfalto e ghiaia dietro a quei gradini. Respirò profondamente e si tuffò, curvandosi su se stesso per attutire l'impatto con il terreno. Quando sentì la terra sotto di sé, cominciò a rotolare.

23

Atterrò su un terreno scosceso, dove rovi e spini gli graffiarono il volto e le mani. Era ferito più o meno dappertutto, e sentiva anche fitte di dolore che gli venivano da quella ferita alla spalla, che aveva anche ripreso a sanguinare, ma non c'era tempo per pensare al dolore che provava. Doveva scappare, perché tra pochi minuti sarebbero arrivati i poliziotti, alla caccia dell'assassino di un ufficiale della Repubblica Federale. Non ci voleva poi molta immaginazione per indovinare quel che sarebbe successo. Tutti i passeggeri sarebbero stati interrogati, incluso naturalmente l'amico rappresentante, prima o poi sarebbe saltato fuori anche qualcuno che aveva visto la foto sul giornale e si sarebbe accorto della somiglianza. Il pazzo omicida che l'ultima volta era stato visto in una stradina secondaria di Bonn non si dirigeva a Parigi, né a Londra né tantomeno a Mosca, ma era su un treno diretto a Colonia, Essen, Düsseldorf... e aveva colpito ancora una volta in una cittadina chiamata Wesel.

Improvvisamente udì il fischio di un treno e, guardando verso i binari, vide un convoglio diretto a sud che usciva di stazione. Poi vide anche un cappello, che era proprio in bella vista sulla collina. Allora uscì da quei cespugli e prese a correre, dopo aver afferrato il cappello, cercando di non sentire una voce che gli diceva che non poteva nemmeno camminare. Il treno passò e Joel attraversò i binari, dirigendosi verso un edificio che pareva disabitato: almeno, le finestre erano tutte rotte. Si sarebbe riposato qualche istante, non di più, perché era un posto troppo ovvio per nascondersi e sicuramente l'avrebbero frugato da capo a piedi. Ancora dieci minuti, forse un quarto d'ora, e sarebbe stato circondato da uomini armati.

Cercò disperatamente di ricordare come aveva fatto in precedenza. Come era riuscito a sfuggire alle pattuglie nella giungla a nord di Phu Loc?... Cerca qualcosa che ti dia un vantaggio! Vai in un posto da dove puoi vedere ma dove non puoi essere visto! Ma allora c'erano alberi enormi, e lui era molto più giovane: salirci sopra, sistemarsi su un ramo robusto e nascondersi a chi lo cercava era stato facile. Ma ora... Non c'erano alberi, o niente del genere in una collina sotto un binario della ferrovia... O forse sì! Sulla destra dalla catapecchia c'era uno scarico di rifiuti, tonnellate di terra e di sporco accumulati in diverse piramidi: era la sua unica possibilità.

Con il fiato corto, le gambe doloranti e la ferita che gli mandava fitte lancinanti, corse verso una di quelle piramidi e prese ad arrampicarcisi, scivolando ogni volta nel terreno soffice, o in qualche cartone o in qualche pezzo di legno. L'odore nauseabondo gli fece dimenticare il dolore, e continuò ad arrampicarsi, scivolando ad ogni passo. Se fosse stato necessario, si sarebbe tuffato in quella montagna di sporco: non c'erano regole e codici che regolamentavano l'arte del sopravvivere, e se immergersi in una collina putrida poteva significare sopravvivere, allora l'avrebbe fatto.

Finalmente arrivò in cima e, rimanendo sempre nascosto fra i rifiuti, dette un'occhiata in giro. Sudava, e il sudore gli bruciava le ferite del volto: si sentiva le gambe e le braccia come se fossero state di piombo, e aveva il fiato corto per la tremarella che lo pervadeva in tutto il corpo, tremarella causata non solo dall'uso forsennato di muscoli che erano rimasti inattivi per diciotto anni, ma anche dalla semplice paura. Guardò i binari, poi la stazione: il treno si era fermato, e la gente, meravigliata, e indignata, era scesa. C'erano diverse persone in divisa che urlavano ordini e cercavano di separare i passeggeri in due gruppi, forse costituiti da coloro che erano nelle due carrozze adiacenti al passaggio incriminato e che avevano assistito alla scena e gli altri, che avevano soltanto sentito. Nel parcheggio davanti alla stazione c'era un'auto della polizia a strisce blu e bianche con la luce rossa accesa sul tetto. In lontananza si udì una sirena, e poco dopo arrivò un'ambulanza che, dopo aver fatto inversione di marcia, procedette in retromarcia verso il treno. Qualcuno aprì le porte posteriori, e ne uscirono due infermieri che portavano una barella. Intanto, un ufficiale di polizia impartiva ordini ai due uomini, che salirono i gradini metallici e lo seguirono.

Arrivò anche una seconda auto della polizia, e andò a fermarsi proprio accanto all'ambulanza; ne scesero due ufficiali che andarono verso il collega che aveva dato ordini ai barellieri e che era ora riemerso in compagnia di due civili, un uomo e una donna. Parlarono un po' fra di loro, poi i due ufficiali tornarono all'automobile; l'autista mise in moto, fece qualche metro in retromarcia e poi si diresse verso sinistra, cioè nell'angolo sud del parcheggio, proprio dove si trovava Converse. Si fermarono, scesero dall'automobile con le pistole in pugno e, attraversati i binari, si diressero nel prato circostante. Sarebbero tornati di lì a pochi minuti, pensò Converse afferrandosi con aria distratta la spalla malridotta; sarebbero tornati, avrebbero ispezionato la casa disabitata, forse avrebbero chiesto rinforzi. Ma prima o poi sicuramente sarebbero venuti verso di lui, verso quella montagna di rifiuti.

Converse si guardò intorno: c'era una strada sterrata che conduceva alla discarica, ed era chiusa da un cancello chiuso con un catenaccio. Di lì, vedeva facilmente qualsiasi persona o mezzo che avesse tentato di venire nella sua direzione; per questo, gli conveniva rimanere dov'era.

Ad un tratto ci fu un altro rumore che venne ad interrompere quella sequenza di pensieri, un rumore molto simile a quello che aveva sentito poco prima, ma che stavolta proveniva da destra: infatti, si trattava di un'auto della polizia a sirene spiegate e che, invece di andare a raggiungere l'auto gemella e l'ambulanza parcheggiate accanto al binario, girò a sinistra e andò verso l'altra auto della polizia che si trovava nell'angolo sud del parcheggio. Con un moto di disperazione, Joel pensò che i poliziotti avessero chiesto rinforzi. Guardò i suoi giustizieri. Anzi, il suo giustiziere, perché nell'auto c'era soltanto un uomo. O forse c'era anche qualcun altro sul sedile posteriore, qualcuno con il quale l'autista stava parlando? No, stava soltanto sganciando qualcosa, probabilmente la cintura di sicurezza.

Poco dopo un uomo in divisa, con i capelli bianchi, uscì dall'auto e si diresse verso i binari; poi li attraversò e, dall'alto del terrapieno, urlò qualcosa ai due colleghi che lo cercavano nell'erba satura di sole e ormai quasi marrone. Converse non capì quello che si dissero, ma c'era qualcosa di strano in quell'atteggiamento.

I due riemersero, stavolta con la pistola nella fondina e ci fu un breve scambio di battute concitate. L'ufficiale più anziano indicava un punto lontano con parole che, almeno a giudicare dal tono, sembravano ordini. Joel guardò l'auto da cui era sceso l'ufficiale e si vide che sullo sportello c'era una scritta che gli altri non avevano: quindi l'uomo doveva essere un superiore che impartiva ordini.

I due poliziotti si misero immediatamente a correre, saltarono a bordo dell'auto e, con una sgommata da far invidia ai piloti di macchine da corsa, si portarono sulla destra e poi uscirono dal parcheggio. Anche l'ufficiale più anziano si affrettò a ritornare alla sua macchina, ma senza correre: quando la raggiunse, non vi salì, ma si mise a parlare... o perlomeno, Joel vide le labbra che si muovevano... e cinque secondi dopo, dalle porte posteriori, emersero due uomini. Di questi, uno era una vecchia amicizia di Joel: si trattava dello chauffeur di Leifhelm, che aveva un cerotto sulla fronte e un altro sul naso. Tirò fuori la pistola e abbaiò un ordine al compagno, con la voce furiosa di un soldato disonorato in battaglia, che non vede l'ora di riabilitarsi.

Peter Stone uscì dall'hotel di Washington, dopo aver detto al giovante tenente della Marina e al capitano dell'Esercito, che era leggermente più anziano, che li avrebbe richiamati in mattina. *Ragazzi*, pensò. Gli idealisti senza esperienza, poi, erano la razza peggiore, perché solitamente le loro ragioni erano valide esattamente nella stessa misura in cui erano assolutamente prive di praticità. Con la purezza dell'età giovanile, disdegnavano la doppiezza e il compromesso, senza pensare al fatto che per sterminare un branco di pazzi figli di puttana occorreva odio, malevolenza e compromessi ben più vergognosi di quelli che potessero immaginare.

Stone fermò un taxi (aveva lasciato la macchina al parcheggio) e diede all'autista l'indirizzo di un condominio in Nebraska Avenue. Era un bell'appartamento, ma non era suo; apparteneva ad un diplomatico albanese che lavorava alle Nazioni Unite e che ci veniva di rado... ovviamente perché era quasi sempre a New York. Stone si era dato da fare e alla fine era riuscito a convincere il diplomatico, non tanto facendo appello alla sua coscienza di uomo e di studioso, quanto mostrandogli alcune foto che lo ritraevano in atteggiamenti non certo ortodossi in compagnia di donne... donne di sessanta o addirittura settant'anni, tranquille signore che andavano a far spesa al mercato e che, dopo essere state violentate, si trovavano costrette a sottomettersi a pestaggi e altri trattamenti del genere. Quel diplomatico era una persona abituata sempre ad avere la meglio, e gli psichiatri di Langley avevano parlato di impulsi sessuali di un matricida sicuramente represso. Ma a Stone non interessavano certo tutte quelle puttanate: a lui bastavano le foto di quel porco di un sadico. Comunque, in quel momento pensava ai ragazzi, e non alle follie sadiche di un figlio di puttana, follie che però gli permettevano di accedere ad un appartamento che era al di sopra delle sue possibilità.

I *ragazzi*. *Gesù*! Loro avevano tutte le ragioni di questo mondo, avevano nel mirino l'uomo giusto, ma non riuscivano a capire che trattare con George Marcus Delavane significava guerra, significava combattere, e in tutte le forme più brutali, perché era così che quegli uomini combattevano. La convinzione di essere nel giusto, di percorrere la strada più nobile doveva anche essere unita alla volontà e alla capacità di mettersi a strisciare nel fango, se fosse stato necessario, senza guardare in faccia nessuno. Ormai si percorreva l'ultimo quinto del secolo ventesimo e la paranoia che veniva dal disgusto e dalle frustrazioni di quei generali aveva raggiunto il culmine.

Stone aveva visto questa ascesa, l'aveva seguita anno dopo anno, mese dopo mese, e a volte era stato quasi per applaudire anche lui, per vendere quel che rimaneva della sua anima. Si erano persi uomini e forze a causa di una burocrazia insulsa che veniva da una Costituzione scritta senza tener conto che a Est c'erano occhi insidiosi. I Marcus di questo pianeta — cioè di questa parte di pianeta — presentavano argomentazioni e credenziali plausibili. Coloro che avevano lavorato alla CIA in quegli anni lo avevano detto chiaramente, senza falsità ma senza neppure isterismi: «Bombardiamo le basi nucleari di Tashkent e Tselinograd! Distruggiamo Chengdu e Shenyang! Non facciamoli neppure cominciare! Noi abbiamo il senso della responsabilità, ma loro no!».

Chissà... Sarebbe stato un mondo migliore?

A Peter era capitato di svegliarsi la mattina con quella parte della sua coscienza che non aveva ancora venduto che gli diceva "no, non possiamo fare una cosa del genere". Ci deve essere un altro modo, un modo che non sia guerra e morte. E si aggrappava a quell'alternativa, anche se ancora non riusciva a non tremare di fronte a quei pazzi che giocavano con le bombe. Dove saremmo finiti?

Be', quello era un interrogativo cui lui non avrebbe trovato risposta; piuttosto, sapeva dove era finito *lui* — per anni ed anni, ed era la ragione per la quale si era messo con quei ragazzi. Stavano dalla parte giusta, ed erano indignati per quello che accadeva: lui l'aveva già visto altre volte, forse troppe, e sempre quando c'erano di mezzo estremisti, di qualunque colore: i Delavane di questo mondo ci avrebbero trasformato tutti quanti in robot, tanto che, almeno per certi aspetti, la morte sarebbe stata preferibile.

Stone aprì la porta, entrò, la richiuse, si tolse la giacca e si concesse l'unico drink che poteva permettersi quella sera. Poi andò verso la poltrona di cuoio e bevve qualche sorso, prima di prendere il telefono e posare il bicchiere sul tavolinetto; compose sette numeri, poi altri tre, e poi ancora uno. Quando sentì un suono molto più debole di quello che si sente di solito, fece un altro numero. Tutto a posto. Quella telefonata era passata attraverso un centralino-filtro del KGB situato nello stretto di Cabot, a sud-ovest dell'Isola di Terranova. Dzerzhinsky Square sarebbe rimasta confusa da quel fatto. Peter aveva speso una bella sommetta per avere quel servizio. Cinque squilli e poi una voce maschile da Berna, Svizzera, rispose al telefono.

«*Hallo*?»

«Parla il tuo vecchio amico di Bahrain, il venditore di Lisbona e l'acquirente dei Dardanelli. Devo mettermi a cantare Dixie?»

«Bene, non ce ne sta bisogno» disse l'uomo di Berna lasciando perdere il francese e usando al suo posto uno dei dialetti del sud. «È tanto tempo che non ci sentiamo.»

«Già.»

«Mi dicono che frequenti cattive compagnie.»

«Già: nessuno mi vuole bene e nessuno si fida di me. Ma, nonostante tutto, sono ancora apprezzato» disse Stone. «La CIA mi detesta, ma anche lei ha i suoi debiti nemici, che vengono tutti da me. Purtroppo, non sono stato furbo quanto te, e non ho pensato a fare depositi in una banca svizzera da parte di uno zio Vattelapesca.»

«Mi hanno detto che tenevi problemi di natura alcolica.»

«Sì, e neanche troppo piccoli. Ma ora è tutto passato.»

«Mai fare affari con gente peggiore di te, se sai di non essere in condizioni di sostenere la prova del palloncino. Bisogna impaurirli, non certo farli ridere.»

«Già, e questo l'ho imparato sulla mia pelle. Ho saputo che anche tu di tanto in tanto fai il consulente per conto tuo.»

«Di tanto in tanto, e solo se i clienti superano l'esame dello zio Vattelapesca. Gli accordi parlano chiaro, e io non ci tengo a trasgredirli; anche perché se lo facessi, probabilmente riceverei la visita di qualche Boom Boom Botticelli, e allora... addio, capo! Non mi piacerebbe finire sotto qualche metro di terra...»

«Dove le minacce non hanno più nemmeno senso» concluse il borghese.

«Questi sono i limiti, Pearlie May, il nostro piccolo *détente*.»

«Credi che riuscirò a passare l'esame? Ti assicuro che lavoro con la gente giusta: gente giovane, che ha per le mani qualcosa di importante e che non ha intenzione di far del male ad una mosca, per quanto poco raccomandabile sia la mosca. Però non posso dirti nient'altro, niente di sostanziale, per il bene mio e degli altri. Ti basta?»

«Sempre che il consulto non debba avvenire all'esterno, direi che mi basta e mi avanza pure. Hai salvato la pelle di Johnny Reb per ben tre volte, come hai detto all'inizio della telefonata. Solo che la sequenza era sbagliata. Nei Dardanelli e a Lisbona mi hai tirato fuori prima che tirassero fuori le pistole; e a Bahrain hai scritto un breve, illuminante rapporto su una certa faccenda di fondi che si erano eclissati e che probabilmente mi avrebbero fruttato cinque anni di soggiorno a Leavenworth.»

«Già... eri troppo prezioso perché potessi correre il rischio di perderti per una semplice faccenda di soldi. Oltretutto non eri l'unico, solo che venisti catturato... o quasi.»

«Sì, anche questo è vero, ma Johnny Reb conosce la gratitudine. Di che cosa si tratta?»

Stone allungò una mano e prese il bicchiere. Poi cominciò a parlare, scegliendo con cura le parole. «Uno dei nostri comandanti manca all'appello. Si tratta di un panno sporco che la Marina deve lavarsi in casa. È un ufficiale di SAND PAC, ma non vogliamo che a Washington ci mettano il naso.»

«Il che fa parte di quelle famose cose che non puoi dirmi» disse l'altro con un pesante accento del sud. «Vabbuono. SAND PAC... dalla California sempre dritto verso ovest...»

«Sì, ma non è rilevante. Si tratta del capo del dipartimento legale, che forse a quest'ora è già morto. Ma se è ancora vivo, allora si trova molto vicino a te, e tu sei l'unico che può raggiungerlo. Se io faccio tanto di mettere il culo su un aereo, il mio passaporto finisce dentro un computer che comincerà a parlare e finirà col non far progredire affatto le cose.»

«Il che fa parte di altre cose che non puoi dirmi.»

«Esatto.»

«Allora sentiamo: cosa *puoi* dirmi?»

«Conosci l'ambasciata a Bonn?»

«So che sono in un mare di guai, così come quelli del servizio di sicurezza nazionale a Bruxelles. Quel pazzo ha le ali ai piedi, a quanto sembra. Ma che c'entra Bonn?»

«È tutto collegato. È stato l'ultimo posto dove hanno visto il nostro bel comandante.»

«Per caso è collegato anche a quel Converse?»

Stone rimase in silenzio per qualche istante. «Probabilmente alla fine saprai più di quanto sarebbe consigliabile per entrambi che tu sapessi, ma le cose stanno così: il nostro comandante è un uomo profondamente toccato dal dolore e dalla confusione. Suo cognato, che tra parentesi era anche il suo migliore amico, è stato assassinato a Ginevra...»

«... che è a due passi da qui» interruppe l'altro. «Non è quell'avvocato americano condannato a morte proprio da Converse? O almeno, mi è sembrato di leggere questo dai giornali.»

«Sì, era anche ciò che credeva il nostro comandante, anche se non sappiamo se avesse tratto tale conclusione da informazioni ben precise. Comunque, aveva scoperto che Converse era diretto a Bonn, e ha preso un congedo per seguirlo.»

«Encomiabile, ma piuttosto ingenuo» disse l'uomo che viveva a Berna. «Cosa sperava di trovare, la folla inferocita e pronta a linciare la vittima, andando a Bonn *solo*?»

«No. Noi supponiamo che sia andato all'ambasciata... o perlomeno che abbia visto qualcuno dell'ambasciata per spiegare le ragioni del suo arrivo a Bonn, o forse per metterli in guardia tutti quanti, chissà? Ma il resto parla chiaro: questo Converse ha fatto la sua mossa e il nostro capitano è scomparso. È ovvio che vogliamo sapere se è ancora vivo.»

Questa volta fu l'altro che si prese qualche secondo per riflettere; Peter ne sentiva l'alitare calmo nel telefono. Alla fine disse: «Brer Rabbit, io credo che dovresti dirmi qualcosetta di più».

«Ci sto provando, generale Lee.»

«Molto obbligato, yankee.»

«Anche questo è collegato. Se tu fossi un comandante della Marina degli Stati Uniti e volessi raggiungere qualcuno all'ambasciata di Bonn, qualcuno in grado di accordarti l'attenzione che il tuo grado sicuramente merita, con chi ti metteresti in contatto?»

«Con il *chargé d'affaires* militare, immagino.»

«Hai trovato il tuo uomo, zio Remus. Fra le altre cose, si tratta di una persona che ha il deplorevole vizio di raccontare balle, ma di questo parleremo dopo. Noi pensiamo che il nostro comandante abbia parlato propro con il *chargé*, il quale probabilmente lo ha congedato, considerando la cosa di poca importanza e non facendo neppure un tentativo per organizzare un incontro con l'ambasciatore Peregrine. E poi, visto quel che è successo... noi pensiamo che per salvare la pelle e la carriera... be', a volte la gente fa cose veramente incredibili.»

«Quello che dici ha dell'incredibile.»

«Sì, ma è così, sono pronto a giurarlo.»

«Vabbuono. Come si chiama questo tizio?»

«Washburn. È il...»

«*Norman* Washburn? Il maggiore Norman Antony Washburn Terzo, o Quinto, o addirittura Sesto.»

«Già, proprio lui.»

«Ritiro tutto quello che ho detto: Washburn è stato a Beirut, poi ad Atene e quindi a Madrid e ha sempre dato filo da torcere a tutti. Quello è uno che sarebbe capace di passare sopra il cadavere della madre pur di avere un encomio. Ha giurato a se stesso che a quarantacinque anni andrà allo Stato Maggiore... e sono sicuro che ce la farà.»

«A quarantacinque anni?»

«Non lo sento da diversi anni, ma non dovrebbe avere più di trentasei, trentasette anni. L'ultima volta che ho sentito parlare di Washburn mi hanno detto che avrebbe addirittura *saltato* un grado per passare subito a quello successivo. È un personaggio amato e coccolato, credimi, yankee!»

«È uno che racconta bugie» disse l'uomo in quell'appartamento buio di Nebraska Avenue.

«Vabbuo', questo te lo concedo» convenne l'uomo che era invece a Berna, in Svizzera. «Ma non credo che sia in mezzo a cose così scottanti. A meno che non l'abbiano provocato.»

«Non posso affermare il contrario.»

«Il che significa che lo sai per certo.»

«Esatto.»

«E che, comunque, fa parte delle cose che non puoi dirmi.»

«Esatto ancora una volta.»

«Ne sei sicuro?»

«Non posso certo permettermi di fare errori. Lui sa dov'è il nostro comandante, se naturalmente è ancora vivo.»

«Gesù Santo! Ma in che pasticcio vi siete cacciati?»

«Allora, mi farai il favore? Naturalmente, comincia le ricerche dalla giornata di ieri.»

«Vabbuo', yankee. Come vuoi che lo faccia?»

«Stando nell'ombra. Voglio soltanto sapere quello che dirà dopo aver ricevuto il contenuto di una siringa nelle vene. Deve svegliarsi pensando di aver mangiato una bistecca andata a male.»

«Donne?»

«Non so; forse tu lo sai meglio di me. Credi che metterebbe a repentaglio un'immagine per una gonnella?»

«Conosco due o tre fräulein a Bonn, per le quali i gesuiti metterebbero a repentaglio il papato. Ora dimmi il nome del comandante.»

«Fitzpatrick. Comandante in Seconda Connal Fitzpatrick. A proposito, zio Remus... tutto quello che verrà fuori lo voglio soltanto per me, in esclusiva. Nessun altro deve saperlo. Nessun altro.»

«Il che fa parte dell'ultima serie di cose che non puoi dirmi, vero?»

«Esatto.»

«Benissimo, allora provvederò a tutto: un solo obiettivo, un solo scopo: niente altro, niente curiosità. Solo un registratore nel cervello o in mano.»

Stone tacque ancora per un istante, riempiendo quel silenzio con un bisbiglio: «Registratore...?» Poi continuò: «Non è una cattiva idea. Naturalmente, usa il tipo miniaturizzato».

«Certo, di quelli così piccoli che te li puoi ficcare nei posti più indecenti di questa terra. Dove posso rintracciarti? Coraggio, detta: sono tutt'orecchi.»

«Il prefisso è 804.» L'ex-agente della CIA gli dette un numero di Charlotte nel Nord Carolina. «Ti risponderà una donna: dille che sei della famiglia di Tatiana e lasciale un numero.»

Si salutarono; poi Peter riappese, si alzò e andò verso la finestra con il bicchiere in mano. Era una notte afosa e non si muoveva un filo d'aria, segno che era in arrivo un temporale estivo. Se almeno fosse venuta un po' di pioggia, avrebbe lavato le strade, portando via un po' di sporco.

L'ex-agente segreto si chiese se sulla terra esistesse un balsamo in grado di lavargli le mani e di pulire quella parte della sua anima che ancora non aveva venduto al miglior offerente... o in quello che considerava il periodo più nero della sua vita, non fosse ancora affogato dentro una bottiglia di bourbon. Forse aveva semplicemente aggiunto un altro chiodo alla bara di Converse, un'altra etichetta di pazzo su un uomo perfettamente sano. Stone si rese conto infatti che invece di sollevare dubbi attingendo alla sua esperienza e a quanto sapeva di lui, non aveva fatto altro che dare ancor più credibilità alla favola dell'assassino psicopatico che i giornali di tutto il mondo si affannavano a raccontare su Converse. Anzi, forse aveva fatto ancora di peggio, perché aveva attribuito la responsabilità di quell'etichetta ad un ufficiale della Marina che molto probabilmente era già morto. C'erano due giustificazioni per quella menzogna, e soltanto una era, sia pur remotamente, plausibile; l'altra era soltanto una mossa, una delle mosse più importanti che avrebbero potuto fare. La prima partiva dal presupposto che Fitzpatrick fosse ancora vivo, cosa ormai poco probabile. Ma se era morto, quella sua morte poteva essere la ragione per far intervenire un *chargé d'affaires* di nome Washburn senza far affiorare nessuna connessione con il nome di George Marcus Delavane. Anche se Johnny Reb fosse stato catturato (un'ipotesi che chi fa certi lavori non dovrebbe mai scartare) non poteva rivelare nulla di una cospirazione da parte di certi generali... Il maggiore Norman Washburn Quarto poteva sapere o meno che fine avesse fatto Connal Fitzpatrick, ma ciononostante tutto quello che avesse detto sotto l'effetto dei narcotici sarebbe stato importante, specialmente se riguardava il comandante.

Quello che stupiva Stone era il comportamento di Converse nei confronti dell'uomo che, con una menzogna, lo aveva accusato: se era libero, sicuramente aveva appreso dai giornali ciò che dicevano di lui. Perché non faceva niente per discolparsi? In fondo, era l'ultimo anello, il più debole, e sarebbe bastato niente a spezzarlo e a dimostrare che quell'uomo era semplicemente un gran bugiardo: sono stato in questo posto a quest'ora e ho fatto queste cose; per cui non potevo essere dove questo signore vi aveva fatto credere che fossi. Stone bevve un sorso: sapeva che era inutile far congetture perché conosceva meglio di tutti gli altri la risposta, che era la vera ragione per la quale sentiva di non poter riappropriarsi di un pezzo di quella sua coscienza; Converse era in una posizione tale che non gli permetteva di fare mosse. Forse lo avevano già catturato, e presto avrebbero fatto di lui una vittima sacrificale. Non c'era più nulla da fare per lui; era un uomo morto, un sacrificio nel vero senso della parola, abbandonato anche dai suoi.

Peter tornò a sedersi, allentandosi la cravatta e togliendosi le scarpe. Molti anni prima aveva imparato a limitare le perdite: se si doveva sacrificare un ostaggio, bisognava sempre tener presenti le statistiche e agire di conseguenza: era sempre meglio perdere una cosa piuttosto che perdere tutto. Piuttosto, bisognava cercare di trarre tutto il vantaggio possibile da quel sacrificio, ed era appunto quanto stava facendo con la morte di Converse, con Johnny Reb... e con un bugiardo di nome Washburn.

Oh, Cristo! Ma chi era lui? Un Dio che si permetteva di giocare con le cifre e le statistiche, quando erano in ballo vite umane? Tuttavia in quell'occasione l'obiettivo era molto più importante di tutti quelli che aveva perseguito fino a quel momento: Delavane e i suoi dovevano essere fermati, e non si poteva mettere di mezzo Washington. C'erano troppi occhi, troppe orecchie, troppi uomini nascosti nel buio che credevano al mito... uomini che non avevano nient'altro. I ragazzi avevano ragione. E ora non ci sarebbero state bottiglie di bourbon sul pavimento, né ricordi di notti trascorse e di parole pronunciate. Nonostante l'età che si faceva sentire, era pronto; si sentiva caricato.

Era strano, pensò l'ex-agente; erano anni che non usava la famiglia di Tatiana.

Dall'alto della montagna di rifiuti, Joel spiava lo chauffeur di Leifhelm e il suo compagno che si apprestavano ad entrare nella casa disabitata. Ci sapevano fare: correvano l'uno davanti all'altro, nascondendosi dietro a qualche sasso oppure al riparo dei barili che usavano per fare il fuoco la mattina presto; insieme raggiunsero due porte diverse, entrambe fuori dai cardini e socchiuse. Lo chauffeur fece un gesto con la pistola, e i due uomini sparirono all'interno.

Converse guardò ancora una volta dietro di sé e vide il cancello che si trovava a meno di duecento metri. Sarebbe riuscito a correre fin lì, scavalcare il cancello e sparire prima che i suoi esecutori uscissero da quella catapecchia? Perché no? Perlomeno, poteva tentare. Alzò la testa, mentre le braccia affondavano nella sporcizia, si girò verso destra e si lanciò verso il basso.

Sentì dapprima un rumore, poi un grido; si girò e tornò di nuovo in cima alla montagna di rifiuti, in tempo per vedere lo chauffeur che si precipitava in direzione di quell'urlo, con la pistola puntata, pronto a far fuoco. Si avvicinò cautamente, ma quando vide quel che era successo, fu preso dal disgusto. Qualche secondo più tardi riemerse, sorreggendo il compagno. Evidentemente era crollato un pavimento, o forse una scala, perché l'uomo si teneva una gamba e zoppicava vistosamente.

Ci furono due fischi provenienti dalla stazione; Joel vide che ormai non c'era più nessuno sul marciapiede, e ne concluse che ormai le acque si erano calmate e che il treno avrebbe compiuto uno sforzo tipicamente teutonico per arrivare in orario. Anche l'ambulanza e la macchina della polizia se ne erano andate.

Sotto di lui, lo chauffeur era impegnato a prendere a schiaffi il compagno, che cercava di rialzarsi, di scusarsi e soprattutto di sottrarsi a quella raffica di botte. Lo chauffeur sospese il trattamento e ordinò all'uomo di rimanere di guardia tra la casa, la montagna di sporcizia e il cancello, mentre lui sarebbe tornato all'interno di quella catapecchia.

I minuti passavano e il sole, filtrato da nuvole basse sull'orizzonte verso occidente, creava lunghe ombre ai bordi della ferrovia. Finalmente anche lo chauffeur riemerse, probabilmente passando attraverso una porta o un'uscita laterale, e rimase a guardare l'erba e la palude che si stendevano poco lontano. Poi si voltò, guardò anche la discarica e improvvisamente decise.

«*Rechts über Ihnen*!» gridò rivolto al compagno, indicandogli la seconda montagna di rifiuti. «*Hinter Inhen! Er schiesst!*»

Joel prese a strisciare, lasciando una scia su quei rifiuti come un granchio impaurito la lascia sulla sabbia. Ad un certo punto la mano sinistra gli rimase intrappolata in qualcosa; la liberò, estraendo il filo che la teneva prigioniera, e stava quasi per gettarlo via quando vide che si trattava di un filo elettrico abbastanza lungo. Se lo arrotolò intorno alla mano e proseguì. Quando fu a circa un paio di metri dal fondo, cominciò a sprofondare tra i rifiuti, distendendosi poi con tutto il corpo in quella massa maleodorante e coprendosi anche la testa. Il puzzo era tremendo e già sentiva gli insetti entrargli tra i vestiti e pungerlo freneticamente. Ma nonostante tutto, era un buon nascondiglio e Joel cominciò a capire quello che la sua mente tormentata stava cercando di dirgli, sia pure a frammenti: era esattamente come nella giungla, e doveva affrontare un soldato lanciandosi da un nascondiglio.

Di nuovo passarono diversi minuti, mentre le ombre diventavano sempre più lunghe, finché il sole si nascose dietro quel mucchio di rifiuti. Converse rimase immobile, tendendo i muscoli e digrignando i denti per impedirsi ogni movimento e soprattutto per evitare di grattarsi laddove gl insetti lo pungevano. Sapeva che non doveva fare il minimo movimento, perché doveva agire di lì a pochi minuti.

Infatti, all'improvviso vide l'uomo che, zoppicando, si avvicinava a quella montagna di rifiuti e di sporco, strizzando gli occhi per ripararsi dalla luce del sole e tenendo la pistola puntata davanti a sé. Camminava con estrema prudenza, temendo ciò che non vedeva. Passò proprio davanti a Joel, che vide la pistola a non più di un metro dal proprio naso. Ancora un altro passo e avrebbe agito.

Ora! Joel si slanciò in avanti, afferrò la canna della pistola e la girò violentemente in senso orario, imprimendole un movimento verso il basso. Mentre l'uomo cadeva a terra, Converse lo colpì con il ginocchio in mezzo agli occhi, stordendolo prima che riuscisse a gridare. La pistola, intanto, gli era caduta di mano ed era andata a perdersi tra i rifiuti. L'uomo barcollò e stava quasi per urlare quando Joel si lanciò nuovamente verso di lui, stavolta con il filo elettrico in mano; lo passò dietro alla testa del soldato e strinse.

L'uomo si accasciò e Converse si piegò su di lui per farlo rotolare fino alla base della montagna di rifiuti e seppellirlo nella discarica, ma all'improvviso si fermò. Ci doveva essere un altro modo, anche perché aveva un'altra scelta, una scelta che aveva operato anche molti anni prima, quando nella giungla si era trovato di fronte ad un altro soldato. Si guardò intorno e vide una pila di traversine sulla sua destra; era roba vecchia, ma messa insieme formava una specie di muretto. *Un muro*.

Era un rischio, perché se l'autista di Leifhelm avesse finito di ispezionare il primo mucchio di rifiuti e si fosse spostato di qualche metro per andare verso il secondo, l'avrebbe sicuramente visto. Avevano mandato proprio lui per due ragioni precise: per prima cosa, perché lo conosceva bene e poi perché Converse lo aveva umiliato e riportare indietro il suo cadavere avrebbe costituito una sorta di redenzione. Un uomo del genere era sicuramente molto esperto con le armi... cosa che Joel non era affatto. Ma perché mettersi a pensare? Da quel giorno a Ginevra, tutto era rischio, tutto un gioco d'azzardo al tavolo della morte.

Prese l'uomo che aveva ucciso da sotto le ascelle e, dopo aver preso fiato e stranamente contato fino a tre, prese a trascinarlo, fuori da quella che ormai era la sua zona d'azione.

Raggiunto il muretto formato dalle traversine, lo nascose e si accorse che il cadavere aveva descritto un arco con i tacchi. Poi, senza pensarci, agendo per istinto, si tolse la giacca e la camicia e si rotolò a terra, cercando di scacciare gli insetti proprio come fanno i cani infestati, grattandosi i capelli e il volto. Era una cosa che voleva fare da un'ora, sessanta terribili minuti trascorsi in mezzo ai rifiuti. Per il momento, era tutto quel che poteva fare. Si avvicinò a quel muretto e spiò i movimenti dello chauffeur attraverso una fessura tra le traversine.

«*Werner? Wo sind Sie?*»

Dopo aver sentito quelle parole, vide anche la figura dell'autista di Leifhelm che si muoveva con estrema cautela, puntando la pistola davanti a sé e guardandosi intorno, come fa un soldato esperto che esamina un territorio infestato dal nemico. Converse pensò che se avesse saputo sparare bene, in quel momento avrebbe goduto di un notevolissimo vantaggio. Invece non sapeva sparare, anche se da militare aveva seguito qualche lezione al poligono: ma poche volte aveva centrato il bersaglio alla distanza di ottanta metri. Quindi, doveva fare in modo di attirare questo secondo soldato di Aquitania molto più vicino.

«*Werner! Antworten Sie doch!*»

Silenzio.

Lo chauffeur cominciava a preoccuparsi; prese a camminare all'indietro, abbassandosi sulle ginocchia di tanto in tanto, guardandosi intorno da ogni parte, scalciando oggetti e fissando quella montagna di rifiuti. Joel sapeva quel che doveva fare, anche perché l'aveva già fatto altre volte: bisognava distrarre l'attenzione del killer, affrettare i tempi di quell'incontro fra loro due e muoversi prima dell'altro.

«*Auughh...!*» urlò Converse; poi, in inglese, aggiunse: «Oh, mio Dio!». E si nascose ad un'estremità del muro di traversine, sbirciando da un lato i movimenti del nemico.

«*Werner! Wo sind...*» L'uomo era eretto e guardava nella direzione da cui era venuto quel grido. Improvvisamente si mise a correre, con la pistola davanti a sé... un uomo che pensa di poter mettere in trappola la sua preda. Quelle parole, pronunciate in inglese, erano la certezza di potergli mettere le mani addosso.

Lo chauffeur si gettò a terra, con la pistola davanti a sé e sparò su un cadavere avvolto nell'ombra con un ruggito di vendetta.

Joel si mise in ginocchio, mirò e premette due volte il grilletto; il tedesco andò a sbattere contro le traversine, mentre il sangue gli sgorgava dal petto.

«C'è chi vince...» mormorò Converse rialzandosi in piedi e ricordando le parole che gli aveva detto un uomo sul treno diretto ad Emmerich.

Era nella palude, con i vestiti in mano. Aveva attraversato i binari, ed ora era immerso in quell'acqua calda, ferma e sporca. Ma era pur sempre acqua, e questo gli bastava. L'acqua gli era sempre stata amica, sia che si trattasse di un modo per sfuggire agli inseguitori sia che fosse il sollievo di un corpo martoriato... Anche questa era una lezione che aveva imparato molti anni prima. Si immerse in quell'acqua, completamente nudo, togliendosi anche la cintura porta-denaro che gli impediva i movimenti; si chiese se per caso i biglietti si fossero bagnati, ma non si curò di controllare.

Controllò invece, e con cura, le tasche dei vestiti che aveva preso a quei due che avrebbero dovuto essere i suoi giustizieri: non era sicuro che vi fossero cose di valore. Il denaro non gli serviva, se non magari i biglietti di piccolo taglio; le patenti avevano la foto ricoperta da una foderina di plastica... niente che valesse la pena di essere esaminata meglio. C'era anche un coltello dall'aspetto sinistro, un bel coltello a serramanico, che decise di tenere; poi vide un accendino a gas, un pettine e... per nascondere l'odore del whisky, qualche caramella che rinfrescava l'alito. Tutto il resto erano effetti personali: chiavi, un portafortuna a forma di quadrifoglio, qualche foto... che non volle vedere. La morte era la morte, che accomunava amici e nemici. Tutto quello che gli interessava, poi, erano i vestiti: i *vestiti* erano la sua salvezza, come lo erano stati tanti anni prima, quando, indossando la divisa di un nemico, aveva evitato la pallottola letale che un soldato gli avrebbe sicuramente sparato se non avesse avuto addosso quegli abiti.

Scelse quindi i capi che gli andavano meglio, e buttò il resto nella palude. Quando li ebbe indossati, dovette ammettere che, qualunque cosa sembrasse, assomigliava molto poco al professore universitario con la giacca di tweed che aveva cercato di essere a Bonn. Tutt'al più, poteva passare per uno che lavorava sul Reno, un tipo non certo raffinato, o un mozzo imbarcato su una nave. Aveva scelto la giacca dello chauffeur, una giacca scura di tessuto grezzo tagliata sui fianchi e la camicia azzurra, dalla quale aveva ripulito il sangue. I pantaloni erano invece quelli dell'altro uomo: si trattava di pantaloni di tela marrone leggermente svasati alle caviglie e, fortunatamente, della lunghezza giusta. I due uomini non avevano il cappello, e il suo era finito chissà dove; quindi doveva trovarlo, o comprarlo, oppure rubarlo. Era necessario, lo sentiva: senza il cappello che gli coprisse anche solo parzialmente il volto si sentiva scoperto, proprio come se fosse stato nudo.

Si stese nell'erba alta mentre il sole scompariva dietro ad un orizzonte nascosto, e fissò il cielo.

24

«Bene bene...» esclamò l'uomo dall'aria distinta; aveva una bella chioma di capelli bianchi, e le sopracciglia, anch'esse bianche, erano sollevate, come a mostrare il più genuino stupore. «Ma lei non è il figlio di Molly Washburn?»

«Prego?» disse l'ufficiale che era seduto al tavolo vicino. Erano a Bonn, al ristorante che si chiamava Am Tulpenfeld. «Ci conosciamo?»

«Forse lei non ricorda, maggiore... anzi, la prego di scusarmi se mi sono permesso.» L'uomo si era rivolto al compagno di tavolo del maggiore, un uomo calvo di mezza età che parlava inglese con un forte accento tedesco. «Molly non me lo perdonerebbe mai se non salutassi il suo bambino e non gli offrissi almeno un bicchiere.»

«Mi dispiace, ma credo di non riconoscerla» disse Washburn con cortesia, ma senza entusiasmo.

«Non le posso certo dare torto, giovanotto. Mi rendo conto che le suonerà banale, ma l'ultima volta che l'ho vista aveva appena messo i pantaloni lunghi. Anzi, a dire il vero, ce li aveva ancora corti, e correva su un campo di calcio facendo di tutto per perdere la partita. Ricordo ancora che dette la colpa all'ala sinistra, che secondo me ha *sempre* colpa.»

Il maggiore e il suo compagno di tavolo risero. «Perbacco, deve essere stato un bel po' di tempo fa... quando ero a Dalton.»

«Già, ed era capitano della squadra, se ricordo bene.»

«Come ha fatto a riconoscermi?»

«Proprio la settimana scorsa ho incontrato sua madre a Southampton. Naturalmente, come tutte le madri che vanno orgogliose dei propri figli, aveva un paio di sue foto in soggiorno.»

«Sì... magari sul pianoforte.»

«Esatto: e con la cornice d'argento.»

«Comunque, credo proprio di non ricordare il suo nome.»

«Thayer. Thomas Thayer, o anche T.T., come mi chiama sua madre.» I due si strinsero la mano.

«È un piacere rivederla» disse Washburn. Poi, indicando il suo compagno. «Mi permetta di presentarle Herr Stammler. È lui che si occupa delle relazioni con la maggior parte dei mass media della Germania Occidentale.»

«Piacere, signor Stammler.»

«Molto lieto, Herr Thayer.»

«Ho parlato dell'ambasciata con sua madre, e le ho promesso che le avrei fatto una telefonata. Giuro che avevo pensato di chiamarla proprio domani... oggi ho avuto il mio bel daffare con fusi orari, ritardi di aerei e compagnia bella. Non è una coincidenza curiosa? Ritrovarci seduti a due tavoli adiacenti nello stesso ristorante dopo tutti questi anni...»

«Norman» interruppe il tedesco. «Sono certo che voi due avrete molto cose da dirvi; visto che il nostro affare è più o meno concluso se permetti io mi ritirerei.»

«No, no, signor Stammler» disse Thayer. «Non lo permetterei per nulla al mondo!»

«Ma per me va benissimo» disse il tedesco sorridendo. «Davvero. Norman ha insistito per portarmi a cena, in modo che potessi rifocillarmi dopo tutte le fatiche che ho dovuto affrontare in questi ultimi giorni... e che *lui*, forse più di me, ha dovuto affrontare. Ma, francamente, sono esausto. E poi, sono molto più anziano e, temo, molto meno resistente alla fatica. Il letto mi chiama, Herr Thayer, ed è la verità.»

«Mi è venuta un'idea. Lei ha detto di essere esausto, e d'altronde io, con tutte quelle faccende di aerei e di fusi orari, non sono da meno. Perché non lasciamo che il giovanotto se la spassi da solo e noi due andiamo in albergo?»

«No, no, non lo permetto.» Il tedesco si alzò e porse la mano «Va bene, Gerhardt... Ma perché non mi hai detto che eri stanco?»

«Perché avrei offeso uno dei miei clienti migliori. Davvero, Norman, scusami, ma sono troppo stanco. Buonanotte, signori.» Il tedesco sorrise ancora una volta e si allontanò.

«Credo proprio che saremo costretti a godere della reciproca compagnia, giovanotto» disse l'uomo che parlava con accento del sud. «Perché non fa risparmiare un paio di dollari alla sua ambasciata e viene a sedersi al mio tavolo?»

«Certo» rispose Washburn, prendendo il bicchiere e andandosi a sedere davanti a Thayer. «Come sta la mamma? Ormai sono un paio di settimane che non le telefono.»

«Molly è sempre la stessa Molly, ragazzo mio. Ormai si è perso lo stampo di donne del genere, ma lei lo sa meglio di me. Non è cambiata affatto, e sono passati vent'anni. Giuro che non so proprio come faccia!»

«Né lei glielo dirà mai!»

Entrambi risero, mentre Thayer alzava il bicchiere e lo porgeva verso l'altro per il brindisi; quando i due bicchieri si toccarono, vi fu un breve tintinnare: era l'inizio.

Converse aspettava, nascosto nell'ombra di una vetrina di un negozio, in una strada secondaria di Emmerich. Di fronte a lui c'erano le insegne di un albergo molto modesto, con un ingresso che non ispirava affatto il passante ad entrare. Ma l'importante era che di lì a pochi minuti si sarebbe ritrovato a dormire in un vero letto, in una stanza con un lavandino e, se la fortuna lo assisteva, anche con l'acqua calda per lavare la ferita e cambiare la fasciatura. In quelle due notti aveva ormai imparato che posti come quello erano l'unica possibilità di rifugio per lui: nessuno gli faceva domande e un nome falso sul registro degli ospiti era quello che il portiere in fondo si aspettava. Purtroppo, per lui, anche il più semplice saluto era una minaccia, qualcosa che poteva privarlo della libertà o addirittura della vita stessa: bastava che aprisse bocca e l'avrebbero subito identificato come l'americano che non parlava tedesco.

Si sentiva come un marinaio sordomuto che avesse dovuto correre la bolina e schivare due ali di folla. Era ricercato, braccato come un animale: quegli assassini di Bonn, di Bruxelles e di Wesel avevano ormai il potere di far sospettare di qualsiasi americano tra i trenta e i cinquant'anni. Per di più, l'aspetto melodrammatico della situazione era acuito dal fatto che qualcuno aveva lasciato capire che forse l'assassino pazzo era diretto, manipolato o addirittura istruito da organizzazioni terroristiche... Baader-Meinhof, l'Esercito di Liberazione della Palestina, i terroristi libici, o perfino squadre di destabilizzazione del KGB mandate dal tristemente famoso Voennaya. Era ricercato dappertutto, e l'*International Herald Tribune* riportava la notizia di un suo probabile viaggio a Parigi... il che significava che i generali di Aquitania volevano concentrare l'attenzione delle forze di polizia su Parigi, e non dove invece Converse era realmente. Questo perché i loro scagnozzi avessero la possibilità di intrappolarlo e di ucciderlo lontano da occhi indiscreti.

Quando usciva in strada, aspettava sempre che vi fosse abbastanza gente per confondersi e, se doveva dormire, si rifugiava in alberghi di quart'ordine, come quello che gli stava di fronte proprio ora. Sapeva di dover stare il meno possibile in strada: troppi occhi, troppe trappole pronte a scattare. La prima notte, a Wesel, si ricordò di uno studente di nome Johann e cercò di ricreare una situazione analoga. Solitamente, i giovani erano meno sospettosi e più disponibili a fare favori, specie dietro una ricompensa in denaro.

Strano, ma la prima notte a Wesel era stato allo stesso tempo la più facile e la più difficile: difficile perché non aveva la più pallida idea di dove andare, facile perché tutto accadde rapidamente, e molto logicamente.

Come prima cosa, si era fermato ad un drugstore per prendere garze, bende, cerotti, disinfettante e un berretto con la visiera. Poi era entrato in un caffè e alla toilette aveva provveduto a lavarsi il viso e rifare la fasciatura alla spalla. Aveva quasi finito di sistemarsi, quando all'improvviso aveva sentito una melodia e delle parole familiari, cantate con voce rauca: «*Forza Wisconsin... Forza Wisconsin... vincerem!*».

Si trattava, come seppe poi, di un gruppo di studenti dell'università del Wisconsin che facevano parte dell'*Associazione per lo Sviluppo dei Rapporti tra Germania e Stati Uniti*, che facevano un giro in bicicletta nella parte nord della Valle del Reno. Joel li raggiunse al bar, offrì loro da bere in nome dello spirito di fratellanza tra compatrioti all'estero e raccontò una disgraziatissima storia di una prostituta e del suo protettore che l'aveva pestato, rubandogli il passaporto senza nemmeno sospettare l'esistenza di una cintura porta-denaro piena di bigliettoni. Si dipinse come un uomo d'affari del tutto rispettabile, che voleva soltanto dormirci su, riprendere le forze e tornare a New York. C'era però un problema: lui non parlava tedesco. Per caso lo studente sarebbe stato così gentile da procurargli una camera d'albergo e accettare cento dollari per il disturbo?

Lo studente era gentile, e ben presto Joel si ritrovò in un albergo sporco e dimesso dove nessuno gli chiese niente. Il ragazzo saldò anche il conto e portò la ricevuta e la chiave a Converse, che nel frattempo lo aspettava fuori.

Il giorno prima aveva camminato senza fermarsi, seguendo le strade che costeggiavano la ferrovia fino a raggiungere una cittadina che si chiamava Halden: era più piccola di Wesel, ma poteva vantare una zona industriale, anche se piuttosto ristretta e, almeno a quanto si vedeva, notevolmente malridotta. L'unico "hotel" che riuscì a trovare era situato in un edificio piuttosto brutto e piuttosto sporco in fondo ad una strada costeggiata da case brutte e sporche. C'erano tre cartelli, due sulle finestre al primo piano e uno proprio sulla porta, con la scritta *ZIMMER 20 MARK*: si trattava di un privato che affittava camere alla gente di passaggio e qualche porta più avanti Joel assistette ad un litigio tra una donna anziana e un giovanotto. Ai piani superiori, c'erano delle persone affacciate alla finestra che ovviamente stavano ascoltando. Ogni tanto il giovanotto urlava qualche parola in inglese.

«"Non mi piace!" *Das habe ich ihm gesagt. "Non foglio starci, Onkel!* Foglio tornare in Ghermania! Preferisco arruolarmi nella Baader-Meinhof!" *Das habe ich ihm gesagt.*»

«*Narr!*» gridò la donna, che era ormai sulle scale. «*Schweinehund!*» aggiunse, aprendo la porta e entrando. Con un tonfo, poi, richiuse la porta dietro di sé.

Il giovanotto vide la platea affacciata alla finestra e si strinse nelle spalle; qualcuno lo applaudì, e lui stette allo scherzo, facendo un gran inchino. Converse si avvicinò: valeva la pena di tentare. «Parli bene l'inglese» disse.

«Già...» rispose il ragazzo. «Cinque anni che loro pagano lezioni per me; perché io defo andare da suo fratello in America. Io dico *Nein!* Loro dicono *Ja!* E io defo andare. Io odio l'America.»

«Mi dispiace. Io sono americano e i tedeschi mi piacciono. Che cosa hai visto dell'America?»

«Yorktown.»

«In Virginia?»

«*Nein!* La città di New York.»

«Oh, ti riferivi a quella!»

«*Ja*... mio zio ha due negozi di macelleria a New York, proprio a Yorktown. *Merda,* come dite foi americani!»

«Mi dispiace. Ma cos'è che odi tanto?»

«Gli *Schwarzen* e gli *Juden*! Se uno parla come parlo io, i negri rubano con coltello e gli ebrei rubano col registratore di cassa. Mi chiamano *Heine* e *Nazi*. Una folta io ho detto ad ebreo che lui afefa dato resto sbagliato, e lui risposto di uscire immediatamente, sennò lui chiamare "piedipiatti". Io afefo detto con tono ghentile, educato, e lui detto a me che ero *merda!*... Ma se tu hai addosso un bel vestito tedesco e spendi buon marco tedesco, allora loro chiamare "signore"! Ma se tu sei solo ragazzo che fuole imparare, loro prendere a calci in culo! Ma io cosa ne so! Mio padre afefa quattordici anni quando è andato gverra. Merda!»

«Non posso dirti altro che mi dispiace, mi dispiace davvero. Ma non è nelle nostre abitudini di trattare male i ragazzi giovani come te.»

«*Merda!*»

«Ma forse posso rimediare a tutto quello che hai dovuto subire... be', forse posso rimediare *in parte*. Sono nei guai... proprio perché sono un americano *idiota*. Ma sono disposto a darti cento dollari americani...»

Il ragazzo fu felice di accompagnarlo alla pensione. Era più o meno eguale a quella di Wesel, ma l'acqua era più calda e la toilette era più vicina alla sua porta.

Stanotte era diverso, pensò Joel, mentre guardava l'hotel decrepito, perché poteva essere la porta d'ingresso all'Olanda, ad un uomo che si chiamava Thorbecke e ad un biglietto per Washington. Stavolta il suo "interprete" era un tantino più anziano di quei ragazzi ai quali ormai si era abituato. Si trattava di un marinario di Brema, che si trovava ad Emmerich soltanto perché doveva fare una telefonata d'obbligo ai genitori. Quando telefonò, il padre e la madre lo rimproverarono, e piuttosto severamente, e il giovane non vide l'ora di terminare la conversazione per tornare tra le persone che amava di più ... i clienti di un bar in fondo alla banchina.

Come già era successo a Wesel, erano state proprie le parole di una canzone ad attrarre l'attenzione di Joel che si era concentrato su quel marinaio che suonava la chitarra. Stavolta non si trattava dell'inno di qualche college, ma di uno strano connubio tra una melodia rock e un madrigale: «... Quando alla fine sei sceso, quando con i piedi hai toccato terra, sapevi dov'eri? Quando alla fine eri reale, quando con la tua mano toccavi quel che sentivi, allora sapevi...?»

I clienti del bar erano tutti presi da quella musica, dalla melodia in una tonalità minore. Quando il marinaio ebbe terminato, subito gli altri ripresero a parlare e a riempiere, uno dietro l'altro innumerevoli boccali di birra. Qualche minuto dopo, Converse si avvicinò al marinaio-menestrello che ora si era messo la chitarra in spalla e la teneva proprio come se fosse stato un fucile. Joel si chiese se quell'uomo era in grado di parlare veramente inglese o se invece conoscesse soltanto qualche parola ricavata dalle canzoni. Fra poco l'avrebbe saputo. Il marinaio intanto rideva di una battuta che qualcuno gli aveva rivolto, e quando ci fu abbastanza silenzio, Converse disse: «Vorrei offrirti un bicchiere. Mi hai ricordato casa mia, anche se era una canzone triste.»

L'uomo lo guardò con aria interrogativa e Joel per un momento temette che non avesse capito niente. Poi, con suo grande sollievo, l'altro riprese: *Danke*. Sì, proprio una bella canzone. Un po' triste, forse, come molte delle nostre. Lei è *Amerikaner?*»

«Sì, e tu parli bene l'inglese.»

«Sì, lo parlo abbastanza bene, anche se non lo leggo con la stessa facilità. Sono marinaio, e spesso ci ritroviamo a Boston, a New York, a Baltimora... qualche volta anche in Florida.»

«Cosa prendi?»

«*Ein Bier*» disse il marinaio, stringendosi nelle spalle.

«Perché non un whisky?»

«*Ja?*»

«Ma certo.»

«*Ja*.»

Qualche minuto dopo erano seduti ad un tavolo, e Joel raccontò la solita storiella della prostituta e del protettore, che ormai era diventato effettivamente il "suo protettore". Raccontava molto lentamente, non perché avesse paura che il suo compagno non lo capisse, ma perché pian piano si faceva strada in lui una convinzione, l'idea che quell'uomo potesse fornirgli ben di più di una semplice camera d'albergo. Certo, era giovane, ma in lui c'era qualcosa che indicava che aveva esperienza della vita; sicuramente era al corrente di quel che succedeva nel mondo tutto speciale dei porti e della vita marittima.

«Perché non va alla *Polizei?*» gli disse, quando Converse ebbe terminato il suo racconto. «Loro conoscono bene tutte le prostitute che battono questa zona e sono sicuro che non faranno il suo nome.» Poi con un sorriso, aggiunse: «La vogliamo qui in Germania nei suoi prossimi viaggi, in modo che abbia l'occasione di spendere ancora un bel po' di soldi».

«No, non posso correre un rischio del genere. Nonostante faccia tutt'altra impressione, io tratto affari con gente molto importante in America.»

«Il che fa di *lei* una persona importante, vero?»

«Già... importante e molto stupida. Se solo riuscissi ad arrivare in Olanda, avrei la possibilità di sistemare tutto quanto.»

«*Die Niederlande?* E che problemi ci sono?»

«Te l'ho detto, mi hanno rubato il passaporto, e mi hanno detto che alla dogana sono molto pignoli. Forse per via di quel matto che ha assassinato l'ambasciatore e il comandante della NATO.»

«*Ja*, ed ha anche ammazzato un ufficiale a Wesel, tre giorni fa» disse il tedesco. «Ma dicono che sia diretto a Parigi.»

«Sì, ma i controlli saranno sicuramente accurati... Ehi, tu conosci tanta gente al porto, gente che va avanti e indietro tutti i giorni. Ti ho detto che ti avrei pagato cento dollari se tu mi avessi trovato una stanza...»

«Ed io le ho detto che l'avrei portata in un albergo.»

«Ti darò molto di più se troverai il modo di farmi arrivare in Olanda. Capisci, la mia compagnia ha un ufficio proprio ad Amsterdam, e loro mi possono aiutare. Ma mi serve il *tuo* aiuto, prima.»

Il tedesco fece una smorfia e guardò l'orologio. «Ormai è troppo tardi per mettersi in contatto con qualcuno e domani mattina devo partire per Brema. La mia nave salpa alle quindici.»

«Hai detto quindici? Bene, aggiungi due zeri: mi sembra una somma ragionevole.»

«Millecinquecento marchi tedeschi?»

«No, millecinquecento dollari americani.»

«Lei è più pazzo di quel suo *Landsmann* che va in giro ad ammazzare i militari. Se conosce le persone giuste, non le verrà a costare più di cinquanta dollari.»

«Ma io non conosco le persone giuste. Millecinquecento dollari americani... e tutti per te, se riesci a trovarmi qualcuno disposto a portarmi di là.»

Il giovanotto guardò Converse per un attimo, poi spinse indietro la sedia. «Aspetti un attimo. Vado a telefonare.»

«Bravo. Già che ci sei, ordina ancora whisky.»

«*Danke.*»

Quell'attesa fu piena di ansia e di paura per Joel, che fissava la chitarra appoggiata ad una sedia. Come dicevano quelle parole?... *Quando alla fine sei sceso, quando con i piedi hai toccato terra, sapevi dov'eri? Quando alla fine eri reale, quando con la mano toccavi... quel che sentivi, allora sapevi?*

«Verrò a prenderla alle cinque, domattina» gli disse il marinaio, sedendosi e appoggiando sul tavolo due bicchieri di whisky. «Il capitano vuole duecento dollari, *aber* solo se non c'è droga. Se invece ha la "roba", mi dispiace, ma non può salire.»

«Non ho droga» disse Converse, sorridendo e cercando di controllare l'urlo di sollievo che sentiva in petto. «Ti sei guadagnato i tuoi soldi. Naturalmente, ti pagherò quando saremo al porto, o al molo, o cosa diavolo sarà il posto dal quale partiremo.»

«*Natürlich.*»

È accaduto tutto meno di un'ora fa, pensò Joel guardando l'ingresso dell'hotel di fronte a lui. Alle cinque dell'indomani sarebbe partito verso Amsterdam, verso un uomo che si chiamava Thorbecke, un uomo che gli avrebbe procurato un passaporto falso. Naturalmente Aquitania avrebbe controllato le liste dei passeggeri in partenza per gli Stati Uniti, ma un paio di secoli prima Joel aveva imparato ad eludere ogni tipo di sorveglianza: aveva eluso la sorveglianza di uomini armati, fuggendo da un buco scavato nel terreno e coperto dal filo spinato. Ce l'avrebbe fatta anche ora.

Intanto, una figura era emersa dall'ingresso dell'hotel: era il marinaio che, con una smorfia, gli faceva cenno di avvicinarsi.

«Gesù, Giuseppe e Maria, che le succede, Norman?» gridò l'uomo che parlava con un forte accento del Sud mentre Washburn tremava, preso dalle convulsioni.

«Io... non.... lo so.» Il maggiore spalancò gli occhi, e le pupille gli si rovesciarono.

«Forse è stata quella dannatissima Heimlich!» disse Thomas Thayler alzandosi e correndo verso di lui. «Per la miseria, no! Non può essere! Non ne ha mangiato!»

Intanto anche i clienti dei tavoli vicini si preoccupavano, parlando in tedesco tra di loro; ad un commento di un uomo che cenava accanto al loro tavolo, Johnny Reb si voltò e disse: «*Das glaube ich nicht. Mein Wagen steht draussen. Ich weiss einen Arzt.*»

Intanto era arrivato anche il maître, che visto che la persona che si sentiva male era un americano, prese a parlare in inglese. «Il maggiore si è sentito male? Devo chiedere se per caso in sala c'è...»

«No, niente, medici estranei, la prego» lo interruppe Thayer, chino sul *chargé d'affaires* che intanto respirava a fatica con gli occhi semichiusi e sbatteva la testa a destra e a sinistra. «Si tratta del figlio di Molly Washburn, e io mi sento responsabile! Voglio che lo veda uno specialista. Ho la macchina qui fuori e se mi date una mano lo porto subito dal mio dottore; è un tipo in gamba, e alla mia età sono costretto a circondarmi di tipi in gamba.»

«*Bestimmt!* Certo!» Il maître schioccò le dita e immediatamente comparvero tre inservienti.

«L'ambasciata... *l'ambasciata*!» disse Washburn ansando mentre i tre lo portavano fuori dal ristorante.

«Non preoccuparti, Norman, ragazzo mio» disse Johnny Reb, che seguiva il terzetto con il maître. «Telefoneremo dalla macchina, e gli diremo di raggiungerci da Rudi.» Thayer si volse verso il maître. «Lo sa cosa penso? penso che quest'uomo sia sfinito dal lavoro. È in ufficio ventiquattr'ore su ventiquattro e non si riposa mai un momento. Se l'immagina cosa ha dovuto passare in questi ultimi giorni, con quel pazzo che ha pensato bene di far fuori prima l'ambasciatore e poi anche quell'altro tizio a Bruxelles. E lui, poveretto, come *chargé d'affaires*, ha avuto un sacco di lavoro, un sacco di complicazioni.»

«Il maggiore è spesso nostro ospite... un onore per il nostro locale, naturalmente.»

«Be', io penso che un uomo del genere abbia tutto il diritto di dire: "Al diavolo tutto, ora voglio togliermi dalla testa questa roba e metterci dentro quel che voglio io".»

«Credo di non aver afferrato bene.»

«Io penso che questo giovanotto, che tra parentesi ho conosciuto attaccato alle gonne della mamma, non abbia ancora imparato le conseguenze negative di ingurgitare un quantitativo notevole di whisky.»

«Oh?» Il maître guardò Johnny Reb... un altro pettegolezzo da aggiungere ai tanti che giravano in quel locale.

«Si è fatto qualche bicchiere di troppo, insomma... e questo deve rimanere tra noi.»

«Capisco... non era in sé...»

«Già, anche perché comincia a stappare bottiglie prima che il sole tinga di rosa l'oriente.» Intanto avevano raggiunto la porta, mentre i tre inservienti cercavano di far passare Washburn dalla porta. «Un uomo del genere ne ha il diritto.. ecco quello che penso io.» Poi Thayer tirò fuori il portafoglio.

«*Ja*, sono d'accordo anch'io.»

«Ecco qua», disse l'uomo che parlava con l'accento del Sud, tirando fuori un paio di biglietti, «dovrebbero bastare per il taxi e per quei ragazzi... E qui c'è un centone per lei... per tenere la bocca chiusa, *verstehen?*»

«A perfezione, *mein Herr!*» Il tedesco intascò il biglietto, sorrise e annuì più volte con la testa, in tono umile. «Per quel che mi riguarda, sarò muto come un pesce!»

«Be', questo è addirittura troppo. Mi sembra che sarebbe una buona cosa che il ragazzo di Molly si rendesse conto che intorno a lui ci sono persone che sanno capire un uomo che di tanto in tanto si scola qualche bicchiere di troppo. Forse potrebbe fargli sentire che ci sono ancora persone comprensive, e Dio sa se ne ha bisogno. Ad esempio, potreste provare tutti quanti a strizzargli l'occhio la prossima volta che capita dalle vostre parti.»

«Strizzargli l'occhio?»

«Sì... un gesto per dirgli che sapete e che per voi va tutto bene. *Verstehen?*»

«*Ja*, certo. Uomini del genere ne hanno il diritto!»

Una volta uscito dal locale, Johhny Reb dette istruzioni agli inservienti su come sistemare il maggiore Norman Anthony Washburn sul sedile posteriore: disse di metterlo disteso, supino, poi dette un biglietto da venti dollari a ciascuno di quei ragazzi e li rimandò all'interno del locale; una volta che si furono allontanati, parlò con i due uomini che erano sul sedile anteriore, schiacciando un pulsante che faceva abbassare il vetro di separazione.

«Ho sistemato i sedili» disse, spostando gli schienali di velluto rosso. «Lui ormai è partito. Coraggio, dottore, vieni a sederti accanto a me; e tu, Klaus, facci fare un bel giro in questa tua bellissima campagna.»

Qualche minuto più tardi, mentre l'auto percorreva una strada di campagna, con i fari spenti, il dottore slacciò la cintura dei pantaloni di Washburn e glieli abbassò, girandolo poi sul sedile. Trovò il punto giusto, la base della spina dorsale e prese un ago.

«Sei pronto?» chiese il palestinese, che aveva la pelle leggermente scura, abbassando gli slip del *chargé d'affaires*.

«Ci sono, Pookie» rispose Johnny Reb, che aveva piazzato un registratore proprio sopra lo schienale. «Non lo troverà, dovesse cercarlo per una settimana. Coraggio, arabo. Lo voglio veder volare.»

Il medico inserì l'ago e cominciò a svuotare il contenuto della siringa. «Fa effetto praticamente subito» disse il palestinese. «A volte ho sentito il paziente cominciare a cantare prima ancora che l'interrogatorio fosse cominciato e gli altri fossero pronti.»

«Io sono pronto.»

«Allora comincia subito. Fagli domande precise, chiedigli cose sulle quali dovrebbe aver già fissato l'attenzione.»

«Certo, certo. Ma questo è un cattivo soggetto, Pookie. Un ragazzino cattivo che racconta balle che non hanno nulla a che vedere con un bel pesce che ha tagliato la corda.» L'uomo che parlava con l'accento del Sud afferrò la spalla sinistra di Washburn e lo girò verso di lui. «Benone, cocco di mamma, ora io e te ci facciamo una bella chiacchierata. Com'è che ti *sei permesso* di confondere le idee su un certo ufficiale degli Stati Uniti che si chiama Connal Fitzpatrick? Hai capito? Fitzpatrick, Fitzpatrick, *Fitzpatrick*! Avanti, tesoruccio, dillo a papà. Non ti rimane più nessuno di cui fidarti, se non il tuo paparino! Tutti quelli che credi amici se la sono squagliata! Ti hanno fatto mentire in modo che il mondo intero sapesse che mentivi! Ma ora ci pensa il tuo paparino a sistemare le cose! Ci pensa il tuo paparino a farti fare bella figura con quelli che stanno in alto, molto in alto... Lo Stato Maggiore... i grandi capi! Tu attaccati al papà, che è la tua difesa, il tuo rifugio, la tua... pappa! Dove è finito Fitzpatrick? Fitzpatrick, *Fitzpatrick!*»

Le parole vennero in un sussurro, mentre Washburn si contorceva sul sedile di quell'auto, sbattendo la testa avanti e indietro, mentre la saliva gli colava dagli angoli delle labbra. «Scharhörn, l'isola di Scharhörn.. Nel golfo di Helgoland.»

Caleb Dowling non era soltanto arrabbiato, ma anche meravigliato. Nonostante avesse almeno un migliaio di dubbi, sentiva che non poteva lasciar correre così: c'erano troppe cose che non avevano senso, non ultimo il fatto che da tre giorni non riusciva a parlare con l'ambasciatore che sostituiva Peregrine. Il suo segretario diceva che l'assassinio di Peregrine aveva portato molto lavoro al nuovo arrivato. Forse tra una settimana... In parole povere: attore, va' al diavolo, abbiamo cose troppo importanti da fare per pensare a te. E con questo, lo riaccompagnavano alla porta, trattandolo come di solito si tratta una persona molto in vista che non bisogna assolutamente offendere, ma che in quel momento sta dando solo grande noia a tutti.

Ecco perché in quel momento era seduto al tavolo del bar dell'Hotel Königshof, un bar scarsamente illuminato. Aveva saputo per caso il nome della segretaria di Peregrine, una certa Enid Heathley, e aveva mandato lo stuntman, Moose Rosenberg, all'ambasciata con una lettera sigillata da parte di un amico di Miss Heathley che viveva negli Stati Uniti. Aveva detto a Moose di consegnare personalmente la lettera e, visto che Moose possedeva una stazza da incrociatore, nessuno aveva obiettato. Miss Heathley in persona era scesa a ricevere la lettera, che conteneva un breve messaggio.

Cara Miss Heathley,
devo parlare con lei di una cosa della massima importanza, e la prego di credere che tutto deve essere fatto con estrema urgenza. Stasera, verso le diciannove e trenta, mi farò trovare al bar dell'hotel Königshof; se non le è di troppo disturbo, potremmo bere qualcosa insieme, ma la prego di non dire a nessuno di questo nostro incontro. La prego, è molto importante.

A presto
C. Dowling

Erano già le sette e trentotto e Caleb cominciava ad innervosirsi. Negli ultimi anni, si era abituato a gente che rispettava gli appuntamenti e arrivava in orario: uno dei vantaggi di essere Pa' Ratchet. Ma c'erano almeno un paio di ragioni per le quali quella donna avrebbe potuto anche decidere di mandarlo al diavolo. Sapeva che Peregrine era suo amico, così come sapeva che erano tanti gli attori che cercavano pubblicità anche attraverso cose che sarebbe stato meglio tenere nascoste.. o attraverso amicizie con statisti e con politici con i quali stabilivano un rapporto di parità. Ma comunque sperava...

Eccola! La donna, una signorina di mezza età, era entrata, e strizzava gli occhi per vedere meglio in quell'oscurità. Il maître le si avvicinò immediatamente e la scortò al tavolo di Dowling.

«Grazie per essere venuta» disse Caleb alzandosi. «Mi creda, non glielo avrei chiesto se non si fosse trattato di una cosa estremamente importante e delicata» aggiunse, sedendosi.

«Sì, credo di averlo capito dal tono del suo messaggio» disse la donna che aveva un volto piacevole e due occhi vivaci e intelligenti. Ordinò da bere, e intanto parlarono del più e del meno.

«Immagino che debba essere stato un bel colpo per lei» disse Dowling.

«Eh, sì, non è stato facile» convenne miss Heathley. «Sono... pardon *ero* la segretaria dell'ambasciatore, di Peregrine, da vent'anni e lui mi diceva che insieme eravamo un bel *team*. Io e Jane... la moglie... siamo molto amiche. Anzi, dovevo andare da lei, ma le ho detto che avrei fatto un po' di straordinario.»

«Come sta?»

«Be', naturalmente è ancora sotto shock. Ma ce la farà, perché è una donna forte. Walter diceva sempre che voleva circondarsi di donne forti, perché pensava che fossero preziose e che il loro valore non andasse nascosto per nessun motivo.»

«È vero, e sono pienamente d'accordo.»

Quando il cameriere ebbe portato l'ordinazione, la segretaria guardò Caleb con occhi interrogativi. «Mi scusi, signor Dowling, ma purtroppo non posso dire di essere una sua affezionata spettatrice; però ho visto il suo show, qualche volta, soprattutto quando qualcuno mi invita a cena e, all'ora magica, rimane in adorazione estatica della televisione.»

«Colpa della cena, immagino, che non è all'altezza della situazione.»

La donna sorrise. «Lei è troppo modesto, ma non è quello che volevo dire. Notavo semplicemente che lei non assomiglia molto all'uomo che a volte ho visto sul teleschermo.»

«Semplicemente perché durante lo spettacolo non sono me stesso, Miss Heathley» disse l'ex-professore universitario con espressione seria e con gli occhi fissi in quelli di lei. «Immagino che un po' ci assomigliamo, perché io posseggo la struttura fisica che lui usa per raccontare le sue storie, ma i nostri punti in comune finiscono qui.»

«Capisco. Mi piace come l'ha detto.»

«Grazie. Anche se non mi merito i complimenti, perché è una cosa che ho detto centinaia di volte. Ma io non le ho certo chiesto di venire fin qui per parlare di televisione e dell'arte della recitazione. È un argomento che mi interessa fino ad un certo punto.»

«Benone. Allora mi dica cos'è che l'ha spinta ad invitarmi qui.»

«Perché non sapevo a chi altri rivolgermi. No... a dire il vero lo sapevo, ma non sono riuscito neanche ad avvicinarmi alla persona che avevo in mente.»

«E chi sarebbe questa persona?»

«Il nuovo ambasciatore, quello che hanno mandato da Washington.»

«Mi creda, è sommerso di lavoro.»

«Ma io devo parlargli» interruppe Caleb. «Devo metterlo in guardia.»

«Metterlo in guardia?» La donna spalancò gli occhi. «Un attentato? Un altro assassinio... quel maniaco, Converse?»

«Miss Heathley» cominciò Dowling con voce calma e irrigidendosi sulla sedia. «Quello che sto per dirle forse la stupirà, forse addirittura l'offenderà, ma come le ho già detto, non conosco nessun'altra persona all'ambasciata alla quale so di potermi rivolgere con fiducia. A dire il vero, conosco molte altre persone dalle quali so di *non* poter andare.»

«Di cosa sta parlando?»

«Non sono affatto convinto che Converse sia un assassino, non sono convinto che sia pazzo e sono sicuro che non è stato lui ad uccidere Peregrine.»

«Cosa? Ma lei sta scherzando! Eppure ha sentito che ritratto ne fanno i medici, fino a che punto dicono che sia folle. Fra l'altro è stata l'ultima persona che ha visto Peregrine vivo, e abbiamo la testimonianza del maggiore Washburn.»

«Ecco, il maggiore Washburn è proprio una di quelle persone alle quali non posso rivolgermi.»

«Ma è considerato uno degli ufficiali migliori degli Stati Uniti!» obbiettò la segretaria.

«E allora devo dire che per un ufficiale ha uno strano concetto di prendere ordini da un superiore. Proprio la scorsa settimana ha condotto Peregrine da una persona che volevo che incontrasse; quando questa persona ha cercato di scappare, l'ambasciatore ha chiesto al maggiore di fermarlo, e Washburn gli ha sparato addosso.»

«Ah, ora capisco» disse Enid Heathley con voce dura. «È stata la sera che lei ha organizzato un incontro con Converse.. era proprio lei, ora ricordo bene. L'ambasciatore me lo disse. Che succede, signor Dowling? Per caso sono di fronte ad un attore di Hollywood che cerca di proteggere la propria immagine? Che ha la tremarella al solo pensiero che il suo indice di ascolto possa crollare? Questa conversazione è già durata abbastanza.» E così dicendo la donna fece per alzarsi e per andare via.

«Walter Peregrine era un uomo di parola, Miss Heathley» disse Caleb, che era rimasto immobile e che fissava la segretaria. «Immagino che ne convenga.»

«E con questo?»

«Peregrine mi promise una cosa: mi disse che se Converse avesse accettato un incontro con lui, mi avrebbe fatto assistere a quel colloquio. Avrebbe fatto assistere *me*, Miss Heathley, non certo il maggiore Washburn, il cui comportamento quella sera nei giardini dell'università era stato a dir poco scioccante, e non solo per me.»

La donna rimase seduta, strizzando gli occhi per concentrarsi meglio su quello che aveva in mente. «La mattina dopo, a dire il vero, l'ho trovato molto turbato» disse in un soffio.

«Turbato! Io direi infuriato! L'uomo che scappò via quella sera non era Converse... e non era pazzo: anzi, era molto serio, e parlava come una persona che gode una certa autorità. Il fatto è che c'era — e forse c'è ancora — un'inchiesta sul comportamento dell'ambasciata, un'inchiesta naturalmente segreta, della quale Peregrine non sapeva nulla. Per questo, mi disse, voleva vederci chiaro e la mattina dopo avrebbe chiamato Washington con un telefono sterile; non che ne sappia molto di certa terminologia e di simili aggeggi, ma non penso che una persona si serva del telefono sterile se non ha almeno il dubbio che il suo telefono sia controllato.»

«Infatti, proprio quella mattina ha voluto un telefono sterile.»

«E non è tutto. Come lei ha giustamente detto poco fa, sono io il responsabile di aver presentato il caso Converse a Peregrine e, mi creda, ne sono dolente, per tutto quello che è successo. Ma non le sembra strano che tutti sapessero della mia esistenza — lei stessa, Washburn — e che nessuno mi abbia interrogato?»

«Davvero?» chiese la donna con aria incredula. «Ma sono sicura di aver fatto anche il suo nome sul rapporto consegnato alla polizia.»

«E a chi l'ha dato?»

«Be',... era Norman che si occupava di tutto...» Enid Heathley si interruppe.

«Washburn?»

«Sì.»

«Ha parlato con qualcun altro? Per caso l'hanno interrogata?»

«Sì, certo, mi ha interrogata un ispettore della polizia di Bonn e sono sicura di aver fatto il suo nome... sono sicurissima.»

«C'era qualcun altro presente all'interrogatorio?»

«Sì» disse la segretaria dell'ambasciatore assassinato. «C'era Norman,» aggiunse poi a bassa voce.

«Un comportamento ben strano per un reparto di polizia, non trova?» Caleb si chinò impercettibilmente verso di lei. «Riassumiamo un attimo, Miss Heathley: lei mi ha chiesto se per caso ero un attore di Hollywood in cerca di protezione per la sua immagine. È una domanda logica, e se dà appena un'occhiata alla lista dei disoccupati di Los Angeles se ne rende conto immediatamente. Lei non pensa che anche altre persone potrebbero pensare la stessa cosa? E non pensa che non mi abbiano interrogato proprio perché *certe* persone qui a Bonn credono che io stia tremando da capo a piedi cercando di tenere nascosta tutta la faccenda per timore di rovinare un'immagine e dire addio agli indici di ascolto più alti? È strano, ma fino a questo momento è stato proprio tale ragionamento a proteggermi, almeno fisicamente. Non si colpisce un Pa' Ratchet, a meno che non si voglia attirarsi l'ira di milioni di spettatori i quali si attaccherebbero a tutti i cavilli possibili e solleverebbero un vespaio inaudito. *National Enquirer*, è il tuo momento.»

«Ma il fatto è che lei non trema e non se ne sta zitto» disse Enid Heathley.

«Sì, ma neanche mi metto ad urlare» precisò l'attore. «E badi bene, non mi metto ad urlare non per le cose che ho detto prima. Io ho un debito con Walter Peregrine, e nessuno lo sa meglio di me, e non posso pagargli quel debito se un uomo che ritengo innocente viene incolpato di omicidio. Purtroppo, non ne ho la certezza matematica, e questo mi crea grande confusione.»

La donna guardava Dowling negli occhi, quando ad un tratto aggrottò la fronte. «Adesso io mi alzerò e me ne andrò di qui. Ma lei rimanga. Vado a telefonare ad una persona che ritengo che lei debba vedere. Poi capirà. Sarà lui a mettersi in contatto con lei: faccia come le suggerisce di fare, vada dove le dice di andare.»

«Posso fidarmi?»

«L'ambasciatore Peregrine si fidava» disse Enid Heathley, accennando di sì con il capo. «E non era una persona che amava in maniera particolare.»

«Bene: quando uno si fida di una persona che non gli piace, si può stare tranquilli.»

Quando arrivò la chiamata, Caleb trascrisse l'indirizzo; il portiere gli chiamò un taxi e otto minuti dopo l'attore scendeva davanti ad un cancello di una casa stile vittoriano nei pressi di Bonn. Si avvicinò alla porta e suonò il campanello.

Due minuti dopo fu fatto entrare in una grande stanza... che forse un tempo era stata adibita a biblioteca; alle pareti c'erano delle ombre che coprivano gli scaffali, ombre che si rivelarono poi carte geografiche molto dettagliate della Germania Occidentale e Orientale. Un uomo con gli occhiali, che era seduto dietro la scrivania si alzò in piedi, e rivolgendosi a Dowling, gli disse:

«Il signore Dowling?».

«Sì.»

«La ringrazio per essere venuto. Il mio nome non è affatto importante... mi chiami George.»

«Bene... George.»

«Ma per sua informazione riservata — e devo ripetere *riservata*, — io sono il capo della CIA qui a Bonn.»

«Bene, George.»

«Di che cosa si occupa, signor Dowling?»

«*Ciao*, baby» disse l'attore, scuotendo il capo.

25

Le prime tremule luci dell'alba cominciarono ad apparire nel cielo d'oriente, che era simile ad un muro e a stuzzicare le barche che si dondolavano avanti e indietro creando una sinfonia di scricchiolii e di tonfi sordi. Joel camminava a fianco dell'antico marinaio e si portò inconsciamente la mano al volto, a quella peluria che gli era cresciuta: non si radeva da quattro giorni, cioè da Bonn, e ormai quel che gli cresceva sul mento non era più il risultato di una dimenticanza del mattino, ma una vera e propria barba, anche se ancora molto corta. L'indomani avrebbe provveduto a farsela sistemare, e contribuire così a allontare la sua immagine da quella foto che i giornali avevano pubblicato.

L'indomani avrebbe anche deciso se telefonare o no a Val a Cape Ann. Veramente, aveva già deciso di non farlo: le aveva scritto chiaramente le istruzioni quando le aveva mandato il plico, e c'era la possibilità che avesse il telefono sotto controllo. Il fatto era che desiderava così tanto sentire quella voce, trarne la forza che sapeva di poterne trarre. No. Quella voce significava coinvolgerla in una cosa troppo pericolosa. No!

«È l'ultima barca a destra» disse il marinaio, rallentando. «Glielo devo chiedere un'altra volta: non ha droga, vero?»

«No, niente droga.»

«Il capitano potrebbe volerla perquisire.»

«Questo non posso permetterlo» lo interruppe Converse, pensando alla cintura porta-denaro. Probabilmente, toccandolo, l'avrebbero scambiata per un nascondiglio che conteneva droga, e avrebbero voluto vederci chiaro: di fronte poi ad una somma che si sarebbe rivelata circa venti volte l'ammontare per il quale quegli uomini erano disposti ad uccidere la propria madre, Joel non avrebbe dato una cicca per la propria vita.

«Forse vorrà sapere perché. Un piccolo quantitativo di droga significa spesso lunghi anni di prigione.»

«Digli che glielo spiegherò in privato» disse Joel, dopo un attimo di riflessione. Glielo avrebbe spiegato con la pistola in una mano e un biglietto da cinquecento dollari nell'altra. «Ma per quello che riguarda la droga, ti do la mia parola.»

«In fondo, la barca non è mia.»

«Ma sei tu che hai disposto tutto quanto, e sei tu che potresti rintracciarmi, nel caso che qualcuno ti faccia qualche domanda di troppo.»

«*Ja*, lo so. Connecticut... Una volta sono stato a Bridgeport. Vicepresidente di una ditta di mediatori... Sì, credo che riuscirei a rintracciarla, se ce ne fosse bisogno.»

«Il che mi auguro non accada. Tu sei un bravo ragazzo, che mi ha offerto il proprio aiuto. Davvero mi dispiacerebbe cacciarti nei guai.»

«*Ja*» disse il tedesco, annuendo. «Le credo, come le ho creduto ieri sera: parla molto bene, e si sente che ha studiato, ma si sente anche che è un perfetto idiota. Ha fatto una cosa da perfetto idiota: quella di arrossire. Arrossire costa più di quanto lei voglia pagare, e per questo è disposto a darmi qualcosa di più.»

«I tuoi predicozzi cominciano a seccarmi.»

«*Was ist?*»

«Niente. Hai ragione. È il difetto di tutti i vice-presidenti. Ecco qua.» Joel aveva preparato i biglietti nella tasca sinistra. Li tirò fuori. «Ti avevo promesso millecinquecento dollari. Eccoli qua. Contali pure.»

«E a che scopo? Basterebbe una mia parola e lei rimarrebbe appiedato; per questo non può permettersi un rischio del genere.»

«Sai che ti dico? Saresti un ottimo avvocato.»

«Venga, la porto dal capitano. Si ricordi, per lei è sempre e soltanto "il capitano". Scenderà dove lui le dirà di scendere... e stia attento. Tenga sott'occhio gli uomini che sono sulla nave: pensano che abbia un sacco di soldi.»

«Capito perché non voglio farmi perquisire?»

«L'avevo capito. Cercherò di sistemare le cose al meglio.»

Purtroppo il marinaio non fu abbastanza chiaro, perché il capitano condusse Joel nella cabina del timone, dove, con un inglese perfettamente chiaro anche se a volte sgrammaticato, gli disse di togliersi la giacca. Il capitano era un uomo piccolo e sporco, con la bocca quasi del tutto priva di denti.

«Ho già spiegato al mio amico che non voglio.»

«Allora sono duecento dollari» disse il capitano.

Converse teneva il denaro nella tasca destra; lo prese, gettando un'occhiata all'oblò, attraverso il quale scorse due uomini che salivano a bordo. C'era poca luce e non lo videro.

Il colpo arrivò improvviso, e fu talmente forte che Joel dovette piegarsi in due, con il fiato mozzo e le mani strette allo stomaco. Davanti a lui la figura tozza del capitano scuoteva con forza lo mano destra e la smorfia che gli si era dipinta sul volto indicava che si era fatto molto male: perché aveva colpito proprio la pistola, che Joel portava infilata nella cintura. Joel arretrò fino alla paratia, vi si appoggiò e pian piano si accucciò, dopo aver tirato fuori la pistola. Quando si fu accucciato, puntò l'arma contro il capitano e disse:

«Questa è una cosa che non avrebbe dovuto fare. E ora si tolga la giacca!».

«*Was*...?»

«Ha capito benissimo! Si tolga la giacca, e la rovesci! Voglio che il contenuto delle tasche finisca sul pavimento!»

Sia pur con riluttanza e con estrema lentezza, il tedesco si tolse la giacca, guardando per due volte alla sinistra di Joel, verso la porta della cabina. «Io cercavo soltanto droga.»

«Non porto droga e, se lo facessi, credo che avrei altri sistemi per passare dall'altra parte, invece di venire ad insudiciarmi in questa bagnarola. Rovesciala! Svelto!»

Il capitano fece come gli era stato ordinato e un revolver dall'aria tozza e sgraziata cadde a terra, accompagnato da un coltello con il manico d'osso, che si aprì appena toccò terra.

«Questa è la legge del fiume» disse il capitano senza pensarci. «...fiume che voglio attraversare senza guai e senza ansia... e in questo momento i guai e l'ansia potrebbero anche venire da un uomo che varca quella porta.» Converse fece un gesto con la testa ad indicare la porta della cabina alla sua sinistra. «Dato lo stato di nervosismo in cui mi trovo, potrei anche sparare, e magari uccidere anche lei e chiunque entrasse qui dentro. Non sono forte come lei capitano, ma ho paura, e questo mi rende molto pericolso. Mi ha capito?»

«Io non volevo farle del male. Volevo solo vedere se aveva droga.»

«Invece mi ha fatto del male, e tanto» lo corresse Joel. «E questo aumenta la mia paura.»

«*Nein. Bitte*...per favore.»

«Quando si parte?»

«Quando lo dico io.»

«Quanti uomini ci sono di equipaggio?»

«Uno solo.»

«*Bugiardo!*» bisbigliò Converse, portando avanti la pistola.

«*Zwei.* Due uomini... *oggi*. Dobbiamo caricare roba pesante a Elten. Ma di solito c'è un uomo solo, glielo giuro. Non mi posso permettere di pagarne due.»

«Metta in moto il motore» ordinò Joel. «O i motori. Io conosco solo Chris-Craft e Bertram, anche se mi rendo conto che è una cosa estremamente idiota da dire.»

«Cosa?»

«Coraggio!»

«*Die Mannschaft*... gli uomini. Devo dargli ordini.»

«Aspetti!» Converse, sempre accucciato, passò oltre la porta e guardò l'oblò del timoniere, senza abbassare la pistola. Poi si arrampicò sulla paratia, e rimase a guardare, nascosto nell'ombra: vedeva sia la prua della barca sia, attraverso i due oblò che erano proprio dietro di lui, la poppa. Vide anche che la barca era ancora saldamente ormeggiata, con le cime avvolte intorno alle bitte consumate dal tempo. I due uomini erano seduti su una botola e fumavano. Uno dei due beveva una lattina di birra. «Va bene» disse Joel tirando indietro il calcio della pistola, un'arma che, a dire il vero, non era sicuro di saper usare bene a una distanza di tre metri. «Apra quella porta e dia a tutti gli ordini che deve dare. Ma se uno di quei bastardi là fuori fa un passo sbagliato, lo ammazzo. È chiaro?»

«Chiarissimo... ed io la capisco alla perfezione, mentre lei non vuole capire me. Io cercavo droga... non un *grosse Mann* — la Polizei non li tocca, li lascia in pace. Sono i pesci piccoli quelli che si divertono ad acchiappare, perché li fanno figurare bene davanti alla gente. Non volevo farle del male, volevo solo assicurarmi di una cosa. Credo a quel che mi dice mio *Neffe*... mio nipote... ma in questo caso volevo essere sicuro.»

«Suo *nipote?*»

«Quel giovanotto di Bremerhaven. Come pensa che abbia trovato lavoro? *Ach, mein Bruder* vende fiori! E il negozio è della moglie! Una volta giravamo gli oceani in lungo e in largo, noi due. E ora, lui fa il *Blumenhändler!*»

«Giuro che non ci capisco un'acca» disse Joel, abbassando un po' la pistola.

«Forse capirà meglio se le dico che mi ha offerto la metà di quei millecinquecento dollari che gli ha dato.»

«Una congrega di ladri.»

«*Nein*, io non li ho voluti. Gli ho detto di comprarcisi una *Gitarre* nuova.»

Converse trasse un sospiro. «Non ho droga. Mi crede?»

«*Ja*. Anche mio nipote mi ha detto che era soltanto un idiota. Gli idioti ricchi pagano di più, perché non possono dire a tutti quanto sono idioti. Ai poveri, invece, non importa.»

«Per caso queste gocce di saggezza sono patrimonio della famiglia?»

«Cosa?»

«Niente. Coraggio, dia gli ordini agli uomini. Leviamoci di qui.»

«*Ja*, ma lei mi guardi dall'oblò. Non voglio che si impaurisca. Ha ragione, un uomo impaurito è sempre più pericoloso.»

Joel si appoggiò alla paratia mentre il capitano impartiva gli ordini: subito i motori furono accesi e le cime tirate a bordo. Era tutto così strano, pensò Joel: uomini irosi e irati che colpivano con rabbia non sempre erano nemici, mentre coloro che gli venivano incontro con il sorriso sulle labbra e gli parlavano con cortesia lo volevano uccidere. Era un mondo di cui non sapeva nulla, un mondo remoto e lontano dai tribunali e dalle sale di riunione, dove "colpire" e "far fuori" avevano un significato del tutto metaforico. Cento anni fa, nella giungla, non esistevano zone "grigie" come quelle. Uno sapeva chi era il suo nemico, e le definizioni erano sempre ben chiare. Ma in quegli ultimi quattro giorni aveva imparato che non c'erano definizioni chiare per lui. Converse guardò dall'oblò, e vide qualche piccolo banco di nebbia che si sollevava dall'acqua e andava ad intrecciarsi con i primi raggi del sole. Chiuse gli occhi e cercò di non pensare a nulla...

«Cinque minuti, al massimo sei» disse il capitano, girando il timone a sinistra.

Joel sbatté le palpebre, rendendosi conto di esser stato in una specie di dormiveglia per un certo periodo, che non avrebbe saputo quantificare. «Come procederemo?» chiese, guardando il sole che scioglieva la nebbia. «Insomma, cosa devo fare?»

«Molto poco, a dire il vero» rispose il tedesco. «Cerchi di muoversi come se venisse tutti i giorni al porto e si diriga verso il cantiere: si ritroverà nella parte meridionale della città di Lobith, in *die Niederlande*, e io e lei non ci siamo mai visti.»

«Va bene, ma come ci arrivo?»

«Vede quel *Bootshafen*?» disse il capitano indicando una serie di moli dove si intravedevano macchinari, gru e capannoni.

«È un cantiere.»

«*Ja*... cantiere. Ho il serbatoio vuoto, per cui fermerò le macchine a trecento metri dalla riva e mi avvicinerò. Naturalmente mi arrabbierò per il prezzo che fanno gli olandesi, ma dovrò pagare, perché a questo punto del fiume non posso comprare dai ladri *deutsche*. Lei scenderà con uno del mio equipaggio, fumerà una sigaretta ridendo del capitano che è un imbecille e si allontanerà.»

«Tutto qui?»

«*Ja*.»

«E tutto così semplice?»

«*Ja*. Nessuno aveva detto che sarebbe stato difficile. Solo badi di tenere gli occhi aperti.»

«Per la polizia?»

«*Nein*» disse il capitano, stringendosi nelle spalle. «Se ci fosse la *Polizei*, salirebbe a bordo.»

«E allora da chi mi devo guardare?»

«Dagli uomini che sicuramente la vedranno sul molo.»

«Quali uomini?»

«*Gesindel, Gauner*... quelli che voi americani chiamate "feccia". È gente che arriva al porto la mattina presto in cerca di lavoro, e sono quasi sempre ubriachi. Stia attento, perché quelli penseranno sicuramente che ha denaro oppure droga: per loro sarebbe un gioco da ragazzi romperle la testa per rubare.»

«Suo nipote mi aveva detto di stare attento agli uomini del suo equipaggio.»

«Già... anche quell'uomo che è venuto a lavorare per me, quello nuovo, è un *Gauner*. Si riempie di birra, nella speranza che gli schiarisca le idee. Pensa di farmi fesso, ma non ha ancora capito che non ci riuscirà mai. Non si preoccupi: lo tratterrò a bordo magari con qualche scusa, magari dicendogli di lustrare il ponte. L'altro, invece, è un tipo tranquillo: è sempre stato leale con me, un *Idiot* tutto muscoli e niente cervello. Per questo viene da me: gli altri non lo vorrebbero mai a bordo. *Verstehen*?»

«Penso di sì. A proposito, devo arrivare ad Amsterdam. C'è un treno?»

«No, niente treni a Lobith. Bisogna prendere l'autobus per Arnhem, e da lì il treno. Lo prendevo sempre quando la mia nave faceva scalo in *die Niederlande*. L'autobus si ferma proprio davanti alla stazione.»

«Nave? Una nave... vera... grande?» chiese Joel, colpito da quelle parole del capitano.

«Già... una volta solcavo gli oceani, non questo fiume puzzulente. A quindici anni ho cominciato ad andar per mare con *mein Bruder*. E a ventitré ero già *Obermaat*... ufficiale in seconda... bella vita, tanti soldi... Molto felice. Il tedesco abbassò la voce mentre ingranava la retromarcia per frenare e manovrare il timone. «Ma perché continuare a parlarne? È finito quel tempo...» aggiunse con una nota di ira nella voce.

«Cosa è successo?»

«Non sono cose che le interessano *Amerikaner*.» Il capitano manovrò ancora i comandi, e il motore ebbe come un colpo di tosse.

«Invece mi interessa.»

«*Warum?* Perché?»

«Mah... non so. Forse perché mi fa dimenticare i *miei* problemi» disse Converse onestamente.

Il tedesco gli lanciò un'occhiata. «Okay, visto che me lo chiede. D'altra parte, noi non ci siamo mai visti... Ho rubato. Denaro. Molto denaro. Gli ci sono voluti nove mesi alla compagnia per pizzicarmi. *Aber, ach,* alla fine mi hanno preso! È stato tanti anni fa. Da allora niente oceani, solo fiumi puzzolenti.»

«Ma ha detto che guadagnava un bel po' di soldi. Perché si è messo a rubare?»

«Perché gli uomini rubano?»

«Perché hanno bisogno di soldi, perché vogliono cose che altrimenti non potrebbero permettersi, o perché sono essenzialmente disonesti, ipotesi che nel suo caso escluderei senz'altro.»

«Risalga ancora un po' indietro nel tempo. Non fu Adamo a rubare una mela famosa?»

«Be', non proprio... Una donna?»

«Molti anni fa. Era sola con un bambino piccolo e non voleva che il suo uomo andasse sempre per mare. Voleva qualcosa di più.» Il capitano si permise un sorrisetto negli occhi e sulle labbra. «Voleva un negozio di fiori.»

Per un attimo, Joel dimenticò il dolore e la paura, e scoppiò a ridere: «Lei è davvero un tipo fuori dal comune, capitano».

«Tanto noi due non ci siamo mai visti.»

«Ma allora suo nipote...»

«Non ci siamo mai visti» lo interruppe il tedesco, ridendo di gusto, mentre entravano nel cantiere olandese.

Converse era appoggiato a un pilone e fumava una sigaretta, guardandosi intorno e scrutando il molo e il cantiere, con la tesa del berretto abbassata sul volto. Gli uomini che si occupavano delle macchine facevano il loro lavoro senza badare ad altro, mentre quelli che erano intorno alle barche sembravano più intenti a ispezionare i singoli pezzi che a fare qualcosa, perché continuavano a scrutare quel che avevano davanti, scuotendo la testa. Il capitano discuteva con l'addetto alla pompa del carburante, facendo gesti osceni alle figure degli uomini che di tanto in tanto comparivano alla pompa, mentre il suo marinaio si godeva la scena con un ghigno stampato sul volto. A bordo, il *Gauner* appariva di tanto in tanto affacciato al ponte con una spazzola di ferro in mano, e si rimetteva immediatamente al lavoro non appena il capitano lo guardava male.

Era il momento giusto, pensò Joel, accorgendosi che nessuno badava a lui. Tutti erano intenti al proprio lavoro, e anche se qualcuno avesse alzato gli occhi, non avrebbe fatto caso ad un particolare in fondo così insignificante e così poco familiare sul molo: era mattino presto, e bisognava smaltire il rancore di una notte.

Prese a camminare lungo il molo, con passo lento e casuale e raggiunse il cantiere, dove vide una fila di scafi in riparazione. Oltre l'ultima barca, ad un centinaio di metri da lui, c'era un cancello aperto; c'era anche un uomo di guardia che beveva un caffè leggendo il giornale. Vedendolo, Joel si fermò, con il fiato sospeso e il cuore che gli batteva all'impazzata; ma non c'era ragione, perché passava molta gente su e giù, e l'uomo di guardia non controllava nessuno, troppo intento com'era a leggere il giornale che teneva in grembo.

Converse si girò, guardando per l'ultima volta il fiume, e si accorse che il capitano correva verso di lui, spingendo le braccia in avanti a colpi rapidi, come per metterlo in guardia. Poi lo sentì gridare qualcosa e vide che gli altri uomini sul molo si allontanavano, evidentemente per non essere coinvolti: ormai sapevano che nelle prime ore del mattino il porto era un inferno, e conoscevano fin troppo bene il sapore di una sferzata con un uncino ricurvo.

«*Lauf!* Corra! Scappi!»

Joel non capiva, e si guardò intorno. Fu allora che li vide: due... anzi *tre* uomini, che erano in agguato sul molo e che lo fissavano con occhi famelici. Intanto, il primo dei tre aveva preso a correre con passo malfermo proprio alla sinistra del capitano, che tentava di fermarlo, prendendolo per una spalla: fu un attimo, e poi gli altri due lo raggiunsero e lo abbatterono con un pugno: erano *gauner*, uomini simili ad animali che avevano sentito l'odore della selvaggina grassa, una selvaggina che avrebbe potuto fornir loro cibo e beveraggi per diversi giorni.

Converse si lanciò sotto la fila delle barche tirate in secca, battendo ripetutamente la testa contro diversi scafi, prima di dirigersi dall'altro lato, verso la striscia di luce che intravedeva. Dietro di sé sentiva il rumore dei passi, che guadagnavano sempre più terreno, che stavano per raggiungerlo: mentre Joel si limitava a strisciare, i suoi inseguitori correvano. Quando fu giunto alla fine della serie di barche, si lanciò in avanti e corse verso il cancello. Poi si tirò fuori la camicia dai pantaloni, ne strappò un lembo e si asciugò il sangue sul volto, tamponando i graffi che si era fatto poco prima. Passò davanti all'uomo di guardia e dette un'occhiata intorno: scorse i tre uomini che litigavano fra loro, incolpandosi l'un l'altro e sbirciando sotto le barche con movimenti incerti. Poi uno dei tre lo vide, e gridò qualcosa agli altri, che si alzarono e corsero verso di lui. Anche Joel prese a correre, sempre più veloce, fino a che non li vide più: gli animali avevano ceduto.

Era in Olanda, e anche se l'accoglienza non era stata delle migliori, aveva fatto un altro passo verso Amsterdam. C'era anche da dire, però, che non aveva la più pallida idea del luogo dove si trovava: sapeva soltanto che si chiamava Lobith. Doveva calmarsi, riprendere fiato e pensare. Si guardò contro un vetro che aveva una lastra scura dietro e che poteva fungere da specchio rudimentale, e l'immagine che vide era quella di un disastro, almeno dal punto di vista di una persona che non vuol attrarre l'attenzione. Pensare. Per l'amor del cielo, *doveva pensare*!

Ricordava chiaramente che Mattilon gli aveva consigliato di prendere il treno da Arnhem a Amsterdam, e che il capitano della nave gli aveva detto di prendere l'autobus per andare da Lobith a Arnhem, perché a Lobith non esisteva la stazione ferroviaria. La prima cosa da fare era quella di arrivare alla stazione di Arnhem, darsi una ripulita e decidere se uscire allo scoperto oppure no; e da questa considerazione, partì una serie di altre riflessioni secondarie: intanto, aveva perso gli occhiali, che dovevano essere rimasti da qualche parte a Wesel, ed era necessario provvedere a comprarne un altro paio, magari con le lenti scure; per quel che riguardava i lividi e i graffi sul volto, poteva farci ben poco, ma sicuramente sarebbero sembrati meno gravi e meno appariscenti dopo una bella ripulita: e sicuramente avrebbe trovato un negozio dove acquistare vestiti nuovi... e una *carta*. Maledizione, era pur sempre un pilota, e doveva riuscire a raggiungere un punto B partendo da un punto A... e doveva anche riuscirci in fretta, perché bisognava raggiungere Amsterdam, contattare una persona che si chiamava Cort Thorbecke... e fare una telefonata in America, a Nathan Simon. C'erano così tante cose da fare!

Mentre usciva dal porto, si rese immediatamente conto di ciò che gli stava succedendo; gli era accaduto altre volte... in una vita precedente, nella giungla, quando la notte e la paura avevano fine e si ritrovava nuovamente in grado di stabilire la decisione da prendere, la linea di marcia, la sua stessa sopravvivenza. Stava pensando, segno che la sua mente aveva ripreso a funzionare: tutto sommato, anche se non era più l'uomo di una volta, poteva fare ancora meglio... anzi, *doveva* fare ancora meglio. Ogni giorno che passava, il mondo era sempre più vicino alla pazzia che i generali di Aquitania avevano in serbo. Dappertutto. Doveva far qualcosa, scambiare i ruoli fra sé e i pazzi che volevano instaurare il nuovo ordine: la preda doveva diventare cacciatore. I discepoli di Delavane avevano convinto il mondo a credere che Converse fosse un assassino psicopatico, ed ora dovevano trovarlo, catturarlo, ucciderlo e presentarlo al mondo come l'esempio di una follia che poteva espandersi ancora e che solo *loro*, con i *loro* metodi, potevano contenere ed eliminare. Doveva distruggere Aquitania prima che fosse troppo tardi: il conto alla rovescia era già cominciato, e sicuramente i comandanti erano già ai loro posti, a cercare di consolidare il proprio potere per essere pronti ad ogni emergenza.

Bisogna agire! si disse Converse mentre riprendeva a camminare ancora più veloce.

Era seduto nell'ultimo vagone, ancora stanco, ma felice di tutte le cose che aveva fatto; cercava di sembrare più naturale possibile, ma in realtà studiava con attenzione ogni movimento, nel tentativo di risparmiare tempo e di concentrarsi su quelli che potevano rivelarsi pericoli reali: occhi che lo fissavano, un uomo o una donna che vedeva per la seconda volta a breve distanza di tempo, un impiegato molto gentile e molto zelante nonostante l'ora di punta e la folla che premeva. Joel osservava e registrava questi particolari, che erano un po' come il suo allarme personale, i suoi strumenti di bordo: se avesse notato il minimo segno di qualcosa che non andava per il verso giusto, avrebbe annullato il decollo e azionato il portello di sicurezza, cercando la salvezza nelle strade della città. Ora non si trovava più su un apparecchio che era un'estensione di sé, ora doveva fare i conti solo con se stesso, pilota e strumento insieme, e sentiva che in vita sua mai aveva pilotato con tanta precisione.

A Lobith aveva visto il cartello SI PARLA INGLESE sulla vetrina di un'edicola piena di gente e si era fatto avanti, comprando un giornale e una cartina e chiedendo indicazioni per raggiungere la stazione delle corriere. Mentre parlava con l'edicolante, troppo preso dai clienti per far caso all'aspetto di quell'uomo, aveva tenuto il giornale e la cartina molto vicini al viso; era riuscito ad arrivare a destinazione soprattutto grazie agli ampi gesti di quell'uomo ed aveva trovato la stazione delle corriere quattro isolati più avanti. Aveva trovato un posto a sedere sull'autobus, e si era immerso nella lettura di un giornale che non poteva leggere: tre quarti d'ora dopo era sceso alla stazione di Arnhem.

Come prima cosa, era andato alla toilette, dove si era lavato la faccia e spazzolato alla meglio il vestito: un'occhiata allo specchio gli aveva rivelato che non era ancora in condizioni presentabili: però, ora aveva l'aspetto di uno che ha avuto un piccolo incidente, invece che sembrare un uomo selvaggiamente picchiato da un gorilla: e c'era una bella differenza.

Poi, si era diretto all'ufficio dei cambi, e aveva cambiato i marchi rimasti e cinquecento dollari americani in fiorini olandesi. Dopodiché aveva provveduto a comprarsi un paio di occhiali scuri con una montatura enorme in un negozio di sanitari lì vicino; ed era stato proprio mentre si dirigeva verso la cassa a pagare, che aveva scorto il banco dei cosmetici e si era ricordato di un particolare.

Subito dopo il loro matrimonio, in uno di quei maledettissimi piccoli incidenti che sembrano accadere apposta proprio nei momenti meno opportuni, Valerie era inciampata in uno stuoino e aveva battuto la testa contro uno spigolo di un mobile. Quella sera sul volto le era comparso ciò che Joel aveva definito "la sagoma di un graziosissimo topolino": l'occhio nero aveva una forma perfettamente ovale, e andava dal naso alla tempia sinistra. La mattina dopo, alle dieci, avrebbe dovuto essere ad una riunione con certi clienti dell'agenzia che venivano da Stoccarda. Per questo, lo aveva spedito a comperarle una boccetta di fondotinta, con la quale aveva fatto un miracolo: nessuno si sarebbe mai accorto di nulla, a meno di non andarle proprio vicino e scrutarla attentamente.

«Non voglio che la gente pensi che mio marito, che fra l'altro ho appena sposato, mi abbia pestata di santa ragione per non aver acconsentito a qualche suo gioco erotico dei più perversi.»

«Quale?» aveva chiesto lui.

Ricordando quell'episodio, si era avvicinato al banco dei cosmetici, in mezzo ad un mare di creme, colonie, shampo e smalti per unghie: finalmente aveva riconosciuto la bottiglietta, e aveva acquistato il fondotinta nella tonalità più scura.

La seconda "seduta" alla toilette gli aveva portato via dieci minuti, ma ne era valsa la pena: dopo aver applicato il fondotinta, i graffi e i lividi erano spariti e a meno che qualcuno non lo osservasse molto da vicino, non aveva più l'aspetto di un barbone che ha fatto a pugni, ma di un tranquillo signore che per caso è inciampato. Converse si congratulò con se stesso: in altre circostanze, non avrebbe saputo consigliare ad un cliente in un processo per aggressione violenta un comportamento e un'apparenza esteriore migliore di quella.

Intanto, aveva continuato a pensare al da farsi. Dopo aver acquistato il biglietto su un treno locale, che faceva parecchie fermate, era sceso sul marciapiede, pronto a scappare se avesse notato qualcosa di strano, o un paio d'occhi che lo fissavano con troppa insistenza. Fortunatamente, aveva visto soltanto un gruppo di uomini e di donne, coppie più o meno della sua stessa età, che parlavano e ridevano: probabilmente erano amici che partivano per una breve vacanza, gente che dal fiume andava al mare. Gli uomini avevano valigie vecchie e consunte, spesso legate con lo spago, mentre le donne portavano canestri di vimini. Da come parlavano e dai vestiti che indossavano, si capiva chiaramente che appartenevano alla classe operaia: gli uomini a lavorare in fabbrica, le donne a casa con i bambini, o al massimo a fare le pulizie in casa di altri, più fortunati di loro. Era proprio la compagnia che ci voleva per Joel: che si era unito a loro, ridendo quando ridevano gli altri e salendo sul treno come se avesse fatto parte del gruppo: una volta dentro, si era messo a sedere accanto a una donna piuttosto giovane e piuttosto magra, che però aveva due seni enormi. Joel non riusciva a distogliere lo sguardo da quei due globi e l'uomo che era con lei lo guardava con un sorriso privo di malizia, mentre si portava una bottiglia di birra alle labbra.

Da qualche parte Joel aveva letto che nel Nord Europa la gente che va in vacanza gravita nelle ultime carrozze del Trans-Europa-Express: era un'abitudine consolidata che in genere dava vita ad una sorta di cameratismo fra i viaggiatori, che rallegrava la monotonia delle ore di viaggio. Joel osservava attentamente la gente che gli stava intorno, e pian piano si accorse che tutti erano diventati amici, e che qualcuno cominciava già, bottiglie e lattine alla mano, ad intonare qualche coro, subito contrastato da un coro analogo che cantava un'altra canzone, finché tutto finiva in urla e risate. Insomma, l'allegria e la cordialità regnavano sovrane in quella carrozza del treno diretto ad Amsterdam. Intanto, le stazioni passavano, i passeggeri salivano e scendevano, sempre accolti da grida, saluti, sorrisi e bottiglie stappate. Ad un certo punto salirono dei giovani che indossavano una maglietta con una scritta e Joel pensò che si trattasse di una squadra di calcio, anche perché vennero accolti dagli altri con risate, urla e fischi: in una parola, era l'atmosfera tipica di un gruppo di persone adulte che finalmente si sentono libere e che sanno di andare in vacanza. Il volume delle risate, intanto, cresceva sempre di più.

Via via che passavano le varie stazioni, Joel si rilassava, sorridendo agli altri suoi compagni adottivi quando gli sembrava il caso di sorridere. Per il resto, se ne stava tranquillo, cercando di assomigliare ad un individuo di intelligenza limitata che guarda una carta esattamente come la guarderebbe un bambino, con un misto di meraviglia e di confusione: quella era la carta di Amsterdam, e all'incrocio di due strade che si chiamavano Utrechtsestraat e Kerkstraat viveva un uomo che doveva contattare... dicendo che era "un membro della famiglia di Tatiana". Doveva attirare Cort Thorbecke in un posto fuori dalla sua base operativa senza mettere in allarme Aquitania e per questo avrebbe dovuto ricorrere ad una terza persona, che gli avrebbe fatto da intermediario e avrebbe telefonato a Thorbecke dicendo le parole giuste per fissare un appuntamento senza menzionare però Tatiana. Avrebbe pensato anche a quello, e avrebbe trovato le parole giuste da dire: *doveva* trovarle. Psicologicamente, era sul sentiero che lo avrebbe portato oltre le linee nemiche, verso l'artiglieria dei suoi compagni, che si trovavano a sette ore di volo da lui: compagni che avrebbero dovuto ascoltarlo, magari con l'aiuto di Nathan Simon e quello di documenti straordinari che li avrebbero persuasi a nasconderlo e a proteggerlo finché i generali di Aquitania non fossero stati debellati. Non era certo quel che aveva previsto un uomo che aveva conosciuto nel Connecticut con il nome di Avery Fowler, la tattica pienamente legale del discredito e del ridicolo che aveva consigliato A. Preston Halliday a Ginevra, ma ormai il tempo che rimaneva era minimo: ormai doveva far ricorso a ben altri mezzi che la legalità.

Il treno rallentò, e il conduttore frenò varie volte e bruscamente come a voler mandare un messaggio a quelli dell'ultima carrozza, che ovviamente risentivano in maniera maggiore di tutti quegli strattoni. Se comunque era quello il suo intento, fallì miseramente, perché non fece altro che acuire le risate e provocare una serie di insulti rivolti a quell'incompetente che aveva imparato chissà dove a guidare un treno.

«*Amstel*!» gridò il controllore, aprendo la porta. «Amsterdam! Am...» Ma non poté finire, perché gli arrivò una pioggia di giornali arrotolati e dovette richiudere la porta per evitarli. Gente in vacanza.

Quando il treno arrivò in stazione, un contingente di magliette con la stessa scritta di quelli che erano saliti poco prima annunciò il proprio ingresso con una serie di urla e di schiamazzi. Cinque o sei ragazzi davanti a Joel si alzarono per salutare i nuovi venuti, festeggiando con l'apertura di altre lattine e di altre innumerevoli bottiglie e urlando così forte da coprire anche il fischio del capostazione. All'interno del vagone, c'erano corpi che abbracciavano altri corpi, pacche sulle spalle e strizzatine allegramente furtive di tette e sederi.

Oltre il gruppo dei nuovi arrivati c'era l'elemento illogicamente logico che faceva da contrasto con quella serie di esuberanze giovanili: una vecchia, visibilmente ubriaca, si faceva avanti lungo il corridoio. Era vestita malamente e nella mano sinistra portava una borsa di tela lacera, mentre con la destra si sosteneva ai sedili per non cadere, mentre il treno aveva ripreso velocità. Ringraziò con un ghigno la persona che le infilò una bottiglia di birra nella borsa, e continuò a sorridere quando altri le diedero panini e sandwich avvolti in carta oleata. Di nuovo, ci furono grida di benvenuto, mentre due uomini si inchinavano profondamente, come al passaggio di una vera regina e un terzo le dava un pizzicotto sul sedere accompagnandolo con un fischio: e così via, un nuovo divertimento per quei bambinoni che andavano in vacanza. La vecchia bevve, si mise a ballare e poi fece una serie di gesti osceni diretti sia agli uomini che alle donne, tirando fuori la lingua e facendola ruotare, mentre lo scialle logoro che indossava si alzava e si abbassava seguendo quel ritmo da balletto di una macabra Sheherazade. Tutti si divertivano, e tutti le davano qualcosa: birra, panini e perfino qualche moneta. Gente di buon cuore, pensò Joel, che era disposta ad aiutare una persona meno fortunata di loro, che sarebbe stata scacciata via da qualsiasi altra carrozza di quel treno. La donna gli si avvicinò, tenendo la borsa aperta davanti a sé in modo da accogliere le offerte che venivano da ambedue le parti del vagone. Converse si frugò in tasca, ne trasse qualche moneta e la lasciò cadere in quella borsa.

«*Goedemorgen*» disse la vecchia. «*Dank u wel, beste man, erg vriendeligk van u*!»

Joel annuì e tornò allo studio della sua carta, ma la vecchia rimase dov'era.

«*Uw hoofd! Ach, heb je een ongeluk gehad, jongen*?»

Converse annuì una seconda volta, si frugò in tasca e dette ancora qualche altra moneta alla donna che lo fissava. Poi indicò la cartina e cercò di spingerla indietro, mentre sentiva un coro di risate alle sue spalle.

«*Spreekt u Engels*?» gli gridò la donna, chinandosi su di lui con movimenti incerti.

Joel si strinse nelle spalle, si appoggiò allo schienale del sedile e riprese a guardare la cartina.

«Io invece penso di sì.» La vecchia aveva detto queste parole con voce rauca ma ferma e la mano destra non era più sul sedile: Joel vide che impugnava saldamente qualcosa all'interno della borsa. «Ti cerchiamo da diversi giorni, su tutti i treni. *Non muoverti*! Qui dentro ho una pistola con il silenziatore. Con tutta la confusione che fanno, chi vuoi che se ne accorga... nemmeno quel tizio seduto lì accanto, che non vede l'ora di unirsi al gruppo, né quella ragazza con le tettone. Sei in trappola, *Meneer* Converse!»

Niente vacanze per un passeggero di quel treno. Solo la morte a pochi minuti da Amsterdam.

26

«*Mag ik u even lastig vallen?*» gridò la vecchia, riprendendo a muoversi con gesti incerti, rivolta al passeggero che sedeva accanto a Converse. L'uomo distolse gli occhi dal gruppo che era intento a guardare e fissò quella vecchia strega, che gli ripeté la domanda, indicandogli alla sua destra con un cenno del capo, e facendo muovere avanti e indietro la massa di capelli sporchi e untuosi. «*Zou ik op uw plaats mogen zitten?*»

«*Mij best!*» L'uomo si alzò con un ghigno strano, mentre istintivamente Joel spostava le gambe per farlo passare. «*Dank u wel*» aggiunse, dirigendosi verso un posto libero accanto ad una coppia che in quel momento stava ballando.

«Muoviti!» gli ordinò la vecchia con voce rauca, dondolando al ritmo del treno che prendeva sempre più velocità.

Se doveva accadere, pensò Joel, era bene che accadesse subito. Lentamente, fece per alzarsi, gli occhi fissi davanti a sé e il gomito destro appoggiato al bracciolo, a pochi centimetri da quella borsa. Improvvisamente, infilò la mano nella borsa e afferrò il polso grasso della donna, che teneva la pistola con la mano ferma. Lottando con tutte le sue forze, cominciò a spingerla alla sua sinistra, tirando e spingendo allo stesso tempo fino a farla cadere sul sedile accanto a sé. Quando partì il colpo, si sentì un leggero rumore soffocato, e Joel vide un buco sul sedile e un filo di fumo che usciva dalla tappezzeria pesante. Quella strega aveva una forza incredibile, come mai avrebbe immaginato, e lottava con tutte le forze, graffiandolo sul viso con la mano libera, finché Joel riuscì ad afferrarle il braccio e, facendolo passare sopra la testa, a torcerlo dietro la schiena, mentre nel frattempo anche le due mani dentro la borsa lottavano senza sosta. La donna non mollava, e lui non riusciva a strapparle l'arma di mano: rimanevano quindi immobili, spingendo entrambi come disperati e sul volto della donna c'era la determinazione a non cedere per nessuna cosa al mondo.

Intanto, nel vagone l'allegria e la confusione crescevano e qualcuno riprese a intonare un coro seguito da uno scoppio fragoroso di risa. Nessuno faceva caso alla lotta silenziosa che si svolgeva su quel sedile accanto. Ad un tratto Joel, conscio di quella situazione di impasse, percepì un leggerissimo rallentamento nell'andatura del treno, e il suo istinto di pilota gli disse che di lì a poco il convoglio avrebbe cominciato a frenare. Con il gomito, colpì il seno destro della donna, nel tentativo di farle mollare la presa; ma la vecchia resisteva, con le gambe ancorate sotto il sedile e il corpo obeso posto di traverso, in modo da bloccargli il braccio con il proprio peso.

«Molla!» le bisbigliò. «Non ti farò del male... Non voglio ucciderti. Qualunque cifra ti abbiano promesso, ti giuro che ti darò di più!»

«*Nee*! Non voglio trovarmi in fondo ad un canale con una pietra al collo! Non hai scampo *Meneer*! Ti aspettano ad Amsterdam, aspettano il treno!»

Con una smorfia orribile, la vecchia scalciò, riuscendo a liberare il braccio sinistro; subito lo afferrò al volto, conficcandogli le unghie sotto la barba finché Joel riuscì ad afferrarle il polso e torcendolo glielo abbatté su un ginocchio, obbligandola a rimanere ferma. Ma era tutto inutile, perché la mano destra, che aveva la forza e la determinazione di una zampa di leonessa, non mollava la presa.

«Menti!» gridò Converse. «Nessuno sa che sono su questo treno! Sei salita venti minuti fa!»

«Sbagliato, *Amerikaan*! Sono salita ad Arnhem... e ho cominciato dalla prima carrozza. Ad Utrecht ti ho visto e subito ho fatto partire una telefonata.»

«Bugiarda!»

«Vedrai...»

«Chi ti ha pagato?»

«Degli uomini.»

«Ma chi?»

«Vedrai anche questo.»

«Maledizione, non puoi far parte anche tu di tutto questo! Non puoi!»

«Mi hanno pagato. Tanti soldi. Davano soldi a tutti: nelle stazioni, nei porti, negli aeroporti. Hanno detto che parlavi solo inglese.»

«E poi.»

«E perché dovrei dirtelo? Ormai sei in trappola. Anzi, ti conviene lasciarmi andare. Sarà tutto più facile.»

«Già... una pallottola in fronte invece di una gabbia infestata dai topi ad Hanoi.»

«Qualunque cosa sia, la pallottola in fronte è senz'altro meglio. Tu sei troppo giovane per sapere, *Meneer*. Non sei vissuto durante il periodo dell'occupazione.»

«E tu sei troppo vecchia per essere così forte.»

«*Ja*, lo so.»

«Lasciami andare!»

Intanto, il treno frenava e i passeggeri, ormai abbondantemente alticci, scoppiarono in urla di gioia mentre cominciavano a prendere le valigie dalle reticelle porta-bagagli. Anche l'uomo che poco prima era seduto accanto a Joel tornò al suo posto e tirò giù il bagaglio, spingendo lo stomaco contro la spalla di Joel, che fece finta di essere immerso in una conversazione con la vecchia che era per metà prigioniera e per metà carceriera. L'uomo li guardò e rise.

All'improvviso la vecchia si slanciò in avanti e morse la spalla di Joel, a qualche centimetro dalla ferita: i denti gialli e malandati gli penetrarono nella carne, mentre il sangue zampillava e gocciolava dal mento di quella strega.

Joel ebbe un'esitazione, un sussulto di sorpresa e di dolore e per un attimo mollò la presa della mano nella borsa. Immediatamente la donna riprese pieno possesso della pistola e sparò; i colpi raggiunsero il pavimento della carrozza, scheggiandolo, e Joel si accorse che lo aveva mancato per pochi centimetri. Allora cercò a tastoni la canna di quella pistola, la torse, spingendola con tutta la sua forza. La donna sparò ancora una volta.

Mentre si torceva sul sedile, la vecchia spalancò gli occhi, che divennero enormi: rimase così, mentre pian piano cadeva contro il finestrino e il sangue le sgorgava dal vestito, poco sopra allo stomaco. Era morta, e Joel dovette deglutire un paio di volte per non farsi prendere dalla nausea. Tremante, si chiese chi fosse quella donna, perché si trovasse proprio lì... che cosa l'avesse spinta a diventare l'animale che aveva dimostrato di essere. *Tu sei troppo giovane per ricordartelo. Non hai vissuto l'occupazione.*

Non c'era tempo per pensare a cose del genere! Quella donna l'avrebbe sicuramente ucciso se lui non l'avesse preceduta, e c'erano delle persone alla stazione, in attesa di quel treno, persone che avevano tutte le intenzioni di farlo fuori. Doveva pensare, far qualcosa!

Prese la pistola, la staccò dalle dita che ormai erano diventate rigide e se la mise sotto la cintura, avvertendo al medesimo tempo il peso dell'altra pistola che teneva in tasca. Poi sistemò alla meglio gli abiti della vecchia, mettendole lo scialle proprio sopra la ferita e le portò i capelli sulla fronte, in modo che coprissero gli occhi. In campo di prigionia, aveva imparato che era inutile tentare di chiuderli, perché spesso le palpebre non si abbassavano. Se avesse fatto una cosa del genere, probabilmente avrebbe ottenuto il solo risultato di attirare l'attenzione degli altri passeggeri. Poi prese una lattina di birra dalla borsa, l'aprì, e gliela rovesciò in grembo.

«*Amsterdam! De volgende halte is Amsterdam-Central!*»

Tutto il vagone scoppiò in espressioni di gioia e di sollievo mentre i passeggeri si mettevano in fila davanti alle porte di uscita. Oh, Cristo! pensò Converse. *Come*? La vecchia aveva detto che era *partita* una telefonata, il che implicava che non era stata lei a farla. Ed era perfettamente logico, perché non ne avrebbe avuto il tempo materiale. Probabilmente aveva incaricato una "collega", dicendole soltanto le cose essenziali, proprio perché mancava il tempo. Quella donna era solo un'esterna, una persona assunta da Aquitania con criteri tutti particolari: sicuramente avevano tenuto conto che era forte, che sapeva maneggiare la pistola e che non avrebbe avuto scrupoli ad uccidere... oltre al fatto che mai avrebbe rivelato quella storia a nessuno. Per questo, sicuramente, aveva dato alla persona prescelta il numero di telefono, dicendole di dire soltanto l'ora di arrivo del treno. Per questo... ancora una volta... aveva una possibilità di cavarsela, seppure minima. Ogni passeggero di sesso maschile veniva controllato e il suo volto confrontato con le foto segnaletiche. Ma quel volto non gli somigliava più così tanto! E loro cercavano una persona che non parlasse altre lingue che l'inglese... ormai quella era un'informazione che era diventata di dominio pubblico.

Pensare!

«*Ze is dronken!*» disse il tizio che era seduto accanto alla moglie, la donna con attributi femminili enormi. Risero entrambi, e Joel non ebbe bisogno di un interprete per capire; così, si limitò ad annuire, stringendosi nelle spalle. Aveva trovato il modo di uscire dalla stazione di Amsterdam.

Quando il rumore o la conversazione raggiungono un livello di decibel troppo alto, infatti, c'è un tipo di linguaggio che è internazionale. Si può usare anche alle feste, quando ci si è annoiati abbastanza, oppure quando si guarda una partita alla televisione insieme a bellimbusti che credono di saperne di più dell'allenatore o del centravanti, o quando ci si ritrova intrappolati in una di quelle serate a New York con "la bella gente"... che si rivela poi una massa di nullità nel senso letterale del termine, gente che non vede più lontano dei propri occhi o delle proprie gambe o del proprio cervello e che manca di un briciolo di talento o anche soltanto di umanità. In queste situazioni ci si può limitare ad annuire, oppure a sorridere, o a dare una pacca amichevole sulle spalle di qualcuno... ma senza dire una parola.

Mentre scendeva dal treno insieme all'uomo e a sua moglie, Joel fece tutte quante queste cose, recitando la sua parte come una persona che sa benissimo che la sua sopravvivenza dipende dai gesti e dagli atteggiamenti che derivano da una follia ben controllata. L'avvocato che c'era in lui gli suggeriva il modo giusto per controllarsi; il pilota, invece, saggiava i venti, sapendo che l'apparecchio avrebbe risposto bene perché era un apparecchio solido e ben costruito e si godeva quella situazione pazzesca di stallo dovuta ad un vuoto d'aria, sapendo benissimo che al momento giusto ne sarebbe sicuramente venuto fuori.

Si era tolto gli occhiali scuri e si era calcato il berretto sulla fronte. Teneva un braccio sulla spalla dell'uomo che, senza saperlo, lo accompagnava in quell'impresa non da poco che era uscire dalla stazione, e l'uomo gli parlava ridendo, mentre Joel si limitava ad annuire, dandogli delle gran pacche sulle spalle e ridendo ogni qualvolta l'uomo faceva una pausa nel discorso. Visto che marito e moglie avevano bevuto abbondantemente sul treno, non facevano caso a quelle risposte poco comprensibili: anzi, a loro pareva una persona simpatica e a posto, e nel loro stato, a dire il vero, poco importava di quello che dicevano gli altri.

Mentre uscivano dai binari e si dirigevano verso l'atrio, Converse, che senza parere si guardava costantemente intorno, scorse un uomo tra la folla di gente venuta ad aspettare qualcuno: lo notò perché era serio in volto, quasi scuro, mentre tutta l'altra gente rideva festosa. Era chiaro che si trattava di una persona che non era venuta alla stazione per ricevere qualcuno. Improvvisamente Converse si rese conto che aveva notato quell'uomo anche per un'altra ragione: nel momento stesso in cui lo vide in volto, lo riconobbe per uno degli uomini di Leifhelm, quelli che aveva visto sul Reno e che gli avevano dato la caccia sul fiume e nel bosco.

Mentre si avvicinavano all'arco al quale era appoggiato l'uomo, Joel prese a ridere ancora più fragorosamente e a dare pacche sempre più forti al suo compagno, tenendo il berretto ben calcato sugli occhi. Poi si strinse nelle spalle un paio di volte e scosse la testa con espressione allegra: muoveva le labbra e aveva la fronte aggrottata: per questo, chiunque l'avesse visto avrebbe giurato che quell'uomo era immerso in una conversazione spigliata con il proprio compagno. Converse sbirciò da sotto il berretto, e vide che l'uomo di Leifhelm l'aveva guardato e subito dopo aveva distolto gli occhi. Ma quando ebbero oltrepassato l'arco, Joel vide con la coda dell'occhio una testa che si voltava a guardarlo e qualcuno che spingeva la gente davanti a sé per poter correre più in fretta, per poterlo raggiungere. Allora si voltò e guardò sopra la spalla dell'olandese: proprio in quel momento i suoi occhi incontrarono quelli dell'uomo di Leifhelm, che lo riconobbe subito e, preso dal panico, guardò verso i binari, fece per cacciare un urlo, ma poi si calmò. Allora mise la mano dentro la giacca come per prendere qualcosa e venne verso di lui.

Joel si staccò dalla coppia di olandesi e prese a correre, oltrepassando pareti di esseri umani, diretto verso una serie di porte d'uscita, dalle quali filtrava la luce del sole, che si riverberava nell'atrio. Si guardò alle spalle per ben due volte, e soltanto alla seconda riuscì a scorgere il suo inseguitore, che nel frattempo gridava degli ordini, alzandosi sulla punta dei piedi per vedere e per essere visto meglio e indicando le porte d'uscita. Converse prese a correre più forte, facendosi strada tra la folla; arrivato alla scalinata che portava all'uscita, prese a salire i gradini più in fretta possibile, avendo però cura di non correre più degli altri passeggeri, in modo da non attirare troppo l'attenzione su di sé.

Finalmente riuscì ad uscire e si trovò all'aperto, nella confusione più totale: di fronte a lui c'era acqua, moltissimi moli e barche che andavano su e giù, mentre la gente sembrava impazzita, e correva: chi superava le barche, chi invece saliva a bordo, ma tutti venivano esaminati da uomini in uniforme bianca e blu. Era uscito da un treno solo per ritrovarsi in una specie di porto! Poi si ricordò che la stazione di Amsterdam è costruita su un'isola di fronte al centro della città, e proprio per questo si chiama *Central*. Però c'era una strada, anzi due... anzi, addirittura *tre* che solcavano l'acqua per tuffarsi in una serie di altre strade... di alberi... di negozi... non c'era tempo! Era all'aperto e quelle strade che intravedeva in lontananza erano il suo rifugio, l'unica via di salvezza: erano le gole scavate nella roccia, i cespugli e le paludi che lo avrebbero nascosto agli occhi del nemico! Corse lungo quel viale costeggiato dall'acqua e si ritrovò in una grande arteria, piena di autobus, tram e automobili impazienti di partire. Vide anche un tram elettrico, e si accodò agli ultimi due passeggeri riuscendo ad entrare prima che la porta si chiudesse... l'ultimo viaggio.

Nell'ultima fila c'era un posto libero e Converse vi si sedette, con il fiato corto, mentre sentiva il sudore scendergli dalla fronte e la camicia ormai inzuppata: solo allora si rese conto di essere senza fiato, di aver corso fino ad essere esausto, e solo allora sentì il battito frenetico del suo cuore e si accorse che quasi non ci vedeva più per lo sforzo. La paura e il dolore gli avevano dato una forza quasi isterica e il desiderio di rimanere vivo per distruggere Aquitania lo aveva sostenuto. Dolore? Improvvisamente si ricordò anche delle fitte che sentiva proprio sotto la ferita, l'ultimo atto di vendetta di una vecchia... Contro che cosa? Per che cosa? Un nemico? Denaro? Non c'era tempo!

Il tram si mosse, e Converse guardò fuori dal finestrino alle sue spalle. Vide quel che sperava di vedere: l'uomo di Leifhelm aveva attraversato l'incrocio, mentre un compagno lo raggiungeva: quando furono vicini, si dissero qualcosa, evidentemente presi dal panico. Ai due si aggiunse un terzo uomo, e Converse non vide nemmeno da dove fosse spuntato fuori. I tre parlottarono per un po', e a Joel parve che il primo uomo fosse il capo, perché indicava in direzioni diverse, dando ordini precisi. Uno degli uomini corse nella strada principale e prese a controllare tutti i tassisti; il secondo prese a camminare lungo il marciapiede, controllando i caffè e i tavolini all'aperto, mentre il capo tornò indietro, riattraversando l'incrocio e scansando abilmente le automobili. Quando ebbe raggiunto il marciapiede, fece un segnale e una donna uscì da un negozio e gli andò accanto.

Nessuno aveva pensato al tram, il suo primo rifugio, la sua prima via di salvezza. Joel si sedette e fece il punto della situazione, ben sapendo che era tutt'altro che facile. Aquitania avrebbe setacciato la città, e alla fine lo avrebbero scovato: c'era veramente un sistema per raggiungere Thorbecke oppure stava semplicemente ingannando anche se stesso, rivivendo un passato nel quale troppo spesso dei semplici incidenti e un'arroganza sempre fuori posto lo avevano fatto riuscire nei suoi intenti? No, doveva smettere di pensare, almeno per un po'. Doveva riposare, godersi la tranquillità del suo rifugio e aspettare il sonno, sperando di non avere incubi. Guardò fuori dal finestrino e vide il cartello che diceva: *DAMRAK*.

Rimase sul tram per più di un'ora, calmandosi alla vista delle strade piene di gente, dei palazzi e degli infiniti canali. Il braccio gli doleva ancora dopo il morso della vecchia megera, ma poteva scordarsi la possibilità di lavare e disinfettare la ferita. Certamente non si sentiva in colpa per la vecchia, ma proprio come succede con certi testimoni strani ad un processo, avrebbe voluto sapere la sua storia, conoscere quella vita.

Andare in un hotel era fuori discussione, perché sicuramente gli uomini di Aquitania avevano già sparso la voce, e anche un bel po' di marchi, dando la sua descrizione e promettendo un mucchio di soldi a chi fosse stato in grado di dare particolari circa quel pazzo sanguinario in fuga. Sicuramente sorvegliavano già anche Thorbecke, gli avevano anche messo sotto controllo il telefono e ovviamente ogni sua mossa o telefonata sarebbe stata esaminata con cura. Anche l'ambasciata o il consolato — non sapeva se ad Amsterdam esisteva l'una o l'altro — era fuori discussione: Aquitania aveva certo provveduto a mettere in guardia il *chargé d'affaires* militare contro qualcuno che si proclamava innocente e che chiedeva protezione. Se aveva calcolato bene le sue possibilità, gli rimaneva una sola via d'uscita: Nathan Simon.

Una volta Joel lo aveva soprannominato Nathan il Saggio, ma si era sentito dire che un Gentile con la sua intelligenza e la sua cultura avrebbe dovuto trovare qualcosa di più originale. Poi un giorno, dopo una mattinata di lavoro intenso, nella quale Nate aveva esaminato ogni dettaglio pro e contro l'accettazione di un cliente che si chiamava Liebowitz e li aveva esposti con irritante minuzia a Joel e a Lawrence Talbot, che nel frattempo aveva continuato a sonnecchiare, dicendo che Liebowitz prendeva troppo sul serio la clausola che obbligava uno studio legale a rispettare il segreto sui propri clienti, Joel aveva pensato ad un altro soprannome: Nathan il Bruciaculo Talmudico. Nate era scoppiato a ridere, svegliando di soprassalto Talbot e proclamando: «Bello, mi piace! E a Sylvia piacerà ancora di più!».

Joel aveva imparato le questioni legali più da Nathan Simon che da tutti gli altri, insegnanti o amici, messi insieme; però fra di loro c'era sempre una certa distanza, come se Nate non volesse entrare in confidenza con lui, nonostante la simpatia e l'affetto paterno che nutriva nei suoi confronti. Converse aveva capito che si trattava di una questione di lealtà: Simon aveva due figli che, secondo la sua stessa prudente definizione "erano in affari per conto propro in California e in Florida": Joel sapeva che uno faceva l'assicuratore a Santa Barbara, e l'altro era proprietario di un bar a Key West. Nate Simon a volte faceva ragionamenti difficili da seguire, e Joel se ne rese conto quando una sera, dopo una riunione infuocata nella Quinta Avenue, Simon lo invitò a bere qualcosa al *21*.

«Tuo padre mi piace, Converse. Sì, Roger è davvero un tipo che mi piace. Naturalmente, non possiede che un minimo di requisiti legali, ma è una brava persona.»

«I requisiti legali non li possiede *affatto*, se è per questo, ed io ho tentato in tutti i modi di impedirgli di rivolgersi a noi.»

«E non ci sei riuscito. Ma era un gesto che si sentiva di dover fare: stabilire affari proprio dove lavora suo figlio. È quasi commovente.»

«Già... e un testamento che non è affatto necessario e per il quale voi generosamente gli avete chiesto soltanto duecento dollari e quell'assurdità di voler lasciare le medaglie di guerra a tre istituzioni diverse... disposizione per la quale non avete voluto essere retribuiti, con la scusa che si tratta di patriottismo...»

«In fondo, siamo stati in guerra insieme.»

«E dove?»

«In Europa.»

«Via, Nate... È mio padre e gli voglio bene, ma mi rendo conto che gli deve mancare qualche rotella. Basta tirarlo fuori da una cabina d'aereo e non sa più cosa fare. Alla Pan Am si fidavano di lui, e lo consideravano un tipo in gamba.»

Nathan Simon aveva afferrato il bicchiere e quando aveva ripreso a parlare il bar del *21* era stato scosso dal tuono che una persona profondamente turbata aveva finalmente lasciato uscir fuori. «Devi avere rispetto per tuo padre, Joel. Il mio amico Roger ha fatto un gesto generoso nei confronti del figlio, perché era tutto quello che aveva, tutto quel che riusciva ad immaginare. Io, che pure ho avuto ben più di lui, non ne sarei capace. Io sono solo capace di dare ordini... Ma tuo padre mi ha detto che non è mai troppo tardi: da domani comincio un corso per pilotare aerei.»

Simon lo avrebbe aiutato soltanto se si fosse convinto che c'erano prove a sufficienza, ma non avrebbe mai accettato se avesse sospettato che qualcuno usava l'amicizia o un rapporto di affetto per sfruttarlo. Naturalmente, se fosse venuta fuori un'accusa, si sarebbe fatto in quattro per difenderlo.

Era un professionista, e aveva una sua moralità da rispettare. Ormai Valerie di sicuro gli aveva spedito la busta con i dossier e le loro spaventose implicazioni e quei *dossier* erano le prove di cui Nate aveva bisogno. Conoscendo Val, Joel sapeva che lo avrebbe affidato ad un corriere, in quanto il grande servizio postale americano aveva dato luogo ad una serie di concorrenti che si facevano beffa del dollaro pagato dal contribuente. A quel punto aveva già deciso. Tra Amsterdam e New York c'erano cinque ore di differenza-fuso: quindi avrebbe aspettato fino a sera e poi avrebbe chiamato Nathan. Sentiva che stava riprendendo le energie fisiche e mentali, e era in grado di affrontare quel che l'attendeva.

Intanto, il tram era arrivato all'ultima fermata prima del capolinea, e Joel era rimasto da solo sulla vettura. Si alzò dal suo posto, oltrepassò il corridoio e scese. Poco lontano vide un altro tram che stava per ripartire, e ci salì. Rifugio.

Cento strade e una dozzina di canali; guardò fuori dal finestrino, incoraggiato anche dal quartiere che attraversava: lindo e pulito in superficie, ma che lasciava intravedere sporcizia e marciume appena sotto la crosta. C'era una serie di pornoshop, che esponevano la merce in vetrina; in vetrina c'erano anche delle ragazze che con gesti provocanti si toglievano il reggiseno, muovendo ritmicamente l'inguine, con facce scure e annoiate. Nella strada, la gente osservava quella scena, chi con curiosità, chi con sorpresa e disgusto, chi con la seria intenzione di comprare. Quella era un'atmosfera grottesca ed esilarante al tempo stesso, pensò Joel, un'atmosfera che in quel momento gli si addiceva e nella quale poteva benissimo mescolarsi; per questo, si alzò dal suo posto e scese dal tram.

Prese a camminare per quelle strade, meravigliato e anche leggermente imbarazzato, come si sentiva sempre quando aveva a che fare con il sesso mostrato e ostentato in pubblico. Fare l'amore gli piaceva, e non perdeva certo un'occasione, ma farlo in privato era per lui essenziale ai fini del godimento del rapporto stesso: non sarebbe mai entrato in una di quelle porte che promettevano il paradiso, così come mai si sarebbe sognato di fare i suoi bisogni sul marciapiede.

Dall'altra parte della strada c'era un caffè con i tavolini all'aperto: era proprio sopra un canale, e dentro c'era piuttosto buio; davanti alla porta c'erano delle persone che di tanto in tanto entravano nel locale, come per dare un'occhiata a qualcosa di singolare. La folla lo attirava, perché sapeva che nella folla c'è anonimato: per questo si diresse verso il bar ed entrò. Forse per quella notte non avrebbe dormito, ma doveva assolutamente mangiare, perché era almeno tre giorni che non faceva un pasto completo. Trovò un tavolo libero sul retro del locale e si sedette, guardando stupito la televisione che stava trasmettendo un programma: non capiva. Nel pomeriggio, in Olanda, la televisione non trasmetteva niente! Quante volte aveva sentito dire da colleghi e amici che uno dei piaceri più grandi nel viaggiare in Olanda era proprio quello di essere liberi da quella scatola sempre piena di idiozie, perlomeno fino alle sette di sera? E quante volte aveva sentito invece gli appassionati di sport lamentarsi di dover vedere certi avvenimenti sportivi soltanto in cronaca registrata? Certo, c'era sempre chi si lamentava, ma tutto sommato il verdetto era sempre a favore della civiltà e del senso di responsabilità che gli olandesi avevano dimostrato con una decisione del genere. Però, in quel bar c'era un televisore, e funzionava. Forse era proprio questa la spiegazione della folla che si era radunata sulla porta e che ogni tanto entrava nel locale a vedere la novità, scuotendo la testa, meravigliata da quel miracolo.

Poi Joel scorse un biglietto sul tavolo, scritto in quattro lingue, delle quali la prima era l'inglese.

> Grazie alle recenti acquisizioni nel campo della teknologia, siamo lieti di offrire agli ospiti stranieri la registrazione di alkuni programmi nazionali.

Videoregistratori! Una novità, lo specchietto per allodole che avrebbe attirato ancor più clienti: certo, si trattava del quartiere giusto per questo genere di cose. Ora Joel capiva anche perché l'inglese era la prima lingua sull'avviso: *e pluribus unum*. Tanto per non perdere l'abitudine di rimbecillirsi davanti al video. Perlomeno, le trasmissioni erano in olandese, ed era già un bel vantaggio.

Un altro vantaggio era costituito da quel bicchiere di whisky che stava mandando giù: ma l'ansia dell'essere braccato non lo lasciava un attimo, e guardava continuamente verso la porta, aspettandosi da un momento all'altro di vedere un soldato di Aquitania che lo fissava e veniva verso di lui per ucciderlo. Andò alla toilette, si tolse la giacca, mise la pistola con il silenziatore nella tasca interna e si strappò di dosso la manica sinistra della camicia. Riempì il lavandino di acqua fredda e ci tuffò la faccia, versandosi acqua anche nei capelli e sulla nuca. All'improvviso sentì un suono, un rumore e si voltò di scatto, spaventato a morte, con la mano protesa verso la giacca che aveva appeso ad un gancio. Entrò un uomo robusto, di mezza età, che lo salutò con un cenno del capo e si diresse ad un orinatoio. Joel guardò il segno che la vecchia megera gli aveva lasciato con i denti: era simile ad un morso di cane e Joel pensò bene di lavarlo con acqua calda e tamponarlo con la carta igienica finché non vide uscire il sangue: era tutto quel che poteva fare, ma sarebbe bastato, proprio come era bastato diciotto anni prima, quando erano stati i topi a morderlo dappertutto. Poi aveva imparato il sistema di terrorizzare i topi, catturarli ed ucciderli. L'uomo che era entrato poco prima si diresse verso la porta, lanciando un'occhiata perplessa a Joel.

Converse si appoggiò un foglio di carta igienica sulla ferita, si rimise la giacca, si pettinò e tornò al suo tavolo, irritato ancora una volta per la presenza di quel televisore che continuava a blaterare cose che non capiva.

Il menu, come l'annuncio dei programmi televisivi, era in quattro lingue, di cui l'ultima era orientale, senza dubbio giapponese. Fu quasi tentato di ordinare il piatto di carne più ricco e più gustoso, ma l'istinto di pilota gli consigliò di controllarsi. Non dormiva da tre giorni, e cioè da quando era fuggito dalla prigione di Leifhelm, dove il sonno era stato sempre lungo e ristoratore, grazie anche al cibo nutriente e raffinato e soprattutto abbondante, che faceva parte del progetto per fargli riacquistare forza e salute in breve tempo. Un pranzo ricco gli avrebbe sicuramente fatto venir sonno, e non si pilota un aereo che va a seicento miglia all'ora in condizioni di sonnolenza; in quel momento la sua velocità si avvicinava al Mach I. Così, si ritrovò ad ordinare filetti di sogliola e riso: in tutti i casi, avrebbe potuto fare il bis. E di sicuro avrebbe fatto il bis anche con il whisky.

La voce! Oh, Cristo. Quella *voce*! Aveva le allucinazioni! Stava diventando pazzo! Perché in quel momento avrebbe giurato di sentire una voce... che non poteva assolutamente sentire!

«... Io credo che sia una disgrazia nazionale, ma purtroppo, come molti altri miei connazionali, parlo soltanto inglese.»

«Frau Converse...»

«Miss... Fräulein... si dice così, vero?... Charpentier, se non le dispiace.»

«*Dames en Heren*...» si era intromessa una terza voce, quieta e autoritaria, che parlava in olandese.

Converse aveva il fiato corto, e si prese un polso stringendo con tutta la forza che aveva, mentre gli occhi erano serrati con tale intensità da provare dolore in tutto il volto; fece uno sforzo terribile per allontanare da sé quella che era convinto fosse un'allucinazione.

«Sono a Berlino per affari... faccio la consulente per una ditta di New York...»

«*Mevrouw Converse, of uffrouw Charpentier, zoals we...*»

Ora Joel era sicuro di essere veramente *pazzo*! Sentiva ciò che era impossibile sentisse! Lui la *sentiva*! Si voltò e guardò in alto: il televisore! Era *Valerie*! Era là!

«Tutto quello che dirà, fräulein Charpentier, verrà accuratamente tradotto. Quindi, può stare tranquilla.»

«*Zoals juffrouw Charpentier zojuist zei...*» era la terza voce, quella che traduceva in olandese.

«Sono molti anni che non vedo il mio ex-marito... almeno tre o quattro. Ormai siamo due estranei. Quindi posso soltanto esprimere lo shock e la meraviglia che tutto il mio paese in questo momento prova...»

«*Juffrouw Charpentier, de vroegere mevrouw Converse...*»

«... mio marito è un uomo molto debole psichicamente, che va soggetto a profonde crisi depressive, ma non avrei mai immaginato che sarebbe arrivato a tanto.»

«*Hij moet mentaal gesttord zijn...*»

«Fra di noi non c'è più nessun rapporto, ed anzi mi sorprende il fatto che abbiate saputo che ero in viaggio per Berlino. Comunque, devo dire che ho apprezzato questa possibilità di mettere in chiaro una volta per tutte la storia dei rapporti con il mio ex-marito.»

«*Mevrouw Converse gelooft...*»

«Ma nonostante le circostanze, per le quali ovviamente non mi sento responsabile, sono felice di essere nella vostra meravigliosa città. Anzi, mezza città, ma direi che la vostra parte è di sicuro la più bella. E credo di capire che il Bristol-Kempinski... Oh, mi dispiace, ho detto una cosa che da noi non si può dire in televisione, perché si tratta di una forma di pubblicità indiretta.»

«È comunque molto famoso qui a Berlino, e d'altronde in Germania non è *verboten*. Si sente minacciata?»

«No, a dire il vero non mi sento minacciata, visto che non ci vediamo da così tanto tempo.»

Mio Dio! Val era venuta per rintracciarlo? Ed ora gli mandava un segnale... anzi, diversi segnali! Innanzitutto Val parlava tedesco esattamente come il suo interlocutore; poi non era vero che non erano in contatto, perché si sentivano tutti i mesi; e solo sei settimane fa avevano pranzato insieme a Boston! Aveva detto una montagna di bugie e in quelle bugie c'era un messaggio in codice. Nel loro codice. *Mettiti in contatto con me*!

Parte terza

27

Joel era meravigliato, stordito, confuso, ma cercò ugualmente di controllare il panico e cercare di isolare le singole parole e le frasi. In quelle parole, in quelle frasi c'era il messaggio! Il Bristol-Kempinski era un hotel a Berlino Ovest, questo lo sapeva, ma c'era qualcos'altro che sapeva avrebbe dovuto rivelargli un particolare preciso... un particolare che solo loro due potevano sapere. Ma cos'era?

Sono molti anni che non vedo il mio ex-marito... No, questa era soltanto una delle tante bugie. *È un uomo molto debole psichicamente*... questo era vero soltanto in parte, ma non era certo quello che voleva dirgli. *Fra di noi non c'è più nessun rapporto*... *Ormai siamo due estranei*... Un'altra bugia, che conteneva un minimo di verità... Basta! Cos'era?... Prima... che cosa aveva detto prima...? *Faccio la consulente per una ditta*... Ecco!

«Mi passi miss Charpentier, prego. Mi chiamo Whistletoe, Bruce Whistletoe, e sono consulente per la ditta Springtime, che produce deodoranti antitraspiranti e che vi ha commissionato del materiale pubblicitario. Si tratta di una cosa urgente, *molto* urgente!» *Con molta forza**.

Quando Val lavorava ancora con l'agenzia, aveva una segretaria pettegola, una che non era capace di tenere la bocca chiusa; tutte le volte che Joel e Valerie volevano pranzare insieme o prendersi una giornata di libertà, Joel faceva una telefonata del genere, e funzionava sempre. Se per caso un vice-presidente pignolo e rompiscatole (ce n'erano una dozzina almeno) avesse voluto sapere dov'era, la segretaria zelante gli avrebbe detto di una telefonata urgente da uno di quei mastini di una compagnia *molto* grossa. Di solito era abbastanza per un dirigente sofferente di ulcera e l'abilità di Valerie nel suo lavoro, molto spesso sottovalutata, faceva il resto. Val avrebbe detto al suo capo che "tutto" era sotto controllo, e difficilmente tale frase, che portava incredibile sollievo, induceva anche ad indagare su ciò che avrebbe anche potuto causare un attacco di acidità.

* In italiano nel testo.

Valerie gli stava suggerendo di adottare una tattica del genere, nel caso la polizia le avesse messo il telefono sotto controllo. Joel, comunque, lo avrebbe fatto in ogni caso: ma gli fece bene sapere che c'era qualcuno che si preoccupava per lui, che lo metteva in guardia contro quel che gli sarebbe potuto capitare.

L'intervista era terminata, e gli ultimi minuti erano stati dedicati ad un riassunto delle cose dette, ovviamente in olandese, mentre la telecamera rimaneva fissa sul volto di Valerie. Quando era stata registrata quell'intervista? Da quanto tempo era a Berlino? Maledizione, perché non aveva studiato le lingue? Quando aveva accennato al fatto di non parlare tedesco, Valerie lo aveva definito una "disgrazia nazionale". Aveva pienamente ragione, e forse si poteva anche andare oltre, e definirlo una malattia nazionale che aveva le sue radici nell'arroganza. Si guardò intorno, cercando un telefono e ne vide uno vicino alla porta della toilette, ma non aveva la più pallida idea di come funzionasse! Si sentì disperato, vicino al panico, quando improvvisamente sentì il suo nome.

«*De Amerikaanse moordenaar Converse is advocaat. Hij is een ex-piloot uit de Vietnamese oorlog. Een ander advocaat, een Fransman, en een vriend van Converse...*»

Joel fissò lo schermo, dapprima meravigliato, poi scioccato, poi addirittura paralizzato dalla sorpresa. C'erano delle immagini che mostravano la porta di un ufficio che si apriva e dentro l'ufficio, riverso sulla scrivania, c'era il corpo di un uomo, con il sangue che gli colava dalla testa in mille rivoli, quasi una Medusa grottesca e spaventosa. Oh, Cristo! Era René!

Nella parte alta dello schermo, sulla sinistra, apparve una foto di Mattilon, e poi sulla destra venne inserita un'altra foto. Era la sua, quella del *moordenaar Amerikaans*, Joel Converse. Evidentemente il notiziario olandese aveva collegato le due cose: l'intervista con Val e un assassinio avvenuto in Francia: non aveva bisogno di interpreti né di traduzioni per capire: René era stato ucciso e tutti pensavano che fosse opera sua. Ecco perché Aquitania aveva sparso la voce che l'assassino si era diretto a Parigi.

Lui portava la morte, la donava ad amici vecchi e nuovi. René Mattilon, Edward Beale... Avery Fowler. E la portava anche ai nemici, uomini che non conosceva e che non avrebbe saputo valutare, né come individui né più specificamente come nemici: un uomo con un cappotto scuro nelle cantine di un hotel a Parigi, un soldato sulle rive del Reno, un pilota su un treno, una faccia memorabilmente immemorabile alla base di una piramide di rifiuti, uno chauffeur con il quale aveva fatto amicizia durante la segregazione in una cella di pietra con le sbarre alle finestre... una vecchia che aveva interpretato bene il proprio ruolo su un vagone pieno di risate rauche. *Morte*. Era sempre lui la causa diretta o indiretta di quella morte, e tutto nel nome non certo dolce di Aquitania. Era di nuovo in quei campi e in quella giungla dove aveva giurato che non sarebbe mai tornato e poteva soltanto cercare di sopravvivere augurandosi che qualcuno migliore di lui gli offrisse le soluzioni. Ma in quel momento la morte era allo stesso tempo la sua alleata più stretta e l'avversaria più subdola. Avrebbe voluto sprofondare nel nulla, e lasciare che fosse qualcun altro ad occuparsi di quella faccenda che un uomo, ormai morto, gli aveva affidato a Ginevra all'insaputa di tutti.

Gesù! L'intervista registrata! Probabilmente era stata fatta dodici o addirittura ventiquattr'ore prima, il che significava che Val non aveva ricevuto la busta che gli aveva spedito da Bonn! Ma sì, certo!!! Se l'avesse ricevuta, non sarebbe certo venuta in Europa!

Oh, mio Dio! pensò Joel, mandando giù l'ultimo sorso di whisky e massaggiandosi la fronte, in preda alla confusione. Se Nathan Simon non aveva ricevuto quella busta, non aveva nessun senso telefonargli, affidarsi a lui: anzi, da un certo punto di vista poteva anche essere peggio. Nate rispettava la legge, e avrebbe difeso un cliente con tutte le armi possibili, ma solo se a sua volta il cliente non avesse fatto nulla di contrario alla legge. Era la sua religione, per lui molto più importante di quella del tempio, perché la legge era essenzialmente umana, e non metafisica: la legge ammetteva anche gli errori. Converse fu preso dal tremito alle mani: doveva sapere!

«I suoi filetti di sogliola, *Meneer*.»

«Parla inglese?»

«Certo» rispose l'uomo, che era calvo, e aveva un atteggiamento cortese ma distaccato. «Abbiamo parlato anche prima, ma lei non se ne è accorto. Probabilmente era un po' confuso, e capisco che per uno straniero arrivare in quartieri come questo deve fare una certa impressione...»

«Mi ascolti.» Joel si portò un dito alle labbra, pronunciando con voce chiara ogni parola. «Le darò un sacco di soldi se lei farà una telefonata per conto mio. Non parlo olandese, né francese, né tedesco; soltanto inglese. Mi capisce?»

«La capisco perfettamente.»

«Una telefonata a Berlino Ovest.»

«Non è molto difficile, signore.»

«Mi farà questo favore?»

«Ma certo, *Meneer*. Ha una carta di credito per telefonare?»

«Sì... no. Ce l'ho, ma non voglio usarla.»

«Naturalmente.»

«Cioè, voglio dire... Non mi va che rimanga registrata da qualche parte. Ma ho i soldi.»

«Va bene. Tra pochi minuti finisco il turno e verrò da lei. Faremo questa telefonata e chiederò il prezzo alla centralinista. Ma lei mi ha promesso un bel po' di soldi.»

«Senz'altro.»

«Cinquanta fiorini, *ja*?»

«Perfetto.»

Venti minuti dopo Converse era seduto ad un tavolo in un ufficio minuscolo, dove il cameriere gli tendeva una cornetta dicendogli: «Parlano inglese, *Meneer*».

«Miss Charpentier, prego» disse Joel con voce soffocata, quasi sopraffatto da un'emozione paralizzante. Non sapeva come avrebbe reagito al suono di quella voce e per un istante pensò addirittura di riattaccare. Non poteva coinvolgerla in una cosa del genere!

«Pronto?»

Era proprio lei, e una parte di sé morì, mentre un'altra parte riprendeva vita. Nella mente gli passarono migliaia di immagini, ricordi di felicità e di rabbia, di amore e di odio. Non riusciva a spiccicare parola.

«Pronto? Chi parla?»

«Ah, sì... ora sento. La linea è disturbata. Sono Jack Talbot della Boston Graphic. Come stai, Val?»

«Bene... Jack. E tu come stai? Sono un paio di mesi che non ci vediamo, vero? Da quando abbiamo pranzato insieme al Four Seasons, se ricordo bene.»

«Ricordi benissimo. Quando sei arrivata?»

«Ieri sera.»

«Ti fermi ancora per molto?»

«No, soltanto oggi. Stamani ho avuto una riunione e oggi pomeriggio devo assistere ad un'altra. Però, se non sono proprio sfinita, preferirei riprendere l'aereo e tornarmene a casa. E tu, quando sei arrivato?»

«Veramente non sono a Berlino: ti ho visto al notiziario del telegiornale belga. Sono ad... Anversa, ma oggi pomeriggio dovrei raggiungre Amsterdam! Cristo, mi dispiace per tutto il casino che ti sta cadendo addosso. Chi l'avrebbe mai sospettato? Parlo di Joel, naturalmente.»

«In verità, io avrei dovuto aspettarmelo prima o poi. Oh, è tutto così spaventoso. Joel sta male, e spero che lo prendano presto, per il bene di tutti. Ha bisogno di aiuto.»

«Avrebbe bisogno di un plotone di esecuzione, se mi permetti.»

«Be', non parliamone più.»

«Hai ricevuto i disegni che ti ho mandato in occasione del fallito accordo Gillette? Pensavo che ormai fosse roba vostra!»

«Disegni?... No, Jack, non mi sono mai arrivati. Ma grazie del pensiero...»

Cristo! «Davvero? Pensavo che, prima di partire, tu avessi dato un'occhiata alla posta.»

«Infatti... Ho controllato ieri l'altro. Ma non importa... hai detto che andrai ad Amsterdam?»

«Già... per una settimana. Mi chiedevo se non era il caso che facessi un salto anche tu, tanto per dare un'occhiata ai contratti dell'agenzia prima di tornare a New York.»

«Sì, forse sarebbe opportuno, ma non credo che ce la farò. Non ho molto tempo: ma se per caso dovessi decidere di venire, scenderò all'Amstel Hotel. In caso contrario, ci vedremo a New York: se mi offri il pranzo da Lutèce, ti posso svelare un paio di segreti.»

«Io credo di averne qualcuno in più di un paio. Quindi ho l'impressione che sarai tu ad offrirmi quel pranzo. Stammi bene, sorellina.»

«Stammi bene... Jack.»

Era *stupenda*. E non aveva ricevuto la busta da Bonn.

Vagava per le strade, badando di non camminare troppo in fretta e di non rimanere troppo a lungo nello stesso posto, sapeva che doveva continuare a muoversi, a guardarsi intorno e a cercare ombre nelle quali nascondersi. Sapeva anche che Valerie sarebbe arrivata ad Amsterdam quella sera stessa: l'aveva capito dal tono con cui gli aveva detto che sarebbe scesa all'Amstel Hotel. *Perché*? Perché era venuta? Che cosa pensava di fare? Improvvisamente rivide il volto di René Mattilon, un volto incorniciato dalla luce del sole, un volto che assomigliava sempre più ad una maschera... una maschera di morte. René era stato ucciso da Aquitania perché lo aveva indirizzato ad Amsterdam e sicuramente i discepoli di George Marcus Delavane non avrebbero risparmiato Valerie se avessero sospettato che era venuta in Europa per aiutarlo.

Non voleva andare da lei! Non poteva! Sarebbe stato come firmare la sua condanna a morte. Già le aveva preso tanto e dato così poco... Non poteva permetterle di fargli un ultimo dono, quello della propria vita. Tuttavia... c'era Aquitania e Joel credeva veramente in ciò che aveva detto a Larry Talbot al telefono: la vita di Joel Converse non era importante quando si trattava di avere a che fare con i generali. E neppure la vita di A. Preston Halliday, di Edward Beale e di Connal Fitzpatrick. Se Val era venuta per fare qualcosa di concreto, non poteva impedirglielo... e l'avvocato che c'era in lui gli diceva proprio questo, mentre l'uomo comune, che era stato offeso e calpestato da quella congrega di matti, glielo confermava. E forse avrebbe veramente potuto essergli d'aiuto, fare quelle cose che lui non poteva fare: ad esempio, avrebbe potuto andare personalmente da Nathan Simon, consegnargli la busta e convincerlo.

Erano le quindici e trenta, e fino alle venti non sarebbe stato buio: aveva appena cinque ore per nascondersi e rimanere vivo. E trovare in qualche modo una macchina.

Si fermò sul marciapiede e guardò la prostituta in una vetrina: era truccata pesantemente, e sul suo volto c'era solo noia e disgusto. Poi i loro occhi si incontrarono, e la ragazza gli rivolse un sorriso annoiato, mentre con l'indice e il pollice della mano destra formava un anello e agitava il polso avanti e indietro, lasciando davvero poco spazio all'immaginazione.

Perché no? pensò Converse: l'unica cosa certa in un mondo di incertezze era che dietro quella vetrina c'era un letto.

Il "portiere" era un uomo sulla cinquantina con il volto rosa da cherubino che gli spiegò le "procedure" in buon inglese: ogni incontro poteva durare al massimo venti minuti, dopodiché scattava la tariffa doppia. Bisognava pagare in anticipo due "sedute", una delle quali sarebbe stata restituita se il cliente fosse sceso negli ultimi cinque minuti del primo periodo. Quello era il sogno di un usuraio, pensò Joel guardando i vari orologi incassati nel bancone. In quel momento, un signore piuttosto anziano stava scendendo le scale e l'usuraio spinse la lancetta dei secondi di un orologio, facendola avanzare di un bel po'.

Rapidamente Joel calcolò che ogni "seduta" sarebbe venuta a costare più o meno trenta dollari, e dette l'equivalente in fiorini di 275 dollari al portiere stupito, che gli consegnò un numero.

«Per caso si tratta di un'amica, signore?» chiese, in preda alla meraviglia, mentre Joel si avviava su per le scale. «Forse una vecchia fiamma?»

«È una mia cugina olandese che non vedo da anni» rispose Joel con aria triste. «Dobbiamo fare una bella chiacchierata.» Incassò la testa nelle spalle e prese a salire.

«*Slapen*?» chiese la ragazza con i capelli corvini e le guance troppo rosse. «Vuoi *slapen*?»

«Non proprio, ma quasi» disse Converse, togliendosi gli occhiali, il berretto e sedendosi sul letto. «Sono molto stanco, ma penso che mi limiterò a riposarmi, anche perché dormire significherebbe avere gli incubi. Tu leggi pure una rivista, non ti preoccupare.»

«Che succede? Pensi che non sia abbastanza carina? Pensi che non sia pulita? D'altronde, anche tu non hai certo l'aspetto fresco e riposato di chi è appena uscito dalla doccia. La faccia graffiata, piena di lividi e gli occhi rossi. Forse sei tu a non essere pulito!»

«Purtroppo sono caduto. Comunque, ti trovo molto carina e mi piace quell'ombretto viola che hai sugli occhi. Ma vorrei riposarmi.»

«E perché sei venuto proprio qui?»

«Non voglio tornare al mio albergo: mia moglie è con il suo amante, che poi sarebbe il mio capo.»

«*Amerikaans*!»

«Tu parli molto bene la mia lingua.» Joel si tolse le scarpe e si stese sul letto.

«*Ach*, ho cominciato con gli studenti *amerikaans*. Tutti volevano parlare, erano terrorizzati al punto che non riuscivano a fare altro che parlare. Quelli che alla fine saltavano sul letto... Puff!... tutto finiva in un attimo. E poi volevano parlare, sempre maledettissimi discorsi. Poi ho continuato con i vostri soldati, i marinai e gli uomini d'affari. Per la maggior parte ubriachi, che si comportavano come bambini capricciosi. Vogliono parlare. Ho cominciato a dodici anni.»

«Be', non scrivere un libro, perché probabilmente sono diventati senatori, oppure uomini importanti o ancor peggio sacerdoti.» Converse si mise le mani incrociate dietro la testa e prese a fissare il soffitto. Cominciava a rilassarsi, e si mise perfino a fischiettare un ritornello, aggiungendo subito dopo le parole: «Yankee Doodle arrivò in Olanda/nulla aveva nella pistola...».

«Sai anche essere divertente, *Meneer*» disse la prostituta, con una risata, prendendo una coperta da una sedia. La portò sul letto e lo coprì. «Magari sei un bugiardo, ma sai essere divertente.»

«Come sai che non ti ho detto la verità?»

«Se tua moglie avesse veramente avuto un amante, l'avresti ucciso.»

«Non credo.»

«E allora non avresti una donna del genere. Io gli uomini li conosco, *Meneer*. E te lo leggo in faccia: sei una brava persona, ma sei anche capace di uccidere.»

«Be'... ci penserò» disse Joel, che cominciava a sentirsi a disagio.

«Ora dormi. In fondo hai pagato, no? Ed io sono qui.» La donna si avvicinò ad una sedia contro il muro e si sedette con una rivista in mano.

«Come ti chiami?» chiese Converse.

«Emma» rispose la prostituta.

«Sei una brava ragazza, Emma.»

«No, *Meneer*, non sono una brava ragazza.»

Qualcuno lo scuoteva, e Joel si risvegliò, mettendosi a sedere di colpo sul letto e correndo istintivamente con la mano alla cintura per controllare il denaro. Era immerso in un sonno così profondo che per un attimo non aveva avuto idea di dove si trovasse: ma poi vide la donna con quel trucco pesante che gli teneva una mano sulla spalla mentre parlava.

«*Meneer*, per caso stai scappando da qualcuno?» chiese, con voce dolce.

«Cosa?»

«C'è della gente nel Leidseplein che setaccia le strade facendo un sacco di domande.»

«Cosa?» Converse si strappò la coperta di dosso e balzò in piedi. «Quali uomini? Cosa setacciano?»

«*Het Leidseplein*... è il nome di questo quartiere. Sì, ci sono degli uomini che continuano a fare domande a destra e a sinistra. Cercano un americano.»

«E perché proprio qui?» Joel spostò la mano dalla cintura portadenaro alla pistola, di cui avvertiva i contorni un po' più in alto.

«Perché spesso i tipi come te che vogliono nascondersi vengono proprio qui.»

Già... pensò Converse. Lo aveva pensato anche lui, e per questo era probabile che ci avessero pensato anche i suoi inseguitori.

«Hanno dato una descrizione dell'uomo che cercano?»

«Sì... una descrizione che ti corrisponde in pieno» rispose sinceramente la prostituta.

«E voi?» chiese Converse guardando la donna fisso negli occhi.

«Non abbiamo detto niente.»

«Non posso credere che il tuo amico giù dabbasso sia così caritatevole. Per caso, gli hanno offerto del denaro?»

«Glielo hanno già dato» lo corresse la prostituta. «E per di più gliene hanno promesso ancora se sarà in grado di dare una certa informazione. C'è un uomo al caffè qui di fronte, seduto accanto al telefono: sarà lui, in caso di arrivo di una certa informazione a chiamare gli altri. Il nostro amico... giù dabbasso, come dici tu, non ha ancora detto nulla perché voleva prima sapere se anche tu volevi partecipare al gioco.»

«Ho capito. Una specie di asta, con la mia testa come oggetto.»

«Non capisco.»

«Qual è la cifra che hanno offerto?»

«Mille fiorini. Con un extra se riusciranno a prenderti.»

«Uhhhmmm... la cosa non torna; quel tuo amico mi sembra troppo generoso nei miei confronti. Perché non ha accettato subito? Avrebbe potuto chiudere baracca e burattini.»

«A parte il fatto che questo palazzo è suo, ha detto che l'uomo che è andato da lui parlava come un soldato che dava ordini a destra e a sinistra e che per giunta era tedesco.»

«E aveva ragione. Infatti quell'uomo è un soldato, anche se non appartiene ad un esercito regolare che risponde agli ordini di Bonn.»

«E cioè?»

«Niente. Piuttosto, chiedi al tuo amico se è disposto ad accettare anche dollari americani.»

«Ma certo.»

«Benissimo, allora voglio partecipare anch'io all'asta, e raddoppio l'offerta.»

La prostituta ebbe un attimo di esitazione. «A dire il vero, ora toccherebbe a me.»

«Non capisco.»

«Come dite in America... tutto qui?»

«Oh, ho capito. Ci sei anche tu.»

«*Ja*.»

«Per te ho in serbo qualcosa di speciale. Guidi la macchina, o conosci qualcuno che sappia guidare?»

«*Natuurlijk*. Quando piove, sono io che accompagno i miei figli a scuola.»

«Oh, Gesù... Cioè, benone.»

«Naturalmente, non vado in giro truccata in questo modo.»

Le storie. Oh, Dio, le storie, pensò Converse. «Vorrei che tu noleggiassi una macchina e la portassi qui davanti; poi dovresti parcheggiarla e lasciare le chiavi dentro. Pensi di riuscire a farcela?»

«*Ja*, ma niente si fa per niente.»

«Trecento dollari... ottocento fiorini, prendere o lasciare.»

«Cinquecento... millequattrocento fiorini, lasciare o prendere» disse la donna. «Più naturalmente il noleggio dell'auto.»

Joel fece cenno di sì mentre si sbottonava la giacca e si toglieva la camicia; la prostituta vide la sagoma della pistola con il silenziatore e soffocò un grido. «Non è mia» disse Joel in fretta. «Non m'importa se mi credi o no, ma l'ho presa ad un tizio che cercava di uccidermi.»

La donna lo guardò: era uno sguardo di paura, ma non certo ostile. Semmai, c'era una punta di curiosità. «Quell'uomo... quel soldato dell'esercito irregolare tedesco... quello che faceva tutte quelle domande. Voleva ucciderti?»

«Sì.» Joel si tolse la cintura e contò il denaro; poi tirò fuori le banconote e chiuse la tasca.

«Ti odia perché gli hai fatto del male?»

«No, non ancora; ma spero di fargliene tanto in seguito.» Converse le tese il denaro. «Questo dovrebbe essere abbastanza per il tuo amico giù dabbasso. Il resto è per te. Un'altra cosa: insieme alla macchina, procurami anche una di quelle carte stradali di Amsterdam fatte apposta per i turisti, quelle che indicano anche tutti gli alberghi, i negozi e i ristoranti.»

«Di' a me dove intendi andare: ti indicherò la strada.»

«No, grazie.»

«*Ja.*» La prostituta fece un gesto con la testa come a dire che aveva capito e prese il denaro. «Quelli che ti cercano non sono tipi a posto, vero?» chiese, contando i soldi.

«Sono la feccia peggiore, mia cara ragazza.»

«E sono stati loro a farti quelle belle decorazioni sul volto?»

«Sì. In gran parte sì.»

«Allora perché non vai alla *politie*?»

«La polizia? No, non servirebbe a nulla. Non capirebbero.»

«Ho capito: anche loro ti ricercano» concluse la donna.

«Ma io non ho fatto niente di quello di cui mi accusano.»

La prostituta si strinse nelle spalle. «In fondo, non è cosa che mi riguarda» disse, andando verso la porta. «Posso sempre dire che mi hanno rubato la macchina. Poco lontano da qui c'è un garage Tromp, dove mi conoscono bene. Spesso mi sono rivolta a loro quando la mia Peugeot mi ha lasciato a piedi. *Ach, kinderen*! Sempre con le recite di Natale e le lezioni di danza! Va bene, fatti trovare di sotto tra venti minuti.»

«Recite di Natale?»

«Non guardarmi così, *Meneer*. Io faccio il lavoro che faccio e lo chiamo con il suo nome. La maggior parte della gente, invece, lo chiama in altro modo. Tra venti minuti.» La donna con i capelli lucenti uscì e richiuse la porta dietro di sé.

Joel si avvicinò senza entusiasmo al lavandino, ma si accorse subito che era immacolato, e che sul pavimento c'era un flacone di polvere per pulire il bagno e una bottiglia di varechina accanto ad un pacco di asciugamani di carta. Naturale. In fondo, la vita di quella donna era fatta anche di recite di Natale, di lezioni di danza e di automobili che ogni tanto facevano i capricci, proprio come qualsiasi segretaria che lavorava fuori città. Converse si guardò nello specchio e si accorse che la prostituta aveva ragione: non era certo uno bello spettacolo, anche se bisognava andargli vicino per vedere i lividi e i tagli sul volto. Si lavò la faccia, si asciugò e si rimise gli occhiali scuri, cercando di apparire presentabile.

Era accaduto: Val era venuta in Europa per raggiungerlo, e nonostante le paure e le ansie che il loro ritrovarsi suscitava in lui, una parte di sé avrebbe voluto cantare — in silenzio — oppure gridare nelle nebbie della fantasia. Desiderava con tutte le sue forze guardarla, toccarla, sentire la sua voce… e tutto per ragioni che sapeva sbagliate. Lui era il braccato, quello che soffriva e che era più vulnerabile, lui era tutto quello che non era stato quando era rimasto accanto a lei; e proprio perché era quel che era diventato, le permetteva di venirgli vicino. Non gli importava di fare la figura del cucciolo affamato in una notte di pioggia, anche se non si accordava a quell'immagine del *de suite*, come l'aveva definita René Mattilon... René. Una telefonata era stata la sua condanna a morte. *Aquitania*. In nome di Dio, come aveva potuto permettere a Val di essere coinvolta in quella faccenda? pensò Joel con una fitta terribile di dolore alla gola. La risposta era sempre la stessa: Aquitania. Insieme alla certezza di sapere quel che faceva. Ogni mossa effettuata in strada, sui treni, nei caffè, dappertutto, era una mossa studiata nei minimi particolari, proprio come diciotto anni prima aveva studiato i passi da fare nella giungla... i sentieri da seguire, i fiumi e i ruscelli da guadare e da sfruttare per cogliere il nemico di sorpresa; con la differenza che ad Amsterdam possedeva un'automobile e una carta della città.

Guardò l'orologio e vide che erano le cinque e mezzo; gli rimanevano due ore e mezza per trovare l'Hotel Amstel e per studiare la zona fino a conoscerne ogni vicolo, ogni strada, ogni canale. Poi doveva studiare la via più breve per raggiungere un altro posto: l'ambasciata o il consolato americano. Era un piano preciso, l'unica protezione che poteva offrirle... se avesse seguito le istruzioni. Doveva anche trovare un orario dei voli principali per l'America: anche questo faceva parte del suo piano.

Intanto erano passati dodici minuti e Joel voleva essere già in strada quando Emma, onesta lavoratrice, sarebbe arrivata con l'automobile. Se non ci fosse stato posto per parcheggiarla, Joel aveva deciso di uscire sul marciapiede, farle segno di scendere dalla macchina e correre verso di lei in modo da non bloccare il traffico per molto tempo. Uscì dalla stanza, avviandosi verso le scale, e sentì i gemiti di finto piacere dietro a diverse porte chiuse. Per un attimo si chiese perché quelle ragazze non avessero pensato di utilizzare il registratore: sarebbe bastato spingere un tasto e continuare tranquillamente a leggere una rivista. Arrivato al secondo piano, vide il proprietario dello stabile con la faccia da cherubino invecchiato che parlava al telefono dietro il banco; Joel continuò a scendere, tirando fuori un biglietto da cento dollari che aveva deciso di dare a quell'uomo... una mancia in più in cambio della propria vita.

Ma quando arrivò sul pianerottolo pensò che tutto quello che il "portiere" si meritava era una gabbia nel fiume Mekong: perché il cherubino dal volto tinto di rosa lo guardava fisso, mentre impallidiva e tremava riagganciando la cornetta. Tentò di sorridere, poi parlò con voce stridula. «Problemi, ci sono sempre problemi! La contabilità è diventata così complessa che davvero mi ci vorrebbe un computer.»

Quel bastardo aveva chiamato l'uomo di guardia nel caffè di fronte! «Metti le mani sul banco!» gridò Joel.

Ma l'olandese aveva già afferrato una pistola e Converse si slanciò in avanti, cercando a tastoni il revolver infilato sotto la cintura. Il portiere sparò, mentre Joel andava a sbattere contro il banco con la spalla sinistra; il banco andò in mille pezzi, e Converse vide una mano che gli puntava una pistola. Con il calcio del suo revolver colpì il polso dell'uomo che lasciò andare l'arma facendola cadere sul pavimento.

«Bastardo!» gridò Joel afferrandolo per la camicia e tirandolo su. «Bastardo! Ti avevo anche pagato!»

«Non uccidermi, ti prego! Sono pieno di debiti! Mi hanno detto che volevano soltanto parlarti e credevo che non ci fosse nulla di male! *Ti prego*, non farlo!»

«No, non ne vale la pena... per me, sei soltanto un gran figlio di puttana, che non merita nemmeno una pallottola nel cervello.» Converse colpì l'uomo con il calcio della pistola e corse verso la porta. In strada, il traffico era intenso, ma poi improvvisamente vi fu una pausa mentre macchine, autobus e pullman carichi di turisti si slanciavano in avanti. Dov'era? Dov'era Emma la Pratica?

«*Theodoor! Deze kerel is onmogelijk! Hij wil...!*» Le parole, dal tono isterico, venivano da una donna a seno nudo che scendeva le scale, coperta soltanto da uno slip che nascondeva l'elemento essenziale del suo commercio. La ragazza si fermò sul penultimo scalino, vide il cherubino Theodoor svenuto e gridò. Joel corse accanto a lei e le tappò la bocca, mentre con l'altra mano le puntava la pistola contro la spalla, spingendola verso la ringhiera.

«Calmati!» non poté fare a meno di gridarle. «Calmati!» Poi la colpì con il gomito sulla nuca, piazzandole la pistola proprio davanti al volto. La donna fece per urlare di nuovo, dandogli un calcio all'inguine e afferrandogli le narici con le due dita, cercando di allontanarlo da sé. Joel fu costretto a colpirla duramente con il calcio della pistola alla base della mascella. La donna schiuse le labbra e svenne.

Ai piani superiori vi fu rumore di porte che si aprivano, di legno e metallo che andava a sbattere contro le pareti. Dappertutto si sentivano grida, urla di rabbia e di spavento, domande che si intrecciavano. All'improvviso Joel sentì un clacson impaziente dalla strada e corse verso l'uscita, nascondendo la pistola.

Era Emma la prostituta, che non aveva trovato posto per parcheggiare l'auto e che lo aspettava in mezzo alla strada. Joel si ficcò la pistola sotto la cintura e corse fuori, mentre la ragazza aveva ben interpretato i suoi gesti ed era già scesa di macchina. «Grazie!» disse.

«Ricordati, me l'hai rubata!» disse lei stringendosi nelle spalle.

«Buona fortuna, *Meneer*. Penso che tu ne abbia bisogno, anche se non sono certo affari miei.»

Joel saltò all'interno della vettura e ne studiò i comandi, proprio come se si trovasse all'interno di un Mach I e dovesse improvvisamente capire e interpretarne tutti gli strumenti di bordo. Per fortuna non si trattava di una cosa complessa: mise la prima e si infilò nel traffico della strada.

Ad un tratto la figura di un uomo immenso gli apparve al finestrino alla sua destra; Joel allungò la mano e mise la sicura; poi in un momento di minor traffico, accelerò e si reinserì nel flusso. Intanto, l'uomo aveva estratto una pistola e la teneva puntata contro di lui, mentre Converse si avvicinava ad un'altra automobile parcheggiata sul marciapiede; ma l'uomo si era ancorato saldamente allo sportello e non cedeva. Joel prese la pistola mentre l'altro gli puntava la sua contro. Converse si abbassò, battendo la testa contro il finestrino, mentre l'esplosione faceva volare miriadi di schegge di vetro che gli si andavano a conficcare nella pelle sopra gli occhi. Per fortuna aveva ancora la pistola saldamente impugnata: mirò con cura alla figura che dominava il finestrino e premette il grilletto. Due volte.

Ci furono due esplosioni soffocate nel buio dell'automobile, mentre sul vetro apparvero due fori. L'uomo si portò entrambe le mani alla gola e cadde accanto al marciapiede fra due camion. Converse girò a destra e si ritrovò in un viale ampio e semideserto. *C'è un uomo al caffè qui di fronte... sarà lui a chiamare gli altri*... era di nuovo libero... almeno per il momento, pensò Joel. Un morto non poteva certo identificare un'automobile. Parcheggiò la macchina in una zona buia e tirò fuori una sigaretta, cercando di calmare il tremore alle mani mentre accendeva un fiammifero. Mentre fumava, si tastò la fronte e lentamente, con molta attenzione, si tolse i frammenti di vetro.

Percorreva le strade come un animale, usando gli occhi ed il naso come un essere primitivo conscio soltanto del proprio desiderio di sopravvivere in un ambiente profondamente ostile. Erano già quattro volte ormai che percorreva la strada dall'Hotel Amstel al Tulpplein, lungo le strade e i canali fino al consolato americano, che era situato in una piazza chiamata Museumplein. Conosceva ogni traversa, ogni vicolo che lo avrebbe riportato su quell'itinerario in caso di pericolo. Come ultima cosa, si diresse verso est, verso lo Schellingwouder Brug, il ponte sul fiume IJ e prese la strada lungo la costa finché non trovò uno spiazzo deserto vicino alla riva. Era isolata, e quindi faceva al caso suo. Fece un'inversione e tornò verso Amsterdam.

Erano le otto e mezzo, il cielo era scuro e lui si sentiva pronto: aveva studiato la carta turistica, che includeva anche un paragrafo sull'uso del telefono. Joel era un pilota, e sapeva interpretare a perfezione ogni tipo di istruzioni: erano la differenza fra l'esplosione a seicento miglia orarie e l'atterraggio su una portaerei. Parcheggiò la macchina di fronte all'Hotel Amstel ed entrò in una cabina telefonica.

«Miss Charpentier, prego.»

«*Dank u*» disse il centralinista; poi continuò a parlare in inglese. «Un momento, per favore... Oh, sì. *Missen* Charpentier è arrivata un'ora fa. Gliela passo subito.»

«Grazie.»

«Pronto?»

Oh, Dio, doveva parlare? Poteva parlare? *Aquitania*. «Val, sono Jack Talbot. Volevo vedere se per caso ti era venuta la tentazione di fare un salto fin qui. Sono felice di sentirti. Come stai, sorellina?»

«Sono sfinita, se proprio vuoi saperlo. Poco fa ho parlato con New York e ho accennato alla nostra telefonata e alla tua richiesta di fare un salto fino ad Amsterdam. Il risultato è stato che, grazie a Jack Talbot, mi aspetta una mattinata di strette di mano nella Venezia del Nord.»

«Perché intanto non vieni a stringere le mie?»

«Perché sono troppo fredde. Comunque, se vuoi, possiamo uscire a cena insieme.»

«Ma certo... senti, ho bisogno di un favore. Puoi prendere un taxi e passare a raccogliermi al consolato in Museumplein?»

«Cosa...?» Val tacque per un istante, piena di terrore. «Perché, Jack?» chiese poi, con la voce che assomigliava ad un soffio.

Converse abbassò la voce. «Sono qui da un paio d'ore, e forse mi sono lasciato un po' andare con le parole. Temo di aver esagerato.»

«Che cosa... è successo?»

«Era come parlare ai muri... Il visto sul passaporto mi scadeva oggi, ed ho chiesto una proroga: tutto quello che ho ottenuto è stata una serie di predicozzi e l'invito a tornare domani. Così ho detto chiaro e tondo quel che pensavo del consolato e dei suoi dipendenti, e non sono stato tenero.»

«E ora ti secca tornare su e farti chiamare un taxi, vero?»

«Già. Se conoscessi questa parte della città, uscirei e verrei fin lì a piedi, ma è un quartiere che non mi è familiare.»

«Va bene. Mi do una rinfrescata e sono subito da te. Diciamo tra venti minuti?»

«Benissimo. Ti aspetto fuori. Se per caso tu non dovessi vedermi, aspetta pure nel taxi: questione di minuti e arrivo. Stasera ti faccio assaggiare piatti che non ti sogni nemmeno, sorellina mia...»

Joel riappese il ricevitore, uscì dalla cabina e tornò all'automobile. Ora bisognava attendere; poi sarebbe venuto il momento di aprire bene gli occhi.

Dieci minuti dopo la vide, e il cuore prese a battergli più in fretta, mentre una specie di nebbia gli oscurava la vista. Val uscì dal portone di ingresso dell'Amstel con in mano una grande borsa di tela: camminava eretta, con il passo veloce e elegante di una ballerina, facendosi notare senza ostentazione, dicendo a chiunque la guardasse che non era altro che se stessa, senza artifici. Un tempo l'aveva amata molto, sia per la donna che voleva essere, sia per la donna che era in realtà. Ma non l'aveva amata abbastanza, e gli era sfuggita proprio perché non aveva saputo prendersi cura di lei. Non l'aveva amata abbastanza. «Sei finito!» gli aveva gridato. «Emotivamente finito!»

Non c'erano molte altre cose da dire, anche perché non poteva darle torto: lui era stato troppo impegnato a correre, con una furia che lo consumava, troppo occupato a cercare di accaparrarsi tutto senza chiedersi il perché... sapendo soltanto che doveva in qualche modo rimettersi in pari con gli altri. Aveva nascosto la vera intensità dei suoi sentimenti dietro una corazza di baldanza e di disinvoltura che era quasi una maschera di disprezzo; ma non era riuscito ad essere disinvolto, e c'era stato troppo poco spazio per il tempo trascorso nel disprezzo. C'era stato anche poco spazio per gli altri, e soprattutto per Val: stare insieme significava anche dividere le responsabilità che ci sono in qualsiasi rapporto, e via via che il tempo passava si accorgeva di non riuscire ad accettare fino in fondo quelle responsabilità. Si odiava per questo, ma voleva essere onesto, con se stesso e con Valerie: non gli rimaneva più nulla da dare, e poteva solamente prendere. Tutto sommato, era meglio troncare tutto.

Ora l'attesa era finita, e cominciava il periodo in cui avrebbe dovuto aprire bene gli occhi. Intanto il portiere dell'Amstel le aveva chiamato un taxi, e Valerie era salita, dando immediatamente istruzioni all'autista. Venti secondi dopo, quando ormai aveva osservato con attenzione il marciapiede e la strada in ogni direzione, aveva avviato il motore e si era tuffato nel traffico: nessuno aveva seguito quel taxi, ma doveva esserne certo. Joel prese la strada più diretta per il consolato e un minuto dopo vide il taxi di Val prendere la strada giusta attraverso il canale. Dietro di lei c'erano due auto e Joel esaminò le figure degli uomini a bordo; poi, invece di seguire il taxi, premette l'acceleratore e continuò, prendendo un itinerario alternativo nel caso che qualcuno di Aquitania lo avesse seguito. Tre minuti più tardi, dopo due svolte a destra ed una a sinistra, entrò in Museumplein: il taxi era proprio davanti a lui, e delle altre due automobili non c'era traccia. Funzionava. La possibilità che il telefono di Val fosse stato sotto controllo era reale (in fondo, anche il telefono di René era stato messo sotto controllo, e una telefonata gli era costata la vita) e così nel caso di Val, Joel aveva preso tutte le precauzioni: nell'ipotesi che qualcuno avesse ascoltato la loro conversazione, avrebbe senz'altro escluso che dietro a Jack Talbot si nascondesse Joel Converse. Il consolato non era certo il posto più probabile per un assassino in fuga, che di sicuro lo evitava come la peste: uno che uccideva eminenti cittadini americani non andava certo a cacciarsi nella tana del lupo.

Il taxi era fermo accanto al marciapiede, proprio davanti al numero 19 di Museumplein, l'edificio che ospitava il consolato. Converse rimase un po' indietro, guardando tutti i passanti e aspettando il momento giusto. Passarono diverse macchine, ma nessuna si fermò o rallentò; un uomo anziano in bicicletta si avvicinò, poi frenò e tornò indietro. Aveva funzionato. Val era nel taxi a trenta metri da lui, era sola, e nessuno l'aveva seguita. Ora finalmente poteva raggiungerla, sempre con la mano sotto la giacca, impugnando strettamente la pistola con il silenziatore.

Uscì dall'automobile e attraversò il marciapiede con passo del tutto normale, cercando di assomigliare ad un pedone che si godeva una passeggiata in una notte d'estate. C'erano altre persone, in tutto una dozzina, che passeggiavano tranquille e Joel le studiò come un felino studia le tane delle talpe sul terreno. Era spaventato, ma proprio come un felino si mostrava impenetrabile: nessuno dei passanti, però, sembrava avere il minimo interesse nei confronti di un taxi che aspettava fermo accanto al marciapiede. Allora si avvicinò e bussò al finestrino. Val lo abbassò.

Per un istante, si fissarono negli occhi, poi Val si portò la mano alle labbra, soffocando un urlo. «Oh, mio Dio» bisbigliò.

«Paga il tassista e raggiungi un'automobile grigia ad una trentina di metri dietro di te; gli ultimi numeri della targa sono uno, tre, sei. Ti raggiungo tra qualche minuto.» Poi si toccò la tesa del cappello, proprio come se avesse risposto a una domanda fatta da una turista di passaggio. Proseguì oltre e, passato il taxi, prese ad attraversare la piazza, guardando verso sinistra, proprio come un qualunque pedone che studia il traffico prima di avventurarsi in una piazza: in realtà seguiva le mosse di una donna che andava verso un'automobile parcheggiata poco lontano. Con mosse veloci, si nascose nell'ombra di un portone e rimase nel buio, con il fiato corto, a spiare il marciapiede opposto. Niente. Nessuno. Uscì dal portone, trattenendosi a stento dal desiderio di correre e prese a camminare con finta disinvoltura, portandosi proprio di fronte all'auto noleggiata dalla prostituta. Poi si fermò in mezzo alla strada per accendersi una sigaretta e si guardò intorno una volta... nessuno. Gettò via la sigaretta e, incapace di trattenersi, corse verso l'automobile, aprì lo sportello e si infilò al posto di guida.

Val era a pochi centimetri da lui, con i capelli lunghi e scuri che le incorniciavano il volto teso e pieno di ansia in quella poca luce all'interno dell'automobile, e si accorse che gli occhi di lei bruciavano mentre fissavano i suoi.

«Perché, Val? Perché l'hai fatto?» chiese, e quella domanda fu quasi un urlo lacerante.

«Non avevo scelta» rispose Val, enigmatica. «Andiamo via di qui, ti prego.»

28

Per un po', procedettero in silenzio, mentre Joel si concentrava sulla guida, ripetendosi mentalmente la strada da fare, le traverse da prendere. Dentro di sé avrebbe voluto gridare e doveva trattenersi per non cedere all'impulso di fermare l'auto e di abbracciarla, chiedendole perché aveva fatto una cosa del genere e dicendole, qualunque risposta gli avesse dato, che era una sciocca, una dannatissima sciocca. Perché era tornata nella sua vita? Lui ormai era sinonimo di *morte*! ...Soprattutto, avrebbe voluto tenerla tra le braccia, e, con il volto contro quello di lei, ringraziarla e dirle che gli dispiaceva... per tutto quello che succedeva.

«Conosci la strada?» chiese Val, rompendo quel silenzio.

«Ho preso la macchina oggi pomeriggio alle sei e da allora, con l'aiuto di una carta della città, non faccio altro che andare avanti e indietro per imprimermi bene nella mente i vari itinerari.»

«Sì, ci credo. In fondo, tu sei sempre stato metodico.»

«Lo spero bene!» disse Joel, che si era già messo sulle difensive. «Ti ho seguita dall'hotel fino a qui per accertarmi che nessuno ti fosse venuto dietro. Fra l'altro, mi sento molto più al sicuro dentro un'automobile che all'aperto.»

«Non intendevo insultarti.»

Converse la guardò: lo stava osservando in quel succedersi di luce e di ombre all'interno dell'automobile. «Scusa. Credo di essere un po' irascibile in questi ultimi tempi. Davvero non capisco il perché.»

«Neanch'io. In fondo, sei ricercato soltanto in due continenti e in otto nazioni. Di te si dice che sei l'assassino più furbo e più spietato dopo quel maniaco che chiamano Carlos.»

«C'è bisogno che ti dica che è una menzogna? un'enorme menzogna che ha un ben preciso motivo di essere, anzi ha uno *scopo* ben preciso?»

«No» rispose Valerie con molta semplicità. «Non hai bisogno di dirmelo, perché lo so già. Ma ci sono un mucchio di altre cose che devi dirmi: voglio sapere *tutto*.»

Joel la guardò, frugando nei suoi occhi, fissandola nei momenti in cui da fuori veniva un po' più di luce, cercando di penetrarla con lo sguardo, di sollevare quel velo che tratteneva i suoi pensieri, le sue ragioni. Una volta ci riusciva quasi sempre, sia con l'amore che con la rabbia; ma ora si accorse che quel che sentiva era sepolto in profondità dentro di lei, e non era certo amore. Si trattava di qualcosa di diverso, e l'avvocato che c'era in lui lo metteva in guardia, raccomandandogli di essere prudente, di andarci cauto. «Che cosa ti ha fatto pensare che ti avrei visto in televisione? Per poco non perdevo il notiziario, sai?»

«Veramente non pensavo alla televisione, contavo sui giornali. Sapevo che il mio volto sarebbe stato su tutti i giornali d'Europa, e in prima pagina per giunta. Ho sperato anche che tu ti ricordassi di me e mi riconoscessi... spesso i giornalisti riportano indirizzi e nomi degli hotel... sembra che conferisca un tono di autenticità a tutto l'articolo.»

«Ma io non conosco le lingue...»

«Allora mi sono sbagliata; effettivamente la tua memoria non è più quella di una volta. Abbiamo fatto tre viaggi in Europa insieme: due a Ginevra e uno a Parigi e tutte le volte tu non ti sei seduto a colazione se sul tavolo non hai visto l'*Herald Tribune*. Anche quella volta che da Ginevra siamo andati a Chamonix a sciare ricordo che hai fatto un casino del diavolo finché il cameriere non ti ha portato il *Tribune*.»

«Ed eri anche sul *Tribune*?»

«Certo... quelli vanno a caccia di notizie come queste, insieme a pettegolezzi di ogni tipo. C'ero, eccome, e con tutti i particolari. Pensavo che se tu ne avessi preso una copia avresti capito quel che avevo in mente.»

«Per il fatto che dicevi che eravamo estranei, non ci vedevamo da anni e che tu non parlavi né francese né tedesco?»

«Sì. Ed era anche una spiegazione accettabile per quelli che invece sapevano che parlavo benissimo entrambe le lingue. Una specie di copertura, credo. Molti miei colleghi usano questo espediente: serve a tagliar corto le interviste o perlomeno e farle rimanere nell'ambito degli argomenti essenziali. E poi, uno si accorge subito se per caso hanno intenzione di fregarlo e di riferire cose diverse da quelle che ha effettivamente detto.»

«Già... dimenticavo che è il tuo mestiere.»

«Sì, ma l'idea non è stata mia. È stata di Roger.»

«Papà?»

«Sì. È venuto da Hong Kong qualche giorno fa e un impiegato troppo zelante ha avvertito i giornalisti, comunicando il volo con il quale sarebbe arrivato. Quando è sbarcato al Kennedy si è trovato al centro di un assembramento di fotografi e giornalisti. Erano due giorni che non leggeva un giornale, non vedeva la televisione e non sentiva la radio, per cui è stato preso dal panico e mi ha chiamato subito. Io ho fatto esattamente il contrario: ho avvertito tutti che sarei arrivata con quel volo a quell'ora.»

«E papà come sta? Lui non è certo il tipo da sopportare una cosa del genere.»

«Invece l'ha presa abbastanza bene, come tua sorella... anche se lei è un po' più preoccupata. Comunque, il marito ha preso in pugno la situazione e ha provveduto a tutto: è una persona molto migliore di quanto tu pensassi, Converse.»

«Come l'hanno accettata? Cosa hanno fatto?»

«Be', naturalmente sono confusi, sbalorditi, frastornati. Hanno perfino cambiato numero di telefono. Dicono a tutti di rivolgersi al loro avvocato... che fra parentesi ti difende a spada tratta. Forse tu non te ne sei mai reso conto, ma ti vogliono bene, anche se credo che tu gliene abbia dato pochi motivi.»

«Sento che siamo più vicini a casa» disse Joel con voce dolce mentre si avvicinavano allo Schellingwouder Brug. «La nostra vecchia casa.» Entrarono nell'ombra del ponte, con le luci diafane al di sopra di loro che si specchiavano nell'acqua in basso. Valerie non rispose, per evitare una provocazione aperta. Joel non era nello stato d'animo adatto a sopportarne le conseguenze. «Perché Val?» gridò. «Te l'ho chiesto prima, e penso di avere il diritto di saperlo. Perché sei venuta in Europa?»

«Scusami, stavo riflettendo su una cosa» disse Val, distogliendo lo sguardo e fissando il parabrezza davanti a sé. «Penso che sia meglio che te lo dica adesso, mentre stai guidando e quando non sono obbligata a guardarti in faccia. Hai un aspetto orribile, sei ridotto da far pietà e il tuo volto dice chiaramente quel che hai dovuto passare. Per questo non voglio guardarti.»

«Mi dispiace» disse Joel con voce gentile, cercando di minimizzare il significato di quelle parole. «Pensa che proprio poco fa mi ha telefonato Helen Gurley Brown, chiedendomi di posare per il paginone centrale di *Cosmopolitan*.»

«Finiscila! Non sei affatto divertente, e lo sai... e poi, non sei certo nello stato d'animo giusto per dire spiritosaggini del genere.»

«Ritiro tutto. Però mi ricordo che negli ultimi tempi non eri così attenta a leggermi dentro come adesso.»

«Io sono sempre stata attenta, Joel!» Valerie continuava a fissare il parabrezza e la luce dei fari, senza muovere la testa. «Ti prego, smettila con questo atteggiamento da buffone saggio. Non abbiamo tempo, neppure per quelle tue risposte pungenti. Era molto triste per me vederti tagliar corto con gente che avrebbe voluto parlarti seriamente, ma ora è tutto finito.»

«Benissimo. Allora *parla*! Perché hai fatto una sciocchezza come quella di venire in Europa?»

«I loro occhi si incontrarono, pieni di rabbia, e improvvisamente si riconobbero, forse ricordando un tempo in cui si erano amati. Valerie distolse lo sguardo, mentre Joel imboccava la strada che portava lungo la costa.

«Va bene» disse Valerie, esitante ma controllandosi perfettamente. «Cercherò di dirtelo meglio che posso. Dico così perché neanch'io sono troppo sicura di quel che penso... ci sono troppe complicazioni. Forse tu sarai stato un marito pessimo e senza attenzioni nei riguardi della moglie, ma non sei quello che hanno detto di te in questi ultimi giorni. Io sono certa che non sei stato tu ad uccidere quegli uomini.»

«Lo so. E anche tu dici di saperlo. Allora, perché sei venuta fin qui?»

«Perché dovevo farlo» disse Valerie con voce ferma continuando a guardare davanti a sé. «L'altra notte, dopo il notiziario... avevo visto il tuo volto su tutti i canali, e mi sembrava così diverso da come era qualche anno fa... ho camminato lungo la spiaggia pensando a te. Non erano pensieri piacevoli, ma perlomeno erano onesti... Anch'io ho dovuto passare attraverso un inferno, Joel, e per colpa tua. Tu vivevi in quel tuo passato tremendo, ed io cercavo di capire, perché sapevo quel che ti era successo. Però, tu non hai mai cercato di capire *me*. Anch'io avrei desiderato fare certe cose che mi sembravano importanti per la mia vita, il mio futuro, ma quando ero con te mi sembrava che improvvisamente fossero diventate poco importanti... Allora pensavo: "Va bene, un giorno o l'altro l'incubo svanirà, e allora verrà da me e mi dirà: Salve, sei proprio tu?". Be', l'incubo è svanito, ma non è mai successo quello che speravo che succedesse.»

«Mi arrendo di fronte alla lucidità del ragionamento della parte avversa» disse Converse con voce piena di dolore. «Ma ancora non capisco.»

«Io avevo bisogno di te, Joel, ma tu non rispondevi. Sapevi essere divertente, anche quando non te la sentivi, e a letto eri uno schianto, ma pensavi sempre ed esclusivamente a te stesso.»

«Mi arrendo nuovamente, saggio avvocato. E con questo?»

«Ricordo quel che promisi a me stessa quando te ne andasti. Mentre ti guardavo in silenzio, giurai che se nel futuro qualcuno avesse avuto bisogno di me come in quel momento io avevo bisogno di te, non mi sarei tirata indietro. Chiamalo pure l'unico impegno morale di tutta la mia vita: l'ironia ha voluto che quella persona fossi proprio tu. Io so che non sei né un assassino, né un pazzo, ma qualcuno vuole farlo credere al mondo, e chiunque sia, sembra che ce l'abbia quasi fatta: anche i tuoi amici, quelli che ti conoscono da anni, credono a quello che dicono i giornali. Io invece non ci credo, e non posso e non voglio tirarmi indietro.»

«Oh, Cristo, Val...»

«Non cominciare, Converse. Stavolta niente pianti, niente sdolcinamenti per poi finire a letto: sono venuta fin qui per aiutarti, non certo per consolarti. E ora posso aiutarti, perché, se vado indietro di qualche generazione, trovo l'abilità, la segretezza e l'aiuto di coloro che aiutarono altri a venire fuori da situazioni analoghe a questa. Forse si tratta di gente non proprio giovanissima, ma che ha vissuto in tempi ben peggiori e che, cosa che conta più di tutte, ha tutte le intenzioni di darci una mano. Una volta tanto, sei tu ad avere bisogno di me, e questo è già un bel cambiamento, no?»

«Già... un bel cambiamento davvero» disse Joel che, a dir la verità, aveva capito soltanto l'ultima parte della frase; intanto, percorreva la strada costiera a velocità ridotta, «Solo qualche minuto» aggiunse poi. «Non posso farmi vedere in città, e soprattutto non posso farmi vedere con te... non avresti scampo.»

«Io non mi preoccuperei così tanto. Ci sono degli amici che ci controllano.»

«Cosa? Quali amici?»

«Guarda la strada, non ti distrarre. Davanti all'Amstel c'era della gente, ma forse tu non l'hai notata.»

«Sì, l'ho vista, ma nessuno ti ha seguito.»

«Non ce n'era bisogno. C'era altra gente, appostata sui canali e al consolato.»

«Ma di chi diavolo stai parlando?»

«D'un uomo piuttosto anziano in bicicletta nei pressi di Museumplein.»

«Sì, l'ho visto. Era...?»

«Dopo» disse Valerie, spostando la borsa di tela che era ai suoi piedi e stendendo le lunghe gambe. «Forse ci hanno seguiti fin qui, ma sta' tranquillo: lo sanno fare, e se ne stanno in disparte.»

«Ma tu chi sei, Mata Hari?»

«No, sono semplicemente la nipote di Hermione Geyner, sorella di mia madre. Tu naturalmente non hai conosciuto mio padre, ma se l'avessi conosciuto, di sicuro ti avrebbe raccontato un sacco di aneddoti sulla mamma durante la guerra, impallidendo però al solo pensiero di mia zia. Una donna che si era spinta troppo oltre, anche secondo il giudizio dei francesi. Perché i partigiani olandesi e tedeschi lavoravano insieme. Ma ti dirò tutto dopo.»

«Mi dirai tutto *dopo*? E intanto c'è gente che *ci segue*?»

«Sì, ma te l'ho già detto, sta' tranquillo. Non vedrai nessuno.»

«Oh, *cazzo*!»

«Eloquente, non c'è che dire; forse un po' volgare, ma eloquente.»

«Va bene, va bene!... Che altro mi dici di papà?»

«Che vuoi che ti dica? Resiste, come una bandiera vecchia... È a casa mia, ora.»

«A Cape Ann?»

«Sì.»

«Ma io ho mandato proprio là la busta con i documenti! Quei "disegni" di cui ti ho accennato per telefono. Sono tutto quel che ho! e c'è riportato tutto quel che è successo. Ci sono i nomi, i motivi, tutto quanto.»

«Io sono partita tre giorni fa; e quando sono venuta via non era ancora arrivato nulla. Ma comunque c'è sempre Roger.» Valerie impallidì. «Oh, mio Dio!»

«Cosa c'è?»

«Ho provato a chiamarlo! Due giorni fa, poi ancora ieri e stamani!»

«Maledizione!» In lontananza si intravedevano le luci di un caffè e Joel parlò rapidamente, dando un ordine che non poteva essere disatteso. «Non m'importa un fico secco di come farai, *devi* farlo: devi telefonare a Cape Ann! E poi tornare qui e dirmi che mio padre sta bene. Capito?»

«Sì. Ma lo faccio perché anch'io voglio saperlo.»

Converse si fermò proprio davanti al caffè, sapendo benissimo che era una cosa che non avrebbe dovuto fare. Valerie scese di corsa dalla macchina, con il borsello aperto e la carta di credito telefonica in mano. Se nel raggio di cento metri c'era un telefono, lo avrebbe usato: nessuno poteva fermarla in casi del genere. Joel si accese una sigaretta: il fumo era acre, e gli pungeva la gola, senza dargli il solito senso di sollievo. Guardò l'acqua scura, le luci che danzavano in prossimità del ponte, e cercò di non pensare. Ma non ci riusciva. Che cosa aveva fatto? Suo padre conosceva la calligrafia e sicuramente avrebbe aperto la busta appena l'avesse avuta tra le mani: cercava le prove che suo figlio era innocente, e lì dentro le avrebbe trovate. Sicuramente avrebbe chiamato Nathan Simon... e quella era l'ipotesi peggiore. Valerie ne sapeva abbastanza di quella roba per essere così cauta da dire poco o niente al telefono, ma non certo suo padre, non Roger.

Lui avrebbe sputato fuori il rospo tutto intero, al telefono, cercando di discolpare il figlio. E se qualcun altro fosse stato in ascolto su quella linea... Dov'era Val? Ci metteva troppo tempo!

Converse non poté trattenersi dall'aprire la portiera dell'auto e uscire fuori sul marciapiede; si precipitò verso l'interno del locale, ma subito dopo di fermò di colpo, vedendo Val che usciva, segnalandogli di rientrare in auto. Vide anche che piangeva.

«Entra in macchina» gli disse, avvicinandosi.

«No. Dimmi cosa è successo. *Subito*.»

«Ti prego, Joel, rientra in macchina. Mentre telefonavo c'erano due uomini che non mi hanno persa di vista, per un solo istante. Parlavo tedesco, ma loro sapevano che stavo telefonando in America, e hanno anche visto che ero piuttosto agitata. Penso che mi abbiano riconosciuta. Dobbiamo andar via di qui.»

«Dimmi che cosa è successo!»

«In macchina.» Valerie scosse la testa da un lato e nel movimento i capelli le volarono al di sopra delle spalle mentre si asciugava le lacrime e andava verso l'automobile. Poi aprì la portiera e si sedette, immobile.

«Maledizione!» Tremando, Joel entrò a sua volta in auto, ingranò la prima e partì chiudendo lo sportello con un tonfo sordo. Fece una curva stretta e ritornò sulla strada principale, mentre le ruote fischiavano sul ghiaino. Poi tenne l'acceleratore a tavoletta finché lo scenario intorno a lui non divenne una macchia confusa di grigio.

«Rallenta» gli disse Val semplicemente, senza enfasi. «Così attiri l'attenzione e basta.»

Joel era in preda al panico, ma nonostante questo capì l'ordine e tolse il piede dal pedale dell'acceleratore. «È morto, vero?»

«Sì.»

«Oh, Cristo! Cosa è successo? Cosa ti hanno detto? Con chi hai parlato?»

«Con una vicina... il nome non ha importanza. Lei tiene le chiavi di casa mia, ed io faccio lo stesso con la sua. Si è offerta di prendermi la posta e dare un'occhiata alla casa, almeno finché la polizia non mi avesse rintracciato. Era lì per caso quando ho telefonato. Le ho chiesto se fra la posta aveva notato una busta proveniente dalla Germania, ma mi ha detto di non aver visto nulla di simile.»

«La polizia? Che cosa è successo?»

«Sai com'è fatta la casa, no? Ci sono degli scogli alti un centinaio di metri circa. Non è una casa grande, e una volta serviva a...»

«Cosa è *successo*?» urlò Joel, aggrappandosi al volante.

«Dicono che sia uscito per fare una passeggiata, e sia scivolato sugli scogli. Quando lo hanno trovato, stamattina, il mare lo aveva restituito con una brutta ferita proprio alla tempia.»

«Bugie! Bugie! In realtà l'hanno sentito al telefono! E lo hanno seguito!»

«Il mio telefono? Già... mentre ero in aereo ho pensato ad una possibilità del genere.»

«Sì, sono sicuro che tu ci abbia pensato, come sono sicuro che papà non ci ha pensato affatto. Maledizione, sono stato *io* ad ucciderlo!»

«Se è per questo, anch'io ho la mia parte di colpa» insistette l'ex-signora Converse, toccandogli un braccio e provando una fitta al cuore nel vedergli le lacrime agli occhi. «E gli volevo bene davvero. Anche se io e te ci eravamo lasciati, era ancora un amico carissimo, forse il più caro.»

«Ti chiamava "Valley"» disse Joel tra i singhiozzi, cercando di ricacciare indietro l'ondata di dolore che stava per sopraffarlo. «Bastardi! *Bastardi*!»

«Vuoi che guidi io?»

«No!»

«Il telefono. Devo chiedertelo... io ho pensato che la polizia o l'FBI potessero facilmente ottenere il permesso di farlo mettere sotto controllo.»

«Ma certo! Per questo non potevo telefonarti. Per questo avrei chiamato Nathan Simon.»

«Ma le persone cui ti riferisci tu non sono quelli della polizia o dell'FBI. Tu ti riferisci a qualcun altro.»

«Sì. Nessuno sa chi siano... dove siano. Ma ci sono, e hanno la possibilità di fare praticamente tutto quello che vogliono. Gesù! Anche papà! È spaventoso, incredibilmente spaventoso!»

«Ed è di questo che hai intenzione di parlarmi, vero?» disse Valerie, aggrappandosi al suo braccio.

«Sì. Qualche minuto fa avevo quasi deciso di non dirti nulla e di chiederti semplicemente di tornare in America per convincere Nate a venire qui per parlarmi e per rendersi conto che non sono matto. Ma ora no; non c'è più tempo, ormai, e per giunta ci hanno tagliato tutte le vie d'uscita. Ora sono loro ad essere in possesso della busta, di quella busta che costituisce l'unica prova che ho contro di loro... Mi dispiace, Val, ma ormai devo dirti tutto. Dio sa se vorrei tenerti all'oscuro — per il tuo stesso bene — ma non ho scelta, come hai detto tu poco fa.»

«Non sono venuta fin qui perché tu prendessi una soluzione di ripiego.»

Fermò la macchina proprio in riva al canale, dove l'erba era più folta e la luce della luna si mescolava alle luci lontane di Amsterdam. Scesero dall'automobile, e Joel la prese per mano, conducendola nel posto più buio che riuscì a trovare; improvvisamente si rese conto che erano anni che non la prendeva per mano e che tuttavia quel tocco e quella stretta gli davano un senso di conforto e di sicurezza. Ma immediatamente scacciò via quel pensiero: lui sapeva soltanto dare la morte alle persone che gli stavano vicine, che gli erano care.

«Ecco, mettiamoci qui» disse, lasciandole la mano.

«Va bene.» Si mise a sedere sull'erba con grazia, proprio come una ballerina, scansando qualche filo d'erba troppo duro. «Come ti senti?» chiese poi.

«Malissimo» disse Joel, guardando il cielo scuro. «Dico davvero. In fondo, sono stato io a ucciderlo. Se solo lo avessi lasciato in pace, lo avessi lasciato essere quel che si sentiva di essere, e non quello che io volevo che fosse, a quest'ora forse sarebbe ancora mille miglia lontano, magari in compagnia, a raccontare le sue storie incredibili e a far ridere tutti gli altri. Certo, non sarebbe venuto a casa tua ieri.»

«Non sei stato certo tu a ordinargli di tornare da Hong Kong, Joel.»

«Non gliel'ho chiesto esplicitamente, né glielo ho ordinato, se è questo che vuoi dire, ma indirettamente sono stato io a suggerirgli di comportarsi così. Dopo la morte di mamma, era come se fra noi passasse una corrente e una serie di pensieri, sempre gli stessi: "Cresci, papà! Fatti pure i tuoi viaggetti di tanto in tanto, se ti va, ma non stare via troppo tempo. Noi stiamo in pensiero. Cerca di comportarti da persona responsabile, padre mio." Cristo, io mi sentivo *responsabile*, adulto, molto più serio di lui... ed ho finito per ucciderlo.»

«Non sei stato tu! Sono state altre persone! Ed ora mi devi raccontare tutto.»

Converse deglutì, asciugandosi le lacrime. «Sì, hai ragione... non c'è tempo, neppure per il vecchio Roger.»

«Avremo tanto tempo, dopo...»

«Se ci sarà un dopo» disse Joel respirando profondamente e cercando di riprendere il controllo di sé. «Hai saputo di René, vero?»

«Sì, l'ho letto proprio ieri. Mi ha turbato... Larry Talbot mi aveva detto che vi eravate visti a Parigi e che anche René pensava che tu soffrissi di disturbi nervosi. Un uomo assassinato solo perché vi siete visti... Larry sarà fuori di sé.»

«Non è stato per questo che hanno fatto fuori René. Ma parliamo di Larry: la prima volta che gli ho telefonato è stato perché avevo bisogno di certe informazioni e sapevo di non potergliele chiedere direttamente: la verità era che lo stavano manovrando, e lui non se ne accorgeva. Se glielo avessi detto esplicitamente, di sicuro avrebbe reagito, buscando una bella pallottola in mezzo alla fronte. L'ultima volta che gli ho telefonato, invece, gli ho detto la verità: finalmente ero riuscito ad evadere da una prigione dove mi tenevano sotto stretta sorveglianza ed ero esaurito, impaurito e sfiduciato. Così gli ho dovuto dire tutta la verità.»

«Sì, me lo ha detto» lo interruppe Val. «Aggiungendo anche che secondo lui stavi rivivendo le esperienze fatte in Nord Vietnam. Anzi, ha citato anche un termine medico specifico per quel tipo di disturbo.»

Converse scosse la testa, scoppiando in una breve risata amara. «La psicanalisi ha un termine medico specifico per tutto. Sì, credo che ci siano strane somiglianze tra le due esperienze, ma sono soltanto somiglianze, analogie... Purtroppo, Larry non mi stette ad ascoltare mentre parlavo: lui coglieva soltanto le parole e le frasi che gli servivano per dimostrare che ciò che gli altri dicevano di me era vero. Con me faceva finta di essere l'amico e il socio di sempre, ma io mi sono subito accorto che non era vero: quello che mi parlava al telefono era l'avvocato che cerca disperatamente di convincere il cliente a ritrattare. Quando finalmente riuscì a farmi dire dov'ero e che cosa avevo intenzione di fare, avvertì chi doveva avvertire, pensando che fosse la cosa più giusta da fare. Per fortuna me ne accorsi, gli dissi che avrei fatto come voleva lui, riattaccai e lasciai immediatamente l'albergo dove mi trovavo... Fui fortunato, perché dopo venti minuti era già arrivata un'auto con a bordo due dei miei probabili assassini.»

«Ne sei sicuro?»

Joel annuì. «Il giorno dopo uno di quei due angioletti ha giurato sulla Bibbia di avermi visto al ponte Adenauer con Walter Peregrine. Io non sono mai stato su quel ponte, o almeno credo di non esserci mai stato, perché non so di preciso dove si trovi.»

«Sì, ho letto tutto il resoconto sul *Times*. L'uomo è un ufficiale, un maggiore credo, e si chiama Washburn.»

«Esatto.» Converse strappò un filo d'erba, se lo arrotolò tra le dita e lo fece a pezzi. «Sono maestri nell'arte di manipolare i mass media... Giornali, radio, televisione. Ogni parola che esce da loro è controllata, valutata, avallata da una fonte autorevole. Per loro la vita umana, quella dei nemici e dei loro stessi uomini, vale come un pezzo su un'enorme scacchiera, che si può anche sacrificare a cuor leggero, per raggiungere l'unica cosa importante: la vittoria.»

«Joel, ti rendi conto di quel che stai dicendo? Un ambasciatore americano, il comandante supremo della NATO, René, tuo padre... tu stesso. Killer nell'ambasciata, mass media al servizio di gente senza scrupoli, bugie che escono fuori da fonti ufficiali di Washington, Parigi, Bonn. Quello che mi descrivi assomiglia ad un *Anschluss*, un colpo di stato!»

Converse la fissò alla luce della luna, mentre la brezza che veniva dal fiume piegava l'erba, facendola fremere. «Proprio così: un colpo di stato concepito da un uomo solo e portato a termine da un pugno di uomini, che credono in quello che fanno e sanno essere tremendamente convincenti. Sono dei fanciulli, dei killer in una guerra che considerano a dir poco santa. Questi uomini hanno reclutato — e stanno tuttora reclutando — altri uomini che la pensano come loro, militari frustrati che pensano di non avere altra strada da percorrere. Questa gente si aggrappa a teorie e promesse precise, accettando... anzi, glorificando il mito dell'efficienza, della disciplina e del sacrificio. Perché sanno benissimo che li porterà al potere: il potere di prendere il posto di coloro che non sanno essere efficienti, disciplinati, onesti. Sono ciechi, e non vedono al di là dell'immaginare distorta di sé... Lo so che sembra un'arringa, e probabilmente lo è. Non ho dormito molto in questi ultimi tempi, ma in compenso ho avuto modo di pensare molto.»

«La giuria è ancora al suo posto, Joel» disse Valerie, con gli occhi vivi fissi nei suoi. «Non voglio un'arringa, voglio l'intera esposizione dei fatti. Penso che dovresti cominciare dall'inizio... perlomeno da quello che per te è stato l'inizio.»

«Okay. Tutto è cominciato a Ginevra...»

«Lo sapevo» lo interruppe Val, la voce poco più che un bisbiglio.

«Cosa?»

«Niente. Continua.»

«È cominciato tutto dall'incontro con un uomo che non vedevo da ventitré anni. Lo avevo conosciuto con un nome, ma a Ginevra mi si presentò con un nome diverso. Comunque, mi spiegò quello che poteva sembrare un equivoco, ma lasciandomi la sensazione che ci fosse qualcosa di strano: non capivo se mi nascondeva qualcosa o se più semplicemente mi mentiva, per farmi fare quel che voleva. Ma la cosa più strana di tutta questa vicenda è che quell'uomo faceva quel che faceva per una causa nobile e giusta: ero io l'uomo che gli serviva. Che serviva a tutti quanti. Bada che non so chi siano, so soltanto che ci sono... Finché vivrò... fino a quando mi permetteranno di continuare a vivere, non dimenticherò mai le parole che mi disse quando a Ginevra mi spiegò la situazione. "Sono tornati" disse. "I generali sono tornati."»

Così, le raccontò tutto, lasciando la mente libera di ricordare ogni particolare. Il conto alla rovescia era cominciato e fra pochi giorni, forse una settimana, dappertutto sarebbero cominciati gli episodi di violenza simili a quelli che accadevano nell'Irlanda del Nord. "Accumulo" dicevano. "Rapida accelerazione"! Solo che nessuno sapeva chi o cosa o quali fossero gli obiettivi. George Marcus Delavane era il pazzo che aveva concepito l'intero piano, mentre altri pazzi lo ascoltavano, seguivano i suoi ordini e si portavano nelle posizioni strategiche, da dove avrebbero facilmente potuto assumere il controllo. *Dappertutto*.

Quando finì, si rese conto con una punta di angoscia che ora Val sapeva tutto, e che sarebbe bastata una siringa per firmare la sua condanna a morte; glielo disse anche, mentre moriva dal desiderio di prenderla tra le braccia, di dirle quanto si odiava per averle fatto del male. Ma non fece nemmeno un passo verso di lei: i suoi occhi gli dissero chiaramente di non provarci: stava pensando, valutando il da farsi.

«A volte,» disse con voce tranquilla, «quando tornavano quei sogni o quando avevi bevuto troppo, facevi il nome di Delavane. In quei momenti sembravi in preda al panico: chiudevi gli occhi e di tanto in tanto ti sfuggiva un urlo. Capivo che dovevi odiarlo moltissimo, e che ti faceva anche paura.»

«È stato causa di tanta morte, morte che non era affatto necessaria. Ragazzi... bambini con la divisa che non sapevano che *gung ho* significava "avvistare l'obiettivo, distruggerlo e autodistruggersi".»

«In nessun caso potrebbe essere un disturbo di... come lo chiamano in gergo... insomma, non hai trasferito determinate sensazioni ed emozioni su oggetti neutri?»

«Se credi questo, puoi tranquillamente tornartene all'Hotel Amstel, prendere il primo aereo per l'America e andare a giocare con i tuoi cavalletti. Non sono pazzo, Val: sono qui, e tutto questo sta succedendo davvero.»

«Va bene, dovevo chiedertelo esplicitamente. Perché tu non hai vissuto l'angoscia che vivevo io durante certe nottate d'incubi: io non sognavo, né avevo in corpo tanto whisky da non sapere dov'ero.»

«Non succedeva poi così tanto spesso.»

«È vero, ma quando succedeva, era duro da accettare.»

«Proprio questa è la ragione per la quale a Ginevra hanno cercato proprio me.»

«E questo Fowler, o Halliday, ha saputo dirti le cose giuste.»

«È stato Fitzpatrick a fornirgli tutto il materiale necessario. Anche lui credeva di fare la cosa più giusta.»

«Sì, lo so, me l'hai già detto. Cosa pensi che gli sia successo? A Fitzpatrick, intendo.»

«Per giorni e giorni ho pensato ad una ragione per la quale forse potrebbe essere ancora vivo, ma non ne ho trovate. Per quella gente si tratta di un elemento pericoloso: ha in mano prove così chiare che potrebbe inchiodarli e per sempre. Sono sicuro che a quest'ora lo avranno già ucciso.»

«Ti piaceva, vero?»

«Sì, e lo ammiravo. Era molto intelligente, molto acuto e molto pronto. Oltretutto, non aveva paura ad usare la fantasia.»

«Sembra quasi la descrizione di un tizio che ho sposato qualche anno fa» disse Val con voce dolce.

Converse la fissò per qualche momento, poi distolse lo sguardo e fissò l'acqua. «Se esco da questa storia vivo — cosa di cui comincio a dubitare — voglio andare a caccia. Voglio stanare l'uomo che ha premuto il grilletto: allora non ci sarà bisogno di processi, di giudici e di testimoni: saremo soltanto io ed... una pistola.»

«Questa è una cosa che mi fa male sentire dalla tua bocca, Joel. Ho sempre ammirato i tuoi principi, perché erano costanti, proprio come l'attaccamento... la reverenza, oserei dire, che avevi per la legge. Non era soltanto ambizione o esagerazione, ed io me ne rendevo conto: il diritto era per te le radici che non avevi mai avuto. Potevi studiare un principio e discuterne l'essenza, ma sempre come un bambino che discute con il padre sapendo che in fondo è lui ad avere ragione... Tuo padre non ti ha mai dato niente di tutto questo... per sua stessa ammissione.»

«Mi sembra fuori luogo... proprio adesso...»

«Mi dispiace; ma fu proprio lui a dire una cosa del genere una volta.»

«Va bene, va bene, in fondo stiamo parlando, cosa che non ci succedeva troppo di frequente quando eravamo insieme, vero?»

«Pensavo che tu non volessi.»

«Basta, non pensiamoci più. Ci sono tante cose da fare adesso.»

«Già... tante cose delle quali puoi tranquillamente discolparti. In fondo, contro di te non ci sono prove, soltanto parole! Ho detto la stessa cosa anche a Larry... quella gente dice che eri qui, eri là, che hai fatto quello e che hai fatto quell'altro, ma tu non eri dove dicono loro e non hai fatto quello di cui ti accusano! Coraggio, avvocato! Alzati in piedi e difenditi!»

«Ma non capisci che non riuscirei ad arrivare ad un tribunale? In qualunque posto decidessi di uscire allo scoperto, *loro* sarebbero pronti ad uccidermi, anche a costo della vita di qualcuno di loro... un sacrificio di poco conto, date le circostanze. La mia idea era quella di servirmi di quella famosa busta, che conteneva dossier e informazioni che solo il governo avrebbe potuto rilasciare... il che significa che a Washington c'è gente che sta dalla mia parte. Ebbene, con questi elementi in mano avrei potuto tranquillamente raggiungere le persone giuste... anzi, lo studio legale giusto, e con l'aiuto di Nathan sarei riuscito a convincerli che non ero pazzo e che dovevano ascoltarmi per forza: dovevano sapere quel che avevo visto, quel che avevo sentito e quel che avevo scoperto. Ma senza quella busta, neppure Nathan mi può aiutare: anzi, sono sicuro che finirebbe di pregarmi di andare all'ambasciata, garantendomi ogni sorta di protezione: ma non esiste protezione efficace contro quella gente. Sono infiltrati nelle ambasciate, nelle stazioni navali e nelle basi dell'Esercito; sono al Pentagono, al Dipartimento di Polizia, all'Interpol e al Dipartimento di Stato. Sono vecchie signore che si fingono ubriache sui treni e commessi viaggiatori con la ventiquattrore... nessuno sa chi e quanti siano, ma sono sempre presenti dove ce n'è bisogno. E non possono certo permettersi il lusso di lasciarmi vivo: io stesso ho sentito con le mie orecchie il loro credo onnipotente.»

«Scacco matto, insomma» disse Val con un filo di voce.

«Proprio così» convenne Joel.

«Allora dobbiamo trovare qualcun altro.»

«Cosa?»

«Qualcuno che quelle stesse persone che tu vuoi raggiungere potrebbero ascoltare. Qualcuno che potrebbe costringere quelli che ti hanno mandato allo sbaraglio ad uscire allo scoperto.»

«E a chi pensi? A Giovanni Battista, forse?»

«No, non si chiama Giovanni. Si chiama Sam. Sam Abbott.»

«*Sam*? Ho pensato a lui quella notte a Parigi! Ma come...»

«Anch'io ho avuto un sacco di tempo per pensare. A New York, sull'aereo, l'altra sera dopo aver parlato con mia zia a Berlino.»

«Tua zia?»

«Arriveremo anche a questo... Io avevo capito che, se eri ancora vivo, ci doveva essere una ragione ben precisa per la quale avevi deciso di non uscir allo scoperto, di non difenderti da tutte quelle accuse pazzesche che ti rivolgevano. Una cosa del genere non aveva senso, e soprattutto non era da te. E se tu fossi stato catturato o ucciso, lo avrebbero stampato a caratteri cubitali su tutti i giornali e lo avrebbero sbandierato durante i notiziari. Visto che non c'erano notizie di questo tipo, ho pensato che dovevi per forza essere vivo. Allora perché continuavi a nasconderti? Poi ho pensato: mio Dio, ma se Larry Talbot non gli crede, chi può credergli? E se Larry non ti credeva, significava che tutti quelli intorno a lui, i tuoi amici e quelli che chiamava i "contatti" si davano da fare per convincerlo che eri veramente il maniaco di cui parlava tutta l'Europa. Per questo nessuno ti avrebbe dato la mano che invece ti occorreva. C'ero io, ma non bastavo di sicuro: prima di tutto ero la tua ex-moglie, e poi non avevo voce in capitolo... così ho cominciato a passare in rassegna tutti i tuoi amici, tutte le persone che ti conoscevano. Ed è stato allora che è saltato fuori un nome: Sam Abbott. Generale Abbott, almeno secondo i giornali di sei mesi fa.»

«"Sam l'Uomo"» disse Joel, scuotendo la testa in segno di approvazione. «Il suo aereo fu abbattuto tre giorni dopo di me, e siamo stati in campo di prigionia insieme. Ricordo che quando ci misero in celle vicine, trovammo il modo di comunicare con l'alfabeto Morse. Poi mi cambiarono di cella. Lui è rimasto nell'aviazione perché sapeva che soltanto lì avrebbe dato il meglio di se stesso.»

«Pensava un gran bene di te» disse Val con voce entusiasta e persuasa. «Diceva sempre che tu avevi fatto molto per il morale di tutti durante la prigionia, e che la tua ultima fuga era stata il briciolo di speranza di cui avevano bisogno.»

«No, non è vero. Io ero soltanto un cercarogne... mi chiamavano proprio così, che poteva anche permettersi di fare l'eroe. Sam aveva il compito più arduo: avrebbe potuto benissimo seguire il mio esempio, ma era l'ufficiale con il grado più alto, e sapeva benissimo che in caso di una sua fuga ci sarebbero state atroci rappresaglie. Fu lui a mantenere lo spirito di unità nel nostro gruppo.»

«Be', lui diceva sempre che il merito era tuo. Fra l'altro, credo che sia proprio Sam il motivo per il quale tu non stimi troppo il marito di tua sorella. Ti ricordi quando venne a New York e tu gliela volesti far conoscere, nella speranza che potesse diventare tuo cognato? Andammo a mangiare in un ristorante che non ci potevamo assolutamente permettere.»

«Già... e Ginny lo spaventò a morte. Più tardi mi confessò di aver avuto la sensazione che se quella ragazza fosse stata arruolata nel Commando-Saigon, non avremmo mai conosciuto sconfitte. Ma lui non voleva certo rivivere in eterno quella guerra che lo aveva esaurito.»

«E così perdesti un cognato che ti sarebbe andato a genio.» Valerie gli sorrise. Poi il sorriso svanì e si piegò verso di lui. «Posso raggiungerlo, Joel, dirgli tutto quello che mi hai appena detto. Dopotutto, io so che tu non sei pazzo, così come non sono pazza io. Posso dirgli che sei stato manovrato da gente che non conosci e che ti ha mentito, in modo da costringerti a fare una certa cosa che loro non avevano il coraggio o la possibilità di fare.»

«No, non va bene» disse Converse. «Se per caso qualcuno comincia a scavare intorno al Dipartimento di Stato o al Pentagono, potrebbe causare una serie di incidenti e far scattare misure di sicurezza... troppo letali. No, avevano ragione loro. Bisognava cominciare da qui e procedere a ritroso. Era l'unico modo.»

«Un uomo che riesce a fare un'affermazione del genere dopo tutto quello che ha passato, non *può* essere pazzo. Sam lo capirà. E ci aiuterà.»

«Sì...» disse Joel con aria assorta, mentre strappava un altro filo d'erba. «Naturalmente dovrà agire con molta prudenza, escludendo i soliti canali, ma penso che possa davvero aiutarci. Tre o quattro anni fa, dopo che ci eravamo lasciati, Sam seppe che ero a Washington per qualche giorno e mi telefonò: andammo a cena insieme e bevemmo un po' troppo tutti e due. Insomma, Sam finì col passare la notte sul divano di camera mia. Parlammo tanto in quell'occasione: io di me e di te, lui della più grande delusione che avesse mai avuto in vita sua.»

«Allora siete ancora molto amici.»

«No, ma non volevo dire questo. La cosa importante per noi adesso sono le parole che mi disse quella volta: mi raccontò di aver fatto di tutto per rientrare in un programma della NASA e di essere stato escluso all'ultimo momento, con la scusa che il posto che occupava era troppo importante per lasciarlo in mano ad una persona meno esperta. A dir la verità, nessuno lo batteva quando si trattava di manovre sub-mach a grosse altitudini. Sapeva disegnare geroglifici in cielo meglio di qualsiasi designer della Settima Avenue. Da un'occhiata, magari data con gli occhiali, sapeva dire le caratteristiche di un aereo e le sue possibilità.»

«Non capisco.»

«Sì, hai ragione, non mi sono spiegato. Lo avevano trasferito a Washington come consulente della NASA, che lavorava in tandem con la CIA. Doveva valutare le capacità degli equipaggiamenti sovietici e cinesi.»

«Cosa?»

«Aeroplani, Val. Ha lavorato a Langley e in una decina di case sterili in Virginia e nel Maryland, valutando gli apparecchi dalle foto che gli agenti riuscivano a fare e interrogando piloti, meccanici e tecnici che decidevano di passare dalla nostra parte. Lui saprà certamente a chi rivolgersi, perché si tratta di persone con le quali ha lavorato.»

«Immagino che tu alluda ai servizi segreti.»

«Non proprio» la corresse Joel. «Io parlo di uomini che tramano nell'ombra dei tuoi quadri, gente addestrata appositamente per far fuori bastardi come quelli di Delavane e la sua tribù, farli fuori in silenzio usando sistemi di cui né tu né io sappiamo niente... droghe, prostitute, ragazzini. Erano loro che dovevano intervenire, fin dall'inizio, fin da Ginevra! Quella è gente che uccide quando capisce che bisogna uccidere, e si giustifica dicendo che lo fa per il bene dell'umanità intera. Dio, come li ho combattuti, perché l'avvocato che c'era in me si ribellava all'idea di fantomatiche licenze di uccidere. Bene, ora l'avvocato Legalità è cambiato... l'hanno costretto a cambiare; ho visto in faccia il nemico, e ho capito che non è un essere umano come noi. Se la garrota serve ad estirpare un cancro che la medicina non può curare, allora passami un'estremità del filo, amico, che imparerò ad usarlo.»

«Pensavo che tu odiassi i fanatici, di ogni tipo.»

«Infatti, li odio... li odio.»

«Sam» insisté Valerie. «Domani tornerò a casa e lo rintraccerò!»

«No» disse Converse. «Voglio che tu riparta stasera stessa. Hai sempre il passaporto in borsa... sempre lo stesso?»

«Certo, ma...»

«Non voglio che tu ritorni all'Amstel. Devi andar via da Amsterdam. C'è un volo KLM per New York alle ventitré e quarantacinque.»

«Ma le valigie...»

«Non vale la pena. Quando arrivi a casa, telefona all'hotel e di' loro che si è trattato di un'emergenza, e manda dei soldi. Vedrai che ti rispediranno tutto quanto a casa.»

«Non dici sul serio, vero?»

«Non sono mai stato più serio in vita mia. Penso che tu abbia diritto di sapere la verità sulla morte di René: è stato ucciso non perché ci siamo incontrati a Parigi, ma perché quattro giorni fa gli ho telefonato da Bonn, raccontandogli tutto. Mi ha creduto, e mi ha dato l'indirizzo di una persona qui ad Amsterdam che avrebbe potuto aiutarmi a salire su un aereo per Washington. Ma ora tutto questo è finito, e non ha molta importanza. Ora quello che mi preme è la tua vita. Tu sei venuta in Europa per raggiungermi e le persone che mi cercano lo sapranno presto se addirittura non l'hanno già saputo.»

«Non ho mai detto esplicitamente che sarei venuta ad Amsterdam» lo interruppe Valerie. «Al Kempinski ho detto semplicemente che sarei tornata in America, e di mandarmi là la posta e gli eventuali messaggi.»

«Avevi già prenotato il posto sull'arco?»

«Naturalmente. Solo che non ci sono salita.»

«Bene, ma non abbastanza, perlomeno per gli uomini di Delavane, che sanno essere molto efficienti. Leifhelm controlla gli aeroporti e tutti i centri di immigrazione della Germania. Ti troveranno. Se li abbiamo fatti fessi stasera, non è detto che possiamo farli fessi un'altra volta. Io penso che all'Amstel, forse proprio in camera tua, in questo momento ci sia un tedesco che ti aspetta: bene, io voglio che quel tedesco pensi che tornerai presto all'albergo.»

«Be', se qualcuno tenta di entrare in camera mia, troverà una bella sorpresa.»

«Cioè?»

«Ho lasciato una persona di guardia. Un uomo anziano che però ricorda molto bene certe cose, e che ha ricevuto istruzioni che preferirei non ripetere.»

«Un lavoro di tua zia?»

«Già... è una donna che vede le cose bianche e nere, non certo grigie. Da una parte ci sono gli amici, dall'altra i nemici; e chiunque tenti di fare del male alla figlia di sua sorella è senza dubbio un nemico. Non conosci questa gente, Joel: vivono nel passato, e non riescono a dimenticare. Ormai sono vecchi, e non sono più quelli di una volta, ma si ricordano quello che erano e il perché facevano determinate cose. Per loro è molto semplice: esiste il bene ed il male, e vivono di ricordi: francamente, fanno paura, perché niente nella loro vita è tanto importante quanto questo principio. A volte mi chiedo se veramente non vorrebbero tornare a quei giorni di terrore e di paura.»

«Ma tua zia? Dopo tutto quello che i giornali e la televisione hanno detto di me, ha acconsentito ad aiutarmi? Non ti ha fatto domande? Per lei il fatto che tu fossi la figlia di sua sorella è stato sufficiente?»

«Oh, no, mi ha fatto una sola domanda, ma molto specifica ed io le ho risposto. Per lei era sufficiente. Comunque, devo avvertirti che è una persona molto strana: ma può fare tutto quello che bisogna fare, e per noi è l'unica cosa che conta.»

«Okay... allora, torni a casa stasera?»

«Sì» disse Val annuendo. «Mi sembra l'unica cosa ragionevole da fare, ed in fondo penso di esserti d'aiuto molto di più andando a New York che rimanendo qui. Da quello che mi hai detto, ho capito che ogni ora, ogni minuto è importante.»

«Direi vitale. Grazie... Penso che tu possa avere qualche problema nel rintracciare Sam, perché non ho la più pallida idea di dove sia ma so che nelle segreterie sono restii a dare gli indirizzi dei propri ufficiali, specialmente ad una donna: potrebbe essere una vecchia fiamma, una che all'improvviso dice di avere avuto un figlio segreto da qualche generale... insomma, cose del genere.»

«Benissimo: allora non chiederò niente di tutto questo. Lascerò detto che sono una lontana parente che *lui* avrebbe avuto piacere di rivedere e che, se vuole parlarmi, mi troverà in un determinato albergo per un determinato periodo. Di sicuro glielo riferiranno.»

«Certo» convenne Joel. «Ma lasciare il tuo nome significherebbe rischiare grosso: per te e per Sam.»

«Allora vuol dire che userò una variante, qualcosa che Sam possa riconoscere.» Valerie fissò l'erba, con gli occhi socchiusi. «Qualcosa come Parquet... Magari al femminile... Parquette: il pavimento di legno, qualcosa che ha a che fare con un carpentiere... Charpentier, appunto. Come nome di battesimo userò Virginia... dovrebbe ricordarsi di Ginny, no? Virginia Parquette... mi sembra perfetto.»

«Me lo auguro. Però penso che, quando stasera non ti vedrà arrivare, Leifhelm darà ordine di controllare tutti gli aeroporti: potrebbero fermarti al Kennedy.»

«E allora li seminerò a La Guardia. Conosco un motel dove vado sempre quando prendo l'areo per Boston: mi farò registrare lì e uscirò dalla porta di servizio senza che se ne accorgano.»

«Sei in gamba.»

«Te l'ho detto, ho origini partigiane, di gente che sa scappare, eludere una sorveglianza, e di storie del genere no ho sentite tante... Ma tu cosa farai?»

«Me ne starò nascosto. Ormai sono diventato un esperto in materia, ed ho a disposizione anche un sacco di soldi per procurarmi quel che mi serve.»

«Ti ripeto quel che hai detto a me, Converse: "Bene, ma non abbastanza". Più denaro spendi, più tracce lasci in giro. Ti troveranno. Devi andartene anche tu da Amsterdam.»

«Già, hai ragione. Magari potrei attraversare un paio di frontiere e tornarmene al mio vecchio appartamento al George V. Sì, so che è una mossa un tantino ovvia, ma se distribuisco un paio di bigliettoni alle persone giuste... in fondo, sono francesi.»

«Non cercare di fare lo spiritoso.»

«Non ne avevo la minima intenzione. Fra l'altro, darei non so cosa per un bagno in camera e una doccia... o anche una vasca, magari anche non immacolata. Gli alberghi dove sono stato ultimamente non sono proprio quelli indicati dalla guida Michelin.»

«Sì, anche se siamo all'aria aperta, credo di capire che tu abbia bisogno di una doccia, e con urgenza.»

«Guardati dalla moglie che critica l'igiene del marito. È sempre segno di qualcosa di più grosso.»

«Piantala, Joel. Non sono tua moglie... Voglio sapere dove sei, voglio poterti raggiungere per telefono.»

«Fammi pensare. In questi ultimi tempi ho sviluppato notevolmente anche l'arte di arrangiarmi... Troveremo un sistema...»

«Il sistema l'ho già trovato io» lo interruppe Val con voce decisa. «Prima di partire ho telefonato a mia zia.»

«Da casa?»

«Da un hotel di New York dove mi sono registrata con un nome falso.»

«Allora pensavi veramente che il telefono poteva essere sotto controllo.»

«Non nel senso che pensi tu. Ho detto a mia zia quello che era successo e cosa avevo intenzione di fare. Ieri sera è venuta a Berlino, al mio albergo. Mi ha imbottito la testa di piani e di proposte... come si poteva fare quello, come avremmo potuto fare quell'altro... ma il succo era che si dichiarava felice di darci una mano. Penserà lei, insieme agli altri, a nasconderti.»

«In *Germania?*»

«Sì. Abita in campagna, nelle vicinanze di Osnabrück. È il posto più sicuro in questo momento, l'ultimo posto dove verrebbero a cercarti.»

«Ma come faccio a tornare in Germania? È stato un problema uscirne... A parte gli uomini di Delavane, ci sono poliziotti dappertutto che mi cercano, con la mia foto su tutti i giornali.»

«Dopo che mi hai chiamato, questo pomeriggio, ho parlato con Hermione, che si trovava da un'amica. Ha detto che avrebbe pensato a tutto, e quando sono arrivata qui ho trovato un uomo ad aspettarmi all'aeroporto, lo stesso uomo che ti starà vicino stanotte. Non lo conosci, anche se lo hai già visto: era quell'uomo in bicicletta in Museumplein. Mi ha portato in un appartamento in Lindengracht da dove ho chiamato mia zia: il telefono era uno di quelli che loro chiamano "unberuhrt", cioè privo di intercettazioni.»

«Mio Dio, siamo tornati agli anni quaranta.»

«Non è cambiato poi molto, vero?»

«No, penso di no. E che cosa ti ha detto tua zia?»

«Mi ha dato le istruzioni per te. Domani pomeriggio, nell'ora di punta, devi andare alla stazione centrale di Amsterdam e aspettare nelle vicinanze dell'ufficio informazioni. Ti si avvicinerà una donna che ti saluterà dicendoti di averti già visto a Los Angeles; tu intrattienila, e mentre parlate la donna ti consegnerà una busta contenente il passaporto, una lettera e un biglietto ferroviario.»

«Un passaporto? Come è possibile?»

«A loro serviva soltanto una foto, ed io lo sapevo, quando sono partita da Cape Ann.»

«Lo sapevi?»

«Te l'ho già detto, ne ho sentite tante di queste storie... Come riuscivano a salvare gli ebrei o gli zingari o i soldati che si paracadutavano nelle zone neutrali e in quelle già occupate. Falsificare passaporti era diventata quasi un'arte.»

«E ti sei portata una mia foto?»

«Mi sembrava logico. Anche Roger era d'accordo; in fondo, anche lui ha partecipato a quella guerra.»

«Logico... una foto.»

«Sì, ne ho trovata una in un album che faceva al caso mio: ti ricordi quando siamo stati alle Isole Vergini e tu ti sei scottato proprio il primo giorno di sole?»

«Certo. Quella sera mi hai costretto a mettere la cravatta. Credevo di morire.»

«Volevo semplicemente darti una lezione. Be', quella foto è un primo piano: ricordo che volli immortalare la tua sofferenza.»

«Ma è sempre la mia faccia, Val.»

«Davvero? Una faccia di otto anni fa, e per di più scottata dal sole?... Non preoccuparti, nessuno ti riconoscerà.»

«Non devo saperne niente?»

«Be', se ti fermano per farti domande del genere, credo proprio che non ci sia nulla da fare. Ma mia zia dice che non succederà niente di tutto questo.»

«Posso sapere il perché di tutta questa fiducia?»

«Certo... si tratta della lettera: dice chiaro e tondo chi sei e cosa fai.»

«E cioè?»

«Un pellegrinaggio a Bergen-Belsen, e poi ad Auschwitz, in Polonia. È scritta in tedesco, e dovrai mostrarla a chiunque ti faccia domande, perché non conosci il tedesco.»

«Ma perché proprio un pellegrinaggio...»

«Perché sei un prete» lo interruppe Valerie. «E il pellegrinaggio è stato finanziato da un'organizzazione di Los Angeles chiamata "Coalizione di Cristiani ed Ebrei per la Pace Mondiale e il Pentimento". Solo un tedesco molto sicuro di sé potrebbe darti delle noie. In borsa ho un vestito scuro della tua taglia, un cappello nero, un paio di scarpe ed un colletto bianco. Insieme al biglietto troverai anche le altre istruzioni: devi prendere l'espresso per Hannover, che ferma a Celle, da dove si può raggiungere Bergen-Belsen. Ma naturalmente tu scenderai a Osnabrück, dove ti aspetta mia zia. Nel frattempo, credo che sarò ormai arrivata a New York, da Sam.»

Converse scosse la testa. «Val, è certamente un piano ben congegnato, ma forse non mi hai capito bene. Gli uomini di Leifhelm mi hanno visto, proprio in quella stazione, e conoscono la mia faccia.»

«Chi hanno visto? Un uomo pallido con la barba lunga e il volto graffiato. Stasera ricordati di raderti.»

«E di farmi un'operazione di chirurgia plastica?»

«No: direi che puoi semplicemente limitarti ad applicare una dose generosa di una lozione che si chiama Subito-Sole e che troverai insieme agli abiti che ti ho portato: ti scurirà la pelle molto più di quella foto e servirà anche a coprire i graffi. Il cappello e il colletto bianco completeranno l'opera.»

«Coincidenze» disse Joel, toccandosi le ferite al volto e notando che gli facevano sempre meno male. «Ricordi quella volta che cadesti battendo la tempia sul tavolino?»

«Già... ero molto preoccupata, perché la mattina dopo sarei dovuta andare ad una riunione; così andai a comprare un flacone di fondotinta.»

«Stamani anch'io ho comprato lo stesso prodotto, e ha funzionato.»

«Ne sono felice.»

Si guardarono a lungo negli occhi in quella luce lunare soffusa. «Mi dispiace, Val, non avrei voluto immischiarti in una cosa del genere. Se ci fosse stata un'altra soluzione, di sicuro sarei ricorso a quella, invece di chiedere una cosa simile proprio a te. Tu l'hai capito, vero?»

«Sì, ma non importa. Io sono venuta in Europa per una promessa che avevo fatto a me stessa. Non per te. Davvero, Joel, tu non c'entri.»

«Una promessa che avevi fatto a te stessa per colpa mia: visto che l'individuo danneggiato era proprio quello che aveva causato una risoluzione del genere, la promessa non avrebbe dovuto più valere.»

«Ecco che risalta fuori l'avvocato con tutti i suoi cavilli assurdi» disse Val spostando le gambe e volgendo altrove lo sguardo. «Naturalmente, c'è anche l'ovvio: tutto quello che mi hai detto mi terrorizza: non soltanto questo o quell'altro fatto, o le persone che cospirano contro altre persone. In fondo, io sono una pittrice, e certe cose non riesco assolutamente a capirle. Ma la cosa che mi spaventa di più è il fatto che riesco a personalizzare tutto quello che mi hai detto: mi rendo conto che questa gente — questa Aquitania — può fare veramente quel che sostiene di dover fare, può assumere il controllo su tutti noi, trasformandoci in un branco di pecore belanti. Mio Dio, Joel, io penso che ci metteremo ad applaudirli!»

«Credo di non aver capito.»

«Allora sei cieco. Non penso che sia una caratteristica soltanto femminile, soltanto delle donne che vivono sole come me; penso che sia la preoccupazione dell'uomo della strada, che si guadagna da vivere, che fa il mutuo per comprarsi la casa o la macchina. Siamo stufi di quel che succede intorno a noi! Ogni momento ci dicono che corriamo il rischio di saltare in aria per una bomba nucleare nemica, a meno che non siamo disposti a pagare cifre esorbitanti per poter installare una bomba più potente; che l'acqua che beviamo è inquinata, che i prodotti che acquistiamo dal droghiere possono essere cancerogeni. Spariscono i bambini, muore la gente che era scesa in latteria per cenare a base di caffè e latte, i drogati e gli spacciatori imperversano, minacciano, uccidono. Io vivo in una piccola città, ma non mi sognerei nemmeno di uscire la sera; quando poi mi trovo in una grande città — una qualsiasi — mi guardo sempre alle spalle, anche in pieno giorno e piuttosto che entrare in un ascensore vuoto mi faccio venti piani di scale... Ho fatto installare un raffinatissimo sistema di allarme in casa, anche se non potevo permettermelo e la casa non è mia, perché un giorno mi sono accorta che una barca si era fermata proprio di fronte a me, e che era lì dalla sera prima; nel mio panico, vedo continuamente gente che entra in casa per uccidermi. E credimi, ognuno di noi vede cose del genere, sull'acqua, in città o in un prato come questo. Siamo terrorizzati, ma soprattutto siamo *stufi* dei problemi e della violenza che ci circonda. Tutti noi vorremmo qualcuno abbastanza forte che mettesse un freno a questa situazione... senza curarci minimamente delle vere intenzioni di questo qualcuno. E se gli uomini di cui mi parli stanno accelerando i tempi... credimi, sanno quello che fanno. Basterà che si presentino al momento giusto, e non ci sarà bisogno né di votazioni né di incoronazioni... E nonostante quel che ho detto, questa è l'idea che mi terrorizza di più. Ecco perché voglio che tu mi porti all'aeroporto.»

«Perché mi sono lasciato sfuggire una donna come te?» bisbigliò Joel, più a se stesso che a Val.

«Piantala, Converse. È acqua passata.»

Nascosto nell'oscurità del parcheggio dell'aeroporto Schilphol di Amsterdam, Joel guardò l'aeroplano che decollava e si stagliava contro il cielo scuro. Aveva accompagnato Val fin sulla soglia dell'ingresso; quando era scesa, gli aveva consegnato un foglio di carta con l'indirizzo di quello che sarebbe stato il suo rifugio per quella notte. C'era la possibilità che non avesse trovato posto, nel qual caso si accordarono per una serie di segnali: se Val fosse venuta verso le porte di vetro, avesse guardato l'orologio e fosse tornata indietro, significava che tutto era andato per il verso giusto e che di lì a poco sarebbe potuta partire. In caso contrario, doveva raggiungerlo al parcheggio. Quando Val si avvicinò alle porte, guardò l'orologio e tornò indietro, Joel sentì sollievo e al tempo stesso una sensazione di vuoto.

Fissò l'apparecchio che piegava verso destra e spariva e seguì la traiettoria delle luci nel cielo buio.

Era nudo, in piedi davanti allo specchio del piccolo bagno di quella casa di Lindengracht. Aveva lasciato la macchina in un posto piuttosto lontano, ed era venuto fin lì a piedi. Il proprietario dell'appartamento era una persona simpatica e parlava un buon inglese, ma aveva gli occhi lontani, come se pensasse sempre ad un'altra cosa e vivesse in un altro mondo.

Joel si era rasato, aveva fatto una doccia lunghissima, senza curarsi del galateo che prevede che gli ospiti rimangano poco tempo nel bagno, e aveva terminato l'opera applicando la lozione abbronzante sulla faccia, collo e mani. Dopo qualche istante si era scoperto abbronzato, e il risultato era molto migliore di quello ottenuto con un prodotto analogo molti anni prima: ormai anche quel ramo della cosmesi doveva essersi perfezionato, pensò Joel, e le lozioni abbronzanti davano alla pelle un aspetto naturale e non la sensazione di una maschera verniciata. Oltretutto, quella lozione era servita anche a nascondere i graffi e i lividi, ed ora aveva un aspetto sano e normale. Decise di non mettere gli occhiali scuri, che sarebbero serviti soltanto ad attrarre ulteriormente l'attenzione, specie ora che gli uomini di Aquitania l'avevano visto e conoscevano, oltre l'aspetto fisico, anche l'abbigliamento. Poi si lavò accuratamente le mani, strofinandole con forza per eliminare le macchie dai polpastrelli.

D'un tratto si irrigidì, perché da qualche parte oltre la porta gli era giunto il suono di un campanello. Chiuse i rubinetti dell'acqua e rimase in ascolto, con il fiato sospeso e gli occhi fissi sulla pistola che aveva posato sul davanzale. Sentì ancora una volta lo stesso campanello e poi una voce che parlava al telefono. Si asciugò le mani e indossò l'accappatoio di cotone che qualcuno gli aveva messo sul letto: la camera aveva un candore, una pulizia e un ordine quasi virginale. Si mise la pistola in tasca andò alla porta e percorse il corridoio che portava a quello che il suo ospite aveva definito "studiolo": si trattava di una camera piena di vecchi giornali, vecchie riviste e qualche libro, quasi tutti aperti alle pagine più significative e fitte di segni rossi che sottolineavano le parti più interessanti. Alle pareti c'erano foto e stampe con un unico soggetto: la guerra e le sue brutture, tra le quali spiccavano fotografie di cadaveri in varie pose. In un certo senso, suggerirono a Joel l'immagine dell'Etalon Blanc a Parigi; solo che in questo caso c'era soltanto l'aspetto meno glorioso della guerra, e cioè l'orrore della morte. Tutto sommato, a voler essere franchi, era anche più onesto.

«Ah, *Meneer*» disse il vecchio, che era seduto su una poltrona di cuoio così grande che faceva quasi sparire quel corpo fragile. «Lei è al sicuro, adesso! Mi ha telefonato Kabel... naturalmente Kabel è il nome di battaglia. Ha lasciato il suo posto di controllo all'hotel per farmi rapporto.» Quell'uomo aveva una corporatura fragile, ed un'età che non doveva essere lontana dall'ottantina: quando si alzò e rimase in piedi rigido ed eretto, a Joel sembrò la caricatura di un vecchio che si ostina a giocare alla guerra. «L'operazione Osnabrück procede!» disse, come se stesse facendo rapporto ad un ufficiale comandante. «Come confermato dal rapporto dell'unità segreta, il nemico che si era infiltrato nell'area è stato compromesso.»

«È stato cosa?»

«Giustiziato, *Meneer*. Un filo di acciaio stretto attorno alla gola, dal di dietro; il sangue rimane sui vestiti mentre il collo viene piegato all'indietro, in modo che non ci siano segni di lotta. Il cadavere è stato rimosso dalla zona di compromissione.»

«Ma che diavolo sta dicendo?»

«Kabel è davvero forte per uno della sua età» disse il vecchio con una risata che mise in evidenza tutte quante le rughe. «Si è caricato sulle spalle il cadavere, lo ha portato verso l'uscita di emergenza e da lì nel vicolo, dove c'è l'ingresso alle cantine. Lo ha sistemato proprio accanto alla caldaia, dove dubito che lo troveranno presto, visto che siamo in estate... a meno che l'odore non tradisca la sua presenza.»

Converse ascoltava quelle parole, concentrandosi su un solo termine: *compromissione*. Nello strano gergo di un tempo che fu significativo... esecuzione... uccisione... assassinio!

Che ne direbbe della compromissione di determinati individui molto potenti all'interno di governi specifici...? Lo aveva detto Leifhelm.

No, non può assolutamente funzionare. Queste erano parole sue.

Lei non ha considerato il fattore tempo! Accumulo! Rapida accelerazione! Chaim Abrahms.

Mio Dio, pensò Joel, era questo che avevano in mente i generali di Aquitania? Assassinii? Ora si spiegava anche quell'occhiataccia da parte degli altri e la precipitosa marcia indietro che aveva fatto l'israeliano: *Era solo per chiarire un punto... Fra l'altro, non so neppur io se funzionerà*.

Accumulo, rapida accelerazione, uno dopo l'altro... leader nazionali assassinati uno dopo l'altro. Presidenti e primi ministri, ministri di stato e vice-presidenti, uomini e donne di ogni tendenza politica eliminati con la violenza... governi in preda al caos: e tutto questo nello spazio di poche ore, mentre la violenza infuria nelle strade, alimentata dall'isterismo che accumuna terroristi e vittime finché non intervengono i comandanti a restaurare l'ordine, a rimanere al comando fino ad assumere i pieni poteri. Intanto stavano preparando il clima giusto, e quel giorno non era poi tanto lontano. Assassinii!

Doveva tornare in Germania, raggiungere Osnabrück ed essere presente quando Val avrebbe richiamato. Bisognava avvertire Sam Abbott.

29

Con le catene ai polsi e il braccio destro avvolto in una benda sporca, Connal Fitzpatrick si afferrò al davanzale della finestra e guardò fuori sul piazzale di cemento, dove un gruppo di uomini era impegnato in una strana attività, un esercizio di violenza e di fanatismo. Connal aveva capito che si trattava di un piazzale costruito apposta per le esercitazioni quando, durante il secondo giorno di prigionia, era stato portato fuori con gli altri prigionieri per l'ora d'aria. Allora si era accorto che l'edificio che li ospitava era un insieme di baracche, forse una vecchia stazione di rifornimento per sottomarini. I moli sull'acqua e le gru erano di tipo e di foggia troppo antiquata per i *marauders* nucleari... un Tridente si sarebbe trovato in difficoltà ad infilarsi negli spazi angusti scavati nel cemento e ai moli d'accaio... ma sicuramente quella era stata una base della Marina tedesca.

Ora comunque, serviva a scopi ben diversi, ed era una delle basi che avrebbero garantito la distruzione della Repubblica Federale di Germania e dei liberi governi un po' dappertutto. Era il quartier generale dei soldati di Aquitania, il posto dove si definivano strategie, si perfezionavano manovre e si completavano le preparazioni per quell'assalto finale che avrebbe portato Delavane e i suoi uomini a prevalere sulle autorità civili paralizzate dal caos e dalla violenza.

Intanto, gruppi di quattro o cinque uomini correvano in successione tra una folla di un centinaio di altri uomini, eseguendo a turno un esercizio che a Connal parve cosa da assassini fanatici. Ad un'estremità del piazzale c'era infatti una piattaforma, alta un paio di metri e lunga un centinaio, dove venivano allineate delle sagome, raffiguranti uomini in piedi e seduti, figure rigide con gli occhi fissi. Quelli erano i bersagli, e al centro di ogni torace, "femminile" o "maschile" che fosse, c'era una zona circolare dove a tratti si accendeva una luce arancione, visibile anche in pieno giorno. Quando si accendeva, a discrezione naturalmente dell'allenatore, significava che gli uomini dovevano sparare proprio in quel punto: un congegno elettronico, poi, registrava il risultato ottenuto da ciascun tiratore: rosso significava bersaglio centrato, blu soltanto una ferita. La luce rossa era accettata, quella blu no.

Intanto, un altoparlante tuonava istruzioni e ammonizioni in nove lingue diverse, e Connal ne capiva quattro. Le parole erano più o meno sempre le stesse:

Tredici giorni all'ora X! La precisione è essenziale! La sopravvivenza è legata alla capacità di uccidere! Altrimenti c'è soltanto la morte!

Undici giorni all'ora X! La precisione è essenziale!

Otto giorni all'ora X! La precisione è...

Gli uomini colpivano i bersagli, facendo esplodere crani e polverizzando toraci e stomaci, a volte singolarmente, spesso insieme ad altri compagni della stessa squadra. Ogni "centro" era accompagnato da grida di compiacimento, mentre gli uomini che avevano già sparato raggiungevano i compagni, mescolandosi fra di loro e completando l'esercitazione. Subito, un'altra squadra prendeva posto davanti alla piattaforma e altri cinque uomini si esercitavano ad uccidere. E così via per ore ed ore, mentre grida di gioia salutavano ogni "centro" e le armi venivano ricaricate in attesa di un nuovo assalto. Ogni venti minuti circa, quando ormai le sagome erano irriconoscibili e semidistrutte, gli istruttori provvedevano a sostituirle e si ricominciava da capo. Mancavano soltanto il sangue e l'isterismo che viene dall'uccidere sul serio.

Pieno di rabbia e di frustrazione, Connal dette uno strattone alle catene che gli fissavano i polsi, con il solo risultato di farsi male: erano catene solide, arrugginite, che non si rompevano certo con un semplice strattone. Non c'era nulla da fare, non c'erano vie d'uscita! Lui conosceva il segreto di Aquitania e le prove della strategia finale di quei pazzi che erano lì davanti ai suoi occhi. L'uccisione in massa di nove rappresentanti di governo... e mancavano soltanto otto giorni!

Si girò, con le braccia e i polsi che gli facevano male, e guardò le baracche piene di prigionieri... quarantatré uomini che cercavano di non morire ma che sfiorivano con una rapidità da far paura. Molti erano sdraiati sulle brande, altri guardavano dalla finestra, senza in realtà vedere nulla; altri ancora parlottavano tra loro in piccoli gruppi; tutti quanti portavano le catene ai polsi, proprio come Connal. Il cibo tremendamente scarso e le lunghe ore di "esercizio fisico" li avevano fiaccati nel corpo e nella mente. Parlando tra loro, avevano cercato di capire lo scopo dei loro aguzzini, senza però arrivare alla conclusione giusta: purtroppo, la loro stessa cattura aveva ben poco di logico, perché faceva parte di una strategia che non potevano in nessun modo capire. Connal aveva provato a spiegar loro come stavano effettivamente le cose, ma aveva incontrato soltanto sguardi increduli e teste scosse.

Comunque, erano riusciti a stabilire diversi particolari... per quel che significavano. Innanzitutto, erano tutti ufficiali di grado piuttosto elevato; erano scapoli o divorziati, senza figli e senza relazioni stabili che potessero richiedere comunicazioni costanti; e poi, erano tutti in ferie, per un periodo di tempo che variava da un mese ad un mese e mezzo, tranne Connal, che era in congedo straordinario. Sì, c'erano coincidenze strane, ma non capivano cosa significassero.

C'era anche una cosa che risultava inspiegabile: ogni paio di giorni i guardiani portavano loro cartoline illustrate di tutte le principali stazioni di villeggiatura d'Europa e dell'America del Nord e li obbligavano a scrivere tali cartoline agli ufficiali superiori della base di provenienza di ciascuno. Erano messaggi del tipo *Mi diverto un mondo, Vorrei che tu fossi qui con me, Saluti da...* Rifiutarsi di scrivere questi messaggi di saluto significava dire addio anche a quel po' di cibo che veniva concesso e, pistole puntate contro, correre saltando finché non si cadeva a terra svenuti.

Tutti quanti avevano capito che lo scopo di quella dieta da fame era uno solo, e ben preciso: si trattava non di uomini qualsiasi, ma di ufficiali addestrati a sopravvivere in condizioni non favorevoli; uomini del genere, in discrete condizioni fisiche e mentali, avrebbero potuto pensare alla fuga, o perlomeno avrebbero creato problemi. Questo era abbastanza chiaro, anche se il resto non era chiaro affatto. Tutti quanti, tranne Connal, erano lì da un massimo di ventiquattro ad un minimo di ventidue giorni: quasi un mese in un campo di concentramento, lungo una costa che non conoscevano, senza sapere che cosa avevano fatto per meritarsi una punizione del genere.

«*Que pasa*?» chiese un prigioniero che si chiamava Enrique ed era di Madrid.

«*Est lo mismo afuera en el campo de maniobras*» rispose Fitzpatrick, indicando la finestra con un cenno del capo. Poi proseguì, sempre in spagnolo: «Ammazzano legno e segatura, e fanno finta che ogni colpo li renda improvvisamente eroi o martiri, o forse entrambe le cose».

«È pazzesco!» gridò lo spagnolo. «È pazzesco, un comportamento da malati! Che cosa vogliono? Perché questa follia?»

«Vogliono uccidere un sacco di gente importante, e fra otto giorni. Vogliono ucciderli durante una cerimonia, una celebrazione, o qualcosa del genere. Che diavolo succederà tra poco più di una settimana? Ne hai idea?»

«Io sono soltanto un maggiore della guarnigione di Saragozza, che si limita a fare i suoi rapporti e a leggere i suoi libri. Che ne so di cose come questa? Comunque, qualunque cosa sia, non arriverà certo a Saragozza... un paese di barbari; ma giuro che cederei volentieri i gradi pur di tornarci.»

«*Vite! Contre la muraille!*»

«*Schnell! Gegen die Mauer!*»

«*Svelti! Contro il muro!*»*

Quattro guardie erano entrate nelle baracche, seguite da altre ancora, e tutti davano lo stesso ordine in lingue diverse. Era l'ispezione alle catene, che facevano di giorno e di notte, in qualsiasi momento; di giorno, la facevano anche una volta ogni ora, e di notte mai meno di quattro volte. Al minimo segno di scalfittura, o di graffio, il prigioniero colpevole veniva costretto a correre nudo — meglio se sotto la pioggia — fino a cadere svenuto e a rimanere incatenato nel punto in cui cadeva, per trentasei ore, senza cibo e senza acqua. Tra i quarantatré uomini, ventinove dei più forti erano già stati puniti in quel modo barbaro, alcuni anche due o tre volte, al punto che ormai erano quasi privi di forze. Connal aveva subìto il trattamento soltanto una

* In italiano nel testo.

volta, forse perché protetto da un guardiano bilingue, un italiano che aveva molto apprezzato il fatto che quell'ufficiale *americano** si fosse dato la pena di imparare *l'italiano**. L'uomo, un genovese, era un ex-paracadutista che probabilmente aveva avuto i suoi guai con i superiori e che parlava e si atteggiava con aria cinica ed amara; diceva sempre che sarebbe venuto anche il suo momento, e che avrebbe avuto quel che gli spettava. Ma come ogni altro italiano, si sentiva sciogliere il cuore di fronte ad uno straniero che diceva *bella Italia, bellissima Roma*.

Fu proprio da quel guardiano che Connal seppe quel poco che sapeva: fece leva sul malcontento di un uomo e l'avvocato che c'era in lui gli suggerì le parole giuste. Erano tasti che aveva già toccato centinaia di volte.

«Che ci guadagni in tutta questa faccenda? Tanto lo sanno che sei un relitto, una cosa da buttar via al momento buono!»

«Mi hanno fatto delle promesse. Mi hanno dato un sacco di soldi per insegnare agli altri quello che so. Senza gente come me... e siamo in tanti... non sarebbero riusciti nel loro intento.»

«E cioè?»

«Questo te lo diranno loro, naturalmente se lo riterranno necessario. Io sono soltanto stipendiato, come dici tu, amico mio.»

«Uno stipendiato che insegna ad altri soldati la tecnica giusta per uccidere?»

«Già... e per scappare senza farsi vedere. È questa la nostra vita... la vita di molte altre persone come me.»

«Ma potreste perdere tutto.»

«Molti di noi non hanno nulla. Siamo stati spremuti come limoni e buttati nell'immondizia.»

«Anche questi uomini nei quali credi faranno la stessa cosa.»

«E allora uccideremo di nuovo. Ormai siamo esperti.»

«Supponi che i vostri nemici scoprano questa base.»

«No, non è possibile.»

«E perché?»

«È un'isola sperduta, e nessuno ci pensa.»

«Ma lo sanno.»

«*Impossibile*! Nessun aereo passa mai di qui, nessuna nave ci approda. Lo sapremmo subito se qualcuno si avvicinasse.»

«E perché non potreste essere attaccati dai vecchi "abitanti" di questi posti?»

«E cioè?»

«Sottomarini. Che circondano l'isola.»

* In italiano nel testo.

«Se fosse vero, *americano**, il... come si chiama in inglese l'uomo che controlla tutte le uscite?»

«Guardiano.»

«Ecco... il guardiano farebbe esplodere tutto in aria. Non rimarrebbe nulla tranne *fumo**. Fa parte del nostro *contratto**. Noi abbiamo accettato.»

«Il guardiano — il custode — è quel tedesco grande e grosso con i capelli grigi, vero?»

«Per oggi abbiamo chiacchierato abbastanza. Vuoi bere, ora?»

«Ho una notizia per te» bisbigliò Connal, mentre la guardia gli esaminava le catene. «Un'informazione che potrebbe farti guadagnare un bel po' di soldi e che forse potrebbe salvare la vita a me.»

«Che tipo di informazione?»

«Non qui. Non ora. Non c'è tempo. Torna stanotte: sono tutti così stanchi che appena si appoggiano alla branda si mettono subito a russare. Io rimarrò sveglio. Mi raccomando, vieni da solo. Non voglio che altre orecchie sentano quel che ho da dirti.»

«E tu pensi che abbia il cervello pieno di *zucchini**? Pensi che possa veramente accettare di venire alle baracche in piena notte da solo?»

«E che male possiamo farti? Che male posso farti io? E poi, rimarremo sulla porta: tu aprirai ed io uscirò fuori. Puoi puntarmi la pistola alla testa. Non ho nessuna intenzione di rimetterci la buccia, ed è per questo che mi sono deciso a parlare!»

«Invece ci rimetterai la buccia, e amen.»

«Sei un *buffone**! Rinunciare così ad una fortuna per beccarsi tranquillamente una pallottola in testa.»

L'italiano fissò Fitzpatrick con aria guardinga; poi fissò gli altri, che avevano quasi finito l'ispezione. «Devo saperne di più prima di decidere se verrò o no.»

«Due delle guardie sono traditori» bisbigliò Connal.

«*Che cosa**?»

«Torna stanotte.»

Fitzpatrick era disteso sulla branda e aspettava, drizzando le orecchie per sentire il rumore dei passi; era in ansia, e sudava mentre intorno a lui sentiva i gemiti di uomini che dormivano, uomini affamati e troppo stanchi anche soltanto per pensare. Cercò di non pensare alla fame e alla stanchezza, perché era venuto il momento di agire, e con precisione. Se solo avesse potuto raggiungere l'acqua, di sicuro sarebbe riuscito a nuotare anche con le manette ai polsi. Doveva riuscire ad arrivare su un'altra parte della costa, lontano da "quel lato dell'isola" e probabilmente avrebbe trovato una spiaggia o degli sco-

* In italiano nel testo.

gli, qualcosa insomma per arrampicarsi sulla terraferma. Non c'era altro da fare: doveva tentare, e far sì che la guardia italiana fosse messa in condizioni di non dare l'allarme.

Vide la serratura che scattava e si accorse che quei pensieri lo avevano distratto, e non gli avevano fatto sentire i passi. In silenzio si alzò e in punta di piedi raggiunse la porta, facendo attenzione a non scuotere le catene: non doveva fare assolutamente rumore, perché qualche prigioniero aveva incubi terribili se solo nelle baracche c'era il minimo suono insolito. Arrivato alla porta, capì che doveva essere lui a spalancarla, perché la guardia era rimasta indietro, con l'arma puntata verso di lui.

Infatti, era così: l'italiano gli fece un gesto con la pistola per dirgli di venire ancora avanti, richiuse la porta e mise il paletto. Poi fece cenno a Fitzpatrick di portarsi ancora un po' avanti e i due uomini si ritrovarono nell'oscurità, davanti alle baracche, con la vecchia stazione di rifornimento e le onde dell'oceano che facevano da sfondo.

«Ora possiamo parlare» disse la guardia. «Chi sarebbero questi traditori e perché dovrei credere a quel che dici?»

«Voglio la tua parola d'onore che dirai ai tuoi superiori che sono stato io a rivelarti tutta quanta la tresca. Altrimenti, da me non saprai nulla!»

«La mia parola d'onore, *americano**?» disse l'italiano, con una risatina soffocata. «Benone, *amico**, hai la mia parola.»

Quella risata era il momento che aspettava: Connal alzò le braccia e lo colpì proprio sulle mani, afferrando la canna della pistola e liberandola, facendola poi cadere sull'erba. Poi colpì l'uomo all'inguine con un ginocchio e ancora una volta sollevò le catene ben in alto e lo colpì al volto ripetutamente, finché l'uomo non spalancò gli occhi e li richiuse per cadere svenuto.

Proprio davanti a sé, Connal vide un molo che si inoltrava nel mare: si alzò e corse, mentre la brezza gli dava un senso di gioia esilarante e gli diceva di correre più forte, ancora più forte. La libertà era a pochi secondi da lui.

Si tuffò in acqua, sentendo che improvvisamente avrebbe trovato la forza di fare tutto, di nuotare in eterno! Era *libero*!

Improvvisamente fu accecato da una serie di fari che frugavano l'acqua, mentre intorno a sé sentiva le pallottole fischiare, sollevare spruzzi d'acqua e muovere l'aria intorno: strano che nessuna arrivasse a colpirlo... E all'improvviso vi fu un altoparlante che urlava nella notte: «Sei fortunato, Prigioniero Numero Quarantatré: abbiamo ancora bisogno di te. Perché altrimenti il tuo cadavere sarebbe già stato in pasto ai pesci del Mare del Nord».

* In italiano nel testo.

30

Joel passò dalla luce accecante del sole pomeridiano al buio della stazione di Amsterdam, simile ad una caverna. Il vestito scuro e il cappello gli andavano benissimo, mentre le scarpe e il colletto rigido gli davano qualche fastidio. Aveva dovuto prendere anche una valigetta, che era un accessorio indispensabile sia alla messinscena che doveva farlo passare per un religioso, sia per contenere qualche capo di vestiario che non avrebbe potuto indossare: comunque, poteva sbarazzarsene in ogni momento. Era conscio che poteva essere riconosciuto da un istante all'altro, e per questo camminava guardingo, attento ad ogni movimento intorno a lui: si aspettava da un momento all'altro di vedere uomini corrergli incontro, uomini con la determinazione ad uccidere dipinta negli occhi.

Per il momento, non era successo, e anche se fosse successo, Joel si sentiva in pace con la coscienza: aveva fatto del suo meglio per contribuire a quella causa. Perché durante la notte aveva scritto il rapporto più completo che avesse mai preparato, scritto con calligrafia minuta, chiara, ogni parola pesata e studiata in modo che fossero i fatti stessi ad avallare i giudizi e le congetture. Per dare credibilità alle proprie conclusioni, aveva citato i punti più salienti di quei dossier. Poi aveva valutato le prime osservazioni e il racconto delle esperienze subite, scritti entrambi di getto; aveva tolto quelle parti che potevano sembrare scritte sotto l'influsso di un'emozione troppo violenta e aveva riscritto il resto, badando che desse l'impressione di uno specchio cristallino che rifletteva la fredda oggettività di una mente nel pieno possesso delle proprie facoltà, una mente abituata a ragionare secondo i canoni della legge. Era rimasto tutta la notte a pensare al modo migliore per riferire quella situazione pazzesca, e solo alle prime ore del mattino si era deciso a scrivere quello che ormai nella sua testa aveva preso forma. Poi, aveva scritto una lettera, allegandola al rapporto, che nelle sue intenzioni doveva servire a disperdere anche gli ultimi dubbi circa la propria saldezza mentale: era soltanto una pedina manipolata da uomini invisibili e terrorizzati, che avevano fornito gli strumenti e che, nell'ombra, sapevano benissimo quel che stavano facendo. Nonostante tutto quello che aveva dovuto passare, Joel si rendeva conto che non c'era altro sistema. Un'ora prima di uscire, aveva finito e aveva anche provveduto a mettere tutto in una busta sigillata che un vecchio avrebbe pensato ad impostare sul Damrak dopo aver accompagnato Joel. L'indirizzo era quello di Nathan Simon.

«*Pastoor* Wilcrist! È proprio lei, vero?»

Converse si girò di scatto, sentendo una mano che lo toccava su un braccio e vide una donna sulla settantina, magra e un po' curva. Il volto rugoso era dominato da due occhi intensi e incorniciato dal velo che portano le suore. Il corpo sottile era rivestito da una lunga tonaca nera. «Sì» disse, sorpreso. «Buongiorno, sorella.»

«Lo vedo, lo vedo, che lei non si ricorda di me, *Pastoor*» esclamò la donna in un inglese fortemente accentato e a voce altissima. «No, non fingeva, lo vedo bene che lei non ha la più pallida idea di chi sia.»

«Forse, se lei abbassasse un po' la voce...» Joel parlava con tono dolce, chinandosi verso la donna e tentando un sorriso. «In questo modo attireremo l'attenzione.»

«I religiosi si salutano sempre così» disse la vecchia, guardandolo negli occhi, *troppo* negli occhi. «Forse perché vogliono sembrare gente normale.»

«Venga, allontaniamoci da qui.» Converse prese la donna per un braccio e la portò verso un binario, dove c'era più gente. «Ha qualcosa per me?»

«Di dove è lei?»

«Di dove sono? Che significa?»

«Lei sa quali sono le regole. Io devo essere sicura.»

«Sicura di che cosa?»

«Di essere di fronte alla persona giusta. Non possiamo permetterci di contattare la persona sbagliata. Non siamo degli sprovveduti, *Meneer*. Ora, di dove è lei? Svelto! Anche l'esitazione può costituire un segnale per me!»

«Aspetti un attimo! Le hanno detto che mi avrebbe trovato qui, le hanno dato la mia descrizione. Che altro vuole?»

«Sapere di dove è.»

«*Cristo*, quanti preti abbronzati crede di poter trovare vicino all'ufficio informazioni?»

«Be', in fondo di preti ce ne sono tanti, e molti vanno al mare. Altri giocano a tennis e so che il Papa stesso una volta è stato a sciare in montagna! Vede? Io sono una buona cattolica, e so anche queste cose.»

«Ma le hanno dato una descrizione particolareggiata! Dica un po': corrisponde?»

«Per me, siete tutti uguali. Il Padre che mi ha confessato la settimana scorsa, per esempio, non mi è piaciuto affatto: mi ha detto che avevo troppi peccati per una donna della mia età e che c'erano altre persone che aspettavano il proprio turno. Non era un paziente uomo di Dio.»

«Guardi che non lo sono neanch'io.»

«Tutti uguali.»

«La prego» disse Joel, guardando la busta che la finta suora teneva in mano e sapendo che se gliel'avesse presa con la forza probabilmente si sarebbe messa a gridare. «Devo andare ad Osnabrüch, e lei lo sa benissimo!»

«È di Osnabrück?» La donna si strinse la busta al petto, piegandosi ancora di più, come a proteggere una cosa sacra.

«No, non Osnabrück» Joel cercò di ricordare le parole di Val. Era un prete in pellegrinaggio... a Auschwitz e Bergen-Belsen... da, da... «*Los Angeles*!» bisbigliò con voce rauca.

«*Ja, goed*. Che nazione?»

«Gesù!»

«*Wat*?»

«Stati Uniti d'America.»

«*Goed*! Ecco qua, *Meneer*.» La vecchia gli porse la busta, sorridendogli con aria dolce. «In fondo, tutti dobbiamo fare il nostro lavoro, no? Vai con Dio, mio fedel servo del Signore... Questo costume mi piace. Vede, una volta ero un'attrice, e non penso che restituirò questo vestito. Tutti mi sorridono e un signore che usciva da uno di quei localacci mi ha perfino dato cinquanta fiorini.»

«E così dicendo la donna si allontanò, voltandosi ancora una volta per sorridergli e per fargli vedere, per altro con molta discrezione, una bottiglia di whisky che aveva preso da sotto il vestito.

Forse era perché si trattava sempre dello stesso binario, forse perché quella stazione gli evocava ricordi tristi: ma aveva la stessa paura di quando era arrivato ventiquattro ore prima, travestito da operaio, con la barba e una faccia piena di graffi e di lividi. E ora se ne tornava via travestito da prete, rasato, pulito, abbronzato, una persona che ispirava rispetto, un sacerdote impegnato in un pellegrinaggio per il pentimento e il rinnovamento dei propositi cristiani. Ormai era sparito l'avvocato che a Ginevra aveva ricevuto l'insulto peggiore della propria vita; era sparito l'uomo che a Parigi era andato a supplicare altri uomini; ed era sparita anche l'ombra di un uomo drogato e vilipeso a Bonn. Era rimasto soltanto l'uomo ricercato, braccato, un uomo che per sopravvivere doveva stanare il nemico prima che il nemico stanasse lui: era una lezione che aveva imparato diciotto anni prima, quando gli occhi erano ancora buoni e il fisico molto più resistente. Per compensare gli acciacchi che l'età aveva inevitabilmente portato con sé, doveva usare altri sistemi, altre tattiche che aveva sviluppato in quegli anni: in pratica, doveva sfruttare la capacità di concentrarsi... senza far vedere agli altri che si stava concentrando. Il che gli permise di vedere l'uomo.

Era in piedi, appoggiato ad una colonna e leggeva un orario alla poca luce della stazione. Converse lo guardò... così come guardava tutti quelli che gli stavano intorno, ma dopo una prima occhiata dovette guardarlo di nuovo. C'era qualcosa di strano, di incongruo. Ci sono mille ragioni per le quali un uomo può decidere di leggere l'orario dei treni su un marciapiede semibuio anziché seduto in una comoda poltrona all'interno della vettura ben illuminata: una sigaretta, un amico da aspettare... ma era anche vero che difficilmente si potevano leggere numeri e lettere così piccole come quelle stampate negli orari ferroviari tenendo l'opuscolo all'altezza della cintura, senza minimamente strizzare gli occhi; era un po' come cercare di consultare l'elenco telefonico all'interno di un'automobile bloccata dal traffico nel Lincoln Tunnel. Non impossibile, ma certo piuttosto difficile.

Converse continuò a percorrere il marciapiede, avvicinandosi alle due porte aperte che segnavano la fine di una carrozza e l'inizio di un'altra: fece finta di essere un po' impacciato, e mandò la valigetta a sbattere contro un finestrino, girandosi e scusandosi con una coppia che era proprio dietro di lui. Poi, con fare cortese, li lasciò passare e con fare cortese, vedendo l'abito scuro e il colletto bianco, i due lo salutarono con un cenno della testa e gli sorrisero. Joel finse di guardarli, ma in realtà si concentrava sull'uomo appoggiato alla colonna che era alla sua sinistra: teneva ancora in mano l'orario, ma gli occhi erano fissi su Joel. Era abbastanza.

Salì sul treno servendosi della seconda porta, con passo disinvolto e naturale, ma quando non vide più l'uomo appoggiato alla colonna si mise quasi a correre e inciampò, cadendo vicino alla prima fila di sedili. Di nuovo dovette scusarsi con quelli che lo seguivano... Un religioso non abituato a borse e valigie. Guardò fuori dal finestrino, oltre i due passeggeri seduti accanto, che notarono prima l'abito scuro e il colletto bianco e poi il suo volto.

L'uomo appoggiato alla colonna non consultava più l'orario; stava segnalando qualcosa di estremamente urgente ad un collega, che lo raggiunse subito: parlarono per un attimo tra di loro, poi si separarono, prendendo due direzioni diverse: uno di loro venne proprio dalla sua parte.

Lo avevano trovato. Era in trappola.

Valerie pagò il tassista e scese, ringraziando il portiere che l'aveva aiutata. Era la seconda prenotazione che faceva nel giro di due ore, avendo lasciato una traccia che portava ad un vicolo chiuso, solo nel caso qualcuno l'avesse seguita fin là. Aveva preso un taxi dal Kennedy a La Guardia, poi aveva acquistato un biglietto per Boston e prenotato una camera al motel dell'aeroporto, usando in entrambi i casi il nome di Charpentier. Mezz'ora dopo era uscita dal motel da una uscita secondaria, dove l'autista del taxi, preventivamente avvisato, l'aspettava. Quella mezz'ora le era servita per fare una telefonata ad un hotel di Manhattan per sapere se era possibile fare una prenotazione anche a quell'ora. Era possibile. Il St. Regis era felice di ospitare la signora De Pinna, proveniente da Tulsa, Oklahoma, che era a New York per una complicazione improvvisa.

All'aeroporto Schilphol di Amsterdam, dove esisteva un Traveller's Shop aperto ventiquattr'ore su ventiquattro, aveva comperato una borsa da viaggio e l'aveva riempita di oggetti da toilette e di tutta una serie di articoli di vestiario scelti tra i meno vistosi fra quelli esposti in vetrina. Era ancora piena estate e vestiti del genere avrebbero potuto far comodo. E poi, doveva pur mostrare qualcosa alla dogana.

Sul registro dei clienti dell'hotel scrisse un indirizzo che gli venne dai ricordi d'infanzia, Cherrywood Lane, ma senza precisare il numero. Anche il nome De Pinna veniva dall'infanzia trascorsa a St. Louis: era il nome di un vicino, un volto che non riusciva a ricordare, ma con una moglie che al contrario ricordava benissimo. Una donna triste e litigiosa che odiava tutto quanto era straniero, genitori di Val compresi. Aveva firmato "signora R. De Pinna", senza avere la più pallida idea circa la provenienza di quella R... forse si trattava di Roger.

Una volta in camera, accese la radio su una stazione che trasmetteva notiziari, un'abitudine che aveva preso appena sposata, e cominciò a mettere a posto la sua roba. Si spogliò, fece una doccia, lavò la biancheria e si infilò una T-shirt almeno quattro taglie sopra la sua. Anche questa era un'abitudine presa durante il periodo del matrimonio. Le "T-sacks", come le chiamava lei, avevano sostituito egregiamente pigiami e accappatoi sul patio della casa a Cape Ann; decisamente, però, nessuna di quelle che aveva indossato fino ad allora aveva il disegno di un sole enorme con la scritta *TOT ZIENS-AMSTERDAM*!

Resistette alla tentazione di farsi portare una tazza di tè; l'avrebbe calmata, questo era certo, ma alle tre del mattino avrebbe anche attirato l'attenzione sulla signora del 714. Così si sedette su una sedia e prese a fissare la finestra con sguardo vuoto... se almeno non avesse smesso di fumare, avrebbe avuto qualcosa da fare mentre pensava... perché ora doveva pensare, organizzarsi, e poi riposare. Si guardò intorno e vide il borsellino che aveva posato sul comodino. Se non altro, era piuttosto ricca, visto che Joel aveva insistito perché prendesse venti biglietti da cinquecento dollari, (nascosti nella brassière) oltre ai cinquemila che erano il limite massimo di esportazione della valuta. Dovette convenire che aveva avuto ragione, perché ora non poteva più usare carte di credito a suo nome.

Sul tavolo vide due elenchi telefonici; si sedette sul letto e li prese. Sulla copertina di uno c'era la scritta *Contea di New York: Lavoro Affari* e sull'altra *Manhattan*. Sull'angolo in alto a sinistra c'era una striscia blu in diagonale che diceva: *Voci relative ad amministrazioni e enti pubblici: vedi Pagine Blu*. Poteva essere un inizio. Rimise a posto l'elenco Lavoro-Affari e prese quello di Manhattan; lo aprì alle pagine blu e trovò la voce Dipartimento dell'Aviazione militare...Postazione di comando dell'ARPC. Era un numero con prefisso ottocento, e l'indirizzo era in York Street, Denver, Colorado. Se per caso non fosse stato il numero giusto, avrebbe sempre potuto chiedere alla persona che avesse risposto. Quindi prese il numero e lo scrisse su un foglio di carta da lettere con l'intestazione dell'hotel.

Improvvisamente sentì quelle parole, e si girò verso l'apparecchio che conteneva radio e televisione:

«...*Ed ora le ultime notizie sulle indagini relative all'avvocato americano, Joel Converse, una delle storie più tragiche di questi ultimi decenni. L'ex-pilota della Marina, già decorato al valor militare per il coraggio dimostrato durante il conflitto vietnamita, la cui fuga drammatica riempì di tensione il nostro paese e fece mutare atteggiamento nei confronti della politica relativa ad sud-est asiatico, è ancora latitante, ricercato non per quello che fece in occasione del conflitto vietnamita ma per la furia omicida di cui sembra essere preda. Si dice che sia ancora a Parigi e fonti non ufficiali hanno lasciato trapelare che le impronte rilevate accanto al corpo di René Mattilon, l'avvocato collega del ricercato, ucciso in circostanze misteriose, sono proprio quelle di Converse. Questo confermerebbe l'ipotesi azzardata dalle autorità subito dopo l'omicidio, secondo la quale Mattilon era stato ucciso da Converse per aver collaborato con l'Interpol e con la Sûreté. La caccia all'uomo, quindi, è ancora aperta, e più tardi vi daremo notizie circa*...»

Valerie si alzò dalla sedia e corse a spegnere la radio. Rimase immobile per un attimo, tremante di rabbia... e di paura. E di qualcos'altro che non sapeva definire... non voleva definire. Perché era una cosa che la dilaniava, quando invece era il momento di stare in sé e di pensare.

Si sdraiò sul letto, fissando le ombre che il traffico della strada le rimandava e ascoltando i rumori della città. Non c'era niente che le desse conforto, sicurezza... solo rumori stridenti che tenevano sveglia la mente, ricacciando indietro il sonno. Sull'aereo non aveva dormito, perché ogni volta che si era lasciata andare, aveva cominciato ad avere strani incubi, molto probabilmente dovuti alle perturbazioni sul Nord Atlantico. Ora aveva bisogno di dormire... aveva bisogno di Joel. Il sonno, per fortuna, venne, ma Joel era assolutamente fuori discussione.

Ci fu un rumore assordante insieme ad un fiotto di luce che l'accecò mentre cercava di saltar giù dal letto. Era il telefono. Il telefono? Guardò l'orologio, e vide che erano le sette e venticinque. Suonò ancora, penetrando in quel muro di nebbia che era la sua mente, senza però riuscire a dissolverla. Il telefono? Come...? *Perché*? Afferrò la cornetta, la strinse con forza e cercò di radunare tutte le forze che le rimanevano prima di parlare.

«Pronto?»

«La signora De Pinna?» chiese una voce maschile.

«Sì.»

«Ha trovato tutto di suo gradimento?»

«E voi avete l'abitudine di svegliare i clienti alle sette del mattino per chiedere loro se va tutto bene?»

«Mi dispiace, signora, ma eravamo in ansia. Lei è veramente la signora De Pinna, di Tulsa, Oklahoma, vero?»

«Sì.»

«L'abbiamo cercata per tutta la notte... da quando il volo da Amsterdam è arrivato, all'una e mezzo.»

«Chi è lei?» chiese Val, pietrificata, tenendo il polso sotto al telefono.

«Una persona che vuole aiutarla, signora Converse» disse la voce, con tono rilassato, amichevole. «Ci ha dato filo da torcere, e credo proprio che avrò svegliato più di un centinaio di donne che sono approdate in albergo dopo le due di stanotte... "il volo da Amsterdam" l'ha tradita, perché non mi ha chiesto di che stavo parlando. Mi creda, signora Converse, noi due stiamo dalla stessa parte.»

«Chi è lei?»

«Faccio parte del Governo degli Stati Uniti che mi ha ordinato di fare quel che faccio. Rimanga in camera. La raggiungo tra un quarto d'ora.»

Al diavolo gli ordini del Governo degli Stati Uniti, pensò Val tremando, mentre riappendeva la cornetta. Una persona che lavora per il governo si fa riconoscere in altro modo... Doveva scappare! Che significavano i quindici minuti di cui aveva parlato quell'uomo? Era una trappola? Forse c'erano già altri uomini che l'aspettavano da basso... che aspettavano di vederla scappare? Non aveva scelta!

Corse nel bagno, riempiendo a casaccio la borsa da viaggio. Si vestì e mise gli altri abiti nella valigia; poi prese la chiave e corse alla porta, fermandosi di colpo subito dopo. *Oh, Signore*... il foglio di carta da lettere con il numero che si era segnata... Corse al tavolo, prese il foglio e lo ficcò in borsa. Poi si guardò intorno: dimenticava nient'altro? No. Uscì dalla stanza e si diresse verso l'ascensore.

Le sembrava di impazzire, mentre l'ascensore si fermava praticamente ad ogni piano, facendo scendere e salire una fiumana di gente; gli uomini avevano quasi tutti occhiaie profonde, mentre le donne sembravano tutte molto modeste e molto schive. Sembrava che alcuni si conoscessero, mentre altri si salutavano con un semplice cenno del capo, guardando con aria assente la targhetta di plastica con il nome, che ciascuno portava al petto. Val capì che c'era una specie di congresso.

Quando arrivò nell'ingresso, vide un sacco di gente, che si salutava, si chiamava, si interrogava, in una sequela di voci e di rumori che coprivano tutto il resto. Con molta cautela, Val si avvicinò all'atrio, guardandosi intorno per vedere se per caso qualcuno l'aveva seguita. Sul muro c'era un cartello nero con una scritta d'oro che diceva: *BENVENUTI DISTRIBUTORI MICMAC*. Poi c'era il calendario degli incontri.

> Colazione: dalle ore 7.30 alle ore 8.30
>
> Incontri regionali: dalle ore 8.45 alle ore 10.00
>
> Simposio sui problemi della pubblicità Q e A: dalle ore 10.15 alle ore 11.00
>
> Intervallo. Si prega di prenotarsi per eventuali visite guidate alla città.

«Ehi, bellezza» disse un uomo piuttosto corpulento e con gli occhi venati di rosso che era accanto a Val. «Questa proprio non me la dovevi fare.»

«Prego?»

«Siamo tutti schedati, principessa!»

Valerie trattenne il respiro stringendo il manico della borsa, pronta a colpire l'uomo con l'unica arma che aveva e a scappare. «Non capisco.»

«Il *nome*, principessa! Dov'è finito il tuo spirito Micmac? Come faccio ad invitarti a pranzo se non so come ti chiami?»

«Oh... la targhetta con il nome. Scusi.»

«Che regione ti hanno assegnato, bellezza?»

«Regione?» Valerie rimase perplessa per un istante, poi capì e disse con un sorriso. «Veramente, sono nuova... mi hanno assunto ieri, dicendomi che mi avrebbero lasciato le istruzioni al bureau; ma c'è tanta gente che non sono nemmeno riuscita ad arrivarci. Naturalmente con le *sue spalle* potrei farcela prima che mi licenzino.»

«Attaccati, principessa! Queste spalle hanno un passato di giocatore di football semiprofessionista.» Effettivamente, quell'uomo era un armadio, e quando finalmente la fece approdare davanti al bureau parlò al portiere con voce ruggente, proprio come il leone che scuote la criniera di fronte alla preda. «Ehi, dico a te! Questa signora ha bisogno di informazioni ed è già un quarto d'ora che tenta di attrarre la tua attenzione. Cerchiamo di aprire gli occhi e le orecchie, giovanotto.» Poi fece un sorriso radioso a Val, tirando in dentro la pancia.

«Certo signore... Dica pure, signore...» disse il portiere con aria perplessa: non aveva nulla da fare, e se c'era una folla enorme, era *davanti* al bureau, non certo accalcata intorno a lui.

Valerie si sporse sul bancone, apparentemente per farsi sentire in mezzo a tutto quel frastuono. Mise la chiave sul bancone e tirò fuori tre biglietti da cinquanta dollari. «Questi dovrebbero bastare a pagare la camera e a farle un bel regalo.»

«Grazie, signora.»

«Però avrei bisogno di un favore.»

«Certo.»

«Mi chiamo De Pinna... ma naturalmente lei lo avrà già capito dal numero della stanza...»

«Che cosa desidera, signora?»

«Sono venuta a trovare un'amica che è stata operata. Potrebbe dirmi dov'è l'Ospedale Lebanon?»

«Il Lebanon? È nel Bronx, penso. Sul Grand Concourse. Ma credo che ogni tassista lo sappia, signora.»

«De Pinna, mi chiamo De Pinna.»

«Certo, signora De Pinna. Grazie.»

Valerie si volse verso il giovanotto con gli occhi venati di rosso e gli sorrise. «Mi dispiace. Sembra che sia sbarcata nell'hotel sbagliato, e che abbia addirittura sbagliato compagnia. Si immagina? Be', forse con lei mi sarei divertita. Grazie per l'aiuto.» Poi fece dietrofront, si avviò verso la porta e uscì.

La strada cominciava ad animarsi e Valerie prese a camminare velocemente, fermandosi quasi subito all'interno della vetrina di una libreria piccola ed elegante. Le storie che aveva sentito fin da piccola riguardavano non solo il sistema migliore per dare informazioni false su se stessi, ma anche la necessità di vedere in faccia il proprio nemico: spesso era la differenza vitale fra una pallottola e il restare liberi.

Poco dopo arrivò un taxi, e si fermò proprio di fronte al St. Regis; prima che si fermasse del tutto, la porta posteriore si aprì e ne scese un uomo che pagò senza aspettare il resto, dirigendosi di corsa verso le porte di vetro: era senza cappello, e Val vide una massa di capelli biondi spettinati, una giacca madras e un paio di jeans estivi. Era il nemico, e Val lo capiva e lo accettava. Quello che invece non riusciva ad accettare era il fatto che fosse così giovane: probabilmente vent'anni, poco più di un ragazzo, ma con un volto duro e pieno di rabbia e gli occhi che mandavano lampi anche alla luce del sole. *Wie ein Hitlerjunge*, pensò Val, uscendo dal nascondiglio.

Una macchina la oltrepassò, dirigendosi verso l'hotel; poi sentì lo stridìo dei freni e rimase in attesa del tonfo; come molti altri passanti, si girò a guardare. Un centinaio di metri più avanti una berlina marrone, con la scritta U.S. Army si era fermata, e un ufficiale in divisa stava scendendo. La guardava fisso.

Valerie prese a correre.

Converse si mise a sedere accanto al corridoio, proprio al centro della carrozza; le mani gli sudavano mentre sfogliava le pagine del breviario che aveva trovato nella busta insieme al passaporto, la lettera e un foglio dattiloscritto di istruzioni, che includeva anche qualche notizia sulla figura di padre William Wilcrist. Sul fondo della pagina c'era anche un ordine finale: *Imparare a memoria, fare a pezzi e gettare nella toilette prima dell'arrivo a Oldenzaal.*

Quelle istruzioni non erano affatto necessarie: dicevano molto semplicemente che venti minuti dopo una stazione chiamata Rheine, doveva alzarsi dal suo posto lasciando la valigia come se intendesse tornarci e scendere dal treno appena arrivato ad Osnabrück. I dettagli dell'immaginaria coincidenza ad Hannover per Celle e il trasferimento in auto fino a Bergen-Belsen avrebbero potuto essere tranquillamente riassunti in poche parole, invece di essere infarciti di osservazioni circa le motivazioni di quell'aiuto che gli veniva offerto e i successi ottenuti in passato dall'organizzazione. Le notizie personali che riguardavano padre William Wilcrist, poi, erano molto succinte, e Joel le aveva imparate a memoria già dopo la seconda lettura: Wilcrist aveva trentotto anni, si era diplomato a Fordham e aveva sostenuto la tesi di teologia all'Università Cattolica di Washington. Ordinato sacerdote nella chiesa di St. Ignatius a New York, era un "prete attivista" assegnato alla chiesa del Santissimo Sacramento a Los Angeles. Come aveva detto Valerie, se gli avessero chiesto maggiori particolari, significava che lo avevano scoperto.

E in effetti lo *avevano* scoperto, pensò Joel guardando la nuca di un uomo davanti a lui nella carrozza: era lo stesso uomo che aveva raggiunto lo strano tizio che leggeva un orario ferroviario praticamente al buio, appoggiato ad una colonna, e che aveva subito attratto l'attenzione di Joel. Indubbiamente, adesso quel tizio era dietro di lui, e gli fissava la nuca, pensò Joel sfogliando il breviario. Vista così com'era, la situazione gli era enormemente sfavorevole, ma c'era un fatto e un fattore che andavano considerati: il fatto era che lui sapeva chi erano i suoi inseguitori, i quali non sapevano che sapeva; il fattore era uno stato d'animo che già nel passato gli era stato d'aiuto.

Il treno prese verso nord, poi improvvisamente piegò verso est; c'erano ancora due fermate prima di Oldenzaal, dopodiché avrebbero attraversato il Reno e sarebbero entrati in Germania. Passata la stazione di Deventer, rimaneva soltanto una fermata ad una stazione che si chiamava Hengelo. Quando sentì l'annuncio, Joel si alzò prima che si alzassero gli altri passeggeri e si diresse verso il fondo della carrozza. Oltrepassò l'uomo che aveva scorto poco prima appoggiato alla colonna e notò che teneva lo sguardo fisso davanti a sé, ed era così rigido che il suo corpo si muoveva appena con il movimento del treno. Converse aveva già visto molte volte quell'atteggiamento rigido in tribunale e nelle sale di riunione e sapeva per esperienza che era l'atteggiamento di chi era insicuro e di chi aveva paura. Quell'uomo era teso, forse aveva paura di non riuscire a portare a termine il suo compito, oppure temeva le persone che lo avevano mandato ad Amsterdam... qualunque cosa fosse, era in ansia e Joel si sarebbe valso di quell'ansia. *Era come se stesse cercando di risalire da un buco nel terreno, un passo dopo l'altro, i rozzi scalini preparati durante notti e notti insonni. Il filo spinato era lontano mille miglia, la pioggia cadeva incessante, gli uomini di guardia erano preoccupati, ansiosi, impauriti da qualsiasi rumore non riuscissero ad identificare. Gliene serviva soltanto uno per poter avanzare... raggiungere quel filo spinato*!

Raggiungere *Osnabrück*... da solo.

La toilette era libera: aprì la porta, entrò e tirò fuori dalla tasca il foglio che conteneva le istruzioni: lo piegò, lo ridusse in brandelli e lo gettò nella tazza, azionando il pedale dell'acqua. I pezzi di carta sparirono, e Joel si volse verso la porta e aspettò.

Quando l'altoparlante fece un secondo annuncio, sentì lo scalpiccio di piedi a poca distanza da lui; poi il treno si fermò e avvertì chiaramente il movimento della gente che scendeva... pendolari che pensavano soltanto ad andare a casa dove molto probabilmente li aspettava una dose generosa dell'equivalente olandese del Martini. Poi vi fu un attimo di calma e Converse aprì la porta di qualche centimetro: il suo inseguitore rigido e impaurito era ancora a sedere. *Ora*.

Joel spalancò la porta e corse verso il passaggio di comunicazione tra le due carrozze, scusandosi con le persone che stavano scendendo dall'altra parte. Si infilò nella carrozza e andò verso il fondo dove c'era un posto libero... anzi due, e che guardavano proprio il binario sottostante. Si sedette e guardò in basso, spiando tra le dita delle mani che aveva portato al volto.

L'uomo di Aquitania percorreva il marciapiede avanti e indietro, fermando anche qualche persona che gli dava le spalle e scusandosi subito dopo per quel comportamento da maleducati; poi tornò al treno, pensando di aver guardato bene tutti i passeggeri che erano scesi e si risedette, ancor più teso e preoccupato di prima.

Ancora di più, penso Converse. *Di più. Ti voglio teso come una corda di violino, proprio come altri soldati prima di te. Finché non riuscirai più a sopportarlo!*

Il treno passò anche la stazione di Oldenzaal e attraversò il ponte sul Reno con un gran rumore di ferraglie. Il suo inseguitore aveva spalancato la porta, troppo spaventato per agire, per fare qualsiasi cosa; probabilmente aveva raggiunto il compagno, o una valigia abbandonata. La testa di Joel era sotto il livello del sedile, proprio davanti a lui. Qualche minuto dopo arrivò la Sonderpolizei, e prese ad esaminare ogni persona adulta di sesso maschile. Converse mostrò il passaporto e la lettera scritta in tedesco per mettere a tacere la coscienza di poliziotti tedeschi, che erano molto gentili ma che tutto sommato evocavano ricordi non certo piacevoli. Il poliziotto che prese la lettera gli fece un mezzo sorriso, lo salutò con un cenno del capo e proseguì. I minuti diventarono quarti d'ora e dal finestrino Joel vide che i due uomini erano nella carrozza immediatamente precedente e si consultavano a poca distanza dal posto che aveva occupato fino a poco prima. Poi si separarono: uno andò dalla parte opposta, uno venne verso di lui. *Ora*.

Si alzò dal sedile e si affacciò al finestrino, facendo finta di guardare fuori: sarebbe rimasto in quella posizione finché uno degli uomini di Aquitania non lo avesse visto. Ci volle meno di dieci secondi. Infatti, mentre si protendeva fingendo di guardare un segnale, vide una figura che si muoveva nel pannello superiore della porta di fronte. Si raddrizzò, e l'uomo sparì dalla vista. Era il segnale che aspettava, il momento giusto per muoversi.

Andò verso il fondo della carrozza, aprì la porta e attraversò il passaggio, infilandosi nella carrozza immediatamente seguente, che percorse fino in fondo, raggiungendo ancora una volta il passaggio buio di comunicazione; si volse indietro, e vide quel che già si aspettava di vedere: l'uomo lo seguiva. *Un soldato si portava fuori dalla propria posizione sotto un vero e proprio nubifragio. Una questione di secondi, poi avrebbe potuto raggiungere il filo spinato.*

Mentre attraversava di corsa la terza carrozza, molti passeggeri si voltarono a guardare quel prete in corsa, aspettandosi forse di scorgere qualche situazione di emergenza; ma visto che non c'era niente, si limitavano a scuotere la testa e forse a chiedersi in che mondo si viveva. Joel arrivò alla porta, la spalancò e si rifugiò nell'oscurità, sorpreso da quel che vedeva: davanti a lui, invece della solita porta di comunicazione, per metà di vetro, c'era un pannello di legno con la scritta *FRACHT* e un pomello d'acciaio. Poi sentì l'annuncio dell'altoparlante:

«*Benthelm! Nächste Station, Benthelm!*»

Il treno rallentava, per fermarsi ad una delle due stazioni prima di Osnabrück. Joel si nascose nella zona più buia, e spostò la testa per controllare il suo inseguitore, certo che non avrebbe potuto scorgerlo perché si trovava proprio davanti ad un fascio di luce che si rifletteva in un pannello di vetro. Di nuovo, fu sorpreso da quel che vide: l'uomo non faceva niente; anzi, si era messo comodamente a sedere in prima fila, proprio come un comune viaggiatore che ha trovato un posto più comodo e che pensa soltanto ad allungare le gambe. Quando il treno si fermò, Joel vide che i passeggeri si dirigevano verso la porta opposta per scendere. La porta opposta...

Si ricordò di una scritta che aveva visto sull'ultima porta passata, ma visto che non ci capiva niente, non ci aveva fatto caso, era entrato ugualmente. Guardò la porta d'uscita accanto a sé e vide che non c'erano maniglie: era ovvio che quella scritta incomprensibile serviva ad avvertire i viaggiatori che da lì non si raggiungeva l'uscita. Se prima aveva pensato di essere in trappola, adesso era sicuro di trovarsi in una gabbia, una gabbia d'acciaio che proprio in quel momento aveva preso a muoversi, e della quale avvertiva le vibrazioni. Quella era una prigione ambulante da dove non sarebbe più fuggito. Converse tirò fuori il pacchetto di sigarette. *C'era andato così vicino! Doveva pensare!*

Un rumore... una chiave... una serratura, la serratura della porta di legno con la scritta FRACHT. Ne emerse una pancia, e poi la figura di un uomo grasso.

Ein Zigarette für Sei, während ich zum Pinkeln gehe!» disse il controllore, dirigendosi verso la porta. «*Dann ein whisky, ja?*»

Era chiaro che andava a farsi un bicchiere; aveva però lasciato la porta del suo dominio socchiusa, probabilmente perché sapeva che non c'era nulla da rubare. Joel l'aprì ed entrò sapendo quel che sarebbe successo; *doveva* succedere, appena quel ferroviere fosse passato accanto all'uomo di Aquitania.

C'erano una mezza dozzina di casse sigillate e una decina di gabbie che contenevano animali... quasi tutti cani, e qualche gatto che se ne stava raggomitolato, con il pelo ritto e gli artigli in fuori per la continua presenza di odore e di rumori tipici degli odiati nemici cani. L'unica fonte di luce era una lampadina appesa proprio sopra un'altra gabbia di metallo, costruita stavolta a dimensione umana, che doveva essere il trono dell'uomo che era andato a farsi «*ein whisky*». Converse si nascose dietro ad una cassa vicino alla porta, e tirò fuori da sotto il vestito clericale la pistola con il silenziatore.

Lentamente, millimetro dopo millimetro, la porta si aprì e come prima cosa apparve la canna di una pistola; poi venne fuori l'uomo, il soldato di Aquitania.

Joel sparò due volte, non fidandosi di un colpo solo. Il braccio ebbe un guizzo, e andò a sbattere contro la porta, mentre la pistola volava in aria e una striscia di sangue si formava proprio sul polso del malcapitato. Converse schizzò fuori dal suo nascondiglio... *il soldato era tutto suo, ed era la sua via per raggiungere quel maledetto filo spinato! Ora finalmente poteva uscire! Il sasso aveva rotto il vetro delle baracche! I mitra sparavano in direzione opposta alla sua! Secondi, era questione ormai di secondi, e poi sarebbe stato fuori!*

Joel inchiodò l'uomo a terra, afferrandolo alla gola e premendogli un ginocchio sul petto... sarebbe bastato spingere un po' più forte e un altro soldato di Aquitania sarebbe morto. Gli puntò la canna della pistola alla tempia.

«Parli inglese?»

«*Ja*» rispose l'uomo tossendo. «Io.. parlo inglese.»

«Che ordini ti hanno dato?»

«Seguirti. Soltanto seguirti. Non sparare! Io sono *Angestellte*! Non so nulla!»

«Cosa?»

«Sono un *Angelstellte*, un uomo assunto per un incarico!»

«Aquitania!»

«Cosa?»

L'uomo non mentiva, perché nei suoi occhi c'era troppa paura. Converse prese la pistola e la spinse contro l'occhio sinistro del tedesco, spingendo forte nell'orbita.

«Dimmi esattamente che cosa ti hanno ordinato di fare! La verità... guarda che mi rendo conto di quando qualcuno dice bugie... e se mentirai, ti spappolerò il cranio su questo muro! Avanti!»

«Mi hanno detto di seguirti!»

«E poi?»

«Se tu fossi sceso del treno, dovevo telefonare alla *Polizei*. In qualunque posto. Poi... l'ordine era di ucciderti prima che arrivassero veramente i poliziotti. Ma io non l'avrei mai fatto! Giuro su Dio che non avrei mai potuto fare una cosa del genere! Io sono un buon cristiano. Amo anche gli ebrei! E poi, sono disoccupato!»

Joel lo colpì alla testa con la pistola. *Il soldato era fuori uso! Ora poteva scavalcare il filo spinato*! Mise l'uomo dietro una cassa e aspettò. Non avrebbe saputo dire quanto, perché ormai il tempo aveva perso gran parte del suo significato. Il ferroviere ritornò, mezzo sbronzo, e riprese il suo posto in quella gabbia con la lampadina appesa al soffitto.

Intanto, nelle altre gabbie non tutto filava liscio. L'odore di sangue umano e di sudore era troppo per i cani, che presero ad abbaiare e a mugulare. Ben presto, quella carrozza con la porta su cui era scritto FRACHT diventò un inferno, con gli animali presi da un vortice di isterismo... i cani abbaiavano, mostrando i denti e ringhiando l'uno contro l'altro, avventandosi sulle gabbie che li racchiudevano; i gatti, provocati dai cani, avevano preso a soffiare, miagolando e alzando il pelo con la schiena ritta. Il ferroviere era molto perplesso e molto spaventato: ancorandosi al suo trono nella gabbia dorata, si versò un altro bicchiere di whisky e lo mandò giù, guardando le gabbie con occhi spalancati. Per ben due volte lanciò un'occhiata disperata alla maniglia che avrebbe fatto scattare il freno d'emergenza, e che si trovava proprio sopra la sua testa. Sarebbe bastato tirare quella maniglia ... era così semplice...

«*Rheine! Nächste Station, Rheine!*»

L'ultima fermata prima di Osnabrück. Sicuramente tra non molto l'uomo che aveva risolto per un po' di tempo i suoi problemi di disoccupazione si sarebbe riavuto e se Joel non se ne fosse accorto subito avrebbe anche potuto gridare, dando l'allarme; di sicuro, a quel punto, il ferroviere avrebbe tirato la maniglia del freno di emergenza. E poi, c'era sempre un altro uomo che era stato pagato per dargli la caccia, e poteva arrivare da un momento all'altro. Rimanere ancora in quella carrozza significava chiudersi tutte le vie di fuga.

Doveva scendere.

Il treno si fermò, e Converse corse verso la porta, sollevando l'ira e il risentimento di una decina di occupanti delle gabbie. Aprì la porta e si precipitò dentro la carrozza, correndo lungo il corridoio... un sacerdote che compie un'opera di estrema misericordia... Scusandosi con gli altri passeggeri quando li urtava, intento soltanto a scendere da quel treno prima che qualcuno scoprisse il corpo di un uomo svenuto e desse l'allarme. Raggiunse la porta d'uscita, saltò sul marciapiede e, dopo essersi dato un'occhiata intorno, corse a rifugiarsi tra le ombre della stazione.

Era libero. Era vivo. Ma si trovava lontano dalla donna che aspettava il suo prete.

31

Valerie continuò a correre, troppo spaventata per guardarsi alle spalle; quando alla fine si fece forza e si girò, vide che l'ufficiale stava discutendo con l'autista dell'auto; poi, mentre raggiungeva l'angolo di Madison Avenue, si voltò ancora e vide l'ufficiale che la inseguiva, accorciando la distanza ad ogni passo. Attraversò la strada proprio mentre il semaforo passava al rosso, e il clacson di diverse macchine le disse che qualche automobilista se l'era presa sul serio.

Ad un centinaio di metri da lei un taxi si era avvicinato al marciapiede e stava facendo scendere un uomo dai capelli grigi che stancamente, quasi non avesse avuto voglia di affrontare la mattinata, si trascinava fuori dall'auto. Valerie riattraversò la strada con tutto il suo traffico, e corse verso il taxi, aprì la porta ed entrò, proprio mentre l'uomo dai capelli grigi prendeva il resto dall'autista.

«Ehi, signora, ma è matta?» le gridò l'autista, che era negro. «Perché non ha aspettato? C'è mancato poco che quel tram la investisse!»

«Mi dispiace!» gridò Val, affondando nel sedile posteriore. Che diavolo avrebbe potuto dire? «Mio marito mi sta inseguendo, e io non voglio buscarne ancora. Mi picchia, e mi fa male. È... è un ufficiale dell'Esercito.»

L'uomo dai capelli grigi ebbe un balzo e si allontanò come un centometrista, chiudendo lo sportello con un tonfo. L'autista si girò e la fissò, il volto grande e nero sospettoso: «Mi sta dicendo la verità?».

«Ho vomitato tutta la mattina per le botte che ho preso ieri sera, glielo assicuro!»

«Un ufficiale? Un ufficiale dell'Esercito?»

«Sì... La prego, andiamo via di qui...» Val si abbassò ancora di più, affondando completamente nel sedile. «È proprio all'angolo, ora! Se attraversa la strada... mi vede!»

«Calma, signora» disse l'autista, che nel frattempo aveva chiuso le sicure delle portiere posteriori. «Ah, bene, ora lo vedo! Eccolo che arriva di corsa, con l'espressione di un pazzo negli occhi. Guarda quanti geroglifici sulla divisa! E chi crederebbe che quello è in realtà un gran figlio di puttana... oh, mi scusi, signora. È magro, vero? Gran parte della gente magra ha un brutto carattere. Forse si tratta di compensazione... è un termine psichiatrico, e significa...»

«Si muova!»

«La legge parla chiaro, signora: è dovere di ogni autista di auto pubbliche proteggere le persone e le cose trasportate... Signora, sono stato soldato, e avrei dato chissà cosa per un'occasione come questa. Voglio dire, adesso c'è una giustificazione, una nobile motivazione. E penso che lei non ritratterà quel che mi ha detto, se per caso dovessi trovarmi nei guai.» L'autista scese e Valerie lo vide finalmente in piedi: il fisico era simile al volto, forte e possente e Val lo guardò stupita mentre si avvicinava al marciapiede dicendo: «Eh, capitano? Venga qui, coraggio... Per caso sta cercando una signora piuttosto carina? Come sua moglie, ad esempio?»

«*Cosa?*» L'ufficiale si avvicinò al negro.

«Benone, capitano mio... Mi dispiace di non poterla salutare come si deve, ma temo che la mia divisa sia finita in soffitta... se ho una soffitta. Comunque, le comunico che l'operazione di identificazione e conseguente distruzione dell'obiettivo sta per concludersi con esito pienamente positivo. Se vuol salire sulla mia jeep, capitano...»

L'ufficiale fece per dirigersi verso il taxi, ma l'uomo lo prese per un braccio, lo fece girare verso di sé e lo colpì allo stomaco; poi gli dette un calcio all'inguine e completò "la missione" sparandogli un gran pugno in viso. Val soffocò un grido, mentre l'ufficiale cadeva a terra in un maschera di sangue. L'autista tornò al taxi, vi salì, chiuse le portiere e ingranò la marcia, infilandosi tra il traffico.

«Signora mia bella» disse, calcando l'accento meridionale. «Non mi sono mai sentito meglio in vita mia! Dove andiamo, bella signora? Dove vuole andare?»

«Ad un telefono... Perché l'ha fatto?»

«Questi sono affari miei.»

«Lei è pazzo! Sa che potevano arrestarlo?»

«E per che cosa? Per aver protetto una cliente da un bruto che voleva assalirla? Quel tipaccio stava venendo verso il mio taxi, e non mi piaceva per niente. E poi, non c'erano poliziotti in giro.»

«Credo di capire che lei è stato in Vietnam» disse Val dopo qualche minuto di silenzio, durante il quale si era limitata a fissare quella massa di capelli neri davanti a sé.

«Oh, sì, mi hanno accordato questo privilegio. Le posso assicurare che è tutto molto impressionante, signora.»

«Che ne pensa del generale Delavane? Del generale Goerge Marcus Delavane?»

Il taxi fece una brusca sterzata verso destra, mentre l'uomo si aggrappava al volante e si voltava verso di lei, frenando di colpo, tanto che Val si sentì sbattere contro il sedile anteriore: vide gli occhi di quell'uomo, neri come il carbone, riempirsi di rabbia, di disgusto e di quella punta di inconfondibile, profonda paura che tante volte aveva visto anche negli occhi di Joel. Poi l'uomo deglutì, lo sguardo perse parte della sua forza, come se la paura avesse avuto il sopravvento. Si girò e rispose semplicemente: «Non ne penso proprio rose e fiori, signora. E ora, dove vuole andare? Guardi che il tassametro corre».

«Non so... Un telefono, devo raggiungere un telefono. Lei può aspettarmi?»

«Ha il denaro per pagare? Oppure il nostro capitano la tiene a stecchetto? Perché tutto ha un limite, mia bella signora. E io non sono un boyscout in cerca della sua buona azione quotidiana.»

«Sì, i soldi ce li ho. Non dubiti, verrà pagato.»

«Prima voglio vedere la grana.»

Valerie prese il borsellino e tirò fuori un biglietto da cento dollari. «Le basta?» chiese.

«Sì, ma un'altra volta che ha fretta non usi lo stesso sistema per fermare un taxi, perché potrebbe finire sopra un bel tavolo di marmo.»

«Non voglio crederlo!»

«Oh, mio Dio, ecco qua un'altra liberale! Tenga duro, signora, glielo raccomando! Per quel che mi riguarda, li manderei alla forca! Ma la gente del suo mondo non capisce come stanno veramente le cose. Lei vede solo la superficie, non il marcio che c'è dentro. Qualcuno violenta una ragazzina nei quartieri più poveri... qualcuno svaligia un appartamento... oh, ma tanto tutti i gioielli erano assicurati! Dove abito io, tutti dormono con il coltello sotto il cuscino, e se qualche bastardo si azzarda a toccare quel coltello... Dio abbia misericordia di lui.»

«Un telefono... voglio raggiungere un telefono.»

«Certo signora, tanto la corsa la paga lei.»

Si fermarono ad una cabina tra Madison Avenue e la Settantottesima. Valerie scese e tirò fuori il foglio di carta con l'intestazione del St. Regis sul quale aveva scritto il numero dell'Air Force. Inserì una monetina e compose il numero.

«Aviazione, Comando Reclute, Denver» disse la centralinista.

«Avrei bisogno di un'informazione, signorina» disse Val, guardando il traffico intorno, aspettandosi da un momento all'altro di vedere una berlina marrone con la scritta U.S. ARMY sulla portiera. «Sto cercando di rintracciare un ufficiale, che è anche mio parente...»

«Un minuto, prego. Le passo l'ufficio addetto.»

«Ufficio Personale, Delegazione di Denver» disse una seconda voce, stavolta maschile. «Parla il sergente Porter.»

«Sergente, sto cercando di rintracciare un ufficiale» ripeté Valerie. «Un mio parente che ha lasciato detto ad una zia comune che voleva avere mie notizie.»

«E in quale base del Colorado si trova questo ufficiale?»

«Be', non ne sono sicura.»

«The Springs? L'Accademia? Lowry Field, o forse Cheyenne Mountain?»

«Non sono sicura che sia proprio nel Colorado, sergente.»

«E allora perché ha chiamato Denver?»

«Perché eravate sull'elenco telefonico.»

«Capisco.» L'uomo fece una pausa. «E questo ufficiale ha lasciato detto che voleva sue notizie?»

«Sì.»

«Senza lasciare un indirizzo o un numero di telefono.»

«Be, forse lo ha lasciato, ma mia zia si è dimenticata di scriverlo. Sa, è piuttosto anziana.»

«Allora deve seguire la prassi, signora, scrivendo una lettera al CPM — Centro Personale Militare — alla base Randolph di Sant'Antonio, nel Texas, specificando la richiesta, il nome e il grado dell'ufficiale.»

«Ma non ho tempo, sergente! Vede, io viaggio moltissimo... infatti, telefono da un aeroporto.»

«Mi dispiace, signorina, ma questo è il regolamento.»

«Non sono signorina e mio cugino è generale! E vuole veramente vedermi, parlarmi! Voglio solo sapere dove si trova, ma se non vuole dirmelo, non importa: lo chiami lei, e gli dica di richiamarmi ad un numero che le detterò. Le sembra ragionevole, sergente? Si tratta di un caso urgente!»

«Un generale, signora?»

«Sì, sergente Potter. Il generale Abbott.»

«Sam Abbott? Cioè... il generale di Brigata Samuel Abbott?»

«Proprio lui, sergente Potter.»

«Po*r*ter, signora.»

«Cercherò di ricordarmelo.»

«Be', credo proprio che questa sia un'informazione da poter dare tranquillamente, signorina... cioè, signora. Tutti sanno dove è di stanza il generale Abbott. È un ufficiale molto conosciuto, e appare spesso sui giornali.»

«Benissimo, sergente. Allora può darmi l'indirizzo. Dirò a mio cugino che lei è stato molto gentile... che ci ha aiutati molto.»

«Base Aeronautica di Nellis, signora, in Nevada, proprio vicino a Las Vegas. È il comandante della Sezione manovre tattiche: tutti i comandanti che finiscono il periodo di addestramento devono fare un corso a Nellis. E lui è... A proposito, non mi ha ancora detto come si chiama...»

«Oh, cielo! L'ultima chiamata del mio aereo! Grazie, sergente.» Valerie riappese, gli occhi fissi sulla strada, incerta sul da farsi... se chiamare subito Sam o aspettare. Improvvisamente si rese conto che in nessun modo avrebbe potuto chiamare, perché avrebbe dovuto usare la carta di credito, e per il momento non poteva permettersi di lasciare una traccia con tanto di nome, località di partenza e località di arrivo. Quindi tornò al taxi.

«Signora, se non le dispiace andrei via subito di qui» disse l'autista con voce calma ma che tradiva una certa fretta.

«Che succede?»

«Vede, io ho una radio sintonizzata sulla frequenza della polizia, e la tengo in macchina, tanto per avere notizie belle fresche. L'hanno appena data, la notizia: un capitano dell'Esercito è stato aggredito all'incrocio tra Madison Avenue e la Cinquantacinquesima da un tassista negro che si è diretto verso nord. Sono stato abbastanza fortunato, perché nessuno ha preso il numero di targa o il nome della compagnia, ma hanno dato una descrizione che è quasi perfetta: "Un gran figlio di puttana di negro con un pugno da far paura".»

«Andiamocene» disse Val. «Quello che sto per dire non è certo una cosa piacevole, ma non posso permettermi il lusso di rimanere coinvolta in una faccenda del genere.» Il taxi si mosse, dirigendosi verso la Ottantesima. «Mio... marito l'ha denunciata?» chiese.

«No... evidentemente ho qualche santo in paradiso a proteggermi» rispose il tassista. «O forse ieri sera aveva esagerato con le botte; perché è sparito dalla circolazione senza dire niente. Il grande cuore bianco che trasuda generosità e comprensione... Dove si va?»

«Mi faccia pensare.»

«Pensi pure. La corsa la paga lei.»

Doveva raggiungere Las Vegas a tutti i costi, ma l'idea di tornare al Kennedy o a La Guardia la spaventava: erano posti sicuramente sorvegliati. Allora ricordò quel che era successo cinque o sei anni prima, quando lei e Joel erano andati a trascorrere il weekend a Shot Hills, nel New Jersey; Nathan Simon aveva telefonato a Joel, dicendogli che doveva raggiungere Los Angeles la domenica perché era atteso ad una riunione il lunedì mattina e che gli avrebbe spedito le pratiche per posta aerea direttamente all'Hotel Beverly Hills. Quella volta Joel aveva preso l'aereo all'aeroporto Newark.

«Può portarmi a Newark?»

«Per me, posso portarla anche in Alaska, signora, ma *Newark?*»

«L'aeroporto.»

«Ah, va bene. Uno dei migliori, direi. Penso che anche Newark sia una città discreta, ormai. Ci vive un mio fratello e, diavolo, è ancora vivo. Taglio dal parco e poi vado per la Sessantaseiesima verso il Lincoln Tunnel. Le dispiace se riaccendo la radio?»

«No, anzi...»

Le voci della radio andavano e venivano, ma quando l'autista spinse un bottone si sentirono forti e chiare: «L'incidente all'incrocio della Cinquantacinquesima e Madison è chiuso. Il distretto Dieci l'ha archiviato, visto che la vittima ha rifiutato l'assistenza e non ha voluto dare le proprie generalità. Quindi, amici, al lavoro. Aiutati che Dio t'aiuta. Coraggio, fratelli!»

«Oh, è un fratello!» gridò l'autista con un sospiro di sollievo mentre spegneva la radio. «Ha sentito cosa ha detto? L'incidente è chiuso... Forse è stato in Vietnam, in una di quelle conferenze stampa, dove si fa il conto dei soldati morti e di quelli rimasti vivi... ma probabilmente lui non era dalla parte della stampa, era dalla parte dei soldati. Non la prendevano mai giusta, quei tipi là.»

Valerie si sporse in avanti. «Prima le ho chiesto del... Vietnam, del generale Delavane. Non vuol dirmi che cosa ne pensa?»

Passò quasi un minuto prima che il tassista rispondesse, e quando lo fece parlò con voce dolce, quasi melliflua, in un tono che aveva una punta di amara sconfitta. «I documenti sono attaccati all'interno della vettura, signora, e la sto portando all'aeroporto di Newark... lei mi ha pagato per questo, e per questo io la sto servendo.»

Il resto della corsa fu caratterizzato da un profondo silenzio, mentre c'era un'atmosfera di paura oppressiva. *Dopo tutti questi anni*, pensò Val. *Oh, Dio*.

Incontrarono parecchio traffico all'imbocco del tunnel e all'entrata dell'autostrada: era l'inizio del weekend e la gente partiva per due giorni di sole sulla costa. All'aeroporto era ancora peggio, e c'era una fila che si estendeva per un quarto di miglio circa. Alla fine riuscirono ad arrivare al parcheggio e Valerie scese, dando una mancia di cento dollari al tassista e ringraziandolo. «Lei mi è stato di aiuto prezioso... Non so perché, a dire il vero, ma me lo ricorderò per sempre.»

«Come dico sempre io, sono affari miei. Avevo le mie buone ragioni.»

«Vorrei poter dire qualcosa, qualcosa che la aiutasse a superare certi ricordi, certe situazioni.»

«Non ci provi, nemmeno, signora; la grana è più che sufficiente.»

«No, non credo.»

«Invece le dico di sì, almeno finché le cose non cambieranno, ed io non credo di poter riuscire a vedere quel giorno... Piuttosto, pensi a se stessa: io credo che lei abbia problemi ben più gravi di molti di noi. Mi ha detto troppe cose, che naturalmente non ricordo già più.»

Valerie entrò nel terminal e vide che c'era una fila enorme ai banconi, per cui, prima di mettersi in fila, volle assicurarsi di prendere quella giusta; venti minuti dopo era in coda e un'ora dopo entrava in possesso di un biglietto per il volo delle 1.30 per Las Vegas, il che significava un'ora d'attesa. Era giunto il momento di verificare se tutto quel che stava facendo aveva un senso, se Sam Abbott aveva un senso, o se si stava aggrappando al ricordo di un uomo che magari non era più nemmeno lo stesso. Cambiò venti dollari in monete da un quarto, sperando che bastassero, prese un ascensore fino al secondo piano e raggiunse un telefono all'estremità di un corridoio punteggiato da negozi. Il servizio informazioni telefoniche del Nevada le dette il numero del centralino della Base Aeronautica di Nellis. Fece il numero e chiese di parlare con il generale di brigata Samuel Abbott.

«Non so se è già in ufficio» disse la centralinista.

«Oh!» Aveva dimenticato che tra New York e il Nevada c'erano tre ore di differenza-fuso.

«Aspetti un attimo... sì, è già arrivato; stamani aveva un'esercitazione.»

«Ufficio del generale Abbott.»

«Vorrei parlare con il generale, prego. Mi chiamo Parquette, Virginia Parquette.»

«Posso chiederle a che proposito desidera parlare al generale?»

chiese la segretaria. «È molto occupato, e deve andare in pista tra pochi minuti.»

«Sono una cugina che non vede da molto tempo. Purtroppo c'è stata una disgrazia in famiglia.»

«Oh, questo mi dispiace.»

«La prego, me lo passi... Ah, può darsi che non si ricordi il mio nome... in fondo, sono passati tanti anni. Gli dica che ricordo ancora quelle magnifiche cene a New York. Si tratta di un caso urgente. Avrei voluto che avesse telefonato qualcun altro al posto mio, ma temo di essere stata la prescelta.»

«Sì... sì... certo.»

Quell'attesa sembrò a Valerie una punizione infernale. Finalmente sentì un click e poi una voce che ricordava perfettamente.

«Virginia... Parquette?»

«Sì.»

«*Ginny*... di New York? Quella *cena* a New York?»

«Sì.»

«Sei la moglie, non la sorella, vero?»

«*Sì!*»

«Dammi il numero. Ti richiamo tra dieci minuti.»

«È un telefono pubblico.»

«Perfetto. Rimani lì dove sei.»

Val gli dette il numero e riappese, spaventata, chiedendosi se avesse fatto la cosa giusta, ma sapendo che non c'era altro modo. Si sedette su una sedia di plastica accanto al telefono, guardando gli ascensori, la gente che entrava e usciva dai vari negozi, il bar, la tavola calda. Tentò di non guardare l'orologio. Dopo dodici minuti il telefono prese a suonare.

«Sì?»

«Valerie?»

«*Sì!*»

«Non ho voluto richiamare dall'ufficio... di sicuro ci avrebbero interrotti. Dove sei? Il prefisso mi è sembrato del New Jersey, vero?»

«Sono all'aeroporto di Newark e sto per prendere il volo delle dodici e trenta per Las Vegas. Devo vederti!»

«Io ho tentato di chiamarti. La segretaria di Talbot mi ha dato il tuo numero.»

«*Quando?*»

«Due giorni fa. Ero nel Mojave per le manovre e avevo troppo da fare per pensare di accendere la radio... e i giornali non arrivavano. Mi ha risposto un uomo, e quando mi ha detto che non c'eri ho riattaccato.»

«Era Roger, il padre di Joel. È morto.»

«Lo so. Dicono che si sia trattato di suicidio.»

«*Nò!*... Io l'ho visto, Sam. E ho visto Joel! Sono tutte menzogne!»

«Proprio per questo dobbiamo vederci e parlare» disse il generale. «Chiamami appena arrivi. Sempre con lo stesso nome. Non voglio venire a prenderti all'aeroporto, perché là dentro troppe persone mi conoscono. Intanto penserò ad un posto dove ci potremo incontrare senza problemi.»

«Grazie, Sam!» disse Valerie. «Sei tutto quel che ci rimane, ormai.»

«*Ci* rimane?»

«Per ora sì. Perché io sono la sola cosa che rimane a *lui*.»

Nascosto nell'angolo più buio della stazione, Converse fissava il treno per Osnabrück che stava per ripartire, con un gran cigolìo di ruote. Si aspettava da un momento all'altro di sentire un fischio lacerante nella notte tranquilla e il treno che si fermava, mentre un controllore mezzo ubriaco usciva dalla carrozza merci, urlando di paura e di sbigottimento. Ma non successe nulla del genere. Perché? Forse l'uomo era ubriaco del tutto? Forse le grida e i mugolii degli animali lo avevano impressionato a tal punto che si era scolato l'intera bottiglia, consigliandogli di rimanere al sicuro nella sua gabbia? O forse non aveva visto che un'ombra nell'oscurità di quella carrozza, e ancora non si era reso conto di viaggiare in compagnia di un uomo svenuto? Poi Joel capì che c'era un'altra possibilità, molto più brutale: vide la figura di un uomo che percorreva tutte le carrozze fino all'ultima, affacciandosi al finestrino per ben due volte. Qualche attimo dopo l'uomo si sporse sopra la porta inferiore della prima uscita, con gli scalini bloccati dal cancelletto. In mano aveva una pistola, che teneva vicinissima alla fronte, mentre scrutava l'oscurità della stazione.

Improvvisamente il killer prese la sua decisione: si aggrappò alla ringhiera di metallo e saltò a terra, rotolando parecchie volte prima di fermarsi, perché il treno aveva ormai preso parecchia velocità. L'uomo di Aquitania aveva paura: non osava perdere la preda, né poteva riferire di non aver portato a termine l'incarico affidatogli.

Converse girò l'angolo e corse verso il parcheggio. I passeggeri scesi dal treno insieme a lui erano già saliti sulle automobili; soltanto due coppie erano rimaste a chiacchierare, ed era ovvio che aspettavano qualcuno che venisse a prenderli. Intanto, una macchina si era avvicinata e i quattro avevano fatto cenno all'autista che, sorridendo, li aveva fatti salire ed era ripartito in un coro di risate. Il parcheggio era deserto, e la stazione stava chiudendo per la notte. Soltanto un riflettore piazzato sul tetto illuminava quello spettacolo di desolazione, nel quale una fila di alberi oltre uno spiazzo di ghiaino dava l'impressione di un muro immenso e impenetrabile.

Cercando di rimanere sempre nell'oscurità, Joel raggiunse un arco all'estremità dell'edificio che costituiva la stazione. Si mise con le spalle contro quel muro, la pistola puntata in avanti, chiedendosi se avrebbe usato quell'arma, se avrebbe avuto il tempo di sparare. Sul treno aveva avuto tanta fortuna, e se ne rendeva conto; ma non poteva assolutamente farcela con un killer di professione. E, nonostante cercasse di convincersi del contrario, non era in una giungla e soprattutto non aveva diciotto anni di meno. D'altronde, quando ci pensava (come ci pensava in quel momento) sapeva che quei ricordi erano tutto quel che aveva in quel momento, tutto quello che poteva servirgli. Si allontanò dall'arco e voltò l'angolo.

L'esplosione arrivò, colpendo la pietra, proprio sulla sinistra della sua testa. Si gettò verso la sua destra, rotolando sulla ghiaia, poi si alzò per sfuggire alla morsa del riflettore. Altre tre esplosioni fecero saltare pietre e polvere ai suoi piedi. Raggiunse un cespuglio e vi si nascose, mentre all'improvviso nella sua mente gli fu chiaro cosa dovesse fare.

«*Aughhh! Aughhh!* ...!» mugulò, cercando di imitare l'urlo che precede l'agonia della morte.

Poi si nascose nel fitto dei cespugli, penetrando fra quei rovi fin che poteva; si trovava ad una trentina di metri dal posto dove aveva gridato: si girò e rimase in attesa, guardando la distesa di ghiaia sotto la luce del riflettore.

Successe proprio come era successo tanti anni prima, quando tre ragazzi in divisa avevano ucciso un altro ragazzo nella giungla. Chi è in ansia corre sempre verso l'ultimo rumore che ha sentito... proprio come l'uomo di Aquitania, che uscì dall'oscurità di un binario secondario con la pistola impugnata saldamente con entrambe le mani. Con molta prudenza si avvicinò alla zona dalla quale aveva sentito provenire le grida.

A tastoni, Converse cercò una pietra, l'afferrò e aspettò, mentre il cuore gli batteva all'impazzata: poi la lanciò in aria con forza mirando verso la sua destra.

Si sentì un rumore sordo, ma piuttosto forte e il soldato di Aquitania si accucciò, sparando in successione...*due, tre, quattro*! Converse si alzò e premette il grilletto due volte, al che l'uomo ebbe uno spasimo, un grido soffocato e, portandosi le mani al ventre, cadde a terra.

Non c'era tempo per pensare o considerare quanto era successo. Joel strisciò fuori dal suo nascondiglio e corse verso il suo mancato giustiziere: lo prese per le braccia e lo nascose di nuovo tra i cespugli. Però sentiva impellente il bisogno di sapere, per cui avvicinò due dita al collo dell'uomo e si accorse che era morto: un altro soldato sacrificato per la causa della nuova Aquitania, la confederazione militare di George Marcus Delavane.

Era chiaro che lì intorno non c'era nessuno: se ci fosse stato, infatti, avrebbe sentito urla, grida, rumore di gente che scappa; e probabilmente la polizia, avvertita da qualche testimone dell'accaduto, sarebbe già arrivata. Quanto c'era ancora per Osnabrück? A dire il vero, Joel aveva letto l'orario, ma tutto era accaduto così rapidamente e così brutalmente che non aveva fatto in tempo ad imparare a memoria orari e distanze: comunque, era di sicuro meno di un'ora di treno. Doveva in qualche modo avvertire quella donna alla stazione di Osnabrück: ma come?

Andò sul binario e guardò il cartello: Rheine. Era pur sempre un indizio, anche perché lui aveva contato le fermate, senza far caso ai nomi delle stazioni. Poi vide qualcosa in lontananza, qualcosa di molto alto con tante luci accese... una torre! In Francia e in Svizzera aveva visto centinaia di quelle torri, e sapeva che erano case cantoniere, che controllavano tutti i treni che attraversavano quel dato settore. Prese a camminare lungo i binari, chiedendosi per un attimo che aspetto avesse: aveva perduto il cappello, gli abiti erano tutti sporchi, ma aveva ancora il colletto bianco da prete: l'immagine era salva.

Raggiunse la base della torre, cercò di spazzolarsi i vestiti e di pettinarsi un po'; poi cominciò a salire la scala di metallo. Arrivato in cima, vide che la porta d'acciaio era chiusa a chiave e che la parte superiore, un tempo di vetro leggero, veniva ora costruita con cristalli a prova di proiettile: segno che il terrorismo faceva le sue vittime in Germania e che un treno in corsa era un bersaglio fin troppo facile. Si avvicinò alla porta e bussò; all'interno c'erano tre uomini, chini sulle consolle elettroniche. Il più anziano dei tre venne verso la porta, scrutando l'esterno e segnandosi alla vista di quel sacerdote. Ma non aprì; ad un tratto Joel sentì un rumore strano, come un'eco amplificata e la voce dell'uomo uscì da un altoparlante: «*Was ist, Hochwürden?*».

«Non parlo tedesco. C'è qualcuno che parla inglese?»

«*Engländer?*»»

«Sì... *ya*»

L'uomo anziano si volse verso i compagni e disse loro qualcosa; due scossero la testa, ma un terzo alzò la mano e venne verso la porta.

«*Ich spreche* ... un po', signor *Engländer*. *Nicht* entrare qui, *verstehen?*»

«Devo fare una telefonata ad Osnabrück! C'è una donna che mi aspetta... una *Frau!*»

«Oohh! *Hochwürden! Eine Frau?*»

«No, no... non ha capito! Non c'è nessuno che parli *inglese?*»

«*Sie sprechen Deutsch?*»

«No!»

«*Warten Sie*» disse il terzo uomo che era alla consolle. Si consultarono, poi quello che parlava "un po' di inglese" si voltò verso la porta.

«*Eine Kirche*» disse cercando l'equivalente in inglese. «*Chiesa! Ein Pfarrer*... prete! *Er spricht Englisch. Drei* ... tre *strassen*... laggiù!» Il tedesco indicò verso sinistra e Joel guardò al di sopra della spalla. In lontananza c'era una strada e immediatamente capì: c'era una chiesa tre isolati più avanti, con un parroco che parlava inglese e forse aveva anche il telefono.

«Il treno per Osnabrück. *Quando?* Quando arriva?» Converse indicò l'orologio. «*Quando?* Osnabrück?»

L'uomo guardò un punto preciso sopra la consolle, poi si voltò e sorrise a Joel. «*Zwölf Minuten, Hochwürden!*»

«Come? Cosa?»

«*Zwölf*... totici.»

«*Dodici?*»

«*Ja*!»

Converse prese a scendere la scala di metallo e una volta arrivato in fondo corse a più non posso. Raggiunta la strada, si portò una mano al petto, promettendo a se stesso per la cinquecentesima volta che avrebbe smesso di fumare. Aveva convinto Val a smettere, ma senza seguirne l'esempio: il fatto era che si riteneva invulnerabile. O forse teneva più a lei che a se stesso? *Basta!* Dov'era quella maledettissima chiesa?

Alla fine la scorse, sulla destra. Una piccola chiesa, con le guglie intarsiate, e con quel che pareva una capanna Quonset come oratorio. Joel corse verso la porta, che era ornata da un elaboratissimo crocifisso, intarsiato di finti diamanti; un Cristo tutto lustrini! Poco dopo un uomo grasso, con un volto da cherubino e pochi capelli bianchi sulla testa, perfettamente pettinati, venne ad aprirgli.

«*Ah, Guten Tag, Herr Kollege.*»

«Mi scusi» disse Converse, con il fiato corto. «Non parlo tedesco, ma mi hanno detto che lei parla inglese.»

«Ah, sì, certo, o almeno lo spero. Ho fatto il noviziato nella vostra Madrepatria... che si contrappone al concetto che abbiamo noi di Patria, Padre di tutti noi... naturalmente lei avrà colto la differenza del genere. Entri, entri! Una visita di un collega richiede uno *Schnaps*. "Un goccio di vino" suona meglio, vero? Ancora una volta la Madrepatria.. così dolce, così comprensiva. Perbacco, lei è un giovanotto, ed anche di bell'aspetto!»

«Non poi così giovane, Padre» disse Joel, entrando.

«Tutto è relativo, non è vero?» Il prete tedesco entrò in quello che a prima vista sembrava il salotto, dove alle pareti erano appesi ritratti di santi incorniciati di finto diamante e con il volto indiscutibilmente femmineo. «Che cosa le posso offrire? Ho dello sherry e un po' di moscato, e una bottiglia di Porto che ho lasciato per le grandi occasioni... Ma chi l'ha mandata qui? Per caso quel novizio di Lengerich?»

«Ho bisogno di aiuto, Padre.»

«Gesù Grande, e chi non ha bisogno d'aiuto al giorno d'oggi? Per caso si tratta di una confessione? Per carità, rimandiamo tutto a domani mattina. Io amo il Signore mio Dio con tutta l'anima e con tutta la mia forza ... e se sono caduto in un peccato della carne, è colpa di Satana. Non ero io a commetterlo, ma *l'Arcangelo delle Tenebre!*»

L'uomo era visibilmente ubriaco, perché ad un certo punto inciampò e cadde; Converse corse verso di lui, lo aiutò a rialzarsi e lo mise a sedere su una sedia... una sedia accanto all'unico telefono nella stanza.

«La prego, Padre, cerchi di capirmi. O perlomeno cerchi di non fraintendermi... Devo mettermi in contatto con una donna che mi sta aspettando ad Osnabrück. È importante!»

«Una donna? Satana! Ecco Lucifero con gli occhi di fuoco! Pensa forse di essere migliore di me?»

«Niente affatto. La prego. Ho bisogno di aiuto.»

Ci vollero una decina di minuti, ma alla fine il prete si calmò e prese il telefono. Disse il proprio nome, specificando che era un prete, e pochi minuti dopo Joel sentì il nome che doveva sentire, e che lo fece respirare di sollievo.

«*Frau Geyner? Es tut mir leid...*» Il prete e la donna parlarono per qualche minuto, poi il sacerdote riattaccò e si volse verso Joel. «La stava aspettando» disse, aggrottando la fronte come se ci fosse qualcosa che non riusciva a capire. «Perché pensava che fosse sceso allo scalo merci... Quale scalo merci?»

«Be', non importa... Io ho capito.»

«Ed io no. Ma ha detto che sapeva come arrivare fin qui e che sarebbe venuta a prenderla tra una mezz'oretta... Credo di aver smaltito la sbornia di poco fa. Immagino di non essere stato uno spettacolo edificante.»

«Niente affatto» disse Joel. «Lei ha accolto un uomo che aveva bisogno di aiuto, e in questo non ci vedo niente di male.»

«Benissimo. Allora beviamoci su. Ma niente *Schnaps* o "gocci di vino"; sono soltanto una perdita di tempo, non trova? Ho una bottiglia di bourbon in frigorifero, bourbon americano. Lei *è* americano, vero?»

«Sì, e un bicchiere di bourbon è davvero la cosa che mi ci vuole.»

«Bene! Venga, mi segua nell'umile cucina. Per di qua... attento alla tenda dorata... È un po' troppo, vero? Oh, be' ... in fondo sono un buon uomo, questo lo dicono tutti. E tutti dicono anche che sono una buona spalla sulla quale piangere.»

«Lo penso anch'io.»

«Dove ha studiato, Padre?»

«All'Università Cattolica di Washington» rispose Converse, congratulandosi con se stesso per la prontezza con la quale aveva risposto.

«Buon Dio, ma anch'io ho studiato all'Università Cattolica di Washington» disse il prete tedesco. «Ho viaggiato molto... Si ricorda di quel tizio... come si chiamava...?»

Oh, mio Dio, pensò Joel.

Frau Hermione Geyner arrivò e prese in consegna il protetto... comandandolo a bacchetta come una recluta. Era una donna piccola, molto più anziana di quel che Joel avesse immaginato. Il suo volto era appassito, e gli ricordava il volto della donna alla stazione di Amsterdam, mentre gli occhi grandi e intensi mandavano lampi di elettricità. Joel salì in auto accanto a lei, che chiuse la portiera con la sicura; poi si mise alla guida e partì a razzo, raggiungendo in pochi secondi la velocità di cento chilometri all'ora.

«La ringrazio per quel che sta facendo per me» disse Converse, ancorandosi con i piedi al pavimento dell'auto.

«Non è *niente!*» esclamò la vecchia. «Sapesse quanti piloti ho salvato, tirandoli fuori dai rottami degli aerei che si erano schiantati a Bremerhaven, Stoccarda e a Manheim! Sputavo negli occhi dei soldati, e passavo oltre le barricate! Non ho mai fallito! Perché quei porci non potevano toccarmi.»

«Volevo soltanto dire che la ringrazio per avermi salvato la vita, e voglio che sappia che le sarò grato per sempre. Ho saputo che Valerie... sua nipote e mia... la mia ex-moglie, le ha detto che non ho fatto le cose delle quali mi accusano. È vero, mi creda.»

«*Ach*, Valerie! Una ragazza estremamente cara, ma di lei non ci si può fidare, *ja*? È per questo che se ne è sbarazzato, *ja*?»

«No... non proprio.»

«Ma, in fondo, come potrebbe essere affidabile?» continuò Hermione Geyner, ignorando la risposta di Joel. «Prima di tutto è un'artista, e tutti noi sappiamo che gli artisti sono volubili. E poi, suo padre era francese. Secondo lei, poteva avere un handicap maggiore? *Franzose!* I vermi d'Europa, gente estremamente poco affidabile, proprio come il loro vino, che bevono continuamente! Sono degli ubriaconi e basta, ecco qual è la verità. Ce l'hanno nel sangue!»

«Però, lei ha avuto fiducia in sua nipote. Per questo mi sta aiutando.»

«La sto aiutando perché so che *possiamo*. Noi *sapevamo* di poterlo fare!»

Joel prese a fissare la strada, anche perché le curve di un tracciato di campagna affrontate a cento all'ora possono essere pericolose. Hermione Geyner non era proprio quel che si aspettava, ma niente gli sembrava esattamente quel che si aspettava: a guardare bene le cose, doveva ammettere che quella donna era estremamente anziana, che era notte fonda e che sicuramente doveva aver passato una giornata non certo delle più tranquille: i vecchi pregiudizi riaffiorano nella mente degli anziani quando si sentono stanchi. Probabilmente l'indomani avrebbero chiacchierato con un po' più di calma, e le cose si sarebbero aggiustate da sole. L'indomani... era l'inizio del secondo giorno e Valerie gli aveva promesso di richiamarlo per informarlo su quanto era successo e sui progressi che aveva fatto nel contattare Sam Abbott. Doveva telefonargli! Sam doveva essere informato sullo strano linguaggio che Joel aveva sentito da un vecchio ad Amsterdam, un linguaggio nel quale una parola aveva un significato completamente diverso da quello contemplato nel dizionario. Assassinio! Val, chiamami. *Per l'amor di Dio, chiamami!*

Guardò fuori dal finestrino, mentre i minuti passavano. La campagna era piacevolmente rilassante, ma quel silenzio lo metteva in imbarazzo.

«Eccoci arrivati!» gridò Hermione Geyner, prendendo un vialetto laterale ad una velocità pazzesca: sullo sfondo, Joel vide una casa a tre piani, che certamente un tempo doveva essere stato uno splendido edificio, se non altro per la profusione di abbaini e di finestre sotto il tetto. Ma ora, specialmente alla luce della luna, appariva vecchio e sciupato proprio come la padrona.

Salirono i gradini di legno del portico e andarono alla porta. Frau Geyner bussò, con colpi rapidi e insistenti e dopo qualche istante una donna molto anziana aprì la porta, facendo un cenno solenne con il capo mentre i due entravano.

«Molto carino» cominciò Joel. «Vorrei dirle che...»

«Ssshhh!» Hermione Geyner gettò le chiavi della macchina in una ciotola di lacca rossa che stava nell'ingresso e alzò una mano. «*Da questa parte*!»

Converse la seguì verso una doppia porta e quando Hermione l'aprì rimase piuttosto confuso e sorpreso: di fronte a lui, in una stanza di foggia vittoriana illuminata da una luce fioca, c'era una fila di sedie con lo schienale alto, su ognuna delle quali era seduta una donna anziana... nove donne anziane! Joel le guardò, mesmerizzato da quelle apparizioni: qualcuna gli sorrise, altre continuarono a tremare incessantemente, non di paura ma di anzianità; qualcuna assunse un'espressione rigida e severa e una sembrava non aver capito nulla di quanto succedeva, perché continuava a canticchiare sottovoce cullandosi.

Ci fu uno scoppio di applausi.. mani sottili e venate profondamente di blu, mani gonfie, mani che battevano l'una contro l'altra con evidente sforzo. Di fronte a quella fila di vecchie erano state messe due sedie, e la zia di Valerie indicò a Joel di sedersi su una e prese posto sull'altra. Quando si furono seduti, gli applausi cessarono.

«*Meine Schwestern Soldaten*» gridò Hermione Geyner, alzandosi. «*Heute Nacht...*»

La vecchia parlò per quasi dieci minuti, interrotta di tanto in tanto da applausi e da espressioni di meraviglia e di rispetto. Alla fine si risedette. «*Nun. Fragen!*»

Le donne cominciarono a parlare tutte insieme... voci fragili e spezzate mescolate ad altre, più forti, quasi ostili. Converse si rese conto che fissavano proprio lui, facendogli domande precise, mentre qualcuna si faceva il segno della croce, proprio come se il fuggiasco che avevano salvato fosse stato veramente un prete.

«Coraggio, amico mio!» gridò Hermione Geyner. «Risponda alle signore. Mi sembra che lo meritino, dopo quello che hanno fatto, no?»

«Ma non posso rispondere, se non capisco le domande» protestò Joel, mantenendosi calmo.

Improvvisamente, senza che niente lasciasse prevedere quella mossa, la zia di Valerie si alzò dalla sedia e lo colpì al volto, mentre l'anello che portava al dito gli rompeva la pelle. «Non fare il furbo! Lascia perdere le tattiche evasive, almeno con noi!» urlò, colpendolo ancora. «Noi sappiamo che sei in grado di capire ogni parola di quel che abbiamo detto! Perché voi cecoslovacchi e polacchi pensate sempre di farci fessi? Hai *collaborato*! Ne abbiamo *le prove!*»

Le signore presero ad urlare tutte insieme, i volti contratti e deformati dalla rabbia e dall'odio. Converse si alzò in piedi, rendendosi conto che Hermione Geyner e le sue amiche erano completamente matte, o rimbecillite dall'età, o forse ambedue le cose: vivevano in un'età violenta, un'età che avevano già vissuto trent'anni prima.

Poi, la porta si aprì ed entrarono due uomini; uno teneva una mano nella tasca dell'impermeabile e nell'altra aveva un pacco, una busta che Joel riconobbe subito; l'altro aveva una giacca sul braccio, che senza dubbio nascondeva un'arma. Quando poi apparve il terzo uomo, Joel sentì una fitta in mezzo al petto, un dolore fortissimo, insopportabile e chiuse gli occhi: l'uomo aveva la testa fasciata e il braccio ingessato e l'ultima volta che lo aveva visto era stato su un carro merci, in mezzo alle gabbie di animali nervosi e inferociti.

Il primo uomo gli si avvicinò e gli tese il pacco, una busta spessa senza francobolli: era il dossier che aveva mandato a Nathan Simon a New York.

«Il generale Leifhelm le manda i suoi saluti e i suoi rispetti» disse l'uomo, pronunciando la parola "generale" con la *g* dura.

32

Peter Stone guardava il medico della CIA che dava l'ultimo punto all'angolo della bocca del capitano, che era semisdraiato in una sedia.

«Dovrà far riparare il ponte» disse il dottore. «Conosco un odontoiatra che potrà farle il lavoro in un paio d'ore; poi un dentista amico mio farà il resto. Le telefono più tardi, quando avrò preso gli accordi necessari.»

«Figlio di puttana!» tuonò il capitano, urlando più che poteva con metà bocca sotto l'effetto dell'anestetico. «Un avanzo di galera, un maledettissimo avanzo di galera negro, ecco cos'era! Non poteva essere uno di loro, ne sono sicuro. Era solo un tassista. Perché diavolo l'ha fatto?»

«Forse l'ha provocato» disse Stone, consultando un blocco per appunti. «A volte succede.»

«*Che cosa* succede?» urlò l'ufficiale.

«Basta, capitano. Se ne stia calmo, o farà saltare i punti.» Così dicendo, il medico gli mostrò una siringa: era una minaccia, e il capitano comprese.

«Okay, okay.» L'ufficiale prese a parlare a voce bassa, facendo attenzione a non muovere troppo la bocca. «Che significa "provocare" nel linguaggio che usate voi della CIA?»

«È inglese, semplice, chiaro inglese.» Stone si volse verso il medico. «Lei sa benissimo che non lavoro più per la CIA. Quindi mi faccia il conto, per favore.»

«Be', io credo che sia sufficiente un invito a cena. Naturalmente, l'odontotecnico e il dentista dovrete pagarli. Ma vi consiglio di pagarli in contanti, e di andarci senza la divisa.»

«Benissimo.»

«Che cosa...?» Il capitano tacque, vedendo che Stone gli aveva fatto cenno di rimanere tranquillo.

Intanto il medico aveva rimesso gli strumenti nella borsa nera ed era andato alla porta. «A proposito, Stone» disse all'ex-agente della CIA «grazie per l'albanese. Sua moglie spende a mani piene rubli su rubli per curarsi ogni malattia che figura sul manuale del perfetto medico.»

«La malattia sta tutta nel marito; la moglie non lo sa, ma ha un appartamento a Washington che gli serve per intrattenere rapporti di natura sessuale che non rientrano proprio nelle norme.»

«Be', probabilmente mi conviene tacere e continuare a far spendere rubli alla signora».

Quando il dottore fu uscito, Stone si rivolse al capitano. «Quando si è in compagnia di persone del genere, è meglio parlare il meno possibile, e fare meno domande che si può. Anche perché sono loro stessi a dire che non vogliono sapere nulla.»

«Mi dispiace. Che cosa voleva dire prima... io ho provocato quell'energumeno?»

«Via ... Una donna giovane e carina inseguita da un capitano dell'Esercito con tanto di geroglifici sulle spalle. E lei pensa di suscitare soltanto tenerezza e dolci pensieri in un negro che la vede come il simbolo di una certa classe?»

«Il simbolo di una certa classe? Non avevo mai pensato di poter rappresentare una cosa del genere, ma credo di capire... Quando sono arrivato era al telefono, e dopo ci sono state altre due chiamate. Novità? Si sa qualcosa della Converse?»

«No.» Stone consultò gli appunti. «Ma possiamo ritenere che la donna si stia mettendo in contatto con qualcuno che sia lei sia l'ex-marito considerano affidabile.»

«Già ... lui conosce tanta gente a Washington. Forse qualcuno dell'Hill, o forse al Dipartimento di Stato.»

«No, penso proprio di no. Se avesse avuto un pensiero del genere e avesse supposto di raggiungere quella persona senza rimetterci la buccia lo avrebbe già fatto. Si ricordi che è stato catturato, imprigionato, condannato. E poi, chi poteva trattare la faccenda a Washington? No, ormai è troppo compromesso: troppe "autorità" e "fonti ufficiali" hanno riconosciuto che è malato, ne hanno fatto una diagnosi ben precisa e l'hanno confermata.»

«Ormai anche lui avrà scoperto quel che noi abbiamo saputo mesi fa: non si sa mai con chi si parla, con chi ci si confida.»

«Oppure chi può essere stato coinvolto» aggiunse Stone. «O chi può essere stato ricattato.» Si sedette di fronte al capitano. «Ma ci sono un altro paio di cose che vanno a comporre un pezzo di questo mosaico: abbiamo un disegno, una trama precisa e qualche nome in più di quelli che avevamo. Se potessimo tirar fuori Converse da questo pasticcio e mettere insieme quel che sappiamo con quel che ha scoperto lui... forse sarebbe abbastanza.»

«*Cosa*?» Il capitano fece un balzo sulla sedia.

«Si calmi. Ho detto che è una possibilità. Ultimamente ho fatto in modo da farmi pagare certi vecchi debiti, e se le cose vanno per il verso giusto, penso di potermi fidare.»

«È proprio questa la ragione per la quale le abbiamo chiesto di unirsi a noi» disse l'ufficiale con voce calma. «Perché lei sa quel che deve fare, mentre noi... Che cosa ha scoperto?»

«Tanto per cominciare... ha mai sentito parlare di un attore che si chiama Caleb Dowling? Veramente, sarebbe Calvin, ma il nome di battesimo è importante solo per il computer.»

«Sì, lo conosco. Fa la parte del padre di famiglia in uno show televisivo che si chiama *Santa Fé*. Be', non lo gridiamo ai quattro venti, ma qualche volta io e mia moglie lo abbiamo visto. Ma cosa c'entra?»

Stone guardò l'orologio. «Sarà qui a momenti.»

«Non sta scherzando, vero? Mi sento tutto emozionato.»

«E quando gli avrà parlato, sarà ancora più emozionato.»

«Gesù, mi sveli questo segreto!»

«Si tratta di una di quelle strane coincidenze che ognuno di noi guarda sempre con sospetto: ma stavolta è perfettamente logico, solo che i tempi non sono troppo logici... Dunque, Dowling si trovava a Bonn per girare un film e lì ha conosciuto Peregrine: una celebrità americana... eccetera eccetera. Per caso, ha anche incontrato Converse su un aereo e gli ha procurato una stanza d'albergo quando sembra che a Bonn ci fosse il tutto-esaurito. Ma la cosa più strana di tutte è che Dowling è stato il primo contatto tra Peregrine e Converse... contatto mai avuto perché improvvisamente ci si è messo di mezzo Fitzpatrick.»

«E allora?»

«Quando Peregrine è stato ucciso, Dowling ha chiamato più volte l'ambasciata per prendere un appuntamento con il vice ambasciatore, ma lo hanno sempre scaricato con qualche scusa. Cosicché alla fine si è stufato, e ha mandato un biglietto alla segretaria di Peregrine, dicendole che doveva comunicarle qualcosa di importante. La segretaria ha acconsentito all'incontro e questo Dowling le ha consegnato la notizia-bomba: sembra che lui e Peregrine fossero rimasti d'accordo che se Converse avesse telefonato all'ambasciata e avesse acconsentito ad un incontro, Peregrine avrebbe permesso a Dowling di assistervi, e Peregrine non era certo uomo da rimangiarsi la parola data. In secondo luogo, Peregrine aveva detto a Dowling che c'era qualcosa che non andava nell'ambasciata, che qualcuno si comportava in maniera strana, e anche a Dowling è capitato di assistere ad un incidente singolare. Insomma, Dowling disse alla segretaria che di cose strane ce n'erano tante: Converse non poteva essere matto, perché lui stesso l'aveva sentito ragionare con lucidità e raziocinio. Nessuno aveva interrogato Dowling sulla morte di Peregrine, come se stessero debitamente evitando una delle ultime persone che lo avevano visto vivo. Per questo, disse, non credeva che fosse Converse il responsabile dell'assassinio di Peregrine. Si può immaginare la segretaria... c'è mancato poco che svenisse ma ha trovato la forza di dire all'attore che doveva mettersi in contatto con il responsabile della sezione locale della CIA. Per coincidenza, anch'io gli ho telefonato per dirgli che mi occupavo di un caso per conto del Dipartimento di Stato.»

«E lui le ha confermato tutto quanto?»

«Sì. Mi ha detto di aver ascoltato con attenzione quanto Dowling aveva da dirgli e di aver fatto indagini per conto proprio. Intanto ha fatto dei nomi, uno dei quali ben conosciuto, aggiungendo che ce n'erano degli altri. Era con lui che parlavo al telefono quando lei è arrivato. Dowling è rientrato ieri; ora è al Pierre e sarà qui per le undici e mezzo.»

«Questo si chiama agire in fretta» disse il capitano, annuendo. «Nient'altro?»

«Altre due cose. Si ricorderà certamente della nostra perplessità di fronte all'assassinio del giudice Anstett e il vespaio che sollevarono, dicendo che si trattava di un assassinio da parte di una banda organizzata. Noi, fra l'altro, non sapevamo neppure il perché Halliday fosse ricorso proprio ad Anstett; be', i ragazzi al centro elettronico dell'Esercito lo hanno scoperto. Il fatto risale all'ottobre del 1944, quando Anstett era l'ufficiale legale della Prima Armata di Bradley, mentre Delavane comandava un battaglione. Be', Delavane imbastì un caso contro un sergente, con l'accusa di diserzione sotto il fuoco nemico. Voleva che servisse da esempio sia per i suoi uomini sia per i tedeschi: i primi dovevano capire che il loro comandante era tutto d'acciaio, i secondi dovevano sapere con chi avevano a che fare. Il verdetto che ne seguì fu "colpevole" e l'uomo venne condannato a morte in virtù della legge marziale.»

«Oh, mio Dio» esclamò il capitano. «Di nuovo Slovik...!»

«Esattamente. Però quella volta un tenente di nome Anstett sentì parlare di questa cosa e si fece avanti. Chiese perizie psichiatriche e non solo riuscì a rimandare a casa il sergente e a farlo curare, ma, usando la stessa arma — e cioè una perizia psichiatrica che mostrasse i segni di una malattia mentale, in questo caso esaurimento da stress — riuscì anche ad aprire un'inchiesta su Delavane stesso, mettendo in dubbio la sua capacità di comandare un battaglione. Roba da rovinare una splendida carriera militare, cosa che sarebbe sicuramente successa, se non fossero intervenuti gli amici del colonnello al Dipartimento della Difesa. Così, quell'inchiesta si insabbiò ed è ritornata a galla soltanto negli anni sessanta, quando tutto quel materiale venne computerizzato.»

«Spiegazione convincente e avvincente al tempo stesso, Stone.»

«E non è ancora finita. Infatti, questo non spiegherebbe l'assassinio di Anstett. E badi bene, hanno accusato la mafia.» Stone fece una pausa e girò una pagina degli appunti. «Ci doveva essere una connessione, un legame, che forse risaliva a parecchi anni prima. Così i ragazzi sono andati un po' più a fondo ed io penso che abbiamo trovato la risposta giusta. Indovini chi era l'aiutante di campo del colonnello Delavane alla Prima Armata. No, non tenti neppure, tanto non ci arriverebbe. Glielo dico io: era un certo capitano Parelli, Mario Alberto Parelli.»

«Gesù! Il senatore?»

«Già, il senatore che ormai ha completato cinque legislature, che fanno trent'anni tondi tondi di sedere posato sulla stessa poltrona. Il nostro Mario fatto-tutto-da-sé, con una spintarella dal G.I. Bill, da qualche benefattore e da qualcun altro che ha visto un modo semplice ed elegante per far quattrini.»

«Uao...» disse il capitano a voce bassa, senza traccia di entusiasmo, appoggiandosi allo schienale della sedia. «Pesantuccio, non le pare?»

«È là, nero su bianco. E si adatta bene al personaggio. Eppoi, negli anni '62 e '63, durante i "giorni di Fidel", Parelli si vedeva spesso alla Casa Bianca, grazie ai due Kennedy.»

«Anche al Senato. Ed è uno dei cannoni che sparano più forte sulla Hill.»

«E già che ci siamo, le do anche l'ultima notizia. Abbiamo trovato Fitzpatrick.»

«Cosa?»

«Be', forse trovato non è la parola giusta, ma sappiamo dov'è» disse Stone. «Per quel riguarda il fatto di poterlo tirar fuori da quel posto, è tutta un'altra faccenda.»

Valerie fermò un taxi all'aeroporto McCarran di Las Vegas e dette al tassista l'indirizzo di un ristorante sulla Route 93, indirizzo che Sam Abbott le aveva ripetuto due volte al telefono. L'autista, piuttosto sorpreso, l'aveva guardata con aria divertita e preoccupata allo stesso tempo. Val ormai era abituata agli sguardi degli uomini su di sé, e non se ne sentiva né infastidita né adulata. Era semplicemente stufa di quelle fantasie da ragazzoni mai cresciuti sul serio che sapevano soltanto spogliarla con gli occhi.

«È sicura, signorina?» chiese l'autista.

«Prego?»

«Non si tratta di un ristorante... per lo meno di quel che intendo io per "ristorante". È una tavola calda, un punto di ritrovo per camionisti.»

«È il posto dove voglio andare» rispose Val in tono gelido.

«Certo... io volevo soltanto avvertirla.» Il taxi si infilò nel flusso del traffico.

Il tassista, comunque, aveva ragione. Intorno alla tavola calda, costruita a forma di L, c'era un piazzale d'asfalto, pieno di autocarri che troneggiavano sulle poche auto parcheggiate da parte, quasi i loro autisti avessero avuto paura del confronto diretto con i bisonti della strada. Val pagò la corsa ed entrò, guardandosi attorno e dirigendosi verso la parte che costituiva la gamba più lunga della L. Sam le aveva detto che l'avrebbe aspettata proprio lì, seduto ad uno degli ultimi tavoli.

Infatti lo vide, poco distante, e mentre si avvicinava studiò l'amico che non vedeva da sette anni. Non era cambiato molto: qualche capello bianco in più intorno alle tempie, ma lo stesso volto forte e rilassato... Forse gli occhi erano più profondi, e le zampe di gallina più accentuate, mentre gli zigomi erano ancora un tantino più in rilievo. Ora sarebbe stato più facile fargli il ritratto, pensò Val, perché finalmente si vedeva un uomo, un carattere, un personaggio. Quando i loro occhi si incontrarono, il generale di brigata si alzò e le andò incontro: i vestiti tradivano il rango e la professione di quell'uomo. Aveva una camicia sportiva, un paio di pantaloni estivi marroni e macassini neri. Era un po' più basso di Joel, anche se non di molto, e negli occhi grigi c'era la gioia per aver rivisto l'amica.

«*Val.*» Abbott l'abbracciò per un attimo, ovviamente per non attirare l'attenzione.

«Ti trovo bene, Sam» disse Val sedendosi accanto a lui e appoggiando per terra la borsa da viaggio.

«Ed io ti trovo formidabile, che è il termine con cui un ufficiale riassume tutti gli aggettivi che senti ogni giorno quando attraversi la strada.» Abbott sorrise. «È buffo, ma vengo spesso in questo locale proprio perché passo completamente inosservato. Così quando mi hai telefonato mi sono detto "Diavolo, è il posto giusto". Ma avrei dovuto immaginarlo: appena sei passata in mezzo a quella folla di gorilla, non hanno più capito nulla: chi si versava la birra in testa, chi si infilava le uova fritte nelle orecchie...»

«Grazie, Sam. Mi sento tranquilla.»

«Mentre io dovrò trovare un alibi. Se qualcuno dovesse riconoscermi, dirò che si tratta di roba di ufficio.»

«Per caso sei sposato, Sam?»

«Già... cinque anni fa. Un po' tardi, ma un matrimonio perfetto: una donna adorabile e due figlie incantevoli.»

«Ne sono felice. Spero che ci sarà occasione di conoscere tua moglie e anche le ragazze... ma non adesso. Di sicuro non adesso.»

Abbott la guardò negli occhi con una punta di tristezza. «Grazie per aver capito» disse.

«Non c'è niente da capire o per meglio dire, c'è tutto da capire. Tanto per cominciare, il fatto che tu voglia ancora parlarmi dopo tutto quello che è successo è più di quanto osassi sperare. Sia io che Joel ci rendiamo perfettamente conto dei rischi che corri... legalmente, come militare, eccetera... e se solo ci fosse un altro sistema, dopo che avrai sentito quel che sono venuta a dirti, allora capirai perché non possiamo aspettare di più, perché Joel mi ha mandata da te... Veramente sono stata io a fare il tuo nome, Sam, ma Joel non avrebbe acconsentito se non avesse sentito che *doveva* farlo... non per se stesso, perché lui pensa di non uscirne vivo. Me lo ha detto, e, conoscendolo, so che lo pensa veramente.»

Intanto, una cameriera aveva portato il caffè e Abbott l'aveva ringraziata. «Ordineremo dopo» disse fissando Valerie. «Dovrai fidarti di me, però...»

«Io mi fido di te.»

«Quando ti ho telefonato e non ti ho trovata, ho chiamato alcune persone con le quali avevo lavorato un paio d'anni fa a Washington. Si tratta di persone esperte di queste cose, che hanno già una risposta prima ancora che tu abbia formulato la domanda.»

«Le stesse persone che Joel vuole che tu contatti!» lo interruppe Val. «Ricordi di quella notte che hai passato al suo albergo? Mi ha detto che entrambi avevate bevuto troppo.»

«Infatti» disse Sam. «E parlammo anche troppo.»

«Tu stavi studiando "equipaggiamenti" aeronautici con gli specialisti di vari servizi segreti.»

«Sì.»

«Sono quelle le persone con le quali lo devi mettere in contatto! Joel vuole vederli, parlare con loro, spiegare! Io non ne so molto, Sam, ma Joel ha detto che quelle erano le persone che dovevano essere state chiamate in causa fin dall'inizio ... da quello che per lui è stato l'inizio. Joel ha capito la ragione per la quale è stato scelto e, cosa addirittura sconcertante, non si risente per una scelta del genere! Dice soltanto che avrebbero dovuto chiamare anche loro!»

«Sì, forse ti sei spinta troppo in là, senza spiegarmi bene.»

«Okay, posso sempre tornare indietro.»

«Lasciami finire, prima. Ho parlato con quelle persone, ho detto loro che non credevo a quello che leggevo e che sentivo di lui: non era il Converse che conoscevo, la figura di uomo che ricordavo. Ma era tutto inutile, perché loro sostenevano che in effetti non si trattava del Converse che conoscevo. Era un'altra persona, una persona sofferente psichicamente, e ne avevano le prove.»

«Però tu mi hai creduto, e hai accettato la mia telefonata. Perché?»

«Per due ragioni. La prima è fin troppo ovvia: perché conosco Joel, perché abbiamo attraversato l'inferno insieme e perché tutta questa faccenda mi sembrava senza senso... forse anche perché ero io a non volerle dare un senso. La seconda ragione è molto meno soggettiva: riconosco a prima vista una bugia, so quando una persona mi dice una cosa che non può essere vera e ho capito che era tutta una menzogna che mi ammannivano esattamente come l'avevano saputa da altri.» Abbott sorseggiò il caffè, come se cercasse di rallentare il tono del discorso e di calmarsi; un generale di brigata doveva saper mantenere il controllo di se stesso. «Ho parlato con tre persone che conoscevo e delle quali mi fidavo, e ciascuna di queste tre persone ha fatto ricerche per conto proprio. Mi sono ritrovato sul tavolo tre risposte, che differivano soltanto nel linguaggio, ma asserivano tutte la stessa cosa, e quella era la menzogna più grossa. Hanno detto che si trattava di droga. Narcotici.»

«*Joel?*»

«Sì, quasi tutti usavano le stesse parole. "Da New York, Ginevra, Parigi si hanno le prove che Converse è un tossicomane." L'altra definizione era "da un esame medico, sembra che sia stato l'abuso di droghe a farlo tornare a quel periodo infernale della proria vita".»

«È pazzesco! Incredibile!» gridò Valerie mentre Abbott le prendeva una mano per calmarla. «Scusami, ma è una menzogna così grossa che...» esitò «tu non sai...»

«Sì, Val, lo so. Durante la prigionia per cinque o sei volte gli somministrarono della roba che veniva da Hanoi e non ho mai visto nessuno combattere con tanta forza e tanto odio contro tale sopraffazione. Da quel momento in poi, le uniche droghe per lui sono state l'alcol e il tabacco. Io stesso l'ho visto con un mal di testa da dopo-sbronza rimanere a letto immobile mentre io mi riempivo di bromo e di aspirina.»

«Tutte le volte che doveva fare una vaccinazione, aveva bisogno di tre o quattro martini prima di andare dal medico» disse Valerie. «Mio Dio, chi è stato a mettere in giro una voce del genere?»

«Quando ho cercato di saperlo, mi hanno detto di non potermi dare un'informazione del genere.»

L'ex-signora Converse guardò il generale con occhi spalancati.

«Devi scoprirlo, Sam, lo sai, vero?»

«Dimmi perché, Val. Devo sapere di più.»

«È cominciato tutto a Ginevra, e per Joel il nome operativo — *operativo* — era George Marcus Delavane.»

Abbott chiuse gli occhi e il suo volto sembrò invecchiare di colpo.

Il grido del gatto sul lago gelato diventò un urlo terrorizzato mentre l'uomo sulla carrozzella cadeva sul pavimento, con quei due mozziconi che una volta erano state gambe che si agitavano inutilmente in aria. Faticosamente riuscì a mettersi a sedere sul tappeto.

«Aiutante! *Aiutante*!» tuonò il generale George Marcus Delavane mentre il telefono rosso scuro continuava a suonare sul tavolo sotto la strana carta geografica.

Un uomo di mezza età, robusto e vestito con la divisa, si precipitò accanto al suo superiore. «Venga, l'aiuto, signore» disse premuroso spingendo la carrozzella verso di lui.

«No, stupido!» gridò Delavane. «Il *telefono*! Rispondi! Di' che arrivo subito!» Il vecchio soldato cominciò a strisciare con aria patetica verso il tavolo.

«Un minuto solo, prego» disse l'aiutante al telefono. «Il generale viene subito.» Poi posò la cornetta, corse verso la sedia a rotelle e poi verso Delavane. «La prego, signore, lasci che l'aiuti.»

Con un'espressione di disgusto dipinta sul volto, l'uomo che era tale solo a metà, si fece aiutare a risalire sulla sedia a rotelle. Poi si spinse sino al telefono. «Palo Alto International. Sei in rosso! Parola d'ordine!»

«Charing Cross» fu la risposta, in perfetto inglese.

«Che succede, Inghilterra?»

«Un messaggio radio da Osnabrück. L'abbiamo preso.»

«*Uccidetelo!*»

Chaim Abrahms era seduto in cucina e con le dita tamburellava sul tavolo, cercando di non guardare il telefono e l'orologio. Anche la quarta chiamata non era arrivata, e gli ordini erano chiari: una telefonata ogni sei ore entro un periodo di tempo di trenta minuti a cominciare da ventiquattr'ore fa, l'ora presunta di arrivo dell'aereo da Amsterdam. Le ventiquattr'ore erano passate e ancora non era successo niente! Dopo le prime sei ore, quando non aveva sentito suonare il telefono, non si era preoccupato: spesso i voli, specialmente se transatlantici, arrivavano in ritardo. Dopo dodici ore, aveva pensato che se per caso la donna era in viaggio, forse la pattuglia aveva trovato difficoltà nel raggiungere un telefono capace di fornire una comunicazione diretta in Israele. Dopo diciotto ore il ritardo era inaccettabile, e dopo ventiquattro addirittura intollerabile: a dire il vero mancavano ancora sei minuti alla mezz'ora convenuta. Quando avrebbe chiamato?

Suonò e Abrahms balzò dalla sedia e andò a rispondere.

«Sì?»

«Ci ha seminati» fu la laconica risposta.

«Cosa?»

«Ha preso un taxi fino all'aeroporto La Guardia e un biglietto per Boston; poi è andata in un motel e deve esserne uscita qualche minuto dopo.»

«E i nostri dov'erano?»

«Uno era all'interno di un'auto parcheggiata fuori dal motel, l'altro nell'atrio del motel stesso. Non c'era ragione di sospettare che se la sarebbe filata. In fondo, aveva preso un biglietto per Boston.»

«Idioti! Avanzi di galera!»

«Avranno quel che si meritano. I nostri uomini a Boston hanno controllato ogni aereo e ogni treno, ma non c'è traccia della donna.»

«E che cosa vi ha fatto pensare che sarebbe andata a Boston?»

«Il biglietto, no?»

«Imbecilli!»

Valerie aveva finito; non c'era più nulla da dire. Guardò Sam Abbott, che sembrava molto più vecchio di quanto non lo fosse stato un'ora prima.

«Ci sarebbero tante domande» disse il generale di brigata. «Tante cose che vorrei chiedere a Joel; io non sono certo la persona più adatta, ma conosco qualcuno che è in grado di farlo: lo chiamerò stasera, e domani tutti e tre andremo a Washington; dovrei avere un'esercitazione la mattina presto, ma credo di essere libero per le dieci. Mi assenterò per il resto della giornata, magari dicendo che una delle bambine è malata. Alan ci suggerirà la persona giusta, la persona di cui possiamo fidarci.»

«Ma possiamo *fidarci di lui*?»

«Metcalf? Come di me stesso.»

«Joel ha detto di stare molto attento. Possono essere dovunque... e soprattutto dove meno te li aspetti.»

«Eppure ci deve essere un elenco... da qualche parte.»

«Delavane? San Francisco?»

«No, credo di no: troppo semplice, troppo pericoloso. Il primo posto dove andrebbero a cercare, e lui lo sa benissimo... Questo conto alla rovescia... Joel pensa che sia legato a disordini di massa che avverranno in varie città, in varie capitali del mondo?»

«Già... su vasta scala, molto più massicci e molto più violenti di quanto si possa immaginare: violenze, destabilizzazione totale, tumulti che si allargano a macchia d'olio, alimentati dalle stesse persone che poi si faranno avanti per ristabilire l'ordine.»

Abbott scosse la testa. «C'è qualcosa che non mi torna; è troppo complicato, e ci sono troppo controlli. La polizia e le truppe della Guardia Nazionale fanno capo a comandi ben distinti e la catena potrebbe rompersi da qualche parte.»

«È proprio ciò che Joel crede; ma dice che ce la possono fare. È convinto che abbiano magazzini sparsi un po' dappertutto pieni di armi, esplosivi, carri armati e forse anche aerei nascosti in campi di volo fuori mano.»

«Val, questi sono ragionamenti da gente senza cervello... Oh, scusa, non mi sembra l'espressione adatta. Logisticamente è impossibile.»

«Newark, Watts, Miami. Anche allora era impossibile.»

«No, era diverso; allora si trattava di problemi di tipo razziale ed economico.»

«Già, ma le città erano in preda al tumulto, Sam; ci furono dei morti e l'ordine venne ristabilito con le armi. Supponi per un attimo che ci fossero più armi di quante ne potessimo contare... Da entrambe le parti. Proprio come sta succedendo nell'Irlanda del Nord.»

«Irlanda? Il massacro a Belfast? Quella è una guerra che nessuno potrà fermare.»

«È la *loro* guerra! Sono stati *loro*! Joel ha detto che si trattava di una prova.»

«Incredibile» disse il pilota.

«"Accumulo, rapida accelerazione." Sono le parole che Abrahms ha usato a Bonn e Joel ha cercato di capirne il vero significato. Non ha creduto a Leifhelm quando gli ha detto che si trattava di ricatto o di estorsione. Ha detto che non avrebbe funzionato.»

«Estorsione?» Abbott aggrottò la fronte. «Non ricordavo che tu avessi detto una cosa del genere.»

«Probabilmente non l'ho fatto, perché Joel non ci credeva. Leifhelm gli ha chiesto che cosa pensasse della compromissione di figure leader dei vari governi e Joel ha detto che neanche quella avrebbe funzionato. Ci sarebbe stata una bella pulizia generale e tutto sarebbe tornato come prima.»

«Compromissione?» Sam Abbott si sporse in avanti. «Ha detto proprio "compromissione", Val?»

«Sì.»

«Oh, mio Dio.»

«Che cosa significa?»

«Significare... sì è proprio il significato di quell'espressione che mi preoccupa. "Compromissione" ha più di un significato, proprio come "neutralizzare" e "rimuovere", e come probabilmente una dozzina di altri termini che non conosco.»

«Non ti seguo, Sam.»

«In certi contesti, la parola "compromissione" significa *omicidio*, puro e semplice omicidio. Assassinio.»

Valerie prese una camera al Grand Hotel MGM, pagando in contanti tre notti anticipate al portiere che, meravigliato, viveva in un mondo di carte di credito. Poi prese le chiavi, salì in ascensore, andò al nono piano e finalmente entrò in camera, una di quelle camere comode e un po' pacchiane che si trovano soltanto a Las Vegas; rimase un attimo sul balcone, ammirando il tramonto scintillante e pensando che tutta quella faccenda era soltanto un'enorme pazzia. L'indomani, come prima cosa, avrebbe telefonato a Joel, intorno a mezzogiorno, a Osnabrück, nella Germania Occidentale.

Ordinò la cena in camera, mangiò quel che si sentiva di mangiare, si rimbecillì davanti alla televisione per un'oretta e finalmente se ne andò a letto. Aveva visto giusto quando aveva tirato fuori il nome di Sam Abbott: Sam era un vero amico, caro e comprensivo, un uomo semplice che non amava le complicazioni e le ipocrisie. Se c'era qualcuno al mondo che sapeva ciò che occorreva fare, quella persona era Sam, e se non l'avesse saputo, l'avrebbe scoperto. Per la prima volta in parecchi giorni, Val sentì una sensazione di sollievo, e il sonno venne presto, stavolta senza incubi.

La mattina dopo si svegliò quando il primo sole filtrò attraverso le montagne in lontananza e per un attimo le sembrò di essere a casa sua a Cape Ann, quando la mattina il sole l'accarezzava e faceva svanire dolcemente l'ultimo sonno. Solo che aveva la sensazione di vivere in un incubo e quando mise a fuoco le tende a fiori, le montagne in lontananza e l'odore di muffa che mandava la moquette, si rese conto che l'incubo era lì, reale e pronto ad assalirla.

Si alzò dal letto, che era enorme, e barcollò verso il bagno, fermandosi ad accendere la radio; quando ebbe raggiunta la porta si bloccò, sorreggendosi allo stipite per non cadere, mentre nella testa le scoppiavano mille bombe e nella gola e negli occhi il fuoco bruciava incessantemente.

Poteva soltanto mettersi a gridare: gridò tanto da cadere a terra.

Peter Stone accese la radio nel suo appartamento di New York, poi andò ad un tavolo dove era poggiato un elenco telefonico, aperto alle pagine blu: era lo stesso elenco che era stato prelevato dalla camera della "signora De Pinna" all'Hotel St. Regis. Stone ascoltava il notiziario, mentre fissava quella pagina piena di nomi e di numeri.

«... *È giunta ora la conferma ufficiale della terribile tragedia avvenuta alla*

Base Aeronautica di Nellis, in Nevada, dove un jet F-18 si è schiantato al suolo. L'incidente è avvenuto questa mattina alle sette e quarantadue, ora standard del Pacifico, durante alcune manovre mattutine sul deserto, a trentotto miglia nord-ovest del campo di Nellis. Il pilota, generale di brigata Samuel Abbott, era il capo delle operazioni tattiche, considerato uno dei piloti migliori e uno degli esperti più preparati nel campo della tattica aerea. Il responsabile dell'ufficio stampa della base di Nellis ha detto che naturalmente sarà aperta un'inchiesta per fare piena luce sulle cause dell'incidente, ma già fin da ora appare chiaro che l'aereo si è schiantato al suolo durante una manovra effettuata a bassa quota, e questa sembra essere anche l'opinione degli altri piloti dello squadrone del generale Abbott. L'esplosione è stata terribile, e si è avvertita per un ampio raggio, fino quasi ad arrivare a Las Vegas. Nel descrivere il pilota scomparso, il responsabile dell'ufficio stampa ha avuto parole commosse: "La morte del generale Abbott è una grossa perdita per l'Aeronautica in particolare e per la nazione in generale". Pochi minuti fa il Presidente...»

«Ecco fatto» disse Stone, rivolgendosi al capitano dell'Esercito che era seduto di fronte a lui. «Ora sappiamo anche da chi è andata l'ex moglie di Converse... Spenga quell'affare, le dispiace? Io conoscevo bene Abbott: avevamo lavorato insieme a Langley un paio d'anni fa.»

L'ufficiale guardò il borghese che gli stava di fronte mentre spegneva la radio. «Sa quel che sta dicendo, vero?» chiese.

«Eccolo qua» rispose Stone, indicando un angolo dell'elenco telefonico. «Numero tredici, tre pagine dalla fine: "Uffici Governativi degli Stati Uniti. Aeronautica, Dipartimento di..."»

«Ci sono dozzine di altri numeri, compreso quello del suo ex-capo ufficio. "CIA... Ufficio di New York". Perché no? Perché non loro? In fondo, il conto tornerebbe, no?»

«No, non può percorrere quella strada, e lo sa benissimo.»

«Infatti... non la percorre» lo corresse il capitano. «Tant'è vero che ha mandato lei.»

«No... no, non può essere: sicuramente l'avrebbe mandata in Virginia, e avrebbe soltanto sollevato un gran vespaio. No, lei è venuta qui per andare da una persona, una persona specifica, non certo un intero dipartimento. Da una persona di cui ambedue si fidavano: Abbott. Quando l'ex-moglie di Converse è riuscita a raggiungerlo, gli ha detto tutto quel che sapeva e lui l'ha riferito ad altri... alla gente sbagliata. *Maledizione!*»

«Come può esserne così sicuro?»

«Cristo, capitano, cosa vuole, un *diagramma*? Sam Abbott è stato prigioniero in Vietnam, catturato sul golfo del Tonchino. Se solo provassimo a consultare un computer, scopriremmo che quei due sono stati nello stesso campo di prigionia. Sono così sicuro che non mi do nemmeno la pena di verificare! *E vaffanculo al mondo!*»

«Sa» disse il capitano. «Non l'avevo mai vista perdere la pazienza e il controllo di sé. Allora non è proprio di pietra, eh, Stone?»

L'ex-agente della CIA lo guardò fisso, e quando parlò la sua voce era piatta e fredda. «Abbott era una persona per bene, un uomo eccezionale dal punto di vista militare. Ma cerchiamo di non cadere negli equivoci: è stato assassinato — perché sono sicuro che è stato assassinato — perché le prove che la Converse gli aveva fornito era tali e tante da non potersi più permettere altro che una compromissione.»

«Compromissione?»

«Faccia uno sforzo di fantasia e cerchi di capire cosa significa... Sì, ha ragione, ho perso il controllo, perché sono irato e angosciato dalla morte di Abbott. Ma sono ancora più irato per il fatto che ancora non siamo riusciti ad entrare in comunicazione con quella donna. Se la raggiungiamo, forse avrà qualche possibilità di uscirne viva, ma senza di noi è spacciata: ed io non voglio anche lei sulla coscienza — o quel che ancora mi rimane della coscienza. E poi, non abbiamo scelta: se vogliamo Converse, dobbiamo prima passare attraverso l'ex-moglie.»

«Ma se tutto quello che dice è giusto, probabilmente si trova ancora vicino a Nellis, forse a Las Vegas.»

«Sì, sicuramente è a Las Vegas, ma prima che possiamo attivare qualcuno che la cerchi laggiù, lei sarà già scappata da qualche altra parte... Be', tutto sommato non vorrei essere nei suoi panni. L'unica strada che le rimaneva è stata neutralizzata: a chi può rivolgersi, dove può andare? È quello che ha detto Dowling ieri, quello che non ha voluto dire alla segretaria di Peregrine. Il nostro uomo ha la terra bruciata intorno a sé e deve stare attento soprattutto al personale dell'ambasciata; non avrebbe acconsentito ad un colloquio con Peregrine, perché sapeva che poteva essere una trappola, e questo è uno dei motivi per i quali *non può* averlo ucciso. Dovunque si volti, ci sono sempre trappole pronte a scattare, per cui deve continuare a scappare e a tenersi nascosto.» Il borghese tacque per un istante, poi aggiunse: «Quella donna è ormai spacciata, capitano: è arrivata in fondo ad un vicolo cieco, il loro vicolo cieco. Ma forse questo viene a nostro vantaggio, perché se capisce la sua posizione e si fa prendere dal panico, abbiamo maggiori possibilità di trovarla. Ma dobbiamo correre dei rischi. Come si sente, capitano? Ha fatto testamento?»

Valerie piangeva in silenzio, appoggiata alla porta-finestra che sovrastava le luci e i colori di Las Vegas: piangeva non solo per Sam Abbott, e per sua moglie e le sue bambine, ma per se stessa e per Joel.

Date le circostanze, se lo poteva permettere, e non era certo il caso di mentire a se stessi. Non aveva la più pallida idea di che cosa potesse fare: andare da qualcun altro non avrebbe avuto senso, perché la risposta sarebbe stata sempre la stessa: *Digli di uscire allo scoperto e lo staremo ad ascoltare*. E se avesse fatto una cosa del genere, Joel sarebbe stato un uomo morto, facendo così avverare quella profezia che lui stesso aveva formulato. E se per un miracolo di tipo burocratico fosse riuscita a mettersi in contatto con qualche persona importante, cosa avrebbe potuto dirgli per convincerlo? Quali parole avrebbe dovuto usare?

«*Sono stata la moglie di quest'uomo per quattro anni, fino a che non abbiamo divorziato... sì, per incompatibilità... ma lo conosco benissimo! So che non può aver fatto quello di cui lo accusate, so che non può aver ucciso quegli uomini... Le prove? Ve l'ho detto... lo conosco!... Cosa significa incompatibilità? Be', non so, c'era qualcosa che non andava, lui era sempre distante, lontano. Che differenza fa? Cosa sta insinuando? Oh, Dio, no! Si sbaglia! No, non mi interessa in quel senso. Sì, è un avvocato di successo e mi passa gli alimenti, ma io non ho bisogno dei suoi soldi. Non li voglio... Vede, lui mi ha detto di questo... Questo incredibile complotto per portare al potere i militari degli Stati Uniti e dell'Europa Occidentale, complotto che stanno portando a termine attraverso l'organizzazione di movimenti terroristici, disordini e destabilizzazione un po' dappertutto. Lui ha incontrato quegli uomini, ci ha parlato e sa che esiste un piano ben preciso, un piano che è già stato avviato! È gente che si reputa al centro di un'organizzazione internazionale di uomini dediti solo al dovere, un'alternativa forte ai governi deboli che non sanno far fronte al blocco sovietico in Europa e in America. In realtà sono soltanto fanatici, assassini che vogliono il potere e il controllo di tutti i cittadini... Il mio ex-marito ha scritto un rapporto su tutto questo, su tutto quello che ha visto con i propri occhi, e me l'ha mandato dall'Europa, ma qualcuno lo ha intercettato e ha anche ucciso suo padre soltanto perché l'aveva letto. No, non si è trattato di suicidio!... Joel l'ha definita una "cospirazione di generali" concepita da un generale che più volte è stato giudicato pazzo: il generale George Marcus Delavane... "Marcus il pazzo." ... Sì, so benissimo che cosa dice la polizia di Bonn, di Bruxelles e di Parigi e ciò che riferisce* la nostra *ambasciata — impronte digitali, esami balistici, droga, l'incontro con Peregrine — ma quello che non riuscite a capire tutti quanti è che si tratta di bugie!... Sì, so benissimo quel che gli è successo in Vietnam, so benissimo quel che ha dovuto passare e le accuse che ha fatto quando si è dimesso dalla Marina. Ma non è importante! Quello che sente non è importante! Me lo ha detto lui stesso! Me lo ha detto... anche se tutto sembra così terribile... e l'ho visto ferito, umiliato, addolorato.*»

Chi le avrebbe creduto?

Le dica di venire di persona. Lo ascolteremo.

Non può! Lo ucciderebbero!... Lo uccidereste!

Il telefono suonò e Val rimase come paralizzata. Lo fissò, terrorizzata, raccomandandosi la calma. Sam Abbott era morto e le aveva detto chiaramente di non aver dato il suo numero di telefono a nessuno. Mio Dio, pensò Val, mi hanno trovata, così come mi avevano trovata a New York. Ma stavolta non avrebbe ripetuto l'errore. Doveva rimanere calma e pensare a qualcosa per fregarli. D'improvviso il telefono smise di suonare, e Valerie alzò la cornetta, schiacciando il bottone che chiamava la centralinista. «Signorina, per favore, mandi su un poliziotto. Sono alla stanza 904. È un'emergenza.»

Doveva fare in fretta, e filarsela prima che arrivasse il poliziotto, uscire e trovare il telefono. Aveva sentito tante storie in vita sua, e sapeva esattamente cosa fare. Doveva raggiungere Joel ad Osnabrück.

Il colonnello Alan Metcalf, capo dei servizi segreti della Base Aeronautica di Nellis, uscì dalla cabina e si guardò intorno, la mano stretta intorno al piccolo revolver che teneva in tasca. Guardò l'orologio: a quell'ora sua moglie e i bambini avrebbero dovuto essere a Los Angeles, e nel tardo pomeriggio sarebbero arrivati a Cleveland. Sarebbero rimasti tutti e quattro dai genitori di lei fino a nuovo ordine: era la strada giusta, anche se non sapeva dove lo avrebbe portato.

Sapeva soltanto che Sam Abbott aveva pilotato migliaia di volte un aereo come quello che gli era stato fatale: conosceva tutti i punti deboli dell'apparecchio e non volava mai prima di avergli fatto fare un controllo elettronico completo. Dire che la sua morte era imputabile ad un errore era assurdo e ridicolo al tempo stesso: Alan sapeva che l'unica spiegazione possibile era quella di un errore, una menzogna da parte di uno dei ragazzi addetti ai controlli, che aveva manomesso qualche circuito dicendo poi che tutto era OK. Sam era stato ucciso perché il suo amico Metcalf aveva fatto un errore terribile: dopo aver parlato con Abbott per quasi cinque ore, Metcalf aveva telefonato ad una persona a Washington, dicendole di organizzare una riunione urgente per l'indomani, chiamando due membri di ciascun Comitato di Sicurezza Nazionale, del G-Due e dei servizi segreti della Marina. L'ordine del giorno sarebbe stato il seguente: il generale di brigata Samuel Abbott aveva informazioni esplosive sul conto del fuggiasco Joel Converse relative all'assassinio dell'ambasciatore americano a Bonn e del comandante supremo della NATO.

E se avevano fatto tutto con tale rapidità ed efficienza, di sicuro prima o poi sarebbero risaliti anche a lui. Era meglio quindi che Doris e i bambini si trasferissero a Cleveland per un po' di tempo: perché lui aveva molte cose da fare, e un debito tremendo da pagare.

L'ex-moglie di Converse! Oh, Cristo; perché aveva fatto una cosa del genere, perché era fuggita in quel modo? Naturalmente si aspettava un tale comportamento, ma aveva sperato di riuscire a bloccarla.

Purtroppo, aveva dovuto fare molte cose prima: convincere Doris a partire, prenotare l'aereo, telefonare ai suoi perché l'andassero a prendere all'aeroporto. Poi era dovuto correre alla Base, frugare nell'ufficio di Sam — un'operazione poco dignitosa e poco piacevole, ma essenziale, date le circostanze — interrogare la segretaria, che aveva avuto una crisi isterica. Fortunatamente, un nome era emerso: Parquette.

«Non preoccuparti» gli aveva detto Sam la sera prima. «Penserò io a raggiungerla per telefono. È al Grand Hotel, ma non posso dirti altro: ho promesso che non avrei dato a nessuno il numero, anche perché a New York ha avuto un'esperienza non troppo bella. È una donna molto fredda e molto decisa, e al telefono vuole sentire soltanto voci conosciute, e non si può certo darle torto.»

Donna molto fredda e molto decisa, pensò Alan Metcalf mentre saliva in macchina. *Hai fatto il più grosso errore di tutta la tua vita, che sta diventando sempre più breve. Con me avresti avuto qualche probabilità di cavartela, ma ora, come dicono da queste parti, siamo del gatto.*

E nonostante tutto, anche quella morte sarebbe pesata sulla sua coscienza, pensò il capo dei servizi segreti mentre raggiungeva la Route 15 e andava verso sud.

Coscienza. Per un attimo si chiese se quei bastardi a Washington non si sentissero rimordere la coscienza per quel che era capitato a Joel Converse: avevano mandato un uomo allo sbaraglio e poi lo avevano abbandonato, senza nemmeno curarsi che facesse una morte veloce e pietosa. Al confronto, chi dava ordini ai kamikaze, poteva considerarsi un santo.

Converse. Dov'era?

33

Joel rimase in silenzio, mentre l'uomo di Leifhelm gli toglieva la pistola e si rivolgeva all'assemblea di vecchie sedute nelle sedie con lo schienale alto. Parlò per un minuto circa, poi afferrò Converse per un braccio, girandolo in modo che fosse proprio davanti a Hermione Geyner: la preda, il trofeo comune, veniva mostrato. Era un rituale mistico di trionfo che risaliva a secoli passati.

«Ho appena detto a queste brave signore che hanno scovato un traditore della nostra causa» disse il tedesco guardando in faccia Converse. «E Frau Geyner provvederà a darne conferma, *ja, meine Dame*?»

«*Ja*» disse la vecchia con tutta la forza che si ritrovava, il volto illuminato dalla gioia fiera della vittoria. «Tradimento!» urlò.

«Abbiamo fatto le telefonate e dato istruzioni» continuò il soldato di Leifhelm. «Ora andremo via, *amrikaner*. Non c'è più nulla da fare, e ti conviene seguirci docilmente.»

«Se avevate organizzato tutto così bene, perché mi avete messo alle calcagna quei due sul treno?» chiese Joel, indicando con un cenno della testa l'uomo con il braccio fasciato. Prendeva tempo, come un avvocato durante un processo, che si ferma su un particolare e fa sì che il suo avversario si vanti delle proprie conquiste.

«Abbiamo osservato, non organizzato» rispose il tedesco. «Dovevamo essere sicuri che tu facessi tutto quel che dovevi fare. Eravamo tutti d'accordo, *Stimmt das, Frau Geyner*?»

«*Ja*» esplose la zia di Valerie.

«Ma l'altro è morto» disse Joel.

«Un altro caduto per la nobile causa. Lo piangeremo. Vieni!» Il tedesco e i suoi compagni si inchinarono rivolti alle signore e spinsero Converse verso la porta. Fuori, sul portico decrepito, quello che pareva il capo, restituì la busta all'uomo con il braccio ingessato e gli dette ordini precisi; al che gli altri due annuirono e presero a scendere gli scalini — l'uomo ferito si sorreggeva alla ringhiera — e sparirono, girando verso destra; Converse vide la sagoma di una berlina nascosta nell'oscurità.

I tre soldati lo portarono fuori dal campo. Era notte fonda, e i casi erano due: o lo strasferivano ad un altro campo di prigionia, oppure lo portavano sul luogo dell'esecuzione, in mezzo alla giungla, dove avrebbero potuto facilmente coprire le grida e gli spari. Il capo di quella squadra dette un ordine agli altri due, che fecero una specie di inchino e corsero verso una jeep americana requisita al nemico che si trovava a qualche centinaio di metri da loro. Converse pensò che quell'occasione non si sarebbe ripetuta se non dopo la sua esecuzione: era solo con un uomo solo! Se doveva succedere qualcosa sarebbe dovuta succedere in quel momento. Mosse appena la testa, abbassando lo sguardo fino alla sagoma scura della pistola nella mano di quell'uomo...

La mano del tedesco era ben ferma, e l'arma era tenuta all'altezza del petto. All'interno della casa si sentiva un canto: le vecchie avevano intonato un inno di vittoria e quelle voci fragili e antiche risuonavano all'esterno. Converse tastò le assi che ricoprivano il pavimento del portico con il piede e ne trovò una che era più debole delle altre. Allora d'improvviso ci spostò tutto il proprio peso, e il risultato fu un rumore secco e forte. Il tedesco sobbalzò e si volse da quella parte.

Ora. Joel afferrò la canna della pistola e la torse all'indietro verso lo stomaco del suo nemico.

Il colpo venne attutito dai vestiti e dal corpo stesso, e con l'aiuto di un motore che qualcuno aveva avviato in lontananza e del canto di quelle vecchie nessuno sentì niente. Il tedesco cadde a terra, con gli occhi fuori dalle orbite e la testa piegata da un lato: nell'aria si sentì puzzo di stoffa e di carne bruciata... era morto. Converse si accucciò e poi guardò il vialetto che conduceva alla casa, aspettandosi di vedere due uomini che correvano verso di lui con le pistole spianate; invece, vide le luci della macchina in lontananza: era sulla strada, e stava entrando nel vialetto. Tra pochi secondi sarebbe arrivata davanti a lui.

Joel prese la pistola del tedesco morto e lo nascose nell'ombra. Era questione di secondi.

Prendi la jeep. Usa la jeep. Il posto di blocco più vicino è a otto chilometri... e lo avevano visto. Prendi la jeep! La jeep!

La berlina arrivò davanti al portico e l'uomo con il braccio fasciato scese dalla portiera di destra. Converse lo osservava nascosto dietro ad una colonna, accanto all'uomo che aveva appena ucciso e che fissava il cielo nell'oscurità.

«König?» chiese a bassa voce. «König, *was ist*?» Prese a salire i gradini mentre con la mano sinistra si frugava sotto la giacca.

Joel girò intorno alla colonna e lo raggiunse: lo prese per il fazzoletto che gli reggeva il braccio al collo e gli cacciò la pistola all'altezza della gola, girandolo e facendolo tornare verso l'automobile; poi, abbassandosi, gli fece battere ripetutamente la testa contro il tettino della macchina, mentre dal finestrino aperto puntava la pistola contro l'uomo che era alla guida.

Quest'ultimo fu più svelto del compagno e, estratta una pistola da sotto la giacca, non esitò a far fuoco. Joel sparò a sua volta, centrandolo proprio sulla testa e spappolandogliela.

Porta i corpi nella giungla! Non lasciarli nelle vicinanze! Ogni minuto, ogni secondo ha la sua importanza!

Joel si rialzò e prese l'uomo ferito per il bavero della giacca, traendolo in disparte. «Ora tu mi aiuterai, da bravo cristiano!» gli sussurrò, ricordando le cose che gli aveva detto sul treno. «Farai come ti dirò oppure raggiungerai i tuoi amici. *Capisci**, oppure si dice *verstehen*? Comunque sia, farai quello che ti dirò, capisci? Sono molto nervoso e molto agitato... *molto*, amico mio, e difenderò la mia posizione davanti alla Corte Suprema!... Che diavolo sto dicendo? Ho una pistola e ho ucciso altre volte... Tutto diventa molto più facile quando sai che se non spari saranno gli altri a sparare a te. Muoviti! Quel porco figlio della Gestapo sotto il portico! Portalo qui! Mettilo sul sedile posteriore!»

Qualche minuto dopo, anche se Joel non avrebbe saputo dire con esattezza quanti, l'uomo con il braccio fasciato guidava non senza difficoltà la berlina, con due cadaveri nel sedile posteriore. Era un bel

* In italiano nel testo.

quadretto, pensò Joel, preso dalla nausea. Cionostante, osservava ogni segnale, ogni tratto caratteristico del paesaggio intorno a sé, dicendo all'autista di girare ora a destra, ora a sinistra: era l'istinto del pilota, lo spirito di osservazione di uno che doveva guidare un aereo senza mappe, senza radar e senza l'aiuto di nessuno. Quando raggiunsero quelli che sembravano essere pascoli ai piedi di una montagna, Converse disse al tedesco di abbandonare la strada principale. Si inerpicarono per qualche centinaio di metri finché trovarono una breve discesa che terminava in una fila di alberi. Joel ordinò al tedesco di scendere.

A quell'ultimo soldato aveva dato la possibilità di salvarsi: era un ragazzo, avvolto in un'uniforme più grande di lui, con occhi profondi e una serie di punti interrogativi dipinti sul volto. Era solo un esecutore, oppure credeva veramente in quel che faceva? Joel lo aveva posto di fronte ad un esame, e il ragazzo — il bambino — non lo aveva superato.

«Ascoltami» disse Joel. «Sul treno mi hai detto che ti avevano pagato per fare una certa cosa ma che non avevi mai ucciso nessuno. Eri solo un disoccupato in cerca di un lavoro qualsiasi. Vero?»

«Sì! Non ho ucciso nessuno! Mi sono limitato ad osservare, a seguire, a pedinare!»

«Bene. Adesso io metterò via la pistola e me ne andrò di qui. Tu fai quello che vuoi, va bene?»

«*Ich verstehe!* Sì certo!»

Converse si infilò la pistola nella cintura dei pantaloni e si girò, tenendo però sempre con una mano il calcio della pistola. Poi si diresse verso il pendio. *Un rumore!* Sassi calpestati da piedi che si muovevano veloci! Si girò, buttandosi a terra in ginocchio proprio mentre il tedesco si slanciava contro di lui.

Sparò a quel corpo che lo sovrastava e il soldato gridò mentre rotolava giù dalla collina: non aveva superato l'esame.

Joel risalì il pendio con la busta diretta a Nathan Simon in mano e raggiunse la strada. Era un pilota, e non poteva permettersi di sbagliare: sapeva quel che doveva fare.

Era nascosto tra i cespugli, proprio al margine della proprietà di Hermione Geyner, ad una trentina di metri dalla casa e dal vialetto di accesso che era pieno di solchi e di erba ormai secca per il caldo e la mancanza d'acqua. Doveva rimanere ben sveglio e bene attento, perché doveva succedere qualcosa, e sarebbe successo molto presto. La natura umana sopporta l'ansia solo fino ad un certo punto e come avvocato si era giovato spesso della verità. Chiunque, preso dal panico e dall'ansia, esigeva risposte precise: ormai il sole era alto e gli uccelli volavano festosi. Migliaia di rumori avevano invaso il silenzio della notte. Solo la casa era immersa nel silenzio e le finestre, dalle quali poco prima era venuto il canto di vittoria di nove donne vecchie e probabilmente pazze, erano chiuse, anche se molti vetri erano rotti. E in mezzo a quel turbine di pazzia, alla violenza di quanto era successo, Joel si accorse di avere ancora il colletto bianco da prete, il passaporto intestato a Padre Wilcrist e la lettera che testimoniava la partecipazione ad un pellegrinaggio. Le ore seguenti gli avrebbero detto se quelle cose gli sarebbero state di aiuto o no.

Prima sentì il rombo del motore, poi la vide: una Mercedes nera che procedeva lungo la strada principale e si infilava nel vialetto. Arrivata davanti al portico, si fermò con gran stridio di freni; ne scese un uomo, cui si unì poco dopo l'autista. Rimasero per un attimo a guardare il portico e le finestre, poi presero ad esaminare il terreno circostante, arrivando perfino a scrutare dentro l'automobile di Hermione Geyner. Poi l'autista fece un cenno con il capo e prese una pistola da sotto la giacca; allora gli uomini andarono tutti verso i gradini, vi salirono e si trovarono di fronte alla porta. Non c'era campanello, per cui l'uomo senza pistola bussò ripetutamente, mentre girava il pomo senza successo. Visto che non arrivava nessuno, prese a martellare violentemente di pugni la povera porta.

Dall'interno vennero suoni gutturali e imprecazioni, ma alla fine la porta si aprì lasciando intravedere una Frau Geyner fuori di sé, avvolta in una vecchia vestaglia logora: la sua voce era quella di una maestra zitella che rimprovera a due bambini di aver copiato il compito quando in realtà ognuno ha sbagliato per conto proprio. Ogni volta che uno degli uomini tentava di intervenire, prendeva a parlare con voce ancor più acuta. Con un gesto di disperazione, l'uomo mise via la pistola, ma il suo compagno afferrò la zia di Valerie per le spalle e le parlò con voce brusca, obbligandola ad ascoltare.

Hermione Geyner ascoltò, ma quando rispose, le sue parole non cessarono di essere dure e pronunciate con il tono di chi si sentiva investito di autorità. Indicò il vialetto e evidentemente descrisse quello cui aveva assistito nelle prime ore del mattino... quello che era riuscita a fare. Gli uomini si guardarono l'un l'altro e nei loro occhi c'erano punti interrogativi colmi di paura genuina... non si chiedevano se era vero quanto la donna aveva detto loro, ma solo quello che non aveva detto. Poi, di corsa, raggiunsero la macchina e l'autista avviò il motore con una fretta tale che dall'auto sembrò venire un urlo disperato anziché un rombo tranquillo. La Mercedes fece uno schizzo in avanti, passando accanto all'automobile di Frau Geyner e nel tentativo di evitare un buco del vialetto, sbandò prima a destra e poi a sinistra, scivolando sull'erba e andando a strisciare contro il cancello di pietra. Nell'aria si sentirono le bestemmie dei due uomini, mentre la macchina si raddrizzava e scompariva di là dal cancello. Poi prese a sinistra sulla strada principale mentre Hermione Geyner chiudeva la porta alle sue spalle.

Ormai non c'era più nulla che potesse fare senza una minima dose di rischio, pensò Joel, uscendo dal suo nascondiglio; ma stavolta il rischio era quantomeno molto limitato. Ormai Aquitania si era servita di Hermione Geyner, che era diventata poco importante. Tornare da lei equivaleva a correre un grosso rischio, e gli uomini di Aquitania lo sapevano bene. Con la busta in mano, Joel percorse il vialetto, salì gli scalini e si ritrovò nel portico: bussò, e dieci secondi più tardi Hermione Geyner, strillando come un'aquila, gli aprì la porta. Allora Joel fece una cosa del tutto imprevedibile, una cosa che esulava completamente dal suo modo di comportarsi, dal suo carattere, tanto che, mentre seguiva istintivamente l'impulso, non credeva ai suoi occhi: stava dando un pugno in pieno volto a quella vecchia. Era l'inizio delle otto ore più lunghe della sua vita.

I due poliziotti di servizio al Grand Hotel MGM rifiutarono, sia pur a malincuore, l'offerta che Valerie gli avrebbe voluto dare; era un grosso dispiacere non accettare il denaro di quella signora un po' strana, specialmente dopo che Valerie aveva pensato di aumentare la somma, considerato che la vita e le mance a Las Vegas dovevano essere più congrue che a New York o a Cape Ann. Avevano percorso le strade della città vecchia e della città nuova per quasi quarantacinque minuti, finché i due uomini, che sembravano abbastanza sicuri di quanto dicevano, non le giurarono che nessuno li aveva seguiti. E, comunque, le dissero che avrebbero messo un uomo di guardia al nono piano, nella speranza di riuscire a mettere le mani sul tizio che l'aveva importunata, cercando di entrare in camera sua. Naturalmente, erano dispiaciuti del fatto che la signora avesse deciso di prendere una camera al Caesar's Palace.

Valerie dette una mancia al fattorino, prese la sua valigia e si chiuse la porta alle spalle, cercando il telefono.

«*Defo* andare alla toilette!» gridò Hermione Geyner, tenendosi un impacco di ghiaccio sotto il mento.

«Un'altra volta?» chiese Converse, che riusciva a malapena a tenere gli occhi aperti. Era seduto davanti alla donna, con la busta e la pistola in grembo.

«Lei mi innervosisce. E poi, mi ha dato un pugno.»

«E ieri sera, cosa ha fatto lei a me?» disse Joel alzandosi e ficcando la pistola dentro la cintura, con la busta sempre in mano.

«*Foglio federla* pendere da una forca! Traditore! Quante ore sono ormai? Pensa che i miei compagni non mi cerchino?»

«I suoi... compagni, come li chiama lei, a quest'ora probabilmente sono in qualche parco a inseguire i passerotti e a dar loro qualche briciola di pane. Coraggio, vada, io la seguo.»

Il telefono squillò e Converse prese la vecchia per il collo e la spinse verso l'apparecchio. «Avanti, dica quello che le ho detto» bisbigliò, tenendola con mano decisa. «*Avanti!*»

«*Ja?*» disse Hermione Geyner nel telefono, mentre Joel ascoltava vicino a lei.

«*Tante! Ich bin's, Valerie!*»

«Val!» gridò Converse, spingendo la vecchia da una parte. «Sono io! Non sono sicuro che questo telefono sia sterile; siamo stati raggirati, ed io sono stato catturato! Svelta! Di' a Sam che mi sbagliavo... *penso* di sbagliarmi! Il conto alla rovescia è previsto per una serie di assassinii... dappertutto!»

«Lui lo sapeva!» gridò Val per tutta risposta. «È morto, Joel! È morto! Lo hanno assassinato!»

«Oh, Cristo! Non c'è tempo, Val, non c'è tempo! Il telefono!»

«Dobbiamo vederci!» urlò l'ex-signora Converse.

«Dove? Dimmi *dove*!»

La pausa che seguì durò un paio di secondi, che sembrarono un'eternità ad entrambi. «Dove è cominciato tutto quanto, amore mio!» gridò Valerie. «Dove è cominciato ma *non* dove è cominciato... Le nuvole, amore! La fasciatura e le nuvole!»

Dove è cominciato. Ginevra. Ma non Ginevra. Nuvole, una fasciatura. Una fasciatura!

«Sì, ho capito!»

«Domani! Dopodomani! Ti aspetto!»

«Devo venir via di qui... Val... Ti amo tanto! Tanto!»

«Le nuvole, amore mio... mio unico amore... Oh, Dio, non farti uccidere!»

Joel strappò i fili del telefono mentre Hermione Geyner correva verso di lui brandendo un pesante attizzatoio con il manico di ottone. Con la coda dell'occhio Joel vide il pesante arnese sfiorargli la guancia; allora le prese il braccio e disse: «Non ho tempo per te, ora, brutta vecchia puttana pazza! Il mio cliente non ha tempo!». La costrinse a girarsi e la spinse in avanti, afferrando la busta che aveva appoggiato su un tavolino. «Dovevi andare in bagno, non ricordi?»

Nell'ingresso Joel vide quello che aveva sperato di vedere dentro la ciotola di smalto sul tavolino: la sera prima la vecchia aveva buttato lì le chiavi della macchina... e c'erano ancora. Il bagno... il bagno era la soluzione giusta. La spinse dentro, poi prese una sedia massiccia dal salotto e ce la mise contro, con la spalliera sotto la maniglia, in modo che la porta non si potesse aprire dall'interno: con un paio di calci, la sistemò definitivamente, ed ebbe la prova che avrebbe retto, quando, una volta che la donna si fu resa conto di quel che le succedeva, tentò di uscire. Più tentativi faceva meglio era: la tenuta sarebbe stata ancora più salda.

«Stasera abbiamo una riunione!» gridò. «Manderemo i nostri agenti migliori! I migliori!»

«Dio salvi Eisenhower!» borbottò Converse, avvertendo una sensazione di sollievo. Se Aquitania non controllava quel telefono, ci sarebbero volute ancora diverse ore prima che trovassero la donna. Prese le chiavi, si ficcò la pistola dentro la cintura, andò alla porta e l'aprì con estrema prudenza. Non c'era nessuno, soltanto l'automobile di Hermione Geyner parcheggiata sul vialetto. Uscì, si richiuse la porta alle spalle e corse verso l'automobile. Avviò il motore e controllò il livello del serbatoio. C'era benzina sufficiente per allontanarsi di un bel po' da quel posto prima di dover correre il rischio di fermarsi ad una stazione di servizio. Fin quando non lo avesse giudicato prudente, avrebbe fatto a meno di una carta, servendosi unicamente della posizione del sole.

Valerie prese accordi all'ufficio viaggi del Caesar's Palace, pagando in contanti e usando il nome da ragazza di sua madre nella segreta speranza che così facendo avrebbe potuto ritrovare la forza e l'astuzia che avevano caratterizzato quella donna tanto coraggiosa durante la guerra. C'era un volo in partenza da Los Angeles per Parigi alle 18.00: lo avrebbe preso, arrivando a Los Angeles con un'ora di volo su un piccolo charter in partenza da Las Vegas: naturalmente, l'avrebbero fatta accompagnare in auto, in modo che non avesse la seccatura di aspettare al terminal dell'aeroporto McCarran. A Las Vegas era possibile questo ed altro, anche se non si era celebrità o non si era vinto un miliardo di dollari alla roulette. Dare un nome falso per riservare un posto all'Air France non avrebbe sicuramente causato problemi: al massimo le avrebbero chiesto il perché di quella mossa, e Valerie poteva sempre rispondere che l'ex-marito era diventato un uomo molto pericoloso, ricercato dalla polizia di mezza Europa, e che per questo preferiva viaggiare in incognito. Legalmente, non potevano costringerla a mostrare il passaporto fino all'arrivo a Parigi e una volta entrata in Francia, sarebbe stata libera di andare dove voleva, e di dare tutti i nomi falsi che desiderava, perché non avrebbe riattraversato la frontiera. Ecco perché aveva pensato proprio a Chamonix.

Si sedette, guardando fuori dalla finestra e pensando a quei giorni trascorsi a Chamonix. Ci era andata da Ginevra insieme a Joel, che aveva avuto una riunione di tre giorni, seguita da quella vacanza di cinque giorni per andare a sciare. Un regalo di John Brooks, il negoziatore internazionale della Talbot, Brooks e Simon, che si era semplicemente rifiutato di fare un viaggio così lungo e di rinunciare ad un paio di cene per quella che aveva definito "riunione di merda tra idioti che sanno appena balbettare... il ragazzo si farà un po' di esperienza e un po' di gavetta. Li affascinerà tutti quanti, ed è abbastanza smaliziato da togliergli anche le mutande, nel frattempo." Era la prima volta che riceveva un incarico così importante, che gli faceva chiaramente capire cosa avevano in serbo per lui, ma stranamente era più emozionato all'idea di andare a sciare sul Monte Bianco che all'idea della riunione. Sciare piaceva tanto a tutti e due. Forse perché sapevano sciare entrambi molto bene.

Però Joel non si era goduto lo sci in quell'occasione. Il secondo giorno era caduto malamente, slogandosi la caviglia. La gamba gli gonfiò in maniera insopportabile. Val lo aveva soprannominato "Lord Brontolo", perché tutte le mattine reclamava una copia dell'*Herald Tribune*, rifiutandosi cocciutamente di far colazione prima di aver ricevuto il giornale e atteggiandosi a martire, tenendo il broncio come un bambino quando Val se ne andava a sciare per conto suo. Quando poi lei gli aveva detto che in fondo non le importava, e che sarebbe rimasta volentieri a fargli compagnia, si era arrabbiato ancor di più, accusandola di voler fare a tutti i costi la santa. Stava benissimo, e non gli mancava niente. Aveva da leggere, una cosa che gli artisti non avrebbero mai capito: leggere.

Oh, davvero in quell'occasione si era comportato come un bambino capriccioso, pensò Val. Ma durante la notte era diverso, molto diverso: allora sapeva essere un uomo, dolce e tenero, leone generoso e sensibile agnello allo stesso tempo. Facevano l'amore per ore ed ore, con la luna che illuminava la neve e i primi raggi del sole che accompagnavano la disfatta... e il sonno ristoratore.

L'ultimo giorno, quando l'indomani sarebbero tornati a Ginevra per prendere l'aereo per New York, Val gli aveva fatto una sorpresa. Invece di godersi quelle ultime ore di sci, era scesa a comperargli un maglione con una scritta sulla manica che diceva: DISCESA LIBERA - CHAMONIX e glielo aveva portato in camera, mentre sulla porta c'era un facchino — contattato dal potente direttore dell'albergo — con una sedia a rotelle. Andarono in paese, da dove partiva la funivia che, con un dislivello di più di quattromila metri, raggiunge la cima del Monte Bianco... tra le nuvole in vetta al mondo. Quando furono in cima, nel punto in cui la vista toglie il fiato a chiunque, Joel l'aveva guardata con sguardo obliquo e un po' sciocco, che rivelava chi era veramente e che cosa aveva passato, e che era il suo modo per ringraziarla.

«Ne ho abbastanza di questa robaccia bianca, ora. Spogliati, dai. Non fa poi così tanto freddo.»

Avevano preso un caffè, seduti fuori nella magnificenza della natura intorno a loro e si erano tenuti mano nella mano. *Cristo!* Val aveva sentito qualcosa che le si scioglieva dentro e aveva trattenuto a stento le lacrime.

Sentì la stessa emozione ora, e si alzò, cercando di ricacciarla indietro: era il momento sbagliato, e aveva bisogno di tutta la chiarezza mentale di cui disponeva: perché l'attendeva un viaggio attraverso mezzo mondo durante il quale avrebbe dovuto evitare Dio sa quante persone che la volevano morta.

Joel le aveva detto che l'amava... "tanto". Era amore o era bisogno... di aiuto? E lei aveva risposto con le parole "amore mio"... no, aveva detto ben di più, era stata ancora più esplicita. Aveva detto: "mio unico amore." Forse si trattava di una risposta dettata solo dalla paura?

La cosa peggiore era non sapere, pensò Converse studiando la strada alla luce dei fari della macchina. Erano sette ore che viaggiava, sette ore da quando aveva fatto benzina ed aveva comprato una carta in una città chiamata Hagen, eppure era ancora lontano dal punto che aveva scelto per attraversare il confine. La ragione di quel lungo viaggio era il fatto che non sapeva se i suoi inseguitori erano al corrente della sparizione dell'auto di Hermione Geyner fin dalle prime ore di quella sua fuga. Indubbiamente ora era ricercato anche dalla polizia, ma in quelle prime ore avrebbe potuto servirsi delle autostrade, che gli avrebbero permesso di guadagnare un bel po' di tempo: invece, si era servito di strade di campagna, viaggiando verso sud e arrivando ad Hagen. Senza dubbio, a quel punto Hermione Geyner era già stata alla *Polizei* per denunciare il furto della macchina; Joel non aveva idea di che cosa potevano dire alla polizia per convincerli che erano loro le vittime, ma una macchina rubata è pur sempre una macchina rubata, sia che al volante ci sia San Francesco sia che ci sia Jack lo Squartatore. No, doveva rimanere sulle strade secondarie.

Lennestadt, Kreuztal, poi il Reno a Bendorf; poi sulla riva occidentale attraverso Coblenza, Oberwesel e Bingen e poi verso sud fino a Neustadt e ad est fino a Speyer e poi di nuovo sul Reno. E poi a sud attraverso le città di confine sul Reno e infine a Kehl. Lì sarebbe passato in Francia; una decisione basata sul fatto che diversi anni prima John Brooks lo aveva mandato a Strasburgo, lungo il confine, ad una conferenza terribilmente noiosa dove otto avvocati non avevano fatto altro che litigare tra di loro su questioni minori, senza giungere ad una conclusione degna di tale nome. Per questo, Joel aveva disertato gli incontri e se ne era andato in campagna, affascinato dalla bellezza del paesaggio. Aveva fatto anche diverse gite sul Reno, e ricordava i ferry-boat che andavano avanti e indietro tra i porti francesi e quelli tedeschi. Ma soprattutto ricordava Strasburgo come una città piena di gente, e le folle lo avevano sempre aiutato. Lo avrebbero aiutato anche allora.

Ma andare fino a Strasburgo significava farsi altre tre o quattro ore di viaggio, e Joel sapeva che doveva fermarsi e dormire un po'. Era esausto, e ormai non ricordava più l'ultima volta che aveva chiuso gli occhi e dormito per un bel po'. Ma davanti a lui c'era Chamonix e Val che lo aspettavano. Le aveva detto che l'amava. L'aveva detto. Una cosa che riaffiorava dopo tanti anni; il sollievo di averlo detto era incredibile, ma ancora più incredibile era stata la risposta di lei: "amore mio... mio unico amore". Voleva dire davvero quello che le parole significavano? O stava nuovamente ricadendo nell'errore di proteggerlo, e le emozioni tipiche degli artisti avevano preso il sopravvento sulla ragione e l'esperienza?

Aquitania! Cancella ogni altro pensiero dalla mente e raggiungi la Francia!

Il volo polare da Los Angeles a Parigi fu tranquillo, senza scosse: il paesaggio lunare di ghiaccio nelle regioni all'estremo nord del mondo dava una pace quasi ipnotica, lasciando in sospeso i pensieri con l'esibizione di quella fredda infinitezza. A Val niente sembrava che avesse importanza mentre guardava in basso. Ma la tranquillità ebbe fine una volta arrivata a Parigi.

«È in Francia per affari o per turismo, madame?» chiese l'addetto alle immigrazioni, prendendole il passaporto e inserendo il nominativo nel computer.

«*Un peu de l'un et de l'autre.*»

«*Vous parlez français?*»

«*C'est ma langue preférée. Mes parents étaient parisiens*» spiegò Val, e poi continuò, sempre in francese: «Sono un'artista e devo andare a parlare con alcuni galleristi. Naturalmente, era mia intenzione venire comunque...» Si fermò, vedendo che l'ufficiale aveva tolto lo sguardo dallo schermo e la fissava. «C'è qualcosa che non va?» chiese.

«Non si preoccupi, signora» disse l'uomo prendendo il telefono e parlando a bassa voce, tanto che Valerie non riuscì a sentire quel che diceva nel brusio della sala. «C'è una persona che desidera parlarle.»

«Mi preoccupo, invece» obiettò Valerie, spaventata. «Vede, viaggio in incognito per un motivo ben preciso... che credo abbia già scoperto con il computer, e non voglio assolutamente subire interrogatori o ancor peggio folle di giornalisti che fanno ogni tipo di domande. Ormai ho già detto tutto quello che avevo da dire. Anzi, la prego di chiamarmi l'ambasciata americana.»

«Non c'è alcun bisogno di disturbare l'ambasciata, signora» disse l'uomo, riappendendo la cornetta. «Non si tratta di un interrogatorio e la stampa non verrà a sapere che lei si trova a Parigi, a meno che non lo dica lei personalmente. E il computer non mi ha detto assolutamente nulla, tranne il suo nome... e la richiesta di una persona.»

Un ufficiale in divisa entrò quasi di corsa nella zona dove si trovava Valerie, e che era delimitata da un cordone. Le fece un inchino e disse in inglese, notando la paura e la riluttanza nei suoi occhi. «Se vuol venire con me, signora... Naturalmente può rifiutarsi, visto che non è una cosa ufficiale, ma la pregherei di seguirmi. Si tratta di un favore che devo ad un vecchio amico.»

«Chi è lei?»

«L'ispettore capo dell'ufficio immigrazione, signora.»

«E chi è l'uomo che vuole parlarmi?»

«Questo sarà lui a decidere se dirlo o no... il suo nome non appare sulla richiesta ufficiale. Comunque, mi ha detto di darle un altro nome: Mattilon. Ha detto che eravate due vecchi amici e che era una persona che godeva di tutto il suo rispetto.»

«*Mattilon?*»

«Se vorrà essere così gentile da aspettare nel mio ufficio, provvederò personalmente a ritirare il suo bagaglio.»

«Il mio bagaglio è tutto qui» disse Val, concentrandosi sulla persona che poteva aver fatto il nome di René. «Voglio che un ufficiale di polizia sia presente... o meglio, che assista alla scena guardandola attraverso un vetro.»

«*Pourquoi?*... Perché, signora?»

«*Une mésure de sûreté*» rispose Valerie.

«*Oui, bien sûr, mais ce n'est pas nécessaire.*»

«*J'insiste ou je pars.*»

«*D'accord.*»

Le spiegarono che la persona che desiderava parlarle doveva arrivare da Parigi, e che ci sarebbe voluta una mezz'oretta. Nell'attesa le portarono un caffè e un bicchierino di calvados. Poi, arrivò il suo misterioso interlocutore: era un uomo di mezza età, vestito con poca eleganza e con abiti spiegazzati, come se non gli importasse più fare bella figura. Era pieno di rughe, che gli venivano sia dall'età sia dalla stanchezza, e quando parlò la sua voce sembrò stanca, anche se non mancava certo di precisione.

«La tratterrò soltanto pochi minuti, signora. Sono sicuro che lei ha molte cose da fare, molte persone da raggiungere.»

«Come ho già spiegato,» disse Val, fissando l'uomo con sguardo duro, «sono a Parigi per parlare con diversi galleristi...»

«Non mi interessa» la interruppe l'uomo, facendo un gesto con la mano per invitarla al silenzio. «Mi scusi, non volevo essere brusco, ma non mi interessa quello che mi dirà adesso: io voglio che lei parli dopo aver sentito quello che ho da dirle.»

«Perché ha usato il nome di Mattilon?»

«Una specie di presentazione. Sapevo che eravate amici. Ma permette che cominci da capo?»

«Lo esigo.»

«Mi chiamo Prudhomme e sono della Sûreté. Qualche settimana fa un uomo è morto in ospedale, qui a Parigi. Dicono che sia stato il suo ex-marito, monsieur Converse.»

«Sì, lo so.»

«Ed io so che non è possibile» disse il francese in tono calmo, sedendosi e accendendosi una sigaretta. «Non abbia paura, in questo ufficio non ci sono registratori né microfoni nascosti. L'ispettore capo ed io abbiamo fatto la Resistenza insieme.»

«Quell'uomo è morto in seguito ad un'aggressione da parte di mio marito» disse Val con molta prudenza. «L'ho letto nei giornali e l'ho sentito alla radio. E ora lei viene a dirmi che non può essere possibile. Su che base afferma una cosa del genere?»

«L'uomo non è *morto* in ospedale, è stato ucciso. Tra le due e un quarto e le due e tre quarti del mattino, quando so per certo che suo marito era in volo da Copenaghen ad Amburgo.»

«Sa per certo?»

«Non ufficialmente, signora, anche perché mi hanno tolto l'incarico. Lo hanno assegnato ad un ufficiale con poca esperienza nella polizia ma con molta carriera militare alle spalle, mentre a me hanno assegnato casi "di maggiore portata". Comunque, io ho fatto indagini per conto mio, e senza tediarla con particolari inutili, le dirò che ho saputo che l'uomo è morto per una crisi polmonare... un trauma improvviso, che non aveva nulla a che vedere con le ferite riportate: insomma, è stato soffocato. Ma questo non c'era sul certificato di morte: perché qualcuno l'aveva fatto togliere.»

Valerie cercò di controllarsi, mantenendo freddo il tono della voce nonostante l'ansia che la logorava dentro. «Ho capito» disse. «Ma che c'entra con Mattilon? Il mio amico Mattilon?»

«Le impronte digitali» rispose l'uomo con voce stanca. «Improvvisamente, dodici ore dopo che la polizia dell'*arrondissement* — che pure impiega personale specializzato — aveva esaminato l'ufficio, vengono ritrovate chissà come queste impronte digitali. E poi c'è un altro omicidio a Wesel, nella Germania Occidentale, avvenuto nello stesso giorno: anche lì suo marito è stato riconosciuto, identificato, descritto. E poi una vecchia su un treno ad Amsterdam... e di nuovo una descrizione particolareggiata. Forse questo Converse ha le ali? Forse vola inosservato da un confine all'altro? No... è impossibile.»

«Cosa sta cercando di dirmi, monsieur Prudhomme?»

L'uomo della Sûreté inspirò una boccata dalla sigaretta, poi scrisse qualcosa su un bloc-notes, strappò il foglio e lo porse a Val. «Non ne sono certo, signora, anche perché non mi occupo più di queste cose e naturalmente non ho più a disposizione tutte le informazioni riservate. Ma se il suo ex-marito non ha ucciso quell'uomo a Parigi e non ha sparato a Mattilon, quanti altri omicidi che gli sono stati imputati in realtà non ha commesso, incluso l'ambasciatore americano a Bonn e il comandante supremo della NATO? E chi è questa gente che può permettersi di ordinare alle "fonti autorevoli" di confermare questo e quello, di far trasferire funzionari dello Stato a proprio piacimento e di alterare rapporti medici? Ci sono cose che non riesco a capire, signora, ma sono convinto che non riesco a capirle perché *non devo* capirle. Ecco perché le volevo dare questo numero di telefono. Non è quello dell'ufficio, ma di casa mia... e mia moglie sa sempre dove trovarmi. Si ricordi: in caso di emergenza, dica che si tratta di un membro della famiglia di Tatiana.»

Stone era seduto al suo tavolo, l'onnipresente telefono in mano. Era solo... come era stato solo quando era arrivata la telefonata da Charlotte, nel Nord Carolina, da una donna che tanti anni prima aveva amato e che era stata con lui nel reparto operativo. Ormai lei aveva lasciato "quel gioco terribile", come lo chiamava, mentre lui era rimasto, convinto che quell'amore non fosse abbastanza forte.

Formò un numero di Cuxhaven, nella Germania Occidentale, un telefono che sapeva essere sicuramente sterile: quello era il bello di trattare affari con Johnny Reb.

«Rosticceria Bobbie-Jo!» disse una voce dall'altro capo. «Consegne a domicilio.»

«Buono a sapersi. Sono Stone.»

«Ma guarda chi si risente! Quelli di Tatiana!» esclamò l'uomo che parlava con l'accento del Sud. «Un giorno o l'altro mi dovrai raccontare tutto di questa tua affascinante famiglia, Brer Rabbit.»

«Un giorno o l'altro te lo racconterò.»

«Mi sembra di aver sentito questo nome intorno agli anni sessanta, ma non ricordo cosa significasse.»

«Significa che puoi fidarti di chi lo usa.»

«E perché dovrei fidarmi?»

«Perché chiunque sia, è una persona di cui si sono fidati i giudici più severi di questo mondo.»

«E cioè?»

«I nemici, terrone.»

«Se parli per parabole, yankee, non ti seguo davvero.»

«Un giorno ti spiegherò tutto. Ma non adesso. C'è qualche novità?»

«La novità consiste nel fatto che ho visto l'isola più piccola e più infernale che esista da queste parti: è a venti miglia dalla costa, vicino alla foce dell'Elba, nella Baia di Helgoland, una parte del Mare del Nord.»

«Scharhörn» disse Stone. «L'avete trovata.»

«Non è stato facile; tutti sanno dov'è, ma nessuno si è mai avvicinato; durante la Seconda Guerra Mondiale l'isola serviva come stazione di rifornimento per i sottomarini ed era così segreta che molti dell'Alto Comando Tedesco non ne sapevano nulla, e gli Alleati non sono mai riusciti ad arrivarci. Ci sono ancora tutte le costruzioni di un tempo, e si suppone che sia deserta, tranne che per un paio di guardiani che, mi hanno detto, non si prendono certo la briga di venire a darti una mano se per caso rimani impigliato con la barca in uno dei tanti rottami.» Johnny Reb tacque per un istante, poi continuò a voce bassa. «Ieri sera sono andato da quelle parti e ho visto tante luci, troppe per due guardiani soli: c'è gente sull'isola, e scommetto le palle di uno yankee che c'è anche il tuo amico comandante. Poi alle due di mattina hanno spento tutto e ho visto un'antenna enorme venir su come un filo d'erba bionico e fiorire alla luce della luna: solo che non si trattava di una margherita, ma di un disco per trasmissioni via satellite... Vuoi che organizzi una squadra? È possibile, e ti verrà a costare anche poco, visto che oggigiorno c'è tanta disoccupazione: eppoi, più ci penso e più mi convinco che è stata veramente un'azione da amico quella di tirarmi fuori dai Dardanelli prima che succedesse tutto il casino: lo apprezzo ancor di più di quella cosetta che è successa con i fondi di riserva a Bahrain.»

«Ti ringrazio, ma ancora non è venuto il momento. Se lo liberassimo ora, dovremmo mostrare carte che non vogliamo mostrare per il momento.»

«E quanto intendete aspettare? Ricordatevi che ho registrato quel che ha detto quel rompiballe di Washburn.»

«E che ne hai ricavato?»

«Tante cose, molte di più di quante ne possa assorbire un cervello vecchio e male in arnese come il mio. Ma non di più di quanto possa accettare. Dopotutto, le aquile pensano di poter far fuori tutti i passerotti, vero? Perché diventeremo tutti teneri, dolci passerotti... Sai, Stone, non lo dico perché in vecchiaia sei diventato un po' più docile di quel che sia diventato io, ma se dovesse succedere, un sacco di gente dappertutto metterebbe un'amaca in giardino oppure deciderebbe di andare a pesca, dicendo che in fondo per quel che gliene importa... possono andare tutti al diavolo... e se le stellette promettono di mettere tutto a posto... be', che lo facciano. Che ripuliscano le strade e i parchi dai drogati, dai ladri e dagli assassini. Che facciano vedere all'orsetto Misha e ai petrolieri arabi in accappatoio che possiamo tranquillamente fare a meno di loro. Facciamo vedere a Gesù Nostro Signore che siamo dei bravi ragazzi, che al momento giusto sanno anche adoperare — per il bene di tutti, per carità! — il pugno di ferro. I soldati hanno sempre le armi in pugno, parcheggiano il carro armato davanti al giardino di casa mia, hanno il controllo delle compagnie, delle ditte e dello Stato? Ma a me cosa importa? si chiede Joe, disteso sull'amaca. In fondo non ne ricavo che vantaggi, benessere, sicurezza, no? Il conto torna a mio favore, quindi...»

«Niente affatto» disse Stone in tono gelido. «Non ci saranno discorsi del genere, perché Joe diventerà come un robot. Tutti noi diventeremo robot, se sopravviveremo. Non lo capisci?»

«Sì, certo che lo capisco» rispose Johnny Reb. «E penso di averlo capito da un bel po' di tempo. Io faccio la fame qui a Berna, mentre voi vi grattate a Washington. Sì, vecchio mio, lo capisco, forse molto meglio di te... Va bene, non ne parliamo più: piuttosto, che intenzioni avete per questo Converse? Non penso che riuscirà a venirne fuori, no?»

«*Deve* venirne fuori. Noi pensiamo che proprio lui sia in grado di darci le risposte di cui abbiamo bisogno. Noi vogliamo le prove, e vogliamo che siano di prima mano.»

«Secondo me, è già morto» disse l'altro. «Forse non è morto ancora fisicamente, ma appena lo troveranno lo faranno fuori di sicuro.»

«Quindi dobbiamo trovarlo noi per primi. Tu puoi darci una mano?»

«La mano ve l'ho già data quando l'altra notte ho fatto fare un bel viaggetto al maggiore Norman Anthony Washburn Quarto, o Quinto o Sesto... ho perso il conto. Voi avete i computer... perlomeno, quelli che potete usare, ed io ho l'indirizzo di certi posti dove si comprano cose che non si dovrebbero vendere. Ma fino ad ora, non ho ricevuto niente.»

«Be', cerca di accelerare i tempi, perché poco fa l'hai detto tu stesso... ed eri nel giusto: non abbiamo molto tempo. E... Johnny, anche tu pensi la stessa cosa che penso io nei confronti di quell'isola, di Scharhörn?»

«Come Appomattox, lo sento nello stomaco. Già ho sentito qualcosa, Brer Rabbit, ed ecco la ragione perché sono qui a decantare per qualche giorno. Siamo in un vespaio, ragazzo mio, e ne usciremo malconci, ma ne usciremo, te lo dico io.»

34

Joel mise la carta e la busta sull'erba e cominciò a staccare rami da un albero per coprire la macchina di Hermione Geyner. Muoversi era per lui una vera e propria pena, perché la fatica e i dolori alle braccia gli procuravano fitte lancinanti. Alla fine, strappò dell'erba alta e la buttò sull'auto: alla luce fioca della luna, l'effetto era quello di un gran mucchio di fieno. Prese la carta e la busta e si diresse verso la strada principale, che distava un paio di centinaia di metri. Secondo la carta geografica, si trovava ai margini di una città chiamata Appenweier, a quindici chilometri dal confine di Kehl, proprio davanti a Strasburgo.

Camminò lungo la strada, nascondendosi nell'erba tutte le volte che vedeva i fari di un'auto: camminò per una decina di chilometri — o forse meno — e capì che non ce l'avrebbe più fatta.

Aveva dormito anche nella giungla, sapendo che riposare era un'arma micidiale come una pistola, e che gli occhi aperti e la mente sveglia valevano più di mille armi.

Trovò una serie di sassi a semicerchio sulla riva di un ruscello e decise che quello sarebbe stato il suo castello per la notte... e cadde addormentato.

Valerie uscì dall'aeroporto Charles De Gaulle al braccio di Prudhomme, l'uomo della Sûreté: aveva accettato di prendere il numero telefonico, senza tuttavia promettere nulla. Avvicinandosi alla fermata dei taxi Prudhomme le disse: «Voglio essere sincero con lei, madame. A questo punto lei può scegliere: o dirmi *adieu* qui sui due piedi, prendere un taxi e andarsene dove lo riterrà più opportuno, oppure salire sulla mia auto e farsi accompagnare in centro... magari ad un'altra fermata di taxi, se desidera, in modo poi da proseguire da sola... ma sempre dopo che mi sono assicurato che nessuno la segue».

«Lei sarebbe in grado di garantirmi una cosa del genere?»

«In trentadue anni di servizio, anche un perfetto imbecille imparerebbe qualcosa. Mia moglie dice che se non ha avuto mai amanti, è stato anche perché io so fare bene il mio mestiere.»

«Accetto il suo invito» lo interruppe Val, sorridendo. «Sono stanca. Vorrei andare in un piccolo hotel. Le Pont Royal... è un hotel che conosco.»

«Ottima scelta, ma mia moglie sarebbe felice di ospitarla... senza fare domande, naturalmente.»

«Ho bisogno di stare da sola, monsieur» disse Valerie salendo in macchina.

«D'accordo.»

«Perché fa tutto questo?» chiese mentre Prudhomme si metteva al volante. «Mio marito era avvocato... *è* avvocato, e non credo che le cose cambino in questo caso. Lei potrebbe venire accusato di favoreggiamento o di complicità... ammettendo ciò che so benissimo che lei ammette...»

«Io voglio soltanto che lei mi chiami, e mi dica che è della famiglia di Tatiana. È un rischio, ma è anche la mia ricompensa.»

Converse guardò l'orologio — un orologio che aveva preso ad un uomo svenuto, gli parve, circa venti secoli prima — e vide che erano le sei meno un quarto del mattino e che il sole era già alto. C'era un ruscello, che gli servì per lavarsi e per rinfrescarsi. Ma doveva muoversi in fretta perché, se non aveva sbagliato i calcoli, aveva ancora sei o sette chilometri di strada da fare a piedi.

Arrivò a Kehl, dove comprò un rasoio, rendendosi conto che un prete deve mantenere un minimo di decoro per quel che riguarda la propria persona, anche durante un viaggio disagevole. In una toilette della stazione dei ferry-boat si fece la barba e poi si mise in fila per salire sul traghetto che lo avrebbe portato in Francia. Alla dogana, gli addetti rispettarono l'abito che indossava e il passaporto che mostrava tanto che si ritrovò a benedire un paio di impiegati e qualche famiglia al completo mentre attraversava il confine.

Quando si ritrovò in quelle strade piene di gente, pensò che la prima cosa da fare era trovare un albergo, farsi una bella doccia che avrebbe cancellato due giorni di violenza e di paura e farsi lavare o addirittura ricomprare i vestiti. Un prete dal vestito logoro e dalle scarpe sporche non va tra i lussi di Chamonix; ma un prete ben vestito e rasato sarebbe stato un ospite gradito nella stazione di villeggiatura, che aveva bisogno anche di una figura rispettabile in mezzo alla folla di turisti sfrenati. Converse aveva deciso che sarebbe rimasto un prete. Una decisione dettata dall'esperienza che aveva come avvocato: cerca sempre di scoprire — di anticipare — quel che il tuo avversario si aspetta da te, e fai l'esatto contrario, a meno che non ti torni utile conformarti. Gli uomini di Aquitania sicuramente si aspettavano che cambiasse abito, che non rimanesse nei panni del prete, il suo ultimo travestimento. Invece Joel sarebbe rimasto prete: in Francia c'erano migliaia di sacerdoti, e tutto sommato ci provava gusto nel notare quelle piccole attenzioni che di solito la gente ha per i religiosi.

Prese una camera al Sofitel, in Place Saint-Pierre-le-Jeune e spiegò con molta semplicità al portiere che aveva viaggiato in condizioni disastrose per tre giorni e che avrebbe avuto bisogno di varie cose, e piuttosto urgentemente. Veniva da una delle parrocchie più eleganti di Los Angeles e... un biglietto da cento dollari fece il resto. Il vestito venne lavato e stirato nel giro di un'ora, le scarpe furono subito lucidate e rimesse a nuovo e con le scarpe arrivarono anche due camicie con il colletto da prete, acquistate in un negozio "che per sfortuna del ragazzo che è stato mandato a comprarle, era molto lontano da qui" e che quindi richiedevano una mancia aggiuntiva. Mance, creste sui conti, regalini... erano il sogno di tutti i portieri e fattorini d'albergo. Quel prete abbronzato e con la faccia piena di lividi che voleva tutto ed in fretta era sicuramente di una parrocchia elegante e ricca. Ce l'aveva fatta: era entrato in albergo alle otto e mezzo di mattina e alle nove e cinquantacinque era pronto per partire per Chamonix.

Non poteva correre il rischio di andare in aereo o in treno: troppe cose già gli erano successe nelle stazioni e negli aeroporti, ed era sicuro che Aquitania li avesse fatti sorvegliare. E poi, da un momento all'altro avrebbero trovato la macchina di Hermione Geyner, e allora avrebbero capito la direzione che aveva preso, anche se non sarebbero stati in grado di precisare la destinazione. Aquitania avrebbe dato l'allarme in Germania, in Francia e in Svizzera; quindi il sistema più sicuro era ancora una volta l'automobile. Di nuovo, il portiere venne in suo aiuto e procurò a quel giovane monsignore un'auto a noleggio con tutte le indicazioni per arrivare a Ginevra, che distava trecentocinquantasette chilometri.

Naturalmente, non voleva andare a Ginevra, ma a Chamonix, il che significava un'altra ora di viaggio: calcolò che ci sarebbe arrivato in cinque ore, al massimo sei, e che quindi sarebbe giunto ai piedi del Monte Bianco fra le sedici e trenta e le diciassette. Non perse tempo e si diresse verso l'autostrada che sulla sua carta era contrassegnata con il numero 83.

Valerie si vestì mentre le prime luci del mattino illuminavano gli edifici irregolari di Parigi sul Boulevard Raspail. Non aveva dormito, anche perché non ci aveva nemmeno provato; era rimasta sdraiata nel buio a fissare il soffitto, ripensando alle parole di quello strano francese della Sûreté che non poteva parlare ufficialmente, ma che aveva capito tante cose. Era stata tentata di raccontargli tutto, ma aveva deciso di tacere per il momento, forse anche per sempre, perché l'ipotesi che si trattasse di una trappola non era da escludere: rivelazioni sconvolgenti con qualche base di realtà possono essere l'esca giusta per una donna che si sente braccata. Però il tono di quell'uomo era il tono di una persona che dice la verità: «Mi telefoni, dicendo che è della famiglia di Tatiana. È quello che desidero, e sarà la mia ricompensa».

Joel sicuramente avrebbe detto che se quell'uomo non era uno specchietto per le allodole, era un'incrinatura nei piani dei generali, della quale i generali stessi non sapevano niente. Ma fidarsi di lui fin dal principio non era possibile.

Sull'aereo da Los Angeles aveva dato uno sguardo agli orari dei voli interni e sapeva come arrivare a Chamonix: La Air Touraine disponeva di quattro voli giornalieri per Annecy, l'aeroporto più vicino a Chamonix e al Monte Bianco. A dire il vero, aveva sperato di poter prendere il volo delle 7.00; ma l'intervento di Prudhomme l'aveva escluso e quando dall'Hotel Pont Royal aveva telefonato per riservare un posto, le avevano detto che era tutto pieno... era piena estate e il Monte Bianco è considerato l'ottava meraviglia del mondo. Comunque, l'avevano messa in lista d'attesa per il volo delle undici. Per questo, era meglio che andasse all'aeroporto di Orly, meglio stare tra la folla, come diceva sempre Joel.

Prese l'ascensore, che era aperto e scorreva in una gabbia di ferro, pagò il conto e chiese se potevano chiamarle un taxi.

«*À quelle heure, madame?*»

«*Maintenant, s'il vous plaît.*»

«*Dans quelques minutes.*»

«*Merci.*»

Il taxi arrivò e Val ci salì, accolta da un autista triste e insonnolito che non solo non fece nemmeno il gesto di scendere per aiutarla ma che anzi sembrava fare *a lei* un piacere accogliendola a bordo.

«*Orly, s'il vous plaît.*»

L'autista partì, si avvicinò al marciapiede e poi fece l'inversione di marcia, prendendo il Boulevard nel senso opposto con l'intenzione di imboccare la circonvallazione che li avrebbe portati all'aeroporto. L'incrocio sembrava deserto: invece non lo era affatto.

Il tonfo dietro di loro fu forte e improvviso... metallo che sbatteva contro metallo, vetri che si infrangevano e pneumatici che fischiavano. L'autista pestò sui freni, urlando di sorpresa e di paura, mentre l'auto finiva contro il marciapiede. Val sbatté contro il sedile anteriore e cadde in ginocchio sul pavimento della macchina. Cautamente, e con gesti goffi, cercò di rimettersi in piedi mentre il tassista schizzava fuori dalla macchina urlando e gesticolando verso le macchine che li seguivano.

Improvvisamente la portiera posteriore destra della macchina che aveva tamponato l'auto dietro al taxi di Valerie si aprì e ne emerse la figura di Prudhomme, con un rivoletto di sangue che gli colava da una ferita alla testa. Prudhomme le venne incontro e le disse in fretta: «Vada, signora... dove deve andare. Nessuno la seguirà ora».

«*Lei!*... È rimasto qui tutta la notte! Mi ha aspettata, sorvegliata. È stato lei a provocare l'incidente!»

«Ora non c'è tempo. Le rimanderò il suo autista. Dovrò fare un rapporto completo, infilando magari qualche bustina di droga in quella macchina... e lei deve andare via. Ora... prima che possano avvertire gli altri.»

«Il nome!» gridò Val. «Era *Tatiana*?»

«Sì.»

«Grazie!»

«*Au revoir. Bonne chance.*» L'uomo della Sûreté incassò la testa nelle spalle e corse verso i due francesi che urlavano dietro al taxi.

Erano le quindici e venti quando Converse vide il segnale: SAINT-JULIEN EN GENEVOIS 15 KM. Aveva costeggiato il confine della Svizzera, l'autostrada per Chamonix proprio davanti a lui, ad est di Ginevra e a sud di Annemasse. Avrebbe raggiunto il Monte Bianco nel giro di un'ora: ce l'aveva fatta! Aveva anche guidato come mai aveva guidato in vita sua e la potente Citröen aveva risposto al tocco da pilota, mentre era concentrato soltanto sulla striscia che si stendeva davanti a lui, sui comandi e sull'attrito delle ruote su quella strada di montagna. Si era fermato a far benzina a Pontarlier, dove aveva anche bevuto un tè bollente preso da una macchina distributrice: una volta lasciata l'autostrada per le stradine di montagna, il successo dell'operazione e i minuti risparmiati dipendevano soltanto dal tempo di reazione. Un'ora. *Aspettami, Val. Aspettami, amore mio!*

Valerie guardò l'orologio, le venne una gran voglia di gridare... proprio come aveva avuto voglia di gridare quella mattina alle sei e mezzo all'aeroporto di Orly. Erano le sedici e dieci, e la giornata era stata piena di incidenti: il tamponamento sul Boulevard Raspail, la rivelazione di Prudhomme che le aveva detto di essere seguita, l'arrivo ad Annecy con il volo dell'una da Parigi... volo che aveva subìto un ritardo a causa di una porta del bagagliaio che si era rotta. Aveva i nervi tesi, ma sapeva che per nessuna ragione avrebbe dovuto lasciarsi andare e perdere il controllo: sarebbe servito soltanto ad attirare l'attenzione e per quel giorno l'aveva attirata già abbastanza.

Non c'erano posti liberi sull'aereo delle sette e quello delle undici era pieno, per cui soltanto i passeggeri muniti di biglietto furono ammessi al cancello. Aveva cominciato a protestare in toni così aspri che parecchia gente si era voltata a guardarla. Allora era ricorsa alle sottili lusinghe, cosa che aveva finito per mandare su tutte le furie l'impiegato... non perché si sentisse insultato ma perché non poteva far niente per aiutare quell'americana e intascare il denaro che gli offriva. Anche in quell'occasione parecchia gente si era voltata a guardare la donna e l'impiegato che le si rivolgeva con sdegno gallico. Quello non era il sistema per arrivare viva a Chamonix, aveva pensato Val prendendo un biglietto per il volo delle tredici.

L'aereo era atterrato ad Annecy con mezz'ora di ritardo, qualche minuto dopo le tre e la folla che aveva invaso le fermate del taxi l'aveva convinta a comportarsi in un modo che generalmente le ripugnava. Era piuttosto alta — e piuttosto vistosa — e sapeva l'effetto che poteva fare guardando la folla sotto di sé con occhi sdegnosi: forse quella gente non si rendeva conto dei privilegi che una predeterminazione genetica le aveva assegnato! Stupidamente, parecchie persone accettavano quell'atteggiamento come il segno di una superiorità innata: le donne ne erano intimidite, mentre gli uomini, insieme ad un senso di soggezione, ne erano anche sessualmente attratti. Quella tattica le aveva fruttato un paio di posti in avanti nella fila, che però era ancora molto lunga. Poi lo sguardo le cadde su una fila di limousine con relativo autista ferme alla sua destra, senza clienti. *Ma cosa stava aspettando?* Era uscita da quella fila e ed era corsa verso gli chauffeur che aspettavano fumando e stuzzicandosi i denti, il borsellino già aperto in mano.

La goccia finale alla sua frustrazione era stato un particolare che avrebbe dovuto ricordare: c'era un punto nel meraviglioso scenario di Chamonix oltre il quale le automobili non potevano andare: solo macchine di servizio e pullmini per turisti erano ammessi per quelle stradine tortuose. Così era scesa dalla limousine e si era avviata sul boulevard pieno di gente; in lontananza, vedeva il piazzale da dove saliva la funivia diretta al ghiacciaio e sapeva che da qualche parte, sopra le nuvole, c'era Joel. Il suo Joel. Non riuscì più a controllarsi e prese a correre... più forte, sempre più forte. *Aspettami, amore mio! Fa' in modo di esserci, amore mio... mio unico amore!*

Mancavano dieci minuti alle diciassette quando Converse arrivò nel parcheggio. Frenò con un gran stridio e uscì dalla macchina. C'era stato un traffico discreto sull'autostrada del Monte Bianco, e un ingorgo a causa dei lavori in corso per la costruzione di un ponte nuovo. Si sentiva i muscoli del piede destro indolenziti dal continuo esercizio che aveva dovuto fare con l'acceleratore nel tentativo di guadagnare qualche metro tra il traffico che sembrava letargico. Era arrivato! Era a Chamonix, lo splendore maestoso delle Alpi davanti a lui, il paese in basso. Prese a correre, riempiendosi i polmoni di aria fresca di montagna, dimenticando il dolore... perché *lei* doveva essere laggiù! *Ti prego Val, fallo! Ti amo tanto... maledizione, ho bisogno di te! Aspettami!*

Valerie era accanto alla cabina della funivia e guardava le nuvole sotto le montagne che formavano un muro, nascondendo tutte le ansie e le preoccupazioni di chi stava sulla terra. Rabbrividì al freddo alpino, ma sapeva di non poter andare via. Era in piedi accanto ad un cannocchiale, di quelli che per un paio di franchi mostrano la bellezza degli scenari alpini. Temeva a morte che non sarebbe venuto... che non sarebbe potuto venire. *Morte.*

Era l'ultima corsa della funivia, che non funzionava più dopo il tramonto del sole... troppo freddo per arrivare in cima alle montagne. Era sola sul piazzale, e dentro al bar c'erano soltanto poche persone e, naturalmente, il barista. *Joel! Ti ho raccomandato di rimanere vivo! Ti prego, fa' come ti ho detto, amore mio... mio unico amore! Mio adorato!*

La cabina della funivia avanzava lentamente; si fermò, e Val vide che era vuota! *Morte.*

Poi lo vide, un uomo alto con il colletto bianco da prete, e la cima del mondo sembrò avere di nuovo un senso. Uscì dalla cabina, e corse verso di lei, mentre anche lei gli correva incontro. Si abbracciarono, tenendosi stretti l'un l'altro come mai si erano tenuti stretti quando erano stati marito e moglie.

«Ti amo!» bisbigliò lui. «Oh, *Dio*, ti amo.»

Val si tirò un po' indietro, lo tenne per le spalle e gli occhi le si riempirono di lacrime. «Sei vivo, sei qui! Hai fatto quel che ti avevo detto di fare.»

«Quel che dovevo fare» disse. «Perché eri tu a chiedermelo.»

35

Dormirono nudi, i corpi uniti, abbracciati, dimenticando per qualche ora il mondo come solo loro sapevano che era, un mondo che avrebbero affrontato nuovamente l'indomani. Per il momento volevano qualcosa per sé, volevano dare e ricevere, volevano ore preziose da trascorrere nell'intimità, parlando sottovoce, cercando di capire quel che avevano perso e perché, dicendosi l'un l'altro che non l'avrebbero più perso.

Quando arrivò il mattino, avrebbero voluto ricacciarlo indietro: ma c'era il mondo che ben conoscevano, e c'era il mondo che volevano i generali di Aquitania.

Ordinarono una colazione alla francese e una cuccuma di caffè. Mentre Val si pettinava, Joel guardò dalla finestra la cittadina di Chamonix, vibrante di colori e di suoni. C'era una squadra di uomini che buttava acqua dappertutto, lavando strade e soglie fino a che tutto luccicò di splendore: Chamonix si stava preparando per una nuova ondata di turisti estivi... e a pensarci bene, erano stati fortunati a trovare quella camera. Erano andati a chiedere in tre hotel, e per poco Joel non aveva fatto una gaffe imperdonabile. Fortuna che Val se ne era resa conto e gli aveva consigliato di togliersi il colletto da prete prima di presentarsi al bureau in compagnia di una signora. Non avevano trovato posto in nessuno dei tre, ma con il quarto, la Croix Blanche, avevano avuto più fortuna: qualcuno aveva annullato una prenotazione proprio in quel momento, ed era rimasta una camera libera.

«Più tardi esco a comperarti qualche vestito» disse Val, raggiungendolo da dietro e mettendogli la testa sulla spalla.

«Mi è mancato tanto questo gesto» disse lui, circondandole le spalle con un braccio. «Mi sei mancata tanto.»

«Ma ora ci siamo ritrovati, e questo è quel che conta.» Ci fu un bussare gentile alla porta, un bussare da cameriere. «Deve essere il caffè. Vai pure in bagno. Puoi usare il mio spazzolino.»

Si sedettero al piccolo tavolo di marmo accanto alla finestra: era arrivato il momento, ed entrambi lo sapevano fin troppo bene. Joel prese un foglio di carta da lettere dell'hotel e una penna.

«Ancora non riesco a capacitarmi di quel che è successo con mia zia!» disse Val improvvisamente. «Ma come ho fatto a non accorgemene?»

«Mi sono chiesto anch'io la stessa cosa.» Converse fece un sorriso dolce. «Mi sono chiesto come avevi fatto a non accorgertene.»

«Mi sorprende che tu non mi abbia sbattuto giù dalla funivia.»

«Ci ho pensato, ma poi ho deciso di non farne nulla.»

«Dio, come sono stata stupida!»

«No. Eri soltanto disperata» la corresse Joel. «Proprio come era disperata tua zia. Tu cercavi un aiuto, delle possibilità; lei invece cercava il modo per tornare indietro nel tempo, agli unici giorni della sua vita che erano stati significativi. E guarda che quando una persona prova sentimenti del genere, sa essere terribilmente convincente. Ti ha detto le parole giuste, tutte le frasi misteriose che ha sentito fin da piccola. Per questo hai creduto in lei. Ci sarei cascato sicuramente anch'io.»

«Sei tremendo quando cerchi di essere gentile, caro. Coraggio, è giorno fatto.»

«Dimmi di Sam Abbott» disse lui.

«Sì certo, ma prima voglio che tu sappia un'altra cosa: non siamo soli. C'è un uomo a Parigi, un ispettore della Sûreté che sa che tu non hai ucciso René e non avresti potuto uccidere l'uomo che hanno identificato come autista della limousine fuori dal George V a Parigi.»

Stupito, Joel si chinò sulla sua tazza di caffè. «Ma io quell'uomo l'ho ucciso davvero. Dio sa che non ne avevo l'intenzione... pensavo che stesse prendendo la pistola o la radio... ma l'ho colpito, gli ho fatto sbattere la testa contro il muro e in seguito è morto per un vattelapescacomesichiama cranico.»

«No, non è vero. È stato ucciso all'interno dell'ospedale stesso, per soffocamento. Prudhomme ha detto che le ferite riportate non avevano niente a che vedere con la morte. E ha aggiunto che se tu non sei responsabile dell'omicidio di René e dell'uomo fuori dal George V avresti anche potuto non essere il responsabile di tutti gli altri crimini che ti attribuiscono. Lui pensa che qualcuno ti abbia preparato una trappola; non sa il perché, naturalmente, così come non sa il perché delle prove sparite o delle impronte trovate laddove prima non esistevano... parlo delle impronte digitali nell'ufficio di Mattilon. Ma vuole aiutarci e mi ha dato un numero telefonico dove possiamo rintracciarlo.»

«Possiamo fidarci?» chiese Joel, scrivendo qualcosa sul foglio di carta.

«Penso di sì. Stamani ha fatto una cosa molto significativa, ma di questo ti dirò dopo.»

«L'uomo fuori dal George V» disse Converse a bassa voce. «L'aiutante di Bertholdier. Da quel momento in poi ho dovuto scappare, correre, nascondermi. È stato come se qualcuno avesse intravisto una possibilità in tutta questa storia e non avesse voluto lasciarsela scappare. "Se lo facciamo diventare un assassino ora, potremo giocare su questo fatto tra un po'. In fondo, ci viene a costare soltanto una vita umana." Gesù!» Joel si accese una sigaretta. «Continua» disse poi. «Risaliamo indietro nel tempo. Dimmi di Sam.»

Val gli raccontò tutto, a cominciare da quanto era successo al St. Regis... quella chiamata terrificante che l'aveva costretta a scappare e ad osservare da un nascondiglio un giovanotto che saliva le scale e un ufficiale dell'Esercito che la inseguiva per la strada.

«La cosa strana» la interruppe Converse «è che forse quella gente è dalla nostra parte.»

«Cosa? E come è possibile? Il primo sembrava un *Hitlerjunge*, l'altro era in divisa!»

«Molta gente che veste la divisa vedrebbe volentieri i generali di Aquitania pendere da una forca. Ricordati che Fitzpatrick ha detto che sicuramente quei dossier venivano da rapporti ufficiali e, a giudicare da molta parte del materiale, erano pieni di informazioni militari. Forse i miei misteriosi compagni di Washington si sono decisi ad uscir fuori dal buco. Scusa, continua pure.»

Gli disse dell'incontro con Sam in una tavola calda di Las Vegas... Sam che si era sposato e che aveva due figlie. Con un'espressione di dolore sul volto, Joel ascoltava, cercando di cogliere ogni possibile doppio senso in quelle frasi, ogni termine che potesse avere più di un significato, insomma un qualcosa... qualcosa su cui basarsi, su cui muoversi. Poi ad un tratto alzò una mano, come a dire a Valerie di fermarsi.

«Sareste andati a Washington *tutti e tre*?»

«Sì.»

«Tu, Sam e questa terza persona che doveva contattare... l'uomo che Sam diceva che avrebbe saputo cosa fare?»

«Sì. L'uomo che ha fatto uccidere Sam. L'unico cui Sam avesse detto tutto.»

«Ma Abbott ti aveva detto che di lui ci si poteva fidare. Come di "se stesso", se mi hai riferito bene le parole.»

«Sì, l'ha detto, ma evidentemente si sbagliava.»

«Non necessariamente. Sam era una persona semplice, ma non certo uno sprovveduto. Si sceglieva gli amici con molta prudenza, perché sapeva che correva dei rischi e avrebbe potuto farli correre anche ad altri.»

«Ma non ha parlato con nessun altro...»

«Forse lui no, ma quest'altra persona può averlo fatto. So bene cosa succede in caso di una riunione di emergenza a Washington... Che è esattamente la cosa cui si riferiva Sam quando ti ha detto che sareste andati tutti quanti a Washington. Sono cose complesse, e per organizzarle occorre un fatto grave che possa tagliar fuori tutte le difficoltà di natura burocratica. Di sicuro, Sam ha usato il suo nome — gode di rispetto e di stima — e poi forse il mio, o il tuo, o quello di Delavane, ciascuno dei quali sarebbe stato sufficiente.» Converse prese la penna. «Come si chiama questo tizio?»

«Oh, Dio» disse Val, chiudendo gli occhi e massaggiandosi la fronte. «Fammi pensare... Alan, il nome di battesimo era Alan... Alan Metzger? Metland?...»

«Ti ha detto chi era, cosa faceva, che grado aveva?»

«No. Metcalf! Alan Metcalf!»

Joel scrisse il nome. «Okay, ora arriviamo a Parigi, all'uomo della Sûreté.»

Valerie gli raccontò dello strano comportamento dell'addetto all'immigrazione dell'aeroporto e dell'incontro con Prudhomme, che definì un uomo stanco e disordinato nel vestire. Poi gli raccontò della rivelazione che quell'uomo le aveva fatto, ripetendo le parole che aveva detto a Joel poco prima e arricchendole con nuovi particolari che via via le venivano in mente. Quand'ebbe finito, Joel la interruppe nuovamente con un gesto della mano e negli occhi che teneva fissi su di lei, c'era incredulità.

«La famiglia di Tatiana?» chiese. «Ne sei certa?»

«Sì. Tra l'altro, gliel'ho richiesto anche stamani.»

«Stamani? Ah... già, mi avevi detto che stamani ti è successa una cosa molto singolare. Cosa è stato?»

«Prudhomme è rimasto tutta la notte di vedetta fuori dal mio albergo e quando stamani all'alba sono uscita ha provocato appositamente un incidente con una macchina che seguiva il mio taxi. Mi pedinavano, capisci? Mi ha detto di scappare, di andare via da Parigi. È stato allora che gli ho chiesto di ripetermi quel nome. Tatiana.»

«Lo stesso nome che René mi ha detto di usare se avessi dovuto contattare Cort Thorbecke ad Amsterdam. "Di' che fai parte della famiglia di Tatiana". Sono state queste le sue ultime istruzioni.»

«Ma che significa?»

«René non mi ha spiegato molto, ma io ho mangiato la foglia. È una parola d'ordine che contraddistingue gente fidata, una chiave che apre le porte a determinate informazioni che solitamente vengono taciute al novantacinque per cento della gente che vorrebbe averle.»

«E perché?»

«Ti sembrerà pazzesco, ma Mattilon mi ha detto che chiunque faccia parte della famiglia di Tatiana è una persona di cui anche gli uomini più sospettosi del mondo, quelli che non possono permettersi di correre nessun rischio, si fidano ciecamente.»

«Mio Dio, chi sono queste persone?»

«Russi. Commissari del Cremlino che esportano clandestinamente capitali per investirli in Occidente.»

«Hai ragione» disse Val. «È pazzesco.»

«Ma funziona, non capisci? Un gruppo di persone perbene, che per una ragione o l'altra si ritrovano a vivere in un mondo che odiano e non sanno di chi potersi fidare, ha inventato un codice. Essere un membro della famiglia di Tatiana è una specie di passaporto della fiducia. Non è soltanto un segnale di emergenza, è ben di più: significa che chiunque lo usa è una persona a posto... indipendentemente da quel che chiede di fare. E scommetto che è anche un circolo molto ristretto. René, questo Prudhomme e pochi altri. Ma per noi è la chiave che ci permetterà di aprire qualche porta; sì, possiamo fidarci.»

«Ti comporti come se tu fossi in tribunale» disse l'ex-signora Converse, che a quel punto non era poi più tanto ex, prendendogli la mano.

«Non saprei come comportarmi altrimenti: fatti, nomi, strategie; ci deve pur essere un'incrinatura, una strada che possiamo percorrere... che dobbiamo percorrere. E alla svelta.»

«Io comincerei con questo Prudhomme» disse Val.

«Sì, forse ci serviremo anche di lui, ma non subito. Ci sono altre cose che hanno la precedenza. Questa camera dispone di due telefoni? Una certa... ex-moglie ieri sera mi ha tenuto troppo occupato per controllare.»

«Ex-moglie che probabilmente è incinta.»

«Non sarebbe *meraviglioso*?»

«Calma, ragazzo. Sì, c'è un secondo telefono: è nel bagno.»

«Voglio che tu chiami questo Metcalf, Alan Metcalf, a Las Vegas. Ci faremo dare il numero dall'ufficio informazioni e io ascolterò all'altro apparecchio.»

«Cosa devo dirgli?»

«Che nome avevate convenuto di usare tu e Sam?»

«Quello che ti ho detto. Parquette.»

«Allora di' il nome, nient'altro: lasciamo che sia lui a fare la prima mossa. Se c'è qualcosa che non va, lo capirò... lo capiremo... e riattaccherò. Quanto sentirai me riattaccare, riattaccherai anche tu.»

«Supponi che non ci sia? Supponi che venga a rispondere la moglie, l'amante o la figlia di tre anni?»

«Lascia il tuo nome e di' che richiami tra un'ora.»

Peter Stone era seduto sul divano, con i piedi sul tavolino; davanti a lui, in borghese, c'erano il capitano dell'Esercito e il tenente della Marina.

«D'accordo, allora» disse Stone. «Proviamo con questo Metcalf e speriamo per il meglio. Se per caso dovessi sbagliarmi, sono sicuro che arriverebbero dritti fino a me — fino a noi — e non illudetevi, vi hanno visto venire qui e riconosceranno anche voi. Ma come vi ho detto prima, c'è sempre un momento in cui bisogna correre un rischio che non si sarebbe voluto correre. Siamo in un campo minato, e la nostra sola speranza è quella di riuscire ad allontanarcene. Ma non posso certo promettervi che ce la faremo. Questo telefono è collegato con un altro telefono, un numero che risponde ad una camera di un albergo dall'altra parte della città: nel caso che qualcuno dovesse ascoltarci, potremo guadagnare un po' di tempo, perché prima di arrivare a noi dovrebbero controllare tutti i clienti dell'albergo, setacciare ogni camera. Una volta esaminati tutti quanti i clienti, di sicuro penseranno ad un'intercettazione, e un tecnico esperto di telefonia non ci metterà più di un paio d'ore per trovare il cavo intercettato e risalire a noi.»

«E quanto tempo abbiamo a disposizione, considerato anche lo stratagemma?» chiese l'ufficiale dell'Esercito.

«È uno degli hotel più grandi di New York» rispose il borghese. «Se abbiamo fortuna, ci vorranno dalle ventiquattro alle trentasei ore.»

«Dobbiamo tentare!» disse il tenente della Marina, in un tono di ordine.

«Oh, per l'amor di Dio» disse il capitano, passandosi una mano sui capelli. «Sì, certo, tentiamo, tentiamo con lui. Ma non ho ancora capito il perché.»

«Un registro. Informazioni tutto sommato molto facili da ottenere. Abbott registrava tutto quel che faceva durante la giornata, ed era sempre molto preciso: abbiamo notato molte occasioni nelle quali è andato a pranzo con Metcalf e molte cene con entrambe le famiglie, a volte a casa degli Abbott, a volte dai Metcalf. Per questo penso che si fidasse di lui e, visto che faceva parte dei servizi segreti, ha giudicato che fosse l'uomo più adatto cui rivelare una faccenda così importante e così delicata. E poi, c'è un'altra cosa: insieme a Converse, entrambi sono stati prigionieri in Vietnam.»

«Dobbiamo tentare!» gridò il tenente della Marina.

«Per l'amor di Dio, cambi disco» disse il capitano.

«È la segreteria telefonica!» gridò Val, coprendo il ricevitore con una mano.

Joel uscì dal bagno. «Un'ora» le sussurrò.

«Un'ora» disse Val. «Miss Parquette richiamerà fra un'ora.» Poi riappese.

«Chiameremo sempre a distanza di un'ora» aggiunse Converse, fissando il telefono. «Non mi piace. In America è l'una di notte, e mi aspettavo che rispondesse una moglie, o un figlio.»

«Sam non mi ha parlato di moglie e di figli, tranne che dei propri.»

«Non ce n'era ragione, infatti.»

«Ma ci potrebbero essere almeno una dozzina di spiegazioni, Joel.»

«Spero che non si tratti della spiegazione cui continuo a pensare io.»

«Chiamo Prudhomme» disse Valerie. «Utilizziamo questa famiglia di Tatiana, vediamo se può aiutarci.»

«Non ancora.»

«Perché no?»

«Abbiamo bisogno di altri elementi... Prudhomme ha bisogno di altri elementi.» D'un tratto, gli occhi gli caddero sulla busta che portava l'indirizzo di Nathan Simon; era sul tavolo, assieme al passaporto falso. «Mio Dio, ma forse li abbiamo, gli altri elementi» disse sottovoce. «Quella busta è rimasta lì sotto i miei occhi per tutto questo tempo, e non me n'ero accorto.»

Val seguì lo sguardo di Joel. «Il rapporto che hai scritto per Nathan?»

«L'ho definito la requisitoria più brillante che avessi mai scritto in vita mia; ma non è affatto una requisitoria: non sfiora neppure le questioni legali, tranne che in senso lato, e non ci sono le prove per sostenere le accuse. È semplicemente un documento che mette in rilievo le ambizioni perverse di uomini molto potenti che vorrebbero *cambiare* le leggi, alterare governi sostituendoli con puri e semplici controlli di tipo militare, e tutto in nome di una legge che va fatta *rispettare* e un *ordine* del quale loro stessi sono i tutori e i garanti. E se "compromissione" significa assassinio... se intendono veramente fare strage di capi di governo... io so che possono farcela.»

«Che cosa farai, Joel?»

«Se devo costruire un caso contro qualcuno, è meglio che lo faccia nell'unico modo in cui so farlo... cioè con affidavit, dichiarazioni giurate, deposizioni, requisitorie, arringhe, eccetera.»

«Che diavolo stai dicendo?»

«La legge, signora Converse» disse Joel prendendo la busta. «La legge è la via giusta; potrei usare quel che c'è in questi dossier... naturalmente in altra forma. Avrò bisogno di altre dichiarazioni, ovviamente, e allora chiameremo Prudhomme e la famiglia di Tatiana. Poi, se avremo fortuna, raggiungeremo l'amico di Sam, Metcalf... maledizione, lui dovrebbe dirci qualcosa... e poi voglio interrogare personalmente qualcuno della difesa... Leifhelm, per esempio, o forse Abrahms, o forse Delavane stesso.»

«Sei matto!» gridò Valerie.

«No, non sono matto» disse Converse semplicemente. «Avrò bisogno di aiuto, questo sì. Ma ho abbastanza soldi per reclutare un paio di squadre di avanzi di galera per un certo lavoretto... e una volta che Prudhomme avrà capito quel che voglio fare, sono sicuro che mi darà l'indirizzo del loro sindacato. Abbiamo un sacco di lavoro da fare,

Val. Tutti i tribunali come manoscritti immacolati.»

«Per l'amor di Dio, Joel, ti dispiacerebbe tradurre in inglese contemporaneo?»

«Sei un'inguaribile romantica, signora Converse» le disse avvicinandosi a lei. «Questi sono le viti e i bulloni che certo non si trovano nei tuoi paesaggi marini.»

«Però tutto si deve tracciare su un foglio di carta, e riempire di colore. Tutto, ricordalo... Comunque, non capisco quel che vuoi dire.»

«Uno stenografo... qualcuno che abbia lavorato nei tribunali, se riuscirai a trovarlo; qualcuno disposto a stare qui tutto il giorno e anche tutta la notte, se sarà necessario. Offri una somma pari a tre volte la tariffa corrente.»

«Ammettiamo pure che riesca a trovare la persona giusta» disse Val. «Che cosa le, o *gli*, diciamo?»

Joel aggrottò la fronte mentre si dirigeva distrattamente verso la finestra. «Un romanzo» disse poi, voltandosi. «Le diremo che stiamo scrivendo un romanzo. E le prime venti o trenta pagine devono sembrare una requisitoria di tribunale durante un processo.»

«Un romanzo basato su gente reale, persone che tutti conoscono?»

«Diremo che si tratta di una nuova tendenza della letteratura moderna. Basterà questo.»

A New York era già mattino e Stone si trovava solo ancora una volta. Il tenente e il capitano erano andati in ufficio, e forse era meglio così: tanto, non avrebbero potuto essergli di nessun aiuto, e meno si facevano vedere da quelle parti, meglio era: quando il martello sarebbe calato su quell'appartamento, non avrebbe certo avuto pietà di nessuno. E il martello sarebbe arrivato, e Stone lo sapeva: era un dato di fatto, proprio come un dato di fatto era che senza l'intervento di Alan Metcalf non potevano far niente. «Senza di lui,» come avrebbe detto Johnny Red ai bei tempi «la banda non attacca, e niente ballo in piazza.» Si sarebbe fatto vivo? si chiese l'ex-agente dei servizi segreti. Sembrava essere scomparso nel nulla, proprio come dicevano a Nellis, e la sezione di investigazione della base non sembrava né capire né apprezzare quell'assenza: glielo avevano detto chiaro e tondo.

Ma Stone aveva capito. Metcalf ora sapeva quel che sapeva... quello che anche Stone sapeva — e non avrebbe certo giocato il gioco seguendo il regolamento. Almeno, non lo avrebbe fatto se fosse stato in gamba. E se fosse stato vivo. E l'ex-agente sapeva anche un'altra cosa: quando si era messo in contatto con la segreteria telefonica, aveva capito che si trattava di un'apparecchiatura molto moderna e molto sofisticata, comperata con i soldi dei contribuenti e, visti anche gli enormi sperperi, uno degli investimenti migliori. Sì, Metcalf avrebbe saputo come condurre il gioco... Sempre se fosse stato vivo e in grado di agire. Avrebbe usato un terminale, programmandolo e all'occasione riprogrammandolo nuovamente, ascoltando quel che voleva ascoltare e cancellando quel che c'era da cancellare, lasciando soltanto determinate informazioni che magari potevano portare fuori strada la persona che avesse voluto sentirle. Di sicuro avrebbe anche usato un codice, magari cambiandolo ogni giorno, che se, non inserito nella maniera giusta, avrebbe fatto bruciare il nastro con una scarica di microonde... erano tutte procedure standard. Se era in gamba. E se era vivo.

Stone contava su entrambe le cose... che il colonnello fosse vivo e che fosse in gamba. Non c'era scopo di pensare diversamente, perché sarebbe stato come distendersi sull'amaca e andare a pesca, o fare tutto quanto come un robot. Ecco perché Stone aveva dettato un messaggio nella segreteria telefonica di Metcalf un'ora prima, alle sei e trentacinque. Aveva usato un nome che la moglie — anzi la exmoglie — di Converse avrebbe dovuto usare con il defunto Sam Abbott: *Marcus Aurelius in ascesa. Rispondere e cancellare*. Poi aveva aggiunto il numero di telefono di quell'appartamento: se l'avessero intercettato, quel numero li avrebbe portati ad un albergo sulla cinquantatreesima, l'Hilton Hotel.

C'era solo un'altra persona che Stone avrebbe voluto contattare, ma quella persona era "in ferie... non sappiamo dove rintracciarlo". Ovviamente, quelle parole erano una bugia bella e buona, ma dire apertamente che non ci credeva significava dover dire altre cose che Peter non voleva dire: quell'uomo era Derek Belamy, capo delle Operazioni clandestine dell'M.I.6 britannico, uno dei pochissimi veri amici che Stone avesse mai avuto nella CIA. Era un amico così vero e così caro che quando Stone era stato di servizio a Londra gli aveva detto chiaro e tondo di prendersi un periodo di riposo e di cercare di disintossicarsi, o la sua vita sarebbe stata per sempre una croce, e molto pesante da portare: la croce degli alcolizzati. «Conosco un medico compiacente che ti farà un certificato, dandoti un periodo di riposo per un esaurimento nervoso che in realtà non hai. Potresti andare in una villetta che ho comprato nel Kent. Potresti rimetterti in poco tempo.»

Stone aveva rifiutato, il rifiuto più demente che avesse mai fatto in vita sua: il resto fu l'incubo e la spirale discendente che Belamy aveva previsto.

Ma non era l'affetto e la preoccupazione nei confronti di un amico, la ragione per la quale voleva mettersi in contatto con lui: Peter sapeva che Belamy era un uomo molto brillante, molto perspicace e che sapeva nascondere quelle sue capacità dietro lo schermo di una presenza piacevole, ma molto semplice. E poi, sapeva che Derek teneva in pugno l'Europa tutta, e che sarebbe bastato anticipargli qualche informazione per ricavarne la certezza di un'operazione di Delavane in un determinato settore. E le informazioni da anticipare c'erano, e già pronte: il caos che succedeva in Irlanda, dove sicuramente Derek si trovava già da qualche tempo. Prima o poi — e Stone si augurava che succedesse molto presto — gli avrebbe ritelefonato e in quell'occasione sarebbe stato informato di una certa spedizione di armamenti da Beloit, nel Wisconsin. Derek Belamy odiava tutti i Delavane di questo mondo e sarebbe diventato un prezioso alleato contro i generali.

Il telefono suonò e Stone lo fissò, lasciandolo suonare ancora. Metcalf prese la cornetta e la sollevò. «Sì?»

«*Aurelius?*»

«Me lo aspettavo, colonnello.»

«Chi diavolo è lei?»

«Mi chiamo Stone e noi due stiamo dalla stessa parte, o almeno lo spero. Comunque, lei porta una divisa che io invece non ho, quindi mi serve un po' di sicurezza da parte sua. Mi capisce?»

«Lei è uno di quei bastardi di Washington che lo hanno mandato allo sbaraglio?»

«Lei non usa certo i mezzi termini, colonnello. Sì, sono uno dei bastardi, anche se ci sono arrivato un po' più tardi degli altri. Cosa è successo al generale Abbott?»

«È stato ucciso, e lei lo sa bene, figlio di puttana... Immagino che questo telefono sia sterile.»

«Per almeno ventiquattro ore. Poi dovremo sparire tutti quanti, proprio come ha fatto lei.»

«Ma non ha nessun rimorso? Non ha una coscienza? Si rende conto di quello che ha fatto?»

«Non abbiamo tempo per queste cose, colonnello. Forse dopo, se ci sarà un dopo... Ora la pianti, soldato! Io ho vissuto per un sacco di tempo con la mia coscienza sporca! Coraggio. Dove ci vediamo? Dove è lei in questo momento?»

«Va bene, va bene» disse l'ufficiale dell'aeronautica, evidentemente stanco di quelle polemiche ed esausto per il viaggio. «Ho preso una decina di aerei e ora sono... dove diavolo sono? Ah, sì, a Knoxville, nel Tennessee. Tra venti minuti devo prendere l'aereo per Washington.»

«E perché?»

«Per far scoppiare questo bubbone, è naturale!»

«No, si scordi un'idea del genere, o le giuro che in breve tempo sarà un uomo morto. Credevo che ormai l'avesse capito. Lei ha lavorato su un'informazione che le aveva dato Abbott, vero?»

«Sì.»

«E loro hanno fatto fuori Abbott...»

«Maledizione, la smetta!»

«Pensavo che avesse capito: quella è gente che si nasconde dove nessuno può raggiungerla. Ma se solo una parola sbagliata arriva alla persona sbagliata, allora sbucano fuori dal nascondiglio e colpiscono senza pietà.»

«Lo so!» gridò Metcalf. «Ma sono vent'anni che lavoro qui! Ci sarà ben qualcuno di cui posso fidarmi!»

«Benone. Allora parliamone insieme, colonnello. Lasci perdere Washington, e venga qui a New York. Le prenderò una camera all'Algonquin... anzi, ora che mi ci fa pensare, gliel'ho già prenotata.»

«A che nome?»

«Marcus, naturalmente.»

«Va bene, ma c'è un'altra cosa che devo dirle: quella donna mi cerca dall'una di stanotte.»

«La moglie di Converse?»

«Sì.»

«Abbiamo bisogno del suo aiuto! Abbiamo bisogno di lui!»

«Riprogrammerò la segreteria telefonica. Hotel Algonquin?»

«Sì.»

«Converse è di New York, vero? Cioè, conosce New York?»

«Non capisco dove vuole arrivare, ma la rispsota è sì: ci vive da moltissimi anni.»

«Spero che sia abbastanza intelligente... che *siano* abbastanza intelligenti.»

«Se non lo fossero stati, a quest'ora sarebbero già sottoterra.»

«Ci vediamo tra poco, Stone».

Il borghese posò il ricevitore con mani tremanti e vide la bottiglia davanti a sé, sul tavolo. No! L'aveva promesso a se stesso. Si alzò dalla sedia e andò verso il letto, dove la piccola valigia aspettava aperta e vuota, proprio come un uccellino aspetta di essere imboccato. Lo imboccò, lasciando la bottiglia di whishy sul tavolo e prese l'ascensore.

Io sottoscritto, Joel Harrison Converse, avvocato abilitato presso lo Stato di New York ed impiegato presso lo studio legale Talbot, Brooks e Simon, 666 Quinta Avenue, New York City, Stato di New York, sono arrivato a Ginevra, in Svizzera, il 9 agosto per discutere un accordo riguardante un nostro cliente, la Comm Tech

> Corporation, che intendeva concludere un patto associativo che di seguito sarà definito Comm-Tech-Bern. Il 10 agosto, alle otto del mattino circa, sono stato contattato dal consulente del gruppo Bern, Mr. Avery Preston Halliday di San Francisco, California. Visto che si trattava di un compatriota, soltanto recentemente assunto dalla compagnia svizzera, ho accettato il suo invito a vederci prima della riunione per definire le nostre posizioni. Quando sono arrivato al caffè sul Quai du Mont Blanc, ho riconosciuto il predetto Halliday come un compagno di scuola e amico caro che avevo conosciuto e frequentato alla Taft School di Watertown, nel Connecticut, compagno che conoscevo con il nome di Avery P. Fowler. Halliday spiegò il fatto, dicendomi che suo padre era morto e che la madre si era risposata con Jack Halliday, di San Francisco. Spiegazione che trovai accettabile, anche se le circostanze non lo erano affatto: Halliday aveva avuto tutto il tempo per spiegarmi chi era e per farsi riconoscere... ma non l'aveva fatto. C'era una ragione. La mattina del 10 agosto, Halliday voleva avere con il sottoscritto un incontro che avrebbe dovuto rimaner segreto, un incontro che riguardava una faccenda del tutto estranea all'accordo Comm-Tech-Bern. Era questa la ragione principale per la quale era venuto a Ginevra e fu soltanto la prima di tante sconvolgenti rivelazioni...

Se la stenografa molto austera e molto inglese aveva il minimo interesse per quel che trascriveva in geroglifici sotto dettatura, per poi ritradurlo in un dattiloscritto, non lo dava certo a vedere. Le labbra sottili erano serrate, e lo chignon severo vietava qualsiasi forma di umorismo: sembrava una macchina e lavorava come se quelle parole per lei non avessero avuto alcun significato. Valerie, con molta prudenza, le spiegò che suo marito era un romanziere americano che si occupava di certi fatti recenti accaduti in Europa. La donna accolse la spiegazione con un'espressione di ghiaccio asserendo che non guardava mai la televisione e che solo raramente leggeva il giornale. Era membro dell'Associazione Alpina Franco-Italiana, il cui scopo era quello di difendere i beni naturali che l'uomo stava distruggendo. Quel lavoro le portava via tempo ed energie e vi si dedicava assiduamente nei momenti in cui non si guadagnava il pane, il companatico e il diritto a rimanere tra le sue amate montagne. Era un'automa: avresti potuto dettarle il libro della Genesi, e non si sarebbe curata di quello che scriveva, pensò Val.

Intanto, erano passate sette ore, e per sette volte Val aveva chiamato Metcalf, lasciando un messaggio alla segreteria telefonica. Era il momento di fare l'ottava chiamata.

«Se neanche stavolta riusciamo a metterci in contatto con lui,» disse Converse con una smorfia, mentre il ticchettio di sottofondo era addirittura frenetico, «dovremo contattare Prudhomme. Avrei voluto parlare prima con Metcalf, ma è possibile che... non possa essere possibile.»

«Ma che differenza fa, in fondo? Tu hai bisogno di aiuto, e in fretta, e lui è disposto a fornirtelo.»

«La differenza è che io so da dove viene Prudhomme, perché me lo hai detto tu; so anche cosa può fare e fin dove può arrivare, ma non so assolutamente niente di Metcalf... tranne che Sam lo avesse messo in allarme per un'emergenza. Il primo cui telefonerò vorrà fatti precisi, parole precise, accuse e osservazioni che molto probabilmente gli sembreranno pazzesche. Si tratta di cose grosse, Val, ed io devo stare con il più forte... Prova ancora con Metcalf.» Joel andò nel bagno, mentre Valerie componeva il prefisso internazionale per Las Vegas, Nevada.

«Chiamata C, messaggio ricevuto. Dire il proprio nome e cognome due volte e contare lentamente fino a dieci. Rimanere in linea.»

Joel appoggiò la cornetta sul lavandino e corse in camera, raccogliendo carta e penna mentre passava accanto al tavolo. Poi si avvicinò a Val e gli tese il messaggio che aveva scritto: «Coraggio. Stai calma. I.S.P.»

«Parla Miss Virginia Parquette» disse Valerie aggrottando la fronte, stupita. «Parla Miss Virginia Parquette. Uno, due, tre, quattro...»

Converse ritornò nel bagno, riprese il ricevitore e si mise in ascolto.

«...otto, nove, dieci.»

Silenzio. Poi, due click metallici e la voce che tornava in linea. «Confermato, grazie. Questo è un secondo nastro che verrà distrutto da uno scoppio di microonde quando avremo finito di parlare. Ascolti attentamente. C'è un posto su un'isola che è noto per le notti tribali. Il re sarà sul trono. È tutto. Stiamo bruciando.»

Joel riappese la cornetta e studiò le parole che aveva frettolosamente scritto sullo specchio con il sapone. Intanto la porta si era aperta, e Valerie era entrata con un foglio di carta in mano.

«L'ho scritto» disse, tendendogli il foglio di carta.

«L'avevo scritto anch'io... ma forse il tuo è più leggibile. Cristo, un indovinello!»

«Non più di quello che mi hai scritto poco fa. Che diavolo significa I.S.P.?»

«Indicatore di stress psicologico» rispose Converse, appoggiandosi al muro e leggendo il messaggio di Metcalf. Poi guardò Val. «Si tratta di un apparecchio elettronico che rileva tutte le caratteristiche della voce umana e che, applicato al telefono o ad un registratore, è in grado di decidere se una persona dice la verità oppure no. Ne aveva uno anche Larry Talbot, e ogni tanto ci giocherellava, ma poi l'ha buttato nel cestino della carta straccia, dicendo che nessuno diceva mai la verità, nemmeno la madre, che ha novantadue anni.»

«E funziona?»

«Dicono che sia molto più preciso della macchina della verità, e lo penso anch'io, ammesso che uno sappia usarlo e interpretarne i risultati. Nel tuo caso, ha funzionato perfettamente: la tua voce è stata confrontata elettronicamente con le altre chiamate fatte, il che significa che questo Metcalf dispone di un'attrezzatura notevolissima. L'apparecchio ha poi fatto scattare un meccanismo che ha messo in moto il secondo nastro, collegato ad un altro apparecchio; altrimenti avrebbe risposto lui stesso.»

«Ma se ho superato l'esame della voce, perché quell'indovinello? Perché l'isola con le notti tribali?»

«Perché anche una macchina del genere può fare un errore, può lasciarsi fregare; ecco perché nessun tribunale ammette uno strumento del genere. Qualche anno fa Willie Sutton fu sottoposto ad una prova del genere e risultò che non aveva mai svaligiato nemmeno un salvadanaio, e tanto meno Chase Manhattan. Metcalf era anche disposto a correre dei rischi, ma fino ad un certo punto. In fondo, anche lui sta correndo i suoi pericoli.» Converse fissò il pezzo di carta che aveva scritto Val.

«Un'isola.» Val parlava a bassa voce, leggendo le parole scritte con il sapone sullo specchio. «Tribù... Le tribù dei Caraibi, che sono in tutte le Antille. O in Jamaica... notti tribali, rituali Obeah, riti voodoo ad Haiti. Anche le Bahamas... gli indiani Lucayan... tutti quanti praticano riti di iniziazione sessuale.»

«Mi stupisci» disse Joel alzando gli occhi da quel pezzo di carta. «Com'è che sai queste cose?»

«Corsi d'arte» rispose lei. «Quei bulloni e quei dadi che tu non credi che gli artisti vedano e che invece sono la base delle opere figurative di una scultura... Ma c'è qualcosa che non va. È troppo vago.»

«Perché? Forse si tratta di una località dei Caraibi, qualche stazione turistica molto famosa. Forse il re è in realtà un imperatore, forse Delavane... Marcus il Pazzo, come in Aurelius. Deve essere per forza Marcus, perché non c'è nessuno che si chiami Aurelius!... Tutta quella pubblicità alla televisione, gli annunci... le foto di gente che balla il limbo alla luce delle torce in mezzo ad un gruppo di negri in costume da bagno che sorridono con aria benigna mentre contano mazzette di dollari. Ma quale?»

«No, è troppo vago» ripeté Val. «Troppo astratto... cubi e forme geometriche senza qualcosa di più specifico... Nessuna immagine rappresentativa.»

«Ora sono io a non capire di cosa stai parlando» obiettò Converse.

«È troppo vago, Joel, e ci sono troppi posti cui potrebbe riferirsi il nostro messaggio, troppi posti di cui potremo anche non sapere nulla. No, deve essere qualcosa di più familiare, di più vicino alle cose di tutti i giorni, qualcosa che possiamo tranquillamente riconoscere. Come Bruegel o Vermeer, qualcosa di dettagliato.»

«Chi sono questi signori, dentisti?»

Valerie gli prese il foglio di carta dalle mani. «*Manhattan* è un'isola» disse a bassa voce, aggrottando la fronte.

«Se ci sono torce e riti tribali di iniziazione al sesso, non me ne sono mai accorto.»

«Non *riti* tribali, il messaggio parla di *notti* tribali» lo corresse Val. «Tribali... forse non sono negri, sono indiani... Il re sarà sul trono... trono... tavolo. Al suo tavolo, *seduto al suo tavolo*. Notti tribali ... notti. Notti! Ecco dov'è che abbiamo sbagliato a trascrivere il messaggio! Notti!»

«E come altro potevamo scriverlo?»

«Non *notti*, ma *cavalieri*!»*.

«E un tavolo» la interruppe Converse. «I cavalieri della Tavola Rotonda.»

«Ma non la Tavola Rotonda della leggenda di Re Artù, non Camelot. Più vicino, molto più vicino. Tribù... indigeni *americani*. Indiani americani.»

«Algonquin. La Tavola Rotonda!»

«L'Hotel Algonquin» gridò Valerie. «Ecco cosa voleva dirci!»

«Lo sapremo subito» disse Joel. «Telefona immediatamente.»

L'attesa fu interminabile e intollerabile. Converse si guardò allo specchio: sudava, e il sudore gli bruciava gli occhi, le ferite e i graffi del volto; e poi, gli tremavano le mani e aveva il fiato corto. Il centralino dell'Hotel Algonquin rispose e Val disse che desiderava parlare con il signor Marcus. Ci fu una pausa di silenzio, poi la centralinista riprese la linea e Joel pensò che avrebbe sfasciato il ricevitore nello specchio.

«Abbiamo due clienti che rispondono al nome di Marcus, signora. Con quale desidera parlare?»

* Notti (nights) e cavalieri (knights) hanno in inglese quasi la stessa pronuncia. (N.d.T.)

«Ma allora è proprio una giornata di merda!» disse Val, e quelle parole fecero saltare Joel dalla sorpresa. «Il mio capo, quel *buffone*, mi ha detto di chiamare un certo Mr. Marcus all'Algonquin per comunicargli il nome del ristorante dove si sarebbero trovati e l'ora dell'appuntamento. Poi il buffone è scomparso e mi ha lasciato nella merda fino al collo. Mi scusi, non ce l'ho con lei. Lei sta solo cercando di fare il suo lavoro, come me.»

«Non si preoccupi, cara; anche noi abbiamo i nostri buffoni da queste parti; è una razza che prolifera.»

«Senta... forse lei può darmi una mano. Forse riesco a riconoscere il nome di battesimo o la ditta per cui questi Mr. Marcus lavorano.»

«Sì, certo. Un attimo. Guardo sul Librone Magico e presto sapremo tutto. Eh, se non ci si desse una mano tra di noi... Ah, ecco qua. Myron Marcus, della Sugarman's Original Replicas, di Los Angeles. E Peter Marcus... Non che dica molto: Georgetown, Washington.»

«È lui. Peter. Ne sono sicura. La ringrazio.»

«Felice di esserle stata d'aiuto. Glielo passo subito.

Con il *New York Times* ripiegato sulle ginocchia, Stone mise a posto le ultime due definizioni del cruciverba e guardò l'orologio: gli ci erano voluti nove minuti, nove minuti di relax, e avrebbe voluto averci messo di più. Una delle gioie di essere di servizio a Londra era proprio il cruciverba del *Times* londinese: per risolverlo, impiegava sempre una mezz'oretta, durante la quale dimenticava i suoi problemi e si concentrava sulle parole e sul loro significato.

Il telefono prese a suonare e Stone lo fissò, mentre sentiva il polso che prendeva a battere più forte e la gola che gli diventava secca. Nessuno sapeva che era andato all'Algonquin sotto il nome di Marcus. Nessuno! ... Sì, veramente una persona lo sapeva, ma in quel momento si trovava in volo da Knoxville, nel Tennessee. Cosa era successo? Si era sbagliato sul conto di Metcalf? Forse l'ufficiale dei servizi segreti dell'aeronautica che lo aveva insultato facendogli un bel sermoncino era uno di *loro*? Forse l'istinto, affinato da anni e anni passati in mezzo a ladri, assassini e rifiuti dell'umanità, lo aveva abbandonato perché stavolta aveva disperatamente cercato una via d'uscita, un mezzo per fuggire da quella rete d'acciaio che gli calava inesorabilmente addosso? Si alzò dalla sedia e andò al tavolino, in silenzio e con le mani che gli tremavano dalla paura. Poi sollevò il ricevitore.

«Sì?»

«Alan Metcalf?» chiese una voce di donna.

«*Chi?*» Stone era sorpreso da quel nome, e non riusciva a concentrarsi, a pensare!

«Mi scusi, ho sbagliato stanza.»

«Aspetti! Non riattacchi. Metcalf sta arrivando.»

«Scusi.»

«La prego! Cristo! Ero stanco, dormivo. Abbiamo lavorato notte e giorno in questi ultimi tempi... Metcalf: ho parlato con lui due ore fa, e mi ha detto che avrebbe dovuto riprogrammare la segreteria telefonica, che qualcuno tentava di chiamarlo dall'una di notte. Doveva scappare. Avevano ucciso un uomo, un pilota e *non* si era trattato di un incidente! Queste cose le dicono niente?»

«Perché dovrei parlare con lei?» chiese la donna. «Per far sì che i suoi compagni possano rintracciare la telefonata?»

«Mi ascolti» disse Stone, che aveva ripreso il controllo di sé. «Anche se volessi fare una cosa del genere — e le assicuro che non è vero — questo è un hotel, non una linea privata, e avrei bisogno di tre uomini sulla linea e di un altro che controllasse il centralino. E anche con una squadra del genere, ci vorrebbero sempre quattro minuti prima che potessero isolare il cavo e applicare l'apparecchio per rintracciare la provenienza... il che inizialmente ci darebbe l'indicazione di un'area, non di un numero di telefono specifico. E se poi lei chiamasse da oltreoceano, ci vorrebbe un altro uomo, un esperto di queste cose, nella località dalla quale chiama, per stabilire un raggio di venti miglia entro il quale cercare la sua identità: ma dovrebbe stare al telefono almeno *sei* minuti... Ora, per l'amor del cielo, me ne conceda almeno *due*!»

«Continui. Svelto!»

«Il che significa che devo dare per scontate alcune cose. Lei è una donna in gamba, signora De Pinna.»

«De Pinna?»

«Sì. Ma ha fatto un errore: ha lasciato l'elenco telefonico aperto alle pagine blu, e precisamente alla pagina che riguarda i Servizi di Stato. Quando è successo l'incidente nel Nevada, non ho fatto altro che collegare le due cose, e due ore fa ho saputo che avevo visto giusto. Metcalf ha risposto alla mia telefonata... dall'aeroporto. Un pilota, un generale gli aveva raccontato parecchie cose, e ora ci sta raggiungendo. Lei è sfuggita dalla gente sbagliata, signora De Pinna. E le dirò di più: penso che l'uomo che stiamo cercando stia ascoltando da questo telefono.»

«Non c'è nessun altro in questa stanza!»

«Non mi interrompa, la prego, ho bisogno di ogni secondo per poter parlare.» La voce gli diventò più forte. «*Leifhelm, Bertholdier, Van Headmer, Abrahms.* E una quinta persona che non riusciamo ad identificare, un inglese che è così ben nascosto che Burgess, Maclean e Blunt al confronto sono dilettanti. Non sappiamo chi è, ma c'è, si serve di magazzini in Irlanda e di navi che attraccano al largo, e di campi di volo fuori mano per il trasporto di materiali che altrimenti non potrebbero viaggiare. Quei dossier li abbiamo compilati noi, Converse! Glieli abbiamo mandati noi! Lei è avvocato, e sa che usando il suo nome io sono automaticamente morto se per caso qualcuno ha registrato questa conversazione. E le dirò di più. Noi l'abbiamo mandata allo sbaraglio tramite Preston Halliday a Ginevra: l'abbiamo mandata allo sbaraglio per costruire un caso legale in modo da sgonfiare questo bubbone senza fare troppo scandalo, cercando di riportare alla realtà quei vecchi idioti. Ma ci sbagliavamo! Perché erano molto più avanti di quanto pensassimo... di quanto *noi* sospettassimo, non certo Beale a Micono. Aveva ragione lui, ed è morto perché aveva ragione! Tra parentesi era lui stesso "l'uomo di San Francisco". I soldi erano suoi: veniva da una famiglia molto ricca che, oltre a lasciarlo con una discreta eredità, gli aveva fornito anche un cervello e una coscienza. Pensi a Micono! A quello che gli ha detto... della sua vita: da eroe della guerra a professore di storia... fino ad un omicidio che deve essergli costato angoscia e dolore infinito... Mi disse che lei l'aveva quasi sorpreso con alcune osservazioni e che era davvero un ottimo avvocato, un'ottima scelta. Preston Halliday era un suo allievo di Berkeley e quando un anno e mezzo fa scoprì cosa faceva esattamente Delavane e in che modo lo aveva usato, andò da Beale, che da tempo pensava di andare in pensione. Il resto può facilmente immaginarlo.»

La voce della donna lo interruppe. «Dica quel che voglio sentire da lei. Coraggio!»

«Certo! Converse non ha ucciso Peregrine e non ha ucciso il comandante supremo della NATO. Entrambi gli omicidi sono da attribuirsi a Delavane... George Marcus Delavane... che sapeva che entrambi questi uomini avrebbero potuto prenderlo e ridurlo all'impotenza con tutti quelli della sua razza! Erano cadaveri eccellenti, insomma. Non so nulla degli altri, ma a Bad Godesberg abbiamo "interrogato" uno che ha detto una bugia grossa come una casa: che l'ha visto al Ponte Adenauer quando lui non poteva esserci. Lui non ne sa niente, ma noi lo abbiamo "interrogato" con i nostri sistemi e abbiamo saputo diverse cosette. Pensiamo anche di sapere dov'è Connal Fitzpatrick. Pensiamo che sia vivo!»

Una voce maschile si intromise. «Bastardi» disse Joel Converse.

«Grazie al cielo!» disse il borghese, sedendosi sul letto. «Ora possiamo parlare. Dobbiamo parlare. Mi dica tutto quello che sa. Il telefono è sterile.»

Venti minuti dopo, con le mani che gli tremavano, Peter Stone riappese la cornetta.

36

Il generale Jacques Louis Bertholdier interruppe i movimenti frenetici del ventre durante il coito, si staccò dalla donna con i capelli scuri che gemeva sotto di lui e rotolò da una parte, afferrando il telefono.

«Sì?» gridò, pieno di rabbia. E poi, mentre ascoltava, il volto gli divenne ancora più rosso, mentre un'altra parte del corpo impallidiva e chinava la testa. «Dove è successo?» bisbigliò, non tanto perché non volesse farsi sentire ma perché improvvisamente aveva paura. «Il Boulevard Raspail? Le accuse?... *Droga?* Impossibile!»

Il generale appoggiò le gambe a terra, fissando il muro e concentrandosi su quello che sentiva. La donna, nuda, si mise in ginocchio, appoggiandogli i seni sulle spalle e mordendolo delicatamente sul lobo dell'orecchio.

Improvvisamente, con fredda determinazione, Bertholdier portò il braccio all'indietro, dando una botta con il telefono alla donna e mandandola distesa sul letto, mentre un rivolo di sangue le scendeva dal labbro inferiore.

«Ripeti, per favore» disse nel telefono. «È ovvio, allora, vero? Non possiamo interrogare oltre l'uomo, vero? E bisogna sempre considerare la strategia più ampia, di più largo respiro, anche a costo di sacrifici... Temo che dovremo ripetere la storia dell'ospedale. Pensaci tu, che sei un ottimo ufficiale. La Legione ha perso un uomo eccezionale, ma noi abbiamo fatto un guadagno impagabile... Oh? Come? L'ufficiale che lo ha arrestato era Prudhomme?» Bertholdier tacque per un attimo, il respiro corto, forte; poi parlò, e quello che disse era un ordine. «Un burocrate testardo che non vuole mollare, vero?... Bene, sarà il tuo secondo compito, da espletare con la solita precisione e la stessa abilità, prima di domani. Richiamami quando avrai portato a termine le due operazioni, e considerati fin da questo momento l'aiutante di campo del generale Jacques Louis Bertholdier.»

Il generale riattaccò e si volse alla donna bruna, che si stava asciugando il sangue dal labbro, con il lenzuolo; negli occhi aveva un'espressione di paura, imbarazzo e rabbia.

«Scusa, cara» disse cortesemente. «Ma ora devi proprio andartene. Devo fare alcune telefonate, e ci sono delle cose urgenti.»

«Non tornerò *più*!» gridò la donna in tono di sfida.

«Tornerai» disse la leggenda di Francia alzandosi in piedi in tutta la sua nudità. «Se io ti chiederò di tornare.»

Erich Leifhelm entrò con passi rapidi nello studio e prese un telefono da un attendente in giacca bianca, facendo poi un cenno all'uomo che scomparve. Nel momento stesso in cui la porta si chiuse parlò: «Che succede?».

«Abbiamo trovato la macchina della Geyner, Herr General.»

«Dove?»

«Appenweir.»

«Che sarebbe?»

«Una cittadina a circa diciotto chilometri da Kehl. In Alsazia.»

«*Strasburgo!* È passato in Francia! È rimasto prete!»

«Non capisco, Herr...»

«Non avrei immaginato che... Non importa! Chi c'è dei nostri in quel settore?»

«Solo un uomo. L'uomo che è con la polizia.»

«Digli di assumere altro personale. Mandali a Strasburgo! Cercate un prete!»

«Fuori di qui!» gridò Chaim Abrahms mentre sua moglie entrava in cucina. «Questo non è posto per te!»

«Il Testamento dice proprio il contrario, marito mio... anche se oramai non lo sei più» disse la donna fragile vestita di nero; un'aureola di capelli bianchi e morbidi le circondava il viso dai lineamenti dolci mentre gli occhi remissivi sembravano specchi scuri. Non vorrai mica negare la Bibbia, che all'occasione sai citare così bene? Non c'è solo tuono e vendetta, sai? Devo leggertela, per caso?»

«Non leggerai proprio nulla! Anzi, non *dire* nulla! Queste sono cose da uomini!»

«Uomini che uccidono? Uomini che usano la forza delle Scritture per giustificare lo spargimento di sangue dei loro figli? Di *mio* figlio? Mi chiedo cosa avrebbero da dire le madri del Masada se solo permettessero loro di parlare con il cuore in mano... Be', ora io voglio parlare con il cuore in mano, *generale.* Tu non ucciderai più. Non userai più questa casa per far muovere i tuoi eserciti di morte, per mettere a punto le tattiche di morte... che tu chiami sante, Chaim, come santa è la tua vendetta.»

Abrahms si alzò dalla sedia lentamente, molto lentamente. «Di che cosa stai parlando?»

«Pensi che non ti abbia sentito? Telefonate nel bel mezzo della notte, da uomini che sembrano tutti come te, che parlano di omicidio come di acqua che scorre...»

«Mi hai spiato!»

«E non una volta sola. Ma tu eri troppo occupato ad ascoltare il tono della tua voce che ordinava di uccidere per accorgerti che ero là, accanto a te. Qualunque cosa stiate progettando di fare, la faranno gli altri, senza di te, marito mio... soltanto di nome. Hai finito di uccidere. Uccidere non serviva più a niente già diversi anni fa, ma tu non riuscivi a smettere e così hai cominciato ad inventare altre ragioni per giustificare l'omicidio finché dentro di te non è rimasto più nulla di ragionevole.»

La moglie del sabre tirò fuori la mano destra dalle pieghe dell'abito e Abrahms vide che aveva la sua automatica di servizio. Stupito, il generale si toccò la fondina, poi improvvisamente si slanciò contro quella donna con cui viveva da trentotto anni e le afferrò il polso, torcendoglielo. Ma non mollava! Gli resisteva, ficcandogli le unghie nella pelle del volto, e Chaim fu costretto a farla sbattere contro il muro, torcendole di nuovo il polso per toglierle l'arma.

Il suono dell'esplosione riempì la cucina, e la donna che gli aveva dato quattro figli, di cui l'ultimo un maschio, cadde a terra ai suoi piedi. Chaim Abrahms, pieno di orrore, la guardò: gli occhi scuri erano spalancati, il petto lacerato, la veste inzuppata di sangue.

Il telefono suonò e Abrahms corse a rispondere, gridando: «Ai figli di Abramo non si può negare ciò che spetta loro! Ci sarà un bagno di sangue... ma alla fine avremo la terra che Dio ci ha destinato! La Giudea, la Samaria... sono nostre!».

«Piantala!» gridò la voce dall'altro capo del filo. «Piantala ebreo!»

«Chi mi chiama ebreo mi chiama giusto!» gridò Chaim Abrahms, piangendo e fissando la donna stesa ai suoi piedi con gli occhi spalancati. «Io ho offerto il mio sacrificio ad Abramo! Nessuno può chiedermi di più!»

«*Io* ti chiedo di più!» disse la voce che assomigliava all'urlo del gatto. «Io chiedo *sempre* di più!»

«*Marcus?*» sussurrò il sabre, chiudendo gli occhi e appoggiandosi al muro, dopo aver voltato le spalle al cadavere. «Sei tu? Il mio leader... la mia coscienza? Sei tu?»

«Sono io, Chaim, amico mio. Dobbiamo muoverci, e in fretta. Gli uomini sono al loro posto?»

«Sì. Scharhörn. Dodici unità, perfettamente addestrate e pronte a tutto. La morte non fa paura a uomini del genere.»

«Questo è quello che volevo sentire» disse Delavane.

«Aspettano solo il tuo via, mio generale.» Abrahms ebbe un singulto, poi cominciò a piangere senza poter più controllarsi.

«Che succede, Chaim? Controllati!»

«È morta, mia moglie giace morta ai miei piedi!»

«Mio Dio, che è successo?»

«Mi aveva spiato, e aveva capito... ha tentato di uccidermi; abbiamo avuto una lotta ed è morta.»

«Una perdita tremenda, mio caro amico. Ti faccio le mie condoglianze più sentite e più profonde.»
«Grazie, Marcus.»
«Sai quel che devi fare, vero, Chaim?»
«Sì, Marcus, lo so.»

Bussarono alla porta; Stone si alzò e, con gesti goffi, prese la pistola dal tavolino. In tutti quegli anni in cui aveva avuto a che fare con avanzi di galera, aveva sparato una sola volta: contro un informatore del KGB a Istambul, che era stato scoperto ubriaco e che lo aveva minacciato con un coltello. Quell'incidente era stato abbastanza per il suo carattere: Stone non amava le armi.
«Sì?» disse, la pistola al suo fianco.
«Aurelius» rispose la voce dietro la porta.
Stone aprì la porta e salutò il suo ospite. «Metcalf?»
«Sì. Stone.»
«Entri. A proposito, penso che sia meglio cambiare la parola d'ordine.»
«Pensavo di poter usare "Aquitania"» disse l'ufficiale dei servizi segreti, entrando nella stanza.
«Preferirei di no.»
«Anch'io. Per caso ha del caffè pronto?»
«No, ma lo faccio portare subito. Mi sembra un po' stanco.»
«Sì, forse su una spiaggia delle Hawaii mi sarei sentito meglio» disse l'uomo magro e muscoloso. Indossava un paio di pantaloni estivi, una giacca Irod e il volto magro era incorniciato e completato da capelli castani molto sottili. Sotto gli occhi che emanavano autorità, c'erano due cerchi scuri. «Ieri mattina alle nove sono partito da Las Vegas diretto a Halloran, e da lì ho preso una serie interminabile di aerei per destinazioni che nemmeno ricordo, facendo un sacco di cambi e usando tanti nomi falsi che non so nemmeno più come mi chiamo veramente. Ma sono certo che nessun computer, per quanto sofisticato, riuscirà mai a risalire a me.»
«Mi sembra un uomo in preda alla paura» disse il borghese.
«Se per caso lei non ha paura, significa che sto parlando con la persona sbagliata.»
«Già... Non solo ho paura, ma il terrore mi pietrifica, colonnello.» Stone andò al telefono, ordinò del caffè e, prima di riappendere, si rivolse nuovamente a Metcalf. «Le andrebbe qualcosa da bere?» chiese.
«Sì. Un Canadian con ghiaccio.»
«La invidio.» Il borghese ordinò il drink al telefono ed entrambi si

sedettero: per qualche minuto solo i rumori della strada vennero a turbare il silenzio. I due si guardarono, senza nascondere che in quel momento si stavano valutando l'un l'altro.

«Lei sa chi sono io e che cosa faccio» disse il colonnello. «Ma io non so niente di lei.»

«CIA. Ventinove anni. Sono stato a Londra, Atene, Istambul e, per brevi periodi, anche più ad est e più a nord. Ho studiato ad Angleton e ho coordinato le operazioni clandestine finché non mi hanno buttato fuori. Le basta?»

«No.»

«Qualunque cosa abbia dettato alla segreteria telefonica, ha avuto il suo effetto: l'ex moglie di Converse ha telefonato.»

Metcalf fece un salto sulla sedia. «E allora?»

«Be', all'inizio sono stato sul punto di perderla per sempre: stava quasi per riattaccare, e la colpa era mia, che ero stato colto di sorpresa ed ho esitato prima di dire le cose giuste. Poi alla fine ce l'ho fatta, e ho parlato con Converse. Era lì con lei.»

«Si è riavuto presto dalla sorpresa.»

«Be', non è stato difficile: voleva soltanto la verità.»

«Dov'è? Dove sono?»

«Mi hanno detto che sono sulle Alpi, ma non hanno voluto precisare dove...»

«Maledizione!»

«...per ora» aggiunse il borghese. «Perché prima Converse vuole qualcosa da noi.»

«E cioè?»

«Affidavit, o dichiarazioni giurate, se preferisce.»

«Cosa?»

«Ha capito bene. Dichiarazioni giurate, redatte da me e dalle persone con le quali lavoro — *per* le quali lavoro... dove si dica chiaramente quel che sappiamo e quel che abbiamo fatto.»

«Sta prendendo tutte le misure necessarie ad incastrarvi, se sarà il caso, e non posso certo biasimarlo.»

«Sì, anch'io non lo biasimo, ma lui dice che questo non è importante e ci credo. Vuole Aquitania. Vuole inchiodare ad un muro Delavane e la sua banda di matti prima che questo bubbone scoppi... Prima che comincino ad uccidere.»

«Anche Sam la pensava allo stesso modo: assassinii... omicidi plurimi, in America e in Europa, la via più diretta e più sicura per creare una situazione di caos internazionale.»

«Glielo aveva detto la donna.»

«No, Sam l'aveva capito da quello che la donna gli aveva raccontato di aver saputo da Converse. Perché Converse non aveva capito bene il significato di un termine.»

«Ora invece l'ha capito» disse Stone. «Ho detto che mi sentivo pietrificato dalla paura? Esiste un'espressione ancora più forte?»

«Be', se esiste, descrive perfettamente lo stato d'animo di entrambi: noi sappiamo quanto sarebbe semplice. Qui non si tratta di fermare qualche pazzo idealista o qualche terrorista... in fondo, dopo trent'anni di guerra a gente del genere, li abbiamo incastrati quasi tutti, e se non sono in galera sono ormai quasi tutti schedati. Basta un segnale, la minima avvisaglia di qualcosa di grosso che bolle in pentola e li fermiamo immediatamente. Qui invece abbiamo di fronte i professionisti più abili e più intelligenti che esistano nei nostri e nei ranghi alleati, gente che ha alle spalle anni ed anni di esperienza. Gente che sta al Pentagono, nell'Esercito, nella Marina... e alla Base Aeronautica di Nellis, nel Nevada. Cristo, dove sono? Siamo arrivati al punto che non si può neanche più aprire la bocca, perché non si sa con chi si sta parlando, e se per caso la persona con cui ti sei confidato ti farà saltare l'aereo su cui devi volare. Come si può fermare una cosa senza vederla?»

«Forse con il sistema che suggerisce Converse.»

«Con dichiarazioni giurate?»

«Forse. A proposito, ne vuole una anche da lei, che descriva l'incontro con Abbott, tutto quello che vi siete detti e una sua valutazione sulla stabilità e sulle capacità mentali dell'ex-generale. Il che significa che dovrà rimanere qui tutta la notte. Mezz'ora fa ho riservato altre tre stanze... dicendo al bureau che avrei dato più tardi i nomi dei miei ospiti.»

«Le dispiacerebbe rispondere ad una domanda? Che cosa ci faremo con le dichiarazioni giurate? Noi stiamo combattendo un esercito — non sappiamo di quali e quante proporzioni — ma pur sempre un esercito, composto al minimo da due battaglioni, uno qui e uno in Europa: ufficiali che sanno fare il loro mestiere e che sono stati addestrati ad eseguire ciecamente gli ordini e ad obbedire a coloro che tali ordini impartiscono. Dichiarazioni, deposizioni... per l'amor di Dio! Non le sembra che siano acrobazie legali di nessun valore? Non mi pare che abbiamo molto tempo, vero?»

«Sì, ci ho pensato anch'io, colonnello, ma devo ammettere che non sono avvocato, e che nemmeno lei lo è. Converse invece sì, e ci ho parlato a lungo: sta seguendo l'unica strada che conosce bene: la via legale. E poi, le sembrerà strano, ma si tratta proprio della ragione per la quale lo abbiamo mandato allo sbaraglio in questa impresa.»

«Non mi ha ancora risposto, Stone» disse Metcalf in tono gelido.

«Protezione» rispose Stone. «Converse vuole essere protetto, e vuole che tutti noi possiamo essere presi sul serio. Non come psicopatici, o pazzi o come gente con aberrazioni mentali, seminferma di mente... sono parole sue.»

«Bellissime. Ma che diavolo significano? *Come?*»

«Con documenti legali: uomini responsabili che dichiarano quanto sanno e, in caso di deposizioni, dopo un esame attento. Attraverso i tribunali, colonnello. *Un* tribunale... ne basta uno solo, un solo giudice. Sulla base delle dichiarazioni si può procedere e fare una petizione al Tribunale... *un* tribunale, *un* giudice... chiedendo protezione sotto sigillo.»

«Sotto cosa?»

«Sotto sigillo. Cioè completamente segreta... niente stampa, niente fuga di informazioni, semplicemente un ordine da trasmettere alle autorità preposte a tale scopo. In questo caso, tutti i rami dei servisi segreti, che dovrebbero garantire misure di sicurezza eccezionali.»

«Eccezionali? E per chi?»

«Il Presidente degli Stati Uniti, il Vice Presidente, il Portavoce della Camera, il Segretario della Difesa, il Segretario di Stato... e via discorrendo. La legge, colonnello. Questo è ciò che può fare la legge... parole di Converse anche queste.»

«Gesù!»

Bussarono alla porta, e stavolta Stone nascose la pistola sotto il giornale; poi aprì la porta e fece entrare un cameriere che portava un carrello con caffè, due tazze, una bottiglia di whisky canadese, del ghiaccio e due bicchieri. Stone firmò il conto e il cameriere se ne andò.

«Vuole prima il caffè o il whisky?»

«Be'... il whisky, e urgente, direi.»

«La invidio.»

«Non vuole bere con me?»

«Mi dispiace, ma non posso. Di solito me ne concedo uno, ma nel pomeriggio. Quindi, dovrò aspettare. Lei vive a Las Vegas, e mi capisce: sto cercando di vincere la mia guerra contro il destino, colonnello, e sono convinto di farcela. Mi hanno buttato fuori, non si ricorda?» Stone porse il bicchiere all'ufficiale dell'Aeronautica e si sedette.

«Non si può vincere la guerra con il destino, sa?»

«Be', non è vero. Io ne ho già vinte un paio e sono ancora qua.»

«I tribunali!» disse Metcalf, scuotendo la testa. «*Un* tribunale! Mi sembra un vicolo cieco: usare la legge per andare intorno a gente importante, gente molto influente a cui si potrebbe rivolgere, ma della quale non si fida. Secondo lei, può funzionare?»

«Be', è un modo per prendere tempo, forse qualche giorno, anche se è difficile dirlo. "Sotto sigillo" è una clausola che non può durare a lungo. Prima o poi sarà la legge stessa a volere chiarimenti. Ma la cosa più importante è che ciò ci servirà per costruire un muro di protezione intorno ai potenziali bersagli, e cercare di minare tutte quelle strategie che forse sono già in via di allestimento; questo farà sì che i generali debbano rivedere i piani, riorganizzarsi, pensare. Di nuovo, avremo preso tempo.»

«Ma questo è possibile soltanto qui in America.»

«Sì. Ed è proprio per questo che Converse vuole guadagnare tempo.»

«E per fare cosa?»

«Non me l'ha voluto dire, ed io non sono nella posizione di poter fare domande.»

«Capisco» disse il colonnello portandosi il bicchiere alle labbra. «Ha detto di aver riservato tre stanze. Chi sono gli altri due?»

«Li vedrà tra poco, e forse non le piaceranno. Si tratta di due ragazzi che sono inciampati in questa faccenda insieme ad altri che non conosco e che non vogliono rivelare la propria identità. Quando Halliday si è rivolto a loro — o forse soltanto ad uno di loro — hanno fatto in modo da procurargli quei dossier che poi sono arrivati fino a Converse. Sono giovani, ma sanno quel che vogliono, colonnello: se mai avessi un figlio, lo vorrei come uno di quei ragazzi.»

«Io ho un figlio, e voglio che diventi una persona del genere» disse Metcalf. «Altrimenti, non sarà più mio figlio. Come procederemo?»

Stone era seduto rigido sulla sedia e parlava lentamente, la voce stridula e il tono monotono. Ripeteva istruzioni che non aveva certo deciso personalmente e con le quali forse non era d'accordo. «Alle tre del pomeriggio devo chiamare un avvocato di nome Simon, Nathan Simon, uno dei soci anziani dello studio legale per cui Converse lavora, qui a New York. Presumibilmente, per quell'ora, la moglie di Converse lo avrà già chiamato, anticipandogli la mia telefonata e pregandolo di fare tutto quello che gli dirò... sembra che loro siano sicuri che funzionerà. Be', per farla breve, Simon verrà qui con una stenografa e raccoglierà le nostre deposizioni, insieme alle credenziali, i ranghi e gli incarichi di ciascuno di noi. Rimarrà qui con noi finché non avremo finito.»

«Al telefono lei ha detto una cosa giusta» lo interruppe il militare. «Siamo uomini morti.»

«L'ho detto anche a Converse e lui mi ha chiesto cosa si provava in una situazione del genere: ovviamente l'ha provata prima di noi.»

«Vi vuole, tutti quanti.»

«Sì, ma non vuole lei» disse Stone. «Ha detto che apprezzerebbe la sua testimonianza — e per esteso anche quella di Abbott — ma che non era il caso di insistere con lei. Sa che non può chiederle di entrare in questo vespaio.»

«Nel vespaio ci sono entrato nel momento stesso in cui quell'aereo si è schiantato al suolo. E poi, c'è un'altra ragione: se non riuscissimo a fermare Delavane e i suoi, in che mondo ci toccherebbe vivere?... Converse non le ha detto che cosa avrebbe fatto?»

«Non in termini di quello che lui chiama il conto alla rovescia, ma mi ha detto che cosa avrebbe fatto domani: ci spedirà la sua dichiarazione personale e, spera, anche quella di un uomo della Sûreté che è in possesso di informazioni secondo le quali la maggior parte dei rapporti ufficiali che escono dalla polizia francese sono semplicemente una serie di menzogne... E noi non siamo ancora morti, colonnello. Converse mi ha spiegato che Simon è il miglior avvocato del quale possiamo disporre... se naturalmente crederà a quello che gli diremo.»

«E che cosa può fare un avvocato?»

«Ho chiesto a Converse la stessa cosa, e lui mi ha dato una risposta strana. Mi ha detto: "Lui saprà usare la legge, perché la legge è legge, non sono uomini".»

«Non capisco» disse Metcalf, con una punta di irritazione nella voce. «Capisco quella frase in un contesto filosofico ma non certo nella situazione attuale... in questo momento! Al diavolo, non fa nessuna differenza... noi non facciamo nessuna differenza! Una volta che quei pazzi avranno deciso di imbracciare i fucili e faranno cadere le prime teste a Washington, Londra, Parigi o Bonn — dovunque — allora avranno il potere e noi non potremo far più nulla. Io lo so perché mi rendo conto di quanti anni siano che la gente vuole qualcuno che garantisca l'ordine: fermate i disordini, fateci uscire la sera, scurreggiamo in faccia ai russi. Che Dio mi perdoni, ma qualche volta mi sono trovato anch'io a fare discorsi o pensieri del genere.»

«Anch'io» disse il borghese in tono tranquillo.

«E ci sbagliavamo.»

«Lo so. Ecco perché sono qui.»

Metcalf bevve, tenendo poi il bicchiere, che era pieno di cubetti di ghiaccio, contro la guancia. «Ho pensato molto a quel che mi aveva detto Sam. "Ci deve essere una lista, un elenco di tutti i nomi di coloro che fanno parte di Aquitania". Lui era arrivato ad escludere tutti i posti più ovvi: una lista del genere non poteva essere in cantina, e probabilmente non era nemmeno una lista scritta. Sam era abituato a dettare le sue tattiche aeree ad uno schermo che si trovava all'interno del suo jet, e per questo pensava che la lista con i nomi di Aquitania dovesse trovarsi all'interno di un computer, che l'avrebbe rivelata soltanto se fornito dei codici giusti. E questo doveva essere in un posto dove a nessuno sarebbe mai venuto in mente di cercarlo, un posto che non aveva nulla a che vedere con le cose ufficiali o i piani militari. "Una lista. *Deve* esserci una lista!" continuava a ripetere. Be', per essere un pilota, aveva un bel po' di fantasia, e credo che fosse proprio per questo che era così bravo a dodicimila metri d'altezza: sbucare dal sole quando il nemico meno se lo aspettava o da un orizzonte buio che nemmeno il radar riusciva a scrutare. Lui sapeva fare queste cose che a noi sembrano impossibili. Insomma, in quanto a tattica, era un genio.»

Mentre Metcalf parlava, Stone si era piegato in avanti, guardando attentamente l'ufficiale dell'Aeronautica e assorbendo ogni parola che diceva.

«Scharhörn» disse poi, la voce poco più che un sussurro. «È Scharhörn!»

Il bimotore Riems 406 sorvolava l'aeroporto privato di Saint Gervais a circa diciotto chilometri da Chamonix, mentre le luci delle due piste d'atterraggio mandavano un bagliore arancione nel cielo scuro. All'interno, Prudhomme controllò la cintura di sicurezza, mentre il pilota alla sua sinistra riceveva il segnale di via libera per poter finalmente atterrare.

Mon Dieu, che giornata incredibile! pensò l'uomo della Sûreté mentre si guardava la mano destra alla luce del pannello dei comandi. I segni scuri sulle dita erano niente al confronto con il sangue che gli aveva ricoperto la stessa mano soltanto un'ora prima. Il suo presunto giustiziere non si era nemmeno curato di nascondergli quello che era il suo compito, con un'arroganza tale che Prudhomme aveva capito subito che l'uomo proveniva dalla Legione Straniera. E pensare che la sua condanna a morte gli era stata resa nota all'interno dell'automobile parcheggiata nel Bois de Boulogne! L'uomo l'aveva chiamato in ufficio, e a dire il vero Prudhomme si aspettava quella telefonata: per questo, si era preparato con calma e precisione. L'uomo aveva chiesto all'ex-superiore di raggiungerlo al parcheggio del Bois: aveva notizie strabilianti da rivelargli, ma visto che sarebbe venuto con la macchina dell'ufficio e visto che non poteva lasciare la radio neppure per un secondo, gli sarebbe dispiaciuto salire anche lui a bordo della Peugeot? Naturalmente, Prudhomme aveva risposto che non gli importava, e che sarebbe arrivato di lì a poco.

Però, non c'erano state rivelazioni strabilianti che lo aspettavano, ma solo somande, e rivolte in tono estremamente arrogante.

«Perché ha fatto quel che ha fatto stamani?»

«Cosa? Farmi la barba? Andare in bagno? Far colazione? Dare un bacio a mia moglie? A cosa ti riferisci?»

«Lo sa a cosa mi riferisco! Prima! Quell'uomo sul Boulevard Raspail. Lo ha tamponato apposta, per fermarlo. E poi gli ha messo la droga in macchina. Ha accusato un innocente!»

«Già, perché non potevo permettergli di fare quel che stava facendo. E penso che questa conversazione si sia trascinata per troppo tempo.» Con gesti goffi, Prudhomme aveva cercato di aprire la portiera con la mano sinistra, mentre la destra era occupata in tutt'altre faccende.

«Fermo!» gli aveva gridato il suo ex-subordinato prendendolo per la spalla. «Lei stava cercando di proteggere quella donna!»

«Leggi il rapporto, se vuoi sapere la verità. E ora, lasciami andare!»

«La lascerò andare, certo... ma all'inferno! La ucciderò, piccolo guastafeste, burocrate del cazzo!»

L'uomo aveva tirato fuori una pistola, ma era già troppo tardi, perché Prudhomme aveva già sparato prima di lui due colpi dalla pistola che teneva nascosta sotto la giacca. Sfortunatamente, si trattava di una pistola di piccolo calibro, e gli ex-ufficiali della Legione Straniera sono duri a morire. Infatti, l'uomo si era già scagliato contro Prudhomme nel piccolo abitacolo dell'automobile, senza considerare che aveva a che fare con un veterano della Resistenza, il quale portava sempre con sé un'altra arma, primitiva ma efficace: un sottile ma robusto filo di acciaio sotto il bavero della giacca, con due anelli fissati alle estremità. Prudhomme lo prese e lo passò intorno al collo del legionario con i polsi incrociati: poi strinse con violenza finché la pelle si ruppe e il sangue gli bagnò le mani.

«Possiamo atterrare, ispettore» disse il pilota con un ghigno. «Giuro su Dio che nessuno crederà a questo! Naturalmente io non ho intenzione di dire nulla a nessuno, lo giuro sulla tomba di mia madre!»

«Tua madre molto probabilmente a quest'ora si starà ubriacando a Montmartre» lo interruppe Prudhomme in tono asciutto. «Tieni la bocca chiusa e per sei mesi ti garantisco che volerai tranquillo con il tuo tabacco che viene da Malta.»

«Basta così, ispettore! Non occorre che dica altro. Sono un padre di famiglia!»

«Davvero lodevole. Sei mesi e poi sparisci, capito?»

«Lo giuro sulla tomba di mio padre!»

«Tuo padre è vivo e vegeto... e fra sessanta giorni esce di prigione. Digli che tenga l'acqua in bocca, e avrà il suo bravo assegno.»

Joel e Valerie ascoltavano in silenzio l'uomo della Sûreté che raccontava loro tutto quel che sapeva. Aveva finito, e non c'era nient'altro da aggiungere. L'Interpol era compromessa, la polizia dell'Arrondissement abilmente manovrata, la Sûreté corrotta e i comunicati ufficiali stilati in base a menzogne grosse come case. Perché?

«Glielo dirò, anche perché ho bisogno del suo aiuto... di un grande aiuto» disse Converse, alzandosi dalla sedia e andando verso il tavolo, dove le pagine dattiloscritte che costituivano la sua dichiarazione giurata erano proprio al centro di una cartella verde. «Anzi, sarà meglio che se lo legga per conto suo, anche se temo che dovrà leggerlo rimanendo qui. In mattinata farò fare delle copie, ma per il momento è bene che questa roba non lasci la mia stanza. A proposito, Valerie le ha riservato una camera, una singola... non mi chieda come ha fatto, ma credo che da domani un certo impiegato del bureau avrà un guardaroba interamente nuovo, se non addirittura una villetta con un parco intorno.»

«*Merci, madame.*»

«Il nome è Francese» aggiunse Joel.

«Sì.»

«No, voglio dire il *nome* è Francese.»

«*Oui.*»

«No, io voglio dire che...»

«*Pardon monsieur*» interruppe Valerie. «*Le nom sur le registre est "Monsieur Francese", mais "Francese" comme en italien... Francese. Arturo Francese.*»

«Ma se devo firmare... oppure parlare con qualcuno?...»

«Non dovrà firmare nulla, né parlare con nessuno» disse Val prendendo una chiave e porgendola a Prudhomme. «La stanza è già stata pagata... per tre notti. Dopodiché... anzi, se è possibile, ancora prima, se lei acconsentirà ad aiutarci... andremo altrove.»

«*Formidable.* Devo leggere quella roba.»

«*Mon ami... mon époux... est un avocat exceptionnel.*»

«*Je comprends.*»

«Si tratta di una quarantina di pagine» disse Converse, portando la cartella a Prudhomme «e per leggerle tutte come si deve ci vorrà un'oretta. Intanto noi potremo andare di sotto a prendere qualcosa da mangiare e la lasceremo solo.»

«*Bien.* Ci sono molte cose che voglio sapere.»

«Ma ora lei come se la caverà!» chiese Joel, in piedi davanti al francese. «Voglio dire, prima o poi troveranno il corpo di quell'uomo.»

«Sicuramente» convenne Prudhomme. «L'ho lasciato al Bois, dentro la macchina. Ma non arriveranno fino a me.»

«Impronte digitali? Il fatto che lei in quel momento non era in ufficio e non ci tornerà per un bel po'?»

«Un'altra vecchia abitudine che mi viene dalla Resistenza» disse l'uomo della Sûreté frugandosi in tasca e traendone un paio di guanti finissimi di gomma, del tipo che i chirurghi usano durante le operazioni, tagliati al polso. «Al Bois li ho sciacquati. I tedeschi che ci occupavano avevano tutte le nostre impronte digitali ben schedate: andare in giro senza questi significava firmare la propria condanna a morte, non trova? E per quel che riguarda l'assenza dall'ufficio, è presto spiegata: ho detto al mio assistente che sarei andato qualche giorno a Calais per indagare su un certo traffico di stupefacenti. Vede, io sono un uomo di una certa età, e mi posso permettere anche di essere molto flessibile negli orari e negli impegni.»

«Sì, ma in questo modo non si illuderà certo di fermare anche gli altri, i compagni di quel legionario che ha tentato di ucciderla, vero?»

«Me ne rendo conto, monsieur. Devo andare molto cauto, ma non è la prima volta.»

«Si diverta a leggere, allora» disse Converse, chiamando Val con un cenno del capo. «Se le serve qualcosa, chiami pure il cameriere.»

«*Bon appétit*» disse Prudhomme.

Chaim Abrahms prese il polso rigido della mano destra di sua moglie che ancora stringeva l'arma tra le dita esangui e girò la canna dell'arma verso lo squarcio tra i due seni.

Quegli occhi scuri e profondi non si volevano chiudere: lo fissavano, accusatori... accusatori!

«Che cosa vuoi da me?» gridò. «Io ho visto con i miei occhi i soldati e i civili morti. Ho dovuto convivere con quelle visioni di morte! Lasciami stare, donna! Non potevi capire!»

E invece, per tanti anni, quella donna aveva capito. Aveva cucinato la gallina e l'agnello, catturati in quei terreni paludosi e aveva nutrito le unità dell'Irgun e dell'Haganah, senza mai chiedere conto della morte che vedeva intorno a sé: si combatteva per una speranza, una semplice speranza che era l'inizio di un sogno. Quella terra era la loro terra, era loro per diritto, per logica e per quello che diceva la Bibbia! Avevano combattuto e avevano vinto! Duemila anni di esilio, di maltrattamenti, di disprezzo da parte degli onnipotenti Gentili che li avevano arsi vivi, gasati, avevano ordinato loro di sparire dalla faccia della terra... e nonostante questo erano riusciti a sopravvivere. Ora la sua gente era forte, ed erano *loro*, per una volta tanto, a conquistare, e non ad essere conquistati!

«È quello per cui abbiamo combattuto! Quello per cui abbiamo pregato! Perché mi insulti con i tuoi occhi?» gridava Chaim Abrahms mentre premeva la fronte sul volto esangue della moglie morta.

Hitabdut era uno dei peccati più gravi contro la legge talmudica. Era *ebude atzmo*, il togliersi la vita contro il volere di Dio Onnipotente che aveva creato l'uomo a sua immagine e somiglianza. Un ebreo che incorreva in un peccato del genere veniva scacciato dal cimitero ebraico: e sarebbe stato così anche per la moglie di Chaim Abrahms, che pure era la creatura più devota che mai avesse conosciuto.

«Devo farlo!» gridò, alzando gli occhi in segno di supplica. «È per il bene di tutti, non capisci?»

Prudhomme si versò una tazza di caffè e tornò alla sua sedia. Val era seduta davanti a lui, mentre Converse era in piedi accanto alla finestra, e ascoltava.

«No, credo di non avere altre domande» disse il francese, con gli occhi che mostravano inequivocabili segni di preoccupazione e di stanchezza. «Può darsi che sia ancora in preda allo shock, e che quindi ancora non riesca a rendermi ben conto della situazione. Dire che è tutto incredibile non servirebbe a niente; e poi, non è proprio vero. Anzi, direi che purtroppo è tutto *molto* credibile: il mondo ha paura e chiede stabilità, un posto dove nascondersi, qualcuno che lo protegga... dal cielo, dalle strade, dagli uomini stessi. Penso che sia venuto il momento dell'accettazione supina e passiva di ogni tipo di potere assoluto, senza badare a quello che costa effettivamente.»

«Il termine operativo è "assoluto"» disse Joel «come nei controlli e nel potere. Una confederazione di governi militari che si sostengono l'un l'altro, scambiandosi linee politiche e alterando le leggi... tutto in nome della stabilità; e chiunque alzi la voce per protestare viene dichiarato pazzo e ridotto al silenzio. E se si verificasse l'ipotesi di molte voci che protestano, allora si può sempre ripetere l'operazione, e Aquitania ne esce ancora una volta vincitrice, perché rappresenta la stabilità in mezzo al caos. In fondo,basta soltanto creare quella prima ondata di violenza, di terrore, di confusione e di omicidii. "Figure-chiave" hanno detto. "Accumulo", "rapida accelerazione"... caos. Uomini di rilievo brutalmente uccisi in una serie di disordini riguardanti una dozzina di capitali e i generali sono pronti a marciare con i loro comandanti. Questo sarà lo scenario, secondo le parole stesse dei generali di Aquitania.»

«E questo anche è il problema, monsieur. Sono soltanto parole, ma parole che si possono comunicare a pochissime persone, perché queste persone potrebbero essere gli individui sbagliati. Si corre il rischio di accelerare il conto alla rovescia, come lo chiama lei, e di favorire l'olocausto.»

«Il conto alla rovescia è già in atto, non dimentichiamolo» si intromise Joel. «Ma un modo *c'è*. "Accumulo" e "rapida accelerazione" sono soltanto parole, ha ragione lei — parole *accumulate*, parole *accelerate* — ma possiamo usarle in un altro modo. Io non posso uscire allo scoperto, perlomeno non ancora. Non posso farmi vedere in giro: non esiste protezione o misura di sicurezza che potrebbe far sì da convincerli a non uccidermi e poi, una volta morto, attribuirmi l'etichetta dello psicopatico che già mi hanno attribuito. Non mi fraintenda, non è che mi faccia piacere l'idea di morire, ma mi rendo conto perfettamente che la mia vita non è importante: ciò che è importante è che con la mia morte tutto quello che so morirebbe con me, perché soltanto io ho parlato direttamente con quei quattro Cesari di Delavane, e forse anche con il quinto, l'Inglese.»

«E queste *déclarations*, questi affidavit di cui parla, potrebbero cambiare una situazione del genere?»

«No, ma potrebbero cambiare qualche elemento che magari ruota intorno alla faccenda, e sarebbe più che sufficiente.»

«Perché?»

«Perché i nostri nemici vivono in un mondo reale, un mondo pratico e piuttosto complesso che bisogna penetrare al più presto possibile... raggiungendo le persone giuste, quelle di cui ci possiamo fidare e che possono effettivamente fare qualcosa. E in fretta. È quello che volevo fare già un paio di settimane fa, ma l'ho affrontato nella maniera sbagliata. Volevo mandare tutto quel che sapevo ad una persona che conoscevo: Nathan Simon, il miglior avvocato che abbia mai conosciuto. L'ho scritto tutto — e per ben due volte — in una specie di rapporto, senza rendermi conto che gli stavo legando le mani, e probabilmente candidandolo ad una bella pallottola in mezzo agli occhi.» Joel si scostò dalla finestra, con le mosse e l'aria di un avvocato che sta pronunciando un'arringa. «A chi avrebbe potuto rivolgersi senza la mia presenza, senza far vedere al mondo un uomo visibilmente sano di mente? Come potevo pretendere che persone influenti credessero alle parole di un uomo definito "assassino psicopatico"? E se fossi uscito allo scoperto, come lui giustamente pretendeva, saremmo stati entrambi morti. Poi Val mi disse dell'uomo che l'aveva cercata per telefono e dell'altro che l'aveva inseguita in strada e capii di chi si trattava: quelli non sono i sistemi che usa la gente che vuole uccidere. Certa gente non si fa annunciare. Capii che si trattava degli stessi uomini che mi avevano mandato allo sbaraglio e che ora cercavano di mettersi in contatto con me. Val mi parlò anche dell'incontro che aveva avuto con Sam Abbott e del fatto che Sam le avesse parlato di Metcalf, un uomo del quale si fidava e che doveva essere una persona abbastanza importante. Infine c'è stato lei a Parigi... quello che ci ha detto, quello che ha fatto, la sua offerta di aiuto, lo stesso codice che anche René Mattilon mi aveva dato... la famiglia di Tatiana. Tatiana, un nome o una parola che penso significhi fiducia, anche in mezzo agli squali che ci circondano.»

«Proprio così, monsieur.»

«È stato allora che mi è venuto in mente; se avessi potuto in qualche modo mettermi in contatto con *tutti* voi, allora potevo anche costruirmi una via d'uscita. Voi sapevate la verità... Alcuni la sapevano fino in fondo, altri, come lei, ne conoscevano soltanto i frammenti, ma tutti quanti comprendevate l'immensità, la vastità della realtà dei generali e di Aquitania, che cosa potevano fare e cosa stavano facendo nella realtà. Anche lei, Prudhomme. Che cosa ha detto? L'Interpol è compromessa, la polizia manovrata, la Sûreté corrotta... I rapporti ufficiali sono pieni di menzogne. E, come se non bastasse, Anstett a New York, Peregrine, il comandante della NATO, Mattilon, Beale, Sam Abbott... Connal Fitzpatrick, l'unico sul quale fortunatamente possiamo mettere un punto interrogativo, e Dio sa quanti altri. Tutti morti. I generali sono già in marcia... basta con le cose teoriche, quella è gente che uccide!... Se avessi convinto tutti voi a scrivere ciascuno la propria dichiarazione giurata o a rilasciare deposizioni, e a farle arrivare a Nathan Simon, avrei avuto l'arma che cercavo. Ho spiegato un paio di faccende legali anche a Stone, che è a New York; qualcosa gli tornerà utile, il resto invece non gli servirà. Ma anche lui sta facendo la sua parte, e sono sicuro che riuscirà a convincere anche gli altri a fare lo stesso... Tra l'altro, non credo che gli rimanga molta altra scelta. Ma la cosa principale, l'*unica* cosa importante, è fare arrivare il materiale a Nathan Simon: una volta che Nate avrà raccolto una serie di testimonianze scritte, di racconti di avvenimenti e di osservazioni che un gruppo di persone stimate e di diversa esperienza giura essere la verità, allora avrà il materiale per costruirsi un caso. Mi creda, quell'uomo è capace di farne un'arma infallibile e potentissima. Domani gli consegneranno tutto, e sono sicuro che raggiungerà le persone giuste anche se dovesse andare dritto all'Oval Office... cosa che potrebbe tranquillamente fare, ma che non gli andrebbe troppo come soluzione.» Joel tacque per un istante e guardò l'uomo che gli era di fronte; poi indicò la cartella contenente la sua dichiarazione, che era sul tavolo accanto al francese. «Ho già preso accordi perché quella roba raggiunga New York domani. Vorrei che anche lei scrivesse una cosa del genere.»

«Certamente. Ma ci possiamo fidare del corriere?»

«Il mondo potrebbe andare a pezzi e quella donna se ne starebbe beata tra le sue montagne senza saperne nulla. Non gliene importa. Com'è il suo inglese?»

«Discreto, penso, visto che sono diverse ore che parliamo e ci intendiamo alla perfezione.»

«Parlavo di inglese scritto; perché si risparmierebbe un sacco di tempo se potesse scriverlo direttamente in inglese.»

«Uuhh... credo di saper scrivere in inglese quanto lei sa poetare nella lingua di Voltaire...»

«Non importa... lo scriva in inglese» disse Valerie. «Lo rivedrò io, e se qualche termine le sfugge, lo metta in francese: penserò io a tradurlo.»

«Bene, allora credo di potercela fare. Devo proprio scriverlo subito?»

«La segretaria sarà qui domattina presto» spiegò Converse. «E lo batterà a macchina. È lei che poi lo porterà a New York domani pomeriggio.»

«E ha accettato di fare una cosa del genere?»

«Ha accettato una grossa donazione ad un'organizzazione per la tutela a la salvaguardia della natura, che sembra contare molto nella sua vita.»

«Almeno in questo, abbiamo avuto fortuna.»

«C'è anche qualcos'altro» disse Joel sedendosi sul bracciolo della poltrona di Valerie e chinandosi in avanti. «Lei ormai sa la verità, e al di là del materiale che deve raggiungere al più presto Nathan Simon c'è un'altra cosa molto urgente da fare. Io sono in possesso di una grossa somma di denaro e il direttore della banca di Micono potrà confermarle che sul mio conto ci sono altri soldi... ma è inutile che mi dilunghi, tanto l'avrà certamente letto in quella dichiarazione. Se avessi avuto il tempo, le persone giuste e tutto il necessario, probabilmente l'avrei fatto io stesso, ma ora il tempo stringe. Ho bisogno di lei, ho bisogno di tutto l'aiuto che potrà procurarmi.»

«Per che cosa, monsieur?»

«Le deposizioni finali. L'ultima parte di queste testimonianze: Devo rapire tre uomini.»

37

Io sottoscritto, Peter Charles Stone, di anni cinquantotto, residente a Washington, D.C. dichiaro di essere stato alle dipendenze della CIA per ventinove anni, durante i quali ho ricoperto la carica di ispettore in varie postazioni europee, e ultimente di Vice Direttore delle Operazioni Clandestine a Langlet, in Virginia. Un dossier sulla mia persona si trova negli schedari della CIA e può essere richiesto seguendo le procedure preposte a tale scopo. Da quando ho lasciato la CIA, ho lavorato come consulente e osservatore per conto di numerosi servizi segreti dei vari dipartimenti. I particolari di questo mio lavoro di consulente sono a disposizione qualora dovessero essere ritenuti necessari per la stesura finale di questo documento.

Intorno al 15 marzo scorso, sono stato contattato dal capitano Andrew Packard, dell'Esercito degli Stati Uniti, il quale mi chiese se poteva venire a casa mia per discutere un problema piuttosto delicato. Appena arrivato, mi disse subito che veniva a nome di un ristretto numero di persone appartenenti ai servizi segreti militari e al Dipartimento di Stato, il numero e l'identità dei quali non mi volle svelare. Mi disse che cercava un consulente professionale che avesse lavorato nel ramo dei servizi segreti e che non fosse più in relazione permanente con nessun tipo di servizio del genere. Mi disse anche che disponeva di un certo numero di fondi che erano stati distribuiti in maniera tale da potermi interessare. Da notare che, prima di rivolgersi a me, il capitano Packard e i suoi amici avevano fatto indagini accurate e specifiche sul mio conto... vita, morte e miracoli, come si suol dire...

Io sottoscritto capitano Howard NMI Packard, dichiaro di far parte dell'Esercito degli Stati Uniti, di avere trentotto anni, di essere residente a Oxon Hill, nel Maryland, e di essere assegnato alla sezione 27, Dipartimento di Controlli Tecnologici, Pentagono, Arlington, in Virginia. Nel dicembre dello scorso anno Mr. A. Preston Halliday, un avvocato di San Francisco con il quale avevo stretto amicizia nel corso di diverse petizioni alla nostra sezione a beneficio di certi clienti (tutti casi al di sopra di ogni sospetto) mi invitò a cena in un piccolo ristorante di Clinton, a quindici chilometri da casa mia. Si scusò con me per non aver invitato mia moglie, spiegandomi che le cose che intendeva dirmi le avrebbero procurato soltanto angoscia, come sicuramente l'avrebbero procurata a me. Aggiunse anche che non c'era ragione di rifiutare quell'incontro visto che non si trattava di affari che aveva in pendenza, ma solo di cose sulle quali era necessario indagare per riuscire a venire a capo di una situazione giudicata intollerabile...

Io sottoscritto, tenente J.G. William Michael Landis, della Marina degli Stati Uniti, scapolo, di anni ventotto, residente in Somerset Garden Apartments, Vienna, in Virginia, dichiaro di essere un programmatore di computer del Dipartimento della Marina, Divisione Approvvigionamenti e Armamenti, di stanza al Pentagono, Arlington, in Virginia. Effettivamente, nonostante il grado (che mi è già stato comunicato, dovrà essere rivisto entro sessanta giorni) sono alla direzione della sezione programmatori del Pentagono, settore Marina, avendo conseguito il dottorato in informatica alla facoltà di Scienze dell'Informazione dell'Università del Michigan... Be', forse sono partito con il piede sbagliato.

Continua, giovanotto.

Dico tutto questo per spiegare come con un equipaggiamento sofisticato e alcuni codici di micro-conversione, sia riuscito a lavorare su computer e a ricavarne informazioni che normalmente sarebbero state escluse automaticamente dai circuiti; naturalmente parlo di informazioni top-secret.

Lo scorso febbraio, il capitano Howard Packard, dell'Esercito degli Stati Uniti, e altri tre uomini (due del Dipartimento di Stato, Ufficio Controllo Armamenti, e il terzo un ufficiale di Marina che conoscevo attraverso la Sezione Anfibi della Marina) vennero da me una domenica mattina. Mi dissero di essere preoccupati per una serie di trasferimenti di armi e di tecnologie che sembrano violare il D.O.D. e le sanzioni del Dipartimento di Stato, e mi fornirono i dati concernenti nove incidenti del genere, raccomandandomi la massima segretezza.

Il giorno seguente immisi quei dati nel calcolatore e ne ricavai soltanto le conferme dei numeri iniziali, che non cambiano mai ad evitare la possibilità di creare un "doppione". Ma in tutti e nove i casi, dopo la conferma, ogni altra notizia relativa a quelle armi e tecnologie era stata cancellata dal nastro del calcolatore. Sei di quei nove trasferimenti erano stati effettuati da una ditta chiamata Palo Alto International, di proprietà di un generale in pensione chiamato Delavane. Questa è stata la prima volta che ho sentito quel nome, signore.

Chi erano gli altri tre uomini, tenente?

I loro nomi non sarebbero di nessun aiuto, signore, e nominarli servirebbe soltanto a rendere più aspro il dolore delle famiglie.

Non sono sicuro di aver capito... o di voler capire.

Sono morti. Perché avevano fatto troppe domande. Due sono rimasti vittime di incidenti stradali... schiacciati da un camion in una strada che non prendevano mai ... e un altro di un pazzo che all'improvviso si è messo a sparare sulla gente che stava facendo jogging in Rock Creek Park. C'era tanta gente a correre, ma solo lui è rimasto colpito.

(Capitano Packard)

Come capitano dell'Esercito, avevo spesso a che fare con documenti riservati e procedure top-secret, così non mi fu difficile farmi installare un telefono sterile (cioè un apparecchio munito di un dispositivo atto a rivelare qualsiasi tentativo di intercettazione) in modo che Halliday mi potesse raggiungere a qualsiasi ora del giorno o della notte senza timore di venir scoperto. Poi, d'accordo con Mr. Stone e il tenente Landis, riuscimmo ad ottenere una serie di dossier sui nomi più noti collegati al generale Delavane, e cioè sui generali Bertholdier, Leifhelm, Abrahms e Van Headmer. Poi, usando i fondi procuratici dal professor Edward Beale, ci assicurammo i servizi di alcune ditte private di Parigi, Bonn, Tel Aviv e Johannesburg in modo da aggiornare i dossier con tutte le informazioni più rilevanti sul conto dei nostri obiettivi.

Fino ad ora abbiamo scoperto novantasette cancellazioni del computer relative a trasferimenti militari e licenze di esportazione per un valore approssimativo di 45 milioni di dollari. Molte di queste erano opera della Palo Alto International, ma senza ulteriori dati non potevamo andare oltre con le nostre indagini. Era come vedere una serie di segnalazioni su un radar, che poi improvvisamente sparivano...

(Stone)

Gli anni che ho trascorso nella CIA mi hanno insegnato che spesso più ampia è la rete operativa, più alto è il numero degli uomini che vi lavorano e che quelle aree con la maggiore concentrazione di attività sono spesso quelle in cui le misure di sicurezza sono più accurate. Non credo di dire cose estremamente originali, ma ho notato che spesso il contrario di questa affermazione è sottovalutato. Visto che era proprio Washington a far passare esportazioni clandestine per migliaia e migliaia di dollari, mi sembrava assai probabile che ci fosse una serie di salvaguardie, centinaia di informatori di Delavane... che sapevano e non sapevano, cioè che erano legati al generale per ideologia oppure per semplice convenienza, nelle agenzie governative o nei dipartimenti direttamente interessati alle attività della Palo Alto. Senza addentrarsi nei particolari, il capitano Packard mi confermò quanto pensavo raccontandomi di un incidente che era costato la vita a tre uomini che cercavano di capire il perché di certe cancellazioni nei nastri del computer. Ci eravamo spostati da un'ipotesi di estremisti alla realtà di un gruppo di fanatici assassini. Per questo pensai — e me ne assumo tutta la responsabilità — che avremmo potuto fare progressi molto più rapidi e sicuri nelle nostre indagini se avessimo mandato allo sbaraglio una persona sola, fornendole il materiale con il quale avrebbe potuto risalire alla Palo Alto International. Data la vera natura delle licenze illegali di esportazione, pensavo che cominciare dal fondo sarebbe stata la cosa migliore, e proposi di iniziare con i quattro nomi dei generali trovati tra gli appunti di Delavane. Ma non conoscevo nessuno che avesse tutti i requisiti per portare a termine un'operazione del genere...

(Capitano Packard)

Intorno al 10 di luglio, Mr. Halliday mi chiamò al telefono sterile dicendomi che aveva trovato la persona giusta per portare a termine l'operazione progettata da Stone. Si trattava di un avvocato esperto in diritto internazionale, un uomo che conosceva da molti anni e che era stato prigioniero in Vietnam; per questo, avrebbe avuto anche le motivazioni giuste per distruggere l'operato del generale Delavane. Si chiamava Joel Converse...

Io, Alan Bruce Metcalf, di anni quarantotto, dichiaro di essere ufficiale dell'Aeronautica degli Stati Uniti, di ricoprire il grado di colonnello e di prestare servizio presso la Nellis Air Force Base, Clark County, Nevada, come capo dei servizi segreti. Trentasei ore fa, cioè il 25 agosto alle quattro del pomeriggio, ricevetti una telefonata dal generale di brigata Samuel Abbott, ufficiale comandante delle Operazioni Tattiche alla Base di Nellis. Il generale mi disse che voleva vedermi, preferibilmente non all'interno della base, e al più presto possibile, perché aveva rilevazioni sconcertanti riguardo alla morte del comandante supremo della NATO e dell'ambasciatore americano a Bonn, nella Germania Occidentale. Insistette perché indossassi abiti civili e, come luogo d'incontro, propose la biblioteca dell'Università del Nevada, all'interno del campus di Las Vegas. Ci incontrammo circa alle diciassette e trenta e parlammo per cinque ore. Cercherò di essere il più preciso possibile, e credo di poter riuscire ad avvicinarmi molto alla completezza assoluta, visto che quel nostro colloquio mi è rimasto impresso nella mente, anche a causa della morte prematura del generale, un mio grande amico, che conoscevo e stimavo da tanti anni...

Ho riassunto quindi quel nostro colloquio, il resoconto degli eventi raccontati al generale Abbott dall'ex-signora Converse e le misure che presi immediatamente per convocare d'urgenza una riunione di tutti i capi dei servizi segreti a Washington. Il generale Abbott era sicuro che quanto gli era stato raccontato corrispondesse a verità perché conosceva personalmente i due individui in questione. Era un uomo brillante e molto solido psichicamente, e i suoi giudizi erano sempre bilanciati e ben ponderati. Secondo la mia opinione, è stato ucciso proprio perché in possesso di "informazioni nuove e straordinarie" riguardo ad un ex-compagno di prigionia in Vietnam, un certo Joel Converse.

Nathan Simon, alto, corpulento, era seduto maestosamente sulla sedia; si tolse gli occhiali con la montatura di tartaruga e si grattò la barba alla Vandyke che serviva a coprire la cicatrice dovuta ad una bomba sulla spiaggia di Anzio, molti anni prima. Le sopracciglia sale e pepe erano profondamente arcuate al di sopra degli occhi vivaci e del naso diritto. Con lui nella stanza c'era soltanto Peter Stone. La stenografa se n'era andata, dopo aver finito il suo lavoro; Metcalf, esausto, si era ritirato in camera sua e gli altri due, il capitano Packard e il tenente Landis avevavano preferito tornare a Washington, naturalmente su due aerei diversi. Simon dispose con cura le dichiarazioni giurate sul tavolo accanto alla poltrona.

«Non c'era nessun altro, Stone?» chiese, la voce gentile, molto più gentile della luce che aveva negli occhi.

«Nessun altro di cui io sia al corrente, Mr. Simon» rispose l'ex agente dei servizi segreti. «Mi sono servito di altre persone — quello che noi scherzosamente abbiamo definito "pagare i vecchi debiti" — ma si trattava sempre di persone non molto importanti, che servivano soltanto a far funzionare apparecchiature molto sofisticate, non a prendere decisioni. Non scordiamoci che tre uomini sono stati uccisi quando questa cosa era appena sul nascere.»

«Sì, lo so.»

«Lei è veramente in grado di fare quel che ha detto Converse? Può veramente agire "sotto sigillo" e smuovere montagne che per noi sono immobili?»

«Converse vi ha detto una cosa del genere?»

«Sì. È proprio per questo che ho acconsentito a fare tutto quello che ho fatto finora.»

«Be', Converse aveva le sue buone ragioni. Ed io devo pensare.»

«Non c'è tempo per pensare. Dobbiamo muoverci, fare qualcosa! Siamo agli sgoccioli!»

«Questo lo capisco, ma capisco anche che non possiamo permetterci di commettere un errore.»

«Converse ha detto che lei poteva mettersi in contatto con gente molto importante a Washington, gente di cui ci si poteva fidare.»

«Ma voi mi avete appena detto che non ci si può fidare proprio di nessuno!»

«Oh, Cristo!»

«Un profeta intelligente e ispirato.» Simon guardò l'orologio, mise insieme le carte che aveva sparpagliato sul tavolo e si alzò dalla sedia. «Sono le due e mezzo del mattino, Stone, e questo corpo stanco anela al meritato riposo. Ci sentiremo durante la giornata. Non cerchi di chiamarmi, nel frattempo. Mi farò vivo io.»

«Si farà vivo? Ma se sta arrivando il pacco di Converse! Devo andare a prenderlo all'aeroporto Kennedy alle quattordici e quarantacinque, quando arriverà il volo da Ginevra. Converse mi ha detto che voleva che il pacco le fosse consegnato immediatamente, e lo voglio anch'io!»

«Va all'aeroporto?» chiese l'avvocato.

«Sì, il pacco arriva con un corriere. Sarò di ritorno per le sedici e trenta: almeno spero, anche se con gli aerei e con il traffico che c'è sulla strada per l'aeroporto, non si può mai sapere.»

«No, Stone, le conviene rimanere all'aeroporto. Naturalmente, anch'io vorrei avere quella roba al più presto. C'è un corriere da Ginevra, no? Bene, lei sarà il corriere da New York.»

«Dove ha intenzione di andare? A Washington?»

«Forse, forse no. Ora come ora voglio solo andare a casa mia a riflettere. E a dormire, cosa che non credo di riuscire a fare. Mi dia un nome da poter usare per farla venire a prendere all'aeroporto.»

Johnny Reb era seduto nella sua barca, il motore in folle, le onde che sbattevano contro lo scafo nell'oscurità. Indossava un paio di pantaloni neri, un maglione nero a collo alto e un berretto di maglia, anch'esso nero, ed era vicinissimo alla costa sud-occidentale dell'isola di Scharhörn. La prima notte aveva visto dei riflessi verdognoli su una serie di boe: sapeva che si trattava di cellule fotoelettriche, i cui raggi si intersecavano al di sopra dell'acqua e che formavano un muro invisibile che, se penetrato, avrebbe fatto scattare ogni allarme disponibile sull'isola di Scharhörn. Quella era la terza notte che spiava l'isola, e cominciava a capire che aveva visto giusto.

Bisogna sempre fidarsi dell'istinto, del proprio stomaco che si rivolta e del sapore di bile che si avverte in bocca. Lui era un po' come una vecchia puttana, e di solito, se doveva succedere qualcosa di grosso lo sentiva nella pancia: un po' per paura, un po' perché sentiva che si avvicinava un modo per rendere un po' cospicuo un conto in una banca svizzera. Naturalmente, in quel caso non c'erano soldi né conti in Svizzera di mezzo, ma solo la restituzione di un favore ad un amico che molto tempo prima l'aveva fatto a lui. Però sapeva anche che fare quel che stava facendo significava colpire un obiettivo, reale ed importante: significava colpire tutti i Delavane e i Washburn di questo mondo, e i loro degni compari tedeschi, francesi ed ebrei che avrebbero fatto piazza pulita di tutto e non avrebbero più permesso a gentiluomini come Johnny Reb di condurre una vita da barbone.

Del sudafricano, a dire il vero, non sapeva molto, tranne che quel razzista avrebbe fatto bene a darsi una controllata. I negri avevano già sopportato abbastanza, e si stavano organizzando; oltretutto, non era bello fare quel che faceva quel dittatore, pensò Johnny, che in quel periodo stava con una ragazza negra, una cantante di Tallahassee e che era in Svizzera per una piccola faccenda di cocaina... e per un conto piuttosto congruo in una banca di Berna.

Ma i suoi compari erano gente brutta, veramente brutta. Johnny Reb stava dalla parte di coloro che avrebbero voluto la galera a vita per quelli che la pensavano come i generali. Sì, gente del genere doveva essere stroncata! Johnny Reb credeva in quel suo impegno e nel compito che gli avevano affidato.

Ecco! Con il binocolo a raggi infrarossi scrutò i moli di cemento della base sottomarina. Era pazzesco! Il motoscafo, un venti metri, era attraccato, e sul molo c'era una doppia fila di uomini... quaranta, sessanta, ottanta, forse anche un centinaio, che si preparavano a salire a bordo. Ma la cosa più strana e più pazzesca era l'abbigliamento di quegli uomini: abiti scuri, cravatta, cappello. E poi, tutti avevano una valigia e una ventiquattrore: sembravano impiegati di una banca che aspettavano frettolosi di fare uno spuntino al bar sotto l'ufficio. *Oppure* — pensò Johnny Reb osservandoli con il binocolo — uomini d'affari, direttori di ditte, uomini che ogni giorno tutti noi vediamo nelle stazioni ferroviarie, o alla fermata dei taxi, o all'aeroporto. Ma era quell'aspetto così grigio, così formale e normale in contrasto con le sagome esotiche e in qualche modo macabre della stazione di rifornimento sottomarina, che colpiva l'immaginazione di Johnny. Erano uomini che sarebbero potuti andare dovunque, e che non provenivano da nessun posto specifico. Venivano da Scharhörn, da quella che era indubbiamente la cellula ultramoderna e dotata di impianti fantasmagorici dell'alleanza militare multinazionale che avrebbe portato i generali sui troni di tutto il mondo. Gente dall'aspetto normalissimo che andava dovunque ce ne fosse bisogno. Erano uguali a tanti altri e sicuramente si comportavano anche come tanti altri: sui treni e sugli aerei aprivano la ventiquattrore, leggevano rapporti e preventivi, bevevano ma non troppo e sfogliavano l'ultimo romanzo uscito in edizione tascabile tanto per scacciare dalla mente il pensiero assillante degli affari... *mentre andavano dove qualcuno aveva ordinato loro di andare.*

Eccoli, pensò il Rebel, abbassando il binocolo. *Eccoli*! Ecco dov'erano le loro squadre! Il ventre non gli aveva mai mentito: perché la bile non secerne quel liquido amaro se non per un motivo preciso: un allarme, un segno per quei pochi privilegiati che erano sopravvissuti. Johnny Reb puntò verso destra e si mosse pian piano con la barca, descrivendo un arco e puntando deciso verso il suo attracco a Cuxhaven, accelerando ogni centocinquanta metri circa.

Venticinque minuti dopo arrivò a destinazione, ancorò la barca e faticosamente risalì sul molo. Doveva muoversi in fretta, ma con enorme cautela. Sapeva soltanto la zona in cui il motoscafo sarebbe approdato, perché mentre andava all'isola aveva visto le luci di quell'imbarcazione che si staccava dal molo. Avvicinandosi, poi, avrebbe scoperto qual era il punto preciso dell'attracco e gli sarebbero rimasti soltanto pochi minuti per dare un'occhiata in giro e raggiungere una posizione favorevole. L'ex agente dei servizi segreti, che aveva con sé una valigetta waterproof, si diresse con passi rapidi verso la zona dove pensava che il motoscafo avrebbe attraccato. Oltrepassò un magazzino e arrivò su una specie di piazzale: c'erano cinque moli, tutti piuttosto piccoli, che si estendevano per una sessantina di metri circa nell'acqua. Si trattava di un attracco per barche di piccole e medie dimensioni, ed infatti lì intorno c'erano un paio di pescherecci e qualche motoscafo da turismo già vecchiotto. Il quarto molo, però, era vuoto e il Rebel capì che era riservato al motoscafo, perché sentì nuovamente quel sapore amaro in bocca. Andò in quella direzione, cercando un posto dove nascondersi.

«*Halt... stehenbleiben!*» fu l'ordine di un uomo di guardia che era sbucato all'improvviso da dietro il peschereccio attraccato al terzo molo. «*Was machen Sie hier? Wer sind Sie?*»

Johnny Reb sapeva anche quando era il momento di approfittare della propria età; incassò la testa nelle spalle e, curvo su se stesso, disse: «*Passen Sie any diese alten Kästen auf*?» poi, continuando a parlare in tedesco, aggiunse: «Sono un pescatore, proprietario di uno di questi relitti, e poco fa ho perso il portafoglio su uno di questi moli. È proibito cercarlo?»

«Torna più tardi, vecchio. Ora è proibito cercare qualunque cosa.»

«Eh? Che hai detto?» Il Rebel si portò la mano all'orecchio, girando un anello e spingendo un minuscolo bottone. «Eh, non ci sento più come una volta, signora Guardia. Cosa dici?»

L'uomo fece un passo in avanti, mentre scrutava l'acqua in cerca del motoscafo, di cui sentiva in lontananza il rombo potente. «Fuori dai piedi!» gridò nell'orecchio di Johnny Reb. «Fuori!»

«Perbacco, ma tu sei Hans!»

«Chi?»

«*Hans*! Che piacere rivederti!» Il Rebel dette una pacca sul collo al soldato, come se fosse il preludio di un abbraccio affettuoso... e gli fece penetrare a fondo l'ago nascosto nell'anello.

«Metti giù le mani, vecchio puzzolente! Io non mi chiamo Hans e non ti ho mai visto prima d'ora. Fuori dai piedi, altrimenti... io... ti piazzo una pallottola... in testa!» Il tedesco fu sul punto di tirar fuori la pistola, ma non ce la fece e cadde a terra.

«Voi giovani dovreste avere più rispetto per i vecchi» borbottò Johnny mentre trascinava il corpo dietro il peschereccio sul terzo molo. «Perché non sapete mai cosa vi può succedere. Magari i vostri vecchi lo sanno, ma voi pisellini non vi accorgete di nulla. Ma a me interessano quelle sanguisughe dei vostri vecchi!»

Il Rebel salì a bordo del peschereccio e spiò da sopra il bordo delle fiancate. Il motoscafo si dirigeva verso il quarto molo. Aprì la valigetta che aveva portato con sé, ci mise il binocolo e, socchiudendo gli occhi per la poca luce, prese ad esaminare gli strumenti che la valigetta conteneva. Prese una macchina fotografica e un teleobiettivo, uno Zeiss-Ikon consegnato dai tedeschi durante la seconda Guerra Mondiale per fotografare le installazioni alleate durante la notte: era uno dei migliori del mondo. Lo inserì nel corpo della macchina e accese il motorino, notando con soddisfazione che la pila era nuova: sapeva che non poteva essere altrimenti, che era stato troppo tempo in quel gioco mortale per permettersi errori da principiante.

Il motoscafo attraccò al molo come un'enorme balena nera, una balena addestrata ad uccidere. Johnny Reb prese a fare fotografie.

«Honeychile, parla Tatiana. Devo raggiungere il mio amico.»

«Algonquin Hotel, a New York» disse la voce femminile estremamente calma e pacata. «Il prefisso è 202 e il numero è 8406800. Chiedi di Peter Marcus.»

«Un bel figlio di puttana, eh?» disse Johnny Reb. «Oh, scusi la parola, signora.»

«L'ho già sentita altre volte, Rebel. Sono Anne.»

«Accidenti, piccola mia, perché non me l'hai detto subito? Come stai?»

«Come può stare una vecchia rimbecillita, Johnny. Ormai non sono più in servizio, sai? È solo un favore ad un vecchio amico.»

«Un vecchio amico? Piccola mia, ma se non fosse stato per Petey, noi due ci saremmo divertiti un mondo!»

«E forse sarebbe stato meglio, Reb. Perché ho scoperto di non far parte delle cose che lui riteneva importanti. E tu eri uno di quelli che mi piacevano di più: forse un tantino introverso, ma tutto sommato un caro ragazzo. Come ti chiamavano? "Gentiluomo Johnny Reb"?»

«Ci ho sempre tenuto alle apparenze, Anne. Potrei avere il piacere di telefonarti una di queste sere, sempre che riesca ad uscire da questo pasticcio?»

«Non so di che pasticcio si tratti, Reb, ma so che hai il mio numero di telefono.»

«La speranza si riaccende in me, ragazzina!»

«Siamo vecchi, ora, Johnny, ma immagino che tu non te ne renda conto.»

«Mai, bambina. Mai.»

«Stammi bene, Reb. Sarebbe un peccato perderti proprio adesso.»

La centralinista dell'Hotel Algonquin fu irremovibile. «Mi dispiace, signore, ma il signor Marcus non è in camera e non risponde.»

«Richiamerò» disse il Rebel.

«Mi dispiace, signore. Il signor Marcus non risponde né al telefono né al fattorino che ha provato a bussare.»

«Credo che lei sia la stessa persona che ha già telefonato altre volte signore. Il signor Marcus non ha ancora risposto, così mi sono permessa di controllare al bureau. Dicono che non è partito e che non ha lasciato un numero dove raggiungerlo. Perché non gli lascia un messaggio?»

«Sì, è un'ottima idea. Ecco: "Rimani fermo finché ti richiamo. Oppure richiamami tu. Importantissimo. Firmato Z, Tatiana. Si scrive T-A-T-I-A...»

«Sì, va bene. Grazie. Ha detto Z, signore?»

«Sì, Z come zero, signorina.» Johnny Reb riappese la cornetta del telefono a Cuxhaven, ma sentiva molto amaro in bocca.

Erich Leifhelm intratteneva i suoi ospiti al tavolo preferito del ristorante Ambassador, che si trovava al diciottesimo piano dell'Hotel

Steingenberger a Bonn. La sala da pranzo, spaziosa ed elegante, godeva di una magnifica vista non solo sulla città e sul fiume ma anche sulle montagne, e il tavolo del generale era in una posizione da godere soprattutto della bellezza dei rilievi. Era una giornata limpida e senza nuvole e le meraviglie naturali della valle del Reno si facevano ammirare in tutto il loro splendore.

«Io non mi stanco mai di questa vista» disse l'ex-feldmaresciallo rivolto ai suoi tre ospiti, indicando loro con un gesto aggraziato e virile al tempo stesso il finestrone che si trovava alle loro spalle. «Volevo che l'ammiraste anche voi, prima di tornare a Buenos Aires che, secondo il mio parere, è una delle città più belle del mondo.»

Il maître d'hotel si intromise con la consueta deferenza, inchinandosi e dicendo a bassa voce. «Herr General, la desiderano al telefono.»

«C'è un mio aiutante al tavolo cinquantacinque» disse Leifhelm con *nonchalanche*, quando in realtà il cuore gli batteva all'impazzata. Che ci fossero notizie di un prete a Strasburgo? «Se ne occuperà lui.»

«La persona che la desidera mi ha chiesto espressamente di parlare con lei. Ha detto di dirle che telefona dalla California.»

«Capisco. Bene.» Leifhelm si alzò e si scusò con i suoi ospiti. «Il lavoro non mi lascia in pace un attimo... Scusate, ci metterò un minuto. Maître, porti ancora del vino, per favore.»

Il maître annuì e disse: «Ho fatto passare la chiamata nel mio ufficio, Herr General. È appena fuori l'atrio».

«Grazie, davvero un pensiero gentile.»

Erich Leifhelm scosse impercettibilmente la testa mentre passava accanto al tavolo cinquantacinque, proprio accanto all'ingresso. L'uomo che vi era seduto capì che doveva rimanere fermo al suo posto, e rispose con un altro cenno del capo. In tutti quegli anni di tattiche e di strategie militari e politiche, quel cenno della testa fu l'errore più grosso della vita del generale Leifhelm.

Nell'atrio c'erano due uomini: uno guardava l'orologio, l'altro sembrava seccato. A giudicare dagli abiti, si sarebbero detti degli *habitués* dell'Ambassador, che ovviamente erano in attesa di qualcuno, forse delle mogli, visto che ancora non si erano seduti al tavolo. Un terzo uomo era fuori del corridoio e attraverso le porte di cristallo fissava gli altri due: aveva l'uniforme degli uomini di fatica dell'hotel.

Leifhelm ringraziò il maître che gli teneva aperta la porta, entrò e la richiuse, mentre l'altro tornava nella sala da pranzo. I due uomini — velocemente, muovendosi insieme come in un balletto studiato — si precipitarono in quel modesto ufficio, proprio mentre Leifhelm alzava il ricevitore.

«*Was geht hier vor? Wer ist...!*»

Il primo uomo fece un balzo, afferrò il generale per i capelli e gli tappò la bocca per impedirgli di urlare, mentre l'altro tirava fuori di tasca una siringa e le toglieva l'involucro protettivo, mentre abbassava il colletto della giacca e quello della camicia al generale. Poi infilò l'ago nella nuca, spinse lo stantuffo della siringa, la estrasse e massaggiò la parte su cui aveva praticato l'iniezione mentre gli sistemava camicia e giacca.

«Per cinque minuti circa manterrà le funzioni motorie» disse il medico in tedesco. «Ma non sarà in grado né di parlare né tantomeno di pensare: in lui sarà presente soltanto l'attività puramente meccanica e dovremo guidarlo se lo vogliamo portare in qualche posto.»

«E dopo i primi cinque minuti?» chiese l'altro.

«Cadrà, probabilmente vomitando.»

«Un bel quadretto davvero, non c'è che dire! Svelto! Tiralo su e cerca di guidarlo verso l'uscita. Aspetta, controllo fuori. Quando busso una volta, significa che c'è via libera.»

Qualche secondo dopo il medico sentì bussare alla porta, una volta sola, e uscì dall'ufficio tenendo il generale Leifhelm per un braccio. Raggiunsero il corridoio e arrivarono davanti all'uomo che indossava l'uniforme del personale di servizio, che li stava aspettando.

«Per di qua» disse allo strano terzetto, guidandoli verso destra.

«Svelti!» aggiunse il medico.

Tra la gente che vagabondava nell'atrio e quelli che stavano andando al ristorante vi fu anche qualcuno che riconobbe il vecchio militare leggendario e fissò quel volto pallido con le labbra che tremavano. Sembrava che cercasse disperatamente di parlare. O forse di gridare.

«Il generale ha ricevuto pessime notizie» disse più volte il medico in tono reverenziale. «È terribile, semplicemente terribile!»

Giunsero davanti ad un ascensore di servizio, che aveva la scritta OCCUPATO illuminata, ed entrarono: c'era una barella appoggiata alla parete di fondo bianca e l'uomo con la divisa di servizio prese una chiave, la inserì in una serratura interna e schiacciò il pulsante per la cantina. Gli altri due intanto avevano disteso Leifhelm sulla barella e lo avevano coperto con un lenzuolo.

«Di certo cominceranno a preoccuparsi, lassù» disse il primo uomo. «E fra un po' arriveranno i gorilla. Sono sempre nelle vicinanze del grande capo.»

«L'ambulanza è proprio accanto alla porta dell'ascensore» disse l'uomo che aveva l'uniforme del personale dell'albergo. «E l'aereo aspetta al campo di volo.»

L'ex grande feldmaresciallo del Terzo Reich, intanto, vomitava sotto il lenzuolo.

Jacques Louis Bertholdier entrò nell'appartamento sul Boulevard Montaigne e si tolse la giacca di seta. Poi andò verso il mobile bar di cristallo, che si trovava contro la parete, si versò una vodka aggiungendo un paio di cubetti di ghiaccio che erano in un cestello d'argento e andò alla finestra dietro al divano ricoperto di morbidi cuscini. Il boulevard era tranquillo a quell'ora, tranquillo e pulito, pastorale e allo stesso tempo pulsante di fremiti cittadini. A volte Bertholdier pensava di amare l'essenza stessa di Parigi, di quella città ricca e influente i cui cittadini non avevano bisogno di sporcarsi le mani. Ecco perché aveva acquistato quell'appartamento piuttosto stravagante per la più stravagante delle sue amanti, che era anche la più desiderabile. Ora aveva bisogno di lei. Mio Dio, aveva bisogno di sfogarsi!

Il legionario ucciso, doppiamente ucciso, con un colpo di pistola e con un cavo d'acciaio intorno al collo! E nel parcheggio del Bois de Boulogne! E Prudhomme, quello sporco burocrate, era a Calais! Non c'erano impronte digitali, non c'era nulla! Il generale di Francia aveva bisogno di un'oretta di tranquillità.

«Janine! Dove sei? Vieni fuori, egiziana! Spero che ti sia messa quello che ti avevo detto. Se per caso l'hai scordato, devi indossare quel Givenchy nero, con niente sotto. Hai capito? Niente!»

«Certo, mio generale» disse una voce stranamente esitante da dietro la porta della camera da letto.

Bertholdier fece una risatina di compiacimento a se stesso mentre tornava verso il divano. Le Grand Machin era ancora un personaggio da trattare con tutti i riguardi, anche da parte di una ragazza di venticinque anni che adorava il denaro, le automobili sportive e gli appartamenti eleganti così come adorava farsi sbattere dagli uomini. Be', quel giorno era troppo agitato per spogliarsi, e troppo nervoso per perdersi in assurdi preliminari. Lui aveva ben altro per la testa ... sfogarsi senza perdere tempo ed energie.

Il rumore di una maniglia che si apriva lo distrasse; apparve una ragazza dai capelli corvini, il volto dall'ovale perfetto aperto in un'espressione di curiosità e di emozione, ma gli occhi persi in qualche meraviglia remota. Forse aveva fumato marijuana, pensò Bertholdier. Indossava un negligé di pizzo nero e i seni erano incorniciati di grigio, mentre le labbra rosse si protendevano provocanti mentre si avvicinava al divano.

«Sei divina, piccola prostituta del Nilo. Siediti. È stata una giornata terribile, davvero terribile, e non è ancora finita. Il mio autista tornerà a prendermi tra due ore e intanto io ho bisogno di riposarmi e di sfogarmi. Vieni, egiziana, fammi sfogare.» Bertholdier si abbassò lo zip dei pantaloni e si avvicinò alla ragazza. «Coccolalo, come ti coccolo io, e poi fai quello che sai fare così bene.» Le afferrò i seni e le spinse la testa verso l'inguine. «Ora. *Ora!* Dai!»

Ci fu un lampo nella stanza, e i due uomini uscirono dalla camera da letto. La ragazza si rialzò, mentre Bertholdier guardava l'apparizione pieno di sorpresa. L'uomo che gli stava di fronte aveva in mano una macchina fotografica, mentre il compagno, un uomo basso e di mezza età con una pistola in mano, gli si avvicinava lentamente.

«Ammiro il suo gusto, generale» disse con voce dura. «E poi, l'ho sempre ammirata in tutto, anche quando non ero d'accordo con lei. Forse lei non si ricorda di me, ma ad Algeri mi deferì alla Corte Marziale perché avevo dato un pugno ad un ufficiale. A quell'epoca ero sergente maggiore e quell'ufficiale aveva angariato i miei uomini con punizioni assurde per mancanze da niente. Tre anni per un pugno ad un idiota che si faceva aggiustare la divisa dai sarti di Parigi. Tre anni in una baracca sudicia per aver difeso i miei uomini.»

«Sergente maggiore Lefèvre» disse Bertholdier in tono autoritario, tirandosi su lo zip dei pantaloni con estrema calma. «Ricordo benissimo. Io non dimentico mai nulla. Lei si era reso colpevole di aggressione ad un ufficiale. Avrei dovuto farla fucilare.»

«Durante quei tre anni in prigione ho pensato spesso che sarebbe stato meglio. Ma non sono certo qui per mettermi a discutere di Algeri: è solo che ad Algeri ho capito che eravate tutti pazzi. Comunque, ora lei verrà con me. Tra qualche giorno se ne potrà tornare tranquillamente a Parigi. Non tema, non le faremo alcun male.»

«Ridicolo!» sbottò il generale. «Pensa di farmi paura con quel giocattolo?»

«No, questo giocattolo serve soltanto a proteggerci, a proteggermi dall'estremo gesto di un militare coraggioso e famoso. La conosco troppo bene per pensare che la minaccia del dolore fisico o anche della morte non sarebbe abbastanza per convincerla. Ma ho in serbo un'altra arma che, al contrario, risulterà convincentissima.» L'ex sergente maggiore tirò fuori dalla tasca una seconda arma, dalla sagoma piuttosto strana. «In questa pistola non ci sono proiettili, ma una sostanza chimica che accelera i battiti del cuore fino a farlo scoppiare. Pensavo di minacciarla di mostrare a tutti una certa foto dopo la sua morte, che avrebbe rivelato che il grande generale era morto facendo l'unica cosa che aveva sempre fatto bene in vita sua. Ma ora ho cambiato idea. Vede, la foto è riuscita in modo molto favorevole per fare un certo lavoro di montaggio; naturalmente pensavo di lasciare intatto il suo volto e la sua espressione, ma di cambiare l'altra persona raffigurata nella foto. Avrebbe potuto facilmente diventare un bel fanciullo dagli occhioni azzurri. Una volta si parlò anche di certe sue libertà, e ci fu un matrimonio affrettato che nessuno riuscì a capire. Era questo il segreto che Le Grand Machin nascondeva? Questa la spada di Damocle che il grande De Gaulle teneva sulla testa del colonnello ribelle troppo ambizioso? Che gli appetiti di questo suo possibile successore fossero così stravaganti da esigere il possesso di tutto quello su cui riusciva a mettere le mani? Donne, bambine, anche fanciulli di sesso maschile. E poi voci di giovani tenenti corrotti, di capitani che stavano al gioco, di stupri, indagini presso il suo quartier generale...»

«Basta!» gridò Bertholdier, alzandosi dal divano. «Continuare mi sembra inutile. Le vostre accuse sono assurde e infondate, ma non posso permettere che il mio nome venga trascinato nel fango! Voglio quella pellicola!»

«Mio Dio, ma allora è vero» disse l'ex sergente maggiore. «È tutto vero.»

«La pellicola!» gridò il generale. «Me la dia!»

«L'avrà, non si preoccupi» rispose Lefèvre. «Sull'aereo.»

Chaim Yakov Abrahms camminava a testa china fuori dall'Ihud Shivat Zion, la sinagoga sul Ben Yehuda a Tel Aviv. Fuori, la folla devota aveva formato due ali, uomini e donne che piangevano senza vergogna per la terribile sofferenza che quell'uomo, il patriota-soldato di Israele, era stato costretto a sopportare per mano di sua moglie. «*Hitabdut*» dicevano a voce basa. «*Ebude atzmo*» si bisbigliavano l'un l'altro all'orecchio, senza farsi sentire da Chaim. I rabbi erano stati irremovibili: i peccati di quella donna disonorevole ricadevano su questo figlio di sabre, questo fiero figlio di Abramo, questo guerriero biblico che amava la sua terra e le leggi talmudiche con eguale fervore. La donna non poteva essere seppellita in luogo sacro, e la sua anima doveva essere lasciata all'ira di Dio Onnipotente, dolore questo ancora più insopportabile del pensiero della morte in coloro che rimanevano.

Si diceva che lo avesse fatto per vendicarsi, in un momento di follia. Ma lei aveva le figlie, le sue ragazze, mentre era stato il figlio maschio — che era sempre figlio esclusivo del padre — a essere ucciso sul campo di battaglia. Chi più del padre aveva sentito dolore? E ora anche questa angoscia: sapere che la donna cui aveva dedicato la propria vita aveva peccato contro il Talmud, e in maniera molto grave. Che vergogna, che vergogna! Oh, Chaim, fratello, padre, figlio, capo, noi piangiamo insieme a te, per te! Dicci cosa dobbiamo fare e lo faremo. Tu sei il nostro re! Re di Eretz Yisrael, della Giudea e della Samaria, e di tutte le terre che tu cerchi per garantirci protezione! Mostraci la via e ti seguiremo, *o Re*!

«Quella donna ha fatto di più per lui da morta che da viva» disse un uomo che era ai margini della folla e che non ne divideva l'entusiasmo.

«Che cosa pensi che sia successo in realtà?» chiese il suo amico.

«Un incidente. O forse peggio, molto peggio. Quella donna veniva spesso al tempio, l'ho vista con i miei occhi. Una donna del genere non pensa nemmeno al *hitabdut*... Dobbiamo sorvegliarlo prima che questi idioti e altri milioni di idioti come loro lo incoronino imperatore del Mediterraneo e gli facciano dimenticare che ci siamo anche noi.»

Un'auto dell'Esercito, con le bandierine blu e bianche si fermò accanto al marciapiede davanti alla sinagoga. Abrahms, che aveva fatto del suo dolore un mantello che solo la sua forza e il suo coraggio potevano fargli sopportare, continuava a tenere la testa china, e ogni tanto socchiudeva gli occhi e afferrava qualche mano che si tendeva verso di lui. Al suo fianco, un giovane soldato gli disse: «La sua macchina, generale».

«Grazie, figlio mio» disse la leggenda di Israele sedendosi in macchina con gli occhi chiusi dall'angoscia, mentre volti disperati si affollavano ai finestrini. Poi le portiere si chiusero e quando Chaim parlò, con gli occhi ancora socchiusi, non c'era traccia di angoscia nella voce dura. «Leviamoci dai piedi! Portatemi nella mia casa di campagna. Mi ci vuole una bottiglia di whisky per dimenticare tutte quelle stronzate. Bastardi! Bastardi imbottiti di chiacchiere dei rabbini! Hanno avuto la faccia tosta di farmi la predica! La prossima battaglia, chiamo tutti i rabbini e tutti quei cacasentenze e li sbatto in prima linea! Voglio vedere se hanno il fegato di fare le prediche quando le bombe gli scoppiano sotto il culo!»

Nessuno parlò, mentre l'auto prendeva velocità e si allontanava dalla folla. Qualche minuto dopo, Chaim si spostò, mettendosi più comodo. Fu allora che lentamente, come se solo in quel momento si fosse reso conto degli sguardi dei due uomini accanto a lui, li squadrò da capo a piedi.

«Chi siete?» gridò. «Voi non siete i miei uomini!»

«I suoi uomini si risveglieranno tra un'oretta» disse l'uomo accanto all'autista. Poi, voltandosi verso di lui, gli disse: «Salve, generale».

«*Tu*??!!»

«Sì, sono io, Chaim. I tuoi gorilla non mi impedirono di testimoniare davanti al tribunale del Libano, così come non mi hanno impedito di fare quel che sto facendo. Ti ho raccontato della fine atroce di donne, bambini e vecchi tremanti che pregavano di essere risparmiati e ti ho visto ridere. E tu ti definisci un ebreo? No, non capirai mai, perché sei pieno d'odio, e non voglio che tu dica di far parte di qualcosa cui anch'io appartengo e in cui credo. Tu sei merda, Abrahms. Ma sta' tranquillo: tra pochi giorni ti riporteremo a Tel Aviv.»

Uno alla volta gli aerei atterrarono: prima gli apparecchi a propulsione da Bonn e da Parigi, che avevano viaggiato ad altitudini elevate, e poi il jet da Israele, un Dassault-Breguet Mystère 10/100, che atterrò da un'altitudine di ottomilacinquecento metri. E sulla pista di atterraggio del piccolo campo di volo di Saint Gervais c'era sempre la stessa berlina blu scura che trasportava l'"ospite" di turno in un castello ad una ventina di chilometri ad est, tra le montagne. Il castello era stato affittato per due settimane presso un'agenzia di Chamonix.

Gli orari degli arrivi erano stati studiati con attenzione, perché nessuno dei tre doveva sapere della presenza degli altri. Gli aerei da Bonn e da Parigi atterrarono rispettivamente alle 16.30 e alle 17.45, mentre il jet dal Mediterraneo arrivò tre ore dopo, alle 20.27. A ciascun ospite, che sembrava molto stupito, Joel disse le stesse parole: «Voi mi avete offerto ospitalità a Bonn, ed io la ricambio. La sistemazione sarà senza dubbio migliore di quella che avete riservato a me, anche se dubito che il cibo sia altrettanto raffinato. Comunque, di una cosa potete star sicuri... quando ve ne andrete, lo farete in modo molto meno drammatico del mio.»

Ma il vostro soggiorno non sarà certo privo di drammaticità, pensò Converse, parlando a ciascuno di quei tre uomini. Faceva parte del piano.

38

Le prime luci del mattino irruppero nel cielo oscuro e sopra gli alberi di Central Park. Nathan Simon era nello studio e osservava l'arrivo del nuovo giorno seduto su una poltrona di cuoio davanti all'enorme finestrone. La chiamava il pensatoio, e gli serviva sia per sonnecchiare che per pensare. Ma stanotte non c'erano stati brevi intervalli di sonno: la sua mente era un vulcano, che doveva esaminare ogni possibilità, confrontandone i limiti di pericolosità e di attuabilità. Scegliere la soluzione sbagliata significava dare un allarme che avrebbe costretto i generali ad agire in tutta fretta: e in quel modo, avrebbero sicuramente perso il controllo di tutta la faccenda. Naturalmente, potevano decidere da un momento all'altro di dare inizio al macello, ma Nathan era convinto che non l'avrebbero fatto, perché erano troppo intelligenti. Il disordine generalizzato doveva cominciare con una serie di turbolenze che avrebbero dato credibilità al susseguente scoppio di violenza. Se non altro, bisognava stabilire un regime di confusione generalizzata, in modo da consentire a chi avrebbe diretto quel gioco letale di assumere la propria posizione senza farsi vedere. E il concetto di controllo militare sui governi era un'idea vecchia, che risaliva all'era dei faraoni. Aveva portato i primi frutti nel

Peloponneso e con la conquista di Atene da parte di Sparta, poi con i Cesari e poi ancora con gli imperatori del Sacro Romano Impero, per continuare con i principi del Rinascimento fino all'apoteosi dei sovietici e dei tedeschi nel ventesimo secolo. Il malumore precedeva la violenza, e la violenza precedeva il colpo di stato, sia che si trattasse di una rivoluzione fomentata da centinaia di migliaia di russi oppressi, sia che fosse conseguenza di palesi ingiustizie nel trattato di Versailles.

Ed era proprio questo il punto debole della strategia dei generali: bisognava che ci fosse malcontento prima di far scoppiare episodi di violenza. Ci volevano folle che esprimessero il proprio malcontento, gente comune che poteva essere manovrata sino all'esasperazione: quello sarebbe stato il segnale, il preludio, per così dire, ma dove, *quando*? E che cosa potevano fare, quali mosse potevano azzardare senza attirare l'attenzione degli informatori di Delavane? Lui era semplicemente il datore di lavoro e uno degli amici più cari di Converse, di quell'"assassino psicopatico" che i generali avevano creato. Quindi doveva mettere in conto anche di essere sorvegliato... perlomeno, se non direttamente, poteva presumere che ogni mossa che avesse fatto sarebbe stata studiata con particolare attenzione e se fosse risultata sospetta, in men che non si dica i generali avrebbero preso provvedimenti. Ma la sua vita non era importante. In un certo senso si sentiva in trappola, proprio come si era sentito in trappola sulla spiaggia di Anzio, quando aveva capito che la salvezza consisteva nel rimanere nascosto dietro le dune, e che uscire da lì significava affrontare il fuoco dei mortai; d'altronde, aveva anche capito che rimanendo nascosti non avrebbero potuto far niente.

Contrariamente a quanto aveva detto a Peter Stone, Nathan sapeva a chi rivolgersi... non ad un uomo solo, ma a tre: il Presidente, il Portavoce della Camera, e il Procuratore Generale, che costituivano i punti di comando del potere esecutivo, legislativo e giudiziario. Non avrebbe parlato con nessun altro, ed era anche convinto che sarebbe stato meglio parlare a quelle tre persone insieme anziché singolarmente. Qui stava il suo dilemma: sapeva che era un'arma a doppio taglio, che poteva trasformarsi in una trappola. Perché non si può semplicemente prendere il telefono e fissare un appuntamento con quei tre signori. C'erano procedure, formalità da rispettare, controlli da passare: persone del genere non potevano certo permettersi il lusso di perdere tempo, e avevano solitamente collaboratori molto precisi e molto pignoli. Una trappola. Nel momento stesso in cui il suo nome fosse venuto fuori, sarebbe anche partito un ordine. Perché Delavane avrebbe saputo tutto entro qualche ora, se non addirittura entro pochi minuti.

Nonostante quel che Joel aveva detto a Stone, e che era certamente molto gratuito e molto dubbio, non era affatto facile raggiungere persone influenti del governo né tantomeno sarebbe stato logico ottenere l'ordine di un tribunale che consentisse *legalmente* protezione straordinaria per quelli stessi individui che la chiedevano, senza informare l'intero apparato dei servizi di sicurezza sul perché quella protezione era ritenuta così essenziale. Ridicolo! Di solito, era un sistema che si usava con testimoni ad un processo importante, quando questi si sentivano minacciati o quando si rendeva necessario in caso di riabilitazione. Ma non era certo una cosa che si potesse applicare alla Casa Bianca, al Congresso o al Dipartimento di Giustizia. Joel aveva pensato di fermare i generali con una mossa di tipo legale, e aveva decisamente scartato l'ipotesi che potesse essere impossibile, o molto difficile, o improbabile: naturalmente, l'aveva fatto per uno scopo ben preciso. Infatti, aveva ottenuto le dichiarazioni giurate che ora erano lì sul suo tavolo.

Nonostante questo, pensò Simon, c'era una logica strana in quel che aveva detto Converse, non nel modo in cui si doveva operare, ma nel sistema da usare per contattare quelle persone. «Una corte, un solo giudice...» aveva detto a Stone. Quella era l'unica cosa logica, il resto erano sciocchezze. *La Corte Suprema*, un giudice della Corte Suprema. Non una richiesta da parte di un Nathan Simon qualunque, che sarebbe stata oggetto di controlli e di esami, sia pur soltanto riguardo al contenuto, ma un messaggio urgentissimo al Presidente da parte di un illustrissimo giudice della Corte Suprema! Nessuno avrebbe osato chiedere di più se i due avessero affermato che si trattava di qualcosa di privato. D'altra parte, poi, i presidenti erano sempre stati molto più attenti all'umore e al polso della Corte che non a quelli del Congresso, e non a torto: il Congresso era un vero e proprio campo di battaglia politico, mentre la Corte Suprema era il teatro del giudizio morale. Nathan Simon sapeva già chi era l'uomo cui avrebbe telefonato e che poi sarebbe andato a trovare: un giudice molto anziano, vicino all'ottantina. Sapeva anche che la Corte avrebbe ripreso i lavori in ottobre, e che il giudice era nel New England. Sapeva anche di avere il numero di telefono sull'agenda dell'ufficio.

Nathan serrò gli occhi, poi si portò la mano alla fronte per ripararsi dalla luce: per un istante la palla infuocata del sole che sorgeva aveva fatto filtrare uno dei suoi raggi attraverso un labirinto geometrico di cristallo e acciaio, e dal parco il raggio era entrato nella sua finestra prima di andare a nascondersi dietro un edificio lontano. Improvvisamente, in quell'attimo in cui era rimasto accecato, aveva trovato le risposte alle sue domande, alle domande terribili del *dove* e del *quando*... quei disordini e quel malcontento che avrebbero dovuto essere il preludio alla violenza. In Europa, in Gran Bretagna, in Canada e negli Stati Uniti era in programma una serie di manifestazioni antinucleari che avrebbero occupato una settimana intera: milioni di cittadini preoccupati del proprio futuro si sarebbero presi per mano e avrebbero formato una lunghissima catena, bloccando il traffico nelle maggiori città e facendo sentire la loro voce; erano in programma manifestazioni nei parchi, nelle piazze e davanti agli edifici dei vari governi. Molti politici e statisti, che come sempre avevano sentito il profumo dei voti in più che si potevano ottenere, avevano promesso di intervenire alle manifestazioni... a Parigi, a Bonn, a Roma e a Madrid; a Bruxelles e a Londra, a Toronto, a Ottawa, a New York e a Washington. Come sempre, sia coloro che ci credevano veramente, sia quelli che lo facevano per moda o per interesse, avrebbero criticato la mancanza di un controllo sulle armi nucleari da parte del nemico intransigente, e non certo le proprie mancanze, mentre gli ingenui avrebbero continuato a camminare mano nella mano sotto i podi allestiti per i discorsi ufficiali, senza essere ben sicuri del "credo ecologico" di chi veniva ad arringarli.

Dappertutto, nelle folle si sarebbero viste due tendenze opposte: coloro che sostenevano la necessità del disarmo unilaterale e coloro che invece predicavano l'efficacia del potere, e sicuramente alla fine avrebbe prevalso quest'ultima voce. Nessuno pensava che non sarebbero successi incidenti, ma fin dove potevano arrivare queste enormi folle se fossero state testimoni di incidenti più gravi che una semplice scazzottata tra teste calde? Se fossero intervenute squadre di fanatici finanziati da qualcuno che non si sarebbe mai rivelato, convinto che l'unico modo di far arrivare il proprio messaggio di salvezza, messaggio che non aveva nulla a che fare con quelle proteste, fosse quello di infiltrarsi e poi imporlo con la violenza? Convinti che fosse necessario creare disordine perché quelle folle non appartenevano al loro mondo e non avevano la stessa loro febbre? Folle... gente dappertutto: ecco un'orda di persone che avrebbe potuto essere galvanizzata da una semplice ondata di violenza e ridotta ad uno stato di isterismo... Quello sarebbe stato il preludio. Dappertutto.

Le dimostrazioni sarebbero cominciate di lì a tre giorni.

Peter Stone camminava lungo la strada sterrata verso il lago; dietro la casa (che sembrava formare una A) nel New Hampshire... veramente non sapeva con esattezza dove si trovasse, sapeva soltanto che per raggiungere quel posto ci volevano venti minuti di macchina dall'aeroporto. Era quasi il crepuscolo, e quella era stata la giornata degli imprevisti, che ancora non sembravano finiti. Due ore prima, dall'Hotel Algonquin, aveva telefonato alla Swissair per sapere se il volo da Ginevra era in orario: gli avevano risposto che, fino a quel momento, era annunciato addirittura con mezz'ora di anticipo. Quella era stata la prima sorpresa, e non riguardava, a dire il vero, una cosa poi così importante come la seconda. Quando era arrivato al Kennedy, infatti, aveva sentito all'altoparlante che "Mr. Lackland" (il nome che aveva dato a Simon) era atteso con urgenza all'ingresso.

«Prenda il volo delle Pilgrim Airlines per Manchester, New Hampshire», gli aveva detto l'avvocato. «Ho già prenotato un posto a nome Lackland. Pensa di farcela per il volo delle quindici e quindici?»

«Credo di sì. Il volo da Ginevra è in anticipo. Immagino che sia a La Guardia, no?»

«Esatto. A Manchester ci sarà una persona ad attenderla, un uomo con i capelli rossi che ha già ricevuto una sua descrizione particolareggiata. Ci vediamo intorno alle diciassette e trenta.»

Manchester, New Hampshire? Stone era convinto che Simon gli avrebbe detto di raggiungerlo a Washington e non si era portato dietro nemmeno lo spazzolino da denti.

La sorpresa numero tre fu il corriere da Ginevra, una donna rigida e severa, una inglese con un volto di granito e un paio d'occhi così poco comunicativi che Stone pensò di averne visti di simili solo nei pressi di Dzerzhinsky Square. Come convenuto, si incontrarono davanti alla sede della Swissair, e la donna aveva una copia dell'*Economist* nella mano sinistra. Dopo aver studiato con attenzione la parte posteriore dell'ID che ormai era scaduto da tempo, la donna gli porse la valigetta e fece la seguente affermazione... con voce malevola: «Non mi piace New York e detesto viaggiare in aereo, ma devo ammettere che sono stati tutti molto gentili e che in fondo è andato tutto bene, no? Ho già la prenotazione per tornare a Ginevra immediatamente. Ho nostalgia delle mie montagne. Hanno bisogno di me ed io cerco sempre di dar loro il meglio di me».

Detto questo, gli sorrise debolmente e si avviò con passo incerto verso gli ascensori; fu allora che Stone incominciò a capire. Gli occhi della donna non avevano dato il minimo segno di quel che aveva fatto, ma il portamento e il passo l'avevano tradita: era ubriaca, o forse soltanto "alticcia"... probabilmente perché aveva cercato di superare la paura di volare con qualche bicchierino in più. Stone pensò che Converse avesse fatto una scelta ben strana per il suo corriere, ma ben presto dovette ricredersi: chi avrebbe sospettato di una donna del genere?

La quarta sorpresa lo aspettava all'aeroporto di Manchester nella persona di un uomo di mezza età, esuberante e con i capelli rossi, che lo aveva salutato come se fossero stati compagni di università in qualche corso di studi del Midwest negli anni trenta, quando la cravatta del college di appartenenza era più sentita dei legami di sangue. Fu così espansivo, che Stone rimase molto imbarazzato sia da quello spirito cameratesco che giudicava eccessivo sia per il timore che quell'imbecille attirasse l'attenzione su di loro. Una volta raggiunto il parcheggio, però, l'uomo con i capelli rossi aveva cambiato atteggiamento, spingendolo contro l'automobile e puntandogli una pistola all'altezza del collo mentre con una mano lo frugava dappertutto.

«Se credi che sia disposto a correre il rischio di passare attraverso un metal-detector con una pistola in tasca, sei un bel coglione!» aveva protestato l'ex-agente della CIA.

«Volevo solo esserne sicuro, signor agente segreto. Vi conosco, voi fate sempre i furbi. Io sono stato federale.»

«Il che spiega parecchie cose» disse Stone in tono convinto.

«Guidi tu.»

«È una domanda o un ordine?»

«Un ordine. Tutti gli agenti segreti guidano» rispose l'uomo con i capelli rossi.

La sorpresa numero cinque lo aspettava in macchina, mentre guidava secondo le istruzioni dell'uomo con i capelli rossi, che aveva rimesso la pistola in tasca.

«Scusa, ho detto un sacco di cazzate» aveva detto con voce un po' più gentile, ma sempre meno amichevole del tono con cui l'aveva accolto all'aeroporto. «Ma dovevo stare in guardia, fare il duro, farti incazzare e vedere da che parte stavi. E poi, non è vero che sono stato federale... anzi, quegli stronzi mi stanno sulle palle. Vogliono sempre farti vedere che sono migliori di te perché loro vengono da Washington. No, io facevo il piedipiatti a Cleveland, e mi chiamo Gary Frazier. Come ti senti?»

«Be'... un po' meglio ora» gli aveva risposto Stone. «Dove stiamo andando di bello?»

«Mi dispiace, amico: se vorrà darti tutte le indicazioni e le notizie storiche sui dintorni, te le darà lui stesso.»

La sorpresa numero sei Stone l'ebbe proprio mentre, dopo essere salito e sceso da parecchie colline del New Hampshire, si avvicinò ad una casa isolata costruita a forma di V rovesciata, con l'ultimo piano più piccolo del primo, un cottage tutto legno e vetro, circondato da un bosco. Nathan Simon lo aspettava sulla soglia.

«Ha portato tutto?» chiese.

«Ecco qua» disse Stone, porgendogli la valigetta. «Ma dove siamo? E chi dobbiamo incontrare?»

«Si tratta di un posto non ufficiale, e che non risulta da nessuna parte, ma se tutto andrà per il verso giusto la chiameremo tra non molto. Vicino al lago, proprio davanti alla baracca delle barche, ci sono degli appartamenti riservati agli ospiti. Perché non va a rinfrescarsi un po'? L'autista le indicherà la strada e se avremo bisogno di lei la chiameremo al telefono: è un numero diverso dal resto della casa, per cui sarà sufficiente che lei sollevi il ricevitore.»

E ora Peter Stone percorreva il sentiero che portava alla baracca delle barche, conscio che c'erano occhi che lo seguivano. Sorpresa numero sei: non aveva idea di dove fosse né Simon glielo avrebbe detto finché "tutto fosse stato a posto", qualunque cosa significassero quelle parole.

L'appartamento riservato agli ospiti era un cottage di tre stanze sul lago, con un ingresso dalla baracca delle barche; c'erano un motoscafo piccolo, ma che sembrava veloce e un catamarano con due strisce di tela che fungevano da sedili e l'attrezzatura per la pesca a strascico. Stone cercò di capire dagli oggetti chi fosse il proprietario di tutta quella roba, ma non trovò nulla: anche i nomi delle barche non suggerivano niente se non una visione umoristica del mondo: il catamarano per la pesca si chiamava *Falco*, mentre il piccolo motoscafo, che aveva quasi un'aria aggressiva, era stato battezzato *Colomba*.

L'ex agente segreto si sedette sotto il portico e guardò le acque pacifiche del lago e le dolci colline del New Hampshire. C'era molta pace ed anche le grida stridule delle strolaghe sembravano avvalorare la tranquillità di quel posto tutto speciale. Ma Stone non si sentiva la pace dentro, anzi, sentiva lo stomaco che gli si rivoltava e ripensava a quel che diceva sempre Johnny Reb: «Ascolta il tuo stomaco, Brer Rabbit, fidati del sapore che senti in bocca: sono cose che ti dicono sempre la verità». Si chiese cosa stesse facendo il Rebel, che cosa avesse scoperto.

All'interno del cottage il telefono prese a suonare, immediatamente seguito da una campanella squillante; Stone balzò dalla sedia, entrò in casa e rispose al telefono.

«Le dispiace venire alla casa?» disse Nathan Simon; poi aggiunse: «Se per caso era fuori sul portico, mi scuso per non averle detto di quella maledettissima campanella».

«Ero proprio sul portico e accetto le scuse.»

«È un dispositivo che serve nel caso si voglia fare una gita in barca e si aspetti una telefonata.»

«Le strolaghe si sono calmate. Arrivo subito.»

Stone percorse il sentiero e vide in lontananza l'avvocato che lo aspettava davanti ad un ingresso laterale della casa, su un patio cui si accedeva salendo alcuni gradini di mattoni. Stone cominciò a salire i gradini, pronto per la sorpresa numero sette.

Il giudice della Corte Suprema Andrew Wellfleet, i capelli bianchi e sottili che gli ricadevano sulla fronte ampia, era seduto al tavolo della biblioteca, ed esaminava le dichiarazioni giurate di Converse alla luce di una lampada a stelo. Dopo qualche istante, il giudice alzò lo sguardo e si tolse gli occhiali con la montatura di acciaio. Nei suoi occhi si leggeva disapprovazione e severità, che ben giustificavano il soprannome che gli avevano affibbiato una ventina d'anni prima, quando era stato chiamato a far parte della Corte: "Andy L'Irascibile". Comunque, nessuno aveva mai messo in discussione la straordinaria intelligenza di quell'uomo, il suo senso della giustizia e lo spirito di devozione che provava nei confronti della legge. Tutto considerato, la sorpresa numero sette non era stata scioccante come le altre.

«Ha letto questa roba?» chiese Wellfleet, senza offrirgli né la mano né una sedia.

«Sì» rispose Stone. «Ho letto tutto sull'aeroplano: è essenzialmente quello che mi ha detto al telefono, naturalmente molto più dettagliato. La dichiarazione giurata di quel francese, Prudhomme, è un qualcosa in più, che fa luce sul modo in cui opereranno, cioè ci dice in che modo sono *capaci* di operare.»

«E cosa diavolo pensa che possa farci con questa roba?» Il vecchio giudice fece un gesto per indicare il fascicolo delle dichiarazioni giurate. «Forse chiedere a tutti i tribunali americani ed europei di essere così gentili da fare ingiunzioni che restringano il campo di attività di tutto il personale militare al di sopra di un certo livello, sulla base di una remota possibilità che fantomatici generali ne facciano parte?»

«Non sono avvocato, e il modo di procedere dei tribunali non mi riguarda. Ma pensavo che una volta in possesso delle dichiarazioni di Converse e degli elementi che ormai conosciamo avremmo potuto contattare le persone giuste che potevano fare qualcosa. Naturalmente anche Converse pensava la stessa cosa, perché ha coinvolto l'avvocato Simon il quale poi ha convinto lei a leggere tutta questa roba.»

«Ma non è abbastanza» disse il giudice della Corte Suprema. «I tribunali sono posti pieni di gente sospettosa, e non devo certo venire a dirlo a lei, che è un ex agente della CIA. Abbiamo bisogno di nomi, molti nomi, non solo quelli di cinque generali, tre dei quali sono in pensione e uno, il cosiddetto istigatore, è un relitto umano che non ha più neanche le gambe.»

«Delavane?» chiese Simon, scostandosi dalla finestra.

«Proprio lui» disse Wellfleet. «Patetico, vero? Non è certo l'immagine della minaccia vivente...»

«Forse proprio la sua infermità lo porta ad essere una minaccia di cui non immaginiamo la portata.»

«Non lo nego, Nate; io sto soltanto cercando di guardare con occhi imparziali i nomi che mi trovo di fronte. Abrahms? In Israele, chiunque ogni giorno mangi cibo *kosher* vi dirà che si tratta di una testa calda, pieno di retorica e di fumo... un ottimo soldato, ma con qualche rotella in meno. E poi, si preoccupa soltanto del futuro di Israele. Van Headmer? È un relitto del diciannovesimo secolo, sempre pronto a impiccare chi gli metta il bastone tra le ruote, ma fuori dal Sud Africa non varrebbe una cicca.»

«Signor giudice» disse Stone con voce più decisa. «Sta forse cercando di dirci che ci sbagliamo? Perché se pensasse una cosa del genere, io potrei nominarle uomini uccisi perché cercavano le risposte alle domande che oggi noi ci poniamo... e guardi che non si tratta semplicemente di un paio di attaché dell'ambasciata di Bonn.»

«Ma allora non mi ascolta!» sbottò Wellfleet. «Stavo giusto dicendo a Nate che non mettevo in dubbio assolutamente nulla. E come potrei? Quarantacinque milioni di dollari andati in fumo in esportazioni illegali di cui non si ha più traccia! Un'organizzazione che ha influenza sui mass media in America ed in Europa, che ha il potere di corrompere agenzie governative e che, come dice Nate, ha "creato un assassino psicopatico" in modo da trovare *voi* e farvi desistere dai vostri propositi. Oh, no, caro signore, non sto affatto dicendo che vi sbagliate; sto dicendo che fareste meglio a fare ciò che mi hanno detto sapete fare benissimo, ed a farlo in fretta. Prendete questo Washburn e gli altri a Bonn; catturate una parte di questa gente che si trova al Dipartimento di Stato ed al Pentagono e riempiteli di droga, facendovi dare i *nomi*! E se per caso uno di voi dovesse sostenere che io ho suggerito di usare sistemi che ledono i diritti umani sacri, dirò che siete dei balordi. Ne parli anche con Nate; non abbiamo tempo per giocare alle signore...»

«E noi non abbiamo i mezzi per farlo» disse Stone. «Come ho già spiegato all'avvocato Simon, io posso contare su un paio di amici per procurarmi informazioni riservate ma non ho i mezzi per fare ciò che lei suggerisce... cioè, ciò che lei *non* suggerisce. Non ho i mezzi, gli uomini e le conoscenze giuste. Tra l'altro, non sono più nemmeno alle dipendenze del mio governo.»

«Per questo, posso provvedere io.» Wellfleet prese un appunto. «Avrà quello che le serve.»

«C'è un altro problema» continuò Stone. «Anche agendo con estrema prudenza, li metteremo ugualmente in allarme: quella è gente che crede in ciò che fa, non semplici estremisti senza cervello. Sono ben organizzati e sanno che cosa fanno: si tratta di una progressione, una excalation che ci porterà ad accettarli, o a sopportare l'insopportabile, la violenza continua, il disordine generale, gli assassinii.»

«Molto bene, caro signore. E *voi* cosa farete? *Niente?*»

«No, naturalmente no. A torto o a ragione, io ho creduto a Converse quando mi ha detto che con le dichiarazioni giurate l'avvocato Simon avrebbe potuto mettersi in comunicazione con gente che per noi sarebbe irraggiungibile. E perché non avrei dovuto credergli? In fondo, io avevo pensato la stessa cosa, orchestrata dallo stesso Converse. Certo, ci sarebbe voluto di più e avremmo dovuto prendere molte più precauzioni, ma ce l'avremmo fatta: avremmo raggiunto le persone giuste e avremmo iniziato il contrattacco.»

«Avevate già pensato alle persone da contattare?» chiese Wellfleet in tono secco.

«Come prima cosa, il Presidente e poi, visto che abbiamo a che fare con una dozzina di paesi esteri, il Segretario di Stato. Avevamo intenzione di iniziare un certo tipo di indagine — che indubbiamente si sarebbe servito di quelle sostanze chimiche di cui lei non ha parlato — fino ad avere del personale pulito, gente che al di là di ogni dubbio non poteva far parte della famigerata Aquitania. In quel modo, avremmo potuto creare cellule, postazioni di comando qui e all'estero. Fra l'altro, conosco una persona che ci avrebbe aiutati moltissimo in questa operazione, un uomo di nome Belamy che lavora con l'M.I.6 britannico: siamo stati insieme, e so che è il migliore, che conosce le persone giuste e che ha già fatto cose di questo genere. Una volta che le nostre cellule e le postazioni si fossero installate, avremmo preso Washburn e almeno altri due che conosciamo a Bonn. Prudhomme ci avrebbe potuto fornire i nomi di quelli che all'interno della Sûreté avevano approvato i trasferimenti e che avevano fornito — o meglio *inventato* — le prove contro Converse. E, come saprà dalla mia dichiarazione, ormai abbiamo messo sotto sorveglianza l'isola di Scharhörn, perché pensiamo che sia un centro nevralgico dell'organizzazione, o quantomeno un centro di smistamento comunicazioni. È ovvio che con l'attrezzatura giusta avremmo potuto inserirci e sapere molto di più di Aquitania. È proprio questo il punto: dobbiamo saperne di più. Perché una volta capita una strategia, si può sempre approntare una contro-strategia senza smuovere troppo le acque.» Stone tacque per un istante e guardò tutti e due gli uomini. «Signor giudice... avvocato... Sono stato direttore di cinque sezioni dei servizi segreti, i punti più critici della Gran Bretagna e del resto dell'Europa: *so* che una cosa del genere si può fare.»

«Non lo metto in dubbio» disse Nathan Simon. «Ma quanto tempo ci vorrà?»

«Se il giudice Wellfleet mi fornisce il materiale, e l'assistenza di cui ho bisogno, io e Derek Belamy — con il personale giusto selezionato in America e all'estero — possiamo mettere in opera un programma. E dovremmo farcela in otto giorni, al massimo dieci.»

Simon guardò prima il giudice della Corte Suprema, poi Stone.

«Il dramma è che non abbiamo otto giorni, né tantomeno dieci» disse. «Ce ne restano soltanto tre... anzi, meno di tre ormai.»

Peter Stone guardò l'avvocato alto e corpulento con occhi tristi e penetranti. Sentiva il sangue che gli abbandonava il volto.

Il gatto sul lago gelato taceva, troppo furioso per poter parlare. Il generale George Marcus Delavane rimise il telefono sulla console con gesti lenti. Il tronco seduto sulla sedia a rotelle, una cintura in vita che lo legava ai pali in acciaio, si sentiva le braccia pesanti e il fiato corto, mentre le vene sul collo gli si gonfiavano a vista d'occhio. Intrecciò le dita, stringendo così forte che le nocche gli si fecero bianche; poi alzò la testa possente e guardò con occhi freddi e furibondi il suo aiutante in uniforme che era di fronte a lui.

«Sono scomparsi» disse, la voce stridula perfettamente e freddamente controllata. «Leifhelm è stato prelevato in un ristorante a Bonn. Dicono che l'abbiano caricato su un'ambulanza che lo aspettava e che è partita per chissà dove. Con Abrahms è stato sufficiente drogare le guardie del corpo e rimpiazzarle con due finte guardie, che l'hanno prelevato davanti alla sinagoga e l'hanno portato via. A Parigi, l'autista di Bertholdier, non vedendolo all'ora fissata, è salito all'appartamento per ricordargli che dovevano andar via ed ha trovato la sua donna nuda, legata al letto e con la scritta TROIA tracciata con il rossetto sui seni. Ha detto che due uomini armati l'hanno catturato, e che hanno anche parlato di un aereo.»

«E Van Headmer?» chiese l'aiutante.

«Niente. Il nostro affascinante africano cena al Club Militare di Johannesburg e dice che si prenderà qualche gorilla in più. Ma non penso che faccia parte dell'orbita: è troppo lontano per contare qualcosa.»

«Che cosa vuol dire, generale? Che cosa è successo?»

«Che cosa è successo?... È successo che abbiamo creato il nostro nemico più qualificato, colonnello... E non posso nemmeno dire che non ci avevano avvertito. Chaim me l'aveva detto, e il nostro uomo del Mossad l'aveva ribadito. I nordvietnamiti avevano creato una furia scatenata — sono le parole dell'uomo del Mossad — e noi abbiamo creato un mostro. Avremmo dovuto ucciderlo già a Parigi, e a Bonn non avrebbe dovuto sfuggirci.»

«Ma allora non avrebbe potuto dare un ordine del genere» disse l'aiutante, scuotendo la testa. «Doveva prima sapere da dove veniva e se non riusciva a saperlo, doveva isolarlo, farne un paria, in modo che nessuno lo reclamasse. È una tattica valida, generale, e rimane valida tuttora: nessuno si è fatto avanti per reclamarlo... Nessuno. Lei ha saputo tenerli a bada ed ora è troppo tardi.»

Gli occhi di Delavane si spalancarono e vi apparve una luce di gioia. «Tu sei sempre stato il mio migliore aiutante, Paul. Con tatto, ricordi ad un tuo superiore che nonostante le temporanee sconfitte, le sue decisioni erano basate su ragioni valide, e che quelle ragioni, prima o poi, avranno il sopravvento.»

«Io non sono stato d'accordo quando pensavo che fosse necessario, generale, perché tutto quel che so l'ho imparato da lei; così, le cose che le ho ricordato sono semplicemente quelle che lei ha sempre saputo e in questo momento so di avere ragione. So che lei *aveva* ragione.»

«Sì... Sì, ma ora tutto questo non ha più importanza: la cosa si è messa in moto e nessuno può fermarla. Questo Converse — questo nemico coraggioso e pieno di risorse — era costretto a scappare, e questa era la nostra arma. Ora, però, è dietro di noi e in ogni caso gli uomini che sono nelle sue mani sono semplicemente simboli, magneti che servono soltanto ad attrarre altri uomini. Questa è la bellezza di una strategia del genere, colonnello: una volta messa in moto, continua ad andare, come le onde dell'oceano. Il potere che sta sotto è invisibile ma implacabile: gli eventi diranno all'umanità quali sono le uniche soluzioni accettabili. Questo è il mio legato, colonnello.»

Nathan Simon aveva quasi finito la spiegazione, durata meno di tre minuti, durante i quali Peter Stone era rimasto a fissare quell'uomo con volto cereo e con un grande amaro in bocca.

«Avete capito qual è il loro piano?» concluse l'avvocato. «La protesta comincerà nel Medio Oriente e seguirà il corso del sole, per tutto il Mediterraneo e l'Atlantico, culminando in Canada e negli Stati Uniti. Cominceranno con il movimento *Peace Now* a Gerusalemme, poi a Beirut, Roma, Parigi, Bonn, Londra, Toronto, Washington, New York, Chicago eccetera. Manifestazioni gigantesce nelle capitali e nelle città più grandi in ogni nazione ed in ogni governo nei quali Delavane sia infiltrato. Ci saranno i primi disordini che si allargheranno a macchia d'olio con l'infiltrazione di squadre terroristiche: auto cariche di esplosivo, bombe piazzate sotto le strade nelle fognature o più semplicemente gettate fra la folla... E così si arriva alla seconda grande ondata di violenza che porterà al disordine generalizzato che servirà ai generali per piazzare le loro squadre.»

«Già... Per l'assalto finale» disse Stone in tono calmo. «Cadaveri eccellenti.»

«Il caos» convenne Simon. «I leader del mondo intero improvvisamente assassinati, la gente per le strade che protesta e che lotta contro altra gente, ciascuno urlando più forte degli altri per cercare di avere ragione. Il caos totale.»

«*Scharhörn!*» disse l'ex agente della CIA. «Non abbiamo altra scelta! Dobbiamo irrompere! Posso usare il telefono, signor giudice?» Senza aspettare la risposta, Stone andò al tavolo di Weelfleet mentre prendeva il portafoglio e ne traeva un pezzo di carta con su scritto un numero di Cuxhaven, nella Germania Occidentale. Girò il telefono verso di sé, sotto lo sguardo severo del giudice della Corte Suprema e fece il numero, mentre quella serie di segnali delle chiamate intercontinentali gli sembrava intollerabile. Alla fine, sentì che il telefono squillava.

«Rebel?»

L'invettiva che si sentì dall'altro capo del telefono, distante mezzo mondo, arrivò fino a Simon e Weelfleet, ma Stone tagliò corto. «Piantala, Johnny! Manco da parecchie ore e non ho avuto tempo di chiamare l'albergo... *Cosa?*» L'uomo della CIA ascoltò, trattenendo il fiato, mentre gli occhi gli si facevano enormi. Con una mano coprì il ricevitore e si rivolse a Nathan Simon. «Mio Dio, forse ci siamo!» bisbigliò. «Fotografie ai raggi infrarossi, fatte questa notte e consegnate stamani... Tutte ben chiare: novantasette uomini provenienti da Scharhörn che scendono da un motoscafo, diretti all'aeroporto ed alla stazione. Reb pensa che siano i tiratori scelti.»

«Faccia arrivare quelle foto a Bruxelles e le spedisca a Washington con un corriere militare! Faccia in fretta!» ordinò il giudice della Corte Suprema.

39

«*Ridicolo!*» gridò il generale Jacques Louis Bertholdier dalla poltrona di broccato nel grande studio del castello sulle Alpi. «Non ci credo!»

«Una delle sue parole preferite, vero?» disse Converse che era in piedi davanti ad una delle finestre della stanza, da cui si intravedevano i pascoli montani. Indossava un abito scuro, una camicia bianca ed una cravatta regimental, acquistate tutte quante a Chamonix. «La parola "ridicolo", intendo dire» continuò. «Quando ci siamo visti a Parigi, lei l'ha usata per ben due volte, se ricordo bene. Sembra quasi che qualunque informazione non le vada a genio sia ridicola... Assurda, impossibile... Non solo l'informazione in sé, ma anche la persona che gliela rivela. È questo il modo in cui tratta le persone che si permettono di dissentire?»

«Certamente no! È il modo in cui tratto i bugiardi.» La leggenda di Francia fece per alzarsi. «E non vedo la ragione di...»

«*Rimanga su quella poltrona!*» comandò Joel. «Altrimenti a Parigi ci arriverà soltanto la sua bara» aggiunse senza traccia di ostilità nella voce. «Gliel'ho già detto, voglio soltanto fare una chiacchierata, dopodiché sarà libero di andarsene dove vuole. Come vede, sono molto più caritatevole di quanto lo siate stati voi nei miei confronti.»

«Lei era un elemento che si poteva sacrificare. Mi scusi se le sembrerò brusco, ma è la verità.»

«Se ero così poco importante, perché non mi avete ucciso? Perché tutta quella messinscena, tutto quell'intrigo per farmi passare da assassino e farmi ricercare in tutta Europa?»

«È stato l'ebreo a suggerirlo.»

«L'ebreo? Chaim Abrahms?»

«Non fa più differenza, ora» disse Bertholdier. «Il nostro uomo del Mossad — che fra l'altro è un ottimo osservatore — ci ha detto che se non fossimo riusciti a scoprire da dove veniva e se lei stesso non lo avesse saputo, avremmo dovuto piazzarla in un "territorio proibito"... Credo che questa fosse l'espressione. E non era affatto ridicolo. Nessuno si è fatto avanti per reclamarla. Lei era... Anzi, *è* intoccabile.»

«Perché non fa differenza ora... Il fatto che mi abbia detto ciò che presume io sappia già?»

«Lei ha perso, monsieur Converse.»

«Davvero?»

«Sì, e se per caso ha intenzione di drogarmi — come noi abbiamo drogato lei — la consiglio di non sprecare il tempo né le energie: perché io non so nulla. Nessuno ne sa nulla: soltanto una macchina che, messa in moto, dà gli ordini necessari.»

«Ad altre macchine?»

«Ovviamente no. Li darà ad uomini... Uomini che faranno quel che sono stati addestrati a fare, e che credono in quel che fanno. Ma non ho idea di chi siano.»

«Sono i killer, vero?»

«Tutta la guerra si riduce ad uccidere, giovanotto. E badi bene: questa *è* guerra. Il mondo ne ha abbastanza, e noi gli daremo ciò che vuole, come dice sempre l'inglese. Vedrà, non ci saranno oppositori o quasi. Non solo il mondo ha bisogno di noi, ma ci vuole.»

«"Accumulo", "rapida accelerazione", erano queste le parole, vero?»

«L'ebreo si è fatto trascinare dalla foga del discorso. Il suo difetto è che parla troppo.»

«Mi ha detto che lei costituisce il buco del culo del creato, arrogante e presuntuoso. Mi ha detto che insieme a Van Headmer aveva pensato di metterla all'interno di una stanza di vetro con un paio di ragazzine e due o tre fanciulli dagli occhi dolci per vederla crepare di cuore.»

«Un uomo che non ha assolutamente gusto per le battute... No, non le credo.»

«E questo dimostra che prima avevo ragione.» Joel si allontanò dalla finestra e si sedette sulla poltrona di fronte a Bertholdier. «Perché lo trova così difficile da credere? Forse perché non lo pensa?»

«No, monsieur. Semplicemente perché è al di là di ogni immaginazione.»

Converse indicò il telefono sul tavolo. «Certamente lei sa i numeri di telefono dei suoi due compagni» disse. «Li chiami. Chiami Leifhelm a Bonn e Abrahms a Tel Aviv. Chiami anche Van Headmer, se vuole, quantunque so che con tutta probabilità è in California.»

«California?»

«Chieda a ciascuno di loro se sono venuti a trovarmi durante la prigionia a casa di Leifhelm. Chieda di che cosa abbiamo parlato. Coraggio, il telefono è lì.»

Bertholdier fissò l'apparecchio mentre Joel tratteneva il fiato. Poi il militare si volse nuovamente verso Converse e nei suoi occhi il desiderio di fare quelle telefonate aveva lasciato posto alla riluttanza. «Cosa sta cercando di fare? Che razza di trucco è questo?»

«Quale trucco? Il telefono è lì, davanti a lei. Non c'è trucco, non posso fargli comporre numeri diversi da quelli che comporrà, o ingaggiare attori lontani migliaia di chilometri per impersonare quegli uomini.»

Il francese guardò nuovamente il telefono. «Che cosa potrei dir loro?» chiese con voce calma, più a se stesso che a Joel.

«Dica la verità. In fondo, lei è molto bravo a vedere la verità in concetti globali... E questa è soltanto una faccenda da poco che riguarda certe omissioni di poca importanza. Quei due uomini hanno omesso di dirle che sono venuti da me. O forse l'omissione non era poi di così poca importanza...?»

«E come avrei fatto a sapere che erano venuti da lei?»

«Ma allora non mi ascolta: gliel'ho detto, dica la verità. Io l'ho fatta rapire e l'ho fatto perché non capisco, e perché voglio salvarmi la vita. Là fuori c'è un mondo molto grande, generale, e non credo che riuscirete a corromperlo tutto quanto. Posso semplicemente andarmene a vivere su qualche isola sperduta senza dovermi preoccupare di qualcuno che mi cerca per farmi la festa.»

«Lei non è la persona che pensavamo fosse.»

«Noi siamo ciò che le circostanze ci fanno essere. Anch'io ho avuto la mia parte di fatica e di sudore e voglio uscir fuori da questa crociata, o come la chiamate voi. Vuol sapere perché?»

«Mi farebbe enormemente piacere» disse Bertholdier guardando Joel con occhi confusi e curiosi allo stesso tempo.

«Perché a Bonn vi ho ascoltati con attenzione: forse avete ragione voi, o forse non mi importa più di nulla perché mi hanno lasciato fuori al freddo a battere i denti. Forse il mondo ha veramente bisogno di voialtri bastardi arroganti.»

«Certo! Non c'è altro modo!»

«Allora è l'anno dei generali!»

«No, non semplicemente dei generali! Noi siamo i consolidatori, i simboli della forza, della disciplina e dell'ordine legale. Senza dubbio tutto quello che succederà nei mercati internazionali, in politica estera e... sì, anche nei processi legali, rifletterà il nostro esempio, la nostra guida e ci porterà a quello che oggi il mondo richiede a gran voce: *stabilità*, monsieur Converse! Non più pazzi come Khomeini o come Gheddafi, pieni di boria, o come quei matti dei palestinesi. Uomini e nazioni del genere saranno schiacciati da forze internazionali e dalla potenza di governi guidati da persone che sanno quello che vogliono. Ben presto ne vedremo i risultati: come stratega militare godo di una discreta reputazione, e le assicuro che i russi se ne staranno da una parte, stupiti, senza osare intervenire... rendendosi conto che finalmente non possono più dividerci. Non potranno più tuonare e minacciare un paese lusingandone un altro, perché allora saremo tutti uniti!»

«Aquitania» disse Joel a voce bassa.

«Sì, un nome in codice che ben si addice alla nostra operazione» convenne Bertholdier.

«Lei è molto convincente, proprio come lo era a Bonn» aggiunse Converse. «E forse questa idea potrebbe anche funzionare, ma non certo con voi.»

«Credo di non capire.»

«Nessuno potrà dividervi... perché siete *già* divisi.»

«Continuo a non capire.»

«Faccia quella telefonata, generale. Se ne renda conto di persona. Chiami Leifhelm per primo e gli dica che Abrahms vuole incontrarsi con lei perché ha informazioni su di me, che ha ammesso che insieme a Van Headmer sono venuti a trovarmi nella cella, a Bonn. Può anche aggiungere che *io* ho detto ad Abrahms che lui e il suo amico africano erano la seconda e la terza persona a venirmi a trovare, e che la prima era stata proprio Leifhelm.»

«E perché dovrei dirgli una cosa del genere?»

«Perché è furioso: nessuno l'aveva informata di questi... incontri, che lei considera assolutamente sleali... il che credo dovrebbe essere la verità. Poco fa lei mi ha detto che ero un elemento che si poteva sacrificare. Be', si prepari ad una bella sorpresa, generale.»

«Si spieghi meglio!»

«No. Usi quel telefono e ascolti con attenzione quel che le dirà, le reazioni che avrà, che *avranno*. Così vedrà se non le dico il vero.»

Bertholdier mise le mani sui braccioli della poltrona, pronto ad alzarsi e ad andare al telefono. Converse rimase immobile, guardandolo attentamente, il polso che gli batteva all'impazzata e il respiro corto. Ad un tratto il generale sprofondò nuovamente nella poltrona e si aggrappò ai braccioli. «Va bene!» gridò. «Che cosa vi siete detti? Che cosa hanno detto?»

«Penso che sia meglio fare quella telefonata.»

«No, è inutile!» disse Bertholdier in tono secco. «Come ha detto giustamente anche lei, non può certo comandare ad un telefono di passarmi un numero diverso da quello che faccio... be', sì, forse si potrebbe anche fare, ma a che servirebbe? Degli attori che fanno la parte dei miei colleghi generali? Ridicolo! Con una sola domanda li smaschererei.»

«Ragione di più per chiamarli» disse Joel con molta calma. «Così si renderà conto che le dico la verità.»

«E darò loro un vantaggio quando loro non ne hanno concesso a me.»

Converse riprese a respirare normalmente. «È lei che deve decidere, generale. Io sto solo cercando un modo onorevole per uscire da tutta questa faccenda.»

«E allora mi dica cosa le hanno detto gli altri.»

«Ciascuno di loro mi ha fatto un sacco di domande, la cui risposta era scontata, come se non si fidassero delle droghe o del medico che me le aveva somministrate: volevano sapere chi ero, che cosa rappresentavo, chi c'era dietro le mie spalle, e così via.» Joel fece una pausa: ormai era l'avvocato che interroga un testimone, e sa quando è il momento di ripiegare sulle domande già fatte, di tirarsi indietro. «Penso di aver menzionato Beale a Micono» disse, piuttosto esitante.

«Sì» confermò il generale. «Lo avevamo contattato diversi mesi fa, ma il nostro contatto non è mai ritornato. Lei ci ha spiegato anche questo.»

«Pensavate che potesse diventare uno di voi, vero?»

«Pensavamo che avesse buttato alle ortiche una carriera militare piuttosto brillante solo per disgusto: ma si trattava di un tipo diverso di disgusto, la debolezza che noi aborriamo. Ma non sono queste le cose che voglio sentire; lei ha detto che io ero poco importante nell'economia di tutta la faccenda: voglio sapere questo. *Subito.*»

«Lo vuole sapere senza che le addolcisca la pillola?»

«Niente addolcimenti, monsieur.»

«Leifhelm ha detto che lei sarebbe stato fuori questione nel giro di pochi mesi, se non addirittura prima: dava troppi ordini e badava troppo agli interessi della Francia.»

«Leifhelm? Quella faina ipocrita che ha venduto l'anima per negare tutto quanto prima aveva dichiarato come suo "credo"? Che ha tradito i suoi capi a Norimberga, fornendo tutte le prove al tribunale e leccando il culo degli alleati? Dappertutto, qualunque missione compissimo, noi abbiamo sempre avuto sommo disprezzo del pericolo! Leifhelm, invece, ha portato soltanto disonore alla professione più onorevole di questo mondo. Lasci che glielo dica, monsieur, non sono *io* che devo sparire dalla circolazione, è *lui*!»

«Abrahms ha detto che lei costituiva un imbarazzo di tipo sessuale» continuò Converse, come se non avesse sentito quel che aveva detto Bertholdier. «Ha usato proprio queste parole "un imbarazzo di tipo sessuale". Ha menzionato il fatto che esiste un certo dossier — che lui stesso ha raccolto — che parla di una serie di stupri, a maschi e femmine, messi a tacere dall'Esercito francese che non voleva rischiare di perdere uno dei suoi collaboratori più capaci. Però, ha detto, bisognava porsi la questione morale: un bisessuale opportunista, che violentava le donne e sodomizzava i fanciulli, che aveva corrotto la parola "interrogatorio" e con essa l'intera sezione delle guardie del corpo ufficiali... Poteva un individuo del genere essere considerato la punta di diamante della Francia nell'operazione Aquitania? E poi, ha detto che lei voleva troppo potere per il suo governo e che al momento della distribuzione del potere avrebbero dovuto farla uscire dal gioco.»

«Uscire dal gioco?» gridò il francese, gli occhi ancora più accesi e ancora più selvaggi di quanto lo fossero stati a Parigi, il corpo tremante di rabbia. «Catturato da un *barbaro*, da un puzzolentissimo ebreo che avrà fatto sì e no la quinta elementare?»

«Van Headmer è stato più moderato: ha detto semplicemente che lei era troppo vulnerabile e che...»

«Al diavolo Van Headmer!» ruggì Bertholdier. «È un fossile, che abbiamo preso soltanto perché avrebbe dovuto portarci la materia prima. Ma lui non è importante.»

«È quello che pensavo anch'io» convenne Joel sinceramente.

«E quell'israeliano borioso e maleducato pensa di potersi muovere contro di me? Guardi, io sono già stato minacciato in vita mia di una cosa del genere — e da un uomo molto più potente — il quale poi ha deciso di non mettere in atto quelle minacce proprio perché ha capito che ero "dannatamente abile" nel fare quel che facevo. E lo sono ancora! E poi, io dispongo di un altro rapporto, che parla di servizio ineccepibile e di notevoli capacità strategiche, e potrei benissimo esibirlo e neutralizzare tutti i pettegolezzi e tutte le cattiverie da caserma. Se proprio vuol saperlo, all'interno di Aquitania, io sono quello che gode di maggiore rispetto e reputazione, anche più di quell'egocentrico senza gambe a San Francisco. E lui crede che sia stata un'idea *sua*! *Ridicolo*! Sono stato io ad organizzare tutto! Lui si è limitato a fornire un nome, che aveva letto di sfuggita su un manuale di storia.»

«Be', se è per questo ha anche rischiato parecchio, esportando tutto quel materiale» lo interruppe Converse.

«Perché il materiale era lì, a portata di mano! E perché c'era da guadagnare un bel po' di quattrini!» Il generale tacque per un istante, si chinò in avanti sulla poltrona e disse: «Voglio essere sincero con lei. Come in ogni centro di comando, c'è sempre un singolo individuo che si distingue dagli altri per forza di carattere e di volontà. Di fronte a me gli altri, tutti gli altri, impallidiscono, perdono forza. Delavane è una creatura isterica, mostruosa, la caricatura di se stesso. Leifhelm è un nazista, e Abrahms un polarizzatore pieno di boria: lui da solo basterebbe a creare ondate di antisemitismo, il peggior tipo di simbolo di potere e di comando. Quando i tribunali usciranno dalla confusione e dal panico, guarderanno tutti a me, perché solo io sarò il vero leader di Aquitania!»

Joel si alzò e tornò alla finestra, guardando i pascoli e godendosi la brezza sul volto. «L'esame è finito, generale» disse.

Come in risposta ad un segnale, la porta si aprì e un ex sergente maggiore dell'Esercito francese in Algeria arrivò per scortare la leggenda di Francia fuori dalla stanza.

Chaim Abrahms saltò su dalla poltrona di broccato, il torace possente che si gonfiava sotto la sahariana nera. «Ha detto questo di me? E di se stesso?»

«Le avevo raccomandato di usare il telefono, prima ancora di cominciare a parlare» disse Converse, sedendosi di fronte all'israeliano; la pistola era su un tavolo vicino alla poltrona. «Capisco che lei non possa fidarsi esclusivamente della mia parola; d'altronde, tutti dicono che lei dispone di un istinto che non sbaglia mai. Chiami Bertholdier. Naturalmente, non deve dirgli dove si trova... se lo facesse, tra l'altro, le piazzerei una pallottola in fronte. Gli dica che una delle guardie di Leifhelm, cui lei aveva fatto qualche regalino perché tenesse gli occhi aperti, visto che per istinto non si è mai fidato dei tedeschi, gli ha riferito di aver visto il grande generale francese parlare a quattr'occhi con me in diverse occasioni. Visto che nessuno sa dove sia finito, lei vorrebbe vederci chiaro. Funzionerà, vedrà. Quello che sentirà sarà abbastanza per decidere se le sto mentendo oppure no.»

Abrahms guardò Joel. «Ma perché è venuto da me a dirmi una cosa del genere? Se naturalmente è vera. Perché mi ha fatto rapire per venirmi a raccontare questa storia? *Perché?*»

«Pensavo che fosse chiaro: sono a corto di quattrini, e visto che non vado matto per il salmone e per il kreplach, ho pensato che fosse meglio vivere in Israele, al sicuro e sotto la protezione di un uomo potente, che non continuare a scappare per tutta l'Europa con la paura di essere sempre catturato e ucciso. Lei può darmi ciò di cui ho bisogno, ma mi rendo conto che è necessaria una contropartita. Eccola: Bertholdier ha intenzione di diventare il capo dell'operazione Aquitania e ha detto che i suoi colleghi generali sono soltanto un ebreo maleducato, lo spettro di un nazista e un fossile... sì, ha detto proprio "fossile".»

«Mi sembra quasi di sentirlo» disse Abrahms a bassa voce, le mani dietro la schiena, misurando la stanza a grandi passi. «È sicuro che il nostro grande "boulevardier" militare che crede di avere l'uccello d'acciaio non abbia detto "ebreo puzzolente"? Di solito, è l'aggettivo che riserva agli israeliani, scusandosi sempre e dicendo che, naturalmente, i presenti sono esclusi.»

«Sì, credo che abbia detto una cosa del genere.»

«Ma perché? Perché avrebbe detto una cosa del genere proprio a lei? Non nego che in tutto questo ci sia una logica precisa: Leifhelm deve essere eliminato una volta conclusa l'operazione, e di questo mi rendo perfettamente conto: si immagina un nazista alla guida dello Stato tedesco? Assurdo! Anche Delavane se ne rende conto, e sicuramente darà l'ordine di eliminarlo. E sappiamo tutti che il povero Van Headmer non è nient'altro che un fossile; però, sappiamo altrettanto bene che in Sud Africa c'è l'oro, e che lui sarebbe stata la persona adatta ad accumularlo per conto dell'organizzazione. Ma perché proprio *lei*? Perché Bertholdier è venuto *da lei*?»

«Glielo chieda personalmente. C'è un telefono. Lo usi.»

L'israeliano era immobile, gli occhi piccoli, ridotti a due fessure al centro di un volto obeso, erano fissi su Joel. «Sì» disse con calma, sottolineando le parole con il tono della voce. «Lei è troppo in gamba, signor avvocato. Il fuoco che ha dentro è rimasto nella testa... ancora non è arrivato al suo stomaco. Per questo pensa troppo. Dice che è stato manovrato? Io dico invece che è stato lei a manovrare gli altri.» Abrahms si voltò e si avviò al telefono, come un Coriolano massiccio e corpulento. Rimase immobile per un attimo, chiudendo gli occhi e cercando di trovare un numero perso nella sua memoria. Poi afferrò la cornetta e compose il numero.

Joel rimase seduto, ogni muscolo del volto teso, la gola improvvisamente secca. Lentamente, avvicinò la mano alla pistola, pensando che tra qualche istante avrebbe dovuto usarla: la sua strategia — l'unica che avrebbe potuto applicare — era stata distrutta da una telefonata che non si sarebbe mai aspettato che l'altro avesse fatto. *Dove era l'errore? Dove lo stavano portando quelle tattiche che aveva studiato con cura e che era sicuro sarebbero riuscite? Si era forse dimenticato con chi aveva a che fare?*

«Il mio codice è Isaia» disse al telefono Abrahms, che fissava Converse con occhi pieni d'ira. «Mi passi Verdun-sur-Meuse. *Svelto!*» Il torace possente si alzava e si abbassava, ma era l'unica parte del corpo che si muovesse. Poi Abrahms parlò di nuovo al telefono, urlando furioso. «Sì, codice Isaia! Non ho tempo da perdere! Mi passi Verdun-sur-Meuse! *Subito!*» Poi, mentre ascoltava, gli occhi gli diventarono enormi per lo stupore. Per un attimo distolse lo sguardo da Converse, poi lo guardò di nuovo, con occhi pieni di disgusto. «Lo *ripeta!*» gridò. E poi riattaccò la cornetta con una forza tale che il tavolo tremò. «Bugiardo!» gridò.

«Io?» chiese Joel, la mano vicinissima alla pistola.

«Dicono che è scomparso! Che non sanno dove sia!»

«E allora?» Converse si sentiva la gola secca e vuota. Aveva perso.

«È un bugiardo! L'uomo dall'uccello d'acciaio è un vigliacco! Si nasconde... mi evita! Non ha il coraggio di affrontarmi faccia a faccia!»

Joel deglutì ripetutamente mentre allontanava la mano dall'arma. «Be', le conviene forzare la mano» disse, cercando di non far sentire il tremore della voce. «Lo rintracci. Telefoni a Van Headmer e a Leifhelm. Dica che deve parlare a tutti i costi con Bertholdier.»

«E dargli il vantaggio di sapere *che so*? No, no, mi basta così. Ma le avrà pur spiegato la ragione per la quale è venuto da lei...»

«Volevo aspettare che gli avesse parlato» disse Converse accavallando le gambe e prendendo una sigaretta da un pacchetto accanto alla pistola. «Forse avrebbe potuto dirglielo lui personalmente, o forse no. Sospettava che io fossi stato mandato da Delavane per mettervi alla prova tutti quanti. Per vedere chi avrebbe potuto tradirlo.»

«*Tradirlo?* Tradire quella specie di busto isterico? E come? Perché? E se il nostro pavone francese sospettava una cosa del genere, perché avrebbe dovuto venire a dirlo proprio a lei?»

«Sono avvocato, e so come provocare una persona. Una volta che Bertholdier ha capito cosa provavo nei confronti di Delavane, cosa quei bastardi mi avevano fatto, ha capito anche che non avrei potuto avere niente a che fare con lui. Il resto è stato un gioco da ragazzi. E mentre il pavone parlava, io ho visto un mezzo per salvarmi la vita.» Joel si accese la sigaretta. «Cioè, mi sono reso conto che dovevo rivolgermi a lei» aggiunse.

«Alla fine ha dovuto ripiegare sul senso dell'onore di un ebreo, eh? Sul fatto che non si sarebbe mai rifiutato di pagare un debito, vero?»

«Questo è vero soltanto in parte, generale. Io so qualcosa di Leifhelm, so come è stato manovrato in tutti questi anni. Se mi fossi rivolto a lui, mi avrebbe ucciso e poi avrebbe ucciso tutti voi, diventando così automaticamente il numero uno.»

«Sì, lo credo anch'io» convenne l'israeliano.

«E in quanto a Van Headmer, non credo che abbia molta voce in capitolo fuori da Pretoria.»

«Sì, anche questo è giusto» disse Abrahms avvicinandosi a Converse. «Così la furia scatenata creata dai nord vietnamiti è un sopravvissuto.»

«Chiariamo subito una cosa» disse Joel. «Io sono stato mandato allo sbaraglio da persone che non conosco e che mi hanno abbandonato senza minimamente chiedersi se ero colpevole oppure no. Per quel che ne so, potrebbero anche avermi dato la caccia per salvare la pelle. Date le circostanze, intendo sopravvivere, non le sembra giusto?»

«E la donna? Sua moglie?»

«Anche lei è d'accordo.» Converse posò la sigaretta e prese la pistola. «Allora, cosa mi risponde? Vuole che la uccida subito o che passi la palla a Bertholdier, o a Leifhelm, se il francese viene fatto fuori per primo? Oppure preferisce che io mi affidi al senso dell'onore di un ebreo, al fatto che non si rifiuterà mai di pagare un debito?»

«Metta via quella pistola» disse Chaim Abrahms. «Le do la mia parola di sabre.»

«Che cosa intende fare?» chiese Joel rimettendo la pistola sul tavolo.

«Fare?» gridò l'israeliano in uno scoppio improvviso di rabbia. «Farò quello che ho sempre avuto intenzione di fare! Non m'importa un fico secco di questa stronzata, questa Aquitania che per me *è* una sovrastruttura! lei pensava veramente che fossi interessato ai titoli, alle etichette o al potere? Non me ne importa nulla, e per me possono anche tenersi tutto gli altri! Io voglio soltanto che la cosa funzioni, e per farla funzionare bisogna che la gente veda la forza e la *rispettabilità*. Bertholdier aveva ragione: io sono un elemento di tensione... oltre ad essere un ebreo... per essere una figura così visibile all'interno della scena Euro-americana. E così avevo già deciso di rimanere invisibile... tranne che in Eretz Yisrael, dove la mia parola sarà la legge del nuovo ordine. Per quel che mi riguarda, posso anche aiutare il nostro uccellone francese ad appuntarsi le medaglie al petto. Non mi opporrò, ma lo terrò sott'occhio.»

«E in che modo?»

«Io posso distruggere la sua rispettabilità in un attimo.»

Converse si chinò in avanti sulla poltrona, stupito. «La sua vita sessuale? Quegli scandali messi a tacere?»

«Mio Dio, no! La credevo più intelligente! Colpire un uomo sotto la cintura in pubblico significa soltanto cercarsi i guai. Metà dell'opinione pubblica dirà "Maiale!", pensando però che in fondo potrebbe succedere anche a loro, mentre l'altra metà applaudirà di fronte al coraggio di un uomo pubblico che si mostra per quel che è, pensando che piacerebbe tanto anche a loro.»

«E allora come, generale? Come può fare una cosa del genere, come può distruggere la rispettabilità di un uomo come Bertholdier?»

Abrahms si rimise a sedere sulla poltrona di broccato, costringendo pericolosamente il corpo massiccio in mezzo a quei due fragili braccioli di mogano. «Semplicemente rivelando il ruolo che ha giocato nell'operazione Aquitania, anzi il ruolo che *tutti* abbiamo giocato in questa straordinaria avventura che ha obbligato il mondo civilizzato ad affidarsi alla nostra forza ed alle nostre capacità. È possibile che tutta l'Europa libera guardi a Bertholdier come il proprio salvatore, come è successo in Francia dopo la scomparsa di De Gaulle. Ma bisogna anche capire la personalità di Bertholdier: lui non cerca soltanto il potere, cerca la *gloria* del potere... Il misticismo, l'adulazione, le lusinghe che ad essa si accompagnano. Il nostro pavone rinuncerebbe volentieri ad una parte di autorità pur di non perdere nemmeno una briciola di gloria. *Io?* A me non importa un fico secco della gloria, io voglio soltanto il potere per ottenere ciò di cui ho bisogno. Per il regno di Israele ed il suo imprimatur in tutto il Medio Oriente.»

«Ma come può ottenere un successo se rivelerà tutto di Bertholdier e di se stesso?»

«Allora non ha capito niente! Io non rivelerò nulla, *minaccerò* soltanto: Lui penserà alla gloria e farà ciò che io dirò, mi darà quello di cui ho bisogno.»

«Io penso che la farà uccidere.»

«No, soprattutto se prima gli dirò che in caso di mia morte varie centinaia di documenti che descrivono i nostri incontri e le nostre decisioni partiranno per varie destinazioni. Le assicuro che sono stato molto preciso, ed ho registrato tutto quanto.»

«Allora pensava a questo fin dall'inizio.»

«Sì.»

«Non è un gioco leale.»

«Io sono un sabre, e gioco per ottenere un vantaggio... Se non lo avessi fatto ci avrebbero già massacrati.»

«Tra questi documenti c'è un elenco di tutti i membri di Aquitania?»

«No, perché non è mai stata mia intenzione mettere in pericolo tutto quanto il movimento. Lei può definirlo come vuole, ma io ci credo: ci deve essere un complesso militar-industriale unito ed internazionale. Il mondo non può farne a meno.»

«Ma ci deve essere pure un elenco del genere.»

«Sì, ma è inserito in un computer che deve essere usato correttamente con codici giusti.»

«E lei potrebbe fare una cosa del genere?»

«Non senza aiuto.»

«E Delavane?»

«Lei è perspicace» disse l'israeliano annuendo. «E Delavane?»

Joel dovette ancora una volta controllare il suo stupore: i codici del computer che aveva l'elenco dei membri di Aquitania erano con Delavane. O almeno, c'erano quelli più importanti, mentre il resto era nelle mani dei quattro leader aldilà dell'Atlantico. Converse si strinse nelle spalle. «Lei non l'ha menzionato, ha solo parlato di Bertholdier, dell'eliminazione di Leifhelm e dell'impotenza di Van Headmer che, comunque, sarebbe servito per procurarsi la materia prima...»

«Io ho detto "oro"» corresse Abrahms.

«E Bertholdier ha detto "materia prima". Che mi dice di George Marcus Delavane?»

«Marcus è finito» disse l'israeliano con tono piatto. «Finora lo abbiamo tenuto buono perché è stato lui ad avere l'idea e a fare gran parte del lavoro negli Stati Uniti. Abbiamo equipaggiamenti e materiale in tutta Europa, per non parlare della merce di contrabbando che abbiamo spedito ai ribelli per tenerli occupati.»

«Si spieghi meglio» lo interruppe Joel. «"Occupati" significa pronti ad uccidere?»

«Tutto ormai si riduce ad uccidere e, nonostante i filosofi della pace, il fine giustifica *veramente* i mezzi. Un uomo inseguito dai suoi giustizieri non esita a nascondersi nella merda.»

«Già» disse Converse. «Neanche io ho esitato. Che cosa mi dice di Delavane?»

«È matto, o maniaco. Ha mai sentito la sua voce? Parla come un uomo con le palle schiacciate fra due mattoni: gli hanno anche tagliato le gambe, perché erano consumate dal diabete. Il grande generale sconfitto dallo *zucchero*! Finora, è riuscito a mantenere il segreto: non riceve più nessuno e non va più in quel suo ufficio pieno di foto, di bandiere e di decorazioni. È sempre in casa, e da lì muove le sue fila, facendosi vedere dalla servitù soltanto quando è a letto, nella semioscurità. Darebbe non so che cosa per far credere che si sia trattato di una bomba o di un attacco alla baionetta... No, invece è stato solo lo zucchero. Da quel momento in poi ha continuato a peggiorare fino a diventare un pazzo delirante, che però ha avuto un momento di lucidità.»

«Che cosa gli succederà?»

«Con lui c'è un uomo, un aiutante con i gradi di colonnello. Quando tutto avrà inizio, il colonnello farà ciò che gli diremo di fare e Marcus sarà ucciso per il bene della sua stessa causa.»

Questa volta fu Joel ad alzarsi dalla sedia e ad andare verso la finestra da dove si godeva la brezza montana. «L'esame è finito, generale» disse.

«Cosa?» ruggì Abrahms. «Se lei vuole salva la vita deve darmi delle garanzie!»

«Finito, ho detto» ripeté Converse mentre la porta si apriva e un capitano dell'esercito israeliano entrava con la pistola puntata verso Chaim Abrahms.

«Non credo ci sia nulla da dire, Herr Converse» disse Erich Leifhelm, in piedi davanti alla porta dello studio, mentre il dottore venuto da Bonn se ne andava. «Sono suo prigioniero. Proceda all'esecuzione. Sono tanti anni che aspetto questo momento e, a dire il vero, ero piuttosto stufo dell'attesa snervante.»

«Sta cercando di dirmi per caso che desidera morire?» chiese Joel, che era in piedi vicino al tavolo su cui era posata la pistola.

«Nessuno desidera morire, né tantomeno un soldato nella quiete di una stanza appartenente ad un estraneo. Avrei preferito un plotone di esecuzione con i tamburi e compagnia bella... Avrei sentito che ne valeva la pena, che c'era uno scopo, un significato per la mia morte. Ma ho visto troppa morte in vita mia per fare scene isteriche. Prenda la pistola e facciamola finita. Anch'io, al posto suo, farei la stessa cosa.»

Converse studiò il volto del generale: gli occhi erano privi di espressione, il resto del volto era atteggiato a profondo disprezzo. «Davvero?»

«Vuole che dia io stesso l'ordine? Il notiziario di qualche giorno fa ha divulgato la notizia secondo la quale un negro ha comandato il plotone di esecuzione davanti ad un muro macchiato di sangue, a Cuba. Confesso che ho provato solo ammirazione nei confronti di quel soldato.»

Leifhelm improvvisamente si mise a gridare: «*Achtung! Soldaten! Präsentiert das Gewehrt!*»

«Per l'amor di Dio, perché non parliamo» urlò Joel cercando di sopraffare quella voce isterica.

«Perché non ho niente da dire: le mie azioni, tutta la mia vita parla per me! Cosa c'è, Herr Converse? Non ha abbastanza fegato? Non se la sente di dare l'ordine? La coscienza di un uomo misero, insignificante non gli permette di uccidere? Ridicolo!»

«Mi permetto di ricordarle, generale, che in queste ultime settimane ho ucciso diverse persone, e sempre senza pensarci troppo.»

«Anche il vigliacco più abbietto può riuscire a trovare il coraggio di uccidere se si sente in pericolo. Non si tratta di coraggio, si tratta di istinto di sopravvivenza. No, Herr Converse, lei è un uomo insignificante, un intralcio anche per i suoi, ai quali non importa niente se verrà ucciso. Lei è in sovrappiù in questo mondo. C'è una strana frase che usate voi inglesi e che mi sembra le si addica bene: *piscialetto!*»

Era tornato indietro di almeno una vita, ed era sul ponte di una portaerei di fronte ad un uomo con il volto osceno e contorto e la voce stridula. Piscialetto, piscialetto, piscialetto, piscialetto! Poi vi furono altre esplosioni e le nuvole scure, il vento e la pioggia che lo sferzavano mentre precipitava dentro un buco nel terreno in quattro anni di pazzia, di morte e di ragazzi moribondi che piangevano. Pazzia! Piscialetto... Piscialetto... Piscialetto...

Converse prese la pistola sul tavolo e la puntò verso Erich Leifhelm con l'indice intorno al grilletto.

Poi, si rese conto improvvisamente di ciò che stava per fare: aveva bisogno di tutti e tre gli uomini di Aquitania. Non uno, non due, ma tutti e tre! Era la base, il nucleo di quel che doveva fare! Ma c'era anche qualche cos'altro: doveva uccidere, distruggere quel virus umano che lo guardava e gli chiedeva la morte. Oh, Dio! Allora, dopo tutto, Aquitania aveva vinto? Era diventato uno di loro? In quel caso, aveva perso.

«Questo non è coraggio, Leifhelm» disse a bassa voce, posando la pistola. «Meglio una pallottola che le altre alternative.»

«Sono sempre vissuto con un mio codice, e sono felice di morire allo stesso modo.»

«Cioè, velocemente ed in maniera pulita. Niente Dachau, niente Auschwitz.»

«La pistola ce l'ha lei.»

«Pensavo che avesse molto da offrire.»

«Ho scelto il mio successore con molta cura: sarà lui a curare ogni dettaglio, ogni sfumatura dei miei progetti.»

Quella era la breccia, una strategia rivelata all'improvviso e che Joel avrebbe sfruttato fino in fondo.

«Il suo successore?»

«*Ja*.»

«Lei non ha successori, feldmaresciallo.»

«Cosa?»

«Come non ha più progetti: senza di me non ha più nulla. Ecco perché l'ho portata qui. Proprio lei.»

«Che cosa sta dicendo?»

«Si sieda, generale: ho parecchie cose da dirle ed è meglio che stia seduto. Sono sicuro che preferirebbe essere ucciso, piuttosto che ascoltare quanto le dirò.»

«*Bugiardo!*» gridò Erich Leifhelm quattro minuti più tardi aggrappandosi ai braccioli della poltrona di broccato. «Bugiardo, bugiardo, *bugiardo!*» ripeté.

«Non mi aspettavo che mi credesse» disse Joel con voce calma in piedi in quello studio spazioso e dalle pareti ricoperte di libri. «Quindi chiami Bertholdier a Parigi e gli dica che ha bisogno di una spiegazione perché ha saputo notizie sconvolgenti. Dica la verità: ha saputo che mentre era a Essen, Bertholdier ed Abrahms sono venuti a trovarmi nella mia prigione a Bonn.»

«Come potrei sapere una cosa del genere?»

«Anche qui, dica la verità: hanno corrotto una guardia che ha aperto la porta — non so chi sia questa guardia, perché non l'ho vista — ma è stata una guardia che li ha fatti entrare.»

«Perché pensavano che lei fosse un informatore mandato da Delavane?»

«Questo è quanto mi hanno detto.»

«Ma l'abbiamo drogata! E lei non ci ha detto nulla di tutto questo!»

«Ma loro erano sospettosi e non si fidavano né del medico né dell'inglese e non devo certo essere io a dirle che non si fidano nemmeno di lei. Pensavano che tutta questa faccenda fosse una trappola e volevano coprirsi le spalle.»

«Incredibile!»

«No, se ci pensa bene» disse Converse sedendosi di fronte al tedesco. «Come avrei fatto ad ottenere le informazioni che avevo? Come avrei saputo quali erano le persone da contattare se non attraverso Delavane? Ecco che cosa pensavano.»

«Che Delavane avrebbe fatto questo... Poteva fare questo?» cominciò Leifhelm, che era stupefatto.

«Ora so cosa significa» lo interruppe Joel, cogliendo al volo l'occasione che gli si presentava. «Delavane è finito, ed entrambi lo hanno ammesso, quando hanno capito che era l'ultima persona sulla terra per la quale avrei lavorato; forse mi stavano soltanto dando le ultime briciole prima di mettermi davanti al plotone di esecuzione.»

«Che era la cosa da farsi!» esclamò l'ex feldmaresciallo più giovane del Terzo Reich. «Lo capisce anche lei, vero? Chi era? Da dove veniva? Lei stesso non lo sapeva e ci ha parlato di nomi e di elenchi senza importanza e di una grossa somma di denaro. Ma chi ci aveva scoperto? Visto che non riuscivo a scoprirlo, dovevamo per forza trasformarla in un paria, in qualcosa di marcio che nessuno mai avrebbe toccato.»

«Mi sembra che ci siate riusciti molto bene.»

«Senza modestia, il merito è stato tutto mio» disse Leifhelm, annuendo. «È stato essenzialmente merito della mia organizzazione.»

«Non l'ho certo portata qui per discutere le sue capacità: l'ho fatta venire per salvarmi la vita. Lei può farlo, mentre le persone che ci hanno mandato allo sbaraglio non possono o non vogliono. Devo soltanto darle un motivo.»

«Dicendo ad esempio che Abrahms e Bertholdier cospirano contro di me?»

«Io non dico nulla, riferisco soltanto quel che mi hanno detto. Si ricordi che nessuno di loro pensava che io lasciassi casa sua vivo: pensavano che sarei uscito cadavere, magari vicino al luogo di qualche assassinio particolarmente cruento.» Improvvisamente Converse si alzò dalla sedia, scuotendo la testa. «*No!*» disse con enfasi. «Telefoni ai suoi fedeli alleati francese e israeliano, ai suoi colleghi dell'operazione Aquitania: dica loro una cosa qualunque, giusto per sentire il tono di voce... E giudicherà da solo. Per scoprire un bugiardo ci vuole un altro bugiardo, e lei mi sembra molto bravo a raccontare balle.»

«Mi ritengo offeso.»

«Le sembrerà strano, ma io l'ho detto come un complimento, e son venuto da lei proprio per questo. Io penso che lei uscirà vincitore da questa faccenda e dopo quello che ho passato voglio stare dalla parte dei vincitori.»

«Perché dice una cosa del genere?»

«Oh, via, parliamoci chiaro: Abrahms è odiato perché ha insultato praticamente tutti coloro che in Europa, in Inghilterra e negli Stati Uniti non sono d'accordo con la sua politica espansionistica nei riguardi di Israele. Persino i suoi stessi connazionali non riescono a farlo tacere e lo censurano continuamente, anche se lui continua ad urlare. No, non sarebbe tollerato in nessun tipo di federazione internazionale.»

Il nazista scosse più volte la testa. «*Mai!*» gridò. «È l'uomo più odioso che esista nel Medio Oriente. E poi è un ebreo. Ma Bertholdier?»

Joel tacque per un attimo prima di rispondere in tono pensoso: «È un uomo imperioso, arrogante, che si vede non solo come una grande figura militare e un restauratore dell'ordine che passerà alla storia, ma anche come una specie di Dio, al di sopra degli altri uomini: non c'è spazio per i mortali sul suo Olimpo. E poi, è francese. Gli inglesi e gli americani non gli concederebbero mai neppure uno spillo: un De Gaulle al secolo è già abbastanza».

«Lei ragiona con chiarezza e con logica: quell'uomo è un abominevole egoista che solo i francesi si meritano. Perché, naturalmente, si tratta di un riflesso dell'intera nazione.»

«Van Headmer non ha nessuna voce in capitolo, tranne quando si tratta di raccogliere la materia prima.»

«Sono perfettamente d'accordo» disse il tedesco.

«D'altra parte, lei ha lavorato con gli americani e con gli inglesi a Berlino e a Vienna» continuò Converse rapidamente rimettendosi a sedere. «Con loro, ha fatto un buon lavoro, fornendo i materiali e le conoscenze giuste e in buona fede ha dato notizie e informazioni alle squadre inglesi ed americane che avrebbero poi sollevato il vespaio di Norimberga. Alla fine, è addirittura stato il portavoce di Bonn alla NATO. Qualunque cosa fosse stata nel passato, a loro era piaciuta.» Di nuovo Joel tacque per un istante e quando continuò nella sua voce c'era una punta di deferenza. «Perciò, generale, lei è un vincitore e può salvarmi la vita. Le serve soltanto un motivo.»

«Me lo dia.»

«Prima faccia quella telefonata.»

«Non faccia l'idiota, e soprattutto non pensi che *io* lo sia! Non insisterebbe così tanto se non fosse più che sicuro, il che significa che mi sta dicendo la verità. E se quei *Schweinw* cospirano contro di me, non sono certo così cretino da far loro capire che lo so! Che cosa le hanno detto?»

«Che devono ucciderla, perché non possono rischiare che un vecchio membro del partito nazista diventi il leader del nuovo ordine nella Germania Occidentale. Ci sarebbero troppe voci dissenzienti... Che soffierebbero sul fuoco di quei pochi che non vi vogliono. Al suo posto metteranno un uomo più giovane che naturalmente la pensa come loro ma che non ha un passato come il suo: un uomo che *loro*, e non lei, hanno già scelto.»

Leifhelm stringeva i braccioli della poltrona di broccato con il corpo immobile ed il volto pallido, con gli occhi azzurri, che sembrava una maschera di alabastro. «*Loro* hanno preso questa santissima decisione?» disse in tono gelido senza quasi che le labbra si muovessero. «Quell'ebreo pieno di volgarità e il francese depravato, principe dei vermi, osano muoversi contro di me?»

«Non che abbia molta importanza, ma devo dirle che Delavane è d'accordo.»

«Delavane! Una massa di fantasie rabbiose ed infantili! L'uomo che due anni fa conoscevamo come valente generale si è ridotto ad un rottame! Lui non se ne rende conto, ma siamo noi a dargli ordini, travestendoli naturalmente da suggerimenti e possibilità. Non ragiona più, proprio come Adolf Hitler durante l'ultimo anno.»

«Di questa cosa non so nulla» disse Converse. «Abrahms e Bertholdier mi hanno detto soltanto che è un uomo finito e poi hanno parlato esclusivamente di lei.»

«Davvero? Be', ora lasci che sia *io* a parlarle di *me*! Chi pensa che sia stato a iniziare l'operazione Aquitania in tutta l'Europa e nel Mediterraneo? Chi ha finanziato i terroristi con armi e tonnellate di esplosivi — dalla Baader-Meinhof alle Brigate Rosse fino all'OLP — promettendo loro sempre di più fino al giorno decisivo? Chi? Sono stato io! Si è mai chiesto perché ci incontrassimo sempre a Bonn? Perché fossi sempre io a dare le direttive, impartire gli ordini, definire i progetti? È presto detto: io avevo l'organizzazione, la manovalanza... Uomini fidati e fedeli che non avrebbero mai discusso un mio ordine. Io ho il denaro! E con il denaro ho creato un centro di comunicazioni ultramoderno, che nessun altro in Europa potrà mai avere. E Bertholdier che cosa può vantare? La sua influenza, oppure l'aura di rispetto che c'è intorno a lui e che al momento giusto non gli servirà a nulla? L'ebreo ed il sudafricano, poi, sono addirittura in continenti diversi; per questo, quando arriverà il caos, sarò *io* la voce di Aquitania in Europa. L'ho sempre pensato! I miei uomini faranno fuori Bertholdier e Abrahms mentre sono al cesso!»

«È Scharhörn il centro di comunicazione?» chiese Joel con tono casuale.

«Le hanno detto questo?»

«Hanno fatto il nome dell'isola ed ho capito. L'elenco di tutti i membri di Aquitania è in un computer, vero?»

«Anche questo le hanno detto?»

«Non è importante. Non mi importa più. Sono stato abbandonato, ricorda? Deve essere stato lei poi, a scoprire la faccenda del computer.»

«Sì, una notevole scoperta» ammise Leifhelm umilmente mentre il volto gli si accendeva in un'espressione di gioia. «Mi sono anche preparato nel caso la catastrofe avesse assunto proporzioni di morte. Ci sono sedici lettere, e ognuno di noi ne ha una serie di quattro, mentre le dodici rimanenti sono con quel pazzo senza gambe. Lui pensa che nessuno possa attivare il computer senza la sua serie di lettere, ma in realtà le cose stanno diversamente: una combinazione precodificata di due sequenze raddoppiate può servire allo stesso scopo.»

«Ingegnoso, davvero ingegnoso» disse Converse. «Gli altri lo sanno?»

«Soltanto il mio fidato collega francese» rispose freddamente il tedesco. «Il principe dei traditori, e cioè Bertholdier. Ma naturalmente non gli ho dato la combinazione esatta e l'ordine delle lettere da inserire. Immettendo gli stessi dati in modo diverso si cancella tutto.»

«Questo si chiama pensare alla vittoria» disse Joel annuendo; poi all'improvviso aggrottò la fronte. «Che cosa succederebbe se per caso il suo centro subisse un'irruzione?»

«La stessa cosa che successe con i piani di Hitler: andrebbero in fumo. Ci sono esplosivi piazzati dappertutto.»

«Capisco.»

«Ma visto che parla di vincitori e che secondo me uomini del genere sono dei veri e propri profeti» continuò Leifhelm chinandosi in avanti sulla poltrona, gli occhi che si spalancavano dall'entusiasmo «parliamo dell'isola di Scharhörn. Molti anni fa, nel 1945, doveva diventare la sede della creazione più incredibile pensata da uomini dediti ad un'unica causa, i veri idealisti che il mondo abbia mai conosciuto; purtroppo il progetto fallì per l'intervento di uomini codardi e traditori. Fu chiamata Operazione Sonnenkinder — i figli del sole — e si proponeva di selezionare biologicamente dei bambini che sarebbero stati poi mandati in tutto il mondo, presso gente che li aspettava e che li avrebbe guidati a posizioni di potere e di comando. Da adulti i Sonnenkinder avrebbero portato a termine la missione più importante del mondo: la ascesa del Quarto Reich! Capisce ora perché abbiamo scelto proprio Scharhörn? Era una scelta simbolica... Da questo complesso di Aquitania sarebbe venuto fuori il *nuovo ordine*! Ce l'avremmo fatta!»

«Basta» disse Converse alzandosi dalla sedia e allontanandosi. «L'esame è finito.»

«Cosa?»

«Mi ha sentito, si tolga dai piedi. Lei mi fa vomitare.» La porta si aprì ed il giovane medico di Bonn entrò fissando l'ex feldmaresciallo. «Lo spogli» ordinò Converse. «Perquisitelo.»

Joel entrò nella stanza avvolta nell'oscurità dove Valerie e Prudhomme erano insieme ad un uomo che stava dietro ad una telecamera montata su un treppiede. L'obiettivo della telecamera era inserito nella parete e sul monitor, che si trovava a circa tre metri di distanza, c'era l'immagine dello studio vuoto, con la poltrona di broccato al centro.

«Tutto bene?» chiese.

«Benone» disse Valerie. «Il tecnico non ha capito una sillaba ma dice che le riprese sono splendide, *au bel naturel*. Ne può fare quante copie vuole e ci vorranno trentacinque minuti per ciascuna copia.»

«Dieci copie, oltre all'originale mi basteranno» disse Converse guardando l'orologio e poi fissando Prudhomme mentre Val parlava a bassa voce con il tecnico. «Lei può prendere la prima copia e imbarcarsi sul volo delle cinque per Washington.»

«Con grande gioia, amico mio. Immagino che una delle copie finirà a Parigi.»

«E a ogni altro governo europeo ed americano insieme alle dichiarazioni giurate. Porterà anche le copie delle deposizioni che Simon ha raccolto a New York?»

«Vado subito a prendere accordi» disse Prudhomme. «Sarà meglio che il mio nome non appaia nell'elenco dei passeggeri.» Si girò e uscì, seguito dal tecnico che aveva lasciato il macchinario per la duplicazione delle cassette nell'atrio.

Valerie si avvicinò a Joel, gli prese il volto tra le mani e lo baciò sulle labbra. «Ci sono stati momenti, quando eri là dentro, che ho sofferto in silenzio. Non pensavo che ce l'avresti fatta.»

«Neanche io, a dir la verità.»

«Invece ce l'hai fatta. Sai che sei bravo come attore? Sono fiera di te, amore mio.»

«Be', la maggior parte degli avvocati che conosco non direbbe altrettanto. Si è trattato del peggior tipo di trappola che potessi inventare. Come avrebbe detto un vecchio professore di diritto molto in gamba, ci sono state ammissioni ottenute per mezzo di affermazioni false, e sono state quelle stesse ammissioni a costituire la base per lo svolgimento della trappola.»

«Piantala, Converse. Andiamo a fare una passeggiata. Un tempo ti piaceva camminare, e vorrei riprendere l'abitudine di farlo insieme a te. Da soli, non c'è gusto.»

Joel la prese tra le braccia e si baciarono, avvertendo la sensazione di calore e di pace dopo tutti quegli anni. Poi Joel piegò la testa da un lato, la prese per le spalle e la guardò negli occhi grandi e vibranti. «Vuoi sposarmi, signora Converse?» disse.

«Mio Dio, di nuovo? Be', e perché no? Come mi dicesti una volta, non dovrò neppure cambiare le iniziali ricamate sul corredo.»

«Ma tu non hai le iniziali sul corredo.»

«E tu lo hai scoperto molto prima di dire quella frase.»

«Non volevo che pensassi che stavo con gli occhi aperti.»

«Sì, amore mio, voglio sposarti. Ma prima ci sono molte cose da fare. Anzi, dobbiamo farle prima ancora di andare a fare questa passeggiata.»

«Lo so: Peter Stone, attraverso la famiglia di Tatiana a Charlotte, nel Nord Carolina. Quell'uomo ha fatto una cosa terribile nei miei confronti, ma per quanto strano possa sembrarti, continua a piacermi.»

«A me invece no» disse Val in tono deciso. «Sento il desiderio di ucciderlo.»

40

Era la fine del secondo giorno di quei tre che ancora rimanevano. Mancavano solo dieci ore all'inizio delle dimostrazioni antinucleari che avrebbero coinvolto il mondo intero e che sarebbero cominciate alle prime luci dell'alba: sarebbero iniziati i primi omicidi, e avrebbero dato il via al caos più completo.

Il gruppo di diciotto uomini e di cinque donne era seduto nella sala oscurata del complesso antispionistico della Casa Bianca. Ciascuno dei convenuti aveva una lavagnetta con un blocco per appunti e una lampada da tavolo. Sullo schermo, a distanza di trenta secondi l'una dall'altra, venivano proiettate fotografie, ciascuna con un numero scritto in alto a destra. Quel gruppo di persone aveva ricevuto istruzioni precise da Stone, nel linguaggio che tutti quanti comprendevano alla perfezione: *Studiate i volti che vi faremo vedere, non dite nulla, non fate commenti: segnate il numero delle persone che riconoscete. Alla fine della serie accenderemo le luci e parleremo. E, se ce ne sarà bisogno, le rivedremo tutte daccapo, finché non troveremo qualcosa. Ricordate che questi uomini sono dei killer. Concentratevi su questo particolare.*

Non avevano dato altre spiegazioni a nessuno, tranne che a Derek Belamy, dell'M.I.6., che era arrivato nella prima mezz'ora di quella riunione urgente, affaticato da quel viaggio tremendo. Quando Derek era entrato, Peter lo aveva preso per un braccio, sentendosi molto contento e molto sollevato dalla presenza dell'amico. Qualunque cosa gli fosse sfuggita, di sicuro Belamy l'avrebbe notata, perché possedeva addirittura un decimo senso, oltre al solito sesto che caratterizza la perspicacia di un agente segreto.

«Ho bisogno di te, amico mio» disse Peter. «Ho terribilmente bisogno di te.»

«Sono qui per questo» gli aveva risposto Belamy in tono d'amicizia. «Mi puoi dire qualcosa?»

«Non c'è tempo, ora, ma posso svelarti un nome: Delavane.»

«Marcus il Pazzo?»

«Sempre lui, vivo e vegeto.»

«Bastardo!» bisbigliò l'inglese. «Una delle poche persone che vedrei volentieri pendere da una forca. Be', ci vediamo più tardi, Peter... vedo che hai da fare gli onori di casa... Fra parentesi, da quel poco che vedo, ti sei procurato il meglio stasera.»

«Già ... il meglio. Non possiamo permetterci di fare errori.»

Oltre al personale militare americano che aveva già contattato Stone in precedenza, come il colonnello Alan Metcalf, Nathan Simon, il giudice Wellfleet e il Segretario di Stato, il resto della platea era composta dagli ufficiali dei servizi segreti più abili e di più provata esperienza che Petér Stone avesse conosciuto durante una vita passata come agente della CIA. Erano venuti dalla Francia, dalla Gran Bretagna, dalla Germania Occidentale, da Israele, dalla Spagna e dall'Olanda. Tra questi, oltre allo straordinario Derek Belamy, c'erano François Villard, capo dell'*Organisation Etrangère* dei servizi segreti francesi, Yosef Behrens, l'autorità maggiore di Israele sul terrorismo; Pablo Amandarez, specialista spagnolo di infiltrazioni del KGB nel Mediterraneo e Hans Vonmeer, dei servizi segreti olandesi. Gli altri, donne incluse, erano agenti di tutto rispetto che avevano partecipato alle più svariate operazioni, in incognito e spesso con licenza di uccidere. Conoscevano per nome, volto e reputazione le più diverse legioni di killer assoldati con il compito specifico di uccidere e sapevano fare una distinzione tra coloro che lo facevano per denaro e coloro invece che agivano per ideologia. Soprattutto, le persone presenti in quella stanza erano persone delle quali Stone si fidava ciecamente, l'élite del mondo che si nascondeva nell'ombra.

Un volto! L'aveva riconosciuto! Lo scrisse sul blocco: «Dobbins. Numero 57. Cecil o Cyril Dobbins. Esercito britannico. Trasferito ai servizi segreti britannici. *Aiutante personale di ... Derek Belamy!*»

Stone guardò l'amico, aspettandosi che anche lui scrivesse qualcosa sul blocco per appunti: al contrario, l'inglese era rimasto immobile, la matita sul blocco. Intanto, l'immagine sullo schermo era cambiata. Un altro volto, poi un altro, poi ancora un altro. Quando le luci si riaccesero, il primo a parlare fu Yosef Behrens, del Mossad. «Il numero diciassette è un ufficiale di artiglieria nell'IDF trasferito recentemente al Ramo Sicurezza di Gerusalemme. Si chiama Arnold.»

«Il numero trentotto» disse François Villard «è un colonnello dell'Esercito francese associato alla guardia degli Invalides. Ma non riesco a ricordare il nome.»

«Il numero ventisei» disse l'uomo che veniva da Bonn «è l'Oberleutnant Ernst Müller della Luftwaffe della Repubblica Federale Tedesca; si tratta di un pilota molto fidato che da sempre è impegnato a trasportare ministri da un posto all'altro dentro e fuori la Germania Occidentale.»

«Il numero quarantotto» disse una donna dai capelli scuri, che parlava con un forte accento spagnolo, «non ha le stesse credenziali degli altri. Si tratta di uno spacciatore di droga sospettato di molti omicidi che opera nei dintorni di Ibiza. È stato paracadutista, e si chiama Orejo.»

«Figlio di un... cannone, non credo ai miei occhi!» disse il giovane tenente William Landis, l'esperto dei computer al Pentagono. «Io conosco il numero cinquantuno, ne sono certo! È uno degli aiutanti per gli approvvigionamenti nel Medio Oriente. L'ho visto un sacco di volte, anche se non ricordo il nome.»

Ci furono altri sei uomini e due donne che fornirono nomi e gradi, mentre tutti gli altri aspettavano in silenzio di capire la connessione tra tutti quei volti: c'era una preponderanza di personale militare, ma la gamma degli altri era svariata, tanto da confondere ogni tentativo di stabilire collegamenti: in gran parte si trattava di ex combattenti che in un modo o nell'altro erano approdati sulla via del crimine... solitamente crimine violento: il tipo di persone che Stone sapeva che i generali di Aquitania consideravano rifiuti dell'umanità.

Alla fine, Derek Belamy parlò con voce dura e distante. «Ci sono quattro o cinque facce che mi ricordano i dossier che ho già visto, ma non credo di essere capace di fare connessioni, almeno per il momento.» Poi guardò Stone. «Ce li rifarai vedere un'altra volta, vero?»

«Certo, Derek» rispose l'ex direttore della postazione CIA di Londra. Poi si alzò e si rivolse a tutti gli altri in generale. «Tutte le notizie che ci avete fornito saranno immesse immediatamente nel computer, per vedere se possiamo tirarne fuori delle correlazioni. Vi ripeto ancora una volta che vi ringrazio e mi scuso per non avervi fornito le spiegazioni che tutti quanti meritate. Vi ringrazio non solo per l'aiuto che ci darete, ma anche perché avete acconsentito a venire, nonostante ciò sia stato causa di sacrificio per molti. Personalmente, trovo consolazione nel sapere che alcuni di voi hanno già lavorato qui, perché so che capiranno. Ora facciamo un intervallo di un quarto d'ora, e poi cominceremo daccapo. Nella sala adiacente troverete caffè e panini.» Stone ringraziò tutti quanti ancora una volta con un cenno della testa e si avviò verso la porta, mentre Derek Belamy lo aspettava nel corridoio.

«Peter, mi dispiace terribilmente di non essere potuto venire prima. Tra l'altro, quelli del mio ufficio ci hanno messo un sacco di tempo a rintracciarmi: ero in Scozia da degli amici.»

«Pensavo che tu fossi in Irlanda del Nord, con tutto il casino che è successo.»

«Tu sei sempre stato molto più in gamba di me. Naturalmente, ero a Belfast. Ti prometto che da ora in poi cercherò di fare del mio meglio; il fatto è che sono terribilmente esausto: è stato un viaggio tremendo, e non sono riuscito a dormire nemmeno un'oretta. Quando ho visto tutte quelle facce, mi sono reso conto che mi sembravano tutte uguali, e che cominciavano a ballarmi su e giù.»

«Be', le vedremo tutte quante un'altra volta, se questo può aiutarti» disse Stone.

«Credo proprio di sì» convenne Belamy. «A proposito Peter ... volevo dirti che qualunque sia il pasticcio che ha combinato questo Delavane, sono felice di vedere proprio te seduto su quella poltrona. Ci avevano detto che eri uscito dal giro una volta per tutte.»

«E ora ci sono nuovamente dentro fino al collo.»

«Sì, capisco... Quello in ultima fila è il Segretario di Stato, vero?»

«Sì.»

«Congratulazioni, vecchio mio. Bene, ora vado a prendermi un bel caffè... forte, nero e bollente. Ci vediamo tra qualche minuto.»

«A più tardi.»

Stone uscì e prese verso destra, per un corridoio bianco. Sentiva il cuore che accelerava i battiti, e sapeva che quelle capriole erano parenti strette della nausea e del sapore acido in bocca... la bile, come la chiamava Johnny Reb. Doveva raggiungere un telefono, e in fretta. Il corriere di Converse, Prudhomme, sarebbe arrivato da un momento all'altro e all'aeroporto Dulles c'era già una scorta con l'ordine preciso di portarlo direttamente alla Casa Bianca. Ma non era il corriere al centro dei suoi pensieri, ora: era Converse stesso, e doveva mettersi in contatto con lui prima di ricominciare daccapo la serie delle diapositive. Doveva!

Quando l'avvocato si era messo in contatto con lui per mezzo di Tatiana, Peter era rimasto stupito dall'audacia di quel che Converse aveva fatto: *rapimento* di tre generali — registrazione su videocassetta degli interrogatori, o degli "esami orali" o qualunque altro termine avessero usato; era semplicemente pazzesco! L'unica cosa che poteva risultare più incredibile di quella era il fatto che ci era riuscito alla perfezione .. grazie naturalmente alle risorse di un uomo della Sûreté molto deciso e molto arrabbiato. Il computer era *veramente* a Scharhörn, e l'elenco di tutti i membri di Aquitania doveva essere sepolto nel *mare magnum* delle informazioni che conteneva; ma sarebbe bastato inserire il codice sbagliato, e tutto si sarebbe perso una volta per sempre. Gesù!

E ora questa pazzia finale: l'uomo che nessuno riusciva a scoprire, la fonte così ben nascosta che spesso addirittura si era dubitato dell'esistenza stessa dell'uomo di Aquitania in Inghilterra, nonostante la logica dicesse che doveva esserci. Aquitania non poteva esistere senza una punta di diamante nel Regno Unito. Per di più, Stone sapeva che quell'uomo costituiva il *trait-d'union* tra Palo Alto e i generali oltreoceano: avevano esaminato il ruolino delle telefonate di Delavane, e avevano scoperto numerosissime chiamate nelle Ebribi. Un ex agente segreto non poteva avere dubbi sulla natura di quelle telefonate: i numeri chiamati scomparivano nei centralini delle isole scozzesi, proprio come le telefonate del KGB che passavano attraverso la penisola Principe Edoardo, in Canada, e nessuno avrebbe rintracciato il numero che la Compagnia di Delavane aveva chiamato in Germania.

Belamy! L'uomo il cui volto non era mai apparso da nessuna parte... i suoi aiutanti erano capaci di distruggere un intero rollino se per caso fosse ripreso nello sfondo di qualche foto. L'ufficiale operativo più sorvegliato dell'Inghilterra, l'uomo che aveva accesso a informazioni top secret e che si avvaleva del personale più abile all'interno dell'M.I.6. Poteva essere possibile? Derek Belamy, il tranquillo giocatore di scacchi sempre pronto alla risata e alla battuta, l'amico che aveva sempre in serbo una bottiglia di whisky speciale e una comprensione altrettanto speciale per un amico e un collega. Il suo migliore amico, quello che aveva avuto il buon senso e il coraggio di avvertire il collega che, a forza di bere troppo si stava rovinando, e che avrebbe dovuto prendere un periodo di riposo... che gli aveva suggerito anche come fare se il motivo del suo rifiuto a prendersi un congedo fosse stato un motivo puramente economico. Era possibile che questo amico, questa persona al di sopra di ogni sospetto...

Stone arrivò davanti ad una porta su cui era scritto semplicemente: 14, OCCUPATO. Entrò e andò al tavolo, dove c'era un telefono, ma non si sedette: era troppo ansioso. Sollevò la cornetta e formò il numero del centralino della Casa Bianca, frugandosi poi in tasca e tirando fuori il numero di Converse scritto in un pezzo di carta. Dettò il numero al centralinista, aggiungendo semplicemente: «Telefonata con dispositivo anti-intercettazione. Parlo dalla Strategia Quattordici; controlli, prego».

«Controllato, signore. Ho attivato il dispositivo. La devo richiamare io?»

«No, grazie, rimango in linea.» Stone rimase in piedi mentre sentiva i numeri che si componevano e il debole rumore del dispositivo di anti-intercettazione. Poi sentì il rumore di una porta che si apriva e si voltò.

«Posa quel telefono, Peter» disse Derek Belamy a bassa voce mentre chiudeva la porta. «È inutile.»

«Sei tu, non è vero?» Stone riappese il ricevitore con movimenti goffi e lenti.

«Già... E voglio esattamente quel che vuoi tu, amico mio. Ci siamo capiti al volo, vero? Ti ho detto che ero in visita da certi amici in Scozia e tu mi hai risposto che pensavi che fossi in Irlanda. In tanti anni di professione abbiamo imparato qualcosa, vero? Gli occhi non mentono. Scozia... facile pensare alle Ebridi, e ho visto i tuoi occhi che si appannavano. E poi, quando è apparso quel volto sullo schermo, hai guardato dalla mia parte, ed era un'occhiata fin troppo ovvia, mi sembra.»

«Dobbins. Lavorava con te.»

«Ti sei messo a scrivere sul tuo blocco come una furia, ma poi non hai detto niente.»

«Aspettavo che fossi tu a parlare.»

«Io non potevo certo dir nulla, ti pare?»

«Perché, Derek? Per l'amor di Dio, perché?»

«Perché si tratta di una causa giusta, e tu lo sai!»

«Io *non* lo so! Tu sei un uomo sano di mente, ragionevole. Loro no.»

«Naturalmente dovremo sostituirli. Quante volte io e te abbiamo usato paraventi che sapevamo non potevano continuare a fare una determinata cosa, e che ci servivano ad arrivare al nostro scopo?»

«Ma quale scopo? Un'alleanza totalitaria internazionale? Uno stato militare senza confini? Tutti noi che marciamo come robot seguendo il ritmo dei tamburi?»

«Oh, via, Peter. Risparmiami e risparmia a te stesso tutte quelle follie che i liberali continuano a blaterare. Una volta tu hai lasciato il servizio, hai cominciato a bere perché capivi quanto tempo perdessimo, e quante energie, e quale futilità ci fosse in tutto quel che facevamo, nei trucchi che usavamo... per uccidere esseri umani e per mantenere quello che ridendo chiamavamo lo *status quo*. Quale *status quo*, vecchio mio? Essere continuamente seccati, ingiuriati e ridicolizzati dagli inferiori? Essere tenuti in ostaggio da mullah e da pazzi isterici che vivono ancora nel Medio Evo e che non esiterebbero a tagliarci la gola per discutere sul prezzo di un barile di petrolio? Essere manovrati continuamente dai trucchi dei sovietici? No, Peter, c'è un modo migliore per vivere: ammetto che i mezzi possano sembrare disumani, ma il fine non è solo auspicabile, è addirittura onorevole.»

«Di chi è la definizione? Di George Marcus Delavane? Di Erich Leifhelm? Oppure di Chaim...»

«Ti ho già detto che li sostituiremo con altri personaggi-chiave!»

«Non potete!» gridò Stone. «Una volta che questa cosa verrà messa in moto, non riuscirete più a fermarla. L'immagine diventa la realtà di se stessa. Tutti se l'aspettano, tutti la *vogliono*! Deviare da questa linea significa essere accusati, opporsi significa venire ostracizzati, penalizzati! Tutti in fila per tre, e guai a chi non sta al passo!»

In quel momento, il telefono suonò.

«Lascialo suonare» ordinò l'uomo dell'M.I.6.

«Non importa, ormai. Eri tu l'inglese presente in casa di Leifhelm a Bonn. Sarebbe una semplice descrizione e ti avrei riconosciuto.»

«È Converse?» Il telefono suonò ancora.

«Vorresti parlargli, per caso? Da quel che ne so, è un ottimo avvocato, sebbene mi sembri che abbia contravvenuto ad una delle regole principali: è diventato il cliente di se stesso. È vivo, Derek, e vi sta dando la caccia, a tutti quanti. Vi *stiamo* dando la caccia.»

«Tu non farai una cosa del genere!» gridò Belamy. «Non puoi! Come hai detto tu stesso, una volta messo in moto il meccanismo, nessuno può fermarlo!»

Improvvisamente, senza il minimo cenno di preavviso a quel che stava facendo, l'inglese si scagliò contro Stone, le tre dita centrali della mano destra stese e rigide, che si scagliarono contro la gola di Stone come proiettili d'acciaio; l'ex agente della CIA accusò il colpo, mentre annaspava in cerca di quell'aria che non voleva entrargli nei polmoni e gli sembrava di annegare in una miriade di punti bianchi, che viaggiavano intorno a lui nella stanza che continuava a girare. Sentì il telefono che continuava a squillare, mentre la porta si apriva e si chiudeva. Ormai non vedeva più nulla, perché i puntini bianchi non c'erano più e al loro posto regnavano le tenebre. Ad un certo punto il telefono smise di suonare mentre Stone a tastoni cercava quel qualcosa che fino ad un attimo prima aveva insistentemente lacerato il silenzio. Trascorsero alcuni minuti, duranti i quali a Stone sembrò di aver sfiorato la pazzia, mentre, alla cieca, urtava contro le pareti e cadeva sul tavolo. Poi la porta si aprì con uno schianto e il colonnello Alan Metcalf entrò di corsa.

«Stone! Che cosa è successo?» Gli corse accanto, e si rese subito conto che l'uomo era stato colpito con una mossa di judo. Prese a massaggiargli la gola, spingendogli un ginocchio contro lo stomaco per farlo respirare. «Ci hanno telefonato dal centralino, dicendo che la stanza quattordici aveva chiesto una telefonata con dispositivo anti-intercettazione ma non aveva risposto. Cristo, chi è stato?»

Stone vide immagini vaghe davanti agli occhi, ma non riusciva a parlare, il modo migliore per esprimersi era una serie di colpi di tosse. Si divincolò da sotto le mani forti di Metcalf, indicando un blocco per appunti sul tavolo. Il colonnello capì, lo prese e lo diede a Stone insieme ad una penna a sfera che teneva in tasca. Poi mise Stone sdraiato sulla pancia, gli mise in mano la penna e lo guidò fino al blocco per appunti.

Con grande fatica, Peter scrisse: *BLMY. FRMATLO. AQTANIA.*

«Oh, mio Dio!» mormorò Metcalf, precipitandosi al telefono e componendo lo zero. «Centralino, questa è un'emergenza. Mi dia il servizio d'ordine... Servizio d'ordine? Qui è il colonnello Alan Metcalf, dalla Strategia Quattordici. *Emergenza*! C'è un inglese di nome Belamy che dovrebbe essere nei paraggi e che sta per uscire di qui. Fermatelo! Trattenetelo! Consideratelo un elemento pericoloso. E poi chiamate l'infermeria e fate mandare un medico alla stanza quattordici. In fretta, mi raccomando!»

Il medico della Casa Bianca tolse la maschera di ossigeno dal volto di Stone e la mise sul tavolo accanto alla bombola. Poi, con estrema delicatezza, prese la testa di Stone, l'appoggiò all'indietro, gli abbassò la lingua e gli guardò in gola aiutandosi con una minuscola torcia.

«Un brutto colpo» disse. «Ma fra un paio d'ore sarà di nuovo in forma. Le darò delle pillole per il dolore.»

«Pillole di che?» chiese Stone con voce rauca.

«Un blando analgesico associato alla codeina.»

«No, grazie, dottore» disse Peter, guardando Metcalf. «Non mi piace quel che leggo sul suo volto.»

«Non piace nemmeno a me. Belamy ce l'ha fatta. Aveva un lasciapassare che escludeva qualsiasi forma di controllo, e all'ingresso ha detto che lo volevano con urgenza all'ambasciata britannica.»

«Maledizione!»

«Cerchi di non sforzare le corde vocali» disse il dottore.

«Sì, certo» rispose Stone. «Grazie mille, dottore. Se ora ci vuole scusare...» Così dicendo si alzò in piedi, mentre il medico prendeva la borsa e si avviava alla porta.

Il telefono si mise a squillare proprio mentre il medico si richiudeva la porta alle spalle e fu Metcalf a rispondere. «Sì? Sì... è qui.» Il colonnello ascoltò per qualche minuto, poi si volse verso Stone. «Abbiamo trovato la connessione» disse. «Anzi, ne abbiamo trovate due: ognuno di quegli ufficiali ha chiesto un periodo di ferie di un mese, e tutte le richieste sono pervenute ai rispettivi comandi esattamente cinque mesi fa, quasi tutte nello stesso giorno.»

«Questo praticamente gli garantiva il diritto a quel mese di ferie» aggiunse l'uomo della CIA non senza difficoltà. «Visto che lo chiedevano con tanto anticipo, di sicuro saranno stati i primi. E il piano per le manifestazioni nucleari è stato reso noto in Svezia *sei* mesi fa.»

«Tutto a puntino» disse Metcalf. «Bene, identificheremo anche gli altri e li neutralizzeremo: chiederemo che ogni ufficiale dell'Esercito o della Marina che sia di ritorno da un periodo di ferie di almeno trenta giorni sia confinato in ufficio o in caserma. Naturalmente, si potranno verificare degli errori, ma di questo ci preoccuperemo più tardi: ad esempio, mandando le foto delle persone che cerchiamo ai rispettivi comandi e scagionando chi non c'entra.»

«È venuto il momento di Scharhörn.» Stone si alzò dalla sedia massaggiandosi la gola. «E non c'è certo bisogno che vi dica che è una cosa che mi spaventa da matti: un simbolo sbagliato, e l'elenco di tutti i membri di Aquitania sarebbe perduto per sempre. E, cosa ancora peggiore, una mossa sbagliata e l'intera isola andrà in fumo.»

L'uomo della CIA si avvicinò al telefono.

«Telefona al Rebel?» chiese il colonnello.

«Prima chiamo Converse. Sta lavorando su quei codici.»

I tre generali di Aquitania erano seduti rigidi, e si rifiutavano di guardarsi l'un l'altro. Si erano appena riaccese le luci, e l'enorme schermo era stato spento. Dietro ad ogni generale c'era un uomo che aveva ricevuto un ordine preciso: «Se fa l'atto di alzarsi in piedi, uccidilo».

«Voglio quel che sapete» disse Converse, mettendosi di fronte a quei tre. «E come avete appena visto, non c'è nessuna ragione per non rivelarmelo: quattro numeri o lettere in sequenza che ognuno di voi ha imparato a memoria. Naturalmente, se vi rifiutate, abbiamo il nostro bel medico che ha un'intera borsa piena di roba magica che vi farà parlare... lo stesso tipo di roba magica che mi avete dato quella volta a Bonn. Che cosa scegliete, signori?»

Silenzio.

«Quattro, tre, L, uno» disse Chaim Abrahms, guardando il pavimento. «Sono delle carogne» aggiuse poi in tono calmo.

«Grazie, generale.» Joel scrisse quella combinazione su un blocco per appunti. «Lei è libero di andarsene ora. Può alzarsi.»

«Andare?» disse l'israeliano alzandosi in piedi. «*Dove?*»

«Dove le pare» rispose Converse. «Sono sicuro che non avrà noie all'aeroporto di Annecy. Sicuramente la riconosceranno.»

Il generale Chaim Abrahms lasciò la stanza accompagnato dal capitano dell'Esercito israeliano.

«Due, M, zero, sei» disse Erich Leifhelm. «E se vuole, sono pronto ad iniettarmi spontaneamente tutte le sostanze che vorrà, in modo che possa verificare quanto ho detto. Non voglio certo essere considerato un collega di questi vomitevoli maiali.»

«Voglio la combinazione» disse Joel con voce pressante, scrivendo quanto gli aveva detto Leifhelm. «E badi che non avrò esitazioni nel farle fare un bel viaggetto pur di conoscerla.»

«Inversione» disse il tedesco. «Invertire l'ordine dei simboli nella seconda sequenza.»

«È tutto suo, dottore» disse Converse rivolgendosi all'uomo che si trovava alle spalle di Leifhelm. «Non possiamo correre il rischio di far scoppiare questo.»

Il generale Erich Leifhelm, uno dei migliori e dei più giovani feldmarescialli del terzo Reich si alzò in piedi e uscì in silenzio dalla stanza, seguito dal medico di Bonn.

«Siete dei vermi, tutti quanti. Siete tutti ciechi» disse il generale Jacques Louis Bertholdier con calma imperiosa. «Preferisco piuttosto il plotone di esecuzione.»

«Sì, questo lo credo anch'io, ma credo anche che non avrà una fortuna del genere» rispose Joel. «Non ho bisogno di lei, ora, e voglio sapere che sarà di nuovo a Parigi, a casa sua, dove tutti potranno vederla. Portatelo nella sua stanza.»

«Nella mia stanza? Pensavo di essere libero. Oppure era un'ennesima bugia?»

«Niente affatto. Semplicemente una questione di logistica... e lei sa bene cosa sia la logistica. Vede, siamo un po' a corto di automobili e di autisti da queste parti, e così quando il dottore avrà finito, vi presterò una macchina. Potrete sempre tirare a sorte per stabilire chi di voi tre dovrà guidare.»

«Cosa?»

«Toglimelo dai piedi» disse Converse rivolto all'ex sergente maggiore dell'Esercito francese di stanza ad Algeri.

«*Allez, cochon*!»

In quel momento la porta si aprì. Era Valerie, che fissò Joel e gli disse: «C'è Stone al telefono. Dice che è urgente».

Erano le due e cinque minuti del mattino quando il jet Mystère uscì dal cielo scuro e atterrò sulla pista a dodici chilometri da Cuxhaven, nella Germania Occidentale, dirigendosi verso la parte nord della pista dove la figura poderosa di Johnny Reb, con i capelli bianchi che spiccavano nell'oscurità, lo aspettava accanto ad una Mercedes nera.

I portelli dell'aereo si aprirono e quando la scaletta fu al suo posto ne scese Converse, che teneva per mano Valerie, il sergente maggiore di Algeri e un quarto passeggero, un uomo biondo e magro sulla quarantina che portava occhiali con la montatura di tartaruga. Quando tutti furono usciti, il pilota ritrasse la scaletta e chiuse i portelli automatici; allora i due motori rombarono e l'aereo si mosse, tornando verso gli hangar. Il Rebel uscì dalla macchina e andò verso di loro, tendendo la mano a Joel. «Ho visto il suo film e devo dire che è un capolavoro di regia. Francamente, non avrei mai immaginato di poterle stringere la mano, almeno non in questa vita.»

«Ci sono stati dei momenti in cui anch'io ho avuto i miei dubbi sul fatto di rivedere il sole la mattina dopo. Le presento mia moglie Valerie.»

«Molto piacere, signora» disse l'uomo che parlava con l'accento del Sud, baciandole la mano e facendole un inchino galante. E poi, rivolto a Joel: «Le sue gesta e i risultati cui è pervenuto hanno stupito alcune delle migliori menti dei miei ex colleghi».

«Spero non *troppo* ex.»

«No, almeno per il momento.»

«Le presento monsieur Lefèvre e il dottor Geoffrey Larson. Stone mi ha detto di averla già messa al corrente di tutto.»

«È stato un piacere, signore» disse il Rebel, stringendo la mano al francese. «C'è da togliersi tanto di cappello di fronte a quel che ha fatto con i tre generali. Assolutamente eccezionale!»

«Uomini del genere hanno sempre tanti nemici» disse Lefèvre con molta semplicità. «Di solito non è difficile scovarli e l'ispettore Prudhomme ne sa qualcosa. Noi siamo presenti in molti posti e abbiamo buona memoria. C'è da sperare che la nostra memoria, con tutti i ricordi che si affannano, ci consenta di riposare, almeno per stanotte.»

«Speriamolo davvero» disse il Rebel, rivolto al quarto passeggero. «Dottor Larson, è un vero piacere. Mi hanno informato che il computer non ha praticamente segreti per lei.»

«Credo che abbiano esagerato» disse l'inglese con aria timida. «Ma di solito, se un aggeggio fa tic-tac, riesco a farlo cantare. A dire il vero, ero in vacanza a Ginevra.»

Quella frase buttata lì senza alcun legame con quello che era stato detto in precedenza colse di sorpresa Johnny Reb, che riuscì appena a mormorare «Be'... mi dispiace» mentre guardava Joel.

Era stata la decisione più difficile che Peter Stone avesse preso in anni di decisioni difficili. Fare la mossa sbagliata — anticipare per telegrafo la notizia dell'incursione a Scharhörn — poteva significare far saltare in aria tutto il centro di comunicazioni. Nulla sarebbe rimasto della vecchia stazione per il rifornimento di sottomarini se non schegge di cemento e di materiali. Stone aveva seguito quell'istinto che lo aveva aiutato per anni durante quel lavoro nel mondo delle ombre. Non poteva avvalersi di commando specializzati, non poteva impiegare forze ufficiali in missione straordinaria, perché non poteva sapere chi, all'interno dei vari governi, era membro di Aquitania: se avesse detto una parola di troppo all'uomo sbagliato, dell'isola di Scharhörn non sarebbe rimasta traccia: per questo l'incursione doveva essere portata a termine da elementi scelti tra i fuorilegge, tra uomini che non sentivano altro richiamo che quello del denaro e del salvare la pelle. Una volta entrati in possesso dell'elenco degli uomini affiliati ad Aquitania, nulla sarebbe più stato un segreto. Il Presidente degli Stati Uniti avrebbe concesso a Stone dodici ore, dopo le quali avrebbe convocato in riunione straordinaria i responsabili del Consiglio Nazionale di Sicurezza degli Stati Uniti. Peter Stone quasi non aveva creduto alle proprie orecchie quando si era sentito rispondere dall'uomo più potente d'America: «Non importa. Tanto, sarebbe comunque troppo tardi».

Il Rebel finì il suo rapporto e, con la torcia puntata sulla carta spiegata sul cofano della Mercedes, disse: «Come vi ho già detto, queste sono le informazioni che ci hanno dato quelli della Commissione di Zona a Cuxhaven. Quella brutta razza di nazisti è stata molto precisa e molto accurata nei particolari: immagino che ciascuno di loro dovesse in qualche modo giustificare lo stipendio che prende. Noi passeremo il radar oceanico e ci dirigeremo verso quella zona che un tempo era adibita a magazzini; poi faremo quel che dobbiamo fare. Ricordatevi che ci sono sempre un sacco di luci, e parecchia gente, ma molto meno di quanto ce ne fosse due giorni fa. Ci saranno anche dei muri da scalare, ma disponiamo di uncini speciali e di un paio di ragazzi che sanno la maniera migliore di usarli.»

«Chi sono?» chiese Converse.

«Gente che per nulla al mondo invitereste nel salotto buono della zia zitella: cinque dei peggiori rompipalle che sia riuscito a trovare. Vi posso assicurare che non sono tipi da farsi redimere socialmente, e quindi sono perfetti per noi.»

«E l'aereo, di che tipo è?»

«Naturalmente Petey non poteva che procurare le cose migliori, e le assicuro che *è* il migliore in assoluto. Un Fairchild Scout. Può portare fino a nove persone.»

«Planando con un rapporto di otto a uno, a dodicimila piedi» disse Joel. «Credo di poterlo fare.»

41

Converse abbassò la cloche mentre faceva rallentare i motori ed entrava nella zona proprio al di sopra della minuscola pista di atterraggio, che si trovava più in basso, a circa settecento metri. La cortina di nuvole che sovrastava il Mare del Nord la rendeva praticamente invisibile, ma Joel era convinto di poterla individuare chiaramente una volta sceso all'altezza di centocinquanta metri: allora avrebbe iniziato la manovra di atterraggio, portandosi verso la zona più lontana dalle costruzioni, e cercando così di ridurre al minimo l'eventuale rumore che l'aereo avrebbe fatto nell'atterraggio e nella frenata. Quella era una manovra molto simile all'atterraggio su una portaerei, e Joel notò con soddisfazione che le mani erano ferme e la concentrazione salda e precisa. La paura che aveva pensato di avere non esisteva neppure; in quanto all'ansia e alla rabbia che aveva in corpo... be', quelle erano cose diverse.

Valerie e Lefèvre — nonostante il francese avesse sollevato pesanti obiezioni — erano rimasti su un molo deserto a Cuxhaven dove Johnny Reb aveva fatto installare una stazione radio piuttosto primitiva ma molto efficace. Era compito di Val far funzionare la radio e mettersi in contatto con la squadra una volta che questa avesse raggiunto l'obbiettivo, mentre l'ex sergente maggiore dell'esercito francese ad Algeri aveva il compito di tenere lontani gli eventuali curiosi. I cinque uomini che Johnny Reb aveva assoldato erano difficili da capire, e molto difficile era dare un giudizio su di loro, visto che parlarono pochissimo: tutti quanti indossavano berretti di lana nera calati fin sugli occhi e maglioni a collo alto anch'essi neri. Il Rebel aveva procurato un vestiario del genere anche per Joel e per l'esperto di computer, Geoffrey Larson, tirandolo fuori dal bagagliaio della Mercedes. Ogni uomo, tranne Larson, portava una pistola con annesso silenziatore in una fondina attaccata alla vita per mezzo di una cintura di cuoio nero, sulla sinistra della quale c'era un coltello da caccia a lama lunga e un rotolo di fil di ferro. Sulla schiena, proprio sopra i reni, c'erano due bombole di Gas Mace che servivano a rendere inoffensiva la persona che ne rimaneva colpita: il gas, infatti, toglieva la facoltà di parola e di movimento. Il fatto che ciascuno degli uomini, incluso Johnny Reb che aveva già la sua bella età, avesse con sé quei gingilli letali e li portasse con noncuranza, faceva sentire Converse un po' a disagio; ma quando si concentrarono sui piani e cominciarono a dare consigli per penetrare quella fortezza e per esplorarla fino in fondo, Converse capì che Johnny Reb aveva fatto la scelta giusta.

Joel compì l'ultimo giro, poi si abbassò dolcemente, scivolando silenziosamente sulla pista avvolta nell'oscurità, gli occhi fissi sia all'altimetro sia al nastro di asfalto sotto di lui. Si abbassò ulteriormente, e le grosse ruote assorbirono l'impatto con l'asfalto. *Atterrato*.

«Ora siamo coi piedi per terra» disse Johnny Reb nella radio. «E con un po' di fortuna riusciremo anche a fermarci, vero?»

«Ci fermeremo» disse Converse. Infatti si fermarono, ma ad appena una decina di metri dalla fine della pista. Joel si tolse il berretto, trasse un sospiro profondo e si asciugò il volto e la fronte che erano madidi di sudore.

«Stiamo uscendo.» Il Rebel spense la radio e se la premette contro il torace. La radio rimase al suo posto come per magia. «Ah... già, dimenticavo: ho fatto cucire una striscia di Velcro sul maglione.»

«Lei è pieno di sorprese.»

«Be', anche lei non è stato da meno, almeno in queste ultime settimane. Coraggio, ragazzo, andiamo a lavorare.» Johnny Reb aprì la porta e scese dall'aereo, seguito da Joel, da Larson e dagli altri cinque uomini, tre dei quali portavano un rotolo di corda alla cui estremità erano fissati degli uncini.

L'uomo che durante quel primo incontro non aveva detto nulla si avvicinò a Joel e gli parlò con voce dolce, stupendolo con un accento prettamente americano. «Sono un pilota, e credo che questo atterraggio avrebbe dovuto essere compito mio. Be', sono stato contento che ci fosse lei al posto mio. Davvero un lavoro perfetto.»

«Dove volava? Con quale compagnia?»

«Diciamo che si trattava di un nuovo tipo di linee peruviane. Il volo panoramico della Florida.»

«Avanti!» ordinò il Rebel, dirigendosi verso i bordi della pista, che erano quasi coperti di erba.

Si avvicinarono al muro di quella che costituiva la fortezza dell'ex base di sottomarini, studiando il paesaggio di fronte a loro. Converse fu colpito dall'immensità di quel muro di cemento che sembrava non aver fine: era come una fortezza, ma senza il forte, senza niente all'interno che potesse giustificare la possanza delle mura esterne. L'unica breccia in quel muro enorme era sulla sinistra, verso la parte che fronteggiava la pista: ad un certo punto del muro, infatti, c'era una doppia porta d'acciaio rinforzata da pannelli di ferro che dava una strana sensazione, specialmente sotto la luce della luna. Era assolutamente impenetrabile.

«Questo posto ha una storia strana» bisbigliò Johnny Reb che era a fianco di Converse. «Metà dell'Alto Comando Tedesco non aveva la minima idea di dove si trovasse e gli Alleati non sospettavano nemmeno che esistesse. Era la base privata di Doenitz, e alcuni dicono che l'avrebbe usata come una minaccia nei confronti di Hitler se le cose non si fossero messe male per lui.»

«A me hanno raccontato anche un'altra storia» disse Converse ricordandosi dell'incredibile racconto che gli aveva fatto Leifhelm e che riguardava l'ascesa del Quarto Reich una generazione dopo la guerra. L'Operazione Sonnenkinder.

Uno degli uomini con la corda e gli uncini parlava in tedesco con Johnny Reb che sembrò piuttosto contrariato e seccato; nondimeno annuì, e l'uomo, strisciando, riprese il suo posto. Poi Johnny si rivolse a Joel.

«Figlio di una sporca cagna bastardissima!» bisbigliò. «Mi vuole rovinare! Dice che si offre volontario per scalare il lato est — certamente ha studiato bene quella carta! — se gli garantisco un extra di cinquemila dollari!»

«Che lei pagherà, vero?»

«Certo. In fondo, siamo uomini d'onore. Se dovesse rimanere ucciso, la moglie e i figli avranno fino all'ultimo centesimo. Conosco quel tizio: una volta io e lui abbiamo preso d'assalto un edificio assediato da quelli della Baader-Meinhof. Ha scalato sette piani, si è calato lungo la cavità dell'ascensore, ha aperto una porta con un calcio e ha freddato quei bastardi con una scarica di Uzi.»

«Non ci credo» bisbigliò Converse.

«Ci creda pure» disse il Rebel guardandolo in volto. «Questi lavori li facciamo noi, perché nessun altro sarebbe mai disposto a farli. E ci deve essere qualcuno, no? Forse siamo degli avanzi di galera, ma qualche volta stiamo anche dalla parte degli angeli... tutto dipende dal prezzo.»

Ci fu il sibilo e il rumore di un uncino che andò a conficcarsi in cima alla parete. L'uomo provò la resistenza della corda e poi cominciò a risalire su pian piano. Quando fu arrivato in cima, si mise prono, e il braccio sinistro sparì dall'altra parte del muro. Improvvisamente, e proprio con il braccio sinistro, fece un segnale. Poi puntò bene le gambe, prese la pistola e mirò.

Si sentì un rumore sordo, e di nuovo un grande silenzio mentre l'uomo faceva nuovamente un segnale con il braccio.

Gli altri due uomini che avevano corda e uncini uscirono carponi dall'erba; poi ruotarono gli uncini per mirare al muro e lanciarono la corda: dopo averne saggiata la resistenza, presero a salire pian piano. Joel sapeva che toccava a lui: faceva parte del piano, ed era deciso ad andare fino in fondo. Si alzò e raggiunse gli altri due uomini assoldati dal Rebel, facendo così capire che se la sentiva anche lui di fare quel che gli altri avevano già fatto; il pilota americano che poco prima gli aveva rivolto la parola gli indicò la corda di mezzo, quella che era servita al primo uomo. Joel si attaccò alla fune e cominciò a salire.

Solo in caso di estrema necessità Johnny Reb e Geoffrey Larson sarebbero saliti come gli altri. Il Rebel aveva detto di non sentirsela, e d'altronde non potevano mettere a repentaglio la vita di colui che avrebbe fatto funzionare il computer.

Con le braccia e le gambe che gli dolevano per lo sforzo, Converse salì, aiutato negli ultimi metri dal tedesco che gli sussurrò: «Tiri su la corda! Poi rivolti l'uncino e la getti dall'altro lato».

Joel eseguì, e per la prima volta vide l'interno di quella strana fortezza... così come vide un uomo in uniforme riverso sul terreno, morto, con il sangue che gli colava dal centro di una ferita di arma da fuoco che denotava una mira e un occhio quasi incredibili. Nella luce lunare intermittente, Joel riuscì a distinguere una serie di enormi approdi intercalati da moli di cemento su cui poggiavano gru gigantesche, ruote nere di macchinari immensi, fuori uso da tempo immemorabile, relitti di un passato violento. In un semicerchio proprio davanti al mare c'erano cinque costruzioni in cemento ad un piano, con finestre minuscole, di cui le prime due fiocamente illuminate. Tra gli edifici vi erano camminatoi sempre in cemento cui si accedeva attraverso grossi scalini, perché le strutture centrali rimanevano più alte rispetto al terreno; senza dubbio quelli dovevano essere gli alloggi degli ufficiali, i comandanti di quei bestioni che solcavano le acque dell'Atlantico occidentale per una causa abominevole.

Proprio sotto il muro, dove ora erano le tre corde, c'erano dei gradini ancora più grandi che portavano su entrambi i lati di quello che sembrava essere un podio o una piattaforma di cemento fronteggiato da una specie di cortile, largo forse una sessantina di metri, che terminava proprio davanti alla parte posteriore degli edifici di fronte al mare. Un cortile per le esercitazioni, pensò Converse, immaginando ciurme, ufficiali ed equipaggi dei sottomarini sull'attenti, che ascoltavano gli ordini e le esortazioni dei comandanti prima di ripartire per le missioni di distruzione e di morte.

«Venga con me!» disse il tedesco, battendo un dito sulla spalla di Joel e afferrando la corda calandosi al di sotto. Anche gli altri uomini facevano lo stesso e Converse seguì il loro esempio, calandosi lungo la corda: era un po' meno agile degli altri.

I due uomini che si trovavano alla destra di Joel attraversarono di corsa la piattaforma, in perfetto silenzio, e scesero i gradini dirigendosi verso le porte d'acciaio; gli altri due uomini che erano scesi sulla sinistra, come per istinto, scesero lungo i gradini opposti e si accucciarono proprio sotto la piattaforma, con le pistole spianate. Converse, che aveva seguito il tedesco, raggiunse la coppia che era davanti alla porta e che studiava le serrature e i vari tipi di paletti alla luce di minuscole torce.

«Fallo saltare» disse l'americano. «Non ci sono allarmi.»

«È sicuro?» chiese Joel. «Da quel poco che ne so, questo posto è pieno di allarmi.»

«Le cellule sono laggiù» spiegò l'altro pilota, indicando il muro di cemento alto una decina di metri che delimitava il cortile.

«Cellule?»

«Cellule fotoelettriche. Sono raggi che si intersecano a rete.»

«Il che significa che non ci sono animali» disse il tedesco, annuendo. «*Keine Hunde. Sehr Gut!*»

Intanto il quarto uomo aveva appena finito di riempire la serratura con una sostanza lanosa, e l'aveva fatta penetrare con il coltello. Poi prese un qualcosa che assomigliava ad una moneta da cinquanta centesimi, mise ancora un po' di sostanza proprio sopra la serratura e vi ficcò anche quella specie di moneta. «Tiratevi indietro» ordinò poi.

Converse guardò quanto stava succedendo. Era meravigliato, mesmerizzato dalla scena: non ci fu detonazione né esplosione, ma solo un calore intenso e una fiammata azzurra che sciolse il metallo. Poi sentì vari rumori, si accorse che l'americano aveva già provveduto a tirare i tre diversi paletti che chiudevano la porta. Poi l'aprì, fece un paio di segnalazioni con la torcia e qualche istante dopo Johnny Reb e Geoffrey Larson entrarono in quello strano complesso.

«Cellule» ripeté l'americano al Rebel. «Sono lungo le due pareti» disse, indicandole. «Viste?»

«Sì» rispose Johnny. «Il che significa che se camminiamo dritti ci ridurranno a colabrodi. Coraggio, ragazzi, facciamo un po' di ginnastica per buttare giù la pancia... ginocchia e pancia a terra, culo in aria!» I sei che erano alla porta raggiunsero gli altri due accucciati davanti alla piattaforma. Johnny disse qualcosa in tedesco, poi si rivolse a Larson. «Mio caro amico inglese, voglio che lei rimanga qui finché noi vegliardi non le faremo un segnale.» Poi guardò Joel. «Sicuro di voler venire?»

«Non mi prendo neanche la briga di rispondere. Forza!»

Uno alla volta, con in testa il tedesco che da quel momento aveva cinquemila dollari di più in tasca, i sette uomini strisciarono attraverso il cortile. Trattenevano il respiro e avevano le mani e le ginocchia spellate. Il tedesco si diresse verso le costruzioni 2 e 3, a cominciare da destra e si ritrovò in una specie di camminatoio che univa i due edifici e che era munito di una serie di scalini sulla sinistra. Quando fu nel mezzo di quella specie di sentiero, si alzò in piedi.

All'improvviso fece schioccare le dita... non molto forte ma in modo che gli altri lo sentissero. Tutti rimasero immobili sotto quella rete di fotoelettriche e Converse, pancia a terra, girò la testa per vedere cosa succedeva. Il tedesco era accucciato nell'ombra mentre un uomo gli si avvicinava, una guardia con un fucile in spalla. Evidentemente aveva avvertito la presenza dell'altro, perché girò la testa proprio mentre il tedesco usciva dall'ombra con il coltello in direzione della testa della guardia. Joel chiuse gli occhi, ma quel suono di aria che esce violentemente dai polmoni gli disse quel che non avrebbe voluto sentire.

Gli spostamenti ricominciarono e uno per uno gli uomini ripresero ad andare verso il camminatoio. Converse era madido di sudore: guardò il molo e il mare dietro di lui e sentì il desiderio di buttarsi nell'acqua. Il Rebel gli toccò appena il gomito, indicandogli che anche lui, come gli altri, doveva tirar fuori la pistola. Ora era Johnny Reb che guidava il gruppo; strisciò verso l'edificio 2 e girò verso destra, attento a rimanere incollato a terra, e si avvicinò alle finestre illuminate. Poi fece schioccare le dita, e tutti si fermarono, i corpi proni. Verso sinistra, diagonalmente, accanto ad un attracco, c'erano tre uomini che chiacchieravano tra di loro: fumavano, e la punta incandescente delle sigarette li rendeva ben visibili nella notte: erano uomini di guardia, e ognuno di loro aveva un fucile.

Come in risposta ad un ordine preciso, tre uomini — ma Converse non avrebbe saputo dire quali — si staccarono dagli altri e presero a strisciare dal lato opposto, descrivendo un arco piuttosto ampio.

Circa un minuto e mezzo dopo — i novanta secondi più lunghi che Joel riuscisse a ricordare — la brezza dolce che veniva dal mare portò fino a Converse e ai compagni una serie di colpi di arma da fuoco con il silenziatore. Ci furono poi altri rumori, di mani che colpivano teste e corpi e di uomini che cadevano sul cemento con un tonfo sordo. Poi gli uomini tornarono, e Johnny Reb fece segno di proseguire: Converse rimase l'ultimo della fila. Quando raggiunsero l'edificio 2, il Rebel si alzò in piedi e sbirciò dall'unica finestra illuminata, ma fece segno di no con la testa e gli altri proseguirono.

Arrivarono allo spiazzo che c'era tra gli edifici 1 e 2; con molta prudenza, ad uno ad uno, gli uomini attraversarono di corsa lo spiazzo, accucciandosi nell'istante stesso in cui raggiungevano la parte opposta. Quando fu la volta di Joel, si mise in ginocchio e poi subito dopo si alzò in piedi.

«*Horst? Bist das du?*» disse una voce rauca, uscendo da una porta.

Converse rimase immobile. Il resto della squadra era ormai piuttosto lontano e il rumore del mare che si infrangva sui moli aveva coperto la voce di quell'uomo. Joel cercò di stare calmo: era solo, e se si fosse lasciato prendere dal panico, avrebbe corso il rischio di distruggere l'intera operazione, distruggere il complesso di Scharhörn, uccidere tutti quanti, compreso Connal Fitzpatrick, se veramente il giovane comandante si trovava lì.

«*Ja*» disse, meravigliandosi per quello che faceva; poi, nell'ombra, la mano destra cercò il coltello: si era reso conto di non potersi fidare della pistola e soprattutto della sua mira nell'oscurità.

«*Warten Sie einen Augenblick! Sie sind nicht Horst!*»

Joel si strinse nelle spalle, e aspettò. Intanto sentiva i passi dell'uomo che si avvicinava, e quando questi lo afferrò per una spalla, si voltò, stringendo il manico del coltello con tanta forza che quasi non riuscì a fare quel che sapeva doveva essere fatto. Afferrò l'uomo per i capelli e gli passò la lama del coltello con forza sulla gola.

Sentì una forte nausea, e trascinò l'uomo, che aveva la testa quasi staccata dal busto, nell'ombra. Poi raggiunse gli altri, scoprendo che nessuno si era accorto della sua assenza: tutti quanti, a turno, sbirciavano dalle finestre. Johnny Reb dava indicazioni, puntando il dito sull'uomo e il posto prescelto: immediatamente il destinato prendeva a strisciare nella direzione indicata e si fermava esattamente nel luogo che gli era stato assegnato, attendendo nell'ombra. Evidentemente stavano meditando di fare un'incursione nell'edificio. Joel si avvicinò ad una finestra e guardò all'interno: c'erano dieci uomini che indossavano una specie di uniforme, che però non apparteneva a nessun esercito riconosciuto: alcuni preparavano i fucili, altri guardavano continuamente l'orologio, altri ancora spegnevano le sigarette fumate a metà. Poi, tutti quanti controllarono le munizioni nei fucili e nelle pistole e qualcuno azzardò una battuta. Purtroppo, Joel non capiva niente di quanto dicevano e per questo si avvicinò a Johnny Reb, che era steso a terra vicino a lui.

«È una pattuglia che si prepara a uscire, vero?» bisbigliò.

«No» rispose Reb. «È un plotone d'esecuzione. Hanno appena ricevuto l'ordine di prepararsi.»

«Mio Dio!»

«Li seguiamo, naturalmente rimanendo nascosti. Ho l'impressione che presto rivedrà il suo caro amico Fitzpatrick.»

Quel che successe nei minuti seguenti sembrava una scena kafkiana, pensò Joel. I dieci uomini si erano inquadrati e avevano preso a marciare verso l'edificio 2. Improvvisamente i riflettori illuminarono il cortile, dove ovviamente erano state messe fuori uso le cellule fotoelettriche. Due uomini armati corsero verso l'edificio 4, aprirono la porta munita di un pesante paletto e si precipitarono all'interno urlando ordini e accendendo tutte le luci.

«*Alles aufstehen! 'Raus! Mach schnell! Schnell!*»

Qualche secondo dopo, delle figure di uomini sfiniti, che si trascinavano con le catene ai polsi e con gli abiti stracciati, presero ad uscire dall'edificio, socchiudendo gli occhi nella luce intensa; molti non riuscivano neppure più a camminare, ed erano sorretti dai compagni più robusti. Dieci, venti, venticinque, trentadue, quaranta... quarantatré. Quarantatré prigionieri di Aquitania che stavano per essere giustiziati! I soldati li spingevano verso il muro davanti alla piattaforma ad una estremità del cortile.

Poi successe quello che Joel pensò fosse l'ultimo atto di forza disperata di un gruppo di uomini allo stremo delle forze fisiche e psichiche! I condannati presero a correre in tutte le direzioni, e quelli più vicini alle guardie armate colpirono i loro aguzzini con le catene. Si sentirono vari colpi di pistola, e tre uomini caddero a terra. Intanto, i componenti del plotone di esecuzione avevano già preso i fucili.

«Avanti, miei prodi!» urlò Johnny Reb guidando l'intera squadra che aveva partecipato all'assalto di Scharhörn nel bel mezzo di quella confusione; si sentirono colpi di pistola con il silenziatore e altri colpi sparati senza silenziatore.

In venti secondi, tutto era finito e dieci uomini di Aquitania giacevano a terra: sei erano morti, tre semplicemente feriti e l'ultimo in ginocchio davanti ai conquistatori, tremante di paura. Anche due uomini della squadra, il pilota americano e un altro, erano rimasti leggermente feriti.

«Connal!» gridò Joel, correndo verso i prigionieri, sollevato nel vedere che per la maggior parte erano ancora vivi. «Fitzpatrick! Dove diavolo sei?»

«Quaggiù, tenente» disse una voce debole alla destra di Converse. Joel si fece largo tra quella massa di corpi e si inginocchiò davanti a quella che sembrava essere la larva di un uomo che un tempo aveva conosciuto sano e robusto. «Ce ne hai messo di tempo per arrivare fin qua» continuò il comandante. «Ho sempre sostenuto che gli ufficiali di grado più basso valgono ben poco.»

«Che cosa è successo?» chiese Converse. «Per poco non vi facevano fuori tutti quanti!»

«Allora era vero! L'avevamo immaginato, e ci chiedevamo cosa fosse tutta questa agitazione. Comunque, avevamo deciso di vendere cara la pelle.»

«Ma perché proprio voi? Perché tutti quanti voi?»

«Ne abbiamo parlato, ma non siamo venuti a capo di nulla. Tranne di una cosa: eravamo tutti ufficiali di grado elevato in congedo o in ferie per trenta-quaranta giorni. Che significa?»

«Era un piano per gettare fumo negli occhi se per caso qualcuno avesse intravisto qualcosa in questa faccenda. Ci sono novantasette uomini che compongono le squadre di tiratori scelti, e sono tutti ufficiali in ferie o in congedo per un mese circa. Avevano bisogno di altri ufficiali, tutti al di sopra di ogni sospetto, che costituissero un cinquanta per cento rispetto agli uomini che servivano a loro. È per questo che siete ancora tutti vivi.»

Improvvisamente Connal guardò verso sinistra: un uomo era uscito dall'edificio 5, e correva sul sentiero di cemento. «È la guardia!» gridò Fitzpatrick più forte che poté. «Fermatelo! Se riesce ad entrare nella seconda baracca farà saltare tutto in aria!»

Joel si alzò in piedi e, pistola alla mano, cominciò a correre verso quella figura più velocemente che poté. Gli facevano male le gambe, e non era veloce come avrebbe voluto. Quando vide che l'uomo aveva quasi raggiunto la porta dell'edificio 2, sparò, ma mancò il bersaglio, e la pallottola andò a colpire la cornice d'acciaio della finestra. L'uomo raggiunse la porta, la spalancò e la richiuse dietro di sé. Converse si buttò con tutto il suo peso su quel legno pesante, e riuscì ad aprirla; quando vide che la guardia si avvicinava ad un pannello incorniciato di metallo, Converse sparò più volte, frenetico, furioso, quasi cieco di rabbia. L'uomo, colpito alle gambe, ebbe un sussulto, ma riuscì ugualmente ad aprire il pannello e ad arrivare agli interruttori. Joel si slanciò in avanti, gli afferrò la mano e lo mandò a sbattere con la testa contro il pavimento di pietra.

Con il fiato corto, Converse si staccò dall'uomo, le mani coperte di sangue caldo e la pistola vuota sul pavimento. Uno degli uomini che avevano completato l'assalto a Scharhörn entrò. «Sta bene?» chiese con uno strano accento che Joel non riuscì a collocare.

«A meraviglia» rispose, mentre si sentiva debole e con una nausea insopportabile.

L'uomo oltrepassò Joel e, dopo aver dato un'occhiata alla guardia che giaceva a terra, si diresse verso il pannello, lo studiò a lungo e poi prese un arnese multiuso che teneva in tasca; dopo poco si mise a svitare il metallo che era all'interno e, con un'altra parte di quella specie di cacciavite, tagliò un paio di fili.

«Non si preoccupi» disse l'uomo, quando ebbe finito. «Io sono considerato il miglior tecnico di demolizioni di tutta la Norvegia. In questo modo siamo sicuri che nessun figlio di buonadonna ci faccia saltare in aria. Venga, c'è ancora un sacco di lavoro da fare.» Poi l'uomo si fermò e guardò fisso Converse. «Le dobbiamo la vita. Ma pagheremo, stia tranquillo.»

«Non è necessario» disse Joel alzandosi.

«Noi facciamo sempre così» rispose l'altro, andando verso la porta.

Nel cortile, i prigionieri di Aquitania erano seduti contro un muro tutti tranne cinque, i cui corpi eran coperti da un lenzuolo. Converse si avvicinò a Fitzpatrick.

«Li abbiamo persi» disse l'ufficiale di Marina, senza forza nella voce.

«Bisogna guardare in alto, verso le cose in cui crediamo, non in basso, verso quello che lasciamo» disse Joel. «Lo so che è banale, ma è l'unica cosa che mi viene in mente in questo momento.»

«Sì, e credo che mi dia tanto conforto.» Fitzpatrick guardò in alto e fece un debole sorriso. «Grazie per avermelo ricordato. Andiamo. Quella gente ha bisogno di te.»

«Larson!» gridò Johnny Reb, che teneva a bada la guardia rimasta illesa e tremante di paura. «Venga qua!»

L'inglese, che aveva tutta l'aria di un professore e che contrastava con l'aspetto degli altri uomini, varcò la soglia della porta di acciaio con aria esitante e un'espressione a metà tra il costernato e lo stupito. «Mio Dio!» disse.

«Immagino che questo descriva bene la situazione» disse Johnny Reb mentre i due membri della squadra di Scharhörn uscivano di corsa dall'edificio 5. «Cosa avete trovato?» gridò Johnny Reb.

«Altri sette uomini!» gridò uno. «Li abbiamo chiusi al cesso, che mi sembra il luogo ideale per loro!»

«Ehi!» disse Geoffrey Larson, alzando la voce. «Per caso uno di quegli uomini è il tizio che si occupa del computer?»

«Non glielo abbiamo chiesto!»

«E allora andate a chiederglielo!» ordinò il Rebel. «Non ci rimane poi tanto tempo!» Si volse verso Converse: «Sono stato in contatto con sua moglie. In Israele e a Roma la situazione è tragica... molti delle squadre di tiratori scelti sono riusciti ad eludere gli uomini di Stone. Le dimostrazioni sono cominciate un'ora fa, e hanno già ucciso dodici persone. A Gerusalemme e a Tel Aviv la gente implora letteralmente l'intervento di Abrahms e a Roma la polizia si è rivelata incapace di contenere i disordini: per questo hanno fatto intervenire l'esercito.»

Joel sentì una fitta di dolore acuto nella parte inferiore del petto e per la prima volta vide che all'orizzonte c'era già luce: il giorno era cominciato, e con esso la violenza e la morte. Dappertutto. «Oh, Gesù!» disse.

«Dov'è il computer?» ruggì Johnny Reb, la pistola puntata contro la tempia della guardia che stava sotto di lui. «Tra l'altro non ti rimane molta scelta, animale!»

«*Baracke vier!*»

«*Danke!* È nell'edificio 4. Coraggio, Bombetta, andiamo! Venga!»

Il macchinario enorme, che occupava una parete per la lunghezza di quattro metri e mezzo, stava in una stanza dotata di un perfezionato sistema di filtraggio e di pulizia dell'aria. Con il blocco per appunti davanti a sé, Larson trascorse nove lunghissimi minuti a studiare i comandi, scrivendo sulla tastiera, accendendo e spegnendo interruttori e componendo numeri. Alla fine disse: «Le memorie interne sono protette e per leggerle ho bisogno di un codice di accesso».

«Che cazzo sta dicendo?» urlò il Rebel.

«C'è una serie di simboli predisegnati che, una volta inseriti, sbloccano quella "molla" che permette ai programmi interni di essere attivati. Ecco perché prima ho chiesto se era possibile rintracciare l'uomo che si occupa del computer.»

La radio di Johnny Reb si mise a ronzare, e Converse gliela strappò dal petto.

«*Val?*»

«*Amore!* Stai bene?»

«Sì. Che succede?»

«Ci sono notizie dalla radio francese. Ci sono stati attentati all'Eliseo. Due deputati sono rimasti uccisi. Il governo è in preda al panico e sta chiamando l'Esercito.»

«*Cristo! Ci rimane poco tempo!*»

Un uomo fu portato nella stanza da due membri della squadra che aveva fatto l'incursione a Scharhörn, che lo tenevano saldamente per le braccia. «Veramente lui non voleva dircelo» disse l'uomo a sinistra «ma i suoi compagni, quando li abbiamo messi davanti al muro, hanno ritrovato la parola.»

Il Rebel si avvicinò all'uomo e lo prese per la gola, ma Joel, con il coltello da caccia in mano, lo spinse da parte.

«Ne ho passate tante per causa vostra, bastardi» disse, puntando il coltello sporco di sangue contro il naso dell'uomo. «Ma ora siamo arrivati alla resa dei conti!» Spinse la punta del coltello in una narice, e l'uomo lanciò un urlo, mentre il sangue gli rigava il viso. Poi Converse gli puntò il coltello nell'angolo dell'occhio destro. «I codici, o ti faccio a pezzettini!» urlò.

«*Zwein eins, null, elf!*» il tecnico gridò ancora una volta.

«Coraggio, li immetta!» disse Joel.

«Ci sono!» disse l'inglese.

«Ora i simboli!» gridò Converse, spingendo l'uomo tra le braccia degli invasori di Scharhörn.

Tutti guardarono stupiti le lettere verdi sul fondo scuro del visore: nomi, gradi, posizioni. Larson aveva schiacciato anche il pulsante che metteva in moto la stampante e dalla macchina uscì un foglio di carta pieno di nomi, di identità, e di residenze.

«Non ci servirà a nulla!» gridò Joel. «Sono troppi per poterli comunicare!»

«Ma lei dove vive?» disse l'inglese, indicando una specie di telefono sulla consolle. «Questo è un equipaggiamento stupendo e, grazie a quei bei satelliti che ci sono un po' dovunque nell'atmosfera, posso tranquillamente comunicare tutto questo elenco a chiunque sia in possesso di un'attrezzatura analoga. Siamo nell'era della tecnologia, non se ne rendeva conto?»

«Allora faccia quel che deve fare» disse Converse, appoggiandosi con le spalle al muro e scivolando fino a terra, esausto.

Il mondo stava a guardare, meravigliato di fronte all'eruzione di assassinii generalizzati e di violenza omicida. Dovunque, era un continuo chiedere protezione, autorità, una barriera per quella violenza che aveva trasformato molte città in autentici campi di battaglia: gruppi di cittadini che si fronteggiavano a suon di sassi scagliati con tutta la forza e gas di ogni tipo e che alla fine ricorrevano alle armi perché era con le armi che venivano provocati. Visto che nessuno sapeva chi era il nemico, ogni persona che li attaccava veniva considerata nemica, e dappertutto c'era gente che attaccava dietro ordini impartiti da postazioni di comando invisibili. La polizia era inerme e quando le milizie e le truppe di stato intervennero, tutti si resero conto ben presto che anche loro, insieme ai loro capi, erano impotenti. Per controllare il caos occorreva ricorrere a misure più efficaci. Intanto, era stata proclamata la legge marziale. Dappertutto. E i comandi militari stavano pian piano prendendo il sopravvento. *Dappertutto*.

A Palo Alto, in California, l'ex generale dell'Esercito George Marcus Delavane era seduto sulla poltrona a rotelle, con le cinghie di cuoio che lo tenevano a posto e guardava l'isterismo delle folle in tre diversi televisori. L'apparecchio sulla sinistra non mandava nessuna immagine: poco prima, una telecamera mobile aveva ripreso una scena piuttosto violenta di dimostranti che combattevano l'uno contro l'altro e all'improvviso si era sentito un urlo e si erano viste immagini spaventose di un attacco e di varie bombe che esplodevano colpendo i tecnici e gli operatori. Nel televisore al centro c'era invece un giornalista, una donna che con le lacrime agli occhi e la voce impastata di odio e di rabbia leggeva gli ultimi rapporti che parlavano di distruzione e di omicidi. Il televisore sulla destra trasmetteva un'intervista con un colonnello dei Marines in una strada piena di barricate, proprio nel centro del quartiere finanziario di New York. Il colonnello teneva la pistola spianata e abbaiava ordini a destra e a sinistra mentre cercava di rispondere alle domande che gli venivano via via poste. Intanto, anche lo schermo sulla sinistra aveva ripreso a trasmettere il volto familiare di un personaggio molto conosciuto che apparve con gli occhi quasi fissi. Tentò di parlare, ma non ci riuscì e, voltatosi da una parte, vomitò, mentre la telecamera riprendeva un giornalista televisivo, il quale, ignaro di essere in onda, stava urlando nel telefono: «Maledettissimo bastardo! Che cazzo sta succedendo?». Anche lui aveva le lacrime agli occhi e con il pugno batteva sul tavolo; poi alla fine crollò, mise la testa tra le braccia appoggiate al tavolo e le spalle presero a sussultargli mentre lo schermo diventava ben presto buio.

Un lento sorriso apparve sul volto di Delavane, che, preso il telecomando, spense il video di destra e quello di sinistra, concentrandosi su quello al centro: la telecamera riprendeva un generale dell'Esercito che entrava con passo deciso e con l'elmetto in testa nella sala stampa di Washington. Il militare si tolse l'elmetto; andò verso una specie di leggio e parlò dentro il microfono con voce rauca. «Abbiamo messo sotto controllo tutte le strade che portano a Washington e questo mio comunicato intende mettere in guardia il personale civile e militare che non sia stato espressamente autorizzato. Ogni tentativo di oltrepassare i posti di blocco sarà osteggiato con il ricorso alle armi. I miei ordini sono stati brevi ma molto chiari: sparate, mirate all'uomo. L'autorità che esercito mi deriva dallo stato di emergenza proclamato dal Portavoce della Camera in assenza del Presidente e del Vice Presidente che sono partiti per destinazione ignota per motivi di sicurezza. L'esercito ha nelle proprie mani ogni forma di potere, e la legge marziale è in vigore fino a nuovo ordine.»

Delavane spense l'apparecchio con un gesto di trionfo. «Ce l'abbiamo fatta, Paul!» disse, rivolto al suo aiutante in uniforme che era proprio sotto la strana carta geografica appesa alla parete. «Neppure i pacifisti vorranno che le cose cambino! E se per caso lo volessero...» Il generale di Aquitania alzò la mano destra, con l'indice in fuori e il pollice rivolto verso l'alto, e mimò una serie di colpi di arma da fuoco.

«Sì, ce l'abbiamo fatta» convenne l'aiutante, andando alla scrivania e aprendo un cassetto.

«Che fai?»

«Mi dispiace, generale. Anche questa è una cosa che deve essere fatta.» Così dicendo, tirò fuori dal cassetto un revolver Magnum calibro 357.

Prima che avesse avuto il tempo di mirare, comunque, la mano di Delavane raggiunse un punto preciso sotto il cuscino della poltrona a rotelle. Quando ritrasse la mano, sparò quattro volte in rapida successione con una piccola automatica che aveva sempre tenuta nascosta sotto il cuscino.

«Pensavi che non me l'aspettassi? Feccia! Codardo! Traditore! Pensavi che mi fidassi di te, di tutti voi? Dopo aver visto come mi guardavate? O dopo avervi sentito bisbigliare nei corridoi? Nessuno di voi sopportava il fatto che, pur senza gambe, ero sempre meglio di voi! E questa ne è la prova, feccia! E presto anche gli altri lo sapranno, perché ci sarà chi provvederà a farli fuori! Li farò giustiziare per tradimento nei confronti dell'ideatore dell'operazione Aquitania! E tu pensavi che io vi ritenessi compagni fidati? Tutti avete provato, tentato di essere come me, ma non ci siete riusciti!»

L'uomo in divisa era crollato contro il muro, contro quella strana carta geografica. Con il fiato corto, e con il sangue che gli usciva copioso dalla ferita nel collo, guardava con occhi sbarrati il generale che continuava ad urlare con voce e con espressione da folle. Dentro di sé trovò la forza di prendere la grossa Magnum e di sparare prima di crollare definitivamente.

La pallottola raggiunse George Marcus Delavane proprio al petto, che subito di trasformò in un lago di sangue, mentre la poltrona a rotelle cadeva da un lato con il suo occupante colpito a morte.

Nessuno avrebbe saputo dire quando esattamente era cominciato, ma gradualmente, quasi per miracolo, il caos e gli omicidi cominciarono a diminuire. Il restauro dell'ordine fu accompagnato da squadre di uomini in divisa, dei quali molti avevano disertato i propri comandanti e correvano per le strade e negli edifici a caccia di altri uomini. Era una guerra di soldati che combattevano contro altri soldati, gli occhi degli uni pieni di rabbia e di disgusto, i volti degli altri consumati dalla arroganza e dalla spavalderia. I comandanti di Aquitania furono adamantini: loro erano nel giusto, non lo capivano? Molti rifiutarono di arrendersi, preferendo piuttosto l'assalto finale che gli sarebbe costato la vita. Altri preferirono ricorrere alle capsule di cianuro nascoste tra i denti.

A Palo Alto, in California, un uomo senza gambe che era una vera e propria leggenda e che si chiamava George Marcus Delavane, fu trovato ucciso da un colpo di arma da fuoco; si disse che il grande generale, prima di morire, aveva fatto in tempo a sparare al suo aggressore, un colonnello poco conosciuto dell'Esercito. Nessuno seppe mai cosa era accaduto in realtà. Nella Francia meridionale, altri due corpi di eroi leggendari furono trovati in un burrone di montagna. A ciascuno dei generali che avevano lasciato un certo castello nascosto nelle Alpi era stata consegnata una pistola: il generale Bertholdier e il generale Leifhelm avevano perso. Il generale Chaim Abrahms era invece scomparso. Nelle basi militari di tutto il Medio Oriente, in Europa, in Gran Bretagna, in Canada e negli Stati Uniti gli ufficiali e tutti i militari che occupavano posti di responsabilità furono interrogati dai loro subalterni con le armi in pugno. *Erano membri di un'organizzazione denominata Aquitania? I loro nomi erano stati trovati in un elenco! Rispondere!* A Norfolk, in Virginia, un ammiraglio di nome Scanlon si gettò dal sesto piano e a San Diego, in California, ad un altro ammiraglio di nome Hickman fu ordinato di arrestare un generale che viveva a La Jolla, sotto l'accusa di aver ucciso il Capo di un dipartimento legale sulle colline sovrastanti l'elegante quartiere. Il colonnello Alan Metcalf in persona, poi, telefonò all'ufficiale comandante la Base Aeronautica di Nellis, pregandolo di rinchiudere in cella di sicurezza il maggiore incaricato della sorveglianza e della manutenzione degli aerei. A Washington, il famoso senatore Mario Parelli fu chiamato per un colloquio privato dal Capitano Guardino del G-2 e fu portato via, mentre al Dipartimento di Stato e al Pentagono ben undici uomini-chiave degli uffici approvigionamento armi e difesa furono messi sotto stretta sorveglianza.

A Tel Aviv, i servizi segreti dell'Esercito Israeliano rastrellarono ventitré aiutanti e colleghi ufficiali del generale Chaim Abrahms e uno degli osservatori più brillanti e più capaci del Mossad. A Parigi, trentuno amici — militari e non — del generale Jacques Louis Bertholdier, incluso il vice direttore della Sûreté e quello dell'Interpol, furono tenuti in isolamento, mentre a Bonn non meno di cinquantasette colleghi del generale Erich Leifhelm, tra i quali gli ex comandanti della Wehrmacht e gli ufficiali dell'Esercito della Repubblica Federale e della Luftwaffe, furono catturati. Sempre a Bonn, il corpo dei marine di stanza all'ambasciata americana, su ordine del Dipartimento di Stato, arrestò quattro attaché, incluso il *chargé d'affaires* militare, il maggiore Norman Anthony Washburn IV.

E così via, dappertutto. La febbre di quella pazzia che era stata chiamata Aquitania fu debellata da quegli stessi militari che i generali erano convinti avrebbero contribuito alla loro ascesa al potere. Al calar della notte le armi tacquero e la gente cominciò ad uscire dai nascondigli... cantine, stazioni della metropolitana, depositi ferroviari, qualunque cosa offrisse un rifugio sicuro. Si riversarono sulle strade, ammutoliti dallo stupore, chiedendosi che cosa era successo, mentre le macchine della polizia passavano per le strade con gli altoparlanti dicendo che la crisi era terminata e che tutto stava tornando gradualmente alla normalità. A Tel Aviv, Roma, Parigi, Bonn, Londra, e oltre l'Atlantico a Toronto, New York, Washington e via via ancora più ad occidente si tornava a riaccendere le luci, ma quello era l'unico segno di normalità. Una forza tremenda aveva colpito il mondo proprio quando questo lanciava un grido internazionale di pace. Che cos'era? Che cosa era successo?

Il giorno dopo, in una dozzina di lingue diverse, avrebbero spiegato di che cosa si era trattato, implorando la pazienza e la comprensione dei cittadini. L'ora scelta fu quella delle 15.00, ora di Greenwich, che corrispondeva alle 10.00 di Washington e alle 7.00 di Los Angeles. Per tutta la notte, i capi dei vari stati, in riunione straordinaria, avevano studiato il testo da consegnare ai cittadini. Alle 10.03 il Presidente degli Stati Uniti comparve in televisione.

«Ieri un'ondata di violenza senza precedenti ha sommerso il mondo libero, con morte e distruzione, paralizzando governi e creando un clima di terrore che è andato molto vicino a costare la libertà delle nazioni libere, che, pressate da quel che stava accadendo, avrebbero sicuramente cercato delle soluzioni inaccettabili da una società democratica. In una parola, siamo stati ad un passo dal trasformarci in stati di polizia, a concedere tutti i poteri a uomini che ci avrebbero soggiogati alla loro volontà militare. Si è trattato di una cospirazione organizzata e portata a compimento da uomini cui la vita aveva riservato delusioni e una serie di stress psichici, uomini che volevano il potere per se stesso e che erano disposti a sacrificare anche la vita dei propri compagni e ad ingannare gli incerti assicurando loro che era l'unica via del futuro, l'unica risposta ai mali non certo da sottovalutare, della nostra epoca. Non è così, né lo sarà mai.

«Con il passare dei giorni e delle settimane — quando questa terribile cosa apparterrà ormai al passato — vi forniremo i fatti. Perché questo ci è servito di monito, e abbiamo pagato la nostra leggerezza con il sangue dei nostri uomini e con la sfiducia che si è ingenerata in tutta la popolazione verso le nostre istituzioni. Ci tengo a ricordare a tutti, però, che queste istituzioni hanno retto, e alla fine hanno avuto il sopravvento. Come ci auguriamo possano averlo sempre in futuro.

«Fra un'ora, avrà inizio una serie di riunioni fra la Casa Bianca, il Dipartimento di Stato e della Difesa, tutti i leader della Camera e del Senato e il Consiglio Nazionale di Sicurezza. A cominciare da domani, d'accordo con gli altri governi, forniremo a tutti voi rapporti quotidiani che vi daranno la verità su tutto quel che è successo.

«L'incubo è finito. Possa la luce della verità guidarci per il futuro e disperdere le tenebre.»

Il mattino dopo, il vice direttore della CIA accompagnato dal capitano Howard Packard e dal tenente William Landis furono accompagnati all'Oval Office per una cerimonia privata. Gli onori specifici che furono concessi loro in quell'occasione non furono mai resi pubblici, anche perché non ce n'era ragione. Ciascun uomo, infatti, con profondo rispetto e con profonda gratitudine — ma senza rimpianto alcuno — declinò l'offerta, dichiarando che tutto il merito era stato di un uomo che attualmente non risiedeva più negli Stati Uniti.

Una settimana dopo, a Los Angeles, in California, un attore di nome Caleb Dowling stupì i produttori dello show televisivo chiamato *Santa Fé* con le sue dimissioni... effettive prime dell'inizio della nuova stagione. Rifiutò tutte le offerte, dicendo semplicemente che non aveva più molto tempo per stare accanto a sua moglie. Che avrebbero viaggiato. Da soli. E se per caso si fossero trovati in difficoltà economiche, diavolo, lei sapeva sempre battere a macchina e lui poteva benissimo mettersi ad insegnare. Insieme.

Ciao, amici.

Epilogo

Ginevra: città di riflessi luminosi e di incostanza.

Joel e Valerie Converse erano seduti allo stesso tavolo dove tutto era cominciato non molto tempo prima, accanto alla ringhiera di ottone del Chat Botté. Il traffico sul Quai du Mont Blanc che costeggiava il lago era disciplinato, e nessuno sembrava avere veramente fretta. Mentre i pedoni passavano, Val e Joel erano consci degli sguardi posati su di loro, su di lui. *È lui*, sembravano dire gli occhi della gente. *È lui... quell'uomo*. Qualcuno aveva sparso la voce che viveva a Ginevra, almeno per il momento.

Come d'accordo, il secondo rapporto diretto ai cittadini aveva fatto riferimento preciso ma (su insistenza di Joel) molto breve riguardo al suo ruolo nella tragedia che si chiamava Aquitania. Era stato scagionato da tutte le accuse, riabilitato agli occhi del mondo intero, e gli avevano riconosciuto un grande merito, anche senza entrare in particolari, nei confronti della sicurezza della NATO. Joel rifiutò tutte le interviste, e fu contrariato quando i giornalisti, scoperto il suo passato in Vietnam, avevano fatto paralleli sempre piuttosto antipatici e drammatici, con le vicende che aveva subito in quell'ultimo periodo. Il fatto che, come molti anni prima, il fuoco acceso da quell'improvviso interesse nei suoi confronti si sarebbe ben presto consumato, lo consolava notevolmente. A Ginevra, poi, città dove tutti avevano un interesse specifico, la gente avrebbe dimenticato ancor prima.

Avevano preso in affitto una casa sul lago, una vera e propria reggia per una pittrice, perché disponeva di uno studio che era situato su un pendio proprio davanti all'acqua, baciato dal sole dalla mattina alla sera. La Casa di Cape Ann era stata chiusa, l'affitto pagato per intero e le chiavi restituite all'agenzia di Boston. La vicina amica di Valerie le aveva fatto un pacco di tutti i vestiti, i quadri, i pennelli e il cavalletto preferito, e glielo aveva spedito per posta aerea a Ginevra. Valerie lavorava di mattina, felice come non era mai stata, e lasciava che suo marito valutasse di giorno in giorno i progressi che faceva. Joel definiva le sue opere "molto buone", chiedendosi se non vi fosse un mercato per i pittori di laghi così come esisteva per chi dipingeva paesaggi marini. Gli ci vollero due giorni per togliere gli ultimi residui di colore dai capelli.

Anche Joel, dal canto suo, si dava da fare, ed era diventato il ramo europeo della Talbot, Brooks e Simon. Non che gli servissero i soldi, comunque, perché Converse non si comportò come gli avvocati e gli agenti segreti eroi dei telefilm che non pretendono mai nulla in cambio dei loro servigi. Visto che aveva messo al loro servizio la sua abilità di avvocato e aveva anche rischiato la pelle, decise di presentare la parcella ai responsabili di ogni governo che era stato implicato nella tragedia di Aquitania e aveva calcolato che le nazioni più grandi e più ricche avrebbero dovuto corrispondergli quattrocentomila dollari a testa, mentre dagli stati più piccoli e più poveri pretese soltanto la somma di duecentocinquantamila dollari. Nessuno, ovviamente, ebbe nulla da ridire. In totale raggiunse la rispettabile somma di due milioni e mezzo di dollari, che depositò in una banca svizzera tra le più sicure e le più redditizie.

«A che cosa pensi?» chiese Valerie, prendendogli la mano.

«A Chaim Abrahms e a Derek Belamy. Non li hanno ancora trovati... sono ancora liberi, e mi chiedo se li troveranno mai. Spero di sì, perché con due persone del genere in libertà, sento che non è ancora finito tutto.»

«No, Joel, è finito tutto, te ne devi convincere. Ma non era questo che ti chiedevo. Volevo sapere come ti sentivi *tu.*»

«Be', non ne sono certo. So solo che dovevo venire qui e scoprirlo da solo.» Joel guardò gli occhi di Val, fissò i capelli che le ricadevano sulle spalle, incorniciando il volto che amava così tanto. «Ma immagino che la parola giusta sia: vuoto, tranne che per la tua presenza, che avverto in modo tangibile.»

«Non provi rabbia? Risentimento?»

«Non contro Avery, né verso Stone o gli altri. Ormai sono cose passate. Hanno fatto quel che dovevano fare, e non c'era altro modo.»

«Tu sei molto più generoso di quanto sia io, amore.»

«Sono più realistico, ecco tutto. Le prove dovevano essere raccolte penetrando dall'esterno... da un esterno che voleva penetrare all'interno. Il nucleo era troppo letale, troppo duro.»

«Io penso che siano dei bastardi. E vigliacchi, per giunta.»

«No, non è vero. Anzi, io penso che dovrebbero essere canonizzati, immortalati, celebrati con momumenti e con poemi immortali scritti apposta per loro.»

«Queste sono sciocchezze belle e buone! Come puoi affermare una cosa del genere?»

Joel guardò di nuovo gli occhi di sua moglie. «Perché tu sei qui. Ed io sono qui con te. E tu dipingi paesaggi di lago, e non marini. Ed io non sono a New York e tu non sei a Cape Ann. Ed io non devo preoccuparmi per te, sperando che tu ti preoccupi di me.»

«Se solo si fosse trattato di un altro uomo o di un'altra donna. Sarebbe stato tutto molto più facile, molto più logico, amore mio.»

«Ci sei sempre stata tu, solo tu.»

«Non cercare di sfuggirmi un'altra volta, Converse.»

«Non ci penso nemmeno, Converse.»

Le mani si strinsero, e negli occhi comparvero lacrime delle quali nessuno dei due si vergognava. L'incubo era finito.

SOMMARIO

Finito di stampare nel mese di luglio 1993
presso lo stabilimento G. Canale & C. S.p.A.
Borgaro Torinese (TO)

Printed in Italy

BUR
Periodico settimanale: 30 agosto 1993
Direttore responsabile: Evaldo Violo
Registr. Trib. di Milano n. 68 del 1°-3-74
Spedizione abbonamento postale TR edit.
Aut. n. 51804 del 30-7-46 della Direzione PP.TT. di Milano

BIBLIOTECA UNIVERSALE RIZZOLI
Ultimi volumi pubblicati

762. Gelindo Bordin, *L'anello rosso*
pp. 228

763. Malcom Bosse, *Un uomo finito*
pp. 220

764. Georgette Heyer, *Un contratto conveniente*
pp. 424

765. Lalla Kezich, *La preparazione*
Introduzione di Michele Prisco
pp. 144

766. Mary Westmacott (Agatha Christie), *La rosa e il tasso*
pp. 244

767. Nunzia Monanni (a cura di), *Pasta e riso all'italiana*
pp. 240

768. James Fenimore Cooper, *L'ultimo dei Moicani*
Introduzione di Nico Orengo
pp. 506

769. Nunzia Monanni (a cura di), *Carni all'italiana*
pp. 262

770. Adriana Zarri, *Dodici lune*
pp. 286

771. Giuseppe Marotta, *Gli alunni del sole*
pp. 216

772. Anna Bartolini, *Consumatore difenditi*
pp. 344

773. Luce d'Eramo, *Deviazione*
Introduzione di Mario Spinella
pp. 368

774. Nunzia Monanni (a cura di), *Pesci all'italiana*
pp. 256

775. Lino Sardos Albertini, *Dall'Aldilà la Fede*
Prefazione di Padre Pasquale Magni e
di Paola Giovetti
pp. 302

776. Danielle C. Lapp, *L'arte di ricordare*
pp. 266

777. Asimov e altri, *Alieni!*
11 incontri ravvicinati di tipo molto particolare
A cura di Gianni Montanari
pp. 394

778. Giampaolo Dossena, *La zia era assatanata*
edizione integrata
pp. 148

779. Ovidio, *L'arte d'amare*
Tradotta per puntiglio da Giovanni Mosca
pp. 172

780. Luciano, *I dialoghi*
Tradotti da Giovanni Mosca col dovuto rispetto
pp. 220

781. Blackwood e altri, *Investigatori dell'occulto*
11 indagini nel soprannaturale
A cura di Gianni Montanari
pp. 362

782. J. P. Donleavy, *Zenzero*
Introduzione di Piero Sanavio
pp. 390

783. Nunzia Monanni (a cura di), *Verdure all'italiana*
pp. 270

784. Nunzia Monanni (a cura di), *Antipasti all'italiana*
pp. 266

785. Giovanni Goria, Bruno Massa, *Grasso Magro*
pp. 464

786. Nunzia Monanni (a cura di), *Dolci all'italiana*
pp. 256

787. Roberto Pinotti, *UFO. Visitatori da altrove*
Con illustrazioni
pp. 560

788. Pietro Ghilarducci, *La ristrutturazione*
pp. 156

789. Edward de Bono, *Sei cappelli per pensare*
pp. 208

790. Giovannino Guareschi, *Noi del Boscaccio*
pp. 204

791. Luciano Rinero, Claudia Nervi, *Vacanze e lavoro in Europa*
pp. 536

792. André Clot, *Harun al-Rashid, il califfo delle «Mille e una notte»*
pp. 336

793. Raffaele Fiengo, *Breviario per il mare e per i monti*
Disegni di Ugo Guarino
pp. 240

794. Elio Bartolini, *La bellezza d'Ippolita*
Introduzione di Roberto Damiani
pp. 160

795. Francesca Duranti, *Effetti personali*
pp. 170

796. Victor Serebriakoff, *I quiz del Mensa Club*
A cura di Menotti Cossu
pp. 142

797. Giorgio Pressburger, *La legge degli spazi bianchi*
Introduzione di Leone Piccioni
pp. 118

798. Arthur C. Clarke, *Incontro con Rama*
Introduzione di Gianni Montanari
pp. 246

799. Jurij Nagibin, *Alzati e cammina*
pp. 182

800. Michele L. Straniero, *Manuale di musica popolare*
Storia e metodologia della ricerca folklorica
19 illustrazioni
pp. 168

801. Fabio Magrino, Antonio Bellomi, *L'inglese degli affari*
pp. 412

802. Charles M. Schulz, *Caro Snoopy*
pp. 128

803. Romano Battaglia, *Notte infinita*
Con illustrazioni
pp. 208

804. Raffaello Masci, Francesco Pionati, *Studiare all'europea*
Introduzione di Giovanni Spadolini
pp. 250

805. Liliano Frattini, *Guarire con le mani*
pp. 108

806. Mary Westmacott, nota anche con il nome di Agatha Christie, *Ritratto incompiuto*
pp. 328

807. Giuseppe Pederiali, *La Compagnia della Selva Bella*
pp. 202

808. Tiziano Sclavi, *Dellamorte Dellamore*
Con 12 disegni originali di A. Stano
pp. 172

810. Raffaele Nigro, *La baronessa dell'Olivento*
Introduzione di Lorenzo Mondo
pp. 248

811. Luca Desiato, *Il marchese del Grillo*
Introduzione di Ferruccio Parazzoli
pp. 296

812. Norman Sullivan, *Prova la tua intelligenza giocando - 8°*
A cura di Aldo Spinelli
pp. 132

814. Rita Reschiotto, Ivana Bianchi, *Come prendere 60 alla maturità*
pp. 176

815. Anatolij Smeljanskij, *Storielle politiche russe*
pp. 150

817. Groucho Marx, *Memorie di un irresistibile libertino*
Disegni di Leo Hershfield
pp. 242

NELLA STESSA COLLANA

Richard Adams
La collina dei conigli

Giulio Andreotti
Visti da vicino

Richard Bach
Straniero alla terra
Biplano
Un ponte sull'Eternità
Illusioni
Un dono d'ali
Uno

J.G. Ballard
L'Impero del Sole

Pierre Benoit
L'Atlantide

Lucien Bodard
La valle delle rose

Tony Cape
Il Teorema di Cambridge

Diane Carey
Harem

Carlo Cassola
La ragazza di Bube
Fausto e Anna
Monte Mario

Tom Clancy
La grande fuga dell'Ottobre Rosso
Uragano Rosso
Attentato alla corte d'Inghilterra
Il Cardinale del Cremlino
Pericolo imminente

William J. Coughlin
I Dodici Apostoli

Clive Cussler
Recuperate il Titanic!
Salto nel buio

Iris Rainer Dart
Un uomo per te

Len Deighton
Gioco a Berlino
La grande spia
Mexico City
L'ultima partita

Maurice Denuzière
Louisiana

Robert L. Duncan
Fuga a Shangai

Marilyn French
Mia madre non mi ha mai spazzolato i capelli

Catherine Gaskin
Promesse
Affari di famiglia

Eileen Goudge
Il giardino delle menzogne

Noah Gordon
Medicus

James Grady
Gli artigli dell'aquila

Andrew M. Greeley
I peccati del Cardinale

Giovannino Guareschi
Don Camillo
Il compagno don Camillo
Il destino si chiama Clotilde

Nicholas Guild
L'Assiro
Ninive

Hella S. Haasse
Vagando per una selva oscura

Alex Haley
Radici

Emily Hanlon
San Pietroburgo

James Herriot
Creature grandi e piccole

Gary Jennings
L'Azteco
Il viaggiatore
Nomadi

Joseph Joffo
Un sacchetto di biglie

Ken Kesey
Qualcuno volò sul nido del cuculo

Johanna Kingsley
Profumi

NELLA STESSA COLLANA

Karleen Koen
Come in uno specchio

Heinz G. Konsalik
L'angelo dei dimenticati
Il medico di Stalingrado
Dieci vite vendute
Gli amanti
Un matrimonio felice
Il fiore magico
Una famiglia per bene

Robert Ludlum
Il mosaico di Parsifal
Il Circolo Matarese
Aquitania
Il patto
Un nome senza volto
Doppio inganno
Striscia di cuoio
Il dossier Matlock
L'Agenda Icaro
Il ritorno dello sciacallo
L'ultima verità
Il manoscritto
Sporco baratto

Peter Maas
Serpico

Alistar MacLean
San Andreas

Gabriella Magrini
Incontro al destino
Mille autunni

Stephen Marlowe
Il Viceré del Nuovo Mondo

Colleen McCullough
I giorni del potere

Mino Milani
Fantasma d'amore

Hubert Monteilhet
Neropolis

Kenizé Mourad
Da parte della principessa morta

Riccardo Pazzaglia
Il brodo primordiale

Erin Pizzey
First Lady

La svolta

Alexandra Ripley
Rossella

Giorgina Salonia
Delitti amorosi

Justin Scott
Il killer dei mari

Erich Segal
La classe

Anya Seton
Verde oscurità

Johannes Mario Simmel
La trama dei sogni
Il codice Cesare
Amore è solo una parola
La risposta la sa il vento
Un uomo tra due fuochi
Il Codice genetico

Piero Soria
Colpo di coda

Mary Stewart
La grotta di cristallo
Le grotte nelle montagne
L'ultimo incantesimo
Il giorno fatale
La foresta incantata

Thomas Thompson
La traccia del serpente

Eric Van Lustbader
Ninja
Quattro pezzi di giada
Shan
Zero
Miko

Maria Venturi
La moglie nella cornice
La storia spezzata

Irving Wallace
Sette lunghi minuti

Mika Waltari
Sinuhe l'Egiziano
Turms l'Etrusco

Joseph Wambaugh
I segreti di Harry Bright
Echi nel buio
I ragazzi del coro

L. 15.000